【连阔如评书秘本】

三十六英雄

上

连阔如 口述

贾建国 连丽如 整理

中华书局

图书在版编目（CIP）数据

连阔如评书秘本　三十六英雄/连阔如口述；贾建国，连丽如整理. –北京：中华书局，2011.5（2012.5 重印）
ISBN 978 – 7 –101 –07979 –1

Ⅰ.三…　Ⅱ.①连…②贾…③连…　Ⅲ.评话 – 中国 – 当代　Ⅳ.I239.8

中国版本图书馆 CIP 数据核字（2011）第 076922 号

书　　名　连阔如评书秘本　三十六英雄（全二册）
口 述 者　连阔如
整 理 者　贾建国　连丽如
责任编辑　梁　彦　聂丽娟
出版发行　中华书局
　　　　　（北京市丰台区太平桥西里 38 号　100073）
　　　　　http://www.zhbc.com.cn
　　　　　E – mail：zhbc@ zhbc.com.cn
印　　刷　北京瑞古冠中印刷厂
版　　次　2011 年 5 月北京第 1 版
　　　　　2012 年 5 月北京第 2 次印刷
规　　格　开本/880×1230 毫米　1/32
　　　　　印张 26¾　插页 4　字数 680 千字
印　　数　5001 – 8000 册
国际书号　ISBN 978 – 7 – 101 – 07979 – 1
定　　价　50.00 元

出版说明

《三十六英雄》，又名《隋唐》、《响马传》，是已故评书名宿连阔如先生的代表作。本书根据 1934 年 7 月 3 日起连载于《新北平报》上的连阔如口述评书文本整理而成。为使本书既保留评书话本的行文风格及口语化特征，同时又符合现今读者的阅读习惯，我们在出版时，除了更正原文讹误，还做了以下修订：

一　调整版式。原文繁体竖排，旧式标点，字行之间局促繁密；现改为简体横排，新式标点，版式大方疏朗。

二　重新划分回目并增加小标题。原文共 800 回，回目字数长短不一；现调整为 99 回，回目均为两句八字。

三　重新划分自然段。原文不分段，一回即一段；现根据情节变化及上下文逻辑关系重新划分。

由于水平所限，疏误难免，恳请读者批评指正。

中华书局编辑部

2011 年 5 月

目　录

引　子

　　评书是一门平民艺术，为人所喜闻乐见。除去在书馆说书，说书人亦将评书连载于各大报纸，供人阅读，同样受到阅者诸君的欢迎。然而报纸连载评书之所以颇受社会各界人士欢迎，不外乎所登的评书是道活，每逢《新天津报》的评书《施公案》、《雍正剑侠图》、《三侠剑》出版的时候，各界人士都争先恐后地去买，足见评书一道是各界人士爱看的，不用鄙人来说，早已人所共知。《新天津报》为华北登载评书首创之一，给阅者增加眼福匪浅。最可怪的是北平为评书界发源之地，登评书的报馆甚少，而今鄙人受《新北平报》所约，愿将道活评书（旧北平的艺术）牺牲于《新北平报》，亦可贡献于阅者，故此鄙人为阅者致贺。"新北平"既肯为阅者诸君造福，吾便以本人才力所及贡献于阅者。好看评书的同胞们，不耽误你做事，忙里偷闲，买份报看，便能得到看评书的机会。小报是平民化的，评书亦是平民化的，可称得起是茶余酒后消遣中的密友。

　　闲话休提，书归正传。这套《三十六英雄》原名《隋唐传》，别名《响马传》。因为这套书最热的节目、全书的关键是贾家楼三十六友歃血为盟大聚义，内中有响马尤俊达、程咬金劫皇杠，引出秦叔宝三探汝南庄，染面诈登州，贾家楼结拜，二劫皇杠，反山东，三挡杨林，九战魏文通，三斧定瓦岗，隋室的山河就断送在几个响马（可亦是杨广无道所致）之手；到后来瓦岗寨散伙，众好汉不满于李密舍魏投唐，李渊父子得了天下止。隋因响马而亡，唐以响马而兴，故曰《响马传》。鄙人愿将这套书贡献于阅者，因为唐太宗李世民是英明之主，既能定中原之乱，又能北伐胡人,东征高丽,西扫狼烟,为我炎黄民族吐气非小,也值得我们来说他。开书先说秦叔宝,那位说怎么先说秦叔宝呢?皆因他是这套书里的书胆(如同《施公案》的黄天霸一样)。

第一回 马鸣关秦总兵捐躯
历城县太平郎出世

且说北齐自从定都晋阳以来,西有北周,南有南陈,成为鼎足之势。分崩的时代,武将胜似文官,北齐后主驾前有个亲军护卫使秦旭,他的威名远震,无人不知。他有一种特别武艺,就是家传的凹面金装锏,秦家的锏法天下皆知,外人不会。有许多的人拜投门下,愿学秦家绝技,只是秦旭把他的家传武艺不肯轻授于人,平生只有三个徒弟,大徒弟叫魏栋,字良臣;二徒弟叫程玉,字得臣;三徒弟叫单珪,字敬臣。秦旭只有一子秦彝,字弼臣,娶妻宁氏,生养一子乳名叫太平郎。秦彝亦在北齐后主驾前称臣,官拜武卫大将军之职。这秦彝素有勇悍善战之名,北周、南陈尽闻其名,知道他的厉害。太平郎到了四岁,他祖父秦旭给他起了个名字叫秦琼,就是后来的秦叔宝。

却说秦旭父子既俱掌兵权,勇悍善战,北周、南陈未敢轻犯。到了秦琼五岁的时候,秦彝奉旨镇守马鸣关,宁氏夫人跟秦琼亦随在任上。有一天,秦彝同着宁氏,带了秦琼在花园之中玩耍,忽见家人秦安面带惊恐跑至花园,见了秦彝回禀道:"大人,大事不好! 咱们北齐后主因为北周进兵攻打晋阳,逃奔檀州,临走的时候留咱们老将军守城。万没想到晋阳城被周帅杨忠(杨广的祖父)、行军都总管杨林,带兵二十万将城打破,老将军(秦旭)尽其守土之责,死在城中。"秦彝一听,当时一怔,好似泥丸宫走了三魂,涌泉穴丢了七魄,好半天方才哭出来,父母恩情重如泰山,焉能不哭? 宁氏夫人亦是伤感。别看宁氏是个女流之辈，遇事颇有见解，恐怕秦彝过于悲痛，身体受伤，别说报仇，若有差错，就是这马鸣关亦是不保，便向秦彝说道："大人何必如此，公爹既然死了，绝不能复生，哭亦无益，总是设法报仇才是。"秦彝听夫人所劝，止住悲声，向秦安问道："是谁来送的信呀？"秦安答道："是大人的师弟程得臣由打晋阳至此，面见大人报丧，现在外面等候。"秦彝一听，立刻出来迎接，秦安后面随着，来至外面。程玉见了秦彝，连礼都没有施，向秦彝哭诉前情。

秦彝将程得臣让至书房，命家人伺候净面掸尘，弟兄二人商议怎样报仇。只因马鸣关要紧，不敢私自发兵，为国家尽其守土之责，亦就无可奈何。师兄弟用过晚饭之后，同至内宅。程玉见宁氏夫人，彼此施礼。落座之后，宁氏夫人向秦彝问道："大人可有报仇之法？"秦彝见问，不由得长叹一声："唉，夫人哪！我秦彝八尺之躯，身有绝技，亦有一万大兵归我统带，父母的冤仇都不能报，岂不愧死？真真……是毫无办法，如何是好？"宁氏夫人心中思忖，忽然想出一个主意来，忙向秦彝说道："大人，我倒有个主意，说给你们哥儿俩听听。"秦彝忙着问道："夫人，你有什么主意呀？"宁氏夫人说："大人何不自告奋勇，递道本请万岁另换别人暂守此关，你自己请缨收复失地。倘若圣上允许，大人带兵杀奔晋阳，为国出力，效命疆场；为私，到了阵前，父仇可报，岂不公私两尽？"秦彝听罢，遂道："甚好甚好。"他立刻写了一道折本，发人够奔檀州呈递去了不提。

单说程玉到了马鸣关不到三日，家人亲随等保护着程玉的家眷，由檀州逃至马鸣关。程玉的夫人一到，秦彝夫妻当然得出来迎接，见了莫氏夫人带着公子阿丑（程咬金的乳名叫阿丑）。彼此施礼毕，宁氏夫人向莫氏问道："阿丑今年几岁啦？"莫氏答道："才四岁。"宁氏说："四岁的孩子这个个儿可真不小，长得真浑实，怪有人缘的。"程玉在旁言道："嫂嫂还夸他呢，这个孩子浑拙猛楞，任什么不懂的。"宁氏说："兄弟你可别那么说，小孩儿不要太聪明,笨点儿呀比伶俐的孩儿好养活。"莫氏带了阿丑到了内宅,自有宁氏夫人照料,书中亦不能细表。程玉由乱军之中逃至马鸣关,有秦彝照看,倒亦衣食无忧。别说大人安然,就是阿丑亦都痛快,没事儿成天跟太平郎在一处玩耍,秦彝同程玉尽等着北齐后主的旨意,盼望着准其杀敌雪仇。

没想到折本走后杳无音信。这日正在大堂办公,忽报北周行军都总管杨林统兵十万杀向马鸣关而来。秦彝闻报,立刻吩咐再探,派副将阿古巡查城池,命中军点兵三千,准备迎敌。吩咐已毕,将要退堂,探马报道,敌兵离城不远,只差二十余里。秦彝立刻带了偏将,衙前上马,督催人马出了北门。秦彝的心意是不让敌人安营下寨,杀他个兵马远来,不待敌人歇兵养锐,趁势挫动敌兵。大队人马往北走了十数里路,就看见敌兵啦,远望周兵遮天盖地,漫山遍野杀来。秦彝吩咐:"列阵以待。"霎时间就见周兵来到,一声炮响,两杆紫缎门旗开处,一万大队把阵势列开,真是盔层层,甲层层,霞光万道。当中紫缎色大纛旗下,一位大员压住全军大队。两军阵势列圆,往敌人大纛上一看,当中白光,上绣黑字:北周行军都总管　杨。秦彝看罢,双眉倒竖,二目圆睁,在马上气得身形一晃,紫金甲的甲叶子抖得哗啷啷响个不止。秦彝吩咐压阵官压住全军大队,纵马直临阵前,把凹面金装铜左右一分,高声喊:"唤你军主将疆场答话!"

却说北周大将杨林在阵中望见秦彝在疆场,人似欢龙,马似活虎,耀武扬威叫战。杨林问道:"哪位将军出马一战?"前军战将李虎,手持大刀,马到疆场,一合未走,被秦彝使了个双龙出水式,一铜打在右膀之上,筋折骨断,尸横马下。周兵见了,一军皆惊。接连着,周兵又死了两员大将。

秦彝胜了三阵不要紧,怒恼了杨林,一摆囚龙棒,拍马直临阵前。秦彝一看,杨林跳下马来身高足够一丈向外,生得腰圆背厚,面皮微紫,浓眉环眼,鼻直口阔,正在壮年,金甲绿袍,掌中擎着囚龙棒,甚是威武。杨林向秦彝问道:"你就是武卫将军秦彝吗?"秦彝答道:"正是,你是何人?"杨林答道:"我乃北周行军都总管杨林。"话尚未完,秦彝把马往前一催,双铜打奔杨林顶门。杨林见来势凶猛,用囚龙棒接架相还,二马相冲,杀在一处。两军兵卒摇旗呐喊,擂动战鼓,喊喝声音助威。那杨林乃世之名将,胯下马,掌中棒,实有万夫难当之勇,曾在元帅杨忠面前自告奋勇,讨令攻打马鸣关,要会会秦彝,斗一斗他,看他秦家双铜怎么样的厉害,而今见秦彝把他的双铜摆开了,也施其所能,恨不得一棒把秦彝打死。只见秦彝的双铜使出来招数,真是手眼身法步,心神意念足。双铜的招数使出来是拨、挂、磕、撩、错、劈,反倒逼得杨林只有招架之功,绝无还手之力。惹得杨林性起,把囚龙棒抡动如飞,招里藏式,式里套招,好似两条金龙乱窜,真如神出鬼入一般。杨林虽有抢关夺寨之勇,斩将夺旗之能,自从出兵以来,攻无不取,战无不胜,今番要胜秦彝可就不成了。只见秦彝双铜封得很严,并无半点破绽,秦彝是越杀越勇,精神倍长。两个人杀在一处,两匹马八个蹄蹬开,荡得土气翻飞,走马灯相仿,杀了十数回合,不见输赢胜败。忽然秦彝的双铜使了双龙出水的招数,杨林用双棒往外一撞,没想到秦彝变了个怪蟒吞云式,一铜架开双棒,一铜刺奔咽喉。杨林躲闪不及,一扭身不要紧,被秦彝的铜把杨林右肩头上的挂甲环挑断,哗啷啷一声响,右臂这片甲顺着胳膊往下一溜,便堆右手腕上,皆因有勒甲丝绦勒着,非得顺手一甩,这片甲才能落在地,要不然多不便利呀。秦彝趁势逼他,又一铜打坏了护背旗,吓得杨林亡魂皆冒。

二马冲开,杨林用棒一指,吩咐:"我兵杀!"周兵大队冲杀过来,秦彝的兵便跟周兵打了冲锋,冲杀一处。秦彝把马一催,横冲直撞,恰似虎荡羊群相仿。双铜一摆,碰上敌人的兵器,木头的便折,铁的便飞,周兵挨着就死,碰着就亡。秦彝的三千兵见主将如此,亦都奋勇当先。怎奈敌兵三路接应俱至,周将韩擒虎、贺若弼、李金龙三面杀来，把秦彝困在垓心，一层一层往上围，一层一层往上裹。秦彝面无惧色，视死如归，只是乱军之中自己兵少，联络不上，兵找不着官啦。秦彝兵只剩百十余人，忽听一声梆子响，周兵弓弩手进来，乱箭齐发，如同雨点一般骤然飞至。秦彝知道性命难保啦，刚要拔剑自刎，只见周兵忽然纷纷倒退，由打外面一将杀入，杀开一条血路，视之正是程得臣。只听程得臣喊叫一声："兄长随我来！"弟兄一前一后趁势杀出，逃回马鸣关，一兵未回，全军尽没。进了城刚至衙署，就听见城外鼓炮之声震动天地。守城兵卒飞报军情，敌人已然兵临城下，将至壕边。秦彝同程玉立刻上城，指挥兵卒守城，只见周兵如潮水怒发相似，扑奔城下而来。秦彝指挥兵卒，一阵灰瓶、石子、滚木、礌石，打得周兵退下。远望周兵临近扎营，二人甚是放心不下，巡视东西南北绕城一周，方才回衙。

　晚饭之后，秦彝刚要回归内宅，猛然间就听外面一阵大乱，值日的旗牌官进来，向秦彝言道："大人，敌兵已然进城，阿副将开城降敌。"秦彝一摆手："急速去点兵，我里面有事，少时间再为杀敌。"说罢，往里就走。来至内宅，只见夫人抱着太平郎，母子正然啼哭。夫人见秦彝进来，问道："大人不在前面办公，回归内宅何为？"秦彝说道："夫人，大事不好！副将阿古开城降敌，周兵已然杀入，我来跟你永别！"说至此处，秦彝英雄气短，几乎落泪。宁氏夫人听秦彝说罢，这一惊非同小可，往外一听，乱马奔腾，喊嚷之声，大约这城是不保喽。夫人心里猜着秦彝绝不能逃走，落个失城之将，不忠之名，一定是尽忠一死，不放心我母子，这才来跟我商量。想至此处，除非随着殉节一死，别无主张。宁氏夫人向秦彝言道："听大人的口吻，是要尽忠报国。"秦彝说："正是，可惜我秦彝不能为国家保守疆土，被阿古一人献了马鸣关，害得我一世英名付诸东流。秦彝豁出性命不要，有死而已，只是夫人……"说至此处，欲言又止。夫人说道："大人不必为难,妾身亦要随着大人尽节。"秦彝一听,心中赞成夫人,一个女流之辈,想得开。秦彝说:"夫人,你我一死,剩下太平郎,尚且不知事务,如何是好?留下他,将来倚靠何人?不如将他摔死,你我夫妻死在九泉之下,亦能甘心瞑目。"

忽见管家秦安闯至屋中,说道:"大人言之差矣!想老将军为国尽忠,命丧晋阳城,大人既为北齐名将,不能弃城逃走,为国忘家,豁出命去尽臣子之大节,还不给秦氏门中留后?再者公子是个男孩,长大了还能给大人报仇雪恨呢。奴才亦曾学过双铜,练过拳脚,将来公子长大了,我可以把秦家祖传的铜法教给他。大人父子俱皆尽忠报国亦就是了,夫人万不可殉节,抚养公子接续秦氏的香烟。"秦彝此时心胆俱裂,寸心已乱,被秦安说了这番话,低头不语,心中思忖,甚为有理,遂向秦安说道:"没想到你能有忠于主人之心,还有见解。好,我将他母子托付于你,日后秦琼长大成名,我在九泉之下有灵要知道,亦是感激于你。既然如此,受我一拜。"秦彝一躬,秦安还礼,连称不敢。秦彝向夫人言道:"望夫人抚养此子,不可纵养辱没秦门。急速收拾细软,逃奔他方。长大成人让他跟秦安弟兄相称,不可以主人自居。"说罢扭身出去,上马杀敌去了。

秦彝死在城中不表,且说宁氏夫人跟秦安收拾了细软等项,秦安背在身上,抱着太平郎逃走,夫人跟着秦安由后花园后门逃至小巷,见有无数的难民在大街中往东奔命逃走,秦安跟宁氏夫人亦就挤在一处,勉力而逃。幸喜周兵未至东门,秦安随着难民逃出了东门,远奔济南。在乡间藏了数月,秦安打听明白,北齐的国土满归北周所有,北齐后主已然死了,亦算亡了国啦,各处仗亦不打啦。秦安这才跟宁氏夫人商议好,搬进济南府居住。自此秦琼母子就算在济南府落了户啦。过了不到一年,衣食要不保,秦安只可做个小本经营。可怜秦安这个义仆,每日五更起来,上市趸货,回来不做买卖去,教给秦琼练习武艺。等到秦琼练完了功夫，他便把担子往肩头上一放，出去做买卖。把钱赚到手啦，回来吃饭。吃完饭之后，教给秦琼念书。就是受这么大的累，永远没见他皱过眉。宁氏夫人有时心中不忍，便对秦安说："你做买卖就够累的啦，不用教秦琼练武啦。"秦安说："主母，我既受了主人之托，就得任劳任怨。咱们既是寒苦，没钱读书，亦不能把公子耽误了呀。将来公子大了，若能成名，亦不枉我这片苦心。"秦琼母子在济南府有这义仆秦安，衣食不愁，倒也相安无事。街坊四邻都不知秦安是个仆人，都猜着他是前妻留下的，无有不夸奖他的，都说难得，难得这秦安能够赚钱养活继母娘，对待兄弟这份意思真叫不错。秦琼既有贤母抚养，又有义仆教给念书练武，长到十五六岁，学问虽然平常，武艺可练得非常不错。常言有句话："有状元徒弟，没有状元师父。"别看秦琼是秦安教的武艺，到了十五六岁的时候，他的武艺比秦安可就强得多了。(阅者如不相信，就用如今的富连成小科班一比较就明白啦，雷喜福、马连良、侯喜瑞，哪个不是从他科里学出来的？可是科里的教师没有程长庚、谭鑫培。)

不说秦琼，单表北周自吞并北齐之后，便封元帅杨忠为隋国公。杨忠生有一子，名唤杨坚，生有异相，目如朗星，手有奇文，俨成王字。杨忠夫妻知道他是个异人。杨坚自从幼年就知亲贤下士，笼络人心。杨忠死了，杨坚便袭了隋国公的公爵。这杨坚知周主年高，不久于人世，把女儿给了太子为妃，甚为得宠。未几，周主驾崩，太子庸懦，杨坚仗着杨林之力，废了太子，夺了北周的江山，自立国号大隋，改元开皇元年，立独孤氏为皇后，长子杨勇为东宫太子，封次子杨广为晋王，封杨林为靠山王，文臣有伍建章、李德邻、高颍、苏威，武臣有韩擒虎、贺若弼、李子通、李国贤、杨素等，倒亦君臣一体，上下一心，兵强马壮，渐有吞并南陈之意，不表。

却说秦琼在济南府长到二十多岁，秦安的买卖已然做得有了积蓄,可以不劳而获了,秦叔宝的武艺已然成了名,远近皆知。专有路见不平,河里打水井里倒,一生无非为人忙,喜欢忠臣孝子,恨的是贪官污吏,事母最孝;并且性情豪爽,挥金似土,仗义疏财,好交天下英雄。因为秦琼孝母,又时常济困扶危,人称他"小专诸赛孟尝"。他在济南府结交了几个朋友,有个贾润甫,开贾家楼,为人好交,练就一身好武艺,跟开柳家店的柳州臣是结义的弟兄,虽然做着买卖,两个却又当差,在济南府刺史衙门充当捕快,喜爱秦琼,结为朋友。还有两个朋友,一个姓樊名虎,字建威;一个姓连名明,字子开。樊虎生得身体雄壮,两膀亦有三四百斤的膂力,手使一对钢鞭,武勇绝伦;连明练了一条铁棍,亦还不弱。樊虎、连明两个人在历城县当捕快都头,两个人没事儿就跟秦琼在一处盘桓。秦琼到了三十多岁,柳州臣作伐,把贾润甫的妹妹许配秦琼,迎娶过门。贾氏颇尽妇道。可是人人都称秦安为秦大爷,称秦叔宝为秦二爷(这一层鄙人已述明,秦彝的遗言,叫秦琼以兄待秦安),秦琼的二爷是叫开啦。

　　而自从杨坚灭了南陈之后,天下虽然是一统,归隋所有,可是天下荒旱不收,盗贼四起,民不得安。有一天秦琼正在贾柳店跟贾润甫、柳州臣三人一同吃酒,忽见樊虎由外面进来。施礼已毕,樊虎入座。四个人吃着酒,樊虎向秦琼言道:"我到家里去找你,你没在家,伯母跟秦大哥都不知道你上哪儿去啦,让我好找,没想到你在贾大哥这儿哪。"秦琼问道:"你找我有什么事呀?"樊建威说:"我找你非为别事,只因这几年荒旱不收,遍地是匪,黎民不安,咱们这府里刘刺史亦贴出告示,招募新军。我们县里太爷徐大老爷,今天早晨把我们这几个头儿叫至书房,责备我等保护地面,说历城县为济南府的首县,不应该有匪人,要是有呢,命我等设法肃清。倘若是被唐节度手下人,或是府里刘刺史手下人,要是在咱们历城县该管的地面办下案来,寒蠢是小,上宪要是怪罪下来,是谁承当? 今天是先告诉你们,上紧上紧，你们自己酌量。我们听徐太爷所说那番话，知道得真当差才成，要不然被上司衙门办下案去，碰巧我们的差事就将因为这个丢掉。我樊虎在县官面前禀明，既是如此，我们衙门里得添人。县官说添人这一层，唐节度有谕，准予添人，你们可以在本县这儿随便保荐人。县官有话，我樊虎便在县官面前保荐秦二哥你。县官说久已闻名，二哥是个精明人，就怕你不干，我便在县官面前夸下海口，我说跟秦叔宝是至交，只要找他一说就成。没别的说的，二哥你得赏兄弟个脸，你得当个捕快。你说咱们几时去见县官？"秦叔宝听罢，遂道："樊大弟你瞧得起我，看我至重，你才保荐我呢，叔宝承情不过。要说是去当捕快，我可不敢应允；要是为官，或是投军，未为不可，就怕没能为，要是有本领，到了阵前不难建功立业，军营投军为秦某之夙志。要说去当捕快，在我叔宝倒是未为不可，必须得禀过母亲。不怕你们哥儿几个过意，当初我父在日，在北齐后主驾前称臣，官拜武卫大将军之职，为国尽忠，命丧马鸣关。我秦琼既是将门之后，不应当去当捕快，我饶没给祖上增光露脸，反倒给祖上丢人。其实做官亦不足为荣，应役当差亦不足为辱，汉高祖刘邦身为亭长，到后来能到九五之尊万乘之君。可我要是应允了当捕快，我母亲必然怪罪于我，樊大弟这份美意，愚兄谢谢，对不起，捕快一节实不敢应。"樊虎想着跟秦琼一说准能应允，万亦没想到碰钉子。贾润甫唯恐怕樊虎挂不住，忙插嘴道："既是二爷不愿意，将来你们要有为难的案子，找他白帮忙，倒是好主意。"秦琼说："贾大哥说得很对，日后要有用我帮忙的事儿，我是万死不辞。"樊虎亦就搁下了，遂道："只要有扎手的案子，必然得找二哥。"柳州臣说："别聊啦，菜都凉啦，咱们喝酒吧。"于是巡壶把盏，谈谈论论，只吃得杯盘狼藉，席终而散。樊虎告辞先走，秦琼在贾柳店喝了会儿茶，然后亦就回家。

　　及至到家进到屋中一看，樊虎在屋中正同秦母说话呢，贾氏在旁侍立，秦琼就猜到樊建威必是先来跟老太太商议此事。心中正猜闷儿，秦母忽向秦琼说道："樊虎找你当捕快，你怎样不当呢？"秦琼一听，当时就是一怔，心里非常着急，万般无奈，只可实话实说，堆下满脸的笑容，向秦母言道："母亲有所不知，非是我自高身价捕快不当，大丈夫做事随风而转，见机而作，能大能小，当捕快亦并不低。只有一节，这不是当着樊建威吗，我亦不怕他过意。当官差呀，是不狠当不了，不缺德不发财。我曾听朋友说过，要是上宪交派下案子，批下限期来，到了日子办不着案中的人犯，当捕快为保住自己的差事，就不管什么缺德不缺，往谁身上一栽赃，就拿谁填了坑。再不然谁家要倒霉遭了官司，本来就糟着心哪，你瞧吧，只要打官司的一进衙门，当衙役的便百般敲诈。有句俗话：'有病打官司，你就认头花钱。'娘亲，你想这些事儿我能办得出来吗？"老太太听罢，点了点头："听你所说亦还有理，你既怕伤德，做事的时候可以存份心，咱们又不指望发财。你不可不当这差使，做事必须以小求大，不受苦中苦，难得甜上甜。我的主意，你明天去到县衙面见县官，要是县官看你不成，亦就罢了；要是能成，你就认差。"秦琼自思：自己已然都三十多岁，事事靠老哥哥秦安，自己分文没挣过，再要是有事不去做，怎对得住秦安呢？秦琼心里这么思忖着，又有母令不敢违背，遂向樊虎说道："难得你有这份苦心，愚兄亦不说什么啦，明天你还得受点儿累，陪着我去见县太爷。"樊虎一听，是喜之不尽，遂道："二哥既肯赏脸，小弟当然奉陪。"

书中不可重述，简短捷说，次日秦琼见过县官，自然成功，叔宝便在历城县当了捕快。他向来好交朋友，又当上官差，朋友自然比从前有多无少，奉公缉盗，当差认真，半年之内真办了几桩子漂亮案，县官徐有德便把秦琼升为都头。他当差真是上和下睦，没有一个人说他不好。每有外乡人落魄在济南府，只要遇上秦琼，他必然倾囊相赠。有时断了些个扎手的案子，赔上经费不算,他还送给匪人银钱让他们改邪归正,拿钱当本,可以做个小本经营。一些匪人知道秦琼武艺高强,惹他不得。秦琼的成名,令有些不怕打骂的匪人,什么叫过大堂、跪铁锁、满不在乎、滚刀肉一般的惯犯,也都感到难为情了。他们一犯案,秦琼没来之前,官人对待这些贼,因为没有办法,只可以闭眼,遇事装作不知;自从秦琼一当差,便常常周济他们,秦琼对他们施点小惠,他们怕秦琼之威,感秦琼之恩,便不好意思在历城县的地面作案。历城县的地面,自有秦琼,大盗是不来,宵小是远奔他方,商民百姓,口碑载道,谁人不知"小专诸赛孟尝"秦琼秦叔宝的大名。不算山东,就是山西、河北、江苏、河南等处,都知道山东济南府有个秦叔宝,挥金似土,仗义疏财,侠肝义胆,济困扶危,无论当差的,应役的,行商富贾,绿林好汉,甭管是干什么的,要是到了济南府,都慕名来访,奔着来交秦叔宝。秦琼的名望是远近皆知,不用鄙人再说啦。

第二回　受牵连唐国公遭贬
　　　　　见不平秦叔宝救驾

　　却说有一天,有外省来的朋友送给秦琼一匹黄骠马,千里人得了千里马,格外得高兴。(戏中的《卖马》说"兵部堂黄大人相送于咱",希阅者注意,戏词与书里的意思不同,这匹黄骠马是全书的重要引子,阅者看到后来便知。)自从得了黄骠马不到半年,活该秦琼运气不佳,该着被困天堂县。济南府刺史衙门由东阿县解来十八名盗匪,系山西著名的江洋大盗,因为山西捉拿得十分紧急,十八名大盗逃至山东躲藏,被河东节度使行文请山东查拿,十八名大盗遂在东阿县被获遭擒,解到济南府。刘刺史过了一堂,知道这股差事现应当解赴长安,送交刑部,刑部审后才能定案呢。刘刺史惟恐十八名大盗解赴长安道路遥远,中途路上生变,想着历城县的捕头,秦琼、樊虎两个人武艺最好,素有威名,随即行文历城县,派秦琼、樊虎押解差事赴长安交差。公事一下来,不用说,官身不自由,秦琼、樊虎弟兄二人只可回家取随身的衣服。秦琼到家禀明了母亲,老太太不免叮咛嘱咐,拿了行李物件,同樊虎由刺史衙门领了公文路费,带了伙计,当堂领了差事,便督催伙计把十八名大盗钉在囚车之内。秦琼、樊虎二人上马,押着差事出了西门,走在关厢,便有许多的朋友给秦琼送行。吃完了酒饭,谢过朋友,由济南起身,够奔长安。一路之上,小心在意,以免出错。

　　在路上晓行夜宿,饥餐渴饮,非止一日。这日过了潼关,走过渭南,将至临潼山,秦琼跟樊虎说:"耳闻着当初楚国伍子胥在临潼山上举过千钧鼎,威震天下各路诸侯,听人传说临潼山有伍子胥的神祠,他那庙前还放着当年举的那个鼎呢。你们慢慢地走着,我去看看。"樊虎点头应允,秦琼便催马奔临潼山。来至山下,下了马,刚要找伍子胥的神祠,忽然间听得喊杀连天,声如鼎沸。秦琼顺声音一听,喊杀之声在岗的西边。书中暗表,这岗叫做檬树岗。叔宝心中纳闷,临潼山离长安最近,焉能有战场啊?难道说此处有匪人吗?我且看看,有什么回头再说。想罢上马,催坐骑上了高岗,往西一看,就是一怔,见有无数的匪人,用颜色将面目涂改,红脸的、绿脸的等等不一,各持利刃,围着一个官长厮杀。远望那官长,手使画杆方天戟,在当中间,往来冲杀,累得周身是汗,遍体生津。当中有两乘山轿,有些家将保护着,可也动着手冲杀,轿子内有妇女啼哭之声。秦琼看着,未免有气:要是山中的英雄、绿林的好汉劫夺奸臣,或是抢夺贪官,何必染面呢? 不管他们怎么强横,叔宝遇见此事,绝不能袖手旁观。

　　不表秦琼路见不平要管闲事,鄙人先把这个闷葫芦打开,阅者别忙,容我把这段杨广劫杀李渊之事述明。却说杨坚当初吞了北齐之后,他在北周官至隋国公,仗着杨林篡了北周,自立隋朝,改元开皇。论理说,一个公爵篡了位,当了皇帝,他应当知足。可因为江南之地不归隋朝所有,心实不甘,杨坚命韩擒虎、贺若弼、高颎等统带大兵数十万,进兵南陈,打算灭了南陈,得了江南,以成一统之势。活该他隋朝有一统之分,南陈后主驾前颇有忠臣勇将,虽然灭不了杨坚,可是足能自守。偏是那南陈后主叔宝天子(阅者注意:南陈后主名叫叔宝,跟秦琼的号一致,都叫叔宝)不争气,大隋朝的兵到了江南,他南陈眼瞧着要朝夕不保啦,已然到了危急存亡之秋,他还不想主意,反倒在宫中(南陈都于金陵)同着两个美人张丽华、孔贵人,追欢取乐,可算是醉生梦死。杨坚见南征顺利,加派杨林为大元帅,李渊为长史,韩擒虎、贺若弼为先锋,晋王杨广为监军,大兵进逼金陵。打破了金陵,高颎、李渊率兵闯进皇宫,寻找南陈后主叔宝天子。在宫中御花园一个井里打捞上来,才知道他同着张丽华、孔贵人,三个人跳井。说亦奇怪,捞上来他三个都没死。杨广知道南陈后主被俘,遂派高德虎之弟高德弘在金陵向李渊要张、孔二美人。李渊不惟不给,因为张丽华、孔贵人狐媚迷君,窃权乱政,南陈的天下都丢在她们两个人之手,不敢再留祸根,李渊倒是一片忠心,便把张丽华、孔贵人杀了。高德弘回见杨广,说:"李渊乃是酒色之徒,他想着受用,千岁命我去要,他不惟不给,犯了醋劲,反把两个绝色的美人给杀了。"杨广一听,勃然大怒,遂道:"好办,我早晚非把李渊杀了方觧心头之恨。"从此,杨广便把李渊怀恨在心。杨广带兵到了金陵,把南陈的佞臣孔范杀了,以泄江南人民之恨,假仁假义地帮着安民,然后全军人马回朝。杨坚封杨广太尉之职,封杨素为越国公,封贺若弼为宋国公,韩擒虎为上柱国,高颎为齐国公,李渊为唐国公,随军将士俱有赏赐。因为高丽国屡犯边疆,又派靠山王杨林坐镇登州府。杨广虽恨李渊,却不敢动他,只因李渊当初在龙门镇砍敌,曾发过七十二箭,射死七十二个敌将,李渊的本领是无人不知。(为下文书射死单道伏笔,又为锁五龙重要的关键。)

且说晋王杨广无事,便拉拢些个小人。有个宇文述,人称"小陈平",留在府中;有个左庶子张衡,亦留在府中。宇文述、张衡这两个小人帮着杨广不做正事还不算,宇文述有个儿子叫宇文化及,更不是个好东西,每日往晋王府中行走,奔走权门,狼狈为奸,勾串越国公杨素、大理寺正卿杨约,时常在杨坚驾前进谗言,说杨勇不好,蛊惑着废太子,立杨广为东宫太子。杨广亦时常进宫在独孤后面前去献殷勤,妇人见识最浅,因此喜爱杨广,不时地跟杨坚夸奖杨广。可亦奇怪,杨勇不惟不见他母后去献殷勤,无事的时候他连见独孤后都不见,愈发显出来杨广是好人,懂得孝道。爽性独孤后在杨坚前冷言冷语,说太子杨勇不好,连孝都不尽,后来焉能治国?杨广勾串大理寺正卿杨约,谋夺大位,许过杨约,若能拉拢上越国公杨素,准能成功。杨约是杨素的兄弟,便把进谗言贬太子的重担揽在自己身上。

有一次杨素跟杨约弟兄两个谈心,杨约不住地长吁短叹,紧皱双眉,面带忧容。杨素向杨约问道:"你有什么事,如此长吁短叹?"杨约说:"我的心中事,关系至大,我可不敢说。"杨素急道:"你我既是同胞的弟兄,有什么话不能说呢?"杨约先叹了一口气,然后说道:"昨天我跟东宫苏护卫在一处喝酒,苏护卫喝醉了,我跟他说,别看我是大理寺,不如你东宫护卫。他问我怎么会不如他,我说万岁年高,不久太子杨勇必然继承大统,日后太子若能执掌国政,你准沾光。苏护卫笑道,有沾光的,有倒霉的。我说,太子做皇帝,谁能倒霉?他说,太子杨勇时常言说越国公杨素位重权高,骄傲已极,他眼里就有万岁,不用忙,日后我杨勇登了大宝,先杀老贼杨素。"杨约说至此处,向杨素问道:"兄长你想,我不知道便罢,我既知道,焉能不着急?事关重大,又不敢跟兄长你说,我又放心不下,兄长请想,我寝食能安吗?"杨素听罢,遂道:"别看他是东宫太子,他亦管不了我,我若不去理他,他能把我怎样?"杨约忙道:"这话不是这么说,兄长你还是绕着哪!万岁偌大的年岁,岂能长久?倘若一朝万岁驾崩,太子登了大宝,执掌国政,杀害你我,岂不容易?"杨素点了点头道:"你说得有理,那么我是辞官不做,退权避嫌为是呀,还是改变主意,去顺太子的心意,巴结巴结他,以防日后大祸临身为是呢?"杨约说:"退身是不成的,咱们要是没了权力,日后他杀咱岂不更易?若去巴他亦不好,咱们若是一巴结他,便显露出我们怕他。而今杨勇虽然对兄长不满,只因大权在手,万岁驾前得宠,他亦就是无可奈何,兄长你还得另想保身之道。"杨素沉吟不语,好大半响才向杨约说道:"事已至此,那就讲不了啦,在万岁驾前进些谗言,贬了他的太子,废了他另立杨广,我叫他永远不能身为皇帝,看他能把我怎样呢?"杨约连连称善,遂道:"兄长这么一办倘若成功,将来能有很大的好处哪。"杨素说:"有什么好处?"杨约说:"晋王杨广身为万岁次子,焉能登得了大宝?咱们要是办到了,贬太子、立晋王的时候,晋王亦不是糊涂人,一定得感激咱们,日后他要做了皇帝,准能重用你我,岂不是咱们的好处?"于是弟兄商量好了,分头去做。

杨素命杨约去拉拢晋王,他去设法废太子杨勇。杨坚是个耳软心活、没准主意的人,却又惧内,外有杨素,内有独孤后,阅者请想:太子杨勇如何受得了? 杨坚自有废长立幼之心,便时常在杨勇、杨广身上留心考查,处处觉得杨广为人仁义,料到日后杨广承继帝位,亲贤下士,知人善用,准得胜似杨勇。不过废长立幼关系最大,不能草率,亦得慎重慎重。天下无难事,专怕有心人。杨广竟能把东宫太子杨勇的幸臣姬戚,亦拉拢到自己的党内。

却说杨坚这日在宫中无事,忽有东宫的幸臣姬戚告密,(这群小人计划成功了。)杨坚把姬戚叫到面前问道:"你有什么事,求见朕?"姬戚说:"万岁,大事不好! 东宫太子有意杀父夺权,不敢轻举妄动,昨日命师姥占算,据师姥所说,万岁今年该着宾天,太子命唐令臣、邹文盛两个人今晚动手。奴才想着,事情败露,俱都有罪,连我姬戚亦得冤枉在内,我是惧罪,特来告密。"杨坚料到事真(何不亲身调查,那为实据),立刻召见太子。杨坚升了殿,金瓜武士、带刀的护卫两边伺候。杨勇来到,拜倒施礼。不容分说,杨坚便降旨贬了杨勇,废为庶人,囚于内苑。又降旨把唐令臣、邹文盛拿了下狱,派杨约审问(送入虎口)。次日早朝,杨坚便立了杨广为东宫太子,封宇文述为东宫护卫。唐令臣、邹文盛二人被杨素、杨约屈打成招,斩于市曹。合朝文武对于杨广、杨素、杨约、宇文述等侧目而视,谁敢多言? 只有大夫袁旻、文林郎杨孝政两个忠臣看着不平。

一日杨坚早朝,袁旻、杨孝政跪奏道:"父子乃天性至亲,万岁听信谗言,贬了太子,废长立幼,有失国体;况且这事又无实据,只听姬戚告密,一面之词,失了父子天性,太子实是冤屈。请陛下速斩杨素、杨约、姬戚、宇文述等以清君侧,不然于国不利。"杨坚听二人奏罢,勃然大怒,不容再说,绑出朝门,便将袁旻、杨孝政杀了,文武大臣谁敢再言?惟有唐国公李渊赤胆忠心,豁出命去,上疏说:"太子所谋杀父夺权之事,既无实据,又无对证,今既贬为庶人,不应加罪,还宜怜恤。"杨坚览奏,亦为动容,随即降旨,以五品俸禄终养杨勇于内苑,不得囚禁,却又不准出离皇宫。早有杨广党羽给杨广送信,杨广听说,气得要炸了肺,满打算杨坚把杨勇杀了,绝了后患,偏有这不知趣的李渊出来跟我作对,可是万岁又专听他的话。杨广在这气恼之下,心中思忖,忽然想起他既在万岁驾前得宠,我先跟他拉拢拉拢,容我得了天下,再为杀他。想罢,用了晚膳,安歇睡觉。

次日午后未时,杨广骑了马,来访李渊。家人往里一回,李渊惊异非常,赶紧出府迎接。施礼完毕,让至大厅,落座吃茶。杨广跟李渊说着话,杨广一点怨恨的意思不露,李渊倒觉着难过,以为他是量大呢,却不知杨广怀着鬼胎。(阅者要问杨广怀着什么鬼胎,不妨鄙人写出来,阅者一看,便能了然。)原来李渊的夫人窦氏,长得最好,从前杨广看见过一回,差一点儿得了失魂之病,虽然有心,却是苦于没法下手。如今他恨上李渊,错打了定盘啦,打算跟李渊表面上亲近,暗含着把窦氏勾搭上。(酒色迷人煞是怕,都说利令智昏,鄙人说色亦令人智昏。)闲话休提,书归正传。杨广跟李渊说着话,一眼望见案上有棋盘棋子,便向李渊说道:"今日无事,何不着棋?"李渊本不愿理他,只是无法,听说着棋,越发不愿意,只可陪他。说亦奇怪,杨广连着数盘,俱皆败北,输得烟生火冒,李渊却又冷笑不止。杨广突然向李渊说道:"咱们着棋可以挂彩,赌个输赢你可愿意?"李渊随道："未为不可，请问赌什么？"杨广说："三棋两胜。我要输，把我的妻子归你；你要输了，把你的妻子归我三天。"李渊听杨广说出不伦不类的话，气得颜色更变，不顾利害，抄起棋盘，往杨广便打。杨广后悔得了不得，不应当把真话说出口来，见李渊抄起棋盘就打，急忙往旁躲闪，棋盘虽然没完全打着，却把右边额头打破了点皮。杨广理亏如山倒，抹头往外就跑，李渊气得浑身栗抖，体似筛糠，越想越有气。

不表李渊生气，单说杨广上马回归，杨广跟李渊是势不两立，苦于没有办法，忙召宇文述、张衡等计议。张衡说："杀李渊不难。当今万岁性疑多猜，听说万岁常常梦见洪水为灾，围困都城，心中不悦。前日万岁疑那邸公爷李浑的儿子洪儿，将来能夺万岁的江山。万岁降旨，令那洪儿自尽（在张衡口里述说出来，枉杀洪儿，隋文帝亦是无道）。如今咱们可以造些谣言，让万岁对于李渊生疑，便能害了李渊。"杨广点头，连道："好计，好计。"宇文述说："待我编造四句谣歌：'日月照龙舟，黄河水逆流。扫尽杨花落，天子季无头。'"杨广说："这四句谣歌是怎么讲法？"宇文述说："万岁不是因为常梦大水，心中不悦吗？借水为由，说'黄河水逆流'，'扫尽杨花落，天子季无头'，暗含着就带出来，水扫杨花，是犯水字的名字的人，能把杨姓的天下扫去；季字去头，念李，这不是跟指明了是李渊一样吗？"杨广鼓掌称善，跺足叫绝："事不宜迟，快去散布谣言。"于是这群小人出去散布谣言。不到几天的工夫，长安城里，茶馆酒肆，人们纷纷议论，巷中里中小孩儿们全都唱这四句歌谣，闹得满城风雨。地面的官人极力禁止，只是禁止不住，不由得渐渐传入宫中。杨广进宫跪奏："天降谣言，于国不利，儿臣惟恐国家大事有变，故进宫奏明。"杨坚道："朕亦有所闻，皇儿且退，朕当自有主张。"杨广退出，打探动静，只希望杀了李渊。没想旨意下来，把邸公李浑合家老幼五十余口斩于市曹（李浑倒霉）。

　　杨广见杀了李浑,未杀李渊,心中不悦,问计宇文述。宇文述说:"如今万岁信服方士安伽佗。"(阅者诸君,这个方士,自从秦始皇欲求长生不老药,派方士徐福东海求药,一去不返,直传隋朝,这种荒诞无凭的方士仍然能够出入宫中。看起来杨坚亦是混蛋皇帝。)杨广问宇文述道:"万岁信方士安伽佗怎样?"宇文述说:"王爷可以花些金钱,买他进宫,在万岁驾前奏明季无头,将来天下必然丢在李姓人之手,把李姓之人全皆杀死,李渊还能活得了吗?"杨广点头应允,便拿出许多珠宝命他去运动。真是钱能通神,有钱能使鬼推磨,安伽佗受了金钱的驱使,倾心愿意去害李渊。且说安伽佗进宫,见了杨坚,将四句谣歌解释明白,请杨坚将李姓为官之人尽皆杀死,以绝后患。杨坚准奏,安伽佗出宫,去见杨广复命不表。却说这个信儿真快,早就有人禀报丞相高颎,高颎闻报,慌忙进宫见了杨坚,奏道:"陛下要打算子孙万代,社稷久长,必须修德,倘若无故杀戮大臣,人心变动,臣却深以为忧。"杨坚闻奏,沉吟不语。高颎跟着奏道:"万岁若要防变,可将李姓之人尽皆不用。"杨坚准奏。这个旨意还没下来呢,李渊因为跟杨广结下冤仇,心中不安,趁着此时上了一道折本,辞官归里。杨坚还不错,知道李渊是忠臣,便先降旨,命李渊为河东节度使,并着李渊立刻起身,不得迟延。杨坚的心意是容李渊走后便下旨,凡李姓在朝为官者,尽皆革职不用。

　　不表朝中之事,却说杨广听见李渊为河东节度使,心中大大的不悦,忙召宇文述、张衡等计议。宇文述说:"李渊这一走,到了河东,咱们再想害他可就难啦。"张衡说:"不如把李渊居家老少尽皆杀死,岂不痛快?"杨广说道:"杀他居家老少,痛快是痛快,一者不好下手,二者杀了他,让万岁知道如何能成?"宇文述答道:"千岁,我的办法是想李渊离长安够奔河东,必走临潼山。咱们把羽林军带上几百,假扮强人劫路,杀了李渊,谁人知道?"杨广一听,遂道:"好计,好计。"忽向宇文述问道:"这么办成不了功吧?"宇文述问道:"怎么成不了功哪?"杨广说:"那李渊胯下马,掌中戟,有万夫不当之勇,羽林军如何能成? 非有勇将不可。"宇文述遂道:"好办哪,有臣子化及足矣。"杨广说:"不成,要是办这事,必须你我前往,才能成功。咱们得把面目涂改,以免李渊认识。"宇文述说:"事不宜迟,带兵出城,千岁可以托词打猎,遮蔽他人耳目。"大家决定之后,宇文述去点羽林军,点齐了五百大队,宇文述父子全身披挂好了,便保着杨广出了长安,赶奔临潼山,假扮强盗劫杀李渊去了。

单说李渊见杨坚命他为河东节度使,心中喜之不尽,既可离开长安是非之地,又能回归故土原籍,若说有变,身为节度使,兵权在手,足可应付。因限于旨到起身,便命家人赶紧预备起身,窦氏夫人与他女儿同乘两顶小轿,李渊乘马在后,起身出城。李渊的宗弟李道宗,带了二十四个家将,押着车辆头里先走不提。李渊带着家人到了东门外,忽然后面有丞相高颍赶来送行,李渊免不了有一番应酬。耽搁了半晌,才和高丞相作别,李渊督催轿夫家人,追赶李道宗。将至临潼山,忽见由打对面跑回来两个家将,当中拥着公子建成,面上带着惊慌之色。见了李渊,两个家将向李渊说道:"公爷,大事不好! 前面有匪人挡住去路,要抢劫咱们!"李渊一听,赶紧吩咐轿夫站住。李渊把长服甩去,手持画戟,打算杀上前去,忽见李道宗和众将被匪人追下来了,远望匪人有数百之众。李渊仗着自己的武艺,虽然不惊,却是纳闷,临潼山离长安城最近,会有匪人盘踞,真是意想不到。临近了一看,匪人使的军器,俱是长矛枪;匪人面上涂抹的颜色,分出青红紫绿蓝。李渊高声喊喝:"众家将,保护家眷要紧!"众家将遵命,便把轿子团团围住。

单说李渊,催马舞戟,来至众匪人近前。当先一人,青纱遮面,黑盔黑甲,把大枪一摆,拍马上前,口里叫道:"此山是我开,此树是我栽。要打此处过,留下买路财。牙崩半个说不字,大枪之下管杀不管埋!"李渊催马上前,刚要答话,此人不容分说,抖枪就扎。李渊见势不好,赶紧合戟招架,支开大枪,顺势大戟往前一递,正中匪人前心,死尸坠马。杨广大吃一惊:"李渊武艺高强,非一人能够胜之。来呀,围!"一声令下,宇文述父子率五百羽林军往上一围,把李渊困在垓心。李渊舞动大戟,顾前打后,指左就右,马打盘旋,来回乱转。李渊的妻女、家将一看被人围上,个个惊慌失措,口里喊叫:"救命呀,救人啊!"李渊听到喊叫声,心中着急,又搭着寡不敌众,只累得鼻洼鬓角热汗直流,口里吁吁带喘。李渊不由得一摇头:"此处莫非是我李渊的丧命之所吗?"

正在此千钧一发之际,秦琼催马赶到,见无数匪人围着一个官长厮杀,当中还有两乘山轿,有些家将一边保护,一边动手,轿子内有女子啼哭之声。秦琼气往上撞:"呔!尔等且慢动手,某家来也!"叔宝舞动双锏,杀上前来。杨广认为秦琼从此路过,没拿他当回事儿,催马拧枪就刺。秦琼双锏搭成十字架,往外一推枪,抽左手锏一兜杨广的下枪杆,"当"的一声正打在底枪杆上,把杨广的枪就磕飞了。秦琼使了一招"双龙探海",刺奔杨广的二目,杨广缩颈藏头,躲过双锏。二马错镫,秦琼回身一锏,正中杨广的脊背,打得杨广往前一栽,拨马就败。当时就觉得嗓子眼儿发甜,心口发堵,"哇"的一声吐出一口鲜血。杨广摇摇晃晃,一只手扶着铁铧梁,另一只手向后一招,意思是叫众人快退。宇文述父子一看不好,一声呐喊,跟着就败了下来。

秦琼一阵得胜,紧追不舍。黄骠马奔跑如飞,刹那间就追上一名羽林军。秦琼轻舒猿臂,活擒此将,那匹马落荒而走。秦琼一问,方知情形,敢情是太子与唐国公有隙,在此埋伏劫杀。秦琼不由得吓出一身冷汗,一失神,抬起手来使劲往下一按,这位也倒霉,脑海正撞在铁铧梁判官头上,当时死于非命。秦琼赶紧撂下死尸,把双锏交于一手,拨马便走。李渊一看:"恩公慢走!"秦琼并不答言,催马疾驰。李渊在后就追:"恩公慢走,请留下名姓,府上何在,将来我好前往叩谢!"秦琼哪敢回答,连连地催马,马踏如飞,可李渊是紧追不舍。秦琼无奈,把双铜往左肋一夹,马还直跑,秦琼把右手一摆说:"不要追啦,我叫秦琼。"李渊没听见秦字,只听见一个琼字,见叔宝伸出一只手,错会了意,拿秦琼当做穷五。

　　正在此时,忽见背后尘土起处,十数骑跑奔前来,头前一人,手使大刀。李渊一瞧不好,匪人又来了,急忙挂戟,抽弓拔箭,认扣填弦,弓拉如满月,箭出似流星,只听"吧嗒"一声弓弦响处,"噗哧"一声,正中喉间,应弦而倒,尸横马下。少时间那十数骑马到了,李渊一看,是自己的家将,把心放下了。家将问道:"公爷,怎么把这人射死?"李渊说:"他乃匪人,射死于他,你们何必多问?"家将说道:"糟了,他是好人!"李渊问道:"怎见得?"家将说:"这人是个买卖客商,从此路过,见了我们遇见匪人,他因为会把式,路见不平,追至此处,为我们出力杀贼而来,可惜被公爷一箭射死,岂不可惜?"正说话间,由西边来了五个人,是做买卖的打扮,见了死尸,放声痛哭。有一个向家将道:"我家主人好心好意来给你们除害,你们怎会把我家主人给射死呢?"李渊一听,心中别提多么不好受了。家将说道:"你们别哭了,人死不能复生,谁亦想不到的事。我家主人跟匪人厮杀,强盗跑了,你们主人一到,我们公爷错会了意,拿你们主人当了强盗,一箭射死,这总算命里该着。"李渊吩咐家将道:"你们赶紧去取一千两银子,送与他们,厚葬他们的主人,雇些僧道超度超度吧。"这些人齐声道:"谁要你们的银子! 我家大员外长安贩卖绸缎回来,偏遇见你们。俺家还有二员外呢,姓单名通,字雄信,有万夫不当之勇,将来必找你们报仇。"李渊说道:"死者不能复生,叫本爵亦是无法。容我们到了任上,让你们二员外去找本爵,我再补报你家员外。"这些人说道:"你们去吧,我们自己买棺材装殓了。"(阅者诸君注意,后文书单雄信与唐室结冤,不肯投唐,正为此事。)

第三回　承福寺李世民降生
　　　　　天堂县秦叔宝卖马

　　不表李渊，却说秦叔宝催马追至关口才见了樊虎，未便声说，亦没跟众人提，到了长安刑部交差。活该倒霉，差事到了，刑部不收，刑部里交派下来，原差原解分为两股，解往河东潞州一股，天堂县一股。叔宝无法，只可同着樊虎带了伙计，押着囚车出离长安，够奔潼关。渡过黄河，非止一日，这天来在双阳岔路，秦琼说："贤弟，你押着九股差事到潞州交案，我押着九股差事到天堂县交案吧。"樊虎说："好吧，就依二哥。"秦琼说："贤弟交待完差事可到天堂县找我，咱们好一起回转山东。"樊虎说："看吧，我要完得早，就来找您，一同回来；要完得晚，也许咱哥儿俩就在山东家里见了。"说完分好行李，樊虎押解着九名大盗岔道奔潞州去了，暂且不提。

　　单说秦琼押着另九名大盗，这一天来到天堂县，进了西门，已是黄昏时候了。正往前走，就见路北一座店房，门匾上写着是"王家老店"。秦琼刚到门口，掌柜的迎出来了："爷儿几个住店吗？"秦琼说："正要住店，给我们找几间清静的屋子，有吗？"这位一瞧就知道秦琼是押解犯人的长解官人，连忙说："我家有的是房，您请进来吧。"秦琼说："好吧，我明天就到衙门销案，今晚住上一宵。"掌柜的一通忙活，又牵马又帮着搬行李，十分热情。随后又把酒饭端上来，众人吃喝。秦琼一问，掌柜的姓王，叫王小二，店里就是他夫妻二人，他又是掌柜的又是伙计。而且听说过秦琼的大名，王小二伺候得无微不至。第二天，秦琼押着差事到县衙投案,不想本县县令蔡大老爷已然够奔河东黄河渡口去迎接李渊了,不在衙中。二位班头金甲、童环久慕秦琼的大名,客气一番,把差事暂且收监。金甲说:"秦二哥,差事我们收了,可老爷不在,回批没法给您,您委屈委屈,回店房听信儿吧。"秦琼没办法,只得辞别二人,回转王家老店。

书说简短,这一等可就等了二十多天,秦琼心急如焚。一开始,王小二还是满面堆欢,阿谀奉承;到后来,就管秦琼要钱了。偏偏秦琼行李中只有十两银子,都给了王小二也是不够,慢慢就变成赊账了。饭食也从八个菜到四个菜、两个菜、一个菜,最后只有贴饼子了。秦琼也明白,这就是人情冷暖,世态炎凉。单说这一天,天到申时,秦琼正睡着哪,王小二蹦着就进来了:"秦二爷,快醒醒儿。"秦琼由打梦中惊醒,一看王小二喜笑颜开地站在自己面前,侧耳一听有铜锣声响。"您快来,蔡大老爷的大轿到咱门口儿啦!"叔宝立刻往外就跑,出房门一看,果然是县太爷的轿子到了。秦琼心想:今天蔡大老爷刚回来,我因为盘费短少,县官一到衙门,公事杂乱的,倘若一忙,再把我的事儿扔在脖子后头,若要是再耽误几日,如何是好?不如在路上禀明了蔡大老爷,领了回批,早日回家为是。想罢,秦琼便冲着大轿在当街跪倒,口称:"小的是山东济南府的解差,伺候太爷的回批。"蔡大老爷连日应酬上差,身体劳乏,睡在轿内,哪里听得见哪?随行的县役向秦琼喝道:"老爷办事没有衙门吗,这里是领回批的地方吗?"说罢,轿夫搭着轿,走得更快。叔宝想着多耽误一天,是一天花费,倘若他要累了,几日再不坐堂,如何是好?想罢,一把扯住轿杆不放。谁想叔宝力大,轿子一歪,险些儿县官扔出轿来,当时把县官惊醒。轿夫用轿杆一支杵,轿子算是站住了。蔡大老爷在轿内坐着,一看秦琼这个气可就大啦,活该秦琼倒霉,正赶上蔡大老爷的气头上。(世上的事真是难说,人要是时运不好,什么倒霉的事都遇得上,其实蔡大老爷还是个清官,此时因为什么有气呢？阅者别忙，容我说这段真主降生。）

　　自从李渊由长安城一起身，河东（今之山西省，古名河东）的官员就按着公事，各州的刺史、各县的县官，便都纷纷够奔河东的黄河渡口，准备迎接唐国公李渊。大众直等了二十余天，没见李渊来到，全都不免着急。李渊为什么不到呢？只因秦琼救了李渊走后，唐国公奔至轿前，向窦氏夫人言道："夫人受惊了。放心吧，贼人已然被恩公杀了，你我赶路吧。"夫人说道："公爷吩咐他们快着走吧，倘若是贼人再回来呢？"李渊立刻吩咐家将家人赶路，走出没有几里路，夫人忽然觉着肚腹疼痛，在轿内呻吟不止。李渊一问，心下着慌，原来窦夫人身怀有孕，将至临盆之期。李渊料到夫人肚痛，大概是要生养，心中焉能不慌？倘养在路上，如何是好？在马上往前一看，有座大庙，论理说佛门净地，去不得，李渊此时亦顾不得了，于是来至庙前，一看山门上边有字是"承福寺"，只可命家人到寺中去找庙里的当家的，暂借一宿。本寺的住持僧人法名五空，听家人一说，便率领众僧人出来迎接。李渊进到庙中，将家眷安置好了，这才吩咐家将庙前庙后，往来梭巡，以防不虞。刚刚安置已毕，李渊正在禅堂与五空攀说，有家人来报："夫人生下二公子，大小平安，给侯爷道喜！"五空一听，也给李渊道喜，说："这位公子降生在空门清静之地，愿日后能够济世安民。若侯爷未曾给他取名，依小僧之意，就叫'世民'如何？"李渊大喜，连连道谢。这段书小节目"承福寺真主降生"。

　　李渊见五空和尚言谈文雅，学问渊博，心中高兴。正在闲谈，忽然抬头一看，见墙上挂着一幅画，画的是石头，玲珑剔透。两边还配有一副对联："宝塔凌云，一日江山无边清净；金灯代月，十方世界何等悠闲。"李渊一看，下款是颍阳柴绍，写画俱佳，便问道："这柴绍是何许人也？"五空说："他是我一个僧家小徒，名叫柴绍，字嗣昌，他父柴笠曾为颍阳刺史。"李渊说："原来是故人之子。我和柴笠亦是老友,今日有缘,但不知他在哪里?"五空说:"就在后院书房以内。"李渊说:"那烦请和尚先告诉他一声,我前去看看他。"五空传下话去,这边李渊出离禅堂,直奔后院。柴绍早在书房门口恭候。李渊见柴绍面色粉嫩,眉清目秀,五官端正,气度不凡,心中高兴。柴绍向李渊施礼已毕,让至书斋,三人落座,书童献茶。李渊在各处查看,见有琴棋书画,书阁条几,文房四宝,余无他物。吃茶已毕,李渊与柴绍谈了会儿话,见柴绍谈吐大雅,毫无酸气,心中甚为喜爱。唐国公询知柴绍并无妻室,有意把女儿许配于他,遂向柴绍道:"本爵有句话透着冒失一点,要跟公子你说。"柴绍说:"老伯有什么话,何妨请讲。"李渊说:"老夫有一小女,年已及笄,尚未受聘,意欲托住持为媒,许给贤契为妻,未审公子意下如何?"柴绍一听,遂道:"小侄微寒,蒙年伯不弃,敢不如命。但有一节,必须禀过父母然后为定。"唐公大喜,当日晚间,说与夫人,只瞒着小姐。李渊这一来倒不闷倦,无事便找柴绍相谈,直过了半个多月,窦夫人身体强壮了,李渊便邀着柴绍同赴河东,以便早日完婚。柴绍便带了家人书童,随着唐国公起身够奔黄河,众僧人送行不表。

　　唐国公这日来至黄河渡口,蒲州刺史早把船只备好,准备迎接。李渊渡过河来,河东的文武官员迎接,官场的局面向来如此,勿用细表。到了行辕安置妥当,歇了一宵,次日才迎见各处的刺史县官。(窦夫人在承福寺生养李世民倒不要紧,耽误二十余天,秦叔宝可就受不了啦。)

　　单说天堂县蔡大老爷,见了李渊递过手本,随着忙了数日,才把李渊伺候完了,心中急躁得了不得,惟恐怕县里的公事堆多了不好办,便坐了大轿,星夜赶回天堂县。在路上别提有多烦了,接一个节度使就得一月,耽误了多少事没办,心里急躁。这日回到天堂县,走在路上,睡在轿内,到了大街,偏巧遇上秦叔宝。秦琼跪在街心回禀的时候,县官哪里听得见?及至叔宝扯住轿杆,差点儿没把他扔出来了,县官才醒。蔡大老爷亦不知秦琼是山东来的解差,以为他是醉汉闯了大轿呢,便吩咐扯下,打他二十大板。此时秦叔宝亦觉自己不好,不应当扯住轿杆,有什么话何妨明日衙门找他,而今自己知道理亏,便不强硬,遂被皂吏责了二十大板。县官走后,秦琼越想越懊悔,我叔宝自从生人以来,头一遭受此羞辱,无法只好回店,一夜未眠。次日忍着痛,够奔县衙领批,还算不错,县官就歇了一宵,升堂办公。那个时代县官问案,大堂以外准其他人众观瞧。秦琼不便莽撞,只可在人群里观瞧。

见县官把案问完了,秦琼这才口称:"小的秦琼是济南府的解差,拜见太爷来领回批。"蔡大老爷便把济南府的公文调卷一看,是济南府刘芳刺史衙门解来九个江洋大盗。蔡大老爷心中暗想:这些人曾在本县作过案,因为本地拿得紧急,他们逃至山东,本县行文请求济南刘刺史派人访拿,而今把这九股差事解来,亦是本县向上峰请求的,将来把他们在此正法,亦可镇一镇人心。往公事上一看,是一个月以前来到的,不问可知,这秦琼必是等候回批,耽误了个月有余了,急忙批了回文,用上印,向秦琼说道:"你就是济南刘刺史打发来的解差呀?"秦琼回道:"小的正是。"县官遂道:"本县跟你们刺史是同寅,本不应当叫你耽误这些日期,只因本县迎接节度使,耽误了一个月,如今倒难为你了。"命差人把回批递给秦琼,赏了三两银子。

秦琼叩头谢赏,拿了回批,来至店中。只见王小二把肩头一耸,满脸堆下笑容,向秦琼言道:"如今秦爷领了回批,该着把账算算了吧?"秦叔宝遂道:"算算账吧。"王小二跟着来到屋中,向秦琼算道:"秦爷是八月十六日到的,如今是九月二十啦,一共是一个月零四天,每一天店饭钱是六钱银子,共是二十两零四钱。前者收过十两,前后算清,你还得付十两四钱。"叔宝把县官赏的三两银子递给王小二道:"这是蔡大老爷赏的三两银子,亦给你吧。"王小二把银子接到手,遂道:"还欠七两四,望秦爷付足了吧。"秦琼一听,遂道:"且慢!我还不走呢,我等我的伙伴,他们上潞州交差去了,盘费银两都在他们手里哪。等我的伙伴由潞州来找我的时候,一并还清。"王小二一听,当时一怔,心中暗想:倘若他把马匹骑走了,叫我哪儿去讨这笔账?不如把他的回批诓到手中,反正没有回批,他也不能回去,他多咱跟咱一要回批的时候,我便跟他算账。想罢,强打笑容道:"原来秦爷还不走呢,我倒错会了意啦!既是秦爷不走,这个批文可是要紧,倘要丢了,诸多不便,还不如我暂给你收存起来,绝计丢不了。你哪时走,我哪时再给你,你想好不好?"秦琼一听,遂道:"甚好。"把回批便交给王小二,王小二拿了回到后院,交给他媳妇收存起来。

秦琼每天吃完了饭,便到大道上等候樊虎,一连数日不见,心中如何不急?回店之时,又被王小二冷言冷语讥得难过,吃的茶饭不是剩的,便是凉的。有一日出去,回来晚些,进到店内,见屋内灯亦没点,听见屋内呼声震耳,有人睡觉。正然发怔,忽见王小二跑来,向秦琼言道:"秦爷你没在店里,咱们这儿来了一帮贩卖珠宝的客人,因为房少不够住的,把你住的这间房给占啦。咱们后院有间房,你暂住两天吧,没别的说的,你多避屈吧,容这些客人走了你再搬回来。"秦琼说:"好吧。"王小二便同秦琼到了后院一个小小的矮屋,点了一盏不明不亮的灯,秦琼往内一看,亦没有炕,地上铺了点草,自己的行李却在草上铺着。叔宝此时人贫志短,处此地步,只有忍耐,心中闷闷不悦,伸手拿金装锏,用指一弹,信口作歌道:"旅舍荒凉风又雨,英雄守困无知己!平生弹锏有谁知?尽在一声长叹里!"正沉吟之间,忽然外面有脚步声音,外面"吧嗒"一声,镣吊一响,秦琼这气就大了,不由火就压不住了,喝道:"我把你这小人,秦某的马匹在你的店中,回批公文在你的手中,你还怕我跑了吗?"外面说道:"秦爷切勿高声,小妇人是王小二之妻(柳氏)。”叔宝一听,吃惊非小,遂道:“秦某耳闻你素有贤名,男女黄夜相谈,嫌疑最大,请你急速走开!”柳氏道:“秦爷你不要错会了意,小妇人是瞒着我那拙夫,特来送饭。”秦琼此时腹内正然饥饿,听柳氏前来送饭,把门儿开开。只见柳氏进来,手里提着一个篮儿,内里放着一碗肉羹,几个馒首,一百铜钱。柳氏说:“秦爷,我那拙夫是个势利小人,见你如此,时常出言无状,望你多为原谅。这儿有吃,请你吃吧,一百铜钱留着买些点心吃。每日出去早些回来,免得过了饭时,他们就不管你了。”叔宝闻言,英雄气短,几乎落下泪来,遂道:“贤嫂,你就是昔日的漂母,恨我他日不能如三齐王韩信,千金报恩,唉!”说罢,仍然长吁不止。柳氏走后,叔宝把门关好,只可将就吃吧。用完了晚饭,安歇睡觉。次日起来,仍往大道上瞭望樊虎,不见回来。

数日之间,又听了王小二多少冷言冷语,王小二不时催要店饭账,秦琼被迫无法,向王小二道:“我有一对金装锏拿去当了,还你的店账。”王小二一听,欢喜非常。叔宝把锏抱在怀中,走出店房,到了当铺,把双锏往柜上一放。当铺的伙计见了,向秦琼说道:“当这个啊?”秦琼答:“正是。”只见当铺的伙计把眉一皱,道:“当这个也就按废铜当,要照兵器当可就不成啦!”嘟嘟囔囔,说个不休。秦琼只可由他摆布。见他抱走称了称分量,向秦琼说道:“当三两银子吧,多了不要。”叔宝只好当吧,拿了当票儿、三两银子回到店中,把三两银子都给王小二,他还是不愿意。王小二说道:“秦爷,我实是垫办不了了,请你再想个主意吧。”秦琼道:“王小二,你这个人好呆!我们衙门里的人出远门谁能带着金银珠宝啊?也不过带着行路的马匹,防身的军器。我实是没有办法,只可以等候我的伙伴吧。”王小二听着没有办法,心中着急,忽然想起他还有匹黄骠马呢,若是卖了哪,还我店饭账一定还有富余。想罢,向秦琼言道:“秦爷,你是个明白人,你替我想想,垫办得起吗?你这一日两餐饭量又大,如何了得?人还好办,你那儿还有匹马呢,要是没钱买草料饿死了,可别怨我啊!"秦琼一想:由此回家,人吃马喂,嚼用很大,不如把马卖了,当作盘费及早回家。拿定了主意,秦琼向王小二问道:"我的马要是卖,可有人要吗?"王小二说:"马有人要,你得上西门外马市上去卖。"来至马槽,一看那黄骠马,蹄穿鼻削,肚大毛长,那马冲着叔宝欲鸣又止,摇头不已。秦琼鼻子尖儿发酸,凄然泪下,叫声:"马啊,马……"要想说话,口中咽塞得只是说不出来,万般无奈,把马洗刷了一番,搁了点儿草,喂喂他吧。回到屋中,这一夜如坐针毡,哪儿能闭得上眼哪?

睡不着觉,秦琼熬到五鼓,把马拉出店门,穿街越巷来至西门外。到了马市,见卖马的买马的吵嚷之声不绝于耳,秦琼拉着马来回走了三趟,无有人理,心中未免着急。往来买马的那些公子客商,见叔宝牵着一匹瘦马,无不笑他,连瞎了眼的马经纪见了,指手画脚的亦是奚落于他。(千里马虽好,食不饱,力不足,材不外见,市井俗人焉能识得。)秦琼见人家的马,都是抖鬃抖尾,欢龙相似;自己的黄骠马,垂头落颈,叫亦不叫,遂道:"黄骠马呀,你在山东何等的威风,如今怎么会弱得一鸣不鸣呢?"眼前有块石头,走得乏了,叔宝便坐在石头之上,往自己身上一看,向黄骠马道:"怪你不得,我的衣服亦是褴褛不堪,为了店饭账困在天堂县,弄得人不英雄,马不威风,唉!"工夫大了没有人理,起得又早些,一闭眼,冲上盹了。天光大亮,卖菜的进城,那马是饿极了,瞧见绿绿的青菜,焉能不吃?那马一伸脖子,照着菜挑儿啃去。卖青菜的老头儿,一瞧马吃了他的青菜,一赌气把担儿放下,向秦琼问道:"拉马的,你这马啃了俺的青菜,你怎么装作不知道呢?"秦叔宝猛听老头儿一说,睁开眼一看,那马的嘴内咬着青菜,正然吃个不休,遂向老头儿说道:"老丈,这个是我的不是,只因身边无钱,若是带着钱哪,我赔你些,无关紧要。

只是马未卖去，对不过，你多原谅吧。"那卖菜老头儿一看这马，问道："这马可是卖的吗？"秦琼说道："正是。"老头儿说："这马周身皆黄，惟独它脑门上有块白毛，应叫玉顶干草黄，这市上的人如何认得？这马都饿瘦了，谁能瞧得上眼？别看膘儿没啦，缠口实是硬挣，倒是一匹好马。"秦琼一听，这老头儿倒是个行家，遂问道："老丈，你亦会瞧货吗？"老头儿不由得长叹一声道："我当初是马贩子，后来运气不好，贩卖马匹，折了本钱，便在这马市上当经纪，如今被家所累，卖了青菜。可是卖金的须遇上买金人，你要卖这马，此处卖不成，我倒有个去处。"叔宝说："老丈，你若能把马卖了哇，我送你一两银子茶金。"老头儿说道："既然如此，我找个地方把担儿寄存好喽，再带你前往。"说着，担起菜挑儿走了，到了熟识的草料铺把菜挑儿寄放好了，来找秦琼。

　　叔宝问道："老丈，你我卖马上哪儿去卖啊？"老头儿说："离此不远十五里有一座二贤庄，庄主姓单名通字雄信，因为他排行在二，人都称呼他单二员外。此人好习武艺，专讲舞枪弄棒，远近闻名。他向来是好交朋友，时常买马，赠他那远来的朋友。单二员外既讲究骑烈马，拉硬弓，就懂得瞧马，这匹马到了二贤庄，只要是单二员外一看，凭此马准能中意。"叔宝听罢，忽然想起我在山东就听说过，河东潞州天堂县有个单通单雄信是个朋友，我怎么会忘记了呢？真是倒霉！如今弄得褴褛不堪，怎好前去拜访他？倘若被人轻视，如何是好？不如当作卖马之人，将来有缘再会吧。叔宝正然思忖，忽听老头儿说道："别发怔啦，你我走吧。"秦琼把马牵着，二人够奔二贤庄。

第四回　二贤庄初识单雄信
会友楼巧遇王伯当

　　走了十数里路，叔宝就看见了二贤庄，好大一所庄院，只见古木森森，大厦云连。叔宝暗暗称赞盖房盖得坚固，得让河东（今之山西）首户，忽然想起来卖马何必我去，向老头儿说："老丈，我在树后头等着，你去卖吧，多了我不管，俺就要五十两银子，有能为你多卖了是你的。"老头儿一听，愈发欢喜。叔宝在树后坐着，远望老头儿跟单雄信的家人说明了，在门前等候。约有顿饭的工夫，就见许多的庄客拥出一人，长得身躯足够一丈，腰圆背厚，面如蓝靛，发似朱砂，两道红眉毛斜插入鬓，一双大环眼，狮鼻阔口，额下连鬓络腮红须。见他头上戴一顶宝蓝色软扎巾，上身穿宝蓝色短箭袖靠袄，腰中系一巴掌宽丝鸾带，下身红绸中衣，足下薄底儿窄勒快靴，凶似瘟神，猛似太岁。叔宝虽不认识，猜定他准是单雄信。

　　书中暗表，这单雄信在隋朝算是第十六条好汉，练就了一身好武艺，步下的拳脚，马上的技术，十八般兵器件件精通，惯用长把金针枣阳槊，实有万夫不当之勇。专好交友，结交了无数的英雄，认识些有名的豪杰，不知根底的人把他当作了大财主，谁亦想不到他是西路的响马头儿。这单雄信是绿林的首领，专纳亡命，做的是没本儿的营生，各处劫来的货物资财他坐地分赃，可是他的手下人不准在潞州一带作案。那单雄信跟东路的响马头儿尤俊达、北路的响马头儿王君可，都彼此联络，他这种潜伏的实力大得很哪！天下各山，山中寨主，与各处潜伏的响马，以至那打闷棍的、套白狼的、放响箭的小毛贼都得听他的驱使，就连各省的节度使、各县等等的衙门里，有个名望当差的，公门中的人差不多都跟单雄信有个来往。单雄信、尤俊达、王君可这些响马头儿，专跟大隋朝一些有权有势奸臣佞臣作对，只要奸臣得罪了他们响马，经响马头儿发下一支绿林箭知会他们手下人，任你有多大势力，亦得命丧他们之手。说起他们的绿林箭来，要是往外一发，真比军营里传出来檄文胜强百倍。

闲话休提，且说单雄信出来看马，卖菜的老头见了他，赶紧施礼，说："二员外，看这匹马怎么样？"单雄信仔细一看这黄骠马，高有八尺蹄至背，长丈二头至尾，周身的毛儿如同金丝细卷，并无杂色，惟独脑门上长块白毛。这马长得竹签耳朵，大嘴岔儿，龟屁股蛋儿，高七寸儿，小蹄碗儿，真是一匹好马。雄信看罢，说道："此乃玉顶干草黄，可惜饿得羸弱若此，减去了成色，要多少钱呢？"卖菜的老头儿说："二员外，你给三百两吧。"单雄信心中一想：凭这样羸瘦如柴的马，错非是我，谁要啊？看这个老头儿拉来这匹马，许是来路不明，待我唬他一唬。雄信用手指老头儿，喝道："你这马是哪里偷来的？敢来蒙我！讲……说……"单雄信一发威，把老头儿唬着了，财迷亦给吓回去啦，赶紧回头冲秦琼一招手儿，叫道："卖马的主儿，你过来吧。"秦琼无法，只可过来吧。单雄信一见马是有主儿的，向老头儿问道："这马是人家的，让你卖几十两吧？"问得老头儿张口结舌。雄信怪他道："要是卖个百十两，还可以说得下去。三百两银子，你这嗓子眼儿太大啦，剠化得开吗？"说完了，只见秦琼来至面前，雄信向叔宝一抱拳，问道："这马可是尊兄的呀？"叔宝还礼，答道："正是。"雄信问道："尊兄这马要卖多少银两？"叔宝说："人贫物贱，不敢言价，只赐五十两足矣。"雄信一听，点了点头道："待我试它。"雄信自恃力大，按这一下子，便知高低。他把两膀一晃，运足了膂力，双手照着马的脊背上一按，不惟分毫不动,反把马头儿一摇,尾巴一摆,抖鬃抖尾,鬃尾乱乍。这一时欢势得了不得!单雄信心中喜爱此马,便向秦琼言道:"足下这马要五十两倒亦不多,只因饿坏了,膘儿跌得太重,得加细料喂养,不然这马就糟贱了。这么办吧,俺给你三十两怎样?"叔宝心里一合计,三十两银子连盘费带还店账,还有富余,遂道:"多少凭你赐吧。"雄信命家人将马牵进庄门,拉去喂养不提。

雄信把叔宝让进庄院,到了大厅,命家人献茶,遂向秦琼问道:"足下是哪里的人氏?"叔宝答道:"在下是山东济南府的人氏。"单雄信一听济南府三字,忙着问道:"这济南府咱有个慕名的朋友,叫做秦叔宝,你可认得?"叔宝道:"就是在下……"即止住不说。雄信失惊道:"足下就是秦叔宝吗?"秦琼惟恐他貌视,遂道:"秦叔宝就是在下衙门里的同事朋友。"雄信一听道:"那么你贵姓呢?"秦琼说:"在下姓王。"雄信说:"我有意相求,托你给秦叔宝带个信,不知可否?"叔宝说:"尊札颇可带到。"雄信一听,喜欢得了不得,遂命家人预备潞州绸两匹、三十两一包、三两一包。少时家人把东西、银两献上,单雄信向秦琼说道:"这三十两是算兄的马价,就请收下。"叔宝将银两接过。单雄信说:"我本打算写封信给那秦叔宝,因为没有见过面,称呼不便,只好烦劳尊兄把这两匹潞州绸给叔宝兄带去。外具三两仪程,望兄收下。"叔宝说道:"带点东西,何必另给三两,实不敢收。"雄信倒十分致意道:"微薄之礼,权当茶酒之资吧。"叔宝谦让再三,只得收下,惟恐怕言多语失露出来破绽,反为不美,赶紧告辞。拿了绸子、银两来至庄门外,见卖菜的老头儿还在老远的等着哪,秦琼给了他三两银子,他便欢天喜地地去了。

叔宝走到西关,觉着肚内饥饿,眼前有个饭馆,字号是"会友楼"。叔宝进了会友楼,顺楼梯到了楼上,挑了个清静的桌儿坐下,把绸子放好,要了点菜,自斟自饮。正然喝酒,楼梯儿一响,上来五个人。内中有个员外打扮的,白脸膛,三绺短髯,神情潇洒，仪表非凡。那四个全是壮士打扮，有两个身体魁伟，雄壮的身躯，显觉威武。有个半熟脸的人好像在哪里见过似的，这人约在八尺，壮壮的身量，生得虎背熊腰，紫脸膛，长眉入鬓，目若朗星，鼻直口阔，燕尾胡须，约在三十岁往外，一团精神足满。别瞧很熟，就是总想不起来是谁。忽见这五个人里却有一个人，目光直射着自己，这人生得八尺之躯，细腰乍臂，双肩抱拢，面如美玉，眉清目秀，英风满面。不看便罢，一看吓得秦琼赶紧把头低下，身上如此褴褛，怎好见他？书中暗表，此人跟秦叔宝实系知己之交，姓王名勇字伯当，曾在科场中夺过武状元。因为他这人生就的天性，喜爱忠臣孝子、义夫节妇，最恨奸臣佞党、贪官污吏、土豪恶霸。他结交了一个朋友，乃长洲的人氏，姓谢名科字映登，惯使一口大刀，武勇无敌。他跟王伯当心志相同，不惟都是淡泊功名富贵，并且都是好箭法，能射百步穿杨。皆因蒲山公李密被杨坚贬去公爵，回家为民，两个人到河东看望李密。（员外打扮的便是李密。）李密同着那两个身体强壮的人，一个叫丁天庆，一个叫盛彦师，三人要找单雄信，商量办点事，便约王伯当、谢映登来至天堂县，打算到二贤庄。走至天堂县西关，李密有话跟他们四个人相商，便都下马，进了会友楼，到得楼上，被王伯当一眼看见。

秦叔宝因为自己身上褴褛，赶紧把头低下，怕王伯当瞧见，那如何能成？王伯当叫道："可是叔宝兄吗？"秦琼无法，起来答言，二人彼此施礼。王伯当见秦叔宝落到这般光景，几乎落下泪来，赶紧把李密、丁天庆、盛彦师、谢映登都请了过来，用手一指秦琼道："你们哥儿几个不是要见秦叔宝吗？这就是小专诸赛孟尝。"丁天庆等都跟秦琼施礼，各通姓名，全都喜悦非常，深致仰慕之意。秦琼说道："叔宝有何德能之处，诸位如此抬爱，我实是不敢承当。"李密说："真是有缘，此处不见，我等就要远奔济南府了。"说着话，大家落座，要了酒菜，巡壶把盏，斟酒布菜。

酒过三巡，菜过五味，王伯当向秦琼问道："叔宝兄不在济南府，怎么会来到此地？"叔宝答道："小兄奉济南刺史刘芳之命解了九股差事，来到天堂县。"伯当说："那么兄长亦不至于落到这般光景。"叔宝便把当锏卖马之事从头至尾说了一遍。王伯当说："小弟在山东曾对你说过，潞州天堂县有个单雄信是咱们的朋友，你怎么会忘了不成？"叔宝说道："我何曾忘了，只因身上褴褛，初次相见，恐他耻笑，不肯跟他说出真名实姓。要说单雄信这个人倒是个朋友，他问我在济南府认识秦叔宝不认识，我撒谎说秦叔宝跟我在一个衙门里当差，他托我给秦叔宝带两匹潞州绸，求我见了秦琼替他说明仰慕之意。"说着话，秦琼用手一指那边桌上放着的两匹潞州绸，让王伯当看。王伯当着急道："兄长错了！单雄信问你之时，就当说明，别说三十两买你黄骠马，就白给他，他亦不敢要啊！他要知道你是秦叔宝，请想他怎样待承于你？可惜单雄信慕名相交，一片至诚之心。没别的说的，咱们喝完酒，大家一同前往二贤庄，秦二哥得跟我们在单雄信那里盘桓数日，然后再回山东。"秦琼听罢，忙道："愚兄不能奉陪。这一次来在山西日期很多，我得回去销差。"王伯当说："既是二哥要回山东，小弟亦不便强留，只求二哥再到趟二贤庄，跟单雄信见上一面，不至于不成吧？"谢映登说："叔宝兄若是不去，便算负情，有我等奉陪，请你应允了吧。"秦琼急道："我要再去，岂不难堪？只求后会有期吧！"王伯当见秦琼执意不肯，不待席终，便向丁天庆、盛彦师二人说道："你们哥儿俩在此陪着叔宝饮酒，我们去找单雄信，叫他前来便了。"说着，王伯当邀了李密、谢映登下楼而去。

秦琼这个人是最顾脸面的，惟恐怕单雄信来了，脸上无光，向丁天庆、盛彦师道："你们在此等候，我到当铺里把衣服赎出来，爽性不走，咱们多盘桓几日。"说着，拿起两匹绸子就走，丁天庆、盛彦师是初次见面，怎好相拦？秦琼下了楼来至柜上，掏出银两打算要会酒饭账，柜上的先生说："刚才走的那三位早把钱存在柜上了，临走时候说了，不准收别位的钱呢。"叔宝说："好吧，我亦不争结账了，回来再说吧。"扭身出了会友楼，进得城中，来至店房，把店饭账算清，王小二取出了批文，交与叔宝。秦琼把回批公文收好，把行李往肩上一扛，离了店房，够奔当铺，赎了双锏，大踏步走出天堂县城。

秦琼顺着大道走下来，惟恐他们追来，脚底使劲，飞亦相似，走了二十余里，累得周身是汗，遍体生津。秦琼自觉头痛，走至一座庙前，一看是东岳庙，打算在庙前歇息一会儿，脚底一软，"噗咚"一声，便栽倒在地上，那对金装铜把砖打碎了五六块。惊得庙里跑出来一个道人，向秦琼问道："你是怎么啦?"秦琼只是摇头摆手，说不出话来。那道人伸出右手三个指头，向叔宝两个手腕上，两处诊了诊脉，然后说道："你这汉子是饥饱劳碌风寒入骨，方有此病。不要紧，我们庙里有药，我给你治治吧。"老道把火工道叫出来，帮着把秦琼搀进庙去，用药诊治不表。

且说王伯当、谢映登、李密三个人，由会友楼前上了马，够奔二贤庄，被单雄信的家人望见，进去回禀二员外，出来迎接。王伯当、谢映登跟单雄信施礼完毕，王伯当才给李密跟单雄信指引。王伯当向单雄信说道："单二哥，你还有意交秦叔宝这个朋友呢，人家来到门上，你都不知道。"单雄信听王伯当一说，突如其来，有些个不大明白，向王伯当问道："秦叔宝何曾来到?"王伯当说："秦叔宝没来，你怎么买得着便宜马呢?"一句话道破，单雄信跺足击掌道："这么说卖马之人就是秦叔宝无疑啦? 真岂有此理! 我曾问过于他，认识秦叔宝吗? 他说跟他在一处当差，这是怎么说的，这个朋友的秉性真叫古怪得很。"心中越想越懊悔，又搭着他烈火一般的性情，这一急非同小可。谢映登说："单二哥不要着急，秦叔宝没走哪! 要见他不难。"单雄信问道："莫非你们见着了他?"王伯当便把会友楼吃酒遇见秦琼的话说了一遍，单雄信说道："既然如此，你我可以去请他二贤庄住上些时日。"立刻吩咐家人鞴了马匹，上了坐骑，大家赶奔会友楼。走在路上，单雄信向李密道："仁兄初到舍下，时刻未停，又随我等返回会友楼，使你多受鞍马之劳，实是对不过你。"李密答道："都是朋友，理当奉陪，日后免不了还要住在你家，给你多添麻烦呢。"单雄信说道："只要仁兄肯赏脸，小弟还是求之不得呢。"

四个人在马上谈谈论论，家人相随，谁敢多言，霎时间到了会友楼前。大家下马，家人过来接过马匹，四个人进了会友楼，柜上见了单雄信，免不了有一番应酬。四个人上了楼，看秦琼，哪儿有个人影？个个发怔。王伯当向丁天庆、盛彦师问道："秦叔宝呢？"丁天庆说："秦二哥说回店更换衣服去了。"王伯当一听，把脚一跺道："糟了！你……你们真是没有用，我说让你们哥儿两个陪着他喝酒，是暗含着看着他，别叫他走了，哪儿能明说呢？"丁天庆、盛彦师两人说："你别埋怨我们哪！秦叔宝跟我们是初次见面的朋友，俺们怎好强留？当初你就错了，你应当陪着他在此饮酒，命我们哥儿俩去请单二哥去。"王伯当一听，气得双眉倒竖，二目圆睁，怒气冲冲地向丁天庆、盛彦师发作不休。单雄信拦王伯当道："你不用埋怨他们啦，总算是单雄信德微福薄，无缘再见。"李密惟恐怕闹出笑话来，忙道："你们不用对着埋怨啦，赶紧追吧！"单雄信问道："上哪里追呀？"王伯当说："秦二哥说过，他住在县衙前王小二的店内，咱们上店内找他去吧。"于是大家下了楼，单雄信会了钞，大家上马进城。来至王小二的店门首，大家下马，二贤庄的家人接过马来，向店内打听，王小二说："走了半晌啦。"大众又上马追出城去。

正然往前走哪，后面单雄信的家人追来，向单雄信回禀道："员外，大事不好！大员外在临潼山被唐国公李渊给射死！"单雄信一听，"哎哟"一声，"噗咚"栽下马来，把大众吓得全都怔了。谢映登等下马，把单通搀起来，见他二目落泪，放声痛哭。大众劝道："单二哥不要悲痛啦，人死不能复生，哭亦无益，总是设法给大哥报仇要紧。"单通止住了悲声，向家人问道："大员外怎么会让李渊给射死了呢？"家人说："大员外在长安城将绸缎卖了，带着我等回家，走在临潼山，正遇见有些匪人劫杀唐国公，大员外路见不平，帮助那唐国公追杀匪人，唐国公疑咱们大员外是匪人哪，反背一箭把大员外射死啦！"单雄信听明白，只气得颜色更变，浑身栗抖。家人说："我等把灵柩运回庄来，等着二员外安排呢。"王伯当向丁天庆、盛彦师说道："真是福无双至，祸不单行，偏又遇见这事。没别的，你们哥儿俩得追秦叔宝去，我们同单二哥回二贤庄，他有什么事情，我们得去关照一二。"丁天庆说："既然如此，你们同单二哥走吧，俺们俩去追秦叔宝，追不上，哪么上趟山东哪，亦是在所不惜。"说罢上马，追秦叔宝去了。李密等同单雄信够奔二贤庄不表。

却说丁天庆、盛彦师两人顺着大道，追了两天没有追上，未免心中着急。丁天庆说："秦琼这个人可真古怪，他这一走，王伯当直埋怨咱们哥儿俩，不知秦叔宝这个人人品如何。俺们亦没事，爽性到趟山东，暗中访访他为人如何，果然是个朋友，少不得亲近于他；倘若是徒有虚名，就别理他，让他们交得了。"二人商议妥当，便往山东济南府走去。晓行夜宿，饥餐渴饮，非止一日，这天到了济南府。二人落了店，身体劳乏，歇了一天，然后往各处访查，茶馆酒肆，听人谈论。每逢有人说起秦叔宝，他二人便留心去听，什么秦叔宝有身好武艺，专打路见不平啊；什么秦叔宝事母最孝啊；什么秦叔宝轻财重义，济困扶危啊……丁天庆、盛彦师数日之间，访查实了，秦叔宝是个光明磊落之人，济南府有口皆碑，两个人非常高兴。丁天庆说："咱们这趟山东，总算没白来，俺非得跟叔宝亲近不可。"盛彦师说："你我何不去到历城县县衙里拜访于他？"丁天庆一听，说："好吧。"二人便来至县衙,到了门房(今之传达处),说明来意,门房里的人笑着说道:"你们二位请回吧。秦二爷走了三个多月了,至今未回,访他的朋友哪天都有几起。"丁天庆、盛彦师一听,当时就是一怔。丁天庆说:"他没回来,可又上哪里去了呢?"盛彦师说:"可真叫人发闷,莫非他自己又回二贤庄啦?"丁天庆摇头道:"不能啊,要不然俺们到他家里去问问?"门房里的人说:"他住的是专诸巷里路西头一个门内。"忽又向丁天庆、盛彦师说:"你们别上他家里去啦,他家里都烦透啦,因为他走了三个月没回来。"丁天庆、盛彦师一愣,面面相觑,只好退了出来。哥儿俩一合计,干脆去专诸巷秦宅访一访。

白天哥儿俩在城里溜达,到了晚上,这二位都是好功夫,蹿房越脊,如履平地,就来到专诸巷里路西头一家。二人在房上施展珍珠倒卷帘的功夫往下看,就见内宅点起灯烛,隐约可见一个老太太和一个妇道对坐而泣。哥儿俩侧身静听,听明白了。丁天庆揣情度理,猜疑着秦琼许是真没回来,这老太太定是秦母,那个妇人准许是秦琼之妻。听他婆媳所说,是因为秦母思子情切,做梦来着,把儿媳哭醒了,所以那妇道才劝解老太太。

正在此时,忽听"嘭嘭"直响,屋里的老太太向他儿媳说:"你去开门去吧,大概许是他们来了呢。"书中暗表,秦母、宁氏想念秦琼,昼夜啼哭,秦安去请樊虎去了,到衙门把樊虎找来。外面叫门,贾氏出来把门开开,果是秦安把樊虎找来。贾氏跟樊虎彼此施礼,樊虎问道:"嫂嫂,伯母在哪屋哪?"贾氏说:"在上房哪。"樊虎来至上房,向秦母施礼道:"伯母,小侄亦是放心不下,我昨天跟县太爷告了一个月的假,我明日就起身,到趟潞州去找他。你老人家请放宽心,找不着他我不回来,多咱找着了多咱回家。"秦母一听,心里痛快多了。秦安把门关上,到了屋中,樊虎已然落了座了。秦母向樊虎言道:"小儿走了三月有余,不见回来,居家老幼放心不下,蒙贤侄你数次慰问,我婆媳承情不过。今天贤侄你肯不辞劳苦,远奔潞州寻找叔宝,老身感激匪浅。你既有此热心,我也不便相拦,秦安,你把贾润甫、柳州臣送来的那五十两银子拿出来交给樊建威,作为往返路用之资吧。"秦安遵命去取银子,被樊虎拦住道:"叔宝的钱尚存我手,有钱伯母留着度日吧。"秦母见他出于至诚,向秦安说:"既然如此,就不用相强了,把你写的那封信交给贤侄吧。"樊虎接过信来,立刻告辞回家,带了路费,背了一个小包裹,拿了双鞭,不分昼夜,赶奔潞州。

第五回　樊建威冒雪寻良朋
秦叔宝大意伤人命

　　正在冬月，天气严寒，一路之上，樊虎饱尝风霜之苦，这天到了潞州，赶奔天堂县。贪着走路，忽然彤云密布，朔风紧急，鹅毛片片，大雪纷飞，霎时遍地皆白。樊虎不顾寒冷，仍然往前。走至二更时刻，雪是住了，月亮亦上来了，月光照雪，反映出的胜似白昼。建威大踏步走个不休，忽见斜刺里一骑马奔走如飞，马上的人穿着一身夜行衣，从樊虎跟前过去。看那马正是黄骠马，与秦叔宝的坐骑一般不二，樊虎心中又惊又喜：喜的是见了此马，顺根找定有下落；惊的是见马不见人，恐有别情。樊虎把双鞭左右一分，一声断喝："好贼人你慢走，秦叔宝何在？"那骑马之人回头一看，吓了一跳，催马奔命而逃。樊虎大呼小嚷，追下来了，眨眼之间，追到一座古庙之后，再找那骑马之人，踪影皆无，心中思忖：这庙一定是匪人隐藏之所。来至山门，用鞭照准了山门，"啪啪啪"……打个不休。里面道人惊醒了，跑出来开门一望，见樊虎手执双鞭，怒目横眉，把手中鞭一抢，照着道人就打，吓得老道抹头就跑，樊虎追进庙内。道人跑进屋内，将门关上，向樊虎问道："你这黑汉，为了何事，到俺庙内行凶？"樊虎喝道："恶道人，你说俺在你们庙内行凶，我来问你，秦叔宝何在？"老道一听秦叔宝三个字，便向樊虎说道："你找秦叔宝啊？好办哪，你叫什么？"樊虎说："俺同秦琼在历城县县衙门里当差，俺是他的好友，咱姓樊叫樊虎，由山东到此，特来寻找于他。你们这儿把他害了，叫俺知道了，故而来到庙中，跟你等要人。有秦叔宝便罢，如若没有俺叔宝哥哥，就是你们害了，俺这双鞭把你们这些鸟道人、野道人，尽皆打死算完。"老道在屋里一听，气得浑身栗抖，体似筛糠。老道急啦，向樊虎嚷道："你这人真是粗鲁已极了，我们出家人焉能害人？冲你这个人性，应当不告诉你，让你着你的急。不过你既是秦叔宝的朋友，冲秦琼告诉你吧，秦叔宝此时在西门外二贤庄哪！"樊虎听罢，遂道："如若秦琼真在二贤庄，俺老樊便到二贤庄找他。如果俺见着秦叔宝，便算俺无理，俺将来一定给你赔礼。俺来问你，你怎么知道秦二哥在二贤庄呢？"道人在屋内，便如此恁般的，从头至尾一说，樊虎才明白其中缘故。

　　书中暗表，秦叔宝当日因为赶路，病在庙中，蒙庙中道人用药把病治好。叔宝住在庙里五六日的光景，病虽好了，身体仍是软弱。这天庙里当家的进到屋中来看秦琼，秦叔宝有点精神，仔细一看，这道人长得八尺向外的身躯，面似三秋古月，眉清目朗，鼻直口方，额下三绺黑胡须，一身宝蓝缎色道服，看年岁约四十五六，精神百倍，气度非凡。道人向秦琼问道："你这几天觉着怎么样啊？"秦琼答道："病算好了，四肢仍觉无力。"道人问道："你是哪里人氏，怎么会得此重病？"秦叔宝见问，不由得长叹一声道："我乃山东济南府的人氏，姓秦名琼字叔宝，在济南府历城县当作捕头。因为解送九名江洋大盗到天堂县交差，偏赶蔡大老爷不在县衙，俺秦琼等候日久，蔡大老爷回来了，领了回批，归家心盛，贪着走路，病在宝观，多蒙道长大发慈心，将病治好，此恩此德无以为报。"说着站起来，要给老道磕头。老道赶紧过来拦住道："你好生养病吧。我出家人向以慈悲为本，善念为缘，这些小事是我出家人的本分，不敢望报，我还有点儿事跟你打听呢。"秦琼说："观主有什么事请讲。"道人说："当初在北齐后主驾前，有个亲军护卫使秦旭，你可知道呢？"秦琼见问，不由得一阵难过，想起爹爹命丧马鸣关，幼年孤苦之处，"噗噗"地落下泪来。老道见了这般光景，猜中了八九，便向秦琼问道："我提的故去秦老将军，莫非跟你同姓呢？"秦琼道："岂止同姓，观主提说的正是我死去的祖父。"道人"哎呀"一声道："你可是太平郎兄弟吗？"秦琼一听，问他是太平郎，心中吃惊非小，想这太平郎是俺秦琼的乳名，外人无从得知，忙向道人答道："俺正是太平郎。敢问道兄怎么知道如此详细呢？"道人叹息道："活该有缘，在此相逢。我俗家的名姓叫做魏徵，我乃北齐左骑都尉魏栋魏良臣之子。"秦琼失惊道："原来你是大师伯魏栋之子啊！"魏徵道："正是。"（魏徵的父亲是秦旭的徒弟，故此叔宝才有大师伯的称呼。）二人惊喜非常，重新施礼。魏徵说："我听说师叔（秦彝）为国尽忠，在马鸣关捐躯殉节，多方打探，不知婶母同兄弟你生死存亡，万亦没想到，你在济南呢。"秦琼遂把马鸣关逃走，济南存身之事学说一遍，魏徵听明白了，亦暗中感仰秦安的好处。秦琼问道："大哥怎么会出了家呢？"魏徵说："我曾做过吉安州官，因见奸臣当道，辞官不做，挂冠修行。此庙乃吾师徐洪客的，吾师远游去了，将此庙给我。"秦琼这才明白。自此，秦琼便在东岳庙内静养病体不提。

却说单雄信，自从追赶秦叔宝没赶上，回到家中，发丧办事，知会亲友，王伯当、谢映登、李密三个人帮着办理丧事。请帖讣闻发出之后，单雄信便邀了王伯当、谢映登、李密同奔东岳庙，找魏徵等办这棚经。到了东岳庙前下马，二贤庄单宅家人拉马庙前等候，不待回禀，闯进山门，够奔鹤轩。远望鹤轩里，魏徵同着一人正然讲话，不看那人便罢，仔细看正是秦叔宝。王伯当说："单二哥你看，同魏道爷讲话的是秦琼秦二哥。"单雄信惊喜非常，抢行几步，来到鹤轩之内，扯住秦琼道："叔宝兄，想煞小弟了！哎呀！秦二哥怎么会半月未见，瘦得如此？"言至此，单雄信不觉泪下，秦叔宝不由得一怔，万想不到单雄信有这般重的义气，心中感激。单雄信说："叔宝兄，你前者到了敝庄，见了兄弟,不肯说出真名实姓,致使小弟未尽朋友之情。王伯当见了小弟说破了,才想起来,那黄骠马是伯当从北边买来,送与兄长的。伯当得着此马,先到二贤庄让我看过,然后送到山东的。小弟一时懵住了,买了兄长的黄骠马,有失情义,使小弟抱无穷之愧。本想随伯当弟追上兄长,请回二贤庄,盘桓些时日,不意吾兄被唐国公李渊射死,家中遭有凶变,不得已中途回归。丁天庆、盛彦师弟兄二人,够奔山东追下兄长而去,我等以为兄长此时回到山东哪,没想却在此庙。兄长落难至此,皆小弟单通之罪也。"叔宝遂道:"俺在山东时便闻仁兄大名,被困天堂县,将仁兄忘记了,及至卖马,到了二贤庄,弟曾有意道出名姓,拜望雄信兄。嗣因慕名之友,未有深交,贫困求助,自觉无光,所以瞒了仁兄。会友楼见着伯当弟之时,俺曾将雄信慕名相交赠绸之情说与伯当,愚意只图后会有期了吧,惟恐伯当弟将兄请至会友楼,反为不美,故而别了丁、盛二人,回店取了行李。本想回家,不意病在此庙,蒙魏道兄将病治好,三两日就要回山东了。活该有缘,在此相逢,小弟少不得到兄长处打搅。"单雄信一听,心中欢悦。王伯当、谢映登、李密等跟魏徵施礼完毕,大众落座,道童沏好了茶,每人献上一盏。

单雄信向魏徵言道:"俺叔宝兄在你庙中养病,给你多添麻烦,小弟将来必有重谢。"魏徵说道:"我们原系世交,比你交情还厚呢,说什么麻烦不麻烦,本我应效之劳。我再给你二人指引指引,便知我们是怎样的交情了。"魏徵向秦琼言道:"二弟你跟单通不算慕名之友,原系世交,单通是咱三叔单珪之子。"(单珪是秦琼祖父秦旭的三徒弟,故此魏徵称单珪为三叔。)秦琼一听,愈发得高兴,便向单通施礼。单雄信还礼道:"叔宝兄莫非是俺师祖秦旭之孙吗?"秦琼遂道:"正是。"单雄信惊喜非常,跟秦琼越显亲热得了不得。王伯当见他们如此,遂道:"魏道兄给单二哥预备一棚经。"魏徵说:"这棚经交给我吧,你们不用管了。"单雄信就请秦琼回归二贤庄。

单雄信到家,命家人给秦琼沐浴更衣,然后摆上酒席,大家入座,高谈阔论,开怀畅饮。大众团聚在二贤庄,帮着办理丧事。不到十天,各处绿林的英雄、占山的好汉,纷纷前来。有磨盘山的两位寨主金城、牛盖;水路的两个响马头儿屈突星、屈突盖;河北的响马头儿王君可;高来高去的江洋大盗侯君集、尚怀珠、黄天虎、李成龙、韩成豹、张显扬、何金爵、濮天忠、费天喜;各县各州的捕快头儿,潞州的金甲、童环,泽州的李泰来、刘顺兴;各处的冯锦元、赵文璧、贺胜祖、马兆麟等五十六人,凡来给单雄信行人情的人,单雄信都给秦叔宝指引,这些人亦全愿意结交赛孟尝。秦琼在二贤庄算是交遍天下友,直等到东路的响马头儿尤俊达、南路的响马头儿张凯来到,才念经超度亡人。秦叔宝、谢映登、李密、王伯当四个人,白日同着各处的朋友谈话,晚上歇着。

有一天各衙门的朋友走后,尽是绿林人了,大家夜间聚餐,席间单雄信说:"俺单通在二贤庄发丧办事,众亲友不辞劳苦,赶到天堂县,雄信感激匪浅。如今,俺有三宗大事奉求众位弟兄,不知大家意下如何?"河间府的王君可说道:"单二员外何言太谦,席间所坐俱系知己,有话请你讲吧,说出来大众商量。"单通说:"列位弟兄,俺单通死去的先严系北齐后主驾前亲军护卫使秦旭的门徒,不幸秦老将军父子与俺爹爹俱皆为国捐躯,效命疆场,单门中总算受过秦老将军的恩德。而今有秦老将军的嫡孙在此,我给大家引见引见,求你们日后多多关照。"说着话,单通用手一指秦琼,向大众说道:"这就是我师祖之孙秦琼,住家在山东济南府,现在历城县充当捕头,铜打黄河两岸,马踏山东六府,无人不知,远近闻名,并且轻财重义,好交天下的英雄。在济南府的时候,对于我辈人颇为不错。如今俺求大家不可在济南做买卖,倘若是哪位要在济南府作了案,让我单通知道了,俺便跟他断绝往来！"大众一听，齐声答道："单二员外，我等从此以后不拘是谁，亦不准在济南府作案，倾心愿意结交秦叔宝。"秦琼听罢，赶紧站立起来，向众人一抱拳道："列位仁兄如此抬爱，我秦叔宝承情非浅，自愧无力。从今往后，不论哪位，要是有用我秦琼之处，只要赏脸，赐我一信，秦某是赴汤投火，万死不辞。今日众位厚爱，我秦叔宝先行拜谢。"说罢，对大家施了一礼，众人全都还礼，彼此周全。

单雄信说："我求大家头宗事办到，众位赏脸，俺先谢过，再说第二宗事。我单通有个朋友在隋家为官，如今无故贬职为民，俺心中有些不平，打算花些银钱运动越国公杨素，使我这朋友官复原职，我约摸至少得三万两白银。我打算求众位在两个月内凑三万两白银，不知诸位能否办到？"秦琼在座，心中猜着了一定是为蒲山公李密，不过三万两白银谈何容易。没想到自己心里思忖之际，在座的众人一口承当，把这重担叫在身上，秦琼惊疑不定。

单通说："第二宗事办到了，我再把第三宗事说给众位。俺单通的胞兄由长安贩卖绸缎回家，走在临潼山，正赶上有人抢劫唐国公李渊。俺胞兄念其李渊是国家的忠良，闯奔前去，意欲解围，搭救于他，没想到被李渊一箭射死。想那父兄之仇不共戴天，俺单通岂能跟他善罢甘休？报仇之事甚为不易，那李渊现为河东节度使，兵权在手，杀他不易，俟到日后得手之时，俺单通报仇之日，得求大众相帮。"大众齐声说道："报仇之日，只要你赏个信儿，某等愿助一膀之力。"单雄信见三宗事都办到了，喜之不尽。

忽见王君可、张凯二人站起来说道："单二员外，你的事儿我们件件俱都应承了，我们大众有桩事情跟你相商，不知肯其赏脸否？"单雄信问道："列位有事只管吩咐，在我个人能为的，无不应允。"王君可说："我等大家计议数日，愿请你当五路的都瓢把(五路响马头儿),不知你意下如何?"单雄信一听,忙道:"列位仁兄,小弟德能有限,实不敢承当。"王君可、张凯、尤俊达,不待他应不应,便把各路响马名册拿出来递与单雄信。单通见推辞不了,只可应允。事情商议妥当,大家无事了,巡壶把盏,斟酒布菜,全都酒足饭饱,尽欢而散,各自安歇睡觉。次日便都起身,临走的时候个个都与秦叔宝周全几句,拱手作别。附近各村的乡民都知道单二员外家中办白事,各处的亲友来行人情,谁知道他绿林人大聚会呀?只因单雄信不让手下人在潞州一带作案,他本人亦不出来作响马,所以附近邻居不知道他是响马头儿。

闲话休提,且说叔宝住在二贤庄,有王伯当、谢映登、李密哥儿几个陪着,倒不觉着闷倦,过了四五天,要想回家,跟单雄信告辞,单通不肯放他走,苦苦地相留。直住到冬月,单雄信丧事办完之后,跟秦叔宝、魏徵尽情尽义地交换感情,真是如同亲手足一般。魏徵三日一趟,五日一趟,时常到二贤庄找叔宝谈话。这天下雪,早早地安歇睡觉,偏有这搅和星樊虎怒打山门,闯至庙中,正跟庙里要秦叔宝。屋中的道人正是魏徵,听他说明是秦琼的好友,这才把秦琼染病东岳庙,被单雄信接走之事,从头至尾学说一遍。樊虎听明白了,在院中赶紧给魏徵赔礼。魏徵开了屋门,来至院中,往屋里让。樊虎恨不能立刻见着秦琼才好哪,不待天明,问明了二贤庄的路径,辞别了魏徵,够奔二贤庄。约在卯时来到二贤庄,命庄客往里回禀,秦琼同着单雄信、李密、王伯当、谢映登,起身相迎,来至门外。叔宝给他们引见。施礼完毕,让进来,到了屋中,秦叔宝向樊虎问道:"怎么到现在才到呢?没有单二哥,只怕死去多少日了。"樊虎说:"弟在泽州耽搁了几日,料想二哥必然先回山东了,及至俺到了济南,才知道二哥尚未回归。伯母放心不下,我来寻你,昨夜踏雪赶路,见有一人骑的是二哥黄骠马,见马不见人,小弟如何不急?追至东岳庙,人马皆无,俺错疑道人窝藏匪人,跟魏道爷闹了一番,才知道你在这里。伯母有封信,你看看吧。"说着,把信交与秦琼。叔宝接过来,将信扯开一看,不觉泪下,向单通道:"老母想念于我,今天就要告辞了。"单雄信一听,忙道:"二哥回去不得。你的病体刚好,身体尚未足壮,天气寒冷,冒雪回归,倘若途中旧病复发,难以保全。若有不测,伯母依靠何人?依小弟之见,不如烦建威兄先回山东,安慰令堂,以免伯母悬念,二哥且在小弟这儿度过残年。到了二月,天气和暖,叔宝兄再回济南,一则全兄母子之礼,二则尽弟朋友之情。"樊虎忙道:"此言有理,二哥不可不听。"叔宝允诺,樊虎总算初到二贤庄,雄信吩咐摆酒,给樊虎接风。

过了数日,天气晴和,秦琼写了回信,雄信备酒饯行,取出五百两银子、潞州绸五匹,奉与秦母;另赠樊虎五十两、潞州绸五匹。樊虎收了,辞别回归,大众送出庄门,跟樊虎作别,樊虎够奔山东不表。且说单雄信不放秦琼回去,是有意厚赠秦琼,替死去的先严补报秦旭当年栽培单珪之恩。叔宝住到年底了,见各处的响马纷纷地往二贤庄送钱,未至年终,三万银子便都凑足,交与李密回长安,奔走权门,运动差事去了。李密之事暂且不表,单说单雄信命人把秦琼的黄骠马加料喂养,养得十分雄壮,照马个儿叫工匠给做了一副鎏金鞍鞯,紫金的马镫;三百五十两银子打成了三十五个银块,放在一床缎被之内;六十两金子弄成了十二个金条,放在褥套之内。过了年了,王伯当、谢映登告辞他往,秦琼住过了灯节,思家情切,便向雄信告辞。单通苦留不住,只可摆酒饯行。饮罢之后,来至门前,见庄客拉着黄骠马门前等候,马上驮着被服、褥套,叔宝见了马匹鞍鞯焕然一新,心下不安。只听雄信说:"二哥到了山东,在伯母面前替俺问安,约在今年秋天,小弟还要到济南府看望他老人家呢。"叔宝道:"见了老母替你说明,远奔实在不安。"说着,庄客将双锏递过,秦琼就把双锏插在褥套里,向单通言道:"在你这里数月之久,就够瞧的了,何劳厚赐鞍鞯?"雄信道:"不过略尽人心耳。"将要上马,庄客又送上五十两白银,只可收下。二人洒泪而别。

秦琼上马,走在路上,觉着那马有些累了,远望有座树林,隐着些房屋。临近了一看,却是一座皂角林,约十数个买卖铺户,四五十户人家,小小的一座镇店,倒亦风光。秦叔宝因为马见了汗了,便住店歇息吧。进了皂角林,来至吴家店前下马,只见由打柜房里出来一人,长得獐头鼠目,贼头贼脑,约在三十多岁,过来一伸手,说:"客官,把马赏给我吧。"说着,把马牵过去。秦琼上前,把褡套、被服往肩上一扛,觉着有些分量,一努力扛在肩头。走进店房,到了上房屋中,把褡套、被服往炕上一放,店家进来,伺候净面掸尘。秦琼要了点酒饭,吃喝完毕,没想到店里掌柜着上眼了,见秦琼身体雄壮,搬褡套的时候有些沉重,一定有硬通货,他便错疑秦琼是放响马的。酌量着秦琼要安歇了,他便蹑足潜踪地到窗前偷瞧,见秦叔宝在灯下,由缎被之内一块一块地往外取银子呢。这掌柜的不是好人,见财起意,回到柜房跟伙计商议,要打算吓唬秦叔宝,诈他的银两。伙计们一听,立刻就要动手,掌柜的忙说:"不成,我看此人身体非常雄壮,两根金装铜分量很重,我想他的膂力当然小不了。倘若是拿他不成,碰巧了还许糟糕呢。你们等我去找人去。"说罢,匆匆地走出店房。

这掌柜的姓吴,名叫吴广,不知的以为他们是开店的,大小亦是个商人。其实开店这种买卖,好汉子不干,赖汉子干不了,要是仅指住着客人,那就糟了。往轻里说,他们店里是窝藏宵小之所,无论是偷来的钱,摸来的钱,过往客商挣来的钱,这掌柜的勾串要腥赌的(老月),把大家的钱绕到他们手里,大众一分。再要瞧见眼岔的人,来住他们这店,吴广便勾串官人,一打二吓唬,弄几个钱均分匀散,拿炸了就当真事,送到县衙。总而言之,吴广不是个好人。

且说吴广出去找了五个官人来,连伙计带官人大家计议妥

当,吴广在前,官人、伙计在后,悄悄地来到秦琼所住的屋门。大
众外面等候,吴广进到屋中一瞧,喜之不尽,见秦叔宝面朝里坐
着,在灯下,手里正择那金装铜的穗子呢。吴广上前要把秦琼的
腰抱住,两只手往秦琼腰间一伸。没想秦叔宝觉着了,用铜把往
后一杵,正杵在吴广的小肚子之上,痛得他"哎哟"一声,"噗咚"
栽倒。外面的官人跟店里的伙计疑是成了功呢,"呼啦"一声闯
进屋中,见秦叔宝手持双铜怒目观瞧,吓得众人不敢近前。即至
往地上看,吴广已然气绝身亡。官人向秦琼问道:"你这人真来
大胆,把店里掌柜的给打死了,这场官司你打了吧!"秦琼一听,
气得颜色更变,厉声喝道:"你们哪个敢过来,俺便要谁性命!"
吓得没人敢上前了。秦琼见势不好,心中暗暗叫苦,人命关天,
三十六着走为上策,一声喝喊:"你等闪开!"吓得众人真往后一
闪,秦叔宝大踏步往外就走,没防备院中官人用绳儿将他绊倒,
七手八脚地将叔宝绑上。吴广的妻子托人写好状子,县衙告状,
众官人将秦琼金银、马匹等项,一并押赴天堂县。

第六回　获轻刑发配北平府
磨盘山智救上官狄

　　县官蔡建德听说拿住了响马，立刻升堂，众捕快跑到大堂回禀："在皂角林拿住一名响马。"县官一摆手，捕快等站起来，退立一旁。吴广的妻子李氏哭诉前情，说："响马打死丈夫，请求老爷作主。"县官问完了众人的口供，阅看李氏的状子完毕，喝令将响马带进来。两旁的衙役喊喝堂威："差事一股，罪犯秦琼告进。"秦琼跪倒大堂之上，县官一瞧，吃了一惊，向秦琼问道："本县认识你，你是山东济南府的差人秦琼，如何当了响马？"秦琼道："老爷，我是济南府的差人，不是响马。"县官喝道："你不是响马，怎么九月底领了回批，直到了正月还不回去？明是个响马无疑。"秦琼说："老爷，俺去年领了回批，本想回山东去销差，只因染了重病，住在朋友家中将养，到了现在病体痊愈，乘马回家，住在皂角林吴家店内。掌柜的有意害我，我为防身，给他一锏，他便丧命。请老爷秉公判断。"县官问道："那么你这银两是哪里来的？"秦琼说："这银子是俺朋友赠给俺的。"县官问道："你的朋友是谁，住在哪里？"叔宝刚要说单雄信，忽然转想：若是把他连累在内，如何是好？遂道："俺那朋友是贩卖绸缎的客人，如今上江南办货去了。"县官喝道："胡说！贩卖绸缎的能有这些金银给你？本县看你就不像有病方好之人。你如今打死吴广，还能活得了吗？"立刻吩咐把秦琼钉镣入狱，先去验尸。

　　且说这信让单雄信的庄客知道，赶紧回禀他，单雄信听说，忙到城中打探。到了县衙，打听是实，命家人备了酒席，前去探监。县衙门里的人知道秦琼是单二员外的朋友,赶紧去到监内送信,不准虐待秦琼。却说雄信来至监狱门,看监的禁子见雄信问道:"是来看望朋友吧?"雄信道:"正是。"禁子忙将狴犴门开开,雄信进来,跟着酒席抬入,家人在外面拉马等候。禁子将狱门关好,引着单通到了一个屋内,见了秦叔宝。单通道:"二哥受这般苦处,是小弟所害,俺虽死难辞矣。"秦琼道:"这是俺的命该如此,岂关单二弟之事?"单雄信命禁子给叔宝撤去脚镣,摆上酒筵,亲自斟酒。饮酒之间,叔宝向单通言道:"兄有一言相告,不知二弟肯见怜否?"单通答道:"叔宝兄有何见教,弟无不从命。"秦琼说:"如今无论是非曲直,反正是人命关天,俺得抵偿对命,料想今番活不成了。死在异乡不足为恨,但家有老母,在山东惟恐将来无人奉养,欲求雄信寄信于老母,设法关照。不知单二弟意下如何?"叔宝说至此处,二目含泪。单雄信心中不忍,说道:"二哥不必难过。此事虽大,倒亦无关紧要,拼着俺单通万贯家财花尽,也要买兄长不死,二哥只管放心。山东老母之处,自有小弟照顾。"秦琼点头说道:"既然如此,有劳贤弟。"单通道:"二哥耐心等待,我去打点通融。"秦琼拱手相送,兄弟洒泪而别。

单雄信一出牢房,直奔衙门,先见本县的师爷,二话不说,一百两银子往上一递。师爷久在公门,伶俐得很,三言两语探问明白,满口答应。然后单雄信又来见县官蔡建德。别看蔡大老爷是官,照样惧怕单通,再加上赠与叔宝金银的本主儿到了,蔡大老爷亦是明白人,最后说道:"二员外,这样办吧,杀罪改发配,你看如何?"单通说:"发到哪里?"蔡大老爷说:"共有四处,二员外挑一处吧。"单通说:"讲来我听。"蔡大老爷说:"头处是沿海登州,第二处是南阳关,第三处是太原府,第四处是北平府。"单通暗想:登州没朋友,南阳关路途遥远,太原府李渊与我有杀兄之仇,只有最后一处了。单通说:"好吧,就定北平府。"蔡大老爷道:"下官遵命。"

书以简捷为妙,次日蔡建德开堂,有意开脱叔宝的罪名,岂不容易?当时判为充军发配北平府,金甲、童环二都头为解差,立刻启程。单说金甲、童环和秦琼先到城中会友楼,早有单通在此恭候,摆上一桌丰盛的酒筵。兄弟见过,唏嘘不已。酒过三巡,菜过五味,单通说:"二哥,小弟在北平府有个朋友,在北平王手下当旗牌官,名叫张公瑾。我已写下一封书信,只要把信交给他,管保比小弟还要格外关照叔宝兄呢。"秦琼听罢,十分感激单通的好处。及至吃完了酒,雄信取出一百两银子、一封信,交与秦叔宝;又取出五十两银子,赠与金甲、童环。雄信会了酒账,出离了会友楼,送出十数里路,才与秦琼作别。秦叔宝跟金甲、童环够奔北平府而去。这一路之上,谁亦不知道秦琼是充军发配的罪人,金甲、童环反倒受了辛苦了,肩头上轮流着扛行李还不算,额外还得给秦琼扛着枷,过往客商、往来的行人见了都得猜他们是解完了差回归呢。

晓行夜宿,饥餐渴饮,非止一日。这天三人正往前走着,远望前有松林一座,金甲道:"咱们忙什么,可以在这树林子里边歇息会儿吧。"童环说:"咱们歇会儿不要紧,可别等到天晚了,赶不上店那可糟了。"哥儿三个将到松林,见树上拴着一匹马,"唏哩哩"直叫。往树上一看,树上头吊着一人,两条腿不住蹬踹。秦琼见了,忙道:"快救人吧。"三个把行李物件放下,上前把上吊之人救下来,放在地上,撅砸捶叫。那上吊之人缓醒过来,坐在地上,翻眼瞧了他们一眼,把头低下去,一语不发。秦叔宝问道:"朋友,你为什么事儿,至于迫得自己上吊哇?"那人站将起来,腿一软又坐在地上,说道:"你们几位是一份好心,搭救于我,反倒叫俺多受罪了。你们几位走你们的路,不用管了,俺仍不免上吊一死。"秦琼问道:"朋友,你别想不开呀,人死了不能复生。"上吊的人说道:"众位恩公,俺比谁都想得开,要是想不开呀,还不上吊呢。"金甲怒道:"俺们既是救你,便有主意,你可以把你的事情说给俺们听听,救不了便罢,倘若是救得了你呢,岂不比死了强吗?"上吊的人一听,遂说:"你们几位不用问了,俺就是把事情说出来,你们几位亦是救不了我,反倒堵了心啦。"秦琼一听,知道他上吊的原因关系很大,约摸着是管不了啦,可又不能扔下他不管,既然是救人,就得救到底。秦琼说:"朋友,你的事儿我亦酌量着不小,就满打是俺们救不了你,亦要问个明白。你想你不说,俺们能够甩手不管吗?你说来我们听听。真要是管不了呢,俺们就不管了。"上吊之人点了点头:"你们三位既是有这份好心,我把我的事儿说给三位。在下叫上官狄,在靠山王杨林麾下当作中军官。如今我们王爷镇守登州府,因为越国公杨素寿诞之日将到,靠山王千岁命我给越国公送寿礼,理应当从沿海登州起身够奔长安。说起来亦是我命该如此,我不该由登州奔范阳,到了范阳城看望我姑母,如今是从范阳够奔长安,走在此处出了事儿啦!在这东边有座山,山里有两个寨主,带着喽罗兵下了山,把我的东西夺去。我曾对他们说,劫了我的东西不要紧,要是让我们王爷知道了,岂不扫平了你们的山寨?没想到不提说靠山王杨林还好,这么一道字号倒坏了,被两个寨主将我杀败,连俺的两个伙伴亦拿上山去。亏了我的马跑得快,不然亦得被获遭擒。你们几位想想,我要是回了登州府一说,俺们王爷岂不杀我?"

秦琼三个人听明白,秦琼问上官狄道:"那你丢的礼物值多少钱呢?"上官狄说:"论我丢的那东西,约价一万两银子。"秦琼问道:"你这东西是什么宝物,能值这些钱呢?"上官狄说:"我这东西系高丽国海寇的东西,被我们王爷拿住海寇,搜出来的宝物。一共是四颗珠子,有两颗避水珠,两颗避尘珠,装在四个苏漆匣内。"秦琼原有心救他,及至听上官狄一说,就怔了,想这宗东西,虽然有钱,亦都没有地方去买呀!上官狄说:"你们三位听明白了吧？这事能有办法吗？请想我吊死在这儿，亦不能回山东登州府，我的事呀，亦是命里该着。"金甲、童环见秦琼发恼，忙道："秦二哥不用着急，咱们去把那山寨的匪人拿住，东西岂不找回？"秦琼道："也是。"上官狄说："你们三位不要管了。不是俺小瞧你们三位，那两个寨主，一个是使三尖两刃刀，一个使钉钉狼牙棒，杀法实在厉害，要不然俺怎么会杀他们不过呢。"金甲忙道："你不要说了，俺告诉你吧！"用手一指道："这是山东济南府的小专诸赛孟尝秦琼秦叔宝，当年在山东马踏黄河两岸，铜打山东六府，天下闻名的好汉。不怕那匪人项长三头，肩生六臂，只要秦二爷肯其前往，不是四颗宝珠吗？管保原物归还。"上官狄在山东登州府却亦闻名，如今听金甲一说，忙给秦琼跪倒叩头，说："秦二爷，你得设法搭救于俺。"秦琼道："金国俊过于抬举叔宝，焉能比得了专诸孟尝？上官中军你不要如此。"说着，用手往起相挽，遂道："看你的命运，咱们给你要那宝珠，要出来你亦别喜欢，要不出来你亦别恼。"上官狄一听，高兴得了不得。秦琼说："这山在哪儿，上官中军你领俺去吧。"

　　于是上官狄头前带路，金甲、童环拿了行李等项，四个人出离了树林，由上官狄拉着马头前引路。霎时间就望见那山了，见山势险恶，任什么亦没长，一座穷山。临近了就听锣声响亮，由山口里冲出来二百名喽罗兵，雁翅儿排开，当中间闪出两个寨主，乘坐马匹，手持利刃。左边那人跳下马来，约在九尺之躯，虎背熊腰，黄脸膛，额下无须，年在三十岁里外。头上戴一顶鹦哥绿缎色的扎巾，上身穿的是鹦哥绿缎色短箭袖靠袄，腰系丝鸾带，下身穿红绸子中衣，足下一双薄底窄靿皂缎快靴，坐下马甘草黄，手中擎定一口三尖两刃刀。右边那人约在一丈之躯，生得胸前宽，背膀厚，肚大腰圆。头上戴一顶皂青色六瓣壮帽，顶上嵌着茨菰叶，上身穿皂青缎色短箭袖靠袄，腰束鸾带，青绸子中衣，足下皂青缎快靴，坐下马墨麒麟，手中擎着一对钉钉狼牙棒。

往面上看,黑黑的面貌,亦在三十岁里外。秦叔宝四个人见了这伙人正然观瞧哪,那两个寨主一催马,扑奔过来,临近了一勒马,甩镫离鞍下了坐骑,向秦琼控背躬身施礼道:"叔宝兄!"还没说完话呢,秦琼看出来了,使刀的是"金面天王"金城,使棒的是"黑面阎王"牛盖。秦琼赶紧还礼,金甲、童环亦跟他二人施礼。金城、牛盖说:"秦二哥此次充军发配北平府,单二员外命人传箭,到了俺这磨盘山,叫俺关照于你。"秦琼遂道:"小弟从此路过,正要上山拜访。"

话尚未说完,金城、牛盖一眼望见上官狄,当时就是一怔,忙向秦琼三人问道:"三位仁兄可曾认识于他?"秦琼道:"不惟认得,并且为他的事儿来求你们二位。"说着,向上官狄道:"上官中军,你过来给他们二位施个礼,求他们二位把东西赏给你吧。"上官狄刚要施礼,金城说:"且慢!秦二哥,这是为何?"秦琼说:"二位仁兄,他乃是有主人之人,奉主人之命到长安城送寿礼,路过宝山,不是被二位仁兄收了吗,他怎能回去见他主人哪?免不了就得一死。你我弟兄得了他的财物,亦不能花到终身,可是他的命就完啦!在你们二位心里想,他们做官的剥削人民的钱财,买了礼物送礼,我们绿林的英雄劫来花用,正应当啊,绿林的好汉讲究是取不义之财。只是愚兄不好,时才把这个分量叫在肩上,没别的说,你们哥儿俩只当是交了我秦叔宝这个朋友了,赏个脸把东西赐与秦某吧!"牛盖听罢,向秦琼说道:"叔宝兄,要是别的事儿啊,你那样吩咐,小弟无不应允;惟有此事,甚为不易。单二员外在二贤庄曾为朋友(李密)凑了一宗款子运动差事,听说是走那越国公杨素的门子,俺们绿林的人钱来得不易,他们做官的坐收其利,少不得这羊毛还得出在羊身上。"说着话,用手一指上官狄道:"他这礼物是给那佞臣杨素送的寿礼,俺们把他的东西横了来,正好使用,秦二哥你不要管他们的事,请进小寨,咱们喝酒去吧。"

秦琼一听这口吻，是办不到，心中未免着急，处此地步，只可把气往下压，强打笑容，向金城、牛盖说："二位所说的甚对，然而可有一节，他上官狄被事所逼已然上了吊啦，我秦叔宝把他给救活，倘若是你们二位不肯将东西归还，他仍然是一死，他再要死了，可是俺把他害的，岂不闻君子有成人之美吗？"牛盖听了，好不耐烦道："秦二哥，俺们不是不应允，他上官狄曾说是靠山王杨林的东西，拿势力压人，俺们要不知是杨林的东西还不劫呢。实对叔宝兄说吧，俺牛盖要斗斗他杨林。"秦琼说："得了，你们哥儿俩冲着单二员外，赏个脸吧！"牛盖把头一摇道："不成，知道的人说是磨盘山二位寨主交了朋友了，将宝珠又给了他上官狄了，不知道的人说俺金城、牛盖惧怕靠山王杨林。"秦琼说："不能。"金甲、童环齐声说道："二位的大名谁人不知？绝然没有人那么说。"牛盖说："任你们怎么说，东西是不能给。愿意交朋友，请进山寨；不愿意，作罢。"

秦琼心中好不愿意，遂向金城、牛盖问道："二位寨主是当真不成吗？"牛盖说："秦叔宝，你这人是怎么了？俺们在二贤庄说过，大家交你这个朋友，济南府有你秦叔宝，俺们绿林人不去作案，这个面子已然足了，怎么非要把宝珠要出去不可呢？比如俺们的人要是遭了官司，跟你们去要人，准能要得出来吗？秦二哥，你这人可有点儿一头沉吧！"牛盖这几句话说得秦叔宝好不难过，当时火往上撞，可就有些压不住气了，向牛盖说："大约着秦叔宝是怎么个人，你是不知道，我亦不用表示了，你既拿秦某不当交朋友的人呢，俺可要得罪了。"牛盖说："你要得罪俺好办。"秦叔宝由上官狄马上把枪摘了下来，向牛盖说："牛寨主，秦某要会会你的双棒！"此时，金甲、童环见秦琼双眉倒竖，虎目圆睁，气得颜色更变，看这意思要拼命，二人想着有些不值。牛盖见秦琼为此气得三尸神暴跳，五灵豪气腾空，双棒往左右一摆，"哇呀呀"怪叫。

金城忽地哈哈大笑，把右手的大拇指一挑道："好个名不虚传的小专诸赛孟尝，俺金城甘心佩服。"遂向秦琼言道："秦二哥，你不要错会了意，俺们不给宝珠，正是要交你这个朋友。二哥你是个明白人，不要怪牛盖如此无情，你问问他为什么不给。"牛盖说："叔宝兄，俺把宝珠给了他，他上官狄回到登州府跟杨林一说，你秦叔宝不是仅当差，专跟匪人往来，到那时你想如何？你原是好意，反倒落个结交匪人之罪。就是上官狄回去说了，靠山王此时不发作，日后不拘哪时有了错，你亦心静不了。"秦叔宝此时想起来日后的害处，不由怔了半天，才向上官狄问道："上官中军，你听见二位寨主说的话了吗？"上官狄说："秦二爷，你是个交朋友的人，二位寨主想前想后，都给你想到了，此乃深思远虑之处。理当如此。我上官狄敢对天起誓，绝不能如此。"秦琼说："好吧。"叔宝向金城、牛盖说道："是非只为多开口，烦恼皆因强出头，从此我秦琼遇见事还敢多管吗？你们听见了，上官中军说了，回到登州见了他们王爷绝不能提说此事。"金城、牛盖向上官狄说："既然如此，他发于本心起誓呗。"上官狄听说让他起誓，知道宝珠准能要回来，如同接到圣旨一般，便跪在地上，高声嚷道："皇天后土，过往神灵，今有上官狄蒙秦叔宝施恩搭救，在磨盘山将宝珠要还。日后我上官狄若在靠山王面前声说此事，叫我死无葬身之地，临死之时，不能得其善终。"说罢，叩了三个头，这才站起。金城、牛盖吩咐喽罗兵，将上官狄的两个伙伴放出来，那宝物送出山来。少时间由山里出来两人，见了上官狄问道："中军大人，咱们怎么样啊？"上官狄把话说明，命两伙伴给秦琼等磕头。两伙伴真过来给秦叔宝、金甲、童环磕头谢恩，叔宝三人还礼。这两个过来给金城、牛盖施礼。

正在此时，秦琼瞧见丁天庆、盛彦师带着两个喽罗兵，提着两包裹。丁天庆、盛彦师到了，跟秦琼彼此行礼。丁天庆说：

"秦二哥,你把我们俩人溜着啦!"秦琼说:"怎么会把二位溜着啦?"丁天庆说:"自从你由会友楼一走,王伯当把单二爷找了去,到了会友楼一瞧你没了,他们哪儿答应啊,都埋怨我们俩不该把二哥放走。我们哥儿俩让他们埋怨急了,一赌气,到济南府去找你,谁想你没在家哪。后来樊虎奉了伯母命去找你,我们知道,有心回趟天堂县,只因路上遇见事了,就没回二贤庄。后来听尤俊达说才知道二哥住在二贤庄,我们有缘在此相逢。"秦琼说道:"我叔宝有何德能之处,劳动二位。"秦琼跟他们说话之间,上官狄在旁纳闷,瞧见丁、盛二人,立刻醒悟了,怨不得在这儿出情形呢,敢情这两人在这儿哪。

书中暗表,丁天庆、盛彦师自从在济南访秦琼未见着,便奔登州访友,住在城内。因为没见过靠山王杨林,要瞧瞧杨林是怎么个相貌,两人夜间仗着高来高去飞檐走壁之能,到了靠山王府偷着瞧杨林。正赶上杨林预备宝珠送寿礼,被他们二人暗中瞧见,不得下手。后来上官狄奉命送寿礼,带着两个随从,一离登州府,丁天庆、盛彦师跟了下来,一路之上未得下手。亦是活该出事,上官狄由半路上岔了道了,到范阳看望他姑母,丁、盛二人又跟至范阳。上官狄由范阳奔长安,丁、盛二人遇见磨盘山采盘子的喽罗兵,金城、牛盖才下山做这号买卖。要不然,三个空行人提着两包裹,他们怎会知道是无价之宝呢?如今丁、盛二人跟秦叔宝一说话,上官狄这才醒悟,怨不得我们在哪儿住店,他们亦在哪儿住店哪。

且说丁天庆向秦琼说道:"秦二哥,俺们由龙宫井字里,海赤子窑儿,坠下来荣了申行,亦没得托。到了这尖子才做下来,够多么难哪!如今费了几句话,便把东西原回啦!"秦琼一听,懂得些这话,是绿林的侃儿。龙宫井字里,是沿海登州城内;海赤子窑儿,是靠山王府;坠下来荣了申行,亦没得托,是道上跟上官狄走,偷了五六次没得下手;到了这尖子才做下来,是到了磨盘山才劫夺到手。这些话是跟秦琼诉冤哪！秦琼说："咱们心照不宣了，后会有期吧。"丁天庆便吩咐喽罗兵将东西给他们吧，喽罗兵把珠匣递给上官狄。丁天庆说："你们打开看看，回头再说假了，我们不包赔。"上官狄打开匣子看了看，东西不假，便拜谢众人。将要走了，上官狄说："众位，可不是我用着你们诸位才说此话，不拘哪位要是走到登州，只管找我，尽其人力所为，我必有份人心。可不是热病胡许，我上官狄是个交朋友的人，咱们有缘再会。"秦琼说："你赶紧去吧。"上官狄带着伙伴往长安城送寿礼不表。

却说秦叔宝被金城、牛盖、丁天庆、盛彦师约上山去，留秦琼三人吃晚饭。住了一夜，秦叔宝便告辞下山。金城、牛盖怕前面有人劫了上官狄，或是被别人将宝珠偷去，日后秦叔宝知道了，疑惑他们反复无常，请丁天庆、盛彦师下山，追上那上官狄，暗中保护，暂且不表。

第七回　打擂台史大奈逞威
　　　　　论交友杜中军报恩

　　且说秦琼同金甲、童环下山之后,够奔北平府。走了六七天,眼看着快到北平府了,走在路上觉着口渴,秦琼说:"你们看,这前面有个去处,不是村庄定是镇店。"金甲、童环往东北一看,果然有个村镇,远看各股小路,有些走路之人,纷纷地往那个村镇走去。三个人将进村庄,就听村里人声嘈杂,喝彩之声震动耳鼓。三个人不知是有什么热闹,忙忙走入村里,往眼前一看,人山人海似的,万头攒动,挤挤擦擦,这些人都往正北看哪。秦叔宝见正北有座擂台,擂台上没人,不问可知,准是打擂的,已然打完了。三个人又渴又饿,不去管他,且去找个地方用饭。三人往东走着,金甲说:"秦二哥咱们找个店住下,吃完了饭,看看打擂的吧。"叔宝道:"俺走得劳乏,亦正要歇息哪。"三个人便在东头路南三元老店住下,店小二伺候三人净面掸尘。

　　金甲向店家问道:"你们这村叫做何名?"店家说道:"这儿叫做顺义村。"金甲说:"你们这村里是什么人摆设的擂台呀?"店家说:"这个擂台是北平王所摆,只皆因有个贩卖珠宝的客商跟北国的胡儿打起来了,因为他人少,跑到金镛关,被北国的胡儿给追下来,跟北平王要这个客人。北平王不给,与北国的胡儿打了一仗,北国的胡儿败走了。那个客人感仰北平王的恩德,愿在王爷手下当差,北平王便派他当做右领军之职。北平府的武将有些人不服,说他寸功未立,便当领军,有什么能为呀?北平王才命这客人在俺这顺义村摆设百日的擂台,命那客人为擂主,不论军民人等，都准上台打擂，要是到了百日，没人能赢他，北平王就把右领军赏给他。今天都够九十九天，只差一天了，午前擂是打完了，午后还是比武，要是后半天再没人能赢得了他呀，他这差事就算得到手里了。"三人听明白了，店家出去沏茶，把茶壶端进屋来。叔宝向店家问道："这顺义村有个张公瑾吗？"店家说："有，张公瑾现在跟北平王府得了总旗牌官，好么，谁人不知呀！客官打听他做什么？"秦琼道："有个朋友给他带了封信来。"店家说："你要找他容易，等到后半天止了擂，他必然前来办理止擂的一切事情，你可以等到止擂的时候去见他。"叔宝点了点头。哥儿三个喝完了茶，要了点酒饭，吃喝完了，叔宝觉着劳乏，往炕上一躺，不觉睡去。金甲、童环没惊动他，两个人悄悄地出离了店房，去瞧打擂的。往各处瞧看，看热闹的人因为天热，都在阴凉之处凉爽去了，哥儿两个往各处散逛。没有多大工夫，就见瞧热闹的纷纷去看擂台，金甲、童环亦随着来瞧。

忽见正东有乱马奔腾之声，二人回头一看，见有二十余坐骑，马上坐着尽是壮士打扮的。瞧热闹的人往两旁一闪，一伙人到了擂台前，全都下了马，往台上一坐。就见当中站定一人，约在九尺壮壮的身躯，生得胸前宽，背膀厚，肚大腰圆。头上戴一顶紫缎色的软扎巾，上身穿的是紫缎色短箭袖紧身靠袄，腰中系一巴掌宽的五彩丝鸾带，下身穿着红绸子的兜裆滚裤，足下一双青缎色薄底窄�快靴。看面貌在三十多岁，长得黑紫的脸膛，浓眉大眼，一团精神足满，雄赳赳的，倒有个武夫的气派。就见他把拳一抱，冲台底下施礼，口中说道："天下人等听真：在下姓史，双名大奈，奉北平王的王命，在此设下百日的擂台，有人打俺一拳，给银五十两；有人踢俺一脚，给银百两；有人将俺打倒，北平王赏给领军的官职。今日已到百日之期，四方的英雄，各处的好汉，哪位肯其比武，请上擂台，当场较量，比拼输赢。"此时台底鸦雀无声，无人说话，全往台上观瞧。史大奈叫了半晌，无人敢上去较量,三个多月了,是来比武的俱皆甘拜下风,史大奈之名是无人不知。史大奈见无人打擂,便在擂台当中把架子拉开,要练趟拳让众人观瞧。金甲、童环哥儿两个在人群里一瞧,史大奈的拳脚式打开了,是手眼身法步,心神意念足。怎见得?

跨虎登山不用忙,斜身绕步怎提防。上打葵花式,下跌抱马桩。喜鹊登枝沿边走,金鸡独立站中央。霸王举鼎千斤力,童子拜佛一炉香。蛇行鼠窜急又快,怪蟒翻身把爪扬。

史大奈把拳打完了,在当中一站,是面不更色,气不涌出,台底下观众齐声喝彩。略微歇了一会儿,史大奈问道:"台下人等听真:哪位练过拳脚,请上台较量三合,赢了我亦不足为荣,输给我亦不足为辱。天下把式是一家,哪位请上来比试比试?"金甲跟童环说:"待我上去,跟他来来。"说着,顺台梯上了擂台。史大奈一见金甲上了擂台,向他一抱拳道:"这位贵姓高名?"金甲说:"别问,赢了你,再说名姓,说了寒碜。"说着,就是一拳,打奔史大奈的胸前。史大奈往旁一闪,拳就打空了。金甲跟着底下就扫蹚一腿,史大奈使了个旱地拔葱,往起一蹿,金甲这腿就扫空啦。真快,腿是空啦,两拳头打奔史大奈的太阳穴,这个招数叫做双风灌耳。没想到史大奈双手把金甲的双拳往左右一分,抬起右腿,使了个分手对子脚,这一脚蹬在身上,金甲往后一倒,只听"噗咚"一声,便仰面朝天躺在台上。此时台下边喝彩之声不绝,臊得金甲爬起来,低着头走下擂台。童环也挂不住了,便走上擂台。金甲下来刚走到人群内,身后有人拍他肩头上一把,叫道:"金国俊,你怎么会有这样的勇气打擂呢?"金甲回头一看,正是秦叔宝。金甲臊得面红过耳,向秦琼问道:"二哥怎会找着我们哪?"秦琼说:"我睡醒了,不见你们两人,是放心不下,故来寻找。"说着话,不由得往台上一看,秦琼当时吃了一惊。

瞧童环向史大奈用双拳打去,史大奈使了个斜山转角式,童环就打空了。史大奈使了个拦喉一掌,这一掌横在喉咙上,童环往后倒退三步,没站稳,"噗咚"一声躺在台上。台下瞧热闹的人齐声喝彩。

　　秦叔宝是个义气最重的人,焉能袖手旁观,便向众人说声借光,在台下将身形往上一纵,蹿上擂台。台下的人瞧了几个月的热闹,亦没见过有人能蹿上台去的。史大奈见秦琼跳上擂台,往秦叔宝身上一看,秦琼生得虎背熊腰,黄脸膛,两道剑眉,一双虎目,鼻直口阔,三山得配,五岳相匀,相貌堂堂,仪表非俗,知道他不是寻常之辈,双手把拳一抱,向秦琼施礼道:"这位尊姓大名?"秦琼说道:"我乃无名氏,特来献丑。"史大奈见叔宝不说名姓,只可奉陪。两个人各道一个请字,各占上风,把拳脚式拉开。史大奈伸手一掌,穿奔叔宝胸心一掌,叔宝用腕一搛,两个人的手腕儿一碰,暗含着是试试膂力大小。把式匠讲究一力抗十会,只要是力气欺得住人,就以力胜之,用力赢人的时候,敢把人抓住,以力胜之;要是两人一碰,自己觉着力气胜不了人家,不敢用力,往回撤手就是人家想抓自己的胳膊,亦能用择解撕掳,不让抓住。当时史大奈、秦琼两个人一碰腕,全都一惊,把式对了分了,谁亦不敢笨筋了,各施巧妙。秦琼一变招,用虚实巧打,圆滑闪躲。要硬的时候,周身硬似铁;要软的时候,周身软如绵。史大奈的拳脚,拳打打不着,脚踢踢不着,心中着急,眼看着百日的期限将满,这个右领军的官职看看到手啦,遇见叔宝这样的身手,心中吃惊,把平生所学之能施展出来,一招一式地向秦琼迫来,惹得秦琼性急,尽量抵敌。两个人打在一处,裹成一团,难分上下高低,真是棋逢对手,将遇良才。叔宝不肯相让,史大奈哪肯放过,两个人勾心斗角,各逞其能,惹得台底下看热闹的人眼都看直了,谁亦不作声。

　　不表观众如何,且说史大奈手下人见了这般光景,知道势头不好,赶紧奔土地庙去找众旗牌官,到了庙中,见张公瑾、白显道二人正然饮酒,忙道:"二位老爷,不好了,我们主人的官星不现,今日遇着敌手了。"张公瑾二人一听,赶紧站起身形出了土地庙,前来观瞧,见秦叔宝人有人才,武有武艺,暗暗地喝彩,便向众人问道:"这位好汉是从哪里来的?"有晓得的用手一指金甲、童环道:"二位,台上比武的那是何人?"金甲、童环说:"他是小专诸赛孟尝,山东府驰名的秦叔宝。"张公瑾一听,知道秦琼的来历,越发得吃惊,忙向金甲、童环问道:"你们二位贵姓,怎么认识秦叔宝?"金甲把叔宝发配,充军北平府一说,说到单雄信托张公瑾关照之处,张公瑾道:"在下便是张公瑾。"金甲、童环与张公瑾重新施礼。张公瑾说:"你们既是跟秦叔宝有交情,千万别叫他们见输赢,免得伤了感情。"金甲、童环俩人知道秦叔宝到了北平府,还得求人关照,焉能得罪人家,赶紧向台上叫道:"叔宝兄,咱们该走啦!"秦琼跟史大奈打得正在难解难分之际,忽听金甲、童环呼唤,赶紧跳开,往台下一看,金甲、童环与许多人指手画脚正说话呢。秦琼不明就里,赶紧收招停式,跳出圈外。史大奈也不明白怎么回事,闪在一旁。就见张公瑾分人群上擂台,躬身施礼:"秦二哥,小弟就是张公瑾。"秦琼立即还礼。张公瑾又给史大奈介绍,史大奈亦是久仰秦琼之名,彼此见礼,十分亲热。张公瑾索性宣布:"立擂百天期限已到,马上散擂。"

这边有人拆擂台不表,单说张公瑾、白显道、史大奈陪着秦琼三人回转土地庙,命人沏茶,众人落座。张公瑾细问来由,秦叔宝述说以往,最后把信往上一呈。张公瑾看罢书信,心中为难,表面上不露声色,满口答应。正在这时,有人来报:"张老爷,中军大人到了!"张公瑾闻听,脸上变色,说道:"二哥,来的是北平王中军官杜查,您和两位兄弟暂到里屋回避。"哥儿仨赶紧退到里屋。少时间杜中军来到屋中,高声言道:"这擂台怎么拆了?"张公瑾忙道:"百日立擂,无人胜过史大奈,故而提前结束了。"杜中军闻听此言,一阵冷笑:"照这么说,史大奈的把式不错啊,比我怎么样呢?"张公瑾一听,赶紧奉承道:"中军大人,您的把式可太高了,胜过史大奈多多。"杜中军摆了摆手,说道:"亦不能这么说。人外有人,山外有山,不说别处,就说山东地面就有比俺高明得多的人物,那是俺的恩公。"张公瑾道:"但不知这人是谁呢?"杜中军瞪了张公瑾一眼,说道:"凭你亦想知道他的名姓么?"张公瑾满面挚诚言道:"请中军大人示下,让我们亦增长增长见识。"杜中军说:"好吧,可在说此人之前,俺得先漱漱口,不能埋汰了这位英雄。"

张公瑾、白显道等逼迫着他说,只见杜中军伸手拿起一个茶碗来,喝了一嘴的茶漱了漱口,往地上一喷,口中说道:"要说山东的把式,得让俺杜查的恩公秦琼秦叔宝,谁人不知山东济南府的小专诸赛孟尝?"大家一听,忙向杜查说:"中军大人,你想见这位秦叔宝不见哪?"杜查说:"哪里去见呢?"张公瑾说:"要见何难?"便向后面嚷道:"秦二哥,还不出来吗?"此时秦琼正然纳闷哪,心中暗想:听这杜中军所说我是他的恩公,我何曾见过他呀? 正在思忖之际,听张公瑾一说,只可走了出来。杜查见了,赶紧上前跪倒,口称:"恩公,俺查儿有礼了。"这一句话秦琼才想起他来。阅者诸君要问是怎么一段情由,别忙,容我慢慢地写来,这段书算是倒插笔。

当初秦叔宝在济南府当捕快的时候,在夏天想买几个鱼缸,养点金鱼。这一天在大街上买了一个很大的鱼缸,雇个人往家里扛。有个大汉赤背光足,过来给扛着,跟秦琼奔专诸巷,那大汉便是杜查。到了秦叔宝的门前,往院里走,杜查应当矮身才能进得了门呀,他不懂得上有门坎哪,往里一走,"啪嚓嚓",把缸儿摔碎了还不算,他往前一趴,趴在破缸上,将腿亦摔破了好几块,又是疼痛,又是害怕。秦琼见了,饶不怪罪他,反把他搀起来说道:"你不要害怕,一个缸呗,碎了碎了吧。"命秦安把棒伤药拿出来给他敷上,用布给他缠好啦,又给他五百钱。杜查给秦琼磕了一个头,拿着五百钱走了。事情过了五个月,天寒冷得了不得,地面出了一件紧要的案子,秦琼带着伙伴去查店。查到夜间,听见一家小店里有人嚷道:"你这汉子,好天亦不出去挣钱,成天价在屋中不动窝儿,趁早给我滚了出去!"秦琼站在店门前不动,就听见有人哀告道:"掌柜的,你行好吧,俺这两腿疼痛难忍,举目无亲,摘借无门,出去亦挣不了钱。等到我的两腿好了哇,挣来钱加倍奉还。掌柜的你行好吧!"就听店里掌柜说:"不成,趁早给我滚出去!"秦琼原倒没心查他这小店,及至听到店里往外撵客人,料想这客人一定是困在店内,不由得动了他那济困扶危的心肠,叫开了店门,带人闯进来,就见院内站着一人,冻得直哆嗦。秦琼一看,那人正是摔缸的扛夫。

秦琼问道:"你怎么这么冷的天气,站在院子哪?"杜查说:"俺自从给你摔了鱼缸,两腿受伤,着了雨水,两条腿烂了,至今未好,病在店中,欠下店钱,掌柜的不让住啦!"说着几乎落泪。秦琼见了不忍,跟店里掌柜的说道:"这是好人,有病在此,不要如此狠毒哇!由你们柜上借三两银子,明儿早晨给他,你同着他去沐浴完了,给他买套衣裳,然后把他送到我家。"掌柜哪敢多言,诺诺而已。秦琼说完,出店回家了。次日,店里的掌柜便拿了三两银子,同着杜查去洗澡买衣裳,换好了衣服,把他送到秦琼的家中。秦叔宝给掌柜的五两银子,掌柜的哪肯收,秦琼是非给不可,只可收下,告辞回店。秦叔宝问他道:"你是哪里的人氏,姓什么呀?"杜查说:"俺叫杜查,是东昌府聊城县的人。家中只有俺娘,头年腊月亦死啦,剩俺一人,上北平府去找俺爹,走到这济南府,盘费花尽,只可卖力气吃饭。人家卖力气有活干,俺卖力气没人理,自从碎了缸,腿亦受伤,病在店内。"秦琼说:"你不要着急,在我家住着,有吃有喝,等到把病养好了哇,有什么话再说。"杜查便在秦叔宝的家中,亦见过秦母儿媳娘儿俩,杜查管秦琼叫二哥,秦安叫大哥。

住到二月底,杜查的病秦琼给治好啦,没事儿秦安教给他练点把式,教给他人情世路。直到五月节,他才向秦琼告辞。秦叔宝问他:"你上哪里去呀?"杜查说:"上北平府找俺爹去,俺爹在那儿当差。"秦叔宝给了他二十两银子当作路费,他便由济南府到了北平府找他爹。到了北平府一打听,了不得啦,他爹杜永已然死了。还算不错,遇见好人,王府的旗牌韩宝忠给他回禀北平王了。北平王念其杜永当初在杨林攻打北平府的时候,在乱军之中有一将给北平王一刀,北平王没瞧见,杜永右手持刀跟敌人动手哪,怕把北平王伤了,边喊嚷边用左胳膊搪,"喀嚓"一声,把左胳膊砍折。跟着杜永便阵亡,北平王痛惜得了不得。直到双枪将定彦平给北平王跟杨林两下里说和了,北平王归降了大隋朝之后,亦曾命高僧高道超度杜永。如今杜查来了,北平王因其父之功,欲恤其子。及至传谕见他之时,见他生得雄壮身躯,留下他,赏给一个什长(如今的正目)。杜查为人诚实无比,当差认真,数年之间升到了中军官之职。此时杜查在北平王驾前算是第一的红人,说一不二,顺义村的擂台是他监擂,到了百天的期限没人能赢史大奈,该着他带史大奈去见北平王,所以他来到顺义村土地庙内。众人一问他,山东的把式属着谁,他不说。原来杜查常说他恩公武艺好,别人要问他恩公是谁,休想能说。人所共知他拿他恩公吹牛,可是谁亦不知他的恩公是秦琼。今天是把他逼急了,才说出秦叔宝来。

第八回　二堂姑侄洒泪相认
花园兄弟传枪递锏

　　秦琼一出来,杜查一看正是恩公,喜得他不知怎么好,赶紧上前跪倒,口称:"恩公,俺杜查有礼了。"秦琼临近了仔细一瞧,才看出来,比在山东的时候大不相同。叔宝慌忙把他搀起来。杜查问道:"二哥,你怎么会来到此地啊?"秦琼把充军发配北平府的事跟他一说,杜查便道:"走吧,今儿个得上张公瑾家里去,给我秦二哥接风。"秦琼把金甲、童环唤出来,给杜查引见完了,大家便出离土地庙,一起够奔张公瑾的家中而来。到了门前往里让,大厅之中落了座,张公瑾吩咐家人预备酒饭。少时摆齐了,重新入座,每人都要给叔宝斟酒布菜,巡壶把盏,真是欢呼一堂。饮酒之间,忽见张公瑾双眉紧皱,面有忧容,不由得大家问道:"你是怎么啦?"张公瑾说:"你们只顾喝酒,明天秦二哥到了北平府,金甲、童环当堂交差了,咱们王爷向来是有充军发配的罪人来到,当堂先打一百杀威棒,差不多的都给打死,明天秦二哥这一百杀威棒怎么办?"别说众人听了一怔,就是杜查亦是一怔。秦琼说道:"列位,这杀威棒打了一百下,咱还禁得住,你们不要着急。"杜查哭丧着脸道:"二哥,别说你是人,就是铜金刚、铁罗汉,亦受不了哇!"大家说道:"杜中军,你不是王爷驾前的红人吗,你还没有主意吗?"杜查说:"众位,你们应当知道咱们王爷性情古怪,就是殿下如何,亦不敢多说一句话,处处认真,这可怎么办哪?"张公瑾怔了半晌,说道:"除非是让秦二哥装病,绝无别的办法。"杜查道:"咱们王爷最怕瘟病,可以装作瘟病,王爷见了二哥有病，就许免责这一百杀威棒。"大家一听，无不称善，有这么一个办法免去忧愁，重新饮酒，只吃得杯盘狼藉这才算完，撤去残席。大家喝完了茶，杜查、张公瑾二人就请叔宝三人一同进城，打发人从店里把叔宝三人的行李取来，从张公瑾门前全都上马，离了顺义村。掌灯以后，进了北平府，杜查把秦琼三人安排在同义店，嘱咐好了，明天叫叔宝装病，花钱雇俩人用笸箩搭着，金甲、童环点头应允。杜查才离店房，回归王府。这一夜安然无事。次日天明，金甲、童环买了个笸箩，把被褥放在里面，秦琼用槐子水洗完了脸，往笸箩里一躺。金甲、童环说："别走，把刑具带上。"这才出离了店房，够奔王府走来，离王府近了，候着王爷升堂办公。

且说这天北平王为了史大奈之事，传出令来："点鼓升堂。"中军把令传下来，大堂上便擂动聚将鼓。二通鼓打完，张公瑾、白显道两个总旗牌官，毛公遂、李公旦两个领军官，率领着尉迟南、尉迟北、党士杰、党士俊、韩宝忠、陆其山、李德禄、杜德祥、武振邦、武定国、郭士俊、赵松南一干诸将等四十八员，刀斧手、绑缚手、掌旗官、传令官、站堂军等齐聚大堂。三通鼓响，北平王出来，大闪仪门，吆吆喝喝，升坐大堂。众人施礼完毕，退在两旁。北平王传令："命史大奈进见。"史大奈进了府内，来至大堂跪倒施礼。北平王说道："史大奈，杜中军回禀本爵，说你在顺义村打擂，百日的期限无人赢你，命你实授右领军之职。"史大奈磕头谢恩，站立一旁。北平王命投文的进见，金甲、童环急忙进来，手捧公文，到了大堂跪倒，口称："金甲、童环拜见千岁。"旗牌官接过公文，往上一呈。北平王打开了公文一看，内里是天堂县解来人犯一名，叫做秦琼，皂角林铜杀人命，充军发配北平府。看罢公文，吩咐："看杀威棒伺候！"杜查在旁一听，心中就是一惊。北平王喝令："将人犯带上大堂！"金甲、童环一听，赶紧回禀说："王爷，犯人秦琼走在路上不服水土，身染瘟病，不能上堂拜见，现在辕门候令发落。"北平王闻听,沉吟不语,自思俺这北平府不比别处发来充军罪人,都是些亡命之徒,不服王法,不服约束,这些人来到此处,打他一百杀威棒,打打煞气,去去凶气。当日打完了,那些罪人老实好几年,莫非其中有什么弊病? 想罢喝令:"将犯人秦琼抬上大堂!"金甲、童环知道要糟,只可遵命,退出大堂。

将笸箩搭上大堂,秦琼在笸箩里偷眼观瞧,瞧见那六十四名站堂军排班侍立,各持鞭板锁棍,整齐严肃;四十八名刀斧手、绑缚手,全都是红缎色绢帕蒙头,个个都腆胸叠肚,拧眉立目,雄赳赳,气昂昂,手持刀斧,腰带绑绳,好不威严;一干诸将盔铠甲胄鲜明,身旁各挎杀人宝剑,在两旁一站,全都牢踏猱猊腿,挺站虎龙躯,真是人才济济。帅案后坐定一人,看身材站起来足够一丈,生得虎背熊腰。头戴一顶紫金五龙盘珠冠,身穿一件紫缎蟒袍,腰横玉带,底下被帅案挡着,亦就瞧不见。往面上瞧,生得紫巍巍的面皮,额下一部花白的胡须洒满前胸,脸上容颜不怒而威,令人生畏。不问可知,此人一定是北平王了。忽见北平王一欠身形,往笸箩里面瞧看,面带病容,焦黄的脸面,乌珠发定,然后落座,用手一拍帅案,喝道:"大胆的军犯,花了多少银钱买通了解差,假装有病,蒙混孤家!"吓得金甲、童环向上叩头,连道:"下役不敢。"此时心里唬得突突乱跳。惟有秦琼,仍然纹丝不动。杜查心内一急,跑到笸箩旁边低头一看,跟着往后倒退好几步,两只手一堵鼻子,连道:"好难闻的气味。"北平王看了杜查一看,便道:"既是染了瘟病,发下令去调治,刑房发给解差回文。"两旁有人答声"遵命",金甲、童环磕头谢恩。北平王退堂,火工司号兵放炮吹打闭门,将秦叔宝抬出大堂。

张公瑾众人把秦琼、金甲、童环让下下处,大家沐浴更衣,摆上酒筵,给秦叔宝压惊。大家入座,斟酒相敬。尉迟南说:"叔宝真是造化,咱们王爷向来是概不从宽,如今会免责一百杀威棒，真是侥幸。"张公瑾说："吉人自有天相。"白显道说："莫要欢喜，我看王爷有些疑心，要是调查出来，谁亦受不了。"尉迟北说："偏是你这人说这丧话！"话犹未完，忽见外面跑进一人，面带惊慌之色，说道："列位老爷，了不得了，王爷有谕，二堂复审罪犯秦琼。"大家一听，全都面貌更变。跟着值日旗牌官曹彦宝进来，手持令箭，向秦琼道："王爷有令，命叔宝兄随令复审。"大家此时又是担惊，又是着急。秦琼道："众位仁兄不用着急，就是有了舛错，亦是俺命该如此。"说着站起身形，往外就走。大众见他如此，真是干脆敞亮，并不叫朋友为难，甚是难得。

　　不表众人，且说秦叔宝随着曹彦宝够奔二堂，到了二堂，秦琼一看，北平王坐在一把虎皮椅上，两旁站着四名家将，堂上挂着竹帘。在北平王身旁，站定一武生公子，约在七尺之躯，生得猿臂蜂腰，双肩抱拢，面如敷粉，眉清目朗，鼻直口方，牙排碎玉，唇若涂朱。头戴一顶粉绫缎色武生公子巾，走金边掐金线，上绣串枝莲，两旁边双垂灯笼穗，迎门上嵌美玉，身穿一件粉绫缎色短箭袖帮身靠袄，白绸裤子，腰中系五彩丝鸾带，足下粉底缎靴，英风满面，亦就是十四五岁。杜查站在一旁，两眼发直。北平王见了秦琼："带上堂来！"家将引着秦叔宝上了二堂跪下。北平王问道："秦琼，你是哪里的人氏？"秦琼一听，心中纳闷，问我是哪里人氏做什么呀。（其实北平王问的这话关系最大，这段节目叫做二堂认姑亲。阅者要问怎么叫二堂认姑亲哪，别忙，容我写来。）

　　且说北平王姓罗名艺，老夫妻只有一子，名叫罗成，那罗成授爵燕山公，就是罗艺身旁武生公子。只因北平王退堂之后，罗成出来迎接，罗艺问道："吾儿有什么事啊？"罗成说："爹爹快去看看吧，我母亲亦不知为了什么，早晨起来就愁容满面，如今在房中啼哭哪！"罗王爷一听，吃了一惊，忙到上房一看，只见夫人坐在屋中，真是眼泪汪汪。罗王爷问道："夫人为何啼哭？"秦夫人道:"我每日思念家兄为国捐躯,尽忠一死,抛下他孤儿寡母,不知逃往何处。这些年了,亦不知我那嫂嫂、侄儿生死存亡。不想昨夜偶然梦见我那先兄,叫我念其骨肉之亲,关照我那侄儿。妾身想来,故而啼哭。"罗艺问道:"夫人,你那个侄儿叫做何名?"秦夫人说:"但晓得他的乳名叫做太平郎。"罗艺说道:"今天早晨潞州发来一名军犯,名叫秦琼,与夫人同姓。先兄托梦,莫非应在此人身上?"夫人一听,忙道:"不好了,若是我的侄儿,那一百杀威棒岂不打死?"罗王爷忙道:"夫人,因为那犯人秦琼身染瘟病,未曾打他,下官从轻发落了。"夫人说:"不知那秦琼是哪里人氏?"罗艺道:"下官未曾问他。"夫人泪流满面道:"王爷,不知此人是与不是,妾身怎好出头露面盘问罪人,倘若是我那侄儿,岂不枉了先兄托梦一场?"罗王爷一听,遂道:"这亦不难。如今我可以二堂复审,后堂上挂好竹帘,我在外面问,你在帘子后面又可以听,又可以瞧看。你看如何?"秦夫人一听,喜欢得了不得,便命人挂好了竹帘,搬了座位,坐在竹帘之后,暗中偷瞧。罗王爷取出令箭一支,命提军犯秦琼复审。所以秦琼一到,跪下之时,罗王爷便问秦琼哪里的人氏。

秦叔宝不知细情,只可言道:"罪人是山东济南府的人氏。"罗王爷问道:"你祖上什么出身?"秦琼一听,问他家事,料想其中必有缘故,说:"我祖父姓秦名旭,在北齐后主驾前称臣,官拜亲军护卫使。父名秦彝,乃北齐后主驾前武威大将军。可惜我父为国捐躯,命丧马鸣关,留下犯人年方五岁,幸有义仆秦安保我母子逃至山东济南府。后来我蒙本府刺史栽培,点了历城县捕盗都头。去岁押解军犯到潞州,皂角林误伤人命,才充军发配北平府。"北平王听罢,点了点头,向秦琼问道:"你母亲娘家的姓氏你可知道?你的乳名叫做什么?"秦琼说:"我母亲宁氏,我叫太平郎。"罗王爷问道:"你可有个姑母没有呢?"秦琼说道:"俺有个姑母,在犯人三岁的时候嫁与姓罗的官长,听说是我那姑父跟同事的官员不和，远走他方，至今杳无音信。"北平王听罢，哈哈大笑，说："远在千里，近在目前。"一回头道："夫人，你的侄儿在此，快来相认！"秦氏夫人早就听明白了，又见秦琼的五官相貌与秦彝是一般不二，听王爷一说，急忙出来放声大哭，叫道："太平郎儿，你嫡亲的姑母在此！"秦叔宝不知就里，只希望北平王跟秦家昔日有个一面之交，有些关照而已，谁想夫人哭着出来，认自己为侄儿，惟恐怕冒认了，吓得颜色更变，说道："哎呀！夫人不要错认了，我是军犯。"罗王爷站起身形，过来用手相搀道："贤侄不要惊慌，老夫罗艺是你姑父。"用手一指夫人说："这就是你的姑母。"叔宝此时如梦初醒，立刻跪倒，拜认姑父、姑母。血统所关，秦氏夫人与秦叔宝俱都落泪。罗王爷劝道："你们娘儿俩不要哭了，骨肉相逢，原是喜事呀！"姑侄这才止住悲声。罗王爷这才给罗成见过。杜查一跺脚道："早要如此，俺又何必着急哪！"罗王爷见他如此冒失，喝道："出去！"杜查才明白过来，自己乐而忘形，赶紧退出找张公瑾送信去了。

北平王吩咐家人："给秦叔宝沐浴更衣，后面备酒给我侄儿接风。"秦琼随着家人沐浴更衣完毕，到了后堂，又重新见礼，秦氏夫人喜笑颜开。罗王爷见秦琼相貌魁梧，人才出众，暗暗欢悦：不愧将门之后。酒席摆上，爷儿几个入座，北平王说："贤侄，老夫当年听说你父为国捐躯，归天太早，你那时尚在年幼，惟恐无人照顾，各处探问，俱无下落。亦是有缘，在此相逢。"秦琼说："见着了姑父、姑母，足慰平生。"夫人说："你母亲现在哪里？"秦琼说："现在山东济南府哪。"夫人问他细情，叔宝便从马鸣关逃离说起，说到皂角林锏杀人命，发配北平府，秦氏夫人这才明白。爷儿几个喝着酒，都欢喜得了不得。罗王爷问道："贤侄，你秦家的锏法可曾失传呢？"秦琼道："未曾失传。"罗王爷问道："令先尊死的时候你不是五岁吗，你的武艺跟谁人所学呢？"秦琼又把秦安传锏的事故说给北平王，罗艺听说未曾失传，喜之不尽。秦氏夫人亦是感激秦安的好处,向罗成吩咐道:"日后你见着那秦安,亦要称他为兄。"罗成道:"谨遵母亲之命。"罗王爷说:"贤侄,如今这锏你可带来?"秦琼说:"侄儿在皂角林误伤人命,马匹军刀认作盗赃,被天堂县没收了。"罗王爷说:"不要紧,老夫差人去见蔡建德,不怕他不差人给送来。"叔宝道:"若要如此,不必差人去取,天堂县的解差金甲、童环尚且未走,明日着他二人带封信去,岂不方便?"罗王爷点头应允,说:"你写个清单,没收的物件都是什么,以便致书去要好了。"爷儿几个直饮到更深才散,家人伺候秦琼书房安歇。秦琼在灯下修书一封,致谢单雄信,又开了一个清单,方才安歇睡觉。一宵无话。

次日天明,叔宝进到里面向罗艺夫妻问安,罗王爷就将写得的信交与秦琼,命家人取出二十两银子赏与金甲、童环。家人取出银两,交给秦琼。罗王爷命秦琼送信,秦琼才到外面找金甲、童环。当差的说:"金甲、童环被尉迟南弟兄邀走,你要找,我们同你到尉迟南家中去找。"秦琼说:"好吧。"于是到了尉迟南门前,家人进去回禀,尉迟南等大家出来迎接,此时全知道秦叔宝跟北平王是骨肉至亲啦,大家免不了给叔宝贺喜。进到屋中,落了座,尉迟南吩咐家人摆酒庆贺。酒至三巡,秦琼向金甲、童环把话说明。席终了,金甲、童环二人告辞,秦琼把给单雄信的回书与罗王爷给的二十两银子、天堂县蔡建德的书信,一并交与金甲、童环。大众把金甲、童环送走了不表,且说秦琼回到王府,见了北平王禀明,自此秦琼便住在府内,每日亲丁骨肉四口,一处用饭,何等快乐!

这日闲着无事,罗王爷要看看秦琼的武艺如何,便命秦琼、罗成在花园练武,老夫妻观瞧。家人把军刀搬至花园,罗王爷来至花园,花厅里面落了座,婆妇丫环在旁侍立,家将在花厅前伺候秦琼、罗成。王爷吩咐,命秦琼练锏。秦琼由军刀架上取下一对熟铜锏,在当中一站,双锏左右分开,按照家传的锏法,"拨、挂、劈、楞、蹲、错、磕、撩"八个字的招数练开了双锏，真是手眼身法步，心神意念足。一招一式地把这趟锏练完了，一收式，秦琼是面不更色，气不涌出。罗王爷向秦氏夫人夸奖道："令侄的武艺可算得着家传之妙矣。"秦氏夫人是喜之不尽。罗成见表兄人有人才，武有武艺，惹得自己一时高兴，便由架上取枪在手，把罗家的枪法练练，让秦琼瞧瞧。罗成把大枪一挑，使了个"金鸡乱点头"，那枪一颤，枪缨都颤圆了。秦琼见表弟罗成小小的年岁有这么大的膂力，暗暗喝彩。这手功夫是大枪的头一招，别名叫做"一气贯通"，练这招得把人身上的通身膂力贯在两个胳膊上，再把气力贯在枪上，一抖枪杆儿，才能够把枪抖颤了呢。秦琼对于大枪真是有些年的功夫，见罗成少年如此，高兴得了不得，见罗成把滑、拿、崩、把、压、劈、砸、盖、挑、扎的招数，一招一式练起来，真是神出鬼入，似条游龙戏水一般，越练越勇，越练越快。及至把枪练完了，把嘴一闭，面貌上颜色不变，秦叔宝赞不绝口。秦氏夫人等他们练完了，叫进花厅，夫人说："秦琼，你亦是孤身一人，上无兄，下无弟，你表弟罗成亦是如此。你二人既系亲表兄弟，比同胞的手足亦没有什么分别。自明日起，你把你的锏法传给你表弟罗成，叫罗成把罗家的枪法亦传给你，以显两姓之好。"二人齐说："遵命。"王爷吩咐花厅内摆酒，亲丁四口，同桌吃酒，其乐无穷。

次日，表兄弟二人在花园命家人摆设香案，二人亲自拈香，一同跪倒。罗成起誓："我罗成奉了双亲之命把秦家锏法学会，亦把我罗家的枪法教会了我表兄秦琼，倘若有一招不交，藏了私心，过往神灵今日听清，叫我罗成在乱箭之下身亡。"秦琼说道："皇天后土，过往神灵，今有弟子秦琼奉了姑父、姑母之命，我学表弟罗家枪，并将秦氏门中祖传的锏法教与俺表弟罗成，倘若有一招不传，叫我秦叔宝吐血而亡。"起誓已毕，两个人磕头站起来，俱各高兴。（阅者要问，他们两人为什么高兴啊？只因我国从古至今，武夫不如文人。文人能够彼此交换知识，武人可就不同啦，总以我比他会一招，将来若是翻了脸，动起手来我便能够胜他。鄙人总以文人跟文人学点能为容易！武人跟武人想学一招，是休想能成！所以秦琼高兴，把罗家枪学会了，便能纵横天下了；罗成高兴，把秦家的锏学会了，便可天下无敌。）

　　闲话休提，书归正传。当下二人便你一招、他一式的彼此相传，这两人整够一个多月了，由浅入深，练到了深奥之处，罗成学锏，亦学会十有七八啦；秦琼学枪，亦学会十之七八啦。两个人再学呀，得把各门中精妙无比的招儿彼此相传啦。别看罗成年岁不大，为人过于精明，忽然想起，切莫把罗家枪的三手绝命枪传与表哥，倘若日后俺们两人要是心志不同，各保其主打了仗的时候，表哥身躯又比我魁梧，有这三招绝命枪足可胜自己。罗成真就留下了三手枪没教给秦琼，万亦没想到后应誓，死丧淤泥河，被乱箭射死。秦琼与罗成在一处盘桓日久，见表弟机警过人，料想他将来终得成名，倘若俺们两人日后犯了心，有个翻脸时候，我可拿什么制他呢？不如俺把秦家的落马分鬃锏、撒手锏、拦马锏的招数留下别传，以防日后。秦琼到后来跟尉迟敬德双夺印的时候，真就吐血而亡，亦算起誓应誓。看起来自然的天理，是最令虚伪的怕的。（这段书的节目就叫传枪递锏。）

第九回　神箭射雕伍魁妒贤
沙陀犯境秦用出世

　　两个人把能为都学完了,亦就没有事了,在府中日久,罗成觉着闷倦,便邀了秦琼,出府散闷,什么城里、城外、关厢,都要去的。有一天,二人在南街第一楼吃酒,无心中遇见丁天庆、盛彦师。秦琼刚要招呼他二人,丁天庆见了有罗殿下在旁,诸多不便,以目示意,秦琼不便理他。直到回府之后,秦琼独自一人出来寻找他二人,遍找皆无。秦琼无法,只可回府。次日,秦琼想他们许在城外哪,要想出城去找,偏是罗成打搅,要一同出城,秦琼无奈,只可由他。两人没骑马,步下而行,一名从人没带,出了城信步而行。走出来约有七八里路,见树林旁边有个野茶馆,弟兄二人进了茶馆,沏了壶茶,慢慢地喝着,汗亦落了。歇过乏来,忽听东边有人叫喊一声:"好!"喝彩声不绝于耳。秦琼站起来,往东走去,绕过树林,就见有伙人围个圆圈,围得风雨不透。秦琼挤进去一看,见当中站定一人,约在七尺多高,长得面似姜黄,两道斗鸡眉,两个小母狗眼儿,蒜头似的鼻子,薄片嘴,碎芝麻牙,两只扇风似的耳朵。头顶公子巾,上身穿定短箭袖袄,腰束鸾带,红中衣,薄底靴子,手里还拿一个木头棍儿,说话透着酸狂的样子。就见由他身后头过来一人,青衣小帽,家人打扮,手里持刀,绕至前面说:"公子爷,我小子跟你来来。"那公子把嘴一撇,把头一晃,说道:"你小子差得多呢!"说着用棍往那家人身上就杵,那家人故意往后一仰,"噗咚"摔倒在地,围着的人齐声喝彩。叔宝见了,不由得一笑,扭身要走,忽听那公子骂道:"哪里赶来的野杂种,慢走!"叔宝回头一瞧,见棍杵向自己而来,才知道是骂自己呢,躲闪不及,眼瞧着要杵在身上,一伸手把棍揪住,往后一送。没想棍的那头儿正杵在那公子的小肚子上,痛得他往后一仰,把棍撒手,倒在地上,爹妈乱叫。围着这伙子人刚要打秦琼,忽听有人厉声喊道:"休得无礼!"就这么一嗓子,吓得众人往后倒退。秦琼一看,正是表弟罗成。罗成说:"表哥走吧,不要理他们这群畜类!"弟兄二人到了茶馆,会了茶钱,急忙走回城里来。

到了城中,走回王府,秦琼问道:"表弟,那群人是做什么的?那公子你可认识他吗?"罗成说道:"那公子叫做伍福,乃监军伍魁之子,那群人是他的家人。伍福这人不做好事,时常抢夺良家妇女,欺压良善,怨声载道。我父王千岁曾有耳闻,亦劝过伍魁不可纵养于他,没想到伍魁不惟不听良言相劝,反倒跟我父王不和,恨上王爷了。如今表哥你这一棍杵得够瞧的,不死亦得扒层皮。"秦琼懊悔得了不得,面上现出难色。罗成一看叔宝着了急,遂道:"表哥不用着急,他死了就死啦,你这几天不要出府,他们谁亦不敢怎样。就是他准死啦,亦不敢跟我父提说,吓死他们,亦不敢进府拿人。"自此秦琼亦不敢出门了,倒不是怕事,怕让罗王爷错想,充军发配到了此地,不到两月又惹出是非,倘若被王爷问上几句,有何言答对?

且说那伍福叫秦琼杵了一棍,回府三天,小命就呜呼哀哉啦!伍魁、伍亮弟兄本一家人,家人不敢隐瞒,把秦琼杵伍福的事一说,伍魁命家人在北平府刺史衙门递个状子,请求捉拿凶手。衙门的捕快准知道凶手在王府里呢,就是不敢去拿。罗成打听明白了告诉秦琼,叔宝焉能不惊?罗成说:"表哥你不要难过,我们父子正要把伍魁、伍亮除掉了呢。"叔宝忙着问道:"为了什么至于如此哪?"罗成说:"表哥,当年我还小呢,听说靠山王杨林奉了隋帝杨坚之旨,兵发北平府,我父王跟杨林打了数月,只是不见输赢。双枪将定彦平出头给说和,我父王才降了大隋,杨坚封我爹为北平王,我父王是听调不听宣,调我父王打仗,保守疆土成了;要是宣我父王入朝,我父王是不去的。那杨坚始终不放心我父王,派了伍魁来此监军,是朝中的心腹人。那伍魁仗着是朝中派来的,常常有事从中作梗,我父王恨他已极。如今别看伍福死了,你我偏出头露面,看他把你我怎样。"秦琼此时仗着罗成保护,事事只可由他。罗成吩咐家人预备二十余骑。全带弓箭,秦琼的马匹、行囊物件等项,天堂县蔡建德早就派人送来了,王府的家人把黄骠马给叔宝辔上。罗成身着官服,带了十个家将、十数名家人,与秦琼上马出府。官人奉命给伍魁捉拿凶犯,亦干瞧着不敢动。罗成等到了城外,与秦琼练习跑马射箭,每天早饭吃完准去练箭不表。

　　且说北平王罗艺见秦琼人品武艺俱佳,有意栽培他,便向秦氏夫人说:"令侄在此无事,我有意让他当差,官职小了,难对秦琼;官职大了,惟恐手下人不服,况且他又是俺的至亲,更得让众将佩服才是。"秦氏夫人说:"既是如此,秦琼的武艺很好,何不叫他施展武艺,让大家观瞧,谁敢不服?"罗艺点了点头道:"夫人说得有理。"北平王便命中军官传令,明日三营四哨下教军场操演。令传了出去,各营各哨的武将全都预备操演。次日,北平王命中军官传令,点鼓升堂,三通鼓擂动完毕,北平王升堂。众将施礼完毕,北平王吩咐众将跟随教军场操演,带了罗成、秦琼,出府上马,一干诸战将跟随着,出了东门,够奔教军场而来。将到教军场,就见盔层层,甲层层,刀枪密摆,剑戟成林,旌旗摇摆,绣带高扬。罗王爷到了,众将迎接,全军敬礼。北平王到了演武厅前下马,朝南坐定,众将两旁侍立,五营兵卒各按方向排列,罗王爷点名过卯。事情完毕,传令演军。火工司触火点炮,咆哮儿郎擂动战鼓,众军踊跃,战马奔腾,排开了阵势。北平王上了将台,将怀中令旗展开,往起一举,一声炮响,鼓角齐鸣,人马奔驰,杀气漫天;二次令旗一摆,变了阵势,三军呐喊,各自攻击,不惟齐整,以假作真,如临大敌,久经训练,调度有方;三声炮响,一棒锣声,各归各队,众将前进射箭,射中了摇旗擂鼓,不中的吊胆惊心。射箭完毕,营中众将各归队伍。罗王爷吩咐:"山西解来的军犯秦琼进见。"中军杜查喊喝声音道:"王爷有令,唤军犯秦琼进见。"秦琼慌忙上了将台,口称:"军犯秦琼拜见千岁。"北平王说:"本爵操演三军,非为别事,欲选一名都领军,不论马军、步兵、军犯、罪人,只要弓马精熟,武艺高强,便授此职。你有何本领,不妨演来。"叔宝禀道:"小人会用双铜。"罗王爷吩咐:"下去演来。"

秦叔宝下了将台,上了马,把双铜往怀中一抱,双足点镫,一磕飞虎鞭,那黄骠马"唏哩哩"一声叫唤,跑开了四蹄。叔宝把双铜左右一分,在教军场驰骋,两根金装铜使开了,初时尚见一上一下,护顶盘头,或左或右,前遮后躲;舞到后来,但听呼呼风声,万道寒光,冷气飕飕。这两根金装铜似两条金龙摆尾,玉蟒翻身,裹住英雄体,只见寒光不见人。北平王暗暗喝彩,罗成赞不绝口,将台上左右众将齐声喝彩。五营将士正看得出神,眼花缭乱,忽见叔宝勒马停蹄,露出人马,将士儿郎无不佩服。叔宝台前下马,上台拜倒。北平王说道:"秦琼的铜法精通,本爵意欲点他都领军,你等可曾佩服?"当下张公瑾、白显道、尉迟南、尉迟北等众旗牌官领军,齐声应道:"我等佩服。"言还未毕,旁边闪出一将,说道:"我偏不服。"叔宝抬头一看,这人身高八尺,紫脸膛,竹根须,金甲绿袍。书中暗表,此人姓伍名魁,乃当朝宰相伍建章的族侄、南阳侯伍云召的族兄。自从罗王爷降隋,朝中便派他为北平府的监军之职,兼前部先锋;他兄弟伍亮为左骑领军官。他弟兄二人仗着是朝中所派,便眼空四海,目中无人,遇事从中作梗,与罗王爷作对。

罗王爷见他不服,当时大怒,用手一指喝道,"胆大的伍魁,本爵今日操演人马,量才而用,你这厮擅敢喧哗,乱我军法!"伍魁说:"王爷言之差矣。想那秦琼乃充军发配的军犯,并无寸功,到此王爷便授他都领军之职,若似久在沙场,屡立战功的武将,就该封侯了呢。王爷以为他那双锏天下少有,据俺看来亦是平常,内中还有许多练得不到之处。"罗王爷向秦琼问道:"除此锏法之外,你还有何能?"秦琼说:"小人还会射箭。"伍魁一听秦琼说会射箭,向王爷说道:"会射箭亦不足为奇。"秦琼、罗艺两个人心里俱皆明白,伍魁是成心作对。叔宝心中气得烟生火冒,叩头道:"俺能射天边鸟儿。"王爷点头道:"若果如此,才算好箭法。"伍魁料想:数万大军在此,哪儿找天上的鸟去呀。又一想:万无此理,他是欺我。当时喝道:"大胆的军犯,你哪里有这等本领,分明是巧言分辩,妄夸海口。少刻若有鸟来,我看你如何!"叔宝说:"射不着我自领罪,何用伍老爷替我担忧呢?"伍魁气得面貌更变,一晃身形,抖得甲叶"哗啷啷"直响,喝道:"你既说大话欺人,亦难怪我,你若真有本领射下飞鸟,俺倾心愿意将这御赐的先锋给你。"叔宝亦不由气往上撞,遂道:"我若射不下鸟来,我把首级输与你。"北平王说:"军无戏言,立下军令状。"军政司把军令状写好,二人画押。

　　叔宝下了将台,上了坐马,抽弓拔箭,往天空观看,万里无云,哪有鸟儿,心中未免着急。正然发怔,忽见天空有两只鹰抓在一处。这两只鹰由哪里来的?在教军场北边有些个卖吃食的小贩,来赶这教军场卖些钱,卖吃食扔掉了一根肠子,却被两只黄鹰看见,为了吃食,抓在一处,死了亦不肯相让。叔宝一见,喜之不尽,立刻认扣填弦,弓拉如满月,箭出似流星,弓弦响处,不偏不斜,"嗖"的一声,正将那两鹰射着,双双坠落在地,三军众将无不喝彩。叔宝下马,来至将台。北平王说:"好箭法。"原来秦叔宝这箭系王伯当所传的"百步穿杨"之法。罗王爷唤过伍魁问道:"如今秦琼箭射双鸟,你还有什么话说?"伍魁说道:"王爷,俺这先锋乃是朝廷御赐的,焉能给他?"北平王一听,勃然大怒道:"你这匹夫,立了军令状还敢反悔!将他推下去,斩了!"绑缚手上前就绑。伍魁嚷道:"元帅假公济私,俺死了亦不能服秦琼!若有本事,我二人马上一战,比拼高低,别说先锋印,就是死了,俺亦甘心认命。"罗王爷怒气少息,喝道:"伍魁,本爵理当将你斩首,看在朝廷分上,将你的头颅权寄颈上。"又唤秦琼道:"本爵命你与伍魁比武,许胜不许败。"秦叔宝遵命,中军给叔宝拿过一副盔甲。

　　秦琼将战袍穿好,顶盔带甲,披挂完毕,上了战马,双锏手中一擎。只见伍魁在马上手使大刀,指着秦琼道:"快来受死!"叔宝道:"休得无礼!"双锏一摆,把马一催,直奔伍魁。伍魁仗着自己的本领,眼空四海,目中无人,哪里把秦叔宝放在心内,见叔宝来势凶猛,劈面一刀,叔宝用锏架住。伍魁扳尖献斝,扎奔前胸,叔宝用锏拨开。二马错镫,冲杀过去,军士擂动战鼓。初时动手,叔宝让他三合,伍魁不知自爱,仍以为叔宝怕他,招招进逼。惹得叔宝性起,催马摆锏,尽力厮杀,双锏轮动如飞,抖擞精神,并无半点破绽;伍魁亦豁出命去,拼命死战。两个人虽然各不相让,怎奈叔宝武勇绝伦,双锏的招数太紧,一招紧似一招,一式快似一式,迫得伍魁只有招架之功,绝无还手之力。此时伍魁若是知道好歹,尚可保住性命,可他眼看不是叔宝的对手,仍然冲杀。忽然二马错镫,秦琼右手锏使个"白蛇吐信"的招数,刺奔伍魁的胸前,伍魁用力往外一磕。叔宝右手锏乘势盖奔伍魁的马头,伍魁忙用右腿磕膝盖顶马前肩膀,果然把锏闪过去。忽听后面脑后生风,回头用刀招架,已然来之不及。原来秦琼左手锏打奔伍魁右膀臂,秦琼准知道,这一锏下去,伍魁就得丧命。小专诸赛孟尝还算有量,不肯下此毒手,把左手往后一撤,落在伍魁的马屁股上,锏刃把马屁股上的肉给撩下一块去,疼得那马往起一蹿,正把伍魁扔下马去。活该伍魁倒霉,两只脚在镫里抽不出来了，马疼得奔命而跑，拖拉着伍魁满地瞎撞。及至兵卒把马劫住了，再看那伍魁头颅已破，周身是血，早已死去多时了。兵将目瞪口呆，不敢回禀。秦琼见伍魁死了，吓得惊慌失措，不敢上前缴令。中军官杜查连忙回禀北平王，说："伍魁跟秦琼比试落马，被马拖带死了。"罗王爷立刻吩咐将伍魁的尸身备棺掩埋。

忽见左军队里闪出一将，银甲白袍，厉声说道："反了，反了！充军发配的罪人，擅敢伤国家大将！王爷不杀秦琼，是何道理？"众视之，乃伍魁之弟，左骑领军官伍亮。罗王爷在将台厉声叫道："好大胆的匹夫，擅敢喧哗，伍魁非是秦琼打死，他乃坠马身亡，与秦叔宝何干？况且队中比武生死不论，又有军令状，你胆敢乱嚷叫反！"喝令军政司，将伍亮除名，赶出教军场。两旁的军士夙日最恨伍氏弟兄，听北平王下令，不待他说话，便将伍亮推出教军场。伍亮进退无门，心中怒道：可恨罗艺偏护秦琼，纵他行凶，我兄丧命，此仇不可不报。我不如急速逃出瓦口关，投奔沙陀国，说罗可汗兴兵，以便踏平了北平府，生擒罗艺，将他碎尸万段，报复此仇。想罢催马逃去。

且说北平王命秦琼上台听令，授与都领军之职，然后传令，三军众将各归汛地。北平王下了将台，带了罗成、秦琼，众将上马，进城回府。到了后堂，秦夫人问道："王爷为了何事面有忧容？"罗王爷将比武射箭之事学说了一遍。夫人惊道："倘若朝中知道，如何是好？"忽得报伍亮不缴巡城令箭，赚出瓦口关，离了北平府，罗王爷大喜道："夫人，那伍亮反出瓦口关，一定是勾串北国的胡儿去了。如果是真，俺便有了措词了。"遂令探子出关打探。罗艺赶紧修道折本，派人星夜往长安申奏朝廷去了。且说北平王罗艺闻报之后，命兵将备战。果然不出所料，约日不久，瓦口关守将就来了紧急的公文，沙陀国遣兵杀奔瓦口关了。北平王点了两万人马，带了秦琼、罗成一干诸将，兵发瓦口关。

这日到了，瓦口关守将迎接，大队人马出关扎营。次日早晨探马来报，敌人约有五千之众杀来。罗王爷吩咐，点兵三千迎敌。

三千人马冲出大营，走出数里，望见敌兵，北平王吩咐列阵以待。炮声一响，三千大队阵势列开，张公瑾、白显道、尉迟南等左右拥护着罗王爷，众星捧月一般，压住全军。只听对面炮声震动，两杆紫缎色门旗分为左右，五千番兵二龙出水把阵势列开，当中紫缎色大纛旗下，沙陀国的元帅洪哈怀抱双锤，众番将各擎利刃，压住左右阵脚。罗成少年气傲，临阵叫战。沙陀国洪哈奉国主罗可汗之命兵犯关隘，是听伍亮之言，趁罗艺病重，来取北平府。如今见罗艺带兵临敌，洪哈就知道中了伍亮之计，又见殿下罗成叫战，洪哈大声向伍亮问道："你不是说罗艺病至垂危了吗，怎么又能临敌哪？"伍亮说："亦许是他又好了。"洪哈喝道："胡言！你去阵前会战罗家父子吧。"伍亮无法，只可临敌，催马来至阵前。罗成喝道："胆大伍亮，你敢勾串番奴大兵犯边疆，还到阵前临敌，你我决一胜负，见个高低！"伍亮说："罗成，你父子纵秦琼为恶，打死我侄儿伍福，又伤我兄，此仇此恨，焉能不报！"罗成说："伍亮，你弟兄身在北平府军中为官，不应当纵养伍福，欺压良善。我父亦曾良言相劝，你们不但不听我父王相劝，反倒变本加厉。我表兄秦叔宝误伤你侄伍福，那亦是天网恢恢，该着遭报。我表兄虽是充军的罪人，他的武艺高强，你弟兄妒贤嫉能，从中作梗，量小心窄，才着战马拖死教军场。再者，你兄与秦琼比武立有军令状，伍魁反悔，临死落个小人之名，此乃上天示警。你还不觉悟，蒙犯军规，理应斩首，我父量大，把你除名，赶出教军场。没想到你逃奔沙陀国，勾串胡儿兵犯边疆，在我看你是天良丧尽，无耻已极，还敢在你家殿下马前说理，哪是来说理，分明是前来送死！"说罢，递枪就刺。伍亮被罗成骂得闭口无言，未走三合，便命丧枪下。罗王爷趁此余威，令旗一指，大队人马冲杀过来，沙陀国的兵将拼命迎敌。沙陀国的兵将生在番邦,长在化外,个个筋强骨壮,能征惯战;北平府的人马是训练有方,久经大敌,哪把沙陀国的人马放在心上。两军杀在一处,各不相让,只杀得天空煞气弥漫云端,兵将个个血染征衣。

在乱军中,叔宝催马摆锏,横冲直撞,如入无人之境。沙陀国兵将手中的军刃,不论刀枪剑戟,碰上叔宝双锏就得撒手,双锏如碰乱劈柴一般。沙陀国元帅洪哈望见叔宝如此英勇,伤他的兵将,不由大怒,把双锤一摆,直奔秦琼,由斜刺里打来,秦叔宝用锏往外一磕他双锤,觉着两膀发麻,虎口发烧。二马错镫交手之时,被番兵用枪划破了黄骠马的屁股,马一疼,就惊下去了;马一撒欢,撞死无数的兵卒。洪哈哪里肯放,催马就追。秦琼一气儿跑出十数里路,把洪哈累得周身是汗,只是赶不上。秦琼正走,眼前有一座树林,由林中出来一匹马,坐着一个小孩儿,约在十五六岁,长得面黄肌瘦,短衣襟,小打扮,手使一对紫金锤,冲秦琼一乐说:"秦二爷,你来啦?"秦叔宝说:"你认识我吗?"小孩儿说:"认识的,你是山东济南府的小专诸赛孟尝。"秦琼问道:"你怎会认识俺呢?"小孩儿说:"俺爹名叫秦衡,我叫秦用。"叔宝一听,这才说道:"你可是牛儿么?"小孩儿说:"正是。"

叔宝怎么知道小孩儿叫牛儿呢?原来这小孩儿的父亲秦衡在前几年夫妻逃难,逃到济南府,夫妻三口困在店房,欠下店饭账。秦衡投亲不遇,城外跳河,被叔宝给救了。赛孟尝向来是济困扶危,倾囊而赠。秦衡还了店账,仍然没有办法,后来秦叔宝把秦衡荐到贾柳店当伙计。那时秦用才十岁,乳名叫牛儿,时常到秦琼家里送东西,他认识秦叔宝。到了他十一岁那年,他有亲叔父找着他们爷儿仨,辞了贾柳店之事,同往口外做买卖。因为北国朴实,买卖好做,发了财了,在瓦口关外李家窝铺落了户。秦衡弟兄往来经商,不在家中。秦用这孩子整天没事,遇见一个云游的道人,教给他二年多的把式。这秦用生得膂力最大,老道临走教给他二十四手锤,让他马战。好在口外马贱,他买了匹马,成天没事出外练习。今天是秦用练完了要回家,远远望见秦叔宝来了,他怎会不认得呢?秦琼见了他是懵住了,及至想起来,问他的乳名是牛儿,才醒悟过来。

秦琼跟他说话之间,洪哈已然赶到,洪哈摆锤奔叔宝,那秦用一见打他的恩公,一声喝喊,直奔洪哈,二人冲杀一处。叔宝担心,怕秦用不是对手,谁想未走三合,洪哈被秦用使了个黑虎掏心锤,打在洪哈前胸,翻身坠马,死尸落地。叔宝见他少年人有此勇力,喜之不尽,赶紧把洪哈的马追上,拉回来给秦用换了坐骑,将洪哈的人头取下来,拴在马上。秦琼便带秦用去见北平王。及至顺路走回来,再看死尸在地横躺竖卧,东倒西歪,锣鼓、旗帜等项遍地皆是。远望北平王率领大军人马得胜回归,秦琼等大队站立,才带着秦用拜见北平王,献洪哈的首级。北平王吩咐,秦用随军回营。到了大营,查点损失多少人马,北平王升帐办公,军政司、记录官执掌功劳簿,众将报功,各有升赏,秦用暂以前军战将录用,然后大摆酒筵,庆功贺喜。次日探军报告沙陀国人马回国了,北平王将沙陀国兵犯边疆、伍亮已死的情形写道折本,派人送至长安申奏朝廷,然后回兵北平府。将秦用留在瓦口关帮着守关,秦琼自此仍住北平府。

第十回　天堂县恩待王小二
隐贤村收伏罗士信

过了两个多月,长安的流单公事到了,杨坚派钦差到北平府调查伍魁弟兄之事。北平王按照日期给钦差预备公馆,迎接钦差。这钦差到了北平府,住了数日,调查实了,是北平王罗艺祖护他内侄秦琼,逼走了伍亮,才勾串沙陀国人马兵犯边疆,事先秦叔宝曾打死伍魁之子伍福。钦差把这调查的情形并不隐瞒,致书王府。北平王见了书信明白,是钦差吃私。北平王为人刚正,却不肯花钱运动钦差,又怕钦差回朝据实回奏,得个祖护犯人、打死大将之罪。真要弄糟了,每月数十万饷银一停,朝廷派将带兵问罪,亦是不得了哇,心中有事,面带忧容。这天罗王爷进到后堂看见秦夫人、秦琼、罗成俱在屋中,落了座,有心要说叔宝当初打死伍福不该隐瞒,如今又被钦差彻底调查实在,倘若回朝实奏,如何是好? 只是碍于情面,不好启齿。秦氏夫人问道:"王爷面有忧容,可是为那钦差的事吗?"王爷道:"正是。"秦叔宝忙着问道:"那钦差大人可是李密吗?"王爷道:"正是。"叔宝说:"若是甚好,我与他系是挚友,少时间我去见他,不用相求他,就得给咱们为力。"王爷听罢,喜之不尽。秦琼便找到公馆,命人往里回禀,真有个面儿,钦差大人亲来迎接。叔宝一看,喜之不尽,惊喜之下,彼此施礼。李密将叔宝让至屋中,从人献茶,二人各述离别之情。秦琼才知道李密自从二贤庄走后,运动杨素在杨坚驾前保奏,杨坚又封他为魏国公。李密既知罗王爷是叔宝姑父,便把朝中之事说给叔宝,秦琼才知道伍魁、伍亮是当朝首相伍建章的侄儿。李密跟叔宝商议怎样复旨,商议妥当之后,二人吃酒谈心。李密爽性不走,在北平府多耽搁了数日,与罗王爷父子盘桓数次,两下里感情最好无比。临走王爷备筵送行,魏国公李密回朝复旨,自然他就袒护北平王了。

其实杨坚亦敷衍了事,皆因杨坚跟伍建章当初私交深厚,而今就是君臣了,遇事亦得有些情面;再者,罗艺归顺隋朝,杨坚派伍建章的侄儿伍魁、伍亮在北平军中,暗含着是朝中的眼目,偏就死了伍魁,反了伍亮,罗王爷的折本到了,杨坚瞧伍亮死了,全无对证,就得听罗王爷一面之词。可朝中派出去的大臣,要糊涂文章,岂不失了天子的尊威? 只因北平王这个人虽是隋朝大臣,却与别的文武不同,北平王是听调不听宣,调他跟偏邦外国打仗成,宣他入朝是不能的。这种边疆大臣,亦是权倾中外。杨坚派个钦差到北平府去调查情形,是施他天子的尊威,却又不愿为了此事跟罗家将决裂,但愿能敷衍了事:论公,朝廷的脸面不失;论私,伍建章的侄儿死了,派人调查了,不怨北平王,亦就对得过昔日朋友之交。及至李密回朝复旨,说伍氏弟兄仗着是朝中派的大臣,在北平府遇事从中作梗,滥施权限,妒贤嫉能,自失体格,与军犯比武,被马拖死;伍亮不知国家为重,擅敢勾串北国胡人兵犯边疆,以至命丧乱军之中。杨坚见李密复奏的折本大略意思如此,心中很是愿意还不算,并降了一旨说,北平王遇事处置得当,亦就完了。自古至今,多是如此。

闲话休提,且说秦琼在北平府虽然很好,只因离家日久,想念老母,时常落泪。有心告辞回归济南,又怕北平王不愿意,心中思亲,一时间触动心情,在墙上写下四句诗言。没想到无心中被罗王爷瞧见,见叔宝屋中墙上写着:"一日离家一日深,犹如孤鸟宿寒林。纵然此地风光好,还有思乡一片心。"罗王爷认得是叔宝的笔迹,心中不悦,怒形于色。到了后堂,秦氏夫人见了问道:"王爷为了何事面有怒容?"罗王爷道:"他儿不是养,养杀

是他儿。"夫人惊问:"此话怎讲?"王爷说:"夫人,自从令侄到
此,老夫待他如同己子,我本想将来往上保荐他,让他高官得做,
骏马得骑。适才我在他屋中,见他在墙上写了四句胡言,内中后
两句愈发得可笑,写的是'纵然此地风光好,犹有思乡一片心'。
这等看来,还是我留他的不是。"夫人闻言,不觉泪下道:"先兄
去世太早,家嫂寡居异乡,只有此子,抚养他成人。他若以富贵
为重,那就错了。他有孝心,才思家乡,想他母亲。此子以孝为
重,王爷何必怪他。依我之见,不如命他回家省亲,以免他母子
两头悬念。"夫人说罢,泪如雨下。罗王爷道:"夫人不必伤感,
老夫打发他回去亦就是了。"罗王爷吩咐,给叔宝预备行囊物件
等项,写了一封信,在济南节度使唐璧处给他荐个差事,以便守
家在地,居家团圆。

　　次日王爷吩咐,给秦叔宝送行。叔宝听说送行,十分欢悦,
给王爷磕头,不由得难舍难离。王爷、夫人、叔宝、罗成四口俱皆
落泪。罗王爷搀起叔宝道:"贤侄,非是老夫屈留你在此,只想
等你建功立业,有了大富大贵,衣锦还乡,方如我愿。如今你母
在山东无人侍奉,所以打发你回家。前日潞州蔡建德送来马匹、
银两,那银两收存着呢,你可带走。我这里有封书信,你可以送
到山东大行台济南节度使唐璧处,他是老夫的门生,我把你荐在
他的标下,弄个差事,亦好在济南府侍奉你母。"叔宝感激不尽。
谈后席散,王爷命罗成送他表兄,尉迟南、史大奈、张公瑾等邀了
叔宝晚餐,各有赠物。次日叔宝起身了,进到后堂拜谢姑父、姑
母,王爷夫妻两口嘱咐他话,又舍不得他走,亦就落泪分别。到
了府外,只见十二个骡驮满载物品、金银等项,内有王爷和众将
赠送的东西。叔宝见了,心中真是老大不忍。罗成和众将送出
十里,分手作别。一路之上,六个骡夫小心在意。走在途中,秦
琼命骡夫单走,德州聚齐,谁先到了等谁。六个骡夫不敢应承,
向叔宝说道:"倘若路上出了舛错呢?"叔宝道:"丢了与你等无

关,不叫你等包赔。"骡夫问道:"二爷,你分手打算上哪里去呢?"秦叔宝说:"我到潞州天堂县看望单雄信去。"骡夫听他说丢了不赔,遇见匪人,亦就不用担心了。

不表骡夫顺大道往济南进发,且说秦叔宝带了有二百多两银子,预备着办事,由分手后不到半月便到了天堂县。进了城,天才已时,到了王小二店中,早被王小二瞧见,吓得他跑到后院,向他妻子柳氏说道:"从前住在咱们店中的山东秦二爷来了,如今他发了财,他又跟单二员外至交,听说本县的蔡大老爷都不敢惹他,打伤人命,没收的东西照数他都能要回去呀!从前住在咱们店里,我时常奚落他;如今他来了,岂能跟我善罢甘休!你出去见他,他要问我,你就说我死啦!"柳氏无法,到了外面。秦叔宝一见柳氏,连忙施礼道:"贤嫂,你们掌柜的呢?"柳氏说:"秦二爷,您要问哪,自从你走之后,他因为丢了几十两银子,心里一难过,就吊死了。"叔宝叹气几声,遂道:"贤嫂,我被困在店中的时候,蒙你另眼看待,送我茶饭,无以为报。"说着,取出百两银子,送给柳氏道:"不成敬意,微薄之礼,望乞收下。"柳氏伸手接过银子,脸一红:"秦二爷大仁大义,小妇人在此谢过您了。"柳氏心想:这叫什么事啊?人家秦叔宝这才是大丈夫、真英雄哪,我当初不过给他一顿饭食,却换来人家登门相谢。可我那丈夫只重小利,认钱不认人,现如今这银子我怎么接呀?想到此处,柳氏心中有气,回头说道:"家里的,你别再让我替你说瞎话啦,赶紧出来见过秦二爷,拜谢人家的恩情!"一语道破,王小二万般无奈,从店里面跑出来了,跪倒在秦琼面前:"秦二爷,您大人不记小人过,宰相肚子里跑骆驼。全赖小人,狗眼看人低,当初慢待于您。蒙您不记恨,还来看我们,您的大恩大德,小人永世难忘!"王小二良心发现,放声痛哭,跪下磕响头。秦琼一看,点了点头,说道:"王掌柜请起,你还是谢过贤嫂吧,但愿你日后诚实做事,遇事切莫再落井下石了。"说完叔宝告辞,夫妻挽留不住,目送秦琼出了天堂县城。

　　秦琼心中想念单通。许久未见,贤弟为我一事费尽心血,我得好好谢谢人家。来到二贤庄单宅门前,下了马,把马拴好,上前叫门。家人出来一看是秦琼,说道:"二爷,您来了!"秦琼说:"我二弟在家吗?"家人说:"二爷,不好意思,我们二员外没在家。"说完,一回身,把大门关上了。秦琼觉得纳闷:就算单雄信不在家,也不能把我拒之门外呀,这是怎么回事呢?想上前再叫门,算了,人家不见,我何必自找麻烦呢?

　　秦琼乘兴而来,败兴而归,一路长行,这天走在河北地面,路经一座树林,就听林子里有呼救之声。叔宝下了马,把马拴在一棵树上,迈步进了树林。原来是一老两少三个人争执不休,两少年人意欲动手。叔宝过来一问,明白了,这是爷儿仨。俩儿子忤逆不孝,非偷即盗,跟老子争执起来,要动手打爹。那秦琼能不管吗?好言相劝,最后把爷儿仨劝走了。他们走了,秦琼一出树林,怔住了:黄骠马哪里去了?谁给偷去了?围着树林绕了半晌,亦没有影儿了,忽然间想起来:那老头儿跟少年是骗子手。叔宝不由得冷笑不止:我姓秦在济南府大有威名,似这些个钻青帐子、捏嘴子、抱琵琶、抽亭子、倒肚子(应读肚为堵)、钻蹲子,瞒得了别人,还瞒得了我吗?(这些话都是什么话呢?钻青帐子是钻高粱地,捏嘴子是偷小鸡,抱琵琶是偷鸭子,抽亭子是拔烟袋,倒肚子是偷口袋里的钱,钻蹲子是偷老倭瓜。)江湖绿林的黑话瞒不了秦叔宝,那偷盗窃取的门子还能瞒得了叔宝吗?他马丢了,一阵冷笑,是想世上的人多精明亦有失神露空的时候。有什么话回头再说。先去找店,不出三天我便找着。

　　顺大道往前走,天都黑了,亦没有村庄镇市,秦琼抬头一看,星斗出全,忽见眼前黑乎乎,不知是什么。临近了仔细一看,是一座破庙。进了庙内,朝殿内供桌上一躺,等候匪人。叔宝等了一会儿,果然见外边进来一个人,提着个包袱。叔宝不言语,就见这人在殿的台阶上把包袱打开了，拿出个人脑袋来，吓秦叔宝一跳，以为他是杀人的凶犯呢。就见他那人脑袋往自己头上一套，夯拉着大红舌头，只见他把舌头一伸一伸的，直跳到外面去。叔宝见了，又是笑又是气，心中想道：似这个哀罗子，出去遇见人，饶得把东西弄了走，还许把人给吓死。（什么叫哀罗子呢？匪人的黑话管鬼叫哀罗子。）叔宝心中想道：何不把他拿住，问问他亦许把马给找回来。想罢，追出庙几步就赶上了，把他脖领抓住，伸手又把吊死鬼脑袋给摘下来，吓得那人一哆嗦。叔宝喝道："你真是混账极啦，装哀罗子！我把你弄走，你就知道鹰爪的厉害啦！"（办案的官人叫鹰爪。）那人一听，知道叔宝是官人，哀告道："爷爷，我再亦不敢干这个啦！"叔宝说："我问你，你们一共是多少人？"那人说："不是久干这营生，我就一个人。"叔宝照他身上就是三拳，打得他直哎哟。秦琼喝道："你说实话，你们的窝儿在哪里，你们的瓢把子是谁？我的朋友他有个风子，被你们的一党给荣扯啦，好好地告诉我，把风子找回算完，要不然你们就都不用吃啦！"（黑话是管马叫风子，荣扯啦是把马偷跑啦。）忽然他把头一低，不敢再抬了。叔宝用手一拿毛儿，把脸一翻，这个气可就大了。原来装吊死鬼的这人正是白日插圈子偷马的，打他爹的少年。书中暗表，他们是三个人偷的马，俩人装儿子打爹，把叔宝绊住，懵住啦，一个把叔宝的眼神锁住啦，一个把马拉走啦。其实他们亦没生好了财，马被他们的头儿要了去，送给大响马头儿啦。没想白天作完了案，夜间又出来，才被叔宝拿住。

气得叔宝足足打了他一顿，然后问道："你把马挑在哪里啦？"（调侃管卖叫挑。）这个才说了真情实话，向叔宝说："我叫金为昌。那老头儿不是我爹，他叫年国如。偷了马的叫野鼠田七。那年国如是我们的头儿，他把你的马送给海瓢把子啦。"（大响马头儿叫海瓢把子。）叔宝说："那海瓢把子姓什么，哪里住?"金为昌说:"海瓢把子叫王君可,惯使一口象鼻子大刀,无人能惹。"叔宝一听马送给大刀王君可了,不要紧,东西丢不了啦。叔宝说:"你把我带到王君可的家中,我便饶了你。"金为昌说:"爷爷,我天胆亦不敢同你去了。"叔宝说:"无妨碍,我跟尤俊达、张凯、单雄信、王君可都是朋友,同了去他们不能不依你。"金为昌一听才放心,问叔宝道:"好汉爷爷你怎么称呼?"叔宝说:"我姓秦名琼,字叔宝。"金为昌说:"你就是山东济南的小专诸赛孟尝啊?"叔宝说:"正是。"金为昌后悔得了不得,说道:"我们几个人真算瞎了眼啦! 走吧,我同你去到隐贤村找王君可要马去吧。"

叔宝命他头前带路,走到天亮,出了太阳,才到隐贤村。远望那村周围一带护庄河,树木丛丛,露出这所庄院,大约足有百多间房,小桥那边便是庄门。正走哪,就听得里面有人哈哈大笑道:"哪阵香风把秦琼兄刮至此处?"说着,庄门里出来了几个人。当中这人,约有九尺之躯,面如赤炭,长眉细目,鼻直口方,三绺墨髯胡须。头戴墨绿缎色软扎巾,身穿墨绿缎色短箭袖帮身靠袄,腰中系一巴掌宽五彩丝鸾带,下身红绸子裤子,足下薄底青缎快靴。众庄客跟随。秦琼看此人正是王君可,彼此施礼。王君可说:"叔宝兄许是取马来吧?"叔宝说:"正是。"王君可把叔宝让进庄去,那金为昌早就溜之乎也。且说叔宝到了客厅落了座,家人献茶。吃茶已毕,王君可才问叔宝从哪里来,秦琼备说前情。王君可说:"叔宝兄不用生气了,要没有偷马的人,你焉能来到舍下?"家人把酒筵摆齐,二人入席。

吃酒之间,忽然闯进一人,身高约有丈外,生得头大项短,腰圆背厚。头上戴着虎皮箍脑帽,上穿皂青缎色短箭袖靠袄,虎皮战裙,青绸子中衣,打着裹腿,足下两只倒纳千层的大叶巴靸鞋。叔宝一看这人,隔皮断瓢,就知道青筋暴露,怪肉横生,胳膊四棱见线。生得身体雄壮,黑黑的面皮,两道扫帚眉,一只眼大,一只眼小,雌雄二目,塌山根,翻鼻孔,血盆似的大嘴,约在二十余岁。叔宝见了夸赞道:"这才是壮士哪!"王君可说道:"叔宝兄还爱惜他呢!"用手一指叔宝,向他说道:"这是你叔宝哥哥,还不过来施礼!"那人过来,向叔宝一抱拳,冲叔宝傻乐不止,叔宝才知道他是个傻子。王君可说:"叔宝兄不要怪罪他,他是个猛愣儿。"叔宝问道:"君可兄,这人是你什么人?"王君可见问,叹息一声道:"说起他来又是可怜,又是可气。他是我的表弟,叫罗士信。自从他十二三岁的时候,他父母就故去了,在我家长大的,他是孤身一人,要没有我照顾他,谁能管他。别看他长得这个样儿,是任什么亦不懂,浑拙猛愣,每日吃饱,什么事亦不管,出去玩耍,到了时候回来睡觉,隔个几天他还给我常常惹祸。轰了他吧,我又不忍;管他吧,又不听说。真是蒸不熟,煮不烂。秦琼兄你说,可是怎么好哇?"秦琼问道:"那么他就任什么亦不会吗?"王君可说:"他会三样能为。"秦琼问道:"他有什么能为?"王君可说:"他会拿石头打空中的飞鸟,还是百发百中;他还会水,无论多深的河,多深的水,他能在河底走,还能睁得开眼睛;他还能跑,生就两条飞毛腿,快马都能追得上。这是他的三绝技。秦琼兄你说,这些个事有什么用处啊?"秦琼点了点头。

王君可跟秦琼说着话哪,罗士信在旁听得高了兴,以为是王君可夸他呢,秦琼一点头,他错会了意啦,以为秦琼爱惜他哪!他向秦琼说道:"你爱我呀,你把老子带了走吧,老子会这三绝技!"王君可喝道:"胡说!"吓得他往后倒退。叔宝连忙拦住:"君可,不要嗔怪他,他不会说话,我焉能恼他?实不相瞒,我还有心把他带走,不知兄长肯其赏脸吧?"王君可说:"叔宝兄,你只要不怕他惹你生气,你就把他带走。"秦琼一听,站起来向王君可深施一礼道:"兄长肯把罗士信叫我带走,帮着我做事,得一左膀右臂,日后定当厚报。"王君可真是纳闷,不知秦叔宝把罗士信带走是何用意,可是不好细问。王君可把罗士信叫过来问道："叔宝要把你带走,上山东济南府,你愿意去吗?"罗士信一听,乐得手舞足蹈,不知怎样是好。

　　叔宝在隐贤村住了一宵,次日清晨起来,净面漱口,吃茶已毕,向王君可告辞。王君可苦留不住,只可命家人把马鞴好,给叔宝备酒送行。叔宝带罗士信走出庄来,王君可相送,叔宝拦住,不叫远送。王君可说:"叔宝兄,你的骣驮子我已然传出绿林箭,一路之上全部关照,绝无舛错。"秦琼说:"劳你分神了。"便拱手作别,与罗士信走奔正南。秦琼上马,士信相随,叔宝不肯快走,怕把他累坏了,谁想罗士信给黄骠马三拳,那马一疼,四蹄蹬开,奔命跑去,叔宝回头一看,罗士信两腿如飞,真追得上快马,心中佩服他这绝技。走出十数里路,眼前有条大河,宽有二十余丈,河的当中有只渔船,叔宝勒马站住。就见罗士信"噗咚"一声跳下河去,到了当中,伸手把船锚拉起来,往肩上一扛就走。船上管船的忽然觉着船移动了,站在船上看,任什么亦没有,可是船直向北跑。管船的纳闷,以为河神见怪,吓得赶紧焚香磕头,惹得叔宝笑个不止。直到船靠拢岸,罗士信从水中钻了出来,船上头的人才明白。秦琼说了些好话,船家点头应允,才把叔宝连人带马渡过河去,给了船家一两银子。叔宝上马,罗士信撒腿就跑,霎时间过了风,衣裳又干了。书中不可重述,一路无事,到了德州,与驮夫见着了,便一同往济南府进发。除了一路之上教给士信人情礼节之外,亦没什么事。

第十一回　少华山齐寨主拦路
同顺店秦旗牌认亲

　　这天来到济南府，天在酉时，进了胡同，叔宝下马，上前叫门。里面秦安开开门儿一看，是秦琼回来，惊喜非常。叔宝好生纳闷，见自己的住房焕然一新，不知家里哪儿来的银钱，把房盖得这么好，见秦安赶紧施礼说："大哥，你帮着把东西弄进来，安排好了吧。"秦安说："好吧。"叔宝来至里院，到了上房，见了贾氏，彼此一怔，问道："娘亲可好？"贾氏说："在里间病着呢。因为想念于你，至今一病不起。"叔宝进了里间屋，见老太太面向里躺着呢，上前跪倒，手扶着炕沿，叫声："娘亲，不孝孩儿秦琼回来了。"宁氏老夫人原无大病，为想儿子，寝食不安，日子久了，瘦得难看，亦是一点力气都没有，昏沉沉久病之躯，心中恍惚。听得耳边有人呼唤，好似秦琼，只因力弱，转不过身来，叫道："儿妇。"贾氏在旁答言道："儿媳在此。"秦母说道："适才我梦见叔宝回来，叫了我一声娘。"贾氏说："娘啊，哪里是梦，你儿回来啦，这不是在床边跪着哪！"叔宝叫道："娘啊，是儿回来了！"秦母惊喜之际，一转身，面朝外来，仔细一看，正是秦琼。似乎要坐起来，贾氏赶紧过来扶起。秦母坐在床边，手扶着秦琼，放声痛哭，只是哭不出眼泪来，张着嘴喊。贾氏在旁劝道："娘亲不要哭啦，你老人家想他，这不是回来啦？"秦母向秦琼说道："儿呀，自从你走后这三年，多亏你媳妇日夜侍奉，煎汤熬药，你可拜她四拜。"叔宝遵命，冲贾氏就拜了四拜，贾氏亦还礼。秦母说："若不是媳妇贤德，我早就死了。你在外做何勾当,三年不能回家?"叔宝遂把潞州颠沛,当铜卖马,皂角林铜伤人命,充军发配北平府,顺义村打擂,杜查报恩,大堂装病,二堂认姑亲与比武射箭之事,从头至尾说了一遍。秦母说:"你姑父官居何职,可曾有子否?"叔宝说:"我姑父乃大隋国北平王,镇守北平府,有一个儿子名叫罗成,今年十四岁。"秦母大喜,遂道:"儿呀,自你走后,那单雄信便时常来信。自从樊虎回来,单雄信便每月派人往咱家送一百两银子,我以为是你在外捎的呢,原来是人家送的,二年多一个月没停过。你看见这房。"叔宝说:"看见啦。"秦母说:"咱们山东的瓦匠、木匠能盖了这样吗?这是单雄信从山西派来的瓦匠、木匠给翻盖的,大约着亦是他花的钱啦。要说单雄信这个朋友对待咱们总算是无微不至。"叔宝听罢,感激雄信万分好处,小恩小义可以谢他,如此大恩大德日后定要重报。

秦叔宝出来到外院,瞧东西都搬进来了,命秦安带着驮夫奔贾柳店去歇着,告诉秦安说:"大哥拿二百两银子给他们。贾柳店的店饭钱告诉柜上,别收他们的,咱们给。"秦安取出银两,带了驮夫奔贾柳店去了不表。秦叔宝把罗士信安排在外院屋中,命他等候。到了上房,贾氏问:"用过了晚饭没有?"秦叔宝说:"前边路上用过。"秦母说:"儿呀,你明天去到贾柳店看望那贾润甫、柳州臣,他们哥儿俩三天一趟五天一趟来看望于你,与那樊虎、连明亦时常来送钱,老身推辞不了。别等人家来看你,明天赶紧去拜谢他们。"叔宝遵命。秦母又道:"单雄信的事怎么办哪?"叔宝说:"大恩报于异日。"老太太点头称是。叔宝说:"娘啊,你老人家知道单雄信是谁人之子吗?"老母说:"不知。"叔宝说:"他是我师叔单珪单敬臣之子。"秦母一听,忙道:"你师叔单珪之子仍在山西住吗?"叔宝把单雄信的情形向老太太大略说明,然后把罗士信的事儿回明。老太太说:"明天你把他带进里院,我看看他。"叔宝遵命,从身上取出礼单来,把北平府罗王爷送的东西，与杜中军、众旗牌官送的东西共有多少，念给老母听听。老太太感想这些人是跟叔宝真心交友，总算是不错。直到二鼓，老太太安歇了，叔宝才到外院，见罗士信就呼声震耳啦。秦安亦回来了，叔宝把罗士信的事告诉明白。秦安说："好，一个苦命的人给咱看个家都是好的。"秦叔宝里院安歇，一夜无语。

次日起来，漱口净面已毕，上房问安。到外院见士信愣着呢，瞧见叔宝，叫声："二哥。"叔宝用手一指秦安道："这是大哥。"罗士信亦说："这是大哥。"秦叔宝无法，只可由他。把他带进里院，到了上房，见贾氏在外间屋，秦琼说："士信，施个礼吧。"罗士信说："这是大哥。"秦琼扑哧一笑，心说：好德性，这个人太糊涂啦！"那大哥秦安是个男子，我命你管他叫大哥。这是你嫂子，你就别叫大哥啦，你过来叫她嫂嫂。"罗士信便向贾氏叫声"嫂嫂"，抱了抱拳。贾氏无法，只可还礼。秦琼向罗士信道："你记着，头上梳着头的是嫂子。"罗士信点点头道："我记住了。"秦琼带他进到里间屋，秦老太太在炕沿上坐着哪。叔宝说："士信施礼。"士信过去给老太太作了个半截揖道："嫂嫂。"弄得贾氏笑不可抑。秦叔宝着急道："这是老太太。你瞧白头发了吧？你叫娘吧。"士信点了点头，冲老太太说："你叫娘吧。"惹得老太太亦笑了，说道："他是个糊涂人，怎好怪他？"叔宝无法，老太太向叔宝道："你没有事的时候可以教给他些个礼节，别让外人笑话就得啦。"叔宝遵命，把罗士信带出来。秦琼打算用完了晚饭再出去看望朋友，谁想外面叫门，却是樊虎、连明、贾润甫、柳州臣四个人来看望叔宝。叔宝迎接，相叙阔别之情，秦琼免不了应酬一番。忙了数日，才把众亲友接风之事应酬完了。

这天叔宝清晨起来，禀明了母亲，带着罗王的信，前往济南节度使唐璧的衙门投书。这唐璧原系江都县的人，因为兵伐南陈，立了功劳，杨坚封他为黄县公，开府仪同三司，山东大行台兼济南节度使。叔宝前来，正赶上唐璧升堂办公，叔宝投进文书并他的手本。唐璧看完了北平王罗艺的书信，又看了看叔宝的手本，这才命叔宝大堂拜见。唐璧见秦琼怀抱双锏，身材凛凛，相貌堂堂，有万夫莫敌之威风。唐璧心中喜悦，向秦琼言道："我这衙门里无论大小的将官，都是论功受赏，你既前来，碍难重用，权且给你个旗牌官之职，日后有功，再为升赏。"秦琼叩谢。当堂发给秦琼一身旗牌官的衣服，秦琼叩谢回家。又有些亲友知道了，给叔宝贺喜。叔宝各处拜见长官完毕，然后认差。叔宝当了四个多月的旗牌官，唐璧很为重看。

　　这年正赶上冬令，天气严寒，秦琼到了衙门，手下人说："你来了甚好，要不然还得到家内去找你。"叔宝问道："什么事呀？"手下人说："节度大人方才传下话来，在后堂等你。"叔宝说："我去瞧瞧。"来至后堂，见了唐璧施礼道："大人呼唤卑职有何差派？"唐璧说："秦琼，自从你来已然够四个月啦，尚未重用于你，明年正月十五是长安越国公杨素六旬寿诞，我今差派你前去送礼。为什么差派你哪？只因天下荒乱，路途之上多有不宁，你有兼人之勇，纵遇见匪人，亦不至于将礼物失去，所以我才派你。你可愿意前往么？"叔宝答道："俺蒙大人栽培之恩，别说长安去送寿礼，就是赴汤投火，亦当前往。"唐璧大悦，命家人搭出卷箱，放在堂中。唐璧付给叔宝一张礼单，家人打开卷箱，照单检看，共计有：圈金一品五色服十套，玲珑白玉带一围，夜明珠二十颗，马蹄金二千两，寿图一轴，寿表一道。阅者要问，唐璧为什么给杨素送寿礼，送这些值钱的东西？只为杨素在杨坚驾前得宠。说起这杨素来，不知者以为他是杨坚的弟兄，都姓杨。其实不然，这杨素不是中原人，他乃北国的胡人，系突厥可汗种族的胡人。皆因他随着杨忠、杨林吞灭北齐有功，又下江南平陈，杨坚御赐他姓杨，在隋室的宗谱亦就有他们的一支人了，出将入相，权压百官。他在杨坚驾前只消几句话，就贬了太子杨勇，立晋王杨广为东宫太子。朝中的文臣武将、外任的各处官员见他得宠，都是奔走其门，所以唐璧送寿礼还得上表称贺。闲话休提，叔宝把礼物按单点清，当面上锁封好，将礼物搭出来，唐璧赏给叔宝马牌、令箭，又命中军挑选两名壮丁服侍叔宝，派四个小校李志、贺恢、张权、杨合和八个兵丁相随。叔宝领了路费，回家拜别老母。秦母见秦琼又要出门远行，心中不舍，不觉落泪哭道："吾儿，我这残年暮景喜的是相逢，怕的是离别。你归家未久又要远行，使我放心不下。"叔宝道："儿今出门非昔日可比，明年二月准可回家。"秦母点头。叔宝嘱咐罗士信，不准出去惹祸。别了秦安、贾氏，怕朋友饯行麻烦，赶紧起身，带了众人，离了济南，往长安进发。

一路之上，有话则长，无话则短。走至潼关以西，远望前面有座高山，八面嵯峨，四围险峻。叔宝见山势如此，惟恐怕有匪人隐匿，吩咐李志、贺恢等在后缓行，叔宝便催马前行。将进前山，就见由林子内有人往外探头，跟着一棒锣响，闪出二百名喽罗兵，拥着两位英雄。一个是貌若灵官，眼若铜铃，胡须倒卷，手使一对轧油锤；一个是面似锅底，短钢髯扎里扎煞，手使钢枪，挡住去路。吓得后边随众个个颜色更变。两个人催马挡住叔宝，喝道："少往前进，留下买路金银！"叔宝喝道："你们瞎了眼啦！要我买路金银倒亦不难，须胜得过俺手中双铜！"两个气得"哇呀呀"怪叫如雷，一个摆锤，一个拧枪，催马上前。秦琼抡动双铜，刚要与二人动手，就听山坡上有人高喊："二哥手下留情，且慢动手，都是一家人！"秦琼抬头一看，只见两匹马下山来，来者非别，正是王伯当和谢映登。二人来到近前下马，紧走几步，躬身施礼："秦二哥，小弟有礼。"秦琼赶紧挂铜下马，用手相搀，说道："二位贤弟免礼。"王伯当让两家寨主下马，一一引见。使双锤的姓齐名彪，字国远；使大枪的姓李名豹，字如珪。这座山名少华山。齐彪、李豹亦是久慕秦叔宝的大名，不想今日相见，真是大水冲了龙王庙——一家人不认一家人了。秦琼亦放心了，招呼李志、贺恢等人挑着寿礼一同上山。

到了山上，来到聚义厅，王伯当吩咐手下喽罗兵把李志等人让到别的屋子招待，然后吩咐摆上酒筵。彼此各叙离别之情，王伯当和谢映登亦是偶至少华山，在山上住些时日，不想今天巧遇秦琼。众人再问秦琼的来意，秦琼就把由北平府回山东，入节度使衙门当差，此次护送寿礼进京上寿的事情说了一遍。齐彪好热闹，说道："秦二哥，俺们常听说京城里正月十五大放花灯，热闹无比。俺和李豹就没到过京城，如今二哥送寿礼，俺们打算跟着去一趟，逛逛花灯，行不行？"秦琼尚未答言，王伯当也说想去。叔宝有些为难，可架不住他们恳求，秦琼本是个脸热的人，不好驳朋友的面子，只可答应，但对齐彪、李豹千叮咛，万嘱咐，不可带出绿林行径。齐彪言道："二哥放心，俺们绝不能惹祸，只管睁着两眼瞧热闹，如同哑巴一般，怎有什么事亦不说话。二哥你放心，带了俺们去吧。"叔宝无法，只可应允，遂道："既是二位贤弟明情达理，同去无妨。"齐国远、李如珪听叔宝带他们前往，喜欢得手舞足蹈。弟兄酒足饭饱，然后喝了会儿茶，大家才安歇睡觉。

次日起来，一面漱口洗脸，李如珪命喽罗们预备行装，叔宝、齐彪、李豹、王勇、谢科弟兄五个带着喽罗等下山。王伯当嘱咐喽罗兵不准声张，到了长安遵守规矩。叔宝吩咐李志、贺恢等不可走漏消息。大家山前上马，够奔长安。路上吃过早饭，又走了廿数里，天光见黑，叔宝用手一指，眼前有个大镇店，说道："咱们就住在这个镇店吧。"大家催马进了镇店，寻找店房。找了会儿，俱是小店，不惟住不开这些人，叔宝的东西要紧，住小店亦不放心。好容易瞧见西头有家大店，字号是"同顺老店"，叔宝要住这个同顺店。店小二说："不成，我们这店里有客人包了，没有闲房。"齐彪急了，忙往店内走，气得"哇呀"怪叫，大声嚷道：

"谁说的没有闲房,这不是个个屋中都闲着呢!"李豹亦往里面就走。大家以为店家故意拿搪哪,便一拥而入,全都进来。吓得店小二不敢声张,掌柜的出来,满脸赔笑地道:"列位,我们开店的找客人还找不着呢,哪能拿财神爷往外推呀? 实对你们众位说吧,我们这店虽有闲房,亦不敢留众位住。有昌平王千岁的王官来把这店给包啦,我们怎敢再留别的客人哪?"叔宝一听,未免为难。王伯当说:"这么办吧,我们住在跨院这五间闲房内亦就够了。据我想,昌平王虽把这店包了,亦未必能占得了这些房。"店里掌柜直皱眉。叔宝说:"掌柜的,你不用不放心,我们是济南节度使唐璧手下的差官,前往长安给越国公杨素上寿送礼。"掌柜的听罢,这才放心。原来掌柜的瞧齐彪、李豹好像占山的大王,又因昌平王住在店内,惟恐怕出了舛错,担不起这沉重。及至叔宝把话说明,掌柜的才算放心,向叔宝说道:"你这人是最明白的人,求你多多原谅,住在俺们店,叫你手下人多安静些就得啦。"齐彪说:"怎么住店花钱还得老实着点儿呢?"掌柜的笑道:"我们做买卖的没法子,昌平王在俺们店内预备公馆,俺们时时刻刻都要小心。倘若王爷挑了眼,俺这买卖就不用做了。没别的说的,这一层还求几位老爷多多关照,多多原谅吧。"秦琼说:"掌柜的你不用说啦,准不能给你惹出是非来就得啦。"于是掌柜的命伙计将秦琼等让进跨院,往内安排行李,净面掸尘,喂马等事不提。

大众吃酒之际,忽听见店门外一阵乱马奔腾之声,大约着是昌平王来到啦。齐彪、李豹两人放下杯箸,不吃不喝,想道:"这昌平王是个什么玩意儿,我得瞧瞧他。许是三头六臂,要不然这店里的掌柜的干嘛怕他呀!"秦琼见他们怔着,刚要问他们两人,还没说出话来哪,齐彪、李豹往外就走,王伯当、谢映登一把没有揪住。两人跑出了跨院一看,院子内站着二十四名家将、五六个家人、八个王官,个个全都垂手侍立,真的鸦雀无声,静悄悄的谁敢多言。齐彪、李豹就见由外进来一人，约在九尺多高的身量，红扑扑的脸膛，五官端正，颔下一部花白胡须。头上戴着一顶紫金五龙盘珠冠，穿一件紫缎色的蟒袍，腰横玉带，足下粉底官靴，看年岁有六十里外。别看他年岁高迈，满面英风，精精神神的，不弱于少年。头前有人引着路，后面有人跟随，够奔上房。这位昌平王刚要进上房，忽听有人哈哈大笑道："我当他项长三头，肩生六臂哪，原来是个糟老头子！"跟着大笑不止。昌平王回头一望，瞧见齐彪、李豹两人的相貌，心中一动，并未发作，心中可是明白这两人笑的是他。此时掌柜的暗中瞧见齐彪、李豹如此，头上几乎走了真魂，捏着一把汗似的，惊恐不安。齐彪、李豹两人正在笑着呢，身后有人抓住，往回就拉。齐彪、李豹回头一看，是王伯当、谢映登。不表他们如何，且说昌平王系大隋朝的名将，立过许多汗马功劳，杨坚封他为昌平王。如今他奉了杨坚的旨意，由长安到外头去阅边，回朝复旨，把沙陀国罗可汗犯金镛关调查得很详细。杨坚念其年老远行，为国勤劳，特赏他一个月的假。昌平王在这假期之内想着到外头活动身体，带了这些家将亲随出来打围。命家人打好了公馆，没想遇见齐彪、李豹奚落了他。

　　昌平王心中不悦，到屋中落了座，吩咐左右，把店里掌柜的唤来。掌柜如同脑袋上顶着雷似的，心内别提够多么害怕啦，来到屋中，给昌平王磕头施礼。昌平王问道："适才孤进店来，有人狂笑不止，他们是做什么的？"掌柜的说："回王爷，他们是给越国公送寿礼的差官。"昌平王说："他们是由哪里来的？"掌柜的说："是由山东来的。据他们所说，是奉济南节度大人之命，前往长安送礼。"昌平王低头不语，心中思忖道：我看他们好像匪人，绝不是唐璧手下的差官，亦许匪人托词给唐璧上长安送寿礼混进此店，另有作用，亦未可知。不如我把他们为首之人唤来问个明白，不然没准出什么情形呢。昌平王想罢，向店掌柜的吩

咐道："你去把他们的头领唤来,孤有话问他。"掌柜的说声"遵
王爷命",退出上房屋中,来找叔宝。此时为了难啦,又怕叔宝
不来见昌平王,做买卖有多么难哪,两头儿都惹不起。来至叔宝
屋中,见大家正埋怨齐彪、李豹呢。叔宝见掌柜的进来,向他问:
"还有事吗?"掌柜的满脸赔笑道:"有事有事。"叔宝说:"有什么
事情说吧。"掌柜的说:"适才昌平王千岁把我叫了去,问我说你
们这店是我包下了的,你怎么还叫别人住哪? 我把众位的意思
替众位说明啦,昌平王请你们过去一位,问问要是济南差官,亦
就是了。"叔宝明白,昌平王绝不是这个意思,定是为了齐彪、李
豹二人之事怪了下来,掌柜的不肯实说。我去见见昌平王去,别
叫他们做买卖的人为难。叔宝想罢,说:"掌柜的,我过去吧。"
掌柜的听叔宝愿去,心中念了声"无量佛",真是喜之不尽。

且说二人够奔上房,叔宝见上房台阶下站着众家将,全都手
扶佩剑把,向叔宝怒目而视。到了屋中一看,昌平王已然脱去长
衣,身着短衣,八个王官身旁挎刀,亦都手扶刀把。叔宝向昌平
王施礼,昌平王问道:"你是奉谁人之命上长安给越国公送寿礼
呀?"叔宝说:"俺在济南节度使手下当旗牌官之职,奉了节度大
人之命赴长安送寿礼。因为走在此处,不敢住小店内,惟恐怕将
寿礼失掉,故住在此店。掌柜的不敢收留我等,经我把话说明,
才住在店中。王爷如若人多不够住的哪,我们可以挪店。"昌平
王问道:"你姓什么哪?"叔宝说:"我姓秦名琼,字叫叔宝。"昌平
王听他说"秦琼"二字,忙问秦琼道:"你父唤做何名?"秦琼说:
"我父名叫秦彝。"昌平王问道:"你母亲娘家姓什么哪?"叔宝心
中纳闷,不知昌平王问这些个做什么,只可回答:"我母娘家姓
宁。"昌平王问道:"你乳名唤做什么?"叔宝无法,只可说吧:"我
叫太平郎。"昌平王失声道:"哎呀,你就是太平郎呀! 你可认识
老夫吗?"叔宝料想昌平王一定与自己爹爹有些交情,遂道:"不
敢认。"昌平王道:"孤姓邱名瑞,表字梦龙。你还不知道吗?"叔

宝一听,赶紧跪倒磕头,口称:"姨父大人,恕过我的眼拙,只因
我父死去得甚早,多有疏亲慢友,望求大人原谅。"昌平王用手
往起相搀。书中暗表,昌平王的夫人姓宁,跟秦琼的母亲是亲姐
儿俩。秦叔宝听他母亲说过,他姨父叫邱瑞邱梦龙,可是怎么亦
没想到邱瑞在杨坚驾前得了昌平王。爷儿两个相认,全是惊喜
非常。

　　昌平王吩咐王官等退将出去,命叔宝坐下,家人赶紧献茶。
昌平王说道:"叔宝,自你父死在马鸣关之后,你们母子在何处
存身?"叔宝说:"我爹爹死后,有我兄长秦安将我们母子搬到济
南府。"叔宝把自己经过之事学说一遍,昌平王心中感激老管家
秦安的好处。爷儿俩说着话,家人将酒饭摆上,爷儿俩入座。叔
宝原没吃饱,在这屋内接着茬儿再吃。席间,昌平王向叔宝说:
"你到长安城送完了寿礼,到孤的王府见见你姨娘,你姨娘想念
你娘儿俩,每逢年节便要啼哭,找你们亦没处去找。"叔宝答道:
"我把事办完了,一定去看望我姨娘。"昌平王说:"你看望完了,
回到山东把这旗牌官辞退了,把你母亲接到长安,住在我家内。
我可以在万岁驾前保举你一份差事当当,怎么亦得比你当着旗
牌官强得多。"叔宝说:"姨父大人既有栽培甥儿之心,俺必从
命。"爷儿俩吃完饭,喝了会儿茶,叔宝告辞。邱王爷送出屋来,
嘱咐秦琼道:"你明天过来用过早饭,再奔长安。"秦琼遵命,回
到屋中,王伯当、谢映登问道:"怎样?"秦琼把见了昌平王,爷儿
俩相认的事儿说给众人,大家放心,然后安歇睡觉。次日起来,
洗脸漱口完毕,秦琼说:"咱们吃完了饭再起身,我还得去见见
昌平王去。饭得了你们就吃,不用等我。"大家说:"是吧。"秦琼
过去见昌平王问安,吃完了早饭,秦琼拜别邱瑞,邱瑞还是嘱
咐秦琼去看望他姨娘。

第十二回　贺寿辰越王府送礼
庆佳节长安城逛灯

　　书以简捷为妙，秦琼起身，大家门前上马，够奔长安。将到檫树岗，齐彪对李豹说："咱们俩人跑跑吧。"两个人便纵马往西跑去。过了檫树岗，见眼前一座大庙，齐彪说："咱们不如先住在这庙内，那就过年啦，免得住在城中他们不放心咱们俩人。"李豹说："好吧。"两人勒马等候叔宝众人来到，齐彪把意思跟叔宝说明，叔宝不语。王伯当说："反正离灯节还有二十余天哪。不如在此暂住，叔宝兄先去送上寿礼，然后俺们大家在此庙内练武，门前可以练练马战。叔宝兄，你想怎么样？"叔宝明白王伯当的心意，是怕齐彪、李豹在城中生事，他才撺掇我住在此处。反正住在庙内亦不放心，究竟比长安城中强得多，叔宝便应允。大家进庙，望见一座偏殿修理得很好，见殿内有把黄罗宝伞，伞下有个座位，坐着一位佛爷。旁边站着六个人，都戴小帽，身穿青衣，这六个家人亦都垂手侍立。月台下竖着两个虎头牌，用朱砂标点，前边排着鞭板锁棍。弟兄几个往伞下一望，那像是个少年的佛爷，好似黄飞虎。再往正当中大殿一望，是供的东岳天齐。大家进了二道山门，见里面有无数的工匠正然动工哪。叔宝向工匠问："这庙内可有当家的吗？"工匠说："没有，得修理完了当家的才来哪。告诉你们吧，这是唐国公昔日上山西赴任，走在这里有座承福寺，夫人分娩，给唐国公生了一位世子。唐国公因为夫人分娩，污秽了佛门净地，亦曾许下大愿，重修此庙。如今唐国公派他的郡马柴绍在此监工，和尚都走了，住在下院。你们是烧香吗?"叔宝说:"正是,你们哪位带着我们去见见柴郡马?"有个工匠头说:"我同你们几位去吧。"叔宝说声"有劳",便跟工匠过了个角门,见有三间东房,亦像一座殿似的,有个立额上写三个金字,是"报恩祠"。见当中官神龛,龛下有尊站像,头戴范阳毡笠,身穿皂布战衣,外罩黄色跨马服,足下黄绿色的皮靴,面前有个牌位,上书"穷五大将军之位",旁边一行小字写的是"信官李渊沐手奉祀"。齐彪见叔宝、王伯当、谢映登三人目不转睛地看这佛像,齐彪问道:"你们看他做什么?"王伯当说:"你看像谁?"这句话道破,齐彪、李豹仔细看那佛像,跟叔宝的五官相貌一般不二,乐得齐彪、李豹手舞足蹈,哈哈大笑,笑着说:"秦二哥,你真是个好人,要不然谁肯供你,给你烧香啊!"叔宝心中正难过哪,听他们如此谈笑,心内更烦得了不得。

原来叔宝瞧见自己的像,又见牌位下款写信官李渊沐手奉祀,心内还好受。想起头几年临潼山喝退众响马,搭救过李渊,如今李渊修这座报恩祠是感恩报德,一份良心作用。想着李渊报恩,倒不难受,忽然想起自己当年救了李渊之后,到了潞州,病困店房,当锏卖马,染病在魏徵的庙中,皂角林锏伤人命,充军发配北平府,锏打伍魁,逼走了伍亮,整整倒了三年霉,都是他们供奉我供的。王伯当问道:"叔宝兄为何发怔啊?"叔宝说:"贤弟,你曾记得当年我当锏卖马的时候,倒霉倒得那份厉害?"王伯当、谢映登说:"不错,记得。"叔宝说:"就是他们供奉我供的,才倒霉三年。"王伯当问道:"叔宝兄,他们供奉于你,是为了什么哪?"叔宝遂把当年临潼山搭救李渊的事说了一遍。他们几个人只顾说话,没留神却被那个工匠头儿听见,听明白了,这个工匠赶紧去禀报郡马柴绍。柴绍闻听,慌忙来看,果然这伙人内有个像穷五大将军似的,过来向叔宝纳头便拜,口称:"柴绍拜见恩公。"叔宝用手相搀道:"这位公子不要如此,俺待你有什么恩哪?"柴绍说:"恩公要问待我有什么恩哪,小生姓柴名绍,表字嗣昌,唐国公是我岳父。想当年我岳父由长安上河东赴任,从此路过,遇见匪人,多亏恩公将匪人打散了,搭救我岳父、岳母一家性命。此恩此德无以为报,找不着恩公,俺岳父命我在此监工,翻修承福寺,给恩公亦修了一座报恩祠。这是略表寸心,大恩还不曾答报。你老人家是不是我们的恩公?"叔宝无话可说,遂道:"当年那事何足挂齿。"柴绍向叔宝道:"请恩公不必走啦,暂住此庙吧。"叔宝说:"住在此庙可以。"

柴绍吩咐手下人,将恩公的东西马匹安顿好了,又把众人让至屋中,众人落座。柴绍才问道:"愿闻恩公姓名。"叔宝说:"我姓秦名琼,字叔宝,山东济南府的人氏。"大略地一说,叔宝给柴绍向大家指引了,都问过了姓名,然后柴绍吩咐家人预备酒饭。叔宝问道:"柴郡马,怎么牌位上写穷五大将军哪?"柴绍说:"当年恩公救了我岳父之后,我岳父打算报恩,追赶恩公,愿闻姓名,将来好报答大恩。恩公纵马跑去,我岳父追问恩公,恩公说姓穷,伸出一只手来,我岳父知道你是穷五爷。"叔宝说:"错了错了,我叫秦琼,当初唐国公听错了。我催马跑去,是施恩不望报,唐国公追问,我说叫秦琼,一摆手是不叫追啦。没想令亲翁听了个琼字去,拿我当穷五爷了,大错大错。我那个名字是琼,不是穷。"齐彪说道:"你们这一供穷五大将军不要紧,倒了三年霉,还不快拆了呢!"叔宝说:"没别的,柴郡马,真给拆了吧,我如何担得了呢!"柴绍说:"恩公吩咐,安敢不从。"当日吃过晚饭便住在庙中。

柴绍写了信,信内写明恩公秦叔宝之事,命人骑马前往禀报唐国公。柴绍不叫叔宝等走,叔宝住在此处,每日供给十分丰盛。叔宝等亦喜爱柴绍,大家无事,讲文论武,柴绍是个文武两全的人,样样都成,大家感情很好。五六天唐国公的信就来了,说不叫恩公走,正月初十日前后庙内来看望恩公。叔宝告辞了数次,柴绍不叫走。直到了正月初五日了,叔宝是非走不可,怕把送礼的事耽误了。柴绍挽留不住,赶紧修书一封,禀明唐国公,不叫李渊来了。柴绍亦要到长安去逛灯,便商议与叔宝一同前往,大家由承福寺起身,够奔长安城。

且说众人由承福寺起身,够奔长安,到了东门,住在关厢路北三元店中。当日远来,暂且安顿行李,早早睡觉。次日起来,叔宝命店里掌柜的雇个地理熟悉的人,为引路使者,让王伯当等在店内候着,自己带了李志、贺恢、张权、杨合数名健兵,抬着寿礼,引路使者陶容头前引路,离了店房进东门,够奔越国公的公爷府。叔宝还以为来早了呢,其实二更多天,长安城京营殿帅宇文成都因为上寿送礼的人多,就发下兵符,开放城门。凡是送礼的人进了城,得先till巡视京营官的衙门报名,经衙门的官儿按照礼单先查验一回,然后由巡视的官儿带领送礼的人够奔越公府,再交礼物。叔宝来迟了,未到巡视官厅报到,只是自己来到越公府,到门房求回事处管家给往里回,管事的家人不管。

秦琼为难,忽见由府里出来一个老道,生得有八尺之躯,身瘦骨清,有如松形鹤骨,面似敷粉,三绺墨髯。头戴一顶九梁道巾,迎门上嵌豆腐块美玉,身穿一件宝蓝缎色道袍,圆领阔袖,腰系水火丝绦,白袜护膝,足登云履,真是仙风道骨。叔宝瞧着道人不觉来到自己的面前,老道不走啦,上下打量叔宝,向叔宝施礼问道:"足下可是山东的小专诸赛孟尝吗?"叔宝还礼答道:"不敢承当,正是在下。敢问道长仙乡何处,法号何名?"老道说:"此处不是讲话之所,请到里面一叙。"叔宝跟着往里就走,门军下人谁亦不敢拦挡,叔宝知道他有些来历。进了府来至跨院,见有十数个家人正在院中收拾礼物,家人把叔宝让至屋中,赶紧献茶。茶罢搁盏,叔宝说:"道长因何认识于我?"道人说:"我曾到过山东见过一面,贫道姓李,单名一个靖字。"叔宝失声道:"莫非人称药师吗?"李靖笑道:"正是。"叔宝重新给老道施上一礼。原来这老道天下闻名,他专能入山采药,拯救世人,人称药师李靖。他来到长安,住在越公府内,越国公待李靖以师礼。这府内还隐着位女剑仙,人称红拂女,杨素不知,把她当作歌姬女看待。红拂女访查杨素,访查李靖。杨素求李靖代劳,给收寿礼,李靖出来有事,误遇叔宝。

李靖跟叔宝谈着话,家人跟李志、贺恢把礼物收清,进来回李靖。李靖给叔宝写了回书,交与秦琼道:"老兄,贫道命人将礼物收下,急付回书,知道是怎么个意思吗?"秦琼回答:"不知。"李靖说:"老兄,我看你气色不正,印堂发暗,应在这数日之内有意外的凶险。"秦琼听李靖一说,大吃一惊。李靖说:"你们同伴来了多少人呢?"秦琼不肯实说,答道:"带了四个头目随从健步而已。"李靖说:"不能吧,不还有四五个朋友吗?"秦琼佩服老道,站起身来向老道一躬到地,施礼言道:"诚如所言,分厘不假,请勿泄漏。"李靖说:"我出家人以慈悲为本,善念为缘,老兄面带煞气,恐有大祸临身。我出家人向以救人灾难为愿,故将回书写完付给老兄,请你急速回归山东,长安城不可久待。"秦琼道:"谨遵仙长之命,道义相交,不敢言谢,俺惟有感激而已。"秦琼告辞,李靖把秦琼送出府门。临别之时,李靖还嘱咐叮咛,千万不可进城逛灯。秦琼遵命,带了李志、贺恢、陶容等出了东门,回至店中,心想:急回山东才好,李靖之话不敢不信。叔宝为难,又不好向齐彪、李豹、王伯当、柴绍等说。他们同我来,原为逛灯,我若告辞,他们必然得问个究竟。我若把李靖之言告诉他等,他们该耻笑我畏刀避箭,怕死贪生。我若一走,必然伤了朋友感情,亦不是大丈夫所为,宁可有祸,却不可失了朋友之约。叔宝拿定主意,对王伯当等是一字不提。

直到了正月十三日的这天,大家进城,命陶容引路,大家各处瞧看。虽然没到十五的正日子,各处都把灯挂出来了,搭牌楼扎彩子,各买卖铺户住户人家为了点缀灯节,全都忙个不停。弟兄等走至太平桥,忽听有人喊喝声音:"谁来拉弓啊,谁来拉弓啊?"叔宝等顺声音望去,见路旁站定一人,身高足有一丈,长得雄壮极啦,隔皮断瓢,准得筋强骨壮。看他头上未戴帽子,用块青绸子手巾包头,斜系麻花扣,上身穿着小袄,亦是青绸子的,腰带抄包,半褐短裤,足下穿着倒纳千层底儿大叶巴靸鞋,两条腿的下半截露出来的汗毛,长得猪鬃相似。往脸上看,黑黑的面貌,两道浓眉斜插入鬓,直入天苍,两双大眼如同两个大鸭蛋点黑点似的,眼珠努于眶外,好不震人。蒜头鼻子,血盆嘴,连鬓络腮短钢髯扎扎煞煞,犹似嘴底下挂着大笊梳一般。叔宝弟兄走南闯北,见过了多少出奇的勇士,还没有见过这样壮实的人哪,无不注目。听他喊嚷"拉弓啊,拉弓啊",弟兄等抬头用眼一望,见地下放着一张铁背弓。来至他面前,大家站住不走,他以为这些人是拉弓来的呢,他向众人问道:"你们哪位拉呀?"齐国远向来遇事冒失,如今冒失鬼遇见这事,如何能耐得住性儿,伸手将弓拿起来,前把一推,后把用力一拉,那张弓纹丝不动。齐彪是满不在乎,别人可真替他害臊。此时过往行人围着观瞧,大家见齐国远那样雄壮的人都拉不动那弓,谁亦不敢伸手。李如珪心中不服,伸手抄起弓来就拉,用尽了平生之力,亦没拉开,赌气把弓放下。王伯当、谢映登度德量力,惟恐怕丢人,亦没敢伸手。那弓的主人面带狂色,似有藐视之意。叔宝有气,欲试他一试。

书中暗表,这汉子名叫雄阔海,他是金顶太行山的大王,胯下马,掌中棍,武艺高强,膂力过人。雄阔海自视甚高,以为天下无敌,有人就说了,京营殿帅宇文成都是皇帝御笔亲书的天下横勇无敌大将军,那才是真正的罕逢敌手呢。雄阔海不服,安顿好山寨之事,下山奔长安而来。他要借拉弓为名,从正月十一开始在这儿等,就为访一访宇文成都,会一会天宝大将。结果今天先让秦琼他们赶上了。

秦琼心中有气,抱拳说道:"这位朋友,我想试上一试,但拉得开拉不开,我可不敢说。"雄阔海看了一眼秦琼,说:"好,那朋友你就试试吧。"秦琼拿起弓,入手一掂,分量沉重,心说:这是出了号的硬弓,我绝对拉不开它。想到这里,叔宝把弓梢放在地上一钻,弓梢就插进土里有好几寸,一矮身形,用左脚顶住了弦,后腿一绷,右手扶着弓背,右手一拉弓弦,用尽全身的膂力,一较丹田气,耳轮中就听"咔","扎扎扎",秦琼只拉开了五成,再拉不动了。一松后把,弓弦回到原处。秦琼拿起弓,交与雄阔海,说道:"这位朋友,我实在拉不开,见笑见笑。"雄阔海笑道:"你能拉开五成,也算是个英雄了。"围观的老百姓一看,有人拉动弓了,一阵阵地喝彩。

正在此时,就听东边铜锣开道。有人呐喊:"天宝大将军查街啦!"但见十三棒铜锣开道,最前面有肃静、回避牌,四个官人手执皮鞭,轰赶闲人。再往后是全副仪仗执事,金瓜钺斧。两面大旗,上面有字:"京营殿帅"、"天宝大将军"。正中一匹高头大马,鞍鞯嚼环鲜明。马上一员大将,身高丈二,魁梧雄壮,金盔金甲,大红战袍,威风凛凛,杀气腾腾。最引人注目的是胸前挂定一块黄澄澄的赤金牌,上镌九个大字是"天下横勇无敌大将军"。来者正是宇文成都,他乃小陈平宇文述的长孙,宇文化及的长子。这宇文成都惯使一条金镋,人称他为"金镋无敌将",现在杨坚驾前称臣,官拜京营殿帅之职。灯节将近,又赶上越国公杨素寿诞之日,他亲身出来巡查街市。正走在太平桥西,忽听有人喊嚷,宇文成都勒定坐骑,问:"是什么事如此喊叫?"当有巡街的兵士回禀道:"桥旁有一壮汉,弄张铁背弓,说拉坏了白拉,两三天没人拉得动。如今有人拉动了,他们喝彩呢。"宇文成都亦是好奇心胜,催马来看,吓得瞧热闹的人谁也不敢多言。宇文成都下了马,奔过来看他的铁背弓。叔宝众人见宇文成都人才如此,暗暗夸赞不已。

宇文成都向雄阔海问道:"这弓是你的呀?"雄阔海答道:"正是俺的。"宇文成都问道:"你这弓拉坏了呢?"雄阔海道:"拉坏了白拉，不叫你包赔。"宇文成都说："好吧。"他手下人赶紧把弓交给他，宇文成都这一拉弓不要紧，惹得瞧热闹的人比先前更多，都探头探脑观瞧。只见宇文成都拿弓在手，推前把，拉后把，没费劲就把铁背弓拉开，一阵喝彩之声震动耳鼓，声如雷动。正在此时，又见宇文成都一用力，只听"嗑吱吱"，宇文成都将铁背弓拉反了，弓弦攥在右手，左手还拿着弓背哪。叔宝众人无不吃惊，见宇文成都有此膂力，都是惊服他的。连雄阔海亦是一惊，心中暗想：不怨人说天子的都城是藏龙卧虎之地，什么样的能人皆有，话不虚传矣。忽听宇文成都向他说道："你这弓亦配到长安城内卖弄张狂？俺叫金锐无敌将军宇文成都，你记着，俺把你的弓拉坏了，你再去弄俺拉不动的弓来，不然再到此处仍然丢人献丑！"说罢，连弓背带弓弦往地上一扔，上马率众而去。弄得雄阔海犹如木雕泥塑一般，一句话亦说不出来，伸手拿起东西，臊眉搭眼地走去。看热闹的一哄而散，走在路上免不了都得有一番议论。这段书的小节目叫做"臊走雄阔海"。

第十三回　舞彩球柴郡马献技
遇恶少琬姑娘落难

不表雄阔海奔何处,且说叔宝等见他们都走了,亦就接茬儿往各处逛吧,走在路上,齐彪、李豹夸赞宇文成都,赞不绝口。大众逛完了,出城回店。等到十五的正日子,叔宝等命少华山的喽罗兵在店中将马匹拉出来,叫李志、贺恢等在店内等候。叔宝为了李靖的预言,命人把双铜挂在马上,身旁仍有佩剑;柴绍的家人多带银两,好伺候郡马尽情玩乐。大家上马进城,到了东门脸儿,叔宝等下马,命随从人等在关厢等候,叔宝、伯当、柴绍众人步下而行。陶容引路,大家进城,只见三街六市热闹非常,无论买卖铺户住户人家,家家户户全都悬灯结彩,上至朝臣宰相,下至黎民百姓,齐来逛灯,真有与民同乐的意思。弟兄等说说笑笑,不觉走至一巷,约有三户人家,府门高大,灯烛辉煌,有官军数十名,全部弓上弦,刀出鞘。引路使者陶容向叔宝众人说道:"当中这座府是京营殿帅府,他家里做官的人太多了,现下除去越国公杨素之外,就得让他家啦!"秦琼等听明白了,不觉走到巷外,见有一座牌楼,当中有个圈儿,叫做斗门(可不是烟枪的斗门)。有二十余人,都是些纨绔子弟,争先恐后地踢那彩球,凡踢过彩门(即斗门)的都觉着光彩,踢不过斗门的便觉着丢人。大家踢个不停,惹得一些村夫村妇围着观瞧。弟兄走过去之后,陶容才敢向秦琼等言说:"那座牌楼是宇文成惠搭的。"叔宝问道:"宇文成惠是个干什么的?"陶容说:"宇文成惠是京营殿帅宇文成都的亲兄弟,他仗着他家的势力,尽做那缺德事,长安城这儿是无人不骂。他手下有些走狗，都是帮闲之辈，狐假虎威，每日各处去招瞪。"

正然说着，忽见由对面来了一帮人，约有三十个，内中有十数人青衣小帽，家人打扮；另有十几个人，官不官，私不私的打扮，全是挑眉立目，说话五官挪位，一边走着，一边说着。当中簇拥着一个公子，亦就有七尺多高，面似姜黄，窄脑门，瘪太阳，小鼻子尖儿，两道斗鸡眉，一双母狗眼儿，两个扇风耳朵，薄片嘴，尖下颏儿，一嘴的碎芝麻牙。头上戴一顶文生公子巾，素缎色，周围走金边，踏金线，当中绣着串枝莲，两头衬着灯笼穗儿，上身穿着一件圆领阔袖绣花袍，腰中系着一条丝绦。叔宝等看这个穿着打扮，定是膏粱子弟无疑。就见他同众人说说笑笑，热热闹闹地走了过去。李豹向齐彪说道："你看这小子走道儿一步三摇的那股劲儿，禁不住俺三拳。"齐彪答道："干嘛三拳哪，俺给一拳就得土点喽。"（绿林人管死了论侃儿叫做土点喽。）叔宝刚要拦他二人，陶容向叔宝众人用手指十数担挑儿道："你们几位快看。"叔宝弟兄见担子里挑的是金花、银牌、彩缎等项。陶容说："众位，你们去看看吧，这些东西是赌输赢的。"王伯当问道："怎么个赌法？"陶容说："适才过去的那一行人内有位公子，就是那宇文成惠，这些担儿挑的锦花绸缎是赌品。有人能把彩球踢过彩门，宇文公子给彩缎一匹、金花一对、银牌一面；踢不过去，亦不要谁赔他什么，只落个去现眼而已。"李豹、齐彪两人听陶容说得有意思，撺掇叔宝等去看。

大家返回身又往回走，到了彩牌楼一看，在牌楼北边还有一座月台，台上摆着几张大八仙桌子，桌子上头摆着那金花、银牌、彩缎、丝绸。宇文成惠端坐在台上，那些恶豪奴围着他指手画脚，不知他们讲些什么。叔宝、伯当众人杂在人群里观瞧，不见有人来踢，李豹、齐彪心中急躁，急得抓耳挠腮，不知怎么是好。忽见有些女子上了月台，个个长得都妖妖艳艳，上去笑个不止。

齐彪问陶容道:"这些个娘们儿都是做什么的?"陶容说:"这些个女的并不是良家妇女,她们是平康巷里的妓女,趁着这个灯节来此,一半玩耍,一半挣钱。谁要踢那彩球的时候,她们可以陪着踢,可是赢的东西都得赏给她们。"齐彪、李豹两个人只知杀人放火,哪里见过这些个。叔宝虽是一身好武艺,对于这个事从未干过。李豹向王伯当说道:"你这个人很漂亮,怎么不去踢踢?"王伯当说:"你不要撺掇我,这些事俺却外行,现放着能成的人你不撺掇?"李如珪问道:"谁是行家?"王伯当说:"柴郡马青年英俊,是个风月场中的人物,何不请他踢踢?"齐彪、李豹便极力撺掇柴绍。柴绍是个风流人,点头应允,命陶容去物色个粉头相陪,爽性玩耍一回,叫齐彪、李豹观瞧。陶容说:"柴公子,这些个粉头里有两个色艺双绝的,一个叫金凤舞,一个叫彩霞飞。不知公子可愿意哪个?"柴绍说:"随便哪个都成。"陶容说:"公子用她们还得破钞哪!"柴绍说道:"俺不惜缠头之资。"陶容便上了月台,到了宇文成惠面前回禀道:"有位富豪公子要与二位美人同踢行头。"宇文成惠此时正见没人玩耍着急,听陶容回禀,遂道:"让金凤舞、彩霞飞同去陪他。"陶容听说两人陪郡马柴绍,认为柴绍这造化大喽,总算宇文成惠破了格,向来没有两人陪着玩耍的。

两个美人随着陶容扭扭捏捏下了月台,见了柴绍,陶容把话一说,柴绍与两个粉头彼此施了个礼,有两个丫环捧了五个彩球,前来伺候。当下柴绍与金凤舞、彩霞飞各把方位站好。看热闹的围着观瞧,那宇文成惠亦离了座位,站在台边,前来观瞧。丫环把彩球用力一抛,金凤舞、彩霞飞、柴绍男女三人接来抛去,施展平生搏艺的手段,用肩挤拃踢的身段,把五个彩球舞得飞来飞去。两个美女卖弄风流,这个飘扬翠袖,轻笼玉笋纤纤;那个摇曳湘裙,半露金莲窄窄。这个拿头过论,有高有低;那个张泛送来真又楷,踢一个明珠上佛顶。实埋尖拐到膝,弄轻佻,错认多摆摇。踢到眉心处,女子一闪身,彩球似坠不坠,柴绍赶来,一脚踢过彩门,众人齐声喝彩。金凤舞、彩霞飞两人把四个彩球一抛,丫环接了过去,柴绍将越过彩门的彩球接在手中,喝彩之声真如雷动。此时两个粉头累得汗流粉面,罗衫皆湿。齐彪、李豹喜欢得手舞足蹈,倒不至于把贵姓忘了。叔宝赏给两个粉头二十两白银,柴绍亦每人赏她们十两。两个美人上了月台,宇文成惠把柴绍应得的金花一对、银牌一面、彩缎一匹赏给金凤舞、彩霞飞,又多赏了一面银牌、一匹彩缎,各给折扇一柄。金凤舞、彩霞飞谢赏。有人送陶容的二成扣头八两银子,陶容收下。

　　叔宝见完了事啦,率众走去,到各处游逛。各处虽有无数的彩牌楼,却是不如那宇文成惠的牌楼风光。大家走走逛逛,见逛灯的人男男女女,老老少少,挨肩擦背,挤挤擦擦,耳边有些笙管笛箫,歌唱之声。各街各巷灯烛辉煌,照耀如同白昼。到了司马衙门,见门前搭着一座灯楼,却是彩缎装成,居中挂着一盏麒麟灯,灯上有四个金字,是"万福来朝"。牌楼上有副对联:"周祚呈祥圣贤降凡君有道;隋朝献瑞仁君治世寿无疆。"麒麟灯下,有各种走兽的小灯围绕,无不齐备。两旁衬着两半大的寿灯,上有两古人,有副对联是:"梓潼帝君,乘白骡下临凡世;三清老子,跨青牛西出阳关。"众人走过去,到了越国公的府门左右,就见那附近的人家各搭个小棚,有设天子牌位的,有焚香的,有供花的,那意思是天子与民同乐。街上有些人提着灯笼,做鬼接神似的闹闹哄哄,填满了街道。秦叔宝弟兄们不觉走至越国公的府门,见门前搭着一座灯楼,与司马衙门那个相同。可是灯却不同,挂的凤凰灯,彩楼上横着四个字,是"天朝仪凤"。两旁有副对联写的是:"凤翅展丹山天下咸欣兆瑞;龙须扬北海人间尽沾隆恩。"大灯底下有些鸟灯各样齐备。另有两个古人骑着灯,亦有副对联是:"西方王母乘青鸾瑶池赴宴;南极寿星骑白鹤海屋添筹。"

众人看过，天光已到初鼓以后啦，那齐彪、李豹自幼落草，不曾到过帝都，亦没开过这样的眼界；如今见了，灯明月灿，锣鼓喧天，笙歌盈耳，欢悦得忘了所以，亦没有一句好话得说，只在人丛里挤来挤去，摇头摆尾似的狂呼乱叫。随着陶容走到了五凤楼前，再看人比别处更多，都万头攒动似的探头观瞧，见有座灯楼，上头有两把椅子，有两个太监在上头坐着，底下有五百名官军，各穿锦袄，每人拿着一条朱砂油的红棍。不问可知，这个地方离着内院很近，这些官军是在镇压逛灯之人的。这个地方比他们所看都是不同，要问怎么个不同，恕我这支秃笔写亦写不过来了。当时有些人追在妇女身后闻香寻味，何尝是看灯来的。还有些绺窃小贼掺杂在人群里，偷妇女的首饰，割男子的衣服。那些风骚的妇女在家里好似坐监，借此逛灯，结识几个标致的俊生，认为其乐无穷。有些个少年长得标致，被那无知的壮汉扯了走，当作哥儿势所难免。这个逛灯的风俗最是不良，人多了难免杂乱，真是良莠不齐。

众人由陶容引路往回走着，忽听老远有妇女啼哭之声，人声嘈杂，了不得了，活该出事。有个王老太太住家在西门里，今天带着个十八岁姑娘叫琬儿，出来逛灯。那琬儿生得十分美貌，将到街中，便有一班无知的少年在后面跟随，趁着人多之际，那些个少年在琬儿身旁挤过来挤过去，挨上蹭下的，如蜂钻蛾聚，拥着琬儿找便宜，吓得琬儿颜色更变。不料此时有宇文成惠手下的地痞游棍，各处给宇文成惠找绝色的妇女，哪里有很多呀，这些帮闲的地痞游棍在人群里如同找他娘似的。正然寻找，忽见琬儿长得俊俏，令人一见她的容貌真能魂消魄散，忙去禀报宇文成惠。那宇文成惠得报，如同饿鹰扑食似的，率了众豪奴追来。宇文成惠望见琬儿，几乎忘了姓什么，吩咐一声："抢！"恶豪奴们"呼啦"往上一围，连拉带扯，把琬儿拖着就走。那琬儿吓得抖衣而栗，放声痛哭。王老娘可就急了，打算前去跟他们拼个你死我活，豁出这条命去，谁想反被恶豪奴推了一跤，王老娘栽倒在地。宇文成惠用手一指王老娘，喝道："你这老泼妇趁早躲开这里，拐了我的丫环，就应当把你送到衙门，治你的罪，便宜你！"说罢，匆匆走开。王老娘刚爬起来要追，又被豪奴推倒在地。宇文成惠率领众人把琬儿如同风卷残云相似，眨眼间就没了影儿。逛灯的人虽有瞧见的，谁肯多管这闲事。王老娘见女儿被人抢去，气得浑身乱抖，体如筛糠，倒在地上，呼天抢地，号啕恸哭。有些人便围着观瞧。

　　内中有秦琼、伯当、柴绍、谢科、齐彪、李豹弟兄等观看，秦叔宝此时忘了是非只为多开口，烦恼皆因强出头，把药师李靖嘱咐的话早就抛到九霄云外了，不由得动了他小专诸路见不平的心肠，忙向王老娘问道："你为了什么事儿如此啼哭？"王老娘哭道："俺的女儿被人抢了去了！俺那姑娘有了婆家的，过年人家还要娶呢，他们给抢了去，俺却不要命啦！"叔宝问道："你的女儿被什么人抢走了去啦？"王老娘道："俺亦不知他们是做什么的。"正在此时，有个臭嘴刘七，每天挣了几个钱，什么亦不好，喝得晕头转向，只要三杯酒一入肚，他就忘了大爷贵姓啦，专好和人一气，说话是向来不打草稿儿。他见宇文成惠与众恶奴把琬儿抢了走，气得他肺都炸啦。如今叔宝来问，他却在旁，犯了他的性儿，向叔宝说道："她那个姑娘被宇文成惠给抢了去了。那宇文成惠仗着他们家里有人做官，借势欺人，专在这长安城内抢夺良家妇女，做他那缺德的勾当。"齐彪、李豹两人闻听，气得烟生火冒，哇呀怪叫，暴跳如雷，把个引路使者陶容，吓得一溜烟似的跑开了是非之地。叔宝问臭嘴刘七道："朋友，你可认识那宇文成惠他的家吗？"刘七把脑袋一晃道："认得认得。"叔宝说："你肯为我们引路吗？"刘七道："那个能成。"叔宝当下向王老娘道："你不要哭啦，亦别寻死，俺们给你找去，少时间还你女儿就是了。"叔宝劝好了王老娘，把她安置在个僻静去处，命她等候着。不惟叔宝有这个侠肝义胆、济困扶危之心，连那郡马柴绍亦不顾利害，全都摩拳擦掌，想着把宇文成惠拿住杀了，给长安城的百姓去一害。

当下刘七引路，弟兄六个后面跟随，够奔宇文成惠的家中而来。一路之上虽然有那笙管笛箫之声，弟兄等懒得去听；任你什么龙灯、鱼灯、老虎灯，弟兄等亦无心去瞧。刘七引路走至一个小巷内，忽然站住，向众人悄悄地说道："他家的后门就在这个巷内。你们几个进去，俺在门外等候。"刘七用手一指路南的门儿，弟兄扑奔过来，见门关着呢，打算踹门而入。忽听里面"哗啦"，有人把插关拉开，双扇门往左右一分，出来一人。叔宝喝道："站住！"吓得这人一哆嗦，抹头往里就跑。你道这人是谁呀？此人是府内的厨师，把晚饭伺候完啦，在厨房里弄点儿酒喝喝，喝完了酒，把偷的东西往身上一藏，披上破皮袄，打算由后门的小胡同回家。刚开开后门，被叔宝弟兄喊喝声音，吓得他往里就跑。谁想被王伯当纵身赶上，一把抓住他的脖领儿，喝道："别嚷！你要嚷，俺便要你性命！"吓得醉厨子哀告道："好汉爷爷，俺不嚷就是了。"叔宝问道："我来问你，那宇文成惠适才抢来的姑娘，你可知道藏在哪里？"醉厨子说："确实有这么回子事。你要找那姑娘成，我把你们领了去，可别宰我。"叔宝说："别废话，快走。"王伯当一松手，醉厨子头前带路，由五间大房后头绕过来有个月亮门儿，进来是个花园子，隔着山头石放过亮光，穿了过来一看，有道花墙在花厅西边，就听见花墙那边有女子啼哭之声。弟兄抢步跑进来一看，有三间两面窗户的屋子，里面点着灯，照得很亮。就听有个妇人说话的声音，说："姑娘，你别想不开啦！你把他脸给抓破了，公子爷都没急，他虽然出去，你亦得应从于他。不然惹恼公子爷，把你打死，往花园刨坑一埋，上哪儿诉冤去呀？"又听那哭的人不哭了，骂道："你们家内不是有姑娘小媳妇吗，为什么不来伺候他呢？"

　　原来这骂人的姑娘就是琬儿，她被宇文成惠抢了来，亦是从小巷里后门弄进来，宇文成惠把琬儿弄进屋中，众恶豪奴去找那些个骚哄哄的婆妇开心解闷去了。琬儿在屋中，有四个婆妇都长得满脸横肉，有两个揪住琬儿，怕他撞头，有两个伺候的。这四个婆妇帮助宇文成惠毁坏了有十数个姑娘啦，如今亦是合当遭报。宇文成惠向琬儿贱模贱样的，便使用强迫的手段，想着追欢取乐。偏这琬儿急啦，挣开胳膊，把成惠的脸给抓破啦，破口大骂不止。成惠见用强是不能成功了，只可命婆妇用软化的手段。他先躲出去。

　　这四婆妇是偷油吃的好手，正劝琬儿，忽见闯进数人，有三个拿宝剑的，全都是满脸杀气，吓得婆妇要嚷，只听"噗哧噗哧"，四个婆妇全都被杀，四个人的冤魂投奔枉死城，偿还那世的风流债去了。伯当向琬儿说道："姑娘且莫耽误，快走，俺们是搭救你的。"伯当把琬儿带出后门，交给臭嘴刘七把琬儿送给王老娘不表。

第十四回　闹花灯七煞反长安
　　　　　闯重围群雄匿王府

　　叔宝没把宇文成惠除掉，心中不甘，放了醉厨子，大家往各处寻找宇文成惠。此时宇文述、宇文化及给越国公杨素拜寿未归，没在府中，弟兄等各屋各院找那宇文成惠，却没找着，吓得女眷们乱窜乱跑。此时有些家将家人俱在门前看灯，谁亦没想到出这个事呀。叔宝弟兄不觉来至大厅，见大厅照耀如同白昼，可是没有多少灯，当中就挂着一盏灯，精巧玲珑，上有数十颗珠子放光，齐彪瞧着怪，高声喊嚷，到了厅内上了桌，把这盏灯挂钩摘将下来，笑着说："俺们提着这盏灯，到处都是亮的吧！"书中暗表，这盏灯是珍珠灯，乃是无价之宝，被齐彪摘下来。刚要往外走，只听一阵喊嚷之声，"呼啦"，由外面闯进来数十名家将家人，各持长枪短刀。叔宝弟兄等处在这步田地，还管什么利害，拼命死战。原来有机灵的家人早就瞧见叔宝众人，赶紧跑至府前找人，众人闯进来，正把叔宝、柴绍等堵在院内，一阵乱杀乱砍。李豹跑至大厅里，什么叫瓶，哪管是壶，一路往外乱打，只杀得家人家将叫苦哀哉，抵挡不住，只好往外退出。弟兄在后追赶，将出府门，就把众人吓坏了：这芙蓉巷口有数百官军堵住巷口，灯笼、火把照耀如同白昼，金镗无敌将军宇文成都率兵堵住巷口，铁桶相似。大家曾见过宇文成都把雄阔海的弓拉坏了，知道他的膂力最大，是无人能敌，如何不惊？还算柴绍明白，宇文成都堵那头巷口，是过不去的；这边巷口虽然有些官兵，亦不足为惧。柴绍明白这个意思，便一声喊嚷："咱们从这边走吧！"大众便往东头巷口杀来。阅者要问,宇文成都从哪儿来呀?是从杨素的府中而来。有家人飞报成都,成都闻报,气就大啦,可不知道是他兄弟干这缺德事发生的。宇文成都想匪人胆太大啦,敢抢他的财物,赶回芙蓉巷,各处巡查街市的官兵俱都随来。成都下令把巷口堵住,刚要下马进府,望见叔宝等从府中出来,往东头巷口跑去,宇文成都催马率众就追。别看叔宝弟兄等前有官兵阻路,后有宇文成都相追,全仗着一身好武艺,一阵乱杀乱砍,前面的官兵如何能够抵挡得住。

叔宝弟兄闯出巷口,就听后面官兵喊嚷:"追呀,追呀!别叫他们跑了呀!"大家慌不择路,见巷就进,以为拐弯抹角,把官兵绕迷了就跑啦,谁想宇文成都催马紧追,一步不放。宇文成都心想:你们往哪里跑亦跑不了啦,城门关上,除非是身长羽翼,插翅腾空,飞出城外算完。可了不得了,他们这一乱,吓得买卖铺户、住户人家,家家户户全都关门上锁上闩,逛灯的人在街里乱跑,年轻的不要紧,只苦了老头儿老太太,姑娘媳妇,哭喊之声惨极了,有丢了鞋帽的,有丢了孩子的,有被撞倒了踏坏的,等等情形在所难免。

且说宇文成都眼看着要追上众人了,忽见那喊嚷拉弓的人,手使铁扁担,放过叔宝众人,挡住宇文成都的去路,把扁担一横道:"俺却不服你这无敌将,来来来,你我二人决一胜负,见个高低!"宇文成都哪里把他放在心上。雄阔海这个人一生好勇,他到长安被宇文成都把弓拉毁,心中不干,打算逛完灯回归金顶太行山。手提铁扁担,他往各处走逛,听得街上大乱,别人吓得往家跑,他却哪里乱往哪里跑,迎见叔宝众人。他见叔宝等前边跑,宇文成都后面追,他亦不管为什么,挡住成都,搂头盖顶就是一铁扁担,成都金锁一撞,两人的兵器磕碰一处,火星乱迸,"嗖"的一声,把铁扁担磕飞,震得雄阔海两只手生疼,两膀发麻,吓得雄阔海抹头就跑。宇文成都哪里肯放,在后紧追。雄阔海追上秦叔宝等，一同跑下，各巷口俱有官兵把守，众人杀得红了眼了，不论是谁，挡者便杀，拦着便打，只打得官兵官将东倒西歪。弟兄快到明德门了，离城且近了，更糟啦，对面尽是弓弩手，乱箭齐发，弟兄七人只可跑进巷口逃走。成都望见众人进了巷口，心中欢乐，原来是个死胡同。

宇文成都带兵一拥而入，进了胡同，再找秦叔宝，踪迹皆无。宇文成都心中纳闷：这伙人都上哪里去了呢？忽然想起来了，不用找了，准是跳墙而过，藏在这王府里了。书中暗表，这胡同的院墙正是一家王府的院墙，宇文成都还真猜着了。

秦叔宝此时真是来个跳墙法子，跳过墙来一看，是一家花园，此时正在孟春之际，里面亦没有什么花草，只望见太湖山石那边若隐若现有个灯亮儿，那个灯亮儿忽忽悠悠往这边而来。弟兄七个躲藏吧，往各处一看，苦于无处可藏，哥儿几个往太湖山石根底下一躲，以为足可躲藏了。那个灯光穿过太湖山石，弟兄在暗中偷瞧，有个武生公子，亦就在二十岁里外，白白脸蛋，很有福气；跟着四个家人，提着灯笼。就听那武生公子问家人道："你们说吧，那位有灵有圣的仙爷在哪里？"原来这位公子的母亲有病，每逢初一、十五都烧香求福免灾，在叔宝弟兄藏的那个地方山石内有位狐仙爷，很有灵验，这公子的母亲心中烦闷，命他给狐仙爷来烧香，故此他问众人。家人一指叔宝所藏的地方，说："就是这里。"那公子跟家人往这儿一瞧，吓了一跳，以为狐仙爷显圣呢。及至瞧清楚了，这位公子大怒，喝道："你们胆儿真不小，黉夜之间藏在这里，是要偷你家殿下什么？"叔宝过来向公子抱拳施礼，刚要哀求他别嚷，在此避难，话还没说哪，那公子问道："你可是叔宝兄吗？"叔宝道："难人正是叔宝，不敢认公子为弟，为何如此相称？"那公子说："俺娘亲想你都想病了，我姓邱名福，乃昌平王的殿下。"叔宝失声道："你是我姨弟吗？"那公子邱福道："正是。"

弟兄相见,施礼相问。公子问道:"姨兄,我父王不是与你说好了吗,你给越国公杨素送完了寿礼,请你到我们府里吗?"叔宝道:"皆因我有些事没办完,耽搁下了。"邱福道:"姨兄,你这一耽搁不要紧,我母亲想念姨兄,派人各处去找,都找遍了,只是没有找着,她老人家旧病复发,命我来给烧香,不期在此相会。可是哥哥怎么会在这儿藏着呢,莫非说有什么用意吗?"叔宝见问,脸上一红,遂把他们的事儿说给邱福。邱福听叔宝把事说明,吃惊非小,忙道:"在这儿藏着,不大安全,那宇文成都少时间必然进府搜查,这可怎么好啊!哎呀!"见邱福直皱眉,似有为难的意思,叔宝说:"兄弟不要为难,如若怕宇文成都前来搜拿,我们弟兄几个可以跳出墙去,免得尊府不安。"邱福忙道:"姨兄你错会了意了,俺并不怕事,既系骨肉至亲,更讲不了啦,闹出多大事来亦得认啦!朋友急难之中,还得相扶,何况是至亲哪!我方才说话迟钝点儿,不是怕事,是给你们几位找个秘密的藏身之处。来吧,跟我走吧。"说着话,把众人由花园里带至他媳妇的寝室,幸喜他媳妇因为伺候婆母,未在屋中。邱福赶紧派了丫环给他媳妇送信,说暂时别回来。丫环走后,叔宝才给大家指引,各通名姓。邱福把众人安置妥当,暂时没有工夫陪着众人在此谈话,跟众人说了声"失陪",便匆匆走出寝室,够奔上房屋中。邱福见了昌平王邱瑞与宁氏夫人,把秦琼的事禀报他父母,邱瑞夫妻闻听叔宝藏在家中,又惊又喜:惊的是秦琼众人惹了这么大的祸,藏在自己府中;喜的是找叔宝没有找着,他自己来了,误入王府,真算奇遇。

昌平王正与邱福问话之际,忽听府外一阵大乱,乱马奔腾之声,人多嘈杂之声,兵丁把府围住了,宁老夫人心中不安,连少奶奶都吓坏了。家人进来禀报道:"王爷,如今宇文成都把府给围了,请王爷出府答话。"昌平王嘱咐夫人道:"你不要害怕,我去见宇文成都,自有办法。"邱瑞父子爷儿两个由上房走了出来,够奔府门,见门前灯球、火把、亮子、油松照耀如同白昼,宇文成都带着官兵堵住府门,看那意思非常严重。宇文成都见昌平王父子出来了,赶紧下马过来向昌平王父子施礼道:"有搅尊府之事,不审王驾千岁,肯其应允否?"邱瑞问道:"不知殿帅你为了什么事,如此严重?"成都道:"千岁有所不知,俺正在越国公府中同众人讲话之际,家人回禀,有几个响马到了俺府内,明火执仗,抢劫财物,并且杀死婆妇家人无数。我率兵捉拿响马,把响马追到尊府后身花园小巷内,把响马追没了,揣度匪人许是跳墙而过,藏在花园之内,一者,我得搜查;二者,我为地方官员,有保护尊府之责,亦得进府查拿。倘若不去搜拿,王爷府出了事,俺亦担不起罪,故此把千岁请了出来,与王爷相商,不知肯其准我入府搜拿否?"昌平王说:"哎呀!这还了得,匪人这胆儿亦太大了,请你进来赶紧搜拿吧。"宇文成都说声:"谨遵王谕。"昌平王说:"可有一节,殿帅你得吩咐好了,官兵进府,不准惊扰孤的女眷,亦不准有偷盗财物的行为。倘若吓坏了女眷,或是丢了财物,免不得与你为难。"宇文成都笑道:"就是王爷不这样吩咐于俺,俺亦得这样嘱咐兵将。"昌平王说:"好吧,既然这样,你就吩咐他们吧。"昌平王一回头,向邱福吩咐道:"你赶紧去嘱咐女眷,不要害怕,让他们别乱跑乱动,只要在自己的屋中,别挪动就行了。"邱福赶紧去嘱咐女眷。昌平王命家将家人抄家伙,各持利刃,以防不测,暗含着镇唬官兵,邱瑞把长服脱去,命家人拿过双鞭,往怀中一抱,等候宇文成都,同着他各处好去搜查。

此时宇文成都,已然吩咐好了兵将,他便带了手下人,同了昌平王进府,往各处搜寻。由花园搜至各院各屋,都搜查遍了,只是没有搜着,哪里还有个人影儿啊!除去各女眷的寝室没搜外,余者尽皆搜寻到了。宇文成都站在院中发怔,心中猜想:这些匪人跟昌平王邱瑞绝不能有来往啊,就是有个来往,亦没有那么巧哇,无论跟昌平王有多么大的交情,亦不能往女眷的寝室窝藏匪人哪！宇文成都正然发怔，可巧他手下有个小小的武职官向宇文成都说："殿帅大人，莫非响马藏在府内女眷住的屋里？"话刚说完，气得昌平王苍眉倒竖，虎目圆睁，厉声喝道："你满口乱道！凭孤的女眷寝室能够窝藏匪人？你们身为国家地面官员，理应保护长安城，军民相安才是。在此长安城帝都之所，你们没有能为防范匪人，惊搅人民，使百姓不安，你们吃国家的俸禄，是对得起国，是对得起民？别说保护人，就连你们自己的府中都保护不过来，还当地面官哪，趁早儿把差事交了，回家抱孩子去吧！"宇文成都听昌平王邱瑞这一套话，是咧子话呀，语言中句句咧子还不算，把我们暗含着给骂了一个惭无余地，臊得宇文成都面上变颜变色的，两耳发烧。有心要还他几句，苦于无言答对，真是满面羞愧，弄得这大隋朝第二条好汉宇文成都默默无言，只可向昌平王邱瑞深施一礼，谢罪道："老伯父（骂出爷们儿来了）责备小侄甚是，从此我当尽心竭力保护长安，使百姓安居乐业，亦可对得起国家，对得起人民，亦不负老伯父责备之意。"昌平王说："请回吧。"宇文成都回过身来，向那个小小的武职官道："你回去把差事交了，省得本帅将你革掉。"吓得那个武职官不敢多言，诺诺而退。临往外走，宇文成都还听了一耳朵，昌平王说："明日早朝参奏他们之罪。"

　　不表昌平王府邱瑞治酒款待秦叔宝，且说宇文成都来至府外，越想越有气，吩咐旗牌官传令："长安城各门各关的官军，明日出城之人俱皆搜查，以免匪人漏网。"又命手下人往各大小客店去搜查响马。然后宇文成都回归帅府，命人照着秦叔宝、柴绍、王伯当、谢映登、齐彪、李豹、雄阔海七个人的相貌，画了多少张图样，悬挂在各门各关，算是画影图形捉拿弟兄七人。宇文成都吩咐完了，真算调动有方，把长安城把守得铁桶相似，任叔宝等有多大的能为，亦休想逃出长安了。宇文成都闹得一宵没睡，头晕眼黑，亦没把匪人拿住。查点他的府中，死了几个婆妇家人还不算,还丢了许多的财物,最让人心疼的,是丢了盏珍珠灯。(后文书贾家楼三十六英雄结拜的时候,这珍珠灯才发现。)且说宇文成都刚把事情忙完,他父亲宇文化及命人叫他,赶紧去见他父亲。问有什么事呀,他父亲把话如此这般一说,宇文成都听他父亲把话说完,心中惊恐不安。阅者要问,宇文成都为了什么事惊恐不安呢? 这段到了他们宇文氏满门生死存亡的时候了,他们父子把事弄好了,官上加官,富贵中另有大富贵。这可不是鄙人不开眼,羡慕富贵,实在是这套《三十六英雄》成名的大关键。阅者要问是什么事呢,就是那无道的杨广弑父夺权,鸩兄图嫂,欺娘戏妹,伍建章骂殿,兵发南阳的引子。

第十五回 逞弑逆杨广篡大位
伸正气忠臣骂金殿

闲话休提,还是讲杨广为恶的节目要紧。原来杨广仗着内有他母亲独孤后,在杨坚的驾前说好话,愚弄杨坚,才贬了太子杨勇,废长立幼,立他杨广为东宫太子。到了叔宝弟兄七煞反长安的时候,是仁寿四年,那独孤后已然死去,杨广内里势力亦就没了,全仗着杨素、宇文化及、张衡等一班权奸助他为恶。那杨坚原是个色中的饿鬼,别看年岁高迈,他又迷了两个丽人,一个是宣华陈夫人,一个是容华蔡夫人。怎奈他年老力衰,有这四把斧头,他初时还能应付,到了后来渐渐不敌,弄得自己时常染病,不能处理国政,只可命越国公杨素兼尚书省,同礼部尚书柳述、黄门侍郎元岩,值宿阁中,在宫内办理国政。太子杨广夜宿大宝殿中,内宫是陈夫人、蔡夫人两个妃嫔侍奉汤药。杨广每逢见驾问疾时,两夫人并不回避。蔡夫人长得十分美丽,那陈夫人比之更胜,况他是陈高宗之女,长生锦绣丛中,美貌已极。那杨广是色中的魔王,见了陈夫人几乎把魂灵儿丢了,有心挑逗,总是时机不巧。一日杨广入宫问病,远远望见有一丽人出宫,并无宫娥彩女相随,仔细观瞧正是陈夫人,杨广喜得心花怒放。原来陈夫人侍奉汤药,出来更衣,故此独自出来。杨广如饿鹰见肉,焉能放过?杨广亦没人跟随,两步三步赶上陈夫人。陈夫人见杨广赶来,心中吃惊,道:"太子到此何为?"杨广道:"夫人,我自从入宫问病,每日便与夫人在御榻前相见,神情飞越,食不甘味,寝不安席。今吾得便,望求夫人赐我片刻之欢吧。"说着,扑奔过来。

吓得陈夫人颜色更变，忙道："太子，我……已然托体于万岁，与太子名分所在，岂可如此？"杨广笑道："夫人，情之所钟，何名分之有？"不顾一切，杨广便把陈夫人抱住。陈夫人挣不出去，杨广把头一伸，意欲强行接吻，陈夫人极力地推拒。正在不可解救之时，只听一声传呼道："圣上宣陈夫人。"吓得杨广慌忙撒手，仍然不大死心，向陈夫人说道："圣上宣您，急速快去，你我后会有期。"陈夫人幸喜脱身，往寝宫走着，愈想愈有气，想杨广做此不伦不类之事，真是色胆包天。陈夫人走进宫中的时候，那杨广早就一溜烟似的没了影啦。

　　且说杨坚一时心神恍惚，把陈夫人叫到病榻前。杨坚刚要说话，见陈夫人喘息不定，面带惊惶，忙向陈夫人问道："你为了何事，如此惊慌？"陈夫人气恼之下，不顾利害，便把杨广调戏自己的事儿说给杨坚。杨坚闻听杨广调戏他的美人，他如何不恼？不觉冲冲大怒，用手在床榻上敲了几下子，骂道："畜生胆敢如此无礼，独孤后误我！（杨素亦未尝不误你呀！）朕誓必诛之！"杨坚立刻宣召礼部尚书柳述、黄门侍郎元岩。（未宣杨素。）

　　杨坚之事暂且不表，却说杨广惹祸之后，心中不安，命家人打探。却有杨广的心腹太监把杨坚密宣柳述、元岩及怒骂杨广之事告诉杨广，杨广见势不妙，赶紧命人去找宇文化及、张衡等一班人计议。张衡向杨广道："千岁，附耳过来……"杨广鼓掌称善。正在此时，越国公杨素慌慌张张走了进来，向杨广道："千岁，你惹下什么祸啦？圣上宣召柳述、元岩撰诏，召前太子杨勇回朝，柳述、元岩二人将诏撰毕，呈进大内用宝印去了。若是用完宝印，便赍往济宁。我想杨勇若是回朝，圣上一定将你的太子贬去，复立杨勇。倘若杨勇回来，可是我们的对头，咱们大家赶紧想主意吧。"杨广向杨素言道："张衡献计如此恁般。"杨素听道："只可如此。"杨广立刻命宇文化及领东宫护卫校尉等去捉拿礼部尚书柳述、黄门侍郎元岩。宇文化及率众走后，杨广又假传圣旨说："宿卫军士当差劳苦,在此元宵节临时放假。"杨广命张衡率领东宫羽林军去把守各宫的宫门,无论是谁,亦不准出入。且说宫中各处的宿卫军士,听说有旨命他们回去,临时放假,全都欢天喜地地去了,张衡便把宫门把住了。宇文化及带领护卫校尉等到了撰诏处,一拥而入,见柳述、元岩正在里面,不容分说,就将二人上绑,拿至东宫。柳述、元岩见了杨广问道:"我二人犯了何罪,拿至东宫?"杨广道:"汝二人玩弄圣上,羁留不愿。"二人呼冤不止。杨广喝令:"将他二人看押起来。"

杨广带领郭衍及甲士数十名,太监十数人,闯进宫中,杨广吩咐道:"宫中内侍们伺候万岁劳苦,暂时都去歇息歇息。"当值的太监听杨广吩咐,不敢不遵,全皆走去。杨广将临病榻,吩咐彩女们道:"你们亦歇息去吧。"这些宫娥彩女们每日勤劳,恨不能去歇息哪,亦都去了。此时陈夫人、蔡夫人仍在病榻旁侍立,见了这般光景,吓得心无主张。那杨坚病得很重,昏昏沉沉正然晕着哪,杨广、郭衍来至病榻前,亦不施礼,看了看杨坚,便向陈、蔡二位夫人道:"二位夫人亦暂时回避吧。"究属女流之辈,没甚主意,只可离开此地。二位夫人来至暖阁后坐下,心中不大放心,着宫人在外打听动静。过一个多时辰,只见杨广、郭衍走出道:"启上二位夫人,圣上已然归天了。"二位夫人的眼泪夺眶而出,哭泣不止。杨广就命各宫的妃嫔不得哭泣,先行入殓,然后举哀。这正是:

　　鼎湖龙去寂无闻,谁向江州泣断云。
　　变起萧墙人不识,漫将旧恨说隋文。

蔡、陈二位夫人与各宫的妃嫔心中虽然疑惑,却谁也不敢说是太子把皇帝害死的。杨素、杨约弟兄与宇文化及走进宫来,杨广先不敢发丧,大家反倒彼此道喜。杨广就传旨,命杨素之弟杨约提督京师十门;郭衍为右卫大将军,管理行宫宿卫事宜及车驾护从銮仪卫事务;宇文成都提升为无敌大将军,管辖各省节度提督军务。吩咐完毕,等候杨勇回朝之时杀了以除后患。

不表他等怎样害那杨勇,且说宇文化及领了杨广之旨回到府中,命人把宇文成都叫了进来,把朝中杨广弑父夺权的事情告诉成都。成都闻听,心下吃惊,以为这个事情非臣子可为。原来成都为人耿直,却是个好人,他向宇文化及问道:"若是如此胡为,你我爷儿俩的名声能够好听吗?"宇文化及向成都言道:"如此恁般。"宇文成都点头应允。阅者诸君要问,宇文化及向他儿子说的是什么事呀?鄙人略微一说,以免阅者打这闷雷。化及言的是他们跟杨坚有仇有恨,藉此报仇。当时成都就命人帮办交代。书以简捷为妙,杨约将京营殿帅事务接收完毕,便亲自乘马巡查各门,吩咐各门的守门门监,无论是谁,不准带兵将进城。他们把长安城把守得铁桶相似,弄得水泄不通。长安城中住的官员知道朝中有变,但是进不了宫门,亦出不去长安。不到数日,济宁大将军杨通带兵五万,保着杨勇来至长安。杨广得报,将杨勇父子及杨勇之妻萧妃赚入城中。杨广把杨勇父子用鸩酒药死,可是没害萧妃,因为萧妃长得有倾国倾城之貌,是个绝色妇人,留下没杀。虽是他的嫂子,伦理纲常他满不论啦,那杨广便把萧妃纳为己妃。(萧妃亦是无耻的妇人。)这个消息亦不知怎么会传到城外,被杨通知道,杨通气恼之下,把五万大兵带走返回济宁去了,后来到了济宁就自立为吓天霸王,这且不表。

且说杨广弑父夺权,已然将权夺到手中,鸩兄图嫂亦达到目的,他在宫中与杨素、杨约、化及、张衡等商议,如何发丧,如何即位。大家一商议,杨坚临终之时没有遗旨,于理不合,必须先找一人假作遗旨,将假诏写完,再为发丧。杨素说:"左相伍建章为人耿直,群臣颇为信服,可命他作诏,颁行天下人,然后天下人心可解去矣。"杨广听杨素保荐伍建章,心中甚为愿意,立刻命宫中太监前往伍相府宣召伍建章。

　　这伍建章与杨坚系幼年相交弟兄，为人刚而不屈，一生忠直，不交奸党。这日在府无事，忽报有宫中的司阍太监求见。伍建章不知为了何事，把太监请进书房，问以来意，太监遂把杨广弑父夺权、鸠兄图嫂的事儿详细告诉伍建章，伍建章放声大哭皇帝不止。太监不敢停留，匆匆地走去。伍建章把他夫人请了来，把事说与夫人，夫妻俩命家人伺候凶服，身穿孝袍，头戴麻巾，老两口儿到了伍氏家庙，痛哭失声。伍建章哭泣之际，家人跑来回禀："太子差太监宣相爷入宫，就请即刻前往。"伍建章与他夫人洒泪而别，随了太监，麻巾衰�进到宫中，见杨广与一班奸党俱在殿中，伍建章痛哭不止。杨广见伍建章见了自己立而不跪，放声痛哭，因为用他这人，杨广少不得好言安慰，向伍建章谕之曰："皇伯请勿伤心，为我家之事何必如此悲痛。皇伯不用伤感，急速写诏，我若即位发丧，皇伯亦可列土分疆矣。"伍建章取笔在手，向诏上大书："先皇死得不明，杨勇无故屈死！"写完把笔一掷。杨广见了大怒，喝道："谁告诉你的，万岁死得不明，故太子是屈死的？"伍建章闻听此言，只气得苍眉倒竖，二目圆睁，用手一指骂道："杨广，你乃万岁次子，万岁废长立幼，封你为东宫太子，待汝的恩情胜于杨勇，论忠，汝当尽忠；论私，汝当尽孝。你身为太子，终当即位，迟早间便能得帝，胆敢趁万岁染病之际，弑父夺权，纲常礼义何在？鸠兄图嫂，败坏人伦，无耻已极！似你这不忠不孝不仁不义之人，就是身为皇帝，天下亦不能得安。想万岁得天下不易，将来隋室灭亡之时，必然丧在汝手！"杨广见伍建章连哭带骂，闹个不休，羞愧难当，不由得羞恼成怒，喝令左右："将老匹夫上绑！"左右过来不容分说，便将伍建章绑上。伍建章骂道："杨广，我伍建章但愿一死，见先帝于九泉之下。我生不能食汝之肉，死后当追尔魂！"杨广喝道："我原想用你，你反来毁谤孤。"遂命左右将伍建章推出斩之。左右将伍建章推出朝门，伍建章仍然骂不绝口。杨广等到斩了伍建章，监斩官复旨之后，与群臣商量无甚结果，写诏之事暂时作罢。当日夜晚，用金漆小匣装了"同心结采"四个金字，命人送至宫中，给了陈夫人，杨广夜间就与陈夫人成为夫妇了。次日杨广率领群臣举哀，发丧办事。

书以简捷为妙，杨广将隋文帝杨坚安葬之后，选个黄道吉日，与群臣身着吉服，祭天祭地，太庙中祭了祖先，入了斋宫，换了冠冕之服，即皇帝之位，改为大业元年，后人称为炀帝，在朝文武加官进禄，各有爵赏。受贺之后，大宴众臣。次日，便派宇文化及率领羽林军五百名，把伍建章相府围住，不论男女老幼，尽皆上绑，绑赴法场，尽皆杀死。可惜伍建章赤心为国，一家老幼尽皆屈死在长安。伍相府死了这些人，只逃走了一个家人，名叫伍保，够奔南阳关禀报南阳侯伍云召去了。杨广即位之后，追封杨勇为房陵王，这个小手段亦不过掩其鸩兄之事。（已然图嫂，何必多此一举。）这日杨广早朝，宇文化及、越国公杨素奏禀："伍建章之子伍云召现在南阳握有重兵，请万岁派将讨伐，以除后患。"杨广闻奏，心中暗想：哎呀，可了不得了！朕被事所累，忙乱之中竟把伍云召忘记了。伍云召勇冠三军，有万夫不当之勇，倘若他要为他父亲伍建章报仇，如何是好。不如趁在此时，朝中无事，派将讨伐。杨广想罢，向宇文化及、杨素道："卿家等所奏甚是。"加封韩擒虎为征南大元帅，麻叔谋为先锋，尚师徒押粮运草，宇文成都为合后大将，点兵二十万，即日兴师，兵发南阳关。当下韩擒虎、麻叔谋、尚师徒、宇文成都，在金殿拜别了杨广，在教军场点齐了二十万大兵，响炮祭旗，拔营起寨，大队人马浩浩荡荡杀奔南阳而来。

且说伍相府家人伍保，不分昼夜赶奔南阳，一路之上亦无什么事表，这日到了南阳关，进到城中，来至衙署，命人往里回禀。衙门里的军士有认识伍保的道："管家，我们侯爷没在衙中。"伍保问道："那么侯爷上哪里去了呢？"军士说："行围去了。"伍保听说伍云召没在衙内,这一急非同小可。

　　不表伍保着急,却说伍云召乃伍建章之子,娶妻李氏。他生得身高八尺,面如紫玉,目若朗星,力能举鼎,万夫莫当,有兵五万镇守南阳,为隋朝第五条好汉。在南阳有年,因为他治军有法,为官忠正,军民相洽。伍云召闲暇无事,点了三千兵打围,把营扎在山下,离南阳亦就差百十余里,在山中行围采猎,有个四五日。这天伍云召率兵进到山里摆下围场,兵将散开,各放鹰犬,追兔逐鹿。伍云召在马上正然往各处寻找獐貉兔鹿之际,忽然起了一阵怪风,刮得这风里放出股子腥味来。伍云召顺风一瞧,了不得了,有两只斑斓猛虎扑了过来,吓得军将乱跑乱窜。伍云召的马要惊,被伍云召将缰绳勒紧,那马直打盘旋。忽听有人喝喊声音,如同半悬空中打个霹雳相似。伍云召顺音观瞧,来了个勇士,头戴虎皮箍脑帽,扎着虎皮战裙,一身短衣服,足下穿着两只倒纳千层底大叶巴靫鞋,这人大踏步奔猛虎而来。阅者诸君要问这人是谁,此人便是雄阔海。雄阔海怎么会到了这儿哪? 阅者别忙,容我这笔补叙出来。

第十六回　雄阔海打虎识挚友
伍云召造反抗大隋

　　原来叔宝弟兄七人，自从宇文成都搜查走后，昌平王邱瑞就命殿下邱福去请叔宝弟兄。叔宝等来至大厅见了昌平王，叔宝给他姨夫施完了礼，然后给大家指引。众人行完了礼，邱瑞吩咐家人预备酒饭给他等压惊。饮酒之间，昌平王并未嗔怪众人，反把宇文化及父子与杨素、杨约、张衡等一班奸党的行为说给七人。昌平王把宇文成都在长安城时常抢夺良家妇女的败类行为亦说给七人听，众人无不咬牙痛恨。昌平王饮酒中间向大家说明了，明日早朝面君还要参他们。叔宝劝解昌平王，不用与奸臣们作对。昌平王席间因为有气，只喝得酩酊大醉。邱福同着家人将昌平王搀走，大家亦就安歇了。次日邱福把外面的事打听明白了，回禀昌平王，邱瑞听说京营殿帅换了杨约，料想其中必有缘故。听邱福说长安各门各关悬挂图样捉拿叔宝弟兄，昌平王反倒为难，父子爷儿俩商议怎么把他们救出城去，只是想不出高明的主意。直到了杨广鸩兄图嫂，杀戮伍建章居家满门，秦叔宝弟兄还没出昌平王府。到了杨广发丧葬埋杨坚的时候，昌平王才把众人救出长安。阅者要问使出什么主意把大家救出去的，简捷说明，邱福雇了十几个轿子，把叔宝弟兄当作昌平王府的女眷送了出去。叔宝回归山东见唐璧复命不表，柴绍奔河东回家去了，谢映登、齐彪、李豹弟兄回归少华山了，雄阔海才回归太行山。雄阔海的这座太行山，不是山西、河北中间的那个太行山，他这座山离南阳关亦就有三百余里，叫做小太行山。雄阔海回归到山寨无事,赶上南阳侯伍云召行围采猎,他听说南阳侯是大隋朝的好汉,心中有些不服,要会会伍云召,故此独自一人前来。正走在山中,瞧见有两只老虎,他不惟不害怕,反倒觉着高兴,追奔老虎。

　　两只老虎有一个恶虎扑食,扑奔雄阔海,老虎快扑到他身上啦,他往地上一蹲,那老虎从脑袋上蹿过。雄阔海来得真快,到老虎重往过蹿,前半截身蹿过去,后半截可就不让啦,伸双手把这只老虎后腿抓住了,用尽平生之力,把老虎抢起。那只老虎一声吼叫,奔了过来。雄阔海抢着一只虎,撞着那只虎,弄得那只虎咬不着他,围着他转悠。雄阔海抢着老虎抢到一块立石上,"噗哧"一声,将老虎给撞得闷了过去。他撒开这只虎,奔那只虎去。那只虎往他身上一蹿,他闪开身形躲过,那老虎用后胯尾巴一抽,把雄阔海抽个跟头。吓得伍云召失声道:"完了!"谁想老虎扑过去,雄阔海已然蹦起来揪住一只老虎腿,抓住老虎尾巴,两只手抓住了,一转身又把老虎给抢起来,抢奔那块石头,照样给撞闷了。他伸手抓起块石头,见老虎直咕容,他把老虎耳朵抓住,"噗哧噗哧",把四只老虎眼给弄瞎了。老虎亦都缓醒过来了,痛得老虎直摇头,吼叫如雷,乱蹿乱蹦。雄阔海高了兴了,正好跟两只瞎虎打着耍,抢起铁锤般似的拳头打个不休,飞起挂顶石似的两脚踢个不停。霎时间,两只老虎死在他手。

　　伍云召心中佩服他降龙伏虎之勇,命人接过马去,三步两步奔至雄阔海面前。雄阔海忽见伍云召来到,二人并不认识,只见伍云召控背躬身施礼道:"壮士请了!俺伍云召在此行围,见壮士如此神勇,愿与壮士结为布衣之交。敢问尊姓大名?"雄阔海还礼道:"俺乃太行山的寨主雄阔海,你就是南阳侯伍云召吗?"伍云召道:"正是。"雄阔海道:"俺特来找你,不期至此相见。"伍云召听说他是太行山寨主,不惟不恼,反倒喜爱于他。伍云召见雄阔海人既英雄,心里更诚实,越发得喜爱他了,把他让至营中,命人预备酒筵伺候。伍云召与雄阔海喝茶之间,劝他不要做此绿林生涯,有此本领,我可以保荐你为官,将来国家有事,不难建功立业。雄阔海说:"你不用劝俺做官,俺是不喜欢升官发财的。你如若真心跟我交友,俺却愿意给你牵马坠镫。"伍云召道:"壮士何言太谦,本爵有何德能之处,敢用壮士牵马坠镫。既不愿在朝中为官,在我南阳关弄份差事当当,壮士意下如何?"雄阔海道:"在你这里当差,俺当遵命。"伍云召说道:"我有一事跟你相商,不知你肯其赏脸吗?"雄阔海说:"你喜爱于俺,俺却喜爱你不摆官架子,有什么话你说吧,没有不成的。"伍云召说:"我有心同壮士结为八拜之交,未审尊意如何?"雄阔海说:"俺是鲁莽之人,怎么同你磕头拜盟兄弟呢?"伍云召道:"不可谦逊,敢问贵庚?"雄阔海见伍云召出于至诚,便把岁数说给伍云召,伍云召比雄阔海年长一岁。弟兄大小论明了,伍云召吩咐家将等摆设香案,二人焚香跪倒,对天发下誓愿,共同生死,患难与共。焚香盟誓完毕,雄阔海给伍云召施礼,家将亲随等给他二人道喜,伍云召俱有赏赐。酒筵摆齐,弟兄入座,各人心中痛快,开怀畅饮,谈谈论论。直喝到星斗出全,杯盘狼藉,微带醉意,方才罢休。伍云召留雄阔海宿在营中,次日命雄阔海回山把喽罗兵散了,把山寨一烧,然后再上南阳关。雄阔海遵命,回归太行山,暂且不表。

且说伍云召拔营起寨,率众回归南阳关,进到城中,兵卒各归汛地。伍云召到了衙中,步入中堂,夫人李氏怀抱幼子出来迎接。正在此时,忽见家人伍保跟跄趋入,见了伍云召夫妻跪倒磕头,眼中落泪道:"侯爷,大事不好!"伍云召失惊道:"伍保,你为了何事如此痛哭?"伍保道:"太老爷、太夫人被杨广杀死长安城了!"伍云召"哎哟"一声,"扑通"栽倒,晕了过去。李氏夫人虽然二目落泪,见南阳侯昏过去,吓得赶紧同家人把伍云召扶将起来,一阵忙乱,连撅带叫,伍云召缓醒过来,痛哭不止。李氏夫人道："侯爷还是打个正经主意才是，人死了不能复生，哭亦无益。"伍云召止住悲声，向伍保问道："相爷因为何事被难？"伍保说："从前我亦不知道，到后来在法场我在人群里听太老爷说的，杨广鸩兄图嫂，弑父夺权，因为杨广让太老爷假书草诏，太老爷不干，在金殿骂杨广，杨广才把太老爷杀害。咱们合家老幼俱被杨广派人拿去，杀在法场，只逃出我一人。"伍云召闻听伍保把伍建章被难的情形说明，只气得颜色更变，咬牙愤恨，手指长安城骂道："贼杨广，汝乃东宫太子、国家储君，胆敢弑父夺权，纲常何在？鸩兄图嫂，伦理皆无！似你这等人无道已极，哪配身为万民之主！将来这大隋朝的天下就得断送在汝手！某要叛反朝廷，替二老和全家报仇雪恨！"李氏夫人说道："侯爷尽管去反，如果人单势孤，我可以给爹爹写信。他老人家必会援手！"伍云召点头，立刻召集南阳关众文武官员议事。

　　片刻之间，众文武官员来到大堂，见伍云召身着重孝，无不惊骇。伍云召含泪把杨广篡位及全家被害的经过述说一遍，众人无不动容，有的破口大骂，有的泪如雨下。到最后，群情振奋，纷纷表示愿追随侯爷起事造反。伍云召点头，命四城门撤下大隋的旗号，换上反旗；又命人贴告示，公布杨广数款大罪和宇文化及、杨素一班奸佞之过恶，并开始招兵买马，叛反大隋。一切安排已毕，副将司马超说："侯爷，末将不才，愿带一支人马扼守麒麟阁，以防备朝中人马攻打南阳关。侯爷意下如何？"伍云召点头称是，就此传令，司马超率领一万大军赶奔麒麟阁。

　　再说隋军先锋麻叔谋，得到探马禀报，贪功心切，传令兵发麒麟阁。书以简捷为妙，两军人马阵势列圆，麻叔谋跨马持枪，阵前叫战。司马超亦率兵冲出麒麟阁，但只见司马超跳下马身高丈二，头戴金盔，簪缨罩顶，身穿金甲，足蹬虎头战靴，胯下一匹花斑豹，手端一口青铜大刀，高声喊嚷："来者奸党，报上名来！"麻叔谋用枪一指，叫道："反贼，大将军麻叔谋奉旨率天兵至此,捉拿伍云召。若识时务,下马被绑,念你属从犯,可饶尔性命!"司马超气撞顶梁,催马上前,二人话不投机,疆场大战。司马超刀法精湛,麻叔谋不是对手,心中暗想:我何不败中取胜,用回马枪胜他?想到此处,虚点一枪,拨马就败。司马超艺高人胆大,摆刀就追。麻叔谋闻听身背后威武铃响亮,偷眼观看,见司马超堪堪追上。于是把大枪横在马鞍鞒,双足扣住绷镫绳,准备使回马枪。阅者诸君您想,两军阵前对垒,两只手摆弄兵器,两只脚摆弄马,司马超在后边早看明白了,一声呐喊:"麻叔谋哪里走!"刀交左手。麻叔谋右脚踹镫,马往外排。刚要横身使回马枪,司马超马往前一贯,说时迟,那时快,司马超一记"丹凤朝阳",身形一闪,往外一推青龙刀,就奔麻叔谋的后脖颈。麻叔谋就听脑后金刃劈风之声,往前一趴,一个没留神,在马上就坐不住了,翻身栽于马下。司马超这匹马跑得太快,借冲劲就跑下去了。等他拨转马头,欲回身取麻叔谋的性命,早有隋军乱箭齐发,司马超无奈,只得拨马回归本队,这边隋军抢回了麻叔谋。隋军阵中,见主将败回,无一人恋战,纷纷逃跑。幸亏韩擒虎中军大队及时赶到,司马超收兵回归麒麟阁不提。

这边韩擒虎派贺若弼收集残兵败将,然后升坐中军大帐,麻叔谋进帐请罪。韩元帅勃然大怒,用手一指麻叔谋,喝道:"你率领人马孤军深入,不待本帅人马联络,进兵麒麟阁,汝带兵日行百里,累得人困马乏,锐气已无,安得不败!先锋军打了败仗,挫动本帅锐气,罪大已极!来呀,将他绑出辕门,斩!"绑缚手不容分说,把麻叔谋甲胄撤去,脱了战袍,五花大绑,推出中军帐。左右一干诸战将全都跪倒,苦苦求情。韩擒虎吩咐把麻叔谋推回来。韩擒虎心中暗恨麻叔谋在长安城与一班佞臣狼狈为奸,如今借着他打了败仗,正可重责于他,解解心中之恨,便把麻叔谋又打了八十军棍,打得麻叔谋叫苦不迭,屁股上皮开肉绽,元帅命人搭出帐去。

　　韩擒虎又耽搁一夜,次日传令大队人马进兵南阳关。这天人马到了麒麟阁前,相差十数余里,元帅采勘吉地,放炮安营,埋锅造饭,铡草喂马,发放军情。诸事齐毕,养足了锐气,歇兵三天,然后再战。早有南阳关的探马飞报司马超,司马超得报,吃惊非小。原来司马超曾在韩擒虎帐下为将,韩擒虎的来历司马超尽知。韩擒虎在十四岁时曾捉过老虎,他父亲给他起名擒虎,十八岁的时候带兵北征,曾败过北国番兵。直到他五十多岁兵发南陈,走马取滁州,兵抢采石矶,真是攻无不取,战无不胜。如今他虽然七十有余,算是久历戎行,饱经阅历,善知兵机了,司马超如何不惊?一面命人飞报南阳侯伍云召,一面吩咐兵将严加小心。不待韩擒虎歇兵养锐气,次日早晨司马超吩咐早餐战饭,辰时后点齐了一万大兵,三声炮响,冲出麒麟阁,杀奔韩擒虎大营。韩擒虎得报,带兵两万出营迎敌。两军人马把阵势列圆了,司马超看隋兵队中一对紫缎色门旗,当中三军司命帅纛旗下,韩擒虎压住了全军。

第十七回　韩擒虎军困南阳关
小伍保搬兵陀螺寨

　　且说司马超向敌人队中瞧见韩元帅临阵,催马到了阵前,请韩擒虎阵前答话。韩擒虎吩咐压阵官替自己压住全军大队,拍马直临阵前。司马超见了韩擒虎,把刀一横道:"元帅,恕我甲胄在身,不得下马施礼,马前见过。"韩擒虎认识司马超,知道他是旧日部下战将,便向他说道:"将军,如今本帅亲自统率大兵数十万,兵发南阳关,论智有本帅,论勇后军有四宝将尚师徒、无敌将宇文成都。尔等岂是对手,这不是自取其祸吗?"司马超说:"元帅,如今朝中奸党横行,老太师忠臣一世,却落得这等收缘结果,干国的忠良若再保杨广,岂不落下大大的骂名?"韩擒虎摇摇头,还想再劝司马超,司马超说:"元帅,你我不必逞口舌之能,还是撒马一战为好!"韩擒虎万般无奈,鸟翅环得胜钩摘下大刀,旧日将帅今朝反目,二人战在一处。司马超见韩擒虎须发皆白,欺压老帅年迈,刀刀进逼。殊不知韩擒虎老当益壮,气力不减当年,七八个回合过去,一记"白鹤亮翅",将司马超头盔砍下。司马超大惊失色,拨马就败。韩擒虎一声号令,大军冲杀过来,司马超不敢恋战,率残军放弃麒麟阁,退归南阳关。

　　韩擒虎兵进麒麟阁,有副先锋何伦请缨,愿率一支人马杀奔南阳关。韩擒虎答应,何伦率兵五千直扑南阳关。伍云召已得报,亦点兵五千,在关外列阵,何伦追到关前。伍云召亲自带兵列阵以待,何伦亦把队伍列开。伍云召催马叫战,何伦手使宣华大斧奔至马前。伍云召认识他,向他问道:"何伦,元帅韩擒虎呢?"何伦说道:"我们元帅督催大军在后面哪,你问他做甚?"伍云召说:"等到他来再战。尔乃无名之辈,弄死你与全军成败亦无关紧要。"何伦听伍云召瞧不起他,大斧一摆,抢头盖顶便劈。伍云召把枪一拧,不待斧到顶门,枪就扎奔何伦手腕而去。何伦把斧一撒,二马错镫,伍云召使了个内穿针的招数,扎奔何伦右肋,喝声:"贼将下马!""噗哧"一声,何伦坠马身亡。伍云召催马拧枪,回头喊嚷:"我军杀!"南阳关人马撞上隋兵,大刀阔斧,一路乱砍,杀得隋兵死亡狼藉,血水横流,营管哨长亦阵亡十数员。伍云召追奔一阵。这败兵幸亏望见韩擒虎大队来到,全都站住了。韩擒虎听报,查点人马,损伤三千有余,丢了战马四百多匹。韩擒虎在半途安营扎寨。

次日升帐,韩擒虎派麻叔谋道:"先锋听令。"麻叔谋吓得一哆嗦,忙道:"在。"韩擒虎道:"汝为先锋,理应抢关夺寨,速去点兵一万,带战将八员、牙将十六员,去打南阳关。胜了,是你的功劳;倘若兵败,定斩不饶。"麻叔谋心中明白是韩擒虎跟他作对,只是不敢违背,接过令箭出去,点齐了人马,率领兵将出营。走在路上,麻叔谋不住地唉声叹气,众将问道:"先锋为何如此?"麻叔谋说:"列位将军有所不知,那南阳侯伍云召乃隋朝之名将,我等皆不是他的敌手,到了南阳关亦得败仗。"众将说:"先锋有什么高明主意没有呢?"麻叔谋说:"别的主意没有,坏主意有得是呀。哎,正好,你们看眼前这个高岗,正好埋伏人马。"众将一看,眼前这高岗比城墙还高哪,要是在岗后面埋伏几千兵卒,能藏得住。麻叔谋说:"你们八员战将领兵六千埋伏此处,我去叫战,打胜了,你们给我接应;打败了,我把伍云召诱至此处,你们由岗后头左右夹攻,不怕他伍云召不败。"众将悦服。(机宜未尝不善。)于是麻叔谋带着四千大军杀奔南阳关,离城很近望见伍云召严阵以待,麻叔谋把人马列开。伍云召瞧见麻叔谋领兵前来,咬牙愤恨,心中暗骂:朝中事都是这帮佞党所为,今天非杀他个片甲不回,好叫他等知道我的厉害!伍云召催马阵前叫战,麻叔谋出马,被伍云召杀得未到三合,大腿便被枪扎破了。麻叔谋不敢再战,拨马就败,直奔高岗。伍云召如今是仇人见面,分外眼红,催马拧枪就追。追至高岗附近,八员将一声呐喊,各自杀出,把南阳侯困在垓心。

好一个勇猛绝伦的伍云召,人赛斑斓猛虎,马是出水蛟龙,这条大枪舞动开来,如同梨花片片,瑞雪纷纷。这时八将才知道南阳侯枪法超群,从心里暗骂麻叔谋:你小子奸损毒坏,可把我们坑苦了。伍云召则是越战越勇,陡起杀招,不到片刻之工,枪挑八将于马下。麻叔谋一看,魂飞天外,魄散九霄,率领残兵败将就跑。伍云召看天色将晚,恐怕隋军再有埋伏,于己不利,这才回归南阳关。

麻叔谋垂头丧气走进中军大帐,面见韩擒虎,将败阵经过述说一遍。韩擒虎一阵冷笑:"麻叔谋,尔好大胆,居然藐视本帅的军令,误伤国家八员大将,先锋五才智、仁、信、勇、忠一概不懂,与本帅免去多大的虎威!你别是与伍云召勾结串联,通同作弊吧?绑了,杀!"两边站营军往上一闯,鹰拿燕雀相仿,摘盔卸甲脱战袍,将麻叔谋五花大绑,推出营门,立好桩橛,麻叔谋净等人头落地了。两边众文武一看,纷纷上前,给麻叔谋求情,无非是千军易得,一将难求;伍云召实在武勇,麻先锋不是对手之类的理由。韩擒虎索性做个顺水人情,饶过麻叔谋一死,但活罪不免,又重责八十军棍。好么,上次刚长好的痂这回重新开裂,打得贼子皮开肉绽。然后元帅散帐,各自休息不提。

次日天明,用罢战饭,韩擒虎响炮出兵。人马二龙出水列开阵势,韩元帅一马当先,抬头往对面观瞧,只见白人白马白旗号,白瓦瓦一片银光。韩擒虎心中难过,自己有意恩放伍云召,想不到此子造反,声势浩大,到现在岂不叫我为难?思索再三,催马来到阵前:"伍云召阵前答话。"伍云召来到切近,在马上躬身施礼："不知韩伯父虎驾莅临，本当下马行礼，无奈甲胄在身，请伯父多多原谅。"韩擒虎道："云召，军无常礼，何必客气。"云召说："多谢老人家。请问伯父年逾古稀，不在京都府上乐叙天伦，亲统雄兵来到南阳何事呢？"韩擒虎知道云召误会，认为自己助纣为虐，擒住他好加官晋禄。其实韩擒虎宁可自己担罪，也愿意放云召逃生。韩擒虎声音压低，说道："贤侄，老夫就为孩儿你来的。"云召心说：您带十万兵可不就为捉我来的吗？韩擒虎说："云召，你身穿重孝，定知汝父母已然亡故了？"云召说："伯父，侄儿的父母离世，已得噩耗，到底所因何故，孩儿依然不详！"韩擒虎详详细细一字不遗地说了一遍。云召一听，落泪如雨，哭断肝肠："伯父与我父一同在朝数十年，位列三公，官至宰辅，垂绅正笏于庙堂，定知我父忠奸吧？"韩擒虎说："贤侄，汝父浩气长存，忠照千古。"云召咬牙说道："伯父，那逆贼杨广未曾上殿，先犯六款，荒淫无度，专任奸邪，拒纳忠言，惨杀阁臣，真是罄南山之竹，书罪无穷；决东海之波，流恶难尽哪！伯父此来，分明助纣为虐，为虎作伥，是也不是？"云召慷慨陈词，悲愤填膺。韩擒虎把脸一沉，说道："贤侄，你这话不对呀。普天之下，莫非王土；率土之滨，莫非王臣。既为人臣，当死生以之，岂得怀有二心？"没想到伍云召老虎拉磨——不听那一套。听到此处，怒发冲冠，目眦尽裂，厉声说道："伯父此言差矣。事父事君，皆为一理。小杖则受，大杖则走。杨广弑父夺权，鸠兄图嫂，欺娘戏妹，禽兽不如，何能临朝？宇文化及一党虺蜴为心，豺狼成性，坚贞之士，皆被其害。昏君佞臣麇集一朝，大隋危矣！伍云召堂堂奇男子大丈夫，起义南阳关，为先帝报仇是为忠，为父雪恨是为孝，义旗高举兵不扰民是为仁，万民相随是为义，名正言顺，已成决堤之势。伯父纵然武勇，也难抵挡。"韩擒虎听到此处，默然片刻，低声说道："云召，你不必惧我，只是此次随军还有天宝将军宇文成都，武勇绝伦，恐怕你非是他的对手。到那时，城池一破，玉石俱焚。城破事败,何能自保? 我应为忠良延一线之嗣,你、你、你逃命去吧!"说完话,老元帅一回马:"收兵回营。"铜锣响亮,韩擒虎收兵了。云召只好回城,深感韩擒虎的高义。

再说隋营之中,先是尚师徒、新文礼率军来助,继而宇文成都作为合后大将,也率军赶到,听说南阳关战事,并不在意,要在次日与伍云召疆场动手,比个高低上下。书以简捷为妙,第二天宇文成都顶盔贯甲,罩袍束带,拴扎什物,全身披挂整齐,跨马持锐,阵前叫战。伍云召依旧是白马长枪,疆场临敌。二人话不投机,当场动手。一个是《隋唐》第二条好汉,一个是《隋唐》第五个英雄,能为相差不大。尽管云召膂力不如成都,但枪法出众,连成都也是暗暗地赞美。怎见得? 有赞为证:

> 伍云召,颤银枪,亮闪闪,放毫光。取面门,奔哽嗓,白蛇吐信扎两肋,乌龙出水点胸膛。鹞子翻身奔气海,怪蟒吞云鬼神忙。杀身偷招取人命,呐喊才使回马枪。万朵梨花惊天地,枪法展开荡回肠。面门取目带咽喉,燕子穿云一炷香。童子拜佛真难躲,真假虚实必慌张。好一个白马南阳勇云召,这才是伍氏门中绝户枪!

二人杀了三十多个回合,云召渐渐感到力怯,不得已虚晃一枪,拨马就败,成都催马就追。追到关前,城头上乱箭齐发,这才挡住成都,最后回转大营。

伍云召回到城中,心中思量:宇文成都能征惯战,力大无穷,自己非是他的对手。要想凭一己之力守住南阳关,恐非易事。猛然想起一人,就是自己的兄弟伍天锡,现在离此西南二百四十里的河北陀螺寨招军买马,聚草囤粮,自霸一方,势力很大。如若把他请来助自己一臂之力,定能战败宇文成都。云召拿定主意,找来伍保,把此事一说,伍保满口答应,不敢怠慢,即刻起身,赶奔陀螺寨。

　　按下南阳关战事暂且不表,单说义仆伍保打马紧走,到第二天过午,估摸着快到了,想问问路,可周围连个过路的行人都没有。往西看,是一片乱山,左右是松林。走着走着,突然马趴下了,把伍保从马上摔了下来。这时候,猛然间从路边的松林里冲出十几个喽罗,一下子把伍保按在地上给捆上了。内中一个头目说:"哥儿几个,把这个绵羊孤雁押上山。"伍保这才明白,敢情中了埋伏,被绊马索绊倒了。有人拉着伍保的马,众人押着伍保上了山。到山上,进了一个栅栏门,然后推推搡搡,把伍保推上聚义厅。伍保抬头观瞧,只见当中一把虎皮金交椅,椅子上坐定一人,足有丈二之躯,长得胸前宽,臂膀厚,壮大腰圆,头如麦斗相似,面如喷血,两道黄眉毛,梢儿卷着,好像一撮毛似的,铜铃铛大的两只眼睛,蒜头鼻子,血盆口,吃人吃多了,两只眼睛都红啦!头上戴着虎皮箍脑帽,黄缎子上身尽是黑道儿,好似老虎皮,腰中带儿系着虎皮战裙,红绸子中衣,两只抓地虎快靴,相貌狰狞,好不怕人。就听他嚷道:"孩子们,做了什么好买卖啦?"喽罗们回禀道:"寨主爷,我们拿来一只孤雁。"那大王吩咐道:"推了过来吧,你家寨主盘问盘问。"喽罗兵把伍保推至面前,喝令跪下,伍保立而不跪,破口大骂。那寨主见伍保如此,暴躁如雷,哇呀怪叫,吩咐道:"速取人心来,大王爷受用。"喽罗兵遵命把伍保推至东边桩子前,把他往桩子上一绑,上有铜环,把他的头发打开,往环上一拴。伍保见一个大胖子,好像喽罗兵的头儿,手里拿着把牛耳尖刀,嘴里含着一口凉水,冲着伍保的面门一喷,伍保直打冷战。大胖子伸手揪住伍保的衣裳,往下撕破,将胸脯子露出来,用刀要扎。伍保叹道:"可惜忠臣伍建章一世大忠,命丧奸臣之手。俺来搬兵,命丧匪人之手。"

　　话犹未完,那大王吩咐:"别扎!"吓得大胖子往后倒退。那寨主连蹿带蹦,来至伍保的面前问道:"你是何人?"伍保说:"我是伍相爷的家人伍保。"那寨主听罢,亲解其绑,让至大厅道:

"你休要害怕，俺叫伍天锡。"伍保失声道："你就是伍天锡呀？俺奉南阳侯伍云召之命，特来找你。"说着，给他深施一礼。伍天锡问道："时才你说伍相爷被人所害，可是真吗？"伍保便把杨广篡位，弑父夺权，鸩兄图嫂，伍建章不书假诏，金殿骂杨广，伍相府居家被难的事儿，从头至尾说给伍天锡。伍天锡"哎呀"一声，"扑通"栽倒在地，吓得伍保与众人将伍天锡扶起，撅砸捶叫，缓醒过来，放声痛哭，任你怎么劝他亦不成，只哭得死去活来。伍天锡哭泣完了，才让伍保落座，吩咐预备酒饭，给伍保压惊。酒饭摆上，二人入座吃着饭，伍保把韩擒虎率兵攻打南阳关，十分紧急，来此搬兵之事说给伍天锡，伍天锡将饭用过，向伍保说："杨广这昏君害了我居家满门，我必把这昏君拿获，碎尸万段，才得出气。若把宇文化及、杨素等拿住，俺却作醒酒汤。"伍天锡不待天亮，就吩咐喽罗兵，预备下山。

第十八回　伍云召携子闯重围
装周仓显圣救恩公

　　书以简捷为妙,伍天锡率领陀螺寨的喽罗兵下山赶奔南阳关。伍保心急如焚,跟伍天锡告辞,先行一步回转南阳关送信。单说这一日陀螺寨人马正往前走,只见前边黑压压雾沉沉,闪出一座崇山峻岭,山上边杀气威风冲霄汉,满山坡陡壁悬崖惊鬼神。伍天锡撇嘴说道:"这座山比咱们那山可阔得多。"话音刚落,山上一声炮响,然后就听前边人声呐喊,冲出不少喽罗兵,敢情此地也有响马。伍天锡气炸连肝肺,催马上前,跟山上的寨主爷一打照面,全都一愣。原来两个人都是身高过丈,体格魁梧,相貌丑陋,怎么看怎么般配。书中暗表,这位寨主正是雄阔海,此地就是金顶太行山。伍天锡气坏了,高声喝喊:"呔!好贼子,竟敢劫我,我要你的脑袋!"雄阔海乐了:"小子,劫的就是你!不服的话,马前一战!你要赢了我,我这山归你;你要输给我,你这些人全归我!"伍天锡气往上撞,催马舞刀;雄阔海不敢急慢,跨马持棍,两个人打在一处。这也是一场好厮杀!一个是《隋唐》第四条好汉,一个是《隋唐》第六个英雄,二人棋逢对手,将遇良才。

　　伍天锡是越杀越勇,精神倍长;雄阔海是抖擞雄威,奋勇当先。起先喽罗兵还帮着喊嚷:"杀呀!"到后来喊得都没有底气了,亦就不喊了。两人直杀到天黑,瞧不见了,才肯罢休,各自收兵。伍天锡安营下寨,雄阔海归兵太行山。可是雄阔海亦不偷营劫寨,伍天锡亦不夜晚袭山。次日天明,两下里早早吃完饭,早早来杀。两个人照着这个杀法，直杀到半个月，亦不肯罢休。可把伍云召给坑苦了，尽等着救兵好解重围，谁想武勇绝伦的伍天锡跟雄阔海哪个都不肯服人，干起没完了。

伍云召被困日久，城中已然粮尽，军心有些不稳，未免着慌。有一天夜晚三更天，城外大乱，隋兵营中喊杀连天。伍云召上了城查看，南面隋营灯球乱转，喊杀连天。伍云召以为是伍天锡的救兵来了哪，刚要点兵杀出，敌人营中又不乱了，伍云召在城上直到天亮，亦没下城。到了卯时，望见隋营门外挂起伍保的人头，伍云召跺脚捶胸，叫苦不迭，哭泣不止，心中好似刀割。义仆伍保命丧隋营，亦不知道救兵如何。伍云召因为伍保一死，伤感不已。又过了四五日，城中买卖铺户均绝粮了，所余的粮亦就够七八天的。

伍云召支持了七八天，粮尽了，毫无办法，到了后堂与夫人李氏商议。李氏夫人道："若待城破家亡，公婆之仇亦就不能报了，不如弃城一走，逃奔他方，将来再设法报仇。"伍云召说："夫人，我有三宗事情为难。"夫人说："哪三宗事呀？"伍云召说："头宗事，就是闯围逃走不易。我身为武夫，亦未必准能逃走得了，何况你身为妇女哪？二宗事，就是孩子年幼。他要一死，咱们伍氏门中岂不断了后代的根儿？我想逃走的时候必须把孩子带在我的身上，活着，我父子一处为人；死了，我父子一处为鬼。三宗事，就是如今有兵有将还报不了仇哪，将来没有兵将怎能够复仇啊？"夫人听罢，心中明白伍云召的难处实在自己的身上，心中决定了，别让伍云召为了夫妻之情，耽搁了给父母报冤仇，不如自己一死，让伍云召父子逃奔河北李子通处暂为存身，再为徐图报仇之法。（李子通系伍云召的岳父。）夫人想罢，向伍云召说道："事已至此，不可迟疑，就将孩子交付于你，带在身上。"伍云召吩咐家人将战马鞴好，自己将盔甲披挂完毕，就将伍登用的衣服一裹，往护心宝镜里一拴。拴好了，问夫人道："你可走吗？"

夫人说："请你稍等片时,我去收拾收拾。"伍云召等候着,见夫人出去,没往卧室,往后花园走去。伍云召情知不妙,追了出来,进到花园,见夫人急行奔井而去。伍云召叫道:"夫人哪,你……要怎样?"夫人说:"老爷,你逃河北我爹爹处去吧,早报父母的冤仇,勿以妾身为念。"伍云召将要追上,只听"噗咚"一声,夫人坠落井里而去。伍云召一跺脚:"夫人休矣!"来至井边往里一望,见夫人的两只小脚冒了冒亦就完了。伍云召想起夫妻恩爱之情,怎不伤心,二目落泪道:"我伍云召八尺之躯,男儿汉大丈夫,父母的冤仇不能报,累及夫人,好不愧煞!生不能给夫人报仇,怎算人也?"说不尽伍云召伤心悲痛,难过之下,将墙弄倒了,填死了井,向井旁跪倒道:"夫人阴魂保佑我父子,若能逃走,将来必给你报仇。"拜了几拜道:"下官就此去也。"

伍云召由打里面出来,吩咐带马,众将在外等候。伍云召出衙上马,众将问道:"主帅,怎么样啊?"伍云召叹道:"俺不能与众位将军共享富贵,大仇未报,城中粮尽,夫人先为殉节,我今与众位永别了!"众将闻言,内中真有三四个人二目落泪,齐向伍云召说:"主帅不如逃走,够奔他方暂为存身,效那伍子胥逃吴国将来再报冤仇。"伍云召道:"敌人兵多将广,闯围逃走甚为不易,倘若苍天睁眼保佑我父子能逃出重围,将来报仇之事十年不晚。"众将道:"主帅愿出哪门?"伍云召说:"我出南门。"众将道:"主帅既出南门,我们分为三路,出东、西、北三门杀进敌营,分其兵力不得相顾,主帅好逃走。"伍云召说声:"承情了。"一催马够奔南门。到了南门,吩咐门军将城门开放。门军遵命,将南门开开,伍云召催马出了南门,往隋兵大营走去。快至敌营了,隋兵守营门的抽弓拔箭,认扣填弦,齐向伍云召射来。伍云召把马催欢了,大枪抖颤了,拨打敌人雕翎箭,冒箭而入,闯进隋营。敌人兵将在营里把伍云召一围,不亚七层刽子手,八面虎狼军。有道是:"好汉双拳难敌四手,恶虎不敌群狼。"谁想伍云召此时豁出命去了。俗语说的是"一人拼命,万夫难当",何况伍云召有兼人之勇,把马一催,横冲直撞,不亚如虎荡群羊,大枪一拧,似条游龙戏水一般,挨着就死,碰着就亡,杀得隋兵叫苦不迭,谁不怕死呀?隋兵往两边一闪,让出一条人胡同相仿。伍云召催马往前走去,所到之处,上边动手,眼观六路,耳听八方。别看敌人兵多将广,伍云召浑身是胆,通身是眼,底下留神绷腿绳、绊马索、梅花坑、陷马坑。伍云召且战且走,周身是血,染红了征衣,敌人大营喊杀连天。

伍云召再往前面冲杀,忽见对面金锐无敌将宇文成都率领兵将挡住去路。伍云召恨苦了宇文氏父子,见了他如同仇人一般,两道眉毛倒竖,二目圆睁,气得抖衣而栗,抖得亮银铠甲哗啷啷直响,催马拧枪,厉声喝道:"贼子休走!"递枪就扎,宇文成都用锐往外就扑,伍云召赶紧把枪撤回。两个人二马一错镫,成都往伍云召斜肩带臂砸了一锐,伍云召用枪杆一接锐不要紧,被锐砸得两膀发麻,虎口发烧,马一横身,几乎连人带马摔下。两匹马错过镫去,伍云召哪敢回马来再战,催马往南撞去,成都圈回马来在后就追。伍云召前有隋兵隋将挡着,后有宇文成都追着,气恼之下,把大枪一拧,拼命死战。头前的隋兵隋将挡他不住,后面宇文成都一步都不放,紧紧相随,两人直跑出营来,宇文成都仍然苦苦相追。

追出多老远来啦,后面有人喊嚷:"不要放走了叛臣伍云召!"成都回头一看,是尚师徒亦追下来了。两个人一前一后正然追着,忽然宇文成都要追上伍云召了,后边尚师徒用手一揪虎类豹头上那撮红毛。虎类豹一声吼叫,宇文成都心中一惊,赶紧勒马,怕摔下来。还是不成,马哪里知道是虎类豹叫唤哪,以为是老虎来啦,吓得都屁滚尿流了,宇文成都亦就摔下马来。及至爬了起来,已然摔得盔歪甲斜,袍带皆松啦。宇文成都追自己的马,好容易才追上,再看伍云召,已然上马跑去。宇文成都不明白尚师徒冒坏呀,向尚师徒问道:"你怎么叫虎类豹叫唤哪?"尚师徒说:"我看你要追上伍云召,我怕他跑了,我想虎类豹一叫唤,你两人虽然都得下马,离着近你岂不把伍云召抓住?谁想你不明白,勒马要站住,伍云召亦跑远啦!虽是都落了马,你离他远啦,怎能抓他?可是我这马白叫啦,倒把反贼放跑了,你我二人赶紧追吧!"宇文成都无法,只好上马再往下追吧。于是两人一前一后又往下追去,霎时间又把伍云召追上了,尚师徒心中为难了:马再叫唤,宇文成都非明白了不可。正然着急,见伍云召往前面乱山丛处跑去,将至山前,见山头之上有员武将,头戴荷叶盔,翻卷荷叶边,缨儿倒挂,身披镔铁甲,手使一口青龙偃月刀,面如锅底,短钢髯在腮边扎里扎煞,向宇文成都喝道:"呔!休要追赶忠臣,吾神周仓在此!""哇呀呀"一声怪叫,尚师徒嚷道:"哎呀了不得!周仓显圣了!"吓得宇文成都随他往回就跑。

伍云召见他二人跑回去,把心放下,只见周仓走下山来,迎接伍云召道:"恩公快进山来!"伍云召随他进了山,心中惊疑不定,见周仓摘盔卸甲,向自己拜倒。伍云召瞧出他不是神仙来,向黑汉问道:"你是何人,搭救于我?"黑汉道:"侯爷你是贵人多忘事,俺叫朱灿。"伍云召才想起他来。原来这朱灿是山中砍柴的,家中只有老母,事母最孝。他有一回赶上连阴雨,打了柴没地方去卖,他母亲挨了饿,他急了,把人家的树砍倒了,卖给木厂子了,树的本主人把他告下来了。被伍云召把他拿去,后来一审问,念其是个孝子,把他放了,又赏给他五十两银子。真是"但得一步地,何须不为人","行下春雨,才能望下秋雨"哪!在伍云召,对于朱灿施这点小恩不算什么。没想着,偌大的南阳侯会用得着他。谁想勇朱灿正在山上打柴,远望伍云召被人追来了,他听人说韩元帅带兵数十万攻打南阳关,捉拿伍云召,可不知为了什么。今天见有人追下伍云召,他想侯爷的本领都抵敌不住,才被人追赶得如此,我有心救亦不成啊。偏巧这山中有个关公庙,乡下人办事诚实,修了这座庙,不似大城里的人,弄得虚假。山里这庙中的佛像、盔甲、刀剑满是真的。朱灿急中生巧计,到庙内把盔甲弄到他的身上,手使青龙偃月刀,假装周仓显圣,真把宇文成都给吓回去了。

伍云召见他把自己救了,心中生出了无数的感想。随着他把盔甲归还,佛像亦都毁坏了,伍云召向关公拜倒道:"异日伍云召得志,重修庙宇,再塑金身。"祝罢,磕头站起来,向朱灿说:"我有一事相求,不知足下肯其为力否?"朱灿问道:"什么事呀?"伍云召说:"我如今把南阳关失了,打算逃奔远方,将来再为报仇,只是带着此子诸多不便,中途路上亦无调养,伍氏门中只有这点骨血,我有意求你替我抚养此子,以存伍氏一脉之根。"朱灿闻听,自然责无旁贷,满口答应。伍云召心中高兴,感激朱灿,说道:"你我二人就在此关公庙中结为异姓手足,不知意下如何?"朱灿说:"那小人就高攀侯爷了。"二人在关公像前结拜,一叙年庚,朱灿大,云召小。然后朱灿说:"贤弟,你给孩子留下名字,以后父子相逢见面,好得其团圆。"伍云召说:"今天登山寄子,此子就叫朱登。"朱灿说:"这么说可不对,我给他起个名儿,叫朱伍登,怎么样?"伍云召点头说好。朱灿也挺高兴,请伍云召到自己家中住上一宿,次日天明再启程动身。伍云召推辞不过,当晚就住在朱灿家中。

第二天,伍云召同朱灿告辞,够奔河北李子通处而来。这一日正往前行,就听喊杀声震耳,伍云召辨别方向,大吃一惊:此地正是金顶太行山,难道说杨广发兵来平山灭寨吗?伍云召催马加鞭往前行进,赶来到近前一看,鼻子差点儿气歪了:这俩蠢才还打呢!伍云召一声喊嚷:"吠!天锡住手,别打啦!"伍天锡一瞧是伍云召,冲雄阔海说:"你这就不行啦,我哥哥来啦!"雄阔海一看,哈哈大笑:"那是我哥哥来啦,你还行吗?"伍云召过来,拦住二人,说道:"你们怎么打起来啦?"伍天锡说:"我们打了半个多月了。"伍云召说:"唉!你俩要不在这儿耽搁,我岂能丢了南阳关?"众人一齐上山,伍云召眼含热泪把南阳关的战事说了一遍,最后说到夫人身死,登山寄子,伍天锡和雄阔海都不言语了。最后三人商议下一步的对策,伍天锡说:"哥哥,不如明日一早两座山兵合一处,你为元帅,我们哥儿俩为左右先锋,下山复夺南阳关,打败了隋兵,追至长安城,拿住昏君杨广,摘心祭灵。"伍云召忙道:"不行不行。想两处的喽罗兵乃乌合之众,焉能敌得过久经大敌的数十万隋兵啊?那尚师徒有四宝在身,有多大的能为亦是白费;宇文成都煞是难敌。为今之计,雄阔海可以在这太行山聚众,人是越多越好,将来好帮助我报仇雪恨。"雄阔海点头应允。伍云召向伍天锡说:"咱们哥儿两个亦别在陀螺寨,可以到我岳父李子通处存身,将来借他的兵将可以报仇。"伍天锡说:"是吧,就那么办了。"于是三人用饭完毕,当日住在太行山。次日伍云召弟兄告辞下山,率领喽罗兵回归陀螺寨,把山中的细软等运下山来,拴扎在车辆之上,放火把山寨焚烧,二人率领喽罗兵投奔李子通,暂且不表。

却说韩擒虎得报伍云召逃走,心中暗喜,伍氏门中不至绝嗣无后了。隋兵打破南阳,可怜伍云召部下战将有十数个都负义而死。韩擒虎派人掩埋死尸,出榜安民,派将暂守南阳,命尚师徒、新文礼回归原防,自统大兵回朝复旨。南阳虽是平服了,却又出来个混世魔王程咬金,劫皇杠反山东,占据瓦岗寨,这些热闹尽在下回书中。

且说韩擒虎带兵回朝,一路之上无事,这天到了长安城扎下营寨,韩擒虎、贺若弼、宇文成都、麻叔谋入朝,来至朝门时,昏君杨广尚未散朝呢。黄门官进到金殿,奏禀道:"元帅韩擒虎兵发南阳关,已然得胜还朝。"杨广降旨即时召见,韩擒虎、贺若弼、宇文成都、麻叔谋等到了,跪倒磕头,山呼万岁。行罢君臣之礼,将平南阳的表章上达,司礼太监将表章呈在龙书案上,杨广打开

观瞧,南阳关如何打破,怎么平服的,奏得很详细。杨广心中大
悦,封韩擒虎为平南王,宇文成都为平南侯,麻叔谋为都总管,其
余将士儿郎俱有封赏,韩擒虎叩头谢恩。杨广见南阳平服了,自
己坐太平天下了,降旨大摆太平宴。次日,杨广亲身祭祀太庙,
颁布赦书,大赦罪人,除犯十大恶的罪犯不赦外,其余徒流罪杖,
等等的罪犯,不论定罪与未定罪,已发觉未发觉的,俱皆赦免。
赦书颁布到了各州府县,天下犯罪之人纷纷地开放。谁想杨广
这天下就丢在这个赦旨了。阅者要问这个赦旨一下,大隋天下
怎么会丢了哪? 这回平定南阳告一段落。

第十九回　程咬金无奈卖竹篦
　　　　　　尤俊达有心交勇汉

　　杨广登基,赦旨传遍天下,所有的罪犯净牢大赦。按下众多犯人均不细表,单说山东东阿县大牢里赦出一人,此人家住山东兖州府东阿县枣林庄,姓程名咬金,字知节,小名叫阿丑,有个外号叫"程老虎"。当初他父亲就是程玉程得臣,是秦彝的师弟,马鸣关阵亡以后,莫氏夫人带着儿子逃到了山东地面,就在枣林庄居住。老太太受了苦了,缝缝连连,洗洗浆浆,拉扯孩子吃饭。这程咬金老吃不饱,而且生性顽劣,抓切糕,抢馅饼,讹吃讹喝,生拿硬要。别看愣抢,程咬金孝顺,甭管抢什么,必然得给家里老娘捎回一份儿去。到后来受人蛊惑,贩卖私盐,结果让东阿县的官人撞上了,程咬金拒捕殴差,失手打死一条人命,被抓进监牢。官司还没判决呢,杨广大赦天下,罪犯全都放出去了,惟独程咬金不走。为什么呢? 在牢里有吃有穿,出去的话,吃什么,穿什么呀? 程咬金不走,县官顶不住啊,把程咬金叫上堂来一问,我没穿的。县官没办法,叫差人上估衣铺踅摸一件旧衣服。这差人真会办事,找来一件大孝袍子。县官好说歹说,哄着程咬金把孝袍子穿上,算是给对付走了。

　　程咬金大步流星往家走,一进门就喊上了:"娘啊,阿丑我回来啦!"老太太在屋里一听是儿子的声音,高兴坏了:难道说我儿回来么? 官司完了? 书中暗表,程咬金打这场官司,把老太太可愁死了,偌大年纪,无人照料,饥一顿饱一顿对付过来,不容易啊! 程咬金进到屋中,一见老娘,"扑通"一声跪倒在地,说道："娘啊，不孝儿我回来啦！"老太太泪如雨下，颤颤巍巍地说道："儿啊，你回来啦？"程咬金说："回来了，没事儿了。娘，你这些日子是怎么过来的啊？"老太太闻听此言，哆里哆嗦地说："儿啊，你被抓了以后，为娘日夜啼哭，每日给人家洗洗涮涮，缝连补绽，挣不了多少钱，亦无钱给你送去使用。"咬金道："娘啊，儿在监狱中用不着你的钱，同他们有钱的难友在监狱里帮吃帮喝，亦不缺少钱花，比较外边还快活呢，就是替你着急。"老太太道："孩儿啊，我去到城里探了数次监哪，因为没钱给那禁子，他不肯让我见你。可怜我白去了数次，亦没得见你一面。"说着，老太太扑簌簌掉下泪来，向咬金问道："儿啊，你怎么会回来呢？"程咬金说："到屋里再议。"

娘儿俩到了屋中，程咬金把换了皇帝大赦罪人遇赦回家的事说给他娘，莫老太太突然向他问道："老身还没死哪，你怎么就穿起重孝来啦？"咬金道："没法子，穿两天再说。"程母说："你先脱了吧。"咬金把孝袍子脱了下来，向他娘道："我饿了，快弄饭来我吃。"老太太说："破缸里有我七八天的嚼谷，你把他煮了先吃吧。"程咬金一看，这七八天的米粮亦就够他吃一顿的，娘儿俩煮饭吧。把饭弄得了，亦没有菜吃，按说有些咽着不顺溜，谁想他吃得更快，霎时间如风卷残云一般，尽皆轰到肚内去了。老太太说："儿呀，像你这个吃法，如何是好？明天亦就没吃的了。"咬金道："娘，不要紧，你把银子拿来，我去买些私盐贩卖，挣了钱咱们好吃饭。"老太太道："儿呀，不用说没有银子，就是铜钱亦是无有。"咬金说："可有当头，拿来我去当些钱来作本钱？"老太太皱了皱眉道："哪有当头啊？破箱子里只有我多年不曾穿的旧裙子。"咬金道："拿来拿来。"老太太从破箱子里头把裙子拿了出来，交给咬金，老太太说："你拿出去当了，千万别去再卖私盐。你看咱们街坊，一家数口，编竹笆子卖就能养家吃饭。老身我到了没活作的时候，就给他编些竹笆子挣几个钱添补着过日子,你当了钱买些竹子回来,娘给你编点儿笆子去卖,咱们娘儿俩暂且度日。"咬金道:"既是娘不愿我再去卖私盐,好吧,弄些笆子卖卖吧。"于是程咬金拿了旧裙子走出门去。走到斑鸠店去当当。一般人见了他,都道:"了不得了,程老虎又出来了! 这个人专和人治气的,趁早儿躲开他吧!"

咬金走进那当铺,见有无数人正当衣服首饰,咬金喝一声:"闪开,让爷来当!"吓得这些人往两旁一闪。咬金把旧裙子往当铺拦柜上一扔道:"就当这个吧。"当铺的伙计拿起旧裙子来瞧看,向咬金道:"这个不要。"话没说完,活该出事,这个破裙子在箱子里搁得都坏了,伙计一抖落不要紧,裙子全都破了。程咬金骂道:"日娘的,不要无妨,你怎么给我弄破了? 当爷亦不当了,你们赔爷吧。"别的伙计有认识他的,满脸赔笑道:"程爷你出来了,恭喜了,恭喜了! 小可们没得作贺,程爷要用多少银子,你说吧?"程咬金说:"给当五两吧。"伙计笑道:"程爷,你少用点儿吧。"咬金道:"少用个鸟! 你们这些鸟鸡子儿的,拿穷人开心,爷专来和你们治气的。不给当五两银子,你们就赔我的东西,要是多费话,惹得爷性起,弄死几个,爷又要到监狱里去喝酒啦!"吓得伙计跟掌柜嘀咕道:"咱们把他对付走了,别跟他怄气,只当倒霉丢点儿什么。"掌柜的无法,点头应允,伙计哀求他好大半晌,给他当了一两银子。

程咬金拿了银子走出当铺,够奔镇上去买竹子。在斑鸠店东头靠着河边不远,有家铺子卖竹子筐子的,掌柜的王二正在门前站着哪,一眼望见他,心中害怕,转过身子脸朝里,装没瞧见他。咬金从后头就是一腿,王二"噗咚"栽倒,爬起来向程咬金满脸赔笑:"我以为是谁和我玩笑,原来是程大爷。"说着,作下揖来。咬金上前就是一掌,打得王二不敢作声。咬金骂道:"爷来了你装瞧不见,爷来买竹子来了!"王二又是急又是气,知道没有好处,向咬金气昂昂说道:"你用竹子拿两排去!"咬金大怒道："你以为我弄不动两排竹子呢,爷弄两排竹子叫你看看。"说着,到了河边,伸手由水里揪出两排竹子来,一排十五根,两排三十根。好大分量,几个人才弄得动哪,咬金一人之力,往身上一扛,笑道："爷不给钱了!"王二见三十根竹子白白弄走,叫苦不迭,自认倒霉。咬金回到家中,把竹子往院内一放,老太太见了,惊问道："这是哪儿弄来的?"咬金说："有个朋友送给我的。"把银子交给老太太,老太太向他说道："你去买把刀子,我好编箅子呀。你再买些米面来,好过日子。"咬金又出去买了些米面酒回来。娘儿两个把竹子劈开了,老太太编箅子,他去睡觉。老太太编了半夜,编了十几个箅子,把他叫醒,告诉他："箅子编得了,放在院里了,你明儿早早去卖吧。"咬金答："是吧。"

　　到了天亮,咬金睡醒了,走至院中,将箅子往身后一背,离了枣林庄,来至斑鸠店。买卖铺户、住户人家、过往行人,谁见了谁担惊受怕,没人敢惹他亡命徒。程咬金瞧见人家做小买卖的,一个一个的摊子都摆得很齐整,他亦就找个空场把箅子摆开了,两只手一叉腰儿,把眼睛一瞪,他尽等买主。过往行人瞧见他都离着老远就躲开,谁敢来买他的箅子?由出太阳等到天至过午,始终没人来买。程咬金又渴又饿,等了会儿仍然无人来买,赌气把箅子收拾起来往身后一背,走至一家酒楼前,程咬金将竹箅子放在地上,迈步进了酒店。这个酒店新开张的日子不多,掌柜的是夫妻老两口儿,亦没有多大油水。程咬金进来,找张桌子坐下,要酒要菜。这老两口不知道他是个泼皮,要什么给他送什么,弄得桌子上头菜都满啦,东西都没地方搁了,这才算完。老两口子在老远的瞧着这位财神爷吃酒。程咬金把大嘴一张,狼吞虎咽似的,霎时间吃得罄尽,抹抹嘴,要点儿漱口水,取了竹箅往身后一背要走。老头儿追了过来,向程咬金问道："官人你吃了酒肉,给了钱再走啊!"咬金道："今天没带着钱,明天来了再给。"说着,迈步就走。老头儿一把揪住咬金道："你给了钱吧,我不认识你,小买卖垫办不起。"程咬金不理他,大踏步就走,老头儿揪住不放松,撕破了咬金的衣服。咬金大怒,把耙子往地下一扔,骂道:"日娘的!"只用一掌打去,老头儿就闹了个倒栽葱,吓得老头儿爬起来,不顾疼痛,跑进店去。咬金追到屋中,把桌凳全给踢翻,碗盏家具尽皆打碎。老头儿见不是路,同着老婆儿上了楼去,吓得赶紧把楼梯撤去,在楼上喊嚷:"救命吧,救人吧!"喊叫不止。惹得镇上过往行人在外面围着观瞧,谁不认识程老虎啊,都知道他是个泼皮,天不怕地不怕的,谁敢上前劝他啊!程咬金抄起通条,把炉灶亦都杵坏了,店中的东西打了罄尽。见楼梯撤回去,在楼上喊叫,惹得咬金性起,骂道:"日娘的! 你下来! 你不下来,老子把这间牢房打破!"说着飞起一脚,踢到楼柱上,把房子震得乱动,尘土翻飞。老头儿、老婆儿在楼上吓得浑身栗抖,体似筛糠,缩成一团儿,大声喊:"哪位爷爷救命吧!"

正在此时,由打镇店外跑进几匹马来,走至酒楼前见这里围着许多看热闹的人,围了个风雨不透,勒马观瞧。看热闹的有回头瞧的,见马上这些人都是庄客打扮,内中有个高约九尺雄壮的人,头戴软扎巾,上身穿着短箭袖紧身小袄,腰紧鸾带,青绸子中衣,薄底快靴,外罩件英雄氅,面上透出来是个英雄气概。有认识他的,都称他尤员外,住家就离此不远有座汝南庄,他是这方的首户大财主,今天从此路过,勒马观瞧。跟随的庄客有认识程咬金的,向尤员外说道:"这就是卖过私盐打死过官人的程老虎。"尤员外听庄客一说,心中灵机一动,甩镫离鞍下了马,庄客接过马去。尤员外说声"借光",分开众人,挤了进来,叫声:"好汉息怒,有话好说。"程咬金正闹得不得了,忽见进来一人,面如满月,目若寒星,颔下微有髭须,是个好汉的样子。程咬金便道:"若非老兄解劝,我就打死个日娘的,方肯甘休!"那人说:"此处不是讲话之所,请尊兄到舍下一叙。"吩咐庄客带马,尤员外同着咬金上马,出离了斑鸠店,纵马而行。

走出来没有几里地,就望见眼前尽是峻岭高山,树木森茂,只有一所大大的庄院,四外并无人家,附近亦是人烟稀少。往庄院内望去,古木阴森,大厦云连。到了庄前下马,庄客等接过马去,尤员外把程咬金让进庄内。到了大厅上,尤员外吩咐家人赶紧给好汉沐浴更衣,家人遵命,便同着咬金去香汤沐浴。更换衣服完毕,回到大厅,分宾主落座。尤员外问道:"明公尊姓大名?"咬金道:"俺姓程双名咬金,字知节,仁兄贵姓高名?"尤员外道:"在下姓尤名通字俊达,祖居此地,叫做汝南庄。我久在外方贩卖珠宝,如今年荒世乱,贼匪横行,难以行动,故而在家。真是有缘,不然如何能够认识尊兄。敢问仁兄家中尚有何人?"咬金道:"俺住家离此不远枣林庄,家中只有一位老娘,并无他人。"两个人说着话,尤俊达便命家人预备酒饭。少时间家人擦抹桌案,罗列杯盘。酒筵摆齐,二人入座,斟酒布菜,巡壶把盏。

酒过了三巡,菜过了五味,尤俊达向程咬金说道:"仁兄,小弟有一事和你相商。"程咬金道:"有话请讲。"尤俊达说:"小弟见仁兄是个英雄,有意与仁兄合伙为商,不知尊意如何?"咬金站起身形,往外就走,尤俊达伸手一把扯住道:"仁兄为何一言不发,起身便走?"程咬金道:"你这个人真是个呆子!俺若有钱,能够卖竹箅吗?你是个贩卖珠宝的,俺哪里有钱和你搭伙计呀?"尤俊达笑道:"小弟说与仁兄合伙做买卖,不是要用你的银钱作本钱,是因为年荒岁乱,遍地是贼,出去为商,血本金银成千过万,道途之上常出舛错。小弟是借重我兄之力,出去为商,路途之中遇见盗贼之时,要仗我兄保全货物的。"程咬金听俊达把心腹之言说了出来,用手一拍胸脯道:"这样合伙是不用商量就成的,遇见贼人的时候,全有我程老虎哪!"俊达闻言,喜之不尽,于是落座,接着重饮。尤俊达说道:"有仁兄帮助,这买卖就做得了,做完买卖回来,除去本钱之外,得了利钱你我二人平分。"咬金道:"这个事情商量算是成啦,只是俺家中还有老娘无人照看。"尤俊达说:"此事好办,今晚仁兄回家与令堂商议商议,明天我派人将伯母接到小弟的家中,早晚亦好有人伺候。"程咬金道:"要是那么办可就好得多了。"

弟兄二人吃得月亮都上来啦,桌上杯盘狼藉,才离了座位,二人起了席啦。家人撤去残席,赶紧把茶沏上。尤俊达把家人叫来,吩咐道:"你们给马一匹,速治酒席一桌,齐毕进来回话。"家人遵命去办,把马亦鞴好了,酒席弄好了,进来回禀尤俊达道:"回禀员外,诸事齐毕。"尤俊达向程咬金说道:"小弟不成敬意,特治酒席一桌孝敬老母,就请我兄回家禀过伯母,明天小弟早晨定当派人前往迎接伯母。"咬金说声"承情",告辞往外就走,俊达往外就送,派了两个家人搭着酒席。程咬金忽然想起酒店里还放着一捆笆子呢,向俊达说道:"我那笆子尚在斑鸠店酒店里呢。"尤俊达笑道:"这些小事不用计较,送与那老头儿吧。"程咬金微有点儿醉意,哈哈大笑,上马带着搭酒席的家人,回归枣林庄去了。尤俊达派家人给酒店的老头儿送十两银子,叫他修理家伙好做买卖。

家人给老头儿往酒店送银子暂且不表。且说程咬金把尤俊达的家人带至枣林庄,来至自己的门首下马。程母正在屋中等候,到了天黑都不见程咬金回来,又不知他在外面闯了什么祸呢,放心不下。正然着急哪,忽听见门响,往院子一看,程咬金身上衣服华丽,拉着匹高头大马,在后有两个家人搭进一桌席来。程母忙问其中缘故,程咬金把卖竹笆闹酒店,尤俊达劝架,怎到的汝南庄,尤俊达要与自己合伙为商的事儿,向他母亲学说了一遍。程母惊喜非常,将东西都留下,两个家人回归汝南庄。程母同着咬金把这桌酒席里的菜热上几样儿,用完饭,娘儿两个商议了会儿,才各自睡觉。次日起来刚净完面漱完口,听见外面有人叫门,程咬金出去一看,是尤俊达打发家人雇了一乘小轿,来接程母。家人从轿子里取出衣包,交给程咬金,咬金接过来拿到屋中,叫他娘更换衣服。程母换好衣服,轿子搭进院来,程母上了轿,轿夫将轿子搭出院子,程咬金门前上马。惹得枣林庄众邻居都出来观瞧,有认识尤俊达家人的都纳闷儿:凭尤员外那个人,怎么会跟程老虎交上朋友啦?轿子搭出枣林庄,母子够奔汝南庄而去。尤俊达的家人把程咬金家中的东西收拾出来,将门锁上。有几家街坊邻居问程咬金搬在哪儿住去,家人将程咬金跟他员外合伙做买卖的事儿一说,大家知道程咬金搬走了,无不欢喜,枣林庄的这块魔走了,谁不高兴啊!

不表枣林庄的人怎样谈论,且说程咬金母子来至汝南庄,见尤俊达夫妻率领男女仆人在门前迎接。程母下了轿,尤俊达夫妻给老太太施礼,程母万福还礼道:"贤侄,我们母子有什么好处,劳你夫妻如此相待,真是惭愧不安。"尤俊达道:"小侄见咬金兄诚实可靠,倾心愿意相交,既是交在一处,便如一家人一样,请伯母以后勿分彼此。"程咬金搀扶他娘走进庄院,尤俊达夫妻将他们娘儿两个让至后堂,落了座,家人献上茶来。尤俊达向程母言道:"伯母,小侄有意和咬金兄合伙为商,在外边的时候居多,就请伯母在此居住,有什么伺候不到之处,望求原谅。"程母道:"贤侄,吾儿性情不好,时常和人治气的,他身无正业,贩卖私盐。自从他打死官人回家之后,我想他没有正业,又怕他贩卖私盐,如今跟你们出去做买卖,我可就放了心,就是粗茶淡饭,粗布衣服,只要有吃有穿,我就知了足啦!"程母向尤俊达夫妻说了些个感激不尽的好话,尤俊达亦安慰了程母几句。家人将酒筵摆上,四口儿入座,吃着酒,谈着话,哪是两家人哪,如同亲族骨肉似的,亲热极了。

吃喝完毕,尤俊达将程母安排妥当,程咬金跟尤俊达在中堂谈话。尤俊达说:"咬金兄,我们不久就要出外做买卖啦,你把你惯用的家伙告诉我,小弟好给你预备。"咬金道:"俺什么兵器都不会使,请你放心,走在路上遇见贼人,自有俺老程跟贼们动手,管保丢不了你的货物就是了。"尤俊达说:"不成,那么说是靠不住的。咬金兄当初练把式的时候,是练的什么军器?"程咬金说:"谁练过把式呀,我就仗着胆大敢干,有膀子力气。"尤俊达心中暗想:我结交他就是用他的武艺,谁想他不会把式,无法,只可现教吧。尤俊达说:"你既不会武艺,小弟当初练过武艺,不妨我教给于你。"程咬金说:"那才好哪!"尤俊达说:"你随我来。"程咬金在后面跟随,来至跨院三间东房内,咬金往里一看,各处都放着军器,九长九短十八般兵刃,件件俱全;还有十八般兵刃以外的军器,带钩的,带刃的,带尖的,带刺的,等等不一;墙上挂着各样的弓箭。尤俊达问道:"你看哪样军器可使呀?"程咬金看见架子上有把金礤开山钺,斧杆又长,钺斧的月牙刃如同半个小车轮似的,这个家伙分量绝计轻不了。咬金伸手将这个斧子拿起道:"就是他吧。"尤俊达说:"我就教给你使斧吧。"两个人来至院中,程咬金把斧子抢起来,一路乱抢。尤俊达拦住道:"别抢了,我得教给你。这把大斧一共有六十四招儿,我先教给你第一路。"咬金说:"好吧。"尤俊达把斧子接过,按照六十四手,练了八手儿。教咬金练这八手儿,咬金费了挺大的劲才练会这八手儿。第二天尤俊达又教给他八手儿,程咬金把第二路的八手儿练会了,可教他第三路啦,谁想从头一练,他把前八手儿满都忘记了。尤俊达无法,重新另教吧,直教了半个多月亦没学会。尤俊达想:这么教都不成,他这人我是教不会的了。

第二十回　程咬金匹马劫皇杠
　　　　　靠山王百日限拿贼

　　这天夜间约在二更多天，全都睡了，尤俊达起来小解，忽听跨院里"乒乒啪嚓"直响，震动的声音听得很真。尤俊达来至跨院一瞧，上房屋中掌着灯哪，来至窗户外头，用舌头舔破了点儿窗户纸，眇一目暗中偷瞧。只见程咬金骑着一条板凳正练把式呢，见他按照八八六十四手儿练得很好，翻天六十四砍，一招一式真不错。见咬金练得非常高兴，尤俊达心里一痛快，失声叫道："好！"这一下不要紧，被咬金听见是尤俊达在外面偷瞧哪，把大斧一撒手，往地上一躺，扑通倒下，躺着不动弹了。吓得尤俊达闯至屋中，把咬金挽扶起来，见他打了两个哈欠，愣头愣脑的，愣了半天亦没言语。尤俊达说道："你这是怎么啦？"程咬金说道："我正然睡觉哪，忽然有个老头儿把我叫醒，说：'星君快起来，你别睡觉，我教给你武艺，教你把这柄大斧练会了，将来扶保真命的帝王，闯江山，立世业，取将封侯。'他叫俺骑着板凳练，六十四手儿俺都会了，你叫好，把我那老头儿给吓跑啦，我就扑通一声栽倒在地。"尤俊达心中暗道：好啊，我费九牛二虎的力量，教给他练了半个多月，他说不会，跟我要奸，我成了傻小子啦！掰着手那么教他，他早就会了，怕落个跟我学的，装作不会，如今告诉我是老头儿教给他的，他还叫什么星君，犯天星下界的。尤俊达暗笑：他这个人将来有点来历，还没做事就会用这权诈的手段。当下尤俊达惊喜非常。

　　两个人说到天光大亮，尤俊达说："你的把式既是会了，我带你挑选马匹去。"程咬金跟着尤俊达来至后面一瞧,槽上拴着有几十匹马哪。尤俊达说:"你自己拣上一匹吧。"程咬金用手一指,说:"我就要这匹吧。"尤俊达一瞧程咬金指的那匹马,毛色虽是紫红紫红,由马脑袋到脊背看到马屁股,像是谁研得了墨倒在这马身上似的,四条腿儿跟肚子底下亦是黑黑的毛色,好似叫烟熏黑了一样。这匹马个头还是挺大,高有八尺蹄至背,长够丈六头至尾,竹签耳朵,小豹子眼,大乖乖岔儿,龟屁股蛋儿,高七寸小蹄碗。这马瞧见人啦,抖鬃抖尾,鬃尾乱乍,唏哩哩乱叫,真跟欢龙似的。尤俊达吩咐家人把马牵出来,鞴上鞍韂。家人遵命,把马拉出来,一路忙乱着把鞍韂安上,再看这马,越发得出色啦,真是人是衣服马是鞍! 有赞为证:

> 看此马,真好看,竹签耳朵牙似钻。骆驼头,蛤蟆面,能窜山,能跳涧,登萍渡水一条线。头上能长甲,肚下生鳞一大片。一头撞进鬼门关,上殿敢把阎王见。

那位说这马敢去找阎王爷去,怎么这么厉害呢? 马的性情太烈啦! 把式将讲究的是骑烈马拉硬弓,这马上殿敢找阎王爷去,您说烈不烈? 程咬金爱惜此马,赞不绝口。尤俊达问他道:"你可知道此马叫做何名?"程咬金说:"不知道,你说他叫何名吧?"尤俊达说道:"此马脊背上如同铁背一样,肚子底下四条腿儿如同烟熏了一般,身上可是枣红的颜色,此马叫做铁背烟熏枣骝驹。"程咬金一拍肚皮道:"俺老程有造化,乘坐此马准得成名。"

哥儿俩说着话,程咬金手持大斧,拉着马走出来,到了场院上了马,双足点镫,马一撒欢儿,四蹄蹬开,围着场院跑开了。程咬金在马上把大斧一举,按着六十四手儿,一招一式练开了,分出六十四砍翻天斧。尤俊达很是高兴,亦命家人牵出马来,尤俊达上马持斧一战。尤俊达把六十四手儿给拆开,哪招儿怎样用法讲明白,要不然光会这一套路子活儿亦打不了仗。两个人练得乏了,下马歇息,喝茶用饭。从此尤俊达天天和程咬金马上步下练习武艺,把九长九短十八般军器,一样儿一样儿的都对斧拆开了招数。打上几十个回合,程咬金的斧子不惟练成了,还练出三手儿高招来:头一手儿,用钺斧的枪尖挖眼睛;第二手儿,捯过斧刃摩挲肚子;第三手儿,一抡大斧磨盘式,脑后摘巾,掏耳朵。程咬金把功夫练好了。

这天早晨起来,练完了把式,二人到了屋中,尤俊达向他说道:"我有一事跟你相商,不知你可愿意否?"咬金说:"有事只管说来,有什么不可商量的啊!"尤俊达说:"我有心跟你结为生死之交,你可愿意?"程咬金笑道:"俺亦久有此意,尚未说出,如今你既愿意,好极啦!"两个人一述年岁,尤俊达比程咬金大两岁,俊达为兄,咬金为弟。家人设摆香案,两个人焚香跪倒,宣誓完毕,程咬金拜过了把兄,然后请出程母与尤俊达之妻。尤俊达给程母磕头,拜过义母;程咬金给尤俊达妻磕头,拜过盟嫂。施礼完毕,庄客、家人进来道喜,尤俊达都有赏赐。程咬金母子这个时候认为这步运走得不错,时来遇好友,运败遇假人,有尤俊达,程母衣食无有忧虑了,程咬金便可改邪归正了。(且慢欢喜。)当下尤俊达吩咐预备酒筵伺候,家人一路乱忙,将酒筵摆齐。娘儿四个入座,斟酒布菜,巡壶把盏。娘儿四个边吃边谈心,越显着亲热,关上门就是一家人啦,哪分得出是两姓之人哪!当日席散之后,尤俊达跟程咬金说道:"我明天就让伙计们收拾货物,后日是六月二十,你我就要起身了。"程咬金说:"好吧,你我后天就走。"当日夜间安歇睡觉。

次日尤俊达命庄客收拾物件,装了十二乘小车,程咬金见货物真不少,十二乘车子装了个满膛满馅。到了六月二十日了,程咬金说:"咱们该着早早儿起身啦!"尤俊达说:"不要忙,等到掌灯以后你我才能起身哪。"程咬金问道:"为什么黑了天才走哪?"尤俊达说:"我买的都是珠宝玉器,要白天走,人人皆知,倘若有不法之人尾随下来,咱们虽然不怕,不也是麻烦么? 所以晚上走,背着人哪!"程咬金说:"反正我亦不懂,就听你的吧。"尤俊达可就把他瞒住了。书以简捷为妙,到了掌灯时分,外面进来个家人,在尤俊达耳边低声说了几句话,转身又出去了。尤俊达说:"咱们准备去动身了。"别看十二乘小车,这都是预备拉金银珠宝的,连赶车的,带放哨的,都是尤俊达所管的响马。当响马也有规矩,乱伸手可不行。

尤俊达、程咬金押着十二乘小车,离开汝南庄。及至二更天,前边一阵大乱,有数百喽罗兵两边排开,齐声喊喝:"迎接寨主爷!"程咬金说:"嘿! 贼在这儿等着哪!"说着,就要催马抢斧子。尤俊达说:"别忙,这是咱的朋友,咱的货得运上山,这是看货的朋友。"程咬金说:"是呀,我当是响马呢。"众人迎接尤俊达、程咬金进山。书中暗表,此地就是尤俊达占山为王的安身之地,名唤大杨山。来到聚义厅,二人落座,众喽罗兵一齐跪倒在地:"与寨主爷叩头。"程咬金两眼发直,不明白是怎么回事。尤俊达吩咐众喽罗兵撤下,这才跟程咬金细说原委。书中交代,尤俊达是绿林中东路的总瓢把,数日之前已然探听明白,沿海登州大帅靠山王杨林将押解六十四万杠银,往长安解送,正从大杨山下长叶林经过。尤俊达早就盘算好了,要劫夺皇杠。

今天来到山中,尤俊达这才跟程咬金交实底。程咬金闻听此言,一开始害怕,后来一想:舍得一身剐,敢把皇帝拉下马。饿死胆小的,撑死胆大的。说干就干! 程咬金这一表态,尤俊达放心了,趁着皇杠还没到,得教给他绿林道的侃语。比如劫道一上来说什么"此山是我开,此树是我栽。要打此处过,留下买路财";如若遇见扎手的买卖,咱们喊嚷一声"风紧",大众一跑儿,管这跑了调侃儿叫"急流扯活"。程咬金满都听明白了,尤俊达问道:"你是观风啊,还是等横儿呀?"程咬金说道:"俺去观风吧。"两个人商量好了,程咬金便带了四十多名喽罗兵,下了大杨山来至长叶林,就在长叶林一等。采盘子的小喽罗分头采盘而去。从此程咬金天天在长叶林观风,一连数日哪儿有买卖呀,程咬金未免心中急躁。

这天正是六月二十四日,天亦就在晌午的时候,忽见对面旌旗招展,剑戟光辉,约有五百名官军,当中有十二乘车。前面马上有两员战将,一个约在七尺开外,一个在八尺多高,头上都是亮银束发冠,双插雉鸡尾,上身穿箭袖袍,大红缎色披肩,上绣十二云头,白绸子裤子,虎头战靴,各持烂银枪,后面一杆杏黄旗上绣红字,是"靠山王杠银"。原来杨广篡位之时,急于登殿即位,将杨坚的灵柩草草发丧了事。及至南阳关平南成功之后,杨广唯恐天下人议论,重新厚葬杨坚,降旨各处,靠山王杨林应由登州府往长安解送六十四万杠银、龙衣数百件。靠山王杨林,字虎臣,乃大隋朝第八条好汉,系杨广嫡亲的皇叔,见了旨意,派人到苏杭二州采办龙衣,把龙衣制妥,运至登州。靠山王杨林便派大太保罗方、二太保薛亮带兵五百,押解六十四万杠银,解往长安城。

罗方、薛亮带兵走至长叶林,被程咬金瞧见,程咬金大声喊嚷:"妙呀,妙呀,大风来啦!"喽罗兵有知道靠山王杨林不是好惹的,忙向咬金说道:"程大王,这个买卖做不得。"程咬金问道:"怎么劫不得?"喽罗说道:"是靠山王的杠银。"程咬金说:"胡说,我是靠海王,专劫他这靠山王!"说着话,一催铁背烟熏枣骝驹,把大斧一摆,高声喊喝:"哒!你等少往前进,你家大王爷在此,留下买路金银!"罗方催马过来,大枪一指道:"尔是什么人,胆大包天,敢挡住我们去路?我们是登州城靠山王的杠银!"程咬金喝道:"日娘的,你家大王是靠海王,专劫靠山王!"说着,用大斧头的枪尖儿往罗方的眼珠上就杵,说声:"挖眼!"罗方用枪招架。程咬金把大斧往回一撤,摆大斧用刃一推,照着肚皮而去,说声:"摩挲肚子!"罗方用枪杆往外一磕。程咬金往回一收,抡大斧磨盘式,脑后摘巾,说声:"掏耳朵!"这一下来得太快了,罗方稍一迟疑,头低得慢了点儿,连束发冠带雉鸡尾都被砍落。罗方吓得魂不附体。薛亮一看,心中就有三分胆怯,可又不能不上,说一声:"贼人好大胆!"薛亮马往上冲,替下罗方。程咬金这时可就喊上号了:"小子,你算完了哇!弟兄们全来呀,把他们的人全都给我宰喽!"喽罗兵一看,程大王真行啊,一声呐喊,冲杀上前。薛亮吓坏了,不敢恋战,拨马就跑。

程咬金在后追赶,边追边说:"小子,你打听打听我们哥儿俩是好惹的吗?"这时候,后面尤俊达追上来了,高声喊喝:"兄弟,别追他!"程咬金不理尤俊达,继续说道:"小子,告诉你们,我们哥儿俩是程咬金、尤俊达!"报完名姓,尤俊达追上来,拦住程咬金,说道:"你不能报通名姓啊!他们把皇杠全撂下了,咱们赶紧押解回庄。"众人一齐动手,将皇杠搬上十二乘车,然后押回汝南庄。尤俊达不敢怠慢,立刻吩咐人准备白事,就说我母六月二十日死的,现在搭棚请三棚经,吹打超度,与老太太发殡。

他这边安排丧事暂且不表。单说罗方、薛亮败回沿海登州,面见杨林,靠山王这一惊非同小可。把二人唤进来一问,皇杠被劫,杨林勃然大怒,吩咐一声:"推下去,杀!"弟兄二人赶紧叩头:"请父王容儿等说完再杀不迟。"杨林道:"讲!"罗方道:"虽然皇杠被劫,可响马留下了姓名。被劫之处地名叫长叶林,就出来两个响马,一个叫程达,一个叫尤金(把两人吓唬得听错了)将银劫去。"靠山王道:"有名有姓可就好拿了。"吩咐松绑,左右给罗方、薛亮解了绑绳。靠山王说:"死罪已免,活罪难饶,各打四十棍。"当下把二人打完了,靠山王杨林有气:凭我杨林的杠银都敢劫,这还了得,要他们地面官员何用!立刻就发下令箭令旗,差官赍往山东节度衙门。

却说山东大行台济南节度使唐璧,这日奉到靠山王的令,知道长叶林六月二十四日有响马程达、尤金劫去六十四万杠银,可吓怔了。靠山王限令百日之内人赃俱获,倘若是过了限期,山东地面府县官员俱皆岭南充军,一应行台节度武职官员尽行革职。唐璧不敢迟误,立刻就行文济南刺史衙门,叫刺史刘芳派人办案,历城县县官徐有德派人捉拿响马,并给限两月。这令一出,把山东府县官员等尽皆吓坏。却说历城县县官徐有德升坐大堂,把长叶林的响马程达、尤金六月二十四日劫去六十四万杠银的事一说,就把捕头吓怔啦,当堂就命二捕头樊虎、连明去拿响马:"赏限一个月,每逢三六九之日回衙听批,拿着,必有重赏;如若拿不着,休怪本县……"樊虎、连明当堂领牌,带着伙计出离县衙,前往各处访查。什么茶馆酒肆,城里关厢,四乡村镇,一连访查了二天半,亦没访着,两人带着公人回衙门吧。县官升堂,樊虎、连明一回禀:"没有拿着。"县官大怒,每人各打三十大板。打完之后,县官向他二人说道:"下期访查不着,仍然再打,看你们二人尽心不尽。"樊虎、连明受责之后,县官退堂。

樊虎、连明在班房里跟手下伙计商议,大家齐说不一。樊虎说:"据我想,这劫皇杠的响马一定是过路的响马,打家劫舍,得了六十四万杠银,远走高飞,到别处受用去了,我们上哪里找去呀?再者响马抢劫亦没有说名道姓的,这程达、尤金两个名字亦是假的,更没法拿啦!"连明说:"要这么办,咱们要是三天受回责,揍死亦不成啊!"樊虎说:"那有什么主意?"连明道:"我有个主意,到了三天访不着老爷再打的时候,打完给他个不起来,叫他把下次的一同打了吧。县官一定问怎么,那时你我可以叫官去到节度衙门,把二哥秦叔宝请来帮助我们,那响马才能拿得着哪!"樊虎道:"好计好计。"于是哥儿俩带着伙计往各处访查,查了三天,又无着落。

次日两人回衙,县官徐有德升了大堂,二人跪倒回禀道:"老爷,我二人又没拿着响马。"县官大怒,吩咐左右:"每人各打三十大板。"樊虎、连明挨完了打,县官吩咐道:"再给三天的期限拿响马,如若拿不着,仍然重责。"樊虎、连明齐声说道:"就请老爷再打三十板吧,我们无处去拿。"县官问道:"怎么你二人愿意受责呢?"樊虎说:"老爷,就是打死了下役,亦是无处去拿。"弄得县官着急道:"按照你们二人所说,这响马是拿不着了?"樊虎道:"老爷,不是下役拿不着,这响马一定是远方来的,打此路过,作完了案哪,远走高飞了。老爷让我们在这历城县县境之内去拿,如何能成啊? 如若要拿响马,必须发下海捕公文,到各处去拿。"县官说:"既然如此,本县就发你们二人海捕公文。"樊虎说:"老爷虽然给我们海捕公文,我们的本领有限,如何能拿得了响马? 如若要拿响马,非得秦叔宝才能拿得了响马哪!"县官问道:"他是节度使衙门的旗牌官,焉能前来帮助你们捉拿响马啊?"樊虎道:"老爷请想,要是拿不着响马,别说老爷没法办,就是节度使唐大人亦得丢官罢职。老爷若肯去到节度使那里面见唐大人,跟他哀求,借秦琼捉拿响马,据下役拙见,节度使唐大人不至于驳回的。"县官一听,甚为有理,遂道:"本县立刻前往。"吩咐鞴马,于是县官徐有德带了几个亲随,乘跨坐骑,够奔节度使衙门而来。

　　县官到了辕门,说明求见唐大人,辕门小校往里回禀。此时唐璧正然在大堂办公哪,听说县官求见,将历城县县官的手本呈上,唐璧看了看,料想县官必有紧要大事前来求见,吩咐:"有请。"喊了出去。徐有德来到大堂跪倒,口称:"卑职历城县徐有德拜见大人。"唐璧道:"县官免礼。"一旁赐座,徐有德落了座。唐璧问道:"贵县到此有何公干?"徐有德说:"大人,卑职因为六月二十四日长叶林皇杠之事奉到大人台谕,限期捉拿响马,至今未能拿着。实非得已,特来恳求大人,借用秦叔宝帮助卑职捉拿响马。"唐璧勃然大怒,厉声喝道:"胆大的县官,我部下旗牌官,焉能帮助你捉拿响马?"县官徐有德吓得慌忙跪倒,向唐璧哀求道:"大人息怒,卑职非是无知,请大人细想,到了期限若是拿不着响马,怒恼了靠山王,不惟卑职差事不保,就是大人的前程亦怕不稳。把秦叔宝借给卑职是小,捉拿响马是大。"唐璧听他这么说,想着要拿不着响马,到了期限一满,靠山王杨林一恼,把差事丢了还不算,大小还得担点罪名,不如把秦琼借他一用,拿住比什么不强?想罢,向县官说道:"你所说甚为有理,就将秦叔宝拨给于你。"唐璧说把秦叔宝借给他,县官惊喜非常,叩谢不止。唐璧把秦叔宝叫至面前,吩咐道:"如今本藩将你拨给历城县捉拿响马。"县官徐有德向唐璧叩头道:"大人,卑职蒙恩将秦旗牌官借用,但是秦叔宝不是我历城县衙役,卑职无权节制。常言:官不举,吏不究;上不紧,下必慢。若是秦琼不上紧捉拿响马,过了期限,还是没法交待。这一层还求大人替我做主。"唐璧说:"不要紧,本藩既把秦叔宝拨给你,由你赏罚,他若不实心去办事,可以重责。"徐有德叩头谢恩,站起身形,往旁一退。唐璧说:"秦琼,你若能帮助历城县将响马拿获回衙,我必然让你越级高升;倘若过了期限拿不着响马,回来之时不惟将你革职不用,还要重重地治罪。"秦琼说声"遵大人谕",随着县官退下了大堂。两个人走至辕门,县官说:"叔宝,我先回衙,你明天早晨到我县衙领牌办案可也。"叔宝说:"是吧。"

叔宝把县官送走,收拾马匹军刃,心中暗想:县官不明白这些事,一定是樊虎、连明两个人跟县官说的,借用我秦叔宝,我若办不着这案,大料着由节度往下不定丢多少官呢。有什么话先行回家,明天再说。于是秦叔宝回到家中,把他的事禀明了老母,住了一宵,次日嘱咐妻子好好侍奉婆母,又嘱咐罗士信在家中听大爷秦安的话,才带了军刃,门前上马,够奔历城县衙。

第二十一回　秦叔宝三探汝南庄
程咬金初会太平郎

秦琼来至县衙下马，樊虎、连明与众衙役齐来迎接，樊建威说："二哥，我们哥儿俩遇见这样的紧要案件无法办理，在老爷面前说明，求二哥得多受累，帮助我们把这响马程达、尤金拿获。"叔宝是个重义气的人，亦没有什么说的，大家来班房落座吃茶。没有多大工夫，县官升了大堂，衙役三班两边站立。县官命秦叔宝捉拿响马，赏限半个月，发给海捕公文。秦琼退了下来，领了盘费，县官退堂。樊虎、连明赶出来问道："二哥，你要用我们二人只管言语。"秦叔宝说："不用你们管，我自有办法。"秦叔宝拉着马离了衙门，走奔南门，心想：这长叶林离着汝南庄最近，东路的响马头儿又是尤俊达，莫非是尤俊达所为？不能吧，在潞州二贤庄，有单雄信给指引了，又给我托付好了，有我叔宝一天，他们不在济南一带作案。我想尤俊达很够个朋友，绝计做不出这样事来。忽然想起来：我何不到少华山去找王伯当、谢映登、齐彪、李豹四个人去，问问他们，像这么大的事情，不至于不知道。想罢，上马出离了济南府，不分昼夜，赶奔少华山。

非止一日，这天来到少华山，命喽罗兵往里回禀，王伯当、谢映登、齐彪、李豹四个人赶紧出来迎接。见了面，彼此施礼完毕，喽罗兵把马接过去，弟兄等来至大厅落了座，喝着茶，各叙离别之情。说了会儿话，跟着酒筵摆上，弟兄等入了座，巡壶把盏，斟酒布菜。酒过三巡，菜过五味，王伯当问道："二哥，你这几年没见，忽然至此，莫非有什么事吗？"秦琼说："是，列位弟兄，如今我虽在唐璧手下当差,又拨回历城县了。"众人问道:"怎么又拨回历城县呢?"秦琼遂把长叶林的响马六月二十四日劫皇杠,丢了六十四万杠银,靠山王传下王旨,限令山东文武地面官员捉拿响马之事说了一遍。"如今历城县在唐节度处,把我调回捉拿劫皇杠之人,我来找你们哥儿几个打听此事是谁所为,大概不至于不知道吧?"秦琼这么一说,闹得四个人一怔,齐声说道:"实是不知道。"王伯当说道:"莫非是新上跳板的人干的?要是自己人,绝不好意思在山东作案。"齐彪说:"什么新上跳板的人哪,秦二哥你不用瞎撞,简直的你就找尤俊达去问,要不是他干的,你把俺齐国远的眼睛给挖了去。"李豹道:"对对对,要不是他尤俊达干的,我是狗娘养的。"王伯当、谢映登说:"二哥你不要听他们的,找尤俊达固然是得找他,你可慎重,不要莽撞,耽误弟兄的交情。"秦叔宝说:"我去找他,瞧事行事。"大家吃完饭,叔宝在少华山住了一宵,次日告辞。四个人还要留他,叔宝说:"限期很紧,不敢耽搁,我走后还求你们哥儿四个替我打听此事。"四个人说:"是了吧。"把秦叔宝送出少华山,秦叔宝山前上马,向众人告别。

叔宝催马如飞,不分昼夜赶回济南府,没进城就奔汝南庄。来到汝南庄,就听见一片音乐之声,到了尤俊达门前一望,见门前贴着榜文,写的是:重演四十九日梁王忏,自六月二十一日起。这段的小节目叫做头探汝南庄。秦叔宝可就怔了,暗想:他家既是办周年念经超度,焉能去劫皇杠?况且他家是六月二十一日起念的经,劫皇杠又是六月二十四日,绝不能是他们家干的了。我既知道他家办事,就得写个封行个人情。于是秦叔宝催马够奔斑鸠店,到镇店上打了烧纸,弄好了封儿,又到了汝南庄。来至门前下马,尤俊达的家人接过马去,秦琼进来,尤俊达相迎。秦叔宝说:"俊达兄,你家中办事,理应当赏个信给我,没别的,我得给张罗,你怎么亦没给小弟送信?"俊达说道:"叔宝兄,你的事多,小弟绝不肯劳动。"说着,叔宝把礼节交代完了,叔宝就告辞,尤俊达苦留不住。叔宝门前上马,与俊达拱手作别。叔宝催马往回走着,心中暗想:我若跟尤俊达一说,他家里有事,显着是给他添麻烦。哎呀! 这件事可怎么办哪? 忽然觉悟过来了:尤俊达他许是劫完了皇杠装着玩,弄这棚经遮避遮避,亦未可定。管他是不是劫皇杠之人,我且到他家问他一问。

　　叔宝把马圈回来复至汝南庄,门前下马,家人把马接了过去,早就有人飞报尤俊达。尤俊达心下有些着慌,出来迎接,见了叔宝问道:"叔宝兄为何去而复返?"秦琼说:"有事相商。"二人来至大厅之中落了座,家人献上茶来,茶罢搁盏。叔宝说:"才有事忘记了,特意回来相问。"俊达说:"叔宝兄有何事问我?"秦琼说:"只皆因靠山王杨林给长安城解送六十四万杠银,太保罗方、薛亮押解杠银,走至长叶林,被人将杠银劫去,靠山王命山东文武地面官员捉拿劫皇杠之人,唐节度派我访查此事。小弟敢问俊达兄,当知此事否?"尤俊达失声道:"何处匪人如此胆大,敢在长叶林劫夺皇杠,绝不是我辈所为。想头几年在二贤庄,单雄信曾跟大众说明,无论是谁,亦不准在济南作案,错非是外人,绝不能劫此皇杠。"叔宝说:"仁兄可能打听得出来是谁吗?"俊达说:"这一层可是不易。"叔宝怔了半响,说道:"仁兄既是不知,小弟告辞了。"秦琼往外便走,俊达送至门前,二人拱手作别。秦琼上了马,走至斑鸠店,在这镇店里找店住店,吃完了晚饭安歇睡觉,二探汝南庄亦没有探出什么来。次日,秦琼起来,漱完口,洗完脸,给了店账,店门前上马,走出斑鸠店。忽然心内一动,又奔汝南庄走去。这正是三探汝南庄,染面诈登州。

　　且说叔宝到了尤俊达门前,望见榜文撤去,里面亦没有音乐之声,心中越发得生疑,显而明的是他们劫去的皇杠,怕官家前来访查,弄这手段遮掩于我。尤俊达,你未免不够朋友,我秦叔宝是个最重义气的人,你要如此对待我,未免不懂交情,我今天倒要问他个水落石出。想罢，下了坐骑，拉马走进庄门。尤俊达的家人见了叔宝可就怔了，万亦没想到他再回来呀，家人赶紧给秦琼接过马去。秦叔宝往里走着，尤俊达由后头出来，把叔宝让至大厅，二人落了座。尤俊达问道："叔宝兄为何去而复返?"秦琼说："我有事相商，我又回来了。我问问你，六月二十四日长叶林劫夺皇杠之事，是谁劫的，大概你不至于不知道吧?"尤俊达说："叔宝兄，小弟实是不知。"秦琼说："你既是东路的总瓢把，（管响马头儿调侃叫总瓢把。）有人在你的眼皮底下作的案，要说你不知道，不惟我秦叔宝不大相信，任谁亦是不能信的。"尤俊达说："要是咱们的人，得先报告于我，然后才能作案哪。这次出的这事亦很奇怪，连我都不知道，一定是新上跳板的。"叔宝说："不准吧，许是个老手，要不弄不了这么严密。你家里不是办事，怎么这经念得不到四十九天，又不念啦?"尤俊达说："因为我有事要走，故而停经不念。"叔宝说："不对吧，办周年没有中途不念的。"两个人越说嗓门越高，越说声音越大，闹得后院程咬金亦都听见了。程咬金向手下人问道："前院嚷什么?"手下人说："来的是鹰爪，他向我们的瓢把子要……"咬金不等听完，当时磨银子亦不磨了。原来靠山王杨林的杠银是马蹄银，经过官府，银子上边有字，尤俊达让大家把银子上的字磨下去好花用。程咬金没事就在后院磨银子，如今犯了他那个泼皮的性儿，赌气把银子一掷，亦不磨啦，伸手抄起一支单鞭来，心里想着：跟卖私盐的时候打死那官人一样，把这个鹰爪亦打死吧。他拿着单鞭够奔前院。

　　活该出事，正赶上秦叔宝往外走，尤俊达往外送。其实叔宝不是走，屋子里要是翻脸诸多不便。叔宝走出来，尤俊达紧随在后面。人心隔肚皮，做事两不知，防患于未然，秦琼转回身来，跟尤俊达脸对脸站在台阶上头说话哪，程咬金打算给叔宝来个"金风未动蝉先觉，暗算无常死不知"，冷不防抡起鞭在叔宝背后一鞭打去。说时迟,那时快,小孟尝真是眼观六路,耳听八方,通身是胆,浑身是眼,耳后"呼"的风声一响,叔宝使了个"黄龙翻身",咬金的鞭可就打空了。叔宝真个手快,伸手把鞭抓住,夺了过来,还鞭就打。叔宝的鞭还没打下去哪,咬金叫道:"太平郎儿哥哥手下留情!"叔宝把手擎住,向咬金问道:"你是何人?"程咬金说:"小弟是阿丑啊!"叔宝一听阿丑,把鞭撒手掷在地上,赶紧施礼道:"哎呀,原来是阿丑兄弟呀!"咬金说:"太平郎儿哥哥,你怎么会不认识我啦?"尤俊达见程咬金在后面用鞭打秦叔宝,已然惊心不及,及至叔宝闪身躲过,抓住鞭夺了过去,还鞭就打,急得尤俊达了不得。忽听咬金叫声"太平郎儿哥哥",两人就亲起来,尤俊达真是莫名其妙。

书中暗表,这程咬金就是程得臣之子,程得臣系叔宝祖父秦旭之徒。前者鄙人一开书的时候,说过秦叔宝的父亲秦彝在马鸣关的时候,杨林打破了北齐晋阳城,秦旭殉节晋阳,程得臣曾带着莫氏夫人与程咬金到马鸣关。程咬金、秦叔宝都在四五岁,小哥儿俩每日在一处玩耍,到马鸣关失守,秦彝、程得臣师兄弟死在马鸣关,秦安保着秦母,带着叔宝逃奔济南府,莫氏夫人带着咬金逃至东阿县斑鸠店枣林庄。弟兄两个多年没见了,程咬金万没想到这鹰爪是秦琼啊,亦是弟兄有缘,要不然怎么见得着面呀?正是久旱逢甘雨,他乡遇故知。

哥儿两个拉着进了大厅,咬金说:"俊达兄,这可不是外人,我们两人在一处长起来的。"咬金把当年的事儿学说了一遍,尤俊达才明白。秦琼向咬金说道:"兄弟,婶母现在何处?"咬金说:"就在这后院呢。"秦琼说:"我少时去看望她老人家。"尤俊达吩咐家人预备酒筵,秦琼此时亦说不上不吃啊。酒菜摆上,三人入座,斟酒布菜,巡壶把盏,三人谈谈论论。秦琼问咬金道:"你跟俊达是怎么个交情呢?"咬金说:"我们两人是盟兄弟,情如手足。"秦琼皱了皱眉,亦没说什么。咬金向秦琼问道:"你上这儿做什么来啦?"秦琼说:"我此时在济南唐节度手下当旗牌官,因为靠山王杨林的太保往长安城送六十四万杠银,走在长叶林被人将杠银劫去,靠山王杨林传旨叫山东各州府县一体严拿劫皇杠之人。给了半个月的限期,如若拿不着劫夺皇杠之人,唐节度与济南府刘刺史,东阿、历城两县的县官都得把差事革出,大小还要担个罪名。因为拿不着劫皇杠之人,历城县徐大老爷在唐节度面前恳求,借我秦叔宝捉拿劫皇杠之人,我来到汝南庄找俊达兄,是打听知道不知道谁劫的皇杠。"咬金听罢,用手一拍胸脯,向叔宝道:"这要是别人来可不成,哥哥你来啦,告诉你吧,劫皇杠就是俺老程,这官司我打啦!"俊达听咬金说出真情实话,暗暗着急,心里埋怨咬金不该将事说出,如今他已然说出来啦,那就无法啦,俊达不能输面呀,向叔宝说道:"叔宝兄,这里没有咬金什么事,是我尤俊达所为,这官司我打啦!"咬金说:"不成不成,这官司我打啦!"两个人争个不休。

叔宝把二人拦住道:"你们哥儿两个不必如此,我有话跟你们商议。"咬金说:"商量什么,这个官司我是打定啦!"叔宝说:"你们哥儿两个都不要去打官司。这事要是别人干的,讲不了啦,得跟我去打官司;你们哥儿两个跟我这个交情,谁亦不用打官司。你们不是告诉我吗,我心里有底,回到衙门我要不说,人不知,鬼不觉,不往上报就完啦,反正无人知道。你们哥儿两个可千万别走漏风声,亦就完啦!"俊达说:"怕不妥吧。"叔宝说:"绝无妨碍。我说这话你们不用犹疑,就这么办啦!"程咬金、尤俊达仍然不定神,叔宝说:"我非歹意,如若不允,就是疑惑我不够朋友了。"程咬金、尤俊达喜欢得了不得。当时哥儿三个把话说透啦,没有别的事,纵量饮酒。程咬金、尤俊达见叔宝这人是这好的朋友,如何不敬奉啊,在酒席筵前格外透着亲热。直至席终,叔宝漱完了口,叫咬金同着看望程母。看望完了,说了会儿话,叔宝跟尤俊达、程咬金告辞。二人把叔宝送出庄门,叔宝上马,拱手作别。

尤俊达跟程咬金走进来,到了大厅,咬金说:"大哥,我们两人是发孩儿,你瞧他真够面子,他回衙不说,谁能知道是俺们所为?"尤俊达说:"兄弟,你这人真是实心眼儿,他们衙里当官差的是靠不住,别看嘴说得这么好听,心里未必这样。我想他回衙必是报明了县官,调来了官军前来拿咱们。"咬金道:"不能不能,大哥你不知道我们的交情,我们这是世交,绝不能有舛错。"尤俊达说:"不管有错没错,反正是防备着好得多。"不待咬金说什么,把飞毛腿朱能叫至大厅,吩咐朱能道:"你赶紧追下秦叔宝去,他若是回衙门去调官军,前来捉拿我等,你赶快回来告诉于我,我自有主张。"朱能遵命,立刻就追出汝南庄。追上叔宝了,朱能在暗地追下来,心里赞成尤俊达真猜透了叔宝是回济南府去调兵。朱能怎么会知道叔宝回济南调兵去呢? 他认识叔宝走的这股道儿是奔济南府去的道儿,叔宝的黄骠马走得飞快,若不是回去调兵,干嘛走得这么快呀? 朱能两条飞毛腿没让秦叔宝给丢下。朱能追叔宝追至两肋庄,忽见叔宝一勒马,站住不走了,见叔宝在马上摇头不止,点头不已,朱能猜不透叔宝心里是怎么回事。没有多大会儿,叔宝一圈马,岔了道儿了,朱能在后头追着更纳闷了:叔宝不回济南府,岔了道啦,这是怎么了? 这段书就是茶馆酒肆街谈巷议的秦叔宝舍命交友,秦琼为朋友两肋岔道。(不知细情的胡说,说秦琼为朋友两肋插刀,大谬大谬。)阅者诸君要问秦琼为什么两肋岔道,别忙,容我把秦琼的心事说明,阅者便知是怎么舍命交友两肋岔道了。

原来秦琼往回走着,原有意回济南府,忽然走在双阳岔路,一股道是往济南府去的路,一股道是往东三府去的路。秦琼把马勒住,心中思忖道:我秦琼此次往来奔驰,非为容易,把劫皇杠之人访查实了。偏不作脸,这里头不是尤俊达个人所为,有阿丑兄弟在内,我要回衙门一报案,拿住他们俩人,阿丑绝计活不了,我婶母莫氏老太太岂不急死？如今我回历城县见了县官徐大老爷，说没有查着，我是没有死罪，任什么亦不怕，可是山东的官儿可就坏多了，上至唐节度，下至刺史刘芳，东阿、历城两县亦得丢官罢职担处分，我怎么对得起这些人呢？秦琼秦琼，你自从到了济南府当差以来，这些人待你如何？你尽因了交朋友，不管你的新旧上司了，你怎算人哪？秦琼前思后想，为难没有办法。忽然把头点了点，心中暗道：我顾了交朋友，可对不起上司；对得起上司去拿尤、程二人，可就不够朋友的义气了。我何不前往登州府去见杨林，如此恁般来个公私两尽的办法，假装程达、尤金在登州府打官司，就说六月二十四劫皇杠是我劫的。为朋友我豁出这条命不要，替他们把案清了，从此以后无人拿他们，他们过安然日子，日后亦就知道我秦叔宝舍命交友，两肋庄岔道奔登州。我若死在登州府，靠山王杨林亦就不为难济南府的官员了，豁出我一条命去，保住了多少官员的前程，我何乐不为？秦叔宝拿定了主意，一圈马，岔道奔登州走下来。这俊达有心结交咬金的节目说完了，接着说这段秦叔宝染面入登州，诈见靠山王。后边的朱能不明白秦叔宝是怎么回事，说书的可得表明。

第二十二回　全义气染面闹登州
　　　　　　领龙票计赚老杨林

　　且说秦叔宝从两肋庄岔了道,没回济南府,豁出命去假装程达、尤金诈见杨林,够奔登州府。晓行夜宿,饥餐渴饮,非止一日,这天来至登州城外一个村镇。天光至辰时,离着城有个五六里路啦,在镇市内一家铺买了一包蓝颜色,买了个鸡蛋,又买了个黄沙碗。走出村镇,到了座树林之中,把马往树上一拴,把颜色打开包儿,往黄沙碗内一倒,将鸡蛋磕破了,连清儿带黄儿一搅,便把颜色调和匀了,用手往面上一抹,都抹匀停了,"啪嚓"一声,将碗摔碎,解下马上了坐骑,飞奔登州。到了城外护城河边下了马,饮饮牲口,洗了洗手,往水内一照,瞧了瞧自己的模样,蓝蓝的脸蛋儿,要装作咬金可就搪得过眼去了。此时见假扮成真,秦琼便上马进城。走至一座酒楼前,一勒坐骑,下了马,跑堂的出来,接过了黄骠马,往柱子上一拴。叔宝取下双铜,往怀中一抱,走进酒楼,顺梯而上,到了楼上,找张桌儿坐下,叔宝双铜用力往桌上一放。堂官瞧着叔宝这个脸膛,心里就直犯嘀咕,向叔宝问道:"客官,你用什么酒菜呀?"叔宝说:"来一桌上等酒席,不拘多少钱,可要好着点儿。"堂官说:"是了吧。"喊了下去。堂官给倒上一碗茶来,叔宝喝着,往各处一看,楼上有十几个饭座儿,内中有两个当兵的,穿着军装号坎。书中暗表,这两个当兵的是靠山王府的总旗牌官高谈圣的亲随,今天在这楼上吃饭哪,被秦叔宝望见。

　　秦叔宝向堂官问道:"你们这登州府内有个靠山王杨林

吗?"堂官说:"有啊,谁人不知靠山王啊!"叔宝说:"你可听见这靠山王的二拨杠银往长安解送没有?"堂官往四外看了看,见有官人,不可说犯歹的话,向叔宝答道:"没听说。"此时两个官军酒可就不喝了,两只眼睛目不转睛地瞧着秦琼。秦琼说:"堂官,你若能给我打听明白靠山王的二拨杠银什么时候走啊,我程达尤金给一千银子。"堂官说:"我亦不知道皇杠杠银的事情,我亦不贪图这一千银子。"秦叔宝跟堂官说着话儿,那两个军士暗含就嘀咕好了,一个假装喝着酒,一个悄悄地下了楼,飞奔靠山王府。到了王府里面,见了总旗牌官高谈圣,回禀道:"老爷,如今劫皇杠的程达尤金可有了下落了!"高谈圣问道:"你怎会知道?"军士把高家楼听程达尤金打听二拨杠银的事儿回禀了高谈圣,高谈圣闻听,惊喜非常,立刻就点齐了二百名官军,离了靠山王府,飞亦相似够奔高家楼酒楼。到了酒楼前一围,呐喊声音:"拿呀!劫皇杠的响马呀!"

此时秦叔宝已然吃得酒足饭饱,听见楼底下一阵大乱,叔宝知道是拿自己来啦,由桌上把双锏拿起来,一脚将楼窗踹开。隔壁是个平顶的房子,叔宝便跳出楼来,站在平顶房上一声喝喊:"官兵听真,俺便是劫皇杠之人,你们敢把我怎么样!"官兵在底下喊嚷:"拿呀!"惹得老远看热闹之人把街巷填满,挤挤擦擦地观瞧。秦叔宝忽见楼窗里跳出一人,身高约在八尺,细腰乍臂,白方面目,是个俊俏人物。头上戴着素缎子扎巾,勒着一对亮银抹额,迎门上嵌一宝,身穿长箭袖袍,衣襟掖着,白绸子裤子,青缎子靴子,手使一对银装锏,向叔宝喝道:"呔!胆大的响马,六月二十四日你劫完了皇杠,就应当远奔他方,还敢在登州府内打听二拨杠银,哪里走!""呼"的一声,抢锏打来。叔宝往旁一闪,抢凹面金装锏和他动起手来。书中暗表,此人是靠山王府的总旗牌官高谈圣,确是个有本领的人,跟叔宝在房上来往蹿纵动着手。有五六个照面,叔宝使了个翻身式,白猿献果的招儿,高谈圣躲闪不及，往后一仰，"扑通"一声从房上摔了下来。官兵过来，把高谈圣搀扶了起来，摔得周身疼痛。

叔宝在房上说道："官兵听真，你们拿俺如何能成？你们太不懂事，理应当和我好说，我便跟你们去打官司；你们不开面儿，我可要走啦！"吓得底下官军怕他走了，便说："好汉爷，你下来吧，跟我们去打官司，绝不能叫你受半分委屈，好酒好菜我们敬奉你，是和你交朋友的。"叔宝哈哈大笑，遂道："俺程达是个交朋友的人，好吧，你们既是交朋友，俺便跟你们打官司。"说着话从房上跳了下来，官军说："你多憋屈点儿，跟我们打官司吧。"叔宝说："你们把我捆上。"官军说："我们不能那么办，请你跟我们走得了。"叔宝哈哈大笑说："好吧，你们既懂交情，走吧，咱们打官司啦！"说着，叔宝把双铜一撂，官军过去把铜捡起来拿着，一起往靠山王府走去，惹得后面看热闹的人追着观瞧。到了王府，叔宝走进府门，跟官军说："你们把我捆上吧，回头见你们王爷好交待得下去。"官军遂把叔宝上了绑，立刻往里回禀靠山王。

靠山王杨林得报拿着劫皇杠的响马，吩咐升坐银安殿，一干诸战将、十二太保以及刀斧手、绑缚手、中军官、旗牌官、掌旗官、虎贲军等在两旁站立。杨林吩咐："带响马。"立刻值日旗牌官一声喊嚷："带响马！"由打外面推着叔宝来至银安殿下。叔宝跪倒，偷眼观瞧，见杨林坐着哪，要是站起来，身高足有丈外，长得虎背熊腰，紫巍巍的脸面，两道苍眉，一双虎目，鼻直口阔，三山得配，五岳相匀，一部花白胡须洒满前胸。头上戴着一顶紫金五龙盘珠冠，身穿一件紫缎色蟒袍，锦簇簇，花绒绕，蟒翻身，龙探爪，下串海水江涯。别的有桌案挡着，可就瞧不见啦。叔宝暗想：杨林这人偌大年岁，一团精神足满，不弱于少年。杨林一掌拍得帅案山响，厉声喝道："你就是劫皇杠的响马吗？"叔宝说："正是。"杨林刚要往下问，忽见中军官奔过，一哈腰低头观瞧，见叔宝脸上直往下流蓝水。中军官往后一退,心中纳闷不止。杨林问道:"你这响马叫做什么?"叔宝说:"姓程名达,号叫尤金。"杨林命太保罗方上前,认认是否劫皇杠之人。罗方瞧了瞧叔宝,向杨林说道:"回禀父王,劫皇杠者正是此人。"中军官从怀中掏出块手巾,往手巾上直吐唾沫,大众都以为中军官疯了呢。中军官拿着手巾,往叔宝脸上就擦。此时叔宝见中军官用手巾擦自己脸上的蓝色,知道用颜色染面的事儿被人看破,这回白白送死,死虽不足为惜,只是被人看破行藏,替不了程咬金、尤俊达销案,亦不能借此保护山东济南府的文武官员,吓得魂飞千里,魄散九霄,心中暗恨杨林的中军官。

别看叔宝心中怨恨这中军官,其实这中军官却是个好人。他为什么用手巾擦叔宝的脸呢?只皆因叔宝脸上往下流蓝颜色,中军官疑心,听他的口音好像秦叔宝,才有这个举动。书中暗表,这中军名叫上官狄。前者鄙人曾说过,叔宝充军发配北平府,同着金甲、童环三人走在路上,救过一个上吊之人,到了磨盘山向金城、牛盖两个大王给上吊之人要回珠宝。那上吊之人便是上官狄,他在靠山王府当中军官,要没有秦叔宝搭救他,他早就死在磨盘山了。上官中军是个好人,自从叔宝救过自己的命,便有心报恩。常言道:受人点水之恩,便当涌泉相报;受人活命之恩,便当以身相报。他有心上趟山东济南府去看望恩人秦叔宝,上官狄多了个心眼儿,可就没敢去,因为什么哪?想当初在磨盘山听金城、牛盖说过,秦叔宝虽然把我搭救了,怕我告诉别人,或是回禀靠山王杨林,日后不拘哪里响马作了案,把秦叔宝牵连案内,就不是我上官狄泄的底,他们亦疑惑是我上官狄给坏的事。我要不说,谁能知道秦叔宝跟他们匪人都有来往呢?上秦叔宝家里送礼去不得,看望秦叔宝亦是去不得。上官狄有这层关系,便没去看望秦叔宝。如今他见叔宝脸上往下流颜色,知道这人是用颜色染的脸,不是本色,更疑惑是秦叔宝了。他便用手巾去擦叔宝的脸面,果然擦去了那蓝颜色,露出了叔宝本来的真面目,靠山王见了亦是一怔。

上官狄见是秦叔宝,心中这个难可就为大啦,心里想着秦叔宝为了何事假扮劫皇杠的响马呢? 万般无奈,上官狄向靠山王跪倒,口称:"父王千岁,儿臣看破了这人是假扮响马。儿臣认识此人,他不是程达尤金,他姓秦名琼字叔宝。"靠山王吩咐罗方、薛亮上前认认,劫皇杠是他不是。罗方、薛亮奔至叔宝面前,仔细一看,忙道:"不是他,不是他,劫皇杠的人长得相貌凶恶极啦!"靠山王点了点头,命罗方、薛亮退在一旁,向上官狄问道:"上官狄,你怎么会认识此人哪?"上官狄说:"父王千岁,前几年我奉命给越国公送寿礼,走在磨盘山被那山中的匪人金城、牛盖将寿礼劫去,儿臣在树林里上吊,多亏他秦叔宝将儿搭救。他那时在潞州打死人命,充军北平府,同着两个解差,路过磨盘山搭救了儿臣之后,又去找金城、牛盖要宝珠。那金城、牛盖不肯将宝珠退还,秦叔宝不依,要和他们翻脸。他们说,不是不还宝珠,撅你秦叔宝,而是他上官狄回到登州府见了靠山王声说此事,将来山东地面不拘是哪里有响马作了案,亦得把秦叔宝牵连在内。儿臣那时对他们起誓发愿,回到登州府见了父王一字不提,然后金、牛盖才把宝珠退还。要没他秦叔宝搭救儿臣,头四五年就死在磨盘山了,他是我活命的恩人,故而认识于他。至于他因为什么假扮响马染面入登州,儿臣一概不知,但却知他秦叔宝是个义气最重的人,其中必有缘故。望父王千岁看在他是儿的恩人分上,详细审问,以免他被屈含冤。"上官狄说罢,叩头不止。靠山王杨林听他从头至尾说完了,心中暗想:若果如此,定是好人,可是又因为什么染面诈登州呢? 想至此处,向上官狄说道:"我儿免礼平身,站立一旁。"上官狄往旁边一站。

靠山王杨林向秦叔宝问道:"你可是上官狄的恩人叫秦琼秦叔宝吗?"秦琼无法,只可回答说:"不错,我是秦琼秦叔宝,当年在磨盘山搭救上官狄是实。"杨林问道:"你为什么染面诈入登州府呢?"叔宝说:"千岁要问我为什么染面入登州,只皆因我在济南府唐节度使手下当作旗牌官,自从响马在长叶林劫完了皇杠,济南府文武官员奉了王旨捉拿响马,可那响马不是山东济南的人,大约许是从济南府路过,作了案,远走高飞。地面官人拿不着响马,急得历城县的县官到了唐节度衙门借用我秦叔宝捉拿响马。我亦无处去拿,又怕是过了限期拿不着响马,王爷一恼就得把济南的文武官员革职充军。俺秦叔宝是打算染了面假装响马进登州,豁出去性命不要,给济南府的文武官员销了案,保住他们的官职。这是真情实话,惟有恳求千岁,体察下情,原谅济南府的文武官员非是当差不尽职,那响马一定是远方来的。若能保住了他们的官职,就是千岁杀了我秦叔宝,治我欺诈的罪名,我亦倾心愿意。"说罢,叩头不止。靠山王杨林虽是个武夫,心里可是最明白,暗想:秦叔宝是个义气最重的人。因为他搭救过上官狄,原就喜爱他,再瞧他的相貌,更是欢喜,有心赦他无罪,又想跟他亲近亲近。杨林想的是自己膝下无儿,虽是十二家太保,个个武艺平常,准有良心的是谁,亦是瞧不出来的,料到秦叔宝这人既是好的人品,为官亦得是个忠臣,交朋友亦是最重义气的,为子必然尽孝。我虽无儿,要认他作为义儿干殿下,待承好了他,他必然错不了。

　　杨林想至此处,便向秦叔宝问道:"你家中都有什么人呢?"叔宝答道:"我家中只有老母和妻子,至亲三口,并无外人。"杨林问道:"你惯使什么兵刃?"叔宝说:"我惯使双锏。"杨林命叔宝免礼平身,叫人取了一对锏,又向秦叔宝说道:"你把双锏练上一趟,孤要观瞧。"叔宝说声"遵命",便在银安殿下,把双锏往怀中一抱,冲杨林施上一礼,然后双锏往左右一分,按照家传的锏法,一招一式地练开了。杨林与左右一看,白鹤展翅怎提防,斜身绕步盖顶梁。上使插花盖顶式,孤树盘根下扫强。仙人换影来得快,错铜穿梭往上扬。里撞外磕人难躲,白蛇吐信把人伤。刚一练是一招一式,走开了双铜抡动如飞,恰似双蛇乱窜。杨林见他的双铜金光万道,呼呼带风,真是高人所传,名人所教,八字的招数拨、挂、磕、躲、撩、捎、拉、错,八八六十四手儿。练完了一收式,丁字步儿一站,面不更色,气不涌出,浑身上下纹丝儿不动,杨林大悦。秦叔宝练完了,把双铜交与别人,上了银安殿,冲杨林跪倒,口称:"遵王谕已将双铜练完。"

杨林说:"秦叔宝,孤有一事跟你相商,你可愿意吗?"秦叔宝说:"千岁有话请讲。"杨林说:"孤年过六旬,膝下无儿,虽有十二家太保过继于我,本事皆不如你。如今孤过继你为十三太保,不知你意下如何?"秦叔宝说:"千岁,小人一介庸夫,焉敢承当太保之列,绝难从命。"杨林一听叔宝不愿意,勃然大怒,把眼一瞪,喝道:"胡说!凭孤过继你为太保,你敢违命吗?"叔宝说:"非是小人违背王旨,只因家中有老母在堂,此事必须我回到家中,禀过老母之后才敢应允。"杨林说:"你既如此声说,有关孝道,孤赏你一个月的假期,你回到家中把你母亲接来,同至登州,孤家绝不亏负于你。"叔宝说声"遵命",然后向杨林叩头道:"千岁,我有一事恳求,望千岁应允。"杨林问道:"你有何事?"叔宝说:"我求千岁再为赏限,展期捉拿响马。"杨林说:"孤原是等待期满,将他们免职的免职,充军的充军,个个都得重办。如今看在你的分上,饶恕他等。孤赏你龙签龙票,无论响马身在何方,凭孤的龙签龙票,天下皆可捉拿响马。"叔宝叩头谢恩。杨林当时发给龙签龙票,叔宝跪接完毕。杨林说:"叔宝,孤看在你的面上,无限期捉拿响马。"叔宝一听,真是喜之不尽。叔宝磕完头,杨林吩咐上官狄道:"上官狄,孤赏给秦叔宝一桌酒席,命你奉陪,然后你把他送出登州。"上官狄遵命,杨林回到里面歇息去了。

上官狄把叔宝让至外面,与众太保、旗牌官、中军官给秦叔宝一一指引,大众喜爱秦叔宝的人品,谁不恭维呀?上官狄把叔宝让至屋中,命手下人伺候叔宝净面。叔宝洗完了,酒席摆上,上官狄把叔宝让至上首,自己在下首相陪,众太保等都来敬酒。大家张罗完毕,各自散去,上官狄这才跟秦叔宝谈论肺腑之言。叔宝不能把程咬金、尤俊达的细情说与上官狄,只把自己倾心愿意替地面官儿销案的意思说了。上官狄说:"你的事儿实是险哪!倘若王爷一恼,你的命可就完了,如今总算万幸。"叔宝说:"六十四万杠银,地面上文武官员谁担得了啊?如今王爷给我龙签龙票,无限期拿人,文武官员俱皆免罪,这份恩德实在不小,叫我秦叔宝如何答报?"上官狄说:"那倒是件小事,你可千万在一个月内把伯母接来,王爷是实心实意要收仁兄为太保。你若到了一个月不到登州,王爷一恼,怪罪下来可就糟啦!"叔宝说:"是吧。"二人吃了个酒足饭饱,这才命人撤去残席,漱完口,喝了会儿茶,叔宝告辞。上官狄命人把叔宝的黄骠马给要来,鞴好了自己的马匹,带了十几名亲随,与叔宝在靠山王府府前上马,齐催坐骑,各抖丝缰,够奔西门。到了西门外,走出关厢,叔宝才把上官狄等拦回去。上官狄率众回归登州,暂且不表。

第二十三回　单雄信遍撒祝寿帖
　　　　　　　　程咬金拦路劫财宝

　　却说秦叔宝往回走着,够奔济南府,一路之上无书,亦不过是晓行夜宿,饥餐渴饮,非止一日。这天走至两肋庄岔道之处,秦叔宝一拨马,就往汝南庄走下来了。到了汝南庄,远望尤俊达、程咬金二人在门前站立。叔宝临近了,尤俊达、程咬金向秦琼施礼道:"秦二哥可受了累了,为朋友两肋岔道,染面入登州,如今回归,可喜可贺。"叔宝下马还礼,心中纳闷:他们怎会知道此事呢? 书中表过,尤俊达派飞毛腿朱能在暗中随下秦叔宝,秦叔宝到了登州,朱能亦到了登州。秦叔宝的事儿完了,朱能知道了,不分昼夜赶回汝南庄,见了尤俊达、程咬金,把秦二爷染面入登州、两肋庄岔道的事回明,尤俊达、程咬金感仰秦叔宝是个舍命交友的人。今天叔宝来至汝南庄,尤俊达、程咬金出来迎接,故而知道。

　　叔宝的马匹有尤俊达的家人接了过去,三个人到了里面,大厅里落了座,家人献茶。尤俊达向秦叔宝说道:"秦二哥此次不辞劳苦远奔登州府,染面入城,你要替我们弟兄销案,舍命交友,实是难得。好在你我弟兄交到这步,交深不言浅,我们二人只有感激而已。"秦叔宝说:"已过之事不必提他。你们哥儿俩有这六十四万杠银,终身吃喝不愁,从此以后可以洗手不干。"尤俊达、程咬金齐声说道:"小弟谨遵兄命。"说着话,家人把酒筵摆上,弟兄三人入座,巡壶把盏,斟酒布菜。酒过三巡,菜过五味,尤俊达向秦叔宝问登州府见杨林的事情怎样,秦叔宝便把杨林要认自己为义子，及赦免济南文武官员无罪，给自己龙签龙票无限期拿人等等的情形向他二人说明。尤俊达、程咬金听着，真是感激流涕。

哥儿仨正然说话，忽然家人拿进来一份请帖，交给尤俊达。尤俊达接过来一看，是秦叔宝的请帖，在九月二十三日在济南府给秦母做寿。尤俊达很是纳闷：秦叔宝刚从登州府回来，尚未回家，他家里怎么会撒出来请帖呢？尤俊达攥着请帖一愣神儿，程咬金可就沉不住气啦，向尤俊达问道："你拿着那是什么玩意儿，你冲他发愣啊？"尤俊达说："我拿着的是秦二哥的请帖，秦二哥要给伯母办寿。"程咬金道："好极啦，好极啦！"秦叔宝忙道："且慢，我没有给我母亲办寿日呀！"尤俊达说："那么这份请帖是从哪儿来的哪？"秦叔宝说："问问家人是谁送来的便知。"尤俊达把家人叫进来问道："这份请帖是谁送来的？"家人道："这是山西潞州天堂县二贤庄单二员外派人送来的。"秦叔宝一听，心里一动，暗道：单雄信为了何事给我撒帖，要给我母亲做寿呢？尤俊达一听是单雄信撒的帖，心里可就为了大难啦。

阅者诸君要问尤俊达为的是什么难哪，是尤俊达猜透了单雄信的用意，为了大难。原来单雄信在山西二贤庄听见山东济南府长叶林有人把靠山王杨林的六十四万杠银劫去，心中大怒，想起当年哥哥在临潼山被李渊射死之后，曾在二贤庄发丧办事，约请天下各路的宾朋，在酒席筵前，因为秦叔宝在济南府当差，曾向天下各路的响马与江湖绿林道中人说明了，有秦叔宝一天，大家绝计不在济南府作案。如今怎么有人在长叶林劫了皇杠，做了这么大的事情，分明是撅我单通，要秦琼的好看。单雄信越想越恼，越想越有气，暗叫：单雄信单雄信，这些人哪是劫皇杠啊，分明是撅我单通，我若忍受了，一则对不起秦叔宝，二则我这五路响马头儿亦就不用当啦。忽然想出个主意来，有了，山东的事儿咱们山东去说，我以秦母做寿为名，撒出请帖，把天下绿林人满都聚在济南府,在秦叔宝的家中非把这劫皇杠的人究情出来不可,到了那时我姓单的就立立威。倘若没有办法,我姓单的就不用吃这碗绿林饭啦!单雄信想罢,才撒了请帖,传了绿林箭,自己要在九月二十三在济南府给秦母做寿。故此请帖送到汝南庄,尤俊达这才见着,心里就猜着单雄信是为长叶林劫夺皇杠之事,心里虽然猜着了,嘴里却是不好明言。

秦叔宝心里想着单雄信这个朋友对待我秦琼真是难得,他会记着九月二十三日是我母亲的生日,替我撒帖请人,我可别尽等现成的,我亦得赶紧回家撒我的帖,请我的亲族才是。秦叔宝向尤俊达、程咬金道:"如今既是单二员外给我撒帖请人,我亦得回家禀明了家慈,我今天住在这里,明天就得赶回济南府去。"二人说:"是吧,我们绝不留你,你好回去办事。"三个人吃喝完毕,撒去残席,当日秦叔宝便在汝南庄住下。次日起来,漱口洗脸完毕,叔宝告辞,起身离了汝南庄,半日之间到了济南府,先到历城县县衙,把靠山王杨林赦免济南文武官员无罪,并展限拿人的事情回明了县官徐有德,县官真是感激秦叔宝。

叔宝从县衙回至家中,见了秦安、罗士信,安慰了他们几句,二人给叔宝刷饮马匹。秦叔宝到了上房屋中,见了宁氏太夫人请安问候完毕,老太太这才问他,帮着县官访拿劫皇杠的响马之事如何,秦叔宝怎敢明言,只说认识靠山王的中军官上官狄,托他向靠山王求情,蒙靠山王允许,无限期拿人。老太太一听,亦就放了心了。叔宝说道:"娘啊,我有一事禀明了吧。"老太太问道:"你有什么事呢?"叔宝说:"我方才知道的,是单二员外从山西替我撒帖请人,要给你老人家做寿。"老太太说:"那可使不得,你为什么不拦呢?"叔宝笑道:"娘啊,人家把帖都撒出去了,我怎好拦呢? 咱们真要拦哪,已然来之不及啦,并且还亏负单雄信这份心哪!"老太太一听,亦就无法,向叔宝问道:"你打算怎么办呢?"叔宝说:"我打算赶紧撒帖,请咱们的亲戚。"老太太说:"你就去办吧。"叔宝遵命。次日回到节度使衙门,把登州府面见靠山王杨林,杨林命无限期拿人,赏给龙票龙签的事儿回明了,唐璧亦就放心了。于是叔宝把帖印好了,派人递往北平王府,并昌平王邱瑞处。与济南的亲友把请帖都撒到了,贾润甫、柳州臣、樊虎、连明等一些至近的朋友都到叔宝家中帮着办理一些事儿。叔宝与他们四个人商议好了,凡是外方远来的亲友,都让在贾柳店中,酒筵由贾家楼代办,济南府到的亲友全往家里让。贾家楼是贾润甫、柳州臣照料,家里头是樊虎、连明照料。诸事安排了数日,才预备齐毕。

不表济南府之事,却说山西潞州天堂县二贤庄的单雄信,把王伯当、谢映登、齐彪、李豹约来,打算一同前往,金甲、童环亦到二贤庄邀单雄信同往济南府。单雄信把寿礼与预备下的金银拴扎在骡驮子里头,二十四个骡子驮着,带了二十个庄客、四十余驮夫,将要起身,黄天虎、李成龙、丁天庆、盛彦师四人赶到,于是大家起身够奔济南府给秦母做寿。在路上没有什么说的,晓行夜宿,饥餐渴饮,非止一日。这天单雄信等走到离着济南府相差还有一站地,天色将黑,齐彪、李豹两人带着一个喽罗兵在头前探路。天色将黑的时候,路上行人正稀,忽听正北鞭子抽得"啪啪"直响,李豹、齐彪将马勒住。跟着就听见"哗啷啷"铃铛直响,瞧见有十数个骡驮子驮着些个很沉重的东西。在骡驮子后还有二十余骑,内中有六个头上都戴着扎巾,身穿长箭袖袍,外罩跨马服,身旁亦都佩带宝剑,看那个穿着打扮,好似旗牌官;有四个是青衣小帽,家人打扮的。这些人簇拥着一个公子,约有七尺之躯,细腰乍臂,双肩抱拢,面如敷粉,眉似漆刷,目若朗星,鼻如贯柱,四字口,大耳垂轮。头戴一顶粉绫缎色武公子巾,周围走金边金线,当中绣着串枝莲,如意钩双垂灯笼穗,上身穿着粉绫色短箭绣小袄,底下白绸子裤子,腰中系一巴掌宽五彩丝鸾带,足下素缎靴子,外罩一件粉绫色英雄氅,精神百倍,一表非俗。胯下一匹追风闪电白龙马,马上挂着一条五钩神飞亮银枪。在后边有个黑脸的大胖子,壮士打扮。齐彪说道:"咱们劫下这些人的东西,给秦二哥当作寿礼,可比俺们一个破灯笼强得多。"齐彪把双锤一摆,挡住去路,一声吆喝:"尔等少往前进,给爷留下买路的金银!"这伙儿人站住不走了,怒恼这位武生公子,在马上一欠身,摘下枪来,催马直奔齐彪。

　　书中暗表,这武生公子是北平王罗艺的殿下罗成。阅者要问,罗成为什么到了济南府哪? 别忙,得容说书人把这笔书述明。自从秦叔宝由北平府回了济南之后,秦氏夫人就时常想念叔宝母子,只因路远,不易见面。有一天忽然想起叔宝的母亲宁氏是九月二十三日的寿诞,趁此机会,应叫罗成去到济南府给他舅母上寿。秦氏王妃见了罗王爷,把这个意思说明,罗王爷很是愿意,便派罗成前往济南府拜寿。家人按着礼单去预备寿礼,这个事传说出来,尉迟南、尉迟北、党士杰、党士俊、张公瑾、白显道、史大奈等全都知道了,亦都愿意前往济南府给秦母拜寿,大家齐来找殿下罗成,求他在王爷驾前给大家说情。罗成说:"你们都上济南府,这王府里可就没人当差了。"大家听殿下一说,亦全都乐了。罗成说:"这么办吧,你们去六个旗牌、一个中军,不去的主儿有寿礼呀,我们给你们带去亦就是啦!"大家一商议,留下杜中军,史中军大奈与张公瑾、白显道、尉迟南、尉迟北、毛公遂、李公旦六个旗牌官,一共七个人同罗成前往。罗成把这个意思回明了罗王爷,罗艺正不放心哪,怕罗成岁数小,没出过远门不大放心,有这七个人跟随着,亦就不用担心了,罗王爷准其七个人前往。这王府里的人给秦母预备寿礼,忙了数日齐毕,罗成带了四个家人,这七个人各带亲随、礼物等项装了十数个骡驮子,由北平府起身,够奔济南府,非止一日。这天快到济南了,天色将黑,罗成想念表兄叔宝,恨不能当时就见着才好,多贪走些路,便巧遇齐彪挡住去路,罗成焉能不恼?

罗成把枪摘下来,一拧枪杆,催马直奔齐国远,厉声喝道:"胆大的强盗,敢拦住你家世子殿下的去路,尔叫何名?"齐国远说:"你是柿子(世子他不懂的,误以为柿子)垫下? 你就是茄子垫下,我亦要你们的买路金银,趁早儿别废话,把你们的东西全给俺留下!"罗成说:"我东西给你留下倒亦不难,我有个朋友,你得把他见好了,东西才能给你。"齐国远问道:"你哪个朋友啊。"罗成把枪一拧,说:"你来看,就是它!"齐国远笑道:"就凭你那条小枪,亦要会会俺的大锤?"说着,把马一催,双锤一抢,打向罗成的顶门。罗成用枪尖儿向齐彪手腕上就点。锤的尺寸短,枪的尺寸长,锤离着罗成的脑袋还有很远哪,罗成的枪尖儿就够上齐国远的手腕了。齐彪见势不好,赶紧把双手往左右一分。罗成趁着他双锤分开的时候,一颤枪尖儿,可就扎奔齐国远哽嗓咽喉,这手功夫有名,叫"指日高升吞云式"。罗成这枪来得真快,齐国远招架不及,忙用个"缩颈藏头式",要躲闪这一枪。就听见"噗嗤"一声,枪尖就扎进齐国远的帽子里啦! 齐彪用锤往上一撞,"当啷"一声,枪是撞出去啦,帽子被枪挑破,撕成两瓣,吓得齐国远把马一拨头,就败下来了。李豹一瞧齐彪败了,气得他"哇呀"一声怪叫,把枪一拧,直奔罗成。罗成好不厉害,把枪一抖,扎奔李如珪咽喉,如珪用枪往外一滑。罗成用了个"玉龙出水"的招数,枪撤回来又扎出去,如同穿梭似的。李如珪枪滑空了,再招架他那二枪可就晚了,"噗嗤"一声,罗成的枪正扎在李豹的大腿上,李豹负痛而逃。罗成喊嚷一声:"杀!"史大奈和六个旗牌官一齐催马就追,吓得齐彪、李豹带的那个喽罗兵把手中的珍珠灯扔了就跑。罗成用枪尖把珍珠灯挑起来,用手摘过来一看,是个珍珠灯,心中大悦,把灯交给手下亲随,拦住众人:"不用追了,他们赔了本啦!"

且说齐彪、李豹败下来,单雄信、王伯当、谢映登、金甲、童环,大家迎头瞧见,向他们二人问道:"你们两人这是怎么回事?"齐彪说:"了不得啦,前面有人把我们的珍珠灯劫了去啦!"单雄信原就为济南府有人劫皇杠来的,如今有人劫夺他们,气得"哇呀"怪叫如雷,拍马舞槊,找上前来。单雄信这一露面,在罗成身后的张公瑾一眼就认出来了,赶紧招呼一声:"单二员外,张公瑾在此!"单雄信定睛观瞧,见是张公瑾,赶紧勒住坐骑。张公瑾赶忙上前,见过单雄信,又为他和罗成指引。这边金甲、童环也走上前,都是熟人,两下里对面见礼,不认识的互相引见。罗成抱拳说道:"单二哥,小弟在北平府听二哥待我表兄恩德太重,小弟朝思暮想,不想今日在此相会,真是三生有幸。"单雄信也客套一番。罗成命人把珍珠灯还给了齐彪、李豹不提。兵合一处,将打一家,众人心中高兴。正往前走,就听前边一声呐喊:"呔! 好大的风啊,金银财宝与我留下!"单雄信气坏了,说道:"这不是乱套了吗,还有劫我的? 我是江湖绿林的总瓢把呀!这不叫世子殿下笑话我吗?"单雄信催马上前,闪二目留神观看,只见劫道的响马就一个人,胯下铁背烟熏枣骝驹,掌中金㸎开山钺。非是旁人,正是程咬金。

程咬金怎么来的? 书中交代,因为程咬金没在单雄信那儿登记,就算没上跳板,尤俊达不愿意叫他来,就跟他撒个谎,说出去办事。程咬金不乐意,说道:"尤俊达,我跟你一块儿去。"尤俊达说:"不成,咱们俩不能都不在家呀。我走了,你不在家,咱们那东西要丢了,咱们花用什么?"程咬金一听,说:"你去你的吧。"尤俊达放心大胆地由家中起身。谁想他走后,程咬金心里明白了,猜着尤俊达是上秦叔宝的家里去,那可不成,我非追上他不可。秦叔宝是我的朋友,人家为我两肋岔道,染面入登州,舍命交友,他娘的生日,俺焉能不往? 程咬金收拾好了马匹军刃,便拉马出来,上了坐骑,往下追赶尤俊达。赶了半日亦没赶上,程咬金心中有气,连着夜往下赶。谁想他与尤俊达走的是两股路,反倒越过尤俊达了。程咬金追到天亮亦没追上,心里想着自己亦可以给秦母拜寿呀，只是缺少寿礼。催马正走，眼前有个高岗，越过高岗，望见单雄信、罗成这两帮人带着好几十个骡驮子。程咬金暗道：劫他们点儿东西当作寿礼前去拜寿，亦就成了。他把大斧一横，挡住去路。

单雄信催马摆槊，直奔咬金，喝道："我把你个有眼无珠的瞎货，你敢劫我！"程咬金用斧前枪尖儿往单雄信眼珠就杵，说声："挖眼！"单雄信用槊头就磕。程咬金把斧往回一撤，斧刃推奔单雄信前胸，说声："摩挲肚子！"单雄信用槊一拦。程咬金大斧一推磨盘式，斧子转到单雄信的脖后，单雄信用槊杆招架。二人马打盘旋，冲杀在一处。程咬金的把式就是三斧子半，工夫大了焉能敌得住单雄信哪？正在此时，罗成气恼非常，催马拧枪，直奔程咬金，喊声："单二员外闪开了，凭他有何德之能！"单雄信催马闪开，罗成过来。战不到三合，使了个"内穿针"的招数，把程咬金的大腿上，连裤子带肉给划破了个窟窿，血往下一流，疼得程咬金拨马就走。罗成刚要往下追赶，忽听得高岗上有人抖丹田喝喊："休得无礼！"罗成看高岗上有三匹马，马上这三人内中有个使叉的，从岗上一抖钢叉，直奔罗成。单雄信一眼望见使叉的人正是那尤俊达，忙向罗成喊道："自家人，不要动手！"尤俊达瞧见单雄信了，知道都不是外人，亦把程咬金唤回来。尤俊达、单雄信彼此下马施礼，王伯当、谢映登、齐国远、李如珪、丁天庆、盛彦师、黄天虎、李成龙望见尤俊达亦都过来施礼，彼此问候。尤俊达给程咬金向大家都引见了，程咬金才知道这使钉钉枣阳槊的是单雄信。大家把话说明了，单雄信又给罗成和众旗牌指引。好在都是给秦母拜寿的，大家一路同行。走在路上当着众人，尤俊达亦不好埋怨程咬金。

这一行人走在济南府的西城外，贾润甫、柳州臣认识单雄信、王伯当，赶紧过来拦住。单雄信、尤俊达、罗成等下了马，带来的从人接过马去，刷饮喂遛去了，大家与贾润甫免不了又有一番指引的礼节,书中勿用细表。贾润甫、柳州臣把大众让进贾柳店,店小二可就忙了,伺候这些人净面掸尘,沐浴更衣。诸事齐毕,贾润甫、柳州臣把大众让至贾家楼,上了楼,楼上酒筵一桌一桌的摆上,大家入座。跟着,各处的宾朋纷纷来到,有磨盘山的金城、牛盖,河间府隐贤村的大刀王君可,高来高去路地飞腾的侯君集、尚怀珠,贾家楼楼上真是高朋满座。巡壶把盏,斟酒布菜,大众开怀畅饮,谈谈论论,好不热闹。

程咬金想起当初自己困苦潦倒,贩卖私盐打伤人命,大赦回家,卖竹笆,何等艰难;如今结交这些宾朋,衣食不愁,快乐至极,心里一高兴,把脚使劲一踩,震得楼板上的灰尘哗啦啦往下直掉。楼底下亦是一桌酒筵摆着,座位上坐客都是满了的,被程咬金这一脚,落下来的灰尘,落在人家的酒菜之上,谁不有气呀?楼底下的人有两个破口大骂:“日娘的,浪得两个浪蹄子胡蹬乱踹,你的祖宗的!爷爷不吃了,揍你个狗娘养的!”程咬金听了个很真,离了座位,从楼下骂着就下来了:“哪个混账的东西敢骂你老子,老子会会你!”楼底下有人答了茬儿啦,说:“爷爷骂你来着,你敢怎样!”说着话,扑奔过来。程咬金一看过来两个人,一个长得是七尺之躯,细腰乍臂,面上绿绿的颜色,真是精神,壮士打扮;一个是八尺之躯,细条身材,亦是那个脸膛,都在三十岁里外。程咬金照着头就是一拳,人家往旁一闪。程咬金底下就是扫堂一腿,人家往上一纵身形,腿就扫空了。人家用拳打他,程咬金一伸手把拳接住。那个过来,照着程咬金肋上一拳打来,程咬金一搂,把腕子攥住。谁想他两只手揪住了两人,没弄动人家,人家每人闲着一只手哪,一攥拳头,向程咬金抡拳便打,如同打鼓似的,惹得别人无不大笑。正打着哪,尤俊达、单雄信从楼梯上下来,一瞧认识打程咬金那两人是亲哥儿俩,一个叫鲁明星,一个叫鲁明月。这两人乃是江南水路的响马头儿,亦来到济南府给秦母拜寿,和程咬金打在一处。尤俊达、单雄信忙道："别打啦，都是自己人！"鲁明星、鲁明月撒开了程咬金，与尤俊达、单雄信彼此施礼完毕，又与程咬金指引了，大家一齐上楼。跟着楼梯响，北省水路的响马头儿屈突星、屈突盖走上楼来，大家见了，一齐让座。

　　大众推杯换盏，开怀畅饮。正在此时，简板一响，有人从楼窗探头一望，来了两个算命的老道，是魏徵和徐茂公。看见的人嚷道："魏道爷魏徵、徐道爷徐茂公来啦！"齐彪、李豹因为认识魏徵，"噌"的站起来往楼下跑去。这俩冒失鬼来在贾家楼外，徐茂公、魏徵认识他们俩人哪，向他二人招呼道："齐国远、李如珪二位贤弟。"这俩人没答茬儿，两眼发直，往徐茂公、魏徵背后观瞧。徐茂公、魏徵回头一望，见西边跑来了十几匹马，马上这些人，青衣小帽，家人打扮的很多，中间簇拥着一位武生公子。齐彪、李豹向那武生公子招呼道："柴嗣昌，俺们这里来！"

　　书中暗表，来的正是柴绍。他因为什么至此？只因九月二十三日是秦母寿诞之日，柴绍得着王伯当的信儿，回明了唐国公李渊。李渊因为秦叔宝当年在临潼山救过自己，早就有意报恩，未得其便，如今听得秦母做寿，命柴绍带着二十四名官军、十二个家人、白银一万、黄金一千当作寿礼，前往济南府拜寿。郡马柴绍离了河东，这天快到济南府，命两个家人同着二十四名官军押着银两慢慢走着，自己带着从人够奔济南西门。将至贾家楼，老远就听见齐彪、李豹喊叫。魏徵、徐茂公走进贾家楼，两个冒失鬼亦没顾得理人家。柴绍贾家楼前下了马，家人接过坐骑去，柴绍与李豹、齐彪两人施礼完毕，齐彪、李豹任什么亦没说，用手揪着柴绍往楼里就走，一边走着，告诉他说："柴嗣昌，王伯当、谢映登都在楼上哪。"柴绍说："好，我正想你们哥儿几个哪。"上得楼来，王伯当、谢映登与柴绍施礼完毕，给柴绍向大家都指引了，然后大家入座饮酒。

第二十四回　贾家楼同心结兰盟
秦叔宝重义撕龙票

　　大众吃酒谈话之际，忽见一片火光，楼下大乱，就听楼底下喊："了不得了，厨房失了火啦！"众英雄一听楼上待不住啦，纷纷地往楼下乱跑。少时之间，火可就灭了，仗着贾家楼、贾柳店两下里的伙计多，把火给救灭了。贾润甫、柳州臣到了厨房一瞧，只把天窗烧坏了，别处没怎样。贾润甫向厨师傅埋怨道："怎么越忙越出错呀？"厨师傅说："不怨我们，适才来了个瘦小枯干的人，他说他会炒酸辣苦甜咸五味里脊丝，我们不信，他接过去就弄，把油锅给杅翻了，焉有不着火的吗？我急了，给他一通条，饶没打着他，他倒从裆底下蹿过去，一抄拐子，把我弄了个马趴。我要不把被服浸到缸里弄湿喽，把火堵回去，早就火焚贾家楼了，你们还埋怨我们吗？"贾润甫向柳州臣说："这个事一定是伙计得罪人了。今天可杂乱，什么人都有，我上楼去安慰他们，你去嘱咐伙计别得罪人。"柳州臣嘱咐伙计去了。贾润甫刚上楼，就听楼上头直嚷："楼上头闹贼，丢了珍珠灯啦！"李豹、齐彪气得"哇呀"怪叫。贾润甫一听，好热闹啊，只要我这贾家楼拆不了，就算便宜。贾润甫上了楼还没说话哪，忽见齐彪用手一指说："灯笼来啦！"大家顺着他手指的地方观瞧，见从楼底下上来一人，约有五尺之躯，细腰乍臂，面似姜黄，两道细眉毛，一对小圆眼睛，小鼻子，尖下巴颏儿，穿一身青，是个壮士打扮。别看他长得瘦小枯干，精神足满，太阳穴凸着。这楼上净是练家子，都瞧出来他是有功夫的人了，手里头提着珍珠灯。单雄信瞧见这人，气可就大了，用手一指他，厉声喝道："胆大的病夫，你敢和俺三番五次为仇作对！"提着珍珠灯的人笑容满面，得意洋洋，向单雄信笑道："我要瞧瞧你这总瓢把子是怎么个人物！"单雄信要扑过去和他厮打，忽听有人喊道："单二哥且慢，都是自家人，侯贤弟不可向自家兄弟玩笑。"大家一瞧，说话之人是河间府隐贤村的大刀王君可。

书中暗表，王君可认识偷灯之人，他姓侯双名君集，是个江洋大盗，他会高来高去，蹿房越脊，陆地飞腾的功夫。他虽是江洋大盗，他有三不偷：好人不偷，穷人有钱不偷，不知道不偷。忠臣孝子、义夫节妇他必保护，贪官污吏、土豪恶霸他必杀。他有个怪脾气：财来得不正当不仁者必偷，贪官污吏贿赂的金银必偷，各路的响马头儿必偷。可是他时常偷富济贫，最佩服大刀王君可。如今是王君可约他来给秦母拜寿，他同着尚怀珠一齐来的。要说这套隋唐《响马传》里的人物，会高来高去的，共有六个人：丁天庆、盛彦师、黄天虎、李成龙、侯君集、尚怀珠。要论能为，可就属着侯君集了，只是他的性情高傲，到过二贤庄偷过单雄信数次，弄得单雄信无可奈何。后来单雄信把丁天庆、盛彦师弄了来，给二贤庄看家护院，侯君集才不偷的。到了贾家楼楼上，单雄信嘱咐丁天庆、盛彦师留他的神，被侯君集听见了，犯了他那怪脾气，不知道，不偷；要知道呢，是非偷不可。他到厨房问厨师傅会炒五味里脊丝不会，故意取闹，放火偷灯，大家一乱的工夫，被他将灯偷去，成心故意斗单雄信，提灯上楼，要当着众人寒蠢寒蠢他们。

王君可把双方拦住，过来向侯君集把灯要过来，给单雄信指引，侯君集说："都瓢把子，有王君可，咱们完了，绝计再不荣你啦！"（管不再偷调侃儿叫做再不荣你啦。）柳州臣、贾润甫过各桌上张罗着斟酒布菜，忽听楼梯儿一响，上来三个人，大众观瞧，是秦叔宝、樊虎、连明哥儿三个，大家都站起来了。走上了楼，见了众人，作揖施礼。叔宝说道："我叔宝有何德能，劳动天下各路的宾朋前来给我娘亲拜寿。"大众道："秦二哥不必说那些个，我们都是倾心愿意来的，伯母的寿诞之日，我们来拜个寿，亦不过是我们的孝心。"叔宝说："实不敢承当。"说着，到了各桌上斟酒布菜。大众拦住道："你不要多累了，都是自己人，我们自斟自饮。"于是叔宝、樊虎、连明入座，大家饮酒。

　　单雄信站起身形，向大众言道："列位英雄且慢饮酒，少停杯箸，俺单雄信有话要在酒席宴前声说。"大众一听，不知道他有什么事，全都放下杯筷。就听单雄信说："今天贾家楼上，凡来的朋友都是愿意交秦二哥的，可是俺单雄信当年在家中给家兄办丧事之时，曾向各路的宾朋嘱咐过，山东济南府有叔宝兄一日，俺们不在济南作案，那时节大众在酒席筵前一齐应承。如今竟会有人在长叶林，六月二十四日劫了靠山王杨林的皇杠，不知道是谁人做的此事。做这事的，既对不住俺单通，又对不过秦叔宝。今天天下人俱皆在此，是谁干的此事，可以告诉于俺，俺单雄信要看看他是何等英雄，我要会这位英雄！"叔宝一听不好，要出事，刚要拦单通，忽听大众骂道："亦不知哪个狗娘养的干的这事，要是英雄，敢作敢为，可以应声！"尤俊达听大众如此，唯恐程咬金答腔，谁想程咬金站起身形，说："不要骂人！"用手一拍胸脯道："六月二十四日长叶林劫皇杠，是我程咬金所作所为！"单雄信见程咬金承认此事，暗想自己这办法不错，果然把劫皇杠的响马给逼出来了，还真是他。单雄信说："好样的，程咬金，敢做敢当，你是英雄！那么，这皇杠是怎么劫的呢？"程咬金心中高兴，这可是露脸的大好机会，于是就从父亲马鸣关阵亡说起，母子逃难来到山东，如何卖私盐入监牢，大赦天下，结识尤俊达，如何长叶林匹马劫皇杠，最后说到秦叔宝三探汝南庄，两肋庄岔道，染面闹登州。嗬！他算是过了瘾了！一番话说完，贾家楼上众英雄无不感慨秦叔宝舍命交友，义薄云天，一个个群情振奋。徐茂公和魏徵交换了个眼色,高声说道:"众位静一静,我有几句话说。"大众不知道他说些什么,全都止住声音,听他说话。徐茂公说:"昔日古人交友以义为重。如今我们亦要重义才是。秦叔宝如此仗义,我们何不趁此机会刺血为盟,以后亦要死生相共,不知众位意下如何?"大家听他说结为异姓之友,全都愿意。徐茂公说:"既是大众都愿意了,今天就在贾家楼结拜吧!"大家说:"就在楼上焚香刺血。"叔宝吩咐堂官取来几份笔墨,徐茂公从他那小包袱之内取出来两张纸,来写两份盟单。大众把自己的名姓、年岁都告诉了徐茂公,徐茂公忖量好了,提笔在盟单上写道:

> 维大业二年九月二十二日,有魏徵、秦琼、徐茂公、尤俊达、程咬金、王君可、贾润甫、柳州臣、樊虎、连明、金城、牛盖、金甲、童环、谢映登、齐国远、李如珪、史大奈、丁天庆、盛彦师、黄天虎、李成龙、鲁明星、鲁明月、屈突星、屈突盖、侯君集、尚怀珠、尉迟南、尉迟北、张公瑾、白显道、罗成、柴绍、毛公遂、李公旦三十六人,刺血为盟,不愿同日生,只愿同日死,吉凶相共,患难相扶,如有异心,天怒之,神戮之。

徐茂公写完了个草底,然后又誊清写两张盟单,大家亦不知道是为什么。(请阅者诸君注意这两张盟单。)把详细的盟单写了,由徐茂公告诉大众,谁是大哥,谁是二爷……三十六英雄按着年庚排清楚了,大家知道魏徵最大,就请魏徵举香。贾润甫命伙计去请香,摆设香案。伙计少时间把香蜡钱粮等项请来,就在贾家楼上把香案摆上。案上的五供蜡扦等项都设摆齐了,贾润甫命伙计在当中摆上一张八仙桌子,桌上头放个大海碗,把酒往碗里倒了个八分满。伙计把桌子全都拉开,腾出地方来,大众磕头行礼。诸事全都齐毕了,魏徵把香点着,往香炉内一插,大众跪倒,徐茂公手举盟单高声朗诵。把盟单念完了,大众叩头行礼,然后要给大爷魏徵磕头,彼此团拜。行完了礼,大众挨着个的把针抄起来,在臂上刺血,把血滴在酒内。刺血完毕,每人各饮了一杯。大众行礼饮酒完毕,叔宝向众人告辞,先行回家照料亲友。大众说:"你先回去吧,我们明天进城一齐给义母拜寿。"樊虎、连明一同进城,柴绍、罗成亦要随着秦叔宝一同到家。于是叔宝、罗成、柴绍等向大众告辞,柴绍、罗成各带亲随人等,随着叔宝回归秦宅。

书以简捷为妙,叔宝和罗成弟兄二人先进内宅拜见宁氏老夫人。叔宝在门外说一声:"娘啊,我表弟罗成来了!"老太太一听,喜中生悲,悲中生喜,不由得热泪盈眶。兄弟二人走进屋中,罗成"扑通"一声跪倒在地,说道:"舅母一向可好?不孝的甥儿看望来迟,请恕过甥儿之罪。"老太太说:"儿啊,快起来让我看看。"罗成叩头站起,老太太一看罗成的相貌,心内欢喜,喜之不够。让罗成坐下,老太太跟罗成叙说以往,分手多年想不到还能骨肉相逢。然后罗成又见过嫂子。秦琼又请太原府驸马柴绍进屋,与老太太见面,亦是一番寒暄。然后北平府一众旗牌官给秦母拜寿,老太太一并谢过。

次日,以单雄信为首,一众绿林豪杰一齐来至秦宅拜寿。头一个就是单通,叔宝刚一介绍,老太太一听忙站起,先向单雄信万福施礼道:"吾儿叔宝前在潞州皂角林铜伤人命,充军北平府,多亏你搭救于他,三年之中不断往家送银两接济俺们婆媳,老身当面谢过。"单通说:"伯母,以往小事勿用提他,请上受俺一拜。"说着,磕了三个头,叔宝母子还礼不迭。然后魏徵过来,叔宝说明大师伯魏栋魏良臣之后,老太太非常高兴。于是大众挨着次序拜寿,叔宝又还礼,又向母亲禀过名姓。三十六英雄行礼拜寿完毕,叔宝把众人同着离了自己家门,一同到贾家楼。酒宴摆上,大众入席。叔宝谢席,张罗完了,才向众人告辞,归家照料亲友。

　　叔宝走后,大众猜拳行令,推杯换盏,开怀畅饮。大家都欢天喜地地用饭,唯独程咬金想着这些人的本领,就属着罗成、单通厉害,待我哄他二人厮打在一处,俺亦看个热闹。是非精想罢,假装是好人,挨着桌儿给大家敬酒,敬到单雄信的面前说:"我送个信给你,罗成可要打断你的胳膊呢。"单雄信说:"怎么?"咬金说:"他是北平王的殿下,金枝玉叶,你是坐地分赃的强盗头儿,仗着是财主,不配与他磕头结拜。他说啦,要不看在他表哥秦叔宝啊,还要寒蠢你哪,你小心着点儿吧。"雄信闻他所说,气得双眉倒竖,二目圆睁。说完了,见雄信气得脸上变颜变色,程咬金知道成功了,又装好人向别的桌上挨着敬酒。敬到罗成桌前,悄悄向罗成说道:"单雄信可要打折你的腿哪!"罗成问道:"怎么?"咬金说:"他说啦,他是撼动乾坤的人物,你不配跟他结拜。他说你要不仗着你父母是北平王,亦跟这些人交得上朋友?他说啦,不用叫你美,非把你双腿打折了不可。被我听见,我告诉你,你留神吧!"罗成少年气傲,一听就把眉毛立起来了,二目亦瞪圆了。咬金说完,一缩脖儿,回原桌喝酒去了。

　　少时间大家酒足饭饱,席散了,漱完口,大家下楼在贾柳店院内散步,罗成与那单雄信走在一处。单雄信一瞧,罗成却向自己瞪着眼睛,满脸的怒容,雄信有心撞他一撞。罗成见单雄信瞧着自己,却是怒目横眉的,心中暗道:我斗斗你这五路响马头儿!单雄信与罗成有了争斗心气,想他瘦小枯干,能有多大的力气?用尽平生之力,向罗成撞来。罗成的膂力却不如雄信,要撞就得吃他的苦了。雄信是力大欺人,往罗成身上撞。罗成聪明透顶,绝不硬碰硬,身形往旁一闪,单雄信用力过猛,来了个趔趄。单雄信心中好恼,左手劈胸一把,就把罗成的前胸抓住了;罗成也不示弱,左手也把单雄信的前胸抓住了。单雄信抡起右手来,冲罗成说:"着打!"罗成也抡起右手来,说一声:"着打!"就听"啪"的一声响,双掌合在一处,可就拧住了。两个人腿底下是左脚尖对左脚尖,前腿弓,后腿绷,彼此一较气力,都想把对方的掌给拧下去。大众一看就乱了,可谁也劝不了,一个是总瓢把,一个是北平府少保千岁,谁敢上前哪?早有人去找秦琼,叔宝急忙回到贾柳店,一看此情此景,说道:"你们哥儿俩是真捧我啊!一个是我的近亲,一个是我的挚友,你们都对,就我不对。来来来,你们打我吧!"说完,就在二人的掌下把头一低,不言语了。罗、单二人这时彼此全后悔了,这才撒手。秦琼说:"你们二人算不算完?要不算完,我给你们磕一个!"两个人诺诺称是,谁也不计较了,秦琼这才放心。

一众人等回归楼上,单雄信问秦琼:"秦二哥,你舍命交友,染面闹登州,这究竟是怎么回事啊?"秦琼本不想多说,可单雄信问至此处,又不好不说,这才把以往经过述说一遍。当说到杨林赐予龙签龙票时,徐茂公问道:"二哥,此事总要有个解决呀!你为朋友撒手不管了,可那杨林完得了吗?"众英雄闻听,人人都看秦琼。就见叔宝站起身形,高声说道:"弟兄们,咱们结盟一场,难道为了此事心生嫌隙吗?纵然秦琼肝脑涂地,为朋友死而无怨!"说完,由怀里掏出龙签,来回一晃,一抬腿,攥住龙签往腿上一撅,"嘎巴"一声,当时把龙签撅为两半,往旁边一扔。跟着又把龙票掏出来,众人一看,上面是九条蓝龙,中间竖着一行字,盖着靠山王的印信。就见秦琼三把两把将龙票扯碎,也往旁边一扔。众人齐声喝彩,都说:"这才是千金难买的好朋友!"正在此时,就听正南连响三声号炮,接着鼓声震耳欲聋。大家纳闷:这是哪里的行军炮响呢?这时就见由楼下上来一个人,正是秦宅的家人,说道:"二爷,现有靠山王来到,叫您带着龙签龙票,火速去见。"秦琼大吃一惊。众人心说:嘿嘿!他来的可真是时候。

杨林怎么来了呢?原来秦琼走后,一去不返,而杨林一心想收秦琼为义子,又猜不透他什么打算,因此每日烦闷。正好此时二拨皇杠预备齐毕,杨林把登州的事交由高谈圣料理,自己带着文武官员和十二家太保,数百官军押着皇杠走下来了。非止一日,到了济南府南门外,先派人去找秦琼,然后吩咐安营下寨。杨林非收服秦琼不可,因为自己手下缺少勇将,若将秦琼带进京去,收为亲信,将来东征北伐,好有膀臂。差人到秦宅扑了个空,老太太这才叫人到贾家楼给秦琼送信。

这时秦琼迈步离席,将要够奔楼梯口,众人齐说:"二哥且慢!你既然把龙签龙票毁了,见了杨林怎样交代?岂不凶多吉少!"秦琼说:"料也无妨。我去之后,见机而行。"徐茂功跟魏徵小声一嘀咕,然后说:"二哥去吧,我们听信儿了。"秦琼说:"三弟,有你在这儿,我就放心啦!"说完,下楼走了。徐茂功随后派侯君集下楼,暗地跟下秦琼不提。

再说秦琼直奔城外杨林大营,到营门口一说,有人往里通报。杨林一听,十分高兴,说道:"唤他进来。"不多时秦琼进帐,跪倒磕头,口称:"王爷在上,秦琼叩见。"杨林说:"叔宝起来讲话。"秦琼站起身形。杨林说:"叔宝为何一去不返?如今我有事进京,也要带你前去,咱们好一路同行。"秦琼说:"是。"杨林跟着说:"你把龙签龙票交出来,这皇杠一案暂时交给地方官,咱们先进京要紧。"秦琼说:"王爷,这龙签龙票么……我把它毁坏了!"杨林闻听,蚕眉紧皱,说道:"如此重要的公物,为何不多加小心?"秦琼说:"卑职有下情回禀。"杨林说:"讲!"秦琼说:"王爷,我自从登州回来,因龙签、龙票如同王驾亲临,我只好供在佛堂。皆因为家母好佛,这天上香时没有留神,把蜡扦碰倒,火烛将龙签烤糊,龙票烧毁。这是以往真情实言。"杨林说:"原来如此。既是你母亲无心烧毁,也就罢了。咱们爷儿俩那件大事,你跟你母亲说了吗?"秦琼心说:要坏!这个案又要犯!万般无奈,只得说道:"蒙父王不弃,儿臣从命就是。"杨林闻听,喜不自禁,众文武俱都向杨林贺喜。杨林向叔宝吩咐道:"叔宝,你练趟枪法让孤观瞧,若是武艺高强,孤回朝在万岁驾前保你为

官。"叔宝说道:"遵命。"杨林吩咐左右道:"将孤由登州带来的
盔甲枪剑取出来。"左右一声"遵命",没有多大工夫,取出一副
紫金大叶甲、虎头金盔、昆吾剑,还有一条虎头金枪来。杨林命
人将枪递与叔宝。叔宝把枪接过来,冲杨林施上一礼,然后在帐
前把金枪一抖,按照罗家枪法,将大枪的招数施展开了。杨林与
众人一看,只见他练的是:

　　　一扎眉攒二扎喉,三扎肩肘四钩头,五扎六肋七双腿,
　　八九十霸王闯帐,报晓金鸡乱点头。一滑里三圈,一滑外三
　　圈,狸猫三捕鼠,梨花乱摆头。

　　大众瞧他把枪抖得呼呼直响,走开了步儿,枪来枪去,如同
万道霞光,金蛇乱窜相似。杨林当年在北平府与北平王罗艺打
过仗,对过敌,认识罗家枪法,见秦叔宝练的是罗家枪法,向众人
说道:"吾儿叔宝练的是罗家将的枪法。"叔宝把金枪练完了一
收式,使了个托枪式,向杨林施上一礼。左右把枪接过去,大众
无不喝彩。叔宝练完了这趟枪,面不更色,气不涌出。杨林说:
"王儿,孤赐你这副盔甲与枪剑。"叔宝磕头谢恩,立刻有人伺候
叔宝把盔甲穿戴起来。及至叔宝把盔甲战袍穿戴好了,带上宝
剑,杨林与众人再看他,另有一番气度,大将军八面威风。杨林
喜得心花怒放,向叔宝说:"儿呀,孤押此杠银前往长安入朝面
君,你可跟随孤一同入朝,好在万岁驾前保你做官。"叔宝说:
"父王千岁恩待于我,要在万岁驾前保儿为官,儿愿随父王前
往。只是俺娘不知,必须进城见我娘亲禀明,然后才能随父王前
往长安。"杨林说:"吾儿回家禀明你娘,此乃孝道。古人有云:
'父母在,不远游,游必有方。'你先回家禀明你娘,孤拔营起寨
整顿人马等候于你,俟我儿回来再为起队。"叔宝说声"遵命",
命人带马。

第二十五回　二好汉再劫皇杠银
众英雄倒反济南府

　　叔宝拜别靠山王，营中上马，手持虎头枪，出离了大营，催马进城，到在自己的门前下马。手执长枪往里一走，亲友们见了全都一怔。大爷秦安见叔宝盔甲在身，好像武卫将军秦彝，心中一阵难过，鼻子尖发酸，不由得扑簌簌落下泪来，弄得叔宝一怔，不知大哥为什么掉泪。哥儿两个走至屋中，叔宝向老太太说："娘啊，儿回来啦！"老太太抬头观瞧，不觉两眼发直：老爷怎么回来啦？赶忙欠身，将要迎接，仔细一看，原来是秦琼，这才复又坐下。秦琼一看，母亲又欠身又坐下，心里更纳闷了。老太太说道："儿啊，你见着杨林啦？"秦琼说："见着了。"就将自己怎么撕毁龙签龙票，见杨林用谎话遮掩，以及被杨林强逼着认义父，赠盔甲枪剑，并且要带自己进京的事述说一遍。老太太问道："儿啊，难道你真要拜杨林为父吗？"秦琼闻听，赶紧跪倒在地："娘，您别生气，我焉能认仇为父呢？这不过是暂且瞒哄一时，如果过于拒绝，怕他恼羞成怒，全家性命难保。"老太太说："儿啊，全家性命事小，我且问你，随他进京后打算如何呢？"秦琼说："将来找个机会必然设法杀了杨林，替我爹爹报仇雪恨。"老太太说："既然有这个志气，你就谨记在心吧，将来这个仇报与不报，全在你了。"秦琼说："杀父之仇，孩儿怎能不报呢？"老太太点了点头，说道："儿啊，你可知这身盔甲的来历？"秦琼说："儿不知。娘，难道您认得吗？"此时就见老太太双泪交流，哽哽咽咽地说："唉！此乃你父的黄金铠甲。当初杨林攻打马鸣关，你父阵前捐躯，被老贼夺去盔甲枪剑，想不到今天又物归原主。可这……"说到此处，老太太放声痛哭，大爷秦安也是泪流满面，阖家人等大放悲声。哭了半天，好不容易一家人才止住哭泣。

这时又听南门外炮声大作，秦琼知道不回去是不行了，只好给老太太磕了个头，说道："娘，您别伤心了，儿一定报仇就是。如今我要回营去了，您多多保重吧！"老太太只好忍住悲痛，安慰了叔宝几句。然后，秦琼又嘱咐大哥秦安和夫人，还有傻兄弟罗士信。全都嘱咐完了，秦琼这才跟老太太告辞，门外上马，直奔城外大营。来到帅帐前一看，可把秦叔宝吓坏了。只见帐前绑缚着二人，非是旁人，正是程咬金和尤俊达。这两个人怎么被获遭擒的呢？

原来自秦琼走后，贾家楼上众英雄议论纷纷，都替秦叔宝捏着一把汗，此一去杨林大营必是凶多吉少。程咬金心里盘算：此前秦二哥两肋庄岔道，染面闹登州，舍命交友，这就够瞧的了。如今又为我劫皇杠一事毁去龙签龙票，去见杨林恐怕性命难保。而我却在此喝酒吃肉，我还算是个人么？不行，好汉做事好汉当，这不杨林来了么，我得找老儿去要二拨皇杠，不能让二哥受连累。程咬金打定主意，和尤俊达一嘀咕，两个人跟谁也没说，偷偷从贾家楼上下来了。一个跨马持斧，一个跨马擎叉，哥儿俩够奔杨林大营。来到营门附近，程咬金大喊一声："呔！守营的儿郎们听真，我叫程咬金，他叫尤俊达，长叶林劫皇杠就是我们两家太爷干的。你们告诉老儿杨林，就说我们又来要第二拨儿的皇杠来啦！当初我报名字的时候，你们听错了，我们俩就是程达尤金。"有兵丁赶紧跑进去通报。杨林火冒三丈：两个人居然就敢劫我二拨皇杠！立刻率领十二家太保，一齐上马。一声号炮，战鼓齐鸣，撞出辕门，二龙出水式把队伍列开。程咬金马打盘旋，还叫号呢，高声喊嚷："老儿杨林，太爷叫程咬金，我这伙计叫尤俊达。你出来，我斗斗你，叫你尝尝太爷大斧子的厉害。你要不敢出来,也成,把皇杠给我拉出来!不然的话,太爷的大斧一摆,杀进营去,鸡犬不留!"杨林气坏了,问罗方、薛亮道:"劫皇杠的可是此人?"二人定睛观瞧,连连点头:"是,就是他!"杨林心想:反正响马就是两个,莫若我来个一拥而上,谅其人单势孤,难逃罗网。想到此处,杨林吩咐十二家太保一齐上前,活擒响马。十二个人各挺刀枪,齐催战马,冲上前来。有道是双拳难敌四手,猛虎战不过群狼,片刻之间,程咬金和尤俊达双双被擒。杨林传令:"将二人绑在帐前,准备问斩!"正在这时,秦琼回到大营,不明就里,暗暗着急。

单说秦叔宝下马进帐,见杨林居中而坐,众人列立两旁。秦琼过来参见,说道:"儿臣参见父王。"杨林说:"叔宝免礼,进京之事可曾禀明你母亲?"秦琼说:"业已禀过。"杨林说:"好,站在一旁,看我问斩劫皇杠的两个响马。"说着,吩咐将响马斩杀,叔宝忙道:"父王,这响马杀不得。"杨林问道:"怎么杀不得?"叔宝说道:"应当从这两个响马身上究出有多少响马,将来一并拿获,以便给地方上除害;再者,还得向他二人究清六十四万杠银哪!"靠山王杨林闻听有理,遂命历城县官将尤俊达、程咬金押走,收进历城县监狱之中。杨林并命历城县官徐有德审问明白,究出杠银之后,向自己请示办理。县官徐有德带着随行的衙役把响马押走。县官走后,杨林带了十三个太保由济南府起身,押解二拨杠银,前往长安去了,暂且不表。

且说唐璧、来护儿、刘芳、徐有德一班地面官员,押解尤俊达、程咬金进了济南府的西门,尤俊达、程咬金见大街过往行人都挤着观瞧,内中有两个老道亦挤在人群之中。这两道人不是别人,正是魏徵、徐茂公。魏徵、徐茂公在人群里望见这两人被擒,一撤身,怕叫他们两人瞧见,随在后边打听。后来直跟到历城县,等到将他们二人收监,徐茂公、魏徵这才打听明白,是尤俊达、程咬金二劫皇杠,被获遭擒。二人赶紧回归贾柳店,到了贾家楼一瞧,众人除去郡马柴绍走了,余者都没走。魏徵、徐茂公一到,大众说:"好啦,大哥、三哥来啦!"魏徵、徐茂公问道:"什么事?"大众说:"叔宝有封信,你们哥儿俩瞧着是怎么办好。"魏徵接过信来同徐茂公一看,原来是秦叔宝的信,信中的意思是叫大众想主意搭救尤俊达、程咬金。徐茂公向众人说:"要救尤俊达、程咬金,就得劫牢反狱,大反山东才行呢。"这些人差不多都是响马,把劫牢反狱反山东的事儿哪儿放在心上啊,齐声说道:"只要能够救出这俩朋友,我们劫牢反狱大反山东那有何妨啊?"徐茂公说:"众位若肯听我一人的调遣,管保成功。"大众说:"愿遵三哥的号令。"

徐茂公取过一把筷子来,坐在桌后,把筷子往桌上一放。徐茂公拿起一根筷子,向单雄信说道:"单雄信听令。"雄信赶紧过来。徐茂公取出一张盟单,把罗成、柴绍、史大奈、张公瑾等人名涂抹了,用包袱包上,吩咐雄信道:"你可以将这包袱包在身上,带了大众的亲随人等到济南府城西大道山旁埋伏。如若劫牢反狱成了功,将尤俊达、程咬金救出来的时候,倘有官军在后追拿,你可挡杀一阵,以能把包袱盟单被官军得去为妙。"单雄信说:"遵令。"徐茂公又拿起一根筷子,冲樊虎、连明说道:"樊虎、连明听令。"二人赶紧过来。徐茂公吩咐这哥儿俩设法将侯君集、尚怀珠、丁天庆、盛彦师、黄天虎、李成龙六人带进大衙监牢,以为内应,二更天准时行动,砸牢反狱,救出程咬金和尤俊达。这八个人领命下去。徐茂公又拿起一根筷子,派屈突星、屈突盖、鲁明星、鲁明月四个人里应外合,攻下济南府的西门,以便让程咬金他们顺利逃出济南城。接着,徐茂公喊一声:"王君可听令。"王君可抢步上前,说道:"在。"徐茂公伸手拿起一根筷子,吩咐道:"王贤弟,命你埋伏在西门以外,接应众家兄弟,拦挡追兵,拖延时间。"王君可说:"遵令。"徐茂公又派金城、牛盖埋伏在历城县衙附近,也是阻拦追兵;命齐彪、李豹二人乘乱在城中放火;命王伯当、谢映登够奔汝南庄,去接程咬金和尤俊达的家眷,以及全份皇杠龙衣贡;命贾润甫、柳州臣保护其他英雄的家眷,于城外会合。徐茂公自己则和魏徵、金甲、童环等人够奔专诸巷秦宅,劝说宁氏老太太一起反出济南府。这段书小节目叫徐茂公大撒筷子令,倒反山东!

按下其他各路暂且不表,单说徐茂公、魏徵、金甲、童环等人离开贾家楼,直奔秦宅。人都睡下了,那也没办法,秦安请出老太太。徐茂公等人行礼已毕,把准备劫牢反狱大闹济南府的事情一说,老太太连连摇头,就是不同意走。老太太说:"徐茂公,你们反山东是你们的事情,与我秦家无关。再说叔宝又不在山东,更与他无关。我们不走,你们要反就反吧!"徐茂公说:"义母大人,不是那样讲法。我们在贾家楼结拜,世人所知,倘若我们闹完事走后,地面官员访查实了,是秦叔宝的朋友到济南拜寿没走,劫牢反狱,到那时恐怕你老人家也无法推托了。"老太太说:"不然,打官司总是案打实情,不至地面官不明白。"徐茂公向老太太百般相劝,老太太只是不走,弄得徐茂公心中着急,唯恐怕事情泄露了,把他婆媳牵连在内。到了时刻,外面"咕咚"一声,跟着火光大作,天至二更多天,将至三更了,外面有了动静,秦母不走,急得徐茂公脑袋上直出汗,老太太实在不走,亦没办法,不敢耽搁,赶紧告辞,同着魏徵、金甲、童环等从秦宅出来,此时济南城已然大乱。

书中暗表,樊虎、连明把侯君集、尚怀珠、丁天庆、盛彦师、黄天虎、李成龙等,带到了衙门,别人哪知道他们的细情啊,天都快黑了,衙门里的人问是什么事,连明说是拿住的响马,于是按着罪人一样,收在狱中。稿案的师爷与刑房的师爷想:县官徐有德累乏了,白日伺候靠山王,夜间哪时过堂啊,有什么明天再说了。樊虎、连明把自己的家眷悄悄送出城外,安排等候,回到衙门里,暗暗地把手使的军刀预备在手底下。天到二更已过,侯君集、尚怀珠这六个人的锁是没有锁的,一捅就开,丁天庆、盛彦师、黄天虎、李成龙四个人准备去背尤俊达、程咬金;侯君集在房上点声信炮,"咕咚"一响,叫城内的自家人都知道;尚怀珠到了衙门内放了把火,跟着众人在各处放火。丁天庆、盛彦师、黄天虎、李成龙找着尤俊达、程咬金,砸去手铐脚镣,打死牢头,砸开牢狱的狴犴门,樊虎、连明从里杀出来。可了不得了!衙门里的衙役三班与值日的人们各擎军刃,出来动手,衙门内的士兵杀出来捉拿劫牢反狱之人,哪能成功?樊虎、连明头前带路,丁天庆、盛彦师背着尤、程二人,侯君集、尚怀珠在房上揭瓦往下乱打官军。可怜县衙火光起来,没有顾得过来,县官徐有德居家老少从梦中惊醒,哪知所以,被火烧的,烟气罩的,找不着门了,全家算是被火烧死。说书是还没到烧死的时候哪,我把他一气述明,省得再翻回来提他。屈突星、屈突盖、鲁明星、鲁明月里外进攻,把济南府的西门弄开,杀死门军门官无数。

此时山东大行台唐璧知道了,立刻点齐了二百名亲军,披挂整齐,节度使衙门外上了坐骑。地面上巡查街市的官军飞报军情,说:"劫牢反狱的贼人逃奔西门去了。"唐璧往西门便追,率兵走出来,没有多远就见对面来了一骑马,马上一人,赤面乌须,绿缎色扎巾,绿缎色短箭袖袍,坐下马胭脂雪(红马白腿),手中擎定一口青龙偃月刀。临近了把马勒住,用刀一指唐璧,喝道:"昏官留步,少往前进!"唐璧问道:"尔是何人?"这人说:"你要问我,姓王双名君可,今天特取尔项上的人头!"唐璧大怒,抢刀便砍,王君可用刀招架相还。两人马打盘旋,冲杀一处,两口刀上下翻飞。唐璧见王君可这口大刀扇砍劈剁,一招一式使出来,手眼身法步,心神意念足,高人所传,名人指教,与唐璧杀在一处,五六个回合不分上下。唐璧乃隋之名将,与王君可只杀个平手,唐璧心中佩服王君可。王君可见唐璧敌得住自己,便抖擞精神,尽力抵敌,把唐璧绊住,不得追赶尤俊达、程咬金。副将来护儿知道城中有变,亦全身披挂,上马持枪,带了亲兵小队绕道奔历城县衙。忽见从对面两匹马如飞而至,一个使钉钉狼牙棒,一个使三尖两刃刀,挡住来护儿的去路,高声喊道:"来护儿,你可知道磨盘山的金城、牛盖吗?"来护儿喝道:"无名的鼠辈,休逞刚强!"递枪就扎。金城一瞧枪到了,用三尖两刃刀磕出枪,撤刀头立刀攒,走马错抛刀砍;牛盖催马摆双棒,打奔来护儿,三人像走马灯似的杀在一处。错非是金城、牛盖俩人,要是一个人,还真不是来护儿对手。三个人动着手,齐彪、李豹等各处放火,在城中乱杀官军。城中的铺户人民哪知道是众好汉劫牢反狱大反山东啊,以为是有了变乱呢,谁敢出来呀?

丁天庆、盛彦师、李成龙、黄天虎等把程咬金、尤俊达背出城,走出关厢来,王君可、金城、牛盖才败下来,唐璧、来护儿率领众将来追。天光将亮,追至西关外大道,眼看着要追上了,忽见对面来了一伙人,穿什么的都有,各持刀枪,簇拥着一人,蓝靛脸,红胡须,手使枣阳槊,挡住去路。唐璧、来护儿见他放走劫牢反狱的响马,挡住去路,焉能不恼?来护儿纵马拧枪,直奔使槊的人,向他问道:"你是何人,胆敢挡住追兵去路?"使槊之人说:"你要问俺,俺乃五路响马头儿,姓单名通字雄信。尔是何人?"来护儿说:"我是济南节度麾下副将来护儿。"单雄信大怒,举槊便砸,来护儿横枪招架,两个人冲杀一处。单雄信见他这条皂缨枪,使出来的招数是大枪的招儿,按照滑、压、崩、把、搌、劈、砸、盖、挑、扎,似条乌龙一般,真似怪蟒在云端窜出钻入。单雄信遇见劲敌,施展平生所为,这条钉钉枣阳槊使开了,蹲拍忽盖,支架砸打,抢得嗡嗡带风。俩人动着手,丁天庆、盛彦师、黄天虎、李成龙、程咬金、尤俊达、屈突星、屈突盖、鲁明星、鲁明月、金城、牛盖、王君可、徐茂公、魏徵、金甲、童环、樊虎、连明往下跑着,望见有数十辆车,七八十个人跟着车辆,有王伯当、谢映登、贾润甫、柳州臣保着尤俊达、程咬金与众人的家眷,并汝南庄存着的贡金龙衣等项。大众见着，彼此惊喜，徐茂公说："咱们赶紧往西走吧，有什么话找着个山，咱们便好存身。"话犹未了，东边"呼啦"一声，单雄信与众伴当跑下来了。徐茂公问道："怎么样？"单雄信说："我被来护儿的大枪挑去包袱，大约着盟单被他得去了。"魏徵说："快走吧。"于是大众反完了济南，往西逃去。

　　济南的火光仍然大作，来护儿、唐璧等追了二十余里亦没追上，又怕济南有了闪失，亦就率兵回归。往回走着，就见城里关厢的死尸横躺竖卧，大街上除去官人之外，是路静人稀，买卖铺户简直没敢下板做买卖。此时刘芳把各处的火都救灭了，唐璧亦就回到节度使衙门，升坐大堂，站堂军、站堂将、刀斧手、绑缚手两旁站班。唐璧怒容满面，想着这些响马胆量真是不小，敢劫牢反狱，抢走罪人，还放火烧衙门。闹了半夜，累得人困马乏，结果一个亦没拿着。忽见值日旗牌官李志进到大堂，说："回禀大人，历城县县官徐有德居家老少被火烧死。"唐璧听着更是难过，传下令来，将各处城门紧闭，派人到各处搜拿响马。来护儿将得着的盟单呈上来交与唐璧观瞧，见上面是三十六友的盟单，从头要往下看，忽见盟单上有秦琼秦叔宝，唐璧冲冲大怒。原来是秦叔宝的朋友干的这事，唐璧如何不恼，赶紧派来护儿带兵二百，抄拿秦叔宝的满门家眷；又写了一套紧急的公文，派了一名差官，不分昼夜赶奔长安，请示靠山王杨林，唐璧的公文是把这个乱子满推在秦叔宝的身上了。

第二十六回　张姑娘含冤欲自尽　靠山王恩收义孝女

　　众英雄倒反山东,大败唐璧,唐璧写下一道公文,把劫牢反狱、大闹济南府的乱子全部推到秦琼身上,命人快马加鞭,呈送靠山王杨林。按下这个差人暂且不表,回过头再说杨林,率领十三家太保和数百人马,押着二拨皇杠,赶奔长安城。行军路上,逢关按站,大小官员接待杨林,不必细表。这一日正往前走,就瞧对面有一队人马迎接下来,杨林注目一看,不由得哈哈大笑,偏脸叫道:"叔宝。"秦琼答言:"父王。"杨林说:"叔宝,你来观看此将。"秦琼见对面一员战将,跳下马平顶身高八尺开外,细腰乍臂,双肩抱拢。头戴紫金盔,身披黄金甲,外罩紫征袍,大红中衣,一双虎头靴牢踏紫金镫内,背后八杆护背旗,紫面长髯,胯下一匹紫骝马,鸟翅环得胜钩上挂着一口大刀,真是威风凛凛。秦琼说:"此人好威武!"杨林说:"这就是镇守潼关的花刀帅魏文通迎接为父来了!"此时魏文通已然来在杨林面前,急忙下马,上前跪倒,口称:"卑职接迎王驾千岁!"杨林说:"文通,平身起来。"魏文通站起来说:"王爷,您老没进京了,卑职好容易把您盼来,故此迎接您进关。"杨林说:"此处非是讲话之处,你头前带路。"文通上马,将杨林接进潼关。杨林所带的十万大军则在城外扎下大营。

　　杨林只带秦琼、上官狄两人进了帅府,来到大厅,居中落座。杨林说:"文通,我给你们引见引见。"用手一指秦叔宝,靠山王就把收为十三太保、情同父子的前后经过,详详细细对魏文通说了一遍。然后又对魏文通说："从今往后,你们哥儿俩还要多亲多近。"魏文通上前,抱拳行礼,秦琼急忙还礼,客气一番。杨林得意洋洋地说:"文通,今日本王进府只带叔宝、上官狄,各家太保俱在城外扎营,你道为了何故?"魏文通说:"卑职愚钝。"杨林说:"你是本王的心腹,叔宝也是我的心腹,为的是让你们哥儿俩亲近亲近。文通,将来我的靠山王就由叔宝承袭,与那十二家太保大不一样。我还嘱咐你,从此以后只要叔宝到,就如同本爵亲自前来一样。"魏文通说:"您的话卑职谨记在心。"不多时,酒筵摆下,众人各自落座,开怀畅饮。吃喝已毕,各自安歇不提。

一夜无书。第二天清晨,杨林用完早饭,传令大队人马拔营,魏文通把靠山王一行人等送出城外,大队人马继续前行。这一日正走到檫树岗,忽听附近树林之中传来女子哭泣之声。杨林蚕眉微皱,说道:"叔宝,你去看看,林中何人啼哭?"秦琼也听见了,说声"遵命",催马就进了树林。来到林中,秦叔宝闪二目定睛观瞧,不由得大吃一惊,只见一个文生公子正欲上吊。看样子是刚拴好绳套钻进去,双腿还在挣扎。叔宝赶紧甩镫离鞍跳下马,冲上前,抱住公子双腿,把人解救下来了。此时,靠山王和各家太保也催马进了树林。杨林仔细观瞧,心中一动:莫非此人女扮男装,是个女子不成?

书中交代,这个文生公子还真是女子,名叫张紫燕。她的父亲叫张宣,是前任京营殿帅,因为刚直不阿,得罪了一班奸佞,被贬回家了,生出一场大病。紫燕十分孝顺,就在长安城内古洞祠烧香许愿,祈求父亲身体痊愈。说来也巧,数日之后,张宣的病渐渐好了。等张宣病好之后,紫燕把古洞祠许愿之事禀明他爹,只等庙会时前去还愿。书说简短,到了七月庙会之期,烧香还愿之人纷纷到古洞祠进香,真是络绎不绝。张宣父女分乘轿马,带了从人,到古洞祠烧香还愿。到了庙中,烧完香还完愿,张宣给庙内布施了一千白银。张宣因为素日在家闷郁难舒,带着姑娘在庙内散闷。父女二人带着从人由前殿往后殿绕,见烧香还愿之人,男女老少互相拥挤,吵嚷之声不绝于耳。父女到了后院,再听更比前边热闹,市声如潮,纷纷扰扰,后殿前另有一番气象:摆摊卖货的棚帐连云,货物堆积如山,百货齐全,观之不尽。殿前炉鼎之中香烟缭绕,直冲云汉。父女爷儿俩走到各种杂货摊上瞧看,五光十色,煞是好玩。又到跨院里观瞧,有些是江湖卖艺之人,各种杂技惹得叫好之声不绝于耳。树林深处有些个茶社,品茗博棋,三教九流什么人都有。

爷儿俩刚由跨院往外要走,忽见对面跑过一人,后面跟着三十多人,各持棍棒刀枪,一个个挺胸叠肚,拧眉立目,全非善类。头前跑的这人,面色姜黄,两道斗鸡眉,一双母狗眼,溜尖溜尖的鼻子尖儿,尖下巴颏儿,薄嘴唇,一嘴的碎芝麻牙,两个扇风的耳朵,七分不像人,八成倒像鬼。跑到姑娘张紫燕的面前,扎煞臂膀站住了,向张紫燕扑哧一笑,往前一扑,要打算把姑娘搂住。张宣这个气可就大了,用手一指,喝道:"胆大的狂徒,你敢无礼!"说着过去就要打他。这个人一瞧是张宣,吓得一缩脖,跑回去了。此时吓得姑娘张紫燕脸上颜色更变,身上不寒而栗。张宣回过头叫家人将他抓住去打官司,家人悄悄地说:"大人,抓不得,那个人是京营殿帅宇文成都的兄弟,他叫宇文成惠,带着许多的打手呢……"家人还要往下再讲,被张宣照着脸上就是一掌,喝道:"胡说!殿下的兄弟怎样,难道就白白地调戏妇女吗?"吓得家人不敢再说了。张宣回头一望,那宇文成惠早就逃之夭夭了。原来宇文成惠是个色中的饿鬼,每逢长安城里城外有热闹的时候,必要带些个帮闲的与恶豪奴,在妇女的群里找些便宜,遇见真好的就往他府中愣抢,七煞反长安逛灯的时节已然说过。那位说,他在早先惹过那么大的祸,他还不改吗?狗哪能改得了吃屎!亦是活该,宇文成惠到了庙中各处追寻,俱是些个平常的妇女,没遇见一个出色的,他偏正遇上张紫燕,宇文成惠被色给迷住了。别说是张宣在旁，就是他爹在旁站着，他亦是瞧不见哪！被张宣一声喝喊，他才瞧见张宣，吓得他带着人溜之乎也。张宣越想越有气，惹得逛庙之人都往他们父女这边观瞧，几乎把张紫燕臊死。还算是姑娘明白，怕他父亲旧病复发，反把张宣劝回家去。

张宣还想去找宇文化及，不答应他，谁想到家就旧病复发，连着病了有半个多月不要紧，那宇文成惠亦病了半个多月。阅者要问他得的是什么病，还用说吗，他得的是相思病。谁想宇文化及那老狗疼爱他的儿子，觉着张宣要不是得罪了他们，何至于丢官罢职，如今乘此机会命人前去求婚，他若应允，再做官有何难处？宇文化及有这个心，便求张宣的本家张衡为媒，给他儿子宇文成惠求亲。张衡还挺高兴，去到张宣的家中。张宣还以为张衡是来看望自己的，吩咐张福到外面把张衡请进来。张宣在病榻上坐了起来，见张衡进来向自己施礼，张宣说："兄弟少礼吧，恕过为兄有病在身，不能还礼。"张衡说："兄长，咱们是谁，你躺下讲话吧。"张宣说："不用，我净躺着怪难受的，坐会儿亦好。"家人献茶，茶罢搁盏。张衡向张宣说："兄弟今天前来有事相求，求哥哥你得赏脸。"张宣道："兄弟有什么事只管说吧。"张衡说："我来是给姑娘提亲。"张宣问道："给谁家提呢？"张衡说："就是宇文化及之子宇文成惠。"张宣一听，气得颜色更变，把二目瞪圆，向张宣说："我当你给什么人提亲哪，原来是给那狗子求亲。你回去告诉宇文化及那个老狗，就说我说的，他家里有多少姑娘，不用给外人，你侄张称金还未纳妾，叫他把他家的姑娘都给你侄儿作妾。"张衡摸不着头绪，还以为张宣疯了呢，冲他直发愣。张宣骂不绝声，张衡实在听不下去了，向张宣说："你别骂了，你这是骂他呀，还是骂我呢？一家女百家求，你愿给就给，不给拉倒，你这是骂谁哪？"张宣气恼之下，说："简直就是骂你哪！你还趁早走着，以后少往我家里来！"张衡亦气得难过，说:"你还别不识抬举,日后你再请我我亦不来!好呀,你会骂人,你留神吧,早晚叫你知道我的厉害!"说着,气昂昂地往外就走。张衡走后,姑娘来至他爹的屋中苦苦相劝,张宣怒气不息,被姑娘劝得无法,亦就不言语了。

过了一个多月,张宣的病觉得见好了。这天吃完早饭之后,忽听外面一阵大乱,张宣到了前院一瞧,是殿帅的旗牌官带着官军进了院子。张宣刚要问有什么事,众官人"呼啦"一声扑过来将张宣上绑,推出府去,押解回归殿帅府去了,把男女从人吓得不知如何是好。老家人张福到了后头,见了张紫燕,把张宣被官人拿去回明,张紫燕放声痛哭。张福说:"小姐,你别哭啊,还是打个正经主意才是。"张紫燕虽是个姑娘,心中亦明白这是宇文氏父子弄的手段,因为爹爹不允亲事,他们怀恨在心,使出坏主意来,不定怎么着哪。姑娘哭了会儿,拿出些银子来,叫张福去打听究竟是为什么事给拿了走,再到衙门花钱托些人情,别叫张宣受什么委屈。张福遵了小姐之命,拿着银子去打听张宣之事。到了衙门一打听,可把张福吓坏了,原来张宣的儿子张称金在外边反了。张福心中又惊又急,想到监狱里面去探监,谁想张宣的案情太重,不准见。老管家张福急得二目落泪,哭回家中。到了家中,张福把事情回明,张紫燕放声大哭,痛不欲生,老管家百般解劝。正然解劝之际,忽见门公慌慌张张跑进来向张福说:"管家,大事不好!"张福问道:"有什么事吗?"门公说:"适才亲军小校魏宽来送信,说随后羽林军五百大队就到,抄拿咱们居家满门,请管家大人急速逃走呢!"张福闻听此言,泥丸宫走去三魂,涌泉穴失了七魄一般,把他就吓傻了。还算张紫燕有点见识,叫家人分散些东西,急速逃命。张紫燕把要紧的东西、值钱的珠宝收拾一个小包,换上了一身文生公子的衣服,带了老管家,弃家而逃。其实杨广并未传旨抄拿张宣的家眷,这是宇文化及使的手段,张紫燕与众家人弃家逃走,宇文化及一班奸党倒有了证据,禀奏杨广说张宣被拿之后,张宣的家眷弃家而逃。杨广信以为真,传旨查封张宣的家资,捉拿逃走的人员;又传旨派将讨伐张称金,这些事不能一一细表。

却说张紫燕女扮男装,同家人张福逃出长安,直逃到灞陵桥小店里才把心放下,住了一夜,又逃至渭河镇店里隐藏。真是福无双至,祸不单行,老管家连惊带吓,数日奔波累得染病店房,张紫燕反倒伺候家人,煎汤熬药。张福一病两个多月才好,张紫燕拿的东西可就卖得没有什么了。张紫燕不放心他爹,命张福到长安打听打听,老家人亦就冒险前往长安。真是倒霉,张福一去不归,张紫燕在店中心似油煎,坐卧不宁。听店中的人传说,前任京营殿帅张宣在长安城被斩于云阳市口,张紫燕一人在屋中暗暗落泪,哭泣得死去活来。思前想后,越想越心窄,觉着不如一死,张紫燕从店中出来,走在檫树岗上吊。亦是她命不该绝,五行有救,靠山王杨林同着十三太保从此路过,秦叔宝把她救下来。

杨林看她掉了一只靴子,露出窄小的金莲,见她女扮男装,恐有别情,仔细地一问,张紫燕把以往情形向靠山王哭诉明白。杨林气得苍眉倒竖,虎目圆睁,用手一指长安,大骂宇文化及父子不止,又向张紫燕安慰道:“你不要悲痛,只管放心,孤到了长安必在万岁驾前替你伸冤,非把宇文化及父子们参倒算完。”张紫燕听杨林说要参宇文化及,在杨广驾前替她伸冤,立刻给杨林跪倒磕头道:“千岁若能如此,难女感激王爷的大德了。”杨林向张紫燕说道:“孤有一事跟你相商,你可曾愿意?”张紫燕问道:“王爷有什么事呢?”杨林说:“老夫虽然年迈,并无儿女,如今认了十三家太保,俱是螟蛉义子,并无女儿。孤有意认你为义女,你可愿意吗?”张紫燕说:“只要王爷能给难女伸冤报仇,难女无不乐从。”杨林说:“孤决然给你伸冤报仇。”张紫燕这才给杨林磕头道:“义父大人在上,受女儿一拜。”杨林这一下子真要乐飞了,别看自己无儿无女,如今有子秦叔宝,有女张紫燕,平生之愿足矣,心中一痛快,拈髯大笑,说声:"姑娘请起。"张紫燕站起身形,十三家太保都过来给杨林道喜。杨林仍命张紫燕穿上那只靴子,还是女扮男装,然后命张紫燕与十三太保俱皆行过兄妹之礼,叫张紫燕跨坐骑,一同够奔长安。

这天来至长安东门外,文武官员有知道杨林来的,都迎出城来,靠山王与众人施礼完毕,略叙寒暄,便进了长安城。到了自己府第,下了马把文武官员往里相让,文武官员说:"王爷暂请歇乏,明天我们再来问安。"众人走后,杨林不叫张紫燕改扮,仍穿男子的衣服到了府内,净面掸尘,沐浴更衣。诸事完毕,杨林暗派太保出去打听张宣与宇文化及之事,然后酒宴摆上,杨林叫叔宝与张紫燕同桌而食,二人遵命。

爷儿三个饮酒之间,杨林向张紫燕说:"姑娘,老夫位至王爵,都不以为怎么样,如今有你二人,俺心中最为快乐。告诉你——"说着,用手一指叔宝道:"他姓秦名琼字叔宝,山东济南府的人氏,在山东大行台唐璧手下当作旗牌官。他为人慷慨,武艺高强,孤才收他为义儿干殿下。他曾为六月二十四日山东响马劫去孤的六十四万皇杠银……"杨林席间把秦叔宝的始末根由全都说给张紫燕。张紫燕听杨林的口吻,有秦叔宝这么个义子,杨林最为畅快,因为他的义气最重。杨林如此器重叔宝,秦琼焉能不感激杨林?杨林心中一高兴,不觉酒已过量,微露醉意,忽向张紫燕说:"明日早朝入朝面君,为父定然参那宇文化及,为汝报仇。"张紫燕起身离席,刚要跪倒磕头,杨林说:"姑娘,老夫有命你可能依从吗?"张紫燕问道:"父王有何吩咐?"杨林说:"老夫把你许配秦叔宝为妻,你可能遵我之命吗?"张紫燕跪在地上,低头不语。心中思忖之际,秦叔宝离席跪倒,口称:"父王千岁万万不可如此,我家中已然有了媳妇,请父王收回成命,否则不安。"杨林已醉,听他如此说,把脸往下一沉,向他二人说道："老夫之命，谁敢不遵？"张紫燕、秦叔宝抬头观瞧，杨林怒容满面，看他那意思非得应允不可，吓得二人不敢作声。张紫燕心中转想秦叔宝的人品相貌，忙向杨林说："谨遵父王之命。"杨林痛快已极，向叔宝问道："你呢？"叔宝哪敢不遵呢？可叔宝心想等靠山王明天醒过酒来再向杨林解说，还是给张紫燕另行择配。此时杨林拈髯大笑，命他二人起来："非叫你二人对饮三杯不可。"两个人无法，只好如此，杨林直到酒不可仰的时候，往床上一躺。叔宝觉着不好意思，便闪到外边去了。张紫燕一人闷坐屋中。叔宝到了外面，向王官们问："众太保现在哪里？"王官说："到城外大营去了。"原来杨林带着数百官军，有锣鼓、帐篷、行军锅灶，到了长安，将大营扎在东门外，离城不到五里路。秦叔宝命人将马鞴好，府门前乘跨雕鞍，离了王府，够奔东门外大营找众人去了。

第二十七回　张紫燕舍身传凶信　秦叔宝三挡靠山王

叔宝走后,张紫燕正在屋中坐着,忽见王官拿一件公文来,见杨林躺在床上,沉醉未醒,亦就放在案上。张紫燕见那公文未封着,打开公文一看,可了不得了!那公文上写的是众好汉大反山东,劫牢反狱,烧死历城县县官,救走二劫皇杠的响马尤俊达、程咬金,杀死官军一百七十三名,内有抄录众响马的盟单一张。张紫燕看到秦叔宝的家眷被拿获,解往长安,随后就到。这件公事是山东大行台唐璧来的,请杨林拿住秦叔宝严刑拷问,究情众响马的下落,张紫燕如何不惊?忙把杨林唤醒,将这紧急公文请杨林观瞧。杨林仔细一看,心中大怒,暗道:好个狗官唐璧,他等无能保护地面,被响马们劫牢反狱,救走尤俊达、程咬金,火烧历城县,他们无能不算,还把孤的太保秦琼家眷拿住解往长安,凭那一张盟单不辨真假,竟敢捉拿叔宝的家眷,真真岂有此理!还请孤严刑审问秦叔宝,究情这些响马的住处,以便擒拿。秦叔宝随我到长安而来,他既不知情,哪里能知道响马都是谁呀?唐璧办事如此糊涂,是不称其职!杨林越想越恼。张紫燕见他瞧着公事,气得苍眉倒竖,虎目圆睁,怒气冲天,张紫燕还错想杨林痛恨叔宝呢。忽听杨林说道:"就该斩首!"张紫燕还以为杨林说秦叔宝应得杀罪呢,其实是杨林说唐璧该当斩首。杨林喊进中官军上官狄,伸手由令座上抽出一支令箭,吩咐上官狄道:"你去把叔宝传来,我有话问他。"上官狄遵令,拿着令箭走出去,杨林又倒在床上,呼呼睡去。张紫燕见杨林睡着,心中思忖道:我与秦叔宝既是夫妇，他家遭了这样大祸，杨林又要把他斩首，我不可袖手旁观，何不设法搭救于他？哎呀！我有什么办法去救他呢？有啦！我可以乘跨坐骑，给叔宝送个信，叫他急速逃走。事不宜迟，我还得越过上官狄去才好。

张紫燕不敢耽搁，趁着杨林睡着之际，悄悄地窃取一支令箭，到了外面吩咐家人鞴马。家人将马鞴好，张紫燕手持令箭，到了府门外上马，飞奔东门。此时上官狄刚由东门出去，门军刚把东门关好，张紫燕到了门脸儿，用手把令箭高高一举，喊声："开城！"门官吩咐："快去给他们开城，靠山王来了，给咱们添多少麻烦。"门军说："没法子，惹不起他们。"门军把门开开，张紫燕纵马出城，走到关厢口外，远望上官狄还在眼前。原来上官狄疑惑靠山王把叔宝传至城中治罪，催马出城，走至路上，按辔徐徐而行，心中思忖道：我若真把秦琼叫至城中，就许把命扔了，想当初要没有叔宝救我，我上官狄早就死了。受人点水之恩，便当涌泉相报；受人活命之恩，必须以身相报。如今叔宝到了堪堪性命不保的时候，我正当搭救于他。哎呀！我得想什么主意才把叔宝救了呢？少不得逃奔潼关外，要不然亦走不开。可是我把他救了，我呢，不如豁出这个中军官不当，随他一同逃走。上官狄正然思前想后，忽见旁边如飞相似跑过一骑马，上官狄心中暗道：了不得了，王爷又派别人去传叔宝了。上官狄催马就追过去的这匹马。书中暗表，头前纵马狂驰的正是张紫燕。她前头走，上官狄后面就追，二人前前后后到了大营。张紫燕为避别人的耳目，不便进营，吩咐小卒将叔宝唤出。小卒见她手中拿着令箭，知道有事，赶紧到里面回禀叔宝。叔宝不知道有什么事，来至营外瞧见是张紫燕，就是一愣。张紫燕说："请，我来有事相商。"叔宝很不愿意，又不知她有什么大事，二人来至僻静所在，黑黑暗暗，任什么亦瞧不见。

叔宝按剑，怒气冲冲地问道："你来有什么事吗？"张紫燕遂把众响马火烧历城县,劫牢反狱,救走尤、程二人,唐璧得着盟单,将叔宝家眷拿获,派来护儿解送长安,紧急公文来至,王爷大怒,要将叔宝斩首之事,从头至尾学说了一遍,叔宝这一惊非同小可。张紫燕把杨林派上官狄前来传叔宝出城的话一说,叔宝说:"我还没见着上官狄呢。"张紫燕说:"亦许是上官狄走在后头。"张紫燕见叔宝不语,问道:"你打算怎么办呢?"叔宝说:"除非逃走,别无善策。"张紫燕说:"你若有意逃走,我这里有令箭一支,足可赚出潼关。"叔宝问:"那你呢?"张紫燕说:"我呀……"叔宝见她沉吟不语,向她逼问道:"你倒是怎么样啊?"张紫燕说:"长安我是不能回去了。你我二人虽有靠山王之命,将我许你为妻,但你我只有夫妻之名,并无夫妻之分,叫我跟你逃走,是万万不能。这么办吧,你出你的潼关,我自有安身之处,你我只图后会了吧。"说着,从身上取下一物,连令箭一并交给叔宝。张紫燕说:"那个物件是我们家传之物,交与你,我有一事奉求。"叔宝问道:"什么事哪?"张紫燕说:"你知道张称金否?"叔宝说:"张称金乃隋之名将,如今镇守江南。"张紫燕说:"张称金是我胞兄,你若逃出潼关,能有存身之处便罢;倘无存身之处,可往江南投奔于他,他如不相信,你可将我给你的玉佩取出来叫他瞧看,自然相信。"叔宝点头。张紫燕说:"你日后若能见着他,可把我家所遭奸臣之害的事向他说明,叫他报仇为是。"叔宝说:"好吧。"两人把话说完,张紫燕说:"事不宜迟,请你急速逃走,我当永别。"叔宝还要跟她说话,忽见张紫燕倒退数步,一转身形,"仓啷啷"宝剑出鞘,"扑哧"一声,红光迸现,鲜血直流,"噗咚"一声,张紫燕尸身倒地。叔宝大惊,张紫燕这一缕阴魂够奔枉死城状告奸臣去了。

叔宝正然伤心惊恐之际,忽听有人夸奖道:"好个节烈的女子!"叔宝见来了人,吓了一跳,问道:"是谁?"听他答言道:"叔宝兄,小弟上官狄。"秦琼这才把心放下。上官狄说:"你二人所说之事我已听明,事不宜迟,你我二人急速逃出潼关才好。"叔宝说:"仁兄不可,你能纵放秦某逃走,我就感激匪浅;若再同我弃职而逃,实是不敢累君。"上官狄说:"叔宝兄,我把你放走,我回去见王爷能够不追究此事吗?若是追究此事,我亦有性命之忧。如今事已紧急,不必为难,你速回营鞴马,我在此先替你将张紫燕埋好,然后你我一同逃走。"叔宝无法,只好如此,立刻回至营中,顶盔贯甲,罩袍束带,拴扎什物,收拾利落,挂上双锏,手持金枪,上了坐骑。来至营外,找着上官狄,叔宝问道:"怎样?"上官狄说:"我已然将她埋好了,你我走吧。"上官狄上了坐骑,二人催马往东而行。上官狄说:"有我手中这支令箭,足可以赚出潼关。"叔宝说:"我这里还有张紫燕盗来的一支令箭哪。"上官狄说:"带好了,千万不可遗失。"两人走着,不觉走出数里之遥,忽听后面一阵人欢马乍之声,叔宝说:"了不得了,后面追兵追下来了,请你头前等我。"上官狄说:"是吧。"

　　书中暗表,杨林上了年岁,由登州到长安路途遥远,鞍马之劳,又在府中多吃了几杯酒,虽然倒在榻上,并非睡着了,不过周身难受而已,为了叔宝之事,心中越发不安。忽然心里一惊,坐起来往屋中一看,不见张紫燕。唤了两声,进来一个王官,杨林问道:"张紫燕哪里去了?"王官说:"适才王爷不是给她一支令箭,派她有事去吗?"杨林突然跳下床来,跺脚道:"了不得了,吾儿这一走定有性命之忧!"杨林派人四处追寻。在屋中等的工夫大了,不见秦琼来到,杨林心中纳闷:我命上官狄去传叔宝,为何还不来呢?莫非说其中有什么缘故不成?杨林心中思忖道:倘有别情,岂不坑杀于我?有什么话我且追到营中与他见面说明才好。立刻吩咐外边预备,杨林把身上收拾利落,来至外面,上了坐骑。

　　众亲随上马,后面相随,直奔东门。到了东门,王官喊喝道:"千岁出城有事,急速将城门开放!"门军哪敢怠慢,将门开开,杨林率领众人催马出了东门,来至大营勒住坐骑。杨林向看守营门的小校问道:"上官狄可曾来至大营?"小校说:"回禀千岁,上官中军与秦叔宝早就走了。"杨林当时就猜着了,这公事一定被上官狄看见,上官狄受过叔宝的活命之恩,他看了公文中唐璧请我向秦叔宝追问众响马的下落,他替叔宝害怕,带着令箭与叔宝逃走了。上官狄虽是好心好意,可亏负我杨林对待他秦叔宝的恩义了,有什么话追上说明为要。杨林命营门小校传令,让众太保随后往东追赶,小校往里传令不表。

却说杨林率领众亲随往正东方追赶秦叔宝,一气儿追了七八里路,亦没有追上。将至灞陵桥,远望桥梁之上有一骑马,临近了观瞧,马上持枪之人正是秦琼。叔宝见杨林来至,在马上横枪施礼道:"千岁因何至此?"杨林说:"特来追你。"叔宝说:"追我为何?"杨林说:"吾儿放心,孤前来非是不利于汝。告诉你,山东之事孤不管,自有他们地面官员之罪,反济南劫牢反狱与你无干。孤最为痛恨那唐璧,他身为山东大行台、济南节度使,办事不明,就凭响马的盟单上有吾儿之名,真假未能分明,就敢捉拿你的家小,我必在万岁驾前参他。你只管放心,我明此理,绝不能叫你受委屈,有什么话随我回归长安再讲。"叔宝听杨林所说,心中相信这些话绝然无诈。正在思忖之际,忽听灞陵桥西一阵人马奔腾之声,不由叔宝不疑了。杨林说:"吾儿回归长安吧。"叔宝说:"千岁,俺秦琼自从入登州至今,受千岁之恩,愿随侍左右。但是众响马大闹济南,唐璧将我居家老幼拿去,内中有我娘亲,使她老人家受惊,心实不安。非是我不遵千岁之命,此时为我娘亲之事,不敢回归长安,愿出潼关得见我娘一面,若我娘身安无事,然后我还能复至长安。"杨林这人最喜爱忠臣孝子,听他所言,焉能不从?杨林向叔宝说:"吾儿此去孤不拦,但你日后能够到长安看望于我,我就心中安然了。"叔宝说:"千岁待我恩重如山,日后定然见千岁问安。"杨林说:"既然如此,你急速去吧。"叔宝说声"遵命",马拨回头去,下了灞陵桥,往东追赶上官狄。叔宝这一走,杨林若有所失,心中这份难过就别提了。杨林又率领亲随往回走不表。

却说叔宝往东行,那上官狄的坐马走得很慢,被秦琼追上,上官狄问道:"叔宝兄,后面是追赶咱们的吗?"秦琼说:"是靠山王追赶于我。"遂把灞陵桥上与杨林说的话告诉了上官狄,上官狄说:"真是万幸,我们快走吧。"二人催马往东走着,直到了日出东方一丈后了,将至辰时,忽听后面一阵人欢马乍之声,两人回头一望,见后边尘土荡漾。上官狄说:"糟了!"秦琼问道:"怎么?"上官狄说:"大概是王爷率兵又追下咱们来啦!"秦叔宝知道他的武艺平常,叫他先走,够奔潼关,自己勒马停蹄等着。不到一顿饭的工夫,从檫树岗的西边就瞧见杨林率领众太保追来,临近了杨林等全都勒住坐骑。叔宝向杨林问道:"千岁为何去而复返?"杨林说:"吾儿放心,孤此来绝无歹意,只因你要出关去迎接你娘,我想你一者出不去潼关,二者没有孤的王命,你在中途路上遇见你娘,解送的官人亦不敢释放啊!孤追你是想同你到潼关。"秦叔宝说:"千岁如此厚爱,我秦琼感恩匪浅,请千岁不必如此,我尚且没准儿,只不定出不出潼关哪。若是叫千岁受鞍马之劳,我心中反倒不安。"杨林见他不肯同自己到潼关,又不肯强他之意,反叫叔宝生疑。杨林说:"叔宝,你若是出不了潼关,只管回来,孤给你令箭,以便出关。"叔宝说:"遵命。"一横枪,冲杨林施礼,把马圈回,往正东纵马狂驰。天到未时,叔宝又追上了上官狄,向他说明,上官狄亦就放心了。

二人走至申时,肚内饥饿,在前面村镇吃饭喂马,饮完了牲口,上马仍然往东而走,够奔潼关。将至赤松林,又听后面一阵乱马奔腾之声,叔宝向上官狄说:"此去离潼关不远了,你去拿令箭叫关,待我将他们挡回去为要。"上官狄又独自一人往东走去,叔宝慢慢走着。日色西斜,堪堪日落,杨林三次追赶,又把叔宝赶上。杨林见了秦琼，说声："吾儿慢走。"叔宝勒住坐骑，把马抹回来，向杨林问："为什么管俺叫儿？"杨林说："秦琼，是孤叫你。"叔宝冷笑道："杨林，你敢管你家秦二爷叫儿？"杨林闻听，冲冲大怒，伸手从马上摘下来那对囚龙棒道："秦琼，你在山东济南府拜认我为义父，如今为何反悔，礼义何在？"秦琼说："杨林，你尚在梦中。实对你说吧，你我有一天二地恨，三江四海仇，我认你为义父是为进身之计，叫你不疑，想着把你刺死，报仇解恨！"杨林听他所说，心中纳闷，向他问道："你我有何冤仇？"秦琼说："我对你实说了吧，我祖父名叫秦旭，在北齐后主驾前称臣，官拜亲军护卫使，我父秦彝乃北齐的武卫大将军。想当初你们杨家尚在北周称臣，杨忠为帅，你为先锋，打破北齐晋阳都城，我祖父秦旭为国尽忠，命丧晋阳。后来你又攻打马鸣关，那时我父秦彝正然镇守马鸣关，你与我父打了数阵亦未能取胜。只怨那副将阿古，夜间献关投降于你，我父秦彝命丧汝手，俺们母子逃至济南府存身。在登州府要认为义子，俺未应允；到了济南府应允此事，是为进身之计，好为我父报仇。总算是你命不该丧在秦某之手。如今俺要出关，你还苦苦地追赶，告诉你吧，你待秦某多好，是为私恩；而我为报父仇，才认你为义父。这就如同用兵之机，兵不厌诈。"靠山王杨林听叔宝说出真情实话，又是急，又是气，又是后悔，又是难过：急的是秦琼把话说明啦，跟他有杀父的冤仇，要是放走了他，终须是祸；气的是自己不应该认仇人之子为义儿干殿下；后悔的是不知他是秦彝之子，否则绝不能收他为十三太保；难受的是可惜自己对待秦琼这份心机，何等之恩，如今化为乌有，焉能好受？秦琼见他在马上气得腰身乱晃，银髯飘摆。

忽听杨林说道："秦琼，你祖父秦旭、你父亲秦彝，都是为国尽忠而死，当年他父子虽死于老夫之手，却是两国交兵，各为其主，亦不能与争私斗而死相比呀。"秦琼说："不然，我秦氏受过北齐的三世雨露之恩,你们杨家灭的北齐,我秦叔宝与你有亡国之仇、杀父之恨,岂能比那私仇、公仇?"杨林大怒,喝道:"秦琼,休要多言!"催马抡棒就打,说声:"看棒!"秦叔宝看他来势凶猛,囚龙棒打奔自己顶门,叔宝使了个"指日吞云"的招数,用枪反去扎杨林手腕。棒短枪长,棒打不着叔宝,叔宝的枪可够着他的腕子,杨林忙把双棒撤回。叔宝应当趁势就扎杨林哽嗓咽喉,可秦琼把枪撤回,说声:"杨林,你待我秦某不薄,让你三招。"两人马打盘旋,杀在一处。秦琼让了杨林三招,杨林还是招招紧迫,秦琼说声:"得罪了!"把金枪一抖,按照罗家的枪法施展出来,上拦下掩,内穿针外刺袖,沾、粘、滑、压、崩、打、扎、抽,一招一式向杨林身上紧扎。杨林虽然年迈,但自幼练武,久经大敌,大将不走三合之勇,无人能敌。秦叔宝跟他杀了六七个回合,不见输赢胜败。杨林真爱二爷这身把式,抖擞精神,把囚龙棒抡动如飞,拼命死战。众太保勒马观瞧,谁也不敢过来帮助。二人直杀到十数个回合,叔宝渐渐不敌,恐有闪失,三十六着走为上策,虚点一枪,拨马就走。杨林喊嚷:"秦琼,你往哪里逃走!"拍马就追。后面众太保"呼啦"一声,亦随着追下秦琼。

追到天色渐黑,秦琼在前,杨林在后一步不放,把众太保落了多远。秦琼直跑到月亮都上来了,杨林一步都不放,仍然紧追。秦琼纳闷:杨林怎会这么好的眼力呀,他会总瞧得见我?忽然心中明白过来,自己的马上带有鸾铃,马走鸾铃响,老家伙听见金铃响,他是顺声音追,我何不将金铃摘下,扔掉不要?忽见眼前有座大树林子,密密匝匝,风声刮动,这树被风刮得呼呼直响,秦琼无法,催马走进树林。杨林追至树林,将马勒住,不敢进来。杨林叫道:"秦琼,你出来!"秦琼说:"你进来!"两个人一在林中,一在林外,杨林就听见林中"哗啷啷"鸾铃作响。杨林怕叔宝逃走,催马围着树林在外面打转。杨林听着金铃声音亦转,在这边听见那边响,绕至那边,这边却又作响,只把杨林忙得周身是汗,遍体生津。天光大亮了,后面众太保赶至,见杨林冲着树林子发怔,众太保问道:"父王千岁为何在此发怔?"杨林叹了口气道:"孤中了那秦琼的系铃之计。"说着话杨林用手一指,众太保一瞧,果然在树杈上挂着金铃。众人说:"千岁,俺们还是赶紧追他为是。"杨林这才催马再追叔宝。

第二十八回　诈潼关瞒哄花刀帅
　　　　　　渡黄河水擒魏文通

　　这半夜之间，秦琼可就走远了，天光刚亮就到潼关。忽听三声大炮响，从潼关西门内冲出来五百儿郎，雁翅排开，当中魏文通在马上满面堆下笑容，向叔宝抱拳施礼，说："太保至此，未曾远迎，马前领罪。"叔宝横枪还礼，向他说道："焉敢劳动大人远迎。"魏文通说："夜间上官中军来至，说太保奉靠山王千岁之命，因山东不安，前往山东帮助地面官员捉拿响马。"秦琼道："正是。"魏文通说："不成敬意，衙中备下酒筵，请太保赏脸用完了酒饭再走。"叔宝说："可以。"于是二人率众一同进关，到了衙前下马，叔宝把枪挂在马上，同进衙署。到了客厅，家人献茶，吃茶已毕，酒筵摆上，二人入座。秦叔宝真是胆大，直到席终，未露破绽，向魏文通告辞。魏文通还把秦叔宝送出东门外，二人作别。

　　魏文通回至衙中喘息未定，忽报靠山王千岁来到，请大人急速迎接，魏文通又率兵迎接杨林。走至鼓楼西，迎头杨林来至，魏文通下马，跪倒施礼，口称："末将魏文通迎接千岁来迟，马前领罪。"杨林向魏文通说："免礼平身。"魏文通站将起来。杨林问道："那秦琼可曾至此吗？"魏文通说："十三太保来至潼关，我亦曾治酒筵款待，送往迎来，此时离潼关大约走出十数里了。"杨林听说秦琼被他放出关去，冲冲大怒，厉声喝道："胆大的魏文通，你敢放走秦叔宝！来呀！"左右说："伺候王爷。"杨林说："将他绑上，斩去人头！"杨林的亲随立刻将魏文通绑缚停当。

魏文通不知道秦琼的朋友反山东劫牢反狱，更不知道叔宝与杨林有不共戴天之仇，吓得忙向杨林跪倒哀求道："千岁，我魏文通身犯何罪，该当斩首，望千岁说明。"杨林说："魏文通，那秦叔宝虽系孤的太保，他与山东的响马伙同一气，如今众响马火烧济南府，劫牢反狱闹山东，秦叔宝与孤有天地之恨，四海之仇。你把他放出关去，是不是应当斩首呢？"魏文通叩头道："请千岁暂息雷霆之怒，少发虎狼之威，容我一言。"杨林喝道："快说！"魏文通说："千岁与秦叔宝有这么大的仇恨，我并不知；秦叔宝勾串响马反山东，我更不知。前者千岁来至潼关曾嘱咐于我关照叔宝，有千岁之命，我魏文通焉敢慢待他秦叔宝？再者秦琼出关，亦有千岁的令箭，千岁如不相信，有令箭为凭。请千岁三思。"杨林听他所说，气消了。原是杨林嘱咐魏文通多多关照秦叔宝，他怎好不承认呀？吩咐左右给文通松绑。绑绳解开之后，杨林问道："令箭何在？"魏文通说："令箭现在末将衙署之中。"杨林说："孤且到衙中观瞧。"于是大众随着杨林上马，够奔守将衙门，进了辕门一齐下马，杨林到了二堂之上落座。魏文通命人将令箭取来呈与杨林，杨林接过来一看，令箭果然不假，是自己的令箭，看罢命人收起。杨林向魏文通说："放走秦叔宝与你无干，孤命你急速点兵追出关去，将秦琼拿回，孤不走，在此等候。"魏文通说声"谨遵王谕"，立刻命人掌号调兵，自己全身披挂整齐，拜别杨林，离了衙署，率兵出关追赶秦叔宝去了。

不表杨林在潼关等候，却说魏文通点齐了五百名马军，出离潼关，顺着大道往下追赶秦琼。直追了十数里地，不见秦叔宝，魏文通心下着慌，纵马狂奔，飞也相似又追了三十多里地，才瞧见秦叔宝与上官狄两人在前面并马而行。魏文通高声喊喝："秦琼慢走，俺魏文通追你至此，休想逃生！"秦琼此时已然两日两夜未曾合眼，累得人困马乏，走亦走不动，才被魏文通赶上。听后面人欢马乍，秦叔宝、上官狄回头一瞧，见是魏文通率兵追赶，二人大惊。叔宝叫上官狄先走，自己截杀一阵，上官狄催马往东逃去。叔宝勒住坐骑，把马圈回来，向魏文通问道："你为何追赶于我？"魏文通说："秦琼，你自己的事儿还不明白吗？我奉靠山王千岁之命前来拿你，你急速下马受擒，免得我费事！"秦叔宝冲他微微一阵冷笑道："魏文通，就凭这么一说，就要捉拿秦某，真是痴心妄想！你既有刀在手，撒马一战！"魏文通大怒，抡刀就剁，叔宝用枪招架。两个人二马盘旋，冲杀在一处。魏文通以为他是隋之名将，哪把秦琼放在心上，用他的大刀向秦琼扇砍劈剁，招招进逼。秦琼把大枪一拧，抖颤了，似条金龙一般，见招破招，见式破式，套式还招，施展平生所能，与魏文通拼命死战。魏文通虽然刀马纯熟，与叔宝动着手杀了五六个回合，却不见输赢胜败，见自己的大刀递不进招来，只得抖擞精神，向叔宝苦苦相逼。秦叔宝见他一刀比一刀紧，一招比一招快，亦不敢放松。两个人的马八条腿儿蹬开了，翻蹄亮掌，把尘土荡起多高来，真跟走马灯相仿。杀的工夫大了，叔宝因为累了两日两夜，未能歇乏，再跟魏文通久战，如何能成？累得周身是汗，遍体生津，渐渐不敌了。叔宝无法，虚点一枪，拨马败走。魏文通哪里肯放，高声喊喝："秦叔宝，你往哪里逃走，今天我非把你拿回潼关不可！"秦叔宝仗着黄骠马跑得快，飞亦相似，往东而逃。

　　两人一前一后，跑出约有七八里地，忽见前面树林之中出来一骑马，马上一人，壮士打扮，手使一条大枪，这枪的粗细比是人使的枪都粗。马上这人向秦琼说："二哥快往正东，待俺截杀一阵。"秦琼一瞧，不是别人，正是李豹李如珪。叔宝虽然知道他的武艺不是魏文通的对手，但是自己劳乏，亦不能逞英雄之气了，说声："兄弟多受累。"往东而去。李豹把大枪一拧，喝道："对面什么人，敢追我秦二哥！"魏文通问道："你是何人，敢截住我魏文通的去路，放走秦叔宝？"李豹说："爷姓魏，人称俺叫老魏。"魏文通听他要便宜，如何不恼，刚要用刀砍李豹，李豹抖大枪就扎,魏文通用刀招架。两人走了不及三合,李豹就敌不住了,往东就败。魏文通刚要往东追赶,忽见从林中又出来一骑马,挡住去路,马上一人约有丈高之躯,手使一对大锤,说:"魏文通,俺齐国远在此久候多时了,你我二人决一胜负,见一高低!"魏文通气得烟生火冒,用刀就砍,齐国远用锤招架。二人一马三招,错过镫去,魏文通应当圈回马来再战哪,心里想着追赶叔宝,舍了齐彪,往东追下。齐彪却不放过他,追上魏文通,抢锤便打。魏文通瞧着他这对锤比谁家使的锤个儿都大,心里还真有些怯阵,只得一巧破千斤,锤虽沉重,碰不上大刀。魏文通跟他动着手,见秦叔宝走远,心中着急,把大刀一举,向齐彪顶门便砍。齐国远用锤往上一磕他的大刀,可就磕空了。说时迟那时快,魏文通扳刀头献刀瓒,二马错镫,大刀刀杆一推抹丘斩,齐国远招架不及,刀到了项后,忙用缩颈藏头式,"扑哧"一声,刀刃砍在头巾之上,正把头巾削去,吓得齐国远拍马落荒而走。魏文通不管他往哪里逃走,催马在后,追下秦叔宝。

追下来约有顿饭时刻,虽然追上叔宝,可就把他的五百马军落在后头了。魏文通正往前追赶,忽见前边山路窄狭,道路窄得只能过得去一人一马。秦叔宝拐过山环,魏文通就见对面来了一个矮人,身躯瘦小,面黄肌瘦,短衣襟小打扮,肩头挑着担儿,两头两个大筐。这矮人瞧见魏文通人急马快,一害怕,把担儿放下,横在路上,往旁就闪。魏文通赶紧双足扣镫,将马勒住,向矮人喝道:"你还不把担儿顺过来吗?"矮人笑道:"这条路是大家走的,你干嘛冲我这么横呀?"魏文通大怒,刚要催马就走,打算给他撞倒了又能怎样,谁想这矮人一纵身形,反倒跳在马前,扎煞胳膊,挡住了去路。魏文通用刀向他便砍,矮人横身一纵,刀就空了。魏文通二刀又砍,又被他躲过。真是可恨,他把那担挑起来往东就跑,飞亦相似,跑出不远,把担儿放下,又往回跑。别看他人矮腿短,跑得还是真快,又到马前扎煞胳膊,挡住去路。

魏文通气得烟生火冒，抡刀就砍，砍了好几刀亦没砍着。魏文通见他小小的身躯，蹦蹦跳跃，闪展腾挪，身体灵便，形如猫鼠，恰似猿猴，心中明白此人武艺不弱。魏文通赞成他这身武功，可是瞧见矮人冲他嘻皮笑脸，又真叫人有气。两人一追一跑，他又挪担儿，又挡着去路。如是数次，他冲魏文通说：“魏文通，关夫子当初过五关斩六将，无人能敌，你这赛关爷可不成，差得太多，还不如关老爷的三孙子哪！”魏文通气愤难舒，被他如此讥诮，几乎把肺气炸。魏文通说：“鼠辈，你站住！”矮人真怪，挑起担儿就跑，一拐山环，走了。

魏文通亦走到山环，将要拐弯儿，忽见对面有个矮人，比适才那个略微高点儿，穿着一身青衣裳，肩头上担着一个担子，两头儿是小圆笼，一头儿直冒热气，大概锅里卖的是吃食。就见这小矮子肩挑担子，飞步跑上山去，较比猴儿还快。他到了山上，向魏文通嚷道：“魏文通，我请你吃煮鸡子儿。”说着，他把扁担攥住一头儿，一甩后头，“嗖”的一声，热气腾腾飞奔魏文通。走在这窄狭的路儿，还算好躲闪，往后一带牲口，这马往后一打坐坡，把圆笼虽然躲开，热砂锅正掉在马脑袋上，烫得马一疼，尥蹶子尥起多高来，“噗咚”一声将魏文通扔下马来，摔得魏文通这身甲叶子“哗啷啷”直响。魏文通翻身爬起，“嗖”的一声，那头儿正打下来，砸在身上，圆笼一撒，里头净是鸡蛋，鸡蛋碰碎了，弄得魏文通身上往下流鸡蛋清儿，气得魏文通怪叫如雷。山上头的小矮子还拿着扁担，冲着他嘿嘿直乐。魏文通用手一指说：“你下来，是英雄好汉，你我决一胜负，见个高低！”小矮子刚要往下跳，忽见正西来了五百马队，魏文通回头一看自己的人马来到，心中放了心，忙过去揪住了自己的牲口，此时这马疼得还直甩腮帮子哪！魏文通上了坐骑，再往山上观瞧，那小矮子踪影皆无，气得魏文通非把他追上，乱刀分尸不可。书中暗表，这两个矮人是侯君集、尚怀珠，故意戏耍魏文通，激得他烟生火冒，好往下追赶他们。

魏文通手持大刀,率领五百马军,转过山环往东追赶。忽见从正东来了一骑马,马上一人,约有八尺多高,细条身材,白脸膛儿,穿白挂素,雪里银装,胯下银鬃马,马上挂着一条素缨枪,洒袋有弓,壶中有箭。马上这人将马勒住,抽弓拔箭,认扣填弦,说声:"这箭要射马军中个儿最大的!""嗖"的一声,弓弦响处,果然这五百马军之中的掌旗官被箭射中哽嗓咽喉,翻身下马,"噗咚"一声,尸横马下,把魏文通的大旗撒手,扔在地上。护旗的兵丁谁要抢旗到手,就能够升到掌旗官儿,谁不夺旗呀?头一个下马拣旗的兵丁刚下马,那射箭之人抽出二支箭,说时迟,那时快,"嗖"的一声,被箭射倒在地,吓得五百马军个个心惊。射箭人刚抽出第三支箭,魏文通怕被他威吓全军退却,忙喊:"我兵杀!"五百马军随着魏文通"呼啦"一声,往前冲杀。射箭之人说声:"谁先过来,俺便射谁!"弓弦响处,就将人急马快走在前路的马军,果然射死一人。射箭之人又抽出一支来,认扣填弦道:"谁还过来!"吓得五百马军全都将马勒住,个个触目惊心,吐出舌头来,半晌才缩回去。

魏文通本领高强,焉能惧怕射箭,催马摆刀,直奔射箭之人,问道:"你是何人,敢射俺官军?"射箭之人说:"俺乃昔日科场夺魁的武状元王伯当是也。魏文通,我知道你是隋主驾前有名的大将,亦叫你尝尝我的箭法厉害。"说着,抽箭一支,认扣填弦,向魏文通"吧嗒"就是一箭,这箭射奔魏文通的哽嗓咽喉。真是难者不会,会者不难,这箭一到,魏文通一调脸儿,这箭"嗖"的一声从耳旁过去。射过这支箭,跟着二支箭又到嗓子了,魏文通两只脚一蹬镫,后脊梁沟儿往马屁股蛋儿一躺,这个功夫叫做铁板桥,箭却从身上"嗖"的一声又过去了。魏文通一直腰儿,可了不得了,三支箭又到了,魏文通的身体灵便,使了个"缩颈藏头式",要躲这三支箭,这箭正射在盔缨上,吓得魏文通心里头突突乱跳。王伯当见头两支箭没有射着，被他躲过，三支箭虽射在盔缨上，心中却佩服他的武艺。魏文通躲过了箭，便不容他再射，催马过来，抢刀便砍。王伯当把弓放在洒袋内，摘下大枪，与魏文通便杀在一处。两个人各施所能，魏文通与王伯当走了三四个回合，不见输赢，见王伯当大枪使出来神出鬼入一般，似条银龙相仿，暗中赞美他的功夫。王伯当的枪法虽高，始终没递进招去，见魏文通的刀法使的是：

> 青龙出水埋头穳，裹首连肩带背斩。左手抽回右肋藏，扳尖献穳迷心点。孔雀出屏防抹丘，二马对镫劈头砍。孤雁出群蟒翻身，仙人解带拦腰斩。

王伯当认识他这刀法，是春秋刀，八手分开变为八八六十四手，一招一式向王伯当相迫。王伯当跟他杀到十几个回合，不见胜负，虚点一枪，拨马便走。魏文通哪里肯放，催马就追。

两人一前一后，往东跑出去不到一二里地，忽见对面来了一骑马，马上一人，八尺向外的身躯，虎背熊腰，紫面目，五官端正，三绺黑胡须，跨马持刀，放过王伯当，挡住自己去路。魏文通问道："尔是何人，胆敢挡住你家将军去路，放走匪人余党？"这人说："俺姓谢名科字映登，特来搭救秦叔宝。你要能胜得过我手中刀，俺便放你过去追拿秦琼；如其不然，休想过去。"魏文通大怒，抢刀便战。二人杀了六七个回合，杀得棋逢对手，将遇良才。杀过了十个回合，谢映登料着不能取胜，虚砍一刀，拨马便走。魏文通哪里肯放，催马就追，追出多老远了，不见五百儿郎，心中纳闷。在这心里思忖之际，马走得略微慢些，眼瞧着谢映登走远了。

魏文通追来追去，追至黄河岸，望见河心中有只大船，叔宝等俱在船上，心里可真急了。好在河的南岸尚有几只船呢，魏文通下了坐骑，向那大船喊道："大船上有人吗？"从舱内出来两个水手道："有人，你雇船吗？"魏文通说："不错。"说着话，拉马上了大船，勒令船家开船。水手不敢怠慢,立刻开船。这只船摇橹扳桨,还没到中间哪,叔宝他们那只船可就要拢岸了,魏文通吩咐:"船家快走!"偏是出错,船家一忙,翻身全都掉在河内。魏文通上了贼船,中了人家之计,气恼之下,哪里觉悟啊!大船忽然一翻过,来了个底儿朝天,"噗咚"一声,可就将魏文通掉在河内。觉着迷迷糊糊浑身难受,睁眼一看可了不得,把个能征惯战的魏文通吓得魂飞天外,魄散九霄。此时魏文通在黄河南岸被人家倒绑二臂,生擒活捉了,心里这份难过就了不得。这正是:寡妇啼儿泪,将军被敌擒。失宠红人面,不第举子心。魏文通既是被擒,只可由人摆弄,驮在马上运走吧。书中暗表,魏文通上的这只船上,那两个水手是三十六英雄中的鲁明星、鲁明月弟兄。

却说叔宝与上官狄、王伯当、谢映登等各自乘马,往东走着,这天离了金堤关相差不远,就听炮鼓之声、兵丁呐喊之声、山谷的回声、风吹来的杀声,如同山崩地裂一般。这段书说到此处,三挡杨林,九战魏文通算完,接着便是秦叔宝走马取金堤,三斧定瓦岗,可就到了三十六英雄成事的热闹回目了。

这套《隋唐传》在我们评书界内原是无人说的,自从英瑞山老先生(敝人师祖瑞字辈的)的内弟胡连成(说评书黄诚志的师父)在天津得来了这道活的"黄脸儿",(管说《隋唐传》调侃儿叫做黄脸儿,是指秦叔宝说,叔宝是本书的书胆,长得黄脸膛儿,故曰黄脸儿。)传流到评书界内,至今成为三大派别:评书大王双厚坪在日的说法不同,成为一派;如今殿字的老前辈王殿远与奉天书曲研究会的副会长梁殿元,成为一派;士殿成与品正三,他们父子说《隋唐》又是一派。这三派之中各有所长,敝人将评书界的史料早已调查成功,尚未肯公诸社会,将来有了机会,必然披诸报端,贡献于阅者,使社会的人士得以了解评书界中之内幕,外界人无论如何评论,俱是隔鞋挠痒。敝人每日有八千字的工作所迫,暂时说明,俟有时间,必当披露。

第二十九回　秦叔宝马取金堤关　徐茂公丑扮潼关帅

闲话休提，书归正传。却说王伯当、谢映登、齐彪、李豹、侯君集、尚怀珠、鲁氏兄弟这些人，怎么到了潼关搭救叔宝，九个人战魏文通，这笔书得慢慢述明。这些人自从在山东火烧济南府，救出来程咬金、尤俊达，便都不敢停留，往山西逃去。大众想着把程母和尤俊达、樊虎、连明、贾润甫、柳州臣的家眷送在二贤庄暂避。走在半路上，大众商议，徐茂公劝大家爽性起事，灭了无道的杨广，将来另保一有德之人，为万民之主，众人犹疑未决。这天走入山西地界，二贤庄的庄客们足有三四十人，迎头拦住，向众人回禀：“天堂县二贤庄已然被抄。”众人大惊。单雄信大怒，吩咐众人：“大抢天堂县。”于是天堂县被劫。众人抢完了天堂县，将所有的物件运至小孤山暂且存放，徐茂公在小孤山劝大众起事，众人才决定了。众人问：“要是起事，应当以何处为根本之地？”徐茂公说：“我们离金堤关近，先把金堤关得过，后取瓦岗山，地势最好，有险可守。我们要把瓦岗山得过来，不怕他杨广发下百万雄兵，我们亦能守得住。”大众听他所说这瓦岗山进可攻，退可守，可是个好地方，大众无不赞成，于是皆愿先取金堤关。徐茂公当下就派贾润甫、柳州臣、樊虎、连明、魏徵等看守小孤山，徐茂公与众人带着各处来投的三百余人够奔金堤关。

这天走至中途，天光亦就在未时，忽见对面秦母宁老夫人与叔宝的妻子贾氏步下而行，往这边走着，后边有秦安、罗士信相随。众人见他们主仆数人，除了罗士信一人之外，均皆形容憔悴,劳疲已极。大众全都下马,过来跪倒,向秦母问安。秦母向众人万福还礼道:"两世为人,与众位贤契几恐不能相见。"徐茂公等站起身形,向秦母问道:"义母大人从何处至此呢?"秦母叹道:"唉!一言难尽。自从你们劫牢反狱之后,俺们婆媳就被唐璧拿走,唐璧向我婆媳逼问叔宝与你们的事情,老身不待他们动刑,全都招认。那唐璧派副将来护儿将我们主仆四人打入囚车,解送长安。走至途中,罗士信与来护儿要水喝,他们不给,被罗士信断锁掰枷,跳下囚车,将来护儿打败了,伤了无数的官兵,来护儿的大枪被罗士信空手夺过,来护儿便纵马而逃。罗士信掰断了三辆囚车,我们才逃至此处,不期而遇。"众人全都好言安慰秦母婆媳,然后徐茂公请秦母到小孤山暂歇。秦母说:"我们婆媳够奔小孤山倒是很好,只是吾儿秦琼随着靠山王杨林,现在长安,望求你们设法搭救才好。"徐茂公说:"义母请放宽心,我等必然设法搭救于他。"秦母这才放心。徐茂公命金甲、童环弟兄俩保着叔宝一家老少够奔小孤山,暂且不表。

却说徐茂公派齐彪、李豹二人为一拨,前往潼关探听叔宝的动静;又命侯君集、尚怀珠二人为第二拨,去探听叔宝的动静,并嘱咐侯、尚二人,如若潼关见不着叔宝,可往长安送信,叫叔宝速离长安;又派王伯当、谢映登二人为第三拨,探路接应;又命鲁明星、鲁明月二人为第四拨,水路接应。分派完毕,八个人各自带人去了。徐茂公又命王君可、金城、牛盖三个人带人先取金堤关,徐茂公、程咬金、尤俊达等在后率众接应。王君可、金城、牛盖三人带兵到了金堤关,望见关上旌旗飘摆,刀枪密布,敌人已有准备。城上一声炮响,城门开放,从城中冲出一支人马,约有三千之众,排列得一字队,当中两员大将花公吉、花公义压住了全军大队。金城手使三尖两刃刀,拍马直临阵前叫战。这花公吉、花公义弟兄,曾随杨林打过南陈,久历戎行,各使镔铁皂缨枪,十分骁勇。花公吉见金城叫战,手使皂缨枪临阵,向金城问道:"尔等是哪处的强盗,敢来叫战?"金城说:"我们乃大隋的良民,只因杨广无道,天下黎民不得安生,我们三十六英雄要扫灭隋朝,共诛杨广。如今兵取金堤关,俺叫金城,你若知时达务,献关投降;如若不降,叫你死无葬身之地!"花公吉大怒,喝声:"好强盗,着枪!"递枪就扎,金城用三尖两刃刀招架还手,二人马打盘旋,杀在一处。金城这口三尖两刃刀很够瞧的,只因花公吉本领高强,大枪使开了,似条乌龙相仿,真是神出鬼入。刀去枪来,走马灯一般,二人战了十数回合,不见胜败。牛盖一摆钉钉狼牙棒到了阵前,要想帮助金城,那隋兵内的花公义一眼望见,拍马拧枪来战,牛盖便与花公义杀在一团,也是十数回合,不分高低上下。王君可见牛盖渐渐力怯,心中着急,催马舞刀,替下牛盖。王君可刀法娴熟,花公义不是对手,稍一迟慢,被王君可一刀挥于马下。花公吉大怒,舍了金城,来战王君可。这二人可称棋逢对手,将遇良才,马打盘旋,来回乱转,刀来枪往,难分难解。

正在此时,徐茂公、秦琼等人率大队人马也来至金堤关前。秦琼怎么来的呢?原来贾家楼众弟兄群战魏文通,秦琼借机逃走,一路紧赶慢行,途中与徐茂公、程咬金、尤俊达等巧遇,这才兵合一处,将打一家。徐茂公一看,王君可久战花公吉不下,怕他有失,刚想命人替换于他,秦叔宝一催马,来到阵前。正好王君可跟花公吉二马冲锋错镫,王君可刚要拨转马头,叔宝到了,喊一声:"贤弟且慢!"王君可抬头一看是秦琼,赶忙说道:"二哥一路劳乏,不必上去了。"叔宝说:"料也无妨,花公吉交与愚兄,你回去跟大伙儿说,准备好了抢他的金堤关。"王君可说:"既然如此,二哥多加小心。"王君可回归本队,此时接应叔宝的几路英雄亦回转队中,鲁明星、鲁明月见徐茂公交令,把水擒魏文通一事禀明,众英雄十分高兴。

单说秦琼催马上前,花公吉把马圈回来再看,红脸使刀的换成黄脸使枪的了,且此人威风凛凛,不敢小视,高声言道:"黄脸将通名报姓!"叔宝说:"我乃山东秦琼秦叔宝。"花公吉说:"你到此何干?难道说你也是响马一党么?"叔宝说:"花将军,我劝你归降,共讨无道昏君,除奸臣佞党,不知将军意下如何?"花公吉冷笑道:"秦琼,要我投降倒亦不难,除非我兄弟死而复生!"秦琼无奈,伸手摘下金枪,说道:"既然如此,你我撒马一战!"花公吉呐喊一声,催马上前,拧枪就扎,秦叔宝用金枪一盖,花公吉觉得枪往下沉,二次发力,后把一压,前把一提,一招"怪蟒翻身",两条枪全都绷起来了。跟着秦叔宝摇枪扎奔花公吉的面门,花公吉在马上一闪身,躲过大枪。二马错镫,说时迟那时快,秦叔宝使了个转身枪,如同金龙搅尾,大枪直奔花公吉的肋下。花公吉再想招架已然来不及了,枪锋锐利,"噗哧"一声,秦叔宝走马枪挑花公吉。

徐茂公见叔宝得胜,一摇令旗,高呼一声:"抢关!"立刻人声呐喊,兵将齐催坐马,各抖丝缰,人人奋勇,个个当先,冲向金堤关。隋兵一见主将阵亡,个个胆战心惊,无人恋战,纷纷弃关而逃。贾家楼众弟兄一鼓作气,抢下金堤关。进关以后,徐茂公派人出榜安民,又分派兵将守城,把守得铁桶相似,然后众英雄大摆酒筵,庆功贺喜。大众猜拳行令,欢呼痛饮之际,秦叔宝向徐茂公说:"我们如今虽得了金堤关,尚不足喜,那靠山王杨林焉能善罢甘休?倘若他奏禀杨广,调动各路的兵将来打金堤关,我们兵少难敌,如何是好?"众英雄听叔宝所说,全都停杯不饮,怔怔地听着。徐茂公道:"无妨,无妨,我有缓兵之计,管保老儿杨林暂时不来。"众人问道:"计将安出?"徐茂公说:"你们先莫饮酒。"于是徐茂公吩咐,叫外面预备两辆大车,满装柴草,又命人预备一头妇人的簪环首饰,并胭脂粉等项,众人真是莫名其妙。

诸事预备齐毕,徐茂公吩咐:"将魏文通推来。"少时间把魏文通推来。大众谁不知隋朝大将魏文通,如今再瞧他呀,头上无盔，身上无甲，只剩下一身小衣服了，那一绺头发垂在肩头，虽然倒绑着二臂，魏文通是立而不跪。见他双眉倒竖，二目瞪圆，徐茂公说："魏文通，你乃隋之大将，如今被获遭擒，还敢立而不跪！"魏文通喝道："你满口乱道！凭你家将军，焉能跪尔等一班草寇？"徐茂公说："魏文通，天下人所共知，杨广弑父夺权，鸩兄图嫂，欺娘戏妹，是个无道的昏君。你如今在他驾前称臣，吃他的俸禄，便是无耻之辈！本当将你杀死，污我们的刀斧，甚为可惜。暂且留着你的人头，你可回去，见了杨林叫他早日发兵，我们要会会杨林！"魏文通刚要大骂徐茂公，徐茂公吩咐："将嘴给他堵上。"立刻有人把嘴给他堵上。徐茂公吩咐："将魏文通绑在椅子上。"命人按着椅子，命人用雉刀（古代出家人落发用的）把魏文通的胡须剃去。霎时间赛关爷的美髯被人剃光，徐茂公命人给他梳个妇人头，擦上脂粉，气得魏文通浑身直哆嗦。好汉们见魏文通梳了个美人髻，搽上脂粉，无不大笑，要把个能征惯战的魏文通气死。徐茂公见魏文通梳抹完毕，命人将他放在大车的柴草之内。左右便把魏文通解开椅子，仍捆二臂，推推搡搡，推至衙门外，先把柴草取下几捆来，然后把魏文通装在车上，用柴草往上一盖，算是把他装好。

　　单说徐茂公把侯君集叫至面前，向他耳边如此恁般地一说，侯君集遵命，领了路费，又叫尚怀珠同他前往。两个人到了外面，更换衣服，扮作赶大车的车夫，赶着两辆大车，离了金堤关，够奔潼关。走至路上，侯君集足拿魏文通耍骨头。

　　这一天亦就在辰时，离潼关近了，俩人把魏文通用草盖严，将大车赶进潼关，到了守将衙门，辕门外把车停住。侯君集到了辕门小校面前，说："辛苦众位。"小校问道："你找谁呀？"侯君集说："我是李家庄的人，你们魏文通大人叫我们给送两车草来。"此时潼关兵将因为魏文通追赶秦叔宝没有回来，全都着急哪，他那五百名马兵回至潼关，亦不知魏文通哪里去了，靠山王杨林又三番五次地催问。如今小校听侯君集说魏文通叫他给送两车草来,忙向他追问道:"我们官儿此时哪里去了?"侯君集说:"亦不知追什么宝去了。"小校们说:"你们等会儿,我们把柴草卸下来,你们再把车赶回去。"侯君集说:"老爷,你们慢慢地卸着,俺们去买些东西去。"小校说:"是吧。"侯君集、尚怀珠走后,小校叫兵丁往下卸草。卸下不到五六捆草,可就瞧见人了,兵丁们哪里知道是魏文通啊,还以为是赶车的把他媳妇忘在车上呢,这个说:"呦!大嫂子还在车上坐着哪,下来歇会儿吧。"那个说:"大嫂子,你别有气,这不怨我们。"刚要往下说,忽见这妇人倒绑着二臂,忙向小校报告。小校过来一瞧,果然是捆着呢,忙把绑绳儿解开。魏文通伸手把嘴里堵着的东西掏出来,恶心得哇哇直吐,吐完了撒腿往衙门里就跑。兵丁一把揪住问道:"你干什么呀?"魏文通连急带气,给了兵丁一个大嘴巴,骂道:"混蛋,我是魏文通!"大众听声音果是魏文通,有心乐又不敢乐,不知道这是怎么回事。魏文通臊得往衙门里就走。有个当差的真机灵,往头前跑着就嚷:"我们大人回来了!"这个信传到里面,靠山王可就知道了。

　　杨林自从命魏文通追拿秦叔宝,自己在潼关等着,等了三天不见魏文通回来,心中急躁得了不得。这天五百马军回来了,杨林向他们追问魏文通现在哪里,这五百马军亦不知道,把个杨林活活得闷死。在这急闷之下,传令命自己的五百亲军速至潼关,靠山王的五百亲军亦就到了潼关驻扎。靠山王与十二太保住在守将衙内,命人打探,潼关的兵将四处打探,亦无动静。杨林等得心烦,这天听见魏文通回来了,急于见他,杨林从屋中出来,猛劲儿吓了一跳,哪里知道魏文通受了人家的愚弄,只当是从哪里跑进个疯妇人呢。刚要把他喝住,魏文通跪倒面前,口称:"千岁,臣魏文通身该万死,万死犹轻,在王爷驾前领罪!"杨林大惊,向魏文通问道:"你……这是怎么了呢?"魏文通当时跪在杨林面前,把追赶叔宝,中了众响马之计,并失守金堤关的事情述说了一遍。杨林听他所言,气得苍眉倒竖,虎目圆睁,银髯飘摆,哇呀呀怪叫如雷,当时越想越恼,越想越有气,怒气难伸,"哎哟"一声,往后一仰,"噗咚"栽倒。众太保全都吓坏了,手忙脚乱地把杨林扶起来,腿儿盘上,撅砸捶叫。杨林缓醒过来,瞧魏文通是隋室大将,被响马们糟践得那个样子,焉能受得了哇,只气得浑身栗抖,体似筛糠,向魏文通喝道:"你还不去更换衣服么?"魏文通这才跑到内宅,沐浴更衣。此时魏文通反倒难过,还不如死在众响马之手呢。沐浴更衣完毕,魏文通不放心杨林,赶紧到前面来瞧,只见众太保站在门前,个个都面带怒容,嘀嘀咕咕。瞧见了魏文通,众太保将他叫至面前道:"你不要进去了,王爷此时气坏了,你赶紧在潼关请个高明的大夫,给父王诊治诊治。"魏文通说:"是,我赶紧派人请去。"此时魏文通听着屋内杨林哼哼的难受,直嚷:"哎哟哎哟,气死吾也!两肋疼痛!"魏文通怕杨林出了什么舛错,自己担罪不起,赶紧到外面派值日旗牌官去请名医。旗牌官走后,魏文通忽然想起来,命人捉拿两个赶车的,此时侯君集、尚怀珠早已逃出潼关了。

却说杨林在潼关染病,他着真急,生了真气,得了个怒气伤肝的病症,又怕众响马在金堤关养成大患,虽在潼关养病,亦不能耽搁事情,命人写了一道折本,详详细细地奏明杨广,请旨调兵攻打金堤关,捉拿众响马。这折本走后,杨林便在潼关暂时养病,等候大军来至,再为出兵。魏文通每日在潼关训练本部人马,准备将来攻打金堤关之时报复前仇,又派细作到金堤关打探众响马动静。

不表潼关杨林调动人马,却说三十六英雄得了金堤关,派侯君集、尚怀珠把魏文通送回潼关,要气坏杨林,好中他们的缓兵之计。自从侯、尚二人走后,徐茂公便把众人召集在一处,向众人商议道:"这魏文通要是回到了潼关,叫杨林知道魏文通受此奇辱,他非气个半死不可。我们可以趁着杨林大兵未至,还得急速想正经主意,另寻一有险可守之处,要不然杨林把隋兵调来,小小一座金堤关必被他打破,到那时咱们都有身败名裂之虑。"众人问道:"我们哪里去找有险可守的地方去呢?"徐茂公说:"要找个有险可守的地方倒亦不难,离此不到二百里路有一座瓦岗山,那瓦岗山山高路狭,内有一座石城,粮草充足。我们要是得过来,凭那山之险,不怕杨林调兵百万,亦能据险而守,任他如何用兵,亦难打破瓦岗山。"众人说:"那瓦岗山虽好,不知何人把守,俺们能取到手吗?"徐茂公说:"瓦岗山上有一条好汉,率领千数多儿郎把守,无人敢惹。此人姓翟名让,人称小霸王,他自幼爱习枪棒,练就一身好武艺,九长九短十八般兵刃,件件精通,惯使一条镔铁皂缨枪,马上步下,皆都能行。他曾为了路见不平,打死过人命,被东都(今之滑县)官军所擒,问成死罪,收在监狱。狱吏黄君汉爱他之勇,与他结交,夜间将他放出监狱。翟让不敢归家,与他的朋友董平、薛霸、吴吉、张千占聚瓦岗山。隋朝大将张须陀奉命带兵攻打瓦岗山捉拿翟让,那翟让把张须陀数万官军杀败,全军尽没,无一生还。要提说翟让来,东都一带无人不知,远近闻名。耳闻他是个最有义气的人,豪杰之士都与他往来深厚,我们可以去取他的瓦岗山作为根本之地。"众人向徐茂公道:"我们去到瓦岗山,他肯让给我们吗?"徐茂公说:"不管他让与不让,我们赶紧训练人马,把人马训练好,就进兵前往攻打瓦岗山。"众人全都愿意。商议妥当,随即训练人马,把得金堤关的刀矛器皿、锣鼓帐篷作为行军之用,秦叔宝、徐茂公不分昼夜,训练人马。亦就有三天的工夫,训练得数百儿郎全都懂得号令。到了第五天,徐茂公与众人率领五百儿郎,与众好汉进兵瓦岗山。金堤关归贾润甫、柳州臣把守,暂且不表。

第三十回　探地穴咬金得四宝
　　　　　　拜纛旗魔王混乱世

　　却说瓦岗山两日便到，离着不到二十余里，先扎一座营寨。这天亦就在辰时，全军人马饱餐战饭，留金甲、童环、樊虎、连明四人守营，徐茂公、秦叔宝、程咬金、单雄信等点兵二百，各自上马，离了大营，杀奔瓦岗山。到了瓦岗山北山口外将队伍列开，众人往那瓦岗山观瞧，见山势高大，群山之内隐隐若现一座石城，山林茂盛之处有些喽罗兵把守，山口修的栅门十分坚固，"当啷啷"一声锣响，山上的喽罗兵把灰瓶、石子、弓箭等项全都预备齐毕，准备着守山。徐茂公命众儿郎喊喝声音叫战，众儿郎呐喊声音。霎时间栅门开放，从山口内冲出五百喽罗兵，在山前雁翅排开，当中挑着一杆皂缎大旗，旗上绣着"小霸王翟"四个大字，旗下一骑马，马上端坐一人，身躯高大，手使大枪，不用问，定是翟让。两旁四个勇士，各擎刀枪。书中暗表，这四个人便是董平、薛霸、吴吉、张千。小霸王翟让虽见三十六英雄中的众好汉在队中各持利刃，十分威武，但他既久经大敌，当然不把几百人放在心上。

　　翟让催马直临阵前，把钢枪一拧，高声喊喝："何处的兵将到此送死，命那不惧死的速来纳命！"众好汉见翟让跳下马来身高丈外，膀大三停，肚大腰圆，黑脸面，短钢髯，穿青挂皂，坐下乌云豹，鞍鞴鲜明，人似欢龙，马似活虎，耀武扬威，阵前叫战。徐茂公问道："谁去会他？"程咬金道："待俺一战！"说着话，一催铁背烟熏枣骝驹，手持大斧，直临阵前。翟让问道："尔是何人，敢来搦战？"程咬金说："爷就是贩私盐、劫夺皇杠的好汉，俺叫程咬金。你叫什么？"翟让说："你可知小霸王翟让吗，俺便是也！你来此作甚？"程咬金说："翟让，俺们特来找你，要占你的瓦岗山。"小霸王翟让哈哈大笑，向程咬金道："汝能胜得了我手中枪，我便将瓦岗山让给于你！"程咬金说："好吧。"用斧攒便杵翟让眼睛，说声："挖眼睛！"翟让用枪招架。程咬金大斧一变招，用斧刃往翟让肚腹横着推进。翟让见斧推进，用了个"怀中抱月"的招数，往外一磕大斧。程咬金说声："摩挲肚子！"往回撤斧，要用磨盘式脑后摘巾。二马一错镫的工夫，好快的枪法，翟让趁他斧子磨出去招架不及的时候，摔杆一枪扎奔程咬金大腿。众好汉在马上瞧见了，个个吃惊，谁不知道程咬金的武艺，不在二把刀以上，不在二把刀以下，正是二把刀的能为，都以为程咬金玩完啦。谁想他右脚甩镫，翻身摔下马去，马虽走了，把人落下，众人越发得吃惊。偏在此时，翟让双足叩镫，将马勒住。程咬金真叫手疾眼快，跪在地上，大斧虽然撤了手啦，用右手一抄，正把翟让的脚抄住，往起使劲儿一托。翟让这个乐儿可就大啦，翻身下马，摔在地上，那马可就落了荒啦，翟让要想爬起来可就来不及了。程咬金左手揪住翟让，往起要挟，徐茂公指挥人马扑奔过来，把他二人围住。董平、薛霸、吴吉、张千四人要来搭救翟让，已然来之不及了。

当下众好汉把翟让围住，叔宝等下马把翟让扶起。翟让从来没遇过敌手，如今被程咬金弄得摔下战马，臊得面红过耳。叔宝、茂公向翟让说："我等早闻义士之名，久有同舟共济之心，只因缘浅，无由得见，今欲与公共筹大事，未知好汉肯能相容否？"翟让处在这个地步，不能不允了，于是把众人让进瓦岗山，喽罗兵等各归原地。

众好汉进了瓦岗山，到了那山城，瞧着城池坚固，都暗暗夸奖这个坚固的金镛城。进到城内一看，有街有巷，茅舍层层，都是喽罗兵所居的佳处。有些走不了的人家,在这城内做些买卖,平常使用的东西都有。大众随着翟让乘马走着,远望那翟让的住处,粉墙远大,望之不尽,里面树木高耸云端,很是茂盛,东西的栅栏门如同辕门一般。进了辕门,一齐下马,翟让头前引路,到了里面,众英雄往各处观瞧,虽没有雕梁画柱、层楼殿阁,但房屋修得高大,规模亦还不小,惟有那大厅同宫中殿宇一般不二。翟让把大众让至大厅里面,先都一一地问过姓名,然后吃茶。翟让早先就有耳闻那单雄信乃五路的响马头儿,王君可、尤俊达、金城、牛盖、齐彪、李豹、屈突星、屈突盖等都是绿林中有名的好汉,自己觉着有这些好汉彼此相扶,人多势众,颇可举事了。翟让命他的手下人先治酒招待众人。至于带进城的二百兵卒,在城中往各处观瞧,见屯粮之所仓廒充盈,马厩之内数百匹良马成群,草料堆聚如山;其余瞧不见的,收存兵器之处、修弓造箭之所,无不完善。

且说翟让设摆酒筵,将要款待众人,忽听后面"呼啦啦"一声响,如同山崩地裂、地覆天翻似的,这个声音大了,吓得大众一怔。忽见喽罗兵慌慌张张跑来禀报,说教军场后陷了个大大的地穴。大众齐向徐茂公问道:"这是怎么回事?"徐茂公说:"你我且去观瞧。"于是众人齐奔地穴。霎时间来至地穴一看,好大的一个窟窿。众人又向徐茂公问道:"无故塌了地穴,主吉主凶呢?"徐茂公说:"我们先预备长长的绳索,绳上要绑一只公鸡、一条小狗,放在地穴里先试探试探。"程咬金问道:"为什么要用鸡犬呢?"徐茂公说:"我们先试试它是神穴还是妖穴,如若把鸡犬放下去,拉上来一看没有鸡犬了,一定是妖穴,鸡犬定被妖怪吃了;如若鸡犬不伤,便知神穴。"众人问道:"妖穴怎样,神穴怎样?"徐茂公说:"要是妖穴,俺们设法降妖;若是神穴,我们得下去一人到地下瞧瞧,便知神仙之意了。"程咬金说道:"我的爷,谁应当下去瞧瞧呀?"翟让命人去取绳索鸡犬。少时间一并取至,徐茂公命人将鸡犬绑好,往地穴内放了下去,直到六根长绳接着放尽,才够着底儿。徐茂公命喽罗兵将绳子扯上来,众人看那绳上的狗亦没死,鸡亦未亡,只是穴内寒气太大,把鸡犬冻得半死不活了。程咬金说道:"这鸡犬没死,不是妖穴,里面虽没有妖怪,是个寒穴,这要是谁下去亦得冻死。"徐茂公说:"这是神穴,我们得下去看看有什么动静,就知道神人指示的意思了。"程咬金问道:"那么应当谁下去呢?"徐茂公说:"叫大哥给想个公平的办法。"魏徵说:"我们共有多少人,数一数,按照人数预备多少张纸,纸上就有一张写个'去'字,其余的纸上不用写字,满要空白。将这些纸团成阄儿,放在一个瓶内,我们大家抓阄儿,每人抓一张,抓着空白没字的阄儿,不用下去;谁抓着'去'字的阄儿,谁下去。我这个办法公平不公平?"大众齐声说道:"公平公平。"翟让立刻命人预备,霎时间喽罗兵将纸张、大瓶、笔、墨、砚等一并弄来。

魏徵命喽罗兵将桌案摆好,大瓶放在桌上,魏徵数了数人数,共有三十七个人,便把纸裁成三十八张。抛了那张不要,叫大家帮着把纸阄儿团好,魏徵拿出一张,攥着笔到了僻静的所在去写那个"去"字。写完了把纸团成阄儿卷起来,拿回来往大堆里一扔,用手拢均匀了,魏徵把这堆纸阄儿装在瓶内,向众人说:"你们少时大家伸手,每人各抓一张,拿在手内不准打开,一个一个地交给我,我打开你们大众观瞧。"众人说:"是。"说完了,连魏徵亦伸手,各抓一纸,抓完了全都站着不动。魏徵先打开自己那张,又瞧叔宝的,一个一个都看了,看了三十六张都是没字,只剩下程咬金一人。把他的要过来拿在手中,魏徵问众人:"这张瞧不瞧?"大众齐声说道:"瞧什么,他这张上一定有个去字。"魏徵就把程咬金的纸阄儿往嘴里一扔,嚼烂了。程咬金这熬淘就别提了。

魏徵命人预备大筐,叫人在绳子上边系几个铃铛,告诉程咬金:"你要到了底儿,把那里都有什么看明白了,要上来的时候,你得摇动绳儿铃铛三响,我们才往上拉你哪!"程咬金说:"且慢!我们都是结义的弟兄,哪位辛苦一趟,替我受趟累?"众人全不答言。程咬金哭丧着脸,向尤俊达说道:"俺在斑鸠店卖俺的竹筢,你叫我跟你当伙计,如今受了他们的害,叫俺老程探这地穴,非喂了妖怪不可。这都是你害的我!"徐茂公、魏徵劝道:"兄弟,你是个有造化的人,只管下去,绝无妨碍。"程咬金道:"无妨碍好啊,喂不了妖怪,下去亦得冻得跟小鬼儿一样。"翟让命人将荆条筐、铜铃铛、绳索等物取来,串铃系好,把绳子往筐上一系。

收拾停当了,徐茂公叫程咬金坐在筐内,下去探地穴。程咬金无法,拿了大斧往筐内一坐,众好汉把筐放下,各揪绳索,慢慢地放下,足有两个时辰筐才到底。程咬金坐在筐内往各处一看,黑洞似的,任什么亦看不出来,心里又很害怕。忽然明白过来,自己上了魏徵的当,那张纸亦是一张空白纸,当时心里这气就大啦,自言自语道:"好啊,你们冤苦了我啦,咱们过不着这个!"我老程要一害怕,叫你们耻笑于我,我老程豁出这条命不要,倒要瞧瞧这穴里有什么。我要探明了地穴,回至上面亦能压倒群雄。心中想罢,站起身形,迈步下筐,右手持斧,左手乱摸,转了两个弯儿,忽见前面放出一对亮光。程咬金道:"这是妖怪的眼睛,待我赶上前去问问这个妖怪。"把大斧横施,放开脚步,直奔亮光。临近了一看,这亮光却是一股水,声音潺潺,水往东流,当中有个大石桥。程咬金过了小溪河,见眼前一座庙宇,山门紧闭。程咬金走上台阶,用手一推,两扇山门自开,往里面观瞧,别有洞天,又是一个世界。迈步走入,见北边有三间大殿,走到殿内仔细观瞧,又无佛像,供桌上面却放着一个大大的牌位,上面模模糊糊,字迹亦看不很清。桌的上面放着个天王紫金盔,折着一件滚龙杏黄袍,袍上放着一条玉带,旁边有一双无忧履。咬金看着正然纳闷,听见殿外水声作响,转至殿后,走出大殿,望见有一水池。程咬金往水池里一探身,见水往上一翻花,从里面露出一个怪物,其形如同江猪一般,约有小驴般大,嘴唇犄角儿露出两只獠牙,足有一尺多长。书中暗表,相传此兽叫豸,其性最淫,杨广就是它转世,要不杨广怎么那么好色哪。(这事有无考察,亦不得而知。)

程咬金正然瞧他,忽见这怪物从水内"呼啦啦"往上一蹿,一声吼叫,声震屋瓦,吓得程咬金抹头便跑。那怪物从水里出来,在后边便追。程咬金又把大斧忘在殿内,赤手空拳如何是好,见殿后立着许多木棍,抄起来觉得很轻,似木非木,似柴非柴,拿在手内发飘。那怪物已然来至身后,程咬金抢开便打,打在那怪物脑袋上,痛得它往后倒退,程咬金把他又追回水内。(俗传五花棒打死杨广,即由此虚传的。)咬金回想那怪物凶恶已极,不敢少停,走进殿内,心想:把东西拿走。便把天王盔戴在头上,用手打开杏黄袍,见袍底下有一个匣子,把匣子打开,内有一个笏圭,圭底下压着一张字柬。程咬金亦不认得那字都是什么,把杏黄袍穿在身上,玉带亦往腰中一横,脱去靴子,换上无忧履,把匣子盖盖好,揣在腰内,手持大斧,走出殿来,按着旧路走回。到了黑暗之处,摸着黑儿,把筐找着,迈步坐在筐内,用手摇晃绳索,"哗啷啷"铜铃铛一响,地穴上边众好汉们把绳索扯起,把筐拽上来。

大众再看程咬金这个模样,全都一怔,徐茂公、魏徵问道:"兄弟,地穴内有什么?你这穿戴的东西是哪里来的?"程咬金把地穴里边的事情向众人学说了一遍。徐茂公说:"你把匣子掏出来,我们大家看看。"程咬金把匣子从腰里掏出来,徐茂公接过来,打开匣盖取出那字柬来,只见那字柬上写的是:"灭者灭,兴者兴,一唐过去一唐生。四时八方多少帝,治世安邦有二秦。"后边又写着:"程咬金举义集兵,为三年混世魔王。"众人都挤着过来观瞧,即至瞧明白了,大众解不开这几句言语,齐向魏徵、徐茂公问道:"这上面写的言语俺们不大明白,其中的意思你们可曾知道?"徐茂公、魏徵道:"这是天机不可泄漏,日后自然明白。"程咬金说:"这上面写的事你念给我听听。"徐茂公遂把字柬念给他听。程咬金说:"要按着这个字意,你们大众应该在瓦岗上保俺程咬金当混世魔王了。"徐茂公说:"虽是天意如此,你要做混世魔王,惟恐大众不服。俺们大众可以对天买卦,问问上苍,应当谁人为主,然后亦就心平气和了。"众人问徐茂公道:"我们怎么问天哪?"徐茂公说:"我们把大纛旗扯在旗杆之上,然后大众一个个的拜旗,今日天气晴和,四外无风,纛旗当然不动。谁要把纛旗拜得飘荡起来,谁就是有福有德的造化人,我们大众便保他为王,在瓦岗山立起事业。"众人一听,无不赞成。

众人正然赞成此举,"呼啦"一声,大家再看地穴的口儿被土掩上了。程咬金吓得一吐舌头道:"我的爷,亏了上来啦,要不非得埋在这地穴里面。"众人瞧着,无不纳闷。小霸王说:"俺们去拜大旗吧。"众人便离了教军场,齐集厅前。那厅前竖着一个旗杆,杆的顶上系着面皂纛旗。大众说:"俺们一个个的拜这旗吧。"于是一个一个的跪倒磕头。众人全都拜完,那杆大旗动亦不动。程咬金哈哈大笑说:"你们都拜完啦,瞧俺老程的!"说着,撩袍跪倒。刚要磕头,真是奇怪,忽然从西北刮来一阵风儿,将这纛旗吹动起来。赶到程咬金磕头的时候,那纛旗被风吹得"啪啪啪"山响。众人见了,无不惊异。程咬金说:"到底是俺应做皇帝吧?"徐茂公说:"你既有德,拜起大旗,自然是你为王爷,无人不服的。"大众向徐茂公请示道:"既是天献神穴,上天指点程咬金应为混世魔王,我等亦都愿意扶保于他。但是他怎样即位,我们亦要事先布置呀。"徐茂公说:"我们择个黄道吉日,请他登殿,即位之日我们大众按礼朝贺,可将翟首领的府改为王府,大厅改为宫中的银安殿。"大众全都赞成。魏徵说:"我们既是要共立咬金为皇帝,应立什么国号? 皇帝亦要立定尊号,由开国之日亦要立个年号。"徐茂公说:"我们就叫大魔国如何?"大众说好,徐茂公说:"神穴中的字柬上写的是程咬金应为混世魔王三年,我们就称他为混世魔王怎样?"大众说:"好,就用这个尊号吧。"徐茂公说:"我们自从魔王即位之日,立元久长元年好不好?"大众全说:"好个久长元年,不用更改,就是用它吧。"

大众商议妥当,徐茂公传令,叫瓦岗山外带来的兵丁全都开入金镛城。这令传出,兵丁往瓦岗山内开拔之事不用细表。当日翟让命他手下人杀牛宰羊,大摆酒筵,合山的士卒亦都赐与酒肉。酒筵摆齐了,众英雄入座,巡壶把盏,划拳行令,欢呼一堂。直到杯盘狼藉,月亮东升,方才作罢,然后大家安眠。次日大众起来,各自分头办事,数日之间布置妥当。将大厅上悬挂立额,额上是金字蓝地,漆的是元德殿。赶制了大魔国的国旗二十杆,旗是红缎子,白光黑字。全副的銮驾,日扇掌扇龙凤扇,烟舞烟幡烟罩烟,金瓜钺斧,指掌拳衡,干戈宁静,肃静回避牌,什么玄武旗、太常旗、勾陈旗、青龙旗、朱雀旗、六合旗、黄麟豹尾等,无一不备。大殿前边设摆龙凤鼓,悬挂景阳钟。殿内龙书案、宝座、围屏,样样不缺。阅者要问,他们如此设备是哪里的款哪? 就是六月二十四程咬金劫的那六十四万杠银。

第三十一回　靠山王三面困岗山
尚师徒四宝擒大将

　　却说瓦岗山金镛城诸事齐备,择了个黄道吉日,程咬金即位受贺。到了受贺的头一日,金镛城的城上,瓦岗山的山上,分为东西南北四面八方,都插上了大魔国的旗号,山内的兵卒军装号坎亦都换了大魔国的服装,除了魏徵、徐茂公是文人的模样,其余的全都是盔铠甲胄,通身的戎装。未至天明,大家就齐集殿前。吉时一至,程咬金穿了吉服,外面"咕咚咚"九声炮响,大德天子混世魔王升坐元德殿,徐茂公、魏徵、秦叔宝、单雄信、翟让等跪倒行君臣参拜之礼。完毕,程咬金坐着不语,大众暗暗着急,个个心中暗道:这倒不错,我们大家保你为主,你倒封我们的官爵呀,怔着不语,成何事体? 徐茂公向程咬金说:"主公为一国之主,国家有君,便当有臣,请主公封官,大家好安心供职,扶保主公。"程咬金说:"亦倒有理,俺这魔国都要什么官儿?"徐茂公说:"一国的文臣领班的须有宰相,武将掌管权的须有元帅。有元帅亦要有先锋,国有军师可以护国,国有上将可以开基创业。"大众一听,这倒不错,有什么事都得徐茂公现教。徐茂公费了许多的唇舌,程咬金这才明白,立刻传旨,叫魏徵听旨,封为大丞相,徐茂公封为护国军师,秦叔宝封为大元帅,王君可、单雄信、尤俊达、王伯当、谢映登,封为五虎上将,翟让为亲军使,单雄信加封正印先锋,齐彪、李豹、金甲、童环、金城、牛盖、屈突星、屈突盖、鲁明星、鲁明月、侯君集、尚怀珠、丁天庆、盛彦师、黄天虎、李成龙俱封为将军之职。众人磕头谢恩已毕,大摆酒筵,庆贺立元,杀牛宰羊,犒赏三军。有程咬金、尤俊达劫夺皇杠的杠银,金镛城修盖军师府、丞相府、元帅府,魏徵命人帮助整理文案各种公事,秦叔宝同五虎上将整顿军务,士卒儿郎编练成军,能工巧匠造弓箭、打刀枪。瓦岗山内不分昼夜训练人马,招纳亡命。徐茂公命人从金堤关将众人的家眷亦都接至瓦岗山,日期不多,各方来投瓦岗的人足有三四千,瓦岗的声势浩大,附近州县地面官员深以为忧,又不敢隐瞒,纷纷往朝中递折本,奏禀杨广,请旨发兵,早日剿灭众响马,这且不表。

　　却说这一天程咬金正然升殿办理国政,忽听瓦岗山东"咕咚咚"大炮震动天地。探旗跑进来向秦叔宝回禀道:"元帅,大事不好!今有山东济南节度使唐璧统带大军十万,在瓦岗山东相距不远安营下寨。"众人闻报大惊,秦琼吩咐再探。这个探马出去,又进来一个向二爷禀报:"回禀元帅得知,今有虎牢关总兵尚师徒、虹霓关总兵新文礼,各统大军五万,在瓦岗山西安营下寨。"叔宝吩咐再探。探马走后,果然西边炮声隆隆,众人大惊,个个暗想:那尚师徒人称四宝将,乃昌平王邱瑞之徒,一条金釁沥泉枪纵横天下,无人能敌,实有万夫不当之勇;虹霓关总兵新文礼使一条点钢枪,重有一百二十四斤,威名远震,天下闻名。大隋名将率兵来至,不由众人皆惊。程咬金将要说话,忽见探马又来禀报军情,向秦叔宝说:"回禀元帅,今有靠山王杨林带大军十万,从潼关至此,离瓦岗山北面相距不到五十里路了。"叔宝吩咐再探。程咬金说道:"不好了!我这座瓦岗山哪有这些兵将啊,看起来是孤我要驾崩了,这个混世魔王做不成了,俺们大众只好散轰吧。"徐茂公说:"主公请放宽心,俺们这座瓦岗山四面有险可守,不怕他们发来雄兵百万、战将千员,要是攻打瓦岗山,亦难打破。这四路人马才有数十万之众,臣略施小计,在半个月内准保敌兵退去。"程咬金问道:"军师,计将安出?"徐茂公说:"事关军机,不可泄露。如若过了半月,敌兵不退,臣甘当妄言误国之罪。"程咬金说:"既是军师有此妙计,请你急速办理。"徐茂公说:"我与元帅就去办理。"于是徐茂公、秦叔宝够奔帅府。

　　到了帅府里面,秦叔宝吩咐:"擂鼓升堂。"中军官传下令去,咆哮儿郎在帅府堂上擂动聚将鼓,瓦岗山内众好汉闻听鼓响,全都顶盔贯甲,罩袍束带,拴扎什物。二通鼓响,刀斧手、绑缚手、旗牌官、掌旗官、站堂军和众好汉等齐集大堂。五虎上将王君可、单雄信、尤俊达、王伯当、谢映登来至大堂,众战将施礼拜见。单雄信说:"元帅升堂,你我大家两厢伺候。"三通鼓响,元帅秦琼、军师徐茂公升坐大堂,单雄信与众人全都行参见之礼。单雄信说:"先锋单通率领一干诸战将,参见元帅、军师。"秦琼、徐茂公说声"免礼",单雄信一摆手说:"列位将军,退在两旁。"将士儿郎"呼啦"一声退在两旁,个个牢踏狻猊腿,挺站虎彪躯。徐茂公将要说话,蓝旗官走进飞报军情。这蓝旗官先至王府,还以为元帅在那里,碰了个空又往帅府够奔,正赶上元帅升堂,等了片刻,这才进来。蓝旗官是翟让手下的喽罗兵头目,哪见过这个气派,往里走着,觉着心惊肉跳:这帅府好不威严!有赞为证:

　　　　镇国元戎府,开疆第一家。辕门生祥瑞,五彩放光华。虎头牌,门前挂,四句军规不准差。头一句帅府重地,第二句禁止喧哗。第三句擅敢故违,第四句定行重罚。石头铺成路,影壁高又大。左角门里有几家运粮官、督粮道,穿圆领,戴乌纱,粉底官靴足下扎。右角门下有几家外中军、司辰官,顶明盔,贯亮甲,武将加封真可夸。往里看,挡立木,一排一排有分法。走错了活捉活拿,淫妇女推出就杀。空中看,六杆旗,被风刮。飞龙旗龙鳞片片,飞凤旗两翅插花。飞虎旗肋生双翅,飞豹旗头上长甲。引军旗三军惧怕,坐纛旗上画八卦。帅府厅台高八丈,左厅台,文官所管;右厅台,武将所辖。帅府厅前出廊檐后出厦，两旁列摆兵刃架，十八般兵器放光华。厅前列摆牛腿炮、竹节炮、风火炮、连珠炮，大小炮架。刽子手红缎包巾头上扎，每人捧定杀人刀一把。站堂军又把鞭板锁棍拿，众战将盔明甲亮放光华。元帅大印帅案放，令旗令箭座上插。威威烈烈都元帅，鬼亦惊来神亦怕！

这蓝旗官跟随翟让有年，从来未见过这样举动，如今见元帅大堂上的刀斧手挺胸叠肚，拧眉立目，手捧杀人刀斧，真是怕人。那绑缚手隔皮猜瓤，都是青筋暴露，怪肉横生，胸脯拔着，眼睛瞪着，要是三天不与人打架，都觉浑身发僵的愣小伙子，腰掖绳索，雄赳赳气昂昂两边站立，十分威武。两旁的一干诸战将高矮胖瘦不等，铜盔铜甲，铁盔铁甲，银盔银甲，金盔金甲，白脸膛的白似雪，红脸膛的红似血，青脸膛的青似叶，黄脸膛的黄似蟹，一个个盔明甲亮，站立两边，真是人才济济！蓝旗官走上大堂，觉着毛骨悚然，跪倒磕头，口称："回禀元帅，靠山王杨林大兵已至瓦岗山北。"叔宝吩咐"再探"，蓝旗官走下大堂。

就听见瓦岗山北面大炮声音震动天地，杨林大兵北面安营下寨了，徐茂公吩咐："金甲、童环听令。"二人答言："在。"徐茂公说："命你二人把守东山口，非有帅令，不准私自出战，违令则斩。"二人遵令去了。徐茂公又唤："樊虎、连明听令。"二人答言："在。"徐茂公说："你二人可去把守瓦岗山北面牛头峰。"二人遵命去了。徐茂公又命丁天庆、盛彦师二人把守瓦岗山西雁翅岭，命鲁明星、鲁明月把守瓦岗山南黄河岔口。分派完毕，徐茂公刚要同元帅去巡查城池，忽见探马走进帅府禀报："瓦岗山西虎牢关总兵尚师徒叫战。"徐茂公与秦琼说："你我点兵出战。"秦叔宝传令："点兵三千，雁翅岭外迎敌。"军令一下来，掌号齐队，三千人马齐毕。徐茂公、秦叔宝率领一干诸战将，帅府门前上马，全军大队扑奔西山口。穿过了金镛城西门，过了雁翅岭山口,远望隋军五千人马列着一字队,刀斩斧剁,整齐严肃,列阵以待。秦叔宝把大队二龙出水列开了,帅纛旗下压住了大队,徐茂公亦在军师旗下勒马停蹄,五虎上将压住了左右阵脚,往对面观瞧。见敌人阵挑着两杆纛旗,一杆旗是紫缎色,白月光,黑字,绣的是"虎牢关总兵"一行小字,当中间斗大的"尚"字;那杆旗是皂缎色,白月光,红字,绣的是"虹霓关总兵"一行小字,当中斗大的"新"字。尚师徒、新文礼压着隋军大队。秦叔宝问:"哪位将军疆场一战?"董平手持素缨枪,直临阵前,向隋兵叫战。隋兵队中一将出马,人急马快,亚赛一片乌云相似,来至阵前勒住坐骑。董平见敌将人高马大,甚是威严。有赞为证:

> 就地一遍乌云盖,马上将军无比赛。头戴荷叶镔铁盔,一朵红绒顶门戴。身披大叶甲连环,吞口兽面喷水怪。坐下战马似欢龙,登山涉水永不败。手使一条铁钢枪,"啪嚓"一声敌人坏!

隋将黑脸膛,抹子眉,大环眼,塌山根,翻鼻孔,压耳毫毛倒竖,抓笔相似,血盆大口,连鬓络腮短钢髯,扎里扎煞。那条大枪足有鸭蛋粗细,尺半来长,鸭子嘴,衬着黑缨,巍巍颤动。董平说道:"来将通名。"隋将说:"你要问,俺是大隋朝虹霓关总兵新文礼,尔叫何名?"董平说:"我是大魔国左军战将董平,今天叫你知道董平之勇!"将要用枪扎他,新文礼"哇呀"一声,如同半悬空中打个霹雳相似,把董平吓得惊慌失措,新文礼跟着一枪就把董平扎于马下。薛霸大怒,手持大刀,直奔新文礼,厉声喝道:"昏君余党,敢伤吾友!"抡刀便砍,新文礼用枪往上就拦。薛霸扳刀头献刀攒,被新文礼用枪滑开。二马错镫,新文礼大枪斜肩带臂抽来,薛霸招架不及,筋骨皆断,摔下战马,命丧阵前。吴吉、张千二人亦都出马,都是未走三合,命丧枪下。新文礼连胜四阵,瓦岗寨众英雄无不吃惊。小霸王翟让见他旧日的四个伙伴俱死于新文礼之手,气得烟生火冒,将要出马,忽见一员步将,手使一条铁棍,撒腿就跑,奔了新文礼而去。

新文礼正在疆场耀武扬威叫战,忽见岗山队内跑出一员步将,头戴虎皮箍脑帽,上身穿着短箭袖,下身虎皮战裙里露出大红绸子衬裤,足下穿着两只大叶巴靸鞋,长得身体雄壮,黑黑的面貌,一只眼大,一只眼小,雌雄二目,颔下无须,亦就有二十多岁,冲着新文礼傻乐不止。新文礼问道:"尔叫何名?"他说:"爷是爷爷,小子你能扎人,小子你扎扎爷爷!"新文礼大怒,递枪就扎,他用铁棍往外就磕,新文礼往回撤枪。马往前冲,只听"嗖"的一声,他那条铁棍斜肩带臂打来。新文礼背枪换式,招架他这一棍,只听"仓啷"一响,棍打在枪杆上,打得火星乱迸。新文礼觉着两膀发麻,虎口震裂,在马上腰身一晃,眼前发黑,嗓子眼发粘,一口鲜血吐将出来,抱鞍吐血而逃。岗山众将视之,使棍的是勇士罗士信。叔宝吩咐:"擂动得胜鼓。"罗士信是个混人,不懂得战阵之礼,得了胜,把棍往肩头上一扛,雌雄二目一睁一闭,回归阵中。

忽听隋兵军内一声炮响,大纛旗下,虎牢关总兵尚师徒催马临阵,在两军阵前喊喝声音叫战:"呔!贼人兵将听真!今有四宝将尚师徒在此,有不惧死者阵前送死!"三十六英雄有些个知道他的厉害的,不肯出马,惟有愣李豹,鬼神不怕,拍马临阵。李豹到了阵前观瞧,尚师徒跳下马来约有八尺向外,猿臂蜂腰,双肩抱拢,紫巍巍的脸面,两道剑眉,一双虎目,鼻直口阔,三绺短墨髯。头顶八宝夜明盔,金丝高垒,红绒一朵在顶门突突乱颤,九曲簪缨贯顶,勒额带金钉密排,包耳护项。披一副唐猊宝铠,内衬紫缎色蟒袍,锦簇簇,花绒绕,蟒翻身,龙探爪,下串海水江涯。四杆紫缎色护背旗在背后飘洒。肋下佩剑,绿鲨鱼皮鞘,紫金吞口,紫金什件,红绒绳灯笼穗儿。鱼褟尾倒挂三叠,两扇征裙,紫缎色分为左右,五彩花靴牢踏在一对金镫之内。坐下一匹虎类豹,鞍鞴嚼环鲜明。手使一条吸水提炉枪。精神百倍,十分威武。李豹向他问道:"小子你叫什么?"尚师徒说:"匪人余党,你要问俺,坐稳鞍鞯听真:俺在大隋天子驾前称臣,官拜虎牢关总兵之职,人称四宝将尚师徒是也。"李豹说:"爷叫李豹,你叫尚师徒,你就是下师徒,亦叫你上姥姥家去!"说着话,递枪就扎,尚师徒用枪往外一滑。李豹大枪被他滑开,倒过枪瓒就打,尚师徒横枪招架。二马错镫,圈马再战。两军擂鼓助威,兵丁摇旗呐喊。二人马近,尚师徒用了"怪蟒翻身"的招数,把李豹的腕子点破,痛得他大枪撒开前把。二马临近了,尚师徒轻舒猿臂,一把抓住李豹勒甲绦,右脚甩镫踹李豹的马,用力使劲往怀里一揪,马横着一侧歪,人可就离开马了,马一落荒,李豹正被尚师徒夹于肋下,活擒过去。齐彪瞧见李豹被人擒去,飞马而出,想要把李豹救回。谁想他到疆场,尚师徒归至队内,往下一扔,李豹被隋兵按倒,摘盔卸甲,倒绑二臂捆好。尚师徒复至阵前,未走三合,齐国远亦被他生擒归队,瓦岗山的众英雄无不吃惊。

怒恼了金面天王金城,手使三尖两刃刀,直临阵前,又与尚师徒冲杀一处。金城这口三尖两刃刀,施展开了,甚是厉害,上三下四的一招一式向尚师徒进逼。尚师徒用提炉枪遮拦挡架,封得很严,一点儿破绽没有,这口三尖刀递不进招去。尚师徒亦把生平所能施展出来,二人拼命力战,杀了足有七八个回合,不见胜败。两军战鼓擂动,兵丁喊喝不止。尚师徒心中暗想:金城这个刀法不易取胜,我何不用虎类豹治他。心中想罢,往回圈马之际,尚师徒左手把大枪立起。他的亲兵在队内看见,知道他们总兵要叫虎类豹叫唤了,各持捆人绳,跑出四个来。尚师徒右手一揪马那撮毛儿,那马负痛,一声吼叫,真跟老虎叫唤一样。金城的马一害怕,还当是真老虎来呢,两条后腿一软,吓得马屁滚尿流,正把金城摔在地上。四个亲兵飞奔近前,按着金城就捆。赛展雄牛盖与金城患难多年,见他被擒,焉能不急,手持双棒,直奔尚师徒。尚师徒想要把瓦岗山的众英雄一网打尽，不待牛盖动手，便把那马弄得又叫了一声。真亦奇怪，牛盖的马亦被虎类豹吓得屁滚尿流，牛盖滚鞍落马，跟着就被擒了。瓦岗山众英雄气得"哇呀呀"怪叫，有几个人要出马，徐茂公拦阻道："敌人有四宝在身，众位有多好的武艺亦难取胜，不如权且收兵，我自有搭救四将退敌之法。"秦叔宝传令："撤兵归山。"锣声一响，鸣金撤队，尚师徒亦未追赶。

瓦岗山的人马撤过雁翅岭，进了金镛城，兵卒各归汛地，众好汉在帅府伺候元帅办公。瓦岗山这一仗阵亡了四将，被敌人活捉了四员大将。程咬金得报，心中不安，他觉着西有尚师徒、新文礼，北有杨林，东有唐璧，大隋朝的人马四路困住岗山，敌人兵是兵山，将是将海，又有杨林调动，料着这瓦岗终是难保。心中这一着急不要紧，程咬金坐卧不宁了，命人传那军师徐茂公、元帅秦琼，到府中商量退敌之法。

第三十二回　老杨林醉责唐节度
　　　　　　　智徐勣巧赚尚总兵

　　却说尚师徒打了胜仗,鞭敲金镫响,齐唱凯歌还,打着得胜鼓,唱着得胜歌,收兵回营。到了营中,兵丁各归汛地,新文礼受伤有病,退于寝帐治病去了。尚师徒升坐中军大帐,发放军情,备了一套公文,将兵至岗山初次交兵,新文礼枪挑四将,自己拿获四名匪犯详细写明,报与靠山王杨林。写好了,派亲兵小校骑马送至北面靠山王的大营。小校走后,尚师徒退归后帐歇息。金城、牛盖、齐彪、李豹四条好汉暂押在尚师徒的营中,这且不表。却说亲兵小校乘了马绕至瓦岗山北,到了熬军洼一看杨林这座大营,左边一片绿旗,是按东方甲乙木;右边一片白旗,是按西方庚辛金;南边一片红旗,是按南方丙丁火;北边一片黑旗,是按北方壬癸水;当中间杏黄旗,是按中央戊己土。勾陈之象,营垒高堆,深沟在外,密排鹿角。进了营门,来至里面一看,旗杆刁斗,粮道纵横,绷腿绳、绊马索、梅花坑、陷马坑,都是暗藏埋兵。中军营外梅花战沟,沟内栽的利刃,如同麦穗相似。里圈子上散着弓箭手。辕门外,梅花沟上有踏板,出入之人都得从板上而过;辕门里,咕咚咚战鼓擂动,正赶上杨林升帐。这座大营,高处防火,低处防水,深得为将之法。有赞为证,怎见得?

　　这座营,东摆镔铁皂缨枪,西设八卦点钢斧。南栽青龙偃月刀,北方百叶花装弩。左青龙,右白虎,南朱雀,北玄武,中军帐煞气腾空实威武。三军小校摇金铃,咆哮儿郎擂战鼓。大帐设摆九宫阵,暗藏八卦连环堡。

小校在辕门求值日旗牌官往里回禀,值日旗牌官说:"王爷升帐有事,你可略候片时。"尚师徒的小校只可在旁等候。

阅者要问杨林升帐有什么紧要大事,原来杨林在潼关因为魏文通被人戏弄,气得染病在潼关,写了一道折本,奏禀解送杠银已经运入长安,请杨广派人查收杠银;又把众响马大闹山东,夺取金堤关的情形详细奏明,请杨广传旨调兵十万,以便亲自统率出关,扫灭关东群寇。杨广见了折本大怒,降旨命唐璧率领山东兵将,与靠山王杨林会师一处,速将群盗肃清,立功赎罪。倘若兵败,匪患蔓延,定然重重地问罪。故此山东大行台节度使唐璧才从山东调齐了十万人马西来。靠山王杨林病亦好了,关内各处兵将亦都集中潼关,杨林见各处兵将遵旨来齐了,这才传见各军的主将,择了个吉日起兵。书以简捷为要,这天杨林由潼关起兵,率领十万大军往金堤关进发。走了数日,忽见探马回报,众响马占据了瓦岗山;响马们保着程咬金在瓦岗山自立大魔国,称为混世魔王,收纳亡命,召集群寇,要搅乱大隋朝的天下。靠山王向众家太保说道:"老夫转战南北,灭北齐,扫南陈,大小百余战,身不离疆场数十年之久,从来还没听见过有这么厉害的响马。唐璧地面的事办理不当,处置不善,以至匪患如此,看起来国家用人亦非容易。"众太保说:"父王,量他们这群响马亦不过是乌合之众,此次大军一到,不难消灭。"杨林说道:"恐怕不易。"杨林想着这些响马既在瓦岗山立了国号,拥护那混世魔王,瓦岗山是他们的根本之地,先不用攻打金堤关,大树搜根之法,给他个釜底抽薪,进兵瓦岗山,直捣贼巢。岗山一破,群盗四散,便容易荡平了。杨林胸有成见,便督催大军往瓦岗山进发。

这天人马来至熬军洼,杨林见这个地势适合用兵,便命人马在此安营下寨。营寨尚未立妥,就得报唐璧率领山东兵将已在岗山正东扎下营寨;接着又报虎牢关总兵尚师徒带兵五万在岗山西安营下寨,虹霓关总兵新文礼亦带兵五万在岗山西面扎营。

杨林原没调尚师徒、新文礼两路人马，如今得报他二人自动前来，虽是私离汛地，终究是助壮声势，杨林大悦。等到自家营寨立妥，升帐办公，发放军情完毕，派人传令去到唐璧大营调他前来议事。小校走后，杨林退至后帐歇息，未用晚饭之先，得报混世魔王程咬金封魏徵为丞相，徐茂公为军师，用秦叔宝为元帅，山内聚有数十个大响马。杨林得了详细报告之后，惊心不宁，暗想：一个劫皇杠的响马会闹得这么大的势派，若再不除治，将来还不定闹到哪步田地去哪！用饭之后，中军官进帐回禀："山东节度使唐璧辕门求见。"杨林吩咐："擂鼓升帐。""咚咚咚"聚将鼓一响，合营战将伺候杨林升坐中军大帐，将士儿郎两旁侍立，十二个太保立于身后。杨林传令："叫唐璧报名而进！"值日旗牌官跑出帐外，高声喊嚷："千岁有令，命唐璧报名进帐！"唐璧此时正在辕门外等候，听说叫自己报名而进，心中就猜着杨林是气恨自己地面办理得不善，见面就不能不怪罪自己。处到这个地步，只好硬着头皮去见杨林。于是撩鱼褟尾走进辕门，离着银顶黄罗宝帐近了，自己口中喊嚷："山东节度使唐璧告进。"迈步进到帐内，唐璧把鱼褟尾左右一分，跪倒帅案，又说："唐璧身该万死，在千岁驾前领罪。"杨林说："你且起来，一旁赐座。"唐璧站起来，先谢后坐。落座之后，唐璧偷眼观瞧，见杨林怒容满面，带有醉态，心中忐忑不安。唐璧还真看出来了，此时杨林真个醉了。

　　阅者诸君要问，杨林为了什么事，在此用兵之际能够喝醉了呢？只皆因杨林年岁高迈，膝下无儿。猫老了吃子，人老了惜子，愈是惜子，愈是无儿。这无儿之人，看见谁家有了不孝之子，忤逆爹娘，亦还不觉难过；要是看见谁家有个孝顺之子，人品再好，焉能够不爱呀？杨林最爱惜秦叔宝的人品，待他的情义胜于那十二家太保，偏是叔宝身上出事。如今知道秦叔宝身在瓦岗山内，当了大魔国的元帅，转为仇人，思前想后，伤心得了不得，不觉着用饭的时候多贪几杯酒。酒入欢肠,千杯不醉;酒入愁肠,一杯醉倒。杨林醉了,自己不觉,升了中军大帐,传见唐璧。这唐璧落座之后,就瞧着杨林带了醉态。

杨林向唐璧问道:"当初孤在济南府将二劫皇杠的响马程咬金、尤俊达拿获,收在历城县的监狱之内,怎么会叫他们响马劫牢反狱,将程咬金、尤俊达救走呢?"唐璧说:"千岁,他们响马到处皆是。听说他们响马之中有五路响马头儿,要是响马有事,他们的首领传出绿林箭,当日就能举事。事后调查那尤俊达便是东路的响马头儿,所以众响马才劫牢反狱。"杨林厉声问道:"匪人劫牢反狱,大反山东,是不是你们地面官员失于防范啦?"唐璧赶紧站起身形说道:"是卑职等之罪。"杨林吩咐:"左右将唐璧的簪缨摘去。"左右站帐军遵命,将唐璧的盔摘下来,撤去簪缨。唐璧连盔亦不敢再戴,跪倒帐下。杨林又问道:"这些响马劫牢反狱,你为什么拿秦叔宝的满门家眷哪?"唐璧说:"千岁,那响马们从历城县监牢中救走程咬金、尤俊达,卑职率兵追拿响马,追出城外,将响马的包裹得着一件,内有盟单一张,是众响马在九月二十二日结的盟。那盟单上有秦叔宝之名,这些响马既跟他结为盟兄弟,在山东作案,他焉能不知? 秦叔宝有通匪之嫌,为害地方,故此卑职将他的家眷拿获收监,未敢发落,备文上呈,请千岁从叔宝身上彻底查究。此乃究情问案,设法拿贼,千岁请想,是否应当呢?"杨林拍案大怒,向他喝道:"满嘴胡说!是贼匪都跟地面官人有仇,这是响马们陷害秦叔宝。难得你身为国家外镇的藩臣,连这一点事情都看不明白,你还能保国卫民吗? 你不体察下情,竟自屈拿叔宝家小,逼得叔宝反投了响马,你可知罪?"唐璧说:"千岁,非是卑职不明,实是那秦叔宝勾串响马作案,他坐地分赃,要不然响马占据瓦岗山,焉能用他为元帅呢?"杨林愈发得有气,喝道:"唐璧,你身为山东节度使,坐镇济南府,连两个响马都看守不住。你掌管十数万人马,能叫众响马反出山东,弄得响马们占据瓦岗山除治不了,都是你的不是,你还敢如此!来呀,将狗官上绑!"杨林这一吩咐,左右的绑缚手往前一扑,将唐璧的甲卸下,脱去战袍,倒绑二臂。杨林吩咐刀斧手:"将唐璧推出辕门斩首!"刀斧手往外就推。唐璧心里明白,杨林袒护秦叔宝,自己有错不认,护短还不算,将我唐璧斩首,至死我心中亦是不服,豁出这条性命不要。

唐璧气昂昂往外就走,连头也不回,大踏步奔那辕门。忽听帐内有人喊嚷:"刀下留人!"刀斧手把唐璧揪住道:"别走,帐内有人给你求情。"唐璧在外面听候下回分解,杨林听背后有人喊"刀下留人",回头一望,是太保薛亮。薛亮赶紧绕至帅案前,跪倒磕头道:"父王千岁,如今正在用兵之际,斩杀大将,于国不利。倘若父王杀了唐璧,他那部下有了变动,如何是好?"杨林听薛亮所说,关系重大,点了点头道:"你说得亦还有理。"薛亮说:"父王,此时可以叫唐璧戴罪立功,如若四路人马将瓦岗山打破,匪患肃清,就可将功折罪;如其不胜,再治他死罪,尚不为晚。儿臣斗胆冒言,望父王三思。"杨林右手拈髯道:"吾儿所言甚为有理,免礼平身。"薛亮站起身形,仍到杨林背后侍立。杨林吩咐:"将唐璧推回来。"旗牌官喊嚷一声,刀斧手又把唐璧推推搡搡推至帐中,跪倒帐下。杨林说:"唐璧,论罪该当将汝斩首,念汝失于防范,情有可原,今暂饶你死罪。如若打破瓦岗山,立下功劳,将功折罪;倘若再要损兵折将,孤必杀汝。"左右给松绑,站帐军、绑缚手给他解绑绳的解绑绳,伺候他披挂的伺候披挂。唐璧是个封疆大吏,虽然被杨林所辱,无奈有职权节制,恼在心上,笑在面上,先向杨林磕头谢恩,然后顶盔贯甲,罩袍束带,又披挂起来。杨林又向唐璧说道:"你先回营,明日出战,打了胜仗,是你的功劳;如若打了败仗,人头见我。"唐璧连道:"是是是。"退出帐来,走出辕门,真是羞惭满面。随他来的参军田德麟,望见他面貌如此,猜着是被杨林所辱,当时身在杨林大营,不敢多言,命亲随伺候唐璧一同上马,大众跟随唐璧催马走出杨林大营。唐璧与他的随众说些什么,这且不表。

却说杨林斥退了唐璧,将要退帐,忽见辕门小校进帐回禀道:"回千岁,辕门外有虎牢关的小校投递公文。"杨林闻听虎牢关的公文,不知尚师徒有了什么紧急的事情吩咐:"叫他进帐,当面投递公文。"辕门小校出帐,把投递公文的带至帐中,先行过礼,然后把公文由中军官呈在帅案之上。杨林打开公文,从头至尾一看,见上面写的是:"虎牢关总兵尚师徒顿首百拜靠山王麾下,臣闻瓦岗山盗匪势甚猖獗,率师来至,愿与我王会师,早日肃清匪患。今臣在阵前生擒响马四名,未敢发落,请示我王应当如何处治,望乞示下。臣尚师徒上言。"杨林暗想:这瓦岗山举动如何,孤一概不知。用兵之道,知己知彼,百战百胜。我可把拿住的四个响马要将过来,亲自审问,问明了岗山里面虚实,然后用兵,准可将山打破。杨林想罢,向他的部下说道:"值日的旗牌官听令。"旗牌官答应一声:"在。"杨林伸手抽出一支令箭道:"你随下书之人去将拿住的四个响马向尚师徒要来,孤要审问。"旗牌官接过令箭,说声"遵令",同着下书的小校一同出帐,点齐了四十八名亲兵,带领着一同出营,够奔瓦岗山西,三更以后将至四更了,方才进营。往里一回尚师徒,尚师徒可就怔啦,心中暗道:怎么提人犯提走了,又来提人呢?书中暗表,尚师徒白昼擒着四人,秦叔宝、上官狄从长安逃走,三挡杨林之先,秦叔宝得自张紫燕的那支令箭是杨林的令箭。徐茂公派人拿着那支令箭,诈称奉靠山王之令来提罪人。亦是恰巧,尚师徒派出的下书之人没回来,尚师徒做梦亦不知这支令箭的缘故,军营之中最重的是令箭哪,焉能违抗?齐彪、李豹、金城、牛盖四个人又被瓦岗山赚回去了。故此尚师徒听说杨林命人来提齐彪、李豹等,焉能不怔?

尚师徒遂命下书的小校与杨林的旗牌官进帐问话。霎时间,这些人来至帐内,向尚师徒施礼。尚师徒向他们问道:"适才王爷派人拿着令箭已然将人犯提走,怎么又来要人呢?"旗牌官说:"我们王爷没派人来提取人犯哪。"尚师徒把那支令箭拿了出来,与旗牌官的这支令箭一比,分厘不差。尚师徒一跺脚道:"糟了!响马又被瓦岗山的人赚回去了!"当时气恼万分,又恐靠山王不依,尚师徒要跟瓦岗山的众英雄决个上下高低,强存弱死,真在假亡。心中想罢,向杨林的旗牌官说:"请你先回大营,替我在靠山王千岁驾前说明,四个响马随后送去。"旗牌官遵命,出营复命去了,这且不表。

　　却说尚师徒,传令点兵五千,出营讨战。此时天已大亮,尚师徒全身披挂,帐前上马,率领五千大兵冲出大营,直奔岗山。人马到了瓦岗山西,在雁翅岭前列开阵势,命兵丁喊喝声音叫战,守山的兵卒赶紧飞报军情。此时大帅秦琼、军师徐茂公正然升坐帅府大堂,办理军务大事,忽报尚师徒雁翅岭前列阵叫战,秦叔宝一摆手,报事的兵卒退将出来。秦叔宝向徐茂公问道:"我们夜间将齐彪、李豹、金城、牛盖四将救回,今日早晨他便来搦战,他有四宝在身,我兵难敌,如何是好?"徐茂公眼珠一动,计上心头,向秦琼说:"元帅,贫道到了军前,只消几句话便能把尚师徒、新文礼两路人马说退。"秦叔宝与两旁的众好汉听了,都是半信半疑。

　　当下秦元帅点了三千大兵,与众将帅府门外上了坐骑,三声炮响,齐催坐马,各抖丝缰,三千人马冲出雁翅岭,将阵势列开。叔宝在旗下压住了全军大队,往对面观瞧,见四宝将尚师徒在两军阵前胯下虎类豹,掌中提炉枪,耀武扬威,喊喝声音叫战。叔宝向徐茂公道:"军师,这事怎样去说?"徐茂公说:"元帅,你去见他如此恁般一说,便可成功。"秦叔宝点头会意,拍马临阵,直奔尚师徒。尚师徒正然叫战,忽见从岗山魔国队内一骑马冲出,与众不同。怎见得?有赞为证,只见他:

　　头戴一顶帅字盔,能工造,金丝垒,镶宝石,碧玉配,金抹额,龙一对,有颗明珠闪光辉。勒颔带,项下围,包耳护项紧相随。紫金甲,龙鳞配,烈焰袍,衬在内,绣立蟒,花儿翠,闹闹哄哄翻海水。八杆旗,护住背,红头绿杆绣虎飞。金装铜,在后背,护心宝镜放光辉。昆吾剑,悬在肋,斩魔怪,去妖鬼,鱼褟尾,龙鳞配,两扇征裙烈焰飞。虎头靴,云根坠,紫金镫,整一对。坐下马,黄又肥,铁铧梁,新鞍辔,踏遍山河如秋水,宝马良驹敢把闪电追。黄脸膛,真有威,二虎目,宝剑眉,准头丰,三山配,五绺长髯比墨黑。盘龙枪,擎手内,抖一抖,寒光散,拧一拧,颤巍巍。任你能征惯战将,马前难以走三回。真乃是百万军中无敌将,忠孝双全第一魁!

第三十三回　秦叔宝说退四宝将
罗士信棍打靠山王

　　尚师徒见叔宝这身戎装是个元帅打扮，料着他是秦叔宝。尚师徒见叔宝长得五官端正，精神百倍，相貌堂堂，一表非俗，暗想：凭他这个人样，干点什么事不能吃饭，偏愿意当响马头儿，甚为可惜。用手中枪一指叔宝，问道："来者可是秦琼吗？"秦叔宝把枪一横道："正是，对面可是尚将军吗？"尚师徒道："正是你家总兵。"秦琼说："将军恕我披挂在身，不得下马施礼，马前见过。"尚师徒亦横枪还礼。秦琼问道："将军为何又来叫战？"尚师徒说："秦琼，你们这些响马诡计多端，昨日夜内用了一支靠山王的令箭，到我营中将被擒四个响马赚回岗山，我今天特来找你。你们要是知时达务，速把四人交于马前，万事全休；如其不然，你来看！"说着话，一拧提炉枪，那意思是要和秦叔宝决一胜负，见个高低。叔宝哈哈大笑，笑个不止。尚师徒问道："秦琼，你笑的是什么？"秦叔宝说："我笑的是你尚师徒。"尚师徒问道："你笑俺什么？"秦琼说："我笑的是你身为武将，不懂得用兵之道。常言'兵不厌诈'，我们诡计多端，把人救回，那是我们的智能。你受人骗弄，应当忍在心内，还肯在两军前说明，我真替你羞愧，亏你还说得出口来，和我们要人。告诉你尚师徒，你别以为你是大隋朝的虎牢关总兵，藐视我等。古人有云：'贤臣择主而佐，良禽择木而栖。'大丈夫不保无道无德之君。昔日桀王无道，伊尹而退；纣王无道，姜太公渭水河边垂钓。那伊尹佐明主灭桀王，天下人称其为贤臣；周文王访贤，姜子牙灭纣兴周，人亦称其为贤臣。伊尹、姜尚所贤者,知进知退。汝尚师徒乃是隋文帝杨坚之臣,那杨广乃是无道的昏君,你还在他驾前为官,我秦琼焉能不笑?"尚师徒问道:"我们主公昏在哪里?"叔宝说道:"那贼杨广鸩兄图嫂,弑父夺权,欺娘戏妹,不忠不孝,不仁不义,纲常礼义何在? 既为人子,便当尽孝;既为人臣,便当尽忠。汝尚师徒既不能给隋文帝报君父之仇,更不应在昏君杨广驾前称臣,贪图富贵,不顾臣节,我秦叔宝替你难过。"秦叔宝四六句地向尚师徒谩骂,骂得他面红耳赤,一点英雄之气皆无。叔宝又说:"尚师徒,你在南阳关有明追暗放伍云召之罪,得罪了宇文氏父子,不定准哪时在昏君驾前进了谗言,到那时你有身败名裂之虑。况且你此次进兵,又无军令调你,亦没有昏君旨意,打了胜仗,有功劳亦是杨林的;打了败仗,你还难免私离汛地、损兵折将之罪。更不瞒你,本帅早已遣将绕道袭取虎牢关,汝只管在此,再过数日,进难取瓦岗山,退兵身无归路,看你怎样?"

尚师徒被秦叔宝用话说得如同木雕泥塑一般,听他派人攻取虎牢关,心中大惊,暗想:虎牢关兵不满千,倘若是真,敌人趁虚而入,虎牢关恐怕难保。忽然转想:莫非他人知道我军的内情,用话恫吓于我? 正在思忖之际,忽听背后自己队中鸣金,尚师徒料着必有紧急之事,又怕自己归队,瓦岗山的人马趁势掩杀。秦叔宝在他两难之际,向他说道:"将军如不相信,请你收兵,命人打探,如果是假,你再来讨战,本帅一定跟你一战,此时我绝不相迫。"尚师徒说:"既然如此,明日再战。"把马圈回,回至阵内,向压阵官问道:"为何鸣金?"压阵官说:"大人,适才探马来报,瓦岗山的人马趁虚而入,袭取虎牢关去了,故此鸣金。"尚师徒大惊,吩咐急速回营。大队人马头改尾往回走着,尚师徒亲自断后,往西边大营走去,秦叔宝这才归队,亦率兵撤回瓦岗山。大家无不佩服军师徐茂公的妙计。其实是徐茂公暗中派人到了金堤关,叫贾润甫分兵一半,虚张声势,扬言兵取虎牢关,叫尚师徒好回兵，免去一路强敌。贾润甫带的人不多，多设旗帜，扬言袭取虎牢关。尚师徒的探马哪里知道其中的缘故，探知此事，赶紧回禀尚师徒。因为尚师徒在两军阵前，探马回禀压阵官，压阵官这才鸣金，请尚师徒回队。尚师徒因为事关紧急，急忙归营，想要回兵虎牢关。这是徐茂公的击魏救韩之计，为暗笔书在此表明。

却说秦叔宝撤兵回至瓦岗山内，兵将等各归汛地，徐茂公、秦叔宝见了大德天子混世魔王程咬金，把说退尚师徒的事情回奏明白，程咬金亦就把心放下。徐军师、秦元帅回归帅府，暂为歇息。合山兵将吃过早战饭之后，探马进了帅府，飞报军情："靠山王杨林率兵杀奔北山口。"秦琼大怒，立刻传令点兵三千，率领众将，响炮起兵，冲出金墉城北门。大队人马走至牛头峰，就听见鼓炮之声，料着杨林的人马所离不远。秦叔宝率兵出了牛头峰，在平坦之地列开阵势，严阵以待。隋兵来至，一声炮响，两杆紫缎门旗开处，约有两万儿郎二龙出水式冲出来，列开一字队。一干诸战将盔甲鲜明，左右排开，压住阵脚。当中间挑起一杆鹅黄闹龙蠹旗，白光红字，上书"大隋朝天下都招讨兵马大元帅"一行小字，当中斗大个的"杨"字。靠山王杨林怀抱令旗，压住了全军大队。两军人马把阵势列圆，秦叔宝、徐茂公与众好汉见杨林这两万人马旗帜鲜明，军容甚整，无不佩服他治军有法，名不虚传。

瓦岗山兵将正然观瞧隋兵，忽听一声炮响，杨林把令旗交与压阵官，伸手摘下双棒，拍马直临阵前。马到疆场，勒住坐骑，用双棒一指，高声喊嚷："瓦岗山响马听真：孤乃大隋朝靠山王杨林，叫那秦叔宝马前答话。"瓦岗山兵将见杨林长得身躯高大，头戴一顶紫金五龙盘珠冠，十三曲簪缨高寨。内衬紫缎蟒征袍，外挂紫金连环甲。背后八杆黄缎护背旗，上绣金龙火焰。胸前悬挂护心宝镜，肋下佩剑。鱼褙尾三叠倒挂，两扇征裙分为左右。左弯弓，右别箭，足下云头战靴。坐下马花斑豹，金鞍玉辔，杏黄扯手，马挂威武铃，手中擎着一对囚龙棒。人似欢龙，马似活虎，虽然年过花甲，须发皆白，十分威武，不弱于壮年之人，如同敲牙的猛虎，脱角老苍龙。秦叔宝说："军师替我压住大队，待本帅阵前一战。"话犹未完，单雄信说："且慢！元帅乃一军之主，焉能轻意出马？俺单通到疆场一战，会会老儿杨林！"说着，拍马直临阵前。

杨林见从岗山魔国队内出来一员大将，来至马前，见他长得身体雄壮，面如蓝靛，发似朱砂，半部短红髯在腮边扎里扎煞，披挂一副青铜盔甲，手擎钉钉长把枣阳槊，槊沉力猛。杨林用棒一指道："来者通名。"单雄信说："老儿杨林，你要问爷，俺在大魔国混世魔王驾前称臣，官拜第一路先锋官，姓单名通字雄信。"杨林说道："本爵唤的是秦叔宝马前答话，汝乃无名之辈，白白地送死，换那秦琼出来见我！"那单雄信性如烈火，气得他"哇呀"一声，举槊便砸，杨林用棒招架相还。两匹马打盘旋，杀在一处。两军阵中擂动战鼓，呐喊助威。单雄信这条枣阳槊使开了，实有万夫不当之勇。与杨林杀了四五个回合，被杨林使"黑虎掏心"的招数，单通用槊往外一拦，杨林暗藏抹丘一棒，打奔单通脑后，单通招架不及，缩颈藏头，想要躲过，"嗑吱"一声，被杨林的棒将盔打落。吓得单雄信亡魂皆冒，败回阵中。

大刀王君可催马摆刀，直临疆场，高声喊喝："老儿杨林休逞刚强，你可知道俺王君可吗？"说着，手举大刀，往杨林头顶便剁，杨林用棒一拦。王君可扳尖献赞迷心点，刀赞杵奔杨林前胸，杨林用棒往外一磕。王君可好快的刀法，大刀一转，孔雀出屏抹丘刀，"嗖"的一声刀至项后，杨林赶紧往前一趴身，把刀躲过。二马错镫，两国人马擂鼓呐喊。杨林暗想：这个响马好快的刀法，得小心了。二人各施所能，杀在一处。约有六七个回合，二马错镫之际，杨林双棒打奔王君可右肩头，王君可用刀杆一接，"仓啷啷"火星乱迸，震得两膀发麻，虎口几乎震裂，败回阵中。跟着尤俊达、王伯当、谢映登亦都出马败将回来，瓦岗山的五个先锋官俱都败在杨林棒下。杨林那么大的年岁，战败了瓦岗山的五个先锋官，反倒精神倍长，大声喊嚷，要秦琼出马。秦叔宝暗想：我娘有命，叫我在此时报我父仇，如今仇人既在眼前，还不出马阵前报仇，等待何时？把令旗交与军师徐茂公，二足点镫，一磕飞虎鞭，催坐下黄骠马，手持金枪，直奔杨林。

杨林见了叔宝，通身帅服，较比从前更透着威武，心中愈发得喜爱，用囚龙棒一指叔宝问道："对面来者可是吾儿叔宝吗？"秦琼道："杨林住口！哪个是你太保？"杨林问道："济南府拜认孤为义父，难道至今你不承认了吗？"秦琼说："杨林，你昔日在马鸣关迫死我父，与我秦叔宝有不共戴天之仇，焉能认你为父？"杨林问道："你既是与我有杀父的冤仇，为何在济南拜认孤为义父呢？"秦叔宝说："杨林，我那时认你为义父，是我要报父仇，难近汝身，为了报仇之计，诈认你为义父，是俺近身之计，以便将你刺死，藉报无穷之恨。"杨林又问道："那么你随孤奔长安，一路之上为何不下手呢？"叔宝说："是未得其便。"杨林说："叔宝，你言之差矣。想当初孤称臣北周，你父在北齐为官，两国交兵，各为其主，你父死在马鸣关，那是为国尽忠，为国殉难，分所当然。秦、杨两姓既不是私斗私杀，为国而死，何为仇恨？汝当三思。自从你染面入登州，以至二次劫皇杠，收你为太保之时，孤待你如何？"秦叔宝道："待我不薄。"杨林说："你如今在瓦岗山聚众叛乱，量你等之力，亦不过支撑一时，终归失败，到了被擒之日，身败名裂，岂不可惜？你若知时达务，尚不为晚，献山归降，孤能在万岁驾前保你高官得做，骏马得骑，你可愿意？"秦叔宝说："杨林，贤臣择主，良禽择木，杨广乃是无道的昏君，我秦叔宝焉能扶保于他？如今我们瓦岗山上众英雄聚义兴兵，正要为国除奸，为民除害，扫灭隋朝。你我二人在两军阵前不必斗此唇舌,胜者王侯,败者是寇,会个胜败,论个高低!"杨林大怒,一催坐骑,抢棒就打,叔宝用枪招架。二人马打盘旋,冲杀一处。叔宝连让杨林三个回合,并未还招,向杨林说:"本帅让你三合,报你登州之恩,你若还是招招进逼,难怪我要无礼了!"说着,把金枪一抖,按照罗家枪法,一招一式向杨林扎去。那杨林年岁虽老,久经大敌,身经百余战,哪把秦琼放在心上。两人在疆场动着手,两国人马各自擂鼓助威,兵丁摇旗呐喊。秦叔宝既奉母命,为父报仇,还能善得了吗? 这条金枪施展开了,神出鬼入,似条金龙一般,招招都奔杨林的要命之处。杨林这对囚龙棒,封得很严,任你枪来得多快,招数多高,休想递进招去。二人杀至七八个回合,还是难分高低。杀至十数个回合,秦叔宝就要不敌了,因为大仇未报,不肯往回败,可又不能久持。正在此时,忽见从自己人马队中跑出一员步下战将,手使铁棍,大声喊叫:"二哥,你回去,待爷将他打死!"秦叔宝一看,此人正是力大无穷的罗士信。

原来罗士信侍奉秦母最孝,每日在秦母面前,并不远离。秦母听见山的北边喊杀之声不绝于耳,命人探问,才知秦叔宝列阵与杨林对敌。老太太放心不下,命罗士信前来帮助。这罗士信出了金镛城,走出牛头峰,到了秦琼的大队之内往阵前瞧,见他哥哥跟一老将对敌,他可就急了,不管是谁,亦要把他打回去,才跑至疆场。秦叔宝又惊又喜:喜的是有罗士信前来接战,自己不算败回阵中;惊的是怕罗士信血气之勇,战不过杨林,出了什么危险,叔宝无奈,拨马回阵。杨林见罗士信来势凶猛,向他问道:"你是何人?"罗士信说:"从头儿说,从当中间儿说?"杨林说:"你从头说吧。"罗士信说:"从头儿说,当初还有我哪,咱爹娶咱妈。"杨林道:"胡说! 你爹娶你妈!"罗士信说:"咱爹跟咱妈,容易有了咱吗,好吗? 咱亦是从不大点儿,愈长愈大,成了这么大个儿。"杨林听他这样说话,拿他当了傻人啦,谁想他说着话,冷不防抡起铁棍，"嗖"的一声打奔杨林，杨林急忙用双棒招架。两样军刃撞在一处，火星乱迸，如同半悬空中打个霹雳相似。杨林的战马往前一冲的工夫，一对囚龙棒甩在地上一根，右手震得直甩，手丫缝儿往下滴答血汁。杨林从来没失过神，这下子可受大委屈了，拨马往阵里便走。罗士信伸手哈腰捡起杨林的囚龙棒，仔细一看，那棒已震坏，不堪再用。此时秦叔宝要乘势掩杀，忽听天空上轰隆隆天雷响动，霎时间大雨倾盆，两下里不能再战，只好各自收兵。

秦叔宝率领岗山人马进了牛头峰，杨林这个罪可受大了，因为他在两军阵前连战数将，累得通身是汗，被雨淋得衣袍皆湿。杨林的人马还没撤退到营呢，忽然一阵狂风刮起，将天空吹得云开雾散，杨林在马上觉着外寒内燥，难受得了不得。人马进到营中，兵将各归汛地，杨林有人伺候着摘盔卸甲脱战袍，往软榻上一躺，浑身发烧，四肢无力，赶紧传军医诊治。杨林在寝帐染病，这且不表。

却说济南节度使唐璧，自从在靠山王的营中被责斥退，带领亲随人等离了靠山王大营，往回走着。中途路上有他的参军田德麟向唐璧问道："大人，今日靠山王为了何事要治大人死罪？"唐璧叹了口气道："杨林向来是以大压小，如今瓦岗山众匪结成一处，是不是十三太保秦琼的祸根？我曾去过公事，请他将秦琼扣住，究拿众响马，不惟没把响马究出，反把秦琼放走。到了现在瓦岗山匪势养成，他不说他放走了秦琼之过，反责我不应在济南府捉拿秦琼满门家眷。秦琼在瓦岗山当了响马的首领，他亦责备于我，几乎将我斩杀，你道可恼不可恼呢？"田德麟说："如此看来是靠山王不仁，要把这些个罪过推在大人身上的。"唐璧气得懊丧异常，绕到瓦岗山东，来至自家大营。穿营而过，进了辕门，寝帐前下马，进了帐暂为歇息。次日天在卯时，唐璧将要升帐，忽报靠山王遣派客省使曹英来至。唐璧起身出迎，将曹英让至后帐，落了座，亲兵献茶。曹英将靠山王杨林的公事交与唐璧观瞧，唐璧接过来一看，心中愈发得不悦。原来杨林要治唐璧之罪，正在攻打瓦岗山，用人之际，不便动他，候瓦岗山平复后，再为治他死罪；又恐他此时生变，杨林便派客省使曹英为监军，到唐璧的营中监视唐璧。阅者诸君想，这唐璧如何能愿意呀？真是恼在心内，笑在面上，向曹英说："将军此来正好，不然攻打瓦岗山之时，将士儿郎们不大努力，有监军在此，谁不努力杀敌呀？"当下唐璧将曹英安插妥当，然后传令点兵一万，攻打瓦岗山。军中掌号点兵，唐璧与一干诸将，全都顶盔贯甲，罩袍束带，拴扎什物，披挂整齐了，外面一万人马亦都齐毕。唐璧与众将上马，三声炮响，人马冲出大营，直奔瓦岗山。

那瓦岗山东面的兵将瞧见唐璧的人马旌旗飘摆，盔甲鲜明，尘沙荡漾，杀奔前来，立时准备防守，飞报秦元帅。眨眼之间，唐璧的人马来至山前，列开阵势。唐璧在大纛旗下压住大队，命三军呐喊声音叫战，非要秦叔宝出战不可。当下东山守将命人赶紧回禀秦元帅。此时秦元帅正在殿上伺候大德天子魔王程咬金呢，连着两次报告，唐璧在东山口外挑战，秦琼吩咐："点兵三千，出山一战。"军师说："且慢！元帅出兵对垒，未必准胜，我有一计，管保唐璧叛隋，藉他之力可败杨林。"秦叔宝惊问道："计将安出？"徐茂公说："附耳过来。"秦琼一低头，徐茂公在他耳边悄悄数语，秦叔宝鼓掌称善，跺足叫绝。

阅者诸君要问徐茂公都说的是什么，这时不能细表，请阅者往下看。秦叔宝见了唐璧，用什么言语能将唐璧说反喽，那言语便是徐茂公所说的。

第三十四回　说反唐璧夹打杨林
　　　　　　　举荐邱瑞再伐岗山

　　闲话休提，书归正传。却说秦叔宝亦不点兵派将，未带人马，独自一人，乘坐黄骠马，手持金枪，够奔东山口。催马出了金镛城，到了东山口外，瞧见唐璧人马队伍严整，军容甚为威武，心中佩服唐璧。叔宝勒马停蹄，将要请唐璧答话，那唐璧在大纛旗下望见秦叔宝来至阵前，未带一兵一将，心中很是纳闷，拍马持刀，直奔秦叔宝。秦琼横枪道："节度大人，秦某披挂在身，不得下马施礼，马前见过。"唐璧说："贼帅何必如此谦恭。"秦琼说："节度大人，我秦琼当初在大人麾下当差，未常失礼，今日一见，为何如此无情，以贼帅呼我呢?"唐璧说："你如今与众响马盘踞在瓦岗山，保那程咬金为混世魔王，当了他的元帅，你不是贼帅是什么呢?"秦琼说："大人，就满打我是贼帅，亦是受人之害，挤对我入的瓦岗山。挤对我入瓦岗山之人，对得住我秦琼吗?"唐璧问道："谁挤对你呢?"秦琼说道："就是被节度大人所挤。"唐璧问道："我怎么挤对你呢?"秦琼说："大人，昔日我秦琼拿着北平王的荐书投在麾下当差，蒙情赏给旗牌官。那程咬金、尤俊达在长叶林头劫皇杠，靠山王杨林因为丢了杠银，赏下了限期拿响马，要的是人赃两获，如若过了期限拿不住响马，济南府的地面官员都得丢官罢职担处分，那时节就是唐节度的前程亦恐怕不保。我秦叔宝为了大人，曾染面入登州，自认响马，为地面官销案。亦是我秦琼好心感动天和地，靠山王问出我的行藏，不惟不怪罪于我，反倒赐我无罪，又宽免了济南府众文武官员的罪过，全都保住了个人的差事。唐大人的差事没丢,是不是我秦琼的功劳呢?"唐璧道:"那功劳自然是你秦琼的了。"秦叔宝说:"那程咬金、尤俊达二劫皇杠的时候,在济南府被我秦琼生擒活捉。我随着靠山王够奔长安,那响马奉杨林之命,收在历城的监狱之中,唐大人你就该严加防范才是,你不想那响马还有他们的党羽,一定设法搭救尤俊达、程咬金。唐大人,你的地面上的响马敢两次劫夺皇杠,你还不小心,被响马劫牢反狱,救走尤俊达、程咬金还不算,火烧历城县,烧死了县官徐有德,要论罪,是不是唐大人失于防守呢?"唐璧说道:"秦叔宝,失于防范是我之过,你秦琼为什么私通响马呢?"秦琼向唐璧问道:"我私通响马有什么凭据呢?"唐璧说:"我得了响马的盟单,那盟单上有你秦琼之名,那不是凭据是什么?"秦叔宝说:"唐大人,可惜你还当济南的节度呢,连这一点事还看不破,你怎么能保护得了地面呢?"唐璧问道:"我有什么不明之处,你说?"秦琼说:"响马是我拿住的,他们一定得恨我秦叔宝,故意地做了一张假盟单,写上我秦琼之名,要害我一死。这是响马们报复于我,用的狠毒之计,明眼人一看便知是假。偏是唐大人你不明此理,凭一纸盟单,不辨真假,就拿我秦琼的满门家眷。大人你想想,我秦琼冤亦不冤呢?"说得唐璧面红耳赤,闭口无言,低头不语。

秦琼又说道:"唐大人见事不明,拿我的满门家眷,亦就是了;又派人到长安向靠山王呈递公文,请靠山王拿我秦琼,追问响马。多亏了上官中军送信于我,我秦叔宝仓猝之间逃出长安,潼关守将魏文通又追拿于我,人家响马反倒救了我,拿住了魏文通,我秦琼蒙他们救我之义,随了他们。如今程咬金占据瓦岗山,封我为魔国元帅,非是我秦琼愿当魔国元帅,实是被唐节度见事不明,逼迫所致。唐大人害得我为岗山的元帅,如今反以贼帅呼我,是不是唐节度无情呢?"当下唐璧听秦琼所说的这番话句句有理,实是自己糊涂,把秦叔宝逼得当了响马头儿。常言道："理服君子，法制小人。"唐璧自己觉着理亏，竟自回答不出话来。

秦叔宝见唐璧不语，又向唐璧说道："节度大人，我秦叔宝当初既在麾下当过差，大人便是秦某旧日的长官，我不是忘了旧恩，怀恨大人，而是在大人面前诉诉衷曲。我不惟不恨大人，还要指破了一桩大事，叫大人速作主张。"唐璧问道："秦元帅有什么事必须指破呢？"（不叫贼帅了。）秦叔宝说："我与靠山王感情最厚，出于我心亦不愿身入岗山，杨林之意更不愿到岗山了。如今靠山王为我叔宝必然迁怒于大人，他绝不能与你善罢甘休的。想杨林在登州府不治我染面欺诈之罪，在济南收我为太保，对于我叔宝情如父子，我秦叔宝颇有感德报恩之志，要不是大人见事不明，怎会将我迫得入了岗山呢？靠山王亦不能不思索其中的缘故，他要把其中缘故想明白了，岂不恨上唐节度你呢？我虽未在杨林面前，亦能猜透了他的心意。你打了胜仗，灭了岗山之后，杨林亦得追究火烧历城县，劫牢反狱，拿不住响马的事儿，纵匪殃民之罪加于你的身上，亦难得活命。唐大人，你要打了败仗，死罪更是难免。"说着话，秦叔宝用手往岗山一指道："唐大人，你来看，这座瓦岗山内有金镛城，外有雁翅岭、牛头峰、鸡爪峰、黄河岸四处之险，里面广积粮草。并不是大话欺人，敢说一将把守，万将难攻。兵书有云：'一人所守，十人难过；百人所守，千夫难行，是为地机。'我们瓦岗山业已得了地机，虽昔日吴国孙武子复生，大汉韩信复活，亦难攻打此山，何况节度呢？"说得那唐璧点头称是。

秦叔宝说："我把这些话在节度大人马前说明，战与不战就凭大人了。"唐璧在马上把刀一横道："秦元帅今日在马前指破此事，顿开茅塞，我是承情不过，只是我如今应当如何呢？"秦叔宝说："大人，杨广弑父夺权，天下人皆知，昏于酒色，不理朝纲，信宠越国公杨素、宇文化及一班奸佞，以至天下分崩，诸侯并起，大隋朝不久将亡。大人何不审时度势,自谋出路,不受昏君、奸佞等辈之制,正可自立为王,免受靠山王之诛,岂不美哉?"唐璧道:"秦元帅所言甚是,但是我一时之间却想不出自立之地。"秦琼道:"何不退归济南府?"唐璧说:"我若无故撤兵,靠山王岂不追击于我?"秦琼说:"靠山王不追便罢,他要追赶节度,我便乘机率领岗山人马袭击杨林后路,那时杨林若是还军击我,你却好还军打他后路。杨林纵有诸葛武侯之谋,亦是无用,到那时不怕他不败走。杨林兵败之后,大人正好回归山东自立。等到杨林要对你用兵之时,你在山东诸事早就办好,根本已固,亦就无的可怕。日后隋朝对于节度不用兵便罢,若是用兵之时,济南与岗山相隔不过数百里路,我闻报之时必然出兵援助,我们两下里成为犄角之势,最为得力。不知大人意下如何?"唐璧说:"君言甚善,我今日回营就要回兵济南府。实言奉告,我回兵济南,便自立为山东济南王。如若杨林追我之时,务请出兵。"秦叔宝说:"秦某向不失言。"于是唐璧向叔宝横刀施礼道:"叔宝兄请回吧,你我后会有期。"秦琼还礼之后,拨马回归岗山,这且不表。

　　却说唐璧传令撤兵归营,大队人马回至大营,兵将各归汛地,唐璧即时升帐,众战将在两旁站立。唐璧说:"列位将军,如今天下大乱,逢山有寇,遇岭藏贼,主昏臣暴,这大隋朝的天下终恐不保,我们不作亡国之臣,我有心自立山东济南王,不知列位将军意下如何?"众战将齐声说道:"大人若要自立为王,我等倾心愿意扶保大人。"唐璧心中大悦,遂道:"列位将军俱都愿意,我们即日便可回兵。"唐璧吩咐左右:"将监军曹英请来。"左右遵命,出帐去请监军曹英,霎时间将曹英请来。曹英将进中军帐,唐璧就喝令绑缚手将曹英上绑。绑缚手往前一扑,不容分说,就将曹英绑上。唐璧喝令跪下,绑缚手一按曹英,跪倒帐下。唐璧说:"曹英,你们靠山王杨林仗着是皇亲帝胄,因为他的太保秦琼归了岗山,迁怒于我。我当这山东大行台济南节度使,是隋先主文帝所用，并不是杨广之命，我早就有心为先主报仇。如今我受杨林之辱，忍无可忍，我要回归济南府，自立济南王，会合天下众诸侯，声讨杨广弑父夺权之罪。本当将汝斩杀，念你与我无冤无仇，权且饶你活命，放你回归。你见了杨林，把这些事情告诉于他，叫他小心着，我不日就要进兵长安。"吓得监军曹英不敢作声，暗暗叫苦。唐璧说："来呀，将他鼻子削去。"刀斧手遵令，用刀在曹英的面门一撩，"噗哧"一声，把鼻子削去，鲜血流下来，弄得曹英胸前皆是，痛得他浑身栗抖，体似筛糠，暗骂唐璧不止。然后唐璧喝令："给他解下绑绳，逐出大营！"绑缚手立刻将曹英的绑绳解开，吓得曹英抱着脑袋出营而去。曹英走后，唐璧传令，撤去大隋朝的旗帜，各营各哨将旗号撤去，然后全军人马拔营起寨，回军济南。于是大营的兵将纷纷忙乱拔营，这且不表。

却说监军临来的时候何等的威严，回来的时候鼻子没啦，还得步下而行，疼得他一边走着，两手捂着脸蛋儿，随走随骂。回至北面熬军洼，进了大营，命值日的旗牌官往里回禀，少时间传出话来，叫曹英进至后帐拜见。曹英这才走进后帐，见了杨林跪倒。杨林见状大惊，忙问道："你……这是怎么了？"曹英此时又是痛，又是急，又是怒忿，王爷问他不敢不说实话，说话又痛，这种难受的情形实是可怜，好容易他才把话说明。杨林闻报，气得苍眉倒竖，虎目圆睁，银髯在胸前飘摆，三尸神暴跳，五灵豪气腾空。气恼之下，吩咐曹英："先去养伤，孤一定给你报仇雪恨。"曹英磕头拜谢而出。

杨林刚要传令点兵，去找唐璧，忽见蓝旗官进帐，跪倒禀报道："回禀千岁得知，虹霓关总兵新文礼、虎牢关总兵尚师徒拔营起寨，回归二关去了。"杨林闻报大惊，心中暗道：尚师徒、新文礼真叫大胆，未曾回禀就敢私自回兵，真真可恼！跟着又进来一个蓝旗官，向杨林说："回禀王爷，唐璧的大军拔营起寨。"杨林愈发有气,立刻传令,点兵三万,要亲身去打唐璧。军中号声一起,这三万大军齐队,靠山王杨林顶盔贯甲,罩袍束带,全身披挂整齐,在中军帐前拢丝缰认镫扳鞍上了马,抬腿摘下金攒盘龙枪。就听军中头声炮响,营门开放;二声炮响,旌旗飘摆,绣带高扬;三声炮响,三万大队冲出大营,齐催坐骑,各抖丝缰。靠山王杨林统率这三万人马,直奔瓦岗山的东边,向唐璧大营前进。(这套书杨林头打瓦岗山,四路进兵,被徐茂公用计唬走了尚师徒,惊去了新文礼,说反唐璧夹打杨林,尚师徒、新文礼已然回兵走去,唐璧业经说反,只剩下这段夹打杨林。阅者不知,这几句话是我们说评书的小节目,评书小说是与别的小说不同,必须表明了这几句,以免听过评书的人纳闷。)

却说杨林这一起兵,瓦岗山的探马打探明白,赶紧飞报秦元帅。此时大德天子混世魔王程咬金正然升殿,岗山内一班文臣武将在两边排班站立。徐茂公、秦叔宝两人把四路退兵的计划向程咬金回明,程咬金半信半疑,总以为是不可靠的。即至探马报到新文礼、尚师徒回兵,程咬金才佩服他二人,向二人说道:"军师、元帅,你们二人比俺老程强得多多,若能如此,俺是无忧的了。这个太平魔王的造化实是不小,你们俩亦是托俺老程的洪福。"徐茂公、秦琼连连称是。话犹未完,跟着探马又报:"靠山王杨林带兵数万,杀奔瓦岗山东边去了。"徐茂公说:"主公真是洪福齐天。"程咬金问道:"怎么呢?"徐茂公说:"杨林这一起兵,臣保明天大败隋军,大魔国可以名震中原了。"程咬金问道:"明天怎么把隋兵打败了呢?"徐茂公说:"主公,且看臣派将破敌便了。"当下徐茂公说:"侯君集、尚怀珠听令。"侯君集、尚怀珠忙说:"在。"徐茂公吩咐道:"你二人趁着杨林不在营中,夜间施展武艺,进到他的营中,如能将他的粮台放火点着了,算你二人奇功一件。"二人说声"遵令",立刻下殿去了。徐茂公又向秦琼说道:"元帅可以多带人马下瓦岗山去打杨林。"秦琼道:"以我之能,如何战得过杨林?"徐茂公道:"元帅尽管出兵,追赶杨林,若杨林回军,元帅便退;若杨林继续追赶唐璧,元帅便继续追袭,让老儿杨林顾此失彼。""好,就依军师。"秦琼点齐三万人马,杀出金镛城,人马往外一涌,压后路见人就杀。

　　早有探马报与杨林:"千岁,大事不好!瓦岗山的兵将奔咱们后战杀来!"杨林闻听,暗道不好,吩咐大军往回走,与瓦岗军一战,不必追赶唐璧。他一回军,秦琼立刻调队进山。这时又有探马来报:"千岁,唐璧率军追杀而至。"杨林气得苍眉倒竖,虎目圆睁:"哎哟!唐璧这是反了!"杨林率军追杀唐璧,瓦岗山人马又杀出来了,在后边截杀。杨林顾前顾不了后,顾后顾不了前,(应了那句话:武大郎盘杠子——上下够不着。)到最后被两军夹于当中。杨林的人马军无斗志,士无战心,被杀得横躺竖卧。岗山的人马撞在杨林的队内,如同秋风扫叶一般;那唐璧人马杀入杨林的军中,如入无人之境,杀得杨林兵将叫苦不迭。杨林虽勇,不过一人,如何抵敌得了秦琼、唐璧两路夹击?打得杨林人马落花流水,丢盔卸甲,偃旗扔鼓,落荒而走,溃不成军。

　　杨林从乱军之中往下败走,心中难受,几乎气死。跑回十数里地,身旁只剩下百数余骑,累得他盔歪甲斜,袍带皆松。天色已黑,掌灯时刻,远望熬军洼,火光冲天,烈焰飞腾,人声呐喊,风声吹动。杨林一跺脚,双足踹镫,几乎摔下马来,连道:"罢了罢了,孤誓报此仇!"跟随的兵将问道:"王爷为何如此懊丧?"杨林说:"那唐璧与岗山约会好了,夹打于我,乘我不在营中,岗山的响马放火烧了我营。你们想,这事可恼不可恼呢?"众人这才明白。书中已经表过,徐茂公命矮子侯君集、尚怀珠到杨林大营放火,别看杨林的大营有兵将守着,能挡得住千军万马,可挡不住侯君集、尚怀珠。这俩人有高来高去飞檐走壁之能,进到杨林大营,数万多人无一人知晓。直到他二人放了火,将粮台点着了,火都起来,兵将方才知道。一军的主帅不在营中,营中起火,无人约束,兵将焉有不乱之理? 忙着救火吧,四面有岗山的人马杀人,隋营的兵将原就军心摇动,被岗山的众好汉受军师徐茂公之令,乘机杀入,杀得隋兵叫苦哀哉,人撞人,马撞马,自相践踏,死的伤的,血染地红。杨林败回来,看见了岂不惊心? 杨林还有心整顿人马再战,尚未整顿人马哪,背后追兵杀至,弄得杨林无法,落荒而走。

抛下杨林暂且不表,却说岗山的兵将杀得杨林大败,有走不了的隋兵反倒弃了兵器,降了岗山。一日一夜,岗山的四路强敌尽皆无有:病走了新文礼,吓走了尚师徒,说反了唐璧夹打杨林,杨林败走。瓦岗山大魔国得了隋兵刀矛器皿、锣鼓帐篷等项,不计其数,隋兵归降的约有三万之众,瓦岗山得了这三万降军,得了大胜,退了四路人马,声势大震,天下各路的反王皆重视岗山的人物。瓦岗山内大魔国庆功贺喜,这且不表。

却说靠山王杨林败至淇县,才得召集残兵败将。杨林生人以来从没打过败仗,在马鸣关与秦彝交战亦没大败,兵下南陈九战定彦平亦没分出高低,兵伐北平府与罗艺对敌亦没有见出输赢。如今与响马对敌,反倒大败,杨林焉能善罢甘休? 要在淇县重整干戈,再打岗山,被瓦岗山的探马知道报与秦琼。秦琼与徐茂公昼夜详商,如何训练人马,如何筹划粮饷,如何治理岗山,大魔国倒是君臣一体,上下一心,准备着隋兵再打岗山了。

却说自从杨林兵败,未及半个月,岗山治理得人强马壮。这一天秦琼在府中用饭,探马进来禀报:"杨广派昌平王邱瑞统带二十万人马来打岗山,大军离此不到百里。"秦叔宝吩咐:"再探。"当下秦琼得报昌平王来打岗山,心中反倒为了难了。前文书中表过,秦琼在山东唐璧手下当差之时,奉唐璧之命到长安给杨素送寿礼的时候,在途中因为住店见过昌平王邱瑞。那昌平王是秦琼的姨父,七煞反长安,正月十五闹花灯,秦琼与王伯当、谢映登七个人又在昌平王府避过难。如今邱瑞带大军二十万来打瓦岗山，至亲骨肉之情，秦琼不能不动心哪！阅者诸君要问，昌平王邱瑞为什么来打岗山？先把秦琼为难搁下，我先把邱瑞的事儿提说明白。

靠山王杨林在淇县召集人马，聚了有数万人马，正要往朝中递折本，向杨广请罪，再调兵打瓦岗山，忽有登州府的紧急公文来到。高丽国因为杨林不在登州，高丽国王派元帅盖木盖孙带领五万水军从鸭绿江出兵，向中国沿海进兵，攻打登州府。登州府有大将高谈圣把守，两国的人马开了战，高谈圣打了三个败仗，损兵折将。沿海一带失去了数城，登州府亦被高丽国的兵将水路困住，堪堪不保。幸喜海水涨潮，将岸上的高丽大营淹了，高谈圣趁着海水退下之时，写了一道告急的折本申奏朝廷；又写了一道公文，派总旗牌官周治带着公文去见靠山王。总旗牌官周治带了折本公文，乘马出离了登州城，不分昼夜赶奔长安，非止一日。这天总旗牌官周治来至潼关才打听明白，靠山王杨林在瓦岗山打仗呢。周治又往回返，够奔瓦岗山，这天走在途中瞧见了大隋的败兵，问明了靠山王现在哪里，找到大营。连折本带公文杨林都瞧了，心中大惊，命周治先去歇息。杨林心中思忖：这事应当怎么办哪？自己赶紧回归登州府，倘若一步去迟，沿海登州一失，大隋朝的天下可要不保。不如我向朝中递道折本，自请处分，另保荐一人为帅，叫他人领兵攻打瓦岗山，我个人回归登州，保守边疆为是。杨林想罢，写了一道折本，保荐昌平王邱瑞挂印为帅，领兵扫灭瓦岗山，写完了遣人送往长安。

第三十五回　骄兵法活捉酒色子
　　　　　　　人头计倒反长安城

　　却说这日杨广临朝,文武百官山呼万岁已毕,列于两旁。忽见黄门官呈递一道紧急折本,太监接过来呈在龙书案上。杨广打开了一看,原来是靠山王杨林的折本,内中奏的是他从登州到长安呈解杠银,在济南府有响马程咬金、尤俊达劫夺皇杠,两个响马被他拿获,收于历城县。济南府文武官员失于防范,被响马火烧历城县,劫牢反狱救去了尤俊达、程咬金,杨林未及面君,为了响马大反山东,离都欲往山东剿拿强盗。不意响马率领余匪打破了金堤关,占据了瓦岗山。四路人马围困岗山之际,新文礼、尚师徒无故回兵,唐璧结连岗山匪人叛反国家,回兵山东。杨林欲复取岗山,高丽国人马乘虚而入,沿海吃紧,杨林要回登州,先将外患除去,然后再讨伐唐璧。除了杨林请治他丧军兵败之罪,还保荐昌平王邱瑞挂印为帅,攻打瓦岗山。杨广看罢折本,大惊。宇文化及问道:"万岁,有何紧要大事使圣上惊疑呢?"杨广说:"卿家,如今高丽国因为朕皇叔不在登州,乘虚而入,率领水军犯我沿海登州,皇叔要回兵登州府,另荐昌平王为帅,领兵去打瓦岗山。不意响马闹得如此厉害,高丽国又乘势猖獗。"宇文化及说:"万岁,靠山王千岁保荐昌平王为帅,臣保昌平王领兵征匪,万无一失。"杨广道:"既是卿家知道昌平王有大将之才,堪为重用,与靠山王所见相同,朕就命他前往。"于是杨广先行传旨,命人送至杨林大营,叫杨林勿用回都,速奔登州,保护沿海。差官捧旨离朝,够奔淇县去了。至于杨林回归登州之事如何，暂时不能细表。

　　却说杨广传旨召见昌平王，那昌平王邱瑞自从杨广即位以来，心中闷闷不悦，时常的不入朝，每日在府内教给殿下邱福练习武艺。这天杨广召见，不敢违背，更换了朝服，乘马离府，够奔朝门，朝门前下了坐骑，命家将们拉马等候，昌平王这才进了朝门。到了金殿，见了杨广，先行过叩拜之礼，然后请示道："万岁召见为臣，有何事故？"杨广说："卿家，如今靠山王保荐你挂印为帅，领兵攻打瓦岗山，你可能当此重任呢？"邱瑞道："臣愿当此重任。"杨广说："卿家有此忠心，朕就命你挂印为帅，限你七天调齐二十万人马，攻打瓦岗山。"邱瑞说："臣愿讨一人为先锋，然后发兵。"杨广问道："哪位卿家愿为先锋？"文武百官听了，无人答音。老贼宇文化及一时神经错乱，跪在殿上道："臣愿保臣子宇文成惠为先锋。"杨广想着金锐无敌将宇文成都是宇文化及的儿子，这宇文成惠的武艺亦绝然弱不了，当下就准他所保。昌平王邱瑞原想要讨大隋朝头条好汉宇文成都当先锋的，谁想皇上准了宇文化及之请，用宇文成惠为先锋，心中虽不愿意，却又不敢抗旨。当日散了朝，昌平王邱瑞回至王府，见了宁氏夫人，把皇上命自己挂印为帅，攻打瓦岗山的事情说明，夫人很是放心不下，只是官身不自由，亦就无法。邱瑞用完早饭，便发号施令，调动人马，只用六日的工夫，二十万大兵调动齐毕。

　　这天到了黄道吉日，昌平王从府中带领了数十名家将，够奔大营。来至营前，见营门开放，二声炮响，先锋官率领众将出营而来，迎接元帅。邱瑞勒住了坐骑，见一干诸战将都是身体雄壮，十分威武，只有那先锋官宇文成惠长得其貌不扬，一点威风没有。不惟身体瘦小，还是小脑袋瓜儿，面似姜黄，两道斗鸡眉，一双母狗眼，小鼻子尖儿，薄片子嘴，两只扇风耳朵，一嘴的碎芝麻牙，长得三分像人，七分像鬼。头戴一顶九头狮子紫金盔，九曲簪缨狮子尾，狮子尾倒挂，金丝高垒，顶门上一朵红绒颤巍巍，勒颔带密排金钉，包耳护项。身穿紫金甲，挂甲钩环暗分出水八怪，勒甲丝缎绦，九股攒成，胸前悬挂护心宝镜。背后五杆绿缎护背旗，红头绿杆，旗上绣着五个大字是先锋之五才，智信仁忠勇。肋下佩带一口宝剑，鱼褙尾满是紫金搭钩，三叠倒挂。大红中衣，两扇天蓝色软征裙，嵌金钉翻卷荷叶边，虎头战靴。胯下一匹骒马，马上挂着一口大刀。这身盔甲要换在别人的身上，有多么威风；架弄到他的身上，简直是受了罪啦！其实宇文成惠这小子的盔甲是纸的，外人看不出来，内里是纸胎，外边包着一层紫金叶子，分量才不到四斤沉，轻极啦，他还觉着有些沉哪！他年岁虽然不大，才二十几岁，因为他贪淫好色，把身子掏亏啦！这身盔甲别看是纸胎，做得可不贱，合计八十多两银子哪！别看他长得猪不吃狗不啃的样子，自己还以为长得多么俊哪！如今他当了前部先锋官，得由他率领一干诸战将迎接昌平王。他见了昌平王，在马上抱拳施礼，口称："先锋官宇文成惠迎接元帅。"昌平王瞧见他这个缺德样子，气就不打一处来，暗想：这小子长得这个歹相，真是德行催的！昌平王淡淡地答道："先锋官与列位将军免礼。"

邱瑞催马进营，来至中军帅帐前下马，立刻升帐，将士儿郎等重新见礼，然后两旁侍立。昌平王先点名过卯，查点兵将，一名不缺，一个不少，这才传令，派大将韩祺为总都领军，李贵为前都领军，樊成秀为合后大将，文诚久为左都领军，葛殿选为右都领军，张君衡、王茂永、李如虎、潘桂林四将为前军战将，方蛟龙、黄方臣、景星云、段盛麟为左军战将，郭金垚、张青山、李玉林为右军战将，郑希功、赵傅盛、庞德海为后军战将，袁衍达为总旗牌官，曹鸿林、刘吉寻、耿明达为四路运粮官，单辅、葛谦为向导官，其余的军政司、营官哨长、大小头目不及细表。昌平王邱瑞把军务事分派完毕，传令祭旗。祭旗完毕，拔营起寨，刀矛器皿、锣鼓帐篷、粮草等项拴扎车辆。诸事齐备，"咕咚咚"大炮一响，引军旗开路,先锋官宇文成惠率领人马随着先锋队前进,邱瑞在后督催着全军人马。二十万大军连续着一走,数十里路接连不断,人似欢龙,马似活虎,旌旗映日,剑戟光辉,浩浩荡荡,过了潼关,望岗山而来。行军之际,书中无事,这一天大队人马离着岗山还差三十里路,不能再往前进。邱瑞采勘吉地,安营下寨。兵丁们挑壕沟,堆土垒,立营门,栽埋鹿角,支搭帐篷,立旗杆,设刁斗,埋锅造饭,铡草喂马。昌平王升坐中军大帐,点名过卯,发放军情。诸事完毕,传下令来,歇兵三天,养足了锐气。

　　昌平王这里安营下寨,瓦岗山的探马探明了,报与秦叔宝。秦叔宝听说是昌平王邱瑞来打岗山,这一惊非同小可:一者秦叔宝知道昌平王邱瑞久经大敌,善于用兵;二者他是秦琼的姨父,至亲骨肉,这仗是不好打的。正在惊心不安之际,银安殿钟鸣鼓响,程咬金升殿,一班文武齐至殿上伺候。大家向大德天子混世魔王行过了君臣之礼,程咬金向众人说道:"我们好不容易把唐璧说反了,打败了杨林,如今昌平王又带着二十万大军前来攻打岗山,看起来孤这大魔国是坐不安然的。"正然说着,探马禀报:"隋军元帅是昌平王,先锋官名叫宇文成惠,乃是宇文化及之子。"秦叔宝吩咐:"再探。"秦琼向大德天子说:"主公万安。敌人虽然兵多将广,不足为惧,他们的先锋官是个无能之辈。"程咬金问道:"怎么见得呢?"秦琼说:"当初我在济南当差的时候,奉唐璧之命给奸臣杨素到长安送寿礼,正赶上正月十五日,我与齐彪、李豹、王伯当、谢映登同着唐国公的郡马柴绍去逛花灯。宇文成惠这小子仗着他家有势力,抢夺良家妇女,我们找到他家,要把他杀了,活该不死,没找着他,只把姑娘救了出来。如今他当了先锋,实是可笑,先锋官是二十万大军中第一将,他焉能够个先锋官啊? 如若打仗之时,阵前把他除掉,解去了昔日之恨。"军师徐茂公说:"且慢! 我们不可在两军阵前要了他的命。昌平王此次来打岗山,要没有他这个先锋,要打昌平王可就费事了。如今要由他宇文成惠的身上，能保昌平王率领数十万兵归降我们瓦岗山。"程咬金问道："军师，计将安出？"徐茂公说："事关重大，说不得，事后便知。"程咬金亦怕走漏了消息，不便问他。徐茂公把这些事同着秦叔宝如何安排，这且莫表。

却说昌平王邱瑞大军歇息了三天，把锐气养足了，第四天早早传令，命全军人马早用战饭，然后点兵一万，攻打瓦岗山。军中"呜呜"号声一起，人马齐毕，一干诸战将披挂整齐，各自上马，同着昌平王放炮起兵，人马冲出大营，直奔岗山。来至雁翅岭西，昌平王将人马列开了阵势，自己在帅纛旗下，怀抱令旗压住全军大队。霎时间，望见由雁翅岭内冲出了一支人马，约有五千之众，把队伍亮开了，当中一杆帅字旗，旗下主将压住队伍。昌平王见岗山的人马队伍不整，散乱不齐，旗纛不鲜，士气不振，料着一伙子响马有多大的来历，凭这乌合之众会把靠山王打败了，真是奇怪。当时总都领军韩祺拍马直临阵前，在阵前耀武扬威叫战。岗山队内单雄信催坐骑来至疆场，用枣阳槊一指道："你是何人，报上名来！"韩祺说："我在大隋朝天子驾前称臣，昌平王麾下调遣，总都领军之职，姓韩名祺。尔可是响马吗？"单雄信喝道："胡说！我乃大魔国五路总先锋，你撒马过来！"韩祺把手中青铜刀一摆，向单雄信搂头盖顶就剁，单雄信招架。两人马打盘旋，三合未过，韩祺被单雄信盖马槊打碎了马脑袋，正把韩祺扔下马去。单雄信不待他爬起来，一槊就结果了性命，岗山队内擂动了得胜鼓。接连着隋兵队内出来了三员大将，全皆死于单雄信槊下。昌平王派宇文成惠道："先锋出马一战。"宇文成惠心中很不愿意，可军令不敢违背，硬着头皮，手持大刀，拍马临阵。昌平王邱瑞估量着宇文成惠非得把命扔在阵前不可。谁想他到了阵前，未及三合就把单雄信杀败了。昌平王邱瑞心中暗道：人不可貌相，海水不可斗量。看他的人样子，禁不住敌人一槊，竟然会打了胜仗，亦许他的功夫是金锐无敌将宇文成都的传授,要不然焉能出马就打胜仗啊? 接连着,岗山被他杀败了王伯当、谢映登、王君可、尤俊达四将,瓦岗山内三十六英雄的把式属这五个先锋,俱都被宇文成惠杀败了。秦元帅不愿再战,鸣金收兵,回归岗山去了。昌平王见他得了胜仗,亦就收兵回营。是日两军罢战。

　　隔了一宵,次日宇文成惠向元帅自告奋勇,愿率五千人马去打岗山。昌平王给他令箭,命他前往。宇文成惠全身披挂,点齐了五千大队,放炮出营,杀奔岗山,那岗山亦出兵迎敌。两军把阵势列圆了,宇文成惠阵前叫战。齐彪、李豹、金甲、童环、樊虎、连明,一个个出马,俱皆败给于他。连着数日,宇文成惠在阵前把岗山的众英雄杀得全都甘拜下风,无人敢战。整整半月,杀得瓦岗山悬起免战牌,无人出战。昌平王邱瑞率兵出征,理应当往朝中递折本,把出兵打仗的情形亦应详细奏明杨广,于是邱瑞写了一道折本,把宇文成惠杀得岗山无人敢战的情形写明了,派人申奏朝廷。这折本到了长安城,杨广见奏大悦,旨意下加封宇文成惠为副元帅之职。诏旨到了大营,宇文成惠望旨谢恩,喜欢得他手舞足蹈。

　　隔了一日,宇文成惠又带领五千人马,到了瓦岗山叫战。此时隋营中接旨以及加封这小子为副元帅的事儿一股脑儿被岗山的探马探了去,报与元帅。宇文成惠这次没容叫战,就从瓦岗山内冲出来二百马队,当中一位英雄,纵马而出。宇文成惠一瞧,认识于他,问道:"单雄信,你乃吾手下败将,还敢出马?"单雄信道:"你我再战战,看是如何。"宇文成惠举刀便砍,单雄信用枣阳槊一磕,大刀就撒了手。二马错镫,单雄信伸手抓住宇文成惠,生擒活捉过来,夹于肋下,拨转马头就走。五千隋兵追过来,要想往回搭救,已然来之不及了。

　　宇文成惠被单雄信拿进岗山,在府门前将他用绳子捆绑好了,推推搡搡推进府内。到了殿上,单雄信向大德天子程咬金奏明了,程咬金说:"算汝奇功一件,闪在一旁。"宇文成惠如同羊羔跪乳一般,跪在殿上。程咬金问道:"你就是宇文成惠吗?"宇文成惠道:"正是。"程咬金说:"小子,我听说你在长安城时常抢夺良家妇女,是与不是?"宇文成惠哀求道:"大王,没有那事。"程咬金说:"没有那事?正月十五那天,长安城因为什么,闹出多少条人命啊?张宣亦是为你把命扔了的,你又爱上张紫燕了,你爱我不爱?"左右众将一听,个个暗道:好德行,魔王和他耍上骨头了!宇文成惠被他问得闭口无言。程咬金吩咐:"将宇文成惠推出去砍了!"宇文成惠吓得泥丸宫走了三魂,涌泉穴丢了七魄,岗山的刀斧手把他推至府门外,手起刀落,人头落地。刀斧手提着人头来至殿上,徐茂公命人用石灰饿了,里边油纸,外边油布,将人头包好,装在一个木匣之内,匣外贴着药铺门票,是河南永安堂,秘制兔脑丸。

把宇文成惠的人头安排好了,徐茂公向秦叔宝说:"元帅,如今有了他的人头,就可以用计,叫昌平王邱瑞率兵归降。"秦叔宝问道:"军师,计将安出?"徐茂公说:"你不是与昌平王是亲戚吗?"叔宝说:"是呀。"徐茂公说:"你可以见老太太去,叫老太太写封信,你亦写封信。这信给你姨母写,就说昌平王已然归降瓦岗山,派人偷着到长安城接家眷,如若把昌平王的家眷接上瓦岗山,不怕他不归降于我。"秦叔宝说:"此计甚妙,我去向老母禀明,各写一封信便了。"于是秦叔宝去见他娘把事禀明,宁老太太立刻给妹妹修书一封,叔宝等着老太太写完了,自己又写一封。两封信写完了,秦叔宝拿着找军师徐茂公,叫他观瞧。徐茂公瞧了瞧信笺上的言语成了,把信封好,命人将王伯当、谢映登唤将进来。王伯当、谢映登少时来至屋内,见了军师、元帅施礼。徐茂公说:"这里有两封书信,你们二人假扮王官,混进长安,一个到昌平王府下书,如此恁般,便能把昌平王邱瑞的家眷赚上岗山;一个拿着木匣去到老贼宇文化及的府中,诈称奉昌平王之命前来送礼。只要他们收人头木匣,当作礼物拿了进去,你们就急速快走,离开长安,以免被擒。"王伯当、谢映登把话听明,接过书信,拿了木匣,一同出来,先把路费领下,然后按着王官的穿着打扮完毕,各带两名亲随,乘坐马匹,夜间悄悄地离了瓦岗山,不分昼夜赶奔长安。

第三十六回 听谗言杨广赐朝典 杀钦差邱瑞降瓦岗

一路无书,这天到了长安城,王伯当先去昌平王府下书。因为正月十五闹花灯,七煞反长安的时候,王伯当、秦叔宝在昌平王府避过难,认识路。带着两个亲随来至昌平王府,府门前下马,亲随接过马匹,王伯当来至门房。门公问道:"你找谁呀?"王伯当说:"我从大营来的,咱们王爷命我前来下书。"说着话,将书信递给门公。门公将书信接了过去,向王伯当道:"你在这里候一候,我替你将书信呈与殿下。"门公拿着书信到了里面,将书信递给婆妇,婆妇将信交与殿下。昌平王的殿下邱福自从他爹带兵去打岗山,始终不见书信,很是放心不下,听他爹来了信,那还不赶紧打开观瞧吗?及至把书信打开,从头至尾看罢,当时大惊,忙问婆妇道:"下书之人走了没有?"婆妇说:"没走,现在外面候命。"邱殿下吩咐把下书之人请至书房,婆妇们遵命往外而去。邱殿下够奔书房,门公将下书之人引进来。邱殿下见王伯当给他施礼,看此人好生面善,一时间竟想不起来,还了个礼,命家人退将出去,然后向王伯当问道:"我看你好生面善,一时间竟想不起来,你我哪里见过呢?"王伯当说:"殿下,你贵人多忘事,当年正月十五大闹花灯,我与你的表兄秦叔宝曾在殿下府中避过难,难道真个忘记了吗?"邱殿下猛然想起道:"你可是王伯当兄吗?"王伯当说:"不敢当,正是在下。"邱福忙向伯当问道:"仁兄,老王爷真个归降瓦岗山了吗?"王伯当说:"殿下,你大概许听说过,靠山王攻打瓦岗山亦曾打了败仗。想那靠山王杨林,大小战场身经百余战,灭北齐,扫南陈,攻无不取,战无不胜,天下扬名,谁人不惧? 那尚师徒四宝将,有多么厉害。新文礼乃隋之名将,勇冠三军。他们与唐璧四路困岗山,势派有多大,俱为岗山所败。瓦岗山四面有险,纵有百万雄兵、千员猛将,亦难打破。老王爷所带的不过二十万兵将,焉能成功? 打了胜仗,加官进禄;打了败仗,罪不容诛。况且老王爷为官忠正,素与杨素、宇文化及一班奸佞不合,只要一败,他们必要谗言惑君,向老王爷为难。老王爷因为进打不破岗山,退则不敢无功而还,迁延日期,亦怕落个耗费粮饷之罪。老王爷又不愿在昏君杨广驾前称臣,处在这个万难的地步,念与我们元帅秦叔宝骨肉之情,倾心愿意归降瓦岗山,大德天子已然封老王爷为大魔国逍遥王了。老王爷惟恐走漏风声于你们母子不利,命我们来至长安接你们娘儿俩。事不宜迟,殿下赶紧向老夫人商议如何吧。"邱福当时听王伯当所说有理,说:"伯当兄,请你少待,我这就去和我娘商议去。"伯当说:"去吧。"

邱殿下拿了书信从书房出来,赶紧够奔上房,见宁老夫人。到了上房,邱福把信先叫他娘看过,然后把王伯当的情形又禀明了,问他娘这事如何。宁老夫人说:"孩儿呀,你父王为人耿直,刚而不屈,能够归降瓦岗山吗?"邱福说道:"娘啊,父王在朝为官,素与杨素、宇文化及一班佞党不和,瓦岗山又有我表兄秦叔宝,父王除非将瓦岗山打破,把岗山为首之人拿获,才能班师还朝;如若打不破瓦岗山,必被奸佞们所害。娘你想,杨林之勇都被岗山人马打破了,何况我父王啊,他老人家势必归降瓦岗山。除此以外,还有什么主意吗?"宁老夫人说:"我儿所说甚是。既然如此,咱们不可心痛府中财物,你我母子急速逃走为妙。"邱福道:"只可如此。"宁老夫人说:"你叫他们给我备乘小轿,我赶紧收拾收拾,这就起身。"邱福遵命,返回书房,先向王伯当说明母子这就起身,王伯当心中欢悦。邱福将家人唤至屋中吩咐道:

"你们赶紧去给夫人备乘小轿,给我亦备匹马,我们娘儿俩出城去烧香,越快越好。"家人遵命。少时间诸事齐毕,宁老夫人带些散碎金银上了小轿。轿子搭出府来,殿下邱福与王伯当一行人等全都上马,随着轿子,飞亦相似出了长安城的东门,望着潼关大道走下去了,这且不表。

却说谢映登这天来至宇文化及的府门,命两个亲随拉马等候,谢映登提着木匣来至门房,见里头的恶豪奴们正然兴高采烈地聊天哪,忙向众豪奴说声"辛苦"。众人问道:"干什么的?"谢映登说:"我是昌平王府的王官,回都有事,我们王爷给你们府里老大人带点礼物来,有劳众位管家大人给拿进去。"有个管家过来一伸手,把礼物接过来,说:"你在外边等会儿,如若有赏,你好领走。"谢映登说:"好吧。"这家人拿着木匣往里走,此时老贼宇文化及正在大厅里和他的爱妾袁玉兰说话哪,家人施礼完毕,宇文化及问道:"有什么事呀?"家人把话回明,将木匣放在桌案之上,宇文化及打开包袱皮一看,木匣上贴着永安堂秘制兔脑丸,心里非常痛快,向他的爱妾说道:"你不是正犯咳嗽吗?这里有昌平王送来的兔脑丸,你吃上两丸子,准许好啦!"说着话,亲自启封打开了木匣,见里面的药品用油布包着,把油布打开,见里面还有一层油纸,油纸外头有许多石灰末儿。老贼心中纳闷,忽然闻着一股子浊气味儿,熏得几乎要呕吐出来。及至打开油纸一看,是他儿子宇文成惠的人头,老贼"哎哟"一声,翻身摔倒,闭过气去了,吓得他爱妾与婆妇们手忙脚乱,撅叫捶砸,好容易才缓醒过来。老贼宇文化及放声痛哭,大骂昌平王邱瑞:"我与你何仇何恨,将我儿杀死,我若不报此仇,誓非人也!"当时他哭了会子,众人劝解了一番,他命家人备轿,更换朝服,仍把人头装在木匣之内,带着上了大轿,离了他的府门,够奔午朝门。

大轿穿街越巷来至朝门,宇文化及下了大轿,撩袍端带进了朝门,到了金阙之下,声称求见皇上。太监们奏明,杨广遂在宫中召见于他。宇文化及来至杨广面前，先行过了君臣参拜之礼，然后哭诉昌平王领兵在外，无故斩杀先锋，还将人头假作礼物送至他家的情形。详细诉完，请杨广治昌平王无故斩杀大将之罪。杨广亦想是昌平王的不是，头些日子见昌平王的折本是奏禀先锋官宇文成惠在瓦岗山屡战屡胜，杀得瓦岗山内众响马闭门不战，宇文成惠是个有功的大将，他无故给杀了，焉能不恼？在气恼之下，立刻降旨，派五百名羽林军先将昌平王府围困，然后派张衡前往将昌平王的家眷拿获下狱，听旨定夺。宇文化及磕头谢恩而出，回归府中听候旨意去了。张衡到了昌平王府，把王府虽然围了个水泄不通，家将家人俱在，宁老夫人与邱殿下早已踪影皆无。张衡无法，命羽林军暂时围困王府，他见了宇文化及，把搜查王府的情形说给于他，宇文化及说："一定是昌平王杀了我儿，偷着把家眷接走，他好归降瓦岗山。"张衡说："对了，一定是这么回事，我先回宫复旨，明日早朝大人再为参他。"二人商议完了，张衡回宫复旨，杨广大怒，降旨将王府查封，家将家人下狱。可怜王府的家将家人们，无故受屈，全都下狱，王府亦贴了封皮。

　　次日杨广早朝，文武百官山呼万岁已毕，文东武西排班站立。宇文化及出班跪倒。杨广问道："老卿家有何本奏？"宇文化及说："万岁，那昌平王邱瑞有意归降瓦岗山，请我皇万岁速为除治，以免降敌养成大患。"杨广问道："昌平王有意降敌，卿家怎么会知道呢？"宇文化及说："万岁，昌平王要不为降敌，他干什么偷着把家眷接走啊？他接走家小，杀了臣子，即是他把降敌之事显露出来，这还有何疑？"杨广听他说得有理，问道："依卿之见呢？"宇文化及说："万岁急速降旨，遣派钦差赶至大营，赐他三般朝典，臣料着他此时尚未降于敌人，若等到他降了敌人，可就晚啦！"杨广立刻传旨，派太常寺卿袁炳为钦差，带了三般朝典、二百名羽林军，前往昌平王大营赐他死罪。

当日散朝之后,钦差官袁炳就率领二百名羽林军,乘坐大轿,离了长安城,按站而下,够奔瓦岗山。一路之上晓行夜宿,饥餐渴饮,非止一日。这天钦差的大轿往前走着,望见昌平王的大营了,羽林军的小校在马上望见大营仍然插着大隋朝的旗号,忙向钦差禀明,袁炳这才放心,吩咐够奔大营。钦差还没到营哪,探头的书旗就报与昌平王了,昌平王赶紧顶盔贯甲,罩袍束带,拴扎什物,全身披挂整齐,率领众将辕门接旨,亲兵早在辕门外将香案摆好。钦差将至辕门,羽林军雁翅排开,大轿尚未落平,昌平王与众将跪倒,邱瑞口称:"臣昌平王邱瑞接驾来迟,在钦差大人轿前领罪。"袁钦差在轿内吩咐一声:"昌平王免礼,中军帐宣读圣旨。"昌平王与众将这才站起身形,往边一闪,把香案挪开,钦差大轿直奔中军大帐。到了帐前,大轿落平,袁炳下了大轿,把诏旨一捧,到了帐中面南而立,跟着羽林军小校们把队又列于帐前。昌平王冲着钦差站立,袁炳手捧圣旨,高声朗读:"大隋大业六年,特降诏旨,旨到大营,命昌平王邱瑞跪听诏旨。"昌平王邱瑞听钦差说至此处,赶紧搭腔道:"臣邱瑞跪听旨下。"又跪在帐中。钦差官接着往下念,念至"昌平王无故斩杀大将,身在军前,私接家小,心事不明,有失人臣之体礼,本当夷族,令钦差遣降三般朝典,速裁自决。惟诏不宣",昌平王当时大惊,嘴里虽然喊了一声"遵旨",心中很是纳闷:我多咱斩杀大将,私接家眷啦? 真真岂有此理! 然后将诏旨悬挂中军宝帐之内。钦差落了座,羽林军小校把尚方宝剑,并那三尺白绫、鸩酒一坛,放在了案上。这三般朝典由钦差轿内请出,一干诸将全都看着有气。本来这些战将们都知道昌平王未曾无故斩杀大将,私接家眷哪,个个有气,怒容满面,心怀不平。

昌平王此时应当向钦差官诉诉自己的委屈,辩白冤屈,可他接旨后并无一言,心里可猜着了是一班奸佞所为,自己虽然冤屈,守臣子之大节,君叫臣死,臣不死,是为不忠,宁可含冤而死,亦不肯败坏臣节。此时要跟钦差辩白，亦是白费唇舌，袁炳是宇文化及爱妾之兄，同奸臣佞党们是一党之人，他焉能宽容期限，叫个人上奏万岁？于是昌平王在这三般朝典之内挑选喝这鸩酒一死，亦就万事全休。钦差官袁炳见昌平王冲这三般朝典发愣，他催促道："王爷，本钦差不敢在此耽搁，还要回朝复旨呢。"昌平王说："请钦差大人略候片时。来呀！"左右说声"伺候王爷"，昌平王说："看酒斗伺候。"亲兵不敢怠慢，取过酒斗。昌平王命人将小酒坛启了封皮，倒了满满的一斗鸩酒，命亲兵给端着酒斗，自己冲着诏旨跪倒磕了三个头，算是谢了皇恩，然后站起身形，端起酒斗。将要饮酒，忽见帐外闯进一人，喊嚷一声："父王且慢！"昌平王见进帐之人是他儿子邱福，不由得一怔，暗道：这孩子从哪里来呀？

　　书中暗表，昌平王的夫人宁氏与殿下邱福被王伯当赚入岗山，娘儿俩都没明白是中了敌人之计，因为山内有秦母宁老夫人照料，二位老夫人都是宁路合之女，亲姐妹久别相逢，较比幼年还透着亲热，邱殿下有他表兄秦叔宝同着岗山众英雄陪着，亦不觉着烦闷。惟不见昌平王，母子未免生疑，后来经宁老夫人与二爷叔宝把其中的意思表明，娘儿俩才知是中了计啦，到了这个时候，亲戚骨肉还能怎样？叔宝带着表弟邱福拜见混世魔王程咬金，程咬金命邱福去到大营劝他父王来降，邱福遵命出山来劝他父王。秦叔宝命人给他辔了匹马，带上防身的宝剑，把邱福送出岗山。为什么此时叫他出山呢？只因瓦岗山大魔国的探马探明了大隋朝的钦差快到大营了，回禀元帅秦琼，秦叔宝怕昌平王有了舛错，这才命邱福往劝昌平王。却说邱福赶至隋营，营门小校认识于他，未曾阻拦。他进了大营，来至辕门，辕门小校把他拦住，将钦差到了的情形告诉了邱福。邱福大惊，甩镫离鞍下了坐骑，赶奔中军帐。大踏步来至帐前，望见昌平王正要喝那鸩酒，邱福可就急了，忙忙地喊了一声："父王且慢！"

昌平王停杯不饮，将要问邱福你是从何处至此，邱福没等他爹问他，向袁炳问道："你是钦差官吗？"袁炳说："是。"这个是字将才说完，被邱福拔出宝剑来，手起剑落，"噗哧"一声，人头落地；"噗咚"一声，死尸栽倒。昌平王大惊失色，一干诸战将见殿下将钦差袁炳杀死，全都瞧着痛快，解了心中之愤。昌平王向邱福喝道："大胆的邱福，你敢杀国家钦差，是何道理？"说话的时候，昌平王声色俱厉，吓得邱福把宝剑扔在地下，赶紧冲他父王跪倒。昌平王伸手捡起宝剑，不容分说要杀邱福，吓得邱福颜色更变。众将"呼啦"一声，全皆跪倒，齐向昌平王哀求道："殿下杀了钦差是为王爷，王爷不可斩杀殿下。"邱瑞说："我乃大隋朝的忠臣，世受国恩，他把钦差给杀了，情同叛反，他怎么会是为孤呢？"众将说："王爷赤胆忠心，为国除乱，皇上不体察下情，无故降旨要王爷一死，实是冤屈。"当下邱瑞手一软，可就下不去手了。众将苦苦地哀求，邱瑞才命邱福站将起来，众将往两旁站立。昌平王问邱福道："你是从哪里来呢？"邱福当下把瓦岗山派将到长安赚取家眷的事学说了一遍，昌平王几乎气死过去。

邱福向他父亲劝说道："父王，如今我表兄秦叔宝在大魔国身为元帅，他与那混世魔王程咬金等都是结义的弟兄，他们异姓别名，胜似同胞。我们父子前进无门，后退无路，不如归降岗山，要是在昏君驾前称臣，终归亦没有好结果。"邱瑞沉吟不语，一干诸战将齐声说道："千岁不如归降了吧！"邱瑞见人心已变，料着不降敌人不成，向邱福吩咐道："你且回归瓦岗山，叫你表兄秦叔宝出来，山前答话，少时间我有话问他。"邱福不敢不遵命，当时出了中军宝帐，够奔战马，上了坐骑，出离了大营，够奔山内去了。此时这二百名羽林军全都吓傻啦，怔怔瞧着，不敢妄动，得听昌平王的令下。昌平王说："孤与你们原无仇恨，不便结冤，你们急速出营，回归长安去吧。"这二百羽林军听昌平王这一吩咐，如同接到皇帝的敕旨一般，离了大营，回归长安而去。

　　昌平王又命人将钦差的死尸搭将出去,暂为掩埋,然后将三般朝典收将起来,点兵五千,上马出营,要和叔宝阵前答话。

　　昌平王的大队在山前列开阵势,秦叔宝亦带兵出来,在山前把队伍亮开了。昌平王拍马临阵,把双鞭怀中一抱,向岗山队内喊上一声:"叔宝马前答话。"秦琼催坐骑来至阵前,向昌平王横枪施礼,问道:"姨父老大人一向可好?"昌平王说:"秦琼,汝既称老夫为你姨父,骨肉之情,汝当有情有义才是。想当年正月十五闹花灯,你们惹下杀身之祸,在孤的府中亦曾避过难,老夫对你未曾错待。而你们瓦岗山的人用此诡计,将你姨母、表弟赚至山中,用此毒辣心肠为难于我,良心何在,情意何存?"叔宝说:"老人家勿用着急,甥男有话正要在你面前诉明。你老人家称臣于隋,系隋文帝杨坚之臣,那昏君杨广并非是子承父业,受诏传位,他曾弑父夺权,鸩兄图嫂,欺娘戏妹,败坏纲常礼义之人,隋室天下能够久存吗? 淫乱之家,必出灾祸;淫乱之国,当自灭亡。古之昏君桀纣如何而亡,殷鉴不远,必见于隋。古人有云:'贤臣择主而佐,良禽择木而栖。'你老人家理应辞官不做,勿作亡国之臣。如今奉命来打岗山,并不是甥男大言相欺,你老人家绝计打不破岗山,内有奸臣谗言惑君,外有强敌难灭,终不免被奸臣所害。我因为有亲族骨肉之情,日夜与军师徐茂公相商,用个万全之计,把甥男姨母、表弟救至瓦岗山,你老人家此时正应当上顺天时,下顺人心,降了大魔国,共灭无道昏君。灭无道保有道,灭无德保有德,有何不可?"昌平王被秦叔宝把利害说明,不由得长叹一声:"老夫亦知隋室不久将亡,如若死了殉节,还是忠臣;如若归降瓦岗山,落个不忠之名,有何面目见天下人?"叔宝道:"古人有云:'君不正臣投外国,父不正子奔他方。'天下人谁不知杨广是无道无德之君呢?"昌平王点了点头道:"事已至此,叫我如何。你先收兵回去,替我在你家主公驾前禀明,我明日归降,入山拜见混世魔王。"叔宝说声"遵命",回到阵内,率兵回归瓦岗山,面见程咬金禀报去了,昌平王亦收兵回营。

　　次日昌平王先率领众将入山拜见混世魔王,秦叔宝、徐茂公等率众迎接。当日混世魔王大摆酒宴款待昌平王。然后昌平王与秦叔宝回至府后,看望秦母,宁老夫人见了昌平王,喜欢得了不得。翌日,二十万大军拔营起寨,开进瓦岗山,悉归秦叔宝调动了。程咬金封邱瑞为逍遥王。大魔国得了昌平王这支人马,声势大震,二败隋军,庆功贺喜,这且不表。

第三十七回　张大宾挟嫌当元帅
　　　　　　裴元庆走马取金堤

　　且说随着钦差袁炳的羽林军小校逃回了长安，把昌平王降了瓦岗山，杀死钦差的事情奏禀杨广。昏君闻奏大怒，召集文武群臣，向百官问道："昌平王降了岗山，朕当与他们势不两立，绝然讨伐。哪位卿家可能领兵前往？"文武百官面面相觑，无人敢往。宇文化及出班跪倒，向杨广奏禀道："臣保一人为帅，领兵前往，可灭岗山群寇。"杨广问道："卿家所保何人？"宇文化及说："臣保的是山马关总兵裴仁基。"杨广问道："裴仁基领兵前往，能够胜得了响马吗？"宇文化及说："臣闻裴仁基生有三子，他三儿名叫裴元庆，膂力过人，惯使一对梅花锤，有万夫不当之勇。万岁若是把裴仁基召来，命他挂印为帅，必能打破瓦岗山，扫灭群寇。"杨广大悦，立刻降旨，调山马关总兵裴仁基父子入都召见。这旨意传到山马关，裴仁基哪敢迟误，把关口交与副将曹振标把守，自己携带家眷，领了本部人马够奔长安。

　　这天来至长安城西，五千儿郎扎下大营，裴仁基命他长子裴元龙、次子裴元虎先把家眷送进长安城内，回归府第，然后命三子裴元庆看守营寨。这裴元庆人虽年少，膂力过人，性情最烈，向不服人。他听裴仁基命他守营，心中不悦："爹爹，那皇上的旨意是叫孩儿同爹爹来的，如今见皇上去，为何不带孩儿去呢？"裴仁基道："你是个小孩子人家，又不懂得朝堂礼仪，如何去得？"裴元庆苦苦哀告，非叫他爹带他去不成，裴仁基无法，说："我带你去亦成，你可得遵守规矩，不准妄言。"裴元庆听说带他去,喜欢得了不得,不管怎样说,只要是带着去就得。他是个小孩子人家,没有见过皇上,他不知道皇上是个什么样的人哪,想开开眼。书说简短,诸事安排已毕,裴仁基、裴元庆父子赶奔午朝门。黄门官立刻进宫禀报,不多时出来说:"万岁和国丈在殿上下棋呢,请二位随我来。"书中暗表,这位国丈叫张大宾,因他女儿颇有姿色,送进宫中陪王伴驾,他自然一步登天,位居国丈。有人把裴氏父子引到紫微殿,裴仁基往前跪爬半步:"吾皇万岁,臣山马关总兵裴仁基带三子朝见万岁。"两个人正下棋哪,根本不理不睬。等了片刻,裴仁基又说一遍;好大工夫,裴仁基再说一遍。连说三遍,杨广没抬头,张大宾瞟了这爷儿俩一眼,也一声没吭,而且还假模假式地下棋。

裴元庆心中好恼,趁父亲不注意,猛然站起身形,一个箭步蹿到近前,一伸手就把张大宾给揪住了。杨广一愣,问道:"你是何人?"裴元庆往空一举,那意思要把张大宾摔死。可把裴仁基吓坏了,连忙喊道:"小冤家,住手!"张大宾吓得连连告饶:"饶了我,饶了我吧!"杨广也顾不得下棋了,赶紧让裴元庆把国丈放下。裴元庆把张大宾扔在地上,余气未消地说:"哼!我们父子朝见万岁,要去打岗山。好你个奸贼,看见俺理都不理,还斜眼瞪俺,真岂有此理!"杨广一看裴元庆,正在年少,却威风凛凛,心中喜爱,问道:"你就是裴元庆吗?"裴元庆说:"正是。"裴仁基拉过裴元庆,父子双双跪倒请罪。杨广并不生气,眼下正是用人之际,平灭瓦岗山还得指着人家呢。杨广命二人平身,反倒褒奖了裴元庆一番,让裴氏父子明日上朝听封。裴仁基跪倒谢恩,然后拉着裴元庆一同回府。到了家中,裴仁基把元庆申斥了一顿,父子之情,亦就无可如何。却说张大宾在朝中,谁不巴结于他,骄盈已极,被裴元庆摔了一跤,原想杨广得重治裴元庆之罪,偏是杨广赦他父子无罪,心中气愤不出,杨广安慰了他几句,君臣二人不欢而散。

翌日早晨,裴仁基又带了裴元庆入朝,到了朝门,宇文化及、张大宾一班奸臣佞党,对于裴仁基父子睬亦不睬。龙凤鼓响,景阳钟鸣,天子临朝,文武领班的大臣率领百官在殿前山呼万岁已毕,文东武西站立两旁。杨广命裴仁基父子听旨,要封他父子为元帅、先锋,张大宾有意和裴仁基父子作对,他亦出班跪倒,说:"臣愿往军前效力当差。"杨广说:"国丈有此忠心,实为国家之福,朕当封你行部都指挥,天下都招讨,各路节度使听你调遣。"张大宾心中大悦,有这个权力,足可挟制裴仁基父子。杨广又封裴仁基为副元帅,裴元庆为前部正印先锋官。

三人磕头谢恩,将要下殿,忽然宇文成都说声:"且慢!"杨广问道:"殿帅你敢抗朕之旨吗?"宇文成都跪倒奏禀道:"臣不敢抗圣上之旨。"杨广问道:"那你为何阻拦呢?"宇文成都说:"臣见万岁命裴元庆身为先锋,惟恐于军不利。想那岗山的强盗十分厉害,裴元庆小小年岁,有何能为?臣愿往军前效力,当此先锋,如若阵前失利,甘当死罪。"裴元庆说:"万岁,我若出战不利,亦领死罪。"杨广说:"你二人不必争此先锋,可以在朕驾前角力,胜者便为先锋。"二人遵旨。宇文成都瞧裴元庆年岁又小,身量亦矮,料着凭自己这身功夫,运用膂力,一定会赢了裴元庆。裴仁基知道宇文成都膂力最大,惟恐怕二虎相争必有一伤,替他儿子担着一份心。裴元庆却是不服。二人在殿前彼此抓住衣带,宇文成都用尽了平生之力,要想弄倒裴元庆,哪晓得弄他不动。宇文成都一缓气的工夫,裴元庆往前一揪宇文成都,宇文成都觉着要被他揪动了,用力往后一坐劲儿,裴元庆借他坐劲儿,往后一操他,宇文成都这个乐儿大啦,"噗咚"一声倒在地上。合朝文武见裴元庆有这么大的神力,无不惊讶。宇文成都站将起来,向裴元庆一挑大拇指道:"真将军也!"心中佩服已极。然后宇文成都又向杨广跪倒,奏请用裴元庆为先锋。杨广遂命裴元庆为先锋,限期十日,着正副元帅起兵十万,扫灭瓦岗山群寇。

当日散朝，裴仁基父子回至家中，用完了早饭之后，裴仁基把夫人袁氏，并姑娘翠云，三子元龙、元虎、元庆，叫至面前。裴仁基嘱咐夫人道："夫人，我此次去打瓦岗山，把元龙、元虎二人留下看家，你们母子可要小心，留神瓦岗寨来赚取家眷。"姑娘裴翠云虽是女流之辈，读书识礼，通古博今，颇有见解，听他爹嘱咐的话儿，忙向他爹说道："难道瓦岗山的贼人还敢来至长安吗？"裴仁基说："姑娘有所不知，那昌平王邱瑞带兵攻打瓦岗寨的时候，那响马们曾到长安城内将昌平王的家眷赚走，听说昌平王投降了瓦岗山，亦是为了顾全他的家小。如今我嘱咐你们娘儿几个，不可不听。"姑娘裴翠云道："既是贼人诡计多端，亦当小心。据女儿所想，无论爹爹有何事故，必须有爹爹的亲笔书信为妥。"裴仁基道："我的笔迹姑娘你是认得的，对了，就是这样办理。"夫人说："家中用不着元龙、元虎，大人不如亦把他二人带往军前效力。"裴仁基说："用不着他二人，留着看家吧。"裴仁基把家中的人都嘱咐好了，带了裴元庆去到大营，帮着都招讨张大宾办理军务大事。

数日之间，十万大兵调动齐毕，张大宾传令择日祭旗。这天祭了大旗，放炮起兵，前有裴元庆领兵先走，逢山开路，遇水搭桥；后有张大宾、裴仁基督催着全军人马，离了长安城，望瓦岗山而进。行兵之际，一路无书，这天十万大兵离着金堤关相差不远，张大宾把裴元庆唤至面前吩咐道："本帅命你带兵五百，攻打金堤关，如若打破此关，是你奇功一件；如若打不破金堤关，回营之时人头见我。"裴元庆听他如此吩咐，嘴里虽说"遵命"，心中甚是不服，带了五百儿郎，够奔金堤关。裴元庆有心把金堤关得到手中，和老贼张大宾治治这口鸟气。人马将至金堤关，裴元庆还没亮开队伍哪，金堤关内炮声隆隆，关门开放，从里边冲出三千大队，二龙出水式列开。当中两杆大旗，一个紫缎色的，一个大红缎色的;一个旗上绣的"金堤关总兵　贾"的字样,一个是"金堤关副将　柳"的字样。旗下贾润甫、柳州臣,各持一口大刀,压住了全军大队。往对面观瞧,见隋兵不多,只有五百儿郎,贾润甫、柳州臣焉能把隋兵放在心上。忽见由隋兵队内飞马临阵出来一员小将,穿白挂素,雪里银装,人似欢龙,马似活虎,甚是威严。只见他一身战装打扮,头戴一顶玉镶珠嵌闹银盔,双插雉尾,倒挂狐裘。披一副连环甲,内衬一件素罗袍。肋下悬挂一口杀人剑,银什件,银吞口,素绒绳相衬灯笼穗儿。胸前悬挂护心镜,恰似一轮明月罩胸前。勒一根水中炼,雪里熬,似玉蟒,赛银条,连腰带背盘三遭。五杆素缎护背旗,绣飞虎,背后飘。三叠倒挂鱼褴尾,天蓝色软战裙,装金钉攒成莲花瓣,翻卷荷叶边,朵朵莲花现。下身穿大红裈裤赛火焰。洒袋内装着那牛角聚,画皮蒙,野牛筋,打成弦,大将力开二十三,镶玉铜胎铁把弓。走兽壶内装的是,栽雕翎,点纯钢,能穿杨,管射雁的狼牙箭。两足蹬蓝底素缎虎头靴。胯下一匹能行战,日行千里还嫌慢。手中擎梅花锤,正一对,似雪练,如寒散,耀武扬威来叫战。少年小将威风凛凛,杀气腾腾!

　　贾润甫催马摆刀,来至马前问道:"小将何名?"裴元庆说:"本先锋在大隋朝驾前称臣,官拜前部正印先锋,姓裴双名元庆。你是瓦岗山的强盗吗?"贾润甫喝道:"胡说!我乃大德天子驾前的金堤关守将贾润甫是也,谁是强盗,你招我一刀!"裴元庆见大刀砍来,用锤往上一磕,贾润甫往外撤刀。二马错镫,大刀抹丘式斜肩带臂砍来,裴元庆梅花亮银锤一挑,"仓啷啷"一声响亮,大刀撒手飞出。贾润甫大惊失色,拨马就败。柳州臣催马迎出,高声喊嚷:"裴元庆小娃娃休得逞狂,某家来也!"让过贾润甫,拦住裴元庆。裴元庆轻松赢得一阵,心中喜悦,问道:"你是何人?"柳州臣答道:"我乃混世魔王驾前的金堤关副将柳州臣是也。你哪里走,看刀!"说着话,马往前奔。没等柳州臣举刀,裴元庆心说:我来回先手吧。裴元庆举锤就砸,柳州臣用刀招架,锤刀一碰,"当啷啷"一声响,这一锤就把刀砸毁了,柳州臣只觉两膀发麻,虎口震裂。这时,裴元庆只要把锤往下一落,柳州臣可就没命了。裴元庆停住双锤,哈哈大笑:"强盗,我要打你,恐怕玷污了我的锤。尔等赶紧给我让出金堤关!"柳州臣二话不说,同贾润甫拨马就败,直奔吊桥。裴元庆催马跟着,二人上吊桥,他也上吊桥,马头衔马尾。关上守关的兵卒可愣了,开弓放箭不行,射上自己人就麻烦了。他们稍一犹豫,裴元庆就进关了,跟着五百隋军也涌进了金堤关。这段书小节目裴元庆走马取金堤。不多时大军来到,裴元庆见张大宾交令:"元帅,末将裴元庆交令,我走马取金堤!"张大宾道:"这倒不错,今后我叫你怎么干,你就怎么干,功劳簿上给你记上一功。如果不按我的话去做,裴元庆,小心你的脑袋!"裴元庆嘴上说"遵命",心想:老小子,咱们走着瞧!

却说瓦岗山上,程咬金正同秦琼、徐茂公等人议事,徐茂公言道:"主公,现我岗山上有一道煞气,想是不祥之兆。事关重大,臣不敢隐瞒,启奏我主,事先预备。"程咬金道:"我们这里有了灾难,你告诉我老程亦是白费呀,俺有什么主意?还是你看看有个解救没有吧。"徐茂公在殿上往天空观瞧,连程咬金与众文武亦都往天上观望。徐茂公用手往天上指着道:"主公请看,这就是煞气,似云非云,似雾非雾,该着这里有灾有难。"众人最信军师之能,徐茂公这么一说,众人无不吃惊。大众正往空中观望,忽见这股煞气往四外一散,当中露出一块红云来,徐茂公向程咬金跪倒磕头道:"主公洪福齐天,大喜了!"程咬金问道:"孤喜从何来?"徐茂公说:"这煞气中隐着块庆云,庆云发现,煞气便散。我们瓦岗山目下虽然有灾有难,终归有救,先危后安,先忧后喜,这都是主公的造化,岂不可喜呢?"程咬金道:"若能如此,还算孤托大家之福。"徐茂公往旁一站。忽报贾润甫、柳州臣回归，军师徐茂公说："了不得，金堤关休矣！"

　　话将说完，贾润甫、柳州臣来至殿上，众人见他二人十分狼狈，猜着是金堤关丢了。贾、柳二人跪倒磕头，口称："臣贾润甫、柳州臣无能，将金堤关失去，在主公驾前领罪。"程咬金问道："你们两人怎么把金堤关丢了的呢？"贾、柳二人把裴元庆打破关口一事当面奏明，不惟程咬金听着裴元庆那么勇不信，就是众英雄听了亦不相信。程咬金说："你们把关丢了，理应重重地治罪，念其你二人不是裴元庆的对手，赦你二人没罪。倘若裴元庆来至岗山，并不怎么勇，还要治你二人惧敌之罪；如果裴元庆十分骁勇，你们才算无罪。"贾、柳二人磕头谢恩，往旁一站。程咬金命人打探隋兵动静再作定夺，然后退归后宫，众文武散去。金堤关的残兵败将，元帅秦琼把他们收编各营，这且不表。

　　却说张大宾、裴仁基督催人马，这天来至岗山以西。张大宾传令，命裴仁基父子分兵五万在岗山东边安营。裴仁基父子遵命，带兵五万绕奔岗山正东。裴仁基走后，张大宾在瓦岗山以西相离三十余里安营下寨。暂把张大宾安置在西边，单说裴仁基父子来至岗山以东，离山十数里地采勘吉地，安营下寨，埋锅造饭，铡草喂马。裴仁基升帐，点名过卯，发放军情。诸事完毕，在裴仁基想着，人马远来，歇兵三天养足锐气，然后再战亦不为晚。谁想裴仁基尚未退帐，忽见中军官王恒持令来至帐前下马，来至帐内向自己吩咐道："大帅有令，命副元帅明日攻打瓦岗山，限令三天将山打破，拿获众响马；如过三天，打不破瓦岗山，定斩不饶！"裴仁基听见张大宾的命令，吃惊非小，暗想：这么大的瓦岗山三天如何打得破呀，莫非张大宾记恨前仇？哎呀！出兵打仗，强敌就在眼前，应当将帅一体，士卒一心，才能胜敌；要是将帅不和，士卒离心，不用说打败敌人，自己的人马还有全军覆没之虑。裴仁基无法，只好遵令吧，中军官传完了令，出营而去。裴仁基紧皱双眉，面有忧容，夜间命兵将巡营放哨，巡更走筹，刁斗传声,小心防范,留神大魔国偷营劫寨。

好在一夜无书。次日天明,仁基传令,叫饱餐战饭。将饭用完,裴仁基父子全身披挂,点齐了五千大队,放炮出营,杀奔瓦岗山。人马来至瓦岗山东,裴仁基吩咐列阵,两杆素缎门旗左右一分,五千大队二龙出水式列得一字队,当中掌旗官高挑大纛旗,三丈标杆,葫芦银顶素缎色,周围红火焰烈火苗,当中白月光,绣着斗大的"裴"字。副元帅裴仁基在旗下压住了全军大队,裴元庆在先锋纛旗之下压住了阵脚。隋兵把阵势列开了,望见大魔国的人马,由瓦岗山内冲出来三千人马,雁翅排开,众儿郎长枪短刀,整齐严肃,当中帅纛旗下,秦叔宝怀抱令旗压住了大队。两军人马把阵势列圆了,裴元庆催坐骑,把双锤一摆,到了阵前叫战。秦叔宝问:"哪位将军出马?"骑军左领校袁子寿手持大刀,拍马临阵。与裴元庆互通了名姓,袁子寿哪把小小年岁的裴元庆放在心上,大刀搂头盖顶便砍,裴元庆用锤往上一支,袁子寿撤刀头。二马错镫,裴元庆右手锤打奔他肩头,他用刀杆一接,右手锤落在刀杆上,左手锤捅在刀杆底下。说时迟,那时快,黑虎掏心双锤锁住了刀杆,两膀一晃,"嗖"的一声,袁子寿大刀撤了手,裴元庆回手一锤,"啪嚓"一声,将子寿连盔带头颅打了个粉碎。瓦岗山的众英雄见了,全都怔了,裴仁基队中擂动得胜鼓。岗山的步军校高凤是员勇将,瞧着裴元庆不服,手持长枪,出马直奔裴元庆,喊嚷一声:"昏君余党休逞刚强,着我高凤一枪!"大枪一抖,扎奔裴元庆的哽嗓咽喉。好厉害!裴元庆"当当"两锤一抱枪杆,两只脚扣镫,战马四蹄立住不动,他用了个"拿一把分筋错骨"的招数,"嗖"的一声,高凤大枪撤了手。二马错镫,他用盖马锤打上,高凤连人带马命丧阵前。

单雄信见裴元庆连伤岗山二将,气得他"哇呀呀"怪叫如雷,催马直奔疆场,向裴元庆问道:"你认识俺单雄信吗?"裴元庆说道:"你亦不过是个小小的贼头儿,认识你当了什么呢?"单

雄信大怒,把枣阳槊一举,照着裴元庆脑袋便砸,裴元庆用锤招
架。二人马打盘旋,冲杀在一处。两国人马队内擂鼓助威,兵丁
摇旗呐喊。裴元庆与单雄信杀了四五个回合,不见输赢,杀了个
棋逢对手,将遇良才。杀到七八个回合,单雄信渐渐不敌。谢映
登知道单二爷的禀性,宁可死在阵前,不愿败回队来,不如我出
去把他换回来,免得他命丧裴元庆之手。谢映登到了阵前,高声
喊嚷:"单雄信,你把此功让与俺谢映登!"单雄信拨马回队。谢
映登与裴元庆又战了五六个回合,看看要败,王伯当出马换回谢
映登。王君可见王伯当走了三合,未能取胜,摆刀催马到了阵
前,换回王伯当。王君可这口大刀在瓦岗山可称第一,走了四个
回合,没有递进招去。耿昌出马换回王君可,未走一合,就被裴
元庆连人带马砸死阵前。接连着瓦岗山又败了两阵,秦叔宝酌
量不好,裴元庆十分骁勇,吩咐一声:"鸣金罢战。"锣声一响,将
人马撤至岗山。裴仁基乘势率兵攻山,人马到了山下,呐喊声
音,鼓噪而上。岗山上的魔国兵将,灰瓶石木往下乱砸乱打,弓
箭手乱箭齐发,矢石如雨。急骤间,隋兵死亡的受伤的二百余
人,那岗山的兵将一人未伤。裴仁基见山势险恶,攻打不下,只
好收兵归营,第一日总算旗开得胜。

第三十八回　锄奸佞裴将军救父
　　　　　　祭法宝齐寨主扬威

　　第二日，裴家父子又率兵打了十数阵胜仗。书以简捷为妙，杀了三天，瓦岗山的众将俱皆败在裴元庆的锤下，可是裴仁基没把岗山打破。收兵回营之后，隔了一夜，三天期满，未能打破瓦岗山。到了第四天，裴仁基乘马出营，带着亲随人等绕至岗山西面，去见张大宾请求展限。来至营内，穿营而过，中军帐前下马，裴仁基往帐内一望，张大宾未在帐中，向值日旗牌问道："元帅何在？"旗牌官说："在后帐与参军何仁正然着棋。"裴仁基命旗牌官给回禀，旗牌官给回了三次，张大宾这盘棋总没完。等得裴仁基无法，迈步走进帐内，绕至后帐，见张大宾方才撤下棋盘。裴仁基跪倒施礼，口称："卑将仁基面见元帅领罪。"张大宾理亦不理，他向何仁说："你要不贪吃本帅的边炮，还不死呢。"何仁说："我只顾贪吃炮啦，没留神还有个闷宫哪。"裴仁基跪在地上，又说："元帅，卑将裴仁基前来领罪。"张大宾还是不理。何仁觉着不大得劲儿，向他说道："副元帅前来请罪。"张大宾这才低头观瞧，他故作不知，向裴仁基问道："瓦岗山打破了，你来报功啊？"裴仁基说："元帅，那瓦岗山甚是坚固，三日的工夫焉能打破？这三日之间，裴元庆将瓦岗山的众响马俱皆杀败，无人能敌。我兵至此总算胜利了，惟有山寨尚未打破，特来向元帅请罪，望元帅施恩，再为宽个限期吧。"张大宾说："三天的工夫还没打破贼巢，你求请罪，本帅赦免你无罪。你再求我宽限，我就再给你三天限，仍然是无效啊！"裴仁基说："元帅恩施格外，多容几天吧。"张大宾问道:"你说几天能把岗山打破了呢?"裴仁基说:"半月足矣。"张大宾说:"半个月你如把岗山打破还好,倘若是打不破岗山呢,半个月得耗费多少粮饷哪?"裴仁基当下苦苦地哀求,张大宾是执意不肯。裴仁基一狠心,说:"元帅赏给十二天的限期吧。"张大宾还是不允。裴仁基又改了十天,仍然不行。裴仁基由十天又哀告来哀告去,又抽到三天的期限,张大宾这才允许。裴仁基给他磕头谢恩,然后这才站起来告辞。裴仁基往外走着,两条腿都跪疼了,觉着难受得了不得。裴仁基心中有气,亦是无法,层层节制,得听他的调动,有什么话归营再说吧。到了辕门外,上了坐骑,带领着众亲随出离了元帅营,绕道回奔岗山东面大营。

到了营内,帐前下马,裴元庆出帐迎接他爹,见裴仁基愁容满面,元庆猜着定有难事在心,为事所挤,老人家才得如此。爷儿俩到了帐中落座,裴仁基喝了会儿茶,酒饭摆上,父子二人一同用饭。裴元庆问道:"爹爹,你老人家面带忧容,有什么难心之事呢?"裴仁基说:"孩儿呀,这大隋朝的天下,惟恐要丧在一班奸佞之手。"裴元庆说:"爹爹何出此言?"裴仁基遂把面见张大宾请罪讨限的事儿,向他儿子学说了一遍。气得元庆眉毛倒竖,二目圆睁,向他爹爹说道:"张大宾敢如此作威,我去见他,叫他去打岗山,三天将贼巢打破,拿住了众响马,我把项上的人头输给他;如若他三天打不破瓦岗山,我叫他把帅印一交,自寻短见,免得他作威作福。"裴仁基喝道:"不要胡言!军令大如王命,文武一理,当差做官都是层层节制。你我父子受着国恩,理应为国出力,宁死阵前不死阵后。死在阵前,隋之忠臣;死在营内,落个犯罪而死。少时间你我父子用完早饭,可以去打瓦岗山,打破了岗山更好,如若打不破瓦岗山,你我父子惟有豁出死命,以身殉国,落个忠臣之名。"父子爷儿俩是决了心啦,打不破岗山誓不回营。于是用完早饭,裴仁基传令点兵一万,继续攻打瓦岗山。这回有齐彪、李豹、金城、牛盖四将出马,结果出去四个,败回两双,在裴元庆马前难走三合。裴仁基一声令下:"我军,杀!"一万大军呐喊声音,冲到山下。人家大魔国的兵将早就准备好了,灰瓶、炮子、滚木、礌石一齐往下扔,往下砸;再加上弓箭手乱箭齐发,如同骤雨飞蝗。裴仁基、裴元庆父子连发几个冲锋,结果山上头一个未死,山底下隋兵死伤了足够七八百人。裴仁基见山险难过,伤亡过重,万般无奈,只好传令收兵回营。

　　一连着裴仁基父子又打了三天,瓦岗山内的众英雄被裴元庆杀得不敢出战,裴仁基亦打不破山寨。到了第四日早晨,裴仁基为了三日期满,又得到元帅大营面见张大宾前去领罪,再为讨限。书说简短,来至辕门,裴仁基甩镫离鞍下马,命小校往里回禀,求见元帅。小校进去,待了好大工夫才出来,向裴仁基说:"元帅有事,你候会儿吧。"裴仁基在辕门外等了有半个时辰亦不见动静,裴仁基无法,又命小校往里回禀,小校进去。等了一会,小校出来说:"副元帅,你还得候会儿。"裴仁基又等了两顿饭的工夫,仍然不见动静,裴仁基又命小校往里回禀。这第三回才见着张大宾,小校出来说:"元帅有令,中军帐候见。"裴仁基几乎把肚子气破了,事已至此,往下压着气儿,走入辕门,到了帐前,见张大宾未着帅服,身着便服,按剑高坐,众将士儿郎两旁站立。裴仁基进帐施礼,张大宾问道:"副元帅可曾打破岗山吗?"裴仁基说:"贼人避而不战,深守不出,瓦岗山十分坚固,未曾打破。"张大宾微微一阵冷笑道:"金堤关一日便能得到手中,这瓦岗山六日未能打破,显见你父子不肯给国家出力了。"裴仁基尚要分辩,张大宾忽然喝令:"绑缚手,将裴仁基上绑!"绑缚手上前,将裴仁基的盔甲摘将下来,脱去战袍,倒剪二臂,上了绑绳。张大宾吩咐:"推出辕门,斩了!"站帐军将裴仁基推至辕门外,张大宾派刀斧手出来斩杀裴仁基。众将皆有不平之气,齐声喊喝:"刀下留人!"众将向张大宾苦苦地哀求,请他赦了裴仁基的死罪。张大宾说:"列位将军,非是本帅要杀裴仁基,他在本帅面前自讨军令,三天能把岗山打破,如今他耽误日期,耗费粮饷,按着军令,该当斩首。你等求情,同在营中,这是义所当然,本帅不怪。但求情之事不准,倘若再要有人求情,一律同罪。"吓得众将不敢再言,退于两旁。张大宾命刀斧手将裴仁基斩杀,勿用验看,就号令人头。张大宾吩咐完毕,站起身形,一甩袍袖,退归寝帐去了。众将无法,亦都散去。

刀斧手捧着杀人大刀,来至辕门外,将要动手,忽听一阵乱马奔腾之声,裴元庆率领数十骑赶至。裴元庆喊嚷一声:"休得无礼!"吓得刀斧手往后倒退。原来裴元庆恐怕张大宾欺辱其父,率领数十骑甲士追来探望,果不出他的所料,张大宾要斩他爹,若是一步来迟呢,裴仁基性命休矣。裴元庆来至辕门,甩镫离鞍下了坐骑,众亲随亦都下马,把他的马接了过去。裴元庆上前要给裴仁基解开绑绳,裴仁基忙道:"不可。"裴元庆问道:"怎么?"裴仁基说:"孩儿呀,在朝为官,须守国法;在营为将,应遵守军规纪律。我这绑绳,除非是元帅之命才可解开哪,若无帅令私自解开,那便是目无主帅,干犯军令,应得杀罪。孩儿呀,你如怕爹爹丧了性命,你可以到中军帅帐面见元帅,向他哀求,不然为父豁出性命不要,亦不愿破坏军规,落个不忠之名。"裴元庆不敢违背他父亲之命,这才说:"爹爹这样吩咐,孩儿就进去面见元帅求情。"说罢,裴元庆独自一人走进辕门。辕门小校知道他性情暴烈,亦不敢阻拦于他。

裴元庆来至中军大帐,只有值日的旗牌官同着两个兵丁看守大帐。裴元庆问道:"元帅何在?"旗牌官说:"元帅现在后帐歇息。"裴元庆听着有一片丝竹之声顺风吹来,似在后帐,心中很是纳闷:军中又没大摆酒筵庆功贺喜,哪里来的丝弦之音呢?他向旗牌官说:"你给我回禀一声,我求见元帅。"旗牌官不敢怠慢,赶紧给回禀。到了后帐,工夫不大,旗牌官就出来了,向裴元庆说:"你等会儿吧,元帅正然有事。"裴元庆忍耐不住,往帐内就走,要闯至后帐看看他到底做什么。旗牌官拦住道:"先锋官,你须等令下来再进去。"裴元庆用手一揪,揪住了旗牌官,"噗咚"一声摔倒在地。

裴元庆穿过大帐,由套帐往后帐观瞧,不看便罢,这一看几乎要把裴元庆气死。原来裴元庆瞧见张大宾坐在桌案之后,正然饮酒,有个美女正给他斟酒布菜,旁边有个美女正然自弹自唱,唱的是《越王献西施》。裴元庆见张大宾醉眼迷糊,满脸的贱态,向美女挑情,气得他双眉倒竖,二目圆睁,三尸神暴跳,五灵豪气腾空,迈步闯入。张大宾一眼望见是裴元庆,他还要作威作福呢,向裴元庆喝道:"裴元庆,没有本帅之命,你敢闯入后帐,还不与我快快出去!"裴元庆到了此时忍无可忍,说:"张大宾,你身为元帅,理应当与三军同甘苦,与士卒同寒暑,方是为帅的道理。你只知为难我父子二人,不知出兵杀敌,须晓得将帅一体,士卒一心,才能灭敌除乱。你不知为国尽忠,效命于疆场,你只知纵情淫乐,要你这元帅与国家有何用处?"说着话,他奔过去,飞起一脚踢翻了桌案,伸手抓住了张大宾。张大宾喝道:"你还能把本帅怎么样呢!"裴元庆将他摔倒在地,一只脚踏住张大宾的左腿,抓住了张大宾的右腿,往起用力,"嗑哧"一声,将他劈为两半。张大宾命丧无常,驾返瑶池啦!裴元庆这里将张大宾活活劈死不要紧,"哎哟"两声,把两个美姬亦给吓死帐中。

张大宾身为大帅,是一军之领袖,自作威福,不知奉公守法,被裴元庆弄死实是不多。我国从古至今都是这样,官职愈大,权势愈大,愈不守法;可是他手下人愈没权没势力,愈得守法。头五六年鄙人在某省机关访友,官人拿获赌徒交案,他们的长官正与同僚作竹城之战,四圈麻将尚未终了。似这等事,实是许州官放火,不准黎民点灯。

　　闲话休提,书归正传。裴元庆将张大宾劈为两半,吓死二美女,他返回辕门见了裴仁基,先说:"元帅饶了爹爹。"将裴仁基绑绳解开了,然后才说:"爹爹,孩儿进去给你老人家求情之时,见那老贼张大宾未在中军帐,我至后帐,才见着于他,他在后帐正然作乐。孩儿因为他身为元帅,不守军规,携娼带妓,我将老贼张大宾活活地劈了!"裴仁基听他所说,当时吓得颜色更变,有心不答应裴元庆,又想张大宾亦是活不了啦,向裴元庆说:"孩儿呀,你是先锋,不能管着元帅,他无论如何不好,亦不能把他弄死啊!我们父子应当递折本,奏他误国之罪。"裴元庆说:"爹爹,那么办是等不了的,如今他亦死了,你老人家看这事怎么办吧。"裴仁基无法,这才说:"你我且到中军帐与众将商议吧。"于是父子二人带领众亲随进了辕门。那小校与刀斧手听他做了这事,个个吓得把舌头吐出来,半晌缩不回去。

　　裴仁基到了中军宝帐,擂动了聚将鼓,把一干诸战将召集到帐内。众将见状大惊,见不着张大宾,全都猜着老贼凶多吉少。裴仁基见众将发怔,这才向众将说:"列位将军,适才大帅将我绑出辕门要杀,我儿裴元庆赶到,他到了后帐见元帅为我求情,不意那张大宾正与二美女追欢取乐。我儿性烈,想他身为元帅,不该私自携娼带妓,把他治命,那两个美女亦吓死帐中。事关重大,我把你们召集帐中商议,这事应当如何办理。"那张大宾对待手下兵将有罚无赏,素常寡恩,如今众将听说裴元庆将他弄死了,个个心内无不痛快。众将说:"副元帅,张大宾携娼带妓,罪应当诛,至于他死后如何,我等不能过问,全在副元帅办理。我们既身为武将,只有服从元帅指挥,听元帅调动,如今大元帅已死,我们正应当听副元帅的了。"当下裴仁基见众将无甚变动,把心放宽了,向众将表示:"先把张大宾与两个美女的死尸成殓起来,把灵停在军中,写道折本据实奏禀当今万岁,我们父子应得何罪须候圣旨到来。在皇上旨意未到之先,你们暂时听我的指挥调动。"裴仁基把话说完,众将并无异言,一致赞成。裴仁基这才命众将退出帐去,各归汛地。

众将散去,裴仁基父子到了后帐,命人赶制棺椁,把三个死尸成殓起来,找个地方安置好了。裴仁基说:"孩儿呀,你惹的这祸实在不小,论罪应当灭门九族,这事应当怎么办呢?"裴元庆说:"要依爹爹,应当如何呢?"裴仁基想了想道:"要依我想,你赶紧攻打瓦岗山,如能将瓦岗山打破了,立下大大的功劳,或可从轻论罪。"裴元庆说:"孩儿明天豁出这条命不要了,亦得把瓦岗山打破,如若打不破瓦岗山,誓不回营。"裴仁基说:"既然如此,你速回东面大营,免得兵将们闻风生乱。"裴元庆遵他父亲之命,乘马出营,绕奔瓦岗山东面进了隋营,到了营内见兵将安然无事,把心放下。他到了帐内,传出令去,说他们父子奉皇上的密旨将张大宾就地正法,晓谕三军安心供职,好生当差。

隔了一夜,翌日辰时,全军人马饱餐战饭。到了巳时,裴元庆自统五千大兵,命大将孙伯虎带兵三千为左路接应,命大将马如龙带兵三千为右路接应,江得海带兵三千为中路接应,其余的兵将看守大营。他吩咐完毕,全身披挂,跨马持锤,率领五千精兵,放炮出营,杀奔岗山去了。马如龙、孙伯虎、江得海三员大将各带大兵三千,在后相随,放炮出营,这三路人马在后面相机策应。却说裴元庆五千大兵到了岗山,将把阵势列开,就见从岗山内冲出来二百马军,到了山外雁翅排开,当中闪出一将。裴元庆与他打过仗对过敌,认识于他,是齐彪齐国远。裴元庆心中暗道:这是我手下的败将,他亦敢前来对敌?阅者诸君,这齐彪的武艺要是与裴元庆动手,战不了三合就得败走,不然定有性命之忧。那么齐彪为什么与裴元庆前来对敌哪?

书中暗表,这里头另有缘故。只皆因瓦岗山内众英雄俱被裴元庆杀败,无人能敌了,有一天大帅秦琼、军师徐茂公商议军务之事,徐茂公说:"岗山内还有能胜裴元庆的战将,不过得悬出重赏来才能有人奋勇当先呢。常言道：'重赏之下，必有勇夫。'"秦琼认为有理，二人随即升坐大堂。秦琼向众将说："列位将军，我军有五虎上将为五路先锋，前后左右各有领军的主将，惟缺少一名都领军，这都领军的官职在四领军之上，先锋官之下，非常重要。如今本帅要拔选一人为都领军，但是本帅主持军务，一秉大公，处正无私，若本帅指派一人，便欠公允。这么办，如今隋将裴元庆骁勇善战，哪位将军若能战败裴元庆，便为都领军。你们度德量力，谁人能成，可在本帅面前先告奋勇，然后出战。哪位将军有此勇力，能战裴元庆呢？"当下众将听说得战败了裴元庆方才能得都领军之职，个个面面相觑，谁亦不愿自找烦恼。秦叔宝问了三次，无人答言。忽见齐国远上前说道："元帅，俺齐彪愿与裴元庆决战。"两边站立的众将无不暗笑：他的武艺最为稀松，还要讨令，真是自寻其死。当下秦叔宝问道："齐国远，你能胜得了裴元庆吗？"齐彪说："能成，绝然败不了。"秦琼不愿意叫他去战裴元庆，惟恐他把性命丧在元庆之手。秦琼有意不叫他冒险，说道："齐国远，你若胜了裴元庆，这个都领军便是归你的；可是你要打了败仗，还有重罪。"齐国远说："元帅，我若打了败仗，情愿将人头不要。"叔宝原是好意要阻拦于他，偏是他不知好歹，愿以人头打赌，秦琼大怒，说："军无戏言！"齐国远说："愿立军令状。"叔宝更是有气，就命他写了军令状。齐国远净等着裴元庆出战，瓦岗山内众英雄全都替齐彪担惊，惟有他自己本人，既不悬心，又不吊胆，他没事在屋内用藤条儿编了两个大锤，锤外边用油灰抹好了，如同铁锤一样，往锤内装生石灰末子，整整装满啦；又把锤把儿使用两个竹筒子，竹筒子里头装了两筒子稀屎汤子。他做了这么一对锤，给锤起了个名儿，叫做瘟瘟锤。

亦是该他露脸，这天裴元庆来至东山口外，齐国远就率领二百马军出战，裴元庆认识他，是自己手下的败将，焉能不轻视于他。二人马到一处，裴元庆说："齐彪，你是俺手下败将，又来出战，岂不是前来送死？"齐彪把眼一瞪，喝道："胡说！爷乃岗山有名大将，焉能败在你的锤下，你认错了人了！吾与齐彪长得一样，我是东海广成子的门徒，奉吾师之命特来收你。你是东海的大鼋，前来搅乱魔国的天下，我把你带回东海，叫你受罪，罚你去驮石碑。"裴元庆大怒。齐国远催马举锤便打，裴元庆用双锤往上一磕，"噗哧"一声，银锤将齐彪的锤磕破了，生石灰末子往外一洒，可了不得了！齐彪人高马大，又举锤由上往下打，裴元庆人矮马不大，仰面磕锤，这生石灰末子正洒在裴元庆的面门上，裴元庆吓得不敢闭眼。两军阵前动手之际，要闭眼那不是把命交给人家吗？他不敢闭眼可更糟了，生石灰末子正把二目迷了，裴元庆难受得不得了，拨马就走。齐彪把双锤用力一甩，锤脑袋掉了，他用竹筒把儿冲着裴元庆身上愣甩，甩得裴元庆连人带马全都是屎，这股子味儿呀实是难闻，把裴元庆几乎气死。他紧闭两目往回跑着，嘴里又嚷厉害，又骂齐国远，他闭着眼乱闯，隋军不战自乱。齐国远命二百马军追杀一阵，得胜回归。

第三十九回 冒名顶替谢科作戏 水到渠成魔王娶亲

到了岗山之内，二百马军各归汛地，齐彪到帅府门前下马，往里够奔，见秦琼、徐茂公在大堂正然办公。他上了大堂，向秦琼施礼，口称："参见元帅。"秦琼问道："胜败如何？"齐国远说："末将已然把裴元庆杀得大败而逃。"其实叔宝早就得着报告了，故意地问他，又问道："你前番敌他不过，这一次怎倒把他杀败了呢？"齐彪说："前次兵器不好，这一次全仗兵器得的胜仗。"秦叔宝问道："你有什么很好的兵器，呈上来本帅观瞧。"齐彪说："元帅不要看了，那兵器使这一回它就坏了。"秦琼说："使用一回就坏，那不是好兵器，你许谎报军情吧？"挤对得齐彪无法，只好把石灰灌屎汤，自造瘟瘟锤，将裴元庆二目迷坏的事儿说与元帅，惹得两旁将士郎郎无不大笑。秦叔宝将军令状撤销，把都领军给了齐国远，然后退堂。大家又给齐彪道喜，又向他要笑不止。岗山内的人物，因为打败了裴元庆，全都高了兴啦！

那裴元庆受了此害往回一败，各路接应亦都收兵回营吧。他到了营内，疼得二目难忍，气得他哇呀怪叫，用净水洗了两次不过微须好点儿，两只眼泡亦都揉肿了，仍然是难受；身上是稀屎汤子，熏得他好不难过，命人伺候着更换衣服。众将纷纷慰问，裴元庆命众将小心守营，防备敌人袭取大营，又派人去禀报他爹，等到眼睛好了再行出战。裴元庆起誓发愿：如若把眼养好了，非得踏平了瓦岗方才算完哪！

不表裴元庆养眼，却说裴仁基得报他儿子被人将眼迷坏了，吃惊非小,心中暗想:裴元庆的眼睛好了,亦得些日子,怕是有人走漏消息,叫朝中知道张大宾被裴元庆活劈了,居家老少有性命之忧。裴仁基思前想后,想出个主意,要写封亲笔书信,派人将家眷先接来,然后想个万全之法。主意拿准了,命人拿过文房四宝,写了一封书信,将书信写完,命人将亲军小校焦洪唤来。焦洪来至帐内施礼完毕,裴仁基说:"焦洪,本帅派你到趟长安办理一宗紧要的事情,你要能把事情办好,回来之时必有重赏。"焦洪说:"元帅差派我所办何事呢?"裴仁基将自己接取家眷之意向焦洪言明,焦洪说:"此事我能办理。"裴仁基将书信交付于他,除领路费千两以外,又赏给白银五十两。焦洪谢过赏银,辞别了元帅,在夜间就带了个随从骑马出营门,往西够奔长安。走至五鼓以后,天色微明,忽见西边有十数个农人在大道旁边歇着,焦洪并不介意。刚催马来至农人面前,却被绊马索将他二人绊倒,连人带马全都趴下,竟被这伙人擒住,上了绑绳,将书信搜去,连人带马押进了瓦岗山。

书中暗表,这伙人是徐茂公所派的。原来裴元庆将张大宾劈了,被瓦岗山的侯君集探知,他有一身高来高去的功夫,每日夜间便到敌人的大营暗探军情。他探知张大宾已死,报与元帅、军师。秦琼与徐茂功商议,要乘机用兵将隋兵一网打尽,徐茂公说:"我有一计,可保裴仁基父子一并归降瓦岗山。"秦叔宝问道:"计将安出?"徐茂公说:"敌人的元帅既被裴家父子所杀,那裴仁基必是严守秘密,派人接取家眷,免被朝中所缉。我们乘在此时劫夺他的书信,用他的书信将他家眷诓入岗山,不怕他父子不来归降。"秦叔宝道:"好计!事不宜迟,急速办理。"徐茂公把王君可、王伯当、谢映登三个人唤至面前,命他三个人各带十个兵丁,改扮农人模样,分往隋营西、南、北三面。如遇隋营旗牌小校们,将他们拿住,若是搜不出书信来,就将他们杀了掩藏死尸算完;如若搜出裴仁基的书信,连人带信一并拿上山来。故此焦洪被谢映登用绊马索拿获,连人带信押进岗山,到了金镛城内押进帅府。

秦琼、徐茂公得报,不便升堂,在花厅之中落了座,命人将焦洪推至花厅,焦洪跪下。秦琼将书信要过来,叫徐茂公观瞧。徐茂公启封一看,果是裴仁基接取家眷的书信,喜悦非常,向焦洪问道:"你叫什么名字呢?"焦洪说:"我既被你们拿住,杀剐存留任凭尔等,何必向我追问姓名。"徐茂公说:"你这人好糊涂!你以为我问了你的姓名,将你杀了吗?"焦洪问道:"不杀何为?"徐茂公说:"你还不知道,你们裴元帅已然暗着降了我们瓦岗山。"焦洪听着,似乎不大相信。徐茂公说:"你们先锋要不事先与我们约会好了,他是大隋朝的先锋,焉能把元帅张大宾给活劈了呢?"焦洪暗想:对呀,我还糊涂哪,这一定是裴仁基父子暗降岗山了。焦洪向徐茂公问道:"我们元帅既降了你们,全是一家人,你们为何拿我呢?"徐茂公说:"我派人拿你,是要看看这封书信。裴仁基向我们说明了,等到他把家眷接来再降岗山,我不相信,惟恐其中有诈。现在拿住你,本军师看了他的书信,果然是派人接取家眷,这便证明裴家父子是真心归降我大魔国了。可是你到长安接取家眷,甚是危险。"焦洪问道:"怎么会有危险呢?"徐茂公说:"你想想,裴元庆将张大宾劈了,准不会走漏消息吗? 如若走漏消息,叫朝中知道了,一定是先拿裴仁基的满门家眷,后拿裴仁基,你到了长安,碰巧就许赶上连你一并拿去,是不是有危险呢?"焦洪道:"正是。"徐茂公说:"不如你在岗山内不要前往,我另派一人替你前往,到了长安,有了危险,与你无干;没有危险,替你把家眷接来。你看好不好呢?"焦洪自思:我身在岗山,由得人家由不得我,反正裴家父子把家眷接来亦是归降瓦岗山,我又何必冒险前往呢? 遂向徐茂公说道:"若派别人替我前往,我是求之不得的。"徐茂公吩咐给他绑绳解开,然后问道:"我要派人替你去接家眷,接的都是谁呢?"焦洪说:"接的有那大公子裴元龙、二公子裴元虎、小姐裴翠云和上官老夫人，其余不过是男女仆人。"徐茂公问道："你叫什么名字哪？"焦洪说："我叫焦洪，是裴元帅的亲军小校。"徐茂公问道："你跟着裴仁基当差当了多少年？"焦洪说："我是裴元帅的外甥焦志方的家人，因为裴元帅爱惜于我，把我派在裴府伺候我们主人了。自从到了山马关，不到半年我就当上亲军小校，如今算起来，伺候我们大人亦有四五年了。"徐茂公说："你就在这里等着吧，他们如若把你的主人家眷接来，我再叫你出瓦岗山。"焦洪说："是。"徐茂公吩咐把他安置个住处，不准手下慢待于他。焦洪有人带出帅府安置，暂且不提。

却说徐茂公把焦洪的真名实姓与裴仁基家中都有什么人，从焦洪口中诓哄出来，见焦洪走后，与秦叔宝相视而笑。徐茂公向谢映登问道："焦洪说的话你可都听见了么？"谢映登说："全听明白了。"徐茂公说："拿着裴仁基的书信，可以到长安城赚取裴仁基的家眷了吧？"谢映登说："成了，焦洪所说的这些言语我全记住了，到了长安城绝不能误事。"徐茂公说："既然如此，事不宜迟，急速前往。"于是谢映登领了路费，带着一个从人，离了瓦岗山，假冒焦洪，赚取裴仁基的家眷。

谢映登在路上无书，八个字的路程段，晓行夜宿，饥餐渴饮，非止一日。这天到了长安城，谢映登向人打听明白裴仁基的帅府在于何处，找到裴府。谢映登命亲随在门前看着马匹，自己取出书信，到了门房。门公问道："你找谁呀？"谢映登说："我叫焦庆，奉了元帅之命前来下书。"门公说："你把书信交于俺，好去给你回禀呀！"谢映登说："不成，我来送信，元帅有话，叫我将书信当面交于大公子、二公子。"门公说："你在这里候候，我去给你回禀。"谢映登在门房等了一会儿，门公就出来了，向他道："二位公子叫你到书房呢。"谢映登跟着门公从门房出来，穿宅过院，到了书房之内，见坐着两个人，一个有二十四五岁，长得方面大耳,相貌清秀;一个有二十岁里外的样子,长得身体瘦小。这俩人都是公子打扮,好像亲哥儿俩。谢映登猜着这俩人一定是裴元龙、裴元虎。当下门公用手指着说:"你不要见二位公子吗,这就是。"谢映登赶紧施礼,说:"焦庆拜见二位公子。"裴家弟兄问道:"元帅打发你来送信哪?"谢映登说:"正是。"裴家哥儿俩说:"你把书信交给我们吧。"谢映登将书信交给裴元龙,这大公子看信的工夫,门公走了出去。二公子问道:"爹爹来的书信,是平安家信,还是有事呢?"大公子说:"有事。"元虎问道:"有什么事呀?"大公子说:"等等。"向谢映登问道:"你叫什么名字?"谢映登说:"我叫焦庆。"大公子问道:"这书信上写着是焦洪前来下书,这焦洪哪里去了?"谢映登说:"元帅命他送信,他带了我来。走在中途路上,他得病了,他听元帅吩咐说这封信很是紧要,不准耽搁,故此他怕耽误事,才派我来送信。如今他在店里正然养病哪。"大公子又问道:"焦洪怎么单带你来呢?"谢映登说:"公子有所不知,那焦洪是我本家兄弟,我因为在家中无事,听说元帅带兵去打瓦岗山,我去找他,叫他给我弄份差事当当,他托中军给我在元帅的亲兵营内补了个什长,如今带我前来送信,亦是叫我多得几个赏钱。"二公子听他盘问谢映登,不大耐烦,说:"爹爹的书信有什么事呢?"大公子说:"你先别问,叫他在书房等着,咱们到上房去,先叫妹妹瞧瞧这封信吧。"于是弟兄二人走出了书房,谢映登在书房等候,暂且不表。

且说元龙、元虎弟兄到了上房,上官夫人与小姐裴翠云娘儿俩亦听见裴仁基来了书信,正要命丫环去取书信,望见元龙弟兄走进屋来,元龙手里拿着书信哪。夫人问道:"你父亲来了信吗?"元龙道:"正是。"夫人问道:"书内可有事吗?"元龙说:"有紧要的大事来和娘亲商议。"夫人问道:"有什么紧要的大事呢?"元龙说:"我爹爹同着张大宾出兵,去打瓦岗寨,他们将帅不和,张大宾向我父亲、兄弟苦苦地作对,怒恼我三弟元庆,将张大宾活劈啦！我父亲惟恐怕叫长安城众文武知道，派人送信来接取家眷。有这样大的事情，娘你说可怎么办呢？"夫人听说三公子裴元庆将张大宾给活劈啦，已然吃惊非小；后又听说接家眷，一时心中无主。姑娘裴翠云说："哥哥，将书信交给我，我先瞧瞧。"裴元龙将书信递给他妹妹。姑娘接过书信来，先不看书信内写的是什么话语，她先看看是不是裴仁基的手笔，看了看却是不假，实是他爹的笔法，她才看书信的言语。夫人问道："姑娘，应当怎么办呢？"姑娘思忖了会儿，向他娘说："娘啊，据女儿所看书信不假，实是我爹写的。事已至此，无法办了，我爹爹才派人来接咱们娘儿几个，我想这长安城是待不得了，咱们赶紧就得起身，若是一步走晚，就许有全家被拿之忧。"上官夫人吓得惊恐不定，问道："姑娘，咱们要走，这些东西可怎么办哪？"姑娘说："此时我们哪还顾得许多东西，只要把细软金银收拾收拾，带着丫环，乘轿逃走，府里男女仆人一概不带，别叫他们知道，撒个谎托词上坟，只要出了城，什么亦不怕了。到了大营，咱们居家骨肉团圆，再商议万全之法。"夫人叹息一声道："我们的家运怎么这么不好，看起来这个做官的事儿还不如种庄稼，到如今弄得家不像家，够多么糟啊！"姑娘说："且莫论这些个事，赶紧收拾走吧。"夫人无法，只可如此。姑娘说："我们收拾东西，二位哥哥还不叫他们预备小轿哪？"元龙、元虎是个念书的，没事儿咬文嚼字，"诗云子曰"成啦，遇见这样大事，可就迷了头啦！这娘儿几个亏了有裴翠云，要不真许抓瞎。

当下元龙、元虎听他妹妹所说的话有理，赶紧到了前院，向家人吩咐道："你们快去雇两乘二人小轿去，夫人要到城外上坟。"家人说："公子爷，咱们本府不是有两乘轿吗？"裴元龙说："本府的两乘轿子是夫人、小姐坐的，雇两乘二人小轿，是叫丫环坐的，你们还得给我二人将马急速鞴好，我们居家老幼全都去的。"家人等不敢违背，雇轿子的，鞴马的，纷纷忙毕，上官老夫人、小姐裴翠云各带金银珠宝细软等项,府内同着丫环,一齐上轿。轿子到了府门外,元龙、元虎这才上马,元龙在前,元虎在后,谢映登亦乘马相随,离了府门,一齐扑奔东门。走出东门,离了长安城,往潼关逃奔,两日工夫就逃出潼关。上官夫人惟恐被人追回,赶站而走,整整十天,就到了滑县,离着裴仁基大营不到一站。

天色黄昏的时刻,裴仁基的家眷正往前走,忽见对面来了一支人马,约有五百之众,在头里雁翅排开。马上一员战将,银甲白袍,长得中等身材,很透着精神,约有三十多岁。他见了裴仁基的家眷来至,甩镫离鞍下了坐骑,躬身施礼,口称:"末将王永奉了元帅之命来此迎接夫人、公子。"当下四乘轿子站住不走了,大公子元龙勒马问道:"大营离此多远?"王永回答:"不到三十里。"大公子说:"既是不远,我们就赶奔大营吧。"王永说声"遵命",他往旁一闪,等到轿子走过去,这五百儿郎拥护着家眷往东北下来了。直走到满天星斗都出全了,大公子向兵丁问道:"大营离此尚有多远?"兵丁说:"由前边这座山内穿过去,不到二里便是大营。"元龙这才放心。当下五百兵丁保护着家眷走进了大山,到了山内,元龙瞧见各处都是兵将,眼前还有一座城池,心中生疑,将要问焦庆这是什么地方,话还没说哪,后边一拥而入。

元龙大惊,到了城内将马勒住,问道:"焦庆呢?"谢映登过来问道:"大公子有什么事呀?"裴元龙说:"我问你,这是什么地方?"谢映登说:"这是瓦岗山,这座城叫金墉城。"裴元龙不听便罢,一听这是瓦岗山,只唬得浑身栗抖,体似筛糠,面无人色。裴元虎亦跑过来问他哥哥,弟兄都是文弱的书生,除了害怕之外,别无办法。谢映登劝道:"二位公子,你们不要害怕,如今已然逃出了龙潭虎穴,到了安全之地了。"二位公子问道:"这是怎么理由,你们快说!"谢映登说:"裴元帅降了瓦岗山,你们知道吗?"裴家弟兄惊问道:"怎么我爹爹会归降了大魔国吗?"谢映登说:"告诉你们吧,我不是焦洪的族兄焦庆,俺的真名实姓叫谢映登,我乃大魔国的五虎上将,奉我们秦元帅之令,到长安城接你们的。"裴家弟兄还是猜疑不定。谢映登又说:"你们不可猜疑,裴元帅要不降瓦岗山,他们爷儿俩还不把张大宾治死呢,怕接不来家眷为难,我们瓦岗山的人才替他接取家眷。你们要不离开长安城,裴元帅降了岗山劈了元帅,只要走漏了消息,你们居家老少都有性命之忧。如今已然离了险地,到了岗山,还害什么怕呀?"裴元虎说:"如果我爹归降了你们,得容我们父子见上一面,方才可信呢。"谢映登说:"二位公子真是糊涂,裴元帅若不归降,他的书信怎么交给我们哪?你们放心吧。裴元帅说了,如把你们娘儿四个接了来,他才率兵进岗山哪。"当下谢映登百般地解说,这哥儿俩才有些信意。

他们正然说话,忽听上官老夫人在轿内呼唤元龙、元虎。这哥儿俩赶紧来至轿前,夫人问他弟兄这是怎么回事,弟兄们把话禀明,夫人大惊。王伯当到了轿前,说:"夫人,我们元帅已然将住处都预备好了,请你们暂时歇息会儿,有什么话再作商量。"裴家母子们到了这时候,如上贼船一般,无论如何,亦得由人家摆弄,当下有王伯当、谢映登将他母子们送至帅府的西跨院安排好,有人伺候他们娘儿几个净面掸尘,沐浴更衣。诸事完毕,有秦琼的母亲、昌平王邱瑞的夫人,老姐儿俩带着婆妇前来照料。二位宁老夫人百般安慰,裴府娘儿四个自然放了心啦。

可娘儿几个到了瓦岗山,一连三天并无动静,又猜疑起来,摸不清头脑,心里犯嘀咕啊。这天,二位宁老夫人又来看望他们,上官夫人问:"裴仁基父子为何还不进瓦岗山?"秦母说:"他们父子归降瓦岗山,事情尚未泄漏,此时向长安城催发粮饷,等到粮饷骗至军中,他们父子就率兵进山了。"上官夫人点头称是,姑娘裴翠云说:"伯母,我们娘儿几个都想念我爹爹,要叫我大哥、二哥到趟隋营看望我爹一趟,不知道能否允许?"秦母假意说道:"这有何难。今天夜间元帅查山回府之时,我把这事告诉于他,叫他给二位公子一支令箭,便可出山去到隋营看望裴元帅。"姑娘说:"这事情我们娘儿几个就托付伯母啦。"宁老夫人姐儿俩说了会儿闲话,告辞回到了屋中,派人将徐茂公、魏徵、秦琼等找来商议此事。老太太叫他们早想主意收降裴仁基,倘若耽搁的日子多了,那裴家娘儿四个寻了短见,不惟不能收服裴仁基,反倒与裴家结了冤仇。徐茂公说道:"这事好办,我们可以写封假信,托词裴仁基有话,叫他女儿裴翠云与大德天子程咬金结为夫妇,早日完婚。不管他们从与不从,就这样子办理。"他们山内商议叫大魔国的混世魔王纳裴翠云为妃,裴仁基、裴元庆万亦不能知道。

这裴元庆在东面大营已然把眼养好了,他要找齐国远报此仇恨,率领五千隋兵,鼓炮齐鸣,杀奔岗山。到了瓦岗山,他把人马列开了队伍,耀武扬威山前叫战。那山上的兵将只把灰瓶、石子、滚木等项预备在手底下,准备守山,任你山前喊叫,他们理亦不理。裴元庆气得暴跳如雷,哇呀怪叫,干着急没办法,在山前叫骂,直骂得口干舌燥,天色黄昏,方才回营。到了营内,亦就将用完了晚饭,探马禀报:"瓦岗山内鼓炮齐鸣,响声不止,人声呐喊。"裴元庆不知敌人的用意,赶紧将盔甲披挂好,带着五百马军出了大营,飞奔岗山,就听那山内人声嘈杂,鼓号齐鸣。他摸不清是怎么回事,带着五百马军围着瓦岗山往来,直转了足有好几个时辰亦不敢回去。外边裴元庆往来梭巡,那里边是程咬金与他姐姐裴翠云拜天地,入洞房。直到了三更多天,瓦岗山内人声止住了,裴元庆才收兵归营。

第四十回　秦元帅收服裴元庆
　　　　　　　杨王爷礼请定彦平

　　次日早晨,裴元庆带着十数名亲随要到他父亲营内去看他爹去。原来裴仁基因为他儿子被齐国远把眼睛迷坏了,急了一场病来,裴元庆眼睛不好,不敢出来;如今眼睛好了,他要看看他爹的病体如何。来到了裴仁基的营中,将至辕门,忽听背后有人呼唤于他,回头一望,见是他俩哥哥元龙、元虎乘马而至,弟兄下马彼此施礼。元龙、元虎问他道:"爹爹现在哪里?"裴元庆说:"现在营中,随我来,咱们去见他老人家吧。"弟兄三人进了辕门,穿过中军宝帐,到了后帐,三人见裴仁基躺在软榻之上,形容憔悴。父子之情,三人很是难受,上前跪倒施礼。裴仁基见了元龙、元虎问道:"你们娘儿四个都来了吗?"元龙说:"都来了。"裴仁基问道:"你母亲跟你妹妹现在哪里?"元龙说:"现在瓦岗山内。"裴仁基大惊,忙问道:"你们怎会到了岗山哪?"元龙把始末根由一说,裴仁基听说家眷被人赚入岗山,已然就受不了了,又听姑娘翠云已经与程咬金成为夫妇,几乎要气死,连道:"好厉害的混世魔王,我要跟你们有完,算我是无能之辈!"裴元庆蹦起多高来,怪叫如雷,恨不能一步踏进岗山,将岗山内的众英雄杀他个一干二净,方解心头之恨。裴仁基问元龙道:"你们干什么来的?"元龙说:"我们奉了魔王之命,前来叫爹爹早降岗山。"裴仁基说:"孩儿呀,可惜你二人这些年书怎么念来的,连这步棋都没看破吗? 要你们有什么用处?"问得这俩人闭口无言。

　　这爷儿几个正闹得不得了哪,伺候元帅的亲随给裴仁基端进一锅粥来,裴元庆气恼之下,抄起锅来照着元龙脑袋上就扣,正扣脑袋上,烫得元龙一甩脑袋,"啪嚓"一声,锅亦碎了,烫得两只手直捂脑袋,元虎站起来就跑。裴仁基喝住裴元庆:"不准无礼!"元龙、元虎向裴仁基苦苦地哀告,裴仁基到如今是骨肉情义所难,长叹一声道:"事已至此,叫我又怎么样呢? 元庆,你我父子一同归降瓦岗山吧。"裴元庆说:"爹爹,你我父子乃大隋朝的名将,焉能归降匪人哪?"裴仁基说:"你我父子若不归降敌人,张大宾的事情被朝中知道,那皇上若是派将讨伐,如何是好? 再者说,你娘与你姐姐俱在山中,咱们若不归降,他母女二人能够离得了火坑吗?"裴元庆被他爹问得闭口无言。裴仁基吩咐:"擂鼓升帐,聚将议事。"

"咕咚咚"聚将鼓一响,大营内一干诸战将与刀斧手、绑缚手、中军官、旗牌官齐集帐中,裴仁基父子到了,将士儿郎施礼完毕。裴仁基说:"列位将军,本帅今日升帐,有桩要紧事和你们商量。我裴仁基父子自从率兵出征,来至岗山,与敌兵屡战皆胜,不想张大宾和我父子苦苦作对,这军中的事就坏在他一人身上。其实朝中亦是如此,奸臣当道,霸住朝纲,就是你我能有忠君报国之心,亦被奸臣所挤,叫你灰心丧志。如今我裴仁基不愿意做隋朝的官了,愿意归降瓦岗山,你们瞧我行得这事不对哪,我父子倾意叫你们绑上,拿我父子献功;你们想着我父子应当如此哪,就跟我同进岗山,归降敌人。你们大家看怎么样哪?"将士儿郎齐声说:"我等愿跟元帅归降敌人。"裴仁基见人心已去,无可挽回,亦决心降敌,遂向三军言道:"你等既愿跟随本帅归降,你们去预备吧,拔营起寨,随我进瓦岗山。"将士儿郎遵命,往外就走。裴仁基又吩咐元龙、元虎道:"你二人先回岗山向魔王禀明了,我今日就率众归降。"元龙、元虎往外够奔,要往前帐上马,忽见裴元庆从帐内飞跟出来,吓得元龙、元虎站住了,不敢动转。裴仁基喝问道:"裴元庆,你要怎么样?"元庆止住脚步道:"爹爹,你们都降瓦岗山,我是不降的。"裴仁基问道:"你怎么不降呢?"元庆说:"那瓦岗山内大魔国的兵将都是我手下败将,降了他们,归他们管辖,我心不甘。若要我归降,倒亦不难,叫他们岗山的武将出来,如有一人胜我,我便归降。"裴仁基大怒,喝道:"小畜生,你敢如此顽强!"吩咐士兵:"将他拿住!"裴元庆见势不妙,上马往营外跑去。裴仁基无法,只好由他。

于是元龙、元虎弟兄奉了裴仁基之命,先回岗山,到了岗山之内,见了大德天子,将他爹当日归降的事情禀明了,程咬金心中大悦,立刻派大丞相魏徵、军师徐茂公、逍遥王邱瑞、元帅秦叔宝等准备迎接裴家父子。那裴仁基在营中督催着将士儿郎,拔营起寨,刀矛器皿、锣鼓帐篷、粮草等项,拴扎车辆。大军在前,军粮器皿等项在后,由裴仁基督催着,往瓦岗山而进。大队人马来至雁翅岭西,远望山前列着五千大队,当中挑着大魔国的帅纛旗,秦叔宝、魏徵、徐茂公、邱瑞等山前迎候。裴仁基率领一干诸战将,约有百数余骑,来至叔宝军前。大魔国的逍遥王邱瑞原是隋臣,与裴仁基系旧日的同僚,都认识呀,邱瑞见裴仁基来至,用手指着裴仁基道:"裴元帅来也。"众人见裴仁基长得中等身材,约有六十往外,五官端正,气度不俗,很有英勇的气概。裴仁基来至叔宝马前,下了坐骑,要与秦叔宝跪倒行礼,小孟尝焉能受礼,下马拦住。邱瑞给魏徵、徐茂公都一一指引完了,然后说了些个彼此敬慕的客气话,才一同上马,走进了瓦岗山。有王君可、单雄信、王伯当、谢映登、尤俊达五路先锋照料着隋兵进山,自有安排屯扎之处,勿用细表。

且说裴仁基随着叔宝等来至魔王府前,一齐下马,到了府内,大德天子升殿,裴仁基跪倒叩拜,说明了感恩来降之意。程咬金道:"国丈来降,我国得了隋兵粮饷,功高劳苦,封为自在王。"裴仁基叩头谢恩,又向魔王说道:"臣裴仁基感恩来降,臣之子裴元庆尚在岗山东面,他率领的隋兵尚有数万之众,他说若要他归降，必须有人胜得了他，他才肯归降呢。"话将说完，忽报裴元庆在东山口外要战，大魔国的众英雄个个面面相觑，无人敢出去战他。秦叔宝大怒，吩咐点兵三千，东山口外会会裴元庆。程咬金问道："元帅出兵，叫谁战那裴元庆呢？"秦叔宝说："本帅出马前去战他。"程咬金说："元帅你可要多加小心，免得兵败自辱。"秦叔宝说："我若不把裴元庆生擒活捉，誓不归山。"说罢，往外就走。外边人马已然齐毕，秦叔宝拢丝缰，认镫扳鞍上马，把金装铜往怀中一抱，率领三千兵将，飞奔东山口外。到了东山口外，三千大队一字排开，秦叔宝在当中勒马停蹄一望，见裴元庆带着五千儿郎，耀武扬威叫战。秦叔宝尚未出马，程咬金与众文武不大放心，全都赶至东山登山观望。

　　秦叔宝吩咐压阵官压住阵势，把双铜往左右一分，催坐骑直奔裴元庆，向他问道："裴元庆，你父兄俱皆归降，你不惟不降，还敢前来讨战，是何道理？"裴元庆把双锤往怀中一抱，说："秦元帅，非是我裴元庆不从父兄之命，要与岗山内众将为仇作对，只是我归降瓦岗山，一不是被获遭擒，二不是被你们杀败了，凭你们的诡计将我们的家眷诓进岗山，逼得我父兄无法，归降于你，他们能服，我偏不服。你们如有一人能胜了我手中双锤，我裴元庆便归降瓦岗山，亦不用给我多大的差使，就是牵马坠镫，铡草喂马，我亦倾心愿意。如若无人胜我，我便率兵他往，另有别图了。"秦叔宝问道："本帅若胜了你呢？"裴元庆说："下马跪倒，投降于你。"秦叔宝说："君子一言。"裴元庆说："快马一鞭。"秦叔宝说："大丈夫一言如白染皂。"裴元庆说："你如胜得了我，我绝不反悔；如有反悔，非为人也。"秦琼说："既然如此，撒马过来。"两个人锤铜并举，杀在一处。大德天子与逍遥王邱瑞、自在王裴仁基说道："秦元帅如若战功不立，你二人可去把他劝回。"邱瑞、裴仁基点头道："主公所言甚是。"两军队内擂动战鼓，呐喊声音助威。二人杀了三合，未见输赢。裴元庆见秦叔宝的双铜使出来的招数与众不同,甚为佩服他的武艺。到了四合,秦叔宝拨马便走。裴元庆怕他走进岗山,弄得没有结果,他想着把秦叔宝拿住了,一进瓦岗山他好压倒群雄,催马就追。

裴元庆人急马快,追上秦叔宝,离着黄骠马相差不远,举锤便打。秦叔宝双足扣镫,把马勒住,右脚甩镫,左手把金装铜撒了手。因为铜把上有透眼,透眼穿着绒绳的挽手,秦叔宝虽把左手撒开,还有挽手套在腕子上,那铜垂下去耷拉着,可没掉了。秦叔宝使了个"落马分铜式",裴元庆这锤可就打空了。秦琼右手铜回手一扬,打奔裴元庆的面门。裴元庆见叔宝的铜打来,当时大惊,因为铜在锤上,没法破的,只有个死里逃生之法,必须自己在这急骤之间从马上往下一摔,摔在地上,可死不了人。要不然这铜打在面门上,脑袋非得碎了不可。说时迟,真事快,裴元庆双足甩镫,"噗咚"一声,从马上摔在地下。秦叔宝使的这手功夫,叫做撒手铜,是他秦家的拿手招儿。秦叔宝在北平府与罗成在花园,表兄弟传枪授铜的时候,一套铜法都教给罗成了,只有这手功夫没教,如今秦叔宝用这招撒手铜,把裴元庆治下马去。裴元庆摔下马来,还想爬起来逃走,那秦琼焉能叫他逃了啊,把马一勒站住了,左脚一甩镫,脚踏实地,按住了裴元庆,兵丁扑过来帮着就捆。拿住了他,秦叔宝立刻收兵入山。

到了东山之内,程咬金与邱瑞、裴仁基、徐茂公、魏徵等迎见了,叔宝叫大家瞧见了亦就算完,小孟尝下马亲自给裴元庆解了绑绳,好言安慰,裴元庆至此亦明白了,任你武艺多高,亦有比你强的。这正是:强中自有强中手,能人背后有能人。瓦岗山内能人太多,从此他不敢藐视天下人了。裴仁基命裴元庆拜过了大德天子,又拜见魏徵、徐茂公,然后大家同至金镛城内。到了魔王府内,程咬金即刻升殿,众文武两旁站立,裴元庆跪倒叩头,向程咬金说:"我裴元庆愿在贤王驾前效力当差,望求收留录用。"当下秦叔宝、徐茂公保举裴元庆为五路总印先锋,大德天子就封他为五路总印先锋，裴元庆叩头谢恩，然后又谢过秦琼、徐茂公。裴仁基把元庆叫至面前吩咐道："你如今进了岗山，你那几万儿郎尚在外面，你赶紧去把这几万兵调进来，你若去迟了，倘若有变，如何是好？"裴元庆当时说："我这就去把他们带进山来，亦就是了。"于是裴元庆向人讨了匹马，拜别众人，离了金镛城，飞奔回营。到了营中，把个人归降了岗山的事情向兵将们说明，兵将们谁也不敢违背，个个听他的指挥调动，拔营起寨，兵进岗山。自此，裴家父子完全降了大魔国。

自在王裴仁基、逍遥王邱瑞，真是逍遥自在，任什么亦不管，每日闲着无事，把治国安邦的韬略讲给程咬金，使他明白如何用人，怎么治国。真是挨金似金，挨玉似玉，鸟随鸾凤飞腾远，人伴圣贤品自高，程咬金内有裴翠云知三从晓四德的贤妃，外有明军机善佐君的贤臣，朝暮相伴，程咬金知识大开，颇有扫荡群寇、西灭隋国之志，要普救天下万民。大魔国是君臣一体，士卒一心，军威远震。隋朝的文武百官，以及各路的反王无不重视。这天大德天子程咬金正在殿上与群臣商议治理军国之事，忽见探马禀报："今有靠山王杨林，与曹州节度使孟海公、相州节度使高谈圣、金陵水军都督张称金，统带水旱两路人马数十万，攻打瓦岗山。"程咬金与群臣大惊，料着靠山王这次来打岗山，定比前番厉害。

书中暗表，前次靠山王杨林在瓦岗山被唐璧、秦琼夹打隋军，打败了他，杨林本想调动人马重理干戈，报复前仇，在那个时候，高丽国的元帅盖木盖孙带领高丽国的人马从鸭绿江出兵，乘虚而入，要占沿海登州府。边疆吃紧，杨林回归登州府，大将高谈圣帮助杨林将高丽国的人马打败了，杨林反倒得了他们无数的战船，连盖木盖孙的宝马万里烟云兽和军刃赤金盘龙棍，亦被杨林得着。杨林这一回登州府，几个月的工夫打败了高丽国，登州沿海一带算是危而复安。杨林因为高谈圣打高丽有功，上折本在隋帝驾前力保他为相州节度使。杨广准了本,就封高谈圣为相州节度使。杨林把登州府的事情办理完毕,不放心瓦岗山的众英雄,时常派人打探岗山的动静。探事人把昌平王邱瑞归降了瓦岗山的事探明,回去报告了,杨林几乎气死,有心自己来灭岗山,又怕高丽国的兵将卷土重来,不敢轻动。后来得报裴仁基父子亦归降瓦岗山,杨林可沉不住气了。从前他把瓦岗山的众英雄都当作响马看待,他觉着一群响马又能闹得了多大,谁想三打岗山俱皆失败,有邱瑞、裴仁基这两支人马被瓦岗山的人物得去,大魔国君臣如龙得水,如虎得山,势力养成了,若不及早除治,惟恐怕大隋的天下丧在他们的手内。杨林拿定了主意,要先灭岗山,后扫群寇,内乱一除,外患自无。杨林有了这样的决心,他计算筹措好了,要调金陵的水军都督张称金从南面进兵,顺黄河可到瓦岗山的南边,叫他水军挡住南路;调相州的高谈圣、曹州的孟海公,两路人马困岗山的西面、东面;自己统带登州府的人马奔北面。四路人马打岗山还不算,还把双枪将定彦平请出来,凭定彦平的双枪,能压倒瓦岗山内众响马。于是杨林走了四套公文,一套是调相州高谈圣,一套是调曹州孟海公,一套是调金陵的水军都督张称金,一套是申奏朝廷四打瓦岗山。杨林在登州府点齐了兵马十万,命太保卢方、薛亮等统带着,到瓦岗山与高谈圣、孟海公、张称金会兵。杨林本人带着数十名随从,先从登州府取道奔曹州麒麟山应天寺,去请双枪将定彦平。

杨林去请定彦平暂且不表。却谈孟海公从曹州府进兵,高谈圣从相州进兵,这两路人马路途近些,先到瓦岗山,两路人马约有十数万之众,往瓦岗山西进发。这天正赶上大德天子程咬金在殿上召集文武议事之际,瓦岗山的探马探明了,飞报大德天子。那混世魔王与众文武个个惊心,全都猜着杨林这次来打岗山,绝计不能善喽。当下军师徐茂公传令派将分守东西南北,暂取守势,俟杨林各路人马来齐了,再为决战。兵听将令草随风,徐茂公这令传下来,金城、牛盖率兵把守东山,任敬司、铁子建率水兵把守黄河岔口,樊虎、连明率兵把守西山,金甲、童环率兵把守北山口,贾润甫、柳州臣把守金镛城,大魔国里面布置得铁桶相似,兵精粮足,锐气正盛,净等杨林来了决战。却说高谈圣、孟海公两路人马在瓦岗山西扎下大营,未有杨林将令,不敢轻战,二人安下营寨之后,昼夜提防岗山人马出兵,这两下里各不相犯。直到了十一天,登州府的各家太保把兵将带到瓦岗山北面安营下寨,靠山王杨林从应天寺将双枪将定彦平亦请了来,南面金陵城的水军已至黄河。靠山王杨林把军务事安排完毕,在军中设宴给定彦平接风。

歇了三天,第四天升坐中军大帐,一干众战将与各家太保齐集帐下伺候杨林,杨林的心意要打瓦岗山。众将施礼完毕,杨林将要传令点兵派将,忽见值日旗牌官抱进几套紧急的公文来,呈在帅案之上。杨林将公文打开一看,当时大惊。阅者要问杨林看见公文为何吃惊,书中暗表,在汴梁城反了个豫州王徐延朗,这徐延朗从汴梁率兵东下,打破了开封、考城、长垣县等,势甚猖獗,有进窥曹州、相州之意。此时相州节度使高谈圣、曹州节度使孟海公都在瓦岗山下,相州、曹州空虚,倘若被徐延朗得了曹州,可就跟瓦岗寨的响马连上了。靠山王见了这告急的公文,当然是又惊又急,揣情度理,审时度势,事有缓急,先下令命孟海公回兵曹州府,高谈圣回兵相州城,另外行文调潼关守将魏文通,并副将魏文生,起兵十万,来打瓦岗山。令下之后,孟海公、高谈圣率兵回归,暂且不表。

第四十一回　瓦岗山双枪将逞强
　　　　　　　郝家庄定彦平闯祸

　　却说杨林这天与双枪将定彦平商议好,攻打瓦岗山,点齐了一万大兵,放炮出营,杀奔瓦岗山。那瓦岗山的北面牛头峰的守将见隋兵杀来,命人飞报秦元帅,秦琼亦点兵一万,率领众英雄放炮出兵。大魔国的人马冲出牛头峰,在山下把阵势列开,秦叔宝在帅纛旗下压住了大队,与众先锋战将往对面观瞧,见隋兵队内闹龙纛旗之下盔明甲亮,许多隋营战将簇拥着靠山王杨林,犹如众星捧月一般。秦叔宝与众将正然看着隋兵,忽见从隋兵队内冲出一骑马直奔疆场,马上端坐一员大将,手中擎着双枪,在阵前耀武扬威叫战。秦琼问道:"哪位将军出马?"单雄信催马摆槊,直奔阵前。到了阵前,勒住坐骑,观瞧隋将:要是跳下马来,他身高足够丈二,头如麦斗,膀大三停,肚大腰圆。头戴一顶紫缎扎巾,勒定一对紫金抹额,迎门上嵌一宝,上头有朵红绒突突乱颤。身披大叶紫金甲,挂甲钩环分为出水八怪,勒甲丝绦九股攒成,内衬一件紫绛袍。背后五杆紫缎护背旗,上绣五个大字是帅之五才,智仁信勇忠,飘带上相衬紫金铃,顺风一刮,"哗啷啷"铃铛直响,护背旗随风儿行舒就卷。胸前光华闪闪,护心宝镜。肋下佩带一口纯钢宝剑,绿鲨鱼皮鞘,紫金吞口,紫金什件,红绒绳灯笼穗儿。鱼褡尾紫金搭钩,三叠倒挂。大红缎色征裙分为左右,红绸子中衣,五彩花靴牢踏在一对紫金镫内。坐下一匹紫骅骝,鞍辔嚼环鲜明。往脸上一看,紫巍巍的面皮,两道苍眉,一对朗目,鼻准丰隆,高颧骨,大耳垂轮,四字方海口,脸上微有皱纹，额下无须。看他这年岁，大约着亦在六十往外，精神足满，甚是威风，手中擎着双枪，这两条枪的尺寸最长。按说使双枪的都是短小的尺寸，惟有他这双枪是大尺寸的。

单雄信见他相貌出众，一表非俗，料非常人，向他问道："对面隋将通上名来。"使双枪的老将道："匪人你要问俺，俺姓定，双名彦平，人称双枪将。尔是何人？"单通说："爷在大德天子驾前称臣，官拜第一路先锋之职，在秦元帅麾下调遣，姓单名通字雄信。"定彦平说："匪人，你们这群响马有何德何能敢如此逞强，今天叫你等全皆命丧双枪之下！"说着，催马直奔单雄信。单雄信举起钉钉枣阳槊，向定彦平便砸，定彦平用右手枪尖扎奔单雄信的腕子，单雄信用槊杆将枪拨开。二马错镫，定彦平双枪一举，一枪扎他右肋，一枪抽他右膀。说时迟，那时快，单雄信要滑一枪，用槊杆接一枪，换别人可就成了，定彦平是个久经大敌的老将，招数来得最快，把式都是师父所传，招数快慢全凭自己，钱多了压奴，艺高了欺敌。定彦平左手枪抽来，单雄信招架不及，在马上一拧身形，"咔嚓"一声，五杆宝蓝色的护背旗全都打碎了，吓得单通落荒而走。单雄信胯下马，掌中槊，足有几合勇战，一合未走，就败将下来。有人说："好厉害的双枪！"这句话被王君可听见了，一催胯下五梅胭脂雪，直奔定彦平，说声："敌将可知道王君可吗？"劈面就是一刀，定彦平用双枪招架。王君可这口大刀上下翻飞，与定彦平杀在一处，一刀比一刀快，一刀比一刀急，定彦平很是佩服于他。原来是使双军刃的不忙便能取胜，他一个家伙看住敌人的刀枪，一个家伙便能还招。使双家伙的虽是不急不忙，使单家伙的就不行了，王君可这个单家伙见了双家伙，非得使出来的招数快如风驰电掣，才能赢人。二人马打盘旋，杀在一处，三个回合没分胜负。两军人马擂动战鼓，呐喊声音助威。二人圈回马来再战，定彦平使了个"怪蟒出洞"，暗藏"白鹤展翅"的招数，将王君可的肩头挂甲钩环挑断了，穿破战袍,蹭破血皮,几乎丧命,往回便败,定彦平在后便追。

怒恼了五路总先锋裴元庆,双足点镫,一磕飞虎鞴,喊嚷一声:"休得无礼!"直奔定彦平,定彦平与他杀在一处。两个人全是双家伙,一老将犹如敲了牙的猛虎,去了角的苍龙;一少年人赛活虎,马似飞龙,杀在一起,马的八个蹄趵开了,翻蹄亮掌,土气飞扬。枪来枪去,招招向裴元庆进逼;裴元庆一对亮银锤,上支下封,搂打搪砸,封得很严,双枪扎不进来。可是裴元庆把平生所能施展出来,亦难取胜。二人勾心斗角,各逞其能。忽然定彦平使了个"怪蟒出洞"的招儿,裴元庆用锤要拿,使了个拿枪锁锤法,被定彦平暗藏的"内穿针"将裴元庆大腿穿伤,败下阵去。跟着王伯当、谢映登、齐彪、李豹、金城、牛盖等俱皆败在双枪之下。秦叔宝见瓦岗山的战将十数人都败在双枪之下,料着无人能敌定彦平,倘若再战,亦是多伤自己的兵将。叔宝不愿伤其兵将,吩咐一声:"收兵。""仓啷啷"一梆锣响,鸣金撤队,败回瓦岗山。隋兵得胜,并未攻山,打着得胜鼓,回归大营去了。

且说秦琼收兵之后,人马到了金镛城内,兵将们各归汛地。叔宝回至帅府,摘盔卸甲,脱去战袍,更换便服,心中不悦,想着双枪将武艺高强,岗山众将无人能敌,他又有杨林的人马,如虎在山,如龙在海,甚是难除,欲想除治此人,亦是甚难。连着三天,定彦平在岗山外与他们决战,所有大魔国的武将俱皆败在定彦平之手。定彦平再来叫战,秦叔宝命兵将小心防守,坚壁不出,隋兵攻了几次,亦没把岗山打破。却说秦叔宝到他母亲房中问安,秦母见他面有忧容,向他问道:"你这脸上愁眉不展,有什么为难事吗?"叔宝遂把双枪定彦平双枪如何厉害,无人能敌的意思向老太太说明。老太太听罢,向秦琼说道:"我当你为什么事着急哪,为了定彦平的事呀,这有何难? 要想治他,却是容易。"秦叔宝问道:"娘亲知道他的来历吗?"秦母说:"知道。"秦叔宝问道:"他这双枪是跟何人所学,何人能破呢?"秦母遂将定彦平的出身来历,跟何人学的枪法说了一遍,秦琼恍然大悟。阅者要问秦母都说的是什么,容我说明。

　　原来这双枪将定彦平是山东曹州府城内太平巷的人氏,弟兄二人,他哥哥名叫定彦方。家中有数十顷地,富甲一方。他父亲早亡,只有他母亲在堂,一家十几口人度日,倒亦快活。定彦平这人自幼好习练武,在他二十多岁的时候,他遇见了个高人,说起来亦算是奇遇。定彦平在曹州府北门外开了一座双星店,有天定彦平到店中有事,办完事了没走,他到茅房去拉屎。走在跨院里,见一人在院中正练双枪。这人长得九尺多高,头大项短,胸宽背厚,黄脸膛,浓眉大眼,鼻直口阔,两耳有轮,黑胡须,约有五十多岁。头戴一顶淡黄色的鸭尾巾,顶门上打着象鼻疙瘩,淡黄缎色短箭袖小袄,腰中系一巴掌宽五彩丝鸾带,红绸子中衣,青缎子薄底靴。这人面上形容憔悴,好像有病将好似的。定彦平好习武艺,虽想着投名师访高友,哪里去投名师,何处去访高友,总没遇见过高明把式,如今他见这人练的双枪甚是出奇,不由得他动了心啦。他曾见过练双枪的,枪的尺寸都是短的,分量亦轻;这人的双枪,分量透着沉重,尺寸亦长得多,与普通的大枪没有什么分别。行家看门道,力笨看热闹。定彦平瞧着这人枪法很高,功夫娴熟,料非平庸之辈。看了会儿,到茅房拉完屎,回至柜房,他向管账的先生问道:"咱们店内跨院住着一位客人,会练双枪,他是生人初来此地呀,还是常来往的客人呢?"先生说:"少东家你还提他呢,这位客人来了三个月啦,到咱们店里他就病了,伙计们给他煮汤熬药,请大夫,费了九牛二虎的力量才给他把病治好。如今他好了亦就有十几天,欠下咱们柜上一个多月的店饭账,还不了咱们,还得天天给他垫钱。我问他这里有亲戚朋友没有,据他说,这里连一个熟人亦没有,你说这事可怎么办呢?"定彦平问道:"他是干什么的,你知道吗?"先生说:"他是要到长城外去找他的亲戚。"定彦平说:"你去把这位客人请到柜房来,我有话和他商量。"先生点头去了。

没多大工夫,将那人请了来,先生用手指着定彦平说:"这就是我们少东家。"定彦平见他施礼,赶紧还礼。二人落了座,定彦平问道:"客官尊姓大名,仙乡何处?"这人回答道:"在下姓薛,双名文举,江南墨松山连池岛的人氏。"定彦平说:"尊公的双枪是跟何人所学呢?"薛文举说:"我这双枪是父传子授,跟我老人家所学,到了江南都知道,有个双枪将薛正,那就是我的老人家。"定彦平失声道:"原来双枪将薛正便是令尊哪,久仰久仰!我自幼爱惜棍棒刀枪,可惜未遇名师,我曾听人传说,墨松山有位高明的把式,双枪将薛正,只是我打听了数载,亦没有打听着这墨松山在哪里。如今可是遇缘,我有心拜你为师,学习双枪,望公勿却为幸。"薛文举听定彦平要拜他为师,向定彦平说:"我父亲尚在,不敢收徒。你如愿学武艺呢,我可以收你个师弟,你仍算我亲的师弟,你愿意呢,更好;如不愿意,只可作罢。"定彦平说:"既是师兄愿收我作师弟,我是求之不得,咱们就是这么办啦!"于是定彦平命店中伙计给他预备香烛纸马,纸笔墨砚文房四宝等等物件,酒席一桌。伙计们遵命,给他预备。定彦平就求店里的先生给他们写了一张字儿,摆设香案,在武圣人驾前焚香行礼。定彦平拜过师兄,薛文举受礼之后,伙计将酒筵摆齐,定彦平又求先生掌柜的给他作陪,推薛文举入席,众人敬酒。薛文举亦是欢喜已极。大家推杯换盏,开怀畅饮,直到初更以后方才撤席安歇。

自此,薛文举病虽好了,亦不能走啊,就住在店内传授定彦平的武艺,定彦平每日亦不归家,就住在店内,苦心学练。真是冬练三九,夏练三伏,二五更用功。光阴似箭,日月如梭,定彦平学了二年有余,把薛文举的双枪学会了还不算,还学会了步下的拳脚、马上的技能,无论马上步下,十八般兵器件件精通,一对枪使开了无人能敌。薛文举见定彦平把武艺练好了,有意往北国投亲,便向定彦平告辞要走。定彦平一家老少感激他把武艺实心实意地传给定彦平,都不肯放行,三番五次地挽留,薛文举要走亦走不了。

这年曹州府下了好雨,曹州府一带庄田收成最好,农民快乐,到了大秋之后,各村为首之人都要演戏谢神。北门外有个郝家庄,住着一家财主,名叫郝武。这郝武在他们村的南头搭了座台,约了一班大戏,附近的村民知道了,都要到郝家庄看戏。定彦平因为薛文举连日闷闷不悦,他邀了薛文举前去看戏。二人带了佩剑,从店中出来,步下而行,出了北门,够奔郝家庄。十数里路眨眼就到,来至郝家庄,二人看庄南搭着戏台,东西两边搭着看台,是为郝家庄街坊四邻预备的;南边对着戏台还有一座看台,是郝家庄的财主郝武自己看戏预备的。定彦平、薛文举来得很早,天光亦就在卯时,人还没来呢,戏亦没唱哪,师兄弟二人就在戏台前边散步,亦没有什么可逛,只有些个卖吃食作小本营生的喊叫不止。定彦平直待至辰时,听见后台锣鼓响啦,才见四外有人,往四外一看,男女老幼,看戏的人纷纷来至后边。打完了戏通之后,这戏台前的观众人山人海相似,拥挤不堪,人声嘈杂。定彦平、薛文举见这里亦没有什么意思,觉着无趣,二人商议要走,忽见看热闹的人们一阵大乱。师兄弟顺声音一看,这乱的地方是靠戏台东边,他二人原不想去看热闹,听着人乱之处有妇女哭喊之声,二人好生纳闷,奔过来要往人群里去看热闹。见人群里有人哭着往外要走,看热闹的人们往两旁一闪,当中间地上有个五十多岁的妇人撒泼打滚地哭喊,有两三个青衣小帽家人打扮的揪着这妇人说:"你这妇人真是胆大,你把你的女儿卖给我们庄主作妾,成箱子的穿衣裳,论匣子的戴首饰,有多大的造化!你不该要把你女儿拐走,这是我们庄主把人追回去算完了,要换个别人,一定将你送到当官,告你个拐带之罪。你好好离开这里算完,不然我们叫官人将你带走!"这个妇人哭喊道:"天杀的强盗,抢夺我的女儿!老娘命不要啦,和你们拼了!"定彦平听着这里有因,走过来向这些个家人说:"你们把她撒开,她无论多大岁数,亦是个妇道,男女授受不亲,有什么话好说。"这几个家人见定彦平身体雄壮,气度轩昂,把他们镇喝住了,赶紧把这个妇人撒开。定彦平说:"你这个妇人勿用啼哭,有什么话好说。你如有理,受人欺压了,我能替你出气。"这个半老的妇人坐在地上,抬头一看定彦平,亦瞧出他是个好人,遂把她的事情向定彦平如此恁般一说不要紧,只气得定彦平双眉倒竖,二目圆睁,抖衣而战,三尸神暴跳,五灵豪气腾空。

阅者诸君要问这个妇人说的是什么,把个定彦平气得这样,原来这个妇人姓张,住家在曹州府城南小袁庄,他夫妻两口种着数十亩地,家中倒亦十分充裕。膝下无儿,夫妻跟前只一个姑娘,名唤巧姐,年方十七岁,已然有了婆家,许给曹州府城中一家首饰店的少掌柜,定的是九月底迎娶。如今听说郝家庄唱戏,张老太太带着他的女儿巧姐到这里来看戏,将到郝家庄,母女二人戏还没看见哪,被本庄的郝武看见巧姐长得美貌,他把巧姐抢了就走。原来这郝家庄的郝武是个恶霸,他手下养着五六十名打手,结交官府,走动很宽,放大利钱,重利盘剥,剥削小民,抢夺妇女,霸占人家的庄田,鱼肉乡里,为害一方,无人敢惹。今天他把巧姐抢去,张老婆偌大的年岁,恶家奴连推带搡的,将姑娘抢了走啦,她坐在地上放声大哭。有三个恶豪奴怕她追到郝家捣乱,在这里用言语恫吓他,被定彦平、薛文举赶至。定彦平用话说明了,要搭救她母女,这张老婆才哭哭啼啼地把事说明。

定彦平听罢了,冲冲大怒,气得脸上颜色更变,向薛文举问道:"师兄,这事怎么办哪?"薛文举说:"师弟,我在这里保护这个妇人,你去把姑娘给她要回来。他给了便罢,如其不然,打个路见不平,去和他恶霸到衙门打官司。"定彦平点头说:"是吧。"往四下里一看,三个恶豪奴一个亦没有了,早已逃之夭夭了。定彦平说:"恶霸住在哪里？看热闹的乡亲,有知道的没有？"内中有那好人,虽不敢多管闲事,到了这个时候可敢说话了,有两个老头儿告诉他道:"你要找郝武好找,你进到村内,路北的大门,门前栽着有一溜大槐树,好认极了,到那里就能找着。"定彦平立刻够奔村中,到了村内一看,果然路北有个人家,门前栽着一溜槐树。定彦平来至门前,见门前站立着数个家人,都长得凶眉恶目的,看着就不是善类。定彦平向他们问道:"郝武在这里住吗？"家人说:"是呀,你干什么？"定彦平说:"你们进去告诉他,就说我叫他出来答话。"家人们看着定彦平长得身体雄壮,满脸的怒容,料着他来意不善,赶紧进去回禀。定彦平等了没有多大的工夫,就见从大门里出来七八个人,当中有个人,长得身躯高大,黑脸膛,两道扫帚眉,三角眼,蒜头鼻子,大嘴岔,扎煞胡须。戴着一顶绿缎色软扎巾,上身穿着绿缎色短箭袖小袄,腰系丝鸾带,下身穿红绸子中衣,足下穿薄底兜根窄勒快靴。此人便是恶霸郝武。跟着他出来的这些人,一个个长得獐头鼠目,全不是好人。定彦平瞧着这人好生面善,好像在那里见过他似的。这恶霸见了定彦平,满脸赔笑地说道:"我当是谁呢,原来是定二弟,愚兄便是郝武。"定彦平见郝武认识自己,遂道:"小弟特来看望仁兄。"郝武说:"有话请至大厅一叙。"定彦平说:"好吧。"于是定彦平就随着郝武走进大门,穿宅过院来至大厅,二人落了座,家人献茶。

　　吃茶已毕,郝武问道:"定二弟至此有何见教？"定彦平直截了当地说道:"小弟今天来至贵庄看戏,时才见一妇人啼哭,据这妇人所说,她同着一个姑娘亦来看戏,被仁兄抢走。小弟好管闲事,特来恳求仁兄,你开了恩吧,将那姑娘送回。凭你这个家业,要说娶几个小星,纳几个妾,有何难处？何必如此！"郝武说:"定二弟,你不要听她一面之词,这就是我纳的小星,原为生养儿女,承继宗祧。不意她娘家母亲蓄意不良,叫她女儿偷了我许多珠宝,她母女要想逃走,被我追回。我论理应当将她母女送官治罪,念她们无知,只把原人带回,那个泼妇想要讹诈于我。定二弟,你莫听他的,有什么主意叫她使去,官私两面,我都等着她,今天咱们哥儿俩得亲近亲近。来呀,你们赶紧预备一桌席去。"家人们遵命,将要出去,定彦平忙道:"且慢!我来到尊府,并非打搅,你所说的我不大相信。你带我去见见那个被抢的姑娘,我得问问她,是你的爱妾不是。如若是你的爱妾,我就不管了;倘若不是你的爱妾,对不住,我要多管闲事。"郝武原打算用软化手段把定彦平支走,免得耽误了他的美事,谁想定彦平不听他这套,要管定了这事。郝武把脸往下一沉说:"姓定的,告诉你吧,这是我愣抢来的,你管得着吗?犯法有地面官人哪,你一不在衙门当差,二不在衙门应役,凭你亦敢多管闲事?来呀,把他给我碎在这里!"这句话说完了,定彦平见"呼啦"一声,院子里出来了四五十个打手,各持霸道棍,全都挺胸叠肚,拧眉立目。

定彦平伸手拔出宝剑来,要砍郝武,郝武一个健步蹿出大厅,有人递给他一条枪来。定彦平由大厅里追出来,与郝武打在一处。三五个照面,郝武就不是定彦平的对手了,他喊嚷:"一齐动手!"众打手往前一扑,棍棒齐下,把定彦平围在垓心。定彦平这口宝剑上下翻飞,眼观六路,耳听八方,与众打手打成一团。工夫大了,定彦平觉着寡不敌众,好汉双拳难敌四手,恶虎不敌群狼,眼看着就要吃亏了,忽听"噗哧噗哧"之声,众打手的人头纷纷落地,死尸亦"噗咚噗咚"栽倒。定彦平望见一人舞剑而至,细看来人,正是师兄薛文举。郝武正然与定彦平动着手哪,忽见薛文举杀了他不少打手,微一心动,手底下迟慢一点,被定彦平左手将枪杆抓住,右手宝剑一挥,人头落地,死尸栽倒。众打手见郝武身首异处,惊骇而散。定彦平说:"师兄至此甚好,不然小弟定遭他人毒手。"薛文举说:"师弟,姑娘我已然救走,交那老妇带走了。你我既把恶霸杀死,总算给这一方的人民除了害,多少条人命,咱们快走吧!"定彦平这才与薛文举逃出郝家庄。

二人回至店中,薛文举说:"师弟,咱们弟兄有人命案在身,此处不便久待,急速逃奔远方吧。"定彦平问道:"师兄何往呢?"薛文举说:"我要到北国投亲。"定彦平说:"我亦不便跟着师兄前往,我另有安身之处,咱们哥儿俩今天就此分手,后会有期了。"于是定彦平从柜房跟管账的先生支了六十两银子,给他师兄薛文举四十两,自己留二十两,怕官人前来捉他们,弟兄二人分手而逃。薛文举够奔北国投亲,暂且不表。

第四十二回　宁路合知遇孝贤才
侯君集黉夜请罗成

　　却说定彦平自己一人匆匆地离了店房,走了一夜未曾住脚,一夜的工夫逃出来足有一百五十多里路,他想到墨松山连池岛去投他师父薛正,结果道路不熟,把道儿走错了。走了两天,才知道把道儿走错了,向人打听是什么地方,打听是许州地面。他连着夜这么一逃,寝食不安,觉着身体劳乏,走在一个树林之中,坐在树下歇息,心里一发迷糊,靠着树就睡着了。一气儿歇了足有两个多时辰,方才睡醒。睁眼一看,天色黄昏,已然到了日落之后,肚内又饿,口中又渴,想找个村镇去投奔店房,站起往西就走,走了五六里路,亦没有瞧见村庄镇店,定彦平心中未免着急。又往西边走了不远,星斗都出全了,眼前瞧见个村庄,定彦平走入村内,惹得村中恶犬冲他乱吠乱叫不止。这阵犬吠不要紧,闹得定彦平心中反倒为难,一群恶狗把他围在垓心,幸亏定彦平有身功夫,不然真能叫这群恶狗给拆了。

　　正在这不可开交之际,忽见一片灯光,来了七八个人,打着灯笼。内中有个员外,长得中等身材,方字体格,白脸膛,方面大耳,墨髯胡须。头戴一顶宝蓝缎色四楞逍遥巾,迎门上嵌美玉,双飘绣带,宝蓝缎色员外氅,上绣花花朵朵,内衬长袍,腰系丝绦,白袜云履,精神百倍,气度不俗。众家人将恶狗喝散了,这员外一打量定彦平,问道:"这位为何黉夜来至我们这村呢?"定彦平冲着他深施一礼道:"员外,我乃行路之人,迷失了路途,请求员外收留一宵,不知尊意如何?"这员外说:"你既是迷了路,深

・358・

夜之间亦没地方去住，就请到舍下屈尊一宵吧。"于是定彦平随了员外往西够奔，走了没有多远，见路北有个广亮大门，员外往里相让。一进大门往西一拐，路南一溜五间南房，东头两间是仆人所住的，西头三间是书房，定彦平到了书房，员外让他坐下。定彦平问道："宝庄何名，员外尊姓？"这员外说："此处大地名叫做连云山，小地名叫宁家庄，我们这一村姓宁的最多，亦就四五家外姓之人，我姓宁，双名路合。这位贵客，你是哪里的人氏呢？"定彦平说："我乃山左曹州府的人氏，姓定，双名彦平，要到墨松山连池岛去投亲，把道路走错了，误入贵庄，多有搅扰。"宁路合说："何言太谦，你可用过晚饭了吗？"定彦平说："尚未用过。"宁员外命家人给他备饭，当日用完晚饭，家人就伺候他安歇睡觉。一夜无书。

次日早晨，宁员外来和定彦平说话，二人真是有缘，说话很是投机。说来说去，定彦平就把他与薛文举在曹州府郝家庄杀了恶霸郝武，搭救难女巧姐的事情说了出来，宁路合才知道定彦平是个逃亡之人。听他所说路费已然用尽了，宁老员外对于世故人情亦很老练，见定彦平长得五官相貌端正，言谈话语颇有君子之风，就把定彦平留在他的家中。住了几日，宁员外要看他的武艺如何，定彦平在院中练了一趟双枪，宁老员外是个练家子，一看他的武艺大为赞赏，把他让至大厅。宁路合说："据我所看，你的武艺很是不错，大约着你一时亦不能回家，我把你荐个地方前去投军，凭你这身功夫，遇了机会，立下功劳，不愁功名富贵。你可愿意投军吗？"定彦平说："我在家中的时候就有此意，既是员外肯其栽培于我，我是求之不得。"宁路合说："你既是愿意投军，我有三个地方可荐，你随便挑，爱到哪里就到哪里。"定彦平问道："哪三处呢？"宁路合说："老夫生有二女，长女许配了齐主驾前亲军护卫使秦旭之子秦彝，现在吾门婿秦彝镇守在马鸣关。你愿意到他那里去呢，我能给你写封荐信，叫他给你安置份差使,很不算个什么。还有我那二女儿许配了邱瑞,我家二姑爷现在周称臣,大元帅杨忠麾下调遣,当作一路先锋。你如愿意去投奔他么,我亦能写信于他,叫他在军营之中给你安排个差使。"定彦平说:"员外,我住家在曹州府,我是齐人,如今我有人命案在身,要投奔马鸣关到了你大姑爷那里,他要给我安置了事儿,岂不是他收纳亡命,隐藏罪人吗?"宁路合说:"亦倒有理,那么你就投奔邱瑞吧。"定彦平说:"员外,北周那里我是不去的。"宁路合问道:"怎么?"定彦平说:"那周帝已然派他的元帅杨忠兵伐于齐,他们目下正要吞灭于齐,我定彦平生不能为国出力,更不便为周出力,灭我国呀。"宁路合点了点头道:"亦倒有理。"定彦平说:"刚才员外不是说有三个地方,这两处我不能去的,请问那一处呢?"宁路合说:"这个地方可远呢,在江南陈地有个水军大都督耿思忠,他与老夫是同窗的学友,你要去投奔他去,亦可以的。"定彦平说:"就这么办吧,我就到陈去投耿都督了。"于是宁老员外给他写了一封书,又赠给定彦平五十两银子当作路费,叫他去到江南投军。定彦平感激万分,说:"宁老员外,我定彦平遭困异乡,流离失所,收留我这些日子,我就感恩不浅;如今又给我写信,赠我路费,此恩此德,无以为报,请上受我一拜。"说着跪倒在地,就给宁路合磕头。宁老员外作揖还礼,连道:"不敢当,不敢当。"

书以简捷为妙,定彦平带好了书信路费,离了连云山宁家庄,够奔江南。亦是他的官运亨通,定彦平到了江南,见着耿都督,定彦平有能为,武艺好,又有宁路合的书信,耿都督很为重用。到了隋国公杨坚篡了北周,立了隋室天下的时候,杨坚命杨林、韩擒虎、贺若弼、李渊、邱瑞一班武将,统率数十万大军兵伐南陈。定彦平在那时就得了南陈的水军副都督,镇守邗江。杨林攻打邗江,与定彦平打了数月之久,亦没见输赢,两个人打了九次仗,杨林始终亦没得手。九战邗江的定彦平把杨林难住了,被邱瑞知道了。邱瑞听他岳父宁路合说过，定彦平到江南投军，是他荐的在耿思忠部下当差，赠过定彦平的路费，待他有恩。邱瑞见杨林把定彦平受过他岳父恩惠的事情说明，杨林把宁路合请至邗江，求宁路合往劝定彦平。宁路合到了定彦平的大营，见着定彦平，陈说利害，劝他弃陈降隋。是时杨广、李渊已然打破南陈的都城，定彦平见金陵城已破，南陈大势将亡，随即降敌。杨林爱惜定彦平的人品武艺，两个人结为生死之交，拜了异姓兄弟。杨林又在杨坚驾前保定彦平为曹州节度使，杨坚亦准了本。

定彦平知道杨林的意思，保自己为曹州节度使，好让自己借着这个机会回家，故土为官为人生最美的一桩事，定彦平便高高兴兴到曹州府上任。到了曹州府接任之后，带领亲随人等到家里去瞧瞧，这回可骨肉团圆了，谁想到家再看哪，房屋尚在，早已另换别人。和人家打听自家人的下落，据街坊的老邻居言说，自从他郝家庄刀伤人命之后，未及一年，因北周吞灭北齐，周齐交兵的时候，他家中的人受兵灾之乱，死了不少，没死的人逃乱而去，至今亦无下落。定彦平听到此处，不由得满腔欢喜化为乌有，万般无奈，只得回转府衙。从此，定彦平当上曹州节度使，掌管一方地面。其间曾多次派人出去打探自家人的下落，结果都是乘兴而去，败兴而归，时间一长，定彦平也就没这个心思了。

后来，杨广篡位，朝中杨素、宇文化及一班奸佞当道，定彦平也是年事已高，索性托病请辞。定彦平心灰意冷，就在曹州府管辖地界有一座麒麟山，山上有一个应天寺，定彦平看破红尘，出家为僧，法号云龙僧。定彦平心想：出家之事别人不告诉可以，自己结拜弟兄杨林不能不告诉。这才托人带话到沿海登州，告知杨林。杨林劝阻不成，也只好默许。现如今要四路人马围困瓦岗山，杨林想起了定彦平，这才率人来到麒麟山，到应天寺来见定彦平。杨林陈说利害，定彦平也是虎老雄心在，这才答应出山，助杨林一臂之力。

　　而秦琼之母宁老夫人是宁路合的长女，曾听父亲提起过救助定彦平之事，故而对定彦平的来历了如指掌，这才说与秦琼知晓。叔宝问道："那如何能破双枪？"老太太道："要破双枪，倒亦不难，只须请来一人。"叔宝说："不知是何人？"老太太道："就是你的表弟罗成。罗家枪法绝伦，定能破定彦平的双枪。"叔宝恍然大悟，从母亲房中出来，回到前边，命人唤侯君集、尚怀珠来见。不多时，二人来到，秦琼向他们吩咐道："如今双枪将定彦平杀得合山之人俱皆甘拜下风，无人能敌，要破他的双枪，除非是我的表弟罗成。我这里写得了一封书信，你二人急速够奔北平府去下书。可是北平府下书不可明着去到府门递信，你二人要在暗中送信。"

　　侯君集、尚怀珠遵命，接过来书信，把路费金银领到手中，二人把书信、夜行衣和银两等项弄了两个小包裹背在身上，带好了利刃，初鼓以后出了金镛城，过了牛头峰，俩人施展陆地飞腾的功夫，往北走下去。正北方是杨林的大营，营外头有兵将放哨，侯君集、尚怀珠望见杨林大营万盏灯火齐明，巡更走筹的声音不断。离着隋营近了，遇见放哨的兵将，二人躺在地上，用蛇行式的功夫躺着走，放哨的兵将哪能看得见哪！二人来到敌营，纵身形越过壕沟，登着铁蒺藜钻上土垒。土垒里的隋兵，一个挨着一个趴在土垒上守营，防备得十分严密。土垒上的隋兵就见两条黑影从打眼头里过去，这个说："什么？"那个说："狐仙爷。"有一个兵说："少说话，就是狐仙爷亦别说，十七条禁令，五十四个杀罪，说神说鬼，妖军之罪，叫王爷知道了非杀不可。"

　　不表隋兵谈论如何，且说侯君集、尚怀珠施展燕子飞云纵的功夫，踏着帐篷顶儿，如同燕子相似，穿过隋营，不分昼夜赶奔北平府。一路之上无书，这一天来至北平府，进了城在竹林巷万元店住下，净面掸尘完了，先沏了壶酽茶喝，然后用晚饭。晚饭吃完，俩人就打哈欠。店家一瞧，这倒不错，吃饱了犯困，饿了发呆。店家问道："二位客官困了吧?"侯君集说："可不是,我们哥儿俩一黑天就犯困,可是一睡就到天亮。回头我们睡着了,你们可留点儿心,别吵我们,明天多给零钱。"店家说："是了吧。"把东西收拾出去,哥儿俩把屋门关好,假装睡觉。

　　耗到二鼓以后,店里的客人全都睡着了,侯君集、尚怀珠把夜行衣包打开,头上戴好了马尾透风巾,顶门上勒定茨菰叶,上身都穿上皂青缎色三岔通口夜行衣,周身寸排骨头扣,青绒绳前后勒成十字袢,腰系抄包,兜裆褃裤,打上绑腿,穿上靸鞋,佩带百宝囊。二人收拾好了,抬抬胳膊抻抻腿,周身舒服了,将秦琼的书信带好,把后窗户支开,哥儿俩从后窗户出来,一拧身上了房,施展蹿房越脊、飞檐走壁的功夫,如同猴子一般,够奔北平王府。眨眼之间到了北平王府,由府的西夹道儿蹿上墙去,跳进府来,站在房上暗中观瞧,见有三间东房灯光闪闪,人影摇摇。二人到了东房后坡,侯君集双足抠住了瓦垄,脑袋朝下,这叫"珍珠倒卷帘夜叉探海式"。把后窗户弄个小窟窿,往屋中一看,墙上挑山对联,有许多名人字画,桌案上文房四宝,靠墙书格满装书籍,屋内清雅已极。侯君集暗道:这是北平王府的书房。又见有几个人,两个站着的,青衣小帽,家人打扮;坐着的,公子打扮。坐着的人刚吃完饭,家人正往下拣家伙哪。书中暗表,此人正是罗成。罗殿下正在年轻用功的时候,二五更的苦功。这是二更天的功夫练完了,吃点儿夜宵,然后就安歇了。当下家人把碗盏家伙撤出去,罗成漱完口,家人伺候他安歇。罗成说:"你们歇着去吧。"家人退出去。

　　罗成将要安歇,走到床榻前边,忽觉背后边有人捅了自己一下,回头一看,背后没人,心中很是纳闷。转过身来一看,床上坐着俩人,吓了罗成一跳,仔细一看,不是外人,是侯君集、尚怀珠。罗成赶紧施礼,二人还礼。罗成问道:"二位兄长从何而来?"侯、尚二人把来历说明,取出书信。罗成打开了,从头至尾看明,侯君集问道："兄弟,怎样?"罗成说："我表兄的事情我很愿意去帮助于他,只是没有父母之命,不敢动身。你们哥儿俩住在哪里呢?"侯君集说："竹林巷万元店。"罗成说："请二位兄长暂在店中稍候几日,容我向我母亲商议商议,再为决定。"侯君集、尚怀珠与罗成商议妥当,二人回店等候回信。

当日夜间,罗成安歇睡觉。次日起来,亦没练功夫,净面漱口完了,够奔上房去看他娘,恰巧他父亲罗艺未在屋中。罗成见屋中只有他娘,说道："我表兄来了信了。"秦老夫人忙问道："你表兄现在哪里呢?"罗成说："娘还不知道哪,我表哥已然反啦!"夫人大惊,忙问道："你表哥多咱反的?"罗成遂把侯君集、尚怀珠告诉他的话向秦老夫人如此恁般一说,秦老夫人这才知道秦叔宝保了程咬金,占据瓦岗山,叛反隋朝。夫人说："可了不得啦!你表哥反了,要叫大隋朝的兵将拿获了,如何是好?"罗成说："倒无妨碍。他们瓦岗山曾把杨林打败了一回;昌平王邱瑞去打瓦岗山,亦归降了岗山;还有山马关总兵裴仁基去打岗山,亦降了岗山。如今靠山王又打岗山,把双枪将定彦平请出来,这定彦平把瓦岗山的众武将俱皆杀败,无人能敌,我表兄派人给我来送信,求我去到瓦岗山替他去打定彦平。"秦老夫人问道："这封书信你爹爹可曾看见?"罗成说："我父王并不知道。"夫人说："别叫他知道,我先看看这信。"罗成把信掏出来交给夫人,秦老夫人将信看了一遍,向罗成问道："你愿意去吗?"罗成说："我表哥求着我了,不能不去,待我把主意想好了再说。"夫人说："这么办倒成:我可以装病,然后许愿,我就说许愿许的是泰安山,我跟你父亲商议,叫你去到泰安山还愿。你借着还愿为名,背着你父王去到岗山,把定彦平杀败了,然后再回来。"罗成说："这么办就成了。"

娘儿俩把主意商量好,秦老夫人就装起病来。北平王不知道个中细情,见夫人有病,心中很是着急,给夫人请了几位大夫,越治越厉害。其实大夫开的药方亦是搪事不要紧的药品,熬得了的药夫人没喝,全都背着北平王倒啦!夫人装病不要紧,把个北平王罗艺急得不知怎么是好。闹了几天,秦老夫人命罗成在花园烧香许愿,第二天病体就见轻。罗艺问罗成:"你给你娘许愿,许的是哪里呢?"罗成说:"泰安山。"罗王爷说:"只要病好了,到趟泰安山还愿算得了什么。"两三天工夫,秦夫人病好了,向北平王说叫罗成到泰安山还愿。罗王爷点头应允,又派史大奈、尉迟南、尉迟北跟随前往。于是罗成命人暗中给侯君集、尚怀珠送信,叫他们在路上等候,自己带了史大奈、尉迟南、尉迟北和四个亲随离了北平府,走出一站来,才见着侯君集、尚怀珠。史大奈、尉迟南、尉迟北与他二人彼此施礼,说了些个阔别已久的话儿,然后一同起身。

大家走至中途,罗成把秦叔宝在瓦岗山当了大魔国的元帅,扶保混世魔王程咬金的事说给史大奈三人;又把秦琼派侯君集、尚怀珠下书,请他单枪破双枪的事情说给他们,三人才知道秦老夫人装病,罗成还愿,俱都是假。大众由北平府往西南走着,够奔黄河。走至中途,到南宫冀州,罗成叫侯君集、尚怀珠先走,到瓦岗山内送信。侯君集、尚怀珠就拜别了他等,先回瓦岗山了。罗成在店内又与史大奈等商议,叫他们在店里等着他,等到了瓦岗山,单枪把双枪破了,然后再回来,一同回北平府。史大奈和尉迟弟兄因为不便进岗山,亦就依着罗成,他们不走了,在店里等着他了。于是罗成自己单人独马前往瓦岗山。

第四十三回　传枪法定彦平失机
晓真相张称金倒戈

　　罗成在路上除去吃饭住店，亦没有别的事情。这天罗成走至濮阳城北李家镇，因为天光到了落太阳的时候，不便再走了，住店吧。看镇内路北有家兴盛老店，是家大店。罗成一到店门口下马，店家出来接坐骑，把罗成让在店内，住在一间东房之内，净面掸尘，沐浴更衣。店家给他喂马饮牲口，罗成要了几个菜，一个人自斟自饮。少时间酒饭用完了，店家撤去家伙，倒过漱口水来，罗成把漱口水含在嘴内，"咕噜咕噜"漱口。他用手一掀门帘，往院内一喷，一时大意，竟喷在一个僧人的衣服上。罗成赶紧从屋里出来，用手绢给僧人直擦他的僧衣，连道："对不住，对不住。"这僧人见罗成道歉，亦不便发作，向罗成说道："不要紧，一件僧袍嘛，我和尚不在乎，脏了就脏了。"然后两个人彼此一打量，罗成见和尚身高丈外，紫脸膛，虽然额下无须，他的脸上微有皱纹，年岁可不小了，精神百倍。罗成暗道：这和尚怎么身体如此雄壮？罗成心中思忖之际，这和尚见罗成亦是一怔，暗道：这个公子长得真是美貌，较比那美貌的女子还美哪！僧人向罗成问道："公子贵姓啊？"罗成说："我姓罗。"和尚说："我看公子好生面善，在哪里见过似的，叫我忘记了。"罗成说："大师傅，请到屋中坐会儿。"和尚说声"打搅"，就进到屋内，二人落座，店家把茶沏来。

　　和尚喝了一碗茶，忽然想起事来，向罗成问道："公子姓罗，我跟你提个人你可认识？"罗成问道："是谁呢？"僧人说："北平王罗千岁。"罗成说："那不是外人，是我父王。"老和尚失声道："你可是罗成贤侄吗？"罗成见和尚跟他如此相称，料着这僧人必然不是外人，不是亲戚，便是父王的好友，遂道："我正是罗成。敢问老当家的仙乡何处，法号何名？"老和尚说："我娘家姓定，双名彦平，有个小小的名号，人称双枪将。"罗成表面没露痕迹，态度自然，心中暗暗吃惊，暗道：我怎么会遇上他呢？罗成赶紧向他施礼，说："原来是伯父，小侄男眼拙，你老人家多多原谅。"定彦平还礼，问道："贤侄，你因何至此？"罗成哪好明言，说："我奉父母命到泰安山给我母亲烧香还愿。"定彦平问道："到泰安山烧香还愿，你怎么走到这里？"罗成说："我没出过外，这回走在途中与家将们迷失了，我亦找不着他们了。"二人谈着话，罗成很纳闷：定彦平不在杨林大营，他这是干什么来呢？又不敢问，恐怕他猜着自己的用意，反为不美。

书中暗表，定彦平出家的应天寺归曹州管辖，那庙是个大常处，仅挂单的僧人不下百余人，庙里有许多的庙产，归定彦平主持。定彦平这次因为庙内有事，由杨林的大营来的，要回庙内看看，从此路过，巧遇罗成。

定彦平见过罗成，那是在他孩童的时候；如今见罗成出息得相貌堂堂，言谈话语，落落大方，很是喜爱于他，向他道："贤侄，你父王老人家可好吗？"罗成说："我父王身体倒是康健，只是我母亲年老多病，不敢远离，时刻都得有人伺候。"定彦平说："贤侄，你是读书呢，是习武呢？"罗成说："书亦念了七八年了。从五六岁便跟我父王习武，直到如今功夫亦没搁下，我父王看得很严，不叫我把功夫撂下，其实我练得很不高兴。"定彦平说："怎么？"罗成说："伯父不知，我们北平府的兵将在前些年与北国在金镛关外打了一仗，收了两员大将，一个是铜锤将秦用，一个是双枪将史大奈。那史大奈仗着他的武艺，藐视我父子。不怕伯父笑话我大话欺人，别看我父王手下有那些兵将，要是和我比试，哪个亦得甘拜下风，无人敌我。就是这史大奈，他使的双枪把我给赢了，我心中很是憋气，罗家枪输给人家，实在难受。当初我以为罗家枪可以打遍天下，练得非常高兴，如今被人家赢了，我便不高兴了，练得亦没劲了。我父王却是不肯放松，仍然叫我苦练罗家枪。"定彦平见他扫兴得了不得，有心把双枪的招数说给他，叫他能用单枪破双枪，向罗成说道："贤侄，你愿意破他的双枪吗？"罗成很为愿意，忙道："我是求之不得。"定彦平说："你既是愿意，我明天多耽误会儿，我把单枪破双枪的招数，传授于你。"罗成说："伯父有这份意思，小侄男就依了实啦！"于是爷儿俩说了会儿话，各自安息。

次日清晨早起，五更多天以后，定彦平在店内把单枪破双枪的招数教给罗成。这还不算，又把单枪不如双枪的短处、单枪比双枪的长处，全都详细地指教于他。然后罗成、定彦平一处用完早点彼此分别，定彦平先走的，罗成后走的。罗成够奔瓦岗山，两日之间就到了。这天罗成在道上把马喂足了，约摸着掌灯以后可到岗山，他催马走至岗山以北，远望隋营，万盏灯火齐明，刁斗传声，巡更走筹，声音不断。罗成人虽年轻，仗着自己的本领高强，满没把敌人兵将放在心上。离着隋兵大营近了，忽听前边有人喊嚷："对面什么人，少往前进！再往前进，可要放箭啦！口令！"罗成并不答言，催马仍往前进。敌人营门的弓箭手"嗖嗖嗖"，一阵乱箭齐发。罗成把枪使欢了，抖颤了，拨打敌人雕翎箭，"吧嗒……"纷纷落地，人急马快，进了敌人大营。大隋兵将往上一围，不亚如七层刽子手，八面虎狼军。罗成见隋兵把他围在垓心，把马一冲，横冲直撞，如同虎荡羊群；大枪使欢了，如同扎蛤蟆一般，"噼哧噗哧"，近了用枪扎，远了用枪抽，挨着就死；碰着便亡，杀得兵将们纷纷往后倒退，喊嚷："了不得了，来的闯营的实是厉害！"罗成把枪头上的人血往脸上一抹，抹得跟大红脸一样，上头动着手，是眼观六路，耳听八面，催坐骑且战且走;下边留神绷腿绳、绊马索、梅花坑、陷马坑。罗成抖丹田大声喊嚷:"隋营兵将听真:在下程咬银,尔等要知道程咬银的厉害,急速让道于我!"他这条银枪似条银龙一般,使得神出鬼入,杀得隋兵胆裂魂飞,到处无人能敌。

罗成走至中营左边,忽见前边灯球、火把、亮子、油松照耀如同白昼,二百隋兵一字排开,当中一面大灯笼,灯笼之下一员老将,金甲绿袍,胯下马万里烟云罩,掌中擎着赤金盘龙棍,威风凛凛,杀气腾腾,挡住了自己去路。罗成往灯笼上仔细一看,上有三个字"靠山王",使棍之人一定是杨林了。罗成催马直奔杨林,杨林用棍指着罗成喝问道:"尔是何人,前来闯营?"罗成哪敢说出真名实姓,说:"我乃大魔国混世魔王御弟程咬银。"说着,递枪向杨林就扎,杨林用棍招架,想着套式还招。罗成倒是厉害,不等杨林还招,他的大枪就变了招了,连着就是三枪,不待杨林还招,催马一冲而过,头亦不回,催马拧枪向隋兵一路乱扎乱挑。罗成往南走着,隋营兵将挡着,后边杨林追着,如何好走得了啊?可罗成的本领在万马军中横冲直撞,挨着就死,碰着就亡,无人挡得住他。他到哪里,哪里兵将给他让出一条走路,靠山王杨林追不上他。罗成马踏隋营,居然杀了出来。往南走没有多远,忽见对面灯球、火把、亮子、油松,一片火光照耀如同白昼,火光之中有无数的挂甲将军,单雄信、王君可、尤俊达、王伯当、谢映登、牛盖、金城等数十余人,簇拥着元帅秦琼来迎接自己。

罗成来至瓦岗山,那侯君集、尚怀珠先回岗山了。他二人仗着高来高去陆地飞腾的功夫,由隋营过去,隋营兵将连知晓都没有知晓,他二人就过了杨林大营。到了牛头峰,山上头问道:"什么人?"侯、尚二人道了名姓,守山兵将见是自家人,放了过去。二人到了帅府,见着秦叔宝回明了北平府下书的情形,把秦老夫人装病,罗成借着泰安山烧香还愿为名,前来助战,单枪会双枪详细禀明了，秦叔宝大悦，说："二位兄弟往返之间辛苦了，你们歇息去吧。"侯君集、尚怀珠歇息去了，暂且不表。且说秦叔宝吩咐值日的中军官，擂鼓升堂。帅府大堂聚将鼓一响，瓦岗山的众英雄，个个顶盔贯甲，罩袍束带，拴扎什物，纷纷齐集大堂。叔宝、徐茂公升坐大堂，众将行过了参拜之礼，叔宝说："列位弟兄，如今本帅因为双枪将定彦平无人能敌，派侯君集、尚怀珠去请本帅的表弟罗成，这罗成已然来到，黑夜之间，要马踏隋营进山，你我可以去迎接于他。"众人都很愿意。于是秦琼带了众将，帅府门前上马，出离了金镛城，过了牛头峰，听着隋营喊杀连天，远望隋营灯球乱转。秦叔宝要率众杀入隋营，看看来的是不是罗成，如果是他，就把他接入岗山。走至中途，尚未入隋兵大营，对面罗成便到了。

罗成向众人说道："列位兄长，小弟罗成来了，不得下马施礼，马前见过。"说着一横枪，与众人施礼。众人把他一围，拥进岗山。罗成到了岗山之内，帅府门前下马，到了大厅里面，与众英雄一齐入座。从人献茶，茶罢搁盏，罗成与众人各叙离别，阔谈已往，然后向众人言说："双枪将定彦平不足为虑，自己的枪法绝然能破他的双枪。"众人无不欢悦。秦琼吩咐预备酒筵，要给罗成接风，罗成说："且慢，我先到后边看望舅母，向他老人家问安，然后再同大家喝酒未迟。"于是秦琼同着罗成，出离了大厅，够奔后面。到了上房屋中，秦母正和逍遥王邱瑞的夫人宁氏谈天。老姐儿俩说着话，秦琼的夫人贾氏怀抱幼子在旁伺候。秦琼同罗成进来，老姐儿俩一怔，暗想：他真来了。罗成跪倒磕头，说："舅母大人，甥男罗成有礼。"老太太站起身来万福还礼，向他问道："你父母可好呢？"罗成起来说道："我父母倒亦安康，你老人家倒发了福了。"秦母说："我还发了福呢！"说着，用手一指邱瑞的夫人，说："我给你们娘儿俩引见引见，这是你二姨。"罗成与她彼此行礼，然后又拜过了贾氏，大家方才落座谈话。

秦琼正陪着罗成在屋中讲话,忽听帅府大堂擂动聚将鼓,叔宝不知有了什么大事,慌忙出来,够奔大堂。及至他到了帅府大堂,众将士儿郎等俱已到齐。将士儿郎行过参见元帅之礼,往两旁一退,叔宝与徐茂公落了座。秦琼问道:"有什么紧急的大事擂鼓升堂?"值日的中军官说:"回禀元帅,南边来了隋朝的水军都督张称金,从黄河岔口进兵,前来叫战。"秦琼听说张称金前来叫战,想起当初二劫皇杠之时,自己跟着杨林入都,在檫树岗搭救的张紫燕来。前文书三挡杨林之先,敌人说过张紫燕泄机,叫秦琼逃走的时候,张紫燕向秦琼说,她有个哥哥叫张称金,在金陵为水军都督,叫秦琼以后见着他哥哥,告诉他哥哥给他父亲张宣报仇。张紫燕又把他家传的玉佩给了秦琼作为凭证,此外还有一封书。秦琼到了瓦岗山,就把张紫燕的事回禀了秦母,书信、玉佩由秦母收存起来。如今张称金前来要战,秦琼想起前事,有了主张,吩咐:"净河太岁任敬司、紫面阎罗铁子建,预备一只大船,保护本帅,去见张称金答话。"任敬司、铁子建遵命,出去预备船只。

秦琼退了大堂,回至后面,去见他母亲要那张紫燕的书信和玉佩。秦琼到了后院,进至上房屋中,老太太问道:"外面何事擂鼓升堂啊?"秦琼说:"隋家的水军都督张称金由水路进兵,在山南要战。"秦母说:"你为何不出兵哪?"秦琼说:"这就前去见他,娘把我给你收存的玉佩、书信给我拿出来吧。"老太太说:"你要那两样东西有何用处?"秦琼把张紫燕嘱托之事说明,老太太才知道张称金是死去的张紫燕胞兄,赶紧打开箱子,将玉佩、书信取出来,交给秦琼。秦琼拿着书信、玉佩,同罗成来至前面。

大众陪着罗成饮酒,秦叔宝乘马离了帅府,出了金镛城,过了南山口,南山口外黄河岔口上了大船。任敬司、铁子建吩咐水手开船,水手们摇橹扳桨,往东南而行。大船走出不远,就望见隋家的水军了,黄河岔中填满了河了,有攻船在先,船上满载水军,弓弩枪叉,样样皆备;后边游击小船,往来不断;顺风一刮飞虎大战船船桅杆上挂的大旗,顺风飘摆,"啪啪啪"直响。这旗是紫缎色的,白月光黑字,"大隋水军都督"一行小字,当中斗大的"张"字。船头上有把虎皮金交椅,椅上坐定一人。这人站起来身高足够九尺,虎背熊腰,面皮微紫,浓眉大眼,鼻直口方,大耳相衬。头戴一顶绿扎巾,一对紫金抹额,迎门上嵌一宝,顶门上一朵红绒突突乱动,十一曲簪缨贯顶。身穿一件绿缎色蟒袍,狮蛮带三环套月,肋下佩剑,红绸子中衣,足下抹绿战靴,威风凛凛,杀气腾腾。在两旁站立二十四个武将,个个长得身体雄壮,擎着双头铁叉、钩镰枪、青铜蛾眉刺。这虎皮交椅上坐着的是张称金,这张称金是张宣之子。在前文书已经表过,他自幼念书习武,他伯父最为喜爱于他。张称金的伯父名叫张华,是个太监,在隋文帝杨坚驾前最为得宠,张华当的是十八处大总管,在杨坚驾前极力保荐他侄子张称金,杨坚就派张称金在金陵操演水军。数年之间,练了五万水军,很有成绩。杨坚派韩擒虎为钦差,到金陵阅操,张称金操演了一回水军,颇为韩擒虎赞许。回朝之后,韩擒虎说他是个大将之才,可以重用,杨坚遂封他为水军都督,镇守金陵城。他父亲张宣被人害死,老家人张福不辞劳苦,到了金陵投奔张称金,将张宣被害、小姐张紫燕失迷长安的事情向张称金禀明了,张称金哭了个死去活来,父子兄妹之情焉能好受?气愤之下,要反隋朝报父仇。忽然转想当年伍子胥的父亲伍奢被楚平王所杀,伍子胥逃至吴国,十年之后才灭了楚国,报了父仇,自思个人的势力有限,要灭隋朝,捉拿佞党奸臣,实为不易,不如暂时忍耐,将来遇机再报父仇。因此张称金仍然做大隋朝的水军都督,保存势力,等待时机。他把老家人张福留在金陵,另派心腹之人到长安寻找他妹妹张紫燕,找了两次,亦没找着,张称金亦就无可如何了。此次杨林调他由水路进兵攻打瓦岗寨,他把水师大营扎在黄河之内,今天由黄河岔口进兵,见秦琼乘着大船来至。

　　两只大船离着近了,秦琼问道:"来者可是大都督张称金吗?"张称金说:"正是,答话者何人?"秦琼说:"我乃大德天子驾前兵马大元帅秦琼是也,敢问都督进兵之意?"张称金说:"奉命攻山,捉拿你们将帅。"秦琼说:"都督,你不如降了岗山吧?"张称金说:"秦琼,你满口乱道!我乃大隋朝的水军都督,焉能归降你们响马?"秦琼说:"古人有云:君不正臣投外国,父不正子奔他方。"张称金说:"我们隋帝有何不正之处?"秦琼说:"隋帝杨广,鸩兄图嫂,弑父夺权,败坏纲常礼义,天下人尽知,都督你为何明知故问?再者说,隋帝驾前奸臣当道,霸住朝纲,残害忠良,你更应归降于我。"张称金说:"秦叔宝,我为武将,以服从军令为天职。此次奉了靠山王之命前来攻打瓦岗山,我就进兵攻山,别无可言,朝中之事更非我一人所知。"秦琼说:"都督言之差矣!你有父仇不报,反来跟我作对,是何道理?"张称金道:"我有何父仇?"秦琼说:"你父张宣被宇文化及一班奸臣所害,难道你不知道吗?"张称金惊问道:"你怎么知道?"秦琼说:"我怎么不知道?你且坐稳,听我道来。"(不好,要犯戏瘾。)秦琼当时便把他檫树岗搭救张紫燕,以及杨林认张紫燕为义女,与他逃走之时,张紫燕泄机送令箭,自刎营外,托他秦琼日后见了张称金之时,叫他报仇之事,一一地细说一遍。张称金方才知道他妹妹死在长安,当时心中一阵难过,几乎落泪。

　　张称金向秦叔宝问道:"叔宝,你说舍妹将我家传的玉佩和她的亲笔书信交于你,如今信物何在?"秦琼当时把东西取出来,命人送至他的船上,交给他。张称金将书信、玉佩接过来,看了一遍,曾记得当初家中有这么个玉佩,看这书信确是妹妹张紫燕的笔迹。又怕玉佩、书信是假,立刻命人将老管家张福唤来。及至张福来到飞虎大战船上,张称金叫他看这书信是真是假。

张福把东西看过,向张称金说:"玉佩是我家之物,书信是我家小姐的笔迹,大人由何处得来?"张称金说:"你且退在一旁,容我先办我的事情。"张福往旁边一退,张称金向秦叔宝躬身施礼道:"这玉佩不假,是我家中之物,书信亦是舍妹的笔迹。秦元帅有这两宗物件为凭,便可证明了你所说的事情俱皆是实,我胞妹虽然死在了长安,我张称金亦是感激你当初救她之恩。实不相瞒,父母的冤仇不共戴天,我焉能不报,早存此心。因为势力太小,叛反隋朝,拿奸臣灭昏君不易成功,尚恐有失败之虑,我一直慎重到了如今,还没敢轻举妄动。现在我有意推倒隋室山河,报我父仇,秦元帅可能与我彼此扶助吗?"秦琼说:"都督,要我帮助你倒亦不难,你我先得把这支隋兵杀败了,然后才能合兵灭隋,西取长安。"张称金说:"要灭这支隋兵有何难处?南面我这水军所有将士儿郎跟我有年,早已成为心腹,只要我一人降了岗山,他们就能一并归降。"秦琼说:"如此甚好,请你暂时先别露出破绽来,仍然打着隋室的旗号,容我瓦岗山的兵将将双枪将定彦平打败了,然后再合力破隋兵,到那时才可叫人知道。此时都督且严守秘密才好。"张称金说:"谨当受教,我就是这样办理。"说罢,与秦叔宝一抱拳,彼此退回了。张称金退回大营,暂且不表。

第四十四回　小罗成单枪破双枪
昏杨广梦花欲赏花

却说秦琼与铁子建、任敬司，回至瓦岗山内，见了徐茂公，把张称金之事说了一遍，大众听了无不欢悦；又把张称金的事情奏禀了大德天子，大德天子程咬金喜欢得了不得，又把罗成请了去，治酒款待。二人这次见面，不比贾家楼的时候了。那时候程咬金没有多大的阅历，如今在瓦岗山内，有大丞相魏徵每日伴读，知识大开，又有逍遥王邱瑞、自在王裴仁基成天价陪伴着，和他讲文论武，说些个治国安邦策略，程咬金有这三个人日夕的熏染，比较卖私盐的时候大不相同了。他亦知道审时度势，进退动守，察言观色，任人行事，颇有人君之体。罗成乃世代簪缨，将门之后，谈吐文雅，与程咬金谈古论今，都没问短了他，罗成真是佩服之至。二人这次见面感情最好。

罗成在岗山与众英雄一处盘桓，约有三日的光景，这天罗成正和秦琼在屋中谈话之际，忽闻瓦岗山北边鼓炮之声震动天地，秦琼刚要命人打探动静，值日中军官进来禀报："山北有定彦平前来要战。"罗成说："表兄，小弟愿意出战，会会他双枪将定彦平。"秦琼传出令去，命点兵一万，北山口外一战；又命裴元庆带兵两万，准备接应。中军官转身出去传令，罗成忽然想起自己来至瓦岗山，原是瞒着他父王罗艺，在中途路上遇见了定彦平，定彦平认识了自己，怎好动手啊？哎呀，不好！要叫定彦平知道了是我，他只要告诉靠山王杨林，那老儿杨林一定往朝中遗折本参我父王，家教不严，纵子附逆，若叫我父王知道了，那可糟了！有了，我必须改变面目，叫他定彦平看不出是我来。罗成心中想罢，把自己要染面粘发的意思说给秦琼，秦琼说："如此甚好，咱们就是这样办了。"秦琼命人给他预备。少时之间，手下人给他把颜色、胡须等项俱皆拿来。罗成想着来的时候闯杨林的隋营，曾说自己是程咬银，这回出战见了定彦平，仍然假装咬金的兄弟，我叫程咬银。我既装程咬金的兄弟，就勾个蓝脸、红胡须，好像他兄弟。罗成把蓝色调匀，兑好药材，用古铜镜子照着勾起脸来。眨眼之间，秦琼见罗成把脸蛋勾抹得蓝了又蓝，染衣裳都成了。罗成把脸染好了，又往腮上粘胡须。及至把胡须粘完了，仔细往镜子里一照，看着好笑，暗道：不要说是定彦平认不出自己来，就是自己亦认不出来了。罗成把本来面目遮盖好了，秦琼与他把身上的盔甲披挂整齐，这才一同往外走。早有人给他弟兄二人将马匹预备好了，弟兄二人上马，一干诸战将要观敌助阵，看看罗成的罗家枪法。

炮声一响，秦琼率领万数大队冲出了金镛城，过了北山口的牛头峰，山前把阵势列开。万数儿郎排开了，整齐严肃，众英雄如同众星捧月一般簇拥秦元帅，秦琼在帅纛旗下压住全军大队。罗成与他们将帅士卒往对面观瞧，见对面有支隋兵，人数不多，约在五千之众，大旗之下定彦平勒马停枪，真是威风凛凛，杀气腾腾。两军人马把阵势列圆了，定彦平拍马临阵，疆场出战；罗成一催坐骑，拧枪而出，直到他的马前。罗成装作不认识他，问道："对面什么人？"定彦平万亦想不到他是罗成啊，向他通过了名姓，问道："尔是何人？"罗成说："我乃大魔国大德天子的御弟程咬银。"定彦平说："程咬银，你们这群强盗，无故叛反国家，惹得刀兵一起，生灵涂炭，黎民不安，终有失败之日，到了那时悔之何及？不如你此时受国家招安，改邪归正，弃暗投明，免得日后身败名裂。尔意下如何？"罗成冲他微微一阵冷笑，说："定彦平，你可知道我们因为什么占据瓦岗山？"定彦平说："不知。"罗成说:"我告诉你,你以为瓦岗山内众英雄都是强盗,那可就错了。我皇兄程咬金与元帅秦叔宝,世代簪缨,乃将门之后。大概你许知道,想当初杨忠、杨坚吞灭北齐之时,在北齐后主驾前称臣的有个亲军护卫使秦旭,那是秦元帅秦琼的祖父。杨坚的父亲杨忠与杨林打破了北齐的都城,那秦旭为国尽忠,命丧晋阳城。秦旭殉难之后,杨林带兵去打马鸣关,马鸣关守将秦彝乃秦旭之子、秦琼之父,亦为国尽忠,殉难马鸣关。我程咬银的生父名叫程玉程得臣,系秦琼的祖父秦旭门徒,跟秦旭学习武艺,随着师父称臣在北齐,当初在马鸣关与秦彝一同殉了难。我们与杨忠、杨坚、杨广有国仇,理应兴兵报北齐的君仇;杨林打破马鸣关,秦彝、程玉命丧在马鸣关,我们弟兄应当为亡父报仇雪恨。如今我弟兄在瓦岗山屯兵,要扫灭隋朝,推倒了无道的昏君杨广,报我们的君仇,雪我们的父恨。报君仇为忠,雪父恨为孝,我们为了忠孝二字而战,要上为国家除奸,下为人民除害,怎么是我等无故兴兵叛反隋朝呢? 再者说,我程咬银亦知道你定彦平在南陈后主驾前称过臣,吃过南陈后主的俸禄。当初杨坚派杨林、韩擒虎、李渊等攻取南陈之时,你定彦平理应当随着南陈而亡,南陈将亡你便归降了隋文帝,受封曹州节度使,不尽臣节,苟图衣食。如今你又出了家啦,出家人以慈悲为本,善念为缘,遵守佛规,不应复开杀戒,身临疆场。你定彦平受过宁路合的恩惠,秦元帅之母乃宁路合之女,你帮助杨林来打岗山,是不是恩将仇报? 古人有云:受人点水之恩,便当涌泉相报;受人活命之恩,便当以身相报。有恩不报,非君子。你定彦平不明大义纲常,助纣为恶,亦就是了,你还说我们无故谋反,好不知羞耻! 老贼速退,不然休想逃生!"定彦平被罗成这番话骂了个慷慨淋漓,闭口无言,羞惭满面。气恼之下,定彦平说:"程咬银,此乃两军阵前,不是摇唇鼓舌之所。胜者王侯,败者是寇。你撒马过来,分个上下,论个高低!"罗成说:"谁还惧你!"

罗成催马拧枪,扎奔定彦平。定彦平见他的枪扎奔自己的哽嗓咽喉,用双枪招架。罗成见他双枪一搭,搭成十字架,要用双枪把单枪支出去,单枪就休想还招了,那双枪里边还藏着许多的招数。罗成的单枪不让他支出来,颤枪杆往下便砸,双枪往左右一分,被他震开了。罗成在这急骤间,如同白蛇吐信一般,枪尖就扎奔定彦平的嗓子了。定彦平一哈腰,把身躯缩小,要躲他这枪。说时迟那时快,枪的尖儿正扎在扎巾之上,"嗗哧"一声,将扎巾挑去。吓得定彦平亡魂皆冒,暗道:不好!他的武艺厉害,能破自己的双枪。二马一错镫,定彦平在这时候还想还招哪,那罗成为人厉害无比,定彦平在店里怎么教给他的,他怎么用,用枪攒就杆。定彦平的双枪不惟还不出招来,躲都费事了,往前一趴,身子趴在马上。罗成的枪攒杆不着他的后脊梁,把护背旗撕了一个。二马错过镫去,定彦平不敢再战,拨马败走,罗成催马拧枪就追。秦琼乘势把令旗一指,大队人马冲杀过来。将乃三军之胆,将一败军心自乱,隋兵哪里抵挡得住,被大魔国的兵将大刀阔斧,一路大杀大砍,杀得隋兵往下便败。罗成在前,秦琼在后,直奔隋营。

将至隋营,忽听前头炮声一响,由隋营出来一支人马,雁翅排开,放过了残兵败将,挡住了追兵去路。当中一杆帅纛,旗下一员老将,胯下马,掌中擎着一条赤金盘龙棍,正是靠山王杨林。他听定彦平打了败仗,率兵出来接应,还没跟瓦岗山的兵将动手哪,忽听后边一阵大乱。杨林回过头去,往背后一看,吓得他亡魂皆冒,几乎坠下马来。原来隋营火光大作,营中失了火了,他焉能不惊?隋兵见他们的大营失了火了,无心迎敌,"呼啦"一声,乱窜乱跑,秦叔宝督催人马,往里就攻。杨林拨马便走,进了大营,营中大乱,人撞人,马撞马,自相践踏。瓦岗山的人马追至营内,一路大杀,逢人便砍,遇人便杀,如同削瓜切菜一般。裴元庆率领二路接应大队,又由岗山内接着杀出来,如同一窝蜂似的,冲杀入营。隋兵顾得了救火,顾不了杀敌;顾得了杀敌,顾不了救火。杨林见他的兵将大乱,约束不住,往营外就走。到了营外一看,隋兵逃出营来的已然无数,各不相顾,大军溃散了。回头一望,营中的火势越着越大,火光冲天,杨林想他这座大营非得烧个干干净净不可。

正在触目惊心之际,数十骑马逃来,俱是挂甲的将士,见了杨林,说:"王爷,我们营中是张称金给放的火,烧了粮台,接连着火势蔓延,将大营各处烧着。"杨林闻听此事,"哎呀"一声,几乎坠马,连道:"罢了,罢了!"众将说:"这瓦岗山是不易剿灭了。"杨林说:"孤跟他们势不两立! 你等随我入朝面君,要起倾国之兵,摆一字长蛇阵,包围瓦岗山,非将响马们一网打尽了,才解吾心头之恨!"于是杨林率领残兵败将往下败。过了金堤关,各处的败兵才集合在一处,杨林查点人马,损伤多半,懊丧异常。杨林率领残兵败将够奔潼关,暂且不表。

却说瓦岗山的兵将得了胜仗,把隋兵抛下的营里的东西一股脑儿运进岗山,张称金与元帅秦琼说明了他在隋营乘乱放火之事,秦叔宝带他去见程咬金。此时大德天子混世魔王升了银安殿,文臣武将两边站立,秦叔宝把张称金带至殿上,二人跪倒,奏明了一切。程咬金大悦,封张称金为金堤王,他的水军仍归他统带,然后大摆酒筵庆功贺喜,瓦岗山的众英雄无不感激罗成。过了数日,罗成告辞回归,大德天子程咬金率领合山的文武将他送出岗山,罗成与众人拱手作别,往回够奔找他的随从,好回北平府。阅者不要生疑,敌人未曾忘了定彦平,这笔下没有腾下工夫。如今不管罗成,再说定彦平被罗成破了双枪,在乱军之中逃出来,要回麒麟山应天寺。他心中很是纳闷:这程咬银会把我的双枪赢了,真是意想不到。忽然他想起在路途中遇见的罗成来,自己曾把单枪破双枪之法传授于他,这程咬银使的招数便是我所说的招数,莫不成这程咬银是罗成假扮的,亦未可定。有了,我到北平府瞧瞧罗成去,我给他三天的路程改为两天,连着夜往下赶,我到了北平府去找罗艺,他儿子罗成要在家中,这程咬银可就不是他了;如果罗成没在北平府,这程咬银一定是罗成了。定彦平把主意拿定了,不分昼夜,赶奔北平府。至于定彦平到了北平府之事如何,下文再表了。

却说靠山王带兵到了潼关,把营寨扎于关外,魏文通把杨林接入关中,衙署中设筵,为杨林接风。席间谈及瓦岗山兵败,张称金降敌之事,魏文通问道:"王爷,此次回兵之后如何呢?"杨林说:"孤攻打瓦岗山,损兵折将,耗费粮饷,入朝面君请罪。倘蒙赦免无罪,将起倾国之师,在瓦岗山用一字长蛇阵久困岗山了。"魏文通说:"王爷要面君,可不用奔长安了,万岁现在河东哪。"靠山王杨林听魏文通说杨广现在河东,心中很是纳闷:杨广为了何事到了河东呢?

书中却表,杨广自从弑父篡位之后,身为帝王,乃天下万民之主,理应亲贤善政。他这人既无纲常,又无礼义,哪能执掌天下国政啊?日居深宫,不闻外事,所有军国大事多由越王杨素、宇文化及一般佞党主持。这些个奸臣们霸住了朝纲,非亲不取,非财不用,悬秤卖官,忠臣退避,朝中的事情糟不可言。外任的官员都刮铲地皮,苦害黎民,贪官污吏剥削小民,弄来的金银,日夕奔走奸臣之门。杨素、宇文化及,有外任的贪官们给他们输送金银,收不胜收,富可敌国。这些奸臣佞党、贪官污吏,迫得人民走入反途,天下大乱。那杨广为太子之时,最喜爱萧妃,为了萧妃,用鸩酒毒死他胞兄太子杨勇,即至把萧妃弄到他手,还不知足,往宫中选择美女,供其淫乐。这还不算,他又大兴土木之工,建造宫殿,美丽还要美丽,壮观还要壮观,越王杨素命他门下,到各处去找能工巧匠,好为杨广建筑工程。他的门下找着个能工巧匠,名叫项升,虽是个工匠,凡是工程,无论大小,他都画得上图来,只要主人把自己要怎样修盖说给他,他便能按着主人的心意画得上图来,盖得了房屋,准能称了主人的心意。杨素把这项升荐与杨广,杨广命他在宫中按着地势绘图建筑。项升这人真是伶俐,在宫中把地势看好,先绘了个图样,后才按图动工,修盖了一年有余,才得竣工。他把这美丽壮观的楼房盖得了,杨广亲身来看,见他修盖的曲房小室,幽轩短槛,宫殿雅致,楼阁高下,轩窗掩映,幽房内室,玉栏朱楣,互相连属,回环四合,曲屋自通,千门万户,上下金碧,金虬伏于栋下,玉兽蹲于户旁,壁砌生光,琐窗射日,工巧无比。杨广看了各处,赏心悦目,高兴已极,只顾了各处去瞧看,夸奖赞美了,竟忘了来路。及至要想回去,到了驾返回宫之时,竟找不着路儿,迷在其中。一班太监们随着杨广东奔西驰,忙得满头是汗,亦没出了这座新楼。正在这时候,杨素带了项升从对面走来,杨广大悦,他二人施礼完毕,杨广大加赞赏,然后命项升为引导之人,君臣们才出来。杨广赏给项升十万两白银,彩缎珠宝不计其数,又命画工们画各种美人图,悬挂其中。因为杨广迷在楼中,杨广就管这楼叫做迷楼,里面设摆各种珍玩,无不一备。然后命萧妃居在迷楼,杨广每日便在楼中与他的妃嫔们追欢取乐,常至数日不出。文武官员、太监宫女,常有迷于楼中的,杨广见了,大笑不止。这杨广在迷楼纵情淫逸,轻易不出。

这天杨广用完了早膳,与萧妃领着宫娥彩女到御花园游逛,游览各处,皆有可观,到了用晚膳的时候仍未回归,遂在御花园内用膳。直到玉兔东升,月亮都上来了,杨广才驾还迷楼,因为游览各处,身体觉着劳累了,独自一人睡于龙床之上。睡到了二更多天,将至三更时刻,不觉入于梦乡,又梦到花园之中忽见有一株大花,生所未观:花梗高有一丈,顶上长出一朵花来,花朵下的叶儿,青青的好看,上有十八片大叶,下有六十四片小叶,花朵儿是五色,光彩美丽,香气异常,却是爱人。杨广正然梦观此花,忽见花蕊上站立一人,天庭饱满,地阁方圆,面如敷粉,唇若涂朱,头戴冲天冠,身穿杏黄袍,好似一位天子,可不知是哪家皇帝。又见十八片大叶变成十八个王爵,个个戴着五龙盘珠冠,身穿戎装,盔甲鲜明,各持利刃,要打这个皇帝;那六十四片小叶,又变六十四路兵马。杨广瞧着纳闷,忽见一人跨马使锤,长的是雷公嘴,把这些人打得死的死亡的亡,乱跑乱逃。那花朵下的皇帝把他的冲天冠摘下来放在花上,杏黄袍脱下来亦放在花上。由他背后来了一人,仗剑将这帝王杀死。背后又跑过一人来,戴上冲天冠,穿上杏黄袍,往花上一站,十八片大叶仍是十八片大叶,六十四片小叶还是六十四片小叶,这人站在花上安然无事。杨广想着这是一家帝王无德,天下大乱,各处皆叛,改换了一家皇帝,天下就太平了。忽然转想不好,莫非是我的天下不久将亡,要改朝换帝么?如今天下倒有叛乱的反王。哎呀!完了,我的天下惟恐怕不久啦!心中一急,醒来却是南柯一梦。

　　杨广起身在床上坐着发怔,想那梦景奇怪得很,忽见萧妃来至,杨广便将梦中所见之事向她说了一遍。萧妃说:"万岁不是寻常人,梦中所见奇花异种,天下必有奇花发现。万岁何不命画工将梦中所见之花画在图上,传下旨去,叫天下人献花?如有献花之人,献得与万岁所梦见之花相同的,大大的封个官儿。重赏必有所得,万岁得了此花便知究竟如何。"杨广认为有理,遂命画工将梦中所见之花画得一图,将图画完了,传旨将图挂在午门,并且传旨叫地面官员通知庶民人等,如有认识此花,献出此花者,必有重赏。这张花图悬挂在午门,惹得黎民百姓男女老少都来观看花图,真是络绎不绝。长安城内街谈巷议,竟无一人能认此花,悬挂了多日,无人献花。榜文挂在朝门,虽有重赏,无人有此造化,享此富贵。却说这天黄门官忽见一人前来揭榜,这人长得方面大耳,相貌堂堂,一表非俗。阅者要问,杨广梦中所见之花,能有这种花吗?不要着忙,请你慢慢往下观瞧。此花不献,昏君杨广的天下尚可存留;此花一献,隋室国祚恐怕不能长久哩。

第四十五回　王世充受命献花图
麻叔谋奉旨开汴河

　　却说这献花揭榜之人,姓王双名世充。这王世充乃洛阳城北白水村的人氏,他自从幼年入学读书,在家习武,长大成人,学问虽然平常,武艺练得很好,无论马上步下,拳脚不错,十八般兵器件件精通。他把把式练出了名,附近村镇无人不知。王世充为人有胆量,见识过人,家中有些田地,衣食不愁,家中人口不多,只有他母亲在堂,昆仲不多,哥儿一个,还有个妹妹,名叫王英,年已及笄,长得姿容绝色。王世充在家无事,每日入山射猎,他的箭法最好,专射空中飞鸟,万不失一。得过一个鹦鹉,在家中喂养,这个鹦鹉善晓人意,能说人话,(比我还强哪。)天天到了早晨起来的时候,他就叫唤"沏茶漱口";只要有生客来到,他必叫"迎客"……种种的事情,无不迎合主人之意,王世充的母亲爱如至宝。有一天王世充正在屋里坐着,忽听他母亲喊嚷:"了不得了!"王世充事母最孝,听见如此喊嚷,跑出来问道:"娘啊,你老人家嚷什么?"老太太说:"可了不得了,要了我的命啦!"王世充问道:"有了什么事,你老人家着这么大急呀?"老太太用手往房檐下一指,说:"我的鸟儿飞了。"王世充抬头一看,果然把那鸟架剩下,鸟儿没了,急忙往各处瞭望,见那鸟儿从邻居的房上往东飞去,王世充撒腿往外便跑,追寻那鸟儿。追至村的东头,这鸟儿没了,王世充站在村子东头,东张西望,往四下里观瞧,见路北广亮大门里,有一人手里正拿着那只鸟儿哪。拿着鸟儿这人,长得七尺壮壮,黑脸膛,高颧骨,深眼窝,扎腮胡须。

头上戴着一顶宝蓝缎色四楞员外巾,上绣花花朵朵,双飘绣带,迎门上嵌豆腐块儿美玉,内衬一件长袍,腰系丝绦,白袜云履,外穿一件宝蓝缎色员外氅,这个人长得相貌凶恶。他手中拿着这只鹦鹉,笑嘻嘻的,十分高兴。王世充认识此人,是本村的财主,此人姓水双名均韶,外号叫"水鹞子"。他家广有田园,在黄河里养着数十只大船,开着十几座大店,他家的日月,都说能够日进斗金。水鹞子结交官府,走动衙门,鱼肉乡里,仗势欺人,附近的乡里邻居都畏如蝎蛇,无人敢惹。亦是该着出事,小子的行为恶贯满盈了,该着遭报。

　　水鹞子由院里出来,要到村外散步,走在大门洞内,忽见由外边飞进个鸟儿来。水鹞子一伸手将鸟儿抓住,见鸟儿长得翎毛华丽,光彩爱人,他拿着鸟儿,连道奇怪。王世充上前抱拳施礼,说:"水老员外,我王世充有礼了。"水鹞子向他问道:"你有事吗?"王世充说:"我有点事。"说着话,用手一指那鸟儿说:"我就为了这鸟儿。这鸟儿是我母亲心爱之物,今天它把索子弄断了,跑了出来,被员外拿住了,劳你驾把它赏给我吧。"水鹞子把眼一瞪道:"胡说!这鸟儿是你的,有何凭据?它飞到我家就是我的。"王世充说:"员外,这鸟儿情实是我的。员外你如爱惜这样的鸟儿,三五天我得着了的时候,奉送你一个。"水鹞子说:"我要爱,有钱去买,谁希罕你送给我!"他说着话,一赌气,把鸟儿往地下恶狠狠地一摔,"噗哧",把鹦鹉给活活地摔死了。王世充见他把鸟儿摔死,当时无名火起,有心上前抓住他,暴打他一顿,方解心里之恨,忽然转想:不行,我一打他,他家里养的帮闲之辈必然出来,打不成他,我就吃了亏。这小子真不好惹,他只要瞧谁不顺眼,告诉了官人,几天之内就得遭场官司。忍了吧,忍了吧!王世充一跺脚,转身就走,听见背后水鹞子说:"我给摔死了,怎么样吧?我看你还不服。不用忙,几天的工夫就叫你知道知道我的厉害!"王世充听着真是气得难受,恨不能将他一刀杀死，方解心头之恨。

　　当下王世充回至家中，他妹妹在门洞里等着他哪，见他怒容满面，知道他是跟人家惹了闲气，忙问道："哥哥，你这是和谁呕气来的吧？"王世充就把水鹞子摔死鹦鹉的事情说了一遍，气愤得了不得。他妹妹说："哥哥，你不要惹他，别说咱们，这一方谁敢惹他？如今他的妹妹又给了洛阳县的县官作妾了，他是县官的亲戚，更是惹不得。"王世充说："他把鸟儿摔死了，咱娘没有这鸟儿，得好几天吃不下去饭，如何是好？"他妹妹说："你别告诉娘这鸟儿是叫水鹞子给摔死了，你就说没有追着，不知道飞往何方，慢慢地寻找得了。"王世充说："只好如此了。"兄妹二人见了他娘，撒了个谎话，没把鸟儿找着，老太太急得二目落泪，连道："要了我的命喽，这是怎么说的！"兄妹二人苦苦地相劝，劝了半晌，只是白费，老太太仍然是着急。他妹妹劝解他母亲，王世充到了他的床上一躺，越想越有气：街坊邻里得有个义气才是，不该如此欺人，将来我非得把水鹞子杀了，给这一方除了害，那才心平气和。王世充正然生气，忽见他妹妹跑进来说："哥哥，你快瞧瞧去吧，咱们娘没了气了！"王世充大惊，慌慌张张跑进他母亲的屋中一看，他母亲已然没了气儿了，尸身已然都僵了。王世充放声大哭，他妹妹也随着他哭泣不已，招惹得邻居们到了他家来看，才知道王老太太已然死去。邻居们劝解他兄妹，办理丧事要紧，王世充兄妹二人这才止住了悲声，给他母亲换寿衣，买棺材，然后把他母亲葬埋了。王世充把他妹妹安置在他亲戚家中，剩下他自己一人，要将水鹞子杀死，给他母亲报仇雪恨。

　　这天在家用过晚饭，王世充收拾些个银两，包好了收在身上，耗到初鼓以后，手持钢刀，从家里出来，奔到村子西头，到馒头铺子买了几斤馒头，用包袱包好了，扑奔东头来杀水鹞子。王世充还没到他门前哪，那水家门前趴着十几条恶犬，王世充往他门前一走，那群恶狗就扑奔过来，一阵乱吠，汪汪地乱叫。王世充打开包袱，往地下一撒，撒了一半儿，馒头到了地上乱滚，这群恶狗不顾咬人，个个吃馒头去了。王世充放心大胆地走至水家大门，"啪啪"叫门。里面看门的已然安歇睡觉了，被他唤醒，隔着门问道："找谁?"王世充说："我是船上的伙计，给水员外送银子来了，交给你吧，我还得赶紧回去哪。"看门人把门开开，王世充迈步闯进来，手起刀落，"嗑哧"一声，人头落地，死尸栽倒。王世充往里就走，进了院内，就见各屋里都没有灯光，黑暗暗，东房里微有人声。王世充蹑足潜踪，到了窗户外暗中窃听，屋内说话是一男一女的声音，就听男的说："你来到我这里，可别叫员外知道啊。"又听女的说话："员外今天在后院同二奶奶、三奶奶喝起酒来，他们还顾我吗? 我亦会到别处寻乐儿。"王世充一听，料是水鹞子之妻与他手下人通奸，往下的话不便再听了，已然听明了水鹞子在后院哪，便想去杀仇人。将要往里院走，呼的一声跑过五六条恶狗，王世充冲着狗把那一半馒头抛去，用馒头把狗嘴堵住了，然后走入后院。果见灯光明亮，大厅里有一群男女正然吃酒寻乐哪，内中只有一个男子，不是别人，正是恶土豪水鹞子。

王世充大踏步走奔大厅，男女们看见有人手持钢刀，前来杀人，全都吓坏了。水鹞子虽然会些拳脚，饮酒过量，将要站起来，就觉着头晕眼黑，动转不得，被王世充赶进大厅，一刀一个，"噼哧噗哧"，一路乱杀乱砍。水鹞子还想挣扎哪，那如何能成，被王世充连砍七刀而死。然后手持钢刀，走奔各处，搜寻各屋，不论男女老幼，一并杀死，杀了个干干净净。王世充脱去了血衣，在他家又找出一身衣帽鞋袜，换在身上，把身上收拾利落了，用血在墙上写了四句贯顶诗，写的是：

　　王法无私人自招，世人何苦逞英豪。
　　充开肺腑心明白，杀去狂徒是水鹞。

横着念是"王世充杀"四个字。当下王世充写完了,逃出村来,连着夜往东逃奔,一路上住店吃饭,不到半个月就把腰中的银子花尽了。

这天正走在扬州北门外,肚腹饥饿难挨,眼前有座段家老店,王世充迈步走入段家店内,有店小二伺候,找了一个单间住下。王世充叫店家给他预备酒饭,酒饭摆上了,大吃大喝,吃完躺在床上睡觉,次日起来叫店家伺候早饭。早饭吃完了,店家向他问道:"客官请你先付店饭钱吧,我们这买卖小,没多大垫补,一天一清账。"王世充说:"明天再算。"店家说:"明天再算倒没什么,只是柜上没法交代,请你先借用一步吧。"王世充说:"你一定今天就要亦成,得容我出去,到我朋友家取去,取来银钱,再还算你们的店账。"店家说:"客官不要取笑。咱们并不相识,你去取钱要不回来,我们上哪儿找你去呀?"王世充说:"难道我还骗了你的店饭账不成?"店家说:"从前我们店里遇见过这样的事,受过多少回骗了,前人撒土迷后人眼,我们不得不防。"王世充说:"那是小人行为,君子人谁能骗你?"店家说:"君子小人脑袋没凿着字。"王世充说:"据你所讲,我是小人啦?"店家说:"我们不知道,你自己明白。"王世充大怒,抡拳就打。店家哪里打得过他,几拳就打得店家出了声啦,哎哟直嚷:"好厉害的客人,住店吃饭饶不给钱,还要打人!"店家这么一吵嚷不要紧,招惹得合店客人齐来观瞧。

正在不可开交之时,忽见从人群外头挤进一个人来,向王世充说:"客官高抬贵手。"王世充将店家撒开,抬头观瞧,见这人长得八尺之躯,细腰乍臂,面似姜黄,五官端正,燕尾胡须,一身壮士衣服,精神百倍,一表非俗。店家冲这人说:"掌柜的,你看见了没有?这位客人住店吃饭不给钱,还讲横,伸手打人。"这人将店家喝住道:"胡说!谁能住店吃饭不给钱?必是你话说得不大周全,你还不躲开吗?"店家走去,看热闹的人亦都散去。

王世充料着他必是店里掌柜的。书中暗表,王世充真猜着了,这人实是店主东,他姓段名达,字仲懿,在扬州北关开了这么一个段家店,家有良田,好习棍棒刀枪,喜交天下英雄,专与四方豪杰往来。今天他正在柜房里坐着,听见后院有人争吵,赶紧到后院观瞧,见是王世充和店家打起来。

段达喝退店家,向王世充说:"客官勿用和他们一般见识,客官贵姓?"王世充说:"在下姓王,双名世充。"段达惊问道:"可是洛阳的人氏吗?"王世充道:"正是。"段达道:"失敬,失敬。"王世充叩以来意,店主东说:"小可姓段名达,这个店是我所开。昨日我在东门外阳离观中闲坐,铁冠道人对我言说,今日我店内有位贵客光临,别看目下不得已,日后还是一位帝王哪。小可问贵客姓氏、何方之人,铁冠道人说贵人姓王双名世充,洛阳人也,今日真应其言。"王世充惊讶不已。二人谈了会儿话,王世充要到阳离观去看看铁冠道人,段达就陪他前往。

二人从店中出来,够奔扬州东门,到了东门外,来至阳离观,走进观内,只见从殿内走出一个道人来。这道人身体长得松形鹤骨,面如三秋古月,慈眉善目,一部花白胡须洒满前胸,真是根根见肉。穿着一身宝蓝缎色的道服,腰中系着水火丝绦,白袜云履,神情潇洒,真有点仙风道骨的气象。段达向王世充指着道人说:"这就是本观的观主铁冠道人。"王世充向道人抱拳施礼。道人说:"无量寿佛!贵客至此,未曾远迎,面前恕罪。"王世充说:"小可前来拜望观主,焉敢劳动仙师远迎?"道人把他二人让进屋中,落座之后,小道童献上香茶。吃茶已毕,铁冠道人张金波向王世充说:"贵客大仇已报,脱险至此,实为不易。"王世充惊异不已,说:"小可乃远方之人,颠沛在外,久仰观主善晓人之吉凶,望观主勿吝珠玉,指示迷途,倘有幸遇,不敢忘也。"铁冠道人说:"贵客方面广颐,大耳有轮,鼻如玉柱,体如贯字,乃大富贵之相。不好之运已过,不久大运亨通,步步云梯,可应齐王之言,不鸣则已,一鸣声闻宇宙;不飞则已,一飞直冲霄汉。"王世充说:"小可乃困难之人,不望如此,但求衣食无愁而已。"道人说:"贵客何言太谦,请你屈尊此处,百日之内定有机遇,保贵客一步登天,发迹扬名了。"王世充说:"既是仙师指教,小可就在此打搅了。"自此王世充便在阳离观存身,段达不时往来闲谈,铁冠道人张金波不惟博古通今,三坟五典,九丘八索,诸子百家,医卜星相之术,并且武艺高超,拳脚棍棒,无一不精,每日与王世充谈古论今,讲些武术,不时地指教王世充。王世充在观一住,文武艺业受道人的指教,日有进步,恨平生相见之晚。道人见王世充有天赋的聪明,不怕何事,一点就透,心领神会,颇为喜悦,爽性把自己所会的一对八楞紫金钟亦传与王世充。

　　却说王世充这日早起,忽听铁冠道人唤他,从屋中见道人用手指着院内一株异样之花叫他观瞧。王世充见这花高有丈余,项下有一朵五色鲜花,如一只小船大小,其色鲜艳,底下有十八个大叶,六十四个小叶,香气扑人,王世充连道:"奇怪,奇怪!我来至观中,从未见有此花,这是怎么一段缘故?"铁冠道人说:"你可知此花之名呢?"王世充说:"不知。"道人说:"此乃琼花。此花一献,一王当灭,一王当兴,事关重大,天机不敢泄漏。你速将此花绘成一张图样,够奔长安城,前去献花图。如今隋帝正要见此琼花,你若去献此花图,必有富贵。"王世充说:"道路遥远,没有盘费如何是好?"铁冠道人说:"路费一节勿用着急,贫道已然给你备下了。"王世充喜悦非常。于是铁冠道人给他按着琼花的样儿,画了一张花图。画得花图,王世充一看,这图画得与那琼花一般不二。他将图卷起来,道人给他三十两银子路费。八月十五日长的琼花,八月十九日王世充拜别铁冠道人张金波,带了花图,离了扬州,取道长安。

　　晓行夜宿,饥餐渴饮,非止一日。这天王世充来至长安城,听人街谈巷议,有这么一回事,这才来至午朝门,果见朝门外挂着花图,旁有榜文,王世充上前揭榜。黄门官过来问道:"你是献花人吗?"王世充说:"正是。"黄门官说:"在此等候,我去给你回禀去。"王世充在朝门等了许久,里面才传下旨来。黄门官说:"王世充,皇上在内殿召见,你随我来吧。"于是王世充就跟着黄门官走进朝门,穿宫过院,来至内殿。王世充见身旁只有八个太监,十六名护卫,别无他人,随着黄门官上殿跪倒,口称:"草民王世充参见吾皇万岁,愿吾皇万万岁。"杨广问道:"王世充,你认识此花吗,花叫何名呢?主吉主凶,有何贵处?"王世充说:"此花名叫琼花,花开五色,分为青、黄、赤、白、黑,梗长丈余,叶分大小,大者十八,小者六十四。此花一献,天下必有英明之主,见此琼花则吉,遇此琼花则喜。吾皇万岁洪福齐天,方生此花。"杨广问道:"你可曾见过这样花吗?"王世充说:"草民按着花样画得了一图,请圣上御览。"说着,双手把花图一举,御前太监接过来,呈在龙书案上。杨广打开了花图观瞧,见画的与梦中所见相同,龙心大悦,又问道:"王世充,此花生在何处呢?"王世充说:"生在扬州东门外阳离观,八月十五日子时所生,一夜长成。"杨广吩咐护卫将王世充带下去,好生款待,候旨封官。杨广行文,命扬州地面官员调查有无此事,据实回奏。

半个月的光景,扬州刺史专折本打到京都,杨广见折本上奏禀的事,据查扬州东门外阳离观,八月十五日子时生长一花,色成五样,高有丈余,大叶十八,小叶六十四,异香无比,百里可闻。杨广见此事是真,并非王世充妄奏不实,立刻传旨,封王世充为琼花太守,命其带兵三千,白银十万,往修阳离观,并将阳离观改名敕封为琼花观。这旨意传下来,王世充得了琼花太守,在户部领了十万两白银,由兵部领了三千大队,押解银两,离了长安,够奔扬州,重修琼花观而去。

原来杨广在为太子时,兵伐南陈时他为监军,到过江南,江南景致最美,人物俊雅,很愿久在江南。如今虽为帝王,深居宫中，日久生厌，有心要往江南巡幸，藉着天献琼花，重修琼花观，好到江南一游。宇文化及窥透了杨广的心思，这日早朝，老贼上殿跪倒，口奏："万岁，扬州天献琼花，是为国家将兴，出此祯祥，请圣驾至扬州御览琼花，江南巡幸。"杨广说："卿家所言，正合朕意。"宇文化及说："万岁要驾至扬州，水路不通，若行旱路，虽有车辇乘坐，亦是劳乏。陛下乃万乘之君，九五之尊，万民之王，岂可长途劳苦?"杨广听他之言，心中思忖：真要是驾奔扬州，路途之上未免劳顿，不如从水路而行。从长安到扬州水路不通，要修水路必须将汴河与淮水掘通，开成一道大河，朕乘坐龙舟直达扬州才好。心中想罢，向宇文化及说道："老卿家，朕要命人将汴河与淮水挖通，势成一河，以便乘龙舟前往，巡幸江南。"宇文化及说："若果如此，万岁驾游扬州便不劳苦了。臣愿保麻叔谋、令狐达二人开凿汴河，如若他二人不称其职，耽误了国事，臣愿当荐人不明之罪。"杨广立刻传旨，命麻叔谋为开河总督，令狐达为开河副总督，并拨给大兵十万，保护河工。着麻叔谋、令狐达征调民夫八十万掘挖河工，指定了由龙池起工，修至扬州，如遇关险山邻，一并开凿，浅处挖深，狭处掘阔，以便龙舟行动自由，驾幸江南。

第四十六回　恶贯满盈叔谋丧命
祸从天降李渊建宫

这旨意传下来，麻叔谋、令狐达得了开河总督，先在长安立下总督衙门，由户部将国库金银拨到，准备开工，麻叔谋、令狐达行文各州县，征调民夫，每州三千，每县八百，限令个月以内就要齐军。这公文行到各处，免不了地面官员指挥衙役官军，强迫人民，舍了父母子女，远离故乡，去给杨广挖河。有钱的人家不愿受此劳苦，花些银钱买通了地面衙役官人，花钱另雇个人，冒名顶替亦就成了；只苦了那没有银钱的人家，有苦难言，与家中老幼哭泣而别，背井离乡，由各州各县官人押送到汴梁做工。各县各州解送了民夫，全都造了花名册，家乡住处、姓氏、年龄皆都写明，要想到外边逃走，亦都不敢，只要逃走，必得牵连合家老少。杨广要挖这条大河，大兴土木之工，耗尽民力，耗尽民财，民怨沸腾，怨声载道。他深居宫中，哪里知道人民痛苦？却说兵部衙门给开河总督拨调十万大军，麻叔谋、令狐达统带十万大军离了长安，开至汴河，沿河下寨，名为保护河工，实是监视民夫。麻叔谋、令狐达派了八十个督工官员，各带百名官军，督察河工。他为讨杨广喜悦，不顾人民累得了累不了，限定工作，累得民夫个个力尽劲出，疲劳无力。督工官每逢察验工程之时，任意责打民夫，这些民夫不胜鞭打之苦，死亡无数。这河掘往东来，附近有富户人家的坟地，麻叔谋就指令划入河内，富户人家怕掘他们的祖茔，少不得贡献些金银，输送在麻叔谋、令狐达之手。麻叔谋、令狐达藉势敲诈人民，黎民百姓贡献的金银珠宝富可敌国。水过地皮湿，他们手下的人个个弄些油水，全都腰缠累累，膘满肉肥的。

麻叔谋有天带着官军亲身来查河工，见路线像弓背式挖作曲弯之形，麻叔谋把大工头唤至面前问道："这河为何不直挖呢？"大工头说："回禀总督大人，要是直挖，眼前有座大庙得拆毁了，佛门净地，未敢妄动。"麻叔谋喝道："胡说！我奉万岁旨意挖河，什么庙不能拆呀？由龙池到汴东，我把庙还拆少了呢。凭他是什么庙，只管去拆！"大工头吓得出了一身透汗，诺诺而退。麻叔谋这几句话止住了河工，先去拆庙，大工头一到，指挥民夫锹镐齐下，拆起庙来。原来这座庙叫做净慈寺，庙里有两个游方的老和尚，在这庙里挂单，约有百数十岁啦。庙是个大长处，挂单的和尚约有二百多僧人，香火地有数十顷，被麻叔谋将香火地划入河的路线里，足有一多半。如今这一拆庙，庙里的老方丈率领众僧人只可退出去，两天的光景，把一座多年的古庙拆毁一净。

这天麻叔谋又要亲查河工，命他厨役给他预备早饭，早饭将吃完，就觉着直恶心，往下压没压住，"哇"的一声呕吐起来，把吃的东西吐得一干二净。书中暗表，麻叔谋得了一种病症，名叫反胃，吃了东西就吐。当时他这病刚得的，他不以为是有病，疑惑厨役做饭不大洁净，菜里头有了什么反胃的东西哪，将厨役打了一顿，打得厨役有冤无处诉，痛恨在心。这厨役给他弄了死孩子的肉给他吃，看他怎样。谁想麻叔谋吃了小孩儿肉不惟没吐，反觉着其味甚美，清香适口，一边吃着就赞美不绝，吃完了，将厨役唤将进来。这厨役来至屋中，吓得心里突突直跳。麻叔谋说："今天你的菜是真好，这肉吃着很是香甜，从今天起，我就天天吃这肉吧。可是我吃了半天，亦没吃出你这菜里是什么肉来，你这是什么肉呢？"厨役听他所说要天天吃小孩子肉，吓得他一吐舌头，没敢说真情实话。麻叔谋见厨役说话吞吞吐吐，喝令左右:"他如不说真情实话,重重责打!"吓得厨役无法,说了实话。麻叔谋听说是小孩儿肉,连道:"好办好办,我派人去找小孩子,你就按着今天的菜给我做。"厨役下来,麻叔谋命他手下人买小孩子。有些个贫苦人家受子女之累,衣食两难,以为麻叔谋买小孩子是抱养儿女哪,就有贪图银钱的人家把儿女卖给麻叔谋。这麻叔谋吃牛、羊、猪三样肉就吐,吃小孩子肉就觉香甜,顿顿饭没肉不饱,他天天吃小孩子肉,吃得他两只眼睛都红了,是他手下人见了他无不恐惧,全都害怕。后来传嚷得人人皆知了,麻叔谋专吃小孩子。他挖河所到之处,黎民百姓为保全自己的儿女,没等他到,都弃了田园,逃走一空。麻叔谋命他手下人各处去抢夺百姓人家小孩子,后来抢得太光了,有小孩的人家不是把孩子收藏起来,便携子女远奔他方。麻叔谋买孩子买不着,派人去抢夺。后来亦抢不着了,他爽性行文各州县,向各州县要小孩,每州县要五十个。是时的人民管麻叔谋叫做麻虎子,他吃人肉如同老虎一样啊,不拘谁家的小孩儿,夜间啼哭之时,妇女说:"小孩儿,你还哭哪,麻虎子来啦!"小孩儿一害怕,能够不哭了。相传至今,妇女们每逢小孩儿夜啼,都哄孩子,说:"别哭了,麻虎子来啦!"

却说麻叔谋挖河挖到曹家坟,这曹家坟本碍不着路线,麻叔谋想要敲诈曹家银钱,把曹家坟划入河的路线之内,非挖不可。这一来可就逼出事来了,又逼反了一路反王。这曹家坟并不是黎民百姓的坟地,乃是曹州府节度使孟海公的祖茔。孟海公听说麻叔谋无故要挖他的坟地,不由得不恼。又闻听人传言,麻叔谋借事生端,敲诈民财。曹州节度使孟海公便把麻叔谋种种的情形写了一道折本,命人送至帝都,参他六大罪状。谁想这折本到了长安,就被宇文化及一班奸臣佞党给压下了,那杨广连瞧这折本亦瞧不见。孟海公连递了三道折本,朝中一点动静亦没有。麻叔谋竟指挥民夫将孟海公的坟茔地挖成了河,几乎把他气死。

这孟海公是个武夫，不比文人，遇事能够忍受。他有两位夫人，人称黑白二夫人，都是胯下马掌中军刃，阵前能够有几合勇战的。居家老幼气愤难舒，孟海公就暗中与他的部下商议，隋室君臣如此，不甘屈服，要想插叛隋旗号，自立曹州王。亦是活该孟海公成其大事，他在曹州府挑起反隋旗号，自立曹州王，偏赶上麻叔谋挖河挖出鳖来，闹起大水，由曹家坟闹起水来，水势凶恶，波浪涛天，直奔东南流去，淹没了无数的村舍，又淹死了挖河的民夫数十万人。孟海公在曹州府安安然然挑起反王的旗号，大隋朝的官军只顾了挖河堵水，哪里兼顾得过来，不叫孟海公谋反哪？麻叔谋、令狐达忙了个数多月，把水患治平，仍按路线向东南开工。

离着相州近了，那相州节度使高谈圣这天正在大堂上办理公事，忽见辕门小校进来回禀："开水总督有公文来到，差官要投递公文，现在辕门外候令。"高谈圣吩咐："叫那差官大堂上投递公文。"小校出去工夫不大，这差官就来到大堂上，见了高谈圣并未拜倒行礼，只向高谈圣一抱拳了事。高谈圣打开了公文，见要民夫，还要小孩儿，心中很是纳闷：征调民夫原为掘河，这小孩儿有何用处？向差官问道："你们麻总督要这小孩儿有何使用？"这差官把脑袋一摇晃，说："我不知道。你有小孩没有我不管，给我写了回文，我便回去。"高谈圣喝道："胡说！开河总督征调民夫，我管得着；他向我要小孩，我不惟不管，我还要深究。你好好地告诉麻叔谋要小孩干什么使用便罢，如其不然，我就重办于你！"差官微微一阵冷笑，说："高谈圣，我是开河总督的差官，你管我不着！"高谈圣见他气势凶横，小小的差官敢藐视自己，不由得冲冲大怒，喝令左右："拿下！"站堂军往前一扑，将他按倒在大堂之上，捏胳膊就捆。高谈圣喝道："你急速把实话说出来，免得皮肉受苦，如其不然，我要动大刑了！"差官大声喝嚷："反了，反了！你这狗官是不愿意当了，敢打开河总督的差官!"高谈圣大怒,吩咐重打四十大板。站堂军遵命,举起大板,"啪啪啪"……打了四十大板,打得差官顺着大腿流血,皮开肉绽。这差官挨了四十大板,仍然不肯招承,高谈圣喝令再打四十板。又打了四十板,只打得差官喊叫不止:"大人饶命,大人饶命,小人有招。"高谈圣说:"快说!"这差官把麻叔谋挖河敲诈人民,虐待民夫,煎食小孩的事情全都招承出来。高谈圣气得双眉倒竖,二目圆睁,三尸神暴跳,五灵豪气腾空,厉声说道:"这大隋朝的天下,弄得逢山有寇,遇岭藏贼,各路反王,各据一方,连年荒旱不收,盗贼横行,民不聊生。杨广偏要用一班奸臣佞党、贪官污吏,横征暴敛,苦害黎民,他还要大兴土木之工,妄用民财,耗尽民力,大料着隋室天下不久将亡了!"左右无不感动。高谈圣吩咐:"将差官两耳削去,打出衙去!"左右遵命,站堂军用刀将差官两耳削去,疼得他浑身栗抖,体似筛糠,把绑绳儿解开,哆哩哆嗦地走下大堂。

这差官素常仗势欺人,今天可遇见了对头,把他治了个服服帖帖,挣扎着走出衙门。有伺候他的亲随给他带马,差官屁股疼痛难忍,焉能骑马?他爬在马上,叫亲随扶着他,走出相州城,差官在城里头不敢埋怨高谈圣,出了城立刻哎哟不止,大骂高谈圣。天亦作怪,走得上不着村,下不着店,忽然下了一阵暴雨,把这差官的随从淋得水鸡似的,差官屁股上被雨淋得疼痛万分,这罪可受大了。好容易走回总督大营,见了麻叔谋放声大哭,把高谈圣的事情有枝添叶地向麻叔谋哭诉一番。麻叔谋大怒,骂道:"狗官高谈圣敢如此无礼!"立刻传令,点兵三万,杀奔相州。

三万人马杀至相州城,离城相差不远,麻叔谋吩咐列阵。"咕咚"一声炮响,把队伍列开,麻叔谋正当中勒马停蹄,压住了全军大队。将要吩咐叫战,忽听相州城上一声炮响,旌旗招展,刀枪密排,高谈圣站在城上往下观瞧,麻叔谋大军来至。将要唤高谈圣城下答话,忽见由西方又来了一支人马,如同蜂拥而至,向麻叔谋大队杀来。麻叔谋全军大队听着后面有了动静，一回头望见这支人马杀来，不战自乱。麻叔谋圈回马来观瞧，见来的这支人马挑着一杆皂缎色旗，旗上绣着字，是"南阳小太行山寨"一行小字，当中斗大的一个"雄"字。旗前边有一骑马，马上端坐一人，身高足有丈外，头大项短，膀阔三停，上宽下窄，好看极了，可以说打开了折扇似的，不是团扇芭蕉叶似的。黑黑的脸膛，两道浓眉，黑似漆刷，斜插入鬓，一双突睛努于眶外，高颧骨，蒜头鼻子，大嘴岔，连鬓络腮短钢髯在腮边扎里扎煞，颤巍巍扫耳毫毛在耳后边倒竖着，如同大抓笔相似。穿青挂皂，胯下一匹乌獬兽，鞍鞯嚼环鲜明，手中擎着一条浑铁棍。这人带着这支兵，来势汹汹，直奔麻叔谋扑了过来。麻叔谋指挥人马，喊嚷："杀！"两支人马撞在一处，刀枪并举，短兵相接。麻叔谋的兵将，个个腰中有抢夺来的金银，有钱惜命，往后直退，被人家大刀阔斧，一路大杀大砍，杀得东倒西歪，横躺竖卧，抵敌不住。麻叔谋率兵往东而败，后边这支人马苦苦相追。麻叔谋带着人马往东败下来，没有多远，高谈圣率兵从西门里杀了出来。麻叔谋见高谈圣的相州兵杀至面前，拼命迎敌。这下子可了不得了，前有高谈圣，后有那太行山的喽罗兵，两头夹击，麻叔谋背腹受敌，那隋兵走投无路，被杀得全军尽没，麻叔谋竟被那太行山的寨主生擒活捉了。然后高谈圣的人马在城西齐队，那寨主亦把喽罗兵队列齐了，当中间地上尸骨堆聚如山，血水成河。

　　高谈圣见这寨主骁勇善战，很是喜爱于他；见众喽罗兵亦都能征惯战，个个长得筋强骨壮，心中更是爱惜这支人马，有意过去见见这位寨主，吩咐压阵官压住了大队，亲自出马奔那寨主而来，高声喊嚷："相州节度使高谈圣前来拜望寨主，披挂在身，不得下马施礼。"说着话，一抱拳，说："马前见过。"这寨主横棍还礼，向他问道："你这官儿是昏君杨广的人，为什么出兵大杀麻叔谋的兵将呢？"高谈圣说："大王，这麻叔谋是开河总督，暴虐人民,抢夺良家子女,生食小孩儿。他派了差官来找我,叫我给他预备数十个小孩,我乃地面官员,民之父母,焉能助他为恶?将他的差官两耳削去,麻叔谋竟敢率兵前来攻打相州。我虽是隋家的官员,不愿扶保昏君杨广,要想杀奔长安城,去杀朝中的奸臣佞党,肃清朝堂,另保有德之人为天下之主,故此我才出兵杀他们兵将。"这寨主听高谈圣所说,把大拇指一挑道:"好官,好官,理应如此。"高谈圣问道:"寨主尊姓大名?"这寨主说:"俺乃南阳小太行山的寨主,名叫雄阔海。听说开河总督敲诈民财,生食人肉,俺要为民除害,带了五千喽罗兵,来找麻叔谋,不期在此撞见,将奸贼拿获。你这官儿,如若有意叛反隋朝,俺情愿率领喽罗兵扶保于你,你想怎样?"高谈圣听雄阔海所说,点头应允,于是二人合兵一处,押解麻叔谋入城。择了个吉日,高谈圣自立白御王,用雄阔海为元帅,将麻叔谋在东门外万剐凌迟,人心大快。高谈圣派雄阔海带兵分搅河工,抢他们的工款,携来了民夫,改为白御王的兵丁。孟海公亦是派兵扰乱河工,出没无常。开河副总督令狐达心有恐惧,跑回长安城面君,请示办法。令狐达到了长安城,杨广已然起驾晋阳宫了。阅者要问杨广为何又到晋阳宫呢?这里边却有奸臣进谗言,陷害忠臣之事。

原来杨广是个无道之君,在未曾即位之先,杨坚命唐国公李渊兼河东节度使,李渊由长安到河东赴任,杨广曾假扮强盗,在临潼山劫杀李渊,秦叔宝在临潼山惊走了杨广,搭救了李渊。李渊到了山西,又生养了两个儿子,一个叫元吉,一个叫元霸。李渊夫妻共有四子,长为建成,次为世民,三为元吉,四为元霸,一家大小在山西倒亦快活。只是李渊对于朝中奸臣佞党,既不联合,又不输送些金银,一班权奸,都是与之不和的。老贼宇文化及知道杨广不大喜欢李渊,他向其密奏,说李渊有意谋反,在河东大兴土木之工,建造宫殿。杨广半信半疑,宇文化及向杨广献计:"试试李渊反意有无,叫他在三个月造得了一座宫院,宫院造得,圣驾可往河东一游。要是三个月的工夫李渊把宫院建成了,不问可知,三个月不能造成一座宫院,那必是李渊有意谋反,是他预先修造的,万岁可以追究他私造宫院蓄意谋反之罪,将他除治了,可以免去后患;如若李渊回奏三个月的工夫造不了一座宫院,是有意谋反,怕万岁驾至河东看出破绽,暗有阻拦圣驾之意,到那时万岁若不早为治除,日后李渊定为大患。"杨广道:"卿言甚是,朕当从卿之意便了。"于是杨广降旨,命唐国公李渊在河东太原修盖一座晋阳宫,巡幸河东。这道旨传下来,钦差官捧旨出朝,带领亲随人等取道河东,往太原而来。

一路之上无事,这天钦差官到了太原,唐国公李渊得报,有圣旨来到,立刻更换官服,命人摆设香案接旨。钦差官来到了,李渊跪倒接旨。钦差官宣读圣旨已毕,李渊大惊,暗想:百日期限焉能修得了一座宫殿? 遵旨吧,又怕百日的工夫修盖不完,亦是死罪,又怕抗旨不遵,落个杀罪,当下心中为难得了不得。万般无奈,只好说声"遵旨",命人将旨接过去,悬挂起来,款待钦差。钦差官走后,李渊为了此事,心中不安,回至内宅,到了屋中,见窦氏夫人正与建成、世民、元吉、元霸娘儿五个谈话哪。唐国公走入,落了座,夫人见李渊面带愁容,忙问道:"公爷,你有什么为难事吗?"李渊说:"时才我接旨,万岁命我百日之期,在太原修盖一座晋阳宫。夫人你想,百日的期限,焉能修得完呢?这事一定是老贼宇文化及的奸计,要害本爵一死。百日修盖不完这座晋阳宫,老贼宇文化及一定参奏本爵违旨不遵之罪,万岁势必降旨杀我。"夫人说:"要是在百日之内修得了晋阳宫呢?"李渊说:"那亦不成,仍是杀罪。"夫人问道:"怎么在百日之内修得了晋阳宫,亦是死罪哪?"李渊说:"我们要在百日之内将晋阳宫修齐了,那老贼宇文化及一定向万岁驾前参我,说百日的限期不能造成一座宫院,这座宫院一定是我预先造成了的,万岁亦是说私造宫殿,有意谋反,亦是杀罪。"夫人听了,当时就着了大急,说:"怎么办呢?"李渊说:"修晋阳宫亦是死罪,不修晋阳宫亦是死罪,反正都是死罪,我给他个不修,有什么事到了百日再说。"夫人说:"倘若百日你没修造这晋阳宫,应当怎样呢?"李渊说:"等着皇上来了再想主意吧。"夫人问道:"当今万岁还要到河东来吗?"李渊说:"可不是吗,万岁要等着百日把晋阳宫修齐了,驾至晋阳宫巡幸河东。"夫人听了紧皱双眉,这个大祸不久就要临身。如何不急? 就是三位少爷建成、元吉、世民,都听着着急,惟有四子李元霸见他父母着急,他说:"爹娘何必着急?那个皇上来了之时,待俺打他一锤,打死他个狗皇帝,爹爹你就做了皇帝吧!"李渊喝道:"住口!"李元霸不敢言语了。这时,世民在旁说道:"爹爹,我倒有个主意。"李渊问:"有何主意?"世民说:"我有两个朋友袁天罡、李淳风,身怀绝技,人有异才。请教他们二人,必有良策。"事到如今,李渊亦无法,死马当活马医,只好求此二人帮忙。

书中交代,袁、李二人颇晓奇门遁甲之术,听李世民说及此事,二人袖内乾坤,算了一卦,结果却是凶中有吉,虽是大凶,却又有贵人相扶。二人商议之下,想出一条妙策,把太原府僧道尼姑请到城中,供吃供喝;与此同时,派出人不分黑天白昼,是大庙全扒,扒庙拉砖拉瓦拉木料,一齐给国家出力,修这座晋阳宫。李渊一听,心中高兴,吩咐照计而行。

第四十七回　风尘侠出世识英主
李世民伸冤辩昏王

　　修建晋阳宫的办法有了,那么有贵人相扶,贵人是谁呢? 阅者诸君莫急,容我慢慢道来。此人名叫李靖,乃是隋朝大将韩擒虎的外甥。韩擒虎自幼入伍,后来直到杨广之时,挂过帅印,身经百余战,善于用兵,久历戎行。无事之时,韩擒虎曾与李靖谈兵,凡是二重四轻,五慎四机,《孙武子十三篇》等等的兵书战策,李靖无不熟读。韩擒虎每有所问,李靖无不知晓。韩擒虎常向外人言说:"李靖乃将才也,熟读兵书,深知通变,将来要辅佐英明之主,可成帝业也。"这李靖素负豪气,有为国除奸、为民除害之大志。他在长安城见越国公杨素有权倾中外之势,不行忠君报国之事,与一班奸臣佞党狼狈为奸,陷害忠良。李靖有欲除奸之意,先与杨素亲近,日后遇机再为除治。李靖有了这个心意,竟往越国公府求见杨素,杨素耳闻其名,遂即延见。相见之下,畅谈时事,李靖一言一语皆为杨素所重,故杨素有事时常与李靖讨论。李靖要访查杨素究竟是忠是奸,便时常到他府来。杨素每年寿诞千岁之日,都请李靖帮助。李靖要瞧瞧天下的文武官员都是谁来给杨素送礼,从寿礼多寡便可察出忠奸廉贪。故杨素每逢办寿,都是李靖为其主簿,银钱收入,寿礼收发,悉经其手。凡是天下的官员,谁是贪污搜括黎民,给杨素输入的财宝多寡,李靖无不知之。凡是簿礼上寿的官员,都是何人,李靖亦尽知。后李靖辅佐李世民,用人行事,皆由此分明忠奸廉贪。
　　一日,杨素在府中设筵款待李靖,时杨素之姬妾婢女尽在其侧。李靖见有一女在旁,手执红拂,侍立杨素之侧,李靖见丽人如画中仙女一般,暗赞其貌。李靖入席,执拂之女屡以目视李靖。席终,李靖告辞归家,已然安歇睡觉了,忽听有人叩门。李靖起来,开门视之,见一少年,其貌甚美,携囊而立。李靖见他好生面善,一时之间竟想不起来是谁。美少年不待李靖延入,竟夺门走进,促李靖急速闭门,李靖就将门关上,随他入屋。到了屋内,美少年将囊置床上,摘下帽子,脱去长服,露出一身女子的衣服来。眨眼之间,美少年竟变成一个初笄的丽人。李靖大惊,见她如此,摸不着头脑,冲她发怔。女子笑问道:"公可认识我吗?"李靖审视良久,惊喜非常,原来这女子正是越国公杨素府中执红拂的女子。李靖说:"你是杨府——?"只说了二字,女子点头,嫣然笑道:"正是贱妾。"李靖早就有个耳闻,杨素府中有一班歌姬舞女,内中最美者为红拂妓。今见红拂女来至他家,惊疑不定,向她追问来历。红拂女下拜道:"妾侍杨素有年,阅人多矣,所见者皆是平平,惟公姿表绝伦,气度非凡,丝萝不能独生,愿托乔木,是以来奔。"李靖听她说出要以终身相托,忙道:"不可,那越国公杨素权重京师,此时文武百官俱受其驱使,你来我家,倘若被他知道了,如何是好呢?"红拂女说:"那杨素尸居余气,不久将亡,有何可畏? 现在他的侍姬养妾,尽皆散去,他概不深究,故此妾才放胆前来。此来系为利公,绝非害公,望公勿疑。"李靖这才放心,向她问道:"卿仙乡何处,愿闻姓名。"红拂女说:"妾本姓张,排行居长,父母早丧,故土原籍忘记了。"于是李靖与他坐谈,略叙衷曲,谈吐文雅,眉黛风流,李靖真是不舍,遂结成伉俪。李靖恐杨素追究此事,有心往河东太原以看望李世民为名,携带红拂女躲避杨素之祸。把心意与红拂女说明了,红拂女见他不安,随即应允。李靖鞴马两匹,带了两个小包裹,二人乘马离了长安城,够奔河东。

　　一路之上,无非是晓行夜宿,饥餐渴饮。这一天来至河东灵石小镇,二人住于店中,原想歇息一宵,明日便走。到了次日早晨,李靖在院中刷马,红拂女在屋中梳鬓。忽见由外边走进一人,牵驴入店。李靖见这人长得身体魁梧,碧目虬髯,精神百倍,令人见而生畏。这人将驴撒开,走入李靖所住屋内,往床上一躺,看着红拂女梳头。李靖大怒,走至屋中,将要向他呵斥,红拂女冲李靖摇手示意,匆匆将头梳完了,向他裣衽下拜,问以姓名。这人起身还礼,说:“姓张,双名仲坚。”虬髯客又问红拂女姓氏,红拂女说:“妾亦张姓。”虬髯客说:“今日幸逢吾妹。”红拂女将李靖唤至屋中,给他二人指引,虬髯公与李靖彼此施礼。李靖与他略叙寒暄,急命店家购取酒肉。酒菜买来之后,三人环坐共饮。虬髯公说:“我观李郎,现在穷途落魄,如何遇此佳丽?”李靖料非常人,遂道:“他人不便实说,如兄光明磊落,不妨实言奉告。”李靖把越国公府恰遇红拂女,结成伉俪始末根由说明了,虬髯公问道:“你二人今将何往?”李靖说:“要往太原。”虬髯公忽然站起来说:“我把酒菜忘了。”到了院中,从驴行囊里取出一个皮囊来,走进屋中,把皮囊往桌上一放,问李靖道:“李郎,这里有酒菜,你可能下酒吗?”李靖问道:“是何酒菜?”虬髯公一伸手,从皮囊中取出一颗人头,吓了李靖一跳,仔细一看,不是别人,正是越国公杨素的人头,李靖惊讶不止。虬髯公用刀切成薄片,大吃大嚼,眨眼之间吃了个干净。吃完人头,向李靖说话:“这负天下人的,我恨他十年了,前日始能成功,得了他的首级,今日食尽,十年宿恨亦消尽了。”李靖唯唯连声,不敢诘问。虬髯公又说:“我观李郎气度不俗,真丈夫也,吾妹能识英雄,可谓得偶,但不知太原尚有异人否?”李靖说:“太原有一人,与我同姓,年方弱冠,龙表凤姿。以我的拙见,他是个应运之主,除去此人之外,无论再有何人,与我等尔尔。”虬髯公问道:“这人做何事呢?”李靖说:“他父身为武将,他乃将门之子。”虬髯公点头道:“是了,是了。”又向李靖问道:“你可能叫我见他一面吗?”李靖说:"我与他系为好友,到了太原当为介绍。"虬髯公大悦。李靖问道:"兄为何要见他呢?"虬髯公说:"吾观太原有望气,应出真命之主,据你所说,就许应在他的身上了。"席终之后,虬髯公说:"我尚有些事得去办理,咱们暂且分手,你们到了太原,须在汾阳桥候我,万勿失约。"李靖、红拂女点头应允,虬髯公出去,携驴到了店外,扬长而去。李靖追出店来观瞧,虬髯公乘驴疾行如飞,眨眼间踪影皆无。李靖料知定是侠士,即与红拂女算还店账,离了灵石,赶奔太原。

行至汾阳桥,待了顿饭之时,虬髯公如约而至。三人一同入城,住在店中。虬髯公净等着李靖给他介绍,得见李世民一面,谁知李靖见了三次李世民,都未见着。原来李世民与二友袁天罡、李淳风,正然动工修盖晋阳宫。据袁天罡、李淳风所说,百日之内晋阳宫准能修得。李渊派李世民监工,袁天罡、李淳风不为名利,是要辅佐李世民,故而在李渊面前自告奋勇,帮他父子修盖晋阳宫。李世民听说李靖来了,有心见他,实在忙得无暇。这天忙里偷闲,亦没有穿戴整齐,带了两名家将,来至旅舍,命人回禀李靖。李靖出来,相见之下,各叙离别。李靖把李世民延入,到了屋中,给虬髯公与红拂女指引过了,大家施礼完毕,落座吃茶。虬髯公见李世民真是风姿异表,神气扬扬,不觉颜色更变。李靖留李世民饮宴,世民应允。席间畅谈,虬髯公见世民谈吐不俗,事事皆有见解,惊异非常。直待席散,世民告辞走后,才向李靖言说:"果是真天子,我已料到八九成。尚有一道兄,比我胜强百倍,令他再见世民一面,准能料到十成,百无一失。"李靖说:"如若道兄来时,吾当为兄往招世民相见。"虬髯公大悦。

过了数日,虬髯公引一道士前来,与李靖相见。李靖见这道人长得鹤发童颜,松形鹤骨,辨不清他的年岁,只见他神情潇洒,真有点儿仙风道骨,料着不是平常人也,对施一礼,三人落座。虬髯公便命李靖往邀世民来会,李靖立刻亲笔写了一书,命店家往请李世民。店家走后，道人要与李靖着棋，李靖情愿奉陪，于是将棋摆上，二人对弈。一盘未终，李世民便至，道人一望李世民，见他的相貌有龙凤之姿，见了虬髯公、李靖等，长揖就座，顾盼不群。道人怅然，李靖请其再弈，道人冲着虬髯公说："此局全输，不必再弈了。"说罢，告辞而出。虬髯公明白了道人的话语，隐着不必与他夺中原天下，这中原的天下是李世民的了，要争亦得输给他。当日李世民在旅舍与他等盘桓畅谈了半日而去。虬髯公向李靖、红拂女说："李郎信人，妹妹尚无栖身之所，我当为你二人筹得一安身之所，我与你二人同返长安如何？"李靖不好说不去，面有难色。虬髯公笑道："那奸臣杨素已被我杀了，你何必怕他呢？况且回归长安，有我同行，尚有何难？"于是李靖与红拂女、虬髯算还了店账，三人分乘驴马，由太原起身，回归长安城。到了长安城，虬髯公把他二人安置在旅舍之中，向他二人说："今日权且告别，明日当来相迎。"说罢，乘驴而去。李靖向店中人打听，据人传说，越国公杨素已然死了，杨广又未在长安城，现在朝中系代王杨侑权朝，留守帝都，李靖才把心放下。

　　一日的工夫，光阴易过。次日早晨，虬髯公便来接他二人，从店里出来。同往虬髯公的家中而来，行至阳和坊，僻静小巷，至小板门前，虬髯公用手叩门，才两三下即有人出迎。三人走入小板门内，见重重门户，往里走着，往各处一看，豁然开朗，雕梁画柱，室宇宏丽。奴婢数十人导引李靖夫妇入东厅，见厅内陈设的尽是奇珍异宝，壁间悬挂屏画，亦是罕所未见。虬髯公不知何往。顿饭之时，虬髯公与一少妇来至东厅。李靖夫妇见虬髯公羽冠紫衫；那少妇华服雍容，又端庄又秀丽，大料着这个少妇是虬髯公妻室。少妇来至，虬髯公给他三人指引，果是虬髯公张仲坚之妻。礼毕之后，虬髯公夫妇尽情招待，殷勤已极。后又导引李靖、红拂女，又至中堂，四人落座，即有侍役搬入盛肴，开筵相待。四人饮酒之间,虬髯公又命女乐们侑酒,女乐们来至庭中,列奏音乐,且歌且舞。四人酒酣乐止,家人等撤去残席。虬髯公吩咐家人搭出宝箱,由苍头指挥家人抬来二十只躺箱,放于堂前。虬髯公用手指箱说:"此皆我历年所积,今特将此物赠你夫妇。"李靖与红拂女猜着箱内定是金银珠宝。虬髯公又向他夫妇说道:"我本欲在此建业,因有河东太原真主,不应与他相争,太原李姓三五年内可成帝业。李靖,你可以辅佐真主,将来可以位极人臣;我妹独具慧眼,得配君子,虎啸风生,龙腾云合,原非偶然际遇。你们夫妻将来可用我所赠之财宝,安心辅佐太原李姓,施功立业,努力前进,终许大富贵也。后十数年,东南数千里外传有异闻,那便是我得意之时也,妹与李郎可向东南沥酒相贺。"说至此处,命司事苍头将文簿、钥匙等物一并交出,然后命婆妇、婢女、家童、苍头拜见李靖夫妇。众男女仆人齐向李靖夫妻施礼。虬髯公向他们嘱咐道:"我妹丈与我妹即是你等主人,好生伺候,不准违慢。"李靖与红拂女要向虬髯公张仲坚请辞不受,尚未出口,虬髯公已挈妻入内。须臾之间,夫妇戎装而出,向李靖夫妻拱手告辞,往外就走。李靖、红拂女送至门前,见虬髯公夫妇上马,不带行囊,只携一奴,扬鞭而去。

李靖夫妇怅然返室,检点箱笼,金银珠宝,价值数百万资;箱中尚遗有兵书战策,内有风角鸟占云祲孤虚等术,后李靖闲暇读之,揣摩透了,皆有所得。后李靖辅佐李渊、李世民父子,料事如神,皆此书之力也。李靖夫妻得了虬髯公之财宝,居然富贵,直到后来李渊得了天下,唐太宗在位的时候,东南苗蛮奏禀李世民,称有海外番目入扶余国,杀其国主自立,扶余国大定。李靖得知,向红拂女说明,夫妻二人沥酒向东南拜贺,藉践前约。世人称虬髯公张仲坚、红拂女张鼎澄、李靖为"风尘三侠",这系后事,暂时表明。

放下李靖暂且不表,却说李渊乃大唐创业之君。这套《隋唐传》说至此处，是隋室衰微，李唐将兴，他乃一代创立之君，乘着此时说者先把他的身世细细表明。大唐开国始祖，姓李名渊，字叔德，是陇西成纪的人氏，系西凉武昭王李暠七世孙。东晋时代李暠占据秦凉，自称为王，传位其子李歆，为北凉所灭。李歆子李重耳生子李熙，李熙生子李天锡，李天锡生子李虎，佐西魏有功，李虎官至太尉，赐姓大野氏。李虎又与李弼等八个人称臣于周，号为八柱国。李虎殁后，追封唐国公。李虎之子李昞称臣于隋文帝，杨坚命李昞袭封唐国公。李昞娶妻独孤氏，与隋文帝的正宫皇后独孤氏系同胞姐妹，李昞虽在隋文帝杨坚驾前称臣，实关姻亚。李昞、独孤氏夫妻生子李渊，李渊生有异相，体具三乳，日角龙庭。隋文帝最为喜爱，常向人称李渊为不凡子。北周大将窦毅生有一女，三岁时，发垂于下，可与身齐，授读《女诫》、《列女传》等书，过目不忘。窦毅之女系后周皇帝的甥女，后周大将杨坚篡了后周，自立隋帝。窦毅之女曾拜投于床下，向其父窦毅说："恨我非男子，不能救舅家，终为我舅复此亡国篡位之仇。"窦毅大惊，忙掩其口，心中惊异，爱女如同至宝。及其女长成，窦毅因他女儿生有奇相，智识不凡，不肯轻意许人。为爱女择佳婿，在屏间画二孔雀，凡有求婚者，窦毅便命先来射箭，如能射中孔雀之目，即将女儿许之。那时王孙贵胄皆来角射，几乎挤破府门，户限为穿。凡百数人，张弓射箭，皆射不中。事为李渊所闻，欲往射之。原来李氏家传箭法最好，李渊能射百步穿杨箭，百不失一。李渊到了窦府，连射两箭，一中左边孔雀之目，一中右边孔雀之目，窦毅遂以女妻之。（程砚秋剧之《孔雀屏》，即系此事。）到了杨广驾幸晋阳宫时，李渊与窦夫人夫妻生有四子一女，四子即建成、世民、元吉、元霸，一女许与柴绍。李渊这四子之中，最好不过是他次子李世民，年岁才到十七八，就把古今兵法揣摩纯熟，生成一副过人胆力，交游极广，轻财重义，天纵英姿，不是凡品。

如今李渊身在河东,那宇文化及在杨广驾前进谗言,要李渊百日之内修盖一座晋阳宫,李渊急得束手无策。李世民之二友袁天罡、李淳风,帮助他们父子在百日之内把一座晋阳宫完全修得。李渊惊喜之下,修了一道折本,奏禀杨广,晋阳宫修完了,派人送至长安城。那日杨广早朝,御览折本,见唐国公兼河东节度使李渊具折奏禀晋阳宫修得,于是传旨,起驾晋阳宫,命无敌将宇文成都为护驾将军,率领护驾羽林军保驾前往。这旨意传下来,由宇文成都发出张单公文,叫外任官员知道,皇上到在哪里,哪里的官面肃清御路,保护圣驾。长安城的地面官员、五城兵马司,指挥官军弓上弦,刀出鞘,散开了兵将,把守御路,禁止人民通行。夫役们黄土垫道,净水泼街。这天黄道吉日,皇上起驾了,宇文成都全身披挂,胯下马,率领羽林军,由皇宫午朝门等处直到长安东门,兵山将海似的填满了街巷。午朝门外九声炮响,肃静回避牌,开道锣引着路,金瓜钺斧朝天镫,指掌拳衡,干戈宁静,满朝的銮驾排开了,文臣在左,武将在右,全都乘马,随着銮驾往东走着。老贼宇文化及紧随杨广驾前。八个太监提着金锁提炉,内里香烟缭绕,站殿的将军在前,金顶黄罗伞下,乘辇高坐的是杨广与那萧妃。前边是日扇掌扇龙凤扇,后边是烟舞烟幡烟罩烟。随驾同行的有杨广的宫眷、妃嫔贵人、宫娥彩女、太监,那御随的庖工、膳夫、太医、卜官等。却说杨广驾出长安东门外十字路了,传下旨来,命权朝的代王杨侑与越国公杨素等不必远送了。代王杨侑与杨素等,直等到杨广走远方才回长安。不料是日夜间,杨素被人刺死。(虬髯公为民除害。)却说杨广由宇文化及父子保着离了都京,够奔河东。一路之上,杨广经过之处皆为御路,各处的官员迎送圣驾,免不了又都忙乱一阵。

这天杨广走至太原境内,离着城还差三十里哪,对面就瞧见了唐国公李渊,率领河东太原等处文武地面官员,并他三子李建成、李世民、李元吉前来接驾。杨广的车驾护从临近了,李渊率众跪倒，口称："万岁圣驾至此，臣唐国公李渊接驾来迟，在万岁驾前领罪。"杨广传旨："命李渊引路，驾至晋阳宫。"李渊说声"遵旨"，率领众人一齐上马，头前引着路，够奔太原府，车驾护从随后前往。宇文成都保驾，进了太原城，见商民百姓人等，家家焚香，悬挂旗号，准备接驾。杨广所经过城中御路，都有李渊兵将把守。杨广进了晋阳宫，护驾羽林军分为宫外宫内保驾。杨广到了宫中，望见宫殿巍峨，雕梁画柱，宏丽美观，心中大悦，先到偏殿暂息，净面掸尘更衣，有随驾的太监等进茶。杨广的宫眷等有人引路，在宫中各处安置，宫娥、彩女、太监等伺候妃嫔、贵人，不必细表。却说杨广传下旨来，明日升殿召见河东文武地方官员，着唐国公李渊代理引见。当日杨广歇过乏来，命宇文化及率领太监引路，带着萧妃，往晋阳宫内各处游览，见宫中门门户户四通八达，楼台殿阁，奇花异草，赏心悦目，无不称心，当日杨广宿于宫中。

翌日五鼓，李渊与他之子，并河东各处的文武官员，齐集晋阳宫内。天光大亮，殿上钟鼓齐鸣，站殿的将军、护卫的甲士排开了，杨广升了殿，宇文化及、宇文成都、李渊率领文武官员跪倒叩头，行三叩九拜君臣之礼。然后杨广传旨，命他们免礼平身，文武分为东西，排班站立。此时，李世民弟兄三人与候旨召见的地方官员都在禁门之外站立候旨。当下宇文化及出班跪倒，向杨广奏禀："万岁，李渊百日之期能够修得了晋阳宫，臣以为他有蓄意谋反之罪，请万岁查究治罪。"杨广说："卿言是也，朕几乎忘记了。"宇文化及往旁一站，杨广吩咐护卫等："将李渊上绑，推出禁门斩杀！"护卫们上前，就将李渊上了绑。李渊问道："万岁，臣犯何罪，将臣斩杀？"杨广说："你李渊蓄意谋反，在太原新造宫殿，要不然你百日之期焉能修得一座宫殿？这定是你预下修盖的。"李渊呼冤不止，杨广不待他诉完，就令推出去斩了。李世民见他父亲被绑，推出来要杀，知道是宇文化及进谗言害他父亲,忙喊一声:"刀下留人!"

李世民喊罢,迈步进了禁门,到了殿前跪倒,口称:"臣子李世民参见吾皇万岁。"杨广见李世民的五官相貌与梦中所见琼花上头的那人一般不二,忙问道:"你是谁人之子?"李世民说:"臣子系唐国公之子。"杨广问道:"你见朕,有何事吗?"李世民说:"臣子特来为父辩冤。"杨广问道:"你父私造宫殿,蓄意谋反,有何冤屈可辩?"李世民说:"这座晋阳宫是臣父奉旨造的,并非事先私修。如若万岁不信,另有试验之法。"杨广问道:"有何试验之法呢?"李世民说:"万岁可以派人查看,这座晋阳宫凡是有木料工程之处,皆有铁钉,拔出来观瞧,如若是臣父事先修盖的,那钉上有锈,是旧的;如若铁钉全是新的,那是臣父遵旨百日修得的。"李世民说罢,杨广说:"汝言有理,朕命人验看。如若是新钉,朕便赦你父无罪。"李世民叩头谢过。杨广命站立一旁,向宇文成都吩咐道:"朕命你去拔钉验锈,不准妄奏,据实查复。"宇文成都说声"遵命",去往各处查验。工人伺候着,将宇文成都指示的地方,铁钉拔下来几处,一一地验看,全是新新的钉儿,一个有锈亦没有,宇文成都才知是他父亲妄奏不实。他为人真正不偏,回至殿上,跪倒说:"万岁,臣往各处查看,铁钉俱是新的,并非事先修盖。据臣所看,这晋阳宫确是李渊百日修盖的,臣父妄奏不实,请圣上治罪。"宇文化及气得脸上颜色更变。杨广说:"宇文成都,你为人办事一秉大公,处正无私,父子之亲并不袒护,直言参奏,卿可谓先公后私了。朕看在你的分上,赦你父无罪。"宇文化及父子赶紧叩头谢恩。然后杨广传旨:"将李渊推回来。"护卫们又将李渊推回殿上,杨广吩咐松绑,李渊父子叩头谢恩。

第四十八回　举双狮元霸胜成都
　　　　　　争魁首金锤夺凤镜

　　杨广说："唐国公,你在河东镇守,素有忠心,朕之晋阳宫百日修得,大功一件,朕当封你唐王。"李渊听说封他为王,心中大悦,又叩头谢恩,往旁一站。杨广又因李世民冒死救他父亲,喜爱于他,认为义儿干殿下,加封秦王。又问李渊道："卿家,你尚有几个殿下呢?"李渊因为李元霸性情不好,怕他惹祸,没敢说四个儿子,说："万岁,臣尚有二子。"杨广说："卿之二子何在?"李渊说："现在禁门外。"杨广传旨,召见李渊之子。这旨传出去,李建成、李元吉来至殿上叩头施礼。杨广问了几句话,二人均皆答复上来,遂封建成为殷王,元吉为齐王。李渊父子俱各封王,真是荣幸已极。然后杨广命三人退出,建成、元吉、世民三人退出来。李世民怕他母亲放心不下,赶紧命家人送信报喜,免得他母亲担惊受怕。家人们遵命,上马回府。到了府中,那唐国公李渊的夫人窦氏正然着急,听说杨广要杀李渊,吓得坐卧不安。正要命人打探,家人进来禀报,说主人唐国公晋爵唐王,大公子建成封殷王,二公子世民被皇上认为义儿干殿下,三公子元吉封齐王。夫人转忧为喜,重赏家人。合府的男女仆人知道了,齐来见夫人报喜,夫人俱有赏赐。

　　却说杨广封完了李渊父子,又传旨召见河东各文武官员,众文武官员见驾,杨广俱有话问。众文武官员问完了话,退出晋阳宫,各自回去。杨广将要退归寝殿歇息,忽听宫外一阵大乱,命人查看,回报说李渊之四子扰闹宫门。李渊这一惊非同小可。

杨广问道:"唐王,你不是只有三子吗,这四子是何缘故呢?"李渊赶紧跪倒请罪。原来唐国公府的家人,因为李渊父子晋爵为王,全都知道了,给主人道喜,得了不少的赏钱,惟有伺候四殿下李元霸的小使,他没有得着赏钱,心里不大痛快,来找李元霸,要把封王的事情告诉他。书中暗表,李渊怕李元霸给他惹祸,用铁链子把他锁在花园之内,外边的事情曾向家人嘱咐过,不准叫他知道。如今伺候李元霸的小使,来在花园,见了李元霸说:"公子爷,你大喜啦!"李元霸问道:"我什么喜事呀?"小使说:"现在当今万岁来了,你知道吗?"李元霸说:"我不知道皇上小子来了,他来了怎么?"小使说:"咱们公爷因为修盖晋阳宫有功,晋爵封唐王,三位公子亦都封了王爵,大公子封为殷王,二公子封为秦王,三公子封为齐王。可是公子你可苦了,人家都封王爵了,你还锁着哪!"李元霸大怒,问他道:"皇上在哪里呢?"小使说:"现在晋阳宫呢。"李元霸伸手一揪铁链,"咯吧"一声,揪断了锁链,他撒腿往外就跑。小使一把没抓住他,李元霸直奔晋阳宫而来。到了晋阳宫,李建成、李世民、李元吉见了他,要想过来拦他,那如何能成?他往宫里愣闯,羽林军焉能不拦他么?他大声喊嚷道:"俺是唐王的四子李元霸,来找皇上叫他封俺王爵!"羽林军听着好笑,他要皇上封他王爵,真是奇怪。

此时李元霸一闹禁门,李渊早向杨广跪倒请罪。杨广问道:"卿有四子,为何隐瞒呢?"李元霸叩头道:"万岁,臣之四子李元霸尚未成年,性情猛烈,未习朝礼。臣说有三子,怕的是臣之四子有失臣礼,冲撞万岁,故而隐瞒。臣有欺君之罪,请万岁治臣应得之罪。"杨广说:"唐王,你虽有欺君之罪,情有可原,朕当赦你无罪。"李渊叩头谢恩,将站起来,就见李元霸已然闯进宫中。李渊见了大惊,忙着喝喊道:"万岁圣驾在此,还不跪下!"李元霸冲着杨广跪倒。李渊叫他叩头,他只给皇上叩了三个头就完了。杨广见他长得黄脸膛,干瘦干瘦的面目,两道细眉毛,一对雌雄眼,小鼻子,尖下巴颏,上嘴唇长,下嘴唇短,好似雷公似的。杨广问道:"李元霸,你来见朕有什么事吗?"李元霸说:"俺爹封王,俺三个哥哥封王,惟有俺还没封王,来找皇上你,叫你亦封俺个王爷。"李渊此时捏着一把汗,不知道他得惹下什么祸哪。谁想杨广并不怪罪于他,说:"李元霸,朕亦封你王爵,封你为赵王。"李元霸给皇上叩了三个头,李渊又过来谢恩,然后他父子往旁一站。

　　李元霸见宇文成都胸前挂着一块金牌,他向宇文成都一指说:"你把那个牌子给俺吧!"此时李渊可吓坏了,将要阻拦于他,杨广问道:"李元霸,你为何要他的金牌呢?"李元霸说:"他那牌上有字,是'神勇无敌天下第一'。俺李元霸就是神勇无敌将,天下第一人,他那牌儿应当给俺。"宇文成都大怒道:"我乃无敌将,金牌是万岁所赐,凭什么给你呢?"李元霸说:"俺是天下第一,你不是无敌将。"宇文成都说:"我是无敌将,你如不服,和我较量较量。"李元霸说:"我不用跟你较量,我的一只胳膊,你亦休想弄得动的。"宇文成都说:"你这孩子,禁不住俺一拳!"杨广说:"你二人不用争竞,先比试,朕当面观瞧。"李元霸右胳膊伸出来,向宇文成都说:"俺这一只胳膊,你先弄弄。"宇文成都哪把他放在眼内,过来伸手抓住他的胳膊,往怀中一扯,纹丝没动。宇文成都暗暗吃惊,一晃身形,用尽平生之力,再扯他一回,好像蝼蚁拱磨盘一般。宇文成都惟恐怕弄不动他寒蠢,被人耻笑,连个孩子的胳膊全没弄动。他把浑身的力量贯在两臂之上,恶狠狠地来抓李元霸的胳膊。李渊大吃一惊,料着李元霸不死,亦得把胳膊弄折了。谁想宇文成都使尽了全身的膂力,犹如蜻蜓摇石柱一样,莫想动得分毫。宇文成都正往怀中扯他,忽然李元霸一抖搂胳膊,把宇文成都弄了个大筋斗,摔倒在地,只摔得他身上金甲"哗啷啷"直响。宇文成都这一躺下,杨广与群臣、侍卫无不惊讶。

宇文成都爬起来，已然摔得盔歪甲斜，袍带皆松，臊得他面红过耳，不由得恼羞成怒，向李元霸说："你阴了我一个跟头，这不能算是输赢。宫门外有一对石头狮子，分量重有四千斤，若举得起来，才算好汉。"李元霸说："你先去举，俺就能与你比试。"宇文成都把身上的盔甲收拾利落，往外就走，出去没有多大的工夫，真把石头狮子举进一个来，大踏步走至殿前，轻轻地放下。李元霸说："你把他再举回去，看着俺的。"宇文成都又将石头狮子举了出去。他走回来，李元霸迈步走出去，不到顿饭之时，他把一对石头狮子一并举了进来。他把双狮子放下，众人无不惊服。宇文成都过去说："这有何难，我亦能成。"伸手来举石狮子。将举起一个，那一个尚未举起来呢，觉着头晕眼黑，忙把狮子放下，"哇"的一口鲜血吐了出来，往地上一坐，任什么亦瞧不见了，眼前发黑。杨广与群臣大惊，宇文化及吓得脸上颜色更变。杨广传旨，命御前太医给他诊治，所用药品尽归御赐；又命人将宇文成都搭走，好生调治。

老贼宇文化及瞧着把他儿子搭走，李元霸把双狮举出去放回原处，他心中不服，暗想：自己原是要害他李家父子，害没害成，他父子五人一并封王，这无敌将的名儿又要被李元霸夺去。他实不甘心，忙着跪倒殿上，向杨广说："万岁，武将之能不在力大力小，在乎阵前杀敌。臣愿等宇文成都病好之后，叫他与李元霸在教军场比试马步技艺，如若臣子输与李元霸，情愿将御赐金牌输给他，算他是大隋朝头条好汉。"杨广说："卿既愿命宇文成都比武，朕当准你所请，待成都病愈之后，再为比试便了。"当日散朝，文武百官散去，宇文化及还想主意和李氏父子作对。

过了十数天，这天杨广在宫中无事，宇文成都病愈，谢恩的折本递进来。杨广见折本上宇文父子还是要求与唐王之子在教军场比武。竟准其所请，叫李渊明日在教军场布置好了，叫二勇士比武。李渊奉到了旨意，家中老幼又都提心吊胆，替着赵王李元霸担心了。翌日清晨早起，李渊把李元霸唤至面前问道："孩儿呀，你能够去跟宇文成都比试吗？如果你酌量不成，我们急速请旨免试吧。"李元霸用手把胸脯一拍道："俺一定要和他比试，分个强存弱死，真在假亡。"李渊问道："你要和他较量，你使何军器呢？"李元霸说："有军器，取了来父王观瞧。"说着话，他去取了一对锤来。李渊一看这对锤的形式，是一对擂鼓赤金锤，锤的个头儿又大，分量十分沉重。李渊忙着问道："你这对锤是哪里来的？"李元霸说："俺这对锤是药师李靖给俺的，练亦是他教给俺的。"李渊听他说出李靖来，忽然想起来了，暗道：那李靖是韩擒虎的外甥，韩擒虎是隋朝的福将，攻无不取，战无不胜，身经百余战，善于用兵，深知兵法。他平生最服气他外甥李靖，对我说李靖是将才也。如今我儿李元霸学的这对擂鼓赤金锤，是李靖私授的，武艺绝计不能弱了。当时李渊壮起胆来，命他的四个儿子都去预备，又命家将们辅马。父子爷儿五个，顶盔贯甲，罩袍束带，全都拴扎什物，披挂整齐了，带领家将们出府上马。离了唐王府，穿街越巷出了南门，够奔教军场。父子们到了教军场，那河东节度使衙中的将士儿郎数万大军，在教军场分为东、西、南三面列着队，早都布置齐全了。李渊父子来到教军场，众将齐来迎接，马上施礼完毕，一齐拥着唐王够奔演武厅。到了厅前下马，李渊先到厅中暂歇，等着杨广来到，再为接驾。

不表李氏父子与众将候着接驾，却说杨广在宫中用过了早膳之后，更换服色，命传旨官传出旨来，叫宇文成都点齐了五百名护驾羽林军，起驾教军场。宇文成都点齐了兵将，在晋阳宫外等候起驾。杨广由宫中上马，站殿将军、护卫甲士围绕着皇上出离了晋阳宫，宇文成都率领羽林军保驾出南门，够奔教军场。到了教军场，李渊率领众将接驾，杨广到了演武厅前，下了逍遥马，撩袍端带走进厅中，帅案后边落座。文武大臣在两旁侍立，满朝銮驾排列在厅前，五百羽林军在厅前后左右一围，保护圣驾了。

那厅前有二十四名御刽子手,头戴大叶巾,双插雉鸡尾,内穿长袍,外罩跨马服,个个手持钢刀,威风凛凛,杀气腾腾。河东武将归于队中。在演武厅前有宇文成都的二十四名家将,十二勇士。这十二勇士名叫李泰来、刘顺兴、赵文璧、贺胜祖、马兆麟、孙伯虎、王永豹、谢登云、葛文达、包天雷、段宏献、孙成业,俱是老贼宇文化及由四方招集的,个个能征惯战,骁勇无敌。今天宇文化及先在府中嘱咐好了,叫他十二勇士保护宇文成都,如若成都输在李元霸之手或命丧李元霸之手,命他十二勇士一齐动手,将李元霸弄死,有什么沉重,归他宇文化及承当。这十二个勇士都是全身甲胄,身带佩剑,准备着和李元霸拼命。这是暗笔书说明了。再说杨广坐了会儿,御前太监献茶,茶罢搁盏,宇文化及请杨广降旨,命他二人比武。杨广立刻传旨,着宇文成都与李元霸比试马战。

宇文成都遵命,演武厅前上马,用手摘下金镋,催马直奔场中央。李元霸听见演武厅上传旨官传嚷旨下,叫他比试,李元霸催马抡锤奔过来,与成都并不答话。成都用镋就扎,元霸抡锤就撞,两人马打盘旋,杀在一处。河东大军咆哮儿郎擂鼓助威,摇旗呐喊。两个人的马匹,八个马蹄蹬开了,翻蹄亮掌,土气翻飞,扬起多高来。李渊在演武厅内,与世民、建成、元吉父子爷儿四个,都是提心吊胆,替李元霸担惊。两人杀在一处,亦就有三四个回合,忽见他二人马到一处,"当"的一声响,那宇文成都的金镋,被李元霸的双锤抱住了,马亦站住不走了。宇文成都用浑身的力量一抖金镋,要他把双锤撒开。李元霸用力使劲,把金镋抱住了,死亦不放,宇文成都的金镋没动颤。李元霸运用浑身的力量使双锤一错,要他把镋撒了手。宇文成都使尽平生之力,把镋攥住了,只听"嗑嚓"一声,李元霸的马匹,腰节骨跟肋条被他坐折了,夹断了。马匹死了,那李元霸的双锤还没撒开,杨广与群臣无不吃惊。杨广传旨召见他二人,传旨官高声喊喝:"万岁旨意下,召见宇文成都、李元霸。"

　　李元霸、宇文成都听着杨广召见,二人才把军器撤开了。成都催马奔演武厅。李元霸的马死了,他步下而行,够奔演武厅。他将到厅前,忽见由场外来了百数十骑,马上之人尽是挂甲的将军,当中间簇拥的是位王爵。他没见过此人,不认识是谁。书中暗表,来的这位王爷不是别人,正是靠山王杨林。前文书已然表过,杨林攻打瓦岗山,打了败仗,他要到长安城面君,亲报军情,并在杨广驾前领罪。杨林到了潼关,守将魏文通向他言说杨广没在长安,驾奔河东晋阳宫,杨林这才带领亲随人等与众家太保,离了潼关,渡过黄河,够奔太原。一路之上安然无事,这天来至太原,正赶上杨广教军场御览比武,杨林就奔教军场来面见杨广。杨林将至演武厅,那宇文成都、李元霸还没进到厅内哪。

　　当下杨林下了马,走进演武厅,撩袍跪倒,口称:"臣杨林参见吾皇万岁万万岁。"杨广说:"皇叔一路远来,何必行此大礼。免礼平身,朕当赐座。"杨林叩头请罪道:"臣杨林兵打瓦岗山,未能将山打破,反倒损兵折将,臣有丧师辱国之罪,在万岁驾前请旨,重治臣罪。"说罢,叩头不已。杨广问道:"怎么这次皇叔又打了败仗呢?"杨林遂把张称金降了大魔国,定彦平兵败,张称金纵火焚营等兵败的情形详细奏明。杨广大怒道:"张称金竟敢归降强盗,朕当把瓦岗山扫平了才驾至江南巡幸呢。皇叔,胜败兵家之常理,朕赦你无罪。"杨林叩头谢恩,又向杨广说:"臣杨林在登州府杀退高丽国人马,得了高丽国名马一匹,名叫万里烟云兽,是匹千里马,臣愿献圣驾御用。"杨广说:"皇叔可谓忠于朕了。"杨林站起来之后,杨广传旨,叫御前侍卫将马牵至厅前御览。御前侍卫将马拉至厅前,杨广与驾前文武观瞧,只见这马:高有八尺蹄至背,长够丈二头至尾,竹签耳朵,小豹子眼,骆驼头,蛤蟆面,大乖乖岔儿,龟屁股蛋儿,高七寸,小蹄碗,周身灰色,长毛卷着,毛梢儿是黑的,毛色鲜润,臕头又肥,抖鬃抖尾,鬃尾乱乍,踢跳乱叫,亚赛欢龙相似。杨广夸奖道:"真是宝马良驹!"话犹未完,只见那李渊之子赵王李元霸走进演武厅道:"万岁,这匹马赏给俺李元霸吧!"李渊与文武官员无不担惊,靠山王杨林贡献的宝马,他愣向皇上去要,倘若触犯君怒,就有性命之忧。哪想杨广并不嗔怪,竟传旨将万里烟云兽赏给李元霸乘坐,李元霸趴下就磕头谢恩。然后他向杨广说:"俺有了这匹好马,愿与宇文成都比武。"杨广传旨,仍然命他二人比武。

李元霸走出厅来,把万里烟云兽的肚带紧了紧,又将镫绳往短了拴好,走过去捡起擂鼓赤金锤,双足点镫,一磕飞虎鞬,马的四蹄蹚开了,直奔场的中央。宇文成都亦上了马,手持金锐,直奔李元霸。二人见面更不答话,锤锐并举,杀在一处。宇文成都要以招数巧妙胜他,按着支架扑盖,据砸拍扎,一招一式使出来,向他招招进迫。李元霸的双锤抡打搪封,流星赶月,向宇文成都见式破式,见招破招,破式还招。金锐仍然不能取胜,宇文成都要以力胜他,递锐就扎,李元霸的双锤将锐"噇唧唧"抱住了。二人各使平生之力,只听"嗖"的一声,那宇文成都把锐撒了手。二马错过镫去,李元霸要用锤打他后脑海,成都往前一趴,锤没打着,那锐可落在地上了。宇文成都吓得催马就跑,直到演武厅,顺着他的手丫缝直往下滴答鲜血。

那成都的十二个勇士见李元霸把成都的家伙弄出手了,他们十二个人齐催坐马,各擎利刃,过去把李元霸围在垓心,要欺他个好汉双拳难敌四手,恶虎不敌群狼,棍棒齐下。唐王李渊在演武厅中见十二个勇士把他儿子围在了当中,大吃一惊,两只眼目不转睛,注目观瞧,惟恐怕他命丧在十二勇士之手。宇文化及看着可趁了心了,料着那李元霸是活不了了。谁想李元霸并不害怕,大喊一声:"来得好妙!"双锤抡动,和十二勇士杀在一处,"当唧"一声,就有个把军刃撒了手的;"噗哧"一声,跟着就得丧命。可怜十二个勇将,被他一锤一个,霎时间全皆打死,一个亦没活。唐王见了，又惊又喜，惊的是他儿子打死了十二个勇士，喜的是他儿子命算保住了。忽听杨广向靠山王杨林说道："真勇士也！"

李元霸在教军场，金锤夺了凤镜，锤轰十二杰，数万兵将无不惊服，都把他当作了天神一般。他把十二勇士打个干净，在李渊心里想着十二条人命，皇上一定得叫李元霸抵偿对命。可那李元霸得了胜，他还是要那金牌，催马到了厅前，甩镫离鞍，双锤挂在马鞍鞒上，迈步走进演武厅，跪倒叩头道："万岁，俺李元霸胜了他宇文成都，打死他的勇士，他不是神勇无敌将，俺是神勇将，叫他把那金牌给俺吧。"杨广说："小卿家真是神勇！你不必要他那神勇无敌的金牌，朕赐你一个金牌，上有六字'隋朝头条好汉'，较比那个金牌强胜多多。"李元霸听皇上说他是头条好汉，心中大悦，叩头谢恩。然后唐王又率着建成、元吉、世民，向杨广叩头谢恩。要论杨广得治宇文化及纵勇士行凶之罪，教军场比武是奉旨的，十二勇士是私斗群战，不过宇文化及父子们是杨广驾前宠臣，那杨广既往不咎，唐王父子更不愿和他们作对。李元霸得了个头条好汉的金牌，亦就罢了；宇文成都的金牌照旧佩带，自然心平气和。然后杨广带着杨林、宇文父子等回归太原城内，驾转晋阳宫，靠山王杨林与他的亲随人等暂时住在太原城中，一切事情须候圣旨再为定夺。

过了十数日，夏国公窦建德把龙舟造得了，把折本递到太原晋阳宫，杨广御览折本，龙心大悦，降下旨来，命夏国公窦建德把龙舟开至汾河候旨。旨传下去之后，杨广又接到令狐达的折本，河工完毕，请驾江南巡幸。杨广传旨，把挖得了的这道河，定名为运河。然后又传旨，命各州县的官员广选天下的美女。又命令狐达到江南苏杭等地采买绫罗绸缎。直到天下各处州县官员把美女选齐了，护送至太原府；那夏国公窦建德押着龙舟，巡船、战船、攻船、守船千余艘，由汾河开至太原城西，候旨起驾。令狐达的绫罗彩缎亦运至太原城。杨广这一下江南不要紧,挖开运河,打造战船,采买绸缎,妄用民财,耗尽民力,亦还不大怎样;惟有他选择美女两千余名,使两千多家父母儿女、兄弟姐妹骨肉分离,各家老少悲啼,痛断了肝肠,招惹得万民怨望,人心离散!

【连阔如评书秘本】

三十六英雄

下

连阔如 口述

贾建国 连丽如 整理

中华书局

第四十九回　杨虎臣兵困瓦岗山
铁子建水擒魏文生

　　杨广见诸事齐毕,择了个黄道吉日,要起驾巡幸江南。是日,由令狐达押着众美女出了太原城,到了城西汾水河边,命她们在更衣棚内一齐更衣。棚内预备好了数千件五彩衣服,众美女全部穿换齐毕。令狐达又命她们在岸上拉纤,众美女齐集在河边,那河中的四座龙舟上边拴得了锦缆,拉至岸上,交与众美女扯着,候旨起驾。河东节度使唐王李渊派遣官军保护御路,众官军由晋阳宫的门前散开了,两旁排列,直排到汾河水边。夫役人等黄土填道,净水泼街,御路肃清,净等皇上起驾了。宇文成都点齐了羽林军五千名,齐集在宫门外,准备保护圣驾。

　　却说杨广在宫中与萧妃更衣已毕,传下旨来,命三宫六院、妃嫔贵人俱留晋阳宫。太仆寺大臣、銮仪卫的官员将车辇銮驾预备好了,杨广与萧妃乘坐龙凤辇,由宫中出来,宇文化及、李渊父子随行。宫门外九声炮响,羽林军开往西门外,文武大臣等各自乘马,左右排开,随在銮驾后面而行。侍卫甲士等前呼后拥保着杨广起驾汾河边,城中铺户家家摆设香案,恭敬圣驾。杨广驾至汾水河边,望见河中的龙舟战船修造得美丽壮观,又兼以锦帆高悬,美女拉纤,红红绿绿。杨广大悦,未下车辇,传下旨来,命御儿千殿下秦王李世民随驾往游江南;加封唐王为晋阳宫正监,裴寂为晋阳宫副监,保护宫眷;命靠山王杨林由旱路速至洛阳,布置行宫。原来这隋朝自从杨坚篡了北周的天下,自立国号大隋,就定都长安,又在长安以东修了一座城池,名为大兴。到了杨广篡位之后，又把洛阳定名东都，各处设有宫院，皆有正宫监、副宫监，保护各处宫院。故此杨广封李渊、裴寂为晋阳宫正、副宫监。又命杨林到洛阳布置东都，以便到了洛阳之时，那里歇驾。这旨传下来，谁敢不遵？

杨广、萧妃下了辇，上了头座龙舟；秦王李世民上了二座龙舟；宇文化及、宇文成都父子上了三座龙舟；随行的文武官员上了四座龙舟。护驾的羽林军分为两队，一队上船，一队在岸。诸事齐毕，飞虎船上隆隆炮声响动，开船了，众美女把锦缆往肩头上一背，扯着便走。龙舟移动了，靠山王杨林、唐王李渊、殷王建成、齐王元吉、赵王元霸及河东众官员等冲着龙舟跪倒，跪送圣驾。杨林忽然抬头看见第四座龙舟上有个官员，头戴展翅乌纱，身穿锦罗袍，腰横玉带，足下粉底官靴，站在四座龙舟之上往头座龙舟张望。那杨广坐在船楼之内往两岸上观瞧美女扯缆，都没瞧见那萧妃做什么。原来萧妃是淫荡之妇，与杨广在一处久而生厌，由长安到太原路途之上她就瞧着魏国公李密面貌可爱，如今头座龙舟移动，她不住地回头观瞧。李密与萧妃往来眉目传情，被靠山王杨林瞧见了，杨林问左右："那四座龙舟上站立的官员是谁？"有认识他的说："是魏国公李密。"杨林大怒道："臣戏君妻，论罪该杀，孤日后必杀李密！"此时杨林已然站起来，用手指着李密，怒骂不已。那四座龙舟离岸原差不远，李密忽然回头望见杨林指着他，心中有些觉悟，赶紧走入船楼之中去了。杨林与李氏四王、文武官员见龙舟去远，这才率众上马，由河东起身，够奔洛阳而去。李渊父子与送行官员回归太原暂且不表。却说杨林数日之间到了洛阳，与洛阳东都宫监们布置一切，准备杨广到了再迎接。

过了十数日，杨广驾至洛阳，龙舟在黄河渡口拢岸，由杨林、韩擒虎等将杨广接至宫中。杨广想在洛阳歇息数日再为起驾巡幸江南，不料这河南各处州县官员纷纷来递折本，如同雪片似的飞来。杨广御览之下，见折本上所奏的是曹州反王孟海公、豫州反王徐延朗、相州反王高谈圣、山东反王唐璧、苏州反王沈法兴、湖广反王雷大鹏、河北反王李子通、沙陀国王子突厥、口北沙漠王铁木耳、江陵反王萧铣、武林反王李执、楚越反王高士迷、陈州反王吴可宣，各路反王纷纷带兵，要与瓦岗山大魔国会兵，阻住了御路，恐怕不能去游江南了。又有各处州县官员的折本，奏禀郁林反了宁长真，巴东反了冉安昌，广州反了邓文进，宣城反了梅知严，永嘉反了苗海潮，永安反了周法明，舒州反了殷恭遂，海陵反了臧君相，济北反了张青持，章邯反了田留安，郫州反了将善合，富州反了王薄，青州反了纂公顺，文登反了淳于难，任城反了徐师顺，平陵反了李义满，尉氏反了时德睿，汴州反了王要汉，山南反了杨士林，上洛反了周洮，五原反了张长凭，淮阳反了周文举，朔方反了梁师都，高罗反了冯盎，邺郡反了王德仁，齐郡反了左才相，新安反了汪华起，榆林反了郭子和，金城反了薛文举。杨广看罢大惊，忙在东都宫内召集杨林、韩擒虎、宇文化及商议军国大事。杨广把天下各路反王要在瓦岗山会兵，阻拦他不得驾幸江南的话说给文武大臣，靠山王杨林说：“万岁，这些反王不过是跳梁小丑，东劫西掠，骚扰民间，焉敢阻拦圣驾巡幸江南？臣请万岁传旨，速调大军数十万，臣与韩擒虎、贺若弼攻打瓦岗山，若能将岗山荡平，群寇自然惊散，然后分兵追剿，不难歼灭。”杨广大悦，说：“皇叔所言甚是，朕即降旨调兵攻打岗山便了。”于是杨广驾在洛阳，不敢南下，传旨调各路兵将。不到半月，调来了五十万大军，齐集在洛阳。隋兵声势浩大，果然把各路的盗寇镇住了，皆不敢进扰河南。

这天杨广传下旨来，留兵二十万拱卫东都，其余三十万大军命靠山王杨林统带，与韩擒虎、贺若弼、魏文通、魏文生等，兵发瓦岗山。此时杨林的众太保俱在洛阳，他们伺候杨林祭了旗，三十万大军放炮拔营，浩浩荡荡杀奔大魔国而来。杨林因为屡次攻打瓦岗山不利,这次是要与瓦岗山决战,剿灭不了岗山盗寇,誓不还朝。杨林这次到了岗山,水擒魏文生,火烧罗士信,怒摆一字长蛇阵,二请罗成破阵,十八国会兵四平山,程咬金拜铁冠为十八国都盟主,李元霸锤砸四平山,三锤打走裴元庆,兵败麒麟峪,程咬金醉卧琼花观,李密诈破麒麟峪,瓦岗山程咬金脱袍让位,秦叔宝南取五关,三抢虎类豹,马跳月牙涧,尚师徒托妻寄子,八锤两铜倒铜旗,罗成兄弟相逢等等热闹节目,尽在后套书中。

且说杨林三十万大军到了瓦岗山,杨林命韩擒虎带兵六万到瓦岗山东面安营;命魏文通带兵六万到瓦岗山西面扎营;命魏文生与五位太保罗方、薛亮、满成、满良、杨明远,带兵六万到瓦岗山南面扎营;其余的兵将随着杨林够奔瓦岗山北面扎营。这大隋朝的三十万大军围着瓦岗山四面放炮安营,那瓦岗山上的守山兵卒赶紧飞报军情,大元帅秦叔宝派兵遣将,把守东西南北四面山口。金镛城内合城兵将,令下准备和隋军鏖兵。却说隋军四面安营已毕,歇息了一日,杨林就点兵一万,放炮出营,杀奔瓦岗山北面。离着瓦岗山切近了,杨林吩咐人马把阵势列开,一万大军把阵列好,杨林在帅纛旗下压住了全军大队,命兵将喊喝声音叫战。约有顿饭之时,就听见山内隆隆炮响,两杆紫缎门旗开处,三千人马二龙出水式冲出来,列齐了阵势。当中间帅纛旗下,单雄信、尤俊达、王君可、王伯当、谢映登五路先锋与总印先锋裴元庆六个人压住左右阵脚,秦叔宝怀抱令旗压住全军。

两国人马把阵势列圆,靠山王杨林并不派将临敌,把令旗交与压阵官,亲自出马,直临阵前,大声喊嚷:"呔!岗山盗寇听真:靠山王杨林在此!尔等有不怕死者,马前送死!"裴元庆见杨林耀武扬威叫战,他拍马抢锤,直奔杨林。杨林见对面来了一员小将,银甲白袍,五杆护背旗,精神百倍,手中拿着一对梅花亮银锤。杨林没有见过裴元庆,向他问道:"尔是何人,通名受死!"裴元庆说:"俺在大德天子驾前称臣,秦元帅麾下调遣,五路先锋裴元庆是也!"杨林大怒,问道:"裴元庆,你们父子在大隋朝为官,食君禄不报君恩,背叛朝廷降了瓦岗山,不忠之辈,还敢临阵?"裴元庆说:"老儿杨林,杨广是无道昏君,暴虐人民,君昏臣暴,奸臣当道,残害忠良,才逼得我父子归了岗山。你身为朝之大臣,内不能除奸党肃清朝廷,外不能灭强敌扫平四方,你就不够大臣的体格,不久朝室将亡,尔君臣还是执迷不悟!你如不服,撒马过来,凭小爷这对双锤,若不将你骨节打折,你亦不知道俺裴元庆的厉害!"杨林大怒,举起赤金盘龙棍便打,裴元庆用双锤招架,两个人棍锤相撞,往来冲杀。两匹马八个蹄蹬开,翻蹄亮掌,马尾巴如同一条线似的,杀在一处,尘沙荡漾,土气翻飞。两国队内咆哮儿郎擂鼓助威,兵卒摇旗呐喊。裴元庆少年气傲,向不服人,没把杨林放在心上,觉着他已年岁高迈,老不讲筋骨之能,英雄出在少年。及至两人杀了五六个回合,见杨林这条棍使开了,泼风十八打,三十六棍的招数来得巧妙,呼呼带风,招巧力大,心中很是佩服于他。杨林、裴元庆杀到七八个回合,仍不见输赢胜败,真是棋逢对手,将遇良才。杨林见裴元庆双锤搂、打、搪、封、支、架、扑、盖,锤马纯熟,心中佩服于他:小小的年岁,有此武艺!

　　单雄信在阵中见裴元庆与杨林杀的工夫大了,不见输赢胜败,心中明白裴元庆年轻气傲,向不服人,宁可死在阵前,绝不落个败将之名,又怕他失神丧命,催马直奔阵前,高声喊喝:"裴贤弟闪开了,将此功劳让与俺单雄信!"裴元庆明白,这是单通把自己换回去,免得落个败阵之名,感激单通,拨马闪开,让单雄信与杨林杀在一处,他回归队内去了。杨林哪把单雄信搁在心内,凭掌中赤金盘龙棍足能敌得住他。五六个回合,还杀了个平手哪;一到七八个回合,单雄信可就敌不住了,只有招架之功,绝无回手之力。眼看着要败了,忽听背后"哗啷啷"又盘一响,有人喊嚷："你躲开了，待我尤俊达会会他杨林！"于是单雄信拨马回归队内。尤俊达把叉使开了，只杀了三个回合，就败回队内。瓦岗山的众英雄见杨林不弱于壮年人，无不服他。秦叔宝不愿再战，吩咐鸣金罢战，撤兵回归，杨林亦就收兵归营。两军当日罢战，各自小心留神，严加防范。

一夜无书。次日用完早饭，秦叔宝与军师徐茂公升座帅府大堂办公，忽报南面隋军由黄河岔口进兵，水路攻打瓦岗山。徐茂公传令，命张称金率铁子建、任敬司、鲁明星、鲁明月四将带领水军出战。张称金遵令，与四员大将离了帅府，回归水师大营。到了营内，张称金传令调五十只战船、五百水军、二百水手，迎敌隋兵。张称金上了飞虎大战船，与四将放炮出兵，战船冲出水师大营。没有多远，望见隋兵来至，张称金传令把阵势列开。五十只战船左右排开，当中飞虎战船桅杆上扎着紫缎色大旗，白光黑字，绣的是"大魔国金堤王水军大都督"字样，顺风飘摆，刮得衬铃直响。对面六十只战船雁翅儿排开，当中楼船上，船头虎皮金交椅坐着隋朝大将魏文生，与副将杨明远前来叫战。杨明远由大船上下来，到了战船之上，吩咐杀上前去。原来这战船上有四个水手摇橹扳桨，另有四个水军各持钩镰枪保护水手。一个看舵的，有两个藤牌手保护舵手，弓箭难伤其身；还有两个水军各持分水蛾眉刺，保护舵手。杨明远在船头上一站，手持双股叉，吩咐开船，水船摇橹开船。只见岗山水军如同箭出似的，飞来一只战船，船头上站立一人，手持钢刀，长得膀大三停，身体雄壮，绿巍巍面皮，穿着水衣水靠。杨明远问道："对面什么人？"对面船上战将说："俺叫净河太岁任敬司，尔是何人？"杨明远说："我乃靠山王的太保杨明远。"任敬司说："你等有何能为，敢来叫战！"用脚一蹋船板，水手们摇橹扳桨，两只船要撞在一处了，杨明远与任敬司杀在一处。未到数招，就被任敬司一刀劈为两半，"扑通"一声，尸身堕入水内。魏文生大怒，由大船纵上战船，命水手们开船，要和任敬司决战。战船走至中途，忽然翻了个儿，底儿冲了天啦！魏文生落在水内。没有多大的工夫，只见铁子建从水中往上一冒，肋下夹着一人，正是魏文生。隋军要想往回抢人，那如何能行？铁子建在水中如同箭似的，到了飞虎大战船上。

梆子一响，五十只魔国战船，二十只在前，三十只在后，前边船上尽是弓弩手，船飞亦相似直奔隋军战船，弓箭弩箭雨点相仿。射得隋军抵敌不住，回船要想逃走，张称金吩咐："调诸葛舟追赶！"魔国水师大营飞出数十只诸葛舟。那诸葛舟是个两半的船，当中衔接之处有钩儿搭着，后半只有水手，前半只内尽是硫磺焰硝火种等物，船头有钢锥，锥上有倒回刺儿。这种船身儿细长，在水里走起来最快无比。追上了隋军的船只，愣往上撞，钢锥撞上，扎在船板之内，有回刺儿，休想撤得下来。水手们见前截儿扎在敌人船上，把当中间的钩儿一摘，后半截往回一撤，前半截儿的火就起来了。隋军船中走着，那火就起来了，烧得隋军无处逃躲，不是被火烧死，便是跳在水中淹死。隋兵不习水战，死得甚是可怜。亦是隋朝的天下气数将尽，在金陵演习成了的水军，被张称金率着降了大魔国。当日张称金得胜收兵回归，布置军务，鲁明星、鲁明月、铁子建、任敬司押解着魏文生回归金镛城内，帅府报功去了。

且说南面隋军打了败仗，满成、满良二太保因为魏文生被擒、杨明远阵亡，事关重大，不敢隐瞒，亲身到杨林大营回禀靠山王。直到初鼓以后，到了杨林大营之内，两个人见着了杨林，如此怎般一回不要紧，只气得杨林三尸神暴跳，五灵豪气腾空，用手指着岗山骂道："山中的响马盗寇，孤若不把岗山踏平，誓不回兵！"立刻另派战将到南面主持军务，把满成、满良留下。一夜无书。到了次日，早早用完战饭，杨林点了一万大兵冲出大营，直奔岗山。到了岗山北面，把阵势列开，命兵将喊喝声音叫战。没有多大工夫，岗山上一声炮响，山头悬挂魏文生的人头，杨林看见了，咬牙愤恨，非要跟岗山兵将分个高低，见个上下不可。跟着岗山内炮声一响，秦叔宝率兵出来迎敌。岗山的五千大队列开，杨林摆棍，拍马直临阵前，耀武扬威叫战。王君可出马，与杨林杀了五六个回合，谢映登又出马临阵将王君可换回去，谢映登数合之后也败下阵来。秦叔宝见众将都敌不住杨林，忽然想起一个人来，这人能敌杨林，何不把他调来，阵前会战？秦叔宝想罢，立刻命值日的旗牌官到帅府内宅去调罗士信，叫他阵前会战杨林。旗牌官遵令，拨马往南进了瓦岗山，到了金镛城帅府门前下马，拴上坐骑，穿大堂过二堂，来至私宅门口。旗牌官高声喊喝："秦元帅有令，调罗士信阵前临敌！"

罗士信此时正在院中练武哪，旁边站着老管家秦安。原来罗士信就是长得身体雄壮，不会武艺，只会飞石打鸟，跑得比是人都快，除有两条飞毛腿，水性最大之外，别无所能，故此秦琼轻易不敢派他打仗。秦安爱惜他为人憨直诚实，天天教他练武，要造就个勇将，好给瓦岗山出力。今天秦叔宝令到调他阵前立功，乐得他手舞足蹈，撒腿往外就跑。旗牌官说："元帅在北山口外哪！"罗士信拉着棍跑奔北山口。出了山口，见了元帅大队，从当中跑过去，亦没理秦琼，他就望见杨林了。他跟杨林打过一回仗，认识杨林，心中猜着大概是叫我还揍这个老小子，奔杨林而去。杨林望见罗士信来战，拨回马去，不战而走，回到阵中，鸣金撤队，收兵回营了。秦叔宝见杨林惧怕罗士信，心中欢悦，暗道：瓦岗山有个罗士信，镇住隋朝虎将杨林。亦就收兵回归了。

第五十回　设埋伏火烧罗士信
　　　　　　为破阵搬请燕山公

　　当日两军罢战之后,杨林回到营中,暗中思忖:遇弱者生擒活捉,逢强者只可智取。这罗士信确是个勇士,我必得先把他除治了,然后才能战服岗山盗寇。忽然想起个主意,明日我若如此恁般,便可要他性命。有了主意,当夜放心安歇了。次日天明,杨林把满成、满良二太保唤至帐内,吩咐道:"你二人带兵五百到雁翅山洼,多放柴草,限卯时以后齐毕。至辰时拨给弓箭手二百名,各带火箭,埋伏在雁翅山洼。孤用诱敌之法,如将瓦岗山的人诱至洼内,用箭射着了柴草,直到把敌人烧死为止。"满成、满良说:"谨遵父王之命。"立刻带兵出营,到雁翅山洼埋伏去了。杨林又命军中早用战饭。吃毕,靠山王点齐三千马军,放炮出营,要到阵前诱敌,用火烧那罗士信。

　　三千大队在岗山以北列开阵势,杨林命兵丁们叫战。秦琼得报,点了三千人马,仍带罗士信迎战。两国兵将把阵势列圆,罗士信见杨林在阵前叫战,不待秦琼吩咐,竟拉着棍跑奔疆场,直奔杨林,两人打在一处。半个回合,杨林拨马便走。罗士信说:"老头儿,你我玩耍得正好,为何便走?罗老子追你了!"说着,他撒开两条飞毛腿便追。杨林与三千马军往北败下,如同断了线的风筝一般,跑得飞快。叔宝见罗士信追下杨林,急命鸣金。队内"仓啷啷"锣声响亮,罗士信应当退回来,可他是个浑人,不顾利害,违令不遵,竟往北追下去了。叔宝命兵卒鸣了三回金,不见他回来,叔宝又是担惊,又是生气,怕他有了舛错,立刻指挥人马往下追赶。及至瓦岗山的三千步军往下追,可就追不上他,落在后头了。

且说罗士信追赶杨林,追至雁翅山洼,他虽瞧见遍地堆的都是柴草,没吃过这样的苦头,他不知道厉害。将到当中,忽听梆子一打,弓弦乱响,箭发如雨,这阵火箭把柴草射着了。罗士信大惊,要想逃走,已然来不及了,四面烟火扑迷了二目,分不清南北东西。四周的火势愈着愈大,要把罗士信活活烧死。杨林率兵回营而去,诱敌成功,净等二家太保满成、满良回营报功了。那罗士信身体多强壮,膂力多么大,亦怕火来烧他,当时他一着急,浑人怎么样,亦能想出个主意来,用棍往地上乱杵,把地杵了个小坑儿,把棍放下,用两只手的指头挠起地来,挠得那土往各处飞扬。顾了扬南边,北边火到了,烧着他的衣服,痛得他乱滚。亦是他命不该绝,滚来滚去,滚在土坑之内,周身是泡,遍体是伤。火势见落,满成、满良将要在火场之中寻找罗士信的死尸,秦叔宝率兵追至,大刀阔斧,一阵乱杀。满成、满良不敌,率兵往隋营逃去。秦琼命人在火场中将罗士信找着,罗士信此时已烧得晕迷不醒了。秦叔宝见兵将们搭至面前,见状大惊,几乎落下泪来,埋怨他道:"鸣金不退,致受此伤,兄弟之命休矣!"兵将们说:"元帅,赶紧把罗士信搭回岗山,急速调治吧!"秦琼无法,这才命人搭着罗士信,率兵回归。

到了金镛城内,兵将各归汛地,秦琼知道魏徵医道最好,(卖马之后,秦琼曾在魏徵的庙内养病,开方调治,皆是魏徵给他治好了的。)命人去请大丞相。工夫不大,魏相爷来至,秦琼叫大哥先瞧瞧伤势轻重,然后又向魏徵请示罗士信的性命如何。魏徵说:"二弟放心,他绝计死不了,我这就给他调治,大约半月之后即可复旧如初。"秦叔宝把心放下。魏徵给他先吃下一服丸药,安神养血;外边给他敷药,止疼消肿。七八日的光景,罗士信就行动如常;十天之后,复旧如初。秦叔宝要给罗士信报这火

烧之仇,这天点兵五千,带了罗士信,前往大营叫战。兵将出了
瓦岗山,离隋营近了,人马把阵势列开,罗士信手持大棍,在隋营
外叫战。营门小校不敢隐瞒,飞报杨林,杨林听罗士信没烧死,
又来叫战,不由大吃一惊,传令营门紧闭,严加防范。秦琼见隋
兵把营门关上了,营门左右的土垒上尽是弓箭手,敌人守营不
战,这才传令回山。

秦琼走后,杨林闷在帐中,心中暗想:自从响马程咬金占据
瓦岗山,直到如今六打岗山,哪次亦是数十万大军,五次皆被岗
山所败,裴仁基父子、邱瑞父子归降敌人,损失数十万兵,不惟没
有得胜,还使敌人增长势力。这次我杨林六打瓦岗山,打得破打
不破不敢断定,要灭岗山的盗寇实非容易。这岗山的人杰有秦
叔宝、裴元庆、单雄信、王伯当、谢映登、王君可等十数人,要想扫
灭岗山,必须先把这十几个人除治了,然后岗山净剩下无能之
辈,何愁不灭? 孤纵有数十万大军,亦不可逞强攻打岗山,必须
摆得一阵,使岗山的武将前来打阵,先把这些有能为的诱至阵
内,除治已尽,然后再打岗山。把主意想好了,杨林要把他学的
演军布阵之法施展出来,在瓦岗山北摆一座一字长蛇阵。先传
下军令,把岗山东西南三面的隋兵全都调至北面,兵合在一处,
将打在一家。这天杨林晚饭之后升坐中军大帐,将士儿郎施礼
参见元帅已毕,杨林传令在北面布置长蛇阵:大太保罗方为蛇
头;五太保满成、六太保满良为蛇眼;韩擒虎为蛇尾;贺若弼为蛇
身前段;杨林自身为蛇身后段;魏文通为长蛇阵的阵眼,拨十五
万大军在阵中支配;余者撤北边十里以外扎营,并限令一夜将阵
势布置成功。真是令下如山倒,兵听将令草随风,隋兵大营移至
北面十里重新又扎下营寨。这十五万人马由各将领支配,把一
字长蛇阵布置成功。次日天明,到了卯时,靠山王杨林亲身查看
阵势,见阵眼、阵头、阵里、阵外十分严整,心中大悦,立刻命军政
司写封战书,请瓦岗山内的兵将来打长蛇阵。

这封战书递到瓦岗山内，秦元帅立刻传令升堂，先锋将士等齐集大堂，与军师、元帅施礼完毕，将士儿郎退在两旁。秦琼说："军师，如今靠山王杨林在岗山北面摆了一座阵，要请我们去打阵，不知道敌人摆的是什么阵，应当如何打法，请军师一决。"徐茂公说："你我先到牛头峰上登高一望，看看敌人摆的是何阵势，然后再议破阵之法。"秦叔宝传令叫外边辔马，与徐茂公率领将士儿郎出府上马，够奔金镛城北门。牛头峰下全都下马，顺着山道走上山头，站在高埠处往正北观瞧，只见北边旌旗招展，队伍丛杂，盔甲鲜明，剑戟光辉，杀气腾腾。十万人马摆下这座阵势，旌分五色，各有方位，由西至东长约数十里，曲曲弯弯，一眼望不到边。徐茂公用手指着西边，向秦琼说："敌人这阵的阵头在此，大约那东边定是阵尾。你看，敌人兵将进退动守，出入有方，一定有个阵眼，兵将定受阵眼的主将指挥，听他的调动，要破此阵甚为不易。我们岗山内虽有强兵猛将，要攻打此阵，必须有能识此阵的人按着阵头、阵尾、阵眼，攻击得法才能成功，不然纵有兵将去打，亦是白白损伤兵将而己。"秦琼忽然想起罗成来，在北平府的时候表兄弟传枪递锏，无事闲谈，罗成曾把演兵布阵、攻击破阵之法说给过自己听过，如今要破杨林这阵，他来了不至于不成。想到这里，便向徐茂公说道："军师，要破此阵，吾表弟罗成能有此才智。"徐茂公说："既是罗贤弟有此才能，何不急速派人到北平府去请罗成？"秦琼说："容我回归帅府，写了书信，再遣人前往。"于是秦琼、徐茂公率众回归帅府。到了帅府，兵将各归汛地，秦叔宝赶紧写了一封书信，就派袁天虎、李成龙前往。袁天虎、李成龙拿了书信，领下路费，由瓦岗山起身，够奔北平府。

这两个人走后，曹州王孟海公因为运河挖好了，杨广要下江南，发了十数道矫诏，约请十八路诸侯在瓦岗山会兵，共灭杨广。有河北凤鸣王李子通、济南王唐璧、豫州王徐延朗、相州白御王高谈圣、湖广襄阳王雷大鹏、江陵大梁王萧铣、武林小梁王李执、楚越王高士远等十数路反王，各带数万兵将来至岗山，在瓦岗山南面扎下连营。各路反王人马来至，瓦岗山声势大震。众反王扎营之后，都到岗山里面拜见大德天子程咬金，魔王少不得设筵款待。

却说袁天虎、李成龙自从离了岗山，不分昼夜赶奔北平府，路途之上安然无事，这天来至北平府，先在万胜街内人和店住下，打听打听北平王的殿下罗成是否在府，打听实了好去找他。书说至此，先把袁天虎、李成龙放在店内，翻回来再说罗成。自从在瓦岗山单枪破双枪之后，他带着众旗牌官家将们回归北平府，因为出来日久，怕事情泄漏，不分昼夜往回够奔。走在途中到了范阳，恰巧在店中遇见了定彦平。罗成为人机警，一见定彦平，心里可就明白了，大约自己假装程咬银的事情被他窥破了，定彦平北来，准是要见父王罗艺究情此事。哎呀，我必须如此如此，方能免去此祸。罗成向定彦平敷衍几句，然后命店中预备一桌素席，把定彦平请来，二人一同入席。

席间，罗成向定彦平道："你老人家往北来，意欲何往？"定彦平说："我想到北平府去看望你父。"罗成说："你老人家不是看望我父亲，是给我告状不是？"定彦平说："我给你告什么状？"罗成说："小侄男在瓦岗山涂改面目，诈称是程咬金的兄弟程咬银，冒犯尊颜，单枪破双枪。虽当时懵住了，事后你老人家焉能不明？我猜着你老人家一定是要见我父王究情此事，是与不是？"定彦平说："贤侄你说对了，老夫北来正是这个主意。"罗成说："你老人家要到北平府见了我父亲，千万别提说此事，我是瞒着我父王。你要向我父说明此事，他老人家非重责于我不可。"定彦平说："贤侄，你父身为大隋朝的北平王，你为何去到瓦岗山帮着响马抗击隋军哪？这是我定彦平知道了，亦不过到北平府见你父王发发牢骚而己；要是叫靠山王知道了，他定在杨广驾前递折本，参你父纵子为寇，叛反国家之罪，到那时如何是好？"罗成说："伯父，小侄男非是不明此理，你老人家只知其一，不知其二。我罗成此次身入岗山，非是妄为，我把我的事情向你老人家说明，你老人家便能原谅小侄了。"说至此处，罗成把当年秦叔宝的爷爷秦旭提拔罗艺，得了高官，如今秦叔宝不是无故谋反，与响马为伍；秦琼的祖父秦旭，父亲秦彝，在北齐后主驾前称臣；并程咬金等为报君仇雪父恨，要灭隋朝等事一并说明。定彦平恍然大悟，说："你这次到岗山，必是你表兄秦叔宝求的你吧？"罗成说："正是，小侄男亦是奉母命补报秦家之恩。"定彦平听明白了，罗成向定彦平苦苦哀求，不叫定彦定把单枪破双枪的事情告诉他父亲，定彦平无法，点头应允。爷儿俩把事情说开了，随即用饭。吃饱了，店家撤去残席。当日未走，次日二人一同起身回归北平府。

这日到了北平府，一进城罗成就派家将飞报北平王，说定彦平来了，叫他父王迎接。定彦平到了北平王府，府中大开仪门，罗艺身着官服，出来迎接定彦平。老弟兄见了，彼此施礼，略叙寒暄。罗成与旗牌官等都向北平王行完了礼，一齐走进王府，马匹自有人给刷饮喂遛。且说北平王把定彦平让至大厅，落座之后，家人献茶，茶罢搁盏。罗艺问道："你们爷儿俩在何处遇见了，一同至此？"定彦平说："我们爷儿俩在泰安山上见着的。"罗艺说："你我弟兄这一别，光阴似箭，日月如梭，眨眼间就十数年了。如若兄长无事，请你在北平府多住些日子，不知尊意如何？"定彦平说："我侄儿聪明伶俐，我到这里有意传授他些武艺，住上个一年半载的，然后才走哪！"罗王爷听定彦平要传授他儿子武艺，高兴得了不得，说："兄长如此厚爱我父子，小弟感激不尽。"说着话，罗成见完了他母亲，又赶至大厅来伺候定彦平。罗王爷向罗成说道："孩儿呀，你伯父要在这里久住，传授你的武艺呢。"罗成说："伯父如此厚爱小侄，我就拜认你老人家为义父吧。"罗王爷与定彦平喜之不尽。罗艺就命罗成叩头拜认定彦平为义父。自从罗成认他为义父之后，定彦平因为自己是个出家人，住在府中诸多不便，移至城里相国寺内，罗成每日早晚两次到寺内学习武艺。后来北平王就命罗成不必回府，亦叫他住在相国寺内安心习武，等着定彦平走后再回府。自此罗成就久住在相国寺。

　　这天罗成定更天以后练完武艺，将要安歇，忽见从房上下来俩人，一掀帘子，走进屋中。罗成一怔，仔细观瞧，看出是袁天虎、李成龙，赶紧站将起来，说："二位兄长从何至此？"袁天龙说："从瓦岗山来。这里有封书信，请你观瞧。"罗成打开了书信，看明是表哥秦琼要求自己二入岗山，替他们破杨林的阵势。看罢之后，紧皱双眉，心中思忖道：必须如此恁般，才能离开北平府，去到岗山助他们破阵。把主意想好，罗成向袁天虎、李成龙说："二位兄长先走吧，你们在范阳城内李家店等我，我随后就到，然后再由范阳赶奔瓦岗山。"袁天虎、李成龙听他说能够前往，喜之不尽，哥儿俩与罗成拜别，先行回店。袁、李二人够奔范阳等候罗成，暂且不表。

　　却说罗成当夜安歇睡觉，次日早晨起来，先把自己的身上收拾利落了，然后向定彦平撒谎要回归王府，看望父母，之后率领家将乘马出城。家将们问道："殿下，咱们不是回府吗？"罗成说："你们先跟我过趟黄河，然后再回府。"家将们料有别情，不敢多言，只好随着走吧。罗成到了范阳，与袁天虎、李成龙会了面，算还店账，一同起身，不分昼夜赶奔瓦岗山。路途之上无事，这天离着岗山近了，因为杨林摆的阵势在山北，他们绕道走南面，到了黄河岔口，有鲁明星、鲁明月的巡河小船把他们渡至岗山，由南面走进去。早有人去飞报元帅，秦琼得报罗成来了，立刻出府迎接。罗成到府前，与二爷秦琼彼此施礼，略叙寒暄，随即入府。罗成不管别人，得先去拜见舅母。秦叔宝同罗成到了内宅,向秦母问安已毕,回至前面,有瓦岗山众英雄前来看望于他,罗成与大家寒暄一通。罗成向秦琼问道:"杨林摆的是何阵势,兄长可知吗?"秦琼道:"我在山上望了数次,始终亦没看出是什么阵来。"罗成说:"既在山上能看见阵势,你我大家先去登山一望,看看是什么阵势,然后再议破阵之法。"秦琼说:"兄弟远来,尚未歇过乏来就要受累。"罗成说:"破阵之后才是安然歇乏时,这时候破阵要紧。"秦琼这才吩咐外面鞴马。

众英雄拥着罗成,帅府上马,催坐骑,抖丝缰,出了金镛城。北山下下马,大家登山瞭望。天光正在未时,往远处一看,十分清楚,罗成按着一字长蛇、二龙出水、三才、四门、五行、六仪、七星、八卦、九宫、十面埋伏阵阵势观瞧,看罢多时,向众人说道:"敌人所摆是一字长蛇阵。我兵若是攻打此阵,攻头之时,他以尾应,首尾夹击,我兵必败;如若攻尾,他以首应,亦是难胜;如进其中,首尾围之,全军遭困。要破此阵,我自有定胜之法,请众位放心,三日内老儿杨林必然败走。"大众听他所说,无不欢悦。罗成向秦琼说:"咱们回府吧,明日我当指挥人马破他的阵。"于是众人回归帅府,备下酒筵,款待罗成。宴罢之后,程咬金与逍遥王邱瑞、自在王裴仁基、大丞相魏徵、军师徐茂公、元帅秦琼,请罗成在殿上议论了一番,罗成把破阵之法详为解释,使众人听清,程咬金君臣见他有此奇才,无不惊服。然后议妥,由魔王约请各路反王议事,请各路反王破阵。如若各路反王无人能破此阵,再由瓦岗山攻打长蛇阵,请各路反王观阵。议论妥当之后,程咬金传旨请各路反王银安殿议事。

第五十一回　破长蛇瓦岗兴大兵
　　　　　　　拜铁冠咬金称盟主

　　掌灯以后，孟海公、高谈圣、唐璧、高士達、雷大鹏、萧铣、李执、李子通、沙陀王、口北王、沈法兴、徐延朗等都来了，齐集银安殿上。程咬金君臣与各路反王施礼已毕，一齐入座。然后程咬金说："列位千岁，大隋朝的昏君杨广派来人马六次攻打瓦岗山，我瓦岗山的兵将亦曾打败隋兵五次。如今杨林在瓦岗山北摆下了一字长蛇阵，打来战书，请各国兵将破阵。孤把众位请来就为此事，哪国能破此阵，就请哪国兵将破阵，如若将阵打破，败了隋兵，这一回胜似我魔国五败隋兵。哪位千岁愿打长蛇阵呢？"各路反王默默无言。程咬金问了三次，俱是如此。程咬金心中暗想：老儿杨林倒是厉害，各路反王全都兵强将勇，竟无一人敢破他的长蛇阵。程咬金说："列位千岁，既无人愿打长蛇阵，我魔国兵将可就打阵了，明天辰时以后就派兵，请你们在岗山北面观战，不知列位千岁意下如何？"众反王说："要是贵国人马明日破阵，我们都要观战。"程咬金与各路反王商议好了，众人告辞归营。他们走后，程咬金传旨封罗成为副元帅，协助大元帅秦琼调遣兵将，打破长蛇阵。夜间秦琼传令，命瓦岗山内所有兵将全都准备，马要备好鞍鞯，将官要披挂整齐，兵丁分为马步军、弓弩手、长枪手、校刀手、云梯手、火工司，俱皆预备整齐。

　　天亮以后，全军人马俱皆用完早战饭，寅时一过，帅府大堂上咆哮儿郎擂动聚将鼓，头通鼓响，刀斧手、绑缚手、中军官、旗牌官与站堂军齐集大堂；二通鼓响，总印先锋裴元庆与王伯当、谢映登、王君可、单雄信、尤俊达五路先锋到齐；三通鼓响，大元帅秦琼、副元帅罗成、军师徐茂公来到。六个先锋率领将士儿郎施礼参见元帅已毕，秦琼说："列位将军少礼，退在两旁。"三个人落座之后，罗成说："列位将军，要是破敌人的长蛇阵，必须首尾齐攻，然后再攻中腰，破他的阵眼。这阵内有个将台，高耸云端，台上有一主将，白昼间手执大旗，要是我兵攻阵之时，他用大旗一指，长蛇阵内的隋兵全都瞧得见，阵尾兵将以尾应头；若是黑夜之间，主将在台上手执一盏大灯，我们要进兵攻其阵尾，他把大灯往阵尾一指，阵头兵将以头应尾。要破敌人的长蛇阵，必须先攻他的阵眼，白昼间射倒大旗，黑夜间射倒大灯，十数万隋兵失去调动，指挥不灵，我兵不用攻阵，响炮擂鼓虚张声势，隋兵不战自乱。我兵攻打长蛇阵，多带鼓手、炮手，使炮鼓齐鸣，不绝于耳才好。那隋兵进退是仗阵眼，我们若把阵眼破了，他们可就只能仗着鼓声、炮声、锣声调动人马了。我们用鼓炮之声，扰乱得隋兵耳目不灵，便可成功。"当下罗成将破阵的大势说明，瓦岗山众英雄无不佩服。

然后罗成传令，命秦元帅率领王君可、金城、牛盖、袁天虎、李成龙五员大将，马步军五千，攻打长蛇阵头，并指示阵头方向攻击之法；又命尤俊达、王伯当二先锋率领齐彪、李豹、丁天庆、盛彦师四员大将，马步军五千，攻打长蛇阵尾，亦指示阵尾方向攻阵之法；又命单雄信率领四员偏将、两万大军，给秦元帅打接应；又命裴元庆率领四员偏将、两万大军，给尤俊达打接应；又请逍遥王邱瑞带兵一万，绕道左路攻击隋军大本营；又请自在王裴仁基率领一万大军，绕道右路攻击隋军大本营；又命侯君集、尚怀珠多带火种，去往隋军大本营放火，扰乱敌人军心；又命金甲、童环率领五千大队与八十名火工司，带连珠火炮、风火炮、牛腿炮、竹节炮，八十名鼓手各带牛皮鼓一面，去到长蛇阵附近响炮擂鼓，扰乱敌人耳目。罗成分发完毕，这才传令，另点大兵五千，自己本人率领谢映登、屈突星、屈突盖去打长蛇阵阵中腰。至于各路反王来至瓦岗山内，由大德天子程咬金陪着他们到北山头上观战。

瓦岗山内各路人马齐集，放炮起兵。过了正午，头尾中三路人马一齐进兵，杀奔长蛇阵。秦琼率兵杀至阵前，那阵内大将魏文通在将台上望见瓦岗山的人马来攻阵头，把大纛旗往阵头一指，大太保罗方与满良、满成瞧见旗子，立刻迎敌，与秦琼这支人马杀在一处。尤俊达率兵杀至阵尾之时，那阵尾的兵将是韩擒虎统带，正要到阵头夹击岗山的人马，尤俊达到了，大杀大砍，杀进阵尾。正当中罗成率兵杀入，鼓声、炮声、杀声、喊声、风声，震天动地，声闻十里。两国人马刀枪并举，撞到一处。长蛇阵头不能顾尾，尾不能顾头，头尾不能顾中腰。隋军人人奋勇，个个当先，拼命死战；瓦岗山的兵将人似欢龙，马似活虎，只杀得东倒西歪，横躺竖卧，血肉横飞。那长蛇阵内有梅花坑、陷马坑、立刀、窝刀、绷腿绳、绊马索许多的埋伏，每逢有埋伏的地方，都有隋兵准备拿人。这场大战只杀得杀气弥漫天空，鸟兽皆惊。众反王在山头之上与程咬金观战，见瓦岗山的人马撞进阵内，眨眼之间再亦瞧不见了，个个提心吊胆，替岗山兵将担心。此时瓦岗山的炮鼓声音吵得耳轮中任什么亦听不见了。

单说罗成在阵内带着谢映登等寻找阵眼，由罗成带着众将往来冲杀，留神各种埋伏。直杀到天色昏黑的时候，隋军的兵将挑起灯球、火把、亮子、油松，罗成说："谢大哥随我来！"谢映登随罗成且杀且走。离着将台相差不到百步，罗成用手往台上一指那灯笼，说："谢大哥还不破此阵眼，等到何时！"谢映登立刻把大刀往马上一挂，由洒袋口中抽出宝雕弓，走兽壶内抽出燕尾箭，认扣填弦，要射那大灯笼。罗成与众将把谢映登往当中一围，保护着他，不准隋军兵将伤他。隋军兵将围着厮杀，却够不着谢映登。谢映登前把一推，后把一拉，弓开如满月，箭出似流星,百步穿杨箭,"吧嗒"一声弓弦响处,箭到灯落!这下子可把阵眼射没了,隋军大乱,无人指挥,仗着鼓炮之声亦能知进退,可那瓦岗山的鼓炮声音震得人人耳边隆隆,什么亦听不见。将台上的魏文通见大灯被人用箭射下去,不由得冲冲大怒,吩咐一声:"鞴马!"立刻由将台后头下来,拢丝缰认镫扳鞍上马,率领保护将台的士兵杀奔台前。借着灯球火把,看得很清楚,是北平王的殿下罗成带兵攻打长蛇阵。可把魏文通气坏了,直奔罗成,厉声喝道:"罗成,尔乃大隋北平王之子,吃隋朝的俸禄,敢帮助敌人来打长蛇阵!你哪里走!"举刀便砍。好厉害的罗成,用枪将刀架开,一个"白鹤展翅"的招数,大枪正扎在魏文通的右肋之上,"噗哧"一声,尸横马下。真是天数到了无躲让,瓦罐不离井口破,大将难免阵前亡!

罗成把魏文通扎死,隋军可苦了,被岗山兵将杀得落花流水,秋风扫叶一般。韩擒虎乃隋之名将,身经百余战,这一阵被尤俊达等杀死在乱军之中。贺若弼亦身中七八处伤,力尽身乏。大太保罗方亦被秦琼用枪挑下马去。满成、满良见势不妙,乘马逃走。那陷马坑、梅花坑尽皆填满了,死的可都是隋兵;绊马索、绷腿绳之下,倒下的亦尽是隋兵。瓦岗山的接应大队一到,往前一扑,隋军支持不住,"呼啦"一声,如同黄河决口,败将下去。瓦岗山的兵将哪里肯放,在后头苦苦往下追杀,只杀得隋军战将丢盔卸甲,兵卒们偃旗扔鼓,如同断线风筝似的逃奔大营。及至到了大营再看,隋军大本营早被侯君集、尚怀珠施展飞行术进到营内,放起火来。火光一起,军心就不稳了。那大营的左边,鼓炮声一阵乱响,逍遥王邱瑞率兵杀至;右边号炮隆隆,自在王裴仁基领兵杀奔。两路人马乘势攻打隋营,将营攻破,大刀阔斧,一路大杀大砍,只杀得隋军兵将顾了救火,顾不得迎敌,乱军之中失其指挥之力。正在抵敌不住之时,长蛇阵的败兵来至,撞进营内,纷纷夺路逃走,人撞人,马撞马,自相践踏,大本营亦守不住了。杨林几乎要气死，这次又被瓦岗山的人杀败，长蛇阵亦完了。万般无奈，往洛阳逃奔，残兵败将跟随杨林逃奔洛阳，暂且不表。

却说秦琼、罗成率领瓦岗兵将追杀多远，方才回兵。得胜回归之时，已至次日辰时，一路之上瞧见断箭折弓破帐篷，锣鼓旌旗堆满地，有些无鞍的战马乱跳嘶鸣，横躺竖卧死尸狼藉，遍地是血，满地是红。这阵得胜，得了刀矛器皿、锣鼓帐篷、粮草马匹等项不计其数，全都运往山中。秦叔宝回到帅府大堂升堂办公，一干诸战将各报其功，军政司把大众的功劳记在功劳簿上。然后大德天子款待罗成，敬谢他的战劳之功。秦叔宝亦传令，大摆酒筵，庆功贺喜。罗成不敢久待，怕的是事泄，赶紧告辞回归。大众把罗成送走之后，回至山中整顿人马，要往洛阳进兵。天下各路反王在岗山亲眼得见瓦岗兵将将隋军杀得全军溃散，全都佩服大魔国的兵将，纷纷来见程咬金，请求大魔国人马与他们一齐进兵攻打洛阳，扫灭杨广，四平山会兵。

商议妥当之后，十八国的人马一齐进兵，够奔四平山。口北王、沙陀王、苏州王、相州王、曹州王、大梁王、小梁王、襄阳王、凤鸣王、富州王、南阳王、海陵王、楚越王、济南王、豫州王、陈州王等各带本部人马，往洛阳进发，数日之间便到了四平山。各路反王大兵来到四平山东山口外，全都扎住大队不走了。秦叔宝与魏徵、徐茂公乘马入山，带着亲随人等查看四平山的山势。见这座四平山山势甚为宽阔，方圆足有数百里，共有四个山口，东山口是出入必由之路。在南北山口的西边横有一道山涧，叫做川龙涧，那山涧深有数十丈，宽有十丈之外。这山涧横贯四平山南北，当中有个木头桥，都叫它兴龙桥。秦琼、魏徵、徐茂公催马走过兴龙桥，到了西山口，走出去观瞧，见一道大河又宽又长，水势甚急。这河由东北而来，直奔西南，河的当中有个大桥，长足有十五六丈，宽亦够七八丈。这河是伊水河的上游，桥叫做当阳桥。这可非是《三国》长坂坡上的当阳桥,那个当阳桥在湖北哪!秦琼、魏徵、徐茂公在当阳桥上勒马停蹄往西北观瞧,远望洛阳城杀气弥漫天空,徐茂公说:"洛阳城必定屯有重兵,要不然焉能杀气冲天?"秦琼说:"我兵至此,必须占据四平山。兵书战策曾云:得山势之强者是为地机,险要处屯兵是用兵之要道。"徐茂公说:"隋兵舍此不据,是天灭隋也。"于是弟兄三人将各路人马怎样安营议论了一番,方才回归。

出了东山口,三个人先去拜见大德天子混世魔王,将四平山的形势并将计议之法详细奏明,程咬金深为愿意。然后由魔王传令,命口北王在伊水河西岸扎营,沙陀王在伊水河东岸扎营,命苏州王沈法兴、富州王王薄在四平山西南扎营,命湖广襄阳王雷大鹏、河北凤鸣王李子通在南山口扎营,命曹州王孟海公、相州王高谈圣在北山口扎营,命南阳王朱灿在四平山东南扎营,大梁王萧铣在川龙涧西靠北头扎营,小梁王李执在川龙涧西靠南头扎营,命海陵王、楚越王在川龙涧兴龙桥东西两头扎营,命济南王唐璧在四平山东北扎营,命豫州王徐延朗在四平山东山口外扎营。各路反王遵命,各率本部人马到各处扎营。是日,四平山里外炮声隆隆,各路反王纷纷安营下寨。大魔国的秦元帅与各路先锋率领大魔国的人马保护着混世魔王,进了四平山,在川龙涧以东玉皇顶前放炮安营。一夜的工夫,全都把营寨安好,埋锅造饭,铡草喂马。

早饭用过之后,程咬金命人去请各路反王到黄罗宝帐议事。各路反王都来齐了,程咬金与徐茂公、秦琼、魏徵在帐中落座。大家吃茶完毕,程咬金说:"列位千岁,今日孤请你们前来,非为别事,咱十八国的人马不下百万之众,只听本国的调动那可不成。千人走路,一人领头,统帅不一,联络不好,隋兵来至,我兵虽众,群龙无首,亦怕有兵败之虑。此时趁着隋兵尚未来至,你我大众应当公推一人为十八国都盟主,然后各国人马听盟主指挥,各国兵将听盟主调动,统率得力,敌兵前至,才能迎敌。"高谈圣、唐璧说:"如今各国人马在四平山会兵,是因为杨广无道,咱们给天下黎民除害,灭无道保有道,灭无德保有德。咱们十八路反王,谁有德,谁有道,应为天下之主。"河北凤鸣王李子通说:"哪路反王是有德有道之人呢?"程咬金说:"这亦不难。这四平山玉皇顶上有个玉皇庙,庙内有一尊大佛,那佛爷头上戴的是个铁冠,你我各家反王到庙内磕头拜铁冠,谁要把铁冠拜起来,谁为十八国都盟主。"各路反王全都赞成,齐声说:"如此甚好!"程咬金说:"事不宜迟,你我大家就此前往。"于是程咬金、徐茂公、秦琼邀着孟海公、徐延朗、唐璧、高谈圣、李子通、朱灿等出离了中军宝帐,一齐上马,齐催坐骑,各抖丝缰,够奔玉皇顶。到了山下,一齐下马,各自撩袍端带,顺着山道往上就走。到了山头之上,有玉皇庙内的僧人等身披大红,手打法器,迎接众反王。

到了玉皇殿,众人一齐跪倒,由程咬金向玉皇奏禀道:"今有弟子程咬金、孟海公、徐延朗等在四平山会兵,因杨广无道,败坏伦常,大兴土木,掘挖运河,耗尽民力,妄用民财,臣等要集合群力,共灭杨广,择一有德之人,立为天下之主。今至我主驾前,焚香祷拜,共拜铁冠。如若谁人有德,请我主至尊显灵显圣,拜倒行礼之时将铁盔悬起,以便示知,臣等便推他为十八国都盟主。"说罢,一齐叩头,焚香行礼。叩完了头,大家站起来,左右排开。头一个是大梁王萧铣,拜倒叩头,铁冠没起。接连着小梁王李执、苏州王沈法兴、富州王王薄……一路一路跪倒拜冠,全都拜完了,铁冠也没起。只剩下大魔国的大德天子程咬金了,程咬金冲着玉皇爷撩袍跪倒,叩起头来。三个头将叩完了,大众往高一看,只见那铁冠忽忽悠悠悬将起来。各路反王暗道:怪不得隋兵六打岗山俱皆失败哪,原来这程咬金是奉天承运的应运之王啊!阅者要问这铁冠怎么会悬起来了,书中暗表,这里头另有缘故。未曾拜冠之先,程咬金君臣先计议好了,拜冠时侯君集在庙内玉皇殿天花板上藏着一块大大的吸铁石,尚怀珠在天花板上听着,隔着缝儿瞧着,到了程咬金拜冠之时,二人将吸铁石往玉皇的头上一挪,那吸铁石才把铁冠吸起。程咬金站起来之后,侯君集、尚怀珠把吸铁石挪开,铁冠又落将下来。各路反王冲着程咬金一齐跪倒,尊大魔国国王为十八国都盟主。程咬金还了一礼,说声:"列位贤王请起,孤不敢受礼。"各路反王全都站起。程咬金说:"我自恨德薄福浅,不能执掌天下,今既拜起铁冠,又蒙众位千岁拥护,碍难推辞。孤明日在御营中金顶黄罗帐内即盟主之位,封赏兵将,请列位千岁明日各带本国的元帅、先锋等帐中听旨便了。"各路反王遵命,各自回归本营,程咬金君臣亦都回归营中歇息去了。

第五十二回　老杨林兵伐四平山
勇元庆锤震无敌将

一夜无书。到了次日,各路反王各率本部大将,齐集大魔国的黄罗帐前。魏徵、秦琼率领岗山文武伺候大德天子升坐宝帐,众人跪倒行礼,程咬金说声:"众卿少礼。"然后各路反王俱皆落座,文武官员站立两旁。程咬金说:"众位贤王,如今十八国人马既在四平山会兵,国事由孤主持,军务大事亦应责成一人为十八国统帅,所有十八国兵将尽归此人统带,进退动守悉归统率调动。"众反王齐赞成此举,于是程咬金命秦叔宝为十八国统帅,又命河北凤鸣王李子通的招讨伍云召为十八国第一路先锋,命陀螺寨主伍天锡为第二路先锋,命相州王高谈圣的招讨雄阔海为第三路先锋。秦叔宝、伍云召、伍天锡、雄阔海叩头谢恩已毕,程咬金向高谈圣问道:"相州王,你为了何事兴兵呢?"高谈圣说:"当初在隋朝吃粮当军,久在靠山王麾下当中军,海寇犯境,我立奇功,蒙靠山王保荐,升了相州节度使,我高谈圣敢说赤胆忠心扶保隋朝。盟主若问我因为什么兴兵,是因为杨广无道,旱地行舟,掘通运河,妄用民财,耗用过大,信宠奸臣佞党,苦害黎民,开河总督麻叔谋专吃民间的小孩儿。大隋朝君昏臣暴,故而一怒叛隋。"程咬金点了点头,说:"相州王是爱民而反,可称为义举。"又向孟海公问道:"曹州王为何兴兵呢?"孟海公说:"我是隋室忠臣,官居曹州节度使之职。那开河总督麻叔谋要掘我祖坟,藉开河之名敲诈于我,君不正臣游外国,父不正子奔他方,一愤自立曹州王。"程咬金又问李子通道:"凤鸣王为何兴兵呢?"李子通道:"我亦是大隋朝之臣,自杨坚在位之时,我就为河北凤鸣关守将,食隋朝俸禄,当然忠于隋室。只因杨广无道,鸩兄图嫂、欺娘戏妹,弑父夺权,强迫伍建章写那草诏,伍建章乃隋之忠臣,不愿写诏,金殿之上大骂杨广,那杨广将伍建章绑出朝门斩杀。这还不算,又将伍建章全家满门绑至法场,俱皆斩杀。灭了伍建章居家满门亦就是了,昏君听信奸臣宇文化及之言,派韩擒虎统率数十万大军到南阳关捉拿伍云召,又迫反了伍云召。打破南阳关,伍云召的夫人投井殉城,伍云召怀揣幼子,匹马单枪闯出重围,逃奔河北投我。伍云召之妻是我李子通之女,女死婿在,焉能不痛? 我李子通绝不扶保昏君,我自立凤鸣王,为公是给隋先公报仇,为私是给我女儿报仇。李子通占据河北自称为王,四平山会兵,与众位扫灭杨广,是公私两尽。"帐中之人,上至盟主、各路反王,下至各路大将,听他所说,无不痛恨杨广。

大德天子程咬金又问那湖广襄阳王、大梁王、小梁王、南阳王,都是因为什么叛反大隋,各路反王皆诉说自立王号是为何事。济南王唐璧忽然想起他程咬金曾在山东贩卖私盐,打死过官人,长叶林劫过皇杠,各路反王不论是谁,论出身,论根基,哪位亦比他程咬金强得多呀! 如今他拜起铁冠,当了十八国都盟主,放着国事不办,问了这个又问那个,你不问问自己是怎么回事吗? 你乃响马,贼星发旺,哈巴狗追狼——命硬! 唐璧等着程咬金将各路反王问完了,向他问道:"都盟主,你为什么大反山东,占据瓦岗山,自立大魔国呢?"唐璧这一问不要紧,秦琼、魏徵、徐茂公听着可就愣了,想他程咬金是卖私盐出身,又没念过书,不知事务,糊里糊涂,要不是邱瑞、裴仁基教给他言谈说话,他连说个正经话亦都不会,当了盟主又无故地净问大家,这回唐璧问上你了,看你说什么,你要说不出所以然来,当场献丑,岂不被帐中之人耻笑? 这几位替他悬着心,听他说什么吧。

　　却说程咬金听唐璧发问,遂道:"我程咬金的来历,外人多不知,讥诮我是响马头儿。告诉你们众位贤王,我程咬金的父亲名叫程得臣,是北齐后主驾前的武将;魏徵的父亲名叫魏良臣,单雄信的父亲名叫单敬臣,秦琼的父亲名叫秦弼臣。这死的老哥儿四个都是北齐后主驾前护卫大将军秦旭的徒弟,受秦旭所传武艺,得在北齐后主驾前称臣。只因杨坚的父亲杨忠与杨林吞灭北齐,秦旭师徒父子俱皆为国殉难,死在杨忠、杨林兵将之手。我程咬金与魏徵、秦琼、单雄信各隐一方。单雄信伏潜绿林之中,身为五路响马头儿,啸聚绿林英雄好汉,是欲报君父之仇;秦叔宝身在公门,广结天下宾朋;魏徵潜身道门之中,访求贤能之士。杨广无道,贪淫好色,妄用民财,信宠奸佞,贪官污吏苦害黎民,天下荒旱,民不聊生。我们众弟兄才在山东济南府以秦母做寿为名,三十六友在贾家楼歃血为盟,结为生死之交,为天下是要推倒杨广,另保一有德之君;为我们自己是要报北齐后主之仇,血四父之恨。这才大反山东,占据瓦岗山,自立大魔国。三十六友保我大德天子,招兵买马,集草囤粮,是为天下人除残去暴,扫灭隋朝,报君仇雪父恨,绝不是无故兴兵,妄用干戈,苦害黎民。"当下秦琼、魏徵、徐茂公听程咬金坐在金顶黄罗宝帐之内,滔滔不断,将自己的来历与三十六友结拜的情形说给众反王,正大光明,义正词严,是倡义师,是为民除害,暗暗佩服老程够个十八国都盟主的身份。众反王个个皆以为他们出身甚高,盟主出身微末,是江湖中人,是绿林中人。及至程咬金说完,谁亦不敢小瞧他们瓦岗山的人物,无不重视三十六友。

　　当下程咬金与各路诸侯将事议完,随即退帐。秦琼回到元帅的亲军营,没有几个时辰,各路的反王就派人将他们各部花名册送至帐内,秦琼与军政司统计共有多少人马,好支配粮饷。查点完毕,各路反王驻扎在四平山的共有八十四万大军,上将一百五十八员,偏副牙将一千三百三十六员。秦叔宝传令,由各国拨兵调粮,每一国派兵三千为运粮军,派一员大将、两员偏将为运粮官;又命裴元庆为总运粮官,魏徵掌理各国粮饷用度。四平山的大事齐毕,只等隋军来至破敌,自有连环探马打探敌情。这天秦琼正在帐中办公,探马禀报:"大隋朝金镳无敌将宇文成都为先锋,杨林为帅,统带十万大军,往四平山而来。"秦叔宝吩咐:"再探。"立刻传令,命口北王迎敌。

书中却表,靠山王杨林长蛇阵失败,率领残兵败将逃奔洛阳。那杨广虽有心去逛江南,只因天下各路反王屯兵河南,不敢动身,就在东都不走了,各路烟尘盗寇分扰巩陕内乡一带。这天杨林逃至洛阳,败兵屯扎在城外,他本人带领亲随人等入城,宫门外下马,命人往里回奏,求见杨广。杨广得报杨林打了败仗,心中很是不悦,立刻升殿,即时召见杨林。杨林自己摘去帅盔,免冠上殿,见了杨广,跪奏兵败之事。杨广听说这次损伤二十几万大军,有名的大将韩擒虎、魏文通、魏文生亦都阵亡,心中很觉不安。杨林向他请丧师辱国之罪,杨广说:"朕若有福,皇叔能旗开得胜,马到成功;朕若无福,皇叔能够用兵,亦得兵败。此非皇叔之过,是朕之咎。"杨林无罪,杨广命他在洛阳整顿人马,准备再战。杨林在城中设了帅府,不分昼夜整顿人马。尚未出兵呢,接连得报,天下各路反王在四平山会兵,聚屯在四平山约有百万之众,杨林大惊。过了两日,又得着报告,各路反王在四平山公推程咬金为都盟主,秦琼为统帅,要推倒隋室天下,保盟主为万民之主。杨林惊心不定,叹息道:"没想到一群响马会成了国家的大患,若不除治,这隋室的天下真许丧在他人之手!"于是下令调出十万大军,准备出征。

这天杨广早朝,杨林出班跪倒,说:"万岁,如今各路盗寇在四平山集合,为害于民,蹂躏地方。臣愿率兵前往四平山扫荡群寇,请旨定夺。"杨广说:"皇叔有此忠心,就请你择吉日出征。"杨林说:"臣愿调用宇文成都为本部先锋,请万岁旨下。"杨广随即传旨,命杨林为帅,宇文成都为先锋,兵伐四平山。二人遵旨,在洛阳祭旗,放炮起兵,大队人马旌旗招展,浩浩荡荡,往四平山而来。

这天到了伊水河西,离河约有三十余里安营下寨。杨林指挥兵将安营之际,宇文成都率领三千人马直奔四平山。走出二十里路,望见对面有支人马严阵以待,宇文成都吩咐列阵。一声炮响,两杆绿缎色门旗左右一分,三千人马二龙出水式列得一字队,当中间掌旗官高挑先锋纛旗,三丈标杆,葫芦金顶,绿缎色,周围红火焰儿,上书“大隋正印先锋无敌将”一行小字,当中间斗大的“宇文”二字。宇文成都在纛旗之下勒马停蹄,压住了全军。往对面观瞧反王兵将,只见万数儿郎俱是北国胡儿,当中挑着一杆鹅黄闹龙纛旗,上书“口北王”字样。旗下一家番王勒马停蹄,怀抱一只独脚铜人,压住全军大队。左边有杆素缎色先锋纛旗,旗下银甲白袍的战将压住左阵脚。书中暗表,此人是伍云召。右边有两杆皂缎色先锋纛旗,旗下穿青挂皂,两员大将压住右阵脚。书中暗表,这两人一个是雄阔海,一个是伍天锡。

两下里把阵势列圆,宇文成都亦不派他的偏副战将,拍马亲自临阵。马到疆场,用手中的金锐往对面一指,大声喊嚷:“对面的贼兵听真:今有无敌将宇文成都在此,有不惧死的前来纳命!”伍云召纵马迎敌,大叫:“宇文成都,你父子把大隋朝的天下弄得如此,还敢逞强!”抖枪就扎,成都用锐招架,二人马打盘旋,杀在一处。两军队内擂动战鼓,喊嚷声音助威。未走三合,伍云召就敌不住了,伍天锡催开战马,抢着双斧,直奔宇文成都。二人通过名姓,斧锐并举,冲杀在一处。伍天锡的双斧虽厉害无比,但也只走三个回合便败将下来。雄阔海抡棍来战,宇文成都认识他,知道他是正月十五反长安的雄阔海,恨不能把他拿住。雄阔海这个勇士能够力擒双虎,亦是战他不过。怒恼了口北王,举起铜人,直战成都。那战鼓咚咚响,儿郎喊杀声,铜人与金锐撞在一处,当当直响,火星乱迸,如同炉边铁匠打铁相似。那口北王虽然身雄力猛,遇见了无敌将,任他多勇,亦是难占上风。宇文成都越杀越勇,精神倍长。两个人直杀到十数个回合,口北王渐渐不敌,他的部下十八员猛将齐催坐马,各擎利刃,直奔成都,把成都围在垓心。宇文成都喊叫一声:"来得好!"把镋使开了,遮前挡后,顾左就右,抖擞雄威,争杀起来。十八员番将要欺他一人,给他来个"好汉双拳难敌四手,恶虎不敌群狼",哪想宇文成都招数不乱,力敌众将,面无惧色。十八员番将,镋棍槊棒,亚赛走马灯一样,围着成都打转。宇文成都人赛龙,马似虎,遮拦挡架,封得很严,全都递不进招去。十数匹马跑开了,把尘土荡起多高,杀气弥漫天空。

正杀得难解难分之际,忽听有人高声喊喝:"列位将军闪开了,待俺会会他无敌将!"众番将把马一催,闪出多远去,顺声音一看,来了一骑马,马上一员小将,银甲白袍,背后五杆素缎护背旗,手中擎着一对梅花亮银锤。宇文成都一看认识他,是裴元庆,不由得气往上撞,要跟裴元庆决一死战。原来裴元庆当的是总运粮官,刚由瓦岗山押粮运草回来,走到四平山的东山口外,得报杨林统带十万大军来打四平山,前部先锋官是宇文成都,已然来到伊水河西岸了。裴元庆平生最恨杨广驾前的奸臣佞党,如今听说奸臣宇文化及之子来打四平山,不由得气往上撞,吩咐运粮的兵将将粮草等押至山内,他自己单人独马,绕道够奔四平山西。到了四平山西边,从口北王的大队穿过来,正瞧见十八员番将群战成都不下,才大声喊嚷,扑奔过来。宇文成都一指道:"来者可是裴元庆吗?"裴元庆说:"正是你家先锋。"宇文成都说:"裴元庆,你们父子乃大隋朝的大将,归降了瓦岗山,你姐姐嫁了混世魔王程咬金这个贼头儿,你不差耻,还敢到两军阵前逞强,撒马过来!"裴元庆气得双眉倒竖,虎目圆睁,周身一颤,抖得亮银甲"哗啷啷"直响,举起银锤便打,宇文成都用镋招架,两个人马打盘旋，杀在一处。两匹马八个马蹄蹬开，翻蹄亮掌，把土荡起多高来，锐锤相撞，各不相让，拼命死战。两个回合不见输赢胜败，到了第三个回合，宇文成都用锐便扎，裴元庆使出拼命的招数，用双锤将锐翅子咬住，要使"拿一把分筋错骨"，叫宇文成都把锐撒手，好要他的性命。宇文成都的马不能动转，是因他使的力气过大，裴元庆的马亦是一样。宇文成都用尽浑身的力量，一抖金锐，喝声："撒开！"真要是把锤震开了，锐非把他扎死不可。那裴元庆用双锤咬住了不放，两个人力量咬得对了劲，谁亦弄不动谁，可是全都害了怕啦，谁要一缓劲儿，谁就得死，想撒开亦不成啦！两人争持之际，忽听"嘎巴"一声，锤把锐翅子给咬掉了，几乎把两个人都闪下马来。宇文成都的马匹往外一退，觉得头晕眼黑，心里发堵，眼睛发努，嗓子眼儿发黏，"哇"的一声，一口鲜血吐了出来，趴在鞍上落荒而逃，裴元庆催马就追。口北王大队人马冲杀过来，隋兵抵敌不住，被口北王的兵将大杀大砍，杀得隋兵横躺竖卧，东倒西歪，偃旗扔鼓，丢盔卸甲，望影而逃。追杀不及方才收兵，口北王与裴元庆得胜回归四平山，暂且不表。

却说宇文成都率领残兵败将回大营，杨林得报宇文成都抱鞍吐血败回来，大吃一惊，急忙命人将宇文成都送回洛阳；又写了一道紧急的折本，向杨广告急，请速遣大将到阵前迎敌。宇文成都回到洛阳，宇文化及自然派人伺候。杨广急速升殿，召集文武大臣商议军国大事。杨广说："四平山的强寇势甚猖獗，无敌将宇文成都被盗寇所伤，靠山王来了告急的折本，要请朝中遣派大将前往。哪位卿家愿往四平山破敌？"宇文化及忽然想起唐王李渊的儿子李元霸。他因为李元霸金锤夺凤锐，锤震十二杰，把元霸恨在心内，要想复仇总没有机会，如今老贼想出个主意来，明着在皇帝驾前保举李元霸，暗中就把仇报了。李元霸如把四平山的反王战败，是给他儿子宇文成都报了仇；如若四平山的反王将李元霸治死,算是借刀杀人报了仇。老贼有了这个主意,便向杨广跪倒说:"万岁,臣保一人为将,到了四平山准保把反王兵将荡平。"杨广问道:"卿家所保的是何人呢?"宇文化及说:"臣保荐的是李渊之子李元霸。"杨广道:"卿言是也,若不是你说,朕几乎忘却了。"立刻传旨,命窦建德为钦差,到太原召见李元霸。窦建德捧旨出朝,杨广退回内苑,文武官员散去,暂且不表。

第五十三回　　窦建德搬请李元霸
　　　　　　　柴嗣昌报信秦叔宝

　　却说窦建德领亲随人等离了洛阳,够奔黄河渡口,渡过河,取道太原而来。晓行夜宿,饥餐渴饮,非止一日。这天来至太原,窦建德催马入城,不见有人来接,心中很是纳闷,一过黄河公事就发下来了,按理说这信儿早传到太原了,怎么还没见人来接? 有什么话先去见晋阳宫正监李渊再说。窦建德催坐下马穿街越巷,直奔晋阳宫。到了晋阳宫前,勒住了坐骑,甩镫离鞍下马,亲随人等接过马去。窦建德向把守营门的卫士问道:"唐王可曾在此?"卫士们回道:"唐王千岁正在宫中。"窦建德说:"你们急速往里回禀,叫他接旨。"护卫们往里禀报,窦建德在宫门外等候,等的工夫很大,不见动静,心中急躁,手捧圣旨往里便走。窦建德走至禁门,大声喊嚷:"唐王接旨!"嚷了不到片刻,只见那李渊慌慌张张,衣冠不整,出来迎接。仔细一看,李渊穿的是条女人的裤子,窦建德大惊,暗道:不好,这李渊做了不臣之事了!

　　书中暗表,这事窦建德真猜着了。原来这李渊坐镇河东,兵权在手,颇有救国救民之志。他瞧杨广信宠奸臣,贪淫好色,不知亲贤任政,开挖运河,妄用民财,迫得人民无法为生,时常愁叹。那秦王李世民又未在晋阳,随着杨广远在洛阳,更是放心不下。这天唐王在府中无事,有王官进来回禀:"晋阳宫副监裴寂请王爷到宫中有事。"李渊说:"命他们鞴马,孤随后便去。"王官出去了,李渊更换衣服,率领众王官家将府中上马,够奔晋阳宫。

到了宫门内下了马，裴寂出来迎接，二人彼此施礼，然后裴寂说："千岁，数日未见，我命人备下酒筵，今天得痛饮一番。"于是二人到了屋中，落座吃茶。酒宴摆下，两个人对面共酌，推杯换盏，开怀畅饮。李渊连饮数觥，含有五六分醉意。忽见门帘一动，一阵环佩之声，定睛一看，来了两个绝色佳人，生得仿佛一对姊妹花。俗语说得好："酒不醉人人自醉，色不迷人人自迷。"两个美人来至席前，在李渊左右坐下，向李渊重行劝酒。李渊已然糊涂，一味乱喝，喝得酩酊大醉，是夜竟宿在宫中。李渊乱宫的事情活该不能掩饰，被窦建德看破。按情理说，李渊是隋朝的大臣，不该在晋阳乱宫，三纲五常，君臣大体，难道李渊不懂吗？他叫杨广当了乌龟，当时倒不怎样，到了后来，天道好还，因果报应，他的子孙可当了好几代的乌龟。阅者不信，请你往下观瞧，到了后文书，建成、元吉两人死后，李世民竟把他的弟妇奸污，那时是皇帝的兄弟当了乌龟。武则天生性好淫，将怀义与张昌宗收在宫中，充作幸臣，是唐高宗李治当了乌龟。后来又有杨贵妃竟与安禄山通奸，几乎把大唐朝的天下丢在安禄山之手。大唐朝有三大祸，第一大祸就是女祸，看来这个奸淫的报应有多么可怕啊！到了如今，有些人还要打破礼教，要行他们的黄金美人的主意，图一时快活，而不顾将来，更是可怕！

　　闲话休提，却说李渊听着有圣旨来到，穿错了中衣，来到禁门接旨，被窦建德看破。李渊跪倒说："臣接旨。"窦建国说："唐王，请你回府摆设香案，再为宣读圣旨吧。"李渊说声"遵命"，站起身形。窦建德要吓唬吓唬他，说："唐王，你等着我回洛阳参你的不臣之罪吧！"李渊吓得汗流浃背，窦建德走后，好半天方才明白，忽然转念想道：不要紧，窦建德是我的妻兄，骨肉至亲，他焉能真到洛阳参我？想到这里，把心放下，回到里面将衣服换好，命人将马鞴好，率领亲随人等离了晋阳宫，回归唐王府。到了府中，窦建德已然见着了窦王妃与建成、元吉、元霸，将奉旨之事说明。唐王回府,窦建德与窦王妃相迎,李渊与窦建德相视而笑,笑而不语。然后摆设香案,宣读圣旨,李渊才知是调他儿子元霸到四平山会战众反王。李渊不敢抗旨,又不放心,有道是官身不自由,只好豁出去吧。撤去香案,将旨收起,一家老幼款待窦建德。钦差不敢耽搁,先回洛阳复旨,暂且不表。

却说李渊因为四子元霸天真烂漫,任什么不惧,叫他到四平山与反王兵将对敌,实是放心不下,命家人把郡马柴绍请来,叫柴绍同他前往。柴绍来至府中,向唐王夫妻行过拜见之礼,然后李渊向柴绍说明此事,叫他同元霸一同前往,遇事好为关照。柴绍义不容辞,慨然应充。窦氏夫人命人将元霸唤至面前,说道:"儿啊,如今万岁驾至洛阳,要想到江南游逛,有天下的众反王在四平山聚兵,约有百数万人马,反王兵将人强马强,隋军兵将杀他们不过。皇上的旨意来了,调你到阵前杀敌。"元霸说:"娘,不要紧,凭俺这对锤,到了四平山能把反王兵将全都砸死,看他们怕俺不怕!"夫人说:"孩儿啊,你要到了四平山,那里有咱们的恩公,你可别伤他呀!"元霸问道:"谁是咱们的恩公?"夫人说:"当初杨坚在位之时,你父奉旨镇守河东,携带家眷由长安起身,到河东赴任。走在临潼山,遇见了匪人,要将咱们全家杀死。你父与家将难敌匪人众多,堪堪不敌之时,有咱的恩人秦琼秦叔宝把匪人杀退,救了全家性命,至今大恩未报。为娘听你舅父所说,秦琼在瓦岗山当了元帅,扶保大魔国的程咬金。现在十八路反王在四平山会兵,程咬金为十八国都盟主,恩人当了十八国统帅,你到四平山不拘伤了谁都不要紧,惟有那恩人万不可伤他。"李元霸说:"娘,俺不认识恩公,如何是好?"郡马柴绍说:"我倒有个主意。"夫人问道:"贤婿,你有什么高明的主意呢?"柴绍说:"可以写封书信,遣人送到四平山给恩公,叫恩公把他的护背旗另插一把杏黄的。到了两军阵前冲杀对敌之时,让元霸瞧着背后的护背旗,有一杆杏黄旗的,许败不许胜,或是别伤了恩公亦就成了。"唐王夫妻道:"贤婿所言甚是有理,就照你说的办吧。"柴绍问元霸道:"你可曾听见?"元霸说:"俺知道了,遇见有一杆杏黄护背旗的,俺就不打他,成不成呢?"柴绍说:"既然如此,你我赶紧收拾起身吧。"于是唐王命家将们伺候,柴绍、李元霸姐夫郎舅带了盔甲行囊,十二个家将,四个仆人,由太原起身,不分昼夜赶奔洛阳。

路途之上无书。这天来到洛阳,哥儿俩到了朝房,候了没有多大工夫,钟鼓一响,皇帝临朝,李元霸随着文武官员到了殿前。人家行的是三叩九拜之礼,李元霸跪在杨广面前就叩了三个头,文武官员排班站立。李元霸向杨广说:"皇上,你叫俺来打仗,俺李元霸来了,上哪里打仗去,你说吧?"文武官员听他这样跟皇帝说话,杨广一定怪罪,哪想杨广并不见怪,向李元霸问道:"小卿家,你来了甚好,朕命你急速到四平山,往靠山王杨林的营中去见靠山王,听他的指挥调动,与反王兵将决战。如能打败反王们,朕必当重赏。"李元霸说:"是了。"亦不等散朝,转身便走。文武官员无不暗笑:凭唐王之子,连礼仪亦不懂得。李元霸回至朝房,见了柴绍说:"姐夫,走吧!"柴绍问道:"你见了皇上没有呢?"李元霸说:"俺见着了,他叫俺去四平山找靠山王杨林,帮助杨林打仗,得了胜还有赏哪!"柴绍说:"皇上散朝了吗?"李元霸说:"没有。"柴绍问道:"没散朝你怎么就出来呢?"李元霸说:"他叫俺打仗去,俺还不走?"柴绍无法,跟他走吧。二人离了朝房,午门外上马回店,到了店中开早饭的工夫,秦王李世民赶来,弟兄三人见面,欣喜已极。李世民问柴绍道:"姐丈来是同我兄弟到四平山吗?"柴绍说:"正是。"李世民说:"我耳闻着恩公现在四平山,你们哥儿俩知道吗?"柴绍把唐王夫妻嘱咐李元霸别伤恩公的话学说一遍,李世民这才放心,又向李元霸嘱咐一番,然后拜别回归宫内去了。李世民走后,柴绍先写了一封书信,派心腹家人李禄到四平山投递与秦叔宝。李禄遵命,带着书信、路费,离了洛阳,赶奔四平山。

李禄这天到了四平山的东边,被放哨的兵将把他围上,问道:"你是干什么的?"李禄说:"我来见你们统帅有紧要的事情,你们把我带去见秦元帅吧。"放哨的兵将隔着衣裳摸了摸,他身上没有什么犯牙的东西,这才把他带进四平山。李禄到了四平山内往各处观瞧,见反王的兵将出入往来,好像蝼蚁盘窝,那连营一座挨着一座,所插的旗子分为青黄赤白黑。穿过好几座大营,才来至玉皇顶下,瞧见大魔国的旗帜了,他把心放下。放哨的兵将将其来历说明,把他交与营门小校,营门小校又把他带到辕门。值日的旗牌官进去回禀,不多时出来说:"元帅有令,叫你随我进帐。"李禄把马匹拴在辕门外,随着旗牌官走进辕门,够奔中军宝帐。到了帐内,见两旁站立的将士儿郎军装号坎尽是大魔国,料无舛错,又望见帅案后头坐着的这位元帅与当年临潼山报恩祠的穷五大将军一样,知道他是秦琼,赶紧跪倒在地,口称:"李禄参见元帅。"秦琼问道:"李禄,你来见本帅有何事吗?"李禄说:"请元帅斥退左右,我有机密事禀报。"秦琼说:"本帅办事一秉大公,处事无私,合帐之人皆我心腹,有事你只管说吧。"李禄说:"我是河东太原唐王的家人,如今随着四公子元霸到四平山军前效力,有我家柴郡马相随。我是奉了柴郡马之命前来下书。"说着,将书信交与中军官,中军官接过来转呈秦元帅。叔宝将书信打开,取出信笺,从头至尾看了一遍,又惊又喜,立刻写了一封回书交给李禄,又赏他五十两银子,李禄叩头领赏。由秦琼派人将他送出四平山,李禄回去见他主人复命,暂且不表。

却说徐茂公向秦琼问道:"元帅,柴绍的书信来到,有什么事吗?"秦琼说:"如今裴元庆将宇文成都战败,昏君杨广由太原将唐王李渊之子李元霸调来,要凭元霸之勇,能把咱们四平山的十八路人马踏个土平。据柴绍所说,这元霸是个力大无穷的勇将,在晋阳宫力举双狮,教军场金锤压过宇文成都的凤翅锐,轰死过十二勇将。别看咱们四平山有十八路兵将,俱皆难敌李元霸。唐王夫妻念其我秦琼当年在临潼山救过他全家性命,嘱咐他儿子到了两军阵前不准伤我。这书信之中柴绍写得明白,叫咱们大魔国的武将将护背旗改换,每人要换一杆杏黄缎色的旗子,那李元霸就不敢伤了。"徐茂公道:"如此甚好,事不宜迟,就这样预备。"于是秦琼传令,战将每人四杆护背旗,要换一杆杏黄颜色的;先锋是五杆护背旗,亦要换一杆黄缎色的;大帅是八杆护背旗,亦换一杆杏黄的。那位说,连阔如,有扎一杆护背旗的没有? 有倒是有,可不是古时候的武将,如今到八月啦,北平市上卖泥兔爷的摊子上,那兔儿爷是一杆护背旗。《嫦娥奔月》那出戏,月宫里的兔子亦是一杆护背旗。

闲话休提,书归正传。大魔国的武将全都换了杏黄色的护背旗,各路反王兵将亦不生疑。这天秦琼在中军宝帐正然办理军务大事,总运粮官裴元庆押粮运草来至。把车押进大营,他进了辕门,中军帐前下马,来到帐内,冲着秦元帅施礼,口称:"裴元庆拜见元帅,请收军粮。"秦琼派人去查收他的粮米,又向裴元庆吩咐道:"裴先锋,你把你的护背旗换上一杆杏黄色的。"裴元庆问道:"元帅,为何叫我换上一杆杏黄色旗呢?"秦琼就把柴绍下书的事情告诉于他。裴元庆不听便罢,听见秦琼这一说,气得他双眉倒竖,二目圆睁,身形一晃,抖得那亮银甲"哗啷啷"直响,说:"元帅,这护背旗我不能换。"秦琼问道:"怎么?"裴元庆问道:"那李元霸可是项长三头么?"秦琼说:"不是呀。"裴元庆说:"那可是肩生六臂么?"秦琼说:"亦不是呀。"裴元庆说:"他既不是项长三头,肩生六臂,何必如此怕他! 十八国人马在此会兵,元帅为十八国统帅,乃百万大军之胆,为何凭柴绍一纸书信,就换了护背旗? 要是叫各国的兵将知道,人家岂不耻笑元帅怕敌人哪?"秦琼说:"裴元庆,你乃先锋,我为元帅,是你听我的帅令,还是本帅听你的呢?"裴元庆说:"我是听元帅的帅令。"秦琼说:"既是如此,你又何必多言呢?"裴元庆说:"不然。要是元帅命我到阵前打仗,我遵帅令,刀山油锅放在面前,只要令下,叫我前进,我亦能遵令前进,只是叫我扎一杆杏黄色护背旗,假装李元霸的恩人,做那畏刀避箭、怕死贪生的事情,我是不干的! 那李元霸不来便罢,他要来了,俺裴元庆要会会他,瞧瞧是他能成,还是我裴元庆能成!"秦琼说:"裴元庆,你要胜了李元霸,是压倒天下英雄,亦给大魔国露了脸。只是一样,你要打了败仗,是给大魔国丧了锐气,亦给百万雄兵损了兵威。你自己酌量酌量,度德量力,如能胜了李元霸,再逞刚强;倘若酌量着不成,你就别逞刚强,急速改换一杆护背旗。"裴元庆说:"元帅,我如若胜不了李元霸,愿当死罪。"秦琼说:"你准能胜吗?"裴元庆说:"我若不胜,将项上人头输与你还不成吗?"秦琼说:"口说无凭。"裴元庆说:"愿立军令状。"秦琼吩咐:"军政司,看军令状伺候。"

裴元庆说:"元帅,我打了败仗输给你人头,我要胜了呢?"秦琼说:"将我的帅印不要,输给你还不成吗?"裴元庆说:"如此甚好。"秦琼问道:"哪位给我作保?"徐茂公说:"我给元帅作保。"裴元庆问道:"列位将军,谁给俺作保?"单雄信、王伯当、谢映登、金国俊、童佩之、金城、牛盖、屈突星、屈突盖、尤俊达、鲁明星、鲁明月、任敬司、铁子建、王君可等,谁亦不敢多管他的闲事,惟有齐彪、李豹说:"俺二人给你作保。"别人暗中笑他二人,他二人反得意洋洋。当时填写军令状,大众画押,然后秦琼退了帐。裴元庆虽然去押粮运草,他可就存上心了,要跟李元霸决一胜负,见个高低。四平山内秦琼、裴元庆赌头争印,这且不表。

却说李禄一路赶奔洛阳,路经伊水驿,见镇内正义店前贴着赵王的公馆。他门前下马,向店家问道:"你们这里住着赵王千岁吗?"店家说:"正是。"他把马拉进来,叫店家把他带至上房,将马交给店家。他到了屋内,见李元霸、柴绍施礼完毕,将书信取出来,又把下书的情形说明,柴绍命他休息,又赏了二十两纹银。然后柴绍把书信打开,看了一遍,果是二哥叔宝的笔迹,内中的言语很简单,大意是照书行事。柴绍把事办妥,烧了书信,次日算了店账,放心大胆同李元霸投奔杨林的大营。这天来到杨林的大营,进了营门,穿营而过,来到辕门外,柴绍向小校说明来意,叫他们往里回禀。辕门小校到了杨林的寝帐,施礼道:"参见千岁,今有河东唐王之子赵王李元霸奉旨前来效力,现在辕门外候令。"杨林在晋阳宫的时候曾见李元霸金锤夺凤镜,锤轰十二杰,如今听说杨广把他调来军前效力,惊喜非常。常言道:"千军万马容易得,一员虎将最难求。"如今有李元霸一个人就能振起军威,立刻吩咐:"有请。"小校来到辕门传话,李元霸、柴绍进了辕门,来至后帐,见了靠山王杨林,二人施礼完毕,杨林命二人坐下,有人给斟上茶来。李元霸说:"现在皇上把俺调来,叫俺来投奔于你,听你的指挥,你说哪时去打反王兵将吧?"杨林说:"你一路远来,身体劳乏,歇息数日再战。"李元霸说:"俺不懂得什么叫劳乏,明天就去用锤将他们砸个一干二净。"杨林知道他的人性,说话之时虽有些个礼貌不周,亦不能怪他,派值日中军官袁纪亭把他们安置妥当,又赏了一桌酒席。当晚安歇,他们是真困真睡。杨林得发放军情,巡更走筹,巡营瞭哨,防备敌人偷营劫寨。

第五十四回　李元霸双锤扫反王
谢映登一箭退杨林

　　到了次日,杨林传下令来,全军人马卯时吃战饭,辰时全军预备。到了卯时,十万大军一齐吃过早战饭;到了辰时,全军将士儿郎准备齐全,杨林升帐,合营的武将伺候杨林。李元霸、柴绍来至帐中,听杨林把公事安排完,李元霸讨令出战。靠山王杨林吩咐:"点兵一万,阵前杀敌。"于是众将跟随着杨林、李元霸,出离中军宝帐,帐前一齐上马。杨林怀抱令旗,李元霸怀抱双锤,率领一万大军,放炮出营,大队人马旌旗招展,浩浩荡荡杀奔四平山。离着四平山近了,那伊水河西岸扎着的口北王点了五千大兵迎敌。两军人马把阵势列圆,赵王李元霸催马临阵,在阵前叫战。口北王问他的番将谁到阵前临敌,大都督葛离花手持金棍,拍马出战。二人互通了名姓,未走三合,被李元霸连人带马砸死阵前。副都督牙哈托手持金枪,直奔李元霸就扎,李元霸双锤将枪抱住,使了个"拿一把分筋错骨"的招数,牙哈托金枪撒手,李元霸一锤把脑袋打碎,尸横马下。口北王见李元霸打死他两员大将,不由得冲冲大怒,把铜人一举,直奔李元霸,大声喊嚷:"病孩子,看孤的铜人砸你!"呼的砸奔下来,李元霸的双锤如流星赶月,"当啷啷"往上愣撞,两样家伙撞在一处,火星乱迸,震得口北王两手生疼,膀子发麻,几乎把铜人撒手。二马一错镫,李元霸的双锤斜肩带臂便打,口北王用铜人往外一磕,锤虽然撞出去,膀子可就受不了了,拨马往东便跑。李元霸喊道:"你往哪里走!"催马就追赶口北王。后边杨林见李元霸往下追赶,怕他中了敌人的埋伏,急忙传令鸣金。"仓啷啷"锣声响亮,李元霸应当回来。他哪儿懂得闻鼓而进,鸣金则退,一摆双锤,头亦不回,往下就追。

没有多大工夫,那口北王的大队人马败至营门,人多门窄,拥挤不动。李元霸赶到营门,用两只大锤一路大砸大打,只打得番兵番将乱窜乱跑。他马踏敌兵,闯进营内,逢人便打,遇人便砸,在番营之中往来追打,如入无人之境。口北王不敢抵敌,吓得胆裂魂飞,由后营门出去,往桥上便跑。番兵番将见他们国王逃走,"呼啦"一声,好似黄河决口,从后营出来,纷纷逃奔当阳桥。李元霸见口北王大营都没人了,他回到营门外,见靠山王杨林督着队伍正然来至。杨林见他出来,把心放下,把队止住,又将李元霸唤至马前说道:"赵王,孤鸣金你怎么不回来呀?"李元霸说:"你鸣金,俺干嘛回来?"杨林说:"从今以后你要记住,军中擂鼓是催你前进,鸣金是叫你后退,以后不可再犯。"李元霸点头道:"俺知道了。"杨林惟恐敌人有诈,未敢深入,率领大队人马打着得胜鼓,唱着得胜歌,回归隋营。到了营中,兵丁各归汛地,一干诸战将伺候杨林升坐中军大帐。杨林命军政司记录官给李元霸记了功劳,然后命人小心守营,严防敌人偷营劫寨。

一夜无书。翌日天明,探马来报:"口北王的人马移在当阳桥东岸去了。"杨林大悦,暗道:四平山十八路反王的百万雄兵被李元霸一阵给杀得移动了大营,据守当阳桥,足见敌军胆寒李元霸之威了。杨林正然高兴,忽然粮台官走进来,施礼禀报道:"千岁,咱们营中只剩下两日粮,如若再不来粮,后日军中绝粮了。"杨林大惊,军无粮不战自乱,这是最紧要的事情,忙向粮台官吩咐道:"你千万不可走漏风声,别叫营中将士儿郎知道了,孤随后就亲往洛阳催讨粮草,明天早晚赶回大营。"粮台官遵令退出去,杨林命人把李元霸请来。李元霸来到帐内,向杨林问道:"千岁你叫俺有何事呢?"杨林说:"孤要亲身去往洛阳催粮,留你守营。孤要不回来,你可千万别去打仗。就是敌人来到我营,营前骂战,你亦别出去,由他们叫骂,等孤回来再跟敌人打仗。"李元霸问道:"王爷,你到洛阳做什么去呢?"杨林说:"孤亲自提军粮。"李元霸说:"俺亦跟王爷去,如何?"杨林原因为他是一勇之夫,有勇无谋,放心不下,听他要跟自己去,遂道:"好吧,孤就带你去。"杨林吩咐亲随人等辔马。外边将马辔好,杨林带着李元霸上马出营,亲随人等跟着够奔洛阳。当日未能赶到,中途路上住店,次日天明起身,巳时进了洛阳城,穿街越巷,够奔午朝门。朝门以外下了马,杨林命宫门官往里面回奏,要面见当今万岁,宫门官说:"万岁没在宫中。"杨林问道:"哪里去了呢?"宫门官说:"现下万岁在洛阳城西排演龙舟哪。"杨林大惊,暗道:百里之外就有百万强兵,皇上不知亲贤任才,挽回国势,天下都要不保了,还要在龙舟上作乐,这还了得!真是醉生梦死!气得浑身乱抖,体似筛糠,立刻上马,带着李元霸够奔西门。

出了西门,杨林往河中观瞧,只见龙舟漂荡,岸上有万数多官军保驾,那兵将盔甲层层,刀枪滚滚,警戒森严。杨林率领亲随人等到了河岸,再看那岸上有数百个美女,身穿五彩花衣,拉着彩纤,正往前走。那龙舟上楼窗儿开着,望见杨广与那萧妃并肩而坐,正往岸上观瞧美女拉纤。忽然"呼啦"一声,岸上拉纤的美女全都趴在地上,一齐摔倒。杨林纳闷:怎么会全都趴下了呢?及至往龙舟上一看,原来是龙舟的武士们用剑将舟上的彩纤割断了,取的是杨广、萧妃一笑。杨林是大隋朝的亲王,为人正直无私,做事刚毅,他见杨广如此,真要气煞!他与李元霸下了马,命人回奏,他要见当今万岁。当时有人给他回明御前太监,御前太监驾了一只小舟,够奔龙舟。小船贴在龙舟一旁,御前太监登舟,进了楼内,向杨广跪倒,口称:"万岁,今有靠山王在岸上候旨求见陛下。"杨广正然高兴得了不得,忽听杨林在岸上候旨来见,把他高兴打退了,心里很不愿意见,又不知道他来了有什么紧要的大事，不好不见，随即传旨，即时召见。御前太监下了龙舟，又到了小船之上，水手们摇橹扳桨，眨眼之间到了岸了。御前太监传旨，杨林说了一声"遵旨"，随即上了小舟，眨眼之间贴近龙舟，杨林上船，撩袍端带进了船楼，杨林此时心里的气可就大了，要换作别人，真能够亮剑把他斩了，这是君臣，他可就没有法子了。

杨林见杨广跪倒叩头，说："臣杨林参见吾皇万岁万万岁。"杨广说："皇叔免礼平身。"杨林站将起来。杨广问道："皇叔回朝有何事吗？"杨林说："万岁，臣在四平山大营有赵王李元霸，凭他双锤之勇，将反王兵将镇住。臣正要直捣贼人巢穴，军中无粮，臣恐军心一乱，不战自败，这才赶回朝来，面见万岁，请陛下早发军粮，臣好安心剿灭贼寇。"杨广惊问道："皇叔军中至于缺粮吗？"杨林说："军中若是有粮，臣何必回来呢？"杨广说："请皇叔放心，朕这就传旨发粮。"说到这里，杨广见杨林二目直往下流泪，急忙问道："皇叔为何如此伤感哪？"杨林哭诉道："万岁，臣怎么不伤感？想当初我杨林与先主北灭北齐，南灭南陈，身经百余战才得了隋室的江山社稷，臣与先主创业非为容易。如今闹得逢山有寇，遇岭藏贼，各路反王乘机作乱，在四平山会兵，眼见得隋室危在旦夕，万岁此时理应当亲贤远佞，勤政爱民，刑赏分明，好挽回大势。万岁不思百里之外就有百万强敌，尚在这里游戏作乐，朝中文武百官不知忠君报国，竟误了臣之军粮，臣焉能不伤心呢？"当下杨林在杨广面前哭着，苦苦相谏，杨广颇为感动。杨林瞧着萧妃，暗恨于她，要没有她，何至于把国家大事弄得如此？想她好比殷纣之妲己、周幽之褒姒、吴王之西施，亡国之根，祸国之苗。碍于君臣大体，无法发作，冲着萧妃跺脚，连着叹气不止。

正在此时，忽听有人喊嚷："俺来见驾，你们为何阻拦于我？"杨广与杨林顺着隔扇往外一看，原来是赵王李元霸驾舟来至。李元霸喊嚷着上了龙舟，迈步走进楼内，他冲杨广跪倒叩头。杨广问道："小卿家你来见朕，有何本奏？"李元霸说："俺来找万岁要美人。"杨林在旁听他如此，吃惊非小，惟恐皇帝一怒，将他斩杀。没想到杨广并没嗔怪，竟传下旨来，赐他两个美女。少时之间两个美女来到龙舟之上，跪倒皇上面前，杨广传旨叫李元霸将两个美女带走。李元霸说声"遵旨"，抓住两个美女，往一处愣撞，"噗哧"一声，将两个美女活活撞死在龙舟之上。杨林见了，替他担惊受怕，吓得出了一身透汗。杨广冲冲大怒，萧妃说道："李元霸敢把美人打死，目无君王，请万岁斩之！"杨广传旨将李元霸斩杀，杨林忙道："不可如此！"杨广问道："怎么你还给他求情呢？"杨林说："万岁，臣亦知李元霸当斩，无奈此时四平山尚有各路反王的百万强寇。宇文成都一战累得吐血，身染重病，死生未定。而今能胜强寇的武将只有李元霸一人，强寇未除，斩杀大将，于国不利。"杨广说："难道李元霸有罪就不杀吗？"杨林说："昔日卫侯欲斩大将苟变，因其为吏曾食民人两个鸡蛋，子思说不可因二卵斩杀干将。李元霸虽有罪，现在非他不能歼灭盗寇，请万岁留他剿灭反王兵将。"杨广说："皇叔所言甚为有理，赦其无罪。"杨林向李元霸说："你还不给万岁磕头谢恩吗？"李元霸跪倒船上，向杨广叩头道："俺谢你不杀了。你净知道当皇上，有美人陪伴，不知道打仗的难处，请你到四平山看看去！"杨广大怒道："昔日兵伐南陈之时，朕曾为监军，数月未离疆场，你以为朕没到过阵前吗？朕这就起驾前往四平山，御驾亲征。"杨林忙道："万岁，李元霸有勇无谋，天真烂漫，人事不懂，何必动怒，冒险临敌呢？"杨林遂把杨广谏阻不往，然后带着李元霸拜别杨广，下了龙舟。人人都替李元霸庆幸。

却说杨林、李元霸入城，跟着杨广旨到，将粮饷领到手，不敢耽搁，隔了一夜便回大营。有了军粮，择了个黄道吉日，点齐两万大军，杨林与李元霸杀奔四平山。到四平山西往对面观瞧，只

见当阳桥已然拆平,河东边沙陀国的大营里冲出无数的骆驼来,
个个都驮着驼子,那驼子里满装石子。沙陀国的番兵,个个拿着
大枪,枪上拴绳儿,一齐排列在河岸。杨林命兵将练木为筏,要
渡河击之。木筏尚未练妥,那沙陀国番兵一齐上了骆驼,抓起石
子,如同雨点似的飞打过来。隋兵无法抵御,被石子打得头破血
出,往后倒退。杨林、李元霸都受不了,拨马就走。人马往下一
跑,人撞人,马撞马,自相践踏。杨林懊丧异常,回到营中查点人
马,这一阵损伤四五百人。

　　兵将们各归汛地,杨林回到帐中,闷闷不乐,要想个主意打
过河去才好,一时之间竟想不出什么主意来。直到夜内定更以
后,忽然想起一条好计,能叫大魔国的兵将全军尽没,不由惊喜
非常。阅者要问杨林想出什么高明主意,至于那么痛快,原来他
想起大魔国的混世魔王与他的兵将俱皆在四平山内,那瓦岗山
一定空虚,军中的粮饷亦都在瓦岗山。他要暗中抽出一支人马,
暗着往瓦岗山去袭取大魔国的根本之地。杨林想罢,立刻传令
点兵两万,乘着黑夜之间,带着李元霸去取瓦岗山。两万人马齐
队,刀矛器皿、锣鼓帐篷、粮草等项,拴扎车辆。诸事齐毕,杨林
与李元霸、柴绍等营中上马,亦不放炮,亦不擂鼓,悄悄出了大
营。杨林这支人马往瓦岗山去了,这隋兵大营还是挑着杨林的
旗号,外面的人休想能够知道。

　　四平山、隋营两下里暂且不表,却说靠山王杨林这支人马不
分昼夜往瓦岗山进发,非止一日,这天来到了瓦岗山西面。留一
万人马安营下寨,杨林率领一万大军直奔岗山。将至岗山,尚未
列阵,就听岗山里面炮声震动,冲出一支人马。杨林吩咐一声:
"列阵!"把阵列开,靠山王杨林在帅纛旗下压住全军大队,左有
李元霸,右有柴嗣昌,压住左右阵脚。杨林往对面观瞧,只见有
五千人马,整齐严肃,当中间挑着四杆先锋纛旗,旗下四员大将,
是王伯当、谢映登、单雄信、尤俊达。杨林可就愣了,原想乘虚来

取岗山，不想这里并不空虚，已有准备，不由得大失所望。书中暗表，王伯当、谢映登、尤俊达、单雄信原是在四平山内，怎么又来到瓦岗山呢？原来秦叔宝得报李元霸将口北王打败，口北王大营移至河东，沙陀国王又将当阳桥拆断，心中就为了难，怕的是十八国人马打不过李元霸，便命人随时打探隋军动静。连着数日不见杨林、李元霸叫战，跟徐茂公商议应当如何，徐茂公说："了不得！敌人数日未来讨战，一定是要乘虚而入，分兵袭取岗山。"秦琼大惊，说："果然如此，赶紧遣将回归，保守根本之地吧。"立刻传令，派王伯当、谢映登、尤俊达、单雄信四先锋带八员战将、十六员偏将，连夜与大丞相魏徵赶回岗山。魏徵等头天到了瓦岗山，第二天杨林大军就到了。四先锋得报之后一商议，不容杨林人马养足了锐气，乘他一路远来劳乏之际，大杀一阵，挫动他的锐气，这才点了五千大军，出山迎敌。

杨林见岗山有了准备，这趟算是白来了，要想打破岗山，恐怕不易，当下命李元霸出马，阵前叫战。李元霸到了阵前，用赤金锤一指，喊叫一声："呔！对方兵将听真：今有赵王李元霸在此，有不惧死的阵前纳命！"单雄信手持钉钉枣阳槊，直临阵前，问道："尔就是李元霸吗？"李元霸说："正是。"单雄信用枣阳槊便砸，李元霸用双锤便撞，只听"当啷啷"一声，火星乱迸，把枣阳槊的槊头撞飞了，单雄信手中净剩槊杆啦，震得他两膀发麻，虎口发烧。二马一错镫，李元霸向单雄信斜肩带臂就是一锤，单雄信料着自己接不着他的锤，这一下非把他砸死不可。可李元霸猛然见单雄信的背后有一杆杏黄缎色护背旗，他以为单雄信就是恩公哪，吓得他赶紧把锤撤回来。二马一冲过去了，单雄信圈马往回便败。杨林起先见李元霸的双锤将槊头撞掉，很是痛快，算计着单雄信必死在他的锤下。哪想李元霸要用锤砸，没砸，又把锤撤回去了，杨林很纳闷，这要换别人，回到营中非把他杀了不可，万亦没想到李元霸是个浑人能有别的情由。乘着单雄信一败,要兵抢瓦岗山,杨林把令旗一指,大炮一响,鼓声大作,万数多隋兵冲杀过来,如同翻江倒海。瓦岗山的众英雄见李元霸如此骁勇,个个心惊,见杨林的大队冲杀过来,无心迎敌,率兵往回便走,大队人马如同断线的风筝一般,败奔山口,杨林督催隋兵在后紧追。

瓦岗山的兵将到了山口,那杨林的大军亦快到山口,眼瞧着两国人马要头尾相接了,岗山的兵将一看不好,隋兵要攻破岗山!谢映登回头一望,见杨林、李元霸并马而行,立刻抽弓拔箭,认扣填弦,前把一推,后把一拉,反背一箭,射奔杨林,“吧嗒”一声弓弦响处,杨林“哎哟”一声,翻身坠马。吓得隋军不敢追了,赶紧救杨林。他们往前搀扶杨林的工夫,瓦岗山的人马全都撤尽。那山头上的兵卒把灰瓶、炮子、滚木、礌石全都举起来,弓箭手亦都认扣填弦,瞄好准儿啦,隋军再来可就不怕了。谢映登这一箭正中杨林的左肩吞口之内,疼得他翻身下马,隋军兵将把他救起来,主将受伤,无心攻山,撤回大营去了。这段书叫谢映登一箭退敌兵。当日两国人马各自收兵罢战,众英雄见了魏徵,把李元霸之勇向他一说,众人皆以为忧。魏徵劝大家小心留神,众人说:“亏了柴绍给咱们来封信,换了护背旗。”单雄信说:“若没有这杆杏黄护背旗,性命休矣!”

第五十五回　火神进营烧退杨林
雷公发威锤震三王

　　不表岗山里如何议论，却说杨林回到营中，兵丁各归汛地，一干诸战将瞧着杨林摘盔卸甲，脱去战袍，军中医官给他上了止疼消肿的药。然后杨林传令，叫众将小心防备岗山偷营劫寨，才退帐休息。一夜无书。次日天明，柴绍与李元霸来见杨林，要到岗山讨战。杨林因自己箭伤未愈，命他二人点兵五千到瓦岗山讨战。于是李元霸、柴绍点齐五千大军，放炮出营，杀奔瓦岗山而来。到了岗山，将队伍亮开，命兵丁们喊嚷声音叫战。没有多大的工夫，岗山内三声炮响，冲出三千儿郎，到了山下，列开一字队。柴绍见大魔国的战将还是王伯当、谢映登、尤俊达、单雄信四个先锋，柴绍向李元霸说："你压住大队，待我出马一战，无论胜败，不准你助阵。"李元霸说："是吧。"柴绍催马临阵，向对面叫战。王伯当说："你们哥儿几个看见没有，柴绍叫战哪，我去跟他假战三合。"王伯当说完话，催马拧枪，直奔柴绍。哥儿俩假意不认识，互通了名姓，王伯当拧枪就扎，柴绍用枪接架还招。这哥儿俩马打盘旋，假打一处。两军队内擂鼓助威，兵丁摇旗呐喊。两个人杀了三合，没见输赢胜负，柴绍故作不敌，虚点一枪，拨马落荒而逃，王伯当在后便追。

　　两个人一前一后，跑出多老远来，到了一座树林里面，方才各自下马。柴绍施礼，王伯当还礼道："兄弟，幸亏你事先来了那封信，要不然李元霸到了四平山，我们兄弟一定得出战，若是真杀实砍，不定得吃多大的亏呢。"柴绍说："这事虽是小弟的主张,可事先我岳父岳母亦曾嘱咐我和元霸,不叫伤了恩公。如今秦二哥与程四哥呢?"王伯当说:"俱在四平山内。"柴绍说:"哥哥,你见了众人都替我问候,转言与众家弟兄,有我在李元霸的身旁,哪时亦不能叫岗山的人受了什么苦处。"王伯当说:"好极了!"柴绍说:"昨日杨林受了一箭之伤,至今未愈,隋营内军心不稳,今夜亦可,明夜亦成,只管去偷营劫寨,一定能把杨林杀败。"王伯当说:"是吧,就是这样办理。"柴绍说:"咱们哥儿俩不便久谈,时候大了恐他们生疑。"哥儿俩把事情商议好,又上了马,一前一后地跑回来,各自归队。李元霸出马,阵前叫战,大魔国的大队人马见李元霸叫战,锣声一响,兵将头改尾,鸣金撤队,弓箭手在后掩护。柴绍亦叫人鸣金,李元霸归队,随即罢战,各自收兵。

杨林原想把箭伤养好再跟瓦岗山决战,等到吃完晚饭之后,杨林在帐中吃茶哪,探马前来禀报:"瓦岗山的人马押粮运草往西而去。"杨林立刻派大将董青、薛勇带三千儿郎前去截粮。董青、薛勇点了三千大队,出了大营,如飞相似,追赶敌人的粮车。追出来不到十里路,就望见大魔国的粮车了,数十辆车上插着大魔国的旗号,有几十匹牲口亦都驮着粮米。董青、薛勇瞧押粮运草的兵丁才有百数多人,吩咐一声:"抢粮!"三千隋兵呐喊声音扑过来,瓦岗山押粮运草的兵卒吓得不敢抵抗,众寡不敌,将东西抛弃,往南便跑。隋军毫不费力,将粮抢到手内,由董青、薛勇押着车辆牲口,回归大营。天黑了押进营内,尚未交令哪,忽然火光由粮草上扑出来,营内兵将一阵大乱,呐喊声音救火。隋军有把水担来的,有把挠钩取出来的,要想救火。大家将往前一凑合,可了不得,只听火内"咕咚咚"一阵爆炸之声,把隋军炸得肠破血流,头颅破裂,死伤无数。原来这拨军粮不是往四平山运送的,是瓦岗山内大丞相魏徵出的主意,用硫磺焰硝制成开炸炮,藏在粮内,在炮的药捻上绑好鞭杆香,把香点着,慢慢地着,若着到了药捻上,那炮便炸,起名儿管它叫天雷炮。分为两拨儿使用,这头一拨儿用在粮内,由两个小校带着百数多名兵丁装作往四平山运粮,如若隋兵来抢,叫他们弃了一跑,故此隋军没费什么事,把火神请进了隋营。香把粮引着了,火光一起,跟着天雷炮就炸了,打得隋兵叫苦不迭,两万大军吵嚷之声,杨林约束不住。还没止住吵嚷之声,隋兵在营门望见一通火亮儿跑奔营来,临近一看,亦不是谁干的缺德事儿,马尾巴上绑着柴草,烧得这马跑至隋营,吓得隋军乱窜乱跑。这马跑至营内,背上驮着的天雷炮就炸了,又炸死了无数兵将,隋军人马自相践踏。火势稍息,一通喊杀之声,单雄信、尤俊达、王伯当、谢映登率领岗山人马杀进营中,大刀阔斧,一路乱杀,只杀得隋军由前往后跑,由后往外逃。杨林无法,亦只好夺路而走,李元霸、柴绍由乱军之中而出。到了天光大亮,杨林在路上才见着李元霸、柴绍,身旁左右只剩数百人,两万大兵丧失八九,军用器皿损失无数。杨林懊丧异常,在路上惟恐追兵追下,马不停蹄,与残兵败将逃奔洛阳而去。瓦岗山的众英雄得了胜仗,在山中大摆酒筵,庆功贺喜。

　　杨林回到四平山隋营,满成、满良迎接入营。杨林问四平山如何,满成、满良说并无动静,杨林这才把心放下,在营中歇息养神。过了些日子,命军中赶造藤牌,操演藤牌军。数日之间,藤牌造得了千数多个,昼夜训练。把藤牌军训练齐毕,命杨秀、张强率领藤牌军,这天杨林点齐了一万人马为前军,命大将樊成、李毕带一万人马为后军,攻打四平山,放炮出营。藤牌军兵丁们搭着绳木,杨林与李元霸领着一万大军杀奔四平山。万数大军往前走着,快到当阳桥时,杨林传令命藤牌军在前,用藤牌掩护着,搭木板前进,在伊水河内练木为筏,以便渡河击敌。于是藤牌军举着藤牌在前,兵丁搭着木板在后,直奔伊水河西岸。那东岸沙陀国番兵看见了,赶紧禀报沙陀国王,准备迎敌。骆驼队把石片驮出来,藤牌军将至西岸,沙陀国的番兵在东岸隔着河往西岸抛扔石片。番兵们打得非常准，片片打在藤牌之上，并不虚发，只是一样，打在藤牌上伤不着人，纷纷落地。藤牌军还是前进，举着藤牌在西岸沿上不动了。后边练好了木筏，放在河内，藤牌分为两队，一队在岸上掩护，一队在筏上掩护，隋军兵将改为一字队前进，鱼贯而行，纷纷上了木筏。李元霸连人带马上了木筏，往东岸而进。那沙陀国的番兵见石子没有用了，又用标枪乱扎，那标枪扎在藤牌之上，全都绷回去了，还是不大中用。隋军跟着藤牌军，呐喊声音上了东岸，番兵们呐喊声音迎敌，两国人马杀在一处，短兵相接，肉搏而战，前仆后继，互有损伤。

李元霸人马上了东岸，胯下马掌中锤，直奔沙陀大队，把马一催，杀进敌军队内，横冲直撞，虎趄羊群一般，两柄赤金锤抡开了，好似双摇风火轮，打得番兵挨着就死，碰着便亡，乱窜乱跑，不敢抵抗，纷纷退入营内，将营门紧闭。李元霸追至营门，番兵们隔着营门抛扔石子，乱箭齐发。藤牌军掩护着李元霸到了营门，"啪嚓嚓"两锤就把营门打碎，"呼啦"一声，隋军跟着李元霸撞入营门，呐喊声音，向番兵一路大杀大砍，番兵还是抵挡不住。跟着靠山王杨林又率兵杀了进来，番兵往后倒退，沙陀国王由后营的营门出去，番兵接连着亦都逃了出来，营内剩了没有多少番兵了。李元霸与杨林正要往外追杀，忽听一阵梆子响，番营火起，杨林大吃一惊，几乎下马。原来沙陀国王的大营在土垒之内围着一个圆圈儿，都放着车辆，那车辆之内尽是柴草，李元霸、杨林和一万隋军全都杀进了番营，沙陀国的番兵由后门出去，顺着外围子，如同燕子抖水似的，在外面团团围住。沙陀国王一声令下，梆子一响，火箭齐发，射到垒内车辆之上，把柴草引着，火光大作，着了一个大圆圈儿，杨林在里头如何不惊？再往外听，外边番兵围着大营呐喊声音，喊杀连天，把杨林、李元霸困在营内。正在这危急之时，幸喜隋军后路人马渡过河来，将番兵杀退，由营内把杨林这支人马带出来。逃至河岸，李元霸跨马持锤，向番兵发威,番兵惧怕于他,没人敢过来。隋兵撤尽了,他才由藤牌军掩护着过河。隋军走后,番兵把火灭了,整顿大营,布置善后,这且不表。

却说杨林带兵回到营内,查点兵将,反倒损伤七百余人,杨林想着再去打四平山。那边沙陀国王很纳闷:杨林带着李元霸打进大营,怎么不见四平山内各路反王出兵,亦没见十八国都元帅秦叔宝派将援助。他只是纳闷儿,捉摸不透。那口北王猜透了,各路反王各不相顾还不要紧,大魔国亦不出兵,一定是要他们两国消灭了。口北王一怒,亦不向各路反王商议,悄悄地拔营起寨,率领他的兵将回归口北了。他真猜着了,秦叔宝与徐茂公计议定了,不能叫口北王、沙陀国王在中原得志,顶好是把他们这两支人马全都消灭了,故此把他们派在四平山外,并暗令海陵王、楚越王小心把守西山口,不拘哪路人马,没有统帅的令,不准放入。这口北王一走,就有人禀报了秦叔宝,秦琼很愿意他走,亦没派人追赶于他。隔了一宵,次日将到了吃早饭的时候,就听见四平山外鼓炮之声震动天地,探马禀报,隋军攻打沙陀国大营,秦琼又命人打探。原来杨林这次调出三万大军,分为前后中三队,进攻沙陀国大营,左右中三路接应,每一路五千大兵。李元霸这五千大军由藤牌军遮护着进了伊水河,练木为筏,渡过河去,李元霸一马当先,打进了沙陀国大营。接连着中路隋军亦过河杀进沙陀国大营,杨林督着后路亦杀到了。沙陀国王率领番兵迎敌,结果被李元霸双锤打死。番兵见他们国王已死,无心再战,纷纷逃出大营,往四平山西口逃奔,后边的隋军乘势追杀。海陵王、楚越王得报沙陀国的番兵被隋军杀败,逃至西山口,急忙率兵截堵,要把番兵挡住,那如何能成? 后有隋军追着,番兵不论前边是什么亦得走,刀山油锅亦得跳。二王饶没挡住番兵,反被番兵把他们的大队闯得七零八落,后头的隋军乘势杀进了山口,众人杀在一处。海陵王、楚越王见隋军势勇,抵挡不住,赶紧命人去禀秦琼,请求派将接应。秦琼得报大惊,赶紧命传令小校乘马分往各路传令,命富州王王薄、苏州王沈法兴统带两路人马,由四平山西南往北杀;命大、小梁王萧铣、李执率领两路人马,由四平山西北往南杀。这四路人马把四平山的西山口堵住,断绝隋军归路。又命陈州王、沂州王率领两路人马,由川龙涧与兴龙桥过去,接应海陵王、楚越王。这令下如山倒,各路反王刻不容缓,带领人马,遵着帅令进兵了。

却说杨林、李元霸率领隋军由西山口外杀进了四平山,李元霸在前,杨林在后,杀得各国兵将横躺竖卧,东倒西歪,纷纷倒退。李元霸带兵往东要到川龙涧了,忽听东西南北四面八方炮声隆隆,鼓声骤响,震天动地,各路反王一齐杀来。杨林大惊,回头一看,后边旌旗招展,兵马奔腾,西山口内的反王人马兵山将海,如同蝼蚁一般。杨林见归路断绝,传令撤兵。"仓啷啷"锣声响亮,隋兵头改尾,尾改头,往西冲杀。杨林一摆赤金盘龙棍,杀奔西山口,富州王、苏州王、大梁王、小梁王与他们部下众战将见隋兵西来,急忙迎敌,与隋军撞在一处,把靠山王杨林围在垓心。杨林这条棍使开了,泼风十八打,棍打一大片,枪扎一条线,杨林虽然勇,杀了一层又一层,越杀越多,越杀越众,把杨林困在当中,左冲右撞,杀不出来。正在危急之时,忽见东边隋军一冲,有个雷公似的,使双锤打了进来,挨着就死,碰着便亡。大梁王萧铣一摆大刀,奔李元霸就剁,被李元霸飞起一锤,将大刀磕飞。李元霸跟着流星似的两锤,大梁王连人带马砸塌。富州王抖大枪奔过来,向李元霸就扎,李元霸使了个锁枪法,将枪用锤抱住,两膀一晃,运住力气一错,富州王大枪攥不住了,一撒手,大枪飞了。这一错镫,李元霸双锤一合,打奔富州王的身上,富州王两只脚往前一蹚,后脊梁躺在马屁股蛋儿,这种功夫叫马上的铁板桥,将两只锤躲过去。李元霸见他要从底下过去,双锤往下一落,只听"嗑哧"一声,又把富州王连人带马砸塌。这一来怒恼各路反王战将,齐催坐马,各擎利刃,把李元霸围上,李元霸喊嚷一声:"来得好!"眨眼之间,锤未空发,马未倒退,打死七员战将,连小梁王李执亦被他打死锤下。苏州王沈法兴见李元霸如此神勇,拨马便走。恰巧大隋的左右中三路接应军杀奔四平山的西口,里外夹攻,将反王兵将打退,杨林算是脱了一险,带兵出了四平山。将帅士卒个个周身是血,累得人困马乏,不能再战,撤兵回归大营。

四平山内,大梁王、小梁王、富州王阵亡,三国的人马无人统辖,沈法兴将人马收归己有,把四国的人马合在一处,把守四平山的西山口,一面掩埋死尸,布置军务,一面派人禀报十八国统帅。那海陵王、楚越王把两国人马屯扎在川龙涧,与陈州王、沂州王四个人商议军情。海陵王说:"列位,隋兵两次攻打四平山,大魔国都没派一兵一将,坐观成败,把口北王气得带兵回国了,又被隋兵将沙陀国的大营打破,他们不接应亦还罢了,亦不派别人接应,弄得沙陀国王命丧李元霸锤下,沙陀国人马全军覆灭。直等到这回李元霸打进了四平山,他们才命各国人马接应,三家反王俱皆阵亡,亦没见大魔国出兵。要按情理,他们大魔国既是盟主的人马,理应哪路有事都得接应才对哪,始终不见他们出兵,是何道理?"楚越王说:"大魔国在瓦岗山独打隋军,能把隋军连败六次,使隋室国本摇动。非是大魔的兵将不能战,我看出来了,大魔的君臣有吞隋室天下之力,惟恐怕在这时候灭了杨广,我们分他们的疆土。他们要借着隋军的力量,将咱们各国的兵将消灭,等着把咱们消灭尽了,他们再与隋军决战。到了那时候,隋军亦劳疲了,大魔国亦养足了锐气,一战成功,打败隋军,独吞隋家天下。你们听我说得对与不对,是与不是?"众人道:"是这个意思,你把他们的心思看透了。"楚越王说:"大魔国既不顾信义,又不能与咱们共图存亡,咱们应当如何对待呢?"海陵王说:"不如咱们各带本国的人马速离四平山,各回本国,保存咱们的实力。"沂州王说:"大魔国要不叫咱们走呢?"楚越王说:"要是一国的兵力,惹不起他们,只可认命;如果要走,咱们四国的人马一齐撤走。他不理咱们更好,如若要阻拦,你我四国兵将跟他大魔国一战,有何惧哉?"当下一人作倡,众人附合,信儿并不叫外人知道,四路反王议定要在夜里起兵回国,从四平山的东南口出去,免得隋军追杀。于是四王传下令来,叫各国兵将初鼓拔营起寨,限于三鼓时齐毕,回归本国。四国人马准备,暂且不表。

却说秦叔宝在统帅大营连连得报,大梁王、小梁王、富州王阵亡,四国人马合为一处,归沈法兴一人主持,扼守西山口,秦叔宝与徐茂公甚是惊讶。接着又报海陵王、楚越王、沂州王、陈州王的兵将纷纷拔营起寨,秦叔宝向徐茂公问道:"四王拔营起寨是何缘故?"徐茂公说:"大约许是他们因为沙陀全军覆灭,三王阵亡,有所恐惧,拔营起寨的意思是要各自保存实力。"秦叔宝说:"要是全都走了,还成何事体?"徐茂公说:"不能拦挡他们。要是一国,可以拦挡,他如不服,凭咱们大魔国的兵力不难歼灭;如若四国一齐起兵,拦不成他们,就得开仗,四国的兵将足能应付咱们。四平山内若是起了内乱,杨林再来,如何是好? 那不是鹬蚌相争,渔人得利吗?"秦琼点头称是。徐茂公说:"他们四国的人马要走,由他们去吧。"秦琼说:"亦只好如此。"

第五十六回　李元霸锤击裴元庆
程咬金醉卧琼花观

　　不表他们如何议论,却说四国人马拔了营寨,刀矛器械、锣鼓帐篷、粮草等项装扎车辆,由川龙涧起兵,大队人马往东南山口而来。那东南山口的兵马是南阳王朱灿的,虽然得着报告了,但没见着十八国统帅的命令,不好阻拦,一面传令不准兵将拦挡,一面派人飞报秦元帅。一夜的工夫,四国人马全都走出四平山。到了出太阳的时候,秦叔宝的令到了,命南阳人马去守兴龙桥。南阳王朱灿传令拔营起寨,由四平山东南开往川龙涧西岸,数万大军到了川龙涧,走过兴龙桥,在川龙涧西岸放炮安营。秦叔宝又与徐茂公秘密地议论好,传下令来,命济南王唐璧的人马移至四平山东南扎营,济南王唐璧接到命令,不敢不遵,把人马移至四平山东南。唐璧的人马把大营更动完毕,秦叔宝又传令调豫州王徐延朗、金堤王张称金屯兵川龙涧东岸,并暗中嘱咐张称金,叫他严防南阳王朱灿,如若隋兵打进四平山,朱灿要不战自退,叫张称金挡住朱灿,不准朱灿离开兴龙桥。这几座营移动,直忙了一天方才完毕。到了掌灯的时刻,秦叔宝又传令,派四个旗牌官带二百匹马在营内纵马奔驰,摇动銮铃;又命四十名咆哮儿郎在东西南北四个营门里喧扬擂鼓;又命火工军在空地燃着柴草,使用硫磺焰硝作疑兵之计;又传令营门小校好生把守营门,无有令箭者不准出营。分派完了,又命大魔国全军将士预备开拔。天光到了初鼓时刻,亦不响炮,亦不擂鼓,马摘銮铃,一队队悄悄出营,开往四平山的东山口外,另扎一座营寨。

　　阅者诸君要问大魔国的人马为何如此,原来这是徐茂公的主意,他料着四平山的战斗不利,惟恐怕被隋军打败,困在四平山内,把全军撤到东山口是准备兵败时退回瓦岗山。这一夜的工夫,四平山当中玉皇顶下的魔国大营虽是空营一座,内里有少数兵将,喧扬击鼓,纵马摇铃,燃着柴草,好似军中造饭,那硫磺焰硝着起来黑雾迷蒙。四平山内各路反王全都不知道四平山暗中撤兵,悄悄地移了营寨。

　　直到天光大亮,大魔国的人马已然更动完毕,还没出太阳呢,就听见四平山的西面、南面、北面炮声隆隆,鼓声如雷,震天动地,呐喊声音好像山崩地裂、翻江倒海一般,隋军分三面杀来。却说靠山王杨林,要和四平山各路反王拼命一战,分个强存弱死,真在假亡,在夜里传令,全军兵将预备出战。隋营中的武将个个披挂整齐,马匹鞴好鞍鞯,全军人马准备好了,天光未亮,饱餐战饭。杨林传令,命满成统带十六员战将,两万人马,绕道去打四平山南山口;满良带大将十六员,大兵两万,绕道去打四平山北山口;李元霸带兵一万攻打四平山西山口,并派藤牌军助战;杨林自统一万五千马步军策应各方。令传完了,天光一亮,李元霸就点齐万数儿郎放炮出营,藤牌军在前,大兵在后,搭运木板绳索,杀奔四平山。李元霸率军到了四平山西边,隔着伊水河往东一看,只见东岸上排列着无数的弓弩手,作预备射敌之状,依山靠水,扼守东岸。

　　书中暗表,苏州王沈法兴一人带着四国的人马,把守西山口,不时派人打探隋军动静。李元霸大兵杀来,沈法兴就得报了,闻报之后,派了四队弓弩手,把守伊水河东岸,五百名一队,四队弓弩手亦两千人哪,到了河岸撒开了,准备迎敌。沈法兴上了西山,登高瞭望,指挥人马。沈法兴瞧见隋军杀来,藤牌军在前,大队在后,直迫伊水河,东岸的弓弩齐发,亦挡不住隋军练木为筏。人马眼瞧着渡过河来,沈法兴见势不妙,传令鸣金撤队,

"仓啷啷"锣声一响，弓箭手撤进西山口。李元霸率领隋军杀到西山口，沈法兴指挥兵将，灰瓦、石子、滚木、弓箭齐发，隋兵藤牌军冒险前进。那打下的灰瓦、石子、滚木，砸在藤牌之上，藤牌军还有些个惧怕；惟有弓箭是不中用的。后边李元霸率领人马督着藤牌军，只许前进，不准后退。猛然间就听"呼啦"一声，如同黄河水开了口子似的，隋兵打进了西山口。沈法兴在山头之上，又瞧见北山口曹州王孟海公、相州王高谈圣，两国人马败下来，后有隋军追赶；又见南山口河北凤鸣王李子通、湖广襄阳王雷大鹏，两国人马亦败下来，后有隋军追杀。沈法兴不料隋兵把各山口都打破了，四平山内的盟军必得全军覆没，将佩剑拔出来，一甩胡须，剑横脖前，"扑哧"一声，自刎而亡。山上头的兵将们望见沈法兴自刎了，"呼啦"一声，往山下乱窜乱跑，自求生路。李元霸催马抡锤，逢人便打，遇人便砸，挨着死，碰着亡，被他打死的兵将不计其数。李元霸锤砸四平山，后边的隋军跟着他，大刀阔斧，向反王兵将一路大杀大砍，如同秋风扫叶，落花流水。靠山王杨林与各路接应军亦打进了四平山，只杀得哭声震天，震动山谷，杀气弥漫天空，遮住了太阳光华。

　　南阳王朱灿与伍天锡率领南阳人马在川龙涧西岸迎敌，与隋军撞在了一处。南阳王君臣兵将虽勇，亦难敌隋军。眼瞧着兵将被人家杀得东倒西歪，横躺竖卧，朱灿在乱军中料着这战事终是不利的，他向伍天锡喊叫一声："伍招讨，你随孤来!"朱灿在前，伍天锡在后，两个人拼着命大砍隋军，杀出路来就走，一直杀出四平山，逃回南阳去了。豫州王徐延朗、金堤王张称金见势不佳，命人将川龙涧当中的兴龙桥拆毁，凭着川龙涧天险之地要想扼守。隋军杀得各路反王兵将死伤过众，乘着军威又攻至川龙涧，兴龙桥拆了，隋军还是藤牌军在前护住川龙涧的西岸，又把木筏练好，渡过山涧，李元霸在前，杨林在后，顺着川龙涧东岸杀来。徐延朗、张称金率军迎敌，杀了不到一个时辰，徐延朗就死在乱军之中。张称金见势不妙，从乱军之中往东逃走，后边有人大呼小嚷的率兵追来。张称金回头一望，见李元霸追赶于他，吓得他催马如飞，往玉皇顶下逃走。直到了大魔国的大营，他才把心放下，催马走进营门，李元霸人急马快，跟着亦进了营门。两个人在这座空营内一前一后的飞跑，眨眼之间穿营而过，后边的隋军一拥而入，杀进营内。到了后头一看，是空营一座，隋军大惊，再想折回已然来不及了，跟着营周围起火。瓦岗山留守空营的兵将把车辆等项横在营门里面，车上放着柴草，引着了火，把隋兵困在营内，走投无路，烧得焦头烂额，死伤无数。

单说李元霸追赶张称金出了空营，见张称金向四平山东山口逃奔，李元霸大呼小嚷的追赶于他。张称金跑至东山口内，忽见对面来了一骑马，马上一人，头戴一顶紫金乌龙盘珠冠，披着紫金甲，内衬杏黄袍，肋下佩剑，胸前悬挂护心镜，背后八杆护背旗，胯下马铁背烟熏枣骝驹，马上金鞍玉辔，杏黄扯手，挂着威武铃。这人长得靛脸朱眉，额下红胡须，手擎开山钺。张称金一看，不是别人，来的是大魔国混世魔王，心中暗道：他为何一人至此呢？原来大德天子程咬金自从当了十八国都盟主，他就很忧愁，这个领袖不容易当的，以李元霸之勇、杨林之谋，谋勇俱备，令人可惧。如今四平山喊杀之音、炮鼓之声震动天地，他想四平山必有战场，这一仗打败了，就了不得啦，亦没向秦琼、徐茂公商议，跨马持斧，亲自到山内观瞧。程咬金到了东山口往四下一看，火光大作，尘沙荡漾，触目惊心，料着是隋兵打进来了。忽见对面张称金被一个使锤的追赶下来，临近了，张称金说："王爷快走，后面李元霸来也！"程咬金听说李元霸追来了，吓得他拨马就走。那李元霸没见过程咬金，不认识他。程咬金拨马往东，李元霸瞧他背后八杆护背旗，七杆是大红的，内中有一杆杏黄的。李元霸暗道：这是我们的恩公，不可伤他，把他吓走了吧。催马追赶，左手锤打手右手锤，打得火星乱迸。他这锤打锤不要紧,程咬金头亦不回,跑出了四平山的东山口。张称金可没了,原来张称金见李元霸追赶程咬金,他一岔道儿就奔瓦岗山的魔国大营了。

程咬金正往东跑,裴元庆押粮运草来至。他瞧见四平山有了战场,命兵丁把粮草运往大营,他私自奔了四平山,迎头正遇上李元霸追赶程咬金。程咬金见他内弟来到,忙叫:"裴元庆,后面李元霸追赶孤家,快快挡住于他!"裴元庆说道:"遵命!"大喝一声,放了程咬金,挡住了李元霸的去路。两个人互通了名姓,李元霸举起左锤,奔顶门便打,裴元庆用双锤往上一磕,"当啷啷"一声,震得裴元庆两膀发麻,虎口发烧。他暗道:不好!他的膂力确实比自己大。当时两匹马一错镫,把式将得招数快才能赢人哪,裴元庆应当还招呀,因为膀子一麻,手震得生疼,要想变招可就迟慢了。李元霸来得好快,双锤一抡,涮起多高来,流星赶月似的打奔裴元庆的右膀。裴元庆用双锤招架,"当啷啷"两声,虽把李元霸的双锤接住了,亦震得自己两膀生疼。使锤的两只手都得攥活把,若是攥死把,非把胳膊震坏。李元霸的膂力过大,裴元庆非得攥死把不可,若是不攥死把,那锤震得就得撒手。武夫以军器当命,如把军器撒手,命就不用要了。裴元庆舍不得把锤撒手,才把膀子胳膊震麻,两只手震得生疼。两匹马各奔东西,裴元庆不敢圈回马来再跟李元霸动手,往西而去。这就是李元霸三锤打走裴元庆。

裴元庆往西而去,到了这时候他心中才佩服李元霸,深悔自己不该跟秦元帅赌头争印,如今他不愿回归大魔国的大本营,气恼之下直奔川龙涧。远望隋军兵将各持刀枪,向各路反王的残兵败将大杀大砍,杀得兵将抵挡不住,乱窜乱跑,自相践踏。裴元庆此时两膀已然缓过来了,大喝一声:"隋兵休得逞强!"把坐骑一催,两只银锤一抡,好像要拨浪鼓儿似的,撞入隋兵队内。隋兵的军器砸在他锤上,不论刀枪棍棒,碰上就得撒手。他的双锤砸在隋军兵将身上,碰头头碎,砸胳膊胳膊折,他这马在人群里横冲直撞,"噼哧啪哧",打得隋军伤亡惨重。他到哪里,哪里躲他,裴元庆直打出四平山方才算完。裴元庆出了四平山,够奔何处,暂且不表。

却说杨林督率各路人马杀得反王兵将溃不成军,纷纷夺路而走。败军在前,隋军在后,从四平山内往外而来。及至到了东山口外,只见老远有支人马挑着大魔国的旗号。原来四平山被隋军一打破,秦叔宝就得着报告了,与徐茂公商议。徐茂公说:"不如暂避隋军,保存实力,退守瓦岗山。"秦叔宝点头应允,传令大小三军,拔营起寨,退兵岗山。大魔国兵将拔了营寨,不见大德天子程咬金哪里去了,可把众人急坏了。幸而张称金由四平山内逃来,向秦元帅禀明,才知道魔王冒险,亲身探敌,被敌人追下来了。望见了程咬金,这才放炮起兵,往东而下。向导官在前引路,众先锋率兵将在后跟随,秦琼、徐茂公督着全军往瓦岗山飞奔。后边听见了追兵声音,又见败兵遮天盖地、漫山遍野败了下来,秦琼催叫人马快走。没想到引军的向导官把道路走错了,前边有大山阻路,山势高大,直耸云端,外有群山围绕。追兵已然来到,秦琼无法,传令进山。大魔国的人马进了山口,可了不得了,山中道路狭窄难行。秦琼吩咐兵将把山口堵住,免得追兵杀进山来。这头搬运石块把山口亦堵住了,前边的兵将亦站住不走了。原来这座山只有一个山口,前边树木丛杂,山脉纵横,无路可通。秦叔宝得报大惊,大魔国的全军人马走入葫芦口内,如何是好?往山口外边一听,炮声震耳,隋兵已然来到。秦琼无法,赶紧率四员大将带兵上山,搬运大小石块去守山口,又派四员大将把守山梁,又传令在山内落营,埋锅造饭,布置军务,誓守此山。

却说杨林追至此处,探马禀报:"大魔国的人马进了麒麟峪。"杨林一摸顶额道:"此乃大隋朝余德未尽,反寇们走入绝路了。"亦不往山内去攻打,传下令来,命大队人马在麒麟峪的山口外安营下寨。大炮一响,隋军在山口外落营,杨林与李元霸堵住了山口,兵困麒麟峪,把瓦岗山的众英雄困在深山老峪。杨林爽性传令,不叫去追赶别的败兵,把隋兵全都调至此处,要把大魔国的兵将活活饿死山中。却说大魔国的兵将把麒麟峪险要地方全皆守住,只是又不见了程咬金,大众全都着急,不知道他哪里去了。

书中暗表,程咬金从四平山内出来,因为后边有李元霸追他,他害了怕了,只顾逃命,没想到与秦元帅的大队失去联络,走错了路。找不着秦琼大队人马,料着势头不顺,他没回瓦岗山,想着四平山一完,那无道的昏君杨广必然下扬州,干脆先到扬州等候杨广,将他杀了,给天下除去一害亦就完了。故此他取道扬州,人急马忙,三日光景便到了扬州。这天来至扬州北门外段家店前勒住了坐骑,下马的工夫,那东家段达正在柜房中,一眼望见了程咬金,他哪里知道来的是瓦岗山程咬金哪,还以为是杨广的前站来了呢,赶紧跑出来迎接。段达向程咬金施礼道:"你老人家来了!"程咬金说:"来了。"段达问道:"圣驾几时来到呀?"程咬金说:"三天便到。"段达说:"店内狭窄,不敢屈尊,请你到琼花观内暂息如何?"程咬金听别人说过,杨广下江南是要御览琼花,准是要到琼花观来的,他心里明白这店主错认人了,遂道:"很好很好。"于是段达命人给他辔了一匹马,头前引路,程咬金随着他由扬州北门够奔城东琼花观。前文书表过,王世充在扬州是由段达引导才到琼花观的,如今王世充得了琼花太守,重修琼花观,本地的地面官员都得保护,王世充得了第,还能忘得了段达的好处吗?段达在琼花观是随便出入,无人敢拦的。今天他带着程咬金来至琼花观,二人观内下马,将马匹拴好,段达把程咬金引至膳房,命人给预备酒饭。段达把他安置在这里,撤身出去找琼花太守王世充去了,这且不表。

却说杨广与萧妃在洛阳,因为十八国反王在四平山会兵,未能起驾扬州。如今杨林、李元霸将四平山趟平,各路反王大败,大魔国的人马被堵在麒麟峪,将打胜仗的捷文与折本写得了,递到了洛阳。那无敌将宇文成都的病已然养好,杨广要驾幸扬州了。这天早朝,杨广传旨,择吉日起驾,巡幸扬州。有赵才、王爱仁、崔宗相等一班忠臣向杨广谏阻说:"如今掘运河,造龙舟,耗尽了民力民财,百姓疲劳,府库皆空,盗贼蜂起,禁令不行。万岁理应驾转回朝,到了长安,整理国政,等到天下清平再为巡幸江南。"按理说这些人向杨广进的是忠言,哪想杨广大怒,竟命金瓜武士将忠臣皆杖之毙命,于是无人敢再阻拦。是日无事,到了黄道吉日,数千只船舟到了运河,上边载着官军,亦有载着太监护卫的。杨广与萧妃乘坐龙舟,李世民亦随驾上了龙舟,地面官送行,只见河内舟船相连,龙舟是美人拉纤,二百里路接连不断。滚单公事走下去,前道肃清,宇文化及、宇文成都父子保驾,离了洛阳,够奔扬州。

一路之上无事,这天到了扬州,扬州的地面官员与琼花太守等迎接圣驾,杨广弃舟登岸,换了龙凤辇,由文武官员保护着,驾奔琼花观。到了琼花观,羽林军将观外围住,杨广、萧妃由王世充等导引,进到观内。杨广在殿中落座,文武官员和护卫们两旁侍立。萧妃到更衣殿内更衣,宫娥彩女搀扶着,将到殿前,就听见里面"呼噜呼噜"有人睡觉打呼,如雷震耳。萧妃说:"何人在此?"将到里面,只见龙床躺着一人,萧妃不认识他是程咬金,魔王的相貌令人可怕,吓得萧妃转身往外就跑,一直跑至前殿方才止步,宫娥彩女们亦都吓得颜色更变。杨广与众官员见萧妃面貌不整,神色皆异,不等她定神,杨广忙问:"卿为何如此惊慌?"萧妃说:"万岁,适才臣妾见龙床上有一鬼怪在那里睡卧,吓杀我也!"杨广听萧妃所说,不由得冲冲大怒,向文武官员道:"朕之禁地,何人胆大,竟敢睡卧?"立刻派王世充、李世民带领护卫人等扑奔更衣殿。将进殿内，就见程咬金翻身爬起，坐于榻上。李世民用手一指，大声喝道："尔是何人，胆敢潜入禁地，在此隐匿？"程咬金站起身形，将要扑奔李世民，被李世民抢步上前，举拳便打。程咬金宿酒未醒，被李世民一拳打倒，王世充过去按着，护卫们过来就绑。将他绑好，推推搡搡，王世充、李世民将他押至前殿，奏明杨广。杨广传旨："将拿获之人推至殿前，朕当御审。"

护卫人等将程咬金推至殿前，程咬金立而不跪。杨广大怒，用手一指道："你是何人，见了朕还敢立而不跪？"此时程咬金已然醒酒了，他见殿前有文臣武将侍立，站殿将军、金瓜武士等保护着一人，头戴冲天冠，身穿赭黄袍，料着必是杨广。又见杨广背后立着一个美人，穿着宫衣。他暗暗叫苦，埋怨自己不该贪酒吃醉，杨广来至，把事情误了。及至听杨广自称朕，更知道是杨广了。他向杨广说："昏君，你要问俺是谁，告诉你，俺是瓦岗山大德天子程咬金。"杨广与文武官员等听他说是混世魔王程咬金，无不惊讶。程咬金说："俺在瓦岗山要兴兵灭隋，就是为了你这无道的昏君！尔弑父夺权，鸩兄图嫂，欺母戏妹，修盖皇宫，掘通运河，耗尽民财，用尽民力，上遭天怒，下遭人怨。俺要将你刺死，给天下人除害。没想到大事不成，被尔等所擒，是杀是剐，在凭尔等！"当下程咬金破口大骂杨广。那杨广气得耐他不住，立刻传旨，命魏国公李密将程咬金押至扬州西门外法场斩杀，人头号令。李密遵旨将程咬金押出琼花观，往西门外去了，暂且不表。

第五十七回　因祸得福魔王脱逃
　　　　　　先苦后甜国公使诈

　　却说杨广向王世充说道："你修盖琼花观有功,朕封你为洛阳侯。"王世充跪倒叩头谢恩已毕,杨广传旨,命他引路去观琼花。王世充遵命,头前引路,杨广与萧妃率领文武官员离了前殿,去观琼花。护卫武士们保护着,到了后殿以前,望见了琼花。杨广与萧妃仔细观瞧,只见这琼花果是与梦中所见一样,上有十八个大叶,下有六十四枝小叶,花儿无蕊。将要近前仔细观瞧,忽然起了一阵怪风,将琼花刮得叶落枝折,杨广、萧妃与侍从的官员无不惊讶。正在此时,御前太监走到杨广近前跪倒,奏禀了数语,只见杨广脸上颜色更变,抖衣而战。

　　阅者若问杨广为何如此,书中暗表,李密奉旨带领官军押解着程咬金,从琼花观够奔扬州西门外,官军散开了保护法场,看热闹的人围在四外观瞧。李密下了马,在监斩棚内落座,官军把程咬金从马上搀下来,程咬金怒目横眉,毫无畏惧之意。他往监斩棚内一看,坐着的监斩官长得白脸膛儿,三绺短墨髯,精神百倍,头戴扎巾,勒着一对紫金抹额,迎门上嵌一宝,顶门上有一朵红绒突突乱颤,身穿一件紫缎色蟒袍,腰横玉带,气度不俗。程咬金向护决官问道："何人监斩?"官军说："魏国公。"程咬金听说是魏国公监斩,他大声喊嚷："冤枉啊,冤枉啊!"程咬金被官军推至棚内,李密问道："程咬金,你有何冤枉?"程咬金说："你把左右退了,俺才能说呢。"李密沉思不语。程咬金说："我已然被捆着,还能跑么? 你有何可怕呢?"李密吩咐左右官军尽皆退出。官军们不敢违背，一齐出了监斩棚。李密向程咬金问道："你有何冤枉呢？"程咬金说："我就问你一句话，你这魏国公是怎么得的？"他这一句话不要紧，李密可就怔了。

原来李密先在隋文帝杨坚驾前称臣，官拜蒲山公之职，后来因为长安城闹童谣，说李姓之人应夺隋室天下，杨坚把姓李的官员全部罢免，李密被免为民。他李密与山西潞州二贤庄单雄信极力联络，在那时秦琼亦在二贤庄哪，单雄信家中办丧事，天下的绿林人、各路响马头儿全在二贤庄。单雄信曾向众人说过三宗大事，头一宗事是秦叔宝在济南当都头，不叫众人在济南府作案；第二宗事叫众人帮助他给胞兄报仇（单雄信的哥哥在临潼山被李渊射死）；第三宗事又求众人共凑金银，给李密运动，官复原职。众响马凑了无数金银，交给李密，李密将金银运至长安，走越国公杨素的门路，杨素受贿，在杨广驾前保举李密，杨广封李密为魏国公。

如今程咬金在监斩棚内一问李密，李密可就怔了，他自己的事还不明白吗？若是没有五路响马头儿与天下绿林人给他凑款，他拿什么去输送权门哪？自己身为魏国公，是他们三十六英雄的财力维持来的。李密想程咬金这一问，必是要叫自己救他，忙向程咬金问道："你莫非是怕死吗？"程咬金笑道："我在山东两次劫皇杠，卖私盐，打杀过人命，取过瓦岗山。身为魔王，我干的这些事都是什么行当，我程咬金若是畏刀避箭，怕死贪生，能干这些吗？"李密听他所说，心中想着很是有理，向他问道："你既不怕死，问我作什么呀？"程咬金说："我问你这些事是叫你明白，贾家楼的三十六友是你的朋友。"李密说："不错，你要死了，我买口棺材将你埋了，尽其交友的义气。"程咬金笑道："李密，你还买棺材成殓我呢，你摸摸你自己的人头，还有没有啊？"李密问道："程兄何出此言？"程咬金说："你是杨广驾前的魏国公，你不该在晋阳的时候与萧妃在龙舟上眉目传情啊！"李密听他说破此事,大惊,忙问道:"你怎知晓此事?"程咬金说:"你在船上调戏萧妃,叫靠山王杨林瞧见了。靠山王曾向人言,说魏国公败坏纲常,臣戏君妻,誓必杀之。吾在四平山知道的。"李密愈发得惊恐了。程咬金说:"如今尚且无事,日后靠山王来到扬州,怕你的性命就要不保了。还告诉你,你要当监斩官把我伤了,日后贾家楼三十六友不答应你,跟你要昔日的金银是小,赵王李元霸亦得用锤把你打死。"李密问道:"李元霸为了何事跟我不依呢?"程咬金说:"你还在云里雾中呢。你没瞧见,亦听说过吧,李元霸锤砸四平山,把天下各路反王的兵将俱都打败,可他的双锤没打过四平山的一个人。杨林暗袭瓦岗山,瓦岗山内的兵将亦没出去和李元霸真杀实砍。李元霸虽勇,不过是一个人,瓦岗山的众将要群战他一人,他就是勇亦不能成啊!实对你说吧,我们瓦岗山与李元霸暗中有约,是瓦岗山的人背后都有一杆杏黄旗为记,彼此不伤。我们要没有点儿真交情,能够那么办吗?你要在这里当监斩官杀了我,日后李元霸知道了,岂能跟你善罢甘休啊?"当下程咬金这一说,把李密问得颇有救他之意,向程咬金问道:"我倒有心放你,恐怕你走后,我亦不好办哪!"程咬金说:"干嘛呀,你还在这里等杨林回来杀你啊?"李密说:"我若同你逃走如何?"程咬金说:"那好极啦!瓦岗山如同铁桶一样,任他是谁,亦不能打破。"李密问道:"你我二人怎么走法呢?"程咬金说:"要走很容易,咱们如此恁般,就能走了。"李密连道:"好计好计,就是这样办理。"阅者诸君若问程咬金出的是什么主意,往下看吧,一看便知。

当下李密喊嚷一声:"伺候了!"官军们又都回来了。程咬金向李密说道:"俺就是死了,亦不佩服尔等。"李密问道:"你怎么不服我们呢?"程咬金说:"俺程咬金被获遭擒,是俺贪酒喝醉了,俺若不是醉卧琼花观,你们哪儿能拿得住俺呢?"李密说:"我大隋朝这些兵将会拿不住你一个人吗?"程咬金说:"若是有人单打独斗将俺拿住，那是你们有能为，俺的武艺不精。如果这样被擒，死了亦是不服。”李密大怒，用手一指程咬金道：“尔敢藐视我大隋无人胜你！我要和你单打独斗，就能将你拿住！”程咬金道：“你亦就是这样说说吧。”李密说：“干嘛说说啊，你我二人就在这里较量较量！”说着，李密站起身形，用手给他一扯绑绳，把绳扯开了，程咬金能够行动自由了。官军无不惊讶，都以为这监斩官疯了哪。李密吩咐官军：“给他一匹马一条枪，我跟他一战，看他怎样。”官军无法，给程咬金一匹马一条枪。程咬金在监斩棚外上马，李密亦由监斩棚里出来，上了坐骑，李密和人要了一条枪，二人在法场内杀在一处。未及三合，程咬金说：“李密，你的本领实是不弱，杀你不过，俺要失陪了！”说着，他往法场外头催马就跑。保护法场的官军见他要跑，焉能不拦，被程咬金连抽带扎，死伤了三四个人，程咬金夺路而走，官军没挡住。李密喊嚷道：“程咬金，尔往哪里逃走！”催马往外就追。眼瞧着他二人走了，官军随后呐喊声音就追，有觉悟的官军喊叫一声：“别追了，李密故意把程咬金放了的。”他二人跑了，众官军无法，去回禀吧。

却说杨广御览琼花，见风起花折，将一团高兴打退了。恰在此时，御前太监一禀报此事，杨广大惊，问道：“他二人怎么逃走的呢？”遂把李密与程咬金比武逃走的事儿奏禀明白。杨广大怒，立刻传旨，派窦建德带马兵五百追拿李密、程咬金。窦建德遵旨，出了琼花观去点兵，点齐五百轻骑马队，追赶李密而来。

却说程咬金、李密二人逃出了法场，顺大道往西北而下，马不停蹄，走了数日方到瓦岗山。二人进了金墉城，丞相魏徵得报，将程咬金、李密接至府中，有人伺候他二人净面掸尘，沐浴更衣。诸事完毕，程咬金命人摆宴。酒宴摆上，魏徵、裴仁基、邱瑞等作陪，李密、程咬金入席。酒过三巡，菜过五味，魏徵问道：“为何这样狼狈回归呢？”程咬金说：“两世为人哪！自从四平山一败涂地之后，与咱们大魔国的兵将走错了路，孤一恼，下扬州，本想等着昏君杨广到了扬州将他刺死，结果贪酒吃醉，醉卧琼花观。昏君到了，俺宿酒未醒，被获遭擒。绑至法场要杀，魏国公监斩，我二人这才逃回来。"魏徵、邱瑞、裴仁基这才听明白，都道："千岁命大，吉人自有天相。"程咬金问道："孤的秦元帅呢？"魏徵说："主公还问呢，我们正着急哪！"程咬金问道："你们着什么急？"魏徵说："秦元帅与众将被困在麒麟峪内，外边有靠山王杨林、赵王李元霸等困着呢。"程咬金说："魏大哥，我老程的命运很是不好，这个魔王是坐不成了，众英雄困在麒麟峪，如何是好？谁要能把麒麟峪的将帅士卒救出来，孤情愿将大魔国的事业让给他。"李密听着，颇为动心。原来程咬金和他走在路上就有这话，程咬金情愿将魔王让给李密，自己愿退为臣，李密惟恐岗山兵将不服，没敢应允。如今听说众英雄被困麒麟峪，他认为这是很好的机会，此时我李密若把麒麟峪诈开，救出众英雄，程咬金再让位，众将感我活命之恩，就不能不服了。我李密若为岗山首领，论才智比程咬金强得多多，用人得当，还许打过来天下，弄个皇帝坐坐哩。

李密有这个思想，遂向魏徵等假意问道："单二员外呢？"魏徵说："亦被困在麒麟峪了。"李密说："不要紧，我去了就能将麒麟峪诈开，搭救出岗山兵将。"程咬金说："你有主意好极了！你若能救将帅士卒回到岗山，孤情愿脱袍让位。"魏徵听到这里，就知道能成功。魏徵的相法很好，当初保程咬金的时候是看程咬金鼻准丰隆，冲他的通贯鼻子就有大富贵，才拥为首领。如今再看李密的相貌，较比程咬金又强得多了，程咬金将事业让给他，魔国还能大大地兴旺。当时李密说他能救众人，魏徵问他有什么高明的主意，李密说："我的主意是到麒麟峪面见靠山王杨林，见了他我就如此怎般的冤他，你们听着怎样？"魏徵、邱瑞道："好计好计。"裴仁基说："夜长梦多，事久生变，要办就不可耽搁,免得杨林不信。"李密说:"我不歇着,少时便走。"程咬金等大悦。宴罢之后,李密要了一条枪,带上散碎银两,告辞起身。李密够奔麒麟峪,暂且不表。

却说魏徵向程咬金问道:"四弟四平山兵败之后,将道路走错,找不着大队人马,你还找不着瓦岗山吗,为何冒险去往扬州啊?"程咬金笑道:"大哥你不知道,俺老程到趟扬州,有俺老程的思想。我觉着四平山那么大的势派都败了,咱这大魔国眼瞧着就完了,我要到扬州去刺杀昏君杨广。我要瞧瞧昏君杨广如何妄用民财,修的都是什么工程。他修的这条运河能与洛水、汴水、淮水相通,河宽四十八步,河两岸栽的柳树每隔十步一棵,沿途之上修的那离宫足有四十余所,他下趟江南造的龙舟杂船数万余艘。他由洛阳起驾,一路之上官军严督民夫,劳累而死的夫役每日都有数十人。此外,他还盖了十六院,院内有观台楼殿、嘉木异草、珍禽异兽,穷极华丽,每院派一四品夫人掌管。他由通河下扬州,每至一离宫,必然停舟,乘兴而往,夜纵宫女数千,长夜游曲,骄奢淫逸,古今无比。那琼花观你们没有瞧见,俺老程亲眼得见,修盖共有一百二十四间房屋,皆饰以金玉沉檀,观内有僧尼道数百余名。听说昏君与宫眷共乘九艘龙舟,每艘龙舟长二百尺,舟上修有正殿、内殿、朝堂,挽船的美女九千余人,名叫殿脚女,都穿锦绣的衣裳。护驾的文武官员和羽林军分乘大船数千只,每逢行动起来,前后衔接不断二百余里。五百里内的人民都得献食物,供以肉酒。他这趟到江南是耗尽民力民财,暴虐已极。到了现在,运河一带数百里并无人烟,黎民人等逃走一尽,民怨沸腾,大料着他这皇帝是要坐不成了。俺老程若不贪酒吃醉,昏君早丧老程之手。如今俺既回了岗山,不能坐视昏君暴虐人民,总要灭他给天下人民除害的!将来把他们拿住了,连昏君带奸臣佞党,一股脑儿全皆杀死,方解俺老程胸中之气!"魏徵说:"我夜观天象,隋室气数已尽,不久当亡。"程咬金说:

"咱们的事情如何,就看李密去诈麒麟峪了。"

却说李密离了瓦岗山,够奔麒麟峪。他走在路上,自己用枪在腿上扎了三枪,肉上干了三个大窟窿,用布缠上,咬牙忍痛,把彩作得了,他来到了麒麟峪。远望隋军大营壁垒森严,旌旗招展,心中真是钦佩杨林。这李密到了营门,勒住坐骑,命人往里回禀,说有魏国公李密求见靠山王。营门小校不敢怠慢,到了帐中回禀,杨林得报,吩咐有请。少时间小校出来,说:"公爷,千岁有请。"李密催马入营,来至辕门内帐前下马,有人接过了坐骑,杨林出帐迎接,彼此施礼完毕,二人入帐。到了帐中落了座,杨林问道:"魏国公由何处而来?"李密说:"千岁,我是从扬州而来。"杨林问道:"可有事吗?"李密说:"有事。"杨林问道:"有什么事呢?"李密说:"圣驾在扬州被困,千岁还不知道吗?"杨林大声道:"怎么万岁在扬州遭困了呢?"李密把眉一皱道:"嗐,别提了!当初千岁将四平山众反王兵将杀败,圣上要驾游江南,有许多大臣谏言,说盗寇未靖,请求缓行。圣上不纳忠言,驾至扬州。幸喜路上无事,到了扬州不过两日,各路反王纷纷进兵,攻打扬州,宇文成都累得又吐了血啦,几乎丧命。数十万反王人马将扬州围困,我是奉圣旨前来搬兵。"杨林问道:"旨意何在?"李密冲杨林跪倒叩头道:"千岁,臣背着圣旨,被敌人用枪将包袱挑去,圣旨遗失在反王大营了。我腿上着了数枪,还几乎丧了性命,在千岁驾前领罪。"杨林说:"你起来,为国出力,功过相折,何罪之有?你把你那伤痕给孤看看。"李密将腿解开,又将围的布打开了,叫杨林观瞧。杨林见他有三处枪伤,遂信不疑,又向他问道:"你为何不上些刀伤药呢?"李密说:"我哪里有药啊?"杨林说:"扬州至此一路之上难道就没有药铺吗?"李密:"千岁,是搬兵要紧,还是治病要紧?我搬兵心盛,哪里还顾得了治病啊?"杨林说:"魏国公可谓忠于国家了。"忙着唤来军中医官,给李密调治枪伤。医官来至帐中,给李密上好刀伤药,用布缠好,方才退出去。李密向杨林拜谢已毕,然后杨林传令升帐。

中军宝帐三通鼓响,一干诸战将与站帐军向杨林施礼。参见完毕,杨林落座,李密在旁站立。杨林向众将说道:"列位将军,如今孤家将大魔国人马困在麒麟峪,并不攻打,是用软困之法,将敌人困得粮尽,好叫他们不战自灭。在此时堪堪大功告成,不幸当今万岁驾至扬州,又被各路反王将扬州围住。事有缓急,救驾为急,灭寇可缓。孤要往扬州解困救驾,留下本部人马在此困住麒麟峪,命魏国公李密主持军务大事。孤走后,你们听魏国公指挥,如有不服他调动,不遵他的军令,定斩不饶!"众将齐说:"遵令。"杨林又吩咐李元霸、柴绍道:"你二人急速预备,随孤前往扬州救驾。"二人遵令,退出帐来,收拾好了,准备起身。杨林传令,分兵三万开往扬州。外面掌号齐队,三万人马点齐,杨林与李元霸、柴绍及众家太保等于中军帐前拢丝缰认镫扳鞍上马,炮声一响,引军旗开着路,走出了大营。杨林督队往营外走,李密率领众将往外送。送出了营门,杨林又向李密和众将嘱咐一番:好生防守,不可失神,务必将魔国人马歼灭。然后李密方才带着众将入营。

第五十八回　金镛城拥立西魏王
虎牢关迎战瓦岗军

却说杨林救驾心盛，督催人马，不分昼夜赶奔扬州。离着扬州且近，探马回来禀报，说扬州军民人等安居如常，并无反王人马。杨林大惊，将马匹勒住，传令人马且住。大队人马站住，杨林暗想：怎么这扬州并无反王人马呢？莫非说众反王知道我杨林来了，他们闻风而逃，全都走了？亦未可定。他心里总是这样猜疑，可就是没想到中了魏国公李密之计。他思忖了会儿，拿定主意，先进琼花观见驾，有别的事然后再决定。当时杨林的大队走在扬州城北，吩咐一声："安营下寨。"兵将安营下寨之际，探马又报："圣驾在琼花观哪。"杨林遂带李元霸、柴绍等够奔琼花观。来到扬州东门，见护驾大兵在这里扎着连营，占了数十里的地方，旌旗招展，兵将出入往来有如蝼蚁盘窝一般。杨林、李元霸、柴绍等穿营而过，到琼花观，只见琼花观里外净是羽林军驻扎。杨林催马进了琼花观，禁门之外一齐下马，命人往里回奏。禁门大使不敢怠慢，急忙入内回禀了御前太监，御前太监到了殿中奏明杨广。杨广很是纳闷，想自己并未召见，靠山王为何而来呢？莫非将四平山的余寇一律肃清了？亦未可定。杨广传旨召见，太监出来传旨，杨林、李元霸、柴绍进了禁门，来至殿前一齐跪倒，向杨广行叩拜之礼，然后站起来。杨广问道："皇叔来至扬州见朕，可有事吗？"杨林说："万岁派魏国公李密到麒麟峪搬兵，据李密所言，有天下各路盗寇兵困扬州，臣将军务事交与李密主持，不分昼夜赶至扬州救驾。臣之来扬州，系是解围救驾而来。"杨广大惊道:"皇叔中了李密之计,大事糟了!"杨广把程咬金醉卧琼花观,李密监斩程咬金,他在法场与国家要犯同逃的事情说明,杨林这才知道是怎么回事。想起当年五六次攻打岗山,损伤百万兵将未能成功,今将岗山人马困在麒麟峪,眼瞧就要将岗山兵将饿死麒麟峪内,李密若是忠臣,在扬州杀了程咬金,从此天下便可太平,他李密一人为官不忠,放走程咬金,诈破麒麟峪,使瓦岗山势力复炽,有多么可恨!愈想李密所作所为,愈是有气,气得颜色更变,抖衣而战,几乎要把靠山王气死。杨广问道:"皇叔为何如此动怒?"杨林说:"李密为臣不忠,纵放国家要犯程咬金,诈了麒麟峪,败坏了国事,臣焉能不气?有我三寸气在,势必扫灭群寇,拿住李密,将他刷了方解臣胸中之恨!"

话将说完,宇文化及匆匆来至,向杨广跪奏道:"万岁,不好了!窦建德占了夏明一带,自立夏明王,叛反国家了!"杨广大惊。杨林听着又是一个不忠之臣,惊怒不安,气上加气,更不好受了。杨广说:"朕当无福,以至于此,这天下恐怕难安了!"杨林说:"万岁,西有五关:那虹霓关守将新文礼,虎牢关守将尚师徒,黄土关守将公孙朗、欧阳方,汜水关守将左天成,东岭关天下副招讨使杨义臣,俱都是隋之名将,久经大敌。臣若调他们五路人马出动,就能助臣扫荡群寇。北有唐王李渊坐镇河东,北平王罗艺镇守北平府,这两处人马是为劲旅,若能用之,亦是良将精兵。"杨广听杨林所说,心中少安。忽见御前太监呈上两道紧急的折本,杨广打开观瞧,大惊失色。原来这两道折本是唐王奏禀,河东山后反了定阳王刘武周。杨广向杨林说道:"朕之天下多难,山后又反了定阳王刘武周。"杨林说:"请万岁降旨派将,讨伐叛臣窦建德,另遣大将保守东都。"杨广立刻传旨,命琼花太守王世充为洛阳都监,拨兵两万,拱卫东都;又传旨命赵王李元霸、秦王李世民带精兵五千,往夏明讨伐叛臣窦建德。传完旨意,杨广与杨林后边饮宴去了,王世充往东都而去,暂且不表。

却说李世民、李元霸与柴绍点齐五千精兵,放炮起兵,离了扬州,往夏明进发。大队人马走出不到数里,李世民向他兄弟李元霸问道:"兄弟,咱们干嘛去呢?"李元霸说:"去拿夏明王窦建德呀!"李世民问道:"窦建德是咱们什么人呢?"李元霸说:"是舅舅呀!"李世民说:"拿舅舅去,对得住母亲吗?"李元霸说:"是呀!"李世民说:"咱们别去拿他,回归河东吧。"柴绍说:"若回河东,皇上知道了呢?"李世民说:"姐丈,如今杨广无道,已失人心,天下不久将亡。他在扬州不走,抛下了长安城不管,那长安城乃古今建都之所,倘若有人占了长安,虎视五关巩洛,谁就能得了天下。我亦不是不忠于隋,古人有云:'君不正臣投外国,父不正子奔他方。'如今杨广昏聩无道,咱们理应回归河东,乘势起兵,取长安得大隋天下呀!"李元霸说:"如此甚好。"李世民伸手抽弓拔箭,吩咐人马且住。五千大队站住了,他们主仆十数骑往西北方催马跑着,李世民大声喊嚷:"兵将们听真:杨广昏君无道,我们弟兄不愿给他出力报效,回归河东去了。你们可转告于他,不久我们就要取他天下了!"说着,"吧嗒"就是一箭,五千大军吃惊非小。李世民说道:"这头支箭射的是昏君无道。"说着,"吧嗒"又是一箭,说:"这第二支箭是射杨广驾前的奸臣佞党。""吧嗒"又是一箭,李世民说:"这第三支箭,我弟兄回河东反隋兴唐去了!"五千隋军因有李元霸不敢追赶他们,眼瞧着他们弟兄去了,捡起李世民所射的三支反箭,回归琼花观,回禀靠山王。

书说简短,杨林得报,大惊失色,将要去见杨广奏禀此事,忽见小校进禀:"左天成求见。"杨林吩咐:"有请。"少时左天成来至帐中,向靠山王杨林施礼完毕。杨林问道:"左将军,你不在汜水关,来至扬州可有事吗?"左天成说:"我来到这里,一者面君奏禀要事,二者是进谒王驾请示五关之事。"杨林惊问道:"五关出了什么事呢?"左天成说:"大魔国的元帅秦叔宝与先锋程咬金率兵攻取五关了!"杨林大惊,跺足道:"李密一人坏我大事非小,孤与他势不两立!"

书中暗表,杨林走后,麒麟峪隋营归李密一人主持。那李密偷着写了一封书信,绑在箭头之上,以巡查山口为名,将箭射入麒麟峪内。瓦岗山的兵丁捡了去,呈与秦琼。那秦琼正在帐中着急哪,麒麟峪内军粮用尽,眼看着全军人马要饿死山中,正想孤注一掷,豁出这支人马拼命一战,成败得失在所不计,忽见旗牌官拿进一封书信呈上来了。秦叔宝将书信打开,看过一遍,才知道程咬金下扬州醉卧琼花观,李密搭救程咬金回归瓦岗山,李密又将杨林、李元霸诓走,叫自己率兵杀出。秦琼喜之不尽,急忙升帐,召集众将议事。尤俊达、王君可、王伯当、谢映登、单雄信、齐彪、李豹等来至帐中,秦琼将李密书信之事向众人说明,众英雄惊喜若狂。于是秦琼传令,将本部人马分为前后两路,五鼓之时杀出麒麟峪。隋营兵将毫无准备,人不及甲,马不及鞍,被岗山兵将杀得东倒西歪,横躺竖卧,尸骨如山,血水横流,死伤大半,其余的夺路窜逃,溃不成军,化为匪人,骚扰黎民去了。李密见了众英雄,谁不尊敬他呀?秦琼得了隋营的刀矛器皿、锣鼓帐篷、粮草等项,掩埋死尸,大摆酒宴,庆功贺喜,敬谢李密。然后秦叔宝同李密率领全军人马回归瓦岗山,三十六英雄二次在瓦岗山屯兵,声势复振。秦琼等与程咬金见着,真是两世为人,一番感慨不提。

这天程咬金命人将魏徵、秦琼、徐茂公、尤俊达、王君可、王伯当、谢映登、单雄信、齐彪、李豹、金甲、童环、樊虎、连明、金城、牛盖、侯君集、尚怀珠、丁天庆、盛彦师一班结拜弟兄请至宫中,把自己受李密活命之恩,以及许诺他若救出麒麟峪岗山兵将,便让位于他的事情说明。众弟兄面面相觑,谁也不肯表态。大主意毕竟还得秦琼、魏徵、徐茂公拿,程咬金就问他们哥儿仨的意见。秦琼说:"既然兄弟愿意,我倒是没有什么意见。大哥、三弟以为如何?"徐茂公向魏徵说:"大哥,小弟见魏国公长得鼻准丰隆,是个有福的相貌,他豁出去大隋朝的魏国公不要了,救了我们三十六友。如今既然兄弟不愿意当这魔王,愿让位于李密,我们就都扶保李密如何?"魏徵说:"三弟,你说得甚是。"他们哥儿俩一表态,谁也不说什么了,于是众人商议已决。程咬金先去见李密,将他脱袍让位的事说明了,跟着魏徵、徐茂公就将王服送来,请李密即位受贺,李密真是欣喜已极。他这里更换王服,魏徵、徐茂公回至前殿命大众预备。

少时间李密升殿,魏徵、秦琼、徐茂公率领文武在殿前拜贺新君。行完了礼,李密吩咐:"众卿免礼平身。"众文武往两旁一站。李密向众人传下旨来,自立西魏王,称岗山为魏都,国号西魏,改立天元元年。然后又传旨封魏徵为大丞相,徐茂公为军师,秦琼为大元帅,邱瑞为逍遥王兼飞龙将军,裴仁基为自在王兼飞虎将军,程咬金为五路总印都先锋,王伯当、谢映登、王君可、尤俊达、单雄信为五虎上将兼一、二、三、四、五,五路先锋。又封了七个骠骑将军、八个猛勇将军、十二个云骑将军,其余的各有封赏。封赏完毕,大摆酒宴,庆贺新君。自此瓦岗山撤去大魔国的旗号,改换西魏的旗号,数十万大军改换军装,李密执掌这些兵马,可比程咬金胜强百倍。这李密系隋朝蒲山公李宽之子,少有才略,志气雄远,轻财好士,广结天下豪杰,在杨坚驾前官至左亲侍之职。杨坚看他为人终是难以节制,很不喜爱他,李密辞官不做,归于乡里。尝乘黄牛读书,将书挂于牛犄角之上,如负薪如挂角,挂角读书者便是这李密。越国公杨素遇而异之,在杨广驾前保他为官,初袭蒲山公,被贬为民,后又有单雄信给他金银运动,杨广封他为魏国公。今李密有数十万兵的势力,焉能坐享太平?他有扫灭天下群寇、夺取大隋天下之志,择了个黄道吉日,命秦元帅统带五路先锋、数十员大将、二十万大军,南取五关,逍遥王邱瑞为总运粮官。于是秦琼点齐兵将,炮响祭旗,命程咬金带五千大兵,逢山开路,遇水搭桥;王伯当、谢映登等各带三千兵,分为五路先行军。他们带兵走后,秦琼督催全军人马向五关进发。兵这一走,程咬金的母亲莫老夫人与儿媳裴翠云就回斑鸠店枣林庄了,裴仁基的家属、邱瑞的家属亦都各归故里,这些事不必细表。

却说叔宝统率二十万大兵,奉西魏王之旨南取五关。一路之上秦叔宝约束三军,大兵经过之地秋毫无犯,军民相安,这天人马来到了虎牢关。离着关约有二十里之遥,秦叔宝、徐茂公采勘吉地,一声炮响,安营下寨,埋锅造饭,铡草喂马,支搭帐篷。秦元帅升帐,点名过卯,发放军情,然后歇息。次日一早,战饭用完,秦叔宝传令,点兵一万杀奔虎牢关。军中号起,一干战将个个披挂整齐,随着元帅、军师一同上马。三声炮响,引军旗开路,瓦岗山一万雄兵冲出大营,打着行军鼓,吹着行军号,够奔虎牢关。大队人马来至关前,只见那虎牢关上刀枪密排,旌旗飘摆,隋军准备好了。秦叔宝吩咐人马将阵势列开,自己在帅纛旗下勒马停蹄,怀抱令旗,压住全军大队,命兵丁们喝喊声音叫战。守关的兵将不敢隐瞒,飞报军情。这座虎牢关是四宝将尚师徒保守,部下有万数儿郎。尚师徒乃大隋名将,威震五关,人人皆知。如今西魏二十万大军来取虎牢关,他早就得报了,没等着兵临城下,城上头就把瓦瓶、石子、滚木、弓箭预备齐全了,城外亦挖下了战壕,密栽鹿角、铁蒺藜,严加防范,又把兵将安排好了,等着关前决战。这天秦叔宝大兵攻打虎牢关,他点了三千人马,全身披挂,三声炮响,冲出虎牢关。两杆大红缎色门旗开处,三千精兵冲出来,二龙出水似的列得一字队,当中偏副牙将盔明甲亮,有如众星捧月一般拥护着一军主将,空中挑着一杆大红缎色纛旗,当中白光黑字,上书"大隋虎牢关总兵"字样,当中斗大的"尚"字。尚师徒这支人马将阵势列开,秦叔宝将帅儿郎见他这支隋兵军容严整,无不钦佩,不愧他是隋朝的名将。

叔宝问道："哪位将军出马,阵前一战?"五路总先锋程咬金愿战,催马持斧,马临疆场,向对面叫战。只见对面冲出一骑马,程咬金瞪双睛观瞧来将,盔甲光明,好不威严!这人跳下马来身高足够九尺,长得虎背熊腰,面如枣红,两道浓眉,一双虎目,鼻直口方,颔下短墨髯,一团精神足满。头戴一顶八宝夜明盔,珠宝镶嵌,光华灿烂,耀眼争光,夺人二目。身披一副唐猊宝铠,内衬大红缎色蟒征袍。后边葫芦金顶,四杆大红缎色护背旗。胸前悬挂护心宝镜,肋下佩剑。狮蛮带三环套月搭钩,鱼褙尾龙鳞片片,两扇征裙分为左右。红绸子中衣,五彩花靴牢踏在金镫之内。坐下马虎类豹,马上鞍鞯鲜明,掌中吸水提炉枪,耀武扬威,煞是威风。尚师徒见了程咬金问道:"你可是程咬金吗?"程咬金说:"正是你家先锋。"尚师徒问道:"你不是大魔国的魔王吗,怎么又当了先锋呢?"程咬金说:"俺当魔王当烦了,不愿意当啦,将岗山事业让与西魏王李密了,如今奉了西魏王之命来取五关,你若好好的归降便罢,如其不然,叫你知道俺大斧的厉害!"尚师徒说:"敌将,你岂不知道我四宝将的厉害?你自取败亡之道!"程咬金说声"挖眼",大斧子杵奔尚师徒的眼珠。尚师徒用枪往外一磕,将斧子磕开。程咬金大斧一撤,变了招儿,斧子的刃儿冲尚师徒的肚皮横着推去,说声"划肚皮",尚师徒大枪又给磕出去。二马错镫,程咬金的大斧磨盘式一转,奔他项后,尚师徒用枪又招架出去。二马冲过去,两国人马各自擂鼓助威,兵丁摇旗呐喊。程咬金圈回马来再战,那尚师徒用手一扯虎类豹头上的那撮红毛,那马一声吼叫,真跟老虎叫唤的声音一样。程咬金的马以为来了猛虎呢,它一害怕不要紧,把程咬金给扔下来,"扑通",摔倒在地,那马吓得尿屎直流。程咬金一坠马,隋兵飞亦相似跑出四个兵丁,直奔程咬金。尚师徒用枪指着程咬金道:"你若动转,我就将你扎死!"隋兵到了阵前,将程咬金的盔甲卸下,用勒甲绦便绑。捆绑好了,尚师徒吩咐道:"将他搭进关去。"四个兵丁遵命,连人带盔甲,搭起来便走。秦叔宝将帅士卒见虎类豹如此厉害,无不惊讶,就是武艺能比他高,亦不能取胜,他有四宝在身,如何能赢? 秦叔宝料着四爷程咬金被擒,救是来之不及了,权且罢战,回到营中另想别的高明主意。于是秦叔宝传令鸣金收兵,尚师徒见瓦岗山人马不战自退,他亦不追,得胜进关了。

单说尚师徒辕门以内下了马,够奔大堂,到大堂之上落座,将士们两旁侍立。尚师徒吩咐一声:"将拿住的敌将程咬金推上堂来!"手下人遵命,将程咬金推推搡搡,推上了大堂。两旁喝令:"跪下!"程咬金立而不跪,面上虽然强硬,心中很是难过。有道是:寡妇思儿泪,将军被敌擒。失宠红人面,不第举子心。这些情形是人极难的事情。程咬金在瓦岗山身为大魔国的大德天子、混世魔王,那时候一呼百诺,一声令下如山倒;如今当了五路总印先锋,被敌人生擒活捉,得由着人家,说站着就站着,说怎么便怎么,焉能好受? 当下尚师徒问道:"程咬金,你被俺拿住,还敢立而不跪!"程咬金说:"俺既被擒,杀剐存留任凭于你,何必相逼? 英雄豪杰谁不必迫谁,你就是将俺拿住,俺亦不服气你!"尚师徒问道:"你为什么不服气我呢?"程咬金说:"瓦岗山的众将就属我没能为,你拿我没能为的,我不服你。如若叫我佩服你,你拿一个有能为的叫我看看。"尚师徒说道:"这有何难,我非得拿住一个叫你瞧瞧。"于是尚师徒吩咐一声:"将他收监。"站堂军便将程咬金推走了,送往监中。尚师徒亦就退堂,回至后面歇息去了。

第五十九回　失而复得宝马认途
刀下留人邱瑞求情

　　却说秦琼收兵归营之后，兵将各归汛地，秦叔宝与徐茂公在帐中商议搭救程咬金之法，直商议到掌灯以后方才议完。两国人马各自防范，秦琼未派兵将袭关，尚师徒亦没来偷营。次日瓦岗山兵将吃完早战饭后，秦琼与徐茂公点兵一万，炮声出营，扑奔虎牢关。人马离着虎牢关近了，秦琼命兵丁喊嚷叫战。少时间虎牢关内炮鼓喧天，由关门冲出三千大兵，关前列阵。两军把阵势列圆了，尚师徒双足点镫，催马来到阵前，向对面叫战。徐茂公向秦琼说道："元帅去和他问问程咬金生死存亡吧。"一干诸战将都很着急，惟恐怕咬金命丧关中。三十六友的义气最深，如若尚师徒将程咬金杀了，这些人非得把关踏平才能算完，所以着秦元帅去问尚师徒程咬金的生死，都很愿意探问探问。当下秦琼出马到了阵前，尚师徒问道："来者可是秦叔宝吗？"秦琼说："正是本帅。"尚师徒问道："你莫非要和我一战吗？"秦叔宝说："尚师徒，你是君子，你是小人？"尚师徒问道："何为君子，哪为小人？"秦琼说："若是小人，你就仗着四宝在身，和我一战，你就是得了胜，亦不光彩；若是君子，你就不能以虎类豹取胜，你我二人一齐下马，步下一战，你凭手中枪，我凭双锏，决个胜负，见个高低。"尚师徒微微一阵冷笑说："秦叔宝，你以为我尚师徒就仗着虎类豹吗？告诉你，我没有虎类豹，不拘马战步战，你等亦得甘拜下风。"秦叔宝说："你若在步下胜了我，我秦叔宝当日撤兵，不取虎牢关。"尚师徒说："你若胜了我，我便将程咬金放回。"秦琼说:"可是君子一言既出,驷马难追,如白染皂。"于是两个人各自下马,秦琼将枪挂在马上,从马上摘下双锏,与尚师徒杀在一处。尚师徒这条大枪抖开了,如同一条金龙乱窜;秦叔宝双锏摆开了,呼呼带风,凤凰单展翅一般。

两个人正在一处厮杀,徐茂公安排侯君集、尚怀珠二人偷那虎类豹。两个人绕着远儿,施展陆地飞腾的功夫奔了虎类豹。秦琼忽然往北便跑,说:"尚师徒,你看见过人飞没有?"尚师徒一个猛劲儿,心中纳闷:哪有人能会飞的道理? 不由得注目观瞧。只见秦叔宝跑到了黄骠马的右边,用手一拢丝缰,认镫扳鞍上了马,冲尚师徒一抱拳说:"多谢尚将军赠我虎类豹。"尚师徒回头再看自己的马匹,已然被两个矮人给弄走了,侯君集骑着,尚怀珠拉着,飞亦相似,同那秦琼跑入瓦岗山大队之内。尚师徒往回抢夺可就来之不及了,当时这一急非同小可,宁失千军,不失此马,被敌人施计给抢走了,气得他脸上颜色更变,周身栗抖,可有多么急总是白费。只听"仓啷啷"锣声响亮,瓦岗山的人马头改尾,回归大营了。尚师徒急得跺脚:"罢了罢了!"万般无奈,亦只好收兵进关。

却说秦叔宝回至营中,兵卒各归汛地,将官们伺候元帅升帐理公。秦叔宝向徐茂公说:"马是被咱们得来了,从此再战尚师徒不足为惧,只是程咬金还在敌人的关中,如何是好?"徐茂公说:"元帅在两军阵前可曾问过尚师徒吗?"秦琼说:"程咬金没死。尚师徒和我步战之时还说呢,要胜了他,他将程咬金放回我营。"徐茂公说:"若是程咬金没死就好办了,咱们可以用这虎类豹往回换程咬金,你看怎样?"秦琼说:"那么办好极了,只怕尚师徒不愿意。"徐茂公说:"可以派个人到关前和他商议,如若愿意,明天虎牢关前走马换将。"秦琼将总旗牌官周治唤过来,向他吩咐明白,叫他去和尚师徒商议此事。周治遵命,乘马出营,够奔虎牢关。到了虎牢关前,只听那城上的隋兵问道:"来者何人？急速说明来意。再往前进,搭弓射箭!"周治说:"俺是西魏大营的总旗牌官,名唤周治,奉我家元帅之命,有事和你们尚将军相商。"城上的兵卒赶紧去回禀尚师徒。少时间尚师徒来到城头之上,向周治问道:"来将有话请讲,你家将军尚师徒在此。"周治说:"尚将军,我们元帅要用虎类豹换我们先锋程咬金,问你愿意否。你如愿意,明日在阵前走马换将,尚将军意下如何,明白答复,我好回营复命。"尚师徒心中思忖道:我尚师徒有这虎类豹,就是四宝将;没有虎类豹,是四宝缺一。我何为一敌将失我一马?程咬金如同一只鸭子,虎类豹好似一只凤凰,舍一鸭得一凤凰,何乐不为?心中想罢,向周治说道:"本将军应允了,你去回复你家元帅吧,明日虎牢关前走马换将。"周治这才拨转马匹回营,到了营中将事回明,秦琼、徐茂公等无不欢乐,各把忧愁去掉,安然歇息。

　　一夜无书。次日天明,早战饭后,秦琼点兵五千,与徐茂公率领将士儿郎冲出大营,到了虎牢关前将阵势列开,等候尚师徒。少时间尚师徒带了三千大兵出关列阵,将程咬金绑着二臂,两腿未捆,左右两个隋兵揪着他立于阵前。又见侯君集拉着虎类豹亦立于阵前。两军阵内各自点炮,这边撒手程咬金,那边撒手虎类豹,马往南跑,尚师徒失而复得。他立刻甩镫离鞍下了马,又上了虎类豹,心中想着人是武艺高强,马是千里驹,足可一战,非将他们响马军杀个落花流水不可。当下心中喜悦非常,要和瓦岗山众将分个高低,论个上下。程咬金跑回阵内,侯君集给他解开绑绳,众家弟兄见他回来,心无所虑,正好和尚师徒杀个强存弱死,真在假亡。秦叔宝说:"军师压住阵脚,我秦琼再会会他尚师徒。"说罢,一催黄骠马,直临疆场,大声喊叫:"尚师徒,你还敢和秦某一战吗?"尚师徒纵马而出道:"秦叔宝,你家将军在此!"秦琼说:"尚师徒,马已归还,你除了使它叫唤一声,将秦某扔下马来,还有什么新鲜的主意?"尚师徒说:"秦琼,你以为尚师徒就凭四宝吗？今天你我二人还是步下一战如何？"
秦琼说："咱们俩要是步战，不用在两军阵前，若是在两军阵前
步战，你我手下人暗中有帮助谁的，赢了并不光彩。不如咱们躲
开阵前，找个清静的地方分个上下，论个高低。"尚师徒说："如
此甚好，你随我来。"说着他催马往西便走，秦叔宝后面相随。

　　两个人走出不到三里路，眼前有个树林，有好几百只鸟儿围
绕着飞，亦有落在林内的，亦有忽飞忽落的。秦琼向尚师徒说
道："你我在这林外一战如何？"尚师徒将马匹勒住，往四下里一
看，连个人影儿亦没有，有心往林中看看，忽然觉悟了：林中若是
藏着有人，这些鸟儿绝不能绕着树飞呀，更不能落在地上。尚师
徒放心大胆地说道："你我就在这里下马一战吧。"秦琼说：
"好。"于是二人各自下了战马，那马都是喂熟了的，亦不动转，
都候着主人。秦叔宝、尚师徒各把长枪一抖，杀在一处。尚师徒
的大枪抖开了，向秦叔宝招招紧迫，秦叔宝用上拦下掩左绷右滑
的招数招架。只见尚师徒的步眼走开，是一扎眉攒二点心，三扎
肩肘四撩阴。五拉败势敌人跟，回身转步蛇吐信。白龙出洞实
可怕，枪头颤动蟒翻身。两个人杀了七八个照面，不见输赢，尚
师徒心中很是佩服秦叔宝。秦琼的大枪一抖，好似乌龙探海鬼
神愁，令人难测巧机谋。内穿针式外刺袖，犹如铁索链乌舟。两
个人枪来枪去，招数愈杀愈紧，裹成团似的。忽听林中"呼啦"
一声，群鸟往四外一飞，如同炸窝。尚师徒和秦琼动着手，不由
一怔，回头看马，吓得他亡魂皆冒，见从林中蹿出一人，燕儿飞似
的上了他的虎类豹。他急得撒腿就跑，要往回夺马。那秦琼乘
势上了他的黄骠马。

　　书中暗表，头天夜内徐茂公派丁天庆、盛彦师两个人往虎牢
关去，向二人耳边说了几句，二人遵命，各带十斤小米、两个兵
丁，兵丁带着锹镐，往虎牢关北门西边树林埋伏去了。徐茂公又
在袁天虎、李成龙耳边说了几句，带四个兵丁，亦拿着锹镐往虎

牢关北门以东埋伏,袁天虎、李成龙遵命而去。丁天庆、盛彦师在西边树林中将坟头各掘一洞,两个人将身子隐藏好,兵丁将小米全都撒在林内,他们四个人回营去了。天光一亮,鸟儿寻食,见这地上有小米,纷纷争食,愈聚愈多,直聚了好几百只,围着树林忽飞忽食。尚师徒与秦叔宝杀在难解难分之际,丁天庆从树中往外一蹿,那鸟儿便炸了窝似的乱飞。丁天庆如同燕子一样快,上了虎类豹,尚师徒大惊,抖枪来夺,已然来之不及,丁天庆乘马如飞走了。秦叔宝上了马,向尚师徒说声:"多谢尚将军赠马。"说罢,扬长而去。尚师徒如同木雕泥塑一般,怔了半晌,连着跺脚道:"罢了罢了!我与他们瓦岗山的人誓不两立!"怒气冲冲走回虎牢关。行至中途,有二偏将来迎,说:"大人不回来,敌兵已然撤走,我等放心不下,特来相迎。大人的马呢?"尚师徒说:"马被敌人抢去了。"二偏将不敢再言,与他无精打采地回关了。

却说秦叔宝与丁天庆、盛彦师得了虎类豹,回归大营,徐茂公亦撤兵归营。合营的将士儿郎见得了虎类豹,无不喜形于色。秦叔宝办完公事,退帐之时吩咐将士好生喂养虎类豹,亲兵遵命,将虎类豹拴在中军营内喂养。那程咬金在虎牢关前被擒之后才知道虎类豹的厉害,如今将虎类豹抢来,他要瞧瞧这马怎么个厉害。吃完晚饭之后,耗到定更天,他悄悄来至后槽,就见虎类豹一匹马独占一个马槽,别的马都躲出多老远去,不敢近前。程咬金过去将缰绳解开,认镫扳鞍上了马。他见马的脑袋上有一撮红毛,他用手一扯,那马觉得痒痒,叫一声犹如虎叫一般。那些马以为猛虎来了呢,吓得乱跑,扯断了缰绳,跑得到处都是,吓得匹匹马都屁滚尿流。喂马的兵丁心里这叫一个骂呀:程咬金没事儿给大伙儿找事儿。程咬金见一扯毛儿它就叫唤,可是老虎的声音,连叫:"好妙好妙!"他爽性催马走出大营。在营门外,马走几步,他扯一下子,马叫唤一声,程咬金觉得好玩,左扯一下,右扯一下,扯得那马叫唤不止。他一赌气,满把攥住那撮毛儿,使足力气一扯不要紧,将马的一撮红毛全都拔了下来。那马痛得难受,把头一低,后腿往起一扬,马要拿大顶,将程咬金摔将下来,"扑通"一声,摔倒在地。那虎类豹大声吼叫,往虎牢关逃去。等程咬金爬起来,马踪影皆无,弄得老程目瞪口呆,万般无奈走回大营。将进大营,就听见中军大帐聚将鼓响,他急忙走进辕门,与一干诸战将和刀斧手、绑缚手、中军官、旗牌官伺候元帅升帐。阅者诸君要问大元帅因为什么升帐,就是因为程咬金将虎类豹骑走,马夫头儿不敢担这个沉重,急忙禀报值日中军官,中军官又回禀元帅。秦叔宝大怒,立刻传令:"擂鼓升帐!"

外面聚将鼓一起,秦叔宝披挂整齐,来至帐中。将士儿郎施礼完毕,往两旁一站。秦琼向程咬金问道:"你将虎类豹弄到哪里去了?"程咬金说:"回禀元帅,俺骑它出营,被它将俺扔下来,它跑得无踪影了。"秦琼大怒,喝令绑缚手:"将程咬金绑上!"秦琼说:"尚师徒人称四宝将,他以此马在战场上成名,无人能敌。我等将士施用巧计头抢虎类豹,为你程咬金走马换将,马又归了尚师徒。如今这马被丁天庆抢来更非容易,你竟敢将虎类豹骑出大营,又将此马失去。老马识途认得路,你将它放跑,它一定回归虎牢关。那尚师徒将此马得回去,任我们怎样有智,亦不易再得回来。你未立功,反倒坏了军务大事,不惟将你上绑,还得推出去杀你呢!"程咬金说:"元帅,那马不叫唤了。"秦琼问道:"怎么不叫唤呢?"程咬金说:"俺将它那痒痒毛儿全都拔下来了。"秦琼说:"不论你将毛拔尽没有,你犯的罪是应当杀的!"再不容他多说,喝令刀斧手:"将程咬金推出去杀了!"刀斧手不敢怠慢,推着程咬金往外就走。一干诸战将见状大惊,喊嚷一声:"刀下留人!"一齐跪倒帐下,给他苦苦地哀求。秦叔宝说:"列位将军,程咬金犯罪你们求情,是同在一处吃粮的义气,但求情之事本帅不准。如若再要求情,与程咬金一律同罪!"众将站将起来往两旁一退,无人敢言。秦叔宝怒气不息。合帐之人,除了元帅之外,无不着急。

那刀斧手将程咬金推出辕门,不见里头有动静,这才举刀杀他。将把刀举起来,就听有人喊嚷:"刀下留人!"刀斧手顺着声音一看,喊嚷之人是押粮的逍遥王邱瑞邱梦龙。亦是程咬金该着不死,邱瑞押粮运草来到,正看见要杀程咬金,不拘是为什么,亦不能不管哪!刀斧手将刀放下。邱瑞马到近前,下了坐骑,向程咬金问道:"你犯了什么罪,要杀你呀?"程咬金遂将他所做的事情学说一遍,跟邱瑞说:"你老人家多多费心吧。"邱瑞这才拉马走进辕门,到了帐前,有人接过马去。邱瑞到了帐内,向元帅、军师施完礼,然后问道:"元帅,程咬金所犯之罪当杀,独不念贾家楼结拜之义吗?"秦叔宝说:"我们结义之情那是私交,如今他将虎类豹放走是为公事,论公当斩。本帅一人节制三军,不敢徇私,更不敢因私废公。"邱瑞说:"适才刀斧手要斩程咬金,我斗胆拦住没杀,元帅如能饶他死罪,我能叫尚师徒献了虎牢关,归降西魏国。"秦琼问道:"王爷有何妙法呢?"邱瑞说:"元帅若能饶恕程咬金,我便立此功劳,立了功劳我亦不要,算是给程咬金赎罪。"秦琼说:"只要你说出计策我听着能成,便赦他无罪。"于是邱瑞遂将他与尚师徒的事情如此恁般,详详细细向秦琼说明,秦叔宝才知道这事邱瑞能够办得到,当时喜悦非常。

阅者诸君若问邱瑞说的是何言语,原来这尚师徒是邱瑞的徒弟,他的能为武艺满是邱瑞教的,这还不算,邱瑞还是他的恩人。想当初尚师徒幼年时七岁丧父,跟着他母亲度日,他连个叔父伯父亦没有,孤儿寡母在新乡度日,困苦已极。尚师徒长大了给邻家牧羊,一日邱瑞有事由新乡县经过,见有七八个小孩,都在十五六岁,围着打一个放羊的小孩。邱瑞见了不忍,将群儿喝住,问他的名姓,因为什么惹得这些人打他。尚师徒将他寡母孤儿,家道寒苦,为人放羊,受邻家与群童欺辱的情形说了一遍。

邱瑞大怒,要把那群孩子送官,吓得孩子全都跑了。尚师徒亦是
福至心灵,他见邱瑞有护庇他的意思,给邱瑞跪下,苦苦地哀求,
不愿给人家放羊,亦怕受乡邻欺压,求邱瑞将他带走,赏他一碗
饭吃。邱瑞遂将他母子带走。那时邱瑞正在杨坚部下为将,就
留尚师徒母子在家,尚母在邱府为佣,尚师徒就当书童。邱瑞见
他很有出息,品行又好,就命他陪着公子伴读。后来邱瑞又收他
为徒,不叫他母亲给府里为佣,待承甚厚。邱瑞传授尚师徒的武
艺,二五更用功夫,冬练三九,夏练三伏,由窝腰、踢腿、打拳教
起,直教他练到马上。几年的光阴,尚师徒马上步下十八般兵器
件件精通,很是不错。又赶上杨坚篡位,篡了北周,自立大隋,杨
坚又想扫荡江南,吞灭南陈,派韩擒虎、贺若弼、杨林、李渊、邱瑞
等三路取金陵,邱瑞就带了尚师徒,叫他阵前立功,好得功名取
富贵。尚师徒屡立奇功,得了个将军之职。时运又好,在江南他
遇见了墨松山连池岛的薛正。那薛正惯使一对双枪,无敌于天
下,人称"镇岛金鳌双枪将",邱瑞的武艺就是跟他学的。薛正
知道尚师徒的武艺是邱瑞传的,本门的徒孙,薛正又传尚师徒些
武艺,还赠给他八宝夜明盔、唐猊宝铠、吸水提炉枪。后隋灭南
陈,邱瑞有功,杨坚封他为昌平王,尚师徒得了虎牢关守将之职。
尚师徒曾往墨松山连池岛看望他师祖薛正薛汉臣,薛正又将孙
女许配尚师徒为妻,尚师徒就将他母亲接到虎牢关,母因子贵,
称为太夫人了。尚师徒事母最孝,薛夫人又是个贤德的妇人,知
三从晓四德,一家数口在虎牢关倒也快活。

　　如今程咬金脱袍让位,李密在岗山即位西魏王,命秦琼南取
五关,邱瑞为总运粮官。邱瑞知道头一关是虎牢关,催粮车快
走,要赶奔军中向秦琼说明尚师徒是他的徒弟,他能劝尚师徒开
关归降,故此奔入大营,又赶上出斩程咬金。邱王爷要劝尚师徒
归降,立这件功劳给程咬金赎罪。

第六十回　总兵无心迫死恩师
元帅有难丧马折枪

　　邱瑞将尚师徒的来历说明,秦琼才知道尚师徒是他姨父的徒弟,遂说:"王爷若能劝降尚师徒,本帅就赦程咬金无罪。"邱瑞喜悦非常,立刻就请元帅派兵。秦琼派四将带兵三千,保护逍遥王邱瑞到虎牢关去劝尚师徒。邱瑞出帐上马,率领三千人马往外就走,到辕门外见着程咬金说:"贤侄放心吧,我去给你立功赎罪。"程咬金说:"王爷,你可努点儿力,别到阵前不努力,打了败仗,要我老程的命啦!"邱瑞说:"你放心,立不了这件功劳我绝不回归!"程咬金说:"好吧,你快去吧。"于是邱瑞率领兵将冲出大营,直奔虎牢关。人马到了关前,列开队伍,邱瑞命人到关下向守城的兵将言说,让尚师徒关外答话。此时尚师徒心中正然欢悦,他那宝马虎类豹失而复得,不知道怎么这马又自回来,只是马上那撮红毛没有了,再让他叫唤恐怕不易。兵将都道:"这马是个废物。"尚师徒说:"此马的脚程最快,日行一千,夜走八百,还算匹宝马良驹。"命人好生喂养。尚师徒正在书房喝茶之际,守城的兵士进关禀报:"关外来了一支瓦岗山的人马,请将军出关答话。"尚师徒不知怎么回事,吩咐点兵一千,全身披挂整齐,出衙上马,率领大兵放炮出关。到了关外将队亮开,大纛旗下勒马停蹄往对面观瞧,只见从对面队内冲出一骑马来,马上一员老将,手中擎着一对金鞭。不看便罢,尚师徒看罢老将,可就怔了,料着恩师邱瑞此来必是劝自己献关投降。只听师父在阵前唤叫自己的名字,尚师徒这才催马临阵。

　　邱瑞向他问道："来者可是尚师徒吗？"尚师徒赶紧将大枪一横，躬身施礼道："师父大人，恕小徒披挂在身，不得下马施礼，马前见过。你老人家一向可好？"邱瑞说："尚师徒，你可知道为师的来意吗？"尚师徒说："小徒不知。"邱瑞说："我来见你，是叫你献关投降。"尚师徒说："师父之言差矣。当年我受师严训，教我为将五才仁智信勇忠，有仁有智有信有勇，都不如有忠。我在投军时扶保隋朝，亦是受师父之命，朝中并没亏负于我，我为虎牢关守将，食君禄当报君恩。如今瓦岗山的人马来取虎牢关，正是我为官尽忠之日，况且我有守土之责。师命不敢不从，只是献关投降落个不忠之名，小徒实在不敢从命。"邱瑞说："瓦岗山大兵数十万，俱是强兵猛将，久经大敌的，大兵来到，势如泰山压卵。谅你小小一座虎牢关，弹丸之地，岂能久守？城破之日，玉石皆焚。不如你趁此时献关投降，既可免去刀兵涂炭，水火之灾，还能保住身家性命，不失功名富贵。尔意如何？"尚师徒说："我为此关守将，尽其守关之责。此关在，我命在；此关不在，我命亦不在。与此关共同存亡，纵然全家命丧，我落个为国尽忠，留名千古。师父之徒能守臣节，你老人家亦有教徒之名呀！"邱瑞说："你错了！大丈夫不作亡国之臣，你应当知时达务，随风而转，见机而作。"尚师徒问道："我怎么不达时务？"邱瑞说："贤臣择主而佐，良禽择木而栖。杨广非是英明之主，他与奸臣佞党谋篡大位，败三纲坏五常，鸠兄图嫂，欺娘戏妹，弑父夺权，不配为天下万民之主。如今又大兴土木之工，建造晋阳宫，掘通运河，耗尽民力，妄用民财，下江南用美人拉纤，离人骨肉，天下大乱，不久隋室将亡。魏国公李密乃西凉武昭王之后，如今在岗山即魏王之位，要推倒昏君。你此时弃了隋朝，归降西魏，不算不忠。古人有言：君不正臣投外国，父不正子奔他方。灭无道的纣王之人，岂非是纣王之臣呢？"尚师徒被他师父这番话说得闭口无言，怔了会儿道："请师父在此少待，容我进关禀过老母,然后投降。"邱瑞大悦,说:"你急速快去,我在这里等候于你。"

尚师徒这才圈回马来,叫千数兵将在关前等候,他催马入关,到了衙门下马,有人接过马去。尚师徒进了衙门,够奔内宅,来到内宅,他娘正和儿媳薛氏在屋中谈话呢。尚师徒进到屋中,向他娘施礼完毕,将他奉师命要弃隋降魏,献关投降的事儿一说,他母亲是个最有礼义之人,有些不信,向他道:"你师父要叫你如此,你倒可以遵你师父之命,只是我不大相信。前者你说你师父归降了瓦岗山,我就不信。凭你师父为官忠正,焉能归降匪人?如若真是你师父在关前劝你,你可以将你师父请来,我见见他。如果是你师父之意,我便不拦,任凭于你;倘若不是你师父之命,我是不能依从的。"尚师徒说声"遵命",走出来,衙前上马,又出了虎牢关,来到阵前。

邱瑞问道:"你母之意如何呢?"尚师徒说:"小徒在母亲面前禀明此事,他老人家不大相信,说要请师尊大人进关,见你老人家一面,然后才准归降。"邱瑞大怒,想这话不是他娘说的,觉着他母子受过自己的大恩,这事一说便成,绝不能这样麻烦;一定是尚师徒忘恩负义,人面兽心,要将自己诱进关内生擒活捉,在杨广驾前立功。邱瑞想到这里,向他喝道:"你满口胡言!"举鞭便打。尚师徒万亦没想到他师父和他翻脸,见双鞭来,横枪招架。二马错镫,尚师徒使了个内穿针的招数,扎奔邱瑞的大腿。邱瑞上了年岁,动了真气,手脚迟慢,招架不及。尚师徒怎好用枪扎他师父,用枪往邱瑞的马上便扎,"扑哧"一声,将马肚子扎破,马痛得将邱瑞扔下来,摔倒地上。隋兵撒腿跑过来四个,要按倒邱瑞就捆。尚师徒一回头看见,将要喊嚷"别捆",哪想话没说出口哪,只见邱瑞跪在地上,拔出宝剑,"扑哧"一声,红光迸现,鲜血直流,自刎脖项身死。尚师徒大惊,好似万丈高楼失脚,扬子江心断缆崩舟,将马勒住,怔了半晌,没有说出话来。这段书叫尚师徒迫死恩师。此时吓得要绑邱瑞的四个兵丁亦怔在那里。忽然听"当啷啷"接连几声，四个兵丁一看，是尚师徒将枪撒手，从马上掉下来，摔倒地上。四个人赶紧跑过来拾枪，撅叫尚师徒。跟着两国的大队跑出不少人来，各自抢人，只是隋兵抢了活尚师徒，这边抢了死邱瑞，然后亦就此各自收兵。

　　瓦岗山的兵将将邱瑞搭回大营之时，秦叔宝已然传令将程咬金推回帐内，松了绑。及至邱瑞的死尸搭进辕门，秦琼见状大惊，起身离座问道："这是怎么了？"兵丁将尚师徒迫死恩师的情形详细回明。没等回禀完了，秦叔宝"扑通"一声，倒在地上，背过气去。吓得合帐之人慌了手脚，将他扶起来，撅砸捶叫。秦琼缓醒过来，想姨父邱瑞死的苦情，放声痛哭，大家亦有不少落泪的。徐茂公等纷纷解劝秦叔宝。好容易止住悲声，秦琼说："邱王爷算是为西魏尽忠，命丧阵前。"他命人预备寿衣棺椁，少时间给邱瑞更换了寿衣，柏木为棺，成殓起来。依着秦琼，这就要将邱瑞的棺椁送回瓦岗山。徐茂公说："元帅且慢。依我之见，毕竟尚师徒是邱瑞之徒，他们有师生之情，邱王爷的死讯理应通知他一声。至于他肯不肯过营吊孝，那是他自己的事情，于情于理，咱们还是应当告知于他。"秦琼和众将一听，都觉得尚师徒断然不会前来祭拜，但军师所言甚是有理，于是秦琼命李成龙进一趟虎牢关，去见尚师徒说明此事。

　　李成龙遵命，单人独骑赶奔虎牢关。书说简短，一进总兵衙署，见尚师徒面容憔悴，双眼通红，确实伤心难过，痛不欲生，李成龙也不禁为之动容。向尚师徒把邱瑞死讯禀明，不用多说，尚师徒就明白了，说道："请李将军回去禀告秦元帅，尚师徒不是忘恩负义之人，恩师身死，我理应前去祭奠恩师。明日一早，尚师徒过营吊孝。"李成龙说："好吧，那我们就恭候尚将军了。"李成龙告辞，尚师徒相送，送到衙署以外，拱手而别。李成龙催马回到西魏大营，进辕门中军帐前下马，向秦琼回禀明白，大众听他明日准来，疑信不一。

却说尚师徒伤感得涕泪横流，一夜未安，天明了忍个盹儿。寅时一过，忽又惊醒，起来穿好衣服，净面漱口，他又到上房见他母亲。此时尚师徒的母亲亦很后悔，想着不如落个整人情，冲邱瑞的恩义，叫他儿子献关投降，到如今害了恩公的性命，他尚家落个忘恩负义、恩将仇报之名，永无复恩之日了。尚师徒来到上房，说："娘啊，昨天有敌帅秦琼派人报丧，叫我过营吊孝。儿已回复他们，今日就去，特来禀明。我少时间就要走了。"尚母说："吾儿只管前去，如若你师弟邱福在那里，他要给他父亲报仇，你就在你师父灵前就义而死，勿以吾婆媳为念。"尚师徒说声"遵命"，退出了上房，回至书房中收拾起身。他头戴一顶素缎色扎巾，勒着一对亮银抹额，迎门上嵌一宝二龙戏珠，上身内衬小袄，外穿一件素缎色长箭袖袍，外罩跨马服，下身白绸子中衣，足下素缎靴子，狮蛮带三环套月，素缎战裙分为左右。这样穿戴，如同穿孝一样。阅者若问为何不穿孝呢，营中禁止穿孝，凶服入营，有违禁例。尚师徒命人鞴匹白马，临起身时暗带匕首刀一把，藏在靴筒之内。他想着到了岗山营内，痛哭师父一场，然后用匕首刀自刎，死于师父灵前，落个忠孝两全。于是他不带兵将，只带一个小书童起身，衙前上马，一主一仆出了虎牢关，够奔岗山大营。来到营门，尚师徒将马勒住，见大营壁垒森严，旌旗招展，刀枪齐排，气派很大，深服岗山的人物，三十六友里有的是才智两全的。他甩镫离鞍下了马，小童接过马去。

尚师徒向营门小校抱拳拱手道："有劳各位往里回禀，就说尚师徒前来吊唁。"营门小校往里飞报。此时秦琼、徐茂公正在帐中商议另派何人为运粮官呢，两旁的众将都不相信尚师徒敢来。如今两国人马对垒，西魏大军兵困虎牢关，你尚师徒尽管四宝护身，不过逞一人之勇，而西魏大营不啻龙潭虎穴，管保叫你有来无回。然而此时小校禀报尚师徒来了，众将吃惊非小，秦琼亲率众将来至营门,迎接尚师徒。虽是敌对双方,现如今为了邱王爷,却也暂时化干戈为玉帛。把尚师徒让进大营,尚师徒提出来,必须先祭奠恩师。秦琼、徐茂公和众将陪着尚师徒来到停放邱瑞灵柩的大帐,尚师徒一见棺木,"扑通"一声,跪倒在地,往前跪爬数步,手扶棺材,以头抢地,高呼道:"师父大人,小徒来了! 悔不该不听您老人家之言,致使我尚师徒阵前逼死恩师,落得个不仁不义不孝之名。师父大人慢行,小徒来也!"哭到此处,尚师徒猛然从靴筒之内抽出藏好的匕首刀,就要自刎。说时迟那时快,早有侯君集、尚怀珠纵身蹿出,如同离弦之箭,一左一右,紧紧叼住尚师徒的腕子,尚师徒竟然动转不得。书中暗表,尚师徒来之前,徐茂公早已料到他恐要灵前一死,暗中叮嘱侯、尚二人,紧紧盯住尚师徒,不叫他行此拙志。尚师徒自刎不成,索性弃了匕首刀。众将赶紧七手八脚将尚师徒搀扶起来,程咬金说:"尚将军,你若尽忠,须死阵前;你要尽孝,须待将军生身之母百年之后。此时若死了,既不算忠于隋室,亦不算尽其孝道,望将军三思。"程咬金也是事母最孝,故而以此打动尚师徒。秦琼、徐茂公亦苦苦相劝,好容易才把他劝住。于是秦琼等将尚师徒让到后帐,命人预备酒宴。

少时间酒宴摆上,秦琼、徐茂公请他上坐,二人奉陪,三个人帐中饮酒谈话,一干诸战将各自散去。席间尚师徒向徐、秦二人说道:"吾尚师徒亦自知隋室天下不能久长,只是为臣亦守臣节,不能乘危降敌,受万世之议论,落个不忠之名。"秦琼说:"将军能够如此,忠诚之义,谁人不敬?"尚师徒说:"我当初还没瞧出岗山的势力能够久存,不怨隋兵六打岗山俱皆失败,岗山实是多有智士。"徐茂公说:"将军过奖了。"三个人谈谈论论,彼此相敬。席终之后,尚师徒告辞回归,秦叔宝、徐茂公起身相送,直到辕门外方止步。尚师徒在辕门外上马,与秦叔宝、徐茂公拱手作别,带着小童出了瓦岗山的大营,回归虎牢关。到了关内回思往事,仍然伤感落泪不已。那秦叔宝次日便命人将邱瑞的灵柩运走。灵柩运到瓦岗山,西魏王李密赐祭吊唁,厚葬邱瑞。邱瑞的夫人宁氏和殿下邱福尚未离开岗山,当然比任何人都难过,这些事不及细表。

却说这天秦琼正在营中与徐茂公谈话,忽听外边炮鼓连天,有旗牌官进来:"启禀元帅,尚师徒率兵杀来!"秦琼吩咐点兵三千,出营迎敌。军中炮起,三千人马冲出来,大营以外列开阵势。秦琼跨马持枪往对面一看,只见尚师徒率兵而来,千数儿郎一字排开。尚师徒纵马而出,大声呼唤:"秦元帅马前对敌!"秦叔宝亦催马出阵。秦、尚二人见了面,自无话说,两个人各凭枪马之能,杀在一处。秦叔宝使的是罗家枪法,一招一式,手眼身法步,心神意念足,很是难敌。尚师徒是受薛正的真传,那条宝枪使开了,手步眼,心气胆,运用好了,煞是厉害!两个枪来枪去,裹成一团,走马灯相似,拼命而战。杀了五六个回合,不见输赢胜败。两军队内擂动战鼓,兵将们喊喝声音助威。只见马蹄把土趟起多高来,两个人是要分个强存弱死,真在假亡。直杀到十数个回合,尚师徒通身是胆,周身是眼,毫无一点破绽,秦叔宝渐渐不敌。那尚师徒有宝铠在身,枪扎不怕,刀砍不惧,那八宝夜明盔愈转愈亮,愈转愈放光华,夺人的二目。秦叔宝的眼神被宝珠晃得照顾不到,可就吃了大亏了,一招比一招迟,一招比一招慢。尚师徒精神倍长,招招进逼。秦叔宝实是敌他不过,虚点一枪,拨马便走。按说他应往北败,不远就是大队,大队后边就是大营。没想到眼神错乱,竟往西北跑去。尚师徒哪里肯舍,催马便追。二人一前一后,跑出多远,秦叔宝才明白把道儿跑错了,再想回来可不成了,只有往前逃去之法,想着把尚师徒落下,催马如飞,拼着命往西北而去。后边的尚师徒想要把他追上,如同风驰电掣般追将下来,大呼大嚷:"秦叔宝慢走!你站住,和我分个强存弱死,真在假亡,跑了不算英雄好汉!"说着话还是追赶。

秦琼一边跑着,不住地回头观瞧,将尚师徒落得差着二十几步远,想找个地方隐藏身形,连个树林坟茔亦没有。忽见西北方有大山,山连山,岭挨岭,接连不断,秦琼便往西北山路而来。到了山前,进了山口,见山内并无岔道,只有一股道,顺道而下。跑了不到几里路,忽见眼前有一条山涧阻住了去路,又宽又长,并无桥梁,有块立案石,上镌三个大字,是"月牙涧"。后边有尚师徒追赶,秦叔宝往对面观瞧,约摸着他那匹黄骠马能够蹿得过去。来至涧沿近了,双足一点镫,镫磕飞虎鞭,小肚子一碰铁铧梁,丹田一提气,那牲口善通人性,它亦用全身之力,猛劲儿往过一蹿。只因这马老了,又在打仗的时候累乏了,马不如当年在山东之时,力气稍微一弱,两只前蹄到了对面岩石之上,那两只后蹄没上来,连人带马往下一坠,落在山涧之内。叔宝大惊,暗道:"吾命休矣!"往下一看,算计着掉下去,得连人带马摔成肉泥烂酱。往下一落,尚未到底,叔宝急中生巧智,要想死中求活,用大枪往山石的夹缝处一扎,"噌"的一声,将枪扎入石缝之内,两只手攥住了枪杆,双足一甩马镫,那黄骠马落将下去。可怜它为主勤劳,摔得肠破血流,骨断筋折,死于涧下。跟着"嗑吱"一声,大枪折为两段,叔宝落将下来,幸而落在一块巨石之上,屁股蹲了一下,蹲得生疼。叔宝抬起头来,往上一看,高有二三十丈,忽听上边马蹄之声,那马一跃,跳过山涧。原来上边是尚师徒追到了月牙涧,他没看见秦叔宝连人带马落在涧内,还以为秦琼纵马亦蹿过了山涧呢。

尚师徒仗着那匹宝马良驹,蹿过山涧,往下追赶。追出不远,忽见前边有一座庙宇,庙墙高大,山门开着,庙前有一对旗杆,旗杆上扯着两面大旗,红缎子黑字,一边是"风调雨顺",一边是"国泰民安",顺风一刮,旗子啪啪直响。尚师徒往四下观瞧,并无人烟,只有这座孤庙。庙亦很壮观,殿楼高耸,古树参天。他以为秦叔宝藏在庙内,勒住虎类豹,甩镫离鞍下了马,将枪往马上一挂,用手将马缰绳拴在旗杆之上,从山门走入,进庙寻找秦叔宝。他进了此庙,后边可有人看见了,看见的人正是秦琼。那秦叔宝幸而用枪插在了石上,虽然大枪折为两段,可就缓了劲啦,摔亦没摔坏。见多年的黄骠马死在涧下,又觉凄惨,几乎落下泪来,伤感不已。叔宝慢慢走下涧去,到了那马的尸旁,伸手将一对凹面金装铜摘下来,又不忍得观看死马,绕着路走上山涧,见庙前的旗杆上拴着一匹马,好像虎类豹。秦叔宝用手扯着鱼禢尾,跑过去一看,正是虎类豹,惊喜非常。乘着尚师徒不在面前,将缰绳解下来,拢丝缰认镫扳鞍上了马,将大枪摘下来,又将双铜挂上。秦叔宝要圈马回归,忽听里边有脚步声音,还透着很急。秦琼一看是尚师徒追出来,赶紧催马就走。那四宝将尚师徒不见便罢,一看秦叔宝将马骑走,当时大惊,连忙喊嚷道:"秦叔宝,将马匹给我留下!倘要把马骑走,你亦不是英雄好汉!"那秦叔宝装作没听见,理他亦不理,催马如飞而去。尚师徒急得在后就追。追了不远,只见秦琼连人带马蹿过山涧去了,尚师徒急得跺脚捶胸,只得步下而行,回归虎牢关。

第六十一回　定彦平隐身藏经寺
　　　　　　尚师徒殉节虎牢关

　　尚师徒心中合计:要是步下行走,回归虎牢关,绕道足有七八十里路。思前想后,迫不得已,只可绕着道走吧。走得两腿发酸,周身无力,心内又烦,想和人打听打听道路,不用说过往行人,连个砍柴的樵夫、拾粪的农夫亦没有。尚师徒觉着肚内饥饿难挨,天光亦黑了,辨不清道路,亦难回虎牢关,万般无奈,坐在一块石头上,听天由命,等到天亮有什么话再说,有什么主意再想。少时间抬头观看,天上的星斗全都出全,星光灿烂,万籁无声。不久月光东升,万里无云,天气晴和。忽见起了一阵怪风,顺风来了一物,个儿很大,两只眼睛如同两盏吊灯,离着很远看不很清;又听"哗啷啷"直响,"嗖"的一声跳至面前。尚师徒大惊,原来是只猛虎。幸而身旁有口宝剑,将剑拔出来,猛劲儿用剑扎去,只听"扑哧"一声,将老虎的左眼扎瞎,痛得老虎往前一蹿。尚师徒不及撤剑,赶紧将剑撒手,往旁一闪。那老虎实是倒着霉呢,这一蹿脑袋正撞在一块巨石之上,将宝剑顶进脑袋以内,眼眶子外边只剩下宝剑把儿,痛死过去,倒于地上。尚师徒心想:真是万幸。

　　跟着又听有脚步声音,跑来一人,直奔老虎而去。原来这只猛虎身上"哗啷啷"直响,有一条三股钢叉,就是这人的。他用叉将老虎的腰给叉上了,老虎负痛一窜,他亦攥不住了,将叉撒手,老虎奔尚师徒这边跑来,他亦在后赶来。见老虎趴在地上,他伸手拔下叉,"扑哧扑哧"一阵乱打。工夫不大,这老虎一命呜呼了。尚师徒想和他问问路,奔过来一看,这人身高足够丈外,脑袋大,脖子粗,膀大三停,头上短发打着个日月镇铁箍,上有个月牙儿,穿着一身短小的僧衣,足下是两只靸鞋。面似淡金,两道浓眉亚赛漆刷,一双环眼皂白分明,狮鼻阔口,好个雄壮的和尚!他亦不理尚师徒,将老虎往左肩头上一扛,伸右手冷不防就抓尚师徒,不容分说,将尚师徒夹于肋下。尚师徒此时一点力气亦没有,不能挣绷,只好由他。这大和尚扛着死老虎,夹着活人,往回便走。直奔到三更以后,来到庙前,山门关着哪,这大和尚大声喊叫:"师父开门!"里面一声"南无阿弥陀佛",声音洪亮,将山门开开,大和尚进了庙,将死老虎往地上一扔,将活人放下,尚师徒这气大了。那开山门的老和尚仔细用灯一照尚师徒,问道:"将军可是四宝将吗?"尚师徒说:"正是,敢问老师傅贵上下怎么称呼?"老和尚说:"我俗家的姓名叫定彦平。"尚师徒大悦,抱拳施礼道:"原来是老前辈,失敬了!"

定彦平自从在北平府罗成二入瓦岗山,复回北平府,他就觉着自己大错特错,既然出了家,就应当一尘不染。他后悔得了不得,另找个深山古庙,隐姓埋名,参禅悟道。他与这庙里的方丈最好,这庙是普云禅林的下院,方丈回归普云禅林,将这庙就交给定彦平了。这庙叫藏经寺,内里的经卷最多。不料定彦平见着四宝将尚师徒,因为慕名他是个忠臣,故肯露个人真面目。

尚师徒听说他是定彦平,可就放心了。定彦平问道:"尚将军这样狼狈,莫非是虎牢关失了吗?"尚师徒说:"我没把虎牢关丢了呀。"定彦平说:"那么黑夜为何在此深山待着呢?"尚师徒说:"只皆因魏国公李密到了瓦岗山,瓦岗山的众响马保他为西魏王,李密又命秦琼、徐茂公、程咬金等率领二十万大军来攻打五关。这是我和秦琼阵前对敌,他杀不过我,败奔这里。我追至月牙涧,不见秦琼,以为他藏在庙内,我将虎类豹拴在庙外,进庙找他。不料秦琼没在庙内,我出去之时,他将我的马匹骑走,我步下追他,如何能行? 他没了影儿,我走到山下,累得支持不住,在山石上坐着，恰巧遇见贵徒打虎。他将我弄到这里，得遇老前辈，真是有缘。"定彦平听他说完，向他问道："将军，你以为隋朝的气数如何？"尚师徒道："气数不强，不久将亡。"定彦平又问道："瓦岗山的人如何？"尚师徒说："我虽料着隋室不久将亡，但将来得天下的绝不是瓦岗山的人。"定彦平问道："此话怎讲？"尚师徒说："一群响马焉能成事？"定彦平道："将军错了，你休以为他们全是响马。告诉你吧，那秦琼是北齐后主驾前大将军秦旭之孙，秦彝之子。想当初杨坚与靠山王杨林兵伐北齐之时，秦旭为国殉难，死在晋阳，秦彝在马鸣关殉城。秦彝之子秦叔宝是要报北齐的国仇，报他的父仇，才与单雄信、魏徵等结拜。那单雄信、魏徵、程咬金亦不是响马，单雄信系秦旭徒弟单珪之子，魏徵系秦旭徒弟魏栋之子，程咬金系秦旭徒弟程玉之子。他们弟兄既是北齐忠臣之后，北齐虽然亡国了，他们都有为国报仇、为父雪恨之志。他们三十六友虽有不少是响马，不知细情的就当响马看待，其实他们是隐于绿林，结交好汉，预备有了机会共灭隋朝，给北齐报了国仇。借着秦母的寿日，他们以拜寿为名，在济南府贾家楼结拜，三十六人结为一盟，大反山东，火烧历城县，以瓦岗山作为根本之地，与大隋朝对峙。你真以为他们全是响马呢，他们是北齐之后，个个都有义气，要不然七打岗山的隋兵都会失败吗？"尚师徒说："多承指教，我从此不敢藐视天下人了。"定彦平说："你早就应当归降瓦岗山，如若你早降，你师父邱瑞亦死不了了呀。"尚师徒说："这亦是天意，非是人力。"定彦平说："你回去吧，那虎牢关大约已被他们瓦岗的人占了，你赶紧回去，我不敢多留你。"尚师徒说："我道路不明，找不着路了，望求你老人家派个人将我送回虎牢关。"定彦平用手一指那个打虎的和尚道："叫他把你送回去吧。"尚师徒问道："他可认识道路吗？"定彦平说："黑夜之间他都认识，每月初一、十五我叫他往关里买东西，这股路他都走熟了。"尚师徒说："如此甚好，就求他带我回去吧。"尚师徒向定彦平施了一礼,往外就走,定彦平将他送出藏经寺。那和尚也不懂得和尚师徒说话,他倒是引路之人,大踏步在前而行。尚师徒在旁边跟他走着,思前想后,好不难过。天光大亮,走出一半路程;到了红日东升的时候,眼前就望见虎牢关了。那和尚用手一指虎牢关道:"你不是要到虎牢关吗,这就是了,你去你的,我去我的。"说完转身就走,头亦不回,回归藏经寺了,这且不表。

却说尚师徒独自一人来至关前,往关上一看,可就怔了,虎牢关上已然换了瓦岗山西魏国的旗号,大约着母亲妻子凶多吉少,只见城门紧闭,入城是办不到了。他在城外大声喊道:"城上兵将听真:今有四宝将尚师徒在此,急速回禀你们秦元帅,叫他城上答话。"城上的兵将听见,不敢隐瞒,飞报入帅府去了。

原来秦叔宝自从在月牙涧得了虎类豹,他就马不停蹄回归西魏国大营。及至他到了大营,隋兵大队早回了虎牢关,瓦岗山大队早回了西魏大营。军师徐茂公升坐中军大帐,命人打探秦琼的去向,兵士始终亦没探着。天至申时,秦叔宝乘马回归,将士儿郎见他又把虎类豹骑回来,无不欢喜。秦琼下了马,站帐军赶紧出来接马。叔宝到了帐中,徐茂公忙问道:"元帅怎么又把虎类豹得来了呢?"秦琼遂把马跳月牙涧,折铜丧马,再得虎类豹的事说了一遍,合帐之人无不欢喜。徐茂公向秦琼说道:"元帅,请你勿惧勤劳,乘跨虎类豹去诈取虎牢关。"秦叔宝听徐茂公将这事说破,立刻点兵去诈虎牢关。秦琼到了虎牢关,声称入城来接尚师徒的家眷,说尚师徒已然归降西魏国,有提炉枪、虎类豹为凭。守城的兵将信以为真,遂将城门开放。秦琼率兵入城,跟着就将城中的隋兵缴械,安置在一旁,候令改编。秦琼到了衙门,闯入内宅,尚师徒的母亲已然自尽,尚师徒的妻子薛氏将要自刎,秦琼赶到,将她拦住,说明自己是邱瑞的两姨外甥。业经他百般解释,良言相劝,薛氏才暂时不死,等候要见他丈夫一面。秦琼又命人到大营去请徐茂公。及至徐茂公等带兵入城，布置善后，天光大亮。诸事布置完毕，尚师徒回来了，此时秦琼、徐茂公等正商议如何收降尚师徒。

得报尚师徒回来了，秦琼大悦，吩咐外面鞴马。他出衙上马，到了马道口，甩镫离鞍下了坐骑，顺着马道走上城头，手扶城墙，倚定护身栏，往城外一看，尚师徒狼狈不堪，一点锐气全无。秦琼说："尚将军，你来得甚好，请进城，有什么话进城商量。"尚师徒问道："秦元帅，我母亲何在？"叔宝为人精明，听他问母亲，忙道："老母在城中。"尚师徒心中不信，想着敌军入城，母亲一定殉难而死，绝不能活。他怕秦琼冤他，向秦琼说道："我母亲如若尚在，请你多受些累，叫我母亲上城答话。"秦琼猜着，他要知道母亲死了亦不能独生，想着这样叫他进城，他是绝不肯进来的，不如去找他媳妇，将他诓进城内，然后大家再解劝，大约着亦就降了。叔宝心中想罢，遂道："尚将军，请你在城外等候，我去请令堂，少时便至。"尚师徒点头应允。秦琼顺着马道下了城，认镫扳鞍上马，催坐骑回衙。到了衙门与徐茂公说明此事，徐茂公说："先叫尚师徒的妻子上趟城，假传她婆母之命，诓尚师徒进城。"秦琼惟恐薛氏不愿意，徐茂公说："你求她吧，准能成。"于是秦琼又去见薛氏商量，不料薛氏慨然应允，秦叔宝欣喜非常，命人给薛氏备了一乘小轿，薛氏乘轿出衙。秦琼陪着到了城上，薛氏手扶城墙向尚师徒说道："婆母有命，叫你入城呢。"尚师徒见妻子面貌不变，料着他母亲没死，如若死了，妻子绝不能这样，遂道："叫他们将城门开放，我这就进城。"秦琼在旁听薛氏如此言讲，心里还很赞成她能想得开，是个明白人呢。于是秦琼同薛氏下城。见了尚师徒，秦琼说："尚将军，你回来了甚好，你老不来，我就派人寻找于你。"尚师徒说："尚某有何德能，敢劳动元帅如此厚爱。"又向他妻薛氏问道："娘亲何在？"薛氏说："婆母现在衙内。"尚师徒说："你且同我去见太夫人。"于是秦琼同他夫妻共回衙署。到了衙内，徐茂公与众将见了他,都很恭敬,尚师徒颇不以为然。

及至同到内宅上房屋中,尚师徒见屋内停着灵哪,不用问便知是他母亲已然死去,这一惊非同小可,不亚如万把钢刀扎于肺腑。尚师徒抢行几步,跪倒灵前,放声痛哭。薛氏亦跪在一旁,啼哭不止。秦琼、徐茂公等无不嗟叹。听尚师徒哭诉的言语,是他受隋室皇恩,上不能致君于尧舜,下不能为国出力,给国家丧失疆土,便不为忠;使他母亲殉难而死,便为不孝;在两军阵前迫死恩师,是为忘恩负义。不忠不孝之名落在个人身上,还有何面目立于天地之间?他哭到凄惨处,使人心酸落泪。忽然叫声:"娘啊,儿愿随于九泉之下!"伸手拔出佩剑,就要自刎,秦琼忙把他拦住,向他解劝。徐茂公说:"尚将军,你死了亦是不对呀!为人子者,应当将生身父母送黄泉入土安葬,才是道理。你此时是死不得的。"这一句话将他唤醒。尚师徒想着应当将生身之母葬埋,然后再死,才算为人子之道。当下秦琼等解劝他别死,愿在西魏王驾前保荐他建功立业,以图富贵,尚师徒点头应允。秦琼等信以为真,便帮他夫妻办丧事,在虎牢关西择了块吉地,命人开坑,请些僧道诵经超度亡魂。三天之后,吉时出殡,尚师徒披麻带孝,薛氏夫人怀抱幼子,秦琼、徐茂公、单雄信、王君可等一齐送殡,挽联数十副,香花满布。

一行人到了坟地,将尚母的棺椁入了穴,用土填满。薛氏夫人将她儿子尚山尚元培放于地上,忽从袖内拔出一把匕首刀,向哽嗓咽喉上恶狠狠一下,"扑哧"一声,红光迸现,鲜血直流,死尸倒于地上。众人见了,救之已然不及。那尚师徒拔剑在手,向他儿子便砍,被秦琼等挡住。秦琼问道:"尚将军,你难道不给尚氏门中留后吗?"尚师徒说:"留下此子,无人照看,不如杀死。"秦琼说:"尚将军,你可将此子交付于我,我可以尽其交友之道,将他抚养成人,给你们尚氏门中接续后世香烟,承继宗祧。"尚师徒说:"不料秦元帅有此义气,我尚师徒就依了实啦,将此子托付于你,替我将他代养大了,将来接续我尚氏门中后代香烟,日后我在九泉之下亦是感激元帅的好处。"说着,又冲秦琼跪倒说:"恩人请上,受我大礼参拜。"他冲秦琼磕了三个头,站起身形,眼望东南道:"万岁,我尚师徒今生今世不能报答国恩,到了来生来世再报国恩吧!"说罢,尚师徒用剑自刎而死。众人见他死了,无不伤感。秦琼又命人赶紧买了两口棺材,将尚师徒夫妻一并埋了,然后这才回归虎牢关。次日,秦琼派人将尚师徒之子送往瓦岗山,叫贾氏夫人当作亲生之子抚养。这尚山尚元培长大了如何,暂且不表。

却说秦琼留兵一万,派将两员暂守虎牢关,写了一张报捷的公文,然后起兵。数十万大兵,刀矛器皿、锣鼓帐篷、粮草等项拴扎车辆,旌旗招展,浩浩荡荡,杀奔黄土关。这天秦叔宝督催人马正往前进,探马禀报,离黄土关还差三十里路了,秦琼吩咐一声:"人马少往前进,安营下寨。"一声安营炮响,兵丁们挑沟堆垒,支搭帐篷,埋锅造饭,铡草喂马。秦叔宝升坐中军大帐,点名过卯,发放军情,命人仔细探关。探兵到了外边,将关里的事情探明,回来向秦元帅禀报:"黄土关内只有三千人马,并无大将把守,只有两个文职官公孙朗、欧阳方守城。"秦琼得报只有两个文职官守关,不用派兵去打,先派程咬金前去招他二人归降。程咬金遵命,带兵三千,放炮出营,直奔黄土关。程咬金到了黄土关,勒住坐骑,往城上一看,有许多隋兵把守。程咬金高声喊喝:"守城兵将听真:急速去回禀你们官儿,叫他们上城答话。"少时就见城上有两个文职官,头戴乌纱帽,身穿蓝袍,腰横玉带,手扶城墙,倚定护身栏,往下观瞧。程咬金在马上用大斧一指道:"呔!城上两个文职官听真:今有瓦岗山西魏王派秦元帅带兵数十万来取五关,那能征惯战的四宝将尚师徒都一败涂地,将虎牢关失守,何况你们哪! 快快开关投降!"那公孙朗、欧阳方在黄土关上听程咬金如此言讲,遂向程咬金说:"请这位将军先收兵回营,明日我二人到秦元帅大营亲自投降。"程咬金说:"我去给你们回禀秦元帅,如若你们明天不降,秦元帅必然统带大兵踏平黄土关。"公孙朗、欧阳方说:"我们明日一定面见秦元帅请降,请将军多劳,替我们先行回禀吧。"于是程咬金收兵回归大营。到了营中,兵将各归汛地,程咬金够奔中军大帐面见元帅。秦琼容他施礼完毕,问他道:"黄土关的事情如何?"程咬金说:"公孙朗、欧阳方说明天来见元帅亲自请降。"秦琼说:"你明天再来见我,权且歇息。"程咬金遵令退出。

一夜无书。次日天明,秦琼升座元帅大帐,众将两旁侍立。处置军务已毕,从早晨一直等到中午,不见公孙朗、欧阳方前来归降。秦琼紧皱双眉,喊一声:"程咬金何在?"程咬金说:"在。"往帅案前一站。秦琼吩咐他道:"本帅命你带兵五百名,先往黄土关,到了关内将本帅行辕布置妥当,然后再出榜安民。"程咬金说:"元帅,末将无此才能,请你另派别人吧。"秦琼厉声喝道:"程咬金,你敢抗令吗?"程咬金说:"不敢。"徐茂公说:"我们数十万大军在此,他们还敢怎样?你去吧,那公孙朗、欧阳方一定款待于你。"程咬金觉着军师说得很有理,立刻遵令前往,出帐点齐五百兵丁,上马持斧,率兵出营,直奔黄土关。离着黄土关近了,只见那关门开着,城上亦没有多少兵将。程咬金忽然心中一动,他命五百人在前头,他在后头,走过护城河桥,将进外头的城门,走到了瓮城,"呼啦"一声,有三百多名兵丁坠落陷坑之中。程咬金尚未进城,吓得拨马往回便跑,由城内跑出来的兵丁只有百数多人,那城门就关上了。程咬金连头亦不回,催马如飞,跑回了大营。到了营内,他才将马勒住,慢慢走进了辕门,中军帐前下马,进了帐,向秦琼说道:"大事不好!那黄土关有了埋伏,有一半人被敌人捉住了!"秦琼得报大怒,连道:"小小一座黄土关,兵不满万,将不满百,亦敢如此。公孙朗、欧阳方,吾必生擒之!"刻不容缓,传令点兵一万,亲自率领兵将,放炮出营,往黄土关而来。

第六十二回　取黄土秦叔宝用计
擒五将新月娥扬威

　　离着黄土关近了，秦琼吩咐一声："列开队伍！"万数儿郎将阵势列开，秦琼与兵将抬头往关上观瞧，只见城上绑着好几百兵丁，穿的军装号坎俱是西魏国的。秦琼命兵丁喊喝叫战，叫了好大工夫，城中并不出兵。秦琼吩咐："攻关！"万数儿郎听着炮鼓齐鸣，人人奋勇，个个争先，呐喊声音扑奔关城。到了城下，这个兵踏着那个兵的肩头，人踏人，如同人梯子一样，往上就攻。城上一面往下抛打灰瓶、石子、滚木，一面用刀枪向那被擒的魏兵身上乱扎。可怜这几百人由陷坑里被擒，绑上城来，西魏军攻关，那隋兵向他们就扎，扎得疼痛难忍，爹妈乱叫，惨不忍闻。瓦岗山的兵将见自己人被扎得这样，不忍攻关，往后倒退。兵将退下来了，那城上的隋兵亦不扎了。公孙朗、欧阳方这个主意狠极了，他们想用这种惨无人道的法子威胁秦叔宝，保护黄土关。秦琼亦是心中不忍，又传令叫中军官回营去点五万大兵，非要踏平黄土关不可。于是中军官遵令回营调兵，数万大军，响炮擂鼓，结队而至。黄土关上的隋兵见了，亦都不安。

　　秦叔宝催马来到城下，用手往城上一指道："隋兵听真：凭你们小小一座城关，亦不过弹丸之地，本帅有数十万大军，势如泰山压卵，要得此关，易如反掌。你们若要仗着用刀扎我魏兵，威胁本帅兵将以保守此关，那么已然被你们拿住的人本帅豁出去不要了，你们好好地守关！"说着，用手一指数万瓦岗山大兵道："我豁出这几万大兵，要打破你们黄土关，拿住你们，把你们绑在桩橛之上,点人油灯!你们若是知时达务,将公孙朗、欧阳方拿获,献关投降,本帅必有重赏。你们愿不愿降,快快答复于我!"那城上头的隋兵听秦叔宝如此言讲,个个都想他瓦岗山兵是兵山,将是将海,终会打破此关。他们亦是怕关破之后,被秦琼拿住,熬人油,点天灯。作恶人是公孙朗、欧阳方,将来受罪亦应是他们,不如乘着此时城关未破,将二人拿住,献关投降吧。"呼啦"一声,不约而同,军心变了,齐奔公孙朗、欧阳方。吓得二人浑身栗抖,体似筛糠,哆嗦成一团。隋兵将他二人用绳绑好了,又将被擒兵将绑绳解开,开关投降,就将公孙朗、欧阳方献在秦元帅的马前,两千多隋兵跪倒叩头请降。秦琼大悦,吩咐道:"本帅将你们留下,派往粮台看守。"降兵叩头谢恩。秦琼派人将他们送往大营,又将公孙朗、欧阳方押走,收在大营,这才带兵入关,查点仓廪府库金银粮米,出榜安民。诸事布置完毕,遣将守关,他回到了大营。歇息了一夜,次日传令,将公孙朗二人插耳箭游营。于是站帐军将公孙朗、欧阳方绑着二臂,又将四支箭插在他们耳朵上,鲜血直流,疼得二人直哆嗦。站帐军推着两个人在前后左右各营去游,游完了又将二人乱刀分尸,然后将死尸扔在阴山背后,永世千年不得翻身。

秦琼得了黄土关,写了一道报捷的公文,报与西魏王。歇兵三天,到了第四天,传下令来,拔营起寨,进兵虹霓关。数十万大兵离虹霓关还差二十里路,不能再往前进,秦叔宝传令:"安营下寨。"大队人马将营寨安好,歇兵三天养足锐气。到了第四天,秦叔宝点齐一万大兵,留着军师徐茂公守营,他与一干诸战将响炮擂鼓,领兵出营,杀奔虹霓关。人马走到虹霓关,遥望城上,盔甲层层,刀枪滚滚,敌人已有准备。秦琼吩咐:"列开阵势。"人马将阵势列开,秦琼压住全军大队,命兵丁喊喝叫战。工夫不大,就听虹霓关内一声炮响,关门开放;二声炮响,旌旗飘摆,冲出三千大兵;三声炮响,两杆皂缎门旗开处,三千大队列成一字队,正当中高挑一杆皂缎色大纛旗,上绣的字儿是"大隋朝虹霓关总镇",当中间斗大的"新"字。旗下一员大将,穿青挂皂,手持长枪,压住了大队。两军人马把阵势列圆,程咬金手持宣花大斧,直临阵前,喊喝声音叫战。隋兵队内主将出马,直奔程咬金而来,人疾马快,跑开了煞是威风。怎见得? 有诗为证:

> (观来将好似)就地一片乌云盖,马上将军无比赛。头戴荷叶镶铁盔,一朵红绒顶门寨。身披大叶甲连环,吞口兽面喷水怪。坐下战马似欢龙,登山涉水永不败。手使一条镶铁枪,管保能叫敌人败!

这员隋将把马勒住,程咬金见他长得身躯高大,面如锅底,黑中透暗,两道浓眉,一双大眼,蒜头鼻子,大嘴岔儿,连鬓胡须短钢髯,手中那条浑铁枪又粗又长,分量沉重,就知道他是一员猛将。程咬金用斧一指道:"隋将听真:瓦岗山的先锋程咬金在此,隋将快快报上名来!"隋将说:"俺乃虹霓关总镇八马将军新文礼!"程咬金大惊。书中暗表,这新文礼为何叫八马将军? 他自幼长得身体雄壮,膂力过人。当年隋兵南过长江,吞灭南陈的时候,他才当个牙将。拔选人才之时,他与人较量膂力,曾用两膀的膂力推倒了八匹马,因此人称他为八马将军。如今他当这虹霓关的总镇,尚未娶妻,与他胞妹新月娥度日。他妹妹年已二十岁了,练了一身好武艺,刀马纯熟,能征惯战,她不肯轻许于人,高不成低不就,始终还没有婆家。

今天秦琼带兵关前叫战,新文礼率领三千大兵出关迎敌,与程咬金互通了名姓,抖大枪便扎。程咬金见他大枪扎来,用斧杆往外就磕,"当啷"一声,斧杆撞在枪上,撞得火星乱迸。程咬金觉着虎口发烧,使尽了平生之力,才把他的大枪磕出去。二马错镫的工夫,新文礼用大枪向他斜肩带臂就砸。程咬金用斧杆一招架,砸得他两膀发麻,虎口发烧,身形晃动,几乎落马。一个照面，他就败下来了。单雄信大怒，手使钉钉枣阳槊，直奔新文礼。两个人枪来槊去，槊去枪来，马打盘旋，杀在一处。约有四五个回合，单雄信就渐渐不敌了。怒恼谢映登，手持大刀，奔到阵前，向单雄信说道："兄长闪开了，待小弟一战！"单雄信拨马回队。谢映登这口大刀上下翻飞，和新文礼杀了七八个回合。王伯当见他难胜，催马抖枪奔至阵前，换回谢映登，与新文礼杀在一处。黑白二将两条枪，一来一往，煞是好看。新文礼皂缨枪使开了，犹如乌龙出洞，云来雾去一般；王伯当的素缨枪好像白蛇吐信，神出鬼入，招招进迫。两国队内兵丁摇旗呐喊，战鼓齐鸣。约有八九个回合，王伯当亦净剩招架之功，绝无还手之力。那王君可奋勇当先，换回王伯当，与新文礼杀在一处，裹成一团。那新文礼越杀越勇，精神倍长，王君可亦难取胜。单雄信、王伯当、谢映登、尤俊达四个人齐催坐马，各执利刃，马到疆场，与王君可五个人把新文礼困在垓心，给他个"好汉架不住人多，恶虎不敌群狼"。哪想新文礼的大枪招数不乱，一个人力敌五将，面无惧色，抖搂雄威，大喝一声："来得好！"把招数一变，他反占上风。秦元帅在纛旗下见新文礼生龙活虎一般，料着五先锋不易胜他，倘若五先锋群战不胜，再要败在他的枪下，愈不好看了，不如暂且罢战，调那罗士信来，和他再为决战。想到这里，传令鸣金罢战。锣声一响，五位先锋不敢再战，全都归队，秦琼就势收兵回营。新文礼因为兵微将寡，不便深追，亦收兵回关了。

且说秦琼回到营中，备了一道公文，遣人到瓦岗山去调罗士信。那新文礼次日便带兵找到秦元帅大营叫战，秦元帅吩咐营门紧闭，深守不战。新文礼不见出战，在营门外大骂不止。他骂亦是白骂，天天来叫战，三四天的光景，他腻了亦就不来了。却说这天秦元帅得报罗士信来到，秦琼喜悦非常，立刻命他进帐。此时罗士信已然懂得世务了，他来到帐中，先给秦琼跪倒磕头，口称："小弟罗士信拜见二哥。"秦琼说声："贤弟免礼。"罗士信站起身形，又与徐茂公等周旋施礼。然后向秦琼问道："二哥，你将俺叫来有什么事呢？"秦琼说："将你调来，是为那虹霓关的隋将骁勇善战，叫你和那隋将新文礼对敌。"罗士信说："俺这就去会他。"秦叔宝说："何必忙在一时，权且歇息一宵，养足了锐气，明日再战。"罗士信说一声："遵命。"秦琼退了帐，带着他去歇息。到了寝帐之中，秦琼向他问道："母亲可好吗？"罗士信道："娘亲能吃能喝，天天欢欢喜喜的。俺二嫂和侄儿也都是欢喜的。"秦琼听着合家老幼平安，心里自然痛快。与他用完饭，歇息不提。

　　次日天明，将过卯时，秦琼传令点齐五千大兵，与罗士信率领将士儿郎，响炮擂鼓，冲出大营，直奔虹霓关而来。来到关前，五千大军将阵势列开，兵将们喊嚷声音叫战。没有多大工夫，新文礼就率兵三千，出关迎敌。他把队伍列开，拍马临阵，耀武扬威叫战。秦琼队内撒腿如飞跑出一员步将，只见这人长得头大项短，腰圆背厚。头戴一顶虎皮箍脑帽，上身穿着淡黄色的短箭袖袄，黄绒绳勒着十字袢，腰中系着丝鸾带，下身红绸裤子，系着虎皮战裙，足下穿着两只倒纳千层底儿的大叶巴靸鞋，手中擎着一条铁棍，煞是威风。隔皮断瓢，一定是青筋暴露，怪肉横生，胳膊四楞见线，愣愣的，横横的。面如黑锅底，黑中透亮，两道浓眉，一双雌雄眼，一大一小，大的倒闭着，小的倒睁着，高颧骨，大鼻头儿，大嘴岔儿，约有二十多岁，不足三十岁的样子。新文礼用枪一指，向他问道："尔是何人，报上名来！"罗士信说："俺叫罗士信！"话将说完，将棍举起多高来，打奔顶门，新文礼横枪招架。只听"当啷"一声，棍打在枪杆上，火星乱迸，砸得新文礼两膀发麻，虎口发烧，在马上腰身乱晃。马往前冲，罗士信撤回棍去，不容他还招，抢开了棍，恶狠狠向新文礼的右臂便打。新文礼用枪二次接棍，只听"当啷"一声，砸得新文礼两只手手丫缝儿直冒血，眼前发黑，心里发堵，嗓子眼儿发粘，"哇"的一声，一口鲜血吐出来,抱鞍吐血而逃。他败回队内,三千大兵一溜烟似的败进虹霓关内。秦琼见罗士信将新文礼打得抱鞍吐血而逃,心中大悦,吩咐儿郎擂动得胜鼓,回兵归营。兵将到了营中,兵卒们各归汛地,将军们伺候元帅升帐办公。秦琼将军务办完,传令杀牛宰羊,庆功贺喜。

次日秦琼又与一干诸战将带着一万大兵来打虹霓关。大队人马来到虹霓关,离城且近,秦琼传令列阵。一万大兵将阵势列开,秦元帅在帅纛旗下压住全军大队,命兵将们喊嚷声音叫战。工夫不大,就听虹霓关内大炮一响,城门开放,从城内冲出三千大队,两杆大红缎色门旗左右一分,三千隋兵二龙出水式列得一字长蛇阵,当中间高挑一杆大红缎色纛旗,上书"大隋毅烈夫人",当中斗大"新"字。旗下一员女将压住大队,左右八个丫环,胯下马掌中刀,压住左右阵脚。两军人马将阵势列圆,元帅与众将见是女将出兵,全都纳闷儿,料着新文礼一定身负重伤,不能出战,才叫女将出战。秦琼问道:"哪位将军出马一战?"李豹见是女将出战,他很藐视女将,催马到了阵前,用大枪一指,高声喊嚷:"女将快来纳命,今有西魏大将李如珪在此!"那对面的女将催开坐骑,直奔阵前。李豹仔细一看女将全身披挂,不由得心中暗笑,很瞧不起她。

原来这女将身量约有八尺之躯,身材窈窕,面如荷花放蕊,白中透红,红中透润,两道柳眉,一对杏眼,悬胆鼻子,樱桃口,牙排碎玉,唇若涂朱。头上一块鹅黄绢帕蒙头,系着蝴蝶扣儿,上身穿着粉红色小袄,腰中系着大红绸子汗巾,下身葱心绿的裤子,两只又尖又瘦窄小的金莲穿着大红缎色绣鞋,牢踏在一对紫金镫内。胯下一匹桃红马,马上鞍鞯嚼环鲜明。她上身背后勒着牛皮鞘,装着十二把柳叶飞刀;左右手腕系着袖箭,左右手能打梅花袖箭;腰中系着镖囊,内装十二只亮银镖;豹皮囊中装着墨雨飞蝗石;左边洒袋装着宝雕弓,右边走兽中密排雕翎箭;马鞍鞒铁铧梁上挂着一对流星锤、一对雕爪抓；马鞍鞒后边有八宝电光锤、花边套索、金边套索；那马镫有暗簧，前后有窟窿眼儿，从前边打叫马前弩，从后边打叫马后弩；手中擎着一口大刀，威风凛凛，气度不俗。

李豹见她这身暗器，他以为是小孩子玩物，没想到这女子多才多艺，却很觉着可笑。他向女将问道："你是何人之女，来到阵前对敌？"这女将说："你问我的姓名，你坐稳了鞍鞒听真：我乃虹霓关守将新文礼的胞妹，名叫新月娥。你们这些响马占据瓦岗山，亦就可以了，还不知足，又来南犯五关，得寸进尺，得了虎牢、黄土二关，又来夺取虹霓关。你们若是知道我的厉害，急速撤兵。如再执迷不悟，你来看，大刀之下谅尔难以逃生！"李豹笑道："俺叫男子吓跑了，尚不为辱；若叫你女子用大话将我吓走，岂不被人耻笑？你撒马过来，决个胜负，见个高低！"新月娥举起大刀，向他便砍，李豹横枪招架。二人马打盘旋，冲杀一处，刀枪并举，拼命厮杀，三四个回合不分胜负。李豹起初还不肯真杀实砍，及至见新月娥刀马纯熟，功夫娴捷，知道她受过高人传授、名人指教，不敢轻敌，抖搂精神，施展平生之能，向她招招进迫。新月娥觉得凭血气之勇，胜不了他，虚点一枪，拨马便走。李豹哪里肯放，在后面便追。新月娥回过头来观瞧，见后边李豹追来，她故意叫马慢走，李豹催马紧追。眼瞧着要追上了，新月娥用右脚点那马镫的绷簧，"嘎巴"一声，从马镫后边的窟窿里打出一支枣核似的弩箭来，"扑哧"一声，打在李豹马脑袋上。那马负痛，前腿停住，后腿往高一窜，把李豹由马上扔下来，"扑通"一声，摔在地上。虹霓关队内飞亦相似跑出来四个兵丁，将李豹按住，不容他起来，抖开勒甲丝绦便捆，寒鸭凫水，四马倒攒蹄捆好了，搭起来便跑。秦叔宝与众将看见大惊，若要去救，亦来之不及了。

那齐彪见李豹被人生擒活捉，气往上撞，催马抡锤，直奔疆场,大叫道:"女将,你可知道俺齐国远的厉害吗?"新月娥不知道齐国远的双锤是空膛的,瞧着锤的个头很大,不知道他的膂力有多大,不敢和他对敌,左手持枪,右手掏镖,抖手一镖打去。齐彪见镖打奔哽嗓咽喉,他一拧身,"嗖"的一声,镖就打空了。跟着二只镖又到了,齐彪左脚踹镫,往后一斜身,使了个"卧看巧云"式,二只镖又打空了。三只镖到了,他后脊梁躺在马屁股上,"嗖"的一声,三只镖又被他躲过去。齐彪往起一直腰,新月娥的马前弩打来,"扑哧"一声,打在齐彪的马面上。那马负痛,后腿一蹿,好像要拿大顶似的,把齐彪亦扔下马来。虹霓关内又跑出四个兵来,将齐国远按住,又给捆上,寒鸭凫水,四马倒攒蹄捆好了,搭回队内去了。瓦岗山的众英雄惊讶不止。

金面天王金城,胯下马掌中三尖两刃刀,马到疆场,与新月娥对敌。数合之后,又被新月娥用暗器治下马去,金城被擒。赛展雄牛盖可就急了,手中拿着钉钉狼牙棒,到了阵前没容动手,就被新月娥用暗器打在马头上。马疼痛难忍,将牛盖扔下马去,亦被敌人活捉。程咬金不服,出阵亦被人拿去。罗士信要往阵前去战,秦叔宝知道他是浑人,真杀实砍成了了,遇见这使暗器的人绝不能成,不准他出阵。秦琼要指挥人马冲杀过去,往回夺这被擒的五将,又怕投鼠忌器,这五个人死在乱军之中。军师徐茂公命王伯当出马临阵。王伯当遵令,手持长枪,催马临阵。

第六十三回　献关池新月娥身死
　　　　　　　中埋伏罗士信殒命

　　新月娥正在两军阵前叫战，忽见西魏国大队里出来一骑马，马上一员战将，约有八尺之躯，猿臂蜂腰，双肩抱拢，面如美玉，眉似漆刷，目如朗星，悬胆鼻，四字口，牙排碎玉，唇若涂朱，大耳相衬。头戴一顶素缎色扎巾，迎门上嵌一颗明珠，勒着一对亮银抹额，二龙斗宝，顶门上有一朵红绒突突乱颤。身披一副亮银甲，九吞八岔，勒甲丝绦九股攒成，胸前悬挂护心宝镜。后边葫芦银顶，五杆素缎色护背旗，周围红火焰，大红缎色飘带，上衬银铃，旗上红光，绣着黑字，乃将之五才，智仁信勇忠。肋下佩带一口宝剑，绿鲨鱼皮鞘，亮银什件，亮银吞口，素绒绳灯笼穗儿。狮蛮带龙头搭凤尾，三叠倒挂鱼褟尾，两扇素缎战裙，红绸子中衣，素缎战靴牢踏在一对亮银镫内。胯下马银鬃兽，马上鞍鞴嚼环鲜明，手中擎着一条素缨枪，精神百倍，美貌英雄！

　　新月娥见过多少男子，从未见过这样美男子，用手一指，问道："你叫何名？"王伯当说："我乃西魏先锋王勇王伯当。你这女将，可知道西魏国数十万大兵来取五关，兵山将海，人多势众，小小一座虹霓关，弹丸之地，岂能久守？你若知时达务，放回被擒的五员战将，献关投降，大元帅能在西魏王驾前保你们高官得做，骏马得骑。倘若执迷不悟，城破之日，玉石皆焚，悔之晚矣！"新月娥听他所说，这话要由别人说出，并不怎样；惟有从王伯当嘴内说出，似乎好听。她向王伯当轻启朱唇道："将军，你劝我献关投降倒亦不难，你须应我一桩大事。"王伯当问道："要我应你什么事呢?"新月娥面上一红道:"你如若应我终身大事,我便献关归降。"王伯当听他所言,暗中思忖:李豹、齐彪、金城、牛盖、程咬金五个人已然被他拿去,如不应允丫头的亲事,那五个人定有性命之忧;如若应了这门亲事,我王伯当不是那贪花好色之人,叫天下人知道了,亦耻笑我王伯当。可为了顾全朋友的性命,免不得假意应允,诓哄于她,设法把五个朋友救出来亦就罢了。心中想罢,向新月娥说道:"你这话是真的吗?"新月娥说:"哪个哄你?"王伯当说:"你要是真心实意,你得对天起誓发愿,我才能相信哪!"新月娥说:"你亦得起誓发愿。"王伯当说:"那是自然。"新月娥说道:"上有皇天,中有过往神灵,我新月娥倾心愿意献关投降西魏国,与王伯当结为夫妇。倘若是假心假意瞒哄于他,叫我死无葬身之地。"她起誓完毕,又叫王伯当起誓。王伯当说道:"皇天后土,过往神灵听真:如若新月娥献了虹霓关,投降西魏国,我王伯当就与她结为夫妇。倘若我言而无信,叫我被乱箭攒身,死于非命。"他说完了,新月娥喜形于色,又与王伯当说道:"今夜三更你带兵前来,千万不可响炮擂鼓,呐喊声音,而要卷旗息鼓,马摘銮铃,暗藏灯笼火把,不早不晚,三更天准到才好。我们以关里关外放火为号,你要谨记在心。"王伯当说:"我记住了。"两个人说完,各自圈马回归。

新月娥撤兵进关,暂把齐彪、李豹、金城、牛盖、程咬金看押起来,命兵将各归汛地,就等着三更时刻献关投降西魏国了。而王伯当回到队内向秦元帅说明此事,秦琼听着很不愿意。徐茂公说:"王伯当,你为朋友应允这事,审时度势,顾全朋友,理当如此。倘若她是真心实意,就收她为妻亦不为过。"秦叔宝默默无言,王伯当亦是心里无准主意。于是秦琼传令撤兵,大队人马回到营内,兵丁各归汛地,一干诸战将伺候元帅办完军务事,元帅退帐。众将都是三十六友的人物,盟兄弟之情,个个暗中着急,放心不下。合营将士儿郎用过晚战饭,天至初鼓,秦琼命王伯当带兵三千去取虹霓关;又命谢映登、尤俊达各带三千大兵,卷旗息鼓,马摘銮铃,暗藏灯笼火把,悄悄走出大营,够奔虹霓关。

约好了时候,不早不晚,三更天来到了虹霓关。王伯当传令放火,兵丁们遵令,点起火来。那火是一丈多长的竹竿,内里装着好药,点着了,"嗖"的一声,钻了天儿,高有数十丈,隔着几里地都看得见。那虹霓关亦跟着放起了火,王伯当命人马集合取关,果然虹霓关关门开放。此时王伯当还犹疑哪,惟恐其中有诈,他留着神,领兵走过门洞,来至城内。只见对面灯笼、火把、亮子、油松照耀如同白昼,有数百隋兵拥护着女将新月娥。王伯当见她在马上左手持刀,右手拿着一颗血淋淋的人头,不知是谁人的首级,触目动心,猜疑不定。新月娥问道:"你带了多少兵来?"王伯当说:"我先问问你,那颗人头是何人的首级呢?"新月娥把人头往起一举道:"这是我哥哥新文礼。"王伯当大惊。原来王伯当要她不要,尚在两可,如今听她说这人头是八马将军新文礼的首级,王伯当不惟不要她,是非杀了不可。什么话哪?她为了自己要嫁人,连同胞手足之情都不顾了,竟敢将哥哥杀死,似这等不仁不义的妇女,是非杀不可!真是仙鹤顶上血,蝎子尾后针,两般俱是毒,狠毒不过妇人心!王伯当暗骂丫头不顾羞耻,不顾手足之情,恼在心里,笑在面上,向她说道:"你将人头交付于我。"新月娥以为王伯当要她哥哥的人头回去领功受赏,更想不到王伯当有歹意,被王伯当乘势往前一拧枪,"扑哧"一声,扎在哽嗓咽喉之上,红光迸现,鲜血直流,新月娥尸横马下,一缕阴魂不散,够奔枉死城去了。

新月娥一死,前后三路大兵入关,关内的隋兵走投无路,纷纷投降。王伯当将关守住,命人将关中之事报与秦元帅。秦琼得报,心中大悦,遣派大将耿如龙带兵一万去接收虹霓关,将王伯当、谢映登等调回大营,功劳簿上给他们立上功劳。那被新月娥拿获的齐彪、李豹、金城、牛盖、程咬金，亦由监中叫王伯当救出来，回到大营。秦琼亲自到虹霓关内安抚百姓。歇兵三天，写了报捷的公文，命人送往瓦岗山奏禀西魏王李密。第四日传令，拔营起寨，进兵汜水关。数十万大军放炮起队，离了虹霓关，浩浩荡荡往汜水关而来。一路之上所经之地，村庄镇市，秋毫无犯。

　　这天人马来到汜水关，离城三十里，秦叔宝采勘吉地，安营下寨，兵将们把营寨安好，歇息一夜。次日秦琼传令，点兵一万去打汜水关。一万人马齐毕，秦琼与众将上马，率领一万大军放炮出营，够奔汜水关。人马来到关前，将队伍列开，往城上一望，见城上并无准备。将要叫战，只听关内一声炮响，关门开放；二声炮响，从关内冲出二百隋兵；三声炮响，在关前雁翅排开。当中闪出一员大将，身高八尺往外，细腰乍臂，三停身躯，脸如银盆，两道剑眉，一双虎目，鼻直口方，双耳垂轮，五绺长髯洒满前胸。头戴一顶亮银三叉帅字盔，簪缨倒撒，狮子倒挂，顶门前相衬二龙斗宝，在当中有两朵小绒球，金丝高垒，突突乱颤，搂额带搂满额下，亮银抹额，包耳护项，前錾轮螺伞盖，后錾花罐鱼长。身穿一件素缎裹肩袍，上嵌蟒翻身，龙探爪，下嵌海水江涯。腰系一条山河带，外罩亮银掩心甲，袢甲绦巧垒蝴蝶扣儿，护心宝镜真有冰盘大小，光华炯炯，夺人二目。背后背定八杆护背旗，被风飘摆，行舒就卷，按的是三纲五常，在护背旗上绣的全都是飞虎外边走，金边压金线，相衬烈火焰，上面铜顶，金葫芦在下面。当中悬鱼裰尾，两扇征裙分为左右，上绣翻荷叶，外衬烈火苗，虎头战靴。肋下悬挂三尖两刃刀，精神百倍，仪表非俗。

　　这员隋将纵马而出，高声喊嚷："请秦元帅马前答话。"秦琼拍马临阵。他向秦琼问道："对面可是秦元帅吗？"秦琼道："正是，你是何人？"他答道："我乃大隋的副元帅左天成。"秦琼问道："你请我马前答话，有何话说？"左天成说："如今杨广已失人心,不久将亡,大丈夫不作亡国之臣,理应择明主而事。我闻西魏王是昔日隋之魏国公李密,我深服魏王,愿意归降,不知秦元帅可能允我归降否?"秦叔宝说:"本帅奉命南取五关,不愿五关人民遭这刀兵涂炭、水火之灾,你既愿顺命归降,我可以在西魏王驾前保举于你。"左天成听说准他归降,将刀一挂,甩镫离鞍下了马,冲着叔宝跪倒叩头。叔宝下马,用手相搀。左天成站起来道:"元帅大量宽容,允许我归降,不惟左天成感激元帅,就是关中百姓亦都感激匪浅,万家生佛了。"秦琼说:"亦魏王之福也。"左天成说:"元帅既然允许我归顺西魏,就请元帅入关查点仓廒库廪,安抚人民。"秦琼说:"你先入关布置,本帅随后率兵进关。"左天成说声"遵命",上了马,带着他的兵丁退进汜水关。秦琼遥望隋兵入关,关门未关,有心要率领兵将前进,忽然心中一动,惟恐其中有诈,深悔自己错误,不应当放左天成走,把他扣下,派兵入关。倘若有诈,就拿他治罪;若无变动,就可以重用于他。如今已然将他放走,又怕其中有诈,又恐其真降,他若真降,就不应当猜疑。思前想后,派罗士信道:"你带兵一千,先行入关,本帅随后进兵。"罗士信奉命带了一千大兵够奔汜水关。这支人马走进关去,过了外门洞,还没进里门洞哪,正走在瓮城,忽然"嗵"的一声,地雷爆炸,有如山崩地裂,将罗士信与这千数兵丁炸得肠破血流,筋断骨折,无一免难,尽皆炸死。真是遭劫者在数,在数者难逃。可把秦琼与未入关的兵将全都吓坏了。

书中暗表,这汜水关的左天成乃隋朝的副元帅,为人精明干练,智勇双全。他早就得着报告,李密在瓦岗山自立西魏王,派兵南取五关,西取长安。他料着有虎牢关的尚师徒、虹霓关的新文礼挡住瓦岗山的人马,他这座汜水关尚不要紧,于是离了汜水关,到了扬州琼花观谒见杨广,奏禀瓦岗山兵取五关之事。靠山王杨林亦在琼花观,杨广命杨林授以破敌策略。杨林叫左天成回归汜水关,如若虎牢、黄土、虹霓关失守,叫他在汜水关的瓮城内埋伏地雷,诈降瓦岗山,诱秦琼等入关,用地雷将瓦岗山的重要人物全皆炸死。左天成领受了杨林的妙计,赶回汜水关。打探得虎牢、黄土二关已然失守,左天成大惊,赶紧预备埋伏。他将地雷埋好,药捻儿通在城内,又命人将灰瓶、石子、滚木等守城器皿收拾好,只等瓦岗山的人马前来,施用地雷了。这正是"掘下深坑擒虎豹,设下香饵钓金鳌"。秦琼大队来取汜水关,幸而秦琼没有进来,如若他进来,亦得命丧关中。

当时秦琼见罗士信与千名兵卒中了敌人埋伏之计,料着罗士信性命难保,心中万分难过,不亚如万把钢刀扎于肺腑,心如刀绞。若不是身为元帅,负此重责,真能拔剑自刎,与罗士信共同生死。秦琼痛苦难受,发誓将关打破,拿左天成给罗士信报仇。若是拿不着左天成,誓不生还!当时秦琼就命兵将把队列开,喊喝声音叫战。左天成等地雷爆炸以后,登城一望,秦叔宝列队关外,知道死的这些都是平常人,并不知足。又见秦琼的兵将叫战,他传令点兵三千,出关一战。他顺马道走下城来,三千隋兵放炮出关,在关前把阵势列开,左天成催马摆刀,直奔疆场,耀武扬威,向瓦岗山的大队叫战。秦琼将要出马,那金面天王金城忙把秦琼拦住,说:"元帅乃是一军之主,不可轻出,待我金城一战。"说着,催马持刀,直临阵前。左天成与他通过姓名,两个人各把坐骑催开,两口三尖刀使开了,杀在一处。两军队内擂鼓摇旗,呐喊声音助威。金城久经大敌,三尖两刃刀实是厉害,但遇见左天成可就不易取胜。两口刀上下翻飞,杀了个七八个回合,不见输赢。程咬金大怒,手持大斧,拍马临阵,向金城嚷道:"兄弟闪开,待我和他分个上下,论个高低!"金城圈马走开,程咬金与左天成又杀在一处。二人杀了不到五合,程咬金就敌不过了。这左天成刀马纯熟,实是厉害,他使了个"转环刀"的招数,几乎将程咬金的人头砍下,削去了盔缨,吓得程咬金拨马而走,左天成并不放松,在后就追。

　　程咬金理应北败,回归大队,他一迷糊,往西败下去。左天
成知道程咬金是昔日的混世魔王,把他要拿住,胜似千军万马,
催马在后,苦苦追赶。瞧着就要追上了,程咬金伸左手接过斧
子,用右手一松搂颔带,将盔摘下来,用盔就打左天成。左天成
用刀头将盔磕开,"当啷","扑通",盔就落地了,左天成还是往
下追赶。程咬金见眼前山山相连,岭岭不断,山脉纵横,冲东有
个山口,他催马逃入山口。见山内有一带丛林,净是多年的古
树,又高又大,那树粗细不拘,哪棵亦得三四个人合抱才抱得过
来,一棵棵直耸云端。程咬金催马就往树林内跑。将要进树林,
忽见林中一骑马,马上一员小将,头戴一顶素缎色武生公子巾,
身穿素缎色短箭袄,腰中盘着一巴掌宽的丝鸾带,下身白绸子中
衣,足下穿着素缎花靴,胯下一匹银鬃马,手中擎着一对梅花亮
银锤。他见了程咬金叫道:"姐夫,你是从哪里来呀?"程咬金仔
细一看,不是外人,是他的内弟裴元庆,当时惊喜非常。原来裴
元庆自从在四平山与李元霸对锤,被李元霸三锤打走,心中不
甘,一横心回家练锤,输给李元霸是力气稍差,马不成。他回到
龙虎庄,在家中忍着,不惜金银,买了一匹马,名叫踏雪玉狮子,
每日到山林茂盛的地方练习锤马之能。裴元庆想着把武艺练得
能赢李元霸,再二次出世,报那三锤之仇,故此天天入山练武。
要学惊人艺,须下苦功夫。龙虎庄离此山才十数里,恰巧今天他
在丛林之内练习武艺,忽听林外有马踏銮铃之声,催马迎上前来
一看,来的不是外人,是他姐夫程咬金,这才招呼。

　　程咬金道:"后边有人追我,你出去先把那使刀的人杀败
了,或是打死,然后我再和你说话。"裴元庆催马往林外就走,
说:"我去会会追将。"他到了林外,那左天成已然来到。他见左
天成来到,用锤一指,问道:"你是何人,敢追我姐丈?"左天成
说:"我乃大隋的副元帅左天成,尔是何人?"裴元庆通过了姓
名,左天成说:"你有多大能为,敢放了程咬金,挡住了我的去

路。你好好把程咬金给我,万事全休;如其不然,叫你三尖两刃刀下丧命!"裴元庆说:"你不用废话,撒马一战!"左天成大怒,用刀便砍,裴元庆用锤往上便撞。左天成撤回刀头,要献刀攒,裴元庆的武艺较比从前高得多了,左天成没还出招来哪,裴元庆盖马三锤打来。把式讲快慢,左天成忙用刀杆招架,"当当"两锤打在刀杆之上,火星乱迸,震得左天成两膀发麻,虎口发烧,顺着手丫缝儿往下流血,刀头、刀攒震得直响。二马错过镫去,左天成手已震伤,不敢再战,拨马往回便逃。

左天成走后,裴元庆这才回马问程咬金的来意,程咬金将醉卧琼花观,李密兵诈麒麟峪,脱袍让位当了先锋,南取五关的事说了一遍,裴元庆这才明白。程咬金又问他:"你在这里做什么呢?"裴元庆说:"俺在这儿练习武艺,将来把武艺练成了,再去找那李元霸,和他较量。"程咬金说:"你不用在家练武了,如今秦元帅南取五关,正在用人之际,你何不同我去到大营当差?"裴元庆说:"你去你的吧,俺不入大营了。"程咬金苦苦相劝,任怎么劝,亦是白费话,他绝不回去。程咬金无法,只好一个人回去吧。当时弟兄二人分别,裴元庆归家,程咬金回营,暂且不表。

却说左天成由山口退出来,匹马单刀往回赶,他奔到了西山,往关城上不看便罢,往上一看大吃一惊,那城上已然遍插瓦岗山的西魏旗号,左天成可就怔了。书中暗表,秦叔宝见左天成追赶程咬金去了,他乘势指挥兵将冲杀过来,那大隋的兵卒因为没有主将,不能抵敌瓦岗山的人马。常言道:兵无主将,不战自乱。瓦岗山的兵将将他们杀败,隋兵败奔汜水关,人多门窄,未能完全进去,瓦岗山的人马乘势杀进城内,汜水关被秦琼打破。那城中的隋兵或逃或降,不必细表。秦琼将兵散开,分守四门,然后够奔衙门,查点仓廒府库。左天成匹马回来,到了西门,见汜水关已然失守,他自己一人亦没办法,只好逃走,暂且不表。秦琼把汜水关的善后办完,遣将留兵守关,自己回归大营,见程咬金回来了,他亦放了心,命人把阵亡的兵丁与罗士信共葬一座坟内,成为一座肉丘坟。秦琼与将士儿郎吊祭一番,又写了一道折本,将汜水关得过来以及罗士信阵亡的情形详细奏明,又写了家书禀明母亲。折本、书信发走之后,秦琼传令起兵,数十万人马拔营起寨,离了汜水关,旌旗飘摆,队伍丛杂,浩浩荡荡,往东岭关进兵。

第六十四回　红袍帅设摆铜旗阵
燕山公帮办东岭关

这天人马来到,离着东岭关相差三十里路,采勘吉地,安营下寨,埋锅造饭,铡草喂马。秦琼升坐大帐,点名过卯,发放军情。军务还没办完哪,探事的兵丁走进帐,跪倒帐内禀报:"东岭关的守将在东岭山下摆了一座金斗铜旗阵,屯兵十万。"秦琼得报大惊,吩咐:"再探。"探兵出帐去了。秦琼向徐茂公问道:"军师可知晓什么叫金斗铜旗阵,这阵有没有破法?"徐茂公说:"我知道的只有一字长蛇阵,阵分阴阳,首尾能变二龙出水阵;阵有四象,能变四门斗底阵;四门兜底阵分为东西南北中,能变五行阵;五行内有六仪,可变六子莲方阵;六子莲方阵内有天星,可变七星阵;七星阵内藏休、生、伤、杜、景、死、惊、开,可变八卦阵;八卦阵按乾、坎、艮、震、巽、离、坤、兑,可变为九宫阵;九宫阵有阴阳,可变为十面埋伏阵;十面埋伏阵又可变为一字长蛇阵,阵阵循环。阵有阵眼,要攻打阵时,须知阵眼,才能打破。我还没有听说过金斗铜旗阵,此阵不明,不可进兵。我们须将阵势打探明白,然后才可进兵。"秦琼点头称是,命人仔细打探,然后退帐。连着两日未能出兵,亦没探实铜旗阵的情形,秦琼闷闷不悦。这天正与徐茂公商议攻打铜旗阵的事情,营门小校进来回禀:"有燕山公罗成前来拜见。"秦琼、徐茂公就是一怔,不知罗殿下因何来到东岭关。

书中暗表,这东岭关是杨义臣镇守,杨义臣系隋室的宗亲。程咬金脱袍让位,李密为西魏王,秦琼南取五关,靠山王杨林保杨义臣为天下都招讨兵马大元帅，节制天下各路兵将，保守五关，抵挡瓦岗山的兵将。杨义臣料着瓦岗山的人马久经大敌，要将其打败，恐不容易。他在东岭关调集了二十万隋兵，这二十万人马分为两处，东岭关驻扎十万兵将，东岭山驻扎十万兵将，并在东岭山摆了一座四门斗底阵，东西南北四面每一面是两万大军、两员大将、四员偏将、八员牙将，当中间两万人马，内里暗分八卦八门。当中间修了一座旗杆，高有十丈，上有一丈见方的斗儿，那斗儿是木头胎儿，外边用黄铜镀金的叶子，那斗上有一杆铜叶做的旗子。这座阵由外边瞧着是四门斗底阵，要是按着四门斗底阵打进去，就得丧命。里边暗藏八门金锁阵，那斗里有二十四个神箭手，是从三十万大军里挑选出来的，个个箭法高明，百发百中，故名神箭手。他们在斗内是专管保护旗杆的，倘若有人来了，懂得这阵，打了进来，破坏他们这金斗铜旗阵，这二十四个神箭手射下箭来，就能把这人射死。斗内还有一员大将，白昼见他看着旗子，往四外瞭望，如若有敌兵前来攻打此阵，不论从哪方来，他在斗内看见了，就按着方向指挥兵将迎敌。敌兵往东，他的铜旗指东；敌兵往西，他的铜旗指西。合阵的十万兵将打仗都看这旗子，随着他动手。这金斗铜旗阵的外四门有四杆大旗，东方甲乙木是绿缎色旗子，南方丙丁火是大红缎色旗子，西方庚辛金是素缎色旗子，北方壬癸水是青缎色旗子，夜间改换四色灯笼，旗名四方旗，灯名四方灯。那斗上到了夜间亦换一面大灯笼。阵内有绷腿绳、绊马索、梅花坑、陷马坑、梅花战壕、翻板盖沟。陷马坑是生石灰垫底，坑上铺席，上有土盖着，人马掉下去，一闭眼，就擒；不闭眼，石灰就将眼睛揉瞎了。那梅花坑、梅花战壕，底下埋的净是刀子，刀把栽着，刀尖冲上，坑上、沟上盖着芦席，如若敌人兵将踏在席上，掉下去当时就得丧命。那翻板盖沟亦是踏上就翻，掉下去就死，底下亦是刀子。绷腿绳、绊马索是能拿活的。

　　红袍大帅杨义臣把阵摆好,兵将训练活了,凭这座阵要保东岭关不丢,凭这座阵要打败瓦岗山的兵将。他这二十万兵成为犄角之势,敌人攻关,他由阵内出兵,夹击敌兵;敌人攻阵,他由关内出兵,夹击敌兵。尽管势强气壮,但兵多将累,杨义臣感觉还是缺少人才,有心调北平王罗艺前来,帮助自己与瓦岗山的兵将决战。他写了一封文书,用上帅印,封好了,遣人往北平府下书,去调罗艺。这封文书由旗牌官袁二虎带着,昼夜并行,赶奔北平府。一路之上安然无事,这天他来到北平府,纵马入城,北平王府门前下马,向回事的王官说明。王官叫袁二虎在外边等候,进去回禀。少时间王官出来了,说:“我们王爷叫你进去呢。”于是王官头前带路,袁二虎在后相随,进了王府。来在书房,袁二虎向罗王爷施完礼,将公文呈上。北平王打开公文观瞧,见是东岭关大帅杨义臣调自己到东岭关去守铜旗阵,当时写了回文,赏给袁二虎十两白银,打发他回去复命。袁二虎谢过赏,拿了回文公事,拜别北平王,出府上马,回归东岭关去了。

　　袁二虎走后,罗王爷将罗成唤至面前,向他说道:“孤当初看你表哥人品很不错,才将他荐在唐璧手下当差,不料他保了反王,当了反王的元帅。如今他奉反王之命南取五关,已然打破虹霓、虎牢、黄土关了。大帅杨义臣在东岭关摆下一座金斗铜旗阵,派人前来下书,调孤前去保守铜旗阵。可如今沙陀国王囤积大兵,有意进取瓦口关,兵入中原,幸而孤在此坐镇,倘若孤一走,沙陀国的兵马乘虚而入,内乱未平,外患又生,隋室的天下可就完了。孤不能身离汛地,派你去往东岭关帮助杨义臣守阵破敌。”罗成说:“儿谨遵父命。”罗艺又道:“你到了东岭关可要好生守阵,那秦叔宝论私,是你表兄;论公,可是两国仇敌,千万别徇私情,为公认真。如若杨义臣派你与秦琼对敌,你就和他真杀实砍,为国出力,效命疆场。倘若你徇私,叫孤知道,绝不能跟你善罢甘休!”罗成诺诺应声。北平王说:“你收拾行囊物件吧,明天早晨你就带杜中军、秦用、史大奈、张公瑾、白显道五个人起身前往。"罗成遵命,退出书房,先到外边告诉张公瑾等,叫他们准备,然后回到内宅来见母亲。宁王妃向罗成问道:"你父王唤你何事呢?"罗成说:"父王叫我去往东岭关帮助大帅杨义臣守阵。"他母亲一听,当时大惊,忙问道:"和谁对敌呢?"罗成遂把秦琼率兵南取五关的事说了一遍。他母亲问道:"你父王嘱咐你什么来的?"罗成说:"父王叫我为公忘私,阵前对敌如遇我表兄,真杀实砍,勿用徇私。"宁王妃听了心中难过,二目落下泪来。他这一哭不要紧,罗成可就明白了,忙向母亲说道:"你老人家勿用啼哭,虽是我父王那样嘱咐,孩儿绝不能和我表兄真杀实砍,你老人家放心吧。"他母亲说:"我们老夫妻只有你哥儿一个,你舅母亦是一样,就跟前你表兄一人。你们若是真杀实砍,二虎相争,必有一伤,伤了谁亦是不好。你就酌量情形,能把公事敷衍下来就得,千万别叫人看出破绽。"罗成点头应允。母子二人说了会儿话,到了用晚饭的时候,罗王爷走进来,爷儿三个一同吃了晚饭,罗成安歇睡觉。一宵无书。

　　次日清晨早起,罗成洗脸漱口,拢发包巾,更换官服,他将官服穿好,够奔上房,来见父母告辞。罗王爷又向罗成嘱咐一番,罗成才施礼而别。罗成往外一走,与父母难舍难离,凄然泪下,罗老夫妻亦是二目落泪。罗成心中纳闷,他离家数次,哪回父母亦没掉过眼泪,惟有这回出门,父母掉下泪来。他以为这次出门前途不利,大料着是凶多吉少,有心不去,按公事有违军令,万般无奈,把心一横,往外就走。到了外边,与杜中军、史大奈、张公瑾、白显道等一齐上马,带着二十四个家人,齐催坐马,各抖丝缰,出了北平府,直顺大道而下,赶奔东岭关。晓行夜宿,饥餐渴饮,非止一日。这天离着东岭关近了,罗成忽然想起秦琼的大营必然离此不远,先往秦琼的大营见见表兄说明此事,商议商议应当如何办理,故此罗成才找到瓦岗山的大营,命人往里回禀。

　　此时秦琼正与徐茂公商议此事,听说罗成来到,心中大悦,吩咐有请,跟着起身相迎。到了辕门外望见罗成等,大家彼此施礼,然后进了辕门,大帐之中落座,秦琼命人献茶。饮茶已毕,秦琼向罗成先问过姑父、姑母安好,然后才问他们因何至此。罗成说:"红袍大帅杨义臣在东岭关摆下一座金斗铜旗阵,他去了一套公文,调我父王前来守阵。只因边疆不安,他老人家不敢身离北平府,派我前来,我顺便先来见见表兄,商议商议破阵之法。"秦琼问道:"兄弟,你可有破阵之法吗?"罗成说:"小弟亦不知道这铜旗阵是怎么破法,请表兄先别去攻打,容我到了阵内看看他是怎样布置的,我看明白之后再给表兄送信,按着我的信破阵。"秦琼道:"何必这样忙呢,用完了酒饭再走。"罗成说:"我不便久待,工夫大了,走漏了消息,反为不美。容我们破阵之后再为长谈。"秦琼、徐茂公听他所说,亦不便挽留,罗成这才同史大奈等往外就走,秦琼、徐茂公往外相送。到了辕门外,罗成拦住大家,不叫他们往外送了,然后催马出了瓦岗山大营,够奔东岭关。到了关的东面,远望金斗铜旗阵,杀气腾腾,雾气蒙蒙,瞧着亦是触目动心。

　　来到东岭关,见城上刀枪密排,旌旗招展,城门紧闭。离着城还差多远哪,城上头隋兵就问道:"对面来的是什么人? 说明来历,再往前进。如其不然,我们要搭弓射箭了!"史大奈说:"你们赶紧去回禀杨大帅,就说有北平王的殿下罗成前来拜见。"城上的兵将听是北平王的殿下要见他们元帅,不敢怠慢,赶紧去回禀。这时杨义臣得报罗成来到,罗艺没来,他心中很不愿意,吩咐叫他入城,帅府大堂拜见。门军将关门开放,大声喊嚷:"大帅有令,命罗殿下帅府大堂拜见。"罗成听这种口吻就猜着了,杨义臣是轻看自己,他焉能愿意? 罗成是个人前显贵、鳌里夺尊的人物,到处都得受人恭维,见杨义臣轻视自己,就有心把自己的本领施展出来叫他瞧瞧。当时率领杜中军、史领军、张白二旗牌官等,催马入城,穿街越巷,够奔帅府。来到帅府府门前勒住了坐骑,就听见里面有人喊嚷:"大帅有令,命罗殿下大堂拜见。"罗成叫家将们拉着马在门前候等,自己带着史大奈等走进帅府。

罗成往帅府内走着,见他这势派不小。府外东西二辕门,有两个值日的旗牌官,各带一十四名兵丁把守。府门挂着四个虎头牌,上写四句军令:帅府重地,禁止喧哗,倘敢故违,定行重罚。对着府门影壁上画的二贪狼吞日。仪门内有运粮官、督粮官、旗牌官、中军官、军政司、军法司各办事处。空中悬挂六杆大旗,是飞龙旗、飞凤旗、飞彪旗、飞豹旗、引军旗、坐纛旗。帅府厅前列排着牛腿炮、连珠炮、竹节炮大小炮架。那房前出廊檐后出厦,两旁边设摆兵刃架,九长九短十八般兵刃列摆齐全。大堂上四十名站堂军,各持鞭板锁棍;二十四名刀斧手,个个长得身体雄壮,头上大红绸子蒙头,斜系麻花扣,短衣襟,小打扮,手捧杀人刀斧,冷森森,霜凛凛;二十四名绑缚手,雄赳赳,气昂昂,各掖绳索。旗牌官六个,都是头戴大叶巾,长箭袖袍,外罩跨马服,足蹬青缎靴子,腰中佩刀。中军官分正副,银甲白袍,身旁佩剑。一干诸战将,金盔金甲,银盔银甲,铜盔铜甲,铁盔铁甲,身分高矮胖小瘦,面分青红紫靛白,胖大的威武,瘦小的精神,高的雄壮,矮的灵便,白脸膛的白似雪,红脸膛的红似血,青脸膛的青似叶,黄脸膛的黄似蟹,个个牢踏狻猊腿,挺站虎龙躯,手扶剑把而立。帅案上令座内插令旗令箭,文房四宝,花名册。帅案后虎皮椅上坐着杨元帅,这位元帅约有八尺之躯,紫巍巍面皮,两道重眉,一双大眼,鼻直口阔,一部墨髯胡须。戴一顶三岔紫金帅字盔,十三曲簪缨高寨,顶门上一朵红绒突突乱颤,一对紫金抹额,当中嵌着一颗明珠,二龙斗宝,四指宽勒额带密排金钉,包耳护项。紫金甲内衬大红袍,外罩一件绿缎色蟒袍裹肩立蟒,左袖穿,右袖折。腰横玉带,肋下佩剑,下半截是什么,被帅案挡着看不见了。

罗成、史大奈等见杨义臣昂然上座，全然不睬，没办法，只得按着公事，上大堂跪倒施礼。罗成向他禀明，因边疆吃紧，北平王坐镇边疆，不能身离汛地，派他前来守阵。杨义臣问道："你父派你前来守阵，你懂得演军布阵、斗引埋伏、诱敌之法吗？"罗成说："受我父的教训，略知一二。"杨义臣说："你既懂得，甚好，免礼平身。本帅同你到金斗铜旗阵，试试你的才干如何。"罗成说声："遵命。"杨义臣吩咐外边鞴马，然后站起身形，率领一干诸战将走出帅府，与罗成一同上马，二百名亲兵小队在后跟随，马上步下一齐出了东岭关，直奔金斗铜旗阵。少时来到金斗铜旗阵，斗上的大将遥望主帅来到，在上边敲起云牌。云牌"当嘟嘟"一响，合阵的十万兵将听见，都知道主帅来了。杨义臣向罗成说："你既知晓守阵之法，你在前引路，从阵外进去，再从阵内出来，如若能成，本帅就用你守阵。"罗成率领史大奈在前，杨义臣率领将士儿郎在后，奔到阵前，罗成把他们由正西方引进阵内。进了西阵门，往北一拐，转至西北方，走入乾为天，进了开门，直入阵内。只听一声炮响，十万人马旌旗摇动，变了颜色，史大奈、白显道、张公瑾就转晕了，辨不出东西南北。罗成前进，他们后边相随，由东北生门而出，出了八门，又转出正东方。杨义臣见罗成能知道阵之阴阳、阵之背向、阵门阵眼，心中甚为钦佩，这才同着罗成回归东岭关，设宴款待。宴罢之后，给罗成安排住处，所有应用的东西无一不备。

歇了一夜，次日早晨起来，净面漱口吃茶已毕，杨义臣派罗成守阵。罗成奉命，率领史大奈等入阵。罗成亲往各处查验了一回，才去歇息。罗成心里可为了大难了，他虽有意护着秦琼等，不过救人而已，十万兵将军心难变，要暗中帮着秦琼亦怕不易。他自己很愿意慎重而行，愿意瓦岗山的兵将暂时别来打阵，容到自己有了破阵之法再来破阵，亦就不怕了。罗成心里虽是这个心意,那瓦岗山数十万大兵人吃马喂,多耽误一天就得多耗费一日粮饷,秦琼的兵将等待不了。这天秦叔宝点齐一万大兵,前来打阵。万数儿郎冲出大营,响炮擂鼓,来到东岭。离着铜旗阵近了,秦叔宝吩咐人马将阵势列开,他在帅蠹旗下勒马停蹄,压住了全军大队。只听铜旗阵内炮声隆隆,秦琼与万数儿郎见由阵内冲出三千隋兵,一声炮响,两杆素缎色门旗开处,三千大兵如同二龙出水列开阵势,整齐严肃。当中间挑起一杆素缎色大蠹旗,周围红火焰,大红绸子飘带,上嵌金铃,旗子上红月光,绣着黑字,是"大隋先锋"字样,当中斗大"东方"二字。旗下盔明甲亮十数员战将,护着一员主将,压住了全军大队。两军人马把阵势列圆,单雄信手持枣阳槊,拍马直奔阵前,向隋兵叫战。只见由隋兵队内冲出一骑马,马上一员大将,身高足够八尺,细腰乍臂,穿白挂素,雪里银装,威风凛凛,杀气腾腾。怎见得? 有赞为证:

　　头戴一顶九头狮子闹银盔,簪缨摇摆颤巍巍。轮螺伞盖上面挂,二龙斗宝顶门垂。勒颌带,银搭配,亮银抹额护项围。护背旗,脑后勒,红头绿杆绣虎飞。素战袍,身上披,朵朵团花海水飞。金鞊带,扎腰内,能工錾,巧匠锥。镶明珠,美玉佩,亮银宝甲身上披。左右吞口兽,面对护心宝镜放光辉。十字袢,将甲勒,九股攒成安银穗。左别弓,右箭锥,三尺昆吾肋下配。两征裙,左右飞,三叠吊挂鱼褐尾。虎头靴,天青黑,双足牢踏镫心内。坐下马,走如飞,宝雕鞍,银镫坠,威武铃,项下围。大蹄碗,高七寸,螳螂脖,耳似锥。亮银枪,素缨配。看面目,真有威,五绺长髯胸前垂。百万军中第一将,盖世无双第一魁!

第六十五回　琼花观杨林献毒计
太原府李渊称唐王

　　单雄信见隋将精神百倍,气度不俗,料非常人,向他问道:
"你叫何名?"这隋将说:"我在大隋天子驾前称臣,淮南王大元
帅麾下调遣,正印先锋东方伯是也。尔叫何名?"单雄信通过了
名姓,东方伯用枪便扎,单雄信用槊招架。二人马打盘旋,杀在
一处。两国的大队之内各自响炮擂鼓,摇旗呐喊助威。单雄信
在瓦岗山上是有名的人物,身雄力大,猛勇善战,遇见了东方伯,
他的槊要以力大取胜。东方伯的大枪使开了,恰似梨花乱摆头,
狸猫捕鼠,银龙戏水一般,巧妙无比,神出鬼入。单雄信是一力
降十会,力大欺人;东方伯是一巧破千斤,叫他的力使不上。二
人马打盘旋,如同走马灯相似,杀了个棋逢对手,将遇良才,五六
个回合不分胜负。二人拨回马来,脸对脸了,单雄信就见东方伯
冲自己一抖手,打出一只亮银镖来。他在马上一拧身,镖就从耳
旁过去了。他将一正脸,那镖又到了,躲闪不及,"扑哧"一声,
打在右肩窝上,痛得单雄信拨马便败。东方伯喊嚷一声:"哪里
走!"催马就追。

　　李如珪大怒,从阵内飞马而出,让过了单雄信,与东方伯杀
在一处。未走三合,被东方伯使了个"玉龙出水"的招数,"扑
哧"一声,扎在大腿之上,鲜血直流,痛得李如珪几乎坠马,圈回
坐骑便跑,东方伯在后边追。齐国远在阵内望见了,纵马而出,
与东方伯杀在一处。约有三个回合,忽见从隋兵队内冲出一骑
马,马上一人长得黑脸面,短钢髯,头大项短,肚大腰圆,穿青挂

皂,手中擎着一条铁棍,直奔阵前,向东方伯说:"先锋大人,你闪开了,待俺徐如虎替你一战!"东方伯拨马闪开,齐国远用双锤和徐如虎杀在了一处。齐彪的锤个儿大,里头是空膛的,本来就是空的,皮儿还很薄。隋将徐如虎的铁棍是浑铁打造的,未走一合,就被人家用棍把锤砸扁啦,吓得他拨马便走,徐如虎在后便追。他理应当往瓦岗山的大队里跑,齐爷有点儿晕啦,他往西跑下去了,徐如虎在后边追。

两个人一前一后跑下来,那徐如虎大呼大嚷:"响马慢走!"齐国远马不停蹄,一气儿跑出来约有七里多路,忽见眼前有个村庄,村头有个茶馆,那茶馆的门前挂着一对镔铁轧油锤。齐国远很纳闷:茶馆前挂的这对锤是谁的?马往村庄里跑着,从茶馆里走出一个人来,约有八尺之躯,脖子脑袋一样粗,腰圆背厚,面如锅底,两道浓眉,一对环眼,狮子鼻,大嘴岔儿,额下无须,正在少年。头戴一顶皂青缎子六瓣壮帽,顶门上勒着茨菰叶,上身穿着皂青缎子短箭袖帮身小袄,腰中盘一巴掌宽五彩丝鸾带,青缎子中衣,足下两只青缎子薄底靴子。这人伸手将那对轧油锤摘在手中,拦住齐国远,高声喝喊:"尔是什么人,被人追赶至此?"齐彪说:"我是西魏国瓦岗山的将军齐彪,被东岭关的隋将追赶至此,请这位英雄助我一臂之力。"这人点了点头,让过齐彪,往这儿一站,等着徐如虎。少时间,徐如虎催马赶到,见一个黑汉挡住去路,心中有气,也不说话,举棍就打。黑汉说声:"来得好!"双锤十字搭花往上一架。耳轮中就听"喤啷啷"一声响,黑汉的力气太大,将铁棍磕飞。徐如虎一怔的工夫,大锤一摆,把徐如虎打了个万朵桃花开放,尸身坠于马下。齐彪喜出望外,甩镫离鞍跳下马来,抱腕拱手,说道:"多谢英雄救命之恩,敢问尊姓大名?"黑汉说:"我叫梁士太。"

书中交代,这个黑汉叫梁士太,此地名叫太平庄。梁士太的父亲曾是边关守将,后来命丧疆场,为国尽忠。母子二人无依无靠,这才逃到太平庄,开个茶馆度日。梁士太自幼学艺,胯下马掌中一对铁锤,力大无穷,锤招精通。因隋朝无道,梁士太有心聚众起事,占据东岭关。只因淮南王杨义臣是隋室的元帅,屯聚二十万大军,声势浩大,虽有几个朋友要帮助他,他亦没敢轻举妄动。恰好今天齐彪被徐如虎追下来,到了太平庄,他一听说后边追的是东岭关隋将,梁士太大怒,锤打徐如虎,把隋将打死。梁士太把他的来历说给齐彪,齐彪喜悦非常。两个人说着话,忽见西边道上有骤马奔腾之声。梁士太、齐彪顺声音一看,来了数十坐骑,有骤有马。马上之人有青衣小帽家人打扮的,有扎巾箭袖壮士打扮的,内中还有两个头戴束发冠的,一丑一俊。那俊品的人,头戴亮银束发冠,上身穿着杏黄缎色短箭袖袄,上绣五团龙,大红缎色绣十二云头的云肩,腰束丝鸾带,下身是红绸子中衣,足下虎头靴,牢踏在一对银镫中,胯下马金鞍玉辔,杏黄扯手,马挂威武铃,双踢胸,左边洒袋内装着宝雕弓,右边走兽壶中密排雕翎箭。那个丑陋的人,是紫金束发冠,亦那样的穿着打扮,长得像雷公似的,马上挂着一对双锤。这两个人年岁都不很大,梁士太不认识,齐国远认识,心中大吃一惊,非同小可。原来这些人是李渊的家人,那俊品人物正是李世民,那丑陋的人是在四平山威震十八国的赵王李元霸。

阅者要问李元霸因何至此,书中暗表,氾水关失守,左天成独自一人,无有兵将,难以收复失地,他就投奔扬州。到了扬州,先见靠山王杨林,此时杨林的大兵在琼花观扎着大营哪。左天成到了营门,甩镫离鞍下了马,命人往里回报。杨林大惊道:"五关恐怕不保!"急忙传令,命左天成进帐。左天成来到帐中,向杨林跪倒,把氾水关失守的事禀报之后,叩头请罪。杨林说:"虎牢关、虹霓关、黄土关俱皆失守,非汝无能,实是天命所致,孤赦你无罪。"左天成叩头谢恩,然后站起。杨林说:"瓦岗山的贼兵已然打破四关,若是再把东岭关打破,长安城、洛阳城东西

二都亦怕不保。你随我到行宫面君,奏明此事,请旨早定大计
吧。"于是杨林与左天成营中上马,够奔琼花观。到了琼花观,
催马而入,禁门之外下了坐骑,亲随人等接过马去,杨林命人往
里回禀。禁门大使往里回奏,少时间传出旨来,万岁召见。他二
人来到殿上,向杨广行过君臣之礼,然后杨广命他二人平身站
起。杨林向杨广奏禀瓦岗山兵将南犯五关,已然打破四关之事,
杨广大惊,左天成又向杨广请罪。杨广赦了他失城之罪,左天成
叩头谢恩。杨广向杨林道:"皇叔,如今天下群寇难除,外镇藩
官又都背叛,你可有良善之策吗?"杨林说:"若仗兵将讨伐,恐
怕不能成功。臣有一计,能叫天下各路反王自相残杀,还能将他
们一网打尽。"杨广惊喜非常,忙问道:"计将安出?"杨林说:"臣
之计策,是要用十条绝户计。"杨广问道:"何为十条绝户计哪?"
杨林说:"要用这十条绝户计,必须万岁降诏于天下,说自责失
德言语,情愿将天下让与有德之人,说在扬州城开科取士,拔选
武状元,叫天下各路反王、各路盗寇前来赶考。谁要中了武状
元,万岁就将传国玉玺给谁,传位受禅,把天下让给谁。他们到
扬州来夺玉玺,可把他们都诱至扬州,再用十条绝户计将他们一
网打尽,天下便可转危为安。"

杨广问道:"何为十条绝户计?"杨林说:"这十条绝户计,第
一条是由天下各路盗寇之中选拔一最勇之人,叫他把守天长关。
凡是来到扬州夺玉玺的人,都叫他们在天长关报号,都得与此人
较量输赢,胜者过关,便算武进士;败者不准过关。如若天下人
都杀不过守关之人,就将玉玺赏赐于他。万岁明鉴,天长关比
武,他们就得自相残杀,死伤无数。第二条绝户计,是叫他们过
了天长关的人都到扬州城内比武,把武场设在扬州城内,亦不用
比刀弓石马步箭,就比试马上的武艺,准其真杀实砍,杀了白杀,
砍了白砍,格杀勿论。谁能力战不疲,一个人赢了五个人,就中
状元。等他们比完武艺选出状元来,天下的反王盗寇不定得死

多少人哪！第三条绝户计，是在演武厅内预备下一对金花、一块红绸子、传国的玉玺，谁要中了状元，叫谁上演武厅拜见主考。那主考等到状元头上戴好金花，身上盘好绸子，十字披红，没领到玉玺之先，主考敬酒三杯，酒是鸩酒，喝下去就死，八步断肠。他如不饮，主考从演武厅地道逃出，用第四条绝户计，点放地雷，地雷一响，将他们武场的人全都炸死。第五条绝户计，是派下强兵猛将在扬州城内围困武考场，地雷响后，若有没炸死的人逃出武考场，叫强兵猛将截杀。第六条绝户计，是派将看守扬州府的各门千斤闸，如若城中有了动静，将千斤闸放下来，不叫他们逃走。第七条绝户计，是派兵将在城上预备灰瓶、石子、滚木、弓弩，如若城中反王盗寇往外攻城之时，叫守城的兵将往下砸打，努力守城，不叫他们爬城逃走。第八条绝户计，是派大将带兵将在城外策应，纵有逃出城的，不放他们逃走，遇上截杀。第九条绝户计，是派一员大将在咽喉屯兵，如若反王兵将能有闯围逃出去的，到了咽喉要路有人拦挡，不放他们过去。第十条绝户计，是派一员大将追杀由扬州城内逃出来的反王盗寇，叫他在后追杀。这十条绝户计能把反王盗寇除治一尽。各路反王盗寇死去，天下虽有各王的兵将，群龙无首，一道招安之旨，便能全都招安，我隋室可以危而复安，稳若磐石了。"杨广听杨林所说，连道："妙计妙计！朕就用这十条绝户计，将天下的反王盗寇诱来，一网打尽，安朕天下。"君臣们把此事讨论了一番，杨广传旨命靠山王杨林安排地雷，修地道，整理千斤闸，布置十条绝户计；又命御前大臣等拟定诏旨，定名为雷堂会，叫天下人扬州夺玉玺，传位受禅。

这旨意传下来，颁布天下，此时杨林在扬州布置绝户计，东西二都亦震动了。那王世充在东都洛阳城自立为帝，封段达为帅，执掌兵权；封铁冠道人张金波为护国军师。王世充在洛阳招兵买马，积草囤粮，夺取附近的州县。隋朝的东都已失，那大都长安亦不保了。阅者诸君若问长安城为何不保,书中暗表,秦王李世民、赵王李元霸、郡马柴绍当初在扬州奉命追拿夏明王窦建德,李世民在扬州射了三支反箭,反了大隋,然后率领亲随人等逃回晋阳。这时唐王李渊在晋阳正然发愁,因为天下大乱,各路反王割据,内乱无法消灭,自己身为隋室唐王、河东节度使、晋阳宫正监,河东数十州县,南有洛阳王世充,北有刘武周,东有瓦岗山,东北方又有沙陀鞑靼,四面不安,连年荒旱不收,皇上又远在扬州,关于国事,关于地方,不能不忧。而李世民三人由扬州回来,李世民将射那三支反箭的事说明,李渊更觉不安。这时候晋阳城中有两个人连夜与李世民计议,叫他向李渊进言,取隋室的江山,奠安华夏,肃清海宇,安抚天下。阅者若问这两个人是谁,一个是四川成都人氏,名叫袁天罡;一个是岐州人氏,名叫李淳风。这两个是上知天文,下知地理,熟读古今书籍,知道杨广的天下将亡,各路反王虽是各有强兵猛将,哪个亦不是应运之王,纵兵殃民,抢掠财物,虽然做皇帝梦的不少,但没有真命天子。因此二人与李世民计议,劝李渊乘机而起,以有道伐无道,夺取隋室天下。

　　李世民听信袁天罡、李淳风之言,来见李渊。把起事的意思一说,李渊大惊道:"儿啊,为臣者岂能反君,岂不是大逆不道吗?"李世民说:"父王,古往今来,君正则臣贤,君不正则臣反。当初纣王无道,武王捧主伐纣,牧野一战,灭了纣王,得了周朝的天下,万民仰德,天下归心,谁又说周武王不忠? 闻诛独夫纣,未闻其弑君也。如今杨广无道,暴虐人民,较比纣王,有过无不及。父王效武王起义师,吊民伐罪,取隋天下,有何不可?"李渊说:"孤世受国恩,不敢变志。"李世民说:"父王,如今天下大乱,朝夕不保,父王若再守小节,下有盗寇,上有严刑,祸无日了,不如顺民心,西取长安,兴唐灭隋。"李渊说:"你怎么亦胡言起来,我当拿你出首,先告县官,免得牵连合家老幼。"李世民道:"儿观天时，察民意，时势造英雄，地步已到，儿才敢发此言。父王若把儿拿交县官，儿亦不敢辞死。"李渊叹道："孤岂能不顾父子之情，忍心告发，置你于死地呀？但愿你多慎重，不可轻言。"李世民说："儿在扬州已射反箭，上至杨广，下至群臣，俱知我父子兴唐灭隋了，父王何必迟疑？况且长安城并无强兵猛将，只有大将阴世师、侍读姚思廉保护代王杨侑，我们乘此时占据长安，得了地利，虎视天下，数载可定。如若失此良机，被他人占了长安，后悔已迟。"李渊沉思不语，好大半晌才说道："吾细思汝言，亦甚有理，我就依从于你。闹得家败人亡，亦在你；化家为国，得了天下，亦在你。我亦不得自主了，任凭你办理吧。"李世民大悦。于是李世民与他长兄李建成，以及马三保、刘弘基、长孙顺德、刘瞻、段志贤、崔善、张道源、温大雅、唐俭、殷开山、裴寂、刘政会、武士彠、李道宗、袁天罡、李淳风，连着夜商议，开仓放粮，赈济黎民。太原附近的州县，老弱的人民，领取粮米；年轻少壮者，入伍当军，连旧日部下与新募之兵，共得三十万人。又将各处的粮米集中太原，共得米九百万斛，杂豆五百万石。以及杂彩五百匹，盔甲四十万副。于是全军人马去了隋室的旗号，尽改唐家的旗帜。

李渊在晋阳宫升座金殿，李世民、李建成率领长孙顺德、武士彠等跪倒殿前，行君臣之礼，拜完分列两旁。唐王传旨，封李建成为陇西公兼左领军大都督，封李世民为敦煌公兼右领军大都督，柴绍为右领军都督府长史咨议，裴寂为左领军都督府长史；封唐俭为大司马，温大雅、温大有为记室，共掌机密，武士彠为铠曹，刘政会、崔善、张道源为户曹，姜謩为司功参军，殷开山为府掾，长孙顺德、刘弘基、窦琮、王长谐、姜宝谊、段志贤、马三保、刘瞻为左右前后统军。是月乃大业十三年秋七月。

这天唐王李渊正在殿上与文武百官议事，忽见总王官雷志呈上一道檄文。李渊接过来一看，见檄文上写：

西魏王李密，谨以大义布告天下。隋帝杨广，弑父夺权，罪之一也；鸩兄图嫂，罪之二也；欺娘戏妹，罪之三也；杀戮忠臣，罪之四也；掘通运河，妄用民力，罪之五也；建筑晋阳宫，修盖行宫，妄用民财，罪之六也；广选美女，离人骨肉，罪之七也；亲奸佞，远贤良，罪之八也。

李渊失声道："李密亦要起义声讨呢！"往下再看，末尾上还有"罄南山之竹，书罪无穷；决东海之波，流恶难尽。愿纠合天下诸侯共讨昏君，择有德者为天下之主，早安万民"等语。李渊说道："这李密亦称西魏王，声讨杨广八大罪状，胆量不小啊！"李世民说："李密乃隋之魏国公，儿闻他在扬州之时，奉杨广之旨，身为监斩官，出斩程咬金。那李密在法场纵放程咬金，共同逃到瓦岗山，程咬金将他的事业让与李密。李密在瓦岗山自立西魏王，有三十六友的兵将扶保于他，声势浩大，父王不可轻视他呀。"李渊道："如今他的檄文来到晋阳，我们应当如何呢？"李世民说："我们正要兴兵西取长安，不可得罪于他。如若得罪了他，使我兵有东顾之忧，亦不得西图长安，不能不联络他。"唐王点头称是，于是就命记室官温大雅作书一封，答复李密。书信写好，遣使送往瓦岗山。

过了十数日，李密的回书就来了。唐王打开书信观瞧，只见那信笺上写的是：

西魏王李密书付唐王麾下：弟与兄支派流远，根系本同。自维虚薄，为四海英雄，共推盟主，所望左提右挈，戮力同心。执子婴于咸阳，殪商辛于牧野，岂不盛哉？兄果不弃，俯如所请，望即率兵卒数万，亲临河内，共事征诛，则不胜幸甚。

唐王将书信看罢，微微冷笑道："李密真是狂妄极了！"忙召李建成、李世民、袁天罡、李淳风等讨论此事。李世民说："李密虽然狂妄，我们不可伤他。"李渊说："李密的回书叫孤亲往河内，与他当面定约，共灭杨广。你说孤正要往长安进兵，哪儿能往河内与他订约呀？"李世民说："若是得罪了他，是多生一敌。不如父王致书于他，我们言词卑些，向他尊让，使他李密与隋将对峙，阻住扬州的隋兵，我们却安然西征。等到我们把长安、潼关平定之后，招兵买马，聚草囤粮，养精蓄锐，在关中屯兵不动，看他李密与隋交兵，叫他们鹬蚌相争，我们坐收渔人之利。父王以为如何？"唐王道："此计甚妙，孤就是这样办理。"李世民说："索性骄他一骄，我们先去书答复于他，然后我与李元霸往瓦岗山去见李密，就提父王不便离任，命我弟兄帮助于他，把他稳住了，父王安心图取关中，可算万全之策。"李渊说："就是这样办理。"立刻命记室写回书。温大雅写好回书，呈与唐王。李渊一看，笺上写的是：

> 渊虽庸劣，幸承余绪，出入八使，入典六屯。颠而不扶，通贤所责。所以大会义兵，和亲北狄，共匡天下，志在尊隋。天生庶民，必有牧司。当今为牧，非公而谁？老夫年逾知命，愿不及此。欣戴大弟，攀麟附翼，唯弟早应图箓，以宁兆民。宗盟之长，属籍见容，复封于唐，斯荣足矣。殪商辛于牧野，所不忍言；执子婴于咸阳，未敢闻命。汾晋左右，尚须安辑。盟津之会，未暇卜期。专此致复。

李渊看罢，称赏不止，当即封好，遣人送往瓦岗山。书信走后，李渊又命郡马柴绍、李世民、李元霸，给李密送五万白银，与他助战。柴绍三人带着二十四个家将、十个王官、四十八个亲兵，将五万两白银装在骡驮之内，押解着由太原起身，赶奔瓦岗山。

第六十六回　李将军不识转环枪　罗元帅暗毁铜旗阵

　　一路之上平安无事，无非晓行夜宿，饥餐渴饮，这一天来到了瓦岗山，在雁翅岭下柴绍命人往里回禀。李密得报，遣派贾润甫出来迎接。贾润甫来到山口外，柴郡马与他施礼完毕，又给李世民、李元霸指引了，然后大家一同来到金镛城内。西魏王李密喜悦非常，说："二位皇侄，你父王正在忙时，书信来到，孤已然明白了，何必叫你们弟兄远来。"李世民说："我父王未能有暇至此，特遣小侄给叔父敬送五万白银，作为官饷，并派我弟兄二人与我姐丈前来助理一切。"李密说："郡马远来，实不敢当。"当下他用好言安慰，银两遣人查收，然后在银安殿设摆酒宴，款待弟兄三人；又命王官等预备酒饭，招待李世民的亲随人等。李世民弟兄在瓦岗山得报秦琼在东岭关与杨义臣对垒，他三人向李密自告奋勇，愿往东岭关帮助秦元帅攻打东岭关，李密自然愿意。于是柴绍、李世民、李元霸带着家将等由瓦岗山起身，不辞劳苦，又往东岭关而来。这天来到东岭关西北，走在太平庄，正赶上齐国远与梁士太将徐如虎打死。梁士太不认识他们，看着发怔，齐国远认识，忙着向柴绍叫道："柴嗣昌，哥哥在此。"柴绍欣喜非常。大家彼此施礼，全都指引过了，齐彪把他们在东岭打仗的事情说明，柴绍说："我们来就是为帮着恩公打仗，既是恩公与隋兵打着仗哪，我们就急速前往。"梁士太说："你们慢慢走着，容我回家禀明母亲，随后再追赶你们。"于是柴绍、李世民、李元霸、齐国远等率领亲随人等往回走，梁士太回到家中，禀明母亲，随后追上大队，一行人赶奔东岭关。

等众人来至两军疆场一看，此时已然是主将对主将了。原来罗成主动请缨，要展露武艺，杨义臣点头，罗成这才率军出战，杨义臣与东方伯等一干众战将为之观敌瞭阵。而西魏军这边也是主将应战。这边秦元帅出马，那边罗殿下临敌。兄弟二人各催坐下马，齐抖掌中枪，杀在一处。当然，这是假打，为的是演给两旁的兵将看。借二马错镫之时，罗成压低声音说道："表兄，小弟已然在画阵图，将来画好，上写破阵之法、出入道路与埋伏之处，到时交给秦用，叫他阵前假战献图。"罗成告诉了秦琼，秦琼自然欢喜。枪来枪往，二人正在假打之际，哪想柴绍等人到了。李世民用手指着秦琼，向李元霸说道："这就是临潼上救咱父王的恩公。"李元霸说："那个使枪的小子和恩公动手，待俺打发他回姥姥家去！"说着，催马如飞直奔阵前，大声喊嚷："恩公闪了，俺李元霸把这小子打发到姥姥家去！"秦琼一看来的是李元霸，大吃一惊，惟恐他与罗成动手，这两个人都是世之勇将，二虎相争，必有一伤，忙着嚷道："赵王千岁随我归队，有话商量！"李元霸焉肯罢休，催马抡锤，直奔罗成。

罗成用枪一指道："你是何人，报上名来！"李元霸说："俺乃第一勇士李元霸，你叫什么？"罗成说："我乃北平王的殿下罗成。你就是李元霸，我会会你这个英雄。"李元霸大怒，抡起双锤，向他顶门上便打。常言道：才高语壮，力大欺人。李元霸的膂力，罗成如何能敌？罗殿下与他较力不成，他会使一巧破千斤的招数，叫他有力量使不上。见双锤来到，罗成使了个"指日高升吞云式"，枪尖奔了他的手腕。李元霸往回撤锤，罗成乘势进招。两个人马打盘旋，杀了一处。罗成向来是强硬的，动起手来绝不让人，他把五钩神飞枪使开了，扎挑拨豁，滑压劈砸，如同一条银龙戏水。枪的尺寸一长，他愿意人离人远，马离马远，枪够得着李元霸，李元霸够不着他。手里的家伙一寸长，一寸强。而李元霸的双锤使开了，搂打搪封，砸拿磕撞，如同耍拨浪鼓似的。他这锤的尺寸短，他愿意人离人近，马离马近，锤是双家伙，是又打人又打马。别看尺寸小，一寸小，一寸巧。两个人勾心斗角，各逞其能。那马跑开了，八个马蹄趟得土气翻飞。两个人杀了五六个回合，棋逢对手，将遇良才，难分胜败。李世民、柴绍等都顾不得与秦琼说话，都是目不转睛往阵前观瞧。两国的人马响炮擂鼓，摇旗呐喊。

罗成见李元霸十分骁勇，料难取胜，使了个绝命的招数，叫"锁喉一点转环枪"。李元霸瞧着大枪直奔马面扎来，用锤往马脑袋前头一搪，他可上了当啦，罗成的枪转到了上头，扎奔哽嗓咽喉。他用锤招架不及，往后一仰身，枪尖就把束发冠上的雉尾挑去。李元霸大怒，圈回马来，还要和罗成拼命死战。罗成的枪扎奔他的哽嗓，他用双锤一抱枪，想使那拿法，分筋错骨的绝招，没想到双锤一撞，"当啷啷"一响，火星乱迸，震得他自己两手生疼，没把枪拿住。罗成往回一撤枪，又扎出来，如同蟒出洞、蛇吐信，扎奔大腿。李元霸又招架不及了，急忙拨马躲闪，"嗤哧"一声，将裤子扎破。吓得李元霸不敢再战，圈马回来了，直嚷："罗快枪，罗快枪！"这时候罗成倒不好深追，拨马归队。杨义臣问道："阵前可是李元霸吗？"罗成道："正是。"杨义臣说："殿下能把李元霸战败，可算万马军中第一的武将了。"罗成说："元帅抬爱。"他们说话之间，只听得对面锣声响亮，瓦岗山的人马鸣金撤队了，杨义臣亦随即收兵。杨义臣回到关中，传下令来，叫罗成为金斗铜旗阵的阵主，主持全阵事宜，所有兵将尽归他一人调动。罗成回归铜旗阵，主持军务，暂且不表。

却说秦琼与柴绍、李世民、李元霸、梁士太等回归大营，兵卒们各归汛地，一干诸战将伺候秦元帅升帐，刀斧手、绑缚手、中军官、旗牌官与战将们两旁伺候。秦琼命人看过座位，柴绍、李世民、李元霸落了座，齐彪将梁士太的事情禀明。秦琼将梁士太唤到面前,问了问他的身世,梁士太把父亲为国尽忠,命丧边关的事情回禀明白。秦琼说:"梁士太,你有打死东岭关战将徐如虎之功,暂以前军战将留用。候你日后立了大功,再为重用。"梁士太叩头谢恩,往旁一退。然后秦琼设筵,款待世民、柴绍等人,暂且按下不表。

单说罗成主持金斗铜旗阵的军务,自然要在阵中往来巡走,探问各处。一切做到了然于心,罗成开始绘制阵图,将破阵之法、出入道路与埋伏之处一一标明,伺机命秦用送进西魏军大营。罗成一心破阵,他没想到,有一个人对他十分注意。谁呀?东方伯。那日罗成与秦琼疆场动手,二马错镫时耳语几句,别人没看见,东方伯看了个明白,心想:莫非北平王殿下还与响马有所勾结不成?再看罗成对铜旗阵十分上心,往来穿梭,他心中有数,这天直入帅府来见杨义臣。走上帅府大堂,东方伯一看,罗成赫然在一旁坐着,有心不说,再一想:若要延误时机,罗成与西魏军里应外合,大破铜旗阵,到那时悔之晚矣。东方伯跪倒在地,口称:"千岁,末将告发罗成有通敌之举,他与西魏军勾结,要倒反金斗铜旗阵!"杨义臣闻听此言,哪里肯信,大喝道:"唗!好大胆的东方伯,罗成乃北平王之子,是我的世侄,不但枪马纯熟,而且深晓兵机,乃盖世奇才,岂能倒反于我?尔出言诬陷,依律当斩!来呀,将东方伯上绑,推出去,杀!"一声令下,绑缚手一拥而上,摘盔卸甲脱战袍,摩肩头拢二臂,将东方伯五花大绑,往外就推。罗成一看,心说:不成。东方伯虽然窥破我的行径,但目前还不能杀他。想到此处,罗成说一声:"刀下留人!元帅,东方将军可能与我有些误会,如今正是交战用人之际,先杀大将,于军不利。望元帅收回成命,饶恕东方将军!"东方伯是杨义臣爱将,杨义臣亦不想杀他,只不过事情到这儿了,不杀不行;如今正好就坡下驴,可亦不好明言,只得说:"东方伯目无军纪,胡言乱语,该当斩罪。但既然有殿下求情,看在罗殿下的分上,暂且饶恕于他。不过死罪能饶,活罪不免。把他推回来!"旗牌官出去传令,把东方伯推回来,往堂上一跪。杨义臣说:"论你之罪当斩,但有殿下求情,本帅看在殿下的分上,饶你不死。但活罪难饶,重打四十军棍!"东方伯无法,只得叩头谢过元帅不斩之恩。然后绑缚手将他按伏在地,打了四十军棍,打得他皮开肉绽,鲜血直流,哎哟不止。打完了,杨义臣一摆手,吩咐:"搭出去!"有人将东方伯搭了出去。

当下罗成向杨义臣说道:"瓦岗山的响马们南取五关,虎牢、黄土、虹霓、汜水关已被他们夺去,并没费事,幸而有大帅的调动,将二十万大兵分为两处,成为犄角之势,把贼兵难住,单是这个铜旗阵他们就不易攻打。而这东岭的北山口很为紧要,必须得派一员猛将把守。"杨义臣说:"殿下只管派人,量才而用,总以不能误事为美。"罗成立刻传令,派铜锤将秦用带兵三千去把守东岭的北山口。秦用指挥人马安下营寨,帐篷支搭起来,他将兵丁们分为前后夜和午前午后,四拨儿轮流着把守山口,就在北山口屯扎下来。

却说瓦岗山的探马探实了秦用兵扎北山口,禀报大元帅。秦琼得报,隔了两天,就与徐茂公商议好了,徐茂公守营,秦琼带兵攻打北山口。秦琼点齐一万大兵,与一干诸战将来打东岭北山口。人马放炮出营,来到北山口外,秦琼吩咐:"列阵。"一声炮响,两杆绿缎门旗开处,万数儿郎二龙出水式冲出来,列得一字队,正当中高挑帅纛旗,旗下秦琼勒马停蹄,压住全军人马,一干诸战将压住左右阵脚。秦琼与兵将往山上观瞧,隋兵布置得很为严密。秦琼命兵将喊喝声音叫战。原来罗成明令叫秦用把守北山口,不准出战,暗中却叫他故意违令出战。秦用听着瓦岗山的人马前来叫战,就带着所有三千兵出山迎敌。三千隋兵在山前列齐了队伍,单雄信手持枣阳槊,马临阵前,耀武扬威叫战。秦用拍马临阵,两个人见了面可就揪咕上了。秦用说给单雄信,叫他们攻打北山口，将北山口打下来，他回去好领阵图，得手后弃隋营，投奔瓦岗大营，然后按着阵图破阵。单雄信把话记住了，两个人动起手来。假战了三合，单雄信诈败回阵，见了秦琼，把秦用说的话禀明，秦琼这才派大刀王君可出马。王君可到了阵前，与秦用杀在一处。不到五个回合，秦用卖了个破绽，被王君可一刀将盔缨削去。他拨马败下，秦元帅指挥大队人马冲杀过来，两军撞在一处，短兵相接，大杀大砍。冲杀了片刻，隋兵人少，支持不住了，败将下去。秦用进了北山口，隋兵想再上高山去守山，已然来之不及了，瓦岗山的人马就杀了进来。秦用率兵逃去，秦琼不费力得了北山口，命单雄信留一万大兵把守此山，秦琼率兵回归大营。单雄信指挥人马把山守住，暂且不表。

　　却说秦用丢了北山口，率领残兵败将回到大营，正赶上大帅杨义臣和罗成在帐中办公。秦用来到帐内，跪倒叩头，口称："末将秦用失守，北山口被瓦岗山的兵将得去，来在帐中领罪。"罗成听说他失守北山口，不由得冲冲大怒，用手一指秦用道："你真是无用，怎么把北山口丢了呢？"秦用说："我见瓦岗山的人马来在山外叫战，我气得难受，率领三千大兵迎敌。他们一万多人，我才三千人，众寡不敌，打了交手仗，把北山口失守。"罗成说："我不叫你出战，你竟敢违令私自出战，失去北山口事小，违我军令事大！"喝令绑缚手："上绑！"绑缚手们不容分说，给秦用摘盔卸甲，脱去战袍，绑上二臂。罗成吩咐刀斧手："将秦用推出辕门，斩！"刀斧手往外就推。红袍大帅杨义臣见罗成对属下公事认真，心中很是佩服，料着史大奈等不敢求情，他忙喊一声："刀下留人！"刀斧手们听见大帅喊嚷，与秦用急忙止住脚步。罗成问道："大帅莫非不叫我斩杀秦用吗？"杨义臣说："我军正在用人之际，斩杀大将，于军不利，望殿下还是从轻发落。"罗成这才命人将秦用推回帐内。秦用到了帐内跪倒，罗成说："你把北山口失守，论罪当斩，今有大帅与你讲情，看在大帅面

上,饶你死罪。"绑缚手给秦用松了绑,秦用叩头道:"谢过殿下
不斩之恩。"罗成说:"死罪已免,活罪难饶。"命站帐军重打四十
大棍。站帐军就把秦用按倒在地,举起无情棍,打了四十下。打
完之后,罗成说:"我再给你添上两千人,你去把北山口夺回,如
若夺不回来,人头见我。"秦用诺诺应声,站起身形,哆里哆嗦接
过令箭,走出帐来,又点了两千人马,共凑五千大兵。他到帐中
交令,顶盔冠甲,罩袍束带,拴扎什物,全身披挂整齐,拜别了大
帅杨义臣和殿下罗成,出帐上马,率兵出营。

天光已然黑了,秦用向五千大兵说:"我们别响炮擂鼓,暗
中袭取北山口。"五千大兵遵令,悄悄地离了大营,够奔北山口。
二更多天来到,果然敌人无有准备,他们到了山口下,呐喊声音
动起手来,瓦岗山的兵将不敌,仓皇逃走。秦用没废多大事就将
北山口打过来了,他一面布置军务,一面派人禀报罗成。罗成得
报,似乎不信,派史大奈亲往查看。史大奈携带铜旗阵的阵图,
来到北山口,明着叫秦用陪着他往各处查看,暗着把阵图交给了
秦用,叫他去投降西魏。史大奈走后,秦用向兵丁们说道:"我
们为国勤劳,不分昼夜,罗成还要杀我,不杀还打我四十棍,又叫
我复取北山口。幸而把北山口得回来,要不然他还要斩杀于我。
我秦用不能在隋营当差了,我要投奔西魏大营,投降去了。"这
些个兵丁,亦有愿意跟他投降西魏的,亦有不愿意去的。秦用上
马持锤一走,有愿意去的,就都跟着他走了;不愿去的,都回到大
营去禀报大帅杨义臣了。

却说秦用率领降军到了西魏大营,天光已然大亮,他叫营门
小校往里回禀。大帅秦琼得报,十分高兴,立刻命秦用率兵入
营。这令传出来,秦用把两千多降兵带入大营,叫他们候令安
置,然后秦用走进辕门,中军帐前下马,把牲口拴好,双锤往马上
一挂,带着阵图走进大帐。他向秦琼、徐茂公施礼完毕,把阵图
献上。秦琼、徐茂公往阵图上一看,只见上边画着阵的方向,有

青、黄、赤、白、黑五色旗,有外四门坎北、震东、离南、兑西,有内八门休、生、伤、杜、景、死、惊、开,何为阵头,何为阵尾,何为阳,何为阴,何为阵眼,哪里有埋伏。要是破阵之时,东西南北四方是应由哪里进去,由哪里出去,应当如何冲杀。看来看去,看到要破这阵的铜旗了。据罗成所写,铜旗十分坚固,破了铜旗才能破阵,要破铜旗,必须用八大锤两支铜,重重的军器。膂力大的人把锤铜使开了,才能打得倒旗杆。秦琼看罢,心中大悦,派人将秦用带来的降军俱皆收编,把秦用留下听用。徐茂公向左右众将说道:"要破铜旗阵可不难了,有这个阵图就好办了。只是一样,敌人的铜旗杆实在坚固,我们要破他的铜旗阵,必须有能使锤的四员大将闯进阵内,先把铜旗打躺下才能成功。我们这里有赵王李元霸的一对金锤,有双锤将梁士太的一对铁锤,有秦用的一对铜锤和元帅的一对铜,共有三对锤、一对铜,尚缺少一对锤,可不容易找了。哪位将军认识使锤之人?不论是亲是友,若能请到我营,帮助我们把阵破了,必有重赏。"徐茂公问了三回,并无一人答言。真是"千军万马容易得,一员虎将最难求"。

众将都没有地方去找这个使锤的,程咬金忽然想起他的内弟裴元庆来,忙向徐茂公说道:"若要找个使锤之人,俺倒有地方去找一个人来。"徐茂公说:"你哪里有人呢?"程咬金说:"我能叫裴元庆来,如何?"秦琼、徐茂公惊喜非常,向他问道:"自从在四平山一败,不知裴元庆生死存亡,你到哪里去找他呢?"程咬金说:"俺在汜水关被左天成追着跑,跑到西北有座山内误遇裴元庆,他把左天成战败。俺劝他入营,他不来,他说还练能为哪,等到他把锤练好了,才能二次出世。如今我们要破金斗铜旗阵,俺可以去请裴元庆。"秦琼说:"既然如此,你就去请他吧。"于是程咬金领了路费,不带从人,独自乘马,离了大营,够奔汜水关龙虎庄去请裴元庆。

第六十七回　程咬金搅闹兴隆寺
众英雄大破铜旗阵

　　路上无事,晓行夜宿,饥餐渴饮,非止一日,这天程咬金来到汜水关,和本地的居民打听龙虎庄在哪里,有人指给他道路。他来到龙虎庄一看,这座村庄后有大山,前有丛林,在树荫深处有座村庄,约有二三百户人家,村中的房屋都很齐整,没有什么寒苦人家。他见有一老人由西走来,甩镫离鞍下了马,向老人问道:"这是龙虎庄吗?"老人说:"不错,这是龙虎庄。"程咬金说:"我和你打听个人,裴公子你知道吗?"这老人说:"你找裴家的公子,他就在村的当中间,路北的广亮大门里,这村里就属他家的房子好,你找去吧。"程咬金说:"多承指教。"拉马来到裴家门首,有家人看见他,问道:"你找谁呀?"程咬金说:"我叫程咬金,你们认识吗?"家人说:"原来是姑老爷来了。"程咬金问道:"裴元庆可曾在家?"家人齐说:"没在家中。"程咬金可就怔了,又向家人问道:"他往哪里去了?"家人说:"与一道人游山玩水去了。"说着话,家人接过马来,往里相让。程咬金说:"不用让,我不进去了,他既不在家,我告辞了。"说着,他拉马就走。忽见村头有家店房,上头有块匾,写着"裴家老店",他心中一动,暗道:这裴元庆一定在家哪!他许是嘱咐好家人了,不拘是谁找他,都说没在家。他要知道是我来找,更不出来见啦!这座店字号是裴家老店,可不知道是他家的不是。有了,我可以住在这店里,暗中探探店家的口吻,这买卖是不是裴元庆的,如若是裴家的,可就好办了,我拆他的店,他还不出来见我吗? 当时把主意想好了,他拉马进店,店家赶紧出来张罗:"客官是住店吗?"程咬金说:"住店。"店家把马接过去,把他请到屋中,马匹有人刷饮喂遛,店家伺候他净面掸尘,给他沏茶。程咬金喝着茶,向店家问道:"你们这买卖是裴家的东家吧?"店家说:"不错。"程咬金说:"我在你们店里住过,你不认识我了。我住在这里的时候,裴元庆还常来看我。"店家说:"你既和我们少东家有交情,多多关照吧。"店家又伺候他吃饭。他吃完饭,因为一路劳乏,就安歇了。

次日早晨起来,程咬金用完早饭,假装喝醉了,把他的银子拿出来,往桌上一放,然后将店家叫进来,用手指着银子说道:"我这银子太多了,带着很沉,我没法花了,店家你帮着我花呀!"店家说:"客官,你的钱我怎么帮着花呀?"程咬金说:"我说个闷儿,你猜对了,我给你一两银子;猜不着,我打你一巴掌。"店家贪便宜,说:"你老人家说吧。"程咬金说:"我这个闷儿是两头像中间,当中间像两头,打一人一物。"店家猜了半晌亦没猜着。程咬金说:"你输了。"店家说:"你说给我听听吧。"程咬金说:"我说的这是个没头发的秃子,担着一挑子西瓜。中间像两头,他那脑袋像两头框内的西瓜;两头像中间,是两头的西瓜像他那秃脑袋。"店家说:"我输了。"程咬金说:"你输了,我该打你一巴掌。"他说着话,就伸手打来。那店家想:他打一巴掌,还疼到哪儿去,叫他打吧。程咬金恶狠狠一巴掌打在店家的脑袋上,疼得店家捂着脑袋直学狼叫。他二人这一吵闹,先生、掌柜的全来了,问是怎么回事,伙计实话实说。先生、掌柜的都按着做买卖的规矩,反倒埋怨伙计不该与客人打赌,人家并没说他。程咬金不介,他倒恼了,说掌柜的和先生指槐说柳,绕着脖子骂他了。他攥起拳头,向掌柜的和先生便打,打得二位鼻青脸肿。大家亦打不过他,急得先生没法子,去找东家。他来到裴元庆的家中,家人往里回禀,裴元庆正在家,命人把先生带到书房。

先生一进书房,裴元庆见他鼻青脸肿,忙问道:"你这是怎么啦?"先生说:"少东家你快看看去吧,咱们这店里来了个远方的客人,他和咱们打架,把我们全都打了,这买卖是不能做啦!我来找东家,你说是怎么办吧。"裴元庆闻听有人敢在他的店内搅闹,气得三尸神暴跳,五灵豪气腾空,站起身形往外就走。忽然站住了,向先生问道:"这个人怎样打扮,什么长相呢?"先生说:"这人长得头大项短,膀大三停,面如蓝靛,发似朱砂。"裴元庆心中暗道:莫非是我姐丈程咬金吗? 先生说:"这客人说话的口音好像是济南府的人。"裴元庆就猜着了,一定是程咬金来找自己,自己不愿意再出世,他在店里故意搅闹,为的是把我激怒了,好去见他。我一见他,这麻烦就来了,他叫我和他去往东岭关帮助秦琼打仗,我是去不去呢? 我万亦不能见他。心中拿定了主意,便向店里的先生说道:"你回店吧,这个人我惹不起他,他爱怎么吵,爱怎么闹,由他吵闹,就是放火烧店亦不要紧,就叫他烧,烧了白烧。"先生很觉着奇怪,裴元庆性如烈火,向不服人,如今被人欺压得脸面都不敢露,大概这位客人不是和我们店里合不来,简直是来找寻他裴元庆。他既是这样说,我回去吧。

先生万般无奈回到店内,掌柜的和伙计都问他:"你找东家怎样啊?"先生说:"少东家惹不起这位客人,他说了,叫他吵闹,就是他放火把店烧了亦算白烧,没有我们的事。"掌柜的气得难过,来找程咬金说:"客人,你闹吧,我们不惹你,你放火把房烧了,我们都不管。"程咬金听他这口吻,可就怔了,心中暗道:我这激将法是白费事了。暗恨裴元庆不该如此难求:你打算不见我那是不成,我这个法子不成,再想别的主意,早晚我非见着你算完。当时他亦好,向掌柜的说:"我亦不闹了,你叫伙计好好伺候我就成了。"掌柜的更觉奇怪,遂道:"我嘱咐伙计好生伺候客官,你放心,我们做买卖的绝不欺压人。"掌柜的走后,程咬金在床上一躺,心里想主意,一时之间竟想不出主意。他在店内住了三四天,急得他坐卧不宁,又怕耽误日期,又怕请不出裴元庆,无法交代,难回大营。

这天清晨早起,程咬金从店里出来,又找到裴宅。那裴宅的家人见他来了,问道:"你又来找我们公子吧?"程咬金说:"正是。"家人说:"他还没有回来哪。"程咬金问道:"你家老爷呢?"家人说:"与大公子、二公子往娘家去了。"程咬金道:"怎么这么巧呢!"家人说:"巧极了。你亦不是外人,请进来坐会儿。"程咬金说:"我不进去了,你们主人要是回来的时候,你替我问安,我走了,回归东岭关去了。"说罢,转身回店。他在店中寝食不安,实在烦闷。这天店家向他说道:"客官你不出去逛逛?"程咬金说:"你们这里多见树木少见人,有什么可逛的?"店家说:"离此不远十数里地有座云山,那山上有座大庙,叫做兴隆寺,每年七月十五日开庙,各处的人们都到这山上烧香还愿,热闹非常,年年唱台神戏,有些个做买卖的都来赶这庙会。昨天开的庙,今天是第二天,你去逛逛,热闹极啦!"程咬金问道:"这座云山在你们龙虎庄哪面呢?"店家说:"西北方。"程咬金说:"好吧,我就去逛逛云山。"他早早地用饭。吃完了饭,带上点儿散碎银两,走出店房,离了龙虎庄,往西北而下。走出不远,就望见许多善男信女们扶老携幼,都来烧香,络绎不绝。程咬金随着这些人走着路,两只眼不住地往四下里张望,心想:裴元庆若在家中,虽不见我,亦许来逛庙啊。哪想逛庙的人多,就是没有裴元庆。山下有许多卖吃食的,程咬金在一个酒楼上喝起酒来。忽听山下有妇女哭喊救人之声,不由得心中一动,赶紧会了酒账,顺声音寻来,只见山下有好几百人围着瞧看热闹,亦不知道是怎么回事。

书中暗表,这是吴家峪的李老太婆带着孙女李姐儿到云山来烧香。这李姐儿将下车,还没上山哪,忽见由老远跑来十数匹马,都是短衣襟小打扮之人,簇拥着一人。这人来到山下勒马之际,一眼望见了李姐儿。这李姐儿长得如花似玉,虽是小家之女,十分美貌。他心中一动,要把李姐儿抢走。李姐儿见有人瞧他，不由得一看他，见这人约有七尺多高，又黑又瘦，两道细眉毛，一对眯缝眼，小鼻子头儿，尖下颏儿，薄片儿嘴。头戴一顶绿缎扎巾，上身穿绿缎色短箭袖袄，腰束鸾带，下身穿着红绸子中衣，足下青缎靴子。这人是张家屯的土豪张保恒之子，名叫张玉庆，小名儿叫二刁，他始终没把乳名儿混丢。张二刁这小子长到二十多岁，家中广有田产，吃喝不愁，饱暖生闲事，成天带着些个帮闲汉、恶家人，在外闯祸，招惹是非。今天带着帮人来逛云山庙，他瞧见了李姐儿，甩镫离鞍下了马，向他手下人说："这不是咱们跑的那丫头吗，把她给我带回去！"这群人下了马，有牵马的，有过来抢人的，吓得李姐儿直哆嗦，连嚷："救人哪，救人哪！"李老太婆抓着她孙女不撒手。

恶家人正要把李姐儿揪走，忽然从山上健步如飞跑来一人，大声喊嚷："何处狂徒敢在此佛门之地抢夺良家妇女！"众人一看，来的这人是漂亮人物，武生公子打扮。书中暗表，正是裴元庆，因为怕程咬金找他，暂在云山兴隆寺内躲避。今天张二刁要抢李姐儿，被他听见了，从庙里出来，打抱不平。有些看热闹的人认识裴元庆，料着这个事情要闹大了，亦有人暗中说道："张二刁这小子成天欺压人，这回可碰在钉子上了。"人人都替他害怕。那张二刁不惟不怕，反倒大怒，用手一指裴元庆，问道："你是什么东西，敢来多管闲事！"裴元庆与他打在一处。将撞在一处，就被裴元庆飞起一脚，踢出多远，摔得这小子直咧嘴。他喊嚷一声："你们给我打他，打死了我抵偿！"众帮闲汉、恶家人往过一扑，要以多为胜。原想是好汉双拳难敌四手，恶虎不敌群狼，哪知裴元庆的胳膊如同铁的一般，石头般硬的拳头抡开了，向他们一路大打，只打得这群人如同王八驮西瓜——滚的滚，爬的爬。

裴元庆打得正然高兴，忽然背后有人一把将他抓住，说："你打死人不偿命吗？"吓了裴元庆一跳，回头一望，不由得大吃一惊,心中叫苦不迭。原来背后抓住他的人正是程咬金,他两个人彼此一笑。程咬金连嚷:"好兄弟,你瞒得好!"裴元庆说:"你找得妙啊!"外人不知他们两个人是怎么回子事,瞧着都很纳闷。程咬金找着了裴元庆,可便宜张二刁那群人了,乘他二人说话之际,往人群里一钻,全都跑啦。裴元庆说:"姐夫,你先别忙,有什么事回头商量,我先把这事办清。"他再找这群人,连影都没啦,只得向李老太婆问明住处,派家人将他们娘儿俩护送回家。然后裴元庆无法,和程咬金回家吧。

两个人回到了龙虎庄,一同到店内。先生、掌柜的,连伙计都算上,见少东家来了,还能不张罗吗?裴元庆向他们指着程咬金道:"这亦不是外人,是我姐丈。"他们这才知道是程咬金。到了柜房落座之后,伙计赶紧沏茶。裴元庆向程咬金说:"姐丈,你来找我,不拘什么事我都应承,惟有人西魏营我是不去的。"程咬金问道:"怎么你不去呢?"裴元庆说:"我不能再保李密。"程咬金说:"我找你亦不是叫你在西魏营去吃粮当差,我是因为要破金斗铜旗阵,来叫你帮助破阵。破阵之后,你不愿意当差,还回你的家呀。"裴元庆问道:"什么叫做金斗铜旗阵呢?"程咬金说:"隋朝的大帅杨义臣在东岭关用十万人摆一座铜旗阵,当中设摆个旗杆,上边安个斗儿,斗上有个铜旗,是阵眼。要破铜旗阵,得有四员大将,各使一对双锤,非得将旗杆打倒,才能破了阵哪,你要不去可不成。"程咬金说到这里,裴元庆颇觉为难。两个人你一言我一语,争持不下,结果还是裴元庆拗不过他,点头应允,随他到东岭破阵。商议好了,二人由店归家,将事安置安置,一同收拾起身。

书以简捷为妙,程咬金、裴元庆由龙虎庄赶奔东岭关,一路之上无非是晓行夜宿,饥餐渴饮,非止一日。这天来到了西魏大营。二人并马入营,到了辕门内下马,有伺候元帅的亲兵赶紧接过马去。这时秦琼正与徐茂公议事哪,为了程咬金久去不归,耽误了日期,耗费粮饷,很是着急。忽报程咬金、裴元庆来至,秦琼、徐茂公惊喜非常,赶紧起身相迎。裴元庆见了他二人,赶紧施礼,秦琼用手相搀,到了后帐落座,各叙离别。秦元帅又将李世民、李元霸、柴绍请来,给他三人向裴元庆指引,大家多亲多近。酒筵摆上,大家入座,斟酒布菜,巡壶把盏,欢呼畅饮。直到掌灯以后,方才筵罢,撤去残席,各自安歇。次日秦琼升坐中军大帐办公,将士儿郎两旁站立。秦琼向徐茂公说:"如今我营有李殿下一对金锤、裴元庆一对银锤、秦用一对铜锤、梁士太一对铁锤,如若打入铜旗阵内,凭这八只锤,能将铜旗打倒吧?"徐茂公说:"阵好破,旗杆难倒,必须有一个人进去探阵,看看铜旗杆粗细,以便打断旗杆。"秦琼说:"阵图本帅已然看得熟了,若要探阵,还是我去为是。"徐茂公说:"若是元帅探阵,我与众将守营,叫众先锋给元帅打接应。"秦琼说:"如此甚好。"于是外面给秦琼将马鞴好,秦琼出离中军宝帐,认镫扳鞍上了马,伸手摘枪,催马出营,直奔东岭。

秦琼来到东岭,只见杀气腾腾,旌旗招展,绣带高扬,人欢马乍,声彻数里,远近可闻。他按着方向,从正东而入,闯进阵来。"咕咚咚"一声信炮响,金台内二十四名神箭手,认扣填弦,准备射箭。铜旗一转,冲了正东,十万兵将就知道来打阵的人在正东哪。罗成听见动静,与史大奈、张公瑾等出来。史大奈在将台之上看着马匹,罗成上了阵台,他见一面有了动静,知道不是破阵,是有人前来探阵,暂不露出一点破绽,仍在将台上指挥人马。秦琼到了阵内大声喊嚷:"隋兵隋将听真:在下是西魏元帅秦琼秦叔宝,尔等知道本帅的厉害,急速闪开,挡我者死,避我者生!"把马一催,横冲直撞,犹如虎趋羊群一般。大枪一抖,神出鬼入,挨着死,碰着亡。他和敌人兵将动着手,眼观六路,耳听八方,上边动手,底下留神绷腿绳、绊马索、梅花坑、陷马坑。杀入外四门,转奔东北方,又往内八门的生门杀入。秦琼且战且走,杀进阵内，不敢到铜旗杆下，因为斗上有二十四名神箭手，离着近了，怕他们用箭射自己。本想远远一望，看好粗细亦就完了，哪想阵中的隋军战将各催坐骑，来到阵的当中，把叔宝一围，困在垓心。这段书小节目秦琼观阵。秦叔宝正想抖擞精神迎敌，将台上罗成令下："两军对垒，允许观阵，不得为难秦元帅！"仗着这道令，秦叔宝得以全身而退。即便如此，秦琼出了一身冷汗，暗道：好险好险！回到西魏大营，徐茂公一问，秦琼把经过一说，最后说道："据我的观察，八锤两铜能够将旗杆砍倒。"徐茂公点头道："既然如此，择日我军攻打铜旗阵。"

两天之后，秦琼、徐茂公调兵遣将，以李元霸、裴元庆、秦用、梁士太这八大锤和叔宝的一对铜为主，要砍倒铜旗杆，大破铜旗阵。书以简捷为妙，这天夜里，出其不意，攻其不备，西魏大军如同潮水，涌入铜旗阵。秦琼率领八大锤当先，直奔阵中铜旗杆。四员大将都是锤沉力猛，加上秦琼，五个人齐心协力之下，已然将铜旗杆砍倒。铜旗阵没有了阵眼，隋军大乱。罗成率领北平众将趁势倒反铜旗阵，这一来里应外合，西魏人马乘胜追杀，只杀得尸横遍地，血流成河。单说罗成，正在阵中冲杀，迎面过来一员大将，来者非别，正是东方伯。数日之间，棒伤已然痊愈，今天得报罗成倒戈，气坏了东方伯，胯下马，掌中亮银枪，来战罗成。东方伯能为不错，但毕竟伤势刚好，气力不加，几个回合就觉得力怯，无奈之下，拨马往阵外就走，罗成催马紧追。追出阵外，跑出数里，进了东岭山，又往前跑出多老远，眼前一座山庄。书中交代，此山庄名唤卧虎山庄。就见由庄内出来一匹战马，马上端坐一员大将，让过东方伯，拦住了罗成的去路。

第六十八回　穷罗艺练枪闹晋阳
　　　　　　　小罗成认兄在东岭

　　罗成勒住坐骑,定睛观瞧,只见此将身高八尺开外,素缎色绢帕缠头,身上穿一件素缎色短箭袖帮身靠袄,粉绒绳前后身勒定十字祥,腰中系着一巴掌宽五彩丝鸾带,下身穿着白绸子中衣,足下两只素缎子花靴,牢踏在一对亮银镫内,胯下一匹银鬃马,手中擎着一条虎头錾金枪。罗成大喊:"尔是何人,敢挡住我的去路?"说着,他用枪便扎。人家用枪一劈,只听"嘎巴"一声,五钩神飞枪的钩儿就被人家的枪给弄下一个去。二马一错镫,人家用枪就抽,手眼比他快得多。圈回马来再战,又被人家枪对枪,"嘎巴"一响,弄下个枪钩儿去,罗成大惊。原来罗成的枪法是他父亲家传的武艺,罗艺曾向他说过,他们罗家的枪是姜家的传授,后汉三国姜维姜伯约的遗留。若要破罗家枪,非姜家的把式才能成哪。如今他遇见了这人,连着两下将枪钩儿弄下俩去,他就知道这人是姜家的把式,得着姜家的真传。身为武夫,是宁失千军万马,不失寸铁。他要和人家再动手,那五钩神飞枪的钩儿都能没了。当时他不惟不动手了,并且将坐骑勒住,问道:"你尊姓大名呢?"这人说:"你要问我姓名,告诉你吧,我是兖州姜家庄人氏。"罗成"哎呀"一声。这人向他问道:"你尊姓大名呢?"罗成说:"我乃北平王的殿下燕山公罗成。"这人亦大惊。书中暗表,这个人亦是北平王罗艺的儿子,名叫罗春。阅者若问罗艺几时有的这个儿子,别忙,容我慢慢地表明。

　　那罗艺乃是河北范阳人氏,自幼父母双亡,家中略有薄产,他的本族长辈都欺压于他，罗艺一跺脚，愤而离乡，要在外边自创自立，做一番惊天动地的事业。他想到外边投军，可带的盘费不多，走在山东兖州地面，到了姜家庄，身又染病，黑夜之间无处去往，他在一个大户人家门首躺着。正然熟睡之时，忽听耳旁有人呼唤。睁眼一看，眼前站立三人，两个青衣小帽家人打扮的，一个是主人，有个家人拿着灯笼。这主人身高八尺，面皮微紫，重眉大眼，鼻直口阔，一部墨髯胡须。头戴一顶四楞员外巾，迎门上嵌豆腐块美玉，双飘绣带，内穿紫缎色长袍，腰系丝绦，白袜云履，外罩一件紫缎色员外氅，约有五十多岁，精神百倍，仪表非俗。罗艺看着这人很是纳闷。书中暗表，这位员外姓姜双名全章，原籍是天水人氏，娶妻靳氏，在这兖州府落户了。他是三国大将姜维的后人，家传的武艺，枪法最高。若论我国的武艺，使枪最好的叫五户继门枪，这五户是姜、马、罗、高、杨。杨家枪是杨继业父子，高家枪是高嗣继、高行周、高怀德，这高、杨两家得到宋朝才说得着哪。最早是马家枪，东周赵国马服君的后人马援遗留的马家枪。那马援保过汉光武刘秀，灭王莽复兴汉室，做过开基创业的元帅，枪法最好，一辈一辈往下传留，直到马超，还是一条大枪纵横天下。那姜维在陕西拜马德，学的亦是马家枪，一代代往下传，到姜全章，仍然是一条大枪纵横天下。

这姜全章看破了功名富贵，他不做官，在兖州府务农为业。生有二子一女，长子名叫姜文龙，次子名叫姜文虎，都练了一身武艺；姑娘名叫姜玉屏，虽是个姑娘，亦练了好功夫。姜文龙、姜文虎俱各娶妻，惟有姑娘姜玉屏年长十八岁，还没有婆家，高不成低不就，没有相当的人家。姜全章夫妻疼爱女儿如若珍宝，深以她的亲事为忧。真是千里姻缘一线牵，这天夜间姜全章和女儿练完武艺，忽听门外呼噜震耳，不知门外有什么，命两个家人提着灯笼，到门外观瞧。一开门，吓了这主仆三人一身透汗，见大门洞内卧着一只猛虎。往后倒退，见是一人在门洞睡卧，姜全章心中一动,料着这个人必有来历,将他唤醒。罗艺醒了,看着这主仆三人,不由发怔。姜全章问道:"壮士宿在这里作甚?"罗艺说:"我是远方之人,无处睡觉,在此暂歇。"姜全章说:"请壮士到屋中一叙。"把罗艺带到屋中,款待酒食已毕,姜全章见罗艺脸色难看,一问知他有病,立刻命人去请郎中为其诊病开药,罗艺就暂住姜家。几日后,罗艺痊愈,拜谢姜全章救命之恩。姜全章与罗艺一攀谈,罗艺彬彬有礼,问答有致,姜全章十分满意,见罗艺无处投奔,就留他做个家人。姜全章每日要教女儿玉屏练枪,姜家枪又不传外人,罗艺好奇,偷学偷看。这一来就是数年光景,罗艺将姜家枪法尽学在身。

因为罗艺为人恭谨诚实,性格踏实,姜全章夫妻商议之下,就将女儿许配于他。小夫妻完婚之后,鱼水和谐,互敬互爱。然而罗艺除了会练枪,其他都不行,怕众人瞧不起他,深思熟虑后打定主意,要前去投军,博个封妻荫子,显耀门庭。此时姜玉屏已然身怀有孕,要罗艺走前留下孩子姓名。罗艺想了想,就以四时为名,按生辰季节,或春或夏,或秋或冬。夫妻二人痛哭一场,罗艺一狠心,拿了妻子几件簪环首饰,离家而去。

罗艺离了兖州府,耳闻着北齐招兵,他就往北齐而来。到了晋阳,因为卖的簪环首饰钱早已花尽,他在大街之上弄了一条木棍当作长枪,弄了一把竹片当作单刀,白土子画圈,打把式卖艺挣店饭钱。这正是:人穷当街卖艺,虎瘦拦路伤人。罗艺卖了艺,真是名副其实了。他不懂得江湖的事,如同傻把式一样,净练不说。只是一样,世界上的人向来是认假不认真,罗艺卖了艺,亦不会说江湖话,每日挣的银钱将够店饭钱,是毫无余资。

这天罗艺吃完早饭,拿着假刀假枪又来卖艺,将场子拉开,有些个看热闹的人围着观瞧。他把大枪拿起来,练练枪吧。他的大枪是得着姜家的真传,练起来外行不懂,行家看得出来。他练了十几个招数,就有行家看出好了,大声叫好。罗艺不由得顺声音观瞧,只见叫好的在西边站立,约有五个人,一个年老的,四个壮年人。那个年老的长得九尺之躯,虎背熊腰,面皮微紫,紫中透润,两道浓眉,一双虎目,鼻直口阔,一部墨髯胡须。头戴一顶紫缎扎巾,迎门嵌颗明珠,勒着一对紫金抹额,二龙斗宝,顶门上有一朵红绒突突乱颤,如意钩双搭珠穗,身穿一件紫色蟒袍,锦簇簇,花绒绕,蟒翻身,龙探爪,下串海水江涯,腰横玉带,足蹬粉底官靴,精神百倍,气度不俗。书中暗表,这人是北齐后主驾前的亲军指挥使秦旭,乃秦叔宝的祖父。在他左边有两个人,一个长得八尺之躯,猿臂蜂腰,双肩抱拢,黄脸膛,黄中透润,两道剑眉,一双虎目,鼻直口阔,三绺短墨髯。头戴一顶紫缎扎巾,迎门上嵌一颗明珠,勒着一对紫金抹额,二龙斗宝,迎门上有一朵红绒突突乱颤,身穿一件紫缎色蟒袍,锦簇簇,花绒绕,蟒翻身,龙探爪,下串海水江涯,腰横玉带,足下粉底官靴。书中暗表,此人姓秦名彝字弼臣,乃秦琼之父。在他后边立着一人,身高八尺有余,细条身材,白脸膛,五官端正,约有三十多岁,燕尾胡须。头上戴着扎巾,身穿短箭袖袍,穿白挂素。书中暗表,这人姓魏名栋字良臣。在秦旭的右边站着两个人,一个九尺之躯,头大项短,膀大三停,面如生羊肝,黑中透紫,重眉毛,大眼睛,狮鼻阔口,扎里扎煞短钢髯。头戴扎巾,身穿箭袖袍。书中暗表,这人姓单名珪字敬臣,乃单雄信之父。在他后边站立一人,身高八尺,细腰乍臂,白脸膛,五官端正,约有二十多岁,穿白挂素。书中暗表,此人姓程名玉字得臣,乃程咬金的父亲。

原来秦旭在北齐后主驾前称臣,他只有一子秦彝。他的武艺最好,有一套铜法,与众不同,外人不会,秦家的铜法天下扬名。秦旭收了三个徒弟,就是魏栋魏良臣、单珪单敬臣、程玉程得臣,师徒聚在北齐,身任武职。有一天,秦彝从罗艺的把式场子路过,瞧见了罗艺练枪,见他的枪法与众不同,功夫纯熟,很为喜爱,回到家中将此事对父亲说明。秦旭要看看卖艺的枪法,这

天就与秦彝、单珪、魏栋、程玉乘马离府,够奔把式场。来到把式
场外,勒马下了坐骑,亲随人等接过马去,这五个人挤进人群,站
住了观瞧罗艺练枪。行家看门道,力笨看热闹。这爷儿五个见
罗艺人身体雄壮,相貌威严,又见他练的大枪是手眼身法步,心
神意念足,功夫不弱,受过真传。秦旭说道:"他练的是姜家枪,
一定受过姜家的传授。"瞧到精彩处,大枪如同一条龙,神出鬼
入,不由得叫起好来。爷儿五个一喝彩,罗艺这才看见他们。

　　等到他练完了,秦彝、程玉、单珪、魏栋各往场内扔了几两银
子。围着看热闹的人见秦老将军叫好喝彩,料着这卖艺的功夫
必然不错,全都往场内扔钱。是日罗艺的场内见了七两多银子、
十数吊铜钱。秦旭师徒父子看罢,命亲军小校将卖艺之人请到
府内,他们爷儿五个上马回府。罗艺要收拾回店,忽见有个人,
小武官打扮,向自己说道:"卖艺的,今天不错呀!"罗艺说:"不
错。"这小校说:"你赶紧收拾吧,我们老将军请你到府里去呢。"
罗艺问:"你们老将军是谁呀?"小校说:"北齐的亲军护卫大将
军秦,他的官讳一个旭字。"罗艺问道:"秦老大人请我有何事
呢?"小校说:"适才在西边站着的喝彩之人,给你银子的就是我
们老将军。"罗艺料着秦旭爱上自己的武艺了,叫去许弄份儿差
事,他喜悦非常,说:"我先把家伙送回店去,拿着家伙到你们府
上多有不便。"小校说:"不要紧,到了我们府中,我给你找地方,
将家伙收起来就是了。"于是罗艺跟着他够奔秦府而来。

　　到了秦府,罗艺将木枪、竹刀放下,坐在门房等候。工夫不
大,出来个家人,约有四十多岁,名叫秦安,这秦安是府里的红
人。他向罗艺说:"我们大人请你到书房呢。"罗艺站起身形,跟
着秦安来到书房,见了秦旭师徒父子施礼,这爷儿几个都还了
礼。然后宾主落座,家人献茶。茶罢撤盏,罗艺这才向秦旭问
道:"大人将小可唤来,可有事吗?"秦旭说:"你姓什么,是哪里
人呢?"罗艺说:"我是范阳人,名叫罗艺。"秦旭说:"你这武艺是

跟何人所学哪?"罗艺不好不说实话,说:"我是受恩师姜全章的传授。"秦旭问道:"他可是姜伯约的后人吗?"罗艺说:"正是。"秦旭说:"你的枪法总算得了真传啦!你练的时候我已然都看见了,我给你安置个事情,你可愿意吗?"罗艺说:"大人赏饭吃,我是求之不得,哪能不愿意呀?"秦旭说:"好,你明天早晨卯时来吧,我给你安置个事情。"罗艺叩头拜谢,告辞回店。次日来了,秦旭就在皇帝的亲军里给他补了个虎贲小校之职。罗艺当上差,谨言慎行,早起晚睡,不误公事,耐心任职,真是上和下睦,有口皆碑。

秦旭见他当了三四个月的差事,很守规矩,心里就有了主意,渐渐提拔他,一直当了站殿将军。罗艺感激秦旭的恩德,对于秦旭甚为恭谦。一日程玉来找罗艺,二人闲谈话,程玉说:"我师父听说你就是弟兄一人,他老人家要和你结门亲,你可愿意吗?"罗艺说:"我怎么与他老人家结亲哪?"程玉说:"我师父有一儿一女,我师哥秦彝已然娶妻了。男大当婚,女大当嫁,古之常理。而我们的师妹尚未有良匹。实不相瞒,我师父栽培你,就是为了我师妹的终身大事。"此时罗艺感秦府之恩,无法驳回,他当时就点头应允了。过了数日,请出男女的大媒,择日夫妻完婚。罗艺将秦氏娶过门来,夫妻情投意合,感情很好。那秦氏又是名将之女,闺阁有训,颇为贤德。这罗艺在北齐有了功名富贵,想起姜氏来,假说回家祭扫坟茔,带了积蓄财宝,离了晋阳,乘马回归兖州府。

归心似箭,人急马快,不觉数日就到了。罗艺来到村中门前下马,用手叩门。从里边出来个老太太,见了罗艺就是一怔,问道:"你找谁呀?"罗艺说:"这不是姜家吗?"老太太说:"你找姜家,他们早就搬走啦!"罗艺惊问道:"姜家搬到何处去了?"老太太说:"姜家的运气可不好,姜全章老两口子死后,姜家的姑奶奶带着他的儿子亦走啦。姜家的二位少爷把房子地都卖了,混得不成人样,如今还不知道他们搬到哪里去了。"罗艺听老太太所说,大吃一惊,不亚如万丈高楼失脚,扬子江心断缆崩舟。如今有了功名富贵,正好与姜氏共享荣华,不料姜氏带子无有下落,昔日房屋还在,恩爱的贤妻却不知哪里去了,不亚如万把钢刀扎入肺腑,心中万分难过,几乎落下泪来。他怔了半晌,那老太太见他这样,料有情由,向他问道:"你贵姓呢?"罗艺说:"我姓罗。"那老太太说:"哟!你许是姜家的姑爷吧?"罗艺道:"正是。"老太太说:"我从前在村东头住家听说过,自从你走后,你的媳妇生了儿子,你岳父、岳母在着还好,他们一死,姜家哥儿两个变了心肠,你媳妇负气而走。我们村中的人还想她找你去了,那么你没见她母子,她们娘儿两个可又往哪里去了呢?"罗艺好不难过。他在附近的村庄镇市寻找了数日,亦没找着。难过了许多时日,万般无奈,一横心就回了晋阳,心中总是不悦。那秦氏见他闷闷不悦,问了多少次,亦没问出来是为什么不痛快。

后来北周大帅杨忠(杨广的祖父)与先锋官杨林兵伐北齐,北齐后主命秦彝带兵镇守马鸣关;又命秦旭为帅,程玉为先锋,统带十万人马,与杨忠决战;命罗艺为北路招讨使,在范阳保护北路。不料北齐国运衰微,净打败仗,阵阵失利。晋阳被杨忠打破,秦旭、魏栋殉难而亡,为国尽忠;秦彝、程玉死在马鸣关,亦殉城而亡。杨忠、杨林与罗艺打了半年的仗,亦没分胜负。后来有双枪将定彦平出头,给他们说和,罗艺降了隋朝(杨忠之子杨坚篡北周,为隋天子),有条件是降隋为王,统兵在外,听旨调他打仗成,调他入朝不成。隋朝封他为北平王,镇守北平府。后来罗艺每逢年节想起姜氏,时常落泪。秦氏夫人问他为何伤感,罗艺亦不肯说心腹之事。直到生养罗成之后,罗艺才把他受姜全章的传授,学成武艺,以及姜氏之事说给秦氏夫人。那秦氏夫人并不难过,说:"王爷,既有这事,何不早说? 赶紧派人寻找,将她母子找来同享富贵。"罗王爷这才派人四处寻找,找了数载,亦没把姜氏找着。直到罗成长大,他亦常听父母言讲,他还有个哥哥,他们罗家的枪法是姜家传的。罗艺平生有两桩最难过的事:一桩是不知内兄秦彝死后,宁氏夫人与内侄哪里去了;一桩是姜氏母子没有下落,每逢年节,伤感不安。后来秦琼发配北平府,爷儿俩见了面,罗艺才免去一件事,如今只有找不着姜氏母子是档子心病。

罗成从铜旗阵内追出东方伯,到了山内,由山庄里出来一位公子,放过东方伯,用枪连破他三招。罗成认识他的招数,使的是姜家枪法。两个人彼此一问姓名,罗成听他说叫罗春,立刻下马,挂枪施礼,口称:"小弟罗成拜见胞兄。"罗春问道:"你为何以胞兄呼我啊?"罗成说:"你我虽不是一母所生,却是亲兄弟。"罗春问道:"你的父亲叫做何名?"罗成说:"他老人家的官讳单名一个艺字。"罗春这才下马与他相认。兄弟相逢是件喜事,那罗春反倒二目落泪。罗成忙问道:"哥哥,你我兄弟相遇原是大喜的事,你为何落泪呢?"罗春将他伤感之事如此怎般说了一遍,实在是令人伤心,叫人难过。

原来罗艺由姜家走后,转年三月姜氏就生养一子,依着罗艺,给这孩子起名叫罗春。有姜全章老夫妻在,姜家的两个哥哥、两个嫂嫂假意殷勤,照料她们母子。在罗春两岁这年,姜全章老夫妻相继去世。姜氏见两个胞兄容留不下,就收拾了衣服首饰,带着幼子罗春千里寻夫。说起来实是可怜,这母子二人在外边就指着给人家缝连补绽,洗洗涮涮,度日甚是艰难。姜氏千里寻夫,始终亦没找着。这年罗春到了八岁,姜氏母子来到东岭关卧虎山庄。这村庄只有两三户人家,首户是东方老员外。因为看姜氏母子虽然困苦艰难,衣服总是洗得很干净,姜氏给人家做衣服,匀出工夫来还教罗春读书习武,料着姜氏必是大家妇女,就时常周济她们。那时东方伯正在家中延师习武,见罗春的母亲有很好的功夫,亦常求姜氏指教,因此两家交往日深。罗春

长大了,就与东方伯结为盟兄弟。后来东方伯投在杨义臣麾下
当差,罗春的母亲劳碌过甚,时常染病,在头二年因病去世。罗
春生在乱世之时,幸亏有这个朋友帮助他葬埋其母,就将他留在
家内,待如亲胞弟一般。罗春有意投在军中当差,东方伯叫他等
待英明之主,再为出世。东方伯在东岭关当差,罗春就在卧虎山
庄照料家务。这天罗春正在院中练习武艺,家人进来回禀说东
方伯被敌将追下来了,罗春大怒,上马持枪,迎了出来。他哪里
想到是亲兄弟追赶盟兄,及至与罗成交了手,问出姓名,弟兄这
才下马施礼。罗春见着兄弟罗成,一定能见着父亲了,要找不着
父亲,还不难过;如今找着了,回想母亲所受的苦处,心中一阵难
过,二目落下泪来。

罗成听罢,说:"爹爹找不着你们娘儿俩,也是心中难过,掉过无数伤心泪。可哥哥你难道不知爹爹的姓名吗?"罗春说:"我怎么不知呀?"罗成说:"既是知道,为何不往北平府去找呢?"罗春说:"我们娘儿俩万亦想不到爹爹能够位至王爵,天下同名同姓之人有的是呀。"罗成说:"真是死心眼儿,这亦是该着如此,生死离别是有年限的,如今该着骨肉团圆,咱们才在此相逢。"罗春问道:"你为何追赶我盟兄呢?"罗成问道:"哥哥的盟兄是谁?"罗春说:"就是你追赶的东方伯。"罗成说:"哎哟!这东方伯是咱们的恩人,小弟我不知哥哥受他的恩哪,要知道我亦不能追赶哪!"罗春问道:"兄弟,你现在做什么?"罗成把他奉父命来帮助杨义臣守铜旗阵,以及西魏国大帅秦琼是自己的表兄,奉母命明助隋帅,暗助表兄的事说明,罗春这才知道他为什么追赶东方伯。罗成说:"如今咱们哥儿俩已经见着了,请哥哥随我先奔西魏大营,然后同回北平府去见父王,免得叫他老人家想念。"罗春说:"亦不能这就走啊,你先和我到庄内见见拜兄东方伯,然后再走。"罗成说:"好吧。"于是弟兄二人拉着马,一同进庄。

罗春叫道:"大哥何在?"东方伯从屋中出来,往院内一看,罗成随他来了,不由一怔,将要问,还没说出口来哪,罗春说:"大哥,你看着我兄弟发怔吧?"用手一指罗成,说道:"他可不是外人,这是我的亲兄弟。"东方伯听他说是亲兄弟,他又知道拜

弟的身世,恍然大悟,这才知道罗成亦是北平王罗艺之子,不是
另有一个罗艺。当时罗成将马撒手,满脸赔笑,抢行几步,向东
方伯跪倒施礼,说:"小弟不知恩兄待我胞兄有恩有义,在阵内
动手之时多有礼貌不周,我当面赔礼,望兄多多原谅。"东方伯
用手相搀道:"那是为了两国之事,不知者不怪。"命家人接过马
去,将罗成弟兄让至屋中,三个人落座,东方伯命家人看茶。罗
成向东方伯说:"恩兄,我有一事相商,不知可能愿意否?"东方
伯问道:"有何事呢?"罗成说:"我愿恩兄归顺西魏,不知可否?"
东方伯说:"我在隋帝驾前称臣,食君禄当报王恩,如今国乱不
安,我焉能弃隋归魏呢?"罗成说:"如若杨广是个明君,我不惟
不劝兄长弃隋降魏,就是小弟我亦得为国出力报效,况且我父亦
是隋朝的北平王。想那杨广鸠兄图嫂,欺娘戏妹,弑父夺权,败
坏伦理纲常,信用奸臣佞党,杀戮忠良,大兴土木之工,耗尽民
力,妄用民财,致使各路反王四方扰乱,刀兵不断,干戈不止,战
乱不息。隋室将亡,智愚皆知,大丈夫不做亡国之臣,君不正臣
投外国,父不正子奔他方。西魏王李密是当运之主,恩兄不可失
此机遇,何不投魏?"东方伯说:"我既为隋臣,不应趁乱背君,我
誓不降魏。"罗成说:"恩兄别以铜旗阵可恃。实不相瞒,我表兄
秦琼已然得有阵图,约了唐王李渊之幼子李元霸,还有裴元庆、
秦用、梁士太四员大将八大锤,跟着秦琼进阵。凭那八大锤,就
能将金斗铜旗阵打倒。恩兄回归东岭,那铜旗阵亦就完了,成为
一片焦土,杨义臣的东岭关亦怕难保。"东方伯说:"你不用劝
我,东岭关、铜旗阵都完了,我亦不能屈身事敌!"当下罗成苦苦
相劝,东方伯就是执意不肯,只好作罢。

　　罗成见他不降,说:"我可要走了。"东方伯说:"你们哥儿俩
一齐走吧。事完之后回归北平府,骨肉相逢,父子团圆。"罗春
向东方伯跪拜:"恩兄,你欲何为呢?"东方伯说:"我亦从此隐
于山林,乐守家业了。"罗成说:"恩兄若能乐守桑田,亦是明哲

保身之道,好极了。我们哥儿俩先归西魏营,再往北平府,见着我父王禀明此事,然后再来接恩兄同至北平府,与我哥哥共享荣华。"说到这里,东方伯命家人给他二人带马。家人遵命,将马拉出庄门。这哥儿俩向东方伯施礼拜别,东方伯往外相送,三人洒泪而别。东方伯如何,暂且不表。却说罗家弟兄催马往回够奔,罗成向他哥哥说明,到铜旗阵内去看看,如若铜旗阵未完,仍然帮助表兄秦琼破阵。哥儿俩商商量量往铜旗阵而来。

却表秦琼的人马攻打铜旗阵,鼓炮连天,震动天地。红袍大帅杨义臣率领四位殿下杨龙、杨虎、杨彪、杨豹,与亲军护勇们离了东岭关,赶奔铜旗阵。他们父子兵进了阵,正赶上八锤两铜将铜旗打倒。杨义臣急了,父子们赶奔当中,正遇见秦琼等人。一动起手,秦琼枪挑杨彪,李元霸打死杨龙,裴元庆打碎杨虎的头颅,秦用将杨豹连人带马一并打死。杨义臣见他四个儿子都死了,他动了心啦,伸手拔剑,自刎阵中。杨义臣一死,隋兵瓦解冰销。秦琼乘势取了东岭关,然后派将布置善后,查点东岭关仓粮军饷,出榜安民,掩埋死尸,查收所得敌人的器皿。诸事完毕,秦元帅这才回营,升坐中军大帐,众将报功,杀牛宰羊,大设酒筵,庆功贺喜。此时罗成同他哥哥罗春来见秦叔宝,将来历说明,秦元帅亦是欢喜,又备酒筵给他弟兄庆贺团圆之喜。事完之后,李世民、柴嗣昌、李元霸告辞,回归晋阳,秦元帅又给他弟兄备酒送行。他们走后,秦琼写了报捷公文,派人送往岗山奏禀西魏王。捷文走后,又遣将驻守东岭关。

过了数日,西魏王的旨意来到,有反王刘黑闼派大将盖世雄统带人马乘虚而入,攻打瓦岗山,命秦元帅急速回兵。秦琼不敢怠慢,传令拔营起寨。大军拔了营寨,刀矛器皿装载车辆,人马结队,放炮起兵,开回瓦岗山。这天探马禀报,反王的兵将听说秦元帅回兵,不战自退,引兵去了,秦琼把心放下。这天人马来到瓦岗山西,秦琼传令安营下寨。营寨安好,秦琼、徐茂公与罗成昆仲率领一干诸战将,乘马出营,进了瓦岗山,到了金镛城内,西魏王府前下马。早有人禀报西魏王,李密即时传旨升殿。银安殿上钟鼓齐鸣,站殿将军、护卫、金瓜武士伺候西魏王升殿,秦琼、徐茂公、程咬金、尤俊达、裴元庆、王君可等拜倒殿下,行君臣之礼。西魏王传旨封赏将士儿郎,然后大摆酒筵,庆功贺喜。宴罢之后,有报事王官进来回禀说:"尉迟南、尉迟北等由北平府保护着罗王爷的眷属来到岗山。"李密君臣大惊,不知道北平王的家眷为了何事来投瓦岗山。

书中暗表,自从北平王罗艺命罗成走后,北平府安然无事。这天北平王夫妻正在屋中提念罗成,忽见家将进来回禀:"有口北沙陀国王帮助刘黑闼自立后汉王,派元帅苏定方统带十万人马来犯北平府,敌人的兵将离北平府相差不到数十里,请示千岁令下。"罗艺大惊道:"种菜的刘黑闼亦敢叛反国家,派人来犯北平府! 急速擂鼓升堂!"家将遵命,退出传令去了。北平王立刻命人预备,顶盔冠甲,罩袍束带,拴扎什物。外边头通鼓响,尉迟南、尉迟北、党士杰、党士俊等数十员战将亦都披挂起来;二通鼓响,众将与刀斧手、绑缚手、旗牌官、掌旗官等齐集大堂;三通鼓响,北平王罗艺升坐大堂。将士儿郎施礼完毕,退立两旁。北平王落座,传令四门紧闭,准备守城。探马又来禀报:"苏定方的贼兵离城不到三十里路。"罗王爷吩咐:"再探。"然后传令,点兵一万,出城迎敌。外面掌号,人马齐毕,北平王率领一干诸战将出了王府,府前上马,放炮起兵,万数儿郎出了北平府。离城不远,就望见敌兵,北平王吩咐:"列阵。"一声炮响,两杆门旗左右一分,一万大兵列得一字队,一干诸战将如同众星捧月相似,北平王在闹龙纛旗之下压住全军大队。往对面一看,贼兵杀到,两杆紫缎门旗开处,有两万大军列成阵势,当中有杆大旗空中飘摆,葫芦金顶,紫缎色,当中白光绣字,上绣斗大"苏"字。

两军人马将阵势列圆,北平王问道:"哪位将军阵前立功?"

左领军大将张振标出马，在两军阵前叫战。只见由敌兵队内冲出一骑马，马上一人，约有九尺之躯，头大项短，腰圆背厚，面似生羊肝，黑中透紫，紫中透黑，两道浓眉，一双大眼，鼻直口阔，扎腮胡须。头戴一顶三岔紫金帅字盔，三岔头一棚伞儿，十三曲簪缨，顶门上一朵红绒突突乱颤，四指宽勒领带密排金钉，包耳护项。身披紫金甲，内衬紫征袍，前有护心镜，后边葫芦金顶绿缎色护背旗，肋下佩剑。三叠倒挂鱼褟尾，两扇征裙护着腿，五彩花靴牢踏在一对紫金镫内。坐下一匹枣骝马，鞍鞯鲜明，手中擎着一条点金戟，人似欢龙，马似活虎。张振标问道："尔叫何名？"这员敌将说："俺姓苏名烈字定方。"张振标说："你有何能，敢来犯我北平府？"苏定方说："天下都是天下人的，你这北平府岂不能归我？哪里走！"用戟就扎，张振标用刀招架，两个人杀在一处。未走三合，就被苏定方刺于马下。北平府的队内又出来一员战将，名叫李如龙，亦未走三合，死于马下。大将吴德山又出马，不及五合，命丧苏定方戟下。

北平王罗艺见连伤三员战将，气往上撞，吩咐压阵官压住全军大队，伸手由得胜钩上摘下金攒盘龙枪，双足点镫，镫磕飞虎鞯，马走銮铃响，像一阵风，马到阵前，双足一扣镫，马的四蹄站稳。苏定方用戟一指道："来将可是北平王吗？"罗艺道："正是孤家。"苏定方说："如今隋帝无道，大失人心，隋朝不久将亡，尔为何不另保英明之主？"罗艺说："尔乃无名草寇，敢来饶舌！哪里走！"用枪便扎，苏定方用戟往外一支，北平王大枪变招。两个人马打盘旋，冲杀一处。苏定方见罗王爷的大枪施展开来，犹如一条金龙在云里乱窜，神出鬼入，令人难防。他将平生的本领施展出来，见招破招，见式破式，和罗艺拼命死战。直杀了十数个回合，未分胜败。北平王的金枪，一招比一招快，一枪比一枪急，苏定方净剩招架之功，绝无还手之力。他料难取胜，虚点一戟，拨马就走。北平王催马就追，喊嚷一声："往哪里走！"苏定方将戟往马鞍鞒上一挂，由洒袋之中抽出宝雕弓，走兽壶内拔出狼牙箭，认扣填弦，弓拉如满月，箭出似流星，反背一箭射出来。北平王要躲没躲开，那箭不偏不歪，正射在左眼之上，痛得他几乎下马，圈马往回就跑。苏定方一回头，喊嚷一声："我兵我将，杀！"贼兵大队"呼啦"一声冲杀过来，如同排山倒海，北平王的兵将见他们王爷受伤，吓得军无战心，士无斗志，被苏定方杀得大败而逃，如同断线风筝败进北平府，城门紧闭。

北平王痛得在马上坐不住，"哎呀"一声，由马上掉下来，一命呜呼。北平王一死，军心就乱了。幸而有尉迟南、尉迟北上城指挥兵将防守，苏定方兵临城下，将到壕边，命兵将攻城，上边灰瓶、石子、滚木等项往下乱打。苏定方见他的兵将被打得鼻青脸肿，头破血出，死伤三百多人。苏定方料着城池坚固，不容易攻下，传令人马回营。苏定方人马走了不表。却说众将见敌兵退去，搭着北平王的尸身到了王府，秦夫人得报，哭得死去活来，尉迟南等无不落泪。大家好不容易才止住悲声，商议办法。尉迟南说："千岁已然阵亡，殿下不在，贼兵势大，要守此城恐怕不易。不如弃了北平府，将王爷的尸身焚化，保着家眷逃走，投奔岗山，将来再设法给千岁报仇，如若迟延，叫贼兵打破城池，可就糟了。"秦夫人认为有理，遂命人将罗艺的尸身焚化，收拾细软金银等项，备了一乘小轿，夫人乘坐，将财物等项驮在骡马之上。收拾齐毕，天到初鼓已后，秦夫人上了小轿，搭出府来，众家将上马，各擎利刃，保护家眷财物，尉迟南、尉迟北等在前，党士杰、党士俊等在后，齐催坐马，各抖丝缰，悄悄出了北平府，顺着大道而下。幸而途中没有遇见贼兵，安然走了一夜，天光亮了，已到范阳，贼兵再追亦不怕了。他们一路够奔瓦岗山，非止一日，这天来到，早有守山兵丁问明来历，飞报西魏王。

李密得报，料着凶多吉少，命秦元帅、徐军师、罗成等出山迎接罗母。秦叔宝、徐茂公等数十人与罗成出了西魏王府，一齐上马,往北山口而来。大众到了山口外,一齐下马,向罗夫人施礼。罗夫人在轿内看见了罗成,放声痛哭。罗成惊问道:"母亲为何如此?"夫人哭道:"儿啊,你还不知道吗,你的爹爹被反贼苏定方射死了!"罗成、罗春不听便罢,一听是北平王死了,这哥儿俩"哎哟"一声,往后一仰,倒在地上。秦琼听他姑父死了,亦放声痛哭。众人慌了手脚,搀扶起来罗家兄弟,撅砸捶叫。这哥儿俩缓醒过来,放声痛哭,大家看着,无不伤感。好容易才把他们劝好了,罗成、罗春用手指着北平府,咬牙忿恨,大骂反贼苏烈:"苏定方,我二人若不将你拿住碎尸万段,誓不为人!"罗夫人问罗成道:"那个哭的是谁呢?"罗成愈发得难过,悲悲惨惨地说道:"娘啊,这就是我父亲在日常提念的苦命哥哥。"罗春过来跪倒叩头,说:"娘啊,儿是苦命的罗春。"秦夫人想起他父子一世终身未能见面,又伤感起来,大家免不了又劝解一番,然后才一同进山。到了金镛城内,先朝见了西魏王,然后秦琼将他姑母安置在帅府之内,有秦母宁老夫人、邱瑞之妻老姐儿俩劝解着。外边三十六友义气深重,大家又劝解罗成弟兄。过了数日,方才踏实。

　　安定之后,秦琼命人打探刘黑闼、苏定方的动静,要想往北平府进兵,给死去的罗王爷报仇雪恨。在这时有杨广的檄文传到瓦岗山,扬州城设立考场,杨广情愿将天下让与有德之人,扬州城夺玉玺,谁得了玉玺,就将天下让给谁。李密升坐银安殿,与众文武商议此事。李密说:"列位卿家,如今杨广要将天下让人,在扬州设立武考场,要天下各路诸侯去夺状元,谁要得状元,天下归谁,玉玺归谁,杨广就受禅于谁。你们说,孤是去与不去呢?"魏徵说:"主公,据臣看来,这里恐有诈呀!"徐茂公说:"有诈是不假。我夜观天象,扬州一带杀气弥漫天空,帝星昏暗不明,那里不出一个月必有刀兵之灾,隋室将亡,杨广要归天了。"李密说:"那孤是去与不去呢?"徐茂公说:"主公去呀,有西魏的大将,可得传国玉玺;将来受禅即位,可为天下之主,机会不可失去。"李密说:"既然如此,孤就带兵前往。"于是君臣议定,就命魏徵与贾润甫、柳州臣、侯君集、尚怀珠、任敬司、铁子建、屈突星、屈突盖、黄天虎、李成龙、丁天庆、盛彦师、金城、牛盖等保守瓦岗山,西魏王与秦琼、徐茂公、罗成、程咬金、单雄信、王君可、王伯当、谢映登等,带兵五万,前往扬州去夺玉玺。

　　这天是个黄道吉日,秦元帅将人马点齐,排列成队,刀矛器皿、锣鼓帐篷、粮草等项装载车辆,候令起兵。西魏王李密由亲军五百名保护着,出了瓦岗山,来到军中。秦琼传令,放炮起兵。大炮一响,数万兵将保护着李密,离了瓦岗山,按站而下,往扬州而来。一路之上秦琼派探事小校往扬州打探。这天离着扬州近了,探事的小校禀报:"在天长关外有各路反王扎下连营,有曹州王孟海公、湖北襄阳王雷大鹏、相州王高谈圣、凤鸣王李子通、济南王唐璧、豫州王徐延朗、南阳王朱灿。在天长关有个伍天锡,胯下马,掌中一对双斧,无人能敌,谁杀不过他,他不叫谁过去;如若赢了他,才叫过去呢。如今被他杀了不少,战败无数了。"秦琼吩咐:"再探。"仍然催马前进。这天来到天长关,果见有各路反王大营,秦琼采勘吉地,传令安营下寨。兵丁们挑壕沟,堆土垒,栽埋鹿角,支搭帐篷,埋旗杆,立刁斗,栽大杆,扯纛旗。秦琼升坐中军大帐,点名过卯。诸事完毕,一路远来,人困马乏,歇息了一宵。

第七十回　破长安李渊揽大权
　　　　　　聚扬州反王夺玉玺

　　次日天明,秦琼点兵五百,与众将到了天长关下,人马列阵。往关上一看,旌旗招展,刀枪密排。秦琼将要命人叫关,只听关内头声炮响,关门开放;二声炮响,从关内冲出二百名兵丁;三声炮响,雁翅排开,正当中闪出一将,凶似瘟神,猛似太岁,胯下马,掌中双斧,迫住了大队。秦琼队内飞跑出一匹马,马上一将手持双锤,众视之,乃铁锤将梁士太。梁士太马到阵前,向使斧的人问道:"尔是何人?"这使斧的道:"俺乃陀螺寨的伍天锡,现奉隋帝之旨、靠山王的军令,在此把守天长关。凡是到扬州比武夺状元的,都得与俺大战三合。如有能战过三合的,俺便放他过关;倘若本领不济,战不了三合,俺杀了白杀。"怒恼了梁士太,说:"你可知道俺双锤的厉害吗?"伍天锡问道:"尔是何人?"梁士太说:"我乃西魏大将梁士太。"伍天锡说:"你吃俺一斧!"两个人各催战马,冲杀在一处。一个是久惯占山的寨主,一个是向不服人的铁锤将,两个人各施所能,拼命死战。正然杀得难解难分之际,忽见各路反王各带兵将而来。离着近了,秦琼等还看见有李世民、李元霸、柴绍弟兄。

　　书中暗表,铜旗阵事毕,李世民三人回到晋阳。是时唐王的兵将正往河西各处进兵,已将米脂、绥平、延安各处打开,归了唐王,李渊与世子建成正然率领兵将往长安进兵。李世民到了晋阳,闻长安未下,很为着急,弟兄三人又驰往长安。及至到了长安,见自家人都在长安城东长乐坡扎住连营,壁垒森严。他们弟

兄进了大营,过了辕门,来到银顶黄罗帐,见马三保、殷开山、段
志贤、刘弘基等在两旁侍立,唐王正然办公。三个人跪倒施礼完
毕,将身站起。李渊问道:"吾儿为何回归呀?"李世民说:"西魏
人马南取五关,已然将五关打破,恩公率兵回归岗山,我们不知
父王西征如何,赶来看望。"唐王说:"吾儿来了甚好,你们明天
去打长安吧。孤大兵至此,打了数次,损兵折将,未能得手。"这
哥儿仨遵命,一路远来,歇息一夜。次日用完早饭,唐王命李世
民、李元霸攻打长安。他们点兵一万,放炮出营,杀奔长安。人
马到了长安,离着东门近了,李世民吩咐:"列阵。"一声炮响,两
杆杏黄门旗开处,一万大兵左右一分,雁翅排开,李世民、李元霸
与一干诸战将压住全军大队。将士儿郎往城上一看,只见城上
头刀枪密排,旌旗招展,隋朝的兵将在城上已有准备。李世民、
李元霸弟兄催马出阵,李世民用手一指城上的兵将道:"城上的
兵将听真:我们非是来取长安,是欲灭无道保有道,灭无德保有
德。如今杨广无道,大失人心,隋室天下不久将亡,我们河东人
马来到长安,欲立代王为天下之主,保存隋室宗庙,以便社稷永
存。你们急速去禀报代王!"城上守军听李世民所说,不敢隐
瞒,飞报魏文升。魏文升年已八十二岁,系隋之老将,官拜京兆
内史之职。自从杨广离了长安,越国公杨素被虬髯公刺死之后,
这长安城的兵将归他和阴世师辖管。那阴世师官拜左翊卫将
军,他二人赤胆忠心,扶保隋朝,仗着有永丰仓的屯粮,紧闭长安
各门,小心防守,唐军打了数次,终未得手。

　　这天魏文升、阴世师正然将长安郡郡丞骨仪唤到面前,向他
指示安慰民心之法,守城的小校来报:"有唐王之子李世民、李
元霸来打长安,他说要扶保代王千岁为君,叫我们禀报代王,急
速开城哪!"魏文升听说李元霸来了,"哎哟"一声,痰气上拥,倒
在地上,气绝而亡。阴世师、骨仪大惊,命人将他暂为停殓起来,
他们二人率领亲随人等飞奔东门,弃马登城,手扶城墙,倚定护

身栏,往城外观瞧。只见李世民、李元霸仍在城外,等候回信哪。阴世师指着李世民问道:"尔是何人?"李世民说:"我乃唐王殿下李世民。"阴世师说:"隋室未曾亏负你们父子,为何来夺都城?"李世民说:"我们父子统兵到此,正为隋室而来。杨广暴虐无道,天下将亡,我们父子至此,欲立代王为天下之主,使隋室国祚永存。"阴世师冷笑道:"李世民,你这话去哄那三岁顽童成啦,焉能瞒我!"李世民大怒,将要指挥人马攻城,就听背后炮鼓齐鸣。李世民回头一望,只见数万人马分为三队,杀奔城下。原来唐王李渊很为着急,要乘着李元霸在此,将城攻破,命长孙顺德带兵万人为左路接应,建成带兵万人为右路接应,唐王自带两万人马来取长安。

这三路人马来到城下,李世民禀知阴世师抗拒不纳,唐王大怒,非要将城打破,传令三军:"如若将城打破,不准毁坏隋室的宗庙,不准杀害代王的宗室男女。如有违令者,定斩不饶!"传完军令,唐王命李元霸督师,攻打长安城。"咕咚咚"大炮声响,"咚咚咚"战鼓声鸣,数万唐军呐喊声音,人人奋勇,个个当先,直扑城下。兵丁脚踏肩头,如同搭起人梯一样,往上愣爬。那城上的隋军有阴世师指挥着,灰瓶、石子、滚木等项往下抛打,打得唐军头破血出,鼻青脸肿。大将孙华气往上撞,脱下衣甲,赤着臂膀,往城上猛扑。兵丁亦呐喊声音,往上齐攻。上边梆子一响,乱箭齐发,可怜孙华中了一箭,射中要害,命丧城下。怒恼李元霸,催马摇锤,大喊:"我兵速攻!如不前进,俺的双锤就要乱打了!"他这么一来,"呼啦"一声,唐军爬上城去,与隋军打了交手仗,短兵相接,杀得人头乱滚。阴世师、骨仪拔出佩剑,与唐军在城上动手,大杀大砍。有部分唐军将城门打开,大部唐军入城。阴世师、骨仪被唐将马三保所擒。城中的隋军见城已破,走投无路,纷纷弃械投降。城破之时,代王杨侑在宫中,身旁只有侍读姚思廉伺候。

唐王李渊与世子建成在前,李世民、李元霸等在后,来到殿前。代王年幼,吓得浑身栗抖,体似筛糠。姚侍读用手一指李渊道:"唐王,你带兵入宫,意欲何为?"李渊说:"杨广无道,吾欲立代王为天下之主,扶立新君。"姚思廉是个忠臣,他说道:"唐王既是匡辅帝室,休得无礼,代王千岁在此,你一人上殿面君吧。"当时建成、世民、元霸与众将不敢上殿,李渊上殿,向代王杨侑跪倒叩头,行臣子之礼,然后李渊请代王迁居大兴殿后厅。代王年方十三岁,能有什么主意?他见兵将盔甲在身,刀枪在手,吓得不敢多言。姚思廉至此亦是无法,扶着代王,哭奔大兴殿去了。当下李渊亦退居长乐宫。李世民与众将查点仓廒府库,出榜安民,粘贴布告,掩埋死尸,收编降军,布置善后。李渊仿照汉高祖的故事,与百姓定约法十二条,将隋朝的苛政苛法苛捐尽皆废除。然后唐王命人将阴世师、骨仪等十数人斩首,又将长安城内各监牢的囚犯尽皆赦放无罪,只有马邑郡郡丞李靖亦被唐军拿获。

这天唐王在长乐宫内升殿,众将在两旁侍立。唐王欲收用李靖,命人由监中将他提到,左右喝令:"跪下!"李靖立而不跪。唐王问道:"你可知罪吗?"李靖笑道:"我并没犯罪。我听说你兴兵西下,由马邑起身,欲往江都面见万岁告密,不料在长安被擒。你还问我有罪吗?"唐王大怒,喝令推出去斩首。李靖大呼:"公兴义师,欲为天下除暴去乱,为何以怨杀壮士呢?"李渊不语。左右亲兵推着李靖往外就走,忽听有人嚷道:"且慢,刀下留人!"唐王一看,拦挡的人是他的次子李世民,忙向他问道:"你为何阻拦?"李世民说:"父王莫非忘记了韩擒虎之言吗?"李渊猛然想起来,昔日隋帅韩擒虎曾言他外甥李靖熟读韬略,深知兵法,是个治世之才。李世民说:"请父王赦他无罪,收用李靖,岂不为美?"李渊说:"孤看李靖状貌魁奇,将来怕他不为我用,反为后患。"李世民说:"儿与他交情甚厚,他就是韩信,吾亦有驾驭之法。请父王放心,绝不生后患。"唐王这才点头应允,吩咐将李靖推回来。原来李靖自从张仲坚走后,得了虬髯公数十万巨金,衣食丰足,他与红拂女使奴唤婢,一呼百诺,享了富贵。他又与马邑郡的有些人士是朋,情愿在马邑郡为官,如此料着李世民绝不能叫唐王杀他,故意向李渊奚落几句,不愿乞怜,叫李渊重视于他。果不出李靖所料,李世民有意怜才,为他说情,唐王命人将他推回,亲解其绑,好言安慰,留居幕府,匡襄国事。自此,药师李靖便为唐臣。

李渊择了个黄道吉日,乃奉请代王杨侑为皇帝。是日,代王杨侑在更衣殿换了吉服,升坐大兴殿,由唐王李渊率领文武百官在大兴殿前拜贺新君即位之喜,改元义宁。李渊自为大丞相,都督内外军事,以武德殿为丞相府,设官治事,盖由他主持。乃用裴寂为长史,用隋旧相李纲为相府司录,专掌选用事务。又用前考中郎将窦威为司录参军,命他专定礼仪。其余文武仍按在太原所封,官职不动。李渊又追谥他祖父李虎为景王,他父李昞为元王。是时窦氏夫人已故,亦追谥为穆妃。命李世民为京兆尹。诸事完毕,李家已有半天子半天下之势。唐王为扬州选状元夺玉玺之事,与袁天罡、李淳风、李药师、李世民、李建成、柴嗣昌等商议应当如何。众人皆愿李世民、李元霸前往扬州夺玉玺,免得传国之宝为他人夺去,他人为君,多生劲敌。于是李世民命李靖替他主持京兆尹的事务,就与姐丈柴绍、胞弟李元霸,率领三千精兵,离了长安城,取道扬州,亦来夺玉玺。恰好他们到了天长关,各路反王亦都在天长关外扎住大营,李世民亦命人马安营下寨,歇了一夜。

次日早晨起来,李世民命人打探,探马回来禀报,说:"有陀螺寨的寨主伍天锡为武举,凡来夺状元的人都得与伍天锡较量输赢,能与他战三个回合,才准过关;如若杀不过他,战不了三个回合,不叫过关。伍天锡的双斧实在厉害,许多人都杀不过伍天锡,还死在他斧下不少。"李世民听了倒不以为然,惟有那头条好汉李元霸听说天下人杀不过伍天锡,气得烟生火冒,暴跳如雷,向李世民说道:"二哥,这个伍天锡是俺手下败将,金锤之下未曾丧命,俺要去打败他,叫天下比武夺魁的人过关!你叫俺去杀吗?"李世民说:"兄弟愿去,我就帮你前往。"于是他们三个人点齐五百马军,披挂整齐,带兵直奔天长关。走在路上,望见有凤鸣王李子通、湖广襄阳王雷大鹏、南阳王朱灿、豫州王徐延朗、相州王高谈圣、曹州王孟海公、定阳王刘武周、洛阳王王世充、突厥老英王铁木金、夏明王窦建德、济南王唐璧等各路反王亦都率领一支人马杀来。原来各路反王得报西魏王李密与元帅秦叔宝率领西魏强兵猛将来到,率兵攻打天长关,他们亦都要来观瞧西魏大将大战伍天锡。及至他们带兵出来,唐家猛勇无敌的李元霸等亦来了,一齐扑奔天长关。

　　大家来到天长关,各把兵将列开,勒住坐骑,一齐观瞧,只见伍天锡与梁士太如同走马灯似的杀在一处。那梁士太的铁锤施展开了,如同耍拨浪鼓一般;伍天锡的两只斧子如同旋风,磨盘十八式、翻天六十四式,好不厉害!两个人正杀得难解难分之际,忽见伍天锡使了个"凤凰还巢"的招数,梁士太招架不及,"嗑哧"一声,将梁士太的人头砍下,红光迸现,鲜血直流,尸横马下,梁士太的马就落了荒啦。众反王见梁士太命丧伍天锡双斧之下,无不惊讶,怒恼了瓦岗山的众英雄,要给梁士太报仇雪恨。

　　大家还没出马哪,李元霸将日行一千、夜走八百的宝马良驹一催,直奔伍天锡,大声喊嚷:"伍天锡,尔吃了熊心豹胆,敢将孤的开路先锋梁士太打死,叫你知道孤的双锤厉害!"伍天锡见李元霸来了,大吃一惊,忙道:"千岁,你亦来赶考吗?"李元霸说:"伍天锡,你看锤吧!"伍天锡用双斧招架,"当啷"一声,双斧撞在一处,震得他两膀发麻,虎口发烧。二马错镫,他还手一斧,李元霸回手一推,就撞出去了。两个人圈回马来再战,伍天锡的双斧劈奔顶门,李元霸的双锤左往右,右往左,"当啷"一声,将双斧抱住。他晃两臂之力,喊嚷:"开!"分筋错骨的劲儿,伍天锡哪儿受得了啊,双斧就撒了手啦!李元霸乘势两锤结果了性命。他喊嚷一声:"大家过关!"于是各路反王就将天长关把住,各调本部人马过关。这天各路反王大队过了天长关,李世民、李元霸、柴绍亦带兵过关。忽见探马来到,飞报秦王说有兵来扰唐王边界,李世民立刻传令撤兵回归。这唐军回归是真是假,下文书再表。

却说各路反王人马离着扬州城不远扎下大营,隋兵探马飞报靠山王杨林。杨林得报,叫扬州城内预备一切,将考场布置妥当,命人晓谕各路反王,初一日卯时入场。各路反王到了这天夜内,全都将马喂好,天明了齐入考场。西魏王李密与军师徐茂公守营,秦琼、罗成、王伯当、谢映登等五更时分各自披挂整齐,营中上马,齐催坐骑,各抖丝缰,飞奔扬州。将出来不远,就见各路反王各带本部元帅大将,乘马而来,一齐扑奔扬州。进了北门,来到武考场一看,贡院门关着哪。书中暗表,贡院门可不是真关着,是门开着,有一根黄绒绳拦着,等着时刻到了,响炮撤绳,大众才能进考场。在考场门前有一座大帐篷,内里设着公案桌,桌后边坐着一个小小的武职官。两旁站立数十名官军,刀枪在手,鞭板锁棍,十分威武。书中暗表,这个小官是扬州城的守将,奉命保护武考场。在他帐前放着两尊牛腿炮,天到卯时,他传下令来,叫火工司点炮。"咕咚咚"炮响连声,撤去黄绒绳,众反王等齐催坐马,乱抖嚼环,进了武考场,分为东西南三面,都勒住了马匹,往各处观瞧。只见东边有杆大旗,葫芦金顶绿缎色,按着东方甲乙木,应是绿色;南边有杆大红旗,按着南方丙丁火,应是红色;西边有杆大旗是素缎色,按西方庚辛金,应是白色;北方有杆皂缎旗,按着北方壬癸水,是黑色。正北有七七四十九间大小的一座演武厅,内中设着宝座、龙书案,有八扇围屏。厅外放着刀弓石,各分头、二、三号。厅前左右各有一丈高的看台,在台下掘有跑马射箭的箭道。东边有根铁竿,头上是个铁鹅脖,上有黄绒绳,挂着一个金钱,足够四尺见圆,当中间的金钱眼够四寸见方,上有四个字是"天下太平",金钱的底下盘着两挂串铃。大家正往各处观瞧,忽见由外边跑进来十几匹马,马上十几名隋军,向四面喊喝道:"天子驾到,肃静了,下马吧!"这些人听说皇上要来了,除了窦建德、唐璧、徐延朗、王世充、李子通见过杨广,其余都没见过,全要看隋帝怎个相貌。

工夫不大,就听见考场的南门外九声炮响,由南门外冲进来五百马军,对子马左右排开,如同二龙吐须,走至场中散开了,保护御路。少时又见进来二十四骑马,马上之人都戴着大叶巾,双插雉鸡尾,身穿长袍,外罩跨马服,个个手捧光闪闪、明又亮的钢刀,这是御刽子手。又见满朝銮驾排开,肃静回避牌,金瓜钺斧朝天镫,干戈宁静指掌权衡。飞龙旗、飞凤旗、飞虎旗、飞豹旗,日扇掌扇龙凤扇,烟舞烟幡烟罩烟。御前有八个太监拿着金锁提炉,内里香烟缭绕。盔甲层层,剑戟烁烁,前呼后拥,保护着皇上。高举金顶黄罗宝伞,上绣九条金龙,张牙舞爪,瑞草仙花。伞下便是皇上,头戴冲天冠,身穿赭黄袍金龙遍体,腰横乾坤带,佩带天子剑,绿鲨鱼皮鞘,金什件,金吞口,杏黄绒绳相垂灯笼穗儿。胯下逍遥马,金鞍玉辔,杏黄扯手,马挂威武铃,三道踢胸。

在皇上左边有匹马,马上是个文职官,方面大耳,白脸膛,皱纹堆垒,两道花白眉,一对三角眼,鼻直口方,颔下一部花白胡须。头戴一品相貂,腰横玉带紫罗袍,足下粉底官靴,胯下一匹银鬃马,鞍鞯鲜明。书中暗表,此人便是大大的奸臣宇文化及。在他身后有匹马,马上一人,身高丈外,头如麦斗,膀大三停,胸前宽,臂膀厚,肚大腰圆,面如淡金,两道浓眉,一双虎目,精神饱满,狮鼻阔口,连鬓络腮墨髯胡须。头上一顶绿缎扎巾,迎门上嵌一颗明珠,勒着一对紫金抹额,二龙斗宝,顶门上有一朵红绒桃突突乱颤,如意钩双搭珠穗。身披一副紫金大叶甲,挂甲钩环暗分出水八怪,勒甲丝绦九股攒成,巧系蝴蝶扣儿。内衬一件紫缎色蟒征袍,锦簇簇,花绒绕,蟒翻身,龙探爪,下串海水江涯。胸前悬挂护心宝镜,光华闪闪,亮如秋水,足有冰盘大小。后边葫芦金顶绿缎色八杆护背旗,上绣金龙火焰。肋下佩带一口双锋宝剑,绿鲨鱼皮鞘,真金什件,金吞口,大红绒绳挽手倒垂灯笼穗儿。鱼褟尾三叠倒挂,鱼鳞片片。红绸子中衣,虎头战靴牢踏在一对紫金镫内。坐下一匹黄骠马,鞍鞯嚼环鲜明,马上挂一条金锏。胸前挂着一块金牌,是"神勇无敌"。书中暗表,此人是宇文化及的儿子金锏无敌将宇文成都。在皇上的右边有一匹马,马上一人,身体魁梧,面如紫玉,皱纹堆垒,一部银髯洒满前胸。头戴紫金五龙盘珠冠,身披紫金甲,内衬紫缎色蟒征袍,肋下佩剑。书中暗表,此人是靠山王杨林。在杨广的驾前还有中郎将司马德戡、直阁裴虔通,杨广的宗弟蜀王杨秀,杨广之子齐王杨暕、赵王杨杲。

第七十一回　群雄争斗三杰亡身
　　　　　　宇文逼宫昏君毙命

　　当下隋朝众文武保护昏君杨广来到武考场,杨广催马直奔演武厅。马走着的时候,他往四下里观瞧,见各路反王盗寇,七长八短汉,三山五岳人,高矮胖瘦,黑白粗麻,胖大的魁梧,瘦小的精神,触目惊心,瞧着这些人,心中不安。到演武厅前勒住逍遥马,杨广甩镫离鞍下了坐骑,撩袍端带走进演武厅,在龙书案后宝座上一坐。靠山王杨林在左,宇文化及在右,宇文成都等人两旁侍立。五百马军在演武厅东南西三面勒住马,保护皇上。二十四名刽子手就在演武厅左右排开。这个时候,武考场的门就关上了,上好闩锁,外边有三千大兵将武考场团团围住。扬州城内禁止行人,买卖铺户、住户人家家家关门闭户,东西南北各城门亦都关上了。那看守千斤闸的兵将在城上待着,只等地雷一响,往下放千斤闸了。城上头隋兵散开,早将灰瓶、石子、滚木等项预备好了。弓弩手身带弓箭,架上硬弩,隋兵密布,四面撒下天罗地网,将西魏将帅与各路反王等困在考场内。他们层层围住,铁桶相似。

　　单说武考场内,杨广命人宣读考场规矩,大意就是说:无论何人,凡能力胜五杰者,点为头名状元,披红戴花,赐御酒,受让传国玉玺。宣读已毕,早有定阳王刘武周帐前先锋甄翟儿一催坐骑,手舞大锐,高声叫战。话音刚落,从反王阵中冲出一骑,来至近前。甄翟儿问道:"尔是何人,敢来与俺较量?"这人道:"俺乃豫州王驾前大将军马振山。"甄翟儿将锐一砸,马振山横枪招架,二人将马催开,杀在一处。不到三合,叫甄翟儿将马振山的脑袋砸碎。主人死了,那匹马亦跑啦。甄翟儿听得胜鼓响过去了,他在当中耀武扬威叫战。

这时正南方有人喊嚷:"休逞刚强!"甄翟儿顺声音一看,来了一骑马,马上之人约有九尺之躯,脑袋大,胳膊粗,面如锅底,黑中透暗,浓眉入鬓,大眼暴露,大鼻子头儿,四字方海口,连鬓络腮短钢髯。头戴一顶荷叶盔,翻卷荷叶边,嵌明珠光华灿烂,垂八宝轮、螺、伞、盖、花、罐、鱼、长,九曲簪缨倒挂,四指宽勒额带包耳护项。身披镔铁甲,内衬一件皂征袍。胸前悬挂护心镜,后勒五杆护背旗,肋下佩剑。鱼褟尾两征裙,五彩花靴。胯下马夹尾驹,鞍鞴鲜明,手中擎着一口大砍刀,精神百倍,煞是威风。甄翟儿问道:"尔是何人,敢来和俺较量?"这人说:"俺乃刘黑闼驾前先锋左雄是也。"甄翟儿镋举起来就砸,左雄横刀杆招架,两个人马打盘旋,杀在一处。左雄这口大刀扇砍劈剁,上下翻飞,甄翟儿也是镋沉力猛。俗话说:才高语壮,力大欺人。不到七八个回合,左雄就要不敌了。他们二马错镫之际,忽然左雄的战马将尾巴一抡,抽在甄翟儿的马屁股之上。这马负疼难挨,将后腿扬起,猛劲儿就将甄翟儿扔下马来,"扑通"一声,摔在地上。左雄不容他往起爬,手起刀落,"扑哧"一声,身首异处,一命呜呼。隋军有擂得胜鼓的,有挪死尸的。天下众反王与西魏秦琼等人见左雄的马如此厉害,无不惊讶,都猜不透那匹马是什么意思。

书中暗表,左雄的马名叫夹尾驹,大牲口善通灵性,左雄无事的时候排演成了的,他这匹马的尾巴格外长些,他又在马尾巴梢上盘个铅坨子,如若与人交手,武艺不敌,杀他不过,左雄一按马头,那马就将尾巴一抡,往人家的马上就抽,抽上就受不了。他那铅坨刺儿抽在马屁股上,血就下来了,那马忍受不了,一定将骑着的人扔下来。左雄这匹夹尾驹厉害无比,每逢上阵之时,一半是仗着个人的武艺,一半是仗着这匹夹尾驹。左雄来到扬州,要凭此马的力量夺那颗玉玺。今天他将甄翟儿的命要了,合场之人,上至天子,下至大臣与来夺玉玺之人,谁瞧着夹尾驹,亦都惊讶不止。

左雄耀武扬威叫战,忽听见正东方有人喊嚷:"左雄,尔休逞刚强,将状元让与我吧!"左雄顺声音一看,来了一骑马,马上一人,约有八尺之躯,细腰乍臂,双肩抱拢,面白如粉,白中透暗,长眉细目,鼻直口方,颔下无须,正在少年。头戴一顶九凤亮银盔,十三曲簪缨高寨,迎门上一宝镶,顶上边一只丹凤朝阳,勒额带双掐勒颔骨。身披银素甲,九股攒成勒甲绦,巧系蝴蝶扣儿。内衬一件素缎征袍,锦簇簇,花绒绕,蟒翻身,龙探爪。前悬护心镜,后勒八杆护背旗,葫芦银顶素缎色,上绣金龙,瑞草仙花。肋下佩带一口双锋宝剑。狮蛮带三环套月,白绸子中衣,两扇软战裙,天蓝色嵌金钉,攒成莲花瓣,翻卷荷叶边,朵朵荷花现。素缎花靴牢踏一对亮银镫内。胯下一匹白龙马,这匹马,高八尺蹄至背,长丈二头至尾,龟屁股蛋儿,高七寸小蹄碗,鞍鞴嚼环鲜明,马头下倒挂双踢胸,十八子威武铃。马上之人,手使一条画杆方天戟,正在英雄少年,精精神神。左雄用手一指道:"尔叫何名,敢来夺状元?"这人说:"我乃湖广襄阳王的招讨金德明,特来较量。"他说着话用戟便扎,左雄合镗招架。两个人各将战马催开,杀在一处。金德明这条戟施展开了,招招进迫,招数巧妙,令人难防。二马错镫了,左雄伸手一拍夹尾驹的马头,夹尾驹善通灵性,将尾巴一抡,抽在金德明的马屁股上。那马负痛,往起一蹿,将金德明扔在地上,左雄乘势一镗,结果性命。隋军擂动得胜鼓,左雄等隋军将死尸拉开了,还是叫战。有些武艺高强、艺业出众的人,因为人能敌得住左雄,马可敌不住左雄,喊了半晌,无人敢来和他比试。

怒恼了西魏大帅秦琼,将虎类豹一催,手持金枪,直奔左雄。

左雄一看秦二爷,问道:"尔是何人?"秦琼说道:"我乃西魏大帅秦叔宝是也。"左雄说:"你就是秦琼?我闻名久矣。来来来,你我二人分个上下,见个高低!"秦琼用枪便扎,左雄用锐招架。二人一来一往,杀在一处,如同走马灯相似。秦琼的大枪是罗家的传授,前文书已然表过,秦叔宝发配北平府的时候,与罗成在花园传枪递锏。左雄虽然膂力大,遇见了秦琼,可不是秦二爷的对手,未走五合,他就敌不住了。二马错镫的工夫,左雄用手一拍夹尾驹,那马将尾巴一抢,往虎类豹就抽。虎类豹不比寻常马,它是匹千里驹,夹尾一抽,它负痛难忍,一声吼叫。这下子可了不得,夹尾驹不知道是虎类豹叫唤,还以为是老虎叫唤哪,吓得它屁滚尿流,倒在地上,将左雄亦扔下来,秦叔宝乘势一枪将左雄扎死。夹尾驹爬起来,往回便跑,这匹马就归苏烈苏定方了。秦琼往四下里一看,一阵大乱,合场之人全都下了马,杨广君臣与各路反王见虎类豹如此厉害,无不害怕,全不知道这马的毛病。当下隋兵擂动得胜鼓,有人将死尸挪开,秦叔宝在当中耀武扬威叫战。

忽听见有人喊嚷道:"将状元给俺留下!"秦叔宝顺声音一看,来了一人,跨马持刀,九尺壮壮,面如熟蟹盖,红中透润,两道狮子眉,一双大环眼,大鼻子头儿,高颧骨,四字方海口,短茸茸的乌须。头戴一顶青铜荷叶盔,身披青铜大叶甲,内衬一件大红袍,胸前悬挂一口护心宝镜,上有八卦。后边葫芦铜顶八杆绿缎色护背旗,上绣八卦,分为乾、坎、艮、震、巽、离、坤、兑。肋下佩带一口双锋剑,绿鲨鱼皮鞘,青铜什件,青铜吞口,绣绒绳挽手,倒垂灯笼穗儿。鱼褟尾片片龙鳞,两征裙烈火苗,红绸子中衣,虎头靴牢踏青铜镫内。胯下青鬃马,掌中一口锯齿飞镰青铜刀,人欢马乍。秦琼问道:"尔是何人,来夺状元?"这人道:"俺乃高丽国大帅盖雄。"秦琼用枪便扎,他合刀招架,两个人杀在一处。秦琼的枪走线路,令人难防,如同金蛇乱窜;盖雄的大刀遮拦挡架，封得很严，叫大枪扎不进去，秦琼实是佩服。盖雄大刀施展开了，刀走偏路，八八六十四手八卦刀，上三下四左五右六，厉害无比；秦琼大枪上拦下掩，内穿针外刺袖，不叫他得手。十数个回合不分高低，杀了个棋逢对手，将遇良才。那盖雄愈杀愈勇，精神倍长；秦琼度德量力，自知难敌。正在难解难分之际，忽见一将催马而来，银甲白袍，跨马持枪，喊道："秦二哥让与小弟！"秦琼一看，是昔日的南阳侯，如今河北凤鸣王李子通的大帅伍云召，不好不让，虚点一枪，拨马便走。伍云召与盖雄杀在一处。秦叔宝忽见由对面来了个番将，大叫："秦琼，可认得铁木金吗？"说着，用手中的狼牙棒便砸，两个人亦杀在一处，四个人杀成两对儿，走马灯相似，拼命血战。又杀了十数合，还是不分胜负。

　　在这时，怒恼了一位少年英雄，催马拧枪直奔当中，大声喊道："尔等休逞刚强，将状元让与俺朱伍登！"合场之人齐看朱伍登，只见他约有七尺壮壮的身躯，细腰乍臂，双肩抱拢，面如敷粉，白中透红，红中透润，长眉带煞，双插入鬓，二目有神，皂白分明，伏羲骨通天，四字口，唇若涂朱，牙排碎玉，大耳相衬。头戴一顶亮银束发冠，双插雉鸡尾，上身穿素缎色短箭袖帮身小袄，大红缎色云肩，肋下佩剑，下身穿着白绸子中衣，足下素缎靴子。胯下一匹白龙马，手中擎着一条素缨枪。美貌少年，人人夸奖。书中暗表，他是南阳王朱灿的殿下，名叫朱伍登。他亦不是南阳王朱灿亲生之子，而是伍云召的亲生之子。前文书杨广弑父夺权，长安城篡位的时候，因伍建章骂殿，杨广先杀了伍建章满门家小，然后又派韩擒虎挂印为帅，兵伐南阳关，捉拿伍云召。伍云召的夫人李氏投井自尽，伍云召怀揣幼子，马踏隋兵，闯出重围。有宇文成都追赶于他，打柴的朱灿假扮周仓，救了伍云召。伍云召将他的孩子伍登交给朱灿，托他教养，这朱伍登便是那个小孩。那位说小孩怎会这么大了呢？我的书没长，我书里的人可长了。这时朱伍登亦来赶考,他知道自己的身世,是大隋朝忠臣之后。如今见着了他父亲,父子要相认,他才出马。说时迟那时快,没见朱伍登费事,就将与秦琼动手之人扎死了。那高丽国的大帅盖雄拨马便走,伍云召催马就追。朱伍登喊道:"爹爹慢走!"话音未落,就见盖雄把刀挂在鸟翅环得胜钩上,搭弓抽箭,认扣填弦,弓开如满月,箭出似流星,"吧嗒"一声弓弦响处,一支雕翎箭正中伍云召哽嗓咽喉。可叹南阳侯大仇未报身先死,父子相见已诀别。朱伍登大惊失色,就觉得眼前发黑,身子一晃,"扑通"一声,栽落马鞍鞒下。朱灿赶紧派人连伍云召的尸体带朱伍登一并抢回队中,撅砸捶叫不提。到后文书"锁五龙"时朱伍登还要出场,这是后话,暂且不提。

却说盖雄暗箭伤人,怒恼了西魏军中副帅罗成。罗成挺枪出马,没走三合,枪挑盖雄。之后又连胜四阵,自然被点为武状元。然而杨广见各路反王兵将如此势大,心生寒意,不等为状元披红戴花,一跺脚,坠入地道而逃。这一来全场大乱。此时,忽听得演武厅后三声炮响。原来小炮一响,应该随即点着大炮的药线,殊不知竹筒内药线湿了,再也不响。各路反王都有些知觉,为防有不测之变,便一齐上马,纷纷涌出考场,直奔城下。

城头上的隋军见各路反王逃出武考场,不敢怠慢,立刻往下放千斤闸。此时忽然有人大声喊嚷,由护城河桥跑至城门洞内。军士们一看,这人长得十分凶恶,穿青挂皂,跨马而至。书中暗表,此人是雄阔海,因为有事来迟,将将赶到。要换个别人,听见城内声音一乱,就自己顾自己了。雄阔海听见动静,他反倒往前奔。及至他到了城门洞内,千斤闸正往下放。他甩镫离鞍下马,将右臂一伸,将千斤闸托住,跟着众反王和众好汉来到,大家见雄阔海手托千斤闸,无不惊讶。大家催马如飞往外逃命,城上的隋军矢石齐下,这些反王、英雄都是杀人不眨眼的魔王,如何拦得住,大家逃出了北门。而雄阔海举的工夫大了,用得过了力,他要撒手，已然来之不及。直到力尽之时，他觉着头晕，将一松手，身子还没动哪，"扑通"一声响，雄阔海被千斤闸压死了。雄阔海死了，这且不表。

却说众英雄出了扬州城，往北逃奔，眼前来到龙鳞山。忽听一声炮响，由山中冲出一支人马，约有三千之众，一字排开，正当中是靠山王杨林，擎着盘龙棍，截住大家的去路。怒恼了罗成，直奔杨林，两个人杀在一处。不到几个回合，罗成就将绝命招施展出来，只见他：一扎眉攒二扎心，三扎肩肋四扎阴，五扎胸前华盖穴，六拉败势敌人跟，回马枪到急似箭，管叫敌人命归阴！靠山王杨林因为罗成破过长蛇阵，倒反金斗铜旗阵，坏了隋朝的军国大事，如今见他要走，哪里肯放，在后便追。罗成故意勒马慢走，杨林的棍砸下来，罗成一拧身，棍空了，罗成的枪就到哽嗓咽喉啦，杨林招架不了，躲闪不及，"扑哧"一声，靠山王翻身坠马，死于非命。跟着众反王、众英雄乘势一冲，往前扑过来，大杀隋兵。杨林一死，军心震动，如何能敌得住这些人，被杀得东倒西歪，横躺竖卧，隋兵四散而逃，众反王各归各营，秦叔宝等亦回了大营。

到了营中，秦叔宝面见西魏王李密，将扬州城的事禀明，李密惊讶不止。少时天光黑了，大众用饭。吃完晚饭，徐茂公出来漱口，他抬头一看，天上的星斗已然出全，忽见客星犯帝座，有股煞气直奔紫微星。他惊喜非常，忙入帐中，来见魏王，说道："千岁，今夜昏君杨广要宾天了！"李密问道："此话因何而起？"徐茂公说："客星犯帝座，紫微星昏暗不明，应在今夜必然有人弑君。"李密听了，半信半疑，命人打探。书中暗表，杨广由地道逃走，他原想这十条绝户计成功，从此天下就能太平。哪想武考场的事失败，琼花观内得报，旧病复发，又犯起头疼来了。他这头疼亦真奇怪，是药都无效，惟有用五花棒打才能止疼。相传那琼花即是如今的望日莲，五花棒即是望日莲的梗儿。在瓦岗山程咬金曾探地穴,在地穴之中见了一物,其形如猪,牙齿外露,都说那个东西叫犴,杨广即那物所生。地穴有望日莲的梗儿,程咬金使那梗儿打过犴,所以人人都说程咬金探地穴,五花棒打死了杨广。是与不是,亦难考查,这且不表。

却说在琼花观保护杨广的有宇文化及父子,宇文化及所怕的是靠山王杨林一人,如今得报杨林已死,心无所惧,他向宇文成都商议道:"天意亡隋,十条绝户计未能成功。现在群雄四起,逐鹿中原,这天下没准归了何人。天与不受,反受其咎。吾儿可在今夜入营,将昏君杀了,夺过玉玺,免得天下被别人夺去。"宇文成都闻听此言,大吃一惊,忙问道:"爹爹为何出此不忠之言? 想当今万岁待我父子不薄,家贫出孝子,国乱显忠臣,如今国事这样,正是我父子忠君报国之日,你老人家为何欲儿弑君呢?"宇文化及说:"儿呀,我们宇文氏与杨广有仇,今日杀他是报昔日之仇。"宇文成都问道:"他与我们有何仇呢?"宇文化及说道:"当初北周的天下是我们宇文氏的,我们北周的天下是宇文觉所创,五代传到静帝宇文阐在位之时,那杨坚在北周官拜隋国公,他欺静帝年幼,篡了位,弑了静帝,自立大隋。我非是不忠,要在今日报仇,有何不可?"宇文成都这才明白,他遵父命到外边点兵,点齐数千儿郎,将琼花观团团围住,举火为号,人声呐喊,直达观内。

那杨广自从来到扬州,愈发荒淫,每夜必令妇女用五花棒击其首,才能安眠。这天他与萧妃对坐饮酒,席间长叹不止。萧妃问道:"万岁为何长叹?"杨广说:"朕十条妙计未能成功,杨林又为国尽忠而死,大势已去,不久将亡。"说到这里,忽然用手一指自己的人头道:"好颗人头,谁来砍之?"萧妃大惊道:"万岁为何出此不利之言?"杨广说:"天下大乱,吾之帝业岂能久长?"正说到此处,忽听外边一阵大乱,人声呐喊。杨广大惊,往外边一望,只见火光冲天,料有大变,他站起身往后便跑。及至他到了东阁,宇文成都率兵杀至。杨广见是他来了,忙问:"你为何如此?"宇文成都说:"我特杀汝!"杨广说道:"朕有何罪,你来杀我?"宇文成都说:"你这昏君,弑父夺权,鸩兄图嫂,欺娘戏妹,大兴土木之工,修宫殿掘运河,耗尽民财,用尽民力,穷奢极欲,弄得天下大乱。"说着他仗剑前进,欲杀杨广。杨广说:"朕薄待人民,未曾薄汝父子,为何无礼?"宇文成都说:"汝父曾篡我宇文氏的北周,弑静帝宇文阐,我今杀你,是为我宇文氏复仇,为天下除害,尔还有何言?"杨广说:"自古天子之死,与平常人不同,你不可以锋刃相伤。"宇文成都遂用带将他缢死。凡隋家在扬州之宗室,不论男女,尽皆杀了,屠戮一尽。那萧妃为宇文化及所得,彼竟不知羞耻,未曾死节,又从宇文化及,传国玉玺亦为化及得去。

第七十二回　西魏王玉玺换萧妃
程咬金斧劈老君堂

宇文成都弑君之后，命人将杨广等尸身掩埋，打扫宫殿，请他父宇文化及升殿，他率领文武拜贺新君。文武官员谁敢不从？宇文化及即了帝位，定国号大许，封宇文成都为武安王，封次子为武英王，其余尽皆封赏。次日宇文化及与成都等商议，扬州非是帝王都城，不宜久居，还是回归长安为是。于是宇文成都出去点兵，将数万大兵点齐，刀矛器皿、锣鼓帐篷、粮草等项装载车辆，结成队伍，候令起兵。宇文化及又将所有财宝尽皆卷起，他与萧妃分乘大辇，由宇文成都保护，离了琼花观，往长安进发。宇文成都在前开路，宇文化及在后，走到麒麟山，忽听炮声一响，有支人马约有千数，挡住去路。李世民在旗下压住大队，李元霸拍马而出，大叫："逆贼慢走，将玉玺献出来，如其不然，要尔等性命！"宇文成都大怒，催马持锐，直奔李元霸，用锐就扎。李元霸双锤一锁，"当啷"一声，将锐抱住，他喊嚷一声："撒开！"宇文成都攥不住了，将锐撒手，被他双锤连人带马全都砸死。李世民指挥人马冲杀过来。成都一死，军心大乱，被李元霸抢开双锤，一路大打，杀得落花流水。后边的宇文化及与萧妃乘辇，还以为有成都开路万无一失哪，哪想左边炮声一响，西魏人马杀来。罗成一马当先赶到，大喊："弑君之贼宇文化及休走，留下传国玉玺！"宇文化及在辇上望见罗成来要玉玺，吓得骨软筋酥，叫苦不迭。原来宇文化及弑杨广篡了大位，尽为徐茂公所知，秦琼派人探实，得报宇文氏父子要回长安，就派罗成为第一路，程咬金为第二路，各带大兵一千，中途路上截奸臣要玉玺。罗成第一路兵来到，毫不费力，被罗成将老贼用枪扎死，又将传国玉玺搜出来。罗成有了传国之宝，收兵回归，见西魏王献宝去了。程咬金二路人马来到，只见夏明王窦建德率兵把宇文化及的残余杀了个干净，萧妃亦被窦建德掳去，他来晚了，任什么亦没得着，收兵回营。

　　却说罗成回到营中，见了秦琼等，将玉玺得来之事说明，大家惊喜非常。秦叔宝向徐茂公问道："我表弟将玉玺得来，理应献与西魏王，咱们大家面见主公献宝。"徐茂公说："且慢！"秦琼问道："军师为何阻拦？"徐茂公说："我看杨广死后，谁是应运之主，惟有李世民是个帝王的相貌，豁达大度，将来天下一定是他的。我们何不将玉玺献与李世民？"秦琼犹疑未决，单雄信说："我们既保魏王，就应当全始全终，不应当中途改变。得了传国之宝，还是献与魏王为是。"王伯当等随声附和道："单雄信之言甚是有理。"于是秦琼、罗成率领众人来见李密。来到银顶黄罗帐，齐向李密贺喜，献上国宝。西魏王见了国宝，惊喜非常，传下旨来，杀牛宰羊，大摆酒宴，庆功贺喜。于是大众退出帐来。少时杀牛宰羊，摆下酒宴，大家都在外边饮宴。那程咬金来到黄罗帐内，向李密说道："主公得了玉玺，臣为主公致贺。"西魏王说："朕得此国宝，卿家亦是可喜呀！"程咬金说："只可惜那萧妃……"李密在太原时曾和萧妃眉目传情，前文书已经表过，他如今还是不忘情于萧妃。他听了程咬金之言，忙问道："那萧妃怎样？"程咬金说："萧妃被夏明王窦建德掳去了。"李密听萧妃被窦建德得去，心中很觉不安，叹惜不止。程咬金问道："主公为何长叹？"李密说："那萧妃为窦建德掳去，孤颇不自安。你可有什么高明主意，叫窦建德将萧妃献与孤呢？"程咬金说："主公若要萧妃，倒亦不难，如肯把那玉玺给他，向他换萧妃，他定能应允。"西魏王道："就劳卿前往。他如愿意，孤就用玉玺换那萧妃。"程咬金奉命就往窦建德的营中与夏明王相商,来回两趟,事竟成功。萧妃到了李密的帐中,玉玺归了窦建德。窦建德得了玉玺,获有至宝,喜之不尽。想那秦叔宝、罗成等都不知道,他以为从此天下便可归他了。不料这事竟自泄露了,闹得无人不知。这正是:若要人不知,除非己莫为。

李密、窦建德正然各趁心意,不料山口外大炮声音震动天地,有赵王李元霸率兵前来,堵住山口,大声喊嚷:"急速将传国玉玺献出,交到马前。倘若不献出玉玺,杀进山来,鸡犬不留,全都杀死!"这下子可把各路反王吓坏了,就是秦琼、罗成亦都吃惊,惟有程咬金反倒大笑不止。罗成问道:"程四哥,李元霸来要玉玺,你为何大笑不止呀?"程咬金说:"我们平安无事,我怎不欢喜?"罗成说:"李元霸来要玉玺,传国之宝焉能给他?如若不将玉玺献出,李元霸绝不能善罢甘休,你怎么却说没有事呢?"程咬金说:"你还不知道哪,玉玺早就没了。"罗成急问道:"玉玺哪里去了?"程咬金说:"萧妃被窦建德掳去,我们西魏王将玉玺给了夏明王,玉玺换了萧妃了!"众英雄闻听玉玺换了萧妃,个个有气,都恨李密重色轻友,不该用价值连城之物换了萧妃。他们个个灰心,人人丧志,都以为错保了李密,按他所作所为,绝得不了天下。秦琼、徐茂公想着木已成舟,玉玺没了,没有办法,只好认丧吧。徐茂公向程咬金道:"四弟,你去告诉李元霸,就说玉玺归了窦建德,叫他向夏明王去要吧。"程咬金说:"三哥你真损啦,这叫嫁祸于人,我去一趟吧。"说着上马出营。到了山口,果见外边有支人马,遍打唐军旗号,李元霸手持双锤,在马上耀武扬威,索要玉玺。程咬金叫道:"对面是赵王吗?"李元霸道:"正是,你可是来送玉玺的?"程咬金说:"我不是来送玉玺,我是来送信儿。"李元霸问道:"你送什么信呢?"程咬金说:"那玉玺在夏明王之手,你要此宝,和他要吧。"说罢,拨马往回就走,回西魏营了。李元霸向李世民说:"哥哥,玉玺叫窦建德得去了,我们找他要玉玺!"李世民说:"兄弟,这玉玺要不得,窦建德是咱们的亲娘舅。"李元霸说:"我就知道要玉玺,不管什么叫舅舅。"他说完拨马就走,进了山口,直奔夏明王的大营而来。李世民放心不下,在后便追。

却说夏明王窦建德得报李元霸来了,他以为甥舅关系,无甚紧要,将李元霸让进营来,跟着李世民亦来到了。窦建德将他二人让到帐内,问道:"孤的御外甥来见孤,有何事呢?"李世民不好启齿,李元霸说:"俺来了是要玉玺。"窦建德道:"玉玺未在……"说到这里,下半句话还没说出来哪,李元霸过来劈胸一把抓住道:"快快将玉玺献出,如若迟延,惹得性起,怕要你的命!"窦建德吓得无法,只得将玉玺献出来。李元霸得了玉玺,欢天喜地回归大营去了。窦建德真是霉气,萧妃没了,玉玺亦没了,落个鸡飞蛋打。李元霸弟兄有了玉玺,又迫着各路反王写了降书降表,拔营起寨,回归长安去了。众反王等各率本部人马,各归本国。

单说李世民、柴嗣昌、李元霸率兵往回够奔,这天行至中途,忽见云生西北,雾长东南,一阵狂风,跟着电光闪烁,"轰隆隆"雷声响动。真亦奇怪,那雷声如在李元霸顶门一般,惹得他大怒道:"这是天和俺作对!"气得他将锤的把挽手甩下,使足力气,将锤往空中一扔,"嗖"的一声,锤就悬起来了。他抬起头来,往上一看,只听"啪嚓"一声响,锤落将下来,将李元霸的头颅打了个粉碎,"扑通"一声,尸身倒在地上,吓得李世民、柴嗣昌可就怔了。二人下马,抚尸大恸,哭得死去活来。众将士在旁苦苦相劝,好容易才止住悲声。李世民无法,只好命人备棺,扶柩回归。一路之上无事,这天来到长安,先在庙中停放赵王的灵柩,兵丁各归汛地。李世民、柴嗣昌来到宫中,面见李渊献上传国玉玺,又将李元霸被锤打死的事说了一遍,李渊"哎哟"一声,摔倒金殿之上。李世民等将他扶起,撅砸捶叫,李渊缓醒过来,放声大哭:"我儿死得好苦!"李世民等在旁相劝。然后下诏发丧办事,将李元霸葬埋。而李渊得了玉玺,名正言顺,废了代王,自己当了皇上,是为大唐。

未过三日,忽有潼关守将的紧急折本入都,奏禀的是洛阳王王世充由洛阳出兵,往西来犯,请旨发兵。李渊忙召文武大臣等议事。众文武施礼完毕,退归臣班。李渊说道:"众位卿家,今有洛阳王王世充率兵西下,犯我边界,谁愿出征呢?"李世民出班跪倒道:"儿臣愿往。"李渊大悦,就命他带兵十万,往潼关去破王世充。李世民遵旨下殿,到了教军场,点兵十万,与大将马三保、殷开山、段志贤、刘弘基等放炮祭旗,离了长安,往东而下。走了四天,出了潼关,李世民命人将李元霸的旗号挑着,虚张声势。这天离着敌营相差不到三十里了,李世民传令安营下寨。洛阳的探马知道了,飞报洛阳王王世充。王世充并不知道李元霸死了,听说唐军来了,有赵王李元霸在军中,吓得他传令紧闭营门,深守不出,哪敢到唐营叫战。两国的人马各自小心,昼夜提防,唐兵亦不愿出战。

这天李世民用完晚饭之后,他要窥探敌营,与马三保、殷开山二将全身披挂,带好了弓箭,手持军刃,帐前上马。三个人催坐骑出了唐营,往四外听了听,空落落并无人声;往天上一看,万里无云,星光灿烂。他三个人在月下往东而来。走出约有十数里,忽见前边有一物,看不很清,李世民抽弓拔箭,认扣填弦,前把一推,后把一拉,弓拉如满月,箭出似流星,"吧嗒"一声,弓弦响处,箭奔那物而去。忽见那物展翅腾空,飞奔正东,是只大白鹤,李世民催马就追。他的马脚程最快,抛下殷、马二将,如同风驰电掣般追赶下来。那马四蹄蹬开,耳朵一竖,螳螂似的脖儿一仰,一气儿跑出数十里。李世民怎么亦勒不住马了,直跑到月在当中,方才站住。眼前有座大山,山上"梆梆梆"三声梆子响,"当啷啷"三声锣响,他抬头一看,山上有座城,城上有巡更走筹的兵丁,正打三更。李世民好生纳闷,不知道这座山是什么山,这座城是什么城。他只顾往上观瞧,可不知祸事来了。阅者若问有什么大祸,书中暗表,这座山就是瓦岗山,这座城是金镛城。原来李密自从玉玺换了萧妃,就与秦琼等回兵瓦岗山,这天夜内正赶上秦叔宝、程咬金亲自巡查城池,忽听山下有马踏鸾铃之声,夜静更深听得清,借着星斗月色光华看得明,是个马上的战将,夜探金镛城。

程咬金悄悄地向秦叔宝道:"我去将他拿来。"顺着马道下城,上了坐骑,悄悄出了金镛城,直奔李世民而来。离着近了,程咬金用大斧一指道:"呔!尔是什么人,敢来窥探我瓦岗山?"这一嗓子李世民大吃一惊,忙道:"孤乃唐王次子李世民。"程咬金听说是他,将大斧一举,搂头盖顶就砍。李世民横定唐刀一架,"当啷"一声,程咬金斧沉力猛,砸得火星乱迸,刀头刀瓒直响。二马一错镫,程咬金大斧一推,磨盘式砍奔李世民项后。李世民招架不及,他往前探身,缩颈藏头,斧从头上过去,吓得李世民催马就跑。程咬金在后便追,大声喊嚷道:"小秦王,尔往哪里走!"李世民奔命而逃,程咬金苦苦相追。幸而李世民的马快,将程咬金落在后头,他往前逃奔。忽见前边有一座古庙,那旗杆虽有,并无旗子,左右钟鼓二楼,还有一个半破铃铛,顺风刮动,"哗啷啷"直响。山门开着,并无人声。李世民将马勒住一看,山门上有字,这座庙是老君堂。他要想在这庙里藏会儿,甩镫离鞍下了马,拉着牲口走进山门,见殿的东西各有一个角门。他牵马进了西角门,见是个跨院,将马往树上一拴,转身回来,用手一推大殿的隔扇,"吱扭扭"开了。将门关好,往佛桌底下一钻,隐藏起来。

他在这儿藏了不大工夫,就听外边有马踏鸾铃之声,程咬金追到了,将马勒住,自言自语地说道:"追到这里人会没了,一定是藏在庙内。"他甩镫离鞍下了马,将马往旗杆上一拴,手持大斧,走进老君堂。来到殿前,用手没推动,不由得大怒道:"你藏在这里,以为将门关上就完了?"大斧一举,就着隔扇劈下,只听"咔嚓"一声,双门劈开,程咬金斧劈老君堂!可把李世民吓坏了。他正然害怕,就听程咬金说道:"我亦不管藏在桌下没有,俺老程先劈上一斧!"李世民在底下受不了了,他说道:"程皇兄,手下留情!"程咬金说:"你快出来,不然我要劈了,出来有话好说。"他往外一露头,程咬金放下大斧,一把抓住李世民,按在地上,抖开勒甲绦便捆。他将李世民捆好,又将他的马找着,将他往马上一驮,拉出庙来,将大斧往马上一挂,上了坐骑,拉着李世民的马,往瓦岗山而来。

到了金镛城内,押到西魏王府中,命人禀报李密。这时候天光已然大亮,秦叔宝、徐茂公等听说将李世民拿来,都赶到府中。李密升坐银安殿,众文武施礼完毕,退在两旁。程咬金跪倒奏禀道:"臣将李世民拿来,请主公发落。"李密说:"卿家免礼平身。"程咬金往旁一站。李密吩咐:"将李世民推上殿来。"少时间武士们将李世民推到殿上,李世民立而不跪。李密用手一指他,厉声问道:"孤自从在瓦岗山即位,就与你们父子信使往还,理应当永远和好,那才是道理。你们仗着有李元霸,竟将玉玺逼着窦建德要去,又迫孤家与各国写了降书,为何反复无常?今天将你拿住,有何话讲?"李世民说:"你家殿下既是被擒,杀剐存留,任凭于你。"李密大怒,吩咐将他推出府门斩首,武士们往外就推。魏徵、徐茂公道:"刀下留人!"李密问道:"你们二人为何阻拦?"魏徵、徐茂公道:"主公,这李世民杀不得!"李密问道:"怎么杀不得?"徐茂公说:"前日他弟兄帮助我国在东岭关破铜旗阵,如今杀了,落个不义之名。不如留着他,囚禁起来,有他的活命,可以威胁唐军。"李密忽然觉悟过来道:"丞相、军师之言甚为有理,就将李世民囚禁起来。"于是武士们将李世民推走,收往监中去了。

　　李世民在瓦岗山遭难，有西魏的兵丁透出消息，传到唐军耳内，马三保、殷开山、刘弘基、段志贤等无不吃惊，急忙写了紧急折本，飞奏朝廷。李渊见了这道折本，这一惊非同小可，犹如万丈高楼失脚，扬子江心断缆崩舟，急忙召集文武百官商议此事。有李靖奏禀道："请主公勿忧，吉人自有天相，管保不到百日此难自解，万无一失。"李渊听他所言，料他必有成见，又问了问众文武，竟无一人能够搭救李世民。李渊命文武散去，与李靖到偏殿商议有无搭救之法。李靖如此恁般说明，李渊半信半疑，就命李靖照计而行。李靖原是替李世民主持长安京兆尹，又另保一人替他职务，他扮作一个道人，离了长安，往东而来。阅者若问李靖所献是何妙计，他意欲何往，暂时不便细表，请阅者注意，慢慢往下瞧吧。

　　李密自从得了萧妃，回到瓦岗山，他窥出众英雄都有不悦之意，亦深以为忧。这天忽然见有一道紧急折本，是金堤关守将贾润甫、柳州臣来的。据他二人所奏，是曹州王孟海公率领人马来犯西魏，攻打金堤关紧急。二将上言，请发救兵。李密大怒道："孟海公亦敢来犯我西魏，孤若不出兵，金堤关失守，有辱国威！"立刻传旨，命秦琼与五路先锋点兵五万，他要御驾亲征曹州。秦叔宝遵命，点齐五万人马，在瓦岗山东齐队，刀矛器皿、锣鼓帐篷、粮草等项装载车辆，结成队伍，秦叔宝、王伯当、谢映登、王君可、程咬金等都在山下候着。李密由金镛城要起驾了，传下旨来，命徐茂公、魏徵守国，然后起驾。徐茂公、魏徵送李密出了岗山，秦琼将要传令起兵，李密忽然想起监牢之中尚有李世民，怕他逃走，有坏大事，急忙写了一道旨，叫魏徵将满牢罪人皆赦免，不赦南牢李世民，写完了交与魏徵。秦叔宝传令起兵，一声炮响，数万人马，往金堤关而去。

第七十三回　闹飞鼠散将瓦岗山
杀公主丧命断密涧

　　魏徵、徐茂公回到城中,二人私自商议道:"李世民有龙凤之姿,宽仁大度,来历不俗,将来应运之主,安天下者,就是他了,不能不救。"魏徵说:"西魏王有旨,不叫放那李世民,如何是好?"徐茂公说:"若无此旨,还难救他;有这道旨意,要搭救李世民可就容易了。"魏徵问道:"计将安出?"徐茂公说:"旨上有'不赦南牢李世民'的言语,我们在那'不'字上添两笔,添成'本'字,改成'本赦南牢李世民',将李世民放走。他回来之时若问此事,就叫他自己瞧那旨意。"魏徵道:"如此甚好。"于是他二人在那旨上将"不"字添了两笔,上边出头,底下添了一横儿,改成"本"字。魏徵、徐茂公改好了,从头再一念:"满牢罪人皆赦免,本赦南牢李世民。"于是命人将李世民的衣甲冠履、刀马军刃全都预备好,然后传旨纵囚,由牢中将李世民请出来。他们在书房治酒款待,将私自改诏,放他逃走的话说明,李世民感激万分,说:"二公在西魏如不得志,日后可往长安相投,孤当保二公高官得坐,骏马得骑。"魏徵说:"我二人不久亦要归唐,如今这事办得急促,请千岁急速回归,一者免生他变,二者免得唐王悬念。"于是李世民用完酒饭,更换衣服,上马而去。魏徵、徐茂公将他送出瓦岗山,亦就回归金镛城了。过了十数日,得报西魏王与兵将在金堤关将曹州王孟海公杀了个落花流水,大败而逃,金堤关转危为安,魏王要不日回归,他二人与守国的文武准备迎接魏王。

这天李密与将帅回兵,到了岗山,由魏徵、徐茂公将他接入金镛城。李密升殿,什么亦没办,就先问魏徵、徐茂公:"李世民如何?"魏徵说:"已遵主公之命将他放了。"李密大惊道:"孤没叫你二人放他,为何放走呢?"徐茂公将旨呈上。李密一看,是"满牢罪人皆赦免,本赦南牢李世民",他哪能不明白?他想自己写的是"不赦南牢李世民",现在"不"字亦出头啦,当中的竖儿又添了一横儿。他看出弊病来,不由大怒,用手一拍龙书案道:"魏徵、徐茂公,你二人竟敢私改诏旨,玩弄于孤,孤若不看众文武的分上,就将你二人斩首。如今孤将你二人罢职不用!"喝令武士:"将他二人赶出府去!"魏徵、徐茂公不便多言,往外就走。三十六英雄是在贾家楼歃血为盟,共同患难有年,当时大家见西魏王李密将二人罢职不用,赶出府去,全都不悦,不过都没言语就是了。魏徵、徐茂公回到屋中收拾东西,起身要走了,他们在桌上拿起笔来,往纸上写了一首诗,贴在王府门前,然后出了金镛城,离开瓦岗山,往西而去不表。

却说李密得报魏徵、徐茂公在府前贴了一首诗,他命人抄写下来,呈到案上观瞧。只见那诗句写的是:

> 高阳道士徐茂公,拜上金镛西魏王:日败三贤归别国,开仓甲子耗王粮。七龙八猛皆离散,一十二骑往他方。约克五行丁卯日,管教四马自投唐。雄信洛阳招驸马,乱箭攒身王伯当。挂首午门传号令,那时见你泪汪汪。

李密看罢冲冲大怒,命秦琼、罗成带兵三千,追拿魏徵、徐茂公。秦琼、罗成奉命出兵,点了三千人马,往下追拿。阅者明情,那秦叔宝、罗成与徐、魏二人是贾家楼的三十六友,异姓别名,胜似同胞,他们焉能真去追赶?在路上兜圈子,搪搪差事亦就完了。两个人回来,将兵收回大营,来到殿上见李密,先施礼后回禀道:"我二人奉命追拿魏徵、徐茂公,没有拿着,请示主公定夺。"李密拍案大怒道："好啊，你们竟敢徇私放走魏徵、徐茂公，回来搪塞于孤。武士们，绑上二人，推出去，杀！"程咬金忙道："魏王，这个使不得。当初瓦岗山的事业是我们三十六英雄立下的，我将这国王让给你，你怎么动不动就要杀人？"李密大怒道："怎么，你敢奚落孤家？来呀，将他三个人绑出去杀了！"左右众文武齐跪倒央求，李密说："看在众卿的分上，将他三人革去官职，我西魏不用。"这三个人亦就勉强着拜谢而出。秦叔宝、罗成、程咬金这时候早将家眷送走了，他三人一心无有挂碍，就收拾起身，离了岗山而去。

自从这五个人走后，瓦岗山的众将个个灰心丧志，无精打采，所有他们瓦岗山得过来的地方，北金堤、南五关中各县俱皆荒旱不收，黎民百姓苦不可言。李密要沽名钓誉，笼络人心，开仓放粮，赈济灾民。仓官奉命查验米粮，开了东仓，可把仓官吓坏了，仓廒的米粮都没了，由仓廒飞出来无数带翅膀的老鼠。这段书叫飞鼠盗粮。关于此事，敝人先声明一下子，我亦没生在隋朝，事之真假，有无其事，我亦不敢断定。好在小说是给阅者诸君茶余饭后消遣解闷的，亦没有什么关系，并不是我迷信。评书界老前辈留下的道活，我是怎么得来的，怎么对外说，阅者当作演义，不必认真就是了。

闲话休提，书归正传。那些飞鼠由仓里飞出去，仓官不敢隐瞒，飞报西魏王。李密不信，亲自率众来瞧，东仓这样，南仓、西仓、北仓俱是如此，急得他直跺脚，亦没办法了。他回到府中，闷闷不悦。有道是：兵马未动，粮草先行。粮米乃三军之胆，兵无粮，不战军心自乱。瓦岗山的三十六英雄见李密用玉玺换萧妃，重色轻宝，又见他将魏徵、徐茂公、秦叔宝、罗成、程咬金削职不用，个个都无心保他了，今天悄悄走两个，明天悄悄走三个，这偌大的瓦岗山散将之时，三十六英雄纷纷散去，只剩下王伯当、贾润甫、柳州臣。那些人都到哪里去了，下文书再为细表。

　　却说单通单雄信离了岗山,乘马往西而行,这天来到洛阳。正往前行,忽见前边有个绣楼,由上边飞下来一物,落在身上。单雄信接住一看,是个彩球。他正然纳闷,早有些人围着他观瞧。单雄信将要抛去彩球,忽见由人群里挤过来一人,头戴六瓣壮士帽,勒着一对青铜抹额,顶上有朵红绒突突乱颤,身穿长箭袖袍,外罩跨马服,胁下佩刀,青缎官靴,看样子好像是个王官。就听他向自己说:"贵客接了绣球,请你到府中见我们千岁去吧。"于是单雄信下马,同他入府。走在途中,单雄信向王官一问,才知道是怎么回事。原来洛阳王王世充有个亲胞妹,前文书王世充持刀杀人的时候曾表过他有个妹妹,直到如今还没有完婚。王世充想叫他妹妹得个如意的郎君,在十字街前高搭绣楼一座,叫他妹妹抛彩球,招为驸马。恰巧这天单雄信来到,接了彩球,有人飞报洛阳王,王世充在府中等候。及至单雄信到了,他看是单二爷,惊喜非常,先治酒款待,然后在金亭馆驿叫他住下,择个黄道吉日,就命单雄信与公主结婚。完婚之后,单雄信就在洛阳驸马府住下,一呼百诺,使奴唤婢,享了富贵。

　　一日单雄信在府中无事,家人进来回禀:"有秦叔宝、程咬金、罗成前来求见。"单雄信惊喜非常,亲自出来迎接,将三个人让到书房。落座之后,家人献茶。单雄信问道:"你们哥儿仨是从何处而来?"秦叔宝说:"我们哥儿仨从此路过,听说兄弟在此,特来看望。"单雄信说:"你们哥儿几个不用走了,有我的富贵,就有你们的福享。"当下他苦苦相留,这三个人亦不好走了,就住在驸马府。单雄信将他三人来到的事又禀报王世充,王世充喜悦非常,他想用这三个人。为了笼络人心,将金亭馆改为三贤馆,派了些下人伺候秦叔宝等。王世充又命人都呼秦叔宝、程咬金、罗成为三贤,起居饮食,伺候得无有不备,待之甚厚。王世充见西魏大将俱皆散去,瓦岗山空虚,便命人打探动静。不数日探兵回报,瓦岗山不惟散了将,那东西南北四大仓被飞鼠将军粮盗空,瓦岗山人心离散。王世充大悦,他不叫秦叔宝三人知道,又瞒了单雄信,暗中调动人马,乘着瓦岗山不备,他与大将十二员、大兵三万,夜内袭破瓦岗山。李密得报,已然无法挽救,他与王伯当、贾润甫、柳州臣收拾收拾,各乘快马,由金镛城逃出来,从岗山逃走。那王世充得了岗山,查知李密已然逃走,追之不及,只好作罢。

　　李密无处投奔,与王伯当相商何处安身,王伯当说:"秦王李世民宽仁大度,何不投奔?"李密无法,就与他们共奔长安。一路之上平安无事,非止一日,这天李密等来到长安,到了午门,求宫门官往里回奏,有李密等投唐而来。宫门官往里回禀,此时李渊正在殿上摆宴。阅者诸君若问他为何摆宴,书中暗表,秦王李世民被瓦岗山拿去,那李靖李药师往曹州府去见孟海公,凭他三寸不烂之舌,说动孟海公兴兵取金堤关,将李密引得离了瓦岗山,魏徵、徐茂公才将李世民放走。李世民逃回长安,见了李渊,父子、兄弟相逢自是欢喜。李靖回来了,李渊念他有功,在殿上摆宴,为他慰劳。正在这个时候,宫门官进来跪奏:"有西魏王李密前来投降。"李渊君臣闻报,惊讶不止。李渊道:"他欲杀吾儿,今日来投,正是飞蛾投火,自送其死,杀了他为我儿解恨!"李世民道:"父皇不可杀他,乘人之危,杀之不仁;况且他又自己来投,若是杀了,叫天下人知道,从此无人敢再投唐,岂不是闭塞贤门? 望父皇怜而赦之,复以恩义待之,不惟他李密感德报恩,就是天下人闻父皇如此待人,皆来归唐,亦得天下人心也。"李靖道:"若能收留李密,岗山众将亦不日都归我大唐了。"李渊这才传旨召见李密。少时间李密来到殿前,跪倒叩头,自己请罪。李渊赦他无罪,封为邢国公,并将淮阳王李仁之女赐与李密为妻。那李仁乃唐家宗室,李密亦是唐家驸马。李密叩头谢恩,又将王伯当、贾润甫、柳州臣等人归降之事奏明。李渊召见这几个人,亦都封为将军之职。惟有王伯当不愿受职,情愿为李密的幕将,李渊许之。自此,李密便算投唐。

李密在长安城邢国公府中使奴唤婢,有那公主与他完婚,享不尽的荣华,受不尽的富贵,要说他好生坐享幸福,亦算很好。不料他不是明哲保身的人,他还是希望有了兵权,图大富贵,狼子野心,不论待他什么样,亦是不成。一日李渊在殿上办理国事,有外来折本奏禀山左盗寇猖獗。李渊问:“谁人可去平寇?”李密跪倒道:“臣愿往平寇。”李渊道:“邢国公前往,孤无忧矣。”于是就命他前去平寇。李密回到府中,向公主说道:“我今奉命为将,往河东平寇,望你同我出都才好。”公主道:“公爷出征,何用我相随呀?”李密说:“我在外边得了志,你岂不是皇后?”公主大怒道:“你这人真是狼心狗肺,不思报恩,还有野心!”当下大骂李密。惹得李密无名火起,拔出佩剑,往她项上便砍,“噗哧”一声,红光迸现,鲜血直流。李密见她身首异处,大吃一惊,料着大祸临身,三十六着走为上策,他与王伯当商议逃走。王伯当大惊不安,事已至此,时不可缓,立刻就与李密收拾起身,乘马而逃。他二人走后,本府的家人这才知道,急忙禀报秦王。此时秦王兼着京兆尹哪,他得报大惊,自言自语道:“不料这李密野性难改,如此刁悍,若不将他拿回,难见李仁。”他立刻到宫中来见李渊。李渊见他入宫面貌不整,料有别情,忙问道:“吾儿进宫可有事吗?”李世民说:“那邢国公李密,也不知为了何事,将公主杀死,逃出长安去了。”李渊大怒道:“李密胆大包天,你速点兵追拿于他,千万不准将他放走!”李世民遵命,退出宫来,点了三千大兵,与马三保、段志贤等出了长安,往下追赶李密。

追了两昼夜,追到艮宫山,断密涧以西,方才追上。那李密见后边追兵已到,向王伯当说道:“追兵已至,如何是好?”王伯当说:“请公爷先走,待我截杀一阵。”李密催马往艮宫山而去。王伯当圈回马来,用枪一指追兵道:“唐军少往前进,王伯当在此!”唐兵站住了,左有马三保,右有段志贤,当中李世民,三人出马。李世民问道:"对面可是伯当兄吗?"王伯当说:"你乃唐家的王子,非昔日可比,为何与我这样称呼?"李世民说:"王兄,你我乃布衣之交,何分贵贱?贾家楼三十六英雄俱都散去,李密非是人主,你何必保他?依我之见,你同孤回归长安,他杀了公主,与你无干,有我的富贵,便有你的福享,何必同那不忠不仁不义的李密逃亡啊?"王伯当说:"我王勇只知忠臣不保二主,富贵难移我心。你们若是回兵便罢,如若前进,只有一战。"马三保大怒,催马抡刀便砍,王伯当合枪招架,两个人杀在一处。王伯当的武艺,马三保如何能敌?李世民见了,指挥人马冲杀过来。王伯当见他势众,拨马便走,李世民与兵将在后就追。他二人往山口内便走,唐军亦进到山口。

亦是活该,他二人逃至山中,往里走要想逃生,哪想山中无有出路,只有一条又深又宽的山涧。这条涧原名叫断魂涧,因为李密在此被难,后人称为断密涧。他们两个人要想往回逃走,那山头上尽是唐军,个个用箭往山内便射。李密的马中了一箭,将他扔在地上。王伯当大惊,急忙下马来救。箭若飞蝗、雨点一般密集,王伯当惟恐李密受伤,他用身遮避,直被箭射得两个人俱都倒在地上,身上的箭如同草刺猬一般。王伯当在上,李密在下,二人这一死,到了说评书的规矩,说王伯当是二十八宿的牛金牛,李密是二十八宿的娄金狗,小小的节目叫断密涧牛金牛压死娄金狗。至于他们两个人是不是牛金牛、娄金狗,我亦不得而知。我连阔如不便纠正可否,人云亦云罢了。

当下有军士禀报李世民:"李密、王伯当已被乱箭射死。"李世民传令,叫兵丁将王伯当葬埋在断密涧,又命兵丁将李密的首级取下来,带着人头回归长安城。到了长安城,兵丁们各归汛地,李世民与马三保、段志贤等人回朝复旨。李渊就命人将李密的人头悬挂在午门示众。过了几日,李渊正在殿上与群臣商议军国大事,忽见黄门官进来跪奏:"午门外有两个道人大哭西魏王。"李渊大怒,吩咐将两个道人拿来。武士们遵命,到了午门外就将两个道人绑来。及至将两个道人推上殿来,李世民一看,不是外人,是瓦岗山救他的魏徵、徐茂公,忙向李渊跪倒道:"父皇,这就是在瓦岗山私自改诏救我的魏徵、徐茂公。"李渊赶紧下殿,亲自给二人解开绑绳说:"二位仙师救我皇儿,此恩此德无以为报,今既来到长安,可与我父子共享富贵。"魏徵、徐茂公说:"我二人非为富贵而来,是为西魏王而来。如今李密已死,我二人愿就义而死,不愿享富贵。"李世民劝道:"李密已死,二位仙师随他而死,亦是愚呀!"李渊亦是劝解。魏徵、徐茂公说:"如让我二人归唐,必须厚葬李密。"李渊说:"朕依你二人。"于是传旨,命人以天子之礼厚葬李密,又传旨封徐茂公为军师,封魏徵为洗马,二人这才叩头谢恩。自此他二人便是归唐了。

过了数日,李渊又与群臣商议扫荡群寇之计。议犹未决,忽报建成、元吉在河东兵败逃回,李渊大惊。原来李渊在长安,河东之地不安,有刘武周反了,占据山后一带,自立定阳王。他聚了无数兵将,想做个皇帝,闹得很厉害。李渊派太子李建成与三子李元吉往河东招兵买马,聚草屯粮,训练人马,保守河东。不料他二人将事弄糟了。阅者诸君若问他二人怎么糟了的,书中暗表,事坏在了尉迟恭身上。

第七十四回　敬德出世成家学艺
　　　　　　　尉迟投军转归定阳

　　这个尉迟恭乃山西朔州府麻衣县的人氏，住家在孝感庄。他母亲去世最早，到了他八岁的时候，他父亲又病得要死，惟恐他无人照管，叫他将乔公山请来。乔公山在大隋朝做过官，卸任归家，亦住在孝感庄。他当初不得第的时候，曾受过尉迟家的好处；如今卸任回家，颇为富有，不时地往尉迟家送些金钱，略表寸心。这天尉迟恭来到乔公山的家中，说："叔父，我爹爹病得要死，命我来请你老人家。"乔公山立刻就随着他来了。到了病榻前一看，病人已至垂危，尉迟恭的父亲用手指着他儿子，向乔公山托付，求他照看。乔公山义不容辞，点头应允。是日，病人气绝身亡。乔公山将亡人葬埋，就带着尉迟恭到了他家，待如亲生之子，延请教读的先生教给尉迟恭读书，想着他长大成名，增光耀祖，亦不枉受朋友之托。他的心意未尝不善，不料尉迟恭长得浑拙猛愣，每天所念的书，教过去第二天准忘。老师见他如此，焉能不打？不料他有力气，不但不怕老师打他，他还能夺过板子与老师对打，因此换了好几位老师，亦没有一位愿意教他的。乔公山给他请不着先生，亦只好由他。幸而乔公山家道饶裕，不然真管不起他的饭吃。尉迟恭食量最大，他一个人能吃两三个人的饭，直到十五六岁，愈发能吃了。

　　这天尉迟恭走到宝林庄，他见有家铁铺，掌柜的和徒弟抡大铁锤打铁，他看着很有意思，愿意习学打铁，就和掌柜的商量。这铁铺掌柜的姓梅，见他长得身体强壮，是个有力气的人，很愿意收他做个徒弟。尉迟恭回到家中,和乔公山相商。那乔公山正为他游手好闲发愁,怕耽误了他,难对其父,这一商议,焉能不成?乔公山就将他送到宝林庄梅掌柜的铁铺,学习铁匠手艺。这个铁铺并不是打造锹镐钩耙,专打刀枪剑戟各样的兵器。尉迟恭打造这些个兵器都很得样,他肯卖力气,不怕受累,多比人干活,梅掌柜的很喜爱于他。三年的日期已满,梅掌柜的有个女儿,长得貌颇不恶,粗知礼义,欲许给尉迟恭为妻。乔公山亦愿资助,由他拿钱,在宝林庄给尉迟恭修盖了三间北房,又给他买了十几亩地。房子都置办好了,选择黄道吉日,高搭喜棚,约请他们的四邻,将梅凤英迎娶过门,尉迟恭与她夫妻感情很好,甚为和美。后来梅掌柜的死了,他这座铁铺就归了尉迟恭。

　　梅掌柜的死后,铁铺的买卖日见衰落。因为尉迟恭的脾气不好,常和买主打架,他膂力又大,都打不过他,很好的办法就是不照顾他,因此买卖就赔钱。他哪儿有钱赔呀,没有办法就去找乔公山,求他接济,乔公山便不时地接济他。人若走倒霉的运气,如同着棋一样,棋走一着错,一步赶不上,步步赶不上。他这买卖做得货亦没了,本钱亦没了,铁铺不打铁,今天卖风箱,明天卖铁。买卖做到这个样子,就是来了买卖亦没法做了。尉迟恭烦闷得无法,成天价熬淘,睡起觉来没结没完,睡醒了大吃大喝,吃饱喝足了接着再睡。应了那句俗话了:吃得饱,睡得着。幸而他妻子梅凤英贤慧,诸事都能凑合,若换个如今摩登的女子,早和他打离婚了。

　　这天尉迟恭正在柜房坐着,见有个老道走到门前,向里问道:"这是铁铺吗?"尉迟恭赶紧出来说:"这是铁铺。"老道说:"我要打一对十三节钢鞭,你要多少钱哪?"尉迟恭说:"你这鞭的尺寸要多长,用多大分量?"老道说:"只要我能拿得动就得。"尉迟恭说:"那你就给十五两银子吧。"老道亦不还价,由身上取出十五两银子交给他,又问道:"何日能得?"尉迟恭说:"你这对鞭得十五天的工夫才能打得。"老道说:"我十六天来取如何?"尉迟恭说:"十六天来取行了。"老道听了,立刻转身而去。尉迟恭想:这号买卖,怎么亦能赚他十两银子。不料想当日夜内梅氏就闹病,尉迟恭给她请大夫看病买药,直闹了十二三天,梅氏的病才好,十五两银子花得只剩下一两了,尉迟恭很为着急:没有钱用什么买材料打鞭?到了十六天老道来取双鞭,和人家说什么? 他心中着急,前思后想,别无办法,只得来找乔公山。这天来到乔公山的家中,家人问道:"你来找谁呀?"尉迟恭说:"我来找你们员外。"家人说:"员外没在家,你等会儿吧。"尉迟恭这才走进来,到了书房坐着等候乔公山。直等吃晚饭的时候,乔公山亦没回来,家人给他预备晚饭。他吃完了晚饭,亦没有回来。原来乔公山天天往清虚观与观中的老道着棋,这天恰巧有盘棋没走完。他愈等愈不来,等不了啦,向家人说:"我走了,明天再来吧。"

出了乔公山的家门,尉迟恭由孝感庄往宝林庄走着,走到树木丛丛之处,忽听林中有人唤道:"尉迟恭,尉迟恭!"他听见了一怔,问道:"是谁叫我?"连问了好几声,亦无人答言,他气往上撞。虽然天黑了,他并不害怕,往林中便走,只见林中有个人站着。他问道:"你是谁呀?"还不见答言。惹得他性起,抡开拳头,恶狠狠地就打。这拳打上了,疼得尉迟恭都出了声啦,低头一看,原来这拳打在石头上了,手亦流了血啦。书中暗表,这座林中是个大户人家的坟地,有石人、石马、石羊等物,尉迟恭将石羊打两半了,他使的劲有多大可想而知。他手疼得难受,忽见眼前有两个火球,直冒绿火苗,往前轱辘。尉迟恭真叫胆量不小,他伸手就抓。及至抓住了,冰凉挺硬,拿起来一看,是两个大铁球。他正为无钱买铁发愁哪,得了这两个铁球,高兴已极,抱起来往回便走。他走回宝林庄,到了铁铺将铁球放下,先过了过分量,足够打两只鞭的。他还有个一两多银子,买些木柴,当日夜间就烧起火来,一直烧了半夜,亦没把铁球化开。他赌气亦不烧了,先回屋中睡觉。

　　他两天没烧化铁球,老道来取鞭了,向尉迟恭问道:"鞭打造好了吗?"尉迟恭说:"还没得哪!"老道问道:"怎么没得哪?"尉迟恭说:"我为道爷的鞭,买了两块好铁,烧了好几天,始终亦没烧化。"老道听着很觉奇怪,说:"你那铁哪,拿来我看看!"尉迟恭到炉中取出两个铁球。老道看了看,很为喜悦,他说:"这种铁好极了,这是石中之胆,当初有人制成此球放在石中,将石做成石龙、石象、石羊等物,作为石胆。此物不只是铁,乃金银铁铜五金所制,若能打成兵器,坚锐无比。"尉迟恭说:"道长所说甚是,这种东西实是由石中得来的。"老道说:"这东西单凭火力焚烧是烧不化的。昔日周朝欧冶子造剑,他用的材料最好,亦为五金质料,烧了多日并不融化,后用阴阳血化开,造成五口宝剑。"尉迟恭说:"什么叫阴阳血哪?"老道说:"男女之血就是阴阳血。"尉迟恭问道:"用何处的血哪?"老道说:"用人手指的血就成。"尉迟恭说:"既是这样,我亦用阴阳血试试。道爷,你再等五六天吧。"老道又给他添上三两银子的酒钱。

　　老道走后,尉迟恭与梅氏说明,用他夫妻之血往炉中一放,然后用柴炭烧起活来,果然烧开,才费了半天的工夫就成了。他抢开铁锤,打起鞭来,打了五天将双鞭打成。只是一样,那鞭打得了一支是十三节,一支是十二节,算是美中不足。他将双鞭打得了,次日老道就来了,问他:"鞭打得了没有?"尉迟恭说:"打得了。"他将双鞭取出来,往柜上一放,说:"对不住道爷,这鞭可不一样,一支十三节,一支十二节。"老道看了看鞭道:"这鞭我不要,送给你吧。"尉迟恭道:"你为何不要?"老道说:"我不要此鞭给了你,是要收你做个徒弟,传授你些武艺,你可愿意吗?"尉迟恭说:"道爷有这份心意,我是承情不过,感激万分,恕我学不起武艺,作罢了。"老道问:"你怎么学不起呀?"尉迟恭说:"我每天吃饭还没有钱哪,哪儿能学武啊?"老道说:"你若愿意学习武艺,我有银钱供你吃喝。"尉迟恭说:"如此甚好。"于是老道就给他十两银子,先买柴米度日,择了个黄道吉日,他就拜老道为师,铁铺关门,买卖不做了,天天跟老道练习武艺。这老道每日天光一亮便到,就传他武艺,先练腰腿,后练拳脚,再练各种武器。他们是冬练三九,夏练三伏,二五更的工夫。

光阴似箭,日月如梭,眨眼之间就是三年,尉迟恭练得步下拳脚,马上艺业,十八般兵刃件件精通。这天老道向他说:"你的武艺练成了,我要走啦。"尉迟恭问道:"师父意欲何往?"老道说:"我要往洛阳去,将来你我师徒在洛阳就能相见。"尉迟恭感激他教给自己武艺之恩,听老道要走,他天良发现,二目落泪,老道好言安慰。尉迟恭说:"可惜师父传授我武艺,无处使用。"老道说:"如今隋室将亡,天下各路诸侯争衡,刀兵四起的年月,正是用武之时。你有这身功夫,可以往军营之中投军,扶保英明之主,何愁功名富贵。"尉迟恭问道:"我投奔何人哪?"老道说:"河东的唐王李渊是个应运之主,你可以往他那里投军。"尉迟恭点头遵命,老道离了宝林庄,往洛阳而去,老道此去如何,暂且不表。

尉迟恭遵师命准备前往太原投军,可家中没有川资路费,只得到乔公山家管叔父去要。乔公山给了他五十两的一整包,又给了他二三十两散碎银子。尉迟恭回到家中,收拾行囊。妻子梅氏说明自己身怀有孕,让丈夫给孩子留个名字。尉迟恭就以宝林庄的"宝林"二字为名,又留下一支鞭,錾上字迹,然后夫妻二人洒泪分别。一路之上饥餐渴饮,晓行夜宿,这一日来到太原城中,打听明白,花了二两银子先买了一张投军状,然后径直够奔晋阳宫而来,指名道姓要见太子建成。建成不明就里,命人把尉迟恭带进来。一问一答,尉迟恭口如悬河,说自己十八般兵刃样样精通。建成不信,成心取笑他,说道:"你虽有这么大本事,可凭这么一句话却做不了大将,要做官得花钱买。"尉迟恭问道:"得花多少钱哪?"建成说:"花得多,官就大;花得少,官就

小。"尉迟恭问道:"要花五十两哪?"建成说:"可在营中当个小
头目。"再看尉迟恭,伸手就从身上取出那五十两的一包道:"这
就是五十两银子。"建成原是想刁难他,没有银子就不要他了,
不料尉迟恭真有五十两银子,他将银子拿出来,建成只得将他派
到营中当个头目。

　　尉迟恭到了营中,一看他的十二个兵丁,都很规矩,冲他施
礼,他亦还了个礼,就在营中当起头目。这天到了用饭的时候,有
伙夫给他送来二十六个馒首,十三碗菜。那馒首足够半斤多一
个,按说十三个人吃二十六个馒首,一个人吃两个,足够吃的。不
料尉迟恭食量最大,二十六个馒首,他一个人就吃了一多半儿,他
吃完了,那十二个兵丁可就不够了,大家都向他要。尉迟恭说:
"我去找他们要去。"尉迟恭应当往伙夫处要,他走错路了,进了辕
门,到了太子的亲兵营,见帐内搭着锅灶,有四个八仙桌子,桌上
净是细瓷家具、碟碗杯盘,有四个又白又胖的厨师傅在灶上正然
炒菜,煎的炒的,香味放出多远。尉迟恭瞧见有个大笼屉热气腾
腾,他伸手一掀,笼屉内满满的净是馒首。他见这屉内的馒首个
儿又大,一双手能抓四五个,他抓起来往嘴里搁。眨眼之间,他吞
了十几个,连嚷:"好吃,又甜又香!"他端起这屉馒首往外就走。

　　忽然过来一个王官,向他大嚷道:"嘿! 放下放下! 你往哪
里端,这是为你蒸的吗?"尉迟恭说:"我们还没吃饱哪。"王官
说:"你没吃饱活该,你和我们说不着,这是给东宫太子……"说
到这里,他还要往下说,尉迟恭端着笼屉往外还走。那王官抡起
皮鞭子,照着尉迟恭的背后,"啪"的就是一下。尉迟恭生在乡
间,他没当过差,不懂得军营的规矩,是层层节制。他回过身来,
用热笼屉往王官脑袋上恶狠狠就打,跟着飞起一脚。这王官被
笼屉打得烫得就受不了,一脚踢在肾囊上,"哎哟"一声,躺在地
上,一命呜呼。营中的兵丁看见了,向他嚷:"你打死人了!"尉
迟恭将两只胳膊往后一背,说:"你们将俺捆上吧。杀人者偿

命,欠债者还钱。"他这一来,有兵丁将他捆上,又有人飞报太子李建成。唐太子立刻升帐,刀斧手、绑缚手、中军官、旗牌官列立两厢。有人推推搡搡,把尉迟恭推进大帐。建成一看是他,气坏了,不由分说,吩咐一声:"责打八十军棍,然后赶出大营,永不准用!"两旁呐喊一声,把尉迟恭按在地上,打了八十军棍,然后把他赶出大营。

尉迟恭出了大营,他低头往前走,想起自己的事来,很觉伤心:当了两天兵,赔了五十两银子,挨了八十棍,被赶出来一回,实在冤屈。回想事之原因,都是太子李建成不好,当差不给饱饭吃,才闹出人命祸来。他越想越恼,幸而还有些银两,先找个店吧。他在店内住了一宵,又听人传说山后定阳府招募兵将,他就奔定阳而来。这天来到定阳,他投奔军营,到了营前,向把守营门的小校说明来意。小校见他身体魁梧,料必留用,到中军帐回禀大帅,那大帅宋金刚命他到帐中拜见。

尉迟恭来到这座营内,见中军宝帐两旁站着四十名站帐军,各持鞭板锁棍;二十四名刀斧手,雄赳赳,气昂昂,各捧刀斧;二十四名绑缚手,挺胸叠肚,拧眉立目,腰掖绳索,盔明甲亮;数十员战将,高矮胖瘦不等,胖大的魁梧,瘦小的精神。这帐中七长八短汉,三山五岳人,人才济济。帅案后边坐上一人,约有八尺之躯,头大项短,腰圆背厚,面如生羊肝,黑中透紫,扫帚眉,大眼睛,蒜头鼻子,高颧骨,四字方海口,连鬓络腮胡须。头戴一顶三岔紫金帅字盔,三岔头一棚伞儿,十三曲簪缨高挂,顶门上一朵红绒高寨,勒额带双掐勒额骨,包耳护项。身披大叶紫金甲,内衬大红缎色蟒征袍,胸前悬挂护心宝镜。后边葫芦金顶八杆紫缎护背旗,上绣八个大字:廉清智信,仁勇严明。肋下佩带双锋利刃。底下有案挡着,看不清楚。

尉迟恭料着此人便是元帅,冲他跪倒叩头施礼。宋金刚见他身体雄壮,很为喜爱,向他问道:"你来投军,有何武艺?"尉迟恭说:"练过三年把式,惯使双鞭。"于是宋金刚命他在帐前练武。尉迟恭又讨了一支鞭,和他那支鞭往怀中一抱,练起双鞭来,一招一式施展开了,手眼身法步,心神意念足,按着拨、挂、磕、蹲、撩、捎、拉、错八个字的招数,练起来颇为不弱。怎见得? 有赞为证:

> 出手式双龙摆尾,捎带着枯树盘根。托鞭挂印惊鬼神,暗藏白蛇吐信。白猿翻身献果,换招式巧纫双针。阴阳鞭分上下,苍龙训子紧护身。夜叉探海诓敌将,摘星换斗取命追魂。

宋金刚的将士儿郎见他练的这趟鞭,一手变八招,八八六十四招,练完之后面不更色,气不涌出,真是高人所传,名人指教,无不夸奖。惟有宋金刚心中不悦,他暗自说道:这尉迟恭武艺高强,我非所敌,如若叫定阳王刘武周知道了,一定重用于他,他得了第,还能重用我吗? 他暗着有了妒贤忌能之意,表面不露痕迹。他等尉迟恭来到帐中,说:"尉迟恭,你的武艺虽好,未有大功,先充当旗牌官,俟有功之后再为重用。"尉迟恭叩头谢恩,自此便在定阳府当差。

这天尉迟恭来到中军帐伺候元帅办公,见有一人,中等身材,面如三秋古月,长眉带煞,二目有神,鼻直口方,三绺短墨髯。头戴一项九云冠,上绣平金太极图,身穿八卦仙衣,白袜云履。他看此人精神百倍,气度不俗。按着穿着打扮,料着必是军师。书中暗表,此人是定阳王刘武周的军师刘文静,乃武功人氏。他胸怀大志,腹有良谋,刘武周言听计从,颇为重用。这天他与元帅宋金刚议事,一眼望见了尉迟恭,他熟读相书,二目识人,暗自说道:此人相貌魁梧,身体雄壮,真将军也! 瞧他的五官,将来能有公侯之分,是个开国的功臣之相。这才向宋金刚指着问道:"他叫何名?"宋金刚说:"他是新来投效的,充当旗牌官。"刘文静说:"此人心地诚实,颇可重用。"宋金刚说:"军师之言是也。"

第七十五回　宋金玉抢马丧残生
尉迟恭劈鹿祭纛旗

　　自从刘文静说了这话，宋金刚愈发妒忌。这天夜内，宋金刚正在帐中办公，天光亦就在初鼓以后，忽听山后一阵大乱。宋金刚命人查看，少时间回报，山后有个妖怪闹得厉害。宋金刚有意陷害尉迟恭，要借刀杀人，叫他去除妖怪，受妖怪所害。宋金刚问道："将军武艺高强，可能降妖吗？"尉迟恭说："俺能降妖。"宋金刚说："用什么东西哪？"尉迟恭说："俺用炖羊肉一大锅，烧酒一坛，馒首十斤，烛灯一盏，八仙桌一张，椅子一个，明天掌灯时预备好，俺能将妖怪拿住。"宋金刚大悦。次日天黑，有人将应用的东西在山后头都给他预备好，尉迟恭将身上收拾得紧衬利落，手持单刀，命人引着他来捉妖怪。及至到了山后一看，是屯粮之所，靠着粮台的左边都给他安排好了，尉迟恭在桌旁一坐，命兵丁给他将馒首摆上，炖肉端来，他用个大斗就喝起酒来。酒喝足了，他又大吃大嚼馒首羊肉，如同风卷残云一般。天到初鼓以后，酒足饭饱，他用手捂着肚皮道："美哉，快哉！"

　　尉迟恭正然高兴，忽听一声吼叫，顺声音一看，见那怪物真来了，两只眼睛如同两盏灯相似，星驰电掣一般奔他而来。尉迟恭喊嚷一声："来得好！"他见妖怪临近了，伸左手一把将妖怪抓住，仔细一看，不是什么山精海怪，是匹黑马。他抓住马鬃，一拧身蹿上马去，裆里使劲，催开这匹马，叫他奔驰。这马焉能随人的心意，它犯了野性，要想不服，那如何能成？四蹄蹬开，跑起来了，直跑了半宵没住脚，将马累得浑身是汗，遍体生津，热汗直

流,然后才站住,累得它野性顿去。尉迟恭跳下来,用绳儿拴住,
天光亦亮了。再看此马,周身黑毛,毛色鲜润,膘头又肥,高有八
尺蹄至背,长够丈二头至尾,骆驼头,螳螂脖儿,竹签儿耳朵,大
乖乖岔儿,小豹子眼,龟屁股蛋儿,高七寸小蹄碗,抖鬃抖尾,鬃
尾乱乍,蹄跳咆哮,欢龙相似。武夫们讲究骑烈马,拉硬弓。尉
迟恭见这匹马膘肥色润,真欢实,心中喜爱已极。怎见得? 有赞
为证:

> 看此马,真好看。骆驼头,蛤蟆面。竹签耳朵,牙似钻。
> 头上长有甲,肚下生鳞一大片。能蹿山,能跳涧,登萍渡水
> 一条线。一头撞开鬼门关,上殿敢把阎王见。

那位说:"这马怎么要见阎王啊?"可不是这马要死,它性烈,上
殿敢把阎王见,这匹马够多么烈性! 尉迟恭命人将这马鞴上鞍
鞯,带好笼头,他一夜未睡,毫不困乏,认镫扳鞍上了马,还要骑
着此马大跑一阵方觉痛快。尉迟恭双足点镫,镫磕飞虎鞭,小肚
子一碰铁铧梁,那马四蹄蹬开,翻蹄亮掌,马尾巴一条线似的往
东北方跑下来了。这匹马脚程甚快,耳朵支楞起来,扬头伸脖,
愈走愈快。尉迟恭觉着两耳生风,忽忽直响,他精神振作起来,
连嚷:"妙啊!"他觉着有趣,十分快活。那马一口气就跑出去七
十余里,尉迟恭这阵用的力气不小,觉着又渴又饿,忽见眼前有
个村庄,约有百数多户人家,村外有树。隔着树看得很清楚,村
中房屋都很整齐。

他这马跑入村中,来至一家门前将马勒住,见这家门前有八
棵龙爪槐树,街的周围砌有砖墙,上边泥鳅背儿,窟窿是麒麟钱,
树上系着幌绳,门前一对上下马石,朱砂油儿红漆大门,内有懒
凳,大门洞内悬挂大灯笼,上有"大门"字样,门前有一对兽头口
含金环,看这人家颇为不俗。尉迟恭甩镫离鞍下了马,他手拉着
马缰绳,往上马石上一坐。正然歇息,忽见门内走出个人,青衣

小帽家人打扮,他瞧了瞧尉迟恭,又看一看这匹马,向尉迟恭说:"这是你的马吗?"尉迟恭道:"是爷的。"这家人说:"我给你沏些茶水喝。"他将马匹接过去,往树的幌绳上一拴,然后走进大门。工夫不大,端上一壶茶来,连茶杯带壶往石上一放,说:"你慢慢喝吧。"尉迟恭就喝起茶来。这家人去了工夫不大,又给他用油盘端出酒肉菜,还有馒首一碟,亦放在石上。尉迟恭亦不问是怎么回事,自斟自饮喝起酒来。酒喝完了,馒首夹肉又足吃一气。他吃喝完了,家人拿着十两一锭的马蹄银往石上一放,见他吃得碟干碗净,又将家伙收拾进去。尉迟恭心里痛快极了,自言自语地说道:"俺走了好运,在这里歇会儿,有人给俺茶水酒饭,吃喝完了格外还给一锭马蹄银。"他正然叨念,忽见由大门内走出来一人,势如奔马,声若巨雷。尉迟恭一看,这人长得头大项短,胸宽背厚,面如黑锅底,黑中透暗,两道抹子眉,一双大眼,黑眼珠小,白眼珠大,其形好像大白元宵上有小黑点一样,秤砣鼻子,高颧骨,四字方海口,连鬓络腮短钢髯,扎里扎煞,在耳后倒竖,犹如大抓笔一般,穿青挂皂,甚是威武。尉迟恭看他长得这样,暗自说道:这倒是我的儿子,长得和俺一般不二。

书中暗表,这个村子叫宋家庄,这所房子是刘武周的元帅宋金刚的住宅,这人叫宋金玉,是宋金刚的兄弟。他听见家人进来回说,门前有一黑汉牵来一匹好马,可以将他的马匹买过来。宋金玉不是好人,他仗着他哥哥宋金刚是定阳王刘武周的元帅,任意而为,欺压邻里,抢夺良家妇女,霸占人家房产土地,这一带的人民,畏若蛇蝎,无人敢惹。今天他全身披挂好了,要往营中去见哥哥,遇见这档子事。

宋金玉来到门前,没把尉迟恭放在眼里,看了看这匹马,他亦是很爱,走过来用手就解缰绳,想骑这马一走了之。尉迟恭过来问道:"你别解缰绳,这是我的马。"宋金玉将两眼瞪得包子大小,厉声喝道:"胡说!我的马,你怎么不叫解缰绳?"尉迟恭说:

"这马是俺的。"宋金玉说："这马是俺的,前天丢了的,你给找回来,亦没白白找回来,酒肉你亦吃了,十两银子酬谢你亦拿起来了,我的马你为什么不叫俺解绳儿?"尉迟恭说："你说是你的马,有何凭据?"宋金玉说："俺的马就这样,并无凭据。"尉迟恭说："这马是俺的,俺有凭据,俺让它叫唤,它就叫唤。"宋金玉说："我不信。"尉迟恭用手指着马道："你给俺叫唤一声。"这马真奇怪,将头一仰,脖儿一伸,"唏哩哩"叫了一声。尉迟恭说："如何? 这是俺的!"宋金玉说："这有何难? 我让它叫唤,它亦叫唤。"宋金玉亦用手一指这马道："你给俺叫唤一声!"这马没出声,冲他摇了摇头。那位说,这是真事不是? 我连阔如是这么想的。

当时宋金玉和尉迟恭争要此马,他犯了性情,命家人给他拿出枪来,家人照办。尉迟恭见他这条枪是镔铁皂缨枪,尺寸大,又显得粗,分量沉重。宋金玉接过去,毫不费力,说："你要这马倒亦不难,须胜得过俺手中枪。"尉迟恭一回手,将单鞭拔下来说："你要这马倒亦不难,须胜得过俺手中鞭。"宋金玉大怒,用枪就扎,尉迟恭往右一闪,枪就扎空了。宋金玉乘势横枪做棍式,用枪向尉迟恭左肩就抽。尉迟恭左胳膊肘儿架着鞭梢儿,右手一举鞭把儿,尖儿冲下,把儿朝上,这招儿叫做左肩悬鞭式。说时迟,那时快,宋金玉的大枪"当啷"一声抽在鞭上,尉迟恭左手一伸,毫不费力,将枪杆抓住,抽单鞭向他嗓子就杵。宋金玉躲闪不及,"噗哧"一声,已被扎死,死尸栽倒在地。吓得家人就跑,尉迟恭过去就摘他的盔,卸他的甲,连战袍亦都脱下来,往自己身上收拾。他将盔戴上,战袍穿上,甲披上,尉迟恭觉得还真合体。他将单鞭往背后一背,手持镔铁皂缨枪,飞身上马,催开坐骑,回归大营。

尉迟恭回到营中,这时定阳王刘武周与元帅宋金刚、军师刘文静正在营中饮宴,尉迟恭马到中军帐前,下了坐骑。刘武周见尉迟恭威风凛凛，杀气腾腾，心中很为喜爱，向宋金刚道："元帅，这是何人？"宋金刚说："这是新来投效的旗牌官，名叫尉迟恭。"刘武周道："真将军也！"尉迟恭来到帐内，给元帅、军师施礼。刘文静用手指着定阳王，向尉迟恭道："你见过，这是千岁。"尉迟恭听说千岁，知道是刘武周，忙着施礼。刘武周向宋金刚说："大才不可小用，往上升升。"宋金刚说："尉迟恭，升你为前军战将。"尉迟恭施礼拜谢，说了几句话，退出帐去。刘武周酒宴完毕，回归王府去了。宋金刚将要去歇息，忽见家人面带惊慌之色，来到他面前说："回禀元帅，大事不好！"宋金刚问道："何事惊慌？"家人说："二老爷被人用枪扎死了。"宋金刚听说他兄弟被人扎死了，大吃一惊，忙问道："他、他、他被何人扎死？"家人将尉迟恭扎死宋金刚的事详详细细回禀一遍，宋金刚万分难过，命家人暂且回去看守尸身。家人去后，宋金刚有意捉拿尉迟恭，给他兄弟报仇，忽然转想定阳王刘武周、军师刘文静都很喜爱尉迟恭，先去奏禀定阳王，请定了旨，再为斩杀尉迟恭。命人鞴马，他与亲随人等乘马出营，进了城，穿街越巷，够奔王府。来到府前，甩镫离鞍下了马。到了府中，见刘武周正在银安殿与文武大臣办理军国大事。

宋金刚到了银安殿上跪倒叩头，定阳王问道："元帅来见孤，有何事吗？"宋金刚就将尉迟恭扎死他兄弟之事奏明，请旨斩杀尉迟恭。定阳王说："元帅免礼平身，孤给你做主。"宋金刚往旁一站。刘武周将要传旨，忽见王官进来回禀："有前军战将尉迟恭求见。"定阳王说："叫他殿上拜见。"王官出去，将尉迟恭带到殿上，尉迟恭跪倒叩头。刘武周用手一指道："尉迟恭，你为何将元帅的兄弟宋金玉刺死？"尉迟恭就把自己降妖得马，误走宋家庄，宋金玉夺马不成，二人动手，扎死宋金玉的事情说了一遍。定阳王将话听明了，说道："尉迟恭，他抢你的马匹，你不该将他打死呀！"尉迟恭尚未还言，军师刘文静说："千岁，我耳闻元帅的兄弟宋金玉性情强暴,他与尉迟恭争马,被尉迟恭打死,看起来祸的原因还是宋金玉不是。尉迟恭乃军中勇将,主公正在用人之际,理应当免去他的罪名,叫他军前效力,为主公攻城掠地。"宋金刚说:"军师之言差矣。杀人者偿命,欠债者还钱。尉迟恭扎死我弟,哪有无罪之理?"刘文静说:"不然。昔日汉末时,东吴孙权的大将凌统与甘宁有杀父冤仇,他二人为了国事,能解仇恨,为公忘私,时人无不敬之。如今我主正在图取天下之时,用人之际,元帅亦应为公忘私才是。况且宋金玉与尉迟恭为了争斗而死,元帅为何不以恩待部下,定要为令弟报仇,而杀大将? 倘若激变了三军,如何是好?"当下刘文静滔滔不断,口如悬河,问得宋金刚并无一言。

定阳王刘武周道:"元帅与尉迟恭为了孤的大事,宜解私仇。来呀,速摆酒筵,孤当为你二人解和。"宋金刚无法。少时间酒宴摆上,定阳王给宋金刚亲自斟酒三杯,说:"元帅为一军之主,替孤执掌三军,对于兵将,要以恩待之,以威制之,恩威并济,大事可行。若能将帅一体,士卒一心,何愁不得天下?"宋金刚道:"臣敢不尽心竭力,以图报效。"定阳王又给尉迟恭斟酒三杯道:"将军不可自骄。元帅大义忘仇,你从此要服其指挥,听他调动,勿生异心。"尉迟恭道:"谨遵千岁之命。"于是他二人算解和了。刘武周又升尉迟恭为先锋,向宋金刚说:"明天是黄道吉日,你与先锋统带五万大兵去取三关八寨,直捣太原。"宋金刚遵令,与尉迟恭回归大营。宋金刚先命人将他兄弟的尸身成殓起来,暂且停于古庙之中,日后再为安葬。又传令四更造饭,五更用饭,天明了拔营起寨,卯时祭旗,辰时起队。

兵听将令草随风,令下如山倒。五万大军五更就都用完了早饭,天到日出拔了营寨,刀矛器皿、锣鼓帐篷、粮草等项全都装在车辆骡驮之上,一营一队排列开了。元帅的亲兵将香案摆好,掌旗官将定阳王的龙蠹旗、宋金刚的帅蠹旗、刘文静的八卦蠹旗、尉迟恭的先锋纛旗俱都挑在案旁,只等着祭旗了。刘武周、刘文静乘马而至,下了坐骑,有人接过马去。跟着有小校牵来一匹梅花鹿,到了案前。刘文静等焚香跪倒誓师,一声追魂炮响,宋金刚伸手哈腰,要劈鹿祭旗。他运用周身之力,没有劈开,将鹿放下,谁知那鹿将绳挣开。眼看着鹿要跑了,忽见尉迟恭跑过去,用手一推,"噗咚"一声,将鹿推倒,伸手抓住鹿的两条后腿,往左右一分,"咔嚓"一声,分为两半,往起一扬,血花四溅。各旗上都有了血迹,惟有那大帅的纛旗一个血点儿亦没有。这时定阳王刘武周、军师刘文静又夸奖尉迟恭一番,然后撤去香案。宋金刚唤道:"先锋听令。"尉迟恭道:"在。"宋金刚说:"命你带兵三千为先锋军,逢山开路,遇水搭桥,兵取三关。"尉迟恭说声"遵令",点了三千大兵,飞身上马。炮声一响,他率领三千大兵,离了定阳,往雁门关而来。宋金刚与军师督催大队人马,随后而进。

却说尉迟恭率领三千大兵来到雁门关,城上已有准备了,尉迟恭吩咐:"我兵关前列阵!"炮声一响,两杆皂缎门旗开处,三千大兵二龙出水式左右排开,尉迟恭在皂缎色大纛旗下勒马停蹄,压住了全军大队,命兵丁喊喝声音叫战。工夫不大,关中炮响,城门开放,冲出一支唐军,看人数约有三千之众,一字排开。素缎色门旗,当中素缎色大纛旗,上书"大唐雁门关守将"一行小字,当中红月光绣着斗大"王"字。旗下主将,银甲白袍,跨马持刀,压住大队。这员战将名叫王天化。唐太子建成与他兄弟元吉奉李渊之旨来守河东,二人在太原招兵买马,集草囤粮,派大将王天化为雁门关守将,金日虎为偏台关守将,金日豹为白璧关守将,每座关各派大兵五千为防御军。雁门关的探兵知道了,飞报守将王天化,王天化得报,一面调动人马准备迎敌,一面派人飞报建成、元吉。尉迟恭大队来到,王天化率兵出战,在关前与敬德将阵势列圆。

　　王天化拍马临阵，耀武扬威叫战。尉迟恭出马，王天化问道："来将通名！"尉迟恭说："俺在定阳王驾前称臣，宋大帅麾下调遣，第一路先锋之职，复姓尉迟，名恭，字敬德。你是什么东西？"王天化喝道："我乃大唐雁门关守将王天化，尔休得胡言！"说着话，举刀便砍。尉迟恭将大枪抡圆了，向他刀头就抽，只听"当啷"一声，王天化大刀攥不住了，"嗖"的一声，刀飞出多远。尉迟恭乘势一枪扎在他的右肋之下，红光迸现，鲜血直流，尸横马下。尉迟恭回头向他的先锋军喊嚷一声："我兵杀！"三千大军冲杀过来。尉迟恭撞入唐军队内，副将们想拦他，如何能成？被他一枪一个，刺于马下。三千大兵人人奋勇，个个当先，杀得唐军东倒西歪，败将下来。败兵将到关门，还没进去哪，尉迟恭就到了，在门洞大杀唐军。守门军关门不及，被他杀入。城内有的唐军见关失守，弃关而逃。尉迟恭得了第一关，后边宋金刚大队就到了。

　　尉迟恭不管善后的事儿，他率领三千先锋军离了雁门关，赶奔偏台关。人马到了关前，列队叫战。关中炮鼓齐鸣，冲出来三千唐军，在关前雁翅排开，当中间高挑一杆大红缎色纛旗，上书"大唐偏台关守将"字样，当中斗大"金"字。旗下主将，跨马持刀，压住大队。尉迟恭阵前叫战，唐将出马。尉迟恭见他长得八尺之躯，头大项短，胸宽背厚，胳膊短腿短，铁盔铁甲皂征袍，面如锅底，颌下钢髯，手中擎着一条镔铁皂缨枪。尉迟恭问道："你是什么东西？"唐将说："俺叫金日虎，尔休得出口伤人！"各催战马，抖大枪杀在一处。约有五六个回合，不见胜负，尉迟恭暗取单鞭。圈回马来再战，二马错镫之际，他枪里夹鞭，打在肩头之上，"噗咚"一声，金日虎坠于马下。尉迟恭催马往对面唐军便撞，三千大兵继后冲杀。如虎似龙的尉迟恭，杀得唐军落花流水。唐军败奔关门，尉迟恭追到关门，乘势杀进。唐军将关失守，弃关而逃，够奔白璧关。

第七十六回　飞马越城日抢三关
　　　　　　　　单骑闯营夜夺八寨

　　那白璧关守将金日豹见残兵败将前来,放入关中,问明经过,得知哥哥死在尉迟恭之手,气得哇呀乱叫,暴跳如雷,非要杀了尉迟恭报他哥哥之仇不可,命人打探尉迟恭的动静。探马来报:"尉迟恭的人马离关相差数里了。"他急忙传令,点兵三千,出关迎敌。金日豹全身披挂整齐,三千人马齐毕,衙前上马,放炮出关。人马到了白璧关外,列开阵势,净等尉迟恭兵到,拼命死战。工夫不大,就见正北方旌旗招展,队伍丛杂,一支人马风吹云似的而来。一声炮响,两杆皂缎门旗开处,三千大兵左右排开。当中皂缎色先锋纛旗之下,主将压住了全军。金日豹拍马临阵,手指对面大声喊道:"今有唐将金日豹在此,尉迟恭快来纳命!"尉迟恭催马直奔疆场。金日豹勒马横棍,往对面一看,只见尉迟恭威风凛凛,杀气腾腾。有赞为证,只见他:

　　头戴荷叶镔铁盔,嵌明珠,镶一宝,铁抹额,双腮抱,顶门上有朵皂缎桃突突跳。勒领带,装金钉,包耳护项紧围绕。乌油甲,龙鳞飘,内衬一件皂征袍。蟒翻身,龙探爪,下串江涯海水闹。护心镜,放光毫,狮蛮带,三环套。鱼褟尾,分左右,两扇征裙烈焰飘。乌油靴,云根绕,坐下马,乌云豹,唏哩哩,连声叫。看身材,一丈高,看面貌,天生皂。大环眼,光华好,两道眉,入鬓角。准头丰,双腮抱,半部钢髯颌下飘。挂支单鞭在鞍鞒,大枪好似大蟒拦路叫。但凭出手不空回,敌人一见魂吓冒!

　　金日豹见敬德如此威武，暗暗吃惊。他向尉迟恭问道："尔就是刘武周的先锋尉迟恭吗？"尉迟恭道："正是爷爷。"金日豹说："你扎死我的兄长，夺去偏台关，我在此等候多时了，你哪里走！""嗖"的一声，竖起棍来便打。尉迟恭大枪一横，左手攥枪的当中间，右手攥着枪鐏。金日豹暗笑他武艺不精，若是横枪招架，应当两只手攥两头儿，棍打在枪上才能不怕。他见敬德如此，恶狠狠往下打，使了个十足的劲儿，"当"的一声，棍打在枪上。敬德非是武艺不精，他故意卖个破绽，棍到枪上，他右手往下一落，左胳膊往前一伸，枪尖奔他的哽嗓咽喉，棍可顺着枪杆下滑。这手有个名儿，叫"白鹤亮翅"。说时迟，那时快，枪尖奔到金日豹的嗓子了，他大吃一惊，招架不及，在马上一拧身，枪尖正扎右肩头上，"嘎巴"一声，金日豹右肩头上的挂甲钩环被挑断，胳膊上的那片甲"哗啷啷"落将下来，肉亦破了，血亦流下来，疼得他几乎下马，拨马便跑。尉迟恭催马要追，三千唐兵如同断线风筝一般，退入城中，将城门关上。尉迟恭指挥人马攻城，上边灰瓶、石子、滚木等项打下来了，打得城下兵丁头破血出，脑浆迸溅，筋断骨折，眨眼之间损伤数十人。

　　尉迟恭将要撤兵，宋金刚督催大军来至，见白璧关未破，他要夺尉迟恭的功劳，命尉迟恭的先锋军退下，他调过五千大兵攻城，又调五百校刀手督队，攻城的时候只许前进，不准后退。吩咐完了，五千大兵呐喊声音攻城。城上的唐军弓弩齐下，射得大军不敢前进。可宋金刚有命，校刀手在后边督催五千大军，只许前进，不准后退，如若有后退的，就杀。兵丁们无法，奋勇当先，拼命攻城吧。上边往下抛打灰瓶、石子、滚木等项，他们死伤无数。豁出命干吧，前仆后继，血肉翻飞，三进三退，死伤了七八百人。坚城难下，宋金刚还是不退，仍然指挥兵将攻关。尉迟恭瞧着宋金刚牺牲这些兵士，仍然不止，他瞧着不忍，向宋金刚说道："请元帅收兵，明日我敬德自有攻城之法。"宋金刚听他这样说，传令撤兵回营。

大队人马撤下来,回到营中,兵丁各归汛地,一干诸战将伺候宋金刚升帐办公。宋金刚、刘文静落了座,将士儿郎两旁侍立。宋金刚向尉迟恭问道:"你有什么妙法能攻此关哪?"尉迟恭说:"俺没有妙法。"宋金刚大怒道:"你没有妙计能攻白璧关,为什么请本帅撤兵?"尉迟恭说:"我看你不恤兵士,攻关不止,故意说另有妙计破关,我是搭救那些兵将。"宋金刚大怒,厉声喝道:"尉迟恭,你岂不知身为武夫,受命之日则忘家,临敌之时则忘身,你那哪是恤兵士呀,分明是坏我的大事!你明日将关打破便罢,如若打不破此关,我定斩不饶!"尉迟恭说:"我打不破关,你要杀我,那你打不破关哪?"宋金刚说:"难道你还敢杀我吗?"尉迟恭说:"不然。你凭什么当元帅,你的才干比我强,才配当元帅,我们不成的事你都得成,那才叫我们钦佩。如若我不成,你亦不成,那不公平,俺便不服!"宋金刚说:"你若打破白璧关,我将元帅印让给你;如若打不破白璧关,将人头输给本帅!"尉迟恭说:"那可不成。俺输了是人头,你输了是元帅印,俺不能以人头和你的东西打赌。俺要打破白璧关,你亦得输项上人头,那才算公平。"宋金刚说:"如此甚好,谁能给你作保?"敬德问道:"谁给俺作保?"军师刘文静说:"我给你作保。"尉迟恭说:"不用明日,今夜就能破关。"说罢,出帐上马,率领三千先锋军出了大营,直奔白璧关。

走在路上,尉迟恭不叫兵将响炮擂鼓,而是卷旗息鼓,暗藏灯笼火把,悄悄够奔白璧关。离着关近了,他向兵将说:"你们看我破关!"说着,催马如飞,够奔白璧关而来。这马跑欢了,人借马力,马借人力,来到城下。尉迟恭丹田提气,"噌"的一声,连人带马上了墙,尉迟恭飞马越城墙!上边的唐军大乱。尉迟恭大枪一抖,向唐军便扎,挨着死,碰着亡。唐军直嚷:"了不得啦,尉迟恭飞上城墙啦!"三千先锋军听见他们先锋上了城,人人奋勇，个个当先，亦都爬上城去，向唐军大杀大砍。有由马道下城去杀门军的，将门军杀退，斩关落锁，开了城门，所有的先锋军全部入城。金日豹因有重伤，不能迎敌，闻敌军入关，只得率领残兵败将逃走。天光大亮，白璧关便为尉迟恭所有。他得过了白璧关，派人往大营中飞报宋金刚。

宋金刚得报，可就怔了，想自己与尉迟恭打赌，他得了白璧关，岂不要我项上人头？急得他紧皱双眉，面有愁容，唉声叹气不止。刘文静见了心中不忍，说："元帅莫非为了尉迟恭的事吗？"宋金刚道："正是。"刘文静说："不要紧，这事有我说和，可以无事。"宋金刚大悦，向刘文静深深作了个揖，说："多劳军师给我们了结此事。我从此以后，对他一秉大公，处正无私，兄弟之仇化为乌有。"刘文静道："如此甚好。"此时，小校来报："先锋回营。"刘文静忙出迎接，迎至辕门以内，撞上了尉迟恭，向他说道："先锋大喜了！"尉迟恭下马施礼。刘文静说："先锋，你和宋帅打赌，已然得了白璧关，看在我的分上，勿用和他认真，叫他给你赔个礼，两方罢休。你可愿意吗？"敬德说："军师，论理我要他的项上人头，看在军师的情面，叫他给俺敬酒三杯，便算无事。"刘文静说："如此甚好。"

于是他二人一同进帐，宋金刚冲着尉迟恭控背躬身施礼道："先锋，昨夜之言是本帅之过，望你多多原谅。"尉迟恭还礼道："有军师说和，我们算是无事。"刘文静说："元帅敬酒三杯吧。"宋金刚立刻命人摆下酒筵，他与敬德斟了三杯酒。敬他酒毕，刘文静向他二人说道："主公养兵千日，用兵一时，如今奉命出兵来取三关，兵伐太原，必须将帅一体，士卒一心，同心协力，才能攻必取，战必胜，报效主公。如若将帅不和，士卒离心，纵有兵百万、将千员，亦是难免遭败。望你们元帅、先锋从今以后先公后私，推心置腹，勿相猜忌才好。"宋金刚和敬德齐声说道："军师金石之言，当受教矣。"于是三个人推杯换盏，开怀畅饮。酒足饭饱,撤去残席,尉迟恭自告奋勇,要往太原进兵。宋金刚、刘文静商议好了,派将守三关,安抚人民,他们督催人马过关,这且不表。

却说尉迟恭率领三千先锋军,离了白璧关,正往前走,忽见对面来了一支人马,遍打大唐旗号,尉迟恭吩咐先锋军列阵以待。三千大兵将阵列开,敬德在先锋纛旗之下勒马停蹄,往对面观瞧。只见对面一声炮响,两杆素缎门旗开处,五千大兵分为左右。正当中高挑两杆鹅黄闹龙纛旗,旗下殷、齐二王建成、元吉勒住坐骑,与齐芳、李元压住了大队。两军人马将阵势列圆,尉迟恭拍马临阵,耀武扬威,喊喝声音叫战。建成、元吉见他叫战,问齐芳、李元道:“这就是那抢馒头被逐的尉迟恭啊!”他们哪儿把他放在心上。建成问道:“谁去擒他?”李元拍马临阵。尉迟恭一看这员唐将约有八尺之躯,细腰乍臂,面似银盆,颔下无须,约有二十多岁,精神百倍,银甲白袍,胯下马,掌中戟。李元大叫:“尉迟恭,你可知道李元吗?”尉迟恭用枪便扎,李元使戟往外支。敬德把枪往回一抽,又往前一拧,这手叫“白蛇吐信”,枪头正杵在银戟的月牙内。他大喊一声:“撒开吧!”把枪一挑,李元攥不住了,将戟撒手。尉迟恭大枪抡起多高来,往下一抽,李元连人带马,被抽死阵前。

尉迟恭回头大喊:“我兵我将快杀!”催马如飞,直奔唐军大队,要报四十棍的仇恨,想将建成扎死。齐芳催马迎敌,用刀就砍,尉迟恭架开大刀。二马错镫之际,尉迟恭抡大枪斜肩带臂便抽,齐芳招架不及,急忙两脚甩镫,要死里逃生。他由马上往下一滚,“扑通”一声摔倒在地,尉迟恭一枪将马抽死了。跟着将大枪一抡,左右大抽,抽得唐军东倒西歪,横躺竖卧。吓得建成、元吉魂飞天外,魄散九霄,由乱军之中夺路而逃。唐军人撞人,马撞马,自相践踏,三千先锋军大杀唐军。建成、元吉拼命而逃。后面尉迟恭大叫:“建成哪里走!”吓得建成、元吉往八寨而奔。

原来太原以北有八寨新兵，每寨万人，每寨相隔五里。

　　建成、元吉跑奔第一寨，二人进了营门，门军要关营门已然来之不及，尉迟恭撞入营中。唐军往上一围，层层往上围裹，不亚如七层刽子手、八面虎狼军，刀枪棍棒齐下。尉迟恭大喊道："呔！唐兵听真：俺乃定阳王的先锋尉迟恭。尔等若知道俺的厉害，急速闪开！"催马横冲直撞，虎荡羊群一般，大枪"噼哧噗哧"，连扎带抽，扎上一条线，抽上一大片，竖着是枪，横着是棍。唐军被他杀得挨着就死，碰着就亡，乱窜乱跑，齐声喊嚷："好厉害呀，尉迟恭啊！"尉迟恭在万军中如苍龙搅海，翻波滚浪一般，还是追赶建成、元吉。三千定阳军亦追到了，撞入唐营大杀大砍。第一寨的兵将见营寨已被敌军攻破，随建成、元吉往第二寨逃。第二寨的兵将不及迎敌，就被残兵败将闯得七零八落。尉迟恭追到第二寨，第二寨的兵将又随着建成、元吉逃奔第三寨。

　　书说简短，可惜这八寨的兵将都被建成、元吉给闯乱了，军心摇动，兵无战心，士无斗志，都不顾保守营寨，随着二人逃往太原府，铺天盖地，漫山遍野，忙如漏网之鱼，急如丧家之犬，纷纷逃命。尉迟恭只有三千先锋军，将八座营寨踏了个土平。他往太原追赶建成与残兵败将，宋金刚、刘文静督催大兵前进，由白璧关往下走，一路之上得的唐军刀矛器皿、锣鼓帐篷、粮草等项不计其数。一直追到太原府，将城团团围住，要打破太原府，立为根本之地。

　　建成、元吉是畏刀避箭、怕死贪生之辈，由太原一溜烟似的逃回长安，宫中见驾，向李渊奏明兵败的情形。李渊大惊，将他二人申斥了一顿，召集文武议事。众文武齐集殿前，施礼完毕，退立两旁。李渊说："如今有山后定阳王刘武周派他的元帅宋金刚、先锋尉迟恭率领十万大兵夺我河东，那尉迟恭怒抢三关，气夺八寨，兵困太原府。不到十日，河东土地失去一半，这还了得！哪位卿家能往河东去破刘武周啊？"李世民道："儿臣愿往。"李渊说:"吾儿若去,大事无忧矣。"李世民说:"儿往河东破贼,须有大将才能成功。"李渊道:"所有兵将由你挑选。"李世民说:"我军中并无勇冠三军、百战百胜的大将。"李渊说:"那又往何处去寻呢?"李世民说:"有三个人足能胜那尉迟恭。"李渊问道:"何人呢?"李世民说:"第一是恩公秦琼,第二是罗成,第三是程咬金。"李渊说:"这是瓦岗山的大将,岗山事败,不知他们哪里去了。"李世民说:"这三个人一定散在四方,何不派人四处找寻?"他父子说到这里,徐茂公跪倒说:"臣能将三人找来。"李渊说:"河东危急,要找他三人必须快才好。"徐茂公说:"多者一月,少者半月,臣保有三人至此。"李渊大悦,立刻就命徐茂公访求三贤。徐茂公遵旨出朝,打扮成游方的道人,离了长安。他料着单雄信既在洛阳招了驸马,秦叔宝等定在单雄信那里存身,我何不往洛阳寻找他们? 于是够奔洛阳而来。一路之上,无非是住店吃饭,勿用细表。

却说徐茂公这天来到洛阳西门,老远就听见有把守城门的门军喊嚷道:"那个道人少往前进,我们这里不准和尚、道人进城!"徐茂公一听就怔了,进不了洛阳城,怎么寻找他们三人?阅者若问为什么门军不叫他入城,书中暗表,自从秦叔宝、程咬金、罗成来到洛阳,洛阳王王世充就盼望三个人扶保于他,给他们修盖了三贤府,派人好生伺候。那府中陈设的名人字画、各样珠宝、床帐木器,无所不备。尉迟恭抢三关夺八寨的事被王世充君臣知道了,铁冠道人给王世充出主意,叫他防备三贤逃走,如若有云游的僧道,不准入城,亦就是怕魏徵、徐茂公来将三贤弄走,扶保李家父子。故此徐茂公到了洛阳西门,不让进城。徐茂公更是乖巧,将简板取出来,他在西门不走,唱起道情来了。眨眼之间,就招了一群人围着观瞧。忽然由城中跑出一骑马,奔走如飞,马上之人望见了徐茂公,催马往人群里愣闯。徐茂公一看是程咬金,灵机一动,就明白了。程咬金用马闯得人们乱跑,徐茂公乘乱之际随他入了城，前后而行，来到三贤府。秦叔宝出来迎接，彼此施礼，然后屋中落座，有人献茶。

茶罢搁盏，秦琼问道："你从何处而来？"徐茂公就将他与大爷魏徵投唐之事先行说明，然后又将定阳王刘武周夺取河东、尉迟恭抢三关夺八寨的事情说明，秦叔宝、程咬金这才明白他的来历。徐茂公说："秦王李世民自告奋勇，能收复三关，欲往河东。无奈缺乏良将，命我访求你们哥儿仨。不知道你们可愿投唐否？"秦琼说："我们来到洛阳，蒙五弟单雄信招待，王世充修盖三贤府，待如上宾，情义甚厚。我们若是投唐，不惟对不住洛阳王，亦对不住单雄信哪！"徐茂公说："大丈夫处世当立奇功，唐王父子爱民有德，人心归附，乃应运之主。我们弟兄何不辅佐他李家父子，开疆展土？洛阳王非是英明之主，我们既不能在他这里为官，贪恋三贤府的留宾亦非久长之计。机不再逢，还是随我奔长安为是。"当下徐茂公苦苦相劝，秦琼说："投唐虽可，但表弟罗成染病在床，他不能随我前往，我怎好将他抛下远走哪？"罗成在病榻上说道："表兄，你奔走了半生，亦没立下事业，光阴不可妄费，请兄去长安建功立业，勿以小弟为重。"秦琼说："我等在此无妨，倘若走后，洛阳王君臣为难于你，我亦放心不下呀！"罗成说："兄长携带三府家眷速奔长安，小弟在此绝无妨碍。"当下罗成再三催他起身，叔宝点头应允，命秦安雇了车辆，将家眷叫秦安保护着先出城，在途中等候；又叫徐茂公出城，在城外相会。秦安保着家眷先走了，随后徐茂公亦就出城。

第七十七回　徐茂公说服智福将
　　　　　　　尉迟恭月下赶秦王

　　秦叔宝与程咬金更换衣服，将盔甲包好，驮在马上；秦琼的大枪、双铜，程咬金的大斧亦都挂在马上。收拾完毕，与罗成洒泪而别。二人上马，出离三贤府，够奔西门。秦琼恐怕门军阻拦，就在门内下马，向门军说道："你们快去禀报驸马，就说我二人要走了，请他前来作别。"门军哪敢怠慢，飞奔驸马府，禀报单雄信。单通听他们要走，大吃一惊，飞奔西门。到了西门，问道："秦二哥为何要走，莫非说小弟慢待了吗?"秦琼说："我三人到这里蒙情款待，感激匪浅。我今欲走，亦是因久住此处给我弟添麻烦。"单雄信问道："二哥欲往何方?"秦琼说："尚无一定。"单雄信说："莫非投唐吗?"秦琼犹未回答，程咬金道："正是投唐。我们走后，有个病人交给你，你好好照料，若是他死了，我还和你要把骨头!"秦琼说道："四弟，你还是这样脾气，一点道理不懂。"程咬金道："我向来是有话实说，不哄人的。"单雄信知道挽留不下，命人看过酒来送行，给他二人各斟三杯酒。三人饮完酒，彼此对拜，当时作别。秦琼、程咬金上马，扬长而去。单雄信上马，亦要相送。追出关厢，遥望树林之中走出徐茂公，单雄信立刻明白了，暗道：徐三哥，你不该将秦二哥、程四哥弄走，盟兄弟一场，何必厚于唐家，薄我君臣?

　　气愤之际，三个人已经走了，单雄信道："罢罢罢!他们走了，他们这里还有个病人哪，我且去看他!"将马一圈，进了城，飞奔三贤馆。门前下马，往里就走。将到屋门，就听罗成在屋内自言自语:"秦叔宝、程咬金,你们两个爱走就走你们的!忘恩负义的小人,留亦留不住的!只是我罗成身染重病,便宜了你们。若是我罗成没有病啊,我叫你们投不得唐家!苍天哪苍天,叫我早早的病好了,我若不踏平唐家土地,誓非人也!"单雄信暗自说道:幸而我未曾莽撞,若是莽撞,岂不伤了好人?咳嗽一声,走入病房。罗成见他进来,忙道:"单二哥,你怎此时才来?你若早来一步,叫那姓秦的、姓程的投不得唐家!"单雄信说:"他们愿去,就去他们的。走了金刚有佛在,兄弟你好好养病,如若你的病好了,我必在洛阳王驾前保你为一字并肩王。"罗成说:"程咬金倒不要紧,那秦琼与我是亲表兄弟,共同患难多年。他们头次有难,我背着老人家到瓦岗山倒破长蛇阵,单枪破双枪;二次有难,东岭关我破了金斗铜旗阵,结果我们丢了北平府,父母冤仇至今未报。此次乘我有病之际,弃我而走,实是叫我伤心落泪。"单雄信道:"兄弟莫要伤感,小心养病吧。"当下单雄信对他不惟没有歹意,反而好言安慰,给他延医治病。罗成在洛阳养病,事后如何,下文书再表。

却说徐茂公、秦琼、程咬金携带家眷够奔长安,一路之上平安无事,这天到了长安东门外,秦琼向程咬金说:"四弟,我们来投唐,我替你担心。"程咬金问道:"你替我担什么心哪?"秦叔宝说:"你忘了吗?当初斧劈老君堂,月下赶秦王,与李世民结了冤仇。此去见他,不知他记恨前仇不?"程咬金道:"哎呀不好!你们去吧,我不去了!"徐茂公说:"四弟,你只管前去,我管保绝无妨碍。如若有错,全有我哪!"程咬金说:"三哥,可全有你哪!"于是他们进了东门,穿街越巷,来到秦王府,将马匹拴好。徐茂公说:"你们哥儿俩在外边等着,我去回禀。"叔宝、咬金在外等候,徐茂公走进府中,命人回禀,李世民将他请进书房。徐茂公施礼完毕,李世民问:"军师此去如何?"徐茂公说:"仗着千岁的洪福,我已然由洛阳将秦叔宝、程咬金请来,现在府外。"李世民问道:"罗成哪里去了?"徐茂公说:"他染病洛阳,暂且来不了,日后定来投奔千岁。"李世民说:"既然如此,你我出府迎接他二人。"徐茂公说:"千岁忘了程咬金当初斧劈老君堂的事吗?如今他来了,可将他推出去杀了!"李世民说:"军师之言差矣。那桀犬吠尧王非是不知好人,各为其主也。今日他来投我,怎好记恨前仇?"徐茂公说:"我不是叫千岁真杀他,我们患难多年,他的脾气秉性我是知道的。千岁如若重看他,他就以为唐家无人,请他来破敌,没有他不成,日后亦难治他。不如今天给他个下马威,将来他好奉公守法。"李世民说:"既然如此,孤就先升银安殿,然后再见他们。"于是李世民升殿,亲军护卫两旁环列,徐茂公、魏徵在殿上侍立。李世民传旨,命秦叔宝、程咬金进见。

叔宝、咬金来到殿前,冲着李世民跪倒,口称:"秦叔宝、程咬金参见千岁。"李世民起身离座,向叔宝说道:"恩公至此,何必行此大礼。"先冲秦琼作揖还礼,然后将秦琼搀起,扶上殿来,请他坐下。然后李世民归了座,用手指着程咬金道:"你当初在月下追赶于我,斧劈老君堂,今天还敢来见孤家吗?"程咬金听了,暗暗叫苦,向秦王叩头道:"臣原不敢来,徐茂公力保,说我来了,千岁绝不能记恨前仇,望千岁施恩,勿念旧恶。"秦王已然不忍,无奈有徐茂公之言,又不好不装,立刻将眼一瞪说:"你既来了,孤当斩杀!"喝令左右:"绑了,推出去杀!"左右立刻将程咬金绑上,往府外便推。徐茂公、秦琼高声喊嚷:"刀下留人!"李世民故意问道:"恩公与军师为何给他求情?"二人说:"请千岁念他来投之义,赦他死罪,叫他阵前立功赎罪吧。"李世民这才说:"看在恩公、军师的分上,饶他死罪。"二人拜谢。李世民传旨,亲军们又将程咬金推回来。李世民说:"若按你斧劈老君堂之事,应当将你斩杀。今有恩公、军师给你求情,看在他二人的分上,赦你死罪,军前好生立功。左右,给他松开绑绳。"程咬金叩头谢恩。李世民吩咐:"摆筵伺候。"少时酒筵摆上,君臣入座,推杯换盏,开怀畅饮。宴罢之后,李世民命人给他们安置住处,在府中宿下。

　　次日早朝,李世民到宫中面见李渊辞行。李渊因为李元霸死后,军中缺少大将,嘱咐李世民到了河东,不可伤了尉迟恭的性命,千万将他收降。李世民谨遵父命。回到府中,传令起兵,与军师徐茂公,邀着秦琼、程咬金,率领十万大军,放炮起兵,离了长安,够奔河东而来。十万人马到了太原,不见敌兵,李世民命人打探,得报定阳王刘武周的人马撤回白璧关了。于是秦王传令,人马在城北安营扎寨,埋锅造饭,铡草喂马。诸事完毕,李世民升帐,点名过卯,发放军情。诸事完毕,传令歇兵三天,四日再战。十万人马休息三日,养足了锐气,到了第四日,早早吃罢战饭,李世民传令:"点兵五千,攻打白璧关。"一声炮响,冲出大营,直奔白璧关。

　　离着白璧关近了,秦王吩咐列开阵势。两杆杏黄门旗开处,五千大兵二龙出水式左右分开,当中间银顶黄罗伞下,李世民勒马停蹄,左有秦琼,右有程咬金,压住了阵脚。秦王背后高挑五爪金龙杏黄纛旗。人马将阵势列好了,李世民命兵将向白璧关叫战,五千大兵呐喊杀声叫战。工夫不大,就听三声炮响,由白璧关中出来一支人马,约有三千之众,在关前列阵。一对绿缎门旗,当中间高挑一杆帅纛旗,旗下宋金刚怀抱令旗压住了全军大队。两军人马将阵势列圆了,宋金刚问道:"哪位将军出马一战?"大将金振山愿往阵前立功,手持大刀,拍马临阵,在阵前耀武扬威叫战。李世民命秦琼出马。秦叔宝马到疆场,问过了名姓,金振山用大刀便砍,秦叔宝横枪招架。二人马打盘旋,杀在一处。未走三合,秦叔宝使了个"唤虎出洞"的招数,将他刺于马下。李世民吩咐擂动得胜鼓。宋金刚队中大将魏利生出马,用双鞭向秦琼便打,秦琼用了个"指日高升吞云式",分开双鞭,扎死马下。跟着宋金刚队中出来了四员战将,都是未走三合,被秦叔宝挑下马去。宋金刚见他枪挑六将，料难敌他，吩咐鸣金入关。"仓啷啷"锣声三响，宋金刚率兵撤回关去，李世民亦收兵，鞭敲金镫响，齐唱凯歌还。回到营中，安排酒筵，庆功贺喜。宴罢之后，李世民向徐茂公说："军师，我们今天在白璧关一战，不见敌军有尉迟恭出战，是何缘故？"徐茂公说："莫非尉迟恭未在关中？"李世民说："也许是那么回事。"他们说完话，各自去歇息。

天到掌灯以后，李世民忽见程咬金走了进来，问他道："程王兄，你来见孤，可有事吗？"程咬金说："我要夜探白璧关，来禀报千岁。"李世民说："王兄有此胆量，孤亦愿陪你前往。"程咬金说："千岁要往，我能保驾。"于是二人出帐，各自上马，一名兵将不带，出了大营，往北而来。抬头往上一看，满天星斗，光华灿烂，万里无云，月色将出，万籁无声，实是好景。两个人约在三更天来到白璧关，只听城内梆点齐鸣，巡更走筹，声音不断。他二人在关下往上偷瞧，可了不得！那尉迟敬德正在城上。原来宋金刚见敬德抢三关、夺八寨，立下奇功，他心中不悦。他退兵白璧关不算，还命尉迟恭押粮运草。唐军来到，他亲自率兵出关迎敌，却损伤六员大将，退回城中。天到日暮，尉迟恭押粮运草回来，宋金刚应当念他一路劳乏，让他歇息，不想却叫他巡守城池。尉迟恭到了城上，有兵丁将李世民统兵来到、秦叔宝枪挑六将的事告诉他，敬德气得什么似的，只等天光一亮，往唐营叫战，非杀他个干干净净不可。

尉迟恭在关上巡查约到三更时刻，往关下一听，有马踏銮铃之声，他不由得注目观瞧。借着星斗月色光华，看得很真，有两个人骑着马，在月下指手画脚，谈谈论论，料是唐军的战将窥探关口。他悄悄下了马道，到了城下，拢丝缰认镫扳鞍上了马，命守门的兵丁慢慢将城门开开，催马出关，手持大枪，直奔程咬金、李世民而来。他抖丹田一声喝喊："呔！唐将听真：尔等敢夜探白璧关,俺尉迟恭来也!"程咬金向李世民道:"千岁不好,敬德来也!"他催马抢斧,直奔尉迟恭。程咬金向来是一马三斧,不知道的人都说他没本事,其实程咬金的三斧是三手高招,武艺稍微软些,就得输在他斧下。如若他和人动上手,三招不赢,他就知道这三招拿手的都赢不了人家,使别的招儿亦难取胜,度德量力,他拨马就跑。别人打了败仗,都觉着是丢人现眼,惟有程咬金不那么说,他说:"我赢不了人家,轻了是输,重了就许丧命,若是跑了,可就活啦!赢不了这个,我再赢别的人。无论多好的武艺,亦不能天下无敌。"程咬金的绝命三斧最拿手,今夜遇见敬德可不成了。头一招儿用那斧头上的枪尖儿往敬德眼睛上就杵,说声:"挖眼!"跟着二手就是"掏耳朵"。哪想敬德用枪一拨,就将程咬金的大斧拨开。二马错镫之际,敬德抢开大枪向他斜肩带臂就抽,程咬金招架不及。敬德斜着这一枪抽上,得将他抽个筋断骨折。程咬金有死中求活的本事,他两只脚一甩镫,整个身子往马下一栽,"扑通"一声,掉在地上。敬德的大枪抽空,马一冲,就跑过去了。

敬德不愿意和他再动手,他看出那匹马上的人是个王爵打扮,料是李世民。他宁可敲打金钟一下,不打夜壶三千。金钟一下当当响,夜壶三千啪嚓嚓。扎死李世民一人,胜似千军万马。扎死程咬金,哪如李世民?故此尉迟恭舍了程咬金,追赶李世民。秦王催马如飞往回逃,后面敬德大嚷大闹往下追。程咬金爬起来,手持大斧上了马,又追赶敬德。惹得敬德勒住马,等他来到,用枪就扎,程咬金用斧往外一磕,"当"的一声,磕出去了。两个人马打盘旋,杀在一处。未走三合,敬德使了个枪里夹鞭的招数,又几乎打上他。程咬金又使了个死里逃生之法,宁可挨摔,不愿挨鞭。摔是摔不坏,鞭要打上可受不了。敬德又舍了他,追赶秦王。程咬金还是爬起来上马,追赶敬德。尉迟恭说:"鼠辈,你莫非是要寻死吗?"程咬金说:"你扎死我亦不是英雄啊！你若是英雄，得杀败了秦叔宝。"尉迟恭问道："秦叔宝在哪里?"程咬金说："现在我们大营哪!"尉迟恭说："好吧，我放你二人回去，明天叫那秦琼与我分个上下，见个高低。"说到这里，勒住马，不追赶他君臣了，拨转马匹回归白璧关，这且不表。

单表李世民、程咬金回到大营，帐前下马。将进帐内，就见徐茂公、秦叔宝在帐中哪，二人见了秦王，忙问道："千岁哪里去了，使我二人好找。"秦王指着程咬金道："孤与他夜探白璧关去了。"秦琼说："千岁乃万金之躯，如何冒险去探关哪?"程咬金说："千岁倒没怎样，俺老程几乎丧命。"徐茂公问道："怎么?"程咬金就将尉迟恭月下赶秦王，他连着两次下马的事说了一遍。徐茂公、秦琼连道："好险好险!"李世民说："尉迟恭之勇是天下无敌了，我们恐难破他。"秦琼说："明日我去会他一会。"

次日天明，唐营中的兵将全都用过早战饭，秦琼请秦王观敌瞭阵，自己去战尉迟恭。秦王传令点兵五千，往白璧关决战。军中吹动画角，五千人马齐毕，李世民命军师守营，他们各自上马，炮响三声，五千人马冲出大营，飞奔白璧关。离着关口近了，李世民命兵将列开阵势，左有秦琼，右有程咬金，他在当中五爪龙纛旗下勒马停蹄，压住了全军大队。兵丁们冲着白璧关喊喝声音叫战。工夫不大，就见白璧关关门开放，由里边冲出三千人马，在关前列队，一字排开。当中挑着帅纛旗，宋金刚旗下压住大队。尉迟恭在先锋纛旗之下，手持大枪，催马出战，向唐军大叫："秦叔宝快快出马，俺尉迟恭在此!"秦王君臣往阵前一看，敬德人似欢龙，马似活虎，人欢马乍，耀武扬威，都暗暗惊讶不已。他们虽是久经大敌，还没见过这样威武的人哪。

秦琼立刻双足点镫，镫磕飞虎鞴，催坐下马虎类豹，直临阵前，大叫："尉迟恭休逞刚强，秦琼在此!"尉迟恭说："你就是秦琼啊?"秦叔宝问道："怎么样呢?"敬德说："你亦不是项长三头，肩生六臂，难以胜俺，不如下马投降，免得丧命枪下。"秦叔宝大怒,用枪便扎,敬德合枪招架。两个人催开战马,杀在一处。秦琼使的是罗家枪法,按着扎挑拨豁,上拦下掩,内穿针外刺袖,沾粘滑柔,一招一式使出来,向敬德招招进迫。尉迟恭是见招破招,见式破式,套式还招,他的枪法是按着滑拿崩把搌,劈砸盖挑扎,招数巧妙,膂力又大,煞是难敌。两个人杀了约有十数个回合,不见输赢。敬德很是佩服叔宝,心中暗道:怪不得他有名,实在武艺高强,把式出众,我若输在他的枪下,一世英名付于东流,豁出性命不要了,亦得胜他。叔宝久经大敌,经过百余战,没遇过几个敌手,今天遇见了敬德,能够十数回合不分高低,很是钦佩,不敢怠慢,拼命一战。两个人勾心斗角,各逞其能。

杀至难解难分之际,程咬金催马抢斧,如同风驰电掣一般,飞奔宋金刚,大叫:"贼帅,还不将人头与俺,等到何时!"宋金刚见他来势太猛,催马摆刀,迎上前来。程咬金用斧往他眼上就杵,嘴里嚷道:"挖眼!"宋金刚用刀往外一磕。二马错镫,程咬金一推斧杆,说声:"掏耳朵!"砍奔他的脖项。宋金刚招架不及,低头缩脖,使了个缩颈藏头式,"嗑哧"一声,斧子将他的帅盔砍下。吓得宋金刚魂飞魄散,用手一摸头顶,脑瓜皮亦削了一块去,落荒而走。

敬德见程咬金如此,舍了秦叔宝,来追程咬金,吓得程咬金拨马往阵内便跑。叔宝截住敬德,仍然厮杀。未数合,秦琼就不敌了,圈马败回。尉迟恭哪里肯放,催马就追。他直撞到唐军阵内,大叫:"李世民,你今天可逃不得了!"吓得李世民催马就跑,尉迟恭抖大枪在后便追。秦琼一看不好,催马又追敬德。三个人往西北跑去。敬德见叔宝追他,圈回马来,用枪就扎,秦琼合枪招架。马打盘旋,两个人又杀在一处。李世民乘他们杀在一处,绕道往回就跑。秦叔宝恐怕敬德追赶秦王,抖擞雄威,拼命死战。两个人又杀了十几个回合,秦琼虽然敌不住敬德,瞧着李世民去远,将心放下,他亦拨马败下,尉迟恭催马就追。

第七十八回　嫉贤能宋金刚身死
中激将程咬金劫粮

两个人往下便跑。眼前有座大山，秦叔宝催马入山。跑了不远，忽见前边有一道山涧，后边追得紧急，他到了这时只有前进，绝无后退之理。仗着虎类豹是宝马良驹，丹田提气，一领那马，"噌"的一声，跃过涧去。敬德追到这里，亦催马跃过涧来。秦叔宝见前边无路可通，在树下勒住坐骑，甩镫离鞍下了马，将马往树上一拴，大枪挂在马鞍鞒得胜钩上，金铜摘下来往巨石上一放，坐在石上等候敬德。敬德来到，他说："秦叔宝，你不用再走，你我分个强存弱死，真在假亡！"秦琼说："你亦不用逞强，下马比试，你如能将此巨石击碎，我便认输。"尉迟恭说："那有何难？"将大枪一挂，下了马，摘下单鞭，举起鞭来，就奔那巨石。秦琼怀抱双铜，在旁一站。尉迟恭"啪啪啪"就是三鞭，打得火星乱迸，没将巨石击碎。秦琼说："事不过三，你看我的。"他将金铜一举，"啪啪"两下，巨石就击开了。尉迟恭见了，暗暗佩服于他。原来秦琼没有敬德力大，怎么他三鞭没打开，秦琼两铜便碎了呢？这就是勇将不如智将。他冤了敬德先打三鞭，三鞭打得巨石已然酥了，秦琼两铜焉能不开？敬德有勇无谋，不明其中缘故，还以为秦琼比自己力大哪。

当时叔宝问道："你是何人之子，跟谁人学的武艺？"尉迟恭说："俺父叫尉迟贤，坐朔州麻衣县正堂。因为本地绅士乔公山将长工打死，俺爹爹问明是长工李二以小犯上，被乔公山打死，没叫乔公山抵偿对命，叫他给李二的家中两千白银，了结此案。

李二的家属有银钱置买田园,衣食不缺,乔公山亦伤财完事。他感激我父的大恩,时常到衙中看望我父。我父卸任之后,就在麻衣县孝感庄落户,与乔公山结为金兰挚友。我父临终之时将我托与乔公山,乔公山教我读书,我愿学铁匠,在宝林庄开铁匠铺为生。有个道人传我武艺,将功夫练成,他叫俺往太原投军。那殷王叫俺给银五十两,方才收留俺,俺就给了五十两纹银,派俺充当头目。军中的伙食,馒头有数,不能饱餐,俺去弄吃的,王官用鞭便抽,被我将他打死。殷王要杀敬德,有乔公山救了俺的活命,俺才一怒往定阳府投军。蒙定阳王君臣厚待,用为先锋,我一怒抢了三关,气夺八寨。俺不为功名富贵,非得拿住殷王李建成,将他杀了才能甘心。"秦琼说:"将军气抢三关,怒夺八寨,天下闻名。名虽有了,天下俱不佩服于你。"尉迟恭问道:"怎么天下人不佩服于俺?"叔宝说:"你勇是不假,只是不知道择明主而事,叫人不佩服于你。"敬德说:"怎么才佩服我呢?"秦琼说:"你若能弃暗投明,归顺唐家,扶保真主,便算豪杰。"尉迟恭说:"要我降唐,倒亦不难,得容我杀了殷王李建成、齐王李元吉,然后才能归降。"秦琼说:"你既不降,我亦不能强劝,你我各归各营吧。"于是二人上马,各擎利刃,又跃过山涧。往回走着,离着两军不远了,秦琼冲他拱手作别。尉迟恭不知是计,冲他亦拱手作别。

秦琼去了,宋金刚看了个真切,立刻传令收兵。人马回到关中,兵丁各归汛地,宋金刚立刻升堂,将士儿郎在两旁侍立,宋金刚、刘文静落了座。宋金刚向敬德问道:"先锋,你莫非欲降唐吗?"尉迟恭说:"秦琼倒劝我降唐,俺是宁死不降。"宋金刚说:"恐怕你有意降唐吧?"尉迟恭道:"俺受定阳王的大恩,用为先锋,焉能降唐?"宋金刚说:"你不降唐,为什么与秦琼抱拳施礼?两国仇敌只有相仇,绝无相敬之理。"敬德听他连三并四追问此事,不由得气往上撞,大叫:"宋金刚,你莫非要官报私仇吗?"宋金刚喝令左右:"将尉迟恭绑出去,斩!"不待绑缚手动手,尉迟恭飞起一脚,将帅案踢翻。宋金刚见势不好,转身要走,那如何能成,被尉迟恭一把抓住,按倒在地,用脚便踢。兵将们要拦已然来不及,宋金刚被尉迟恭一脚踢在致命处上,一命呜呼见了阎王。刘文静早已料到宋金刚嫉贤妒能,赏罚不明,得不了好结果,果然今天被尉迟恭打死。两旁将士儿郎见他将宋金刚打死,个个都觉着痛快。

尉迟恭见宋金刚已死,将两只胳膊往后一背,向刘文静说:"俺已然将宋金刚打死,杀人者偿命,欠债者还钱,你将俺杀了吧。"军师说:"你打死元帅,我不便发落,容我将此事写道折本,奏禀定阳王。"刘文静叫他好生指挥兵将守关,写了道折本,派人送往定阳。过了数日,定阳王的旨意来到,不惟没怪罪尉迟恭,反倒封他为元帅,敬德叩头谢恩。伺候差官走后,将宋金刚备棺掩埋,然后拜印办公,整顿人马,要与唐军决战。他升了元帅,暂且不表。

却说唐营内一日秦王升帐,徐茂公唤程咬金道:"尔可知罪吗?"程咬金道:"俺有何罪?"徐茂公说:"你与秦王私出大营,夜探白璧关,几乎遭险。念你是来投唐之将,我不杀你,但这里不要你了,急速出营去吧。"程咬金无法,两只眼睛不住地瞧秦琼,叔宝假作不知。程咬金见一点台阶没有,只好出帐,上马出营。程咬金到了营外,还舍不得走,希望有人给他讲情。等了半晌亦没动静,万般无奈,只好走吧。他走了几十里路,心中烦闷,想自己连个安身之处都没有,应当投奔何方哪?他心中正然思忖之际,忽见前边有山阻路,山虽不甚高,却有八九个山头,山上草木茂盛,花卉漫山。程咬金道:"这个地方倒亦不错。"书中暗表,这座山叫九曲十八弯,山中的道路如同螺丝形儿曲曲弯弯。生人到了,记不清道儿,进去就出不来。这个地方是个歹人潜伏之所。

程咬金走得离着山近了，忽听山内锣声响亮，冲出来二百名喽罗兵，在山前雁翅排开，当中闪出三个人来，两个步下，一个马上。步下的短衣襟，小打扮，手中各持一口单刀；马上的长得身躯高大，黑脸膛，扎腮胡须，穿青挂皂，手持一条大枪。他瞧见了程咬金，催马迎上前来，大叫："对面的孤雁，留下买路金银，放尔逃生！如其不然，休想活命！"程咬金说："小子，你叫何名？"这人说："俺乃九曲十八弯大寨主刘德太。"程咬金用斧子往他眼珠上就杵，喊嚷一声："挖眼！"刘德太用枪往外一磕。二马错镫，程咬金一推大斧，喊嚷："掏耳朵！"刘德太招架不及，"嗑哧"一声，人头落地，尸身坠马，刘德太身首异处。程咬金喊道："该死的东西！"

两个步下的小寨主率领二百喽罗兵要扑过来一齐动手，程咬金用斧一指道："你们是我的子孙，敢跟我动手！"两个步下寨主问道："你是何人？"程咬金说："我是你们的祖师。当初六月二十四，俺在长叶林劫过皇杠，瓦岗山当过三年混世魔王，俺叫程咬金。"这两个步下的寨主和二百喽罗兵一齐跪倒，齐声说道："果是老前辈。你老人家因何至此？"程咬金说："我现在唐营当差，因为与他们的军师不和，来在这里，我还没有地方去哪。"众喽罗兵齐声说道："你老人家若是没有地方去，何不在这里呀？"程咬金说："既然你们有此孝心，我就在这里吧。"他们站了起来。程咬金问道："你们两个叫什么？"这两个人说："我们是盟兄弟，我叫贾龙，他叫王虎。"程咬金："你们这山内有多少喽罗兵？"贾龙、王虎说："有一千多人。"程咬金说："可有山寨吗？"贾龙、王虎说："没有山寨，我们都在一座大庙里住着。"程咬金说："如此甚好，你们头前引路。"

于是贾龙、王虎与喽罗兵在前引路，程咬金在后相随，曲曲弯弯，进了这山。程咬金见蜿蜒小路使人难认，他连嚷："妙啊妙啊，好个地方！"当时走到东岳庙前下马，喽罗兵给他喂马。

咬金在供桌上一坐,命众喽罗兵庙前听令。众人齐集庙前,程咬金说:"我这寨主不做小生意,如若山前有孤行客人,不准劫夺。要做大买卖,愈大愈好。"众人遵命。有人将死去的寨主掩埋,程咬金就在这里坐了头把交椅,喽罗兵天天出山去寻大风。这天程咬金正在庙中与贾龙、王虎喝酒,有人来报说:"回禀寨主,今有定阳王的运粮官督押粮草在我们山前过,离此不远了。"程咬金向贾龙、王虎说:"我们去劫他的军粮。"于是他点齐二百名喽罗兵,庙前上马,曲曲弯弯绕出九曲十八弯。离着山口不远,就见对面来了无数骡驮子,满都驮着军粮,遍插定阳王的旗号,有二百名护粮军兵保护而来。

程咬金吩咐一声,二百喽罗兵雁翅排开,左有贾龙,右有王虎,当中程咬金挡住去路。程咬金大声喊嚷:"对面粮车站住,将粮留下!对面的骡驮子不能走了,全都站住!"护粮军将队列开,冲出一骑马,马上有员战将,中等身材,方面大耳,白白的脸膛,两道重眉,一双三角眼,鼻直口方,短茸茸黑髯胡须。头戴亮银盔,胯下马,掌中一口大刀。此人大叫:"对面什么人敢截住我们的去路?"程咬金迎上前来,用斧一指道:"小子,报上名来!"这员战将说:"我在定阳王驾前称臣,尉迟大帅麾下调遣,第一路运粮官,姓张名环字士贵。尔有何本领,敢劫我的军粮?"程咬金说:"我呀,会挖眼睛,掏耳朵!"说亦说着,大斧就杵眼珠,张士贵用刀往外一磕。二马错镫之际,大斧一推,就到了脑后。张士贵招架不及,缩颈藏头,只听"嚓哧"一声,将盔削去。吓得张士贵亡魂皆冒,望影而逃。程咬金喊嚷一声:"我兵杀!"王虎、贾龙率领二百喽罗兵扑奔过去,向护粮军大杀大砍,只杀得东倒西歪,横倒竖卧,纷纷乱逃。程咬金吩咐将粮运进山去,于是众喽罗兵牵着牲口,进了九曲十八弯。程咬金得了军粮,暂且不表。

却说张士贵将粮失了,懊丧非常,与护粮军回归白璧关。是时定阳王刘武周在关内,尉迟恭与五万大军在白璧关以南扎下营寨。张士贵到了营中,命兵丁候令,他够奔中军帐。来到帐中,向尉迟恭施礼道:"运粮官参见元帅。"敬德问道:"张士贵,你将军粮运到吗?"张士贵说:"末将将粮丢了。"尉迟恭惊问道:"怎么丢了?"张士贵说:"末将押粮归营,走到中途,由山中出来一伙子强盗,约有四五千人,我只有二百兵丁,众寡难敌,被他们将军粮夺去。"尉迟恭大怒,喝令绑缚手往前一扑,将张士贵上绑,推着往外就走。一干诸战将喊嚷:"刀下留人!""呼啦"一声,全都跪倒,给张士贵叩头求情。尉迟恭这才准了情,众将退立两旁。尉迟恭吩咐:"将张士贵推回来!"绑缚手又将他推到帐中,张士贵跪倒,绑缚手给他解开了绑绳,他叩头谢恩。敬德说:"张士贵,我还派你去押运粮草,如若再将军粮丢了,定斩不饶!"张士贵遵命,他又带着二百兵,出营各处催讨军粮。

费了五天的工夫,将粮催齐了,他又押着军粮回来。张士贵向兵丁们说:"我们这回躲着那劫粮的强盗走吧。"于是他和兵丁就由岔道而下,离着十八弯有好几里路哪,可以说没错了,哪想前边梆锣一响,由丛林之中冲出来三四百喽罗兵,拥护着程咬金,挡住了去路。张士贵大惊,他料着凭武艺杀不过程咬金,如若再丢了这拨粮,敬德势必杀他。到了这步田地,思前想后,为保全个人的生命,只有归降程咬金,和他做绿林生涯吧。张士贵有了这个主意,就向程咬金说:"我有事和你商量。"程咬金问道:"你有什么事哪?"张士贵说:"我要和你同在这里做绿林,你可愿意吗?"程咬金说:"如此甚好,你就坐把交椅吧。"于是张士贵就在十八弯入了伙,又将这拨军粮运进山中。十八弯这个地方,自从程咬金来到之后,又添人,又添粮,可称得起兵多粮足了。

程咬金没事的时候,问张士贵:"定阳王刘武周在哪里?"张士贵说:"现在白璧关中。"程咬金问明白之后,有了主意,派喽罗兵到镇中去买颜料,买了许多蓝靛和红颜色,然后在喽罗兵之中挑选人才——凡是大脑袋、宽肩膀、厚脊背,又愣又横的,都在选中之列,一共选了二百人。他叫这二百人都染成蓝靛脸,染成红头发,用假头发染成红胡子往腮帮上一粘。大家收拾打扮好了,程咬金说:"你们叫什么可知道吗?"这些人说:"不知道。"程咬金说:"我叫程咬金,你们叫小程咬金。"这些人都很欢喜。程咬金全身披挂整齐,带着他们出了十八弯,够奔白璧关。

天到申时,来在关前,二百名喽罗兵列开队伍,当中间程咬金勒马停蹄,喊喝声音叫战,要定阳王出战。工夫不大,就见关门开放,炮响三声,冲出三千大兵,列得一字长蛇。当中间鹅黄闹龙纛旗之下,定阳王刘武周勒马停蹄。程咬金先向二百小程咬金说:"少时间你们要看我败下来,你们可就跑,愈快愈好,跑慢了被杀我可不管。"说完,拍马临阵,大叫:"刘武周速来送死!"刘武周催马出来。程咬金见他长得身躯雄壮,全身戎装,手中擎定一对铜锤。程咬金用大斧一指道:"你是刘武周吗?"刘武周说:"正是孤家。"程咬金用大斧往他眼睛上便杵,喊嚷一声:"挖眼!"刘武周用铜锤一磕,"当"的一声,斧子几乎撒手。二马错镫,跟着又是两锤,打在程咬金大斧之上,震得他两膀发麻,虎口发烧,吓得拨马就跑。那二百小程咬金"呼啦"一声,往回便跑,断线风筝一般。程咬金这一跑,弄得刘武周一塌糊涂,恐怕他有埋伏前来诱敌,未敢深追。程咬金没回十八弯,够奔唐营而来。到了营门外,甩镫离鞍下马,叫营门小校给他回禀,他要见秦王。营门小校不敢怠慢,往里回禀。

再说唐营之中,自从程咬金走的那天,李世民就心中不悦,问徐茂公:"为什么将程咬金逐走?"徐茂公说:"臣与他八拜之交,焉能叫他走去?我是用激将法,叫他给千岁做一番事业。"秦王明白了,转忧为喜。这天李世民正与徐茂公、秦琼等商议事情,忽见小校进来回禀:"程咬金求见。"徐茂公说:"他这一来,收服尉迟恭不久就要成功了。"李世民吩咐:"有请。"小校传话,程咬金叫二百喽罗兵在外等候,他走进营中。来到辕门,李世民、徐茂公、秦叔宝出来迎接,见面施礼完毕,然后一同到了后帐落座,有人献上茶来。秦王问道:"程王兄有何见教呢?"程咬金说:"千岁,当初唐兵转战南北,攻无不取,战无不胜,乃赵王李元霸勇冠三军,天下无敌也。自从赵王故去之后,我唐家缺少良将,失去三关,丢了八寨。尉迟恭之勇比较赵王不弱,我们若能收降了他,有人善用他,肃清海宇不难成功,望千岁早日设法收降尉迟恭才好。"秦王说:"孤早就有意收他归唐,但无妙法,王兄可有妙计吗?"程咬金说:"我有一计管保能叫尉迟恭来降。"秦王问道:"计将安出?"程咬金说:"我听秦二哥说尉迟恭是朔州麻衣县孝感庄的人,他父去世甚早,由乔公山将他抚养成人,他受过乔公山的大恩。若叫乔公山去劝尉迟恭来降,定能成功。此计倘若不成,我还有二计;二计不成,我还有三计。"秦王大悦道:"程王兄所见甚是,孤派人往麻衣县去请乔公山,叫他劝敬德归降便了。"程咬金说:"我已然劫了定阳王两拨军粮,收在十八弯山中,有张环、贾龙、王虎看守,我愿献与千岁。"秦王道:"程王兄真忠臣也!孤有你,如左膀右臂,天下不难平定。"于是就将他留下,置酒款待。二百小程咬金亦赐给酒食。

然后程咬金回到十八盘,向三人说明,叫他们跟着献粮投唐,三个人非常高兴。次日齐队,张环在前,贾龙在左,王虎在右,程咬金在后,押粮米够奔唐营。到了营中,程咬金引着张环三人先拜见秦王,秦王将三人留下,在军中听用,又派人查点军粮。程咬金二人唐营,暂且不表。

第七十九回　定阳营敬德驳叔父
侯家镇咬金请能人

　　却说秦王派中军魏国贤往朔州麻衣县去请乔公山。路上无事，这天魏国贤到了麻衣县，向人问明孝感庄，找到乔公山的门前下马，用手叩门。家人出来问道："你找谁呀？"魏国贤说："我是唐营的中军，奉命来找乔老员外，贵主人可曾在家吗？"家人说："在家哪，我进去给你言语一声。"工夫不大，家人出来说："我家主人有请。"魏中军将马匹拴好，随他进了大门。来到书房，乔公山降阶相迎。彼此施礼完毕，书房内落座，家人献茶。茶罢搁盏，乔公山问以来意。魏中军说："我现在唐营当差为中军官，奉秦王千岁之命来请乔老先生。"乔公山说："秦王千岁请我有何事呢？"魏国贤说："只皆因定阳王刘武周在定阳叛反，招兵买马，聚草囤粮，举兵内犯。有他的先锋尉迟恭，抢去三关，夺去八寨，杀得唐军连连败北，无人能敌。如今秦王千岁来到河东主持军务大事，愿意收降尉迟恭。闻员外待尉迟恭有恩，欲求员外招降于他，不知员外肯为国家受累否？"乔公山听了，又惊又喜：惊的是尉迟恭闹得地覆天翻；喜的是秦王有意收降敬德，料着他降了唐家，定然重用，敬德的功名富贵有了，自己栽培过他，能够这样，亦对得住他父亲，不负托孤之义。又想自己见了尉迟恭劝他降唐，他一定能够从命。乔公山向魏中军说明，愿为此事奔走。于是他先款待魏中军酒食，然后命家人鞴马，嘱咐家人照料家务，家人遵命。马匹鞴好，乔公山与魏国贤乘跨坐骑，够奔唐营。路上无事，勿用细表。

二人来到唐营，进了营门，魏国贤叫乔公山在辕门外候令，他来到中军帐，正赶上秦王升帐办公。魏中军向秦王施完礼，禀明乔公山已然来到，在辕门候令。秦王喜悦非常，先叫魏中军退下去歇息，然后派旗牌官将乔公山请到帐中。施礼完毕，秦王赐坐，乔公山谢了坐。秦王问道："先生能为孤去劝尉迟恭归降吗？"乔公山道："草民愿效犬马之劳。"秦王听他愿往，先赐酒筵，后嘱其往劝敬德之意。乔公山在唐营住了一夜，次日拜别秦王，乘马出营，来找敬德。

人急马快，几十里路眨眼就到。到了定阳大营，乔公山向把守营门的小校说明来意，小校不敢隐瞒，往里回禀。敬德听乔公山来到了，吩咐响炮擂鼓，亮队相迎。到了营门，敬德虽然身为元帅，还是行子侄之礼。将乔公山接至中军营，让到后帐落座之后，家人献茶。茶罢搁盏，敬德问道："叔父从何处而来？"乔公山说："我从唐营而来。"敬德问："你老人家来了可有事吗？"乔公山说："我是为贤侄而来。"敬德问："叔父为小侄何来？"乔公山说："贤臣择主而佐，良禽择木而栖。你虽有万夫莫当之勇，理应择明主而事。秦王乃今世之英主，四方豪杰无不归附。如今秦王请我入营，派我劝你弃暗投明，如若降唐，秦王定然重用。山后定阳王不得民心，恐不能久长，望贤侄早日投唐。"尉迟恭听罢，把脸往下一沉，面露不悦之色，说："叔父之言差矣。忠臣不保二主，烈女不嫁二夫。况且我投唐营之时，那殿王李建成要我五十两白银，充当头目，军中两餐不能满饱。若没叔父解救，我早丧他人之手。弃唐之后，投在定阳王麾下，未有寸功就派为旗牌官。我因夺马，曾力劈宋金玉，定阳王不叫宋元帅报他兄弟之仇，升我为先锋之职。我抢三关，夺八寨，大败唐军，元帅宋金刚妒贤嫉能，与我不和，屡次寻隙，我又将他打死。定阳王深知下情，不责罚于我，反升我为元帅。定阳王待我有知遇之恩，言听计从，委为心腹，我焉能弃他降唐？叔父如来看我，请你在营内多住几日，我可以尽子侄之情，款待你老人家；如不愿在此，请先归里，容我君臣大业定了，我再接你老夫妻养老送终，报答栽培我之大恩。若是你老人家定要我降唐，请速回去转告李世民，除非是定阳王刘武周死了，我能降唐。若有刘武周一日，誓死不降。"

尉迟恭滔滔不断，从头至尾说了这番话，乔公山可就怔了。他原想自己对待尉迟恭有恩，如若劝他降唐，定能成功。不料他意志坚决，有刘武周一日，誓不降唐。把一团高兴全都弄没了，自己不便再和他多费唇舌，只好告辞，回归唐营，回复秦王。敬德是个有良心的人，虽不听他之言，但受过他的恩惠，依旧送出营门，施礼作别。乔公山高兴而来，败兴而返，无精打采够奔唐营。

书说简短，到了唐营，催马进营，至中军营来见李世民。施礼完毕，李世民问道："先生此去如何？"乔公山就将尉迟恭所说的那些话一股脑儿说明。秦王听明白了，点了点头道："尉迟恭不忘旧恩，定阳王重用，不肯背主，真忠臣也！孤迟早之间必然设法叫他来降。"然后向乔公山说："先生为国勤劳，请你在此襄理军务，封为参军之职。"乔公山拜谢已毕，秦王命他出帐歇息，乔公山退出帐去。

李世民将秦叔宝、徐茂公、程咬金请到后帐，将乔公山没劝降尉迟恭的事说明，向程咬金问道："王兄，你不说敬德不降，还有二计吗？请问你二计是何妙法？"程咬金说："尉迟恭不是说了吗，刘武周死了，才能归降，我们可以弄个假人头，就说定阳王已死。他如不相信，就叫他瞧那假人头，不怕他不降。"徐茂公说："那假人头得像刘武周的首级呀。"程咬金说："那是自然。"徐茂公说："你知道刘武周长得什么样吗？"程咬金说："我知道。"秦王问道："程王兄，你怎么知道的？"程咬金说："我为了千岁，曾冒险到白璧关一趟，在关前点名要刘武周一战。那定阳王亲自出马，我二人交手之时，将他的五官相貌看明白了。因他双锤厉害，我敌他不过，这才回来。如今我们要弄个假人头，可以在大营之中寻找，难道这数万兵将之中就找不出一个像刘武周的人吗？"如果瞧谁像刘武周，就杀了他，叫乔公山拿着他的人头再去劝尉迟恭，定能成功。"秦王道："好计好计！"徐茂公向程咬金道："四弟，你看我像不像刘武周啊？"程咬金笑道："不像。"徐茂公说："那你就去寻找。"于是程咬金遵命，就在这营中往来寻找，要看看谁长得像刘武周，借他人头使用。他寻了半天，瞧见一个兵丁五官相貌与刘武周有八九成一样。程咬金问道："你叫什么名字？"这个兵丁说："我叫张年。"程咬金说："你长得有人缘，好生当差，绝然有升头儿。"张年喜欢已极。

程咬金将他的名字记住了，回到大帐，来见秦王说："千岁，臣在左营左哨见了个兵丁，名叫张年，他与刘武周长得一样。千岁可以将他杀了，用他的人头就可以劝尉迟恭来降。"秦王听了这话，面有难色，沉思不语。徐茂公问道："千岁为何不语？"李世民说："那张年在吾营中当差，并未犯罪，为了尉迟恭屈杀于他，孤实不愿意。"徐茂公说："千岁成大事，不拘小节，杀一小卒，得一大将，有何不可？"秦王还觉着为难。徐茂公说："千岁恐其屈死，可以赏抚恤金。他虽死了，家中老幼可得此恤金，置买田园，衣食有赖，亦就是了。"秦王这才点头应允，传下令来，命左营左哨的兵丁张年进帐。

张年遵令来到帐中，见了秦王施礼完毕，他问道："千岁唤我进帐有何差派？"秦王说："孤欲借你项上人头一用。"吓得张年跪倒叩头说："千岁，我在营中当差，奉公守法，未敢妄为，并没犯罪，为何杀我？"秦王说："孤并非杀你，因为你长得和定阳王刘武周一样，借你人头，当他的首级使用。"张年吓得面如土色，叫苦不迭。秦王问道："你家中都有什么人呢？"张年说："我父母在堂，有妻刘氏，生有一子，年方三岁。我兄弟张月，现在营中和我一处当差。"秦王说："既然如此,孤赏给你万两白银为养家之用。"张年诺诺而已。秦王又命人将张月唤来,将此事说明,因为他哥哥之死,先升他为旗牌官,然后叫他运银回家。于是张年被杀,取下他的人头,然后厚葬于他,暂且不表。

　　却说秦王在后帐命人预备酒筵,又将乔公山请来入席。落座之后,斟酒布菜,推杯换盏。酒过三巡,菜过五味,李世民说："先生前者往劝尉迟恭,他虽未降,曾言要他降唐倒也不难,得刘武周死了才能归降。"乔公山说："不错,他是那么说的。"李世民说："孤思得一计,命人寻找一颗人头,与刘武周项上首级一般不二,欲请先生用假人头往劝尉迟恭,不知先生愿去否?"乔公山说："千岁之命,臣愿效劳。"于是宴罢之后,乔公山将人头包好,系在马项之下,乘马出营,往见敬德。他到了定阳王军营,命营门小校往里回禀,小校遵命。尉迟恭想乔公山这次来见绝不是为唐家事,定是来望看自己,又传令响炮摇鼓,亮队相迎,将乔公山迎到帐中,乔公山将包裹放在地上。兵士献茶已毕,尉迟恭问道："叔父此次来可有事吗?"乔公山说："我来见你,是为你的事情而来。"尉迟恭问道："你老为我的什么事呢?"乔公山说："唐军袭取白璧关,定阳王出战,被秦叔宝刺于马下,提了人头回归唐营请功受赏。我恐贤侄不知,向秦王讨得人头,给你送来。"说着将包裹打开,取出人头。尉迟恭一看人头,"哎哟"一声,摔倒在地,吓得伺候他的亲兵赶紧过来搀扶。将他扶起,尉迟恭放声痛哭。乔公山在旁边看着尉迟恭如此,心中暗道:他这人是实心眼儿,刘武周待他有恩,才算不冤哪!

　　敬德哭了会子,命人设摆香案,将人头往案上一供,焚烧纸张,祭这人头。乔公山见他如此,不能发言,只好等他祭完了再劝他归降。敬德忽然心中一动,伸双手抱起人头转着观瞧,瞧着瞧着,忽然将人头扔出多远。乔公山见状问道："这是为何?"尉迟恭说："这人头不真,不是定阳王的首级。"乔公山说："怎见得不真?"敬德说:"我能看出真假。"乔公山说:"怎么是假哪?"敬德说:"我与刘武周对坐饮酒,他回头看东西,我见他脑后有块红,问他是怎么回事。定阳王说,他身后有块红痣,由脑后通到脊骨底下,他主贵就在那块痣上,故此人称他鸡冠子刘武周。这人头若是真的,脑后必有块红痣。我方才仔细观瞧,脑后并没有红痣,不是假的是什么?"乔公山听了,暗暗叫苦。尉迟恭说:"叔父,你中了唐家之计,他们弄个假人头蒙哄于我。若是别人来了,我必杀了;你老人家待我有恩,我不杀你,请你速离我营,勿在这里久待。"乔公山无法,只得告辞。他这回出来,敬德没亲自送,只派中军送出营门。乔公山这趟又是高兴而来,败兴而返。

　　回到唐营,乔公山到帐中见秦王施礼完毕,秦王问道:"先生此去如何?"乔公山将尉迟恭识破假人头,以及说刘武周红痣的事向秦王详细回明,秦王可就怔了,事虽未成,乔公山总算是累了一趟,勉励他几句,叫他出去歇息。乔公山走后,秦王又将秦叔宝、徐茂公、程咬金请到帐中,向他们说明此事。徐茂公说:"这样看来,非得有刘武周的真人头才成,我们哪里去弄哪?"程咬金说:"不要紧,我有主意。"秦王问道:"程王兄计将安出?"程咬金说:"这事我有主意,请千岁给我十天假,我就能办到。"秦王说:"孤就给你十天的假。"程咬金命人鞴好了马匹,欢天喜地离了大营,顺大道而下。

　　程咬金走了一天一夜的路,这天来到侯家镇,见路北有个饭馆,字号"顺兴居",上有"侯记"二字。程咬金在门前勒住坐骑,甩镫离鞍下了马,饭馆跑堂的接过马来,往石柱上系好缰绳。程咬金走进饭馆,找了一张桌坐下,伙计给他倒茶。他要了许多酒菜,大吃大喝。酒足饭饱,漱完口,又往四下里张望。伙计问道:"客官,你看什么?"程咬金说:"我找手巾包儿。"伙计说:"我没见你拿着手巾包啊!"程咬金伸手将他抓住,抢拳就打,打得伙计直嚷。先生、掌柜的都跑来解劝，说："客官，有话好说，撒开他，跑不了，跑了我们柜上给找人。你因为什么打他？"程咬金说："他将我的手巾包儿偷去了，不赔我可不成。"掌柜的问道："客官，你的手巾包内有什么东西哪？"程咬金说："我的手巾包内有四两沉重的金锭儿、十二颗珠子、两个猫眼。"掌柜的明白他说的是假话，料着他必是个哄人蒙事的，瞧他身躯雄壮，打架怕打不了他。掌柜的有了好主意，叫伙计去请东家。程咬金瞪起眼来，大嚷大闹："我丢了万数多银子的东西，你们赔不赔？快说话呀！"掌柜的说："客官，你别着急，我们给你找找。找不着了，我们一定赔你，还不成吗？"程咬金还是不依不饶地争吵，招惹得镇内过往行人都堵着门观瞧。内中有人说："这个人是蝎虎子拜北斗，要找挨雷。少时间这饭馆的东家来了，他就知道人家的厉害了，讹人讹到这家，算是瞎了眼啦！"

程咬金正在里边吵闹，忽听外边有人喊嚷："众位街坊邻居闪开！"由外边来了一人。程咬金一看，这人身躯瘦小，黄脸膛，细眉毛，圆眼睛，小鼻子头儿，高颧骨，尖下颏儿，十几根胡子都朝上长着。头戴一顶马尾透风巾，窄绫子条儿勒定茨菰叶，上身穿皂青缎色短箭袖帮身小袄，前后身勒着青绒绳十字袢，腰中系着一巴掌宽丝鸾带，下身青绸子中衣，足下青缎靴子。精神百倍，约有四十岁的年纪。程咬金见他来到，厉声问道："这买卖是你的不是？"这人说："正是。"程咬金过去一抓他前胸，说："你赔我东西吧！"这人说："四哥你撒开，不要玩笑！你这激将法成了功，将兄弟激出来，你还装什么半疯？"程咬金将他撒开，哈哈大笑，二人重新见礼。阅者若问这人是谁，书中暗表，他亦是贾家楼结拜的三十六友中的人物，姓侯双名君集，高来高去，蹿房越脊。自从贾家楼三十六英雄结拜之后，他与程咬金等九战魏文通，反山东，取瓦岗，共同患难多年。直到扬州夺玉玺，李密换萧妃，重色轻宝物，三十六英雄纷纷各奔他乡。侯君集在河东太原西北侯家镇开个酒饭馆,隐姓埋名,他就忍了。而程咬金要用侯君集去取刘武周的人头,惟恐怕说明是程咬金找他,他不见,才到饭馆无理取闹。掌柜的受不了,一定请东家,将东家请出来,只要见着侯君集,就好办了。侯君集万亦想不到是程咬金哪,还以为人要讹诈他们,气昂昂来了,一见是程咬金,侯君集就知道中了激将法。

当时两个人重新见礼,各叙离别之事。掌柜的过来说:"客官,你这东西还要不要呢?"程咬金说:"不要了。"侯君集说:"四哥,此处不是讲话之所,请到家中一叙。"于是二人出离饭馆,来到侯君集的家中。程咬金把事情一说,盟兄弟之义,情不可却,侯君集只得安排家中事务,与其起身够奔唐营。

这天哥儿俩来到唐营,程咬金同侯君集先见秦琼、徐茂公,弟兄们将事商议好了,然后来见秦王。施礼之后,君臣落座,秦王还是问程咬金:"有何妙法?"程咬金用手指着侯君集说:"千岁,那尉迟恭不是说了吗,他非得定阳王死了才能降唐吗,我侯贤弟练过蹿房越脊、高来高去、陆地飞腾的功夫,别看身躯瘦小,胜似千军万马。我们兵有数十万,将有数百员,欲得刘武周项上人头不成;他能够身入险地,取刘武周的首级如探囊取物一般。我将他请来,千岁若要刘武周的人头,向他要吧。"秦王大悦,说:"孤早就听柴郡马提过,侯将军有出乎其类、拔乎其萃之能,只因缘浅,未得相会。今日将军既至我营,望你以天下人民为重,助孤一膀之力,早日收降尉迟恭,肃清海宇,安慰万民,以便你我名垂千古。"侯君集说:"千岁何言太谦,用我刺杀刘武周是小事一件,我明日便往。十日之内,刘武周的人头献于麾下。"秦王高兴,于是君臣共饮,直到夜深方才各自安歇。次日秦王传令,叫兵将小心守营,如若尉迟恭来了,紧闭营门,深守不战。

第八十回　李世民钻鞭收敬德
尉迟恭出马遇罗成

　　再说侯君集由唐营出来,够奔白璧关。这天到了白璧关,与行人混进城来,往各处查看。恰巧刘武周这里招兵,他就和人打听明白,亦到招兵处应募。招兵处在白璧关北门外,他来到北门外,走进招募处。招兵的旗牌官问道:"你是投军吗?"侯君集说:"不错,我是投军。"旗牌官说:"投军之人必须身体雄壮,你这又瘦又矮的人有何用处?"侯君集说:"不然,没有用处我还不来哪。"旗牌官问道:"你有什么本领?"侯君集说:"我会值更下夜,巡更走筹。"旗牌官说:"你既有这本领,权且留下。我这里招了千数多新兵,今夜就归你看守。如若你值更三夜,一个人不丢,我还给你安置个好差事。"侯君集说:"是吧,求老爷多栽培。"于是他就在这里值更。偏在这三天内安然无事,凡是招募的新兵,一个亦没跑,旗牌官带着新兵入城到军师府交待公事。原来军师刘文静看尉迟恭能战胜唐军,不用个人辅助,回到白璧关,见定阳王刘武周请募新军,以便扩充人马。刘武周就将此事交刘文静办理,故此招募来的新军都归刘文静训练。这天旗牌官到军师府将新军都交给都监方和,由方和带走,往新军营中去训练。旗牌官回归定阳王府,将侯君集带去,就在府中当了更夫。原来这王府中有二十四个旗牌官,他们是轮流去的。这个旗牌官将阎王带到府中,还特意禀报总旗牌官哪!总旗牌官瞧侯君集瘦小的身躯,亦没介意。侯君集与更夫头讨差,愿在后夜值班,更夫头自然愿意。他初到这府中当差,假装规矩老实。两天的光景,将道踩熟了。

到了第三天,三更天接班,前夜的更夫歇息去了,他们后夜的八个更夫是一面两个,侯君集与一个伙伴李二巡查北面。他打梆子,李二打锣,梆梆梆,当当当,敲打三更的梆点。巡至府的后墙犄角儿,侯君集见机会已到,猛一伸腿,将李二绊倒,按着就捆。李二要嚷,侯君集说:"你要嚷,我就要你的性命!"他用刀威吓李二:"你将定阳王住宿之所告诉我,万事全休;如其不然,我就将你杀死!"吓得李二不敢隐瞒,和他说了实话:"你要找定阳王,由此往南,得过两层北房,到了第三层的北房就是定阳王卧室了。"侯君集说:"你说得不假吗?"李二说:"不假,我要有半句虚言,你只管杀我。"侯君集说:"既然如此,我叫你到姥姥家去吧。""噗哧"一声,将他扎死,李二的阴魂够奔枉死城去了。

侯君集将尸身提过一棵树后,将刀带好,一拧身蹿上房来,施展蹿房越脊的功夫,滚脊爬坡,越过两层院子,来到第三层房上。往院中一看,有四个大气死风灯照如白昼,院内四个兵丁弯弓带箭,手持钩镰枪,往来梭巡。侯君集见由前面下去不成,他在后房檐上,用脚尖勾住瓦垄,使了个"珍珠倒卷帘"、"夜叉探海式",顺后窗户往里一看,屋中掌着灯,并无一人,里间屋内好像有人睡觉。他推开后窗户,蹿进屋来,形如猫鼠,恰似猿猴,一掀软帘儿,溜进里间,见靠窗户有一铺炕。借着屋内灯光看得很清楚,炕上躺着一人,面冲窗户,呼声震耳,睡得正浓。侯君集奔过去一看,睡觉的人脑后果然有块红痣,惊喜非常。亦是活该刘武周当死,这时候并无人来,侯君集乘机用刀就砍,将人头砍下,右手持刀,左手提着人头,还是由后窗户出来,蹿上房顶,施展蹿房越脊的功夫,够奔城墙角楼。又施展功夫,越过城墙,离了白璧关,回归唐营。

到了营中,先见秦叔宝、程咬金、徐茂公,将刘武周的人头给他们看。大家见这人头果然有块红痣,惊喜已极。弟兄四人到银顶黄罗帐来见秦王。施礼已毕,侯君集将人头献上。秦王验看了一番,心中大悦,说:"侯将军能够身入险地将定阳王的人头得来,实是不易。容将尉迟恭劝降之后,孤再往朝中呈递折本,保你高官得做,骏马任骑。"侯君集说:"谢过千岁厚意。"秦王将乔公山请到帐中,说:"孤家已将刘武周的人头得到,先生可能再见尉迟恭劝他归降吗?"乔公山说:"只要有刘武周的人头,臣就愿往。"程咬金说:"我亦愿意奉陪一趟。"侯君集说:"四哥,你去不得。"程咬金问道:"怎么不能去呀?"侯君集说:"乔老先生是他的恩人,无关紧要;如若你去了,敬德和你翻脸,就有性命之忧。不如我跟了去,他不翻脸便罢,如若翻脸,我将身一纵,眨眼之间踪影皆无。别人怕他,我侯君集是不怕的。"程咬金说:"我不去了,还是你跟去吧。"于是秦王赏赐酒筵,众人同饮。宴罢之后,天光已晚,各自安歇。

次日清晨,侯君集扮作马夫模样,与乔公山带着人头够奔尉迟恭的大营。好在路上无事,评书是以简捷为妙,没有路程段儿。来到尉迟恭大营,营前下马,兵丁们一见乔公山,说:"老先生,你又来了。"乔公山说:"你们快去给我回禀。"小校不敢隐瞒,立刻进去回禀。敬德想:这次乔公山绝不能劝我了。他又传令响炮擂鼓,列队相迎。见了乔公山,仍行子侄之礼,然后往里相让,一同进营。尉迟恭亦没介意,还以为侯君集是乔公山的马夫哪。侯君集牵马跟随,进了辕门,中军帐前站住,拉马等候。尉迟恭与乔公山进帐落座,兵卒斟过茶来。吃茶已毕,尉迟恭这才问:"叔父是从家来,还是由唐营来哪?"乔公山说:"我从唐营而来。"敬德不悦道:"你老人家怎么还在唐营哪?"乔公山说:"秦王礼贤下士,爱民有德,乃今世英明之主,我岂能相离?还是来劝贤侄归顺秦王,将来可以辅佐明主,开疆展土,做个定鼎的功臣,封爵受赏,子孙代代身荣。"敬德说:"叔父,小侄已事定阳王,不能再事秦王。我不是向叔父说了吗,有他的项上人头,

叫我看看，才能归降。"乔公山说："我来就是叫你看看定阳王的
人头。"说着话，唤侯君集进帐。

侯君集将包袱提进来，递给乔公山。乔公山将包袱打开说：
"贤侄，你再看看人头真假。"尉迟恭说："不用看了，你我叔侄非
他人可比，莫要哄我。"乔公山说："你看吧，这人头不假。"敬德
将人头接过来，双手观瞧，见这人头的前脸五官与定阳王一般不
二，不嫌腥臭之气，转过来再看后面有无红痣。不看便罢，一看
这人头脑后果然有块红痣，这一惊非同小可，犹如顶门上打个霹
雳，"哎哟"一声，将人头撒手；"扑通"一声，倒在尘埃。吓得伺
候他的亲兵赶紧将他扶起。尉迟恭二目落泪，痛哭定阳王，然后
将人头安放在案上，向乔公山问道："叔父，这定阳王是何人杀
的，你可知道吗？"乔公山怎肯说是侯君集所杀，迟迟不语。侯
君集上前说道："杀定阳王的人便是我侯君集。"尉迟恭大怒，双
眉倒竖，二目圆睁，伸手拔剑，恶狠狠就砍，说："好贼人，你敢杀
我主公！"一剑砍来。说书迟，真事快，眼瞧着宝剑要砍在侯君
集的身上了，他将身一纵，蹿出帐外，敬德往外就追。只见侯君
集蹿纵如飞燕，跳跃似猿猴，亦不管是营垒是帐篷，蹿上去踏着
就走，眨眼之间踪影皆无。尉迟恭目瞪痴呆，怔了会儿才骂道：
"日娘的，驴球球的，哪里学的这功夫，叫老子追你不上！"

乔公山出来，将他劝回帐内，说："贤侄，国家不可一日无
君，军中不可一日无帅。如今定阳王已死，你若降唐，不算不忠，
何不乘此时归顺唐家？"尉迟恭说："要我降唐亦不难，得应我三
个条件。"乔公山问道："哪三个条件呢？"尉迟恭说："我家主公
死了，是死在秦王君臣之手，要他君臣得从我的单鞭底下钻了过
去，就算是报了仇恨，这是头一条。"乔公山听了，直皱眉："第二
件呢？"尉迟恭说："要将定阳王的首级与他的尸身一并合葬，如
帝王之礼。"乔公山问："第三件呢？"尉迟恭说："叫秦王得给定
阳王穿白挂孝，杀定阳王的人亦得给定阳王拿着哭丧棒，将定阳

王葬埋之后,我便降唐。"乔公山听着这三个条件,不敢应承,说:"贤侄,你这三个条件我不敢应,你得容我回到唐营与秦王商议商议,事之如何,我再给你回信。"尉迟恭说:"好吧。"于是乔公山告辞回归,敬德又将他送了出来,营门外拱手作别,乔公山乘马往唐营而来。

到了唐营,乔公山见秦王复命,秦王正与徐茂公、秦叔宝、程咬金、侯君集谈论敬德之事。王官进帐回禀,秦王吩咐:"有请。"乔公山来到帐中施礼。秦王问道:"先生此去如何?"乔公山摇头道:"不易归降,他的条件太苛,臣不敢回禀。"秦王说:"有话只管说,纵不受听,亦是他说的,先生不过学舌而已,请你说明,孤不怪。"乔公山就将尉迟恭要求的三个条件一一回明。秦王听了,面有难色,不愿应允。徐茂公问道:"千岁为何不应他呀?"李世民说:"厚葬刘武周这事好办,孤能应允。穿白挂孝已然难以应允,何况他还叫你我君臣都从鞭下钻过,难保他心无歹意。"徐茂公说:"圣天子百灵扶助,大将军八面威风。主公乃仁德之人,只管应他,吉人自有天相,臣敢保万无一失。"秦王说:"孤答应他这三个条件,给刘武周穿白挂孝似乎不值。"徐茂公说:"成大事者,不拘小节。有尉迟恭无敌之将,攻可取,战可胜,天下可得。穿白挂孝乃是小节,千岁何拘小节而失大事哪?"李世民猛然醒悟道:"军师之言是也,孤就依着他的条件了,明日请乔老先生再辛苦一趟。"说到这里,旗牌官进来回禀:"有李靖、刘文静求见。"秦王听李靖求见,欢喜已极,急忙出帐相迎。君臣在辕门相见,只见李靖同着一个道人,这个道人骨骼清奇,仪表非俗。将要问他是谁,只见二人跪倒,听那个道人自己说,正是刘武周的军师刘文静。刘文静与李靖本是多年老友,李靖听闻刘文静扶保刘武周,特地前来见面,说降刘文静弃暗投明。加之刘武周被杀,刘文静这才在李靖陪伴之下来到唐营,投奔李世民。李世民十分高兴,将二人让进大帐,众人见过,仔细商议之下,由乔公山随同刘文静回转白璧关,劝说尉迟恭归降。

　　书以简捷为妙,二人见着尉迟恭,尉迟恭一口咬定三个条件须件件应允,二人无奈,只好答应。后两条好办,唯独第一条钻鞭而过,实在危险,但徐茂公胸有成竹,李世民也只好从命。第二天天光大亮,吃罢早饭,尉迟恭跨马持鞭,立于关前。唐营人马,上至秦王李世民,下至偏副战将,依次钻鞭进关。头一个就是李世民,缓辔而行,来至尉迟恭近前,抱腕拱手,说道:"尉迟王兄,小王礼过去了!"说着,乘马而过。尉迟恭手举单鞭,有心要往下落,忽然转想:别落!杀刘武周虽是他主使,可却是侯君集杀的,无论如何亦得将他打死,才算给定阳王报了仇。故此秦王将马冲过。过来过去,过去过来,侯君集到了。尉迟恭一看,心中发狠,单鞭挂定风声,往下就砸。侯君集一拧身,钻到马肚子下面去了,鞭打空了。尉迟恭见他身体如此灵便,心中暗道:秦王宽仁大度,有容人之量,真是仁德之主。他的部下人才济济,倒是与定阳王君臣气象不同。如今定阳王已死,冤仇虽然未报,我能叫秦王厚葬亦就是了,我何不乘此时归顺明主? 想到这里,尉迟恭将鞭往马鞍鞒上一挂,甩镫离鞍下了马,撩起鱼褟尾,冲着李世民跪倒,口称:"尉迟恭礼貌不周,归降来迟,在贤王驾前领罪。"李世民亦下马还礼说:"孤有何德能,使卿如此。你虽有礼貌不周之处,两国交兵,各为其主,你何罪之有? 孤赦你无罪,封为本部先锋。"尉迟恭叩头谢恩,大众都给秦王贺喜:千军万马容易得,一员虎将最难求。

　　尉迟恭又与秦叔宝、徐茂公等周旋了几句,又将他带来的三千大兵唤过来,归唐营收编,不用细表。君臣们将刘武周采勘吉地葬埋之后,敬德将全军带过来,请求秦王收编。刘文静又请秦王派将收了三关,连定阳亦改派唐将带兵镇守,各处都悬挂唐家旗号。侯君集有功,亦封为将军之职。秦王将河东等处平定了,写了折本奏禀李渊。未几旨到,命李世民往洛阳讨伐王世充。

秦王奉命统带全军人马拔营起寨,离了河东,往洛阳进发。行兵之际勿用细表,这天大兵来到洛阳城西,秦王君臣采勘吉地,安营下寨,埋锅造饭,铡草喂马。李世民升坐中军大帐,点名过卯,发放军情。

诸事完毕,李世民向徐茂公说:"军师,攻打洛阳,扫灭王世充,可有妙计吗?"徐茂公说:"攻打洛阳,扫灭王世充恐怕不易。王世充得了瓦岗山三十六友之中两员大将罗成、单雄信,那两人俱有万夫莫当之勇,恐怕难敌。"李世民说:"罗成、单雄信既是三十六友的人物,与军师是结义弟兄,军师若为孤招降,当不费难。"徐茂公说:"罗成尚可降唐,惟有单雄信是不能归降的。"李世民说:"怎么他不降啊?"徐茂公说:"他与千岁有仇。"李世民问道:"他与孤有何仇恨?"徐茂公说:"昔日杨坚在位之时,万岁身为唐国公,奉旨为河东节度使,携带家眷,由长安起身,往河东上任。走在临潼山,遇见强人要劫杀万岁。正在危急之时,有秦叔宝赶到,将贼众杀散。秦叔宝救驾之时曾获一贼,问他为何敢劫国家的官员,贼人说他们不是贼,而是杨广的亲军,贼首便是杨广涂面改扮的。那时秦叔宝惟恐出事,催马而奔,要想离开是非之地。万岁因感秦琼相救之恩,欲问姓名,将来好报答于他,催马追赶秦琼。忽见后边跑来一骑马,马上之人手持枣阳槊而来,万岁疑惑此人是贼人余党追赶自己,回手一箭将那人射死,那人便是单雄信的胞兄,叫单道,字雄仁。"李世民问道:"军师,那单道为何追赶我父皇呢?"徐茂公说:"单道是往长安贩卖潞州绸,回家之时走在临潼山,瞧见万岁宫眷在路旁啼哭,单道问明,知有贼人劫路。他是路见不平,要想拔刀相助,催马往前狂奔。万岁疑其为贼,一箭射死在临潼山,因为这一箭,与单家结下了冤仇。以单雄信手足之情,大仇不能报亦就是了,他绝不肯再事仇称臣。"李世民说:"据军师所说,那单道原是好意,被我父皇射死,这件事还是我父皇之过了。孤能叫他有封王之赏,以报其恩,不知可行吗?"徐茂公说:"还是不行。"李世民说:"怎么不行啊?"徐茂公说:"他曾说过,我单雄信有兄无唐,据他所说是宁死不降。如今他在洛阳,王世充以妹妻之,招为驸马,结为骨肉之亲,他怎么肯降大唐啊?"李世民听了皱眉道:"有这几种难处,他是不易归降,孤只有一战了。"说到这里,秦王传令歇兵三天,养足锐气再战,然后退帐歇息。夜内兵将刁斗传声,巡更走筹,巡营瞭哨,小心提防敌人偷营劫寨。

一夜无书。次日天明,合营兵将用完早战饭,探兵来报:"洛阳王的驸马单雄信率兵杀来!"秦王得报,立刻传令,点兵五千,出营一战。营中五千大兵点齐了,秦王与秦琼、徐茂公、尉迟恭帐前上马,炮响三声,五千大兵冲出唐营,走出不远就望见了洛阳人马,秦王吩咐:"列阵。"一声炮响,两杆杏黄门旗开处,五千大兵二龙出水式将队列开,长枪短刀,整齐严肃。左边挑起一杆皂缎色先锋纛旗,周围红火焰,当中白月光儿绣红字"大唐先锋",斗大"尉迟恭"三字,葫芦铁顶,红绸子飘带,相衬紫金铃,顺风飘摆,哗啷啷直响。旗下尉迟恭勒马停枪,压住了左军阵脚。右边高挑一杆蓝缎色八卦纛旗,下边徐茂公勒住坐骑,压住了右军阵脚。当中间高挑一杆鹅黄闹龙纛旗,一干诸战将如同众星捧月一般,拥护着李世民,往对面观瞧。只见对面一声炮响,两杆宝蓝缎色门旗分为左右,一万儿郎排成一字队,当中盔明甲亮,十数员战将拥着单雄信、罗成。两军人马将阵势列圆了,罗成拍马临阵,在两军阵前耀武扬威叫战。

唐军阵中秦王问道:"哪位将军出马?"尉迟恭出马,直奔阵前。他不知道罗成是何如人也,罗成更不识他是何许人,一个是万马军中第一将,一个是盖世无双第一魁。两个人互通了姓名,各将战马催开,抖大枪杀在一处。尉迟恭大枪使出来的招数是劈、砸、盖、挑、扎、抽、打、拨、刺、压,罗成大枪使出来的招数是滑、拿、绵、黏、粘、扎、挑、豁、刺、劈。两个人各施所能,黑白二马跑开了,八个马蹄翻蹄亮掌,把尘土荡起多高来,尘沙荡漾,土气飞扬。黑白二将镔铁枪亮银枪,穿梭一般,裹成团儿,拼命死战。两国阵内擂鼓摇旗,呐喊声音助威。两个人杀了六七个回合,不见输赢胜败,棋逢对手,将遇良才。罗成真佩服尉迟恭,他自从出世以来,除了李元霸之外,还没遇见过敌手,如今尉迟恭能够与他杀六七个回合,不分高低,武艺亦就算高强了,自己若是输在他的枪下,半世英名亦就付诸流水。因此将平生的本领使出来,抖擞精神,要与他分个强存弱死,真在假亡。尉迟恭亦是与他势不两立。又杀了七八个回合,罗成使个"内穿针"的招数,敬德不知他是藏着"凤凰寻窝",用枪往外一绷,可就绷空了。罗成的枪杆抽在背上,将尉迟恭的五杆护背旗全都抽碎,吓得他拨马往回便败,罗成催马就追。

第八十一回　洛阳城罗成盟誓愿
御果园敬德救秦王

　　尉迟恭来到阵中,向秦王请罪。李世民说:"先锋,胜败乃兵之常理,何罪之有?孤赦你无罪。"程咬金向尉迟恭问道:"罗成的武艺如何?"尉迟恭说:"实在厉害。"程咬金说:"我不去便罢,我到了阵前,就能将他杀败。"尉迟恭说:"我不相信。"程咬金说:"你不相信,我叫你瞧瞧。"说着话,催马临阵。罗成说:"四哥一向可好?"程咬金说:"我求你点儿事,行与不行啊?"罗成说:"四哥,有话请讲。"程咬金说:"那尉迟恭武艺高,藐视我们三十六友,你让我赢一阵,我好向他夸嘴。"罗成不好驳他的面子,说:"好吧,我就让你一阵。"程咬金举斧子就砍,罗成横枪招架,两个人杀在一处。罗成净招架,不还招儿,程咬金的大斧子紧忙活。杀了几个回合,罗成拨马败走,回到阵中。单雄信知道老程打不过罗爷,见罗成败回来,焉能不问? 他向罗成问道:"兄弟,你怎么叫程老四给战败了呢?"罗成说:"单二哥你不知道,那程咬金在阵前和我商量好了的,我愿意输给他。"单雄信说:"你为什么愿意输给他呀?"罗成说:"程咬金告诉我,他与秦叔宝在河东打仗,都输在尉迟恭的枪下,尉迟恭瞧不起咱们贾家楼三十六友。我将尉迟恭战败了,就给三十六友露了脸啦! 程咬金叫我再输他一阵,索性叫他露露脸。我念其贾家楼结拜之义,让他一阵。"单雄信无法,闷闷不悦,收兵归城。秦王亦没指挥人马追杀,亦收兵回营。

　　到了营中,兵将各归汛地。尉迟恭说:"你老程的武艺不济,在白璧关输在我的手,怎么今天你又赢了罗成哪?"程咬金说:"我的武艺长多了。前几天,我夜里梦见个斧子大王,他传授我神斧六十四砍,绝命三斧,厉害无比,就是项长三头将,肩生六臂人,亦得输给我,何况罗成啊!"尉迟恭还真信了实啦!他们用完了饭,夜间安歇睡觉。一夜无书。次日天明,将用早饭的时候,秦琼、徐茂公、程咬金在一个桌上吃饭,忽然营门小校进来回禀:"罗成求见。"这哥儿仨喜悦非常。

阅者诸君若问罗成为何至此,书中暗表,头天单雄信收兵,回至洛阳城,罗成就与他哥哥商议好了,哥儿俩要走,不在洛阳了。次日天明之后,罗成来见单雄信。单雄信问道:"兄弟有事吗?"罗成说:"小弟特来辞行。"单雄信惊问道:"兄弟莫非要去投唐吗?"罗成说:"小弟自从来到洛阳,蒙兄厚待之恩,无以为报,我焉能背义投唐啊?"单雄信说:"兄弟要走,哥哥亦不挽留,你可是真不投唐吗?"罗成说:"兄长如不相信,小弟愿面前盟誓。"单雄信说:"兄弟有此厚义,愚兄承情了。"命人摆设香案。少时香案摆好,两个人一齐跪倒。罗成说:"皇天后土,过往神灵听真:我罗成与单雄信、秦琼、徐茂公、程咬金都是结义之友。如今秦琼、徐茂公等扶保唐家,单雄信称臣洛阳,他们两国交兵,各为其主。我罗成两方面俱都不薄,如今不欲贪图富贵,愿意退隐山林,绝不投唐。如若言而无信,我去投唐,叫我死在乱箭之下,不能得其善终。"单雄信用手相搀。有家人撤去香案,单雄信摆下酒宴,给罗氏兄弟饯行。宴罢之后,二人告辞,出府上马,单雄信将二人送出了北门,拱手作别。青山不改,绿水长流,他年相见,后会有期。

却说罗成、罗春离了洛阳,绕道来到唐营,命营门小校往里回禀。秦叔宝等惊喜非常,哥儿几个赶紧出来迎接,到营门外见了罗成、罗春,彼此施礼,然后秦琼将二人让进唐营,到帐中落座。秦琼正要让人重整酒席,罗成拦住道:"不用添酒弄菜,我们在洛阳用过酒饭了。"叔宝说："兄弟来了，莫非欲投唐吗？"罗成说："我暂不能投唐，必须将单雄信除治了，才能投唐。"说到这里，正叫秦王李世民听见。原来李世民听说罗成来了，亦以为他是投唐哪，自己不愿自尊失贤，礼贤下士，亲来见他。走在帐外，恰巧正听见罗成说要除治单雄信，然后才能投唐，秦王心中暗道：罗成武艺虽高，没有尉迟恭诚实，他与单雄信是盟兄弟，理应当异姓别名，胜似同胞。他有意除治单雄信，就是不顾盟兄弟的义气，他没有盟兄弟之义，焉能有忠臣之心？看起来他的武艺虽高，人是阴险不可用的。孤宁用敬德，亦不重用他。于是转身形又走回黄罗帐去了。

秦琼又问罗成道："兄弟，你离洛阳，那单雄信没问你是投唐，还是归家吗？"罗成说："他问过了，我在城中与他盟誓，绝不投唐。"秦琼说："你跟他盟了誓，不可失信。"罗成笑道："盟誓发愿，算得了什么？"秦琼问道："兄弟归唐之期在于何日？"罗成说："八月十五至二十日，我必来投。"秦琼说："那么这些日子你往哪里去哪？"罗成说："没有一定，表兄不必多问了。"秦琼等随即用饭。吃饱了之后，秦琼、徐茂公说："我们同罗贤弟先见见秦王，然后你们哥儿俩再走。"大家便同着罗成够奔银顶黄罗帐。有王官急报秦王，秦王出帐迎接。罗成见了秦王，急忙跪倒施礼，秦王还礼相搀，让到帐中。君臣落座，有人献茶，吃茶谈话，秦王并不问罗成投唐之事。直谈到天晚了，秦王命人预备酒筵伺候。少时间酒宴摆下，君臣们入座，斟酒布菜，巡壶把盏。

尉迟恭觉着他身躯雄壮，膂力过人，在两军阵前输给罗成，一定是罗成的功夫都用在了马上，步下他绝不成，我何不乘此机会羞辱他一番，亦显出俺的膂力能够胜他。想好主意，尉迟恭假意奔过来给罗成斟酒。罗成站起身形，用手接酒，连道："不敢当，不敢当。"敬德冷不防，一把抓住了罗成的丝绦，忽的举将起来。秦王君臣见他将罗成举在空中，全都大吃一惊。罗成叫道：

"黑子,快将俺放下!"尉迟恭说:"不能放下! 在两军阵前显你八面威风,在这里可数不着你来!"罗成说:"我叫你撒手!"说着话,他用手一拍尉迟恭的两耳,这手功夫可厉害,叫做钟鼓齐鸣,打上了能够要人的性命,轻了亦打得头晕眼黑。说书迟,真事快,罗成的两只手打在他的耳上,尉迟恭就觉着头晕眼黑,将罗成撒开。罗成使了个"鲤鱼打挺",直条条站在地上。再看尉迟恭,"扑通"一声,摔倒在地。秦琼赶紧将尉迟恭扶起来,大家笑了一回,依旧吃酒。从此以后,尉迟恭再亦不敢小觑罗成了。宴罢之后,罗成在唐营住了一宵,次日弟兄两个告辞而去。

罗成走后,秦琼、徐茂公与秦王计议好,等罗成回来再与王世充、单雄信决战。秦王亦知道秦琼弟兄不能与单雄信翻脸,阵前对敌,只好等罗成回来再为决战。秦琼与李世民商议好了,亲笔写了一封书信,派人送往洛阳。单雄信见秦琼的书信是约定秋后两军再战,现在天气暑热,两国人马权且歇兵。单雄信很为愿意,立刻写了一封回书,愿意暂时停战,并说明立个临时的交界牌,两国人马各不相犯,都不准越过交界牌。秦琼将此事奏禀秦王,秦王晓谕将士儿郎,各自遵守,不准违令。这令传下来,兵将自然欢喜。

尉迟恭因为天气暑热,天天早晨起来,弄些酒肉乘马出营,找个凉爽的地方歇凉喝酒,到天黑方才归营。他天天出来,找了几天,找着个好地方,就是御果园。这座御果园乃洛阳王王世充所修,修得之后每天到园中游玩,如今唐军来取洛阳,这里无人驻守,黎民谁亦不敢到这里来,尉迟恭却天天来。园中亭台水榭、水阁凉亭、太湖山石、假山幻屏、荷花池、养鱼池、芍药池、牡丹池、月牙河、小石桥,以及各种花果树,无不齐全,应有尽有,真是四时不谢之花,八节长春之草,精巧玲珑,景致美观。敬德天天来,几天的光景将一座御果园都去到了,道路亦走熟了。恰巧到了五月初四,天气暑热,热得程咬金直嚷难受。敬德说:"老程,你不用嚷,明天是五月初五端阳节,我们弄点儿酒肉,找个地方凉爽去。"程咬金说:"哪里有凉爽的地方呀?"敬德说:"有一座御果园,我天天去的,睡午觉亦凉爽,有月牙河洗个澡更美。"两个人商量好了,安歇睡觉。

次日天明,两个人将马匹鞴好,程咬金大斧子往马上一挂,敬德的双鞭亦挂在马上,美酒一坛,熟肉四斤,其余的花生仁、鸭蛋、海米等项都包在一处,两个人牵马出营,够奔御果园而来。一路之上无事,来到御果园,程咬金觉着心地豁朗,清风吹来,真是凉爽,连嚷:"妙啊,妙啊!"在月牙河边大树底下将马拴好,席地而坐,打开各样酒菜,都摆在面前。程咬金从怀中掏出个沙酒壶来,开了坛子,用酒壶就灌。灌好了酒,程咬金又从怀中取出两个酒杯,那酒斟在杯子里,如同琥珀的颜色一般,多年的陈绍,浓浓放香,喝的时候直起粘儿。两个人划拳行令,大吃大喝,随喝随聊,很是对劲,都喝得过了量,亦没喝醉。这正是:酒逢知己千杯少,话不投机半句多。喝完了酒,将东西往河里一扔,只剩下半坛酒无处安排,放在岸上。敬德说:"酒是喝足了,澡咱们亦该洗啦!"于是两个人将衣裳脱去,赤条精光,各自转身,屁股对着屁股,往四下里一看,并无一人,"噗咚"、"噗咚",二人跳下水去,在月牙河内洗开了澡。这二人水性都很大,在水内游泳,程咬金高兴得不得了。两个人正洗呢,忽听有人喊嚷:"敬德兄,快去救驾!"敬德、咬金抬头一看,说话之人是徐茂公,见他面带惊慌之色,吓了这两个人一跳,不知他为什么喊嚷救驾。

原来单雄信谨慎小心,虽然两国约定秋后再战,他还是昼夜留神,恐怕唐军稳中有计,暗来袭城。他每天夜内亲自巡查城池,前后夜两趟;白昼间吃完早饭,亦来巡一趟城。这天五月五日,全城之人家家庆贺端阳节,单雄信全身披挂,乘马出巡。他寻到西门城上,往各处观瞧,只见御果园假山前边有两骑马,马上二人指着各处,正然谈论。单雄信见这两个人,一个头戴紫金五龙盘珠冠,身穿杏黄缎色滚龙袍,上绣五团龙,腰横乾坤带,足下粉底官靴,胯下马金鞍玉辔,杏黄扯手,马项下挂着威武铃;那个人头戴九梁道巾,迎门上绣太极图,嵌豆腐块美玉,身穿蓝缎子道袍,圆领阔袖,腰系水火丝绦,白袜护膝,足蹬云履,墨髯胡须。单雄信不看这道人便罢,一看这道人他可就明白了,正是徐茂公。那个身穿王服的人不问可知是秦王李世民了。他想起胞兄之仇,就向守城军说:"你们快叫大将史仁、薛化率兵接应,我去捉拿李世民!"说罢,下了城,催马如飞出了西门,往御果园而来。马跑如飞,如同风驰电掣,来杀秦王。离着近了,他向秦王大声喊嚷:"小秦王,俺单雄信来也!"李世民、徐茂公大惊,单雄信举着枣阳槊,向秦王便打,吓得秦王拨马便走。徐茂公催马过去,用手就抓,一把抓住单雄信道:"五弟,你看我的分上,饶恕了秦王吧。"单雄信说:"三哥,你莫非忘了吗?想当初李渊在临潼山一箭射死我胞兄,父兄之仇不共戴天,我胞兄之仇至今未报,我非要李世民的命不可!三哥莫要阻拦!"徐茂公哪里肯撒手,说:"五弟,看在我们贾家楼结拜之情,饶了我家主公吧。"单雄信大怒,左手持槊,右手拔剑,说:"徐三哥,我若不看昔日结拜之情,今天非要你的命不可!如今你既重情秦王,厚于忠,薄于友,我们就割袍断义了!"说罢,用剑一挥,将袍割断。两个人的马分开了,单雄信继续追赶李世民,大呼大嚷:"唐童慢走!"吓得秦王催马逃奔。徐茂公急坏了,亦催马飞奔。忽然望见月牙河有两个人洗澡,一个是程咬金,一个是尉迟恭,徐茂公惊喜非常,忙叫:"敬德兄,快去救驾!"

敬德抬头一看,见是徐茂公,听他喊嚷救驾,大吃一惊。跟着就听见马踏銮铃之声,顺声音一看,见单雄信催马抡槊,正然追赶秦王。敬德急了,功高者莫过救驾,计毒者莫过劫粮,他虽然周身赤条条的,任什么都没穿,在这急骤之间亦顾不得了,急忙上马,摘下单鞭,抖丹田一声喊喝:"单雄信,休伤吾主!"如同半悬空中打个霹雳相似。单雄信见敬德来了，用槊就砸。敬德用了个"转环鞭"的招数，将他的槊用手攥住，鞭搭在槊杆上，又使了个"顺水推舟"打奔单雄信两只胳膊。单雄信还想往回夺哪，哪想敬德力大，纹丝不动，鞭又打来，急得单雄信将枣阳槊撒手，拨马而逃。敬德哪里肯放，一手执鞭，一手执槊，追赶单雄信。单雄信赤手空拳，无法抵抗，将马催动如飞，奔命而逃。尉迟恭如同流星赶月似的，苦苦相追。

两个人正往东跑，忽见秦叔宝迎面走来，将二人拦住道："我们已然有约，临时停战，你二人为何追杀呢？"尉迟恭说："他追杀秦王千岁，我救驾来着，将他战败，追赶至此。"秦琼说："都是自己朋友，何必如此，请你将槊给了我单二弟吧。"敬德最敬爱秦叔宝，不好驳他的面子，将槊往地上一杵，杵进多深去，说："你拿走吧！"单雄信伸手一拔，没拔动。秦琼说："敬德弟，你给拔出来吧。"敬德伸手一拔，毫不费力将槊拔了出来，往单雄信的身上一扔，说："你拿去吧！这样的本事亦配打仗！"单雄信接过槊，满面羞惭而退，回归洛阳去了。尉迟恭问道："叔宝兄从何而来？"秦琼说："我因不见主公，出营来找，在此相遇。"说话之间，秦琼忽然觉悟了，说："敬德，你快去穿衣裳吧，这个样子叫人看见多不是样儿。"尉迟恭赶紧回去穿衣裳。秦琼追上徐茂公，又追上秦王，君臣三人相见之下，秦王连道："好险哪，好险哪！今天若没有敬德，孤定丧单雄信槊下。"徐茂公说："吉人自有天相。"

君臣在前，回到唐营；尉迟恭、程咬金亦穿好了衣裳，上马回营。徐茂公将秦王游御果园、敬德救驾的事画了三张图：第一张图上是敬德、咬金在河中洗澡；第二张图上是秦王在御果园纳凉，有单雄信催马来追；第三张图上是敬德赤身救驾。这三张图画得了，叫大家观瞧。程咬金看了，心中不悦，说："救驾的时候有我，怎么不给画上？"徐茂公说："可以，我给你画上。"拿起笔来就画。画完了大家再看，无不大笑。阅者诸君若问大家为什么大笑，书中暗表，单雄信追赶秦王时，徐茂公喊嚷救驾，那时候敬德、咬金两人都赤条条的在河岸上，徐茂公一喊，敬德上马持鞭救驾，程咬金"噗咚"一声掉在水内，露着脑袋，在水里扎煞胳膊直乱嚷。徐茂公把他在水内挣扎乱嚷的样子画在图上，大家看了，无不大笑。程咬金向徐茂公说："三哥，你把我这样子给取消吧，我不要功劳了。"徐茂公说："怎么救驾之功不要了呢？"程咬金说："我在水里乱嚷，哪儿有救驾之功啊？"他这一说，大家想徐茂公身为军师，一秉大公，处正无私，无不钦佩；又觉着他拿程咬金开玩笑，都笑了又笑，笑个不休。徐茂公拿着这三张图来见秦王，请李世民将敬德御果园救驾之功记在功劳簿上。

再说单雄信由御果园回来，迎头正遇上大将史仁、薛化带兵而来，三个人收兵入城。洛阳王王世充因唐军在境，尉迟恭勇冠三军，无人能敌，深以为忧，将铁冠道人请到宫中，要他设法破唐军。铁冠道人献计，请王世充下书，约请南阳王朱灿、湖广襄阳王雷大鹏、曹州王孟海公、相州王高谈圣、夏明王窦建德、济南王唐璧，有这六路人马帮助，足能击破唐军。王世充认为这个办法很好，就写了六封请书，遣人送往南阳、襄阳、曹州、相州、明州、济南，约请各路反王。

第八十二回　王世充请五王助阵
　　　　　　　尉迟恭擒二女归营

　　却说夏明王窦建德,自从在扬州被外甥李元霸将玉玺夺去,心中不悦,回到明州不肯甘心,招兵买马,聚草囤粮,想要借出兵洛阳之际,入主中原,与大唐一决雌雄。湖广襄阳王雷大鹏也是仗着兵多地广,此次应邀出兵,也想打败李世民,一举攻入潼关。孟海公、高谈圣、唐璧本是隋朝官员,造反只是为报家仇或是迫不得已,这次来洛阳也想大捞一把。朱灿有心来洛阳,不料突然身染重病,只好派儿子朱伍登前来。朱伍登少年得志,练就一身好本领,来到洛阳之后就跟众家反王说:"我要凭胯下马掌中枪,打败唐军众将,什么叫尉迟恭,哪叫秦叔宝,都不在话下!"孟海公、雷大鹏、高谈圣都不相信,认为他口出大言,谁亦不爱理他。及至宴罢之后,各自归营,朱伍登点齐三千大兵,直迫唐营。

　　行至中途,望见了唐军,朱伍登吩咐:"列阵。"一声炮响,两杆素缎门旗开处,三千大兵左右排开,朱伍登在大纛旗下勒马停蹄,压住全军,严阵以待。工夫不大,就见唐军来到,响炮列阵,看人数约有五千,旗下李世民压住大队。两军人马将阵势列圆了,朱伍登拍马临阵。李世民、尉迟恭君臣向阵前一看,还以为是罗成哪,及至细看才不是罗成。只见朱伍登的身量高矮与罗成一样,面如敷粉,双眉入鬓,二目有神,悬胆鼻子,四字口,牙排碎玉,唇若涂朱。头戴一顶亮银束发冠,双插雉鸡尾,身穿杏黄缎色短箭袖袄,上绣五条龙,腰系丝鸾带,下身白绸子中衣,素缎花鞋。背后勒着紧背低头花装弩,左肩弩,右肩弩,腰中系着镖囊,内装银镖,相衬豹皮囊,内装墨雨飞蝗石子。马鞍鞒前边挂着一对流星锤、雕爪抓、打将亮银鞭;暗带八宝电光锤;马鞍鞒后边拴着金边套索、花边套索。双手有袖箭筒子,两个大镫前后有窟窿,内里有绷簧,装着小小的弩箭,由前边窟窿打出去,叫马前弩;由后边窟窿打出去,叫马后弩。胯下马银獬豸,鞍鞴嚼环鲜明,手中擎着一条烂银素缨枪,精神百倍,煞是威风。秦王君臣都暗为夸奖这英俊的儒将。

当下朱伍登在两军阵前耀武扬威叫战。秦王问道:"哪位将军出战?"尉迟恭拍马临阵。朱伍登用枪一指道:"尔叫何名?"尉迟恭说:"俺乃唐营的先锋尉迟恭,尔叫何名?"朱伍登说:"孤是南阳王殿下朱伍登。"尉迟恭说:"你有几合勇武,敢来叫战?"朱伍登说:"我无甚本领,只皆因洛阳王约请天下各家国王在洛阳会兵,我父王染病在身,未能前来,派我带兵来在洛阳助战。不料各国国王轻视于我,叫我来战,我是出于无法。"尉迟恭说:"既是这样,你我假战三合,我放你逃走。"朱伍登说:"那可好极了。"说着,用枪就扎,尉迟恭用枪往外一磕,将枪磕出去。二马错镫,尉迟恭涮枪便砸,朱伍登横枪招架,"当"的一声,砸得火星乱迸。朱伍登觉着不好,暗用右脚一点镫上的绷簧,那马后弩由镫上的窟窿打出来,"噗哧"一声,正打在尉迟恭的马屁股上。那马疼痛难忍,一声吼叫,四蹄蹬开,如同风驰电掣一般。敬德还想圈回马来再战,那如何能成,怎么亦收不住了,急得他直嚷,朱伍登在后便追。两个人一前一后往下跑着,渐渐离得远了,敬德马快,朱伍登落了后。忽然敬德的马往起一撅,将他扔下马来,"扑通"一声,摔倒在地,摔得甲叶子哗啷啷直响。他爬起来一看,马屁股直流血,这才明白朱伍登用暗器打了他。敬德拧枪上马之际,朱伍登就赶到了,他催马又往下跑。

跑了不远,前边有座庙,庙里出来一个老道。敬德一看,不是外人,正是在山西朔州麻衣县传授他武艺的师父,急忙下马施礼，口称："恩师在上，弟子尉迟恭有礼。"那朱伍登追到，望见老道，亦下马施礼，口称："恩师在上，弟子朱伍登有礼。"敬德听朱伍登叫师父，很为纳闷；朱伍登见敬德叫师父，他亦纳闷。老道说："你二人从何至此？"敬德将他在唐营身为先锋，在两军阵前与朱伍登对敌之事说了一遍。老道向敬德指着朱伍登说："这是你的师弟，他亦是我传的武艺，你二人不可对敌，应当多亲多近。"两个人站起身形，对施一礼。老道向敬德说："将朱伍登留在这里，你速回大营。已保明主，勿生二念，将来开基创业之臣，必有公侯之赏，尔主绝不负汝。"敬德遵命，上马而去。

老道叫朱伍登拉马进庙，到了庙里，将马拴好，屋中落座。朱伍登说："师父，吾奉父命由南阳至此帮助洛阳王破唐军，解洛阳之危，你老人家为何不叫我走哪？"老道说："我不是告诉过你么，你不是朱灿之子，你是隋相伍建章之孙，南阳侯伍云召之子，你祖父被杨广所杀，你父在扬州死在高丽国大帅之手。如今隋室已亡，天下分崩，群雄各据一方，虽然都要做大皇帝，哪个亦不是拨乱反正、安定天下之主。将来奠安华夏为一统之君，就是唐王，你何必助王世充妄动干戈？处此乱世，不如权在庙中，习文学武，待时而出。等到天下统一归唐之际，我将命你出庙，扶保英明之主，建功立业，披蟒袍，横玉带，复振家声。"朱伍登听师父所说，就不回大营，在庙中不走了。

却说尉迟恭由庙前回来，到了阵前一看，南阳王的兵将亦没了，唐军兵将亦没了。原来朱伍登追赶尉迟恭，秦王指挥唐军冲杀过来，将南阳兵将杀败，得胜收兵归营。敬德回来，可不是没人吗？他亦回归唐营，见了秦王，秦王君臣瞧他回来，方才放心。秦王一问，尉迟恭就将他与朱伍登的事学了一遍，君臣才知道朱伍登进了三清观，再不与他们对敌，无不欢喜。隔了一夜，翌日早晨，用过战饭，探子来报："曹州王孟海公率兵来战！"秦王传令，点兵五千，出营迎敌。五千大兵点齐了，秦王君臣亦都披挂整齐,各自上马,炮响三声,冲出大营。约有三四里路,就望见敌军了,秦王吩咐:"列阵。"兵将列开了阵势。往对面再看,只听一声炮响,两杆杏黄门旗开处,三千大兵左右排开,刀短枪长放毫光。当中挑着一杆杏黄旗,葫芦金顶,黄绸子飘带,上绣"曹州顺义王"字样,旗下盔明甲亮,两员女将压住左右阵脚。当中曹州王孟海公怀抱令旗,压住大队。两军阵势列圆了,尉迟恭拍马临阵。对面一声信炮响,冲出来一骑马,马上一员女将。敬德见这女将身体魁梧,面皮漆黑,约有三十岁的样子,女人长了个男子相貌,男人的身躯,通身戎装,胯下一匹乌獬豸,手中擎着一口大刀,很是威风。敬德亦没瞧得起她,觉着一个女将有什么本领。

原来这女将是孟海公的夫人,长得最黑,都称他为黑夫人。这位黑夫人自幼就不习女工针黹,练习武艺,膂力过人,惯使一口大刀,厉害已极;还有一种绝技走线铜锤,三丈六尺长的绒绳,四斤沉的铜锤,伸开了胳膊能打四丈远,她练得百发百中。黑夫人嫁了孟海公,孟海公不止她一人,还有两个夫人。一个长得美貌,面如粉嫩,人称白夫人,亦是一身好功夫,惯使一对双刀,上将难敌。这黑白二夫人都是孟海公的侧室。那位正夫人叫马赛飞,胯下马,掌中刀,煞是难敌;还有十二把飞刀,对面打出来伤人的五官,二马错镫从后边打出来,能砍下人的脑袋,再不济亦伤人的马匹。孟海公就仗着这三位夫人的力量占据曹州,成为一路反王。如今孟海公来在洛阳助战,他三位夫人听说唐营之中有个尉迟恭,胯下马,掌中枪,纵横天下,勇冠三军,无人能敌。当初保定阳王刘武周时怒抢三关,气夺八寨,兵围太原府;如今保了唐家,身为先锋,如若有人胜了他,才能破唐军。马赛飞与黑白二夫人不服,要会会尉迟恭,孟海公才率兵来战。

如今黑夫人见尉迟恭出马,她亦来战,敬德哪把她放在心上,先问她的姓名。黑夫人说过之后,向他问道:"你就是尉迟

恭吗?"敬德道:"正是。"黑夫人用刀便砍,敬德横枪招架。二马
错镫,杀在一处。黑夫人与他杀了三个回合,果然敬德勇猛,杀
他不过。二人圈马之际,黑夫人用走线铜锤向他便打,敬德喊
声:"来得好!"用枪杆接锤,悠悠几转儿,铜锤就缠在枪上。敬
德用力一扯,黑夫人就觉着不好,那线索的挽手套在手上,要想
甩了,如何能成? 被敬德捋住,三把两把捋尽了,生擒活捉,夹在
肋下,跑回阵中。徐茂公见了,忙向秦琼说:"急速收兵,勿用再
战。"于是秦琼传令收兵,大队人马往回就走,曹州王指挥兵将
就追。直到唐营,见唐军尽撤入营,只有攻营了,可唐营垒高沟
深,鹿角木栅,十分坚固,料着攻打此营亦难成功,于是孟海公就
命兵丁骂战,里边亦没人理他们,弄得无法,只好撤兵回营。

　　孟海公走去不表,却说敬德夹着黑夫人,一直夹到营中,方
才绑好。李世民、秦琼升帐,将士儿郎两旁排列。秦琼吩咐:
"把女将推进帐来。"徐茂公说:"且慢!"秦琼问道:"怎么?"徐
茂公说:"我欲把女将赐与敬德为妻,不知可否?"秦琼说:"可
以。"于是徐茂公传令,将黑夫人赐与敬德。当夜尉迟恭就与黑
夫人成为夫妇,这夜内的情形如何,阅者自己猜吧,我是不愿写
这些事的。

　　次日天交正午,唐营的兵丁在营门望见一员女将带兵杀来,
忙报入中军帐,秦琼就命尉迟恭出战。尉迟恭遵令,出帐上马,
飞也似的冲出大营。到了营外,只见对面五百儿郎排得一字队,
当中拥着一员女将。尉迟恭叫道:"对面的女将出来,俺唐先锋
尉迟恭在此!"女将拍马临阵。敬德一看,只见她:

　　　娇姿袅娜,慵拈针黹好抡刀;玉貌娉婷,懒傍妆台骋马
　　游。白罗包凤髻,雉尾插当头。鸳带束裙,窄窄金莲蹬宝
　　镫;龙鳞砌甲,弯弯翠黛若含愁。杏脸通红,羞答答怕通姓
　　名;桃腮微恨,娇怯怯欲报妹仇。正是:漫道唐营多良将,且
　　认敌营一女流。

尉迟恭看罢,问道:"女将是何人之妻,报上名来。"这女将柳眉倒竖,杏眼圆睁,说:"你要问奴的名姓,坐稳鞍鞒听真:奴乃曹州王的夫人。昨日你将我妹妹拿了去,她生死如何?"尉迟恭说:"那是你妹妹? 好极了,她与俺昨夜成为夫妻了!"这句话不要紧,气得女将咬牙愤恨,抡刀便砍,敬德横枪招架。两个人马打盘旋,杀在一处。工夫大了,敬德又想着不要她的性命,生擒活捉吧。女将用刀砍来,敬德的大枪竖起来,往刀头上便抽,只听"当"的一声,女将的大刀就磕飞了。二马错镫,敬德挂大枪,伸手抓住女将,扯过来夹于肋下,将马一圈,跑回营内。那五百儿郎见主将被擒,如同断线风筝一般,逃回去了。敬德将女将夹到营中,命人绑了,他到帐中交令。秦王传旨,又把女将给了他啦! 敬德命人把女将送到寝帐,女将见了黑夫人大惊,又见她没捆着随随便便,料是与敬德成为夫妻了。黑夫人给她解开绑绳,苦苦相劝,要她亦嫁了敬德,白夫人哪能愿意? 黑夫人费了许多唇舌,才将她劝好。尉迟恭箭射双雕,快活了!

却说败兵逃回去,禀报孟海公说:"白夫人又被尉迟恭擒去。"气得他三尸神暴跳,五灵豪气腾空。马赛飞在旁道:"千岁息怒,我想她们姐妹被敌将擒去,绝难活命,我明天到唐营去给她二人报仇。凭我十二把飞刀,就能要尉迟恭一死!"曹州王伤感不已,马赛飞在旁相劝,这一夜孟海公亦未曾合眼。次日天明,马赛飞挑选了三千精壮儿郎,用过早战饭,披挂整齐,率领三千大兵放炮出营,往唐营杀来。离着唐营近了,马赛飞将队列开,命儿郎喊喝声音叫战。秦琼问道:"哪位将军出马?"程咬金看着尉迟恭得了黑白二夫人,他生了羡慕之心,自告奋勇,秦琼就准他出战。程咬金帐前上马,冲出大营。他见马赛飞长得比黑白二夫人还美貌,程咬金高兴,用大斧一指道:"女将通名!"马赛飞通过姓名,程咬金说:"黑白二夫人已然与我营的先锋尉迟恭成为夫妇,你来了甚好,咱们两个亦结为夫妻吧!"马赛飞气得柳眉倒竖,杏眼圆睁,厉声骂道:"胆大的狂徒,休得胡言!"催马摆刀就砍,程咬金合斧招架,一男一女杀在一处。约有三四个回合,马赛飞在二马错过镫去的时候,甩手一飞刀,砍奔程咬金。程咬金急忙躲闪,"噗哧"一声,正中肩头,吓得他不敢再战,拨马就跑。"当啷啷"一声响,飞刀亦掉在地上,马赛飞催马就追。

程咬金败回营去,将进辕门,还没到中军帐哪,他就痛得栽下马来,哎哟不止。秦琼问他怎么了,程咬金直嚷:"飞刀厉害!"秦琼知道他受了伤,赶紧命人搭走,急速调治。少时间小校进帐回禀,营外女将口口声声要尉迟恭先锋出战,秦琼就命敬德出战。敬德遵令,出帐上马,飞奔出营。到了营外,向马赛飞喊道:"俺就是先锋尉迟恭!"说着,用枪就扎,马赛飞用刀往外一磕,将枪磕出去。二马错镫之际,敬德大枪斜肩带臂就砸,马赛飞用刀杆招架。敬德使尽平生之力,她哪儿招架得住啊,连人连马砸死阵前。吓得曹州兵将转身就跑,败回曹州大营而去。敬德得胜,回营报功。

却说程咬金受了毒药刀伤,虽有军中医士调治,所上的药不见功效,止不住疼痛,秦琼急得不得了。徐茂公说:"这事好办,叫敬德问问黑白二夫人有无解救之法,岂不胜似求医?"秦琼觉着有理,就命敬德去问黑白二夫人。敬德遵令,来到帐中,向黑夫人提说程咬金中了毒药飞刀之事,问他们姐儿两个有无解救之法。黑夫人皱眉道:"她这飞刀厉害无比,中了刀,毒气就随着血脉走,二十四个时辰毒气归心,就丧了性命。我们跟她在曹州这些年,只知道她有解药,可不知解药是什么东西配的。如若要救程咬金,得设法将她拿住,迫着她要那解药才能成哪!"尉迟恭急得跺脚道:"糟了糟了!"黑白二夫人齐声问道:"怎么糟了?"敬德说:"马赛飞被俺用枪砸死了。"黑白二夫人说:"那可没法办了。"敬德急得无法,在帐中转圈儿。猛然间急中生智,敬德一拍大腿：“有了！我找我师父去！”敬德禀过秦琼，秦琼命他速去三清观。

尉迟恭不敢怠慢，出营上马，马上加鞭，直奔三清观而来。来到观中，见着师父，把程咬金受飞刀所伤一事说明，老道说：“不妨事，这里有药，丸药温水吞服，膏药外敷伤口。”老道把如何用药向尉迟恭说明，敬德谢过师父，拿着药回归大营，跟徐茂公一说，军师命人调治。说来也巧，对症下药，药到病除，程咬金当时就不痛了，然后上吐下泻一番，把毒排净，这条命就算保住了。秦王君臣这才放心。程咬金将养身体，暂且不提。

第八十三回　为报恩昆仲弑少主
　　　　　　破飞钹咬金擒凶僧

　　一夜无书。次日天明，吃完早战饭，有探马飞奔营中来报："现有各路反王率兵来犯！"秦琼得报，就与秦王、徐茂公点了五千大兵，放炮出营，来迎敌众反王。大队走出三四里路，望见敌军，秦琼吩咐："列阵。"唐军将阵势列开，严阵以待。只见对面炮响，万数敌军左右分开，刀枪滚滚，盔甲层层，军气甚盛。当中挑五杆杏黄缎色闹龙纛旗，左有孟海公、高谈圣，右有雷大鹏、窦建德，当中王世充压住大队。两下里将阵势列圆，秦王君臣就见敌军队内冲出一骑马，马后随着两个步将，直临阵前，喊喝声音，耀武扬威叫战。马上是一员小将，中等身材，细腰乍臂，两肩抱拢，面如敷粉，五官清秀，颔下无须，正在少年。头戴一顶五凤亮银盔，嵌八宝轮、螺、伞、盖、花、罐、鱼、长，顶上一支丹凤朝阳，缨儿飘洒，红绒高寨，勒颔带密排银钉，双掐勒颔骨，包耳护项。身披亮银甲，内衬锦红色战袍。前悬护心镜，后勒护背旗，旗是素缎色，上绣金龙火焰。肋下佩带昆吾剑，绿鲨鱼皮鞘，银什件，银吞口，素绒绳挽手，倒垂灯笼穗儿。鱼褟尾三叠倒挂，满是亮银搭钩，天蓝色软战裙，当中攒金钉，翻卷荷叶边，攒成荷花瓣。白绸子中衣，素缎花靴牢踏一对亮银镫内。胯下一匹银獬豸，鞍鞯鲜明，手中擎着一对梅花亮银锤。那两个步下的，左边的身高九尺向外，头大项短，膀大三停，面如生羊肝，黑中透紫的脸膛，粗眉大眼，鼻直口阔，连鬓络腮短钢髯在腮边扎里扎煞。头戴一顶皂青缎色壮帽，上身穿皂青缎色短箭袖帮身小袄，青绒绳勒成十字袢,腰束大带,下身穿红绸子中衣,足蹬青缎子薄底快靴,手中擎着一条紫金棍。右边的八尺壮壮身躯,头大项短,胸宽背厚,面如黑锅底,黑中透亮,浓眉大眼,蒜头鼻子,大嘴岔儿,短茸茸的钢髯,根根钢针相似,短衣襟小打扮,手中擎着一条镔铁棍。这三个人在阵前叫战。

秦琼将令旗交与压阵官,伸手摘下大枪,拍马临阵,马到疆场,用枪一指道:"尔是何人,报上名来!"当中的小将说:"我乃湖广襄阳王的殿下雷瑶玉是也。尔是何人,通名受死!"秦琼说:"我在唐王驾前称臣,官拜兵马大元帅之职,姓秦名琼字叔宝。"秦琼话音刚落,就看雷瑶玉身旁的两员步将问道:"你就是山东好汉秦二爷么?"秦琼说:"正是本帅。"就见两个人对视一眼,各执大棍,冲雷瑶玉就砸。耳轮中就听"啪嚓嚓"两声响,殿下雷瑶玉糊里糊涂,命丧棍下。然后二人快步来到秦琼马前,双膝跪倒,说道:"恩公在上,王大龙、王大虎给恩公叩头。"秦琼十分诧异,仔细定睛观瞧,这才恍然大悟。

书中暗表,这王氏昆仲家住历城县南门二十里外王家庄,自幼家境贫寒,万般无奈,可就当了贼了,小偷小摸。正赶上秦琼在衙门里当都头,捕盗拿贼,将二人抓住。秦琼看这哥儿俩本性不恶,家中又有病重的母亲,生活拮据,也没把他们往衙门里送,反而留下银钱,接济王家。这哥儿俩十分感念秦琼的恩德。后来母亲亡故,哥儿俩离开山东,来到湖北襄阳,一齐投军。雷大鹏见二人武艺不错,就提拔他们做了军中的副将。此次王世充派人约请各路反王,雷大鹏派儿子雷瑶玉前来助阵,放心不下,又命王氏昆仲保护殿下。不想这二位一见恩公,反戈一击,杀死雷瑶玉,阵前归降唐军。

秦琼认出王氏昆仲,十分高兴。此时,早有军卒抢回雷瑶玉的尸体,各路反王纷纷叹惜。就在这时,就听有人高诵佛号:"阿弥陀佛!王驾千岁,贫僧不才,愿会一会唐营众将!"众反王顺声音观瞧,就见窦建德身后转出一匹白马,马上是一个和尚。这和尚身高过丈,头戴黄僧帽,身穿黄云缎僧袍,大红中衣,白袜僧鞋。头如麦斗,膀阔三停,两道花绞狮子眉,又黑又重,一双铜铃眼,秤砣鼻子,大嘴岔儿,满部络腮短钢髯扎里扎煞,掌中一条九耳八环夺命铲。相貌凶恶,体格魁梧。王世充点头:"就请高僧临敌。"书中交代,这和尚是夏明王窦建德请来的,此次随同窦建德来洛阳助阵。今天一看雷瑶玉未战身先死,和尚生气,这才讨令临敌。

盖世雄来到两军疆场,秦琼还没回去呢,二人马打对头。秦琼问道:"和尚在哪里出家,法号怎么称呼?"盖世雄微微冷笑,说道:"洒家盖世雄。秦琼,尔等不自量力,敢来侵犯洛阳,洒家夺命铲下难逃活命!"秦琼大怒,将大枪一抖,向他就扎,盖世雄用铲招架。两个人将战马催开,各施所能,杀在一处。反王大队与唐军大队全都响炮擂鼓,摇旗呐喊。盖世雄见秦琼枪法纯熟,料难取胜,他与秦琼错镫之际,暗取飞钹,等到秦琼圈回马来,用飞钹向秦琼就是一下。秦琼一看不好,拧身形要躲,说时迟那时快,钹中在肩头上,"嗑哧"一声,砍断挂甲环,钹的边儿伤了肉皮。秦琼说声:"不好!"觉着疼痛难忍,拨马往回便跑,盖世雄催马就追。唐军阵内冲出四骑马,马上四员战将齐来搭救秦琼。他们放过了秦琼,飞奔盖世雄。盖世雄见来势可怕,忙将坐马勒住,取钹在手,连着不断就是四钹,四员唐将立时死于非命。唐军大惊,徐茂公忙传令:"收兵归营!"各路反王见了,指挥人马冲杀过来,杀得唐军大败。反王兵将得胜而归,这且不表。

却说唐军败回营中,兵丁各归汛地。李世民、徐茂公回到营中,见秦琼躺在地上,疼得哎哟不止,顺着脑袋往下流汗,君臣大惊。徐茂公亲给秦琼摘下盔来,抖开勒甲绦,摘下甲,脱去战袍,往他的伤处再看,肉皮都黑了。徐茂公说:"妖僧的飞钹有毒,秦琼受的是毒药伤。"秦王说:"不要紧,赶紧叫敬德再往三清观找他师父讨些药来,给秦琼调治。"敬德说:"我这就前往。"于是他乘马出营,飞奔三清观,又讨了药来,按着给程咬金治的方法给秦琼调治。不料药亦吃了,膏药亦贴了,仍然疼痛不止,秦王君臣焦急异常。敬德见没有效力,说:"明晨再去讨药。"一夜光景过来了,秦王君臣见秦琼面无人色,胳膊亦黑了,肿起多高,秦王又命敬德去求药。敬德到了三清观,见了师父,将秦琼的伤处疼痛不止的情形说明,老道亦跟着敬德亲自到唐营,给秦琼调治。离着大营近了,敬德先奔至营中向秦王禀明,李世民、徐茂公往外迎接。到了营门外一看敬德的师父,徐茂公认识,赶紧施礼。原来这位道人俗家姓谢名洪,乃三十六英雄中谢映登的叔父,曾在北周称臣,看破红尘,出家到处云游,得了异人传授,有些仙丹妙药,能够给人调治病症。

谢洪今天来到唐营,与徐茂公彼此见过,又与秦王施礼,秦王哪里肯受。大家入营,来到后帐,谢道爷看了看秦琼的伤处,又给诊了诊脉,然后才向秦王君臣言说:"秦琼受的这毒药伤与程咬金不同,非常药可能见效,必须将秦琼搭到三清观好生调治才能活命,若再耽搁一日,就怕有性命之忧。"听完谢道爷所说,徐茂公又问破飞钹之法,谢道爷在徐茂公耳边说,如此恁般便能成功,徐茂公大悦。于是秦王派战将两员,带兵五百,保护秦琼往三清观养病。老道与兵将们搭着秦琼,离了大营,够奔三清观而去。秦琼此去病势如何,权且不表。

却说徐茂公见程咬金的病体已好,将程咬金唤到帐中,说:"我命你去找汤骨草,限你三天找着,如若找不着,定斩不饶!"程咬金问道:"什么叫汤骨草啊?"徐茂公说:"为破和尚的飞钹使用,你自己去找,什么样我亦不知道。"程咬金无法,只得乘马出营,去寻找汤骨草。他此去如何,暂且不表。

秦王正与军师谈话,小校进来回禀:"罗成来到营门。"秦王吩咐:"有请。"少时罗成来到,施礼完毕,秦王赐坐。罗成落了座,秦王这才问:"罗王兄这是从哪里来?"罗成说:"往看家慈,由家中而来。"说话之间有人献上茶来，罗成不见秦琼，向徐茂公问道："三哥，我表兄哪里去了？"徐茂公就将被妖僧用毒药飞钹打伤的事从头到尾说了一遍。罗成气得双眉倒竖，二目圆睁，说："三哥，我去找妖僧为表兄报一钹之仇！"徐茂公说："贤弟，你要给叔宝报仇，得先去找汤骨草，将汤骨草找来了才能破他的飞钹。若仗着血气之勇，不惟难报一钹之仇，连你亦怕有危险。"罗成问："什么叫汤骨草啊？"徐茂公将什么是汤骨草说明，罗成说："这东西容易去寻，我这就去找，找着了好给表兄报一钹之仇。"于是罗成又乘马往各处寻找汤骨草。

事有恰巧，罗成走在一个村子，天光已然黑了，渴得那马"嘻哩哩"直叫。罗成来到一家门首，下了马，将要叩门，向人家要点儿水，就听里面有婴儿啼哭之声。罗成心中大悦，站着不走。等了不大的工夫，忽听里边有人说道："娘啊，你老人家乘着天黑没人，将那汤骨草扔在小河里去吧。"少时就听里边门插关一响，门分左右，从里边出来个老太太，手里捧着个蒲包，包内尽是烂草。罗成说："老太太，你扔的是什么东西？"老太太说："我将才得了个孙子，这是小儿落草的东西，肮脏物。你问它做什么？"罗成说："我家近来闹妖，请了位法官给我捉妖，他说得用这种东西才能破了妖术，我正来寻找此物。你不要扔，给我吧。"老太太说："那就给你。"罗成接过来，上马回营，到了营中向徐茂公说明，徐茂公命人暂且收存起来。

次日早晨，徐茂公升坐中军大帐，将士儿郎施礼完毕，退立两旁。徐茂公说："敌军中和尚所用的飞钹恐有妖术，我将妇人的肮脏物寻来，哪位将军能将这东西戴在盔中，去破妖人的邪术呢？"一干诸战将听着全都皱眉，谁亦不愿往盔内搁那种东西，惟有齐彪挺身而出，说："军师，我愿破邪术！"徐茂公说："你既愿意，就按着我吩咐的预备，安排好了，好去叫战。"齐彪真将盔摘下，放在地上，用手将那肮脏物往盔里就塞，塞好了用手巾垫上,托起盔来往头上便戴。众将瞧他这样,无不暗笑。徐茂公传令,点兵一万,分为两队,一队去反王大营讨战,一队当作接应。徐茂公与众将率领前队,秦王率领后队,两队人马放炮出营,杀奔反王大营。走出来十数里,就碰上敌军,徐茂公吩咐:"列阵。"炮声一响,阵势列开,徐茂公与众将压住大队。齐彪拍马临阵,用手中锤一指,向反王兵将叫战。众反王将大队列开,飞钹和尚盖世雄拍马临阵,向齐彪问道:"唐将何名?"齐彪说:"俺叫齐彪,不服你这飞钹妖术,要来看看你那飞钹是怎么厉害!"盖世雄说:"你要看就叫你看看。"说着话,他一回手,取出个飞钹来,照着齐彪就是一下。那飞钹在空中晃悠悠将要奔齐彪,齐彪用枪一指,喝道:"飞钹飞钹,还不落地,等到何时!"只听"仓啷啷"一声响,飞钹就落在地上,齐彪大笑不止,臊得飞钹和尚面红耳赤。齐彪说:"秃驴,你的飞钹不灵,看我的飞锤!"摆双锤向盖世雄便砸。盖世雄见法术已破,料着自己武艺不能取胜,倘若打了败仗,夏明王一定轻视自己,三十六着,走为上策。他用铲架开锤,拨马就走,齐彪在后就追。盖世雄将马催开了,打马如飞,逃奔西南,齐彪追之不及而回。

盖世雄往下逃走,心中烦闷已极。跑了二十几里地,忽见前边有座庙,是座土地庙,想到庙里歇会儿,将马勒住,甩镫离鞍下了坐骑,拉着马走进庙门。将马拴好,提着铲走进大殿,将背后的飞钹取下来,一一放在供桌之上,往地上一坐,自言自语地说话:"我盖世雄练了好几年才将飞钹练成,不料被他人所破,我一定往天斗山再炼法术,将法术炼成了再来报复此仇。"说着往地上一躺,他要睡会觉,不料他叨叨念念将魔王吵醒。阅者若问是哪个魔王,书中暗表,这魔王就是程咬金。他奉了军师之命去找汤骨草,他亦不知是什么东西,无处找寻,又不敢回营。这天他在乡镇里喝醉了,走在土地庙前,醉得支持不住,将马拉在殿后边拴好,自己拿着大斧子在殿的佛座后边一躺,头枕斧杆,睡起觉来。他睡了一大觉,酒亦消了,似睡不睡,迷迷糊糊之际,忽听有人叨叨念念说话,没结没完,将他吵醒了。翻身爬起,听了听,又没动静。工夫不大,又听有鼻息之声。

程咬金持斧子绕到前边,往供桌前边一看,见有个和尚,仔细一看,正是盖世雄。程咬金惊喜非常,用大斧向他腿上就砍,"喀嚓"一声,将两只脚砍掉了,红光迸现,鲜血直流,痛得盖世雄"哎哟"一声,晕死过去。好大工夫才缓醒过来,他咬着牙睁眼一看,是程咬金,忙道:"你再受点儿累,将我砍死,莫叫我受罪。"程咬金说:"小子,你害苦了我们元帅,我不能叫你痛快而死,得叫你受点儿罪。这叫报应有早晚,只争来早与来迟。这是你恶贯满盈,报应临头了!"说着,他将殿前马丝缰解下来,将盖世雄的二臂绑好,拖出殿来,往他的马上一驮,用镫绳系好。转到殿后,解开自己的马,牵到殿前,又将盖世雄的马亦拴在自己的马上,大斧挂好,牵马出庙。门前上马,程咬金飞奔大营,到了营中,在中军帐前下马。他命人将盖世雄解下来,放在地上,然后到帐中面见秦王回禀此事。秦王大悦,命刀斧手将盖世雄的人头砍下来,号令营门,尸身掩埋。除去这一患,是罗成、齐彪、程咬金的功劳,军政司亦给他们记在功劳簿上。

秦王君臣不放心秦琼,将要往三清观看望于他,忽然谢道爷来了。君臣问他秦琼的病势如何,谢道爷说:"他的伤势没好,但毒气已然净了,至少还得静养半月。"秦王君臣这才放心。秦王又将谢道爷让到后帐待茶,帐中只有秦王的亲随伺候,军师徐茂公及一干诸战将未在帐中。秦王问谢道爷:"叔宝的病还得静养半个月,这半个月又得耗费许多粮饷,我欲破众反王,兵定洛阳恐怕不易了。"谢道爷说:"千岁欲破众反王,兵定洛阳并不甚难,用一人便可成功。"秦王忙问道:"何人有此才能呢?"谢道爷说:"罗成就可以用的。"秦王猛然醒悟,连道:"仙长之言是也。"谢道爷用话点破,叫秦王用罗成,然后告辞回庙。

次日早晨,秦王将罗成请到帐中,向他商议,请他掌兵权破群寇。罗成义不容辞,点头应允。于是秦王就命罗成暂行代理元帅,罗成立即升帐办公。他点了一万大兵,与秦王、徐茂公率兵出营,杀奔洛阳。离着城近了,见对面有敌兵来到,罗成吩咐:"列阵。"一声炮响,万数儿郎列得一字队,对面各路反王亦把阵势列开。罗成望见对面队内有洛阳王王世充、单雄信君臣,他将令旗交与徐茂公,伸手摘下大枪,催马临阵,耀武扬威叫战。单雄信见了罗成,气得烟生火冒,想罗成曾在洛阳养病,洛阳王对于秦琼、程咬金、罗成敬如贤士,很是不错,待他们有恩不报,反成仇人,自己交朋友不睁眼,实在对不住洛阳王。单雄信拍马临阵,向罗成问道:"对面可是贤弟吗?"罗成说:"单二哥,难道连小弟亦不认识吗?"单雄信说:"你在洛阳养病,我君臣并未慢待,为何今日与我君臣为敌呢?"罗成说:"我并非是与你君臣为敌,而是为唐家出力。"单雄信说:"你为何不保洛阳王,去保唐家呢?"罗成说:"贤臣择主而佐,良禽择木而栖。洛阳王非是英明之主,我才扶保唐家。弟在城中乃是受兄之恩,贾家楼结拜,共同荣辱,兄待弟有义,弟敬兄有情,单、罗两姓虽好,是为私恩私义。我一保唐家,就惟秦王之命是从。如今来到阵前叫战,乃国家公事,兄若能弃暗投明,我弟兄能保秦王重用兄长;倘若兄长不愿弃暗投明,难免一战。"单雄信大怒道:"要战,哪个惧你!"说着,举槊便打。罗成说:"兄长要动手,小弟亦不敢因私废公。"横枪招架。两个人马打盘旋,杀在一处。单雄信性如烈火,枣阳槊招招进逼;罗成只是遮拦挡架,并不还招。单雄信的武艺虽有万夫莫当之勇,遇见罗成亦难成功。单雄信有气,罗成没气;单雄信拼命死战,罗成只是不还招。这样单雄信可受不了了,料难取胜,拨马便走。罗成说:"我念结拜之情,并不追赶,改日再战吧。"单雄信回到军中,众反王都知道没有能胜得了罗成的,只可罢战。唐军亦收兵而去。

第八十四回　破大营罗成锁五龙
　　　　　　　坐金殿李渊即帝位

　　却说单雄信回到城中，他觉着对不住王世充，闷闷不悦。回到驸马府，公主接着，见他面有怒容，料有心事，忙命家人摆酒，夫妻二人对酌。公主问道："驸马出战，胜负如何？"单雄信说："屡战不利。请来的战将被唐军杀得死的死，亡的亡，并无一人能胜唐将，眼见得就剩五路国王了。"公主说："如此怎好？"单雄信说："这亦不难，我惟有舍命答报令兄，今夜要去偷营。如若该着唐家失败，我就能将秦王等杀死；如若该着洛阳亡国，怕我要命丧唐营。"说到这里，单雄信目视公主道："我尚有一桩难处。"公主问道："驸马尚有何难？"单雄信说："所难者是公主。"公主说："这有何难？你只管去你的。倘若驸马有失，妾愿一死，不受他人之辱，绝不偷生。"单雄信说："公主说得爽快，你真有此心吗？"公主含泪道："妾真有此心。"单雄信听了，心中万分难过，将身旁的佩剑摘下来，递与公主道："俺将宝剑赠你，城破之时，俺就在阴司等你。"公主将剑接过，单雄信说："俺要走了。"他站起身形，往外就走。公主说："驸马慢走！"单雄信头亦不回，公主忙着一把扯住道："驸马，我……尚有话说。"单雄信将衣裳一抖，"扑通"一声，公主摔在地上。单雄信不敢回头，含泪而出，府前上马，立即出城。到了营中，亲自挑选三千精兵，叫他们马摘銮铃，亦不响炮，亦不擂鼓，在初鼓以后起兵，悄悄离了大营，往唐营劫寨。

　　约在三更时刻，来在唐营，只见唐营黑暗暗并无灯火之光，亦听不见巡更走筹之声，料是唐营连得胜仗，轻敌不防了。单雄信一马当先，率领大军撞至唐营营门，枣阳槊一举，"咔嚓"一声，将营门砸碎，一拥而入。及至杀进营中，不见有人，是空营一座。单雄信大惊，说声："不好，中了敌人之计！"他要往回撤兵，可就来不及了，四面八方炮鼓齐鸣，杀声震耳，伏兵尽起。

原来罗成与单雄信是三十六友中的盟兄弟，单雄信的脾气禀性罗成尽知，他料着单二爷见了他有气，才率兵来战。他这激将法确实厉害，在两军阵前将单通气走。罗成回到营中，忙命全军兵将早餐晚战饭。天至日落之时，罗成升坐中军大帐，将士儿郎施礼完毕，退立两旁。罗成传令，命程咬金带兵五千在营西埋伏，尉迟恭率兵五千往营东埋伏，黑白二夫人带兵五千在南边埋伏，齐彪、李豹带兵五千在北边埋伏，留下空营一座，当中虚堆柴草，留兵二人。如若敌人前来偷营，叫二人放火烧柴，四面伏兵以火起为号，不准放走敌将。众将遵令，各自点兵而去。罗成与秦王、徐茂公率领所有兵将退兵三里。唐营这里埋伏好了，只等单雄信前来偷营劫寨。果然不出罗成所料，单雄信杀入营中，两名唐军将柴草点着，火光一起，四面埋伏尽出。单雄信大惊，要想退兵，如何能成？

不待唐军杀到，自家的人马就人撞人，马碰马，自相践踏。四面灯球、火把、亮子、油松照耀如同白昼，呐喊声音捉拿单雄信。单雄信借着火光一看，唐军层层围裹，不亚如七层刽子手，八面虎狼军。他将马一催，在当中横冲直撞，虎荡羊群一般。单雄信抖丹田高声喊喝："唐军兵将听真：在下洛阳驸马单雄信，尔等要知道我的厉害，急速闪开！"唐军哪里能放他走，四面高喊："单雄信哪，尔休想逃生！"他被困重围，左冲右撞，杀不出来，这且不表。却说罗成和李世民瞧见火光，料是有人偷营劫寨，忙率兵驰至。秦王在乱军之中见是单雄信，心中佩服罗成。不料单雄信在乱军之中看见一个大灯笼，上面有"秦王"字样，心中暗道:好汉双拳难敌四手,恶虎不敌群狼。自己一个人要将唐军杀尽是办不到的,不如将秦王用槊砸死,胜似千军万马。想到这里,他就奔大灯笼杀来。及至看见秦王,大叫:"唐童,单雄信来也!"举槊直奔李世民。秦王吓得拨马便走,单雄信在后便追,忽然觉得马要趴下,说声:"不好!"为时已晚,被绊马索绊倒马匹,单雄信"扑通"一声,摔在地上。唐军不容他起来,一拥而上,按着他摘盔头,抖开勒甲绦,将他绑上,单雄信被擒。罗成向秦王问道:"如何?"原来秦王见单雄信勇猛,不易擒获,罗成先叫人埋伏下绊马索,然后叫秦王诱敌,将单雄信引到绊马索之处,将马绊倒才擒住单通。

罗成请秦王安置善后,他乘着天光未亮,与尉迟恭、程咬金、齐彪等率兵直奔反王大营。到了反王大营,天将五鼓,反王兵将睡得正浓,罗成在前,兵将在后,将营门砸开,一拥而入,反王营中大乱。罗成催马横冲直撞,虎荡羊群一般,挨着死,碰着亡。唐军兵将人人奋勇,个个当先,只杀得反王兵将东倒西歪,横躺竖卧。罗成在乱军之中,忽见曹州王孟海公正欲逃走,被他赶上,将孟海公刺于马下。有唐兵将孟海公的人头砍下,提在手中。罗成又由西边往东杀,杀到洛阳营中,催马乱闯敌军,往来寻找王世充。王世充由七八员将保护着,正要逃归洛阳,罗成来到。洛阳将舍了王世充,过来挡住罗成,罗成大喝一声,将枪抖开了,施展平生所能。眨眼之间七八员战将俱死于枪下,罗成又来追赶洛阳王。王世充并未走出大营,尚在乱军之中,被罗成赶上,一枪扎于马下。唐军有望见的,将王世充人头砍下,提在手中。罗成又往北杀,相州王高谈圣、济南王唐璧先后亦被他杀了。只有湖广襄阳王雷大鹏在乱军之中侥幸脱逃,其他反王全都死了。反王兵将无主更不成了,被唐军杀得尸骨堆聚如山,血流成河。未死的反王兵将都夺路而走,往回逃奔,叫开洛阳西门,往城中便逃。门狭窄人众多,拥挤不动,唐军追至,乘势杀入城中，洛阳遂为唐军所有。罗成命人将公主府围住，兵将不准进去，里边的人不准出来，洛阳王全家算是被难。罗成派将暂守洛阳，候令布置善后，然后回转大营。又有唐军将窦建德拿获，亦押回唐营。各路反王大营抛下的刀矛器皿、锣鼓帐篷、粮草等项，有兵将运往唐营。

罗成回到唐营，与军师徐茂公升帐，将士儿郎施礼完毕，退立两旁。罗成、徐茂公命军政司执掌功劳簿，一干诸战将各报其功，将所得的东西查收，又派将带兵掩埋死尸，查点自家人马损伤数目。罗成又吩咐："将孟海公的人头悬挂洛阳东门，王世充的人头悬挂洛阳西门，高谈圣的人头悬挂洛阳北门。"至于唐璧，念其昔日与岗山有旧交，落得个全尸掩埋。罗成忽然想起洛阳四门挂上三颗人头，仍缺南门，急忙传令："将窦建德推进帐来！"站帐军回报："窦建德在千岁帐内。"罗成这才想起夏明王窦建德是秦王的舅舅，一定是他求秦王去了，亦许秦王无意杀他。罗成又想起窦建德曾派刘黑闼、苏定方兵取北平府，苏烈一箭射死北平王，他杀父的冤仇至今未报，忙命人去请秦王。秦王明白罗成的心意，就与窦建德来到帐中，秦王叫窦建德跪着哀求罗成。及至窦建德将将跪下，罗成就起身离座，手起剑落，将窦建德的人头砍下。秦王惊讶不已，但亦无可奈何。罗成吩咐："将窦建德的人头号令洛阳南门，死尸抬出去掩埋。"

诸事完毕，罗成又与秦王和徐茂公商议单雄信如何处置。秦王觉着单雄信虽然忠于洛阳王，但看在三十六友的情面，不愿杀他，欲收降于他，命人将单雄信推到帐中。单雄信怒目横眉，立而不跪。秦王说："单将军，孤早已闻名，欲得将军，事不如愿。今将军来至我营，如能归顺孤家，定然重用，使你不失富贵。不知你意下如何？"单雄信说："我与你们唐家有杀兄之仇。古人有云：父兄之仇，不共戴天。我怎能顺降于你？我立志报兄仇已久，未能如愿，天也。我既被擒，愿杀愿剐，任凭于你。单某绝不畏刀避箭,怕死贪生!"秦王说:"将军言之差矣! 孤非是不能杀你,因你义气最深,素有威名,孤才敬重于你。初你兄命丧临潼山,并不是有意杀他,而是误伤丧命,情有可原。人死不能复生,可你若死了,岂不可惜? 于国,未能尽忠;为反王而死,难见单氏祖先,亦为不孝。三十六友皆扶大唐,惟尔不扶大唐。昔日贾家楼结拜有言:异姓别名,胜似同胞,共荣辱,共存亡。你若死了,众友人应当如何,岂不是不义? 孤之爱将乃仁德之行,你宁死不降,岂不是不仁? 望将军三思。"单雄信说:"大丈夫处世,于国先公后私,于家先私后公,我只知有兄,不知有唐。如劝我降,倒亦不难,只要有我兄在,便能归降;如无我兄,誓死不降!"秦王说:"将军不降,孤看在秦元帅情面,亦不杀你。"单雄信说:"你不杀我,我仍报兄仇!"秦王吩咐:"左右,给单将军松绑,看是唐存单亡,还是唐亡单存。"左右遂给单雄信松绑。他并不向秦王拜谢,只说:"秦叔宝何在?"秦王知道他是个威武不屈、富贵不淫的人物,就对他说了实话,说:"你要找秦元帅,因为他受了毒药铍伤,往万花山三清观养病去了。"单雄信说:"我去找秦二哥。"秦王吩咐将单雄信的盔甲、马匹、军刃一并归还。于是单雄信顶盔贯甲,罩袍束带,拴扎什物,出帐上马而去。两旁众将见秦王宽仁大度,无不钦佩。

　　却说单雄信催马出营,要往万花山去见叔宝,忽然想起洛阳事来,不知王世充等如何,想先回趟洛阳,然后再往三清观。他催马往洛阳而来,不见城西有反王大营,心中纳闷,还以为反王们撤兵入城哪。来到洛阳西门,见城门大开,行人出入,安然无事,他亦奔西门。将要入城,忽见由天空落下个血点儿。迎面往上一看,大吃一惊,城上边悬挂一颗血淋淋的人头,正是王世充的首级。单雄信将马勒住,心中一阵难过,不亚如万丈高楼失脚,扬子江心断缆崩舟。他觉着自己对不住洛阳王,闹得洛阳事败,王世充被杀。单雄信甩镫离鞍下了马,向王世充的人头拜了三拜，然后拔出佩剑，甩胡须，搭肩头，"噗哧"一声，红光迸现，鲜血直流，单雄信自刎身亡。唐军望见了，飞报秦王，秦王君臣叹息不止。

正在此时，忽见秦叔宝乘马归营。原来秦琼在三清观有谢道爷的灵丹妙药，已将毒气拔尽，又吃了生肌长肉的良药，养得复旧如初，谢道爷才准他回营。秦琼回到大营，见秦王施礼完毕，向秦王问洛阳之事如何，秦王将已往之事说明。秦琼听说单雄信已死，如同顶门上打个霹雳，好半晌才明白。想起当铜卖马、二贤庄之事，以及充军发配北平府，单雄信往济南年供柴、月供米，替自己孝养高堂，再往后贾家楼结拜之情，弟兄未能共享富贵，他却死在洛阳。交友一场，怎不伤心落泪？秦王在旁苦苦相劝。除了罗成之外，无不落泪。好容易秦琼才止住悲声，向秦王说道："千岁，如今洛阳已定，反王亦都歼灭，臣在此无事，家中尚有老母，臣愿归家奉养高堂，以尽为子之道。"秦王说："恩人欲走不难，须候旨再走。"程咬金、齐彪、李豹等亦都纷纷辞差。秦王说："你我君臣往洛阳将善后办理完毕，然后再走不迟。"众人无法，只得应允。

君臣们一齐上马，离了大营，飞奔洛阳。到了西门，一齐下马，秦叔宝望见单雄信的尸身，抢行几步，跪倒尸旁，放声大哭，叫道："单贤弟呀，我秦琼受你的大恩，不曾答报，今日不能救你，真乃忘恩负义，日后九泉之下怎好见你！"他且哭且诉，哭个不止。众人苦苦相劝，半晌方才止住悲声。秦王吩咐："速备一口上等的棺椁，将单雄信的尸身成殓起来。"工夫不大，棺椁搭来，君臣亲自成殓好，命人搭入城中，送往驸马府。君臣上马入城，穿街越巷，够奔驸马府。来到府前，一齐下马，进了府门，命家人去请公主。少时公主来了，与众人相见。秦王向公主跪倒，口称："王嫂，弟李世民特来看望。"公主忙跪倒还礼。三十六友的人物见公主哭得两眼红肿，泪人相似，无不难过。秦叔宝向公主说道："单贤弟死了,你可知道吗?"公主道："驸马自刎早已知道,依夫妻之情,本当自尽殉夫,无奈一块肉累于腹中。我若一死,岂不是愚?倘若秦王千岁不加杀戮,能给单氏门中生下一儿,承继宗祧,我亦对得住驸马了。"秦王说："王嫂万安,孤定能保护贵府安然无事,所有洛阳库银尽皆敬赠王嫂。"公主拜谢,秦王君臣这才退出,同回大营。

到了营中,秦王将剑拔出来,向秦琼等说道："你我君臣是先朋友而后君臣,今又共同患难,大业已定,将共享富贵,绝不能放你们走去。如若你们走了,孤落个薄待功臣之名,担罪不起。各位如若不走,候旨还朝;如若要走,孤之宝剑在手,将做单雄信第二!"大家见秦王这样,亦不能走了。于是秦王君臣将单雄信安葬,库银给了公主,又传令叫守城兵将好好保护。诸事完毕,报了捷,候旨班兵回朝。未几天旨意来到,秦王大悦。阅者若问秦王喜悦什么,书中暗表,唐王李渊自从率兵到了长安,立代王杨侑为帝,李渊自为大丞相,都督内外军事,在武德殿办理国事,代王杨侑形同木偶而已。如今李世民出兵,北灭定阳王刘武周,东灭各路反王,唐军威震天下,李渊乃胁代王杨侑受禅于唐。杨侑是个雏鸡,性命都悬诸渊手,无论李渊说什么,就得是什么。一班攀龙附凤的臣僚,当然为之拟诏,今日加唐王九锡,明日许唐王戴十二冕旒冠,建天子旌旗,出警入跸,至五月戊午日宣告禅位。其词云:

天祸隋国,大行太上皇遇盗江都,酷甚望夷,衅深骊北。悯予小子,奄绍丕愆,哀号永感,心情糜溃。仰惟荼毒,仇复靡申,形影相吊,罔知启处。相国唐王,膺期命世,扶危拯溺,自北徂南,东征西怨。致九合于诸侯,决百胜于千里。纠率夷夏,大庇氓黎,保乂朕躬,系主是赖。德侔造化,功格苍旻,兆庶归心,历数斯在。屈为人臣,载违天命。在昔虞夏,揖让相推,苟非重华,谁堪命禹。当今九服崩离,三灵改卜，大运去矣，请避贤路。兆谋布德，顾己莫能，私僮命驾，须归藩国。予本代王，及予而代，天之所废，岂其如是！庶凭稽古之圣，以诛四凶；幸值惟新之恩，预充三恪。雪冤耻于皇祖，守禋祀为孝孙，朝闻夕殒，及泉无恨。今遵故事，逊于旧邸，庶官群辟，改事唐朝。宜依前典，趋上尊号，若释重负，感泰兼怀。假手真人，俾除丑逆，济济多士，明知朕意。

禅位诏下，即遣刑部尚书兼太保萧造、司农少卿兼太尉裴之隐，奉皇帝玺绶，至唐王邸中。李渊三辞三让，才行受命。乃改大兴殿为太极殿，择于甲子之日登基。

是日晨刻，先遣萧造祭告南郊，然后即位。李渊年逾五十，须眉斑白，因推五行为土德，服色尚黄，戴黄冕，着黄袍，由侍卫等拥登帝位。宗室贵戚及大臣，趋跄入殿，跪伏三呼。乃颁诏改义宁二年为唐武德七年，大赦天下；官吏各赐爵一级；义兵过处，给复三年；罢郡置州，改太守为刺史。退朝后赐百官宴，赏赉金帛有差。越日即授裴寂为右仆射，萧瑀、窦威为内史令，李纲为礼部尚书，窦琎为户部尚书，屈突通为兵部尚书，独孤怀恩为工部尚书，废隋大业律令，另颁新格。即就都城立四亲王庙，追尊高祖熙为宣简公；曾祖天锡为懿王；祖虎为景皇帝，庙号太祖；父昞为元皇帝，庙号世祖。祖妣及母皆称皇后，追谥妃窦氏太穆为皇后，追封皇子李元霸为卫王，立世子建成为太子。推恩宗室，及从弟蜀公孝基以下，封王约十人。独降故隋帝杨侑为酅国公，给宅京师。追谥杨广为炀皇帝。自从隋炀帝篡位以来，各路反王分据四方，群雄逐鹿，共夺中原，皆有皇帝，结果还是李家为帝，做了皇上。这正是：

> 历年龙战血玄黄，大统终教属李唐。
>
> 成即帝王败即贼，繇来天道是无常。

第八十五回　太极殿唐皇封功臣
御果园敬德演故事

　　却说李渊即位之后，秦王李世民的报捷折本来到朝中，龙心大悦，立刻降旨，命秦王班师还朝，引功臣面君报官。旨到了洛阳唐营，秦王惊喜非常，天下已归他家，洛阳已定，遵旨回朝吧。秦王传令，全军人马拔营起寨，回兵长安。兵将们拔了营寨，刀矛器皿、锣鼓帐篷、粮草等项装载车辆，兵丁们一队队排列好了。一声炮响，全军人马鞭敲金镫响，齐唱凯歌还。一路之上，大兵经过之处，军令甚严，无人敢犯军规，军民相安。程咬金、尉迟恭十分高兴，都说到了长安，皇上必然封他们公侯之爵，披蟒袍，横玉带，有无穷富贵。徐茂公说："你们两个人不要快活大发了！"程咬金问道："怎么？"徐茂公说："你们只记功劳，尉迟恭有御果园救驾之功，你程咬金有捉拿妖僧盖世雄之功，可忘了过去啦！尉迟恭怒抢三关，气夺八寨，兵围太原府，三跳红泥涧，那些个事都应当斩首，但他有弃暗投明，御果园救驾之功，还可以免罪封官。惟有你程咬金，斧劈老君堂，月下赶秦王，是非杀不可！"程咬金说："我亦知道这些，不过我想你们几位看在贾家楼结拜之情，是不能不管，有你们哪，我还怕什么！且莫论这些，快走快走！"于是大家在路上说说笑笑。

　　到了长安，皇上命太子李建成、齐王李元吉迎师慰劳，众人向太子行礼，一齐跪倒。秦王说："小弟李世民率领众将，参见皇兄千岁千千岁！"李建成还礼道："御弟与众将免礼平身。"众人站将起来。全都施礼了，惟有尉迟恭没有给太子行礼，他还记着建成带兵之时不管兵将吃饱,要杀他之仇。徐茂公乘着秦王与元吉说话之际,向尉迟恭问道:"你怎么不给太子行礼哪?"敬德说:"他不是东西,他带兵之时待部下无恩,给我个头目,还要我五十两。"徐茂公说:"不用论那些,我来问你,秦王如何?"敬德说:"贤王。"徐茂公说:"既是秦王好,你就应当看弟敬兄才是。"敬德无法,只向太子李建成离着老远躬身一礼道:"参见了!"徐茂公气大了,心中暗道:这样还不如不行礼哪!哪想建成见尉迟恭如此,将他抢三关夺八寨兵困太原府的事情想起来了,心中暗道:黑炭团,你不用这样轻视孤家,我若不要了你的性命,你亦不知道孤的厉害!当下他与元吉犒师完毕,大兵在城东扎下连营,秦王引着众将,随太子入朝。

　　进了长安城,朝门以前下马,李世民引众人入朝。是时李渊已然坐殿,众臣庆贺兵定河东、河南之喜。李世民、秦叔宝等跪倒殿前,行三叩九拜之礼。李世民奏道:"儿臣仗父皇洪福,所到之处,无有不胜。今有归降三十六员战将,俱有莫大之功,请父皇论功行赏。"李渊命呈上花名册与功劳簿,李世民遂将二册呈上。御前太监接过去,放在龙书案上。李渊展开御览,见第一名功臣是秦琼,想起当年临潼山救驾之事,龙心大悦,就向叔宝说:"卿未归我朝之先,就有救驾之功,如今又有救河东、破洛阳之功,封你为护国公兼天下兵马大元帅之职。"秦叔宝叩头谢恩,李渊命他与秦王退立一旁。又见第二名是徐茂公,向他说道:"卿在金镛城时改诏赦秦王,就这一件功劳,别的不用看了,封你为镇国军师、英国公之职。"徐茂公叩头谢恩,退立一旁。李渊再看第三个人是罗成,见他有破洛阳斩五王之功,封为越国公。罗成叩头谢恩,退立一旁。又看第四个人是刘文静,有献三关和定阳城之功,封为纳言大夫之职。刘文静叩头谢恩,退立一旁。李渊见第五个人是程咬金,他有何功没往下看,想起他的罪过,向他说道:"你乃山东的响马,将瓦岗山让与李密,斧劈老君

堂,月下赶秦王,曾害过朕的皇儿。如今你来归唐,反复无常,留
之不得! 金瓜武士,将他上绑,推出朝门斩之!"武士们不容多
说,将程咬金绑上,往外就推。程咬金暗暗叫苦,他怕丧了性命,
大叫:"万岁,人来投主,如鸟奔林,都有功劳,为何薄我?"李渊
说:"你有斧劈老君堂,月下赶秦王之罪,难道你不知道吗?"程
咬金说:"万岁,岂不闻桀犬吠尧王,各为其主? 昔日管仲曾射
桓公带钩,后来齐桓公还重用管仲为相。我当初斧劈老君堂,月
下赶秦王,是我做李密的臣子,只知有李密,不知有秦王。今日
归降万岁,就是万岁的臣子,若遇别人亦是一样为国出力,这叫
穿青衣保青主,吃黑饭保黑主。我说的这些话俱都是实言,万岁
何不效齐桓而用老程?"李渊点了点头道:"你说得有理,朕当查
查你的功劳再说。"往功劳簿上一看,见他有十八盘劫粮、献计
请乔公、搬请侯君集刺杀刘武周、收降尉迟恭、拿获盖世雄等等
功劳,遂命武士给他松绑,封为蒙国公之职。程咬金叩头谢恩。

　　李渊又看到尉迟恭的名字,见他有御果园救秦王之功,说:
"尉迟恭,朕当封你为敖国公。"尉迟恭将要叩头谢恩,忽见太子
建成、齐王元吉出班跪倒,口称:"父皇,且莫封他!"李渊问道:
"你二人为何阻拦?"建成说:"尉迟恭保过反王刘武周,夺取河
东,抢三关,夺八寨,兵困太原府,就应该斩首。"李渊吩咐:"将
尉迟恭上绑,推出朝门斩之!"秦王大惊,忙道:"且慢!"李渊问
道:"皇儿为何阻拦?"秦王说:"尉迟恭虽然抢过三关,夺过八
寨,那时各为其主。如今看他在御果园救儿之功,饶他死罪
吧。"李渊说:"吾儿所言甚是,朕赦他死罪。"建成问道:"父皇,
他有何功劳,赦他死罪?"李渊说:"他在御果园赤身洗澡,秦王
窥视洛阳城,单雄信跨马持槊,追杀秦王,秦王的性命堪堪不保。
徐茂公曾扯住单雄信不放,叫他看贾家楼结拜之情,勿伤秦王。
单雄信用剑割断衣袍,仍赶秦王。尉迟恭赤身露体,战败单雄
信,救了秦王。这里画着当日御果园救驾之图。"说着,将图扔

下道:"吾儿自己去看。"建成看了看那图,向上叩头道:"父皇,儿看这御果园救驾之事不真,其中有假,望父皇勿信李世民之言。"李渊问道:"这里有什么假呢?"建成说:"儿闻单雄信名扬四海,有万夫莫当之勇,他跨马持槊追赶秦王,尉迟恭身不着衣甲,匹马单鞭,哪能将单雄信战败呀?"他说到这里,元吉亦笑道:"父皇,儿臣闻那御果园离澄清涧有五里长的道路,徐茂公的马快,来回亦有十里,那单雄信乃有名的大将,焉能等他去找尉迟恭啊?不用说一个秦王,即使十个秦王亦得丧在他手下。这御果园救驾之事不惟不真,秦王尚有欺君蒙蔽之罪,望父皇深究,以治欺君的罪名。"建成又说:"父皇,儿臣看李世民这样庇护他,实是蓄意不善,他如今招纳亡命之徒,难免日后不扰乱江山。依儿臣之见,不如速将尉迟恭斩首,其余众将亦应调往远方,若留长安,只恐为祸不小。"

李渊将要发言,李世民说道:"父皇,尉迟恭在御果园搭救儿臣是真,请父皇勿听我皇兄、皇弟之言。父皇如不相信,可命尉迟恭排演一回,父皇御览,便知真假。"李渊说:"皇儿们莫要争持,就叫尉迟恭再排演一回。"建成说:"父皇,如若叫他再排演一次,亦要在御果园,叫徐茂公亦乘马往返奔走十里。"李渊道:"那是自然。"元吉说:"如若排演御果园救驾之事,儿臣府中有一勇士黄庄,可以叫他假扮单雄信。"李渊点头允准,他们三人退立一旁。李渊又见功劳簿上还有出力有功的战将二十余员,亦都论功受赏,封官不同而已。大众叩头,谢恩完毕,李渊驾转还宫,只等着明日御果园排演救驾的事了。

却说建成、元吉回到府中,元吉说道:"皇兄,你看见没有,李世民此次出兵,灭了定阳王刘武周,平定河东,又打破洛阳,灭了五路反王,班兵回朝,带来的秦叔宝、尉迟恭都如狼似虎一般。他们上下一体,士卒一心,皇兄不可不防。我总想父皇归天之后,这江山必被李世民夺去。"建成道:"我亦看出来,将来夺我江山社稷的必是李世民,可要除治他亦颇不易。"元吉道:"我有一计。"建成道:"计将安出?"元吉道:"我可以密嘱黄庄,明日他假扮单雄信追赶秦王之时,就叫他结果了秦王,事后我们有万金之赏。料他贪赏,定能应允。"建成道:"倘若万岁深究此事败露了,我们都有重罪,如何是好?"元吉说:"这亦不难。等到黄庄用槊将世民砸死之后,皇兄就假意给世民报仇,用剑将黄庄斩杀。他死了,没有对证,我们还有什么可怕吗?"建成连道:"好计好计!"元吉说:"还能叫敬德丧了性命。"建成问道:"计将安出?"元吉说:"尉迟恭在洛阳御果园救驾,那是热天。如今到了冬天,寒冷了,他若赤身露体,就能冻死。即或冻不死,亦得冻僵了。任他多勇,亦能叫黄庄要他性命。我们嘱咐黄庄,明日比武之时叫他多等会儿,故意延迟,冻那尉迟恭。"建成道:"好兄弟,你这主意真叫高明,我们就是这样办!"于是元吉命家人将黄庄唤来。

少时黄庄来到,向二人叩头施礼。建成见他身高足够一丈,脑袋大,项短脖粗,膀大三停,胸宽背厚,面如蓝靛,发似朱砂,凶若瘟神,猛如太岁,真像单雄信,喜悦已极。当下黄庄向元吉问道:"千岁唤我有何吩咐?"元吉问道:"黄庄,我明天有事用你,你可愿意吗?"黄庄问道:"千岁用我做什么事呢?"建成、元吉就将欲害李世民、尉迟恭的事向他说明,并许了他:如若能杀了尉迟恭,赏以千金;如若能杀了李世民,赏以万金。黄庄说:"二位千岁这样重用于我,赴汤蹈火,亦愿效前驱,何敢贪图厚赐。"建成说:"你明天好好去干,将来孤家承继帝位做了皇帝,一定给你个大大的官职,叫你享大富贵。"黄庄点头而退。他们商议陷害秦王君臣,暂且不表。

却说尉迟恭回到家中,闷闷不悦。黑白二夫人见他这样,一齐问他所为何故,尉迟恭说:"二位夫人有所不知,只因俺今日入朝面君,觉着有血战之功,定受公侯之赏。不料太子、齐王二人和俺作对,说御果园救驾之事不真,请皇上御览,叫俺重新排演一回。想当初洛阳御果园救驾,那是热天,如今是冬天,天气寒,我怎么下河洗澡,赤身救驾呀?"黑夫人说:"这事好办,勿用着急。适才李靖老爷给送来一粒丸药,说明日在御果园排演前可将仙丹服下,管保身在水中不觉寒冷。"尉迟恭听了,心中大悦,连道:"有这样仙丹,好极了!"他命人在四更天将宝马饮喂好了,天亮时好去试演救驾。吩咐完毕,早早安歇睡觉。

一夜无书。次日五鼓,敬德持单鞭出府上马,将单鞭往马上一挂,穿街越巷,来到朝门下了坐骑,亲随人等接过马去。敬德入朝,在朝房暗将仙丹咽下。李渊临朝,文武百官山呼万岁已毕,退立两旁。李渊问道:"众卿有本早奏,如若无本,朕就要往御果园御览尉迟恭救秦王。"左右文武俱无本奏,李渊这才传旨:"起驾御果园。"于是李渊乘方亭辇够奔御果园,有护卫亲军、太监武士们拥护而去。文武百官出了朝门,上马绕道而行,穿街越巷,到了御果园门前下马。大众进了御果园,齐集万花楼前,静候圣驾。李渊到了楼前,下了方亭辇,进了万花楼,于楼中的宝座上落座。亲军就在楼的前后左右一围,护卫武士在驾前环列,文武百官在两旁侍立。秦王引着秦琼、罗成、徐茂公、程咬金、尉迟恭等来到万花楼,见李渊免不了又得施礼。李渊就命尉迟恭先往月牙河内假装洗澡,尉迟恭遵旨下楼,扯着马往月牙河而去。李渊又命李世民、徐茂公二人往御果园假山一带假作游玩,二人遵旨下楼,乘马而去。李渊命程咬金、罗成等免礼平身,退立一旁,看他们演功,两个人往旁一站。

建成、元吉引着黄庄亦进了万花楼,拜倒李渊驾前。李渊见黄庄身躯雄壮,面貌凶恶,心中不喜,向元吉问道:"御果园演功,原是以假作真,亦不能真当单雄信,向秦王拼命。只有他见了尉迟恭,才真实较量,比试输赢,朕还要御览。倘有舛错,朕定当治罪。"黄庄叩头遵旨。建成平身站立,在驾前而立,元吉引黄庄下楼。走在楼下，元吉还向黄庄嘱咐哪："昨日孤所说的话，你还记得吗？"黄庄说："千岁之言犹在吾耳，焉能不记得？"元吉说："千万莫误。"黄庄说："记住了。"来到楼下，黄庄飞身上马，摘下大刀。秦琼望见他扮作假单雄信使刀，不由心中一动，出班跪倒："万岁，臣有话说。"李渊一看，问道："护国公有何话讲？"秦琼说："万岁，当日单雄信的军刃是槊，今日既然演功，亦应使槊，岂有使刀之理？"李渊点头，说道："护国公言之有理。"命人叫黄庄弃刀改槊，黄庄不敢不应。这一来黄庄的能为就减下一半去。因为他使惯大刀了，猛一改槊，他使不习惯，能为可就弱了。

却说李世民和徐茂公假作观赏美景，指指点点。等了好长时间，方听马踏銮铃声音响，假扮单雄信的黄庄跨马持槊而来。黄庄耽搁了半天，觉得尉迟恭冻得够呛了，这才来追李世民。黄庄呐喊声音："李世民，尔往哪里走！"说着，来到近前，举槊恶狠狠往下就砸。李世民大惊，当时就明白黄庄必然是奉建成、元吉之命，以假作真，要害自己，赶忙拨马就跑。徐茂公伸手相拦，黄庄并不理睬，打马如飞，紧追李世民，要置其于死地。李世民催马紧跑，黄庄在后紧追不舍。眼看来到月牙河边，黄庄堪堪追上李世民，猛听一声大喝："好贼子，休伤吾主！"如同半悬空中打个霹雳相似。这一声喊嚷，万花楼的李渊已然听见，见敬德人不及甲，马不及鞍，匹马单鞭，威风凛凛，杀气腾腾，手持单鞭，催马如飞，前来搭救秦王，如同天神下降，心中大悦。

却说尉迟恭催马如同风驰电掣一般，赶到就奔黄庄。黄庄见他来势凶猛，抛了秦王，用槊向他便砸。尉迟恭用鞭往上一迎，"当啷"一声响，将槊磕开。秦王想黄庄无礼，向敬德喊道："尉迟将军勿用手软，结果他的性命！"敬德听见秦王这句话，见槊到了，用鞭去架槊，然后伸左手猛地将槊抓住，用鞭顺槊杆推进，黄庄将槊撒手。二马错镫之际，敬德甩手一鞭，打在黄庄的脑后，"啪嚓"一声响，红光迸现，鲜血直流，黄庄一命呜呼，尸横马下。秦王大悦，说："敬德快去穿衣，随孤见驾！"敬德这才去穿衣服，随秦王够奔万花楼。这时文武大臣见敬德不怕冷，赤身救驾，一鞭打死黄庄，无不惊讶。建成向李渊说："父皇，御果园演功是假，并非两军阵前，尉迟恭竟敢打死黄庄，请父皇治其死罪，给黄庄报仇。"李渊道："朕从汝言。"建成暗为喜悦。

　　秦王君臣来到驾前叩头施礼。李渊向尉迟恭说道："朕命你演功，为何将黄庄打死呢？"敬德尚未回奏，秦王说："父皇，这是儿臣叫他将黄庄打死的。"李渊说："吾儿为了何事，叫尉迟恭将他打死呢？"秦王说："那黄庄是假扮单雄信，追赶儿臣是假，动上手亦不能当作真事。不料那黄庄真用槊伤我，并且还直呼儿之名。似此欲行犯上之人，不杀等到何时？"李渊说："原来有这事，那打死黄庄是应该的。"于是向尉迟恭说："你在洛阳御果园救驾是真，并非冒功，朕封你为敖国公之职。"尉迟恭叩头谢恩。建成、元吉遂不敢再言。

第八十六回　后汉王发兵犯关隘
越国公神威临疆场

　　自从这天散朝之后，秦王君臣欢天喜地，各自归府。那建成、元吉没害成秦王，又将黄庄送了终，瞧着李世民、秦琼、徐茂公、尉迟恭等军权在手，心中不安。建成怕李世民夺他的江山，恨不能将他君臣全都害了，一网打尽，心中才痛快哪！过了几个月的光景，忽然李世民身体不爽，害起病来，连日不能入朝。李渊知道了，派太医往秦王府诊治，用了几剂汤药，略见功效。秦王养病，权且不表。且说这日李渊早朝，文武百官山呼万岁已毕，退归臣班。忽有一道紧急折本来到殿上，李渊打开一看，大吃一惊。

　　阅者诸君若问这道折本是为了何事，李渊吃惊，书中暗表，这道折本是鱼鳞关的紧急折本，因刘黑闼、苏定方兵犯关隘，特来告急。原来夏明王窦建德死于洛阳，他手下的大将苏烈逃回明州，明州尚有窦建德的兵将，大帅刘黑闼仍然守国。苏定方将夏明王死在洛阳之事说明，刘黑闼大怒，咬牙愤恨，要给窦建德报仇雪恨。苏定方与明州兵将商议，国家不可一日无君，军营之中不可一日无帅，如今夏明王已死，应当再立一人为主，主持国事。大家都愿保元帅刘黑闼。于是刘黑闼自立为后汉王，刘黑闼又封苏定方为大元帅，统辖明州人马。他们招兵买马，聚草囤粮，养精蓄锐，准备给窦建德报仇雪恨。几个月的工夫，练就十万劲军，刘黑闼、苏定方就由明州统带十万大兵，杀奔长安。大兵所经州城府县无人阻拦，势如破竹，直到鱼鳞关才不能前进，采勘吉地,安营下寨,要歇兵三日再为攻关。关中的守将王大龙、王大虎,本是湖广襄阳王的步将,在两军阵前刺死雷瑶玉,归顺大唐,李渊封他二人为鱼鳞关的正副总兵。如今明州大兵来到,他们赶紧写了告急折本,打入都京,请旨派将统兵迎敌。

折本到了长安,李渊大吃一惊,建成忙问道:"父皇,这是何处的紧急折本呢?"李渊说:"如今明州兵将立刘黑闼为后汉王,用苏定方为元帅,带兵十万,要与夏明王报仇,大兵已到鱼鳞关。"建成、元吉见李渊喜爱秦王,他们亦要带兵出去打仗,一者可以立功,二者可掌兵权,借此机会跪倒殿上,自告奋勇,愿往鱼鳞关,去破刘黑闼。李渊大悦,就命二人带兵十万,即日出都,往破刘黑闼。建成、元吉遵旨出朝,点齐十万人马,离了长安,向鱼鳞关进发。

却说刘黑闼兵至鱼鳞关,歇兵三天,养足锐气。到了第四天,苏定方传令,点兵五千,攻打鱼鳞关,五千人马齐队,苏定方、刘黑闼与一干诸战将上马,炮响三声,五千人马冲出大营,直奔关口而来。离着关口近了,苏定方吩咐:"列阵。"一声炮响,五千人马列得一字队,刘黑闼、苏定方压住大队,命兵丁喊喝声音叫战。关中炮响三声,冲出一支人马,约有三千之众,雁翅排开,当中一将纵马而出,耀武扬威叫战。苏定方拍马临阵,用手中戟一指,厉声问道:"唐将叫做何名?"这员唐将说:"俺姓王双名大虎,现为鱼鳞关副总兵之职。"苏定方说:"你就是王大虎啊?"王大虎说:"怎样?"苏定方说:"你在湖广襄阳王殿下雷瑶玉手下当差,竟敢贪图唐家富贵,在洛阳要了雷殿下性命,归顺大唐。今天我非要你的性命,给雷殿下报仇雪恨不可!"说着用戟便扎,王大虎横枪招架。两个人马打盘旋,杀在一处。苏定方乃久经大敌之将,王大虎是骁勇善战之人,两个人杀了五六个回合,不见输赢。怒恼了苏定方,虚点一枪,拨马就走。王大虎哪里肯放,在后便追。苏定方将戟往马鞍鞒上一挂,由洒袋之中抽出宝雕弓,走兽壶中拔出狼牙箭,认扣填弦,前把一推,后把一拉,弓拉如满月,箭出似流星,"吧嗒"一声,弓弦响处,那箭不偏不歪,正中哽嗓咽喉,王大虎一命呜呼,尸横马下。刘黑闼一看,令旗一指,大队人马乘势杀来。唐军无有主将,军心大乱,不待迎敌,往回便逃。他们逃进关去,苏定方率兵追到。王大龙听说兄弟阵亡,肝胆俱裂,本想出兵一战,给兄弟报仇,无奈一样,众寡难敌,出去亦是难胜,闭关自守吧。苏定方指挥人马奋勇攻关,王大龙防守严密,亦未得手。苏定方损伤许多兵将,只好撤兵。

　　两下里一防一守,支持了半个多月,太子建成和齐王元吉这才来到。大兵离关不到三里,扎下营寨,他二人带兵一万够奔鱼鳞关,王大龙将他二人迎到关内。建成、元吉问胜负如何,王大龙将他兄弟被苏定方一箭射死之事说明,建成、元吉很不高兴,也不知好言安慰王大龙,反倒轻视于他。当夜二王宿于关中。次日天到辰时,关外炮声隆隆,守关兵来报:"刘黑闼又来攻关。"建成、元吉传令,一万大兵出关迎敌。炮响三声,建成、元吉统兵出关。人马到了关前,两杆杏黄缎色门旗开处,一万唐军二龙出水式冲出来,左右排开。当中间挑着两杆杏黄纛旗,葫芦金顶黄绸子飘带,上绣五条五爪金龙,一书"大唐太子殷王"字样,一书"大唐齐王"字样,十几员战将盔明甲亮,拥护着李建成、李元吉,压住大队。两国人马将阵势列圆,只见敌军元帅出马,手执金戟,耀武扬威叫战。

　　建成问:"哪位将军出马?"前领军大将魏国忠拍马临阵。苏定方见唐将人高马大,一身青铜盔甲绿战袍,手中擎着一口大砍刀。两个人互通姓名,魏国忠用刀就砍,苏定方横戟招架,两个人杀在一处。两军队内响炮擂鼓,摇旗呐喊。杀了五六个回合,不见输赢胜败。苏定方抖擞精神,见魏国忠大刀砍来,他横戟招架。魏国忠想要扳刀头献刀赞,哪想苏定方的戟花一变,月牙将他刀背钩住,往回一搂,魏国忠要往回夺刀,两个兵器咬在一处。二马错镫之际，苏定方猛摘戟钩，用戟尖往他哽嗓一扎，躲闪招架不及，可就要了魏国忠的性命。刘黑闼军中擂起得胜鼓，苏定方还在阵前叫战。唐军队内又连着不断出来三员战将，俱都死在苏定方之手。刘黑闼乘势指挥人马冲杀过来。建成不服气，还指挥人马迎敌哪，两军撞在一处，短兵相接，杀得血肉翻飞。唐军却是不弱，足能抵敌，不料建成、元吉畏刀避箭，怕死贪生，瞧着杀得太凶，两个人拨马就走。可糟了！唐军兵将见他二人走了，军心摇动，无人愿战，"呼啦"一声，败将下来，往关内便逃。人多，关口狭窄，拥挤不动。苏定方率兵追到，关门不及，只得弃关而逃。鱼鳞关失守，为刘黑闼所有。

建成、元吉逃回大营，夜内就撤兵紫金关了。关中守将马伯良将二王迎入府中，置酒款待，席间命人找来两个歌姬陪酒。酒筵未罢，就听炮声隆隆，震动天地，吓得二王将酒放下，两眼发直。跟着就得报，刘黑闼的大兵已到关外，离关不远扎下大营，二王商议破敌之法。元吉说："非是我们不能敌明州人马，只因军中缺少勇将，若有勇将，亦是能胜。"建成皱眉道："可到哪里去找勇将呢？"元吉说："那有何难？我们回到长安，请旨派将，要那尉迟恭、秦叔宝、罗成等到军前效力，皇上一定能够愿意。"建成道："那你我得还朝啊。"元吉说："那是自然。"建成说："我们要见皇上说鱼鳞关失守，岂不有罪？"元吉说："那更好办，只说我们大兵还没到哪，鱼鳞关就失了，皇上亦难怪我们。"建成道："如此甚好。"于是命马伯良小心守关，他二人匆匆还朝。

一路之上无事，这天来到长安，一进东门，见路北有个大店，店门首有几匹马，有几个兵丁牵着，似乎等人的样子。他们走在店前，正看见由店里出来一人，那人见了二王，往回撤身又退回去了。元吉眼尖，望见此人是罗成，不由心中一动，计上心来。阅者若问罗成为什么来到店中，书中暗表，罗成自封越国公后，镇守洛阳，如今秦琼染病，他由洛阳赶来探病。昨天进城天光晚

了,他没奔护国公府,就住在店中。今天是他从店里出来,正望
见建成、元吉。他心中不服这两个人,不愿给二人施礼,一撤身
又退回去了。元吉看见他,向建成说道:"适才我看见那人是罗
成。"建成说:"看见罗成又怎样?"元吉说:"我耳闻尉迟恭曾败
在他的枪下,罗成乃今世第一勇将,我们见了皇上,就请旨重用
罗成,父皇一定准本。有罗成这员勇将,何愁不破刘黑闼?"建
成道:"你说得有理,我们就那么办了。"两个人来到朝门下马,
命人往里回奏,求见万岁。李渊升坐偏殿,召见二王。两个人到
了殿上拜倒叩头。李渊问道:"皇儿为何还朝?"建成说:"父皇,
儿臣统兵出征,未到鱼鳞关,就将关口失守。刘黑闼、苏定方杀
法厉害,我兵虽多,军中缺乏良将,赶回朝来,望父皇遣一良将往
阵前效力,以破敌军。"李渊说:"良将是谁呢?"建成说:"越国公
罗成现住长安店中,若用他为先锋,何愁不破刘黑闼?"李渊立
刻准本,召见罗成,加封先锋之职。罗成明知建成、元吉对于秦
王的大将都怀有嫉妒之心,但君命难违,只可随着建成、元吉出
朝,连夜赶奔紫金关。

　　到了关中,建成、元吉升坐大堂,召集众将议事。众将施礼
完毕,建成、元吉叫众将见过罗先锋。然后建成命罗成听令:
"孤命你去往明州大营叫战,带兵三千,去拿刘黑闼、苏定方,如
将二人拿到,定有重赏;倘若打了败仗,拿不着刘黑闼、苏定方,
定斩不饶!"罗成遵令,出府点兵,点齐三千大兵,冲出紫金关,
杀奔明州大营。走出不远,就见对面来了一支人马,罗成料是反
王大兵来到,传令列队。炮响一声,人马列开,罗成勒马停枪,压
住大队。只见对面明州人马亦列开了阵势,约有五千儿郎。当
中闹龙纛旗之下,刘黑闼勒马压住大队。两军人马把阵势列圆
了,苏定方拍马临阵,罗成亦迎上前来。苏定方问道:"对面唐
将可是罗成吗?"罗成道:"然也,尔是何人?"苏定方通过了姓
名,罗成双眉倒竖,二目圆睁,大叫:"苏定方,你昔日兵犯北平

府，箭射北平王，我的大仇至今未报，今日既然见着你，该我报仇了！"说着话，用枪就扎，苏定方举戟招架。两个人马打盘旋，杀在一处，足有七八个回合，不见输赢。真是棋逢对手，将遇良才。两下里阵内各自摇旗呐喊，擂鼓助威。罗成乃家传武艺，一枪紧似一枪，一招快似一招，大枪如同银龙搅海，神出鬼入，苏定方渐渐不敌，只有招架之功，绝无还手之力。

刘黑闼见了，惟恐苏定方有失，催马抡刀，直临阵前，大叫："罗先锋，你莫逞强！你胜了，亦是无功；你若败了，就有过处。你如愿背唐，孤情愿将所有土地与你平分！"罗成不容分说，用枪就扎，刘黑闼合刀招架。苏定方见他二人杀在一处，仗着自己的箭法，要射罗成。他抽弓拔箭，认扣填弦，照着罗成哽嗓咽喉就是一箭。这箭要换别人可就完了，罗成眼观六路，耳听八方，箭到了，他在马上使了个"卧看巧云式"，那箭由耳边就过去了。那箭不偏不歪，却中在刘黑闼的身上，吓得刘黑闼拨马往回便跑。苏定方的弓弦"吧嗒"一响，二支箭射出。罗成喊嚷一声："来得好！"伸手将箭接住。左手大枪挂在得胜钩上，右手抽出弓来，用苏定方的箭又射回去，"噗哧"一声，中在左肩之上，痛得苏定方几乎下马，往回便逃。罗成指挥三千大兵，冲杀过来，明州军被唐兵杀得大败。罗成追之不及，引兵得胜回归。

人马进了关，兵士们候令，罗成来见二王。太子建成是时正然办公，罗成施礼拜倒。建成问道："你今日出战如何？"罗成将箭射苏定方、刘黑闼的事回明。建成大怒，厉声说道："罗成，你当初在秦王部下时，洛阳能日斩五王；如今归在孤的驾前，连苏定方、刘黑闼两个人亦拿不来，分明是欺孤不能将将！"不容罗成分辩，喝令："将罗成上绑，推出府门外斩之！"左右遵命，将罗成的二臂绑上，推推搡搡，往外就走。忽听有人喊声："刀下留人！"建成一看，求情之人是紫金关总兵马伯良，忙问道："你为什么给他求情呢？"马伯良说："明州反王的兵将骁勇善战，无人能敌,我们若杀罗成,寒自己兵将之胆,长敌人敢战之心。若杀罗成,此时杀不得,等到他破了敌兵之后再杀,亦不为晚哪!"建成道:"你说得有理,孤就依从于你。"于是命将罗成推回来。少时将罗成推回殿前,建成说:"罗成,本当将你斩首,有马总兵给你求情,孤看在他的分上,饶你死罪。左右,给他松绑。"罗成叩头拜谢不斩之恩。建成说:"死罪已免,活罪难饶,重打四十军棍!"亲军听了,就将罗成按倒,举起黑红无情棍,一五一十,打了四十棍,打得罗成皮开肉绽,鲜血淋淋。

罗成咬牙忍痛走出来,幸而他哥哥罗春由洛阳赶来,伺候他在帐中养伤。罗春问他为了何事受责,罗成把经过说了一遍。罗春气得说:"兄弟,你遇见这样糊涂的人,不如回去,免得被害!"罗成说:"忠臣不怕死,怕死不忠臣,反复无常是小人。我至此只有死生由命,富贵在天了!"罗春说:"兄弟有此忠心,天必加护。"

不表他兄弟在关中如何,且说刘黑闼、苏定方被罗成杀败,回到营中,不敢出战,派人打探关中的动静。两日未曾交兵,探马将罗成受责养伤的事探明,回禀苏定方。苏定方大悦,向刘黑闼说:"这真是千岁的造化。"刘黑闼问道:"怎么是孤的造化?"苏定方说:"千岁若是无福,那唐王天子就派李世民带兵来了。那李世民知人善用,部下尽是勇将,实是我们的劲敌。如今唐天子派殷、齐二王前来,这两人昏庸无能,不得军心,终归失败。早先他二人被定阳王刘武周大败过一次,丢三关,抛八寨,就是不会用人之害。如今他们有一个罗成不能用,焉能成了大事?我们可以乘罗成养伤不能出战之际,去打他的紫金关。"刘黑闼说:"元帅所见甚是。"苏定方立刻点齐一万大兵,响炮擂鼓,杀奔紫金关。

唐军探马飞报二王,建成、元吉得报,忙与马伯良登城瞭望。他们站在城上,手扶城墙,倚定护身栏往东一望,只见正东方尘土大起,旌旗招展,绣带飘摆,盔层层遮天映日,甲层层万道霞光,刀枪如麦穗,剑戟似麻林,一支敌兵浩浩荡荡地杀来,如同黄河决口,潮水一般,杀到关下。刘黑闼、苏定方指挥兵将攻关,万数儿郎人人奋勇,个个当先,猛扑紫金关。唐军在城上往下抛打灰瓶、石子、滚木等项,弓弩手弓弩齐发。那明州的兵将虽然头破血流,筋断骨折,仍然前仆后继,努力攻城。二王见明州兵将势甚汹涌,问马伯良:"这便如何是好?"马伯良说:"二位千岁要退这支人马不难,派罗成出关,定退敌兵。"建成称是,命罗成带兵三千出战。这令到了,罗成就要出战,罗春说:"兄弟,你伤势未好,带三千人马如何能成?"罗成说:"身为武夫,受命之日则忘家,临敌之时则忘身。我罗成只知有国,不知有家;只知有君,不知有身。宁可为国捐躯,肝脑涂地,亦不愿死于阵后。"说着,将心一横,全身披挂,顶盔贯甲,罩袍束带,拴扎什物,全身披挂整齐,手持大枪上马,飞奔城头。

此时城外明州人马还是攻关,只听炮声、鼓声、杀声、喊声震动天地,声彻全城。罗成来到马道下,勒住坐骑,甩镫离鞍下了马,走上马道,来见建成、元吉。见了二王,施礼完毕,建成说:"罗先锋,敌军攻关紧急,孤命你出战。如若将敌军杀退,得了苏定方、刘黑闼的人头,孤在万岁驾前保你官至王爵;如若你拿不着刘黑闼、苏定方,亦无他二人的首级,就休来见我!"罗成说声"遵命",顺马道下城,上了坐骑。三千大兵已然齐毕,罗成率兵出战。

第八十七回　罗成叫关乱箭攒身
　　　　　　　　秦王征南平定湖广

　　炮响三声，关门开放，罗成一马当先，率领三千唐军撞入敌军队内。这时明州兵将正然攻关，见罗成率兵杀出，截住了厮杀。只见罗成在乱军之中将马催开，向敌军横冲直撞，不亚如虎荡羊群一般，杀得敌军挨着死，碰着亡。唐军见先锋如此，亦都奋勇当先，向明州兵将大杀大砍，杀得明州兵将抵挡不住，往下便败，唐军在后追杀。罗成望见反王的纛旗，就向刘黑闼追来。刘黑闼忙叫身旁左右的战将截住罗成，十八员敌将将罗成围在垓心。罗成马未倒退，枪未点地，眨眼之间，十八员战将俱死在罗成之手。明州兵见罗成如此厉害，全都奔命而逃，叫罗成率领唐军追得丢盔卸甲，哭爹喊娘。追到天色将晚，罗成方才回兵。迎头罗春赶来，罗成问道："兄长何来？"罗春说："我不放心兄弟，特来接应。"罗成说："今日天晚，权且回城，明日再战。"于是哥儿两个率兵回归。到了关下，天光已至掌灯时刻，城上头万盏齐明，如同满天星斗落在城上。

　　罗成勒住了坐骑，向城上叫道："城上兵将听真：俺罗成得胜回归，急速开城！"话将说完，就听建成在上边问道："罗先锋，你得胜回归，可有刘黑闼、苏定方的首级吗？"罗成说："千岁，臣追赶敌军，未能将他二人追上，因为天晚了，收兵罢战。千岁如要他二人首级，容臣明日再往敌营去杀他二人便了。"建成听他这样说法，并不开关，传令："放箭！"城上唐军便往下一齐放箭，密如雨点，罗成赶紧拨马往后倒退，三千唐军被箭射伤五六十人。罗成仰天长叹。正在此时,忽听有人大叫:"罗成,尔叫关不开,反遭箭射。听我良言相劝,你不如弃了大唐,降我明州吧!"罗成问道:"何人唤我?"那人远远地答道:"苏烈苏定方。"罗成大叫:"逆贼尚不知死吗?"催马上前,苏定方拨马就走,罗成在后便追,罗春忙率三千唐军往下追赶。苏定方随跑随嚷,大骂罗成。罗成追赶了二十余里,天上的星斗已然出全,往前看得十分真切,只见苏定方孤身一人,身旁并无兵将。罗成仍然追赶,苏定方是随骂随跑。两个人一前一后,将马催欢了,奔走如飞,将罗春与三千大兵落在后面。罗成正往前追,忽然苏定方没有了,只听对面有人叫道:"罗成,孤明州后汉王刘黑闼在此!"罗成借着星斗月色光华一看,只见对面有一骑马,马上便是刘黑闼。罗成催马往前猛扑,要想用枪去扎。马往前走,忽然觉着底下一软,罗成说声:"不好!""呼啦"一声,马就陷在淤泥之中,罗成这一惊非同小可。原来他中了人家的计,马陷淤泥河了。

原来刘黑闼、苏定方攻打紫金关,被罗成杀败,刘黑闼回到营中就要撤兵,苏定方说:"王爷何必如此,打仗有胜有败,胜败乃兵家常理。罗成虽勇,亦不可惧,遇弱者生擒,逢强者智取。我有一计,可要罗成一死。"刘黑闼问道:"计将安出?"苏定方道:"离紫金关不到三十里,靠东南方有条淤泥河,白昼之间不易成功,黑夜之间我们可以在淤泥河附近埋伏一千名弓弩手。主公独自一人在河的对面岸上勒马停蹄,等候罗成,我匹马单戟去往紫金关骂战。如若将罗成骂出来,我可以用诱敌之法将罗成诱到淤泥河,主公在对面叫他,罗成若不留神,一定坠在河内。他到了河内,那马的四条腿儿一定陷在淤泥之中。不容他出来,弓弩手弓弩齐发,就能将罗成用乱箭射死。罗成一死,紫金关唾手可得,唐军可破也!"刘黑闼连道:"好计好计,我们就照此计而行。"于是刘黑闼率领一千弓弩手往淤泥河埋伏,苏定方往紫金关诱敌。他到了关下,恰巧建成、元吉不开城,罗成叫关,苏定方正然听见,他就用诱敌之法将罗成诱到淤泥河。

罗成马陷泥中,只听梆子一响,弓弩齐发,眨眼之间就将罗成射死了。这就是:"瓦罐不离井口破,大将难免阵前亡。"罗成被乱箭射得像草刺猬一般,坠在淤泥之中。等罗春率领唐军来到,苏定方率领埋伏的弓弩手已退。他不见罗成,遍找皆无,呼唤了多少声,亦没人答言。直到东方发晓,天光亮了,才见淤泥河中有一骑马,被乱箭射死,陷于淤泥中。旁边有个死尸,倒卧在淤泥之中。罗春见马是兄弟的坐骑,料是罗成中了敌人的埋伏,被乱箭射死淤泥河。罗春"哎哟"一声,摔下马来。唐军大惊,将他扶起,罗春放声痛哭,唐军亦纷纷落泪。罗春哭了会子,叫兵丁找到村庄,向村民借来木板,踏着板子到了淤泥之中,将罗成扯到岸上,用板子抬走。找到村中,罗春买口棺材,将罗成成殓了,然后雇了一辆车,运柩归里。三千唐军愤而投敌了。

建成、元吉次日得报,罗成在淤泥河被敌人用乱箭射死,二人欢喜非常,秦王的羽党少了一个。少时元吉问建成道:"皇兄,罗成死了,那刘黑闼、苏定方再来攻关,如何是好呢?"建成道:"这桩事我亦没有主意。"元吉说:"不如及早回朝,向父皇万岁另讨大将。"建成说:"亦只好如此。"于是二王就命马伯良暂守紫金关,他们率领亲军又离了紫金关,够奔长安。一路之上平安无事,这天到了都城,宫门下马,在金阙候旨,要见皇上。李渊在宫中召见二王,建成、元吉跪倒行礼,述说战事经过。李渊惊问道:"怎么罗成阵亡了呢?"建成说:"他轻敌贪战,中了埋伏,被乱箭射死淤泥河。"李渊道:"他这样丧在阵前,亦难怪别人。"元吉说:"明州兵将骁勇善战,非我所敌,望父皇另遣良将前往。"李渊问道:"何人能破敌呢?"元吉说:"秦叔宝、尉迟恭可以胜任。"李渊说:"他们与秦王去征湖广未归,候他们回兵之时再遣往紫金关,你二人且在都中等候。"建成、元吉遵旨出宫,二人就在长安候等秦王君臣回兵了。

书说至此，先将二王放在长安，容我将秦王君臣之事先行表明，然后再说这段宫门挂玉带。原来湖广襄阳王雷大鹏在洛阳与众反王会兵，没破了唐军，反将他的儿子雷瑶玉命丧军前，又与唐军结了冤仇。大仇未报，又被罗成杀败，王世充、孟海公、高谈圣俱皆丧命，雷大鹏由乱军之中逃回了襄阳。他仍挂他的旗号，不肯降唐。秦王恐其锐气养成难治，自己向父皇请旨，愿与秦琼率兵往征雷大鹏，李渊就命带兵十万去伐襄阳。李世民与秦叔宝、尉迟恭、程咬金、徐茂公等统带十万唐军离了长安，往襄阳而来。一路之上严申军令，大兵所经之处秋毫无犯，这一天来到襄阳。离城还有三四十里哪，秦叔宝就采勘吉地，安营下寨。简短捷说，营寨安好，歇兵养锐。当日无事。次日用完早饭，有探马禀报襄阳王出兵了，秦叔宝请秦王守营，自己点兵五千，与程咬金、徐茂公、尉迟恭等上马，率兵出营，往南迎敌。

行至中途，望见敌军，秦琼吩咐："列阵。"炮响一声，五千大兵左右分开，秦叔宝压住大队，往对面观瞧。只见对面五百儿郎一字排开，有两骑马，马上两员大将，一个黑紫脸膛，穿红挂赤；一个黑脸膛，短钢髯，身体雄壮，穿青挂皂。书中暗表，穿红挂赤的叫雷大豹，穿青挂皂的叫雷大彪，都是雷大鹏的兄弟。当下两个人在两军阵前大声喊嚷，请秦琼阵前答话。叔宝拍马临阵，向两个人问道："你二人请本帅答话，有何话讲呢？"两个人将手中军刃一横道："秦元帅，恕我二人甲胄在身，不得下马施礼，马前见过。"叔宝问道："你二人有何话讲？"雷大豹说："我叫雷大豹，他叫雷大彪，我们是襄阳王的御弟。如今与元帅有要事相商。"秦琼说："所商何事呢？"雷大豹说："吾兄自立襄阳王，非是欲得天下。昔日吾兄在故隋太子杨勇驾前称臣，杨广弑君篡位，鸩兄图嫂，大逆不道，吾兄才归湖广，自立襄阳王，欲为大隋太子复仇，讨伐昏君，可惜有志未成。如今隋室已亡，群雄四起，逐鹿中原，使吾兄无所适从，不知谁为继隋之主。今闻大唐受禅，愿在大唐称臣，不知元帅能允我兄弟降唐否？"叔宝听明白了，说："你们降唐，若果是真，本帅当在万岁驾前代奏，使你兄弟不失富贵。"雷大豹说："如此甚好。"叔宝说："你们襄阳王为何不来见我？"雷大豹说："吾兄身染重病，不能出城。如若元帅愿我们降唐，吾兄还要与元帅一见，不知元帅能入城否？"秦琼说："那有何难，本帅就随你二人入城。"说到这里，秦琼命他二人在军前等候，自己拍马回阵。

　　到了阵中，秦琼向徐茂公等说明雷大鹏愿降，自己要入城一见。尉迟恭："元帅须防有变。"秦琼说："不要紧，我与雷大鹏交情甚厚，他不能欺我。"尉迟恭说："俺放心不下，愿随元帅一同入城，倘若有变动，俺的枪就将他们俱都扎死。"程咬金也说："俺也放心不下，与二哥一同前往，互相也能有个照应。"徐茂公点头称是。于是秦琼、程咬金、尉迟恭三人一同出阵，来见雷家兄弟。雷大豹、雷大彪十分客气，头前带路，秦琼等三人催马在后，直奔襄阳城而来。进到城中，雷氏弟兄命人准备小船，将秦琼等三人让到内城江心亭中歇息，然后去请兄长雷大鹏。

　　少时，雷大鹏坐船来到。秦琼等人注目观瞧，只见襄阳王面色焦黄，双眼无神，看上去确实身染重病。寒暄几句，各自落座。雷大鹏说："秦元帅，自洛阳一别，小儿军前丧命，在下顿感心力交瘁，无意再与天下反王争锋。耳闻唐公受禅，已为天子，在下愿归顺大唐，俯首称臣，不知元帅能允否？"秦琼说："王爷既有此意，尽管放心，秦琼愿在万岁驾前保奏，王爷仍不失荣华富贵。"雷大鹏连连称谢。又说了几句，雷大豹、雷大彪劝兄长回去歇息，雷大鹏告辞，雷家兄弟相陪出来，坐船护送。这时亭内就剩下秦琼他们三个人了。突然间，就听水声大作，声若牛吼。秦琼、敬德、咬金三人定睛观瞧，只见江水涨起多高来，霎时间将这座江心亭困在当央。

　　书中交代，湖广襄阳王雷大鹏是倾心归降，但他的两个弟弟却别有用心。原来雷大豹、雷大彪背着雷大鹏不知道,定下这条诈降之计。雷大豹先命人在城内掘通湘江、潭溪之水,然后出城诈降,将秦琼、程咬金、尉迟恭诱到内城亭中,再用水将亭围困,这才将三人软困亭中。雷大鹏去歇息,根本不知道此事。困住三人,雷大豹猛一瞧他三弟,长得好像尉迟恭,灵机一动,就叫三弟假扮尉迟恭混入唐营,去刺杀秦王。

却说雷大彪全身戎装,按着敬德的样子,上马出城,独自归营。他到了唐营,催马往里愣闯,唐营兵将真没看出破绽,由他进营,穿过辕门,中军帐前下马,正赶上李世民升帐办公。徐茂公见雷大彪帐前下马,用手一指,厉声问道:"来者何人?"雷大彪忙道:"尉迟恭。"徐茂公喝令众将:"拿下!"一干诸战将"呼啦"往前一扑,将雷大彪拿获。秦王问道:"军师,尉迟恭身犯何罪,将他绑了?"徐茂公说:"此人不是尉迟恭,他假冒敬德,欲入我营行刺,故而拿获。"当下秦王还有些不信,命唤黑白二夫人前来认看。少时间黑白二夫人来到帐中,秦王用手指着雷大彪,向她二人说道:"你们看这是不是敬德?"黑白二夫人仔细一看,不是他们那口子,忙道:"千岁,他不是敬德。"秦王大怒,向他问道:"你是何人,敢假冒尉迟恭混入我营?"雷大彪见事已败露,隐瞒亦是无益,就将他的来历说明。秦王喝令刀斧手:"将他斩首,人头号令营门!"刀斧手遵命,将雷大彪推出辕门,手起刀落,人头落地,悬挂于营门外。秦王因为秦琼、尉迟恭、程咬金中了敌人诈降之计,生死不明,很是着急,派人仔细打探,如若他等命丧城中,就将全城踏破,鸡犬不留。

却说秦琼被水困住,求生不得,求死不得,好不着急。忽然尉迟恭想出了主意,要由水中乘马而逃,想必那牲口一定会水。他想到这里,就解马的缰绳,哪想没解利落,将秦琼、程咬金的马溜了缰啦!尉迟恭上了马,唏哩哗啦,宝马凫水而行。程咬金这个气就大了,大叫:"黑炭团,你将俺的马给弄跑了,你个人逃了生,你真不是玩意儿!"尉迟恭亦不理他。惟有那虎类豹却有救主之意,凫着水来奔秦琼。这真是"狗有湿草之恩,马有垂缰之义"。当下秦琼上马而逃,剩下程咬金一个人,急得他直嚷。忽然有了主意,他将桌子弄翻,将凳子亦用丝绦拴上,将凳子腿儿弄下来,桌子往水中一放。他坐在桌内,用凳子腿儿当桨使,搅着水,桌子顺水而下。敬德、秦琼到了城外,程咬金亦到了。三个人要走,忽见对面雷大鹏绑着雷大豹迎面走来。

原来雷大彪的人头在唐营号令,有襄阳的探马知道了,飞报雷大鹏。雷大鹏大吃一惊,手足之情怎不痛心? 埋怨雷大豹的主意不好,对不住朋友,还将雷大彪的性命饶上了。料着这事不妙,他将雷大豹绑了,来见秦琼等领罪,不料秦琼等已然由水中出来。到了城外,雷大鹏向秦琼诉明其中的缘故,秦琼说:"不要紧,你随我去见秦王,降唐之事有我无妨,绝不有害。"雷大鹏只可从命,与他们出了襄阳,一齐够奔唐营。

到了唐营,秦叔宝叫雷大鹏弟兄在辕门外候令,他与敬德、咬金进了辕门。这时候早有人飞报秦王,秦王喜悦非常,立刻与徐茂公起身出迎。秦琼等向李世民施礼完毕,秦王说:"孤正不放心,元帅归营,孤无忧矣。"秦琼向秦王将雷大鹏兄弟之事说明,又恳求允许雷大鹏归降,勿怪罪他等,秦王点头应允。于是命人将雷家弟兄唤入。雷大鹏为了大彪之事,已然哭得泪人相似,跪倒秦王面前磕头请罪。秦王用手相搀道:"事非汝心所欲,孤赦你无罪。"雷大鹏叩头谢恩。秦王又给雷大豹解开绑绳道:"人各有义,孤能宽者,就可免罪。"雷大豹亦叩头谢恩。于是秦王命雷大鹏弟兄仍守襄阳,善后如何,听旨再定。雷大鹏回到城中,传令改悬大唐旗号,兵将亦都改换大唐的服装,并将所有管辖户口清册、所带的兵将花名册,一并献与秦王。秦王见襄阳诸事已了,与秦叔宝商议好了,拔营起寨,回兵长安。十万唐军鞭敲金镫响,齐唱凯歌还。

　　一路之上平安无事，直到长安才扎下大营，李世民君臣入城，往宫中面君，将此次出征之事向李渊奏明。李渊龙心大悦，叫他们暂且歇息，俱赏假半月，等到假满再为出兵，征讨四方。秦王君臣退出宫来，各归府第。歇了两日，到了第三天，程咬金来见秦王，禀报太子殷王李建成、齐王李元吉在紫金关害死罗成之事。阅者若问罗成命丧淤泥河的事，老程怎么知道了，书中暗表，李渊赏他们半个月的假，别人都在府中歇息，不往各处游逛，惟有程咬金喜动不喜静，半个月的官假他不歇着，往各处游逛。听人在酒肆里谈论罗成命丧淤泥河的事，他才知道，这天来见秦王禀报此事。秦王一听，他哥哥、兄弟害了罗成，大吃一惊，忙问道："此事是真吗？"程咬金说："不敢妄言。"秦王说："若果是真，孤当不避骨肉之嫌，往万岁驾前据实参奏。"程咬金说："千岁你打听吧，我还得给秦琼、徐茂公他们送信去哪！"说着，他走出秦王府，真往各处去送信。秦琼知道了，痛不欲生，哭得死去活来。徐茂公等亦是伤感。

　　次日早朝，秦琼、徐茂公、尉迟恭等俱在朝房见了秦王，李世民好言安慰。铜钟鼓响，天子临朝，文武百官朝见已毕，退立两旁。李世民就将二王在紫金关害死罗成之事据实奏明，并请父皇给罗成伸冤。李渊大怒，以二王竟将罗成害死，立刻降旨，训斥李建成，并命厚葬罗成，户部发给十万白银治丧，追封为王；又降旨命罗成之子袭了越国公；又将乾坤带赐与秦王。这件事秦琼等人心平气和了，建成、元吉可就将他们全都恨上了。而秦王自此天天入朝，自然腰横乾坤带了。

第八十八回　李世民惩诫挂玉带　秦叔宝装病哄秦王

却说一日秦王听说公主来至都京,居于宫中,自己和姐丈柴绍许久未见,要到宫中看望公主,并问问柴驸马来了没有。于是秦王就到宫中,与公主见了,姐弟情长,自然亲热,公主留他用了晚膳。秦王因天晚告辞归府,路过彩霞宫,听着宫内有一片音乐之声,秦王向彩霞宫司阍的太监问道:"可是万岁驾幸彩霞宫吗?"太监说:"不是万岁,是两位千岁。"秦王惊问道:"不是万岁,是哪两个千岁呢?"太监说:"是殷、齐二王在此宫中玩耍,与张、尹二妃在宫中饮酒,他们是……"秦王听了,又惊又气:惊的是建成、元吉干出这逆伦的事儿;气的是他二人一个是国之储君,亦如此胡为,将来怎么执掌天下? 又不知道此事究竟是真是假,命太监把守宫门不准声张,自己走入彩霞宫。及至到了宫内,只见殿上灯烛光辉照如白昼,张、尹二妃正陪着建成、元吉饮酒作乐。秦王看见他们那种丑态,几乎羞死。想张、尹二妃乃是皇上的妃嫔,名分已定,她二人不该做此下贱之事,建成、元吉不应当子淫父妾,做此蒸上之事。李世民气得双眉倒竖,二目圆睁,浑身栗抖,体似筛糠,要想将他们扯住,立时去见皇上。

书中交代,原来那张、尹二妃本是杨广的爱妃。前文书表过,隋炀帝下扬州,将她们留在晋阳宫,有晋阳副监裴寂使计叫李渊醉卧晋阳宫,臣淫君妃,该当杀罪,弄得李渊害起怕来,才有推倒大隋的心意。说起这大唐朝的天下得的虽难亦易,李渊怕杨广不能甘心做乌龟,大干起来,仗着他那英明之子李世民,竟得了天下,在长安坐了皇上,侥幸已极。不料张、尹二妃侈心太甚,她二人想着李渊坐了皇上,虽不能入正宫,亦要册立为妃,进东西二宫。哪想李渊得了天下之后,简直不往彩霞宫来,她二人将李渊恼恨在心。她们这种女人虽然身在宫中,水性杨花,下贱已极,实在不如娼妓。她们为了恼恨李渊,并欲解决欲念,竟自勾搭建成、元吉,通奸有染。这还不算,她们全然不避,只瞒着皇上一人而已。今天叫李世民知道了,他怎肯放过,要抓住他们去见皇上。

李世民往里刚要走,忽然心中转想:不可如此。我家不比从前,如今有了天下,我父身为皇帝,我兄乃国之储君,我要不依他们,不惟他们的性命难保,并且传说出去,叫人知道殷、齐二王乱宫,有辱朝廷。我别进去,设法叫建成、元吉觉悟,从此改过,彩霞宫往后别来才好。哎呀!我用什么方法才能叫他们知道,才能叫他们觉悟呢?转念一想,有了主意:我腰中的乾坤带乃当今万岁所赐,人人都知道这条玉带是我的,我就将玉带挂在宫门,他们见了玉带就能知道是我来了,亦能晓得是我给他们留情,必能感激我,全都改过。想到这里,李世民就将乾坤带解下来,挂在宫门,转身而去。李世民走了,暂且莫表。

却说建成、元吉因为夜深了,二人想要回去,由里边出来往外走。走到宫门,见有玉带一条,两个人还很纳闷,不知是谁的东西。仔细一看,是皇上御赐李世民的乾坤带,他二人这一惊非同小可。建成说:"了不得,必定是世民来了!我们的事情被他知道了,如何是好?"元吉已然惊慌失措,没了主意,说:"咱且回去,同她们要个主意。"于是建成将玉带摘在手中,拿着玉带又回来了。二妃见他们又回来,忙问:"你们为何去而复返呢?"建成说:"糟了,我们的事叫秦王知道了!"说着就叫她们看这条玉带。张、尹二人看见了乾坤带,问明这是秦王之物,这类淫妇有的是坏主意,向建成、元吉将她们的主意一说,建成、元吉不惟不害怕，破笑为欢，惊喜非常，连道："好计好计，就是这样办理。"说完，他们欢天喜地地去了。阅者若问张、尹二淫妃出的是什么主意？书中暗表，女人的主意，还有别的计策吗？不过是倒打一耙。

却说次日李渊早起，还未临朝，张、尹二妃手执乾坤带走来，跪倒驾前，放声痛哭。李渊问道："你二人因何这样？"二妃哭道："万岁，昨夜秦王在彩霞宫中向臣妾百般调戏，无礼已极，请万岁做主。"李渊问道："真有这事？"二妃说："现在有玉带为凭。"李渊接过玉带一看，果然是秦王的乾坤带，不由得龙心大怒，厉声说："世民如此，朕定斩之！"二妃见皇上动怒，要杀李世民，心中暗悦。李渊向二人说道："二卿且回宫去，朕自有主张。"两个人假作悲哀，回归彩霞宫去了。李渊这才乘了方亭辇，起驾临朝。龙凤鼓响，景阳钟撞，文武百官山呼万岁已毕，退列臣班。李渊传旨，命秦王上殿。李世民来到殿上跪倒，口称："儿臣李世民参见父皇万岁。"李渊说："皇儿，你的乾坤带何在？"秦王说："昨日儿臣入宫看望皇姐，将玉带留于宫中。"李渊大怒，喝令武士们将秦王上绑，推出午门斩首。武士们遵旨，就将李世民绑上，推着往外就走。文武百官见皇上要斩李世民，无不吃惊，其中十八个学士愈发大惊。

阅者若问十八学士是何等人物，书中暗表，秦王李世民屡建奇功，虽为王爵，大权在手，实在诸王之上。他亦与诸王不同，延揽文豪，共得十八个人，俱用为文学馆学士。这十八个学士是杜如晦、房玄龄、虞世南、姚思廉、李玄道、蔡允恭、薛元敬、颜相时、于志宁、苏世长、李守素、陆德明、孔颖达、盖文达、许敬宗、褚亮、薛收、苏勖。李世民将十八学士分为三班，每班六人，每日一班，轮流值馆。每逢无事，常到馆中讨论文籍，彻夜不倦，并令阎立本图像，褚亮作赞，时人称为"十八学士登瀛洲"，后人多用此典。

而李渊对于三子建成、世民、元吉，就喜欢秦王。在未立太子之先，李渊与秦王有约，立他为太子。秦王以有长兄，不应立己，一再固辞，方立建成为太子。建成性耽酒色，又好游猎，元吉又酷肖乃兄，并且加甚。李渊对他们屡加训斥，且有移储另换太子的意思。建成恐慌，昼夜与元吉协谋，共倾李世民。李渊晚年又多内宠，妃嫔生子不下二十余人。尹妃生子元亨，封为酆王；张妃生子元方，封为周王。建成、元吉为与世民争取皇上欢心，谄事妃嫔，各有馈仪不绝。他二人专事内交，买动皇上左右为他们进言。惟有秦王不事内交，见了众妃嫔时一揖了结，所以宫禁里面都称赞建成、元吉，没人道及秦王。至于李世民平定洛阳时，众妃嫔都知洛阳为杨广之东都，库中多有珍玩，皆遣人往见秦王，各有私求。秦王一概拒绝，并说："洛阳财物尽赐单雄信之妻了。"妃嫔们将秦王记恨在心，时常在李渊左右进谗言，说李世民不好。弄得李渊亦有些嫌秦王，曾向左仆射裴寂说："秦王久握兵权，又被众书生教坏，不似往日恭顺了。"

尹妃之父阿鼠（好名儿）倚势欺人，秦王的学士杜如晦从阿鼠门前经过，阿鼠的家人将杜学士扯下马来便打，并且说："你是何人，从府前路过，敢不下马？"一路痛殴，将手打折一只。杜如晦回府，将阿鼠家人为恶之事向秦王说明，秦王哪能没气？不料见了李渊奏明此事，李渊反倒责怪说："朕的妃嫔家尚为汝左右凌辱，你不知责罚他们，反来奏禀朕躬。你的左右如此，小民当如何呢？"世民将要辩白，李渊不许，竟被斥退。还有一次，张、尹二妃向李渊将李世民说得一文不值，并且说："皇太子仁孝，万岁应把臣妾母子托付于他，万岁百年之后，我们才得安全。"李渊说："容朕办理。"建成、元吉买通宫人，每日在李渊左右进谗言，说秦王不好。日期多了，李渊竟信以为真，与世民疏远。

后来世民平定了刘武周，河东复安，李渊才觉悟过来，诸王之中还是秦王最贤，又查出建成、元吉品行不正，又有贬太子建成，立李世民之意。他还召见文学馆十八学士，见他们个个品貌端正，问过一次，才知道他们都是才德并优的文豪，就命他们亦随百官如朝，以备咨问。

今天李渊要斩秦王，十八学士猜不透为的是什么事，无不吃惊。忽见大学士褚遂良上殿跪倒，向上叩头，说："万岁，秦王乃仁德之王，不知犯了何罪，推出朝门问斩？"李渊被他这一问，一时间竟说不出秦王之罪，沉吟了一会儿才说："朕是先斩秦王，然后再宣布罪状。"褚遂良叩头道："万岁不可听信谗言杀秦王。"李渊厉声说道："秦王之罪当斩，如若有人求情，一律问罪！"褚遂良还是叩头求情，又有杜如晦、房玄龄、许敬宗三个人亦跪倒为秦王求情。李渊大怒，命武士将他四人绑出朝门，一并斩首。武士们遵旨，又将他们上了绑，推出朝门去了。

尉迟恭向李渊跪奏道："臣是感秦王之德才降唐立功，如今万岁要杀秦王，臣就辞官了。"李渊说："你既辞官，朕就准你辞官。"敬德叩头站起，转身下殿，出了朝门，来到法场见秦王，大叫："千岁勿惊，有臣保驾，万无一失！"说罢，他怒目横眉，往秦王身旁一站，大声喊嚷："哪个敢斩秦王！"秦琼见敬德辞官而去，亦向李渊跪倒叩头道："万岁，如今天下太平，有文官秉笔安天下，武夫就应解甲归田。臣有老母在堂，愿辞去官职，回家侍奉老母。"李渊说："卿既愿尽孝，朕准许了。"秦琼叩头站起，转身下殿出朝门去了。程咬金亦辞官，李渊亦准其归里，程咬金去了。

徐茂公在旁着急，心中暗道：我不能这样辞官就走，我得问问秦王究竟身犯何罪，问明了才能走哪。他跪倒殿上，叩头道："万岁，臣不给秦王求情，惟有臣不知秦王所犯何罪，望万岁将秦王之罪公布出来，免得臣等不安。"李渊说："卿且等候。"立刻提起笔亲书诏旨。书毕，命徐茂公往朝门外宣布罪状。徐茂公捧旨下殿，出了朝门，到法场将旨捧起来，高声朗诵。秦王大悦。原来这道诏旨是说秦王子戏父妃，罪应斩首，今念群臣求情，暂赦死罪，须与徐茂公同入内宫，面奏其中细情。当时秦王冲旨叩头谢恩，然后与徐茂公一同入朝。那尉迟恭就由法场走了。秦琼、敬德、咬金这一走，事后如何，下文书再细表。

却说秦王与徐茂公到了内宫，李渊已然卷帘退班，驾转还宫。秦王跪倒叩头，李渊问道："皇儿，你为什么闯入彩霞宫，调戏张、尹二妃呢？"李世民说："父皇，儿臣读诗书，当明礼义，焉敢调戏张、尹二妃？"李渊说："那么你的乾坤带怎么能到尹妃之手呢？"李世民见问，才将他入宫看望公主，路过彩霞宫，听见宫中有音乐之声，望见建成、元吉与二妃饮酒作乐，惟恐丑事外扬，宫门挂玉带等事奏明。李渊这才知道李世民的冤枉，立即传旨将张、尹二妃贬入冷宫，建成、元吉永不准入宫，然后好言安慰秦王，秦王才叩头归府。

过了数日，紫金关的折本连三并四而来，言刘黑闼势甚猖獗，紫金关危在旦夕，请旨派将扫灭明州反王。李渊这天早朝，向文武百官说："明州反王刘黑闼攻打紫金关十分紧急，何人敢往关外破贼？"兵部尚书刘文静出班跪倒，说："万岁，欲破明州反贼，必须秦王统兵前往。"李渊说："卿言甚是，免礼平身。"刘文静退立一旁，李渊就命秦王统兵前往。秦王跪倒奏禀道："儿臣虽能前往，无有良将亦难破敌。"李渊说："昔日我儿平定河东灭刘武周，破洛阳击败群寇，为何如今说不能破敌呢？"秦王说："儿臣昔日能够破群贼，是秦琼、尉迟恭、程咬金等能征惯战，每战皆捷。如今这三个人俱都辞官，各归原籍。儿臣出兵，亦是难以破敌呀！"李渊说："朕先命你去往山东、河东请那秦恩人与程咬金、尉迟恭。"秦王说："父皇，请贤臣儿亦不愿往。"李渊说："怎么请贤臣你亦不愿往呢？"秦王说："父皇，儿臣去请三贤，亦怕他三人不肯入朝。倘若儿臣请不来三贤，父皇岂不见罪？如若父皇必命儿往,愿与徐茂公同往。"李渊说:"朕就命徐茂公与你同往。"二人领旨出朝,各带亲随,离了长安,顺大道够奔山东而来。

　　一路之上,无非是住店吃饭,早起晚睡。评书的路程段儿没有,无非是晓行夜宿,饥餐渴饮,非止一日。这天来到东阿县枣林庄,程咬金的门前下马。亲随人等接过马去,徐茂公上前叩门。工夫不大,出来三个家人,见了徐茂公赶紧施礼。徐茂公问道:"你家主人呢?"家人说:"现在家中。"徐茂公说:"你快去回禀,说秦王驾到,叫他快来接驾。"家人遵命,进去回禀。此时秦琼、程咬金正在屋中谈话,听说秦王驾到,两个人大吃一惊。原来程咬金、秦琼回到山东,秦母已然去世,老家人秦安亦归了西。秦叔宝与他的夫人贾氏在家度日,有些田地春种秋收,在家中弄子为乐,小少爷秦怀玉又聪明又伶俐,秦琼是有子万事足,无官一身轻。程咬金自从归家之后,母亲去世,与夫人裴氏在家度日,生养一子叫程铁牛,身体强壮,颇像其父。老程咬金对于小程咬金自然疼爱。惟有裴氏见程咬金还是任意而为,时时规劝,程爷渐渐改变了,见了街坊邻居,逢亲遇友,礼貌恭谦,谈吐文雅,居然不似武人了。他与秦琼是世交,从小在一处长大,如今在家同享快乐,又在一处盘桓,痛快已极。

　　今天秦王来到,二人大惊。程咬金问道:"二哥,秦王来了有什么事呢?"秦琼说:"这一定是哪里动了刀兵,皇上派秦王请你我再去争战,出师平乱。"程咬金说:"皇上不明,听信殷、齐二王之言,对于秦王虽是父子,亦心中生疑。天下稍微平定了,就用不着我们,辞官就辞官。如今用着我们,又派人来请,这叫现烧香现念佛。我们别上他们的当,你我在家苟延岁月,了却平生吧。"秦琼说:"人有见面之情,我见了秦王如何推却呢?"程咬金说:"这事儿好办,你跳过墙去,赶快回家装病。我见了秦王,替你推辞了吧。"秦琼说:"就是这样。"忙着跳墙而去。

　　程咬金整整衣冠,出来迎接秦王。他有点儿学问了,走起道来亦是一步三摇,迈四方步儿,周身都酸透了一样,走出大门。秦王和徐茂公见他头戴一顶高方巾,迎门上嵌美玉,双飘绣带,身穿蓝缎子长袍,圆领阔袖,腰系丝绦,白袜朱履,透着儒雅,只是他那张脸不像,念书的没有红胡子蓝靛脸的。当下程咬金抢行几步,向秦王跪倒叩头道:"千岁至此,臣程咬金迎接来迟,在千岁驾前领罪。"秦王用手往起相搀说:"孤家至此,安敢劳动王兄远迎,免礼平身。"程咬金站将起来,又向徐茂公施礼说:"你我弟兄自从长安一别,时常想念,今日相逢,三生有幸了。"徐茂公说:"你几时练得这样了?"程咬金说:"这是我新近练习的。"君臣三人相视而笑,程咬金往里相让,到了屋中落座,家人献上茶来。吃茶已毕,程咬金说:"贤王千岁此次前来,可有事吗?"秦王说:"如今明州的刘黑闼用苏定方为帅,进兵攻打紫金关,殷、齐二王损兵折将,关口紧急,朝夕不保。万岁命孤请贤臣,出兵紫金关,去平刘黑闼。"程咬金说:"千岁若要用臣,何必亲临寒舍,只要差一人为使,臣便能赴京。但是我母去世以后,无人主持家务,俗事缠身,不能前往,使千岁往返徒劳,臣实不安了。"秦王听这套话,明知他是推辞,又不好强迫。徐茂公说:"秦二哥可在家吗?"程咬金长叹一声说:"莫要提他。"徐茂公问道:"怎么别提他呢?"程咬金说:"染病在床,不久就要归西了。"秦王大惊,忙问道:"秦恩人得的什么病,如此厉害?"程咬金尚未回答,徐茂公说:"千岁且莫惊慌,程咬金的话是听亦罢,不听亦罢,我们得看看秦琼,然后再说,千万别听他这套。"秦王心中不安,徐茂公说:"不论秦琼有无病症,你同我君臣去看看他吧。"于是程咬金就陪着他们由他家出来,往秦琼的家中而来。

　　到了秦家,只见家人们个个愁眉不展,程咬金问道:"你们主人的病体如何?"家人说:"这两天更厉害。"秦王、徐茂公可就半信半疑了。及至到了病人的屋中,只见秦琼满面浮肿,躺在床上，二目无神，已然不认人了。秦王、徐茂公俱都伤感不已。秦王连呼了数声："秦恩人！秦恩人！"秦二爷亦不答言。弄得无法，只好往外走吧。君臣们出离秦家，徐茂公忽见程咬金面带喜容，很是痛快，毫无一点难过的样子，心中一动：秦琼许是装病，如若真病得那样，他怎能面有喜容？有了，我用酒灌灌老程，就知真假了。

第八十九回　程咬金酒后吐真言
　　　　　　　秦叔宝兵发白良关

　　君臣回到程咬金家中,徐茂公说:"我饿了,快快预备酒饭!"程咬金命人将酒饭摆上,君臣三人一同入座,徐茂公给程咬金斟了满满的一杯酒。三个人端起杯来共饮,惟有程咬金他不真喝,只用嘴往杯沿上一抿就算完。徐茂公心中暗道:这家伙真滑,他不真喝,怕我将他灌醉了。有了,我向他提说些心烦的事,叫他心里一熬头,就得其所哉了。徐茂公道:"四弟,有人说你害了两个朋友,这话是真的吗?"程咬金说:"我害了谁啦?"徐茂公说:"李密、王伯当。"程咬金说:"我怎么将他们害了呢?"徐茂公说:"你下扬州醉卧琼花观,被获遭擒,杨广命李密监斩。你畏刀避箭,怕死贪生,苦苦哀求李密,求得他心软了,豁出公爵不要了,在法场与你同逃。你得了活命,无以为报,将瓦岗山的事业让给李密。那瓦岗山是我们三十六友的,不是你老程一个人的,大家有心不保李密,怕伤了大家的义气,就保他吧。罗成夺来传国玉玺本是挺好的事儿,你不做好事,给李密用玉玺换了萧妃。(下文书李世民做了皇帝,还与萧妃结下不解之缘,一代英明之主亦为她坏了名节,女祸害人亦真可怕。此是后话,勿用细表。)三十六友见李密重色轻宝,纷纷散去,弄得岗山事业瓦解冰销。成全李密是你,害了李密亦是你。李密投唐复叛,与王伯当同死在断密涧。你将这两个人害了还不算,我们三十六友亦各奔他方,至今不能相会。"当下徐茂公滔滔不断,只说得程咬金两眼发直,无言回答,脑筋亦崩了。他端起杯来,一饮而干。

咳了一声,自己又斟上一杯。他喝了又斟,斟了又喝,连着就是七八杯,被徐茂公勾起烦事,焉能不醉?

常言说:酒入欢肠,千杯不醉;酒入愁肠,一杯醉倒。程咬金喝醉了,徐茂公又唉声叹气不止。秦王问他为何这样,徐茂公说:"单雄信死在洛阳,王伯当死在断密涧,罗成命丧淤泥河,秦琼病得又要死,我怎不痛心,怎不难过?"程咬金说:"三哥不用难过,秦二哥没有病。"徐茂公说:"他不是病得要死吗?"程咬金说:"你不用着急,听我告诉你。他今天在我家正然谈话,你们君臣来了,我就知道无事不来,来必有事,我叫他由这院跳墙回去,到他那院去装病。他那脸上的病容是假的,用槐子水洗了的。"秦王听他说破,才佩服徐茂公能有这样的本领,程咬金不打自招了。当下徐茂公说:"他既装病,我们将他找来,一同饮酒谈谈心吧。"于是君臣三人放下杯筷,由屋里出来,走出大门,又来找秦琼。秦王的亲随人等看着他们出来进去,真猜不透他们是怎么回事。

秦王君臣来到秦琼家中,进了病人的屋内,秦王连叫"恩人"好几声,秦琼装作不闻,仍然是哼哼。徐茂公忍耐不住,说:"二哥,你不用装病了,程老四将你的事全都说破了。"秦琼听见这句话,暗中埋怨程咬金不该泄漏机关,这有多难受。当时无奈,将身坐起,忙着下床,要给秦王叩头,秦王用手相搀。秦琼臊得很是难过,这才向秦王说:"并非是臣装病,臣因罗成死后,我就灰心丧志,不愿再做官了。如今千岁来了,礼貌不周,望勿见责。"秦王说:"恩人,孤的皇兄不仁,害了罗成,才叫你灰心。如今孤怎好责备恩人?"程咬金在旁说:"不用聊了,都往我家喝酒去吧。"于是君臣四个人又来到程咬金的家中,重整酒席,推杯换盏,开怀畅饮。程咬金又命家人给秦王的亲随人等预备酒饭,款待他们。酒足饭饱之后,秦王向他二人问明是否出山,秦叔宝、程咬金自然点头应允。秦王见二人应允了,这才请出旨来拜读。当日天晚不能起身，秦王和徐茂公住在庄中。

次日早晨，收拾起身，秦王又和秦叔宝、程咬金商议，请他们将秦、罗、程三家的家眷移住长安，二人亦点头了。秦琼就将罗春请来，说了心事，待他们君臣走后，叫他保护三家老幼奔奔长安。罗春亦很愿意到长安教罗通武艺，将他栽培成人，承袭父职，好继续父志，忠君报国。到后文书罗通扫北，立了大功，总算继续父志了，后话休提。却说秦王君臣由枣林庄起身，乘马而行，众亲随在后相随，走出了东阿县，迎头见来了五百名羽林军。原来秦王听了徐茂公之言，唯恐带着羽林军，风声大了，将他们惊走，不能相会，这才叫羽林军勿用相随，在县境等候，回来之时再为迎接。羽林军保驾而行，君臣人等奔奔山西朔州麻衣县。

一路之上无事，这天来到麻衣县。离着宝林庄还远哪，徐茂公就将羽林军止住，君臣全穿便服，不带亲随，步下而行，来找尉迟恭。他们遮避得挺严，亦没遮住，这事还是被尉迟恭知道了。原来尉迟恭由长安归家，走在途中，将他的家世向黑白二夫人说了。他觉着到了家中，一妻二妾同欢乐，这日子多快活啊！哪想到了宝林庄，村庄尚在，妻子梅氏已然没了。向村人打听，是因遭兵乱，梅氏不知去向，尉迟恭伤感不已。至孝感村来看乔公山，亦死去了，乔家乏嗣无后，所有家业亦归了尉迟恭。他在宝林庄重整门户，复立家业，与黑白二夫人务农度日。起初想起梅氏，很是难过，日久访查不着下落，亦就好多了。他成天无事，与庄中的农民饮酒聊天，倒亦快乐。这天在家无事，有人来告诉他，有五百名羽林军保护着一位王爷来到麻衣县。敬德心中一动，他亦疑惑是朝中派秦王来请，他此时觉着当个百姓比做官快活，很不愿再入军中，忙与黑白二夫人商议妥当，他要装疯。黑白二夫人就依他办理，安排好了，只等秦王来到，装疯诈魔了。

却表秦王君臣来到宝林庄，先没找他，在庄内永升店住下，店家伺候他们净面掸尘。吃茶之际，程咬金向店家说："我和你打听个人,你可知道?"店家说:"是谁呢?"程咬金说:"尉迟恭。"店家说:"你这人亦不怕天打五雷轰!"程咬金问道:"怎么?"店家说:"我们这一方无人敢叫尉迟将军名儿的,他老人家乐善好施,义重乡里,这一方没有不恭敬他的。"程咬金说:"他可在家吗?"店家说:"在家哪!"君臣在店中歇息一夜。次日天到辰时,君臣四人由店里出来,到了尉迟恭的门前。家人出来了,程咬金说明来意,叫他进去回禀。工夫不大,黑白二夫人出来迎接,先向秦王施礼,后与秦琼、徐茂公、程咬金施礼,然后往里相让。到了屋中落座,家人献茶。秦王向黑白二夫人问道:"二位王嫂,尉迟王兄为何不见?"黑夫人说:"他现在疯了。"秦王惊问道:"此话是真吗?"黑夫人说:"千岁,臣妾焉敢妄言。"秦王问道:"他怎么疯了呢?"白夫人说:"他自从辞官归里,就心中烦闷,常犯肝疾。有一天出去独行遇虎,受了惊吓,回来就疯了。"徐茂公问:"没给他调治吗?"白夫人说:"请了多少位大夫,屡治无效。"程咬金问:"他现在哪里?"白夫人说:"现在空房里锁着哪。"程咬金问:"怎么将他锁起来哪?"白夫人说:"他自从疯了之后,逢人便打,遇人便揍,打坏了不少人。因为他惹祸,就锁在空房之内。"秦王说:"请二位王嫂引路,我们去看望于他。"于是黑白二夫人在前引路,君臣四个人在后边相随。

及至到了空房前边,只听"哗啷啷"锁链直响,往屋内一看,只见敬德披头散发,满脸滋泥,两眼发直。程咬金叫道:"敬德,俺们前来看望于你。"敬德冲他狞笑不已,忽然放声大哭,向秦王直叫乔公山。徐茂公问道:"怎样?"秦王说:"他疯了,孤亦无法。"徐茂公摇头道:"恐怕其中另有缘故。"说到这里,向黑白二夫人要钥匙开锁,徐茂公要给他调治。黑夫人无法,将锁开开。尉迟恭抓住了锁,向徐茂公便打,大叫:"殷王,你敢害我!"吓得徐茂公转身便走,尉迟恭在后便追。程咬金、秦琼没有拦住,他追赶徐茂公。徐茂公跑到后院,无处跑了,跑进茅房。尉迟恭追到了，徐茂公将门关上。尉迟恭在外用手砸门，大叫："殷王，你敢害我！"徐茂公急中生智，用瓦块铲起点儿屎来，心中暗道：我试试他疯了没有。如若是疯了，我递给他屎，他不嫌臭；如若他诈疯魔，见了屎他就嫌臭了。徐茂公将瓦块的屎，隔着门缝儿递给他，只见敬德接过屎去，并不嫌臭，蹦蹦跳跳地往脸上便抹，抹完了大笑不止，冲着茅房作揖而去。徐茂公知道他是真疯了，又回到前边与那君臣三人同出尉迟家门，回归店房。

到了店房，君臣商议此事，秦王说："他已然疯了，我们赶紧回朝。"程咬金说："我看敬德这疯还是不真，我们再另想主意试他一回。"秦王问道："如何试法？"徐茂公说："今夜叫程咬金假扮强人，带着五百羽林军去抢敬德，他若假疯，必然出来动手，真疯假疯，一试便知。"

君臣商议好了，程咬金离开宝林庄，来找羽林军。他全身披挂，假装大王，五百羽林军假装喽罗兵，天光一黑，够奔宝林庄。到了庄前，人声喊嚷，吓得村人大惊，无人敢出来。五百儿郎齐声喊嚷："有梅花山的大王来了，尔等快将美貌的姑娘和金银财宝献给我们大王，不然杀进庄去，鸡犬不留！"尉迟恭性如烈火，听见有匪人要抢宝林庄，他命家人鞴马，手持大枪，上了马飞奔庄外，见一片火光，人声嘈杂。尉迟恭催马望前够奔，见火光之中露出一将，胯下马，掌中一口大斧，他大吃一惊。将要圈马回去，程咬金大叫："敬德，你中了俺的计了！"尉迟恭无法，挂枪下马，与老程施礼。程咬金说："有你的，装得像真事儿，有屎都往脸上抹。这你还有何话说？"尉迟恭说："我无话可说了。"二人正然说话之际，秦王与叔宝、徐茂公走来，敬德又与他们施礼，说："你们莫要埋怨俺，请到我家一叙。"于是君臣同到他家。黑白二夫人见他和这君臣同来，不用问就知道事情败露了。

君臣落座之后，尉迟恭向秦王说："千岁，有殷、齐二王在朝，我不为官，国家的公事我不管。如若千岁个人有事，赴汤蹈火，万死不辞。"程咬金说："我们都冲着秦王千岁入朝为官，难道你不去吗？"敬德说："你们哥儿几个愿意为官，与我无关，小弟是不想做官了。"程咬金还要向他辩言，忽见徐茂公冲自己直递眼神，他觉悟了，立刻有了坏主意，说："敬德，你知道我们君臣干什么来吗？"敬德说："叫我为将，随军出征啊！"程咬金说："不是。大唐兵有百万，将有千员，出征打仗，亦不能说没你不成。只皆因反王刘黑闼部下大帅苏定方，他听说有个尉迟恭，气抢三关，怒夺八寨，他们不服，往我大唐打来战表，要会会你这人。有人说别找你，你这人当初是个英雄，能在两军阵前舍死忘生地立功；如今你的英雄气没了，畏刀避箭，怕死贪生，找亦不出门。我们君臣还不相信，前来找你，果不出人家所料，你怕我们找你打仗，吓得项带锁链装疯，宁可往脸上抹屎，亦不敢去战那苏定方。"当下程咬金滔滔不断，用话激动尉迟恭，气得敬德双眉倒竖，二目圆睁，用手抓住程咬金道："程知节，那苏烈是项长三头？"程咬金说："不是呀！"敬德说："肩生六臂？"程咬金说："亦不是呀！"敬德："他既不是项长三头，亦不是肩生六臂，我何必惧他！"程咬金说："那苏定方不止于能征惯战，并且箭法如神，北平王罗艺就是他一箭射死的。"敬德说："俺倒要领教他的箭法！"说话之间，他命人给他收拾盔甲枪马，定要随秦王入朝，到军前会会苏定方。当夜睡了半宿，次日天明，大家收拾起身，一同还朝。行至中途，秦王命人预先往朝中奏禀皇上，李渊就命刘文静等大臣迎接。

　　一行人等进了长安，朝门下马，李渊升殿，立即召见。秦王引他几人来至殿前，跪倒行过君臣之礼。李渊说："众卿，前者朕欲斩秦王，实则建成、元吉不肖，秦王冤枉，是非曲直分明，秦王无罪。朕已降旨，永不准殷、齐二王入朝，不准二人干预国事。卿等爱护秦王，朕已自明，如今俱各入朝，全都官复原职。"秦琼、敬德、咬金叩头谢恩。李渊传旨，摆宴厚待贤臣。宴罢，秦琼等来叩头谢恩。李渊说:"今有刘黑闼兵犯紫金关,屡次伤朕兵将,卿等可统兵出关,往讨刘黑闼。"当时传旨,命秦琼为帅,敬德为正先锋,程咬金为副先锋,秦王监军,发兵二十万。又向秦琼、敬德说:"二卿安心供职,如有虑他人忌功陷害,朕敕二卿鞭锏,不论皇亲国戚,如有不法者,先打后奏。"说着,就命二人各将鞭锏呈在龙书案上,李渊用朱笔往那鞭锏上书明,由太监又递给他二人。秦琼、敬德叩头谢恩,然后出朝。兵部尚书刘文静发下公文,调集大军。二十万人马齐毕,敬德向秦元帅保荐他师弟朱伍登,秦元帅就派个旗牌官往万花山去请朱伍登。三十六友中的齐彪、李豹、金甲、童环、贾润甫、柳州臣、樊虎、连明等听说秦琼为帅,统兵出征,都来投军。秦琼俱皆留下,各派了差事,然后祭旗誓师,放炮起兵。

秦琼命正副二先锋尉迟恭、程咬金带兵五千,逢山开路,遇水搭桥,兵开紫金关。二先锋遵命,点齐人马,放炮起兵,够奔紫金关而去。二十万大兵由长安出发,旌旗招展,绣带飘扬,盔甲层层,刀枪滚滚,人似欢龙,马如活虎,浩浩荡荡,往紫金关而来,声势浩大。一路之上,秦叔宝严申军令,约束三军,军民无犯。直到二十万大兵在紫金关外扎下营寨,秦琼升帐办公,尉迟恭、程咬金进帐回禀:"反王刘黑闼闻元帅统兵来到,他们北去与沙陀国王赤璧保康王结合了,要公夺中原天下。眼下刘黑闼的大兵退入白良关,不久就要会合沙陀人马南下。"秦琼听了,冲冲大怒,说:"小小的沙陀亦敢结合反王来夺中原天下!本帅就此统兵去征沙陀国,免得他藐视中原无人!"于是歇兵一夜,次日起兵,杀奔白良关。二先锋率领先锋军来到白良关,离城还有三十余里,不能再往前进。尉迟恭、程咬金安了营寨,只等秦元帅大兵来到,再为攻关。两天的工夫,大兵来到,与先锋军合营,埋锅造饭,铡草喂马。秦琼升帐,点名过卯,发放军情。探马入帐禀报:"把守白良关的沙陀国大将刘国桢,勇冠三军,乃北国名将,他有一万大兵把守此关。"秦琼吩咐:"再探。"歇了一夜,次日天明,秦琼传令,早餐战饭。战饭用毕,二先锋告奋勇,愿往白良关讨战。秦琼传令,命二人带兵三千往取白良关。尉迟恭、程咬金点齐三千大兵,各自上马,炮响三声,冲出大营,直奔白良关而来。

　　离着关城近了,尉迟恭吩咐:"列队。"炮响一声,两杆皂缎门旗开处,三千大兵雁翅排开。皂缎先锋纛旗之下,尉迟恭勒马停枪;宝蓝缎色旗之下,程咬金勒马停斧。兵将们往白良关上一望,只见城上刀枪密排,旌旗招展,已有准备,唐军喊嚷叫战。约有顿饭之时,关中炮鼓齐鸣,关门开放,由里边冲出三千大兵,在对面列开阵势。皂缎门旗开处,当中皂缎大纛旗,上绣"沙陀国平章白良关守将"一行小字,当中斗大"刘"字。旗下盔明甲亮,一员主将勒马停蹄压住大队。两军人马阵势列圆了,程咬金拍马临阵,向对面叫战,沙陀国大队之中主将临阵。只见他平顶身高足够丈外,脑袋大,脖子粗,胸宽背厚,肚大腰圆。面如锅底,黑中透暗,两道棒槌眉,一双大眼,高颧骨,大鼻子,阔口钢髯。头戴镔铁荷叶盔,双插雉鸡尾,耳坠乌金环,身披镔铁大叶甲,内衬皂征袍,护心宝镜如秋水,狐狸尾胸前倒挂狐裘,背后飘洒五杆皂缎护背旗,肋下佩剑,鱼褟尾,两征裙,遮磕膝,护马面,红绸子中衣,云根靴。坐下一匹狮子黑马,鞍鞯鲜明,手中擎定皂缨枪,煞是威风。程咬金问道:"番奴,尔叫何名?"番将说:"我乃沙陀国左大帅麾下大将刘芳刘国桢是也,尔叫何名?"程咬金通过姓名。刘国桢说:"尔唐天子做着中原的皇上,为何贪心不足,又来攻打白良关?"程咬金说:"尔国勾串明州反王刘黑闼要扰乱中原,我唐天子才遣将讨伐尔国。"刘国桢说:"你去换那有名的大将来战,免得枪下倾生!"程咬金大怒,用斧就劈,两个人杀在一处。程咬金不比从前,如今上了年纪,手迟眼慢,那刘国桢的大枪神出鬼入一般,他如何能成,三合过去,就败下来了。

第九十回　父子相认倒反白良
乘胜追击兵捣黄龙

尉迟恭纵马而出，刘国桢问道："来将何名？"尉迟恭说："我乃大唐先锋尉迟恭是也。"刘国桢说："尔就是尉迟恭？闻尔之名，是中原有名的大将，原来这样，并不是项长三头，肩生六臂！"尉迟恭大怒，用枪就刺，刘国桢横枪招架。两个人马打盘旋，杀在一处。两国人马队内各自擂鼓助威，摇旗呐喊。刘国桢与敬德战了七八个回合，不见输赢。他见敬德枪马纯熟，抖擞精神，拼命死战，可谓棋逢对手，将遇良才。敬德见遇劲敌，二马冲过去之时，暗取单鞭在手。圈回马来再战，他用枪就扎，刘国桢往外一绷，要使"怪蟒翻身"，二马错镫之际，敬德抢鞭便打。刘国桢说声："不好！"拨马要躲，已然来之不及，打在背上，五杆护背旗全都碎了。吓得刘国桢亡魂皆冒，拨马败回队中，锣声一响，鸣金撤队。尉迟恭率兵就追，直到关门，番兵撤入城中，关门紧闭。唐军来到城下，城上已然准备守城。唐军见关险难攻，得胜收兵，鞭敲金镫响，齐唱凯歌还。

刘国桢败在关内，兵丁各归汛地，他在衙前下马，到里面摘盔卸甲脱战袍，改换衣服。就觉着背后疼痛，他哼哼起来，忽见他儿走来。原来他有子名叫刘宝林，年方十七岁，面如锅底，浓眉环眼，狮子阔口，身躯雄壮，胯下马，掌中枪，有万夫莫当之勇。他听说刘国桢出关打仗，来看他爹，见他爹哼哼不止，问他是怎么回事。刘国桢说："儿呀，为父今日出战，被那唐将打了一鞭，疼痛难忍。"刘宝林问道："唐将何名？"刘国桢说："我儿问他作

· 758 ·

甚?"刘宝林说:"问明是谁,我去往唐营叫战,点名要那仇人出战,给爹爹报这一鞭之仇。"刘国桢大悦道:"吾儿有此心意,才是孝道。告诉你,那唐将名叫尉迟恭,乃大唐先锋。"刘宝林说:"孩儿这就前往。"刘国桢说:"吾儿愿去,为父给你观敌瞭阵。"于是刘国桢传令点兵三千,父子二人全身披挂整齐,各自上马,率领三千大兵冲出白良关,直奔唐营。离着唐营近了,刘国桢传令将队伍列开。刘宝林催马持枪到了唐营门前,抖丹田高声喊喝:"唐兵听真:今有刘少将军在此,快快叫那尉迟恭出来,马前送死;如若不出来,俺一恼,马踏尔营,全都给你们踏成肉泥烂酱!"营门小校不敢隐瞒,急忙往里回禀。

这时秦王君臣正在帐中饮宴,小校来到帐中一回禀,尉迟恭大怒,向秦琼躬身施礼道:"元帅,俺出去会会番将!"秦琼就命二先锋点兵三千出战。二人遵命,帐前上马,率领三千大兵冲出营来,列得一字队。程咬金往阵前一看,见刘宝林耀武扬威,正然叫战。他向尉迟恭说道:"敬德你看,你的儿子来了。"尉迟恭说:"俺哪儿有儿子?"程咬金说:"你看这员番将,长得又黑又愣,正像你敬德,就是缺少胡须。如若有胡须,岂不和你一样?"敬德说:"你莫取笑,给俺压住大队,待俺去会会小番!"说着,催马直奔刘宝林。刘宝林见了他,用枪一指道:"唐将通名!"尉迟恭通了姓名。刘宝林说:"你就是尉迟恭啊?"敬德问道:"怎样?"刘宝林说:"你打我爹爹一鞭,我来找你报那一鞭之仇!"说着,用枪就扎,敬德合枪招架。两个人马打盘旋,杀在一处,约有七八个回合,不见输赢。两国人马各自擂鼓助威,摇旗呐喊。敬德见刘宝林枪马纯熟,杀法厉害,抖擞精神,拼命死战。二人裹成团儿相似,八个马蹄将土荡起多高,尘沙荡漾,土气飞扬。刘宝林见杀了三十余合还是不见胜负,他急得将大枪往马鞍鞒上一挂,摘下一支单鞭来。敬德看见了,亦挂上大枪,摘下单鞭,两个人鞭对鞭的杀起来,约有十数个回合,还是不分胜负。刘国桢见天光要黑，惟恐他儿有失，立刻传令鸣金。"仓啷啷"锣声响亮，刘宝林向尉迟恭说道："今日天晚，我军阵中鸣金，权且留你狗命，明日再为决战！"敬德说："便宜尔多活一夜！"两个人各自圈马回归。唐军回营，番兵归关，兵归汛地。却说刘国桢父子衙前下马，回到书房，摘盔卸甲，改换衣服。刘国桢说："尉迟恭乃唐之名将，老夫亦杀他不过，你能与他杀得棋逢对手，胜过为父了。"刘宝林说："老不讲筋骨为能，英雄出于少年。孩儿筋强骨壮，血气方刚，能够敌住了尉迟恭。若是爹爹年幼，还比儿强呢。"刘国桢大悦，说："吾儿出战劳累了，且去歇息。"

刘宝林出了书房，来见母亲，只见母亲梅氏夫人正然啼哭。他忙问道："娘亲为何啼哭？"梅氏说："儿啊，我就为你哭的。"刘宝林问道："娘亲为我哭什么？"梅氏说："我就你这一子，听说你往关外去打仗，叫我放心不下，怎不啼哭？"刘宝林说："娘亲是为这事不放心哪。孩儿亦非轻敌，只因我爹爹与唐将交战，被唐将打了一鞭，孩儿欲报一鞭之仇，才去出战。你老人家放心，孩儿与那唐将杀了半日，枪对枪没分胜负，鞭对鞭未见高低。因为天气晚了，我们彼此罢战，明日天亮还得杀个强存弱死，真在假亡。"梅氏问道："那唐将叫做何名？"刘宝林说："唐将叫尉迟恭。"梅氏大吃一惊，又问道："那唐将说话的口音像哪里的人呢？"刘宝林略微一怔道："他那口音与娘的口音一样。"梅氏听他说完，眼泪夺眶而出，如同断了线的珍珠串儿一样，珠泪双流。刘宝林大惊，忙问道："娘亲，你老人家怎么又哭了？有什么难过的事至于这样悲痛？何妨对我说明。"梅氏说："对你说亦是白费，你不能遵着我的话去办哪！"刘宝林说："娘亲有话只管说出来，孩儿一定能够遵命。"梅氏说："我为你受了十数年的冤屈，你不知当场认父，报你母亲的仇，反倒与仇人出力。"刘宝林听母亲这话，连忙跪倒哀求道："你老人家所说的话孩儿不大明白，快快说明了吧！"梅氏说："你既要问，我就对你说明，认父不认,报仇不报,全都在你。将我的事告诉你,你亦能知道我的委屈,我就是死了亦甘心瞑目。"刘宝林说:"你老人家快说吧。"

梅氏夫人见身旁无人,才说:"那书房之中的刘国桢是你的什么人呢?"刘宝林说:"那是我爹爹。"梅氏说:"我把你个不孝的畜生!怎么生身之父不认呢?"刘宝林说:"娘亲之言差矣。书房之中是我爹爹,怎么说我不认生身之父哪?"梅氏说:"你的父亲就是那尉迟恭,刘国桢便是你的仇人!"刘宝林大惊,说:"娘亲,这话更叫孩儿不明白了!"梅氏说:"你将鞭取来就明白了。"刘宝林赶紧将鞭取来。梅氏说:"你这鞭叫什么鞭哪?"刘国桢说:"十三节水磨钢鞭。"梅氏说:"你自己数数这鞭是多少节。"刘宝林数了数,整整十二节,他说:"十二节。"梅氏说:"怎么少了一节哪?"刘宝林说:"孩儿不知。"梅氏说:"尉迟恭使的那鞭便是十三节,你这鞭是十二节,他那鞭叫雄鞭,你这鞭叫雌鞭。这对鞭是当年你父尉迟恭打造的。你外祖父在山西朔州麻衣县宝林庄开设铁铺为生,膝下无儿,乏嗣无后,将为娘许与你父尉迟恭。二老死后,铁铺就归我夫妻所有,只因年景不好,没有买卖,你父欲往外投军。临别之时我问他,身怀有孕,孩儿应叫何名?你父临走之时说,我们住的叫宝林庄,孩儿就叫宝林。并将他打造的双鞭留下一支,作为日后相逢的凭据。然而你父走后杳无音信,却被刘国桢将为娘抢来,欲行无礼之事。那时我要寻死,又因你在腹中,我为了给尉迟门中留后,娘假意应允,只待生产之后再拿主意,若是生女,只有一死。不料十月怀胎,一朝分娩,竟生下了你。我为保全儿你,忍辱含羞直到如今,只盼望苍天睁眼,叫你父子团圆。如今你父来到,你不相认,反与仇人出力,向你父拼命,为娘怎不痛心落泪?"尉迟宝林听罢,连道:"会有这事,孩儿不知,实是难为你老人家了。刘国桢既是仇人,待我去将他杀死!"说着,他取剑在手,往外就走。

梅氏一把将他扯住道:"吾儿且慢,那书房你去不得!"尉迟宝林问道:"怎么去不得?"梅氏说:"你若这样去报仇,叫他惊悟了,不惟报不了仇,他手下人多,弄糟了,你我母子都有性命之忧。"尉迟宝林说:"要依着娘亲,这事应当如何哪?"梅氏说:"我有一计:你暂且装糊涂,假作不知,到明天出关交战,你可以在两军阵前向你父说明来历,待你父子相认,然后叫你父会合诸战将前来攻关。你可以作个内应,引唐军入关,杀到衙内,共诛此贼,将他碎尸万段,给为娘解无穷之恨!咱们骨肉团圆还不算,得了白良关,亦是一件大大的功劳。"尉迟宝林说:"娘亲所见甚是,孩儿就这样办理。"梅氏转忧为喜。于是母子用了晚饭,早早安歇睡觉。

　　一夜无书。次日早晨起来,尉迟宝林叫人将马匹喂足了,他净面漱口,吃茶用饭,然后来见刘国桢。到这时候,宝林是恼在心里,笑在面上。刘国桢说:"我儿不是说今日出关要与尉迟恭决战吗,你几时前往?"尉迟宝林恨不得一剑将他砍死才解心头之恨,假装自告奋勇,说:"孩儿这就前往。"刘国桢说:"你点兵三千出关一战。"宝林遵命,点了三千大兵,衙前上马,率兵出关。大队人马出了白良关,扑奔唐营。来到唐营以北,将队列开,他喊喝声音叫战。唐营小校报入帐中,这时敬德讨令,秦琼给他三千大兵,叫程咬金给他观敌瞭阵。两人点兵出营。两国人马将阵势列开,宝林出马叫战,敬德更不示弱,还是自己出马。两个人在阵前各抖大枪,拼命死战。宝林杀了数合,虚点一枪,拨马落荒而走,敬德催马就追。尉迟宝林在前,敬德在后,往西便跑。过了山洼,宝林回头看不见白良关,将马勒住,敬德用枪便扎。宝林叫道:"爹爹且慢动手,容孩儿下马施礼。"敬德见他管自己叫爹爹,大吃一惊,勒马停枪,不敢扎了。

　　宝林下马,用手一撩鱼褡尾,屈膝跪倒叩头。尉迟恭说:"你快起来,莫要错认了,俺哪有儿子,有儿子也到不了北番哪!"宝林说:"爹爹尚不知道吗?想当初你老人家由家中起身,要去投军,临走之时我娘问过你老人家,生男育女叫做何名?你老人家说以'宝林'二字为名。孩儿便是爹爹投军走后所生的尉迟宝林。"尉迟恭听罢,如梦初醒,恍然大悟,连道:"不错,这事有的。不过你若是我儿,可有信物吗?"尉迟宝林将单鞭摘将下来,两手捧着往过一递。敬德接过来,数了数那鞭,果然少了一节;加之鞭上镌刻的字迹分明不差,果是自己打造之物。回思当年夫妻离别之情,心中一阵难过,凄然泪下。敬德甩镫离鞍下了马,父子这才相认。敬德向宝林说:"儿啊,自从那年我去投军,遇见殷王李建成,他不重用,百般刁难,几乎害了性命。我投在反王刘武周手下,方才得志,受了多年的苦处,又归了大唐,受封敖国公之爵,荣耀归里。我想要与你母共享富贵,却不见你母踪影,叫我好找。儿呀,你怎么在这里,你母亲何在?"尉迟宝林将他母亲的始末根由从头至尾说了一遍,敬德又惊又喜:喜的是父子相逢;惊的是自己妻子受了这样苦处,给自己保留了儿子。又向宝林问道:"我和你母亲怎么见面哪?"宝林把计策一说,敬德说道:"此计甚好,事不宜迟,急速办理。"于是父子各自上马,宝林挂上单鞭,手持大枪,催马往回便跑;敬德催马拧枪,在后便赶。

　　父子二人跑回来,宝林率兵往回败,敬德率兵追赶,并且把这事向程咬金大略说明,然后追到白良关。三千儿郎拥在关口,守城的番兵在城上就扯吊桥,宝林一枪一剑连挑带割,索子断了,吊桥落下。敬德、咬金过了吊桥,一拥而入,进了白良关。北国的战将齐来拦挡,哪是他们的对手,来一个杀一个,来两个杀一双,大杀大砍,如同削瓜切菜。杀来杀去,杀到衙门,刘国桢在衙中得报,现往身上披挂。及至他出衙上马,唐兵已然来到辕门。他见尉迟宝林引着唐军,气往上撞,叫道:"畜生反来害我!"用枪就扎,宝林接架还招,杀在一处。后来刘国桢被敬德一鞭打下马来,唐军按着就捆,吓得番兵乱窜乱跑,夺路从后关门逃走了。白良关内死尸遍地,血水横流,已为唐军所有。

尉迟恭命宝林在前引路,来见梅氏夫人。宝林叫他父亲在外边等着,他跑到母亲屋内,梅氏夫人正然啼哭。他说:"娘亲莫要啼哭,我爹爹来了!"梅氏问道:"刘国桢呢?"宝林道:"已然拿住。"梅氏说:"先将他推来!"宝林到外边将刘国桢推来。只见梅氏夫人坐着,眉竖起,眼瞪圆,用手指着他。刘国桢连道:"罢罢罢,养虎成患!"梅氏夫人骂道:"贼子,你毁伤我的节操声名,使北番兵民误我为不义,怎知我含忍难明,皆因身怀此子,不负亲夫之托,所以外貌似和,心中怀恨。今幸此子成人,他父子相认,我一生之愿毕矣!贼啊,十数年的污辱,此恨难消!宝林,将他剁为肉泥烂酱!"宝林遵命,抢剑便砍,"噗哧噗哧"砍个不休,最后砍成肉泥烂酱。

梅氏说:"宝林我儿,快去请你爹爹!"尉迟宝林这才来见敬德说:"爹爹,我娘亲有请。"尉迟恭随着宝林走了进来。一进屋,宝林见他母亲已然悬梁自尽,这一惊非同小可,不亚如万丈高楼失脚,扬子江心断缆崩舟,"哎哟"一声,摔倒在地,晕了过去。尉迟恭大惊,忙将宝林扶起,撅砸捶叫:"吾儿醒来!"好大工夫,宝林才缓醒过来,他痛母心切,放声大恸。敬德想起夫妻之情,亦是哀痛,然后觉悟过来,这是梅氏失节保留其子,使我尉迟门中有后,如今父子相会,她自尽是欲全我名。敬德暗暗佩服梅氏,又向宝林劝道:"吾儿不必啼哭,你母已死,不能复生。"命兵卒买了口棺椁,将梅氏成殓起来,暂且停在衙中。敬德又命宝林拜见程咬金,然后商议好了,程咬金暂且守关,指挥兵将掩埋死尸,布置善后。敬德父子上马出关,回归大营。

到了营中,敬德引着宝林来见元帅,宝林跪倒叩头,敬德将他父子取关之事禀明。秦叔宝命军政司将他们的功劳记在功劳簿上。敬德又命宝林拜见众将,大家见敬德有这么一个小尉迟恭,无不夸奖。敬德又引宝林进御营来见秦王,宝林跪倒,口称:

"臣子尉迟宝林,参见千岁千千岁。"秦王见了,忙问敬德道:"这是何人?"敬德说:"这是臣子。"又将他的来历说了一遍。秦王大悦,说:"尉迟王兄将门虎子,后继有人,可喜可贺。"当即封尉迟宝林为将军,在元帅麾下听用。又说到梅氏夫人,秦王也慨叹一番。书说简短,秦琼传令,大军兵进白良关,查点粮草,出榜安民。在白良关歇兵三日,放炮起兵,大队人马够奔金灵川而来。

　　两位正副先锋尉迟恭、程咬金,以及尉迟恭之子尉迟宝林,率五千先锋军,兵发金灵川,离金灵川二十里停住人马。尉迟宝林初归大唐,立功心切,请令出战。尉迟恭点头应允,亲自观敌瞭阵。尉迟宝林着实英勇,枪里夹鞭,打死守将伍国龙,攻占金灵川。尉迟宝林首战告捷,乘胜追击,竟然连下银灵川、野马川,走马取三川。尉迟恭十分高兴,命人报捷。待大队人马来至野马川,李世民和秦琼勉励一番,给尉迟宝林记上功劳簿。唐军歇兵三日,再往前行,就来到黄龙岭,安营扎寨。

　　北国大帅左车轮亲自驻守黄龙岭,听闻唐军来到,点齐五千人马,在黄龙岭前列开阵势,喊喝声音叫战。秦琼亦点齐五千大兵,一声炮响,冲出大营,来到疆场。秦琼吩咐:"列阵。"五千人马二龙出水式排开,当中帅纛旗下,秦元帅勒马停蹄,压住全军大队。两国人马将阵势列圆,左车轮派先锋阿林豹出阵。阿林豹遵命,催马而出,来到阵前。唐营兵将仔细观瞧,但见番将身高过丈,肩宽背厚,膀大腰圆,相貌凶恶。头戴二龙斗宝乌金盔,上嵌斗大红缨。身穿大叶乌金甲,护心镜光华闪闪。两根狐狸尾飘在前胸,耳坠一对紫金环。背后五杆绿缎色护背旗,上绣金龙火焰。狮蛮带狮头搭豹尾,三叠倒挂鱼褓尾,鱼鳞片片。红绸子中衣,两扇绿缎征裙,周围走金边,掐金线,罩磕膝,护马面。牛皮战靴牢踏在一对赤铜镫内。坐下一匹卷毛狮子马,鞍鞴鲜明,手中擎着一只大铁牌,也叫回避牌,如同一面大扇子一般,在阵前耀武扬威叫战。

第九十一回　番元帅炮炸败唐军
小后羿冒险送书信

　　秦叔宝问道："哪位将军出马？"大将邬国臣拍马临阵，用手中枪一指道："番将通名！"番将说："我在狼主驾前称臣，官拜北国大都督之职，左大帅麾下调遣，第一路先锋官，俺叫阿林豹。小子，你叫什么？"邬国臣说："我是大唐的前军战将邬国臣。"两个人互通姓名之后，邬国臣用枪就扎。阿林豹见枪扎到，用牌一磕，"当"的一声，枪就磕开了。二马错镫之际，他的回避牌斜肩带臂便砸，结果连人带马砸死牌下，唐军皆惊。连着出去三将，俱死于牌下。阿林豹愈杀愈勇，亚似生龙活虎一般。怒恼金面天王金城，手中擎定三尖两刃刀，拍马临阵。杀了不到三合，被他一牌砸得刀杆都弯了，败回阵中。牛盖大怒，催马抢锤，直奔阿林豹："番奴休逞刚强，尔可认识牛盖！"说着，用钉钉狼牙棒便打。阿林豹铁牌往上支，牛盖撤棒变招。两个人杀了五六个回合，不见胜败。只见两国队内擂鼓助威，摇旗呐喊。程咬金见牛盖的双棒递不进招去，他就急了，料难取胜。老程出马，大叫："牛贤弟闪开，看我老程的！"牛盖拨马回阵。

　　阿林豹向程咬金问道："尔叫何名？"程咬金说："告诉你，吓破你的苦胆！爷姓程双名咬金，字知节，打过官人，卖过私盐，人称程老虎。六月二十四日长叶林劫过皇杠，在瓦岗山当过三年混世魔王，四平山当过十八国都盟主。如今在唐天子驾前称臣，官拜蒙国公之职；现在扫北大元帅麾下当副印先锋。"番将听了他这一套，连嚷："厉害！"程咬金说："小子，你撒马一战！"两个人将马催开,程咬金的斧子斜着举起,可不先递招。番将阿林豹用牌就砸,程咬金并不招架,用斧砍去。他这叫拼命招,你用牌砸死我,我用斧子砍死你,咱们两个人全都别活。番将被他蒙国公蒙住了,呀了一声,往回撤牌。程咬金斧落下去,"噗哧"一声,砍在他的腿上。阿林豹惨叫一声,几乎下马,扛着铁牌败了回去。唐军阵内,上至元帅,下至兵卒,全都佩服程咬金。北国人见他将阿林豹劈伤了,全军兵将皆惊。阿林豹乃北国有名的勇将,他败了,吓得别人不敢出战。

程咬金在阵前耀武扬威叫战,怒恼了北国大帅左车轮,命压阵官压住大队,他伸手摘下双锤,拍马临阵。程咬金见他身高一丈,头似麦斗,胸宽背厚,肚大腰圆,面如枣红,红中透润,浓眉大眼,狮鼻阔口,三山得配,五岳相匀,颔下半部钢髯。头戴一顶九头狮子盔,狮子尾簪缨倒挂,顶门上有朵红绒突突乱跳,四指宽勒额带密排金钉,包耳护项,耳坠一对乌金环。身披一副紫金甲,勒甲丝绦九股攒成,挂甲钩环暗分出水八怪。内衬一件紫缎色蟒征袍,胸前狐狸尾倒挂狐裘,护心宝镜遮枪挡箭。身后葫芦金顶八杆大红缎色护背旗,上绣金龙火焰。狮蛮带,一掌宽,能工造,巧匠弯,恰似欢龙串腰间。三叠倒挂鱼裰尾,两扇大红缎色征裙,遮住磕膝护住腿。红绸子中衣,虎头战靴牢踏在一对紫金镫内。坐下一匹枣骝马,膘肥肉满个头大,鞍鞯嚼环鲜明。手中擎着一对铜锤。威风凛凛,杀气腾腾!

程咬金用斧一指道:"来的番将通名!"左车轮通过姓名。程咬金用斧子的枪尖往他脸上便杵,喊了一声:"挖眼!"左车轮将一对人面赤铜锤往外一磕。程咬金斧头一摆,斧刃横着往他胸前一推,喊嚷一声:"划拉肚皮!"左车轮的双锤"流星赶月"式往前就撞。程咬金的斧子使了个磨盘式,转在他的胸后,喊嚷一声:"掏耳朵!"左车轮回头望月,一锤磕开。二马冲过去,两军阵内擂鼓助威,摇旗呐喊。二人圈回马来再战,程咬金又挖眼、划拉肚皮、掏耳朵。左车轮和他杀了三个回合，程咬金始终亦不变招。左车轮这气就大了，问道："程咬金，你还会别的招儿不会？"程咬金说："会的招儿多了，和你动手不配使别的招儿！"左车轮大怒，将双锤抡动如飞，施展平生所能，杀得程咬金只剩招架之功，绝无还手之力。尉迟恭见老程要败，他催马拧枪，直奔左车轮，大叫："程老将军闪开，将此功劳让与我敬德！"程咬金拨马闪开，回归大队。

左车轮向敬德问道："尔是何人，报上名来！"敬德说："我乃大唐前军先锋尉迟恭是也！尔就是北国的大帅呀？"左车轮道："正是。"敬德的大枪分心就刺，左车轮用锤招架，两个人杀在一处。两匹马来回乱转，八个马蹄荡得尘沙荡漾，飞起多高来。敬德的大枪犹如乌龙探海，左车轮的双锤恰似流星赶月。杀了七八个回合，不见输赢，棋逢对手，将遇良才。左车轮将平生所能施展出来，敬德的大枪扎不进去，防备得很严。到了十数个回合，左车轮愈杀愈勇，精神倍长，敬德只剩招架之功，无有还手之力。秦琼在阵内见敬德敌不住左车轮，惟恐敬德有失，想他是军中之胆，他若败了，军心震动，那就糟了。秦琼急忙将手中的绿旗摇动起来，小卒见元帅的令旗飘摆，赶紧敲锣。"仓啷啷"锣声一响，敬德听见了。出战的武将是闻鼓则进，鸣金则退。敬德听阵中鸣金，心中暗为喜悦：若论自己的本领，已然杀不过左车轮，应当败下去，不过要真败了，太寒碜。而秦琼一鸣金，自己不打了，能够归阵，还落不得败将之名，他心中焉能不悦？敬德向左车轮说："番帅，非俺杀你不过，只因我元帅鸣金。今天权且留你的狗命，到了明天再为杀你！"说着，虚点一枪，拨马退回阵来。秦琼传令："退兵。"头声锣响，大队调过来；二声锣响，全都齐毕，兵将都向后转，惟有五百弓弩手却转到前边，抽弓拔箭，认扣填弦，都冲番兵瞄着准，作欲射之状；三声锣响，大队人马撤下去，往回便走。左车轮原想趁唐军回撤时，他率兵追杀，如今见唐军虽退,却有五百弓弩手在后掩护,要追击唐军,必受弓弩之害,他亦不追了,收兵退入黄龙岭。

却说唐军回到大营,兵将各归汛地。秦琼在帐中办完了公事,传令叫五营四哨的将士儿郎多加小心,防备北国胡儿偷营劫寨,派了三队兵,此外还有巡更走筹、巡营瞭哨、前后夜查营、刁斗上瞭望的,防备得十分严密。好在一夜平安度过,次日天交巳时,营外炮鼓喧天。探马来报:"有左车轮率兵杀来。"秦琼料营中众将无人能敌左车轮,吩咐:"免战牌高悬,紧闭营门,深守勿战。"守营兵将紧闭营门不出,免战牌挂起。左车轮见唐营挂起免战牌,有心攻打唐营,见唐营深沟高垒,刀枪密排,真是壁垒森严,铁桶相似。他料着攻营不易,亦就退兵了。连着三日他都来到唐营叫战,人家不战,他亦无法。

到了第四天,左车轮率领五千番兵又来了,见唐营没有免战牌了,营门开着,料是唐军出战,他传令列阵以待。人马将阵列好,只见唐营内炮响头声,门旗引路;炮响二声,冲出来一支人马,约有三千之众;炮响三声,列得一字队,当中帅纛旗下秦叔宝怀抱令旗,压住大队。左有敬德,右有咬金,压住左右阵脚。两国人马将阵势列圆了,左车轮拍马临阵,人似欢龙,精神百倍,马如活虎,鬃尾乱乍,耀武扬威叫战。他料着唐军必有项长三头将、肩生六臂人出来对敌。不料由唐军阵中冲出一骑马,马上有一员少年武将,约有二十多岁,不足三十的年纪,面貌俊美,穿白挂素,雪里银装。不过他背后有画木缠金杆,十二杆标枪;两手腕有袖箭筒子,双手会打箭;马鞍鞒前边挂着一对流星锤、雕爪抓、打将银鞭,后边有套索;腰中带着走线铜锤;左边洒袋有弓,右边壶中有箭;纳十二云头的素缎镖囊内有镖;豹皮囊中暗藏墨雨飞蝗石;大马镫能打马前弩、马后弩;手中擎定一条画杆方天戟。人精神,马膘肥,与众不同。左车轮问道:"唐营小将唤做何名?"唐将说:"我乃南阳侯之子朱伍登是也,尔是番邦元帅吗?"左车轮道:"正是。"伍登说:"你有什么本领,敢藐视我唐营无人!"说着抖戟便扎。这时候,唐军队内有秦王李世民亲自来观敌瞭阵。

原来朱伍登在他师父的庙中二五更用功,练习武艺,谢道爷不叫他离庙。直到秦元帅出兵,派人来请,谢道爷才叫他出庙。他来到北国,唐军已然打下三关,进兵黄龙岭了。伍登来到唐营,见有免战牌,他就知道番将必有能征惯战的,该着自己建立大功。他叫营门小校进去回禀。这时候秦琼、徐茂公正为无人能敌左车轮着急哪,听说伍登来到,立刻吩咐:"有请。"朱伍登来到帐中,向元帅、军师施完礼,又拜过师兄,然后说明来意。秦叔宝命他为前都领军。他向秦琼问为什么悬挂免战牌,秦琼就将左车轮之勇说明。伍登自告奋勇,愿与左车轮一战。恰巧左车轮来到,秦琼才传令,命金甲、童环、金城、牛盖四将带兵一万为左路接应,齐彪、李豹、樊虎、连明四将带兵一万为右路接应,又命徐茂公带兵一万为中路接应,并且叫他们瞧着,前军如若得胜,乘势夺取黄龙岭,然后与伍登率兵出战。秦王李世民亦要观敌瞭阵。

伍登和左车轮疆场动手,秦王观瞧:伍登是以招数巧妙取胜,左车轮是以力欺人。伍登的戟不敢碰他的双锤,他的双锤可敢碰伍登的戟。两个人杀了六七个回合,未分胜负。左车轮有兼人之勇,见伍登的戟神出鬼入,不由得抖擞雄威,将双锤抡动如飞。伍登这回圈马之际,左手持戟,冲着左车轮一伸右手,"嘎巴"一声,打出一支袖箭,奔他的哽嗓咽喉。说书迟,那时快,左车轮见箭来了,并不躲闪,一张嘴,用牙齿正把袖箭咬住。他躲了上头,可就顾不了底下。伍登的本领实是厉害,他上边放袖箭,底下用脚蹬那马镫,打出一支马前弩,不偏不歪,正打在马的鼻梁骨。书是前后两说,箭可是上下一齐到。左车轮上边用嘴咬住袖箭,下边弩箭打在马的鼻梁骨上,疼得马一摇头,"唏

哩哩"一叫,往北便跑。左车轮大惊,不知道他的马怎么会惊
了。伍登在后便追,大叫:"番奴休走,将人头给我留下!"左车
轮怎么亦勒不住马了。马快到阵内,伍登又打出一支马前弩,
"噗嗪"一声,打在马屁股蛋儿上。那马疼痛难忍,后腿往起一
扬,把左车轮摔下马来。伍登在后边大叫:"番奴,今天尔命休
矣!"唐军兵将见了,无不欢悦。北国的兵将见他们的元帅落
马,"呼啦"一声,全都往前扑奔,搭救左车轮。秦琼乘势将令旗
一指,三军冲杀过来,撞到胡儿队内,人人奋勇,个个当先,只杀
得胡儿东倒西歪,横躺竖卧,尸骨堆积如山,血水横流。北国的
兵将往岭内败走,唐军杀得他们丢盔卸甲,望影而逃。

　　秦叔宝督催人马追进黄龙岭,金城、牛盖、金甲、童环、贾润
甫、柳州臣、齐国远、李如珪等亦率领大队追进黄龙岭。那北国
的胡儿如同惊弓之鸟、漏网之鱼,狼狈不堪败往岭外。他们跑得
很快,如同断线风筝似的败出岭去。唐军正追在黄龙岭的当中,
忽听"呼啦"一声巨响,犹如山崩地裂,地覆天翻。唐军中了北
国的埋伏,死伤不计其数。

　　原来北国的赤璧保康王与元帅左车轮有条密计,凭三川一
岭之险,足能挡住唐军,耗得唐军难入北国,粮饷一尽,不战自
退。唐军若是回兵,北国乘势追杀,进兵中原。如若唐军打破三
川,攻到黄龙岭,两国人马自有一场恶战。倘若鏖兵不胜,唐军
进了黄龙岭,中了埋伏,叫他们全军覆没。他们预先在黄龙岭伏
下九节独龙炮,每节五丈,九节四十五丈,哪节亦有大缸粗细,内
装火药,爆炸力很大,外边用铁箍箍着,药捻通在黄龙岭北边山
神庙内。北国兵马出战,是由黄龙岭北山口外进兵,出南山口列
阵,不知道的还以为他们的大本营在黄龙岭内,其实他们在黄龙
岭没有多少人,不过几百儿郎,响炮擂鼓,虚张声势。北国的大
本营是在黄龙岭北边,这九节独龙炮的药捻儿归大将阿牛不林
与五百儿郎看守。如若白昼唐军进了黄龙岭,岭上有旗兵举旗

为号,触火点炮;如若夜间唐军进了黄龙岭,岭上有兵丁举着灯笼,以灯灭为号,触火点炮。只要九节独龙炮一响,岭内有多少人亦得炸死。这次唐军攻进黄龙岭,阿牛不林将药捻点着,九节独龙炮一响,火药爆炸,崩得山石乱飞。唐军焦头烂额,肢体乱飞,肠破血流,尸体纵横,死伤不计其数。

　　幸而唐军有数百人没有进岭,听岭内声音震天动地,吓得没敢进去,跑回大营,飞报军师。徐茂公大惊,料着中了敌人之计,这些人全都活不了。他传令起兵,督催全军人马攻入黄龙岭,要与秦王尽君臣之义,与盟兄弟尽手足之情。及至徐茂公督催大军来到黄龙岭,不见北国的兵将,望见地上的死伤兵将惨状,徐茂公几乎落下泪来。再往山中寻找秦王、秦叔宝等的尸身,忽见有几个人在死尸里直动弹。到了近前一看,见动弹的人是秦叔宝、程咬金、尉迟恭等,还有些兵丁亦都动弹。徐茂公惊喜非常,将他们一个个搀扶起来,遍找秦王,踪影皆无,全都找到亦是没有,生不见人,死不见尸。众人都觉着奇怪,大家彼此商议,毫无办法。还是徐茂公说得好:"大家急速退出黄龙岭,将营寨扎好再想主意,打探秦王的下落。"大家认为有理,退出黄龙岭,仍在原地将营寨扎好。诸事完毕,派人四处打探。

　　还没探出下落来哪,忽然营门小校进来回禀:"有人前来下书,有封信请元帅观瞧。"秦琼将书信接过来,拆开一看,呀了一声,忙问:"下书之人走了没有?"小校说:"没走哪。"秦琼说:"赶紧把他带进来回话。"小校再出去找那下书之人,已然踪影皆无,往四下里瞭望,亦是没有。小校无法,来见秦琼说:"回禀元帅,下书之人已然走了。"秦琼急躁得了不得。徐茂公在旁问道:"元帅,这封信是怎么回事哪?"秦琼说:"你看看此信亦就明白了。"徐茂公接过书信,从头至尾看了一遍,他惊喜非常,忙向秦琼说:"元帅,不用找那下书之人,这个事我有办法。"秦琼听他说有办法,忙叫小校退了出去,然后才问徐茂公有什么办法。

徐茂公说:"据书信所说,此人名叫'小后羿'孙成。他说北国人将秦王收在黑虎岭软禁起来,他是中原人,不愿在北国了,要回归中原立这件大功,作为归国之计。元帅可知道这孙成是何人吗?"秦琼说:"这个人我倒知道。"徐茂公说:"那好极了,你说给我听听。"秦琼说:"提起这个人来,年数可多了,还在我秦琼不走运倒霉的时候哪。想当初我充军发配北平府,那北平王罗艺是我姑父,要提拔我当一名军官。惟恐我无功受禄,众人不服,叫我在教军场比武。不料有个伍魁是北平府的监军,他仗着是当朝宰相伍建章的侄儿,不服于我,要和我比武。我二人有约,他要输了,将他的官职给我;他要赢了,我这差事亦不能当。不料我二人比武之时,他下了毒手,我为了保全性命,使绝招将他的马伤了。那马负痛难挨,伍魁摔下马后,又生生叫马拖死。他兄弟伍亮一恼,逃出北平府,勾结沙陀国进兵瓦口关。秦用出世,锤震元帅洪哈,伍亮也死了。而伍魁有个徒弟,叫孙成,会射百步穿杨箭,人称小后羿。听说他心中不忿,逃出关去,投奔了北国,至今亦不知道如何。这个小后羿孙成就是那时候走的。"徐茂公听罢,说:"这样看来,那孙成是真心搭救秦王,绝不假了。"秦琼说:"既是军师看着不假,我们就照他那书信而行吧。"

阅者若问那信上究竟说的是什么,书中暗表,信上孙成告诉秦琼,炮炸黄龙岭是北国的埋伏。当日大唐兵将中计之时,左车轮进了黄龙岭,仓促之间见岭内尸体纵横,以为人都死了呢,见有一人身穿王服,料是秦王。搭出岭后,秦王又缓醒过来。左车轮与赤璧保康王商议,就将秦王收在黑虎岭,归孙成看管。他不忍叫秦王死于北番,才致书秦琼,要里应外合,兵取黑虎岭。

秦琼又派值日的旗牌到附近找土人打听黑虎岭在何处。值日的旗牌去了半日才回来,带了个土人,面见秦琼。据土人所说,黑虎岭离黄龙岭五十里,离黑虎岭十五里便是牧羊城,牧羊城就是北国的都城。秦叔宝叫土人给他们引路。徐茂公献计说："今天起兵不及，明天起兵，要在夜内赶到黑虎岭。我们若是攻打黑虎岭，那牧羊城离着十五里，北国兵将不能不接应黑虎岭。如今可叫尉迟恭、程咬金带兵五千绕到牧羊城，乘他们出兵空虚之际，袭取牧羊城，使敌国两处俱失，足可成功。"秦琼点头应允。

第九十二回　李世民被困牧羊城　程咬金闯围回长安

第二天,尉迟恭、程咬金将道路问明,秦琼命二人率兵五千,绕奔牧羊城而去。秦琼和徐茂公又拔了营寨,土人引路,率领大兵穿过黄龙岭,够奔黑虎岭。途中用过午饭,直到掌灯时刻才到黑虎岭。只见那岭东山口山头上边有木栅,堆聚木石,山口有沟,沟上的天王桥已然扯起,山高路远无法攻打。到了这时亦讲不了,秦琼率领一万唐军攻关,其余归徐茂公统辖。却说秦琼率领一万大兵,响炮擂鼓,呐喊声音,攻打黑虎岭。岭上灯球、火把、亮子、油松照如白昼,北国的番兵用灰瓶、石子往下抛打,弓弩齐施,密如雨点。唐军被打被射,有头破血出的,有筋断骨折的,前仆后继,拼命攻打,死伤众多,不易攻破。秦元帅正然心中焦急,忽然岭中火起,外面攻打不开,里面可乱了。

阅者若问这里面怎么乱了,书中暗表,黑虎岭驻扎着一万多北国兵将,尽归大都督黑班龙管辖。左车轮等将秦王掳走,交黑班龙收押,只等秦王受不了,往朝中求救时,迫着唐天子将燕、幽、冀等十六州给了北国,才放秦王。如若不给十六州,他们永不放秦王回国。唐军不进兵,便罢;唐军进兵,就杀秦王,威胁唐军不得过黑虎岭。黑都督将秦王交与副统孙成,因为是中原人,会中原话。秦王哪能吃北国的东西,幸而孙成有归唐之意,劝解秦王吃下东西。然后他暗与唐营送信,叫唐军攻打黑虎岭,搭救秦王。现在唐军来了,攻打黑虎岭十分紧急,孙成怕有人来杀秦王,他先放火将粮台点着,然后来见秦王。他给秦王鞴了一匹马,找了一口大刀、一套弓箭,要由里往外逃走。孙成在前,秦王在后,由里往外杀。有人喊嚷:"了不得,孙成反了!"孙成在前枪扎番兵,挨着死,碰着亡;秦王在后,随战随走。他们杀得快到东山口内了,迎头正被黑班龙率兵截住,秦王大惊。孙成说:"千岁勿惊!"他抽弓拔箭,认扣填弦,前把一推,后把一拉,一箭射奔黑都督。"吧嗒"一声弓弦响处,黑班龙翻身落马。番兵见主将落马,不战自乱,吓得他们乱窜乱逃。

秦叔宝乘势杀入,见了秦王,惊喜非常,下马跪倒请罪。秦王亦下马,用手相搀,说:"恩帅,这是孤家应有的灾难,元帅何罪之有?"秦琼站将起来。孙成亦下马冲秦琼跪倒,口称:"孙成归顺来迟,在元帅虎驾前领罪。"秦琼用手搀扶他道:"将军,你知道救驾归顺中原,深明大义,甚为可嘉。将来班兵回国之时,本帅一定在万岁驾前给你邀功请赏。"孙成叩头站起。秦王说:"我兵已到黑虎岭,乘势进兵吧。"于是秦叔宝命伍登在前,他与秦王在后,督催大兵,由黑虎岭穿出去。忽见对面灯球、火把、亮子、油松照如白昼,有无数番兵来到,秦琼吩咐:"列阵。"炮声一响,兵士们将阵列好。对面的番兵亦列开大队,看人数约有一万之众,数十员猛将众星捧月一般拥着左车轮。

伍登拍马临阵,在阵前耀武扬威叫战。番将乌古打出马,人高马大,手使一条泥金棍。伍登见他凶猛,惟恐不是他对手,伸手就打出三支连珠袖箭。头一支打在乌古打的右眼之上,他用手往外拔箭,把眼珠带了出来。乌古打真生性,他把眼珠放在口内,要自己嚼了。"噗哧"一箭又射在左眼之上,疼得他翻身下马。第三支箭射在马面上,那马"唏哩哩"一声吼叫,甩着腮帮子就跑了。它叫唤的是什么?人有人言,兽有兽语。它说的是有本领打仗啊,用箭打我干什么?连着出来三员番将,都是没到马前就被伍登用暗器所伤。秦琼见他连胜三阵,将要指挥兵将往过冲杀,忽然敌军不战自乱。原来尉迟恭、程咬金乘势袭取牧羊城,城里逃出来的番兵跑到左车轮这里飞报军情。番兵番将听着都城失守,焉能不乱?左车轮听说都城失守,他却暗为喜欢,不过他办的事情严密,兵将不知罢了。当时秦琼指挥人马冲杀过来,左车轮不战,转过马来,率众便逃。唐军在后追杀,追得番兵如同断线风筝一般败奔他方。唐兵追之不及,方才不追。二先锋尉迟恭、程咬金派人告捷,牧羊城已被袭取。

秦琼因为大兵北伐日久,惟恐粮饷不继,料着北国都城一定是广积米粮,他就率领全军进驻牧羊城。及至到了牧羊城,二先锋将全军接入城中,秦琼在赤壁保康王的府中升坐银安殿,当作大堂,办理军务。先问二先锋城中有多少粮米,尉迟恭说:“仓厫是空的,并无存粮。连那守城的器皿,灰瓶、石子、滚木等项亦一概全无。城中的水井亦都填死了。”秦琼听说牧羊城是这样,大吃一惊。徐茂公跺足道:“我们又中了敌人的空城计了!一定是敌人事先将粮草运出,井亦填了,守城的器皿运走了。等着我们打进牧羊城,他们诈败,叫我们贪便宜,他们困城。事不宜迟,赶紧布置防务。要紧的是外防敌攻城,内防北国人策应城外。”秦琼令下,命金城守北面城池,牛盖守南面城池,金甲守东面城池,童环守西面城池;贾润甫、柳州臣、樊建威、连子明各带五百儿郎,分为东西南北梭巡街市。又派兵将把住大小巷口,禁止行人,如有人出行,格杀勿论。

刚刚将全城防御事务布置完毕,就听见城外炮声震动天地。守城的唐军往四面观瞧,见番兵番将如同从天而降、就地而生一般,遮天盖地、漫山遍野而来。四面八方往前进兵,只见前头,不见队尾。番将指挥兵丁呐喊声音攻城。秦叔宝得报,命军师徐茂公与秦王在帅府主持军务,自己率领程咬金、尉迟恭到了城上,指挥兵将防守。见没有灰瓶、石子、滚木,秦琼急了,吩咐一声:“将城里面的女墙大城砖拆下来使用!”兵将们遵命,就把城砖拆下来使用。怕使完了没有,大城砖上拴绳,打下去再拉上来。北国兵将知道城上没有守城器具,人人奋勇,个个当先,到了城壕下往上愣爬。不料上边大块城砖打下来,一阵乱打,只打得他们头破血流。番兵前仆后继,攻打不止。秦琼在城上见北国人马离着牧羊城二里多远掘挑壕沟,堆起土垒,立营门,竖刁斗,栽大杆,扯纛旗,支搭帐篷,埋锅造饭,铡草喂马,看他们的意思是要围困牧羊城。直攻到天色要黑了,城下死伤的番将番兵足有两千多人,方才撤兵。秦琼叫兵将小心留神,不可大意。他回到帅府与徐茂公商议,因为黄龙岭死伤兵将过多,不能再出城决战,只可取守势。次日,番兵亦不攻城了,他们想着久围则破,城中粮尽了,不用攻打,饿亦把他们饿死城中。秦王君臣在城上见北国大营铜墙铁壁一般,闯围亦怕不易。

整整被困三四天,秦琼急了,升坐大堂,问道:"哪位将军能往长安城搬兵求救?"程咬金道:"我能去搬兵。"秦琼说:"你如今上了年纪,不比当年,要往长安城搬兵,得凭自己的武艺闯数十万番兵大营,你能过得去吗?"程咬金说:"论武艺是过不去的,但有力使力,无力使智,我有巧计良谋,准能过得了大营。如若过不去,愿将人头献于麾下。"秦琼说:"既然如此,我就写搬兵的折本。"写完了,用上印信,交给程咬金。他举折本下了大堂,用黄绸子将折本包好,又将烂纸弄了一卷,亦用黄绸子包好。他将身上收拾得紧衬利落,天黑时分带好折本,上马持斧,够奔南门。到了南门,他命守城军将城门开开,他催马出城。门军将城门关好,上了闩锁。

程咬金马到护城河桥,往南边一望,只见敌营万盏灯火齐明,如同满天星斗落在尘埃,巡更走筹不断。要换别人,瞧着番兵大营就得眼晕,程咬金久经大敌,满没把这座番兵大营放在心上。他双足点镫,镫磕飞虎鞴,马走銮铃响,扑奔正南。离番兵大营近了,只听番兵嚷道:"什么人,少往前进!再往前进,我们要放箭了!如若是自己人,口令……"程咬金一语不发,仍往前进。忽听番兵大营梆子一响,乱箭齐发,如同雨点一般。程咬金将大斧抢动如飞,拨打雕翎箭。马一哈腰,蹿到敌营,金纂开山钺抡起来,"咔嚓"一声,将营门劈碎,闯进番营。番兵一阵大乱,喊喝声音,将他围住,灯球、火把、亮子、油松照如白昼。程咬金在当中将马一催,横冲直撞,虎荡羊群一般,大斧抡开了,翻天六十四砍,杀得番兵人头乱滚。他抖丹田高声喊嚷:"番奴听真:在下乃大唐国公程咬金,要打尔营借路而过。尔等如若知道我的厉害,急速闪开!"番兵番将拦他不住,放他走吧。程咬金是眼观六路,耳听八方,上边动手,底下留神绷腿绳、绊马索、梅花坑、陷马坑。杀来杀去,有人暗放一支冷箭,射在他的马上。那马负痛难忍,一尥蹶子,将程咬金扔下马来,"噗咚"一声,摔得甲叶子哗啷啷直响。番兵过去按倒便捆,程咬金被获遭擒。番兵推着他往里便走。

南边大营是赤璧保康王亲自主持军务。他听见外边大乱,立刻升帐,一干诸战将在两旁侍立。番兵进帐,将程咬金推至,他横眉立目,立而不跪。见那番将们个个悍勇,案后坐着一个王爷,身躯高大,胸宽背厚,头如麦斗,面似乌金,黑中透亮,浓眉环眼,狮鼻阔口,一部钢髯洒满前胸。头戴一顶紫金五龙盘珠冠,双插一对雉鸡尾,耳坠钩环,勒甲丝绦九股攒成。内衬一件紫缎色滚龙袍,前悬护心镜,胸前狐狸尾,倒挂狐裘,肋下佩带一口双锋宝剑。其余的叫帅案挡着,看不见了。程咬金往旁边一看,一眼望见一个中原人,立于案旁。赤璧保康王问道:"唐将被获遭擒,为何立而不跪?"程咬金说:"我不能跪中原人,这中原人是谁呢?"赤璧保康王说:"他是苏烈苏定方。"程咬金说:"我连你北国的狼主亦不拜了。"赤璧保康王问道:"怎么不拜孤呢?"程咬金说:"你是一国之主,理应当亲近君子,不应当亲近小人。"赤璧保康王问道:"孤怎么亲近小人呢?"程咬金说:"那苏烈是我们中原的大臣,他在唐天子驾前称臣,官拜国公之爵。他为官不忠，来北国挑拨是非，使两国不和，动了刀兵。忠臣孝子人人可敬，乱臣贼子人人得而诛之。像他苏定方这人，杀了不多，剐之有余！"赤璧保康王是个性如烈火之人，专喜爱忠臣孝子，痛恨奸臣贼子，当下上了程咬金的当，不问青红皂白，喝令："将苏烈推出去，斩杀了！"苏定方说："千岁，外臣冤枉！"赤璧保康王不容他分辩，竟推出去斩之。

恰巧这时有北国大将麻林托白跨马来到帐前，将大刀一挂，进帐来见狼主，那刀斧手又捧着人头来到。程咬金的绑绳扣儿已然挣脱，他飞起来一脚，将人头踢飞，不偏不歪，正打在狼主的脸上。一脚还有饶头，麻林托白正跪着叩头，一脚踢在他的背上，就势来个嘴啃地，帐中一阵大乱。程咬金跑出帐来，上了麻林托白的战马，摘下大刀，往南便跑。帐中的兵将追出来，各自上马，往南追赶程咬金。程咬金且战且走，用刀向番兵乱砍，只砍得番兵人头乱滚。他跑出番兵大营，后边有数十番将追赶下来。程咬金情急智生，将大刀一挂，由身上摘下包裹，向番将说："这是我往大唐搬兵的文书，我不要了，你们谁得去，是谁的造化！"说着话，他往后就扔。北国的人心眼儿最实在，都以为他扔的是搬兵文书，不去追他，全都下马来抢文书。及至抢到手中，打开包袱一看，哪是搬兵的文书啊，净是烂纸。番将们这骂呀，再找程咬金，他人急马快，已然跑远啦！番将如何，暂且不表。

却说程咬金马不停蹄往南而来，这天来到大唐边关，向守将支用了路费，不分昼夜，够奔长安。有道是"救兵如救火"，他来搬兵，焉能迟慢？一路之上幸而无事，这天来到长安。马到城中，见街上人山人海，拥挤不动。他下了马，向人打听这里有什么事。有个老者将这里是法场，今天要处斩犯人，以及犯人是谁，因为什么，都说了出来。程咬金不听此事便罢，听见了是大吃一惊，又急又气。

　　阅者诸君若问这是什么事,书中暗表,程咬金等出征,各功臣的家眷都住在长安。程咬金有个儿子,名叫程铁牛,身体强壮,膂力过人,天然的浑拙猛愣。他与兵部尚书刘文静的两个儿子最好。刘文静的长子叫刘祺,次子叫刘璧,三个人时常在一处玩耍。这天三个人在一座酒楼吃酒,亦是活该出事,他们吃酒之间,楼下有人喊嚷。程铁牛等三人往楼下一看,有人抢夺妇女。他们见长安城天子脚下竟敢抢人,程铁牛头一个就跑下楼来,刘祺、刘璧亦追了下来。原来抢人的是个公子,名叫张文祥,他是张环张士贵的儿子。张士贵原在刘武周部下当运粮官,后来亦投降大唐了。秦王回国之后,李渊封张士贵为将军之职,他在李渊驾前很是得宠。这次秦王出征,他没随军出力,仍在朝中居官。张士贵有一儿一女,姑娘许给何宗宪,尚未过门;儿子叫张文祥。他养儿不教,任意而为,有些个帮闲的汉子和无业的游民成天与他出来闯祸。张文祥时常抢夺良家妇女。

　　这天他与众无赖走在西街,见有个老太太同一个姑娘上街买东西。这个姑娘十七岁,住家在西门内永丰巷,他父亲叫李永安,是个商人,在外贸易去了,家中就有母女度日。恰巧李永安的媳妇得了病,姑娘李凤英同街坊家张老太太往药铺给她娘抓药,走在街上被张文祥看见。他瞧着姑娘窈窕身材,黑黑的头发,梳着大辫子,两只小脚又瘦又小又周正,还是折腿腕(指女性缠足)。他跑到姑娘前头一站,见姑娘白白面庞,两道弯眉形如弯月,一双俊眼恰似秋波,悬胆鼻子,樱桃小嘴,看得直了眼。李家姑娘本是良家之女,见眼前有十数个无赖拥着一个公子挡住去路。她瞧这公子身躯矮小,面皮微黄,窄脑门,瘪太阳,两道斗鸡眉,一双小母狗眼儿,小鼻子头儿,薄片子嘴,两个扇风耳朵,嬉皮涎脸,冲着自己乐,吓得她直往后退。老太太骂道:"这是谁家的短命鬼,出来找骂!"张文祥把母狗眼一瞪道:"胡说!短命鬼?我是长命百岁!这个姑娘是我家的使唤丫头,跑出来一个多月了，还没找着，今天恰巧在这里碰见。你好好叫她跟我家去，不然我将你送在衙门，叫你吃官司！"老太太大骂不止。张文祥一递眼神，过来两个无赖，将老太太按在地上，那些人要抢姑娘。老太太急了，扯开嗓子直嚷："抢人啦！"

正在危急之时，忽听有人大喝一声："休得无礼！"如同半悬空中打个霹雳相似。众无赖见这人身躯高大，凶如瘟神，猛似太岁，全都认识，他是当初瓦岗山大德天子混世魔王程咬金之子，叫程铁牛。他这一到，将众无赖吓得乱跑。原来程铁牛在长安城常打抱不平，众无赖都不敢惹他。他将无赖们吓跑了，过去一把抓住张文祥，抡拳便打。他的拳头像石头一般硬，打了三拳，张士贵的儿子就受不了了，小命儿归了阴曹。张老太太与姑娘乘机逃回家去。程铁牛打死了人命，被刘祺、刘璧拽了就走。程咬金的夫人裴翠云连影儿还不知道哪，刘文静就知道了，他怕程铁牛给张家抵偿，程咬金就一个儿子，岂不断了根呀？他叫刘祺去投案，说张家的公子是他打死的。大公子遵命投案，果然没了程铁牛的事，刘祺问成死罪。

恰巧这天处斩刘祺，程咬金赶到，幸而他向人打听明白，不然刘祺的性命就完了。当下程咬金大喝一声："闲人闪开！我程咬金到法场给犯人饯行来了！"那看热闹的闲人吓得往后倒退。地面官人见是他，亦不敢阻拦。他跑到刘祺的面前，放声说道："贤侄呀，我来送你！"他来到刘祺面前，说："孩儿啊，我用家伙将绑绳割断，你随着我跑，我进皇上的大门，你亦进去。我们爷儿俩豁出这条命去，和他张士贵拼了！"当下他用刀将绑绳割断。法场护决的过来要拿他们，被程咬金打倒数人。他上马在前，抢着军刀就跑，刘祺撒腿紧跟。二人这么一闹，法场大乱，看热闹的人们乱窜乱跑。监斩官又是张士贵，他喝令官人："捉拿程咬金！"官军都知道程国公当过反叛头儿，他是杀人不眨眼的魔王，谁亦不敢惹他。张士贵虽然喝令，亦是白费话，官军们嘴

里嚷,谁亦不伸手,谁亦不追。气得张士贵无法,他站起来,跑出
芦棚,亲自追拿。他大叫:"程咬金,尔敢劫法场,难道你不怕王
法吗?"程咬金见他赶来,叫刘祺骑着他的马先逃回府去,听候
办理,他下马反倒奔了张士贵。他伸手将张士贵揪住,抡拳便
打,三拳就打得鼻青脸肿。张士贵并不还手;他还想与程咬金面
见当今万岁,叫皇上看程咬金打他的样子,重治程咬金之罪。

第九十三回　立大功程咬金封王
夺帅印小英雄比武

　　程咬金与张士贵揪袍捞带，走进午朝门，来到金銮殿前，程咬金自己击鼓撞钟。龙凤鼓、景阳钟一响，李渊在宫内听见了，虽不知道是程咬金回朝搬兵，亦料着哪家大臣有紧急的国事，立刻传旨升殿。他到了殿上，金瓜武士两旁侍立，程咬金、张士贵跪倒叩头。李渊一见程咬金，心中不安，又见他形容枯槁，满脸尘垢，衣服破烂，看他那样子就猜着是秦王出师不利，程咬金回朝搬兵了。当下程咬金叩拜已毕，李渊问道："卿家回朝莫非是搬兵吗？"程咬金说："万岁，扫北的唐将与秦王千岁俱各平安，惟有全军人马俱都困在牧羊城。臣奉秦王之命、秦元帅之令回朝搬兵，现有搬兵的折本，请万岁御览。"说着，他将折本高高一举，御前太监接过去，呈在龙书案上。李渊打开折本，从头至尾看了一遍，才知道尉迟恭之子尉迟宝林兵抢三川、炮炸黄龙岭、被困牧羊城的事情，当时就难过了，凄然泪下，说："程咬金，你能舍死忘生，冒险闯围，披星戴月赶回朝来搬兵，真忠臣也！朕加封你为福寿郡王。"程咬金叩头谢恩。李渊又说："卿家回朝一路劳乏，赏假十天，听候朕遣将往救扫北兵将。"程咬金叩头道："谢过万岁隆恩。"他将身站起。

　　李渊向张士贵问道："你来面君有何本奏？"张士贵说："臣奉旨监斩，有人劫了法场，臣特来见驾，请圣上降旨重治劫法场之人，以申国法。"李渊惊问道："何人胆大，敢劫法场呢？"张士贵说："就是程咬金。"李渊忙问道："程老卿家，你身为国公，为何劫法场啊?"程咬金叩头道:"万岁,老臣天胆亦不敢劫法场,只因张士贵身为国家大臣,养儿不教,纵子行凶,在辇毂之下竟敢抢夺民女。臣子程铁牛与兵部尚书刘文静之子刘祺、刘璧路遇此事,抱打不平,臣子将张士贵之子打死,救了被抢之女。臣子不知国家王法,回家未言,刘文静知老臣一子单传,恐怕问成死罪,断臣宗桃,命刘祺自行投首,承认他打死张士贵之子。结果问成死罪,今日处斩。老臣赶到已至午时,面君不及,臣恐刘祺屈死,在法场救了刘祺,请万岁治老臣之罪,杀臣子以申国法,勿屈杀刘祺。张士贵家教不严,纵子抢夺民女,亦请万岁重重治罪。"李渊听他所说,这才明白其中缘故,说:"程老卿家,虽然劫法场,但宁舍亲生之子,不肯叫刘祺屈死,真忠义之行。朕当不怪,赦你无罪。张士贵教子不严,纵子行凶,酿成人命,朕当派御史严查。刘祺、程铁牛俱都候旨发落。"当下张士贵见皇上这样,哪敢分辩,与程咬金叩头下殿。

　　程咬金先回到府中,向夫人裴氏申斥一顿,不该放纵程铁牛出府,然后往刘府拜谢刘文静,歇了一会儿又到尉迟恭的府中。黑白二夫人将他接进府内,行过了礼,程咬金先把他们扫北攻打白良关、尉迟恭与尉迟宝林父子相会、杀了刘国桢、梅氏自尽等事说明,又将炮炸黄龙岭、被困牧羊城、回朝搬兵的事说明,黑白二夫人又惊又喜:喜的是宝林有了,惊的是尉迟恭被困牧羊城。当下程咬金告诉他们不必着急,朝中不久必发救兵,牧羊城之围将来可解,尉迟恭父子绝无妨碍,可二位夫人仍然是不放心。程咬金又往徐茂公的府中送信,他与徐茂公是患难的兄弟,走进府门,家人报与夫人。程咬金走在徐府大厅,将要落座,见厅后院内有一人正然练刀。这人约有八尺之躯,虎背熊腰,面如紫玉,长眉带煞,二目有神,高鼻梁,四字口,大耳相衬,额下无须,正在少年。头戴紫缎色扎巾,身穿紫缎色箭袖帮身小袄,紫绒绳十字袢,腰系一掌宽五彩丝鸾带,下身红绸子中衣,足下青缎靴子。

约有十七八岁,精神足满,一口大刀抡动如飞,练得很是有劲。程咬金喝了声彩。那公子把刀放下不练了,来至厅中问道:"何人喝彩?"程咬金说:"是我。"这公子看是程咬金,赶紧跪倒叩头,口称:"叔父大人在上,小侄徐德拜见。"程咬金这才想起他是徐茂公之子,忙将他搀起说:"贤侄免礼。"他们说着话,徐茂公的夫人由丫环们搀扶出来。程咬金与他见了叔嫂之礼,然后落座,家人献茶。

吃茶已毕,徐夫人这才问程咬金,说:"四弟不是奉旨出征,为什么又回长安呢?"程咬金见问,就把他们扫北的事儿一股脑儿说明。徐夫人听说大唐兵将被困牧羊城,心中甚为不安,忙问道:"但不知四弟面君之时,可曾听见几时才发救兵哪?"程咬金说:"救兵如救火,绝不能耽搁,不久当起兵了。"徐夫人说:"如若起兵之时,你将你侄徐德带去吧。"程咬金问:"我带他去做甚?"徐夫人说:"我们全家都吃国家的俸禄,应当为国出力,报效君王。此次往塞北解围,他更应当去了。如若杀败番兵,解了重围,救秦王是为国尽忠,救他父亲是为子尽孝,此乃忠孝两全之事,应当叫他去的。"程咬金心中大悦,连道:"贤嫂能够这样,好极了!出兵之时我一定带他前往。"徐德听说要带他出兵打仗,高兴已极,他亦说愿意跟去。程咬金因为有事,不便久待,告辞出府,又到罗府而来。

罗成的夫人庄氏与公子罗通,在中堂相见。施礼完毕,家人献茶。庄氏问道:"兄长此次出征,胜负如何?"程咬金又把此次出征的事说了一遍,然后说:"我来是找我侄儿罗通。"庄氏问道:"兄长找他做什么?"程咬金说:"我来搬兵,不久朝中出兵,希望罗通随军立功。"夫人说:"兄长,自从你兄弟命丧淤泥河,为国尽忠之后,我就看破了功名富贵,不愿叫你侄儿再为战将,只要衣食不缺,埋没终身亦是不惜。"程咬金尚未答言,罗通说:"母亲之言差矣。想我父死在刘黑闼君臣之手,为唐室尽忠而亡,尽人皆知,杀父的冤仇至今未报。况且陷害我父不是当今万岁,不是秦王,是那建成、元吉二人。当今万岁已命儿承袭我父国公之职,食君禄当报君恩,儿亦当为国出力报效,为我父报仇,亦当出征。如若扫北,儿不止于忠于国家,拿住刘黑闼,还能报我父仇。以此忠孝两全之事,娘亲不必阻拦,亦不可叫人说罗家将无人!"夫人听他所说,二目落泪说:"孩儿啊,娘不是不叫你去,只因罗氏门中只有你一人,倘若有点舛错,岂不断了罗氏香烟?"罗通说:"娘亲,儿忠孝之行,皇天保佑,管保万无一失。"夫人说:"吾儿有此大志,老身就准你前往。"罗通大悦。程咬金说:"吾侄受他伯父所传,罗家的枪法不弱乃父,若是扫北,定能立功。"夫人说:"全仗伯父看在他亡父的情面多为关照,他小小的年纪晓得什么。"程咬金这才由罗府告辞退出。

程咬金见各府的小将都是有用之才,他觉得瓦岗山众将老的老,死的死,都不能上山捉虎,下海擒龙,亦不能在阵中冲锋对敌;若是用各府的小将,俱在少年,哪个亦有上山捉虎力,下海擒龙艺,叫他们都去出征,管保能够旗开得胜,马到成功。想到这里,回至家中,又派府中的家人分往各府,请众小将明日到程府有事相商。众家人遵命,分头去请。

次日早晨,程咬金起来,净面漱口,用早点吃茶。诸事完毕,家人将大厅打扫干净,预备茶水,款待众小将。少时众小将来至,有刘文静之二子刘祺、刘璧,徐茂公之子徐德,罗成之子罗通,秦琼之子秦怀玉,盛彦师之子盛龙,段志贤之子段林,马三保之子马如龙,金甲之子金震坤,秦琼之义子尚元培,齐彪之子齐大虎,李豹之子李逢春,史大奈之子史士奎,罗春之子罗仁,程咬金之子程铁牛。众小将都知道老人家全有交情,他们全是世交,很为亲热,大厅之中谈谈论论,热闹非常。程咬金听说他们都来了,出来见他们。众小将见了他,有呼伯父的,有称叔父的,程咬金见众小将高矮胖瘦不等,高大的威武,瘦小的精神,俊美的清秀,丑陋的魁梧,真是后浪推前浪,一辈新人换旧人。他见众小将人才济济,将门生虎子,喜悦非常,说道:"诸位贤侄,我请你们来非为别事,只因秦王监军,秦元帅率兵扫北,中了北国的诡计,被困在牧羊城中。我豁出这条老命,舍死忘生闯出重围,前来搬兵。如今我已然见了当今万岁奏明搬兵之事,我愿带你们众小将往塞北立功。这是为国出力,报效朝廷,解重围,搭救你们的老子,忠孝两尽的事,你们可都愿意吗?"众小将听了,齐声愿意。程咬金说:"既都愿意,你们赶紧熟习武艺,预备盔甲、马匹、军刃,候旨出征。"众小将个个应声。程咬金说:"众位贤侄先别走,我府中已然备下酒筵,你们吃喝完了再回家。"于是家人们一路大忙,擦抹桌案,安放座位,大家入席。家人们安放杯筷,碟碗罗列,大家欢呼畅饮,好不热闹。程咬金见众小将个个能吃,如同狼吞虎咽,风卷残云一般,他喜欢得手舞足蹈。众家人暗自说道:我们主人由国公改了王爵,反倒成孩子头儿啦! 众小将只吃得杯盘狼藉,这才各自漱口,纷纷告辞。

程咬金更换官服,入宫面君,将小将愿往塞北立功的事说明,李渊龙心大悦,命兵部尚书刘文静、福寿郡王程咬金为正副主考,叫众小将在教军场夺取帅印,谁能夺了状元印,封为扫北二路元帅,统带人马往塞北解围。这旨传下来,各府的小将知道了,个个欢天喜地,摩拳擦掌,准备夺取状元印。

却说刘文静、程咬金既奉旨为主考,当然准备一切。到了正日子,有兵将保护教军场,众小将罗通、罗仁、刘祺、刘璧、程铁牛、史士奎、李逢春、马如龙、齐大虎、盛龙、段林等全都来到,个个都是头顶盔,身穿甲,全副戎装。天至卯时,只见教军场内竖起四杆大旗,东方按着甲乙木,是绿缎色旗;南方按着丙丁火,是大红缎色旗;西方按着庚辛金,是素缎色旗;北方按着壬癸水,是皂缎色旗。每一面旗下有四面生皮大鼓,四个吆喝儿郎专管敲鼓。每一面有个龙旗官,怀抱龙旗,只要他的旗子一动,吆喝儿郎就擂鼓;鼓声一响,停止比试,可就较量出高低来了。演武厅内设下长案,案上放着黑红笔、黑红砚、花名册。到了辰时,三声炮响,刘文静、程咬金一齐来到,在演武厅落座。状元印、一对金花、两块红绸子全都放好,由刘文静按着花名册点名。点完名,刘文静传令,将大红袍悬挂在演武厅前。

三通鼓罢,有一位小将催马摆刀,来到当中。众人一看,这人长得头大项短,膀大三停,面如青叶,粗眉大眼,鼻直口阔,大耳相衬,头戴一顶青铜獬豸鸡嘴盔,七宝镶嵌,光华夺目,顶门上一朵红绒高寨,四指宽勒额带密排青铜钉,包耳护项。外挂青铜大叶甲,内衬绿罗袍,胸前一块护心宝镜,肋下一口双锋宝剑。绿缎色软战裙,青铜搭钩鱼裰尾,云根靴牢踏在一对青铜镫内。坐下一匹青獬豸,鞍辔鲜明,手中擎着一口大刀。他向演武厅喊嚷道:"俺的武艺第一,快把状元印给俺段林!"他犹未说完,有人大喊一声:"段林,你与俺盛龙较量三合,胜了属你第一!"大家一看盛彦师的儿子,身躯魁梧,面黑如漆,穿青挂皂,跨马持枪,直奔段林。两个人刀枪并举,杀在一处。约有四五个回合,盛龙的大枪杀得段林只剩招架之功,绝无还手之力。他喊了一声:"俺就让给你了!"段林退走。

又听有人叫道:"盛龙啊,你亦让了吧!"盛龙顺声音一看,来了一骑马,马上之人脑袋大,项短脖粗,面如青叶,发似朱砂,红眉毛,大眼睛,狮鼻阔口,全身戎装,胯下枣骝驹,手使一口金瓒开山钺。大家一看是程铁牛,长得真像他老子,一般不二。程铁牛与盛龙杀在一处。盛龙的大枪上拦下拨,内穿针外刺袖,扎挑拨豁,如同乌龙出水,神出鬼入。程铁牛的大斧施展开来:左插花,右插花,双龙入海;前后遮,上下护,力劈华山;左盘头,右盘头,大枪难入;拦腰斧,盖头斧,鬼神皆惊。有如乌龙取水,猛虎登山。好一个翻天六十四砍!十数个回合,他的大斧杀得盛龙眼花缭乱,败将下去。程铁牛向演武厅内喊道:"爹爹,俺的武艺第一,快将那印拿来给俺!"

程铁牛说到这里,只听有人叫道:"程铁牛,你要那印亦成,须胜俺手中枪!"程铁牛顺声音一看,来的这人约有七尺多高,细腰乍臂,面如紫玉,紫中透亮,长眉带煞,二目有神,高鼻梁,四字口,约有二十岁。头戴一顶紫金盔,有朵红绒桃在顶门上突突乱跳,四指宽勒额带密排金钉,包耳护项。身披紫金甲,内衬大红袍,前悬护心镜,后勒护背旗,肋下佩剑。鱼褟尾分为左右,两扇征裙护住腿,五彩花靴牢踏在一对紫金镫内。胯下一骑枣骝马,鞍鞯鲜明,手中擎定一条大枪。程铁牛认识此人,是秦元帅的义子,名叫尚元培。前文书秦琼南取五关,三抢虎类豹,尚师徒寄子,将他儿子尚元培带回秦府,由贾氏夫人抚养成人。他与秦琼之子秦怀玉孩童起首,一起长大,秦叔宝亲传他二人武艺。尚元培练得马上步下,十八般兵刃,件件精通,惯使一条大枪,实有万夫莫当之勇,今天他亦来夺五虎状元印。尚元培催马挺枪,直奔程铁牛,两个人杀在一处。程铁牛的开山铖抢开了,磨盘式翻天六十四砍,向尚元培招招进迫。尚元培的大枪挡得很严,大斧递不进招去,约有七八个回合,不见胜败。程铁牛使了个"顺水推舟",被尚元培的大枪"怪蟒翻身"、"白鹤展翅",将程铁牛的战袍挑破。龙旗官一摆旗子,咆哮儿郎擂鼓。

有人大叫:"尚元培,将印给俺留下!"尚元培一看,由左边飞来一骑马,马上一员小将,身高约有八尺,虎背熊腰,面皮微紫,紫中透黑,剑眉虎目,鼻直口方。头上狮子盔,身披大叶甲,内衬紫罗袍,胯下胭脂马,掌中一对八楞紫金锤。认识此人,他是罗春的儿子,名叫罗仁。他练了十多年的功夫,马步技艺精通,惯使一对锤,骁勇无敌,今天亦来夺印。他催马抢锤,来战尚元培。尚元培抖枪分心便刺,罗仁用锤往外便磕,"当"的一声,将枪磕开。二马错镫之际,罗仁抢开双锤,向他肩头背后便打,这叫"盖马三锤"。尚元培横枪招架,当当当,如同流星赶月相似,打了三下,打得枪杆火星乱迸。尚元培两膀发烧,招架不了,连嚷:"罗老二,我让你了!"拨马败去,鼓声大作。罗仁说:"众位哥哥,有不服的快来较量!"

忽听有人叫道:"兄弟,你将这功名让与我吧!"罗仁一看,这人催马持枪而来。只见他长得细条身材,面白如玉,双眉入鬓,目若寒星,鼻直口方。头戴亮银凤翅盔,身披银铠甲,内衬素罗袍,胯下银鬃马,掌中一条素缨枪,精神百倍,仪表非俗。罗仁认识他,是秦琼之子秦怀玉,忙问道:"哥哥,你怎么亦来夺我的印呢?"秦怀玉说:"兄弟,你年纪还小,有勇无谋,不能为帅,快快让我!"罗仁说:"只是我手中之锤不让!"秦怀玉用枪便扎,他使锤就磕。秦怀玉撤枪,倒过枪杆就打,罗仁用锤往上一撞。二马错镫,秦怀玉的大枪内穿针,向他肋下便扎,罗仁用锤往外搂开。两个人杀在一处。好厉害的秦怀玉,凭自己的大枪,施展开了,不叫罗仁还招,足杀了十数合,不见胜负。罗仁自料难敌,败回西方。

第九十四回　长安城挂帅立军威
　　　　　　　磨盘山义释泯恩仇

　　鼓声一起，怒恼一位少年英雄，大叫："秦哥哥，你我分个上下，论个高低！"秦怀玉顺声音一看，来了一员小将，手持战杆，马走如飞，与众不同。中等身材，猿臂蜂腰，双肩抱拢，面如敷粉，白中透红，红中透润，眉分八彩，目若朗星，悬胆鼻子，四方口，牙排碎玉，唇若涂朱，天庭饱满，地阁方圆，三山得配，五岳相匀。头戴一顶五凤亮银盔，下垂八宝轮、螺、伞、盖、花、罐、鱼、长，顶门上一支丹凤朝阳，金丝垒红绒高寨，勒额带双掐勒额骨，包耳护项。身披亮银锁子连环甲，内衬素罗袍，护心镜在前，护背旗在后，肋下佩剑。鱼褟尾，两征裙，遮住磕膝护住腿，素缎花靴牢踏在亮银镫内。胯下一匹银獬豸，鞍鞯鲜明，手中擎定一条烂银枪，精神百倍，气度不俗。秦怀玉认识他，是罗成之子，世袭越国公罗通，忙道："兄弟，你亦来了。我们罗秦两家是骨肉至亲，你怎么亦夺我的印呢？"罗通说："吃喝让人，功名富贵不能让人！"秦怀玉听他所说，心中有气，两个人各把坐马催开，杀在一处。秦怀玉虽比罗通大一岁，若论武艺，还是罗通好，他的武艺不是罗成所传，是伯父罗春传授的，比他父亲的功夫还好。今天动上手，约有十数合秦怀玉就明白了，见罗通的招数与自己不同，还是罗家的枪法厉害。他心中暗自思忖：别等输了，现在让他，脸面还好看些。想到这里，虚点一枪，拨马便走，说："贤弟，我将此印让给你了！"秦怀玉走去，战鼓齐鸣。

　　史公子不服，与罗通较量，不到三合，罗通就把史士奎杀败。

刘祺、刘璧、马如龙、李逢春等，接连着都败在罗通的枪下。刘文静、程咬金见罗通枪马纯熟，较比他父亲不在以下，甚为喜爱，因为无人胜他，就将状元印给他。罗通头戴金花，十字披红，身佩状元印，荣耀回府。

次日五鼓，唐皇早朝，李渊龙心大悦，立刻传旨召见罗通，封为扫北第二路元帅，命他带兵十万往北国解围，搭救牧羊城被困的兵将，罗通叩头谢恩。又封程铁牛为先锋，程咬金为监军，命众小将们俱都随军出征，由罗通量才委用，他们叩头谢恩。当日散朝，刘文静赶紧调兵，十万大兵调集长安，在城东扎下连营。

罗通全身披挂，升坐中军大帐。将士儿郎向他施礼完毕，他命退立两旁，将士儿郎往两旁一站。程咬金落座，见罗通发下军令，共有十七条五十四个杀罪，命军政司宣读，晓谕兵将一体知悉，然后点名过卯。他将要派众小将的职务，忽见辕门外闯进一人，辕门兵将拦挡不住。罗通喝令："将来人拿下！"绑缚手往帐外一扑，就将来人绑了，推到帐下，来人的东西亦放在一旁。左右喝令："跪下！"这人跪倒了。罗通一看，不是外人，是府中的老家人罗安。他向罗安厉声问道："你为什么闯入我营哪？"罗安叩头道："我奉太夫人之命来给公子饯行，他们不教叫老奴进来，老奴才闯入辕门。"罗通大怒道："这是军营，不是我们的府第，你敢仗势闯入，按照禁令五十四斩，是犯轻军之罪，应当斩首！"罗安一听，吓得魂飞魄散，连连叩头求饶。罗通喝令刀斧手："将他推出斩首！"刀斧手推着罗安往外就走。程咬金看着有点儿不忍，喊了一声："刀下留人！"罗通问道："千岁为何阻拦？"程咬金说："请你念他年岁高迈，在府中有多年的功劳，饶他的死罪吧。"罗通说："国有国法，军有军规。我一人节制三军，必有军规纪律。军令无私，王法无亲，王子犯法，与庶民同罪。我身为元帅，不敢徇私！"说到这里，就催令速斩。刀斧手不敢违命，就在辕门外将罗安斩首，人头号令辕门。

罗通又将把守辕门的小校唤到帐中,向他问道:"汝所司何事?"小校说:"把守辕门。"罗通说:"你为什么将闯营之人放入?"小校说:"他嚷他是元帅的家人。"罗通说:"不论谁,亦得先禀报本帅,候令定夺。倘若进来的是奸细,行刺的哪,你亦放入吗?放弃职责,理当斩首。姑念你初犯,重打四十!"于是站帐军将他按倒,打了四十军棍,打得皮开肉绽,然后罗通吩咐搭出帐去。三军众将见罗通一秉大公,处正无私,不论亲私,言出法随,无不恐惧,个个都感觉在他部下当差,得好好遵守军令,别犯军规,三军悚然。程咬金见他这样,亦是暗暗钦佩。当时罗通传令:"所有军中之人无有令箭不准出营,明日五鼓早用战饭,天明拔营起寨,卯时祭旗,辰时起兵。"吩咐完毕,退帐歇息。

一夜无书。次日五鼓,早饭用毕,兵将们拔营起寨,刀矛器皿、锣鼓帐篷、粮草等项,装载车辆,摆设香案,挑起大纛旗、引军旗、先锋纛旗。罗通、程咬金率领一干诸战将焚香施礼,誓师祭旗。诸事完毕,罗通唤道:"程铁牛听令。命你带五千人马为先锋军,逢山开路,遇水搭桥,往塞北进发。"程铁牛说声:"遵令。"他点了五千大兵,炮声一响,引军旗开路,向导官在前,顺路而下。先锋军走后,罗通又唤刘祺、刘璧吩咐道:"命你二人为前领军大将,率领一万人马,随先锋军进发。"二将遵令,率领一万大兵,随着程铁牛而去。然后罗通又命罗仁、尚元培为左领军大将,率兵一万;又命齐大虎、史士奎为右领军大将,率兵一万;段林为合后大将,率兵五千;派盛龙为第一路运粮官,马如龙为第二路运粮官,李逢春为第三路运粮官,各路派兵五百为护粮军。吩咐已毕,众将遵命,点兵去了。剩下五万多兵,罗通与程咬金统带,一路路继续前进。真是旌旗招展,绣带飘扬,遮住日月光华,刀枪滚滚,盔甲丛丛,人似欢龙,马如活虎,浩浩荡荡,十万大兵离了长安,往塞北而来。一路之上,罗通约束三军,不扰民,不害民,倒亦安然。

　　走了数日，这天程铁牛率领先锋军正往前进，忽见前边有座大山，悬崖峭壁，怪石横生，既没花草，又无树木，山势险恶。"仓啷啷"锣声响亮，撞出一支喽罗兵来。程铁牛说："前边有了毛贼，我兵列队！"五千先锋军把队列开，当中纛旗之下，程铁牛勒马停斧，往对面观瞧。只见山中冲出来的喽罗兵约有五百，雁翅排开，当中间闪出来三骑马，马上三位寨主，各擎利刃。左边的寨主约有八尺之躯，细腰乍臂，双肩抱拢，面白如玉，眉清目朗，鼻直口方，颔下无须，正在壮年。头戴一顶素缎色软扎巾，身穿素缎色短箭袖帮身小袄，素绒绳十字袢，丝鸾带扎腰，下身穿白绸子中衣，素缎花鞋。胯下一骑银鬃马，手中擎着一对梅花亮银锤。右边的人身躯高大，面如青叶，浓眉环眼，狮鼻阔口。头戴绿缎色软扎巾，绿缎色短箭袖小袄，绿绒绳十字袢，丝鸾带扎腰，青缎靴子。胯下青鬃马，手中擎着一对青铜倭瓜锤。当中的寨主九尺向外，头大项短，膀大三停，面如蓝靛，发似朱砂。头戴蓝缎扎巾，身穿蓝缎色箭袖小袄，蓝绒绳十字袢，丝鸾带扎腰，下身红绸子中衣。手中擎着一条钉钉枣阳槊。三个人威风凛凛，杀气腾腾。程铁牛心中很是纳闷，不知道这三个寨主有何本领，敢挡住去路。书中暗表，这三个人当中的名叫单天常，乃单雄信之子；左边抱银锤的名叫朱文，乃南阳反王朱灿之子；右边抱铜锤的名叫雄士杰，乃扬州举千斤闸砸死的雄阔海之子。这座山叫磨盘山。雄士杰、朱文在此占山，啸聚千数喽罗兵，明着是做绿林的生涯，暗中要报父仇。单天常知道他爹爹是被罗成挤兑死的，亦要报父仇。他背着王氏私自逃出来，与雄士杰、朱文在磨盘山入伙。如今罗通大兵扫北，从此路过，单天常、雄士杰、朱文率领五百喽罗兵在山下列队，挡住程铁牛的去路。

　　程铁牛将先锋队列开，看着他们三个寨主、几百喽罗兵就敢挡住大军，很是纳闷，不知道他们有何本领，将马一催，用斧点指："对面的三个小子是什么东西，敢挡住爷的去路，快快马前送死!"朱文催马迎住,向他问道:"你叫何名?"程铁牛说:"俺乃大唐福寿郡王程咬金的殿下,世袭爵主叫程铁牛,如今奉旨出征,挂了先锋印,与罗元帅统带十万大军扫北。尔有何本领,敢挡住你家先锋的去路!"朱文说:"小子,你就是混世魔王大德天子的儿子,今天在此相会,休想得活!"程铁牛大怒,用斧就砍,朱文用双锤招架。两个人马打盘旋,杀在一处。程铁牛的大斧磨盘式翻天六十四砍,抢动如飞。两个人杀了十数个回合,不见输赢。怒恼了单天常,催开坐骑,大叫:"朱贤弟闪开,待我杀他!"朱文拨马回去。单天常并不答话,用槊就砸,程铁牛横斧杆招架,"当"的一声,砸得火星乱迸。程铁牛觉着两膀发麻,虎口发烧,心中暗道:这家伙膂力不小,真够我搪的。二马错镫,斜肩带臂又是一槊,砸在斧杆之上。身形一晃,程铁牛几乎下马。圈回马来再战,又一槊砸得程铁牛拨马便走。单天常大叫:"乏货,爷不追你,叫那姓罗的快来见我!"

程铁牛率领人马败将下来,迎头碰见刘祺、刘璧率兵来到,见了他问道:"我兵北伐,先锋为何回兵?"程铁牛道:"我们不用扫北了,前边有三个寨主,一个使槊,两个使锤的,厉害无比。俺是领教过了,杀不过他们,快叫元帅去吧!"刘祺、刘璧大怒道:"元帅乃一军之主,焉能去战山中的草寇,待我二人去吧,看山中的毛贼有何本领!"于是刘祺、刘璧分兵去往磨盘山,战那三个寨主。去了两个时辰,亦败将下来,向程铁牛说:"那三个寨主实是厉害,俺们亦杀他不过。"他们这前军站住,中军不走,罗通问道:"我兵至此为何不走?"正然问着,程铁牛来到,见了罗通道:"回禀元帅,前面有座大山,出来三个寨主,杀法厉害,俺与刘祺、刘璧俱被他们杀败,在元帅面前领罪。"罗通大怒,气得三尸神暴跳,五灵豪气腾空,吩咐五百亲兵随他前往,叫程铁牛引着,飞奔磨盘山而来。

及至到了山前,果见有三个寨主、五百喽罗兵。罗通挺枪大叫："罗元帅在此,草寇快来纳命!"单天常迎上前来。罗通问道:"你叫何名,敢挡本帅大兵去路?"单天常说:"俺父是单雄信,俺叫单天常,与你有不共戴天之仇,今天杀个强存弱死,真在假亡!"罗通听得不大明白,向他问道:"你我怎么有那么大的仇恨哪?"单天常说:"当初我父在洛阳招了驸马,你父罗成不保李密,到我洛阳。我父在洛阳王驾前请求设立三贤府,待如上宾,程咬金、秦琼都受过我单家的好处,他二人投奔大唐。你父罗成染病洛阳,我父延请名医给他调治病症,他竟乘唐兵取洛阳之时,身入唐营,贪图大唐的功名富贵,忘了我父待他之恩,不顾盟兄弟之义,在两军阵前与我父动手,翻脸无情。我父气愤难伸,夜入唐营,被你父拿获。这还不算,你父又乘机夜袭洛阳,将我舅父洛阳王与窦建德等拿住,全皆杀死,又假作仁义,放我父出营。我父走在洛阳西门,见我舅父的人头,他老人家一阵难过,痛不欲生,拔剑自刎。他老人家总算忠于洛阳王,为兄之仇,誓不降唐。其交友之义,待人之厚,天下人尽知。天道无情,亡我忠孝仁义之父。可惜那时我在年幼,不然早报此仇。我仇还未报,尔父就死于苏定方之手。如今我在此非是占山为王,身入绿林,实是欲报大仇。你罗通不是带有十万大兵吗,我单天常无有那些人马,只有五百儿郎,你势大兵多,我人少势孤,咱们决一胜负,见个高低,分个强存弱死,真在假亡!"

罗通听他说完,向他说道:"单贤弟,你能知道给单伯父报仇,尽人子之孝道,我钦佩已极。无奈你不知是非曲直,只道片面之情。我父昔日在北平府乃大隋朝北平王殿下,受爵燕山公,贾家楼三十六友被困岗山,我父两次私离北平府,为朋友破过一字长蛇阵,单枪破双枪,战走定彦平,解过岗山之围,倒反金斗铜旗阵,都是为朋友出力。那苏定方兵犯北平府,箭射北平王,我父落个不孝之名,未能尽孝,谁人能替我父伤感?他老人家归唐,乃借唐家之力,灭夏明王窦建德,捉拿苏定方,欲报我祖父之仇。你父偷营,被获遭擒,理应斩首,先公后私。而我父先私后公,放你父出营,正是念你父待他有恩有义。你父死了,要是我父无情无义,那么我父为朋友三入瓦岗山,舍命交友丢失北平府,你怎么不说?依我所劝,你不可阻止唐兵北进。那秦王曾将洛阳财物赏你母子,有莫大之恩。现在秦王被困牧羊城,我奉旨扫北往牧羊城救驾,你应当下马归顺,同入唐营,随我扫北,救秦王立大功,将来封妻荫子,扬名声,显父母。"单天常说:"罗通,你不用和我巧言分辩,要我归唐,除非海枯石烂!你我二人决一胜负,见个高低!"罗通说:"非是我惧怕于你,念你我系世家之交,若是争战起来,叫人耻笑。你既不悟,我枪马俱在,就不客气了!"

单天常举槊便砸,罗通横枪招架,两个人杀在一处。三个照面,罗通净招架了,没有还招。过了三个照面,单天常招招进迫,罗通这才还招。单天常恨不得一槊将他砸死,招招进迫。罗通的大枪封得很严,见式破式,见招破招,把一条大枪抖欢了,神出鬼入,似条银龙戏水一般。两个人杀了六七个回合,未见输赢,棋逢对手,将遇良才。两匹马来回乱转,走马灯相似,八个马蹄把土荡起多高,尘沙荡漾,土气翻飞。单天常见罗通杀法厉害,他抖擞雄威,拼命厮杀。罗通是愈杀愈勇,精神倍长。二人走马灯相似杀了二三十合,未分胜负,后边的唐军全都来到。罗通与单天常杀到天色已晚,各自收兵。罗通的人马就在山前扎营。

单天常、雄士杰、朱文回到山中,吃过晚饭,见天上昏暗不明,没有星斗月色之光,单天常就和二人商议要往山下偷营劫寨,朱文、雄士杰亦很愿意。他们耗到天至二鼓以后,点齐五百喽罗兵,悄悄出了磨盘山,直奔唐军大营。并不甚远,不大的工夫就来到了,只见唐营黑暗暗灯火不明,三个人只道唐军失于防范,催马在前,喽罗兵在后,扑奔营门。将到营门,"呼啦"一声,单天常、雄士杰、朱文全都掉在陷马坑内。梆子一响,乱箭齐发,射伤了十数名喽罗兵，剩余的转身就走，各自逃生。那三个人落在坑内，底下净是生石灰面子，飞扬起来，又不敢睁眼。由营中出来唐军，用挠钩就钩，将三个人钩上去，用绳捆绑，推推搡搡，推到大营。坑内的军刃、马匹自有人往上弄，勿用细表。

却说罗通得报三个人全都被获遭擒，心中大悦，立刻升坐中军大帐。军士们将三人推到，三人全都怒目横眉，立而不跪。罗通立刻起身，离座走过来，二目落泪道：“我们老人家心志不同，岗山散后有东有西，又因各为其主，彼此争战，贻笑于人，他们是悔无余地。我们小弟兄再要仇杀，亡人未必安宁。既是世家之交，从此以后还应彼此扶助，共扶唐室，建功立业，显亲扬名为是。”说着话，亲自给他三人解开绑绳。三个人见他这样，亦被感动，纳头便拜。程咬金暗道：这个小罗通不弱于其父，将来定成大名。程咬金与三人说道：“你们好好出征，扫北回国都有大富大贵。”单天常等又都给程咬金施礼，程咬金又将当初秦王恩待他母子的事儿说了一遍，叫他感德报恩。于是单天常等投入唐营，罗通将三个人派在先锋军中，随着程铁牛立功。磨盘山的喽罗兵散了，放火焚烧山寨，然后大军继续前进。

第九十五回　程咬金误走隐贤村
狄元龙威震黄龙岭

　　这天路上，又下起大雨，雷电交加，那雷"轰隆隆"直围着程咬金顶门乱转。程咬金暗自说道：不好，我老程要归位！这时，天空一个霹雳，老程的马四蹄蹬开，一扬脖儿，就惊了，他怎么亦勒不住了。这马一口气跑出几十里路，雨过天晴，它才站住。程咬金亦不知道到了什么地方，只见前边有个村庄。程咬金下了马，拉着坐骑，够奔村庄，想找个人间问路。走到村头，听见一家屋内有人说话，说话的声音从后窗户透出来，听得十分真切。就听里面说："程咬金是个卖笆子的出身，尤俊达教给他当响马，六月二十四长叶林劫皇杠，他们做的事对不住朋友。秦叔宝为他三探汝南庄，染面诈登州，舍命交友。靠山王杨林爱惜秦叔宝，将山东地面官员俱赦无罪，给秦琼海捕公文，慢慢捕拿劫皇杠之人。贾家楼三十六友结拜，给秦母拜寿，那靠山王杨林亲解杠银到了济南府，将秦琼请去，认为义儿干殿下。那程咬金、尤俊达又二次劫皇杠，被获遭擒。三十六友大反山东，火烧历城县，劫牢反狱，救出尤俊达、程咬金。大家走马取金堤，夺了瓦岗山，拜大纛立程咬金为大德天子混世魔王。隋兵七打瓦岗山俱都失败，三十六友威名远震。四平山会兵，公举程咬金为十八国都盟主。李元霸锤砸四平山，十八国打了败仗，程咬金将大魔国的事业让与李密，他真对不住三十六友。李密大失人心，瓦岗山散将，众弟兄各自散去。我好些年困卧马鞍鞯，渴饮刀头血，全都白费了。程咬金不够朋友，他倒投奔李家，做了大唐的官了。"程咬金在外边听着。那屋内的人愈说愈有气,愈说声音愈大。

程咬金听的工夫大了,实在忍耐不住啦,大声喝道:"什么人敢背地里毁谤于我?"他这一嚷,从里边走出一人。程咬金不看便罢,一看这气更大了,不是外人,是三十六友的人物,大刀王君可。原来王君可自从瓦岗山散将之后,他很灰心,事事不贪,回到隐贤村务农为业,教养其子,再不想贪功名富贵了。他有个邻居是有名的人物,双枪将薛文举。两个人时常在一处闲谈。不料这天王君可向薛文举说程咬金如何不好,被程咬金听见。

程咬金一嚷,王君可出来,见是程咬金,可就愣了,心中暗道:我今天说他不好,就被他听见,真是巧极了!当时王君可抢行几步,跪倒叩头,口称:"程四哥在上,小弟王宣有礼了。"程咬金说:"你有礼,我没理,起来吧。"王君可站将起来,唤出家人,将程咬金的马匹接过去,刷饮喂遛。二人走进来,到了屋中,程咬金见有一人,身高九尺,虎背熊腰,面如紫玉,微有皱纹,两道苍眉,一双虎目,鼻直口方,一部苍髯洒满前胸。头戴一顶鸭尾巾,顶门上打着象鼻疙瘩,身穿箭袖袍,气度不俗。将要问此公是谁,王君可指着这个人道:"四哥,我给你指引个朋友,这位是罗成所说的双枪将薛文举。"程咬金听说过薛家双枪天下扬名,忙着作揖施礼说:"我程咬金久仰大名,如雷贯耳,今日一见,三生有幸。"薛文举听他就是程咬金,不由得一怔,又见他头上戴着紫金五龙盘珠冠,穿着紫缎色蟒袍,腰横玉带,全身王服,见了人礼貌恭谦,言词和蔼,很觉着王君可不对。及至见了本人,满不是那么回事啊!看来王君可这个人口是心非,不能交他。薛文举与程咬金还完了礼,落座吃茶。三个人谈话,又见程咬金谈吐文雅,薛文举立刻告辞而去。

薛文举走后,王君可这才问道:"四哥,你从何而至?"程咬金见问,就把他的来历向王君可说明。程咬金正与王君可说话,忽见由外边走进来一人,身躯魁梧,虎背熊腰,面如紫玉,眉清目朗,鼻直口方,脸上一团正气,精神百倍,约有二十岁,穿着一身武生公子的衣服,不知道是谁。将要问王君可此子是谁,就见王君可冲这公子把眼一瞪道:"你不好好读书,往这里来做什么?快回去念书!"那公子不敢多言,面带不悦之色而退。阅者诸君若问这位公子为何面带不悦之色,书中暗表,此人姓王名俊字永安,乃王君可之子,今年二十岁了。七岁读书,练习武艺,文武双全,得着他父亲的真传,并且受双枪将薛英的指点,实有万夫不当之勇。他曾听王君可说过,程咬金、秦叔宝、徐茂公、贾润甫、柳州臣、齐国远、李如珪、金国俊、童佩之等扶保大唐。如今程咬金到了他家,王俊是少年英雄,志大心高,他要为国家出力,效命疆场,建功立业,有了功名富贵,扬名声,显父母,改换门庭。如若得志,亦不枉父母栽培自己,叫父母看着心中愉快,他要叫程咬金将他带走,好往军中效力。不料他父亲看破了功名富贵,在这乱世的时候必须明哲保身,一日安然一日仙,何须千古名不朽?他儿子王永安一来,心中就明白了,这才将他斥退。

王俊去了,程咬金与王君可用晚饭,见桌上仅有两碟一盘,一碗汤菜,别的全无,心中满不在乎。吃饱之后,程咬金向王君可说:"我身体劳乏,今夜不走了,住在你这里。"王君可一皱眉,说:"我这里没有地方,只有门房。"程咬金说:"不论什么屋,能睡一宿就得。"于是王君可命家人将门房收拾收拾,放下一份铺盖。程咬金临往门房睡觉的时候,王君可说:"明天我还有事,早早地就走,对不住你,早饭不留了。"程咬金毫不在乎。他到了门房,见有一份肮脏的铺盖,心中暗道:王君可真叫可以的,对待故人如此冷淡,难道你就不交朋不交友?程咬金在门房安歇,怎么亦睡不着,翻来覆去。

天到二更天了,程咬金自言自语:"王君可,你太不够朋友!"忽听外边有人答言说:"四伯父还没睡着呢?"程咬金问道:

"外面是谁?"外边的人说:"小侄王永安。"程咬金将灯点着,开门一看,就是白天所见之人。王永安给他施礼,程咬金用手相搀,问道:"贤侄黑夜之间不睡觉,来此做甚?"王俊说:"小侄听说四伯父来了,我要见见你老人家,求你带我往军中效力。可我父将我斥退,心中不安,特来找你,和你商量能否把我带走。"程咬金说:"我能将你带走。"王永安说:"我父母可不叫我去。"程咬金说:"你去收拾马匹军刃,我带你偷走。"王永安惊喜非常,立刻跑回去,把应用的东西包好,军刃挂在马上,牵着他的马来见程咬金。程咬金亦将马匹鞴好,爷儿俩往外要走,到了大门,见门上了闩锁。正然着急,老家人来到,问王俊道:"公子,这是做什么?"王永安说:"跟我四伯父走。"老家人说:"那可不成。"程咬金说:"你要阻拦,用斧子杀你。"老家人说:"我不拦亦成,你们开不开门。"程咬金说:"这有何难。"他摘下大斧,照着锁,只一下就开了。伯侄二人出门上马,如飞而去。王永安道路最熟,和程咬金够奔唐营。

走到次日,天到巳时才到大营。爷儿两个进了大营,恰巧罗通升帐办公,二人帐前下马,有人接过坐骑,程咬金叫王永安拜见罗通。施礼完毕,程咬金道:"我兵为何在此安营?"罗通说:"昨夜不见伯父回来,小侄哪能北去,遣人四处寻找,未能找着。我正着急,你老人家回来了。"程咬金把他误入隐贤村,见着王君可,以及带来王永安的事一股脑儿说明。罗通得了王永安一员大将,心中很为喜悦。待军中用过午饭,罗通传令起兵,大军按站而行,够奔白良关。一路之上无事,这天来到白良关。又行了两日,离黄龙岭近了,探马禀报:"黄龙岭有北国大帅左车轮统兵六万,扎着大营,阻止救兵去路。"罗通传令:"安营下寨。"十万人马扎住大营,罗通办理军务,调动有方,布置得法。当日夜里无事。

次日罗通传令,点齐一万大兵,杀奔黄龙岭。离着敌营近了，将阵势列开，唐军喊喝声音叫战。只听敌营牛皮鼓响，冲出五千胡儿，列得一字队，当中间数十员番将拥着北国大帅左车轮。两军阵势列圆，罗通问："哪位将军出马？"王永安自告奋勇，拍马临阵。北国阵内冲出来一骑马，马上一员番将，身高面大，跨马持枪，甚为威武。王永安问道："番将何名？"番将说："俺乃左招讨麾下骑兵领制多伦昆。"王永安通报了姓名，抢刀就砍，他横枪招架。王永安向他用刀瓒一晃，番将用枪杆往外一磕，空了，王永安撩阴一刀，斜肩带臂砍上，多伦昆尸横马下。唐军擂动得胜鼓。由番兵阵内又出来一个番将，头大面方，胸宽背厚，青铜盔甲，胯下马，手中擎定一口锯齿飞镰刀。王永安问道："番奴叫做何名？"番将说："我乃左招讨麾下统制官多伦穆。"王永安用刀便砍。两个人马打盘旋，杀在一处。约有五六个回合，王永安使了个"凤凰单展翅"，自己刀背将番将刀背挂住。二马错镫，他顺水推舟，"嗑哧"一声，将多伦穆斩为两段，死于马下。番将不服，连着出来四将，俱死于他的刀下。罗通见他刀法厉害，颇有刀到难逃之势，喜悦已极。番将铁利巴保手持铁戟出马，与王永安互通姓名，杀在一处。刀戟并举，五六个回合未分胜负。正在此时，王永安听着有人喊嚷："我儿闪开！"王俊拨马一闪，见来的不是外人，是他父亲王君可，大吃一惊。

阅者诸君若问王君可因何至此，书中暗表，王君可把程咬金安置在门房，然后放心大胆安歇睡觉，直到后半夜家人将他唤醒。王君可问是什么事，家人说程咬金将公子拐走了，王君可大惊，命家人鞴马。追了半夜亦没追上，天亮之后方才回家，将家务事安置好，由家中起身，往下追赶他们，走了半个多月方才来到黄龙岭。这里摆下战场，喊杀连天，王君可闻声寻至，见两国人马各自列阵，他儿子正与铁利巴保刀戟相撞，拼命厮杀。父子之情，惟恐怕王永安有失，王君可才叫一声："我儿闪开！"

王永安拨马闪开，王君可与铁利巴保杀在一处。未到三合，就被王君可使了个"托天转环刀",将铁利巴保砍于马下。程咬金在阵中望见了,说道:"还是老将出马,一个顶俩!"罗通不认识王君可,向程咬金问道:"此人是谁?"程咬金说:"这就是河间府隐贤村的大刀王宣王君可。"罗通说:"他来此做甚?"程咬金说如此恁般,恁般如此。罗通点头应允,吩咐:"鸣金收军。"一声锣响,王君可父子回阵;二声锣响,大队调头;三声锣响,人马往回就走,北国大军亦没追赶。

却说罗通回到营中,兵丁们各归汛地,一干诸战将伺候升帐办公。王君可父子进帐,见罗通昂然高坐,王君可无法,只可给他施礼。罗通并未还礼,只说了一声:"王老将军免礼。"王君可心中不悦,暗想:我与他父在贾家楼结拜,三十六友异姓别名,胜似同胞。他不以伯父称呼,管我叫王老将军,这倒不错。程咬金假装好人,他将罗仁、刘祺、刘璧、尚元培、程铁牛等唤到面前,都给王君可施礼。他亦还礼,然后向程咬金说:"四哥,我儿来在军中,不能怨你不好,怪我家教不严,请你不必难过,我家中无人,来到这里就把孩子带去。"程咬金说:"好,六弟你带走得啦!"王君可向王永安说:"咱们走吧。"罗通说:"且慢!我来问你父子,这是什么所在?"王君可说:"这是帅帐。"罗通说:"着啊!这军营之中不比你们家内,爱来就来,不爱来就走,这里是许来不许走。你曾在军中为将,非是不懂军规,乃是轻视本帅。"说到这里,他喝令一声:"将王君可绑上!"王君可大惊。罗通吩咐:"推出去斩了!"

刀斧手将要往外推他,忽听程咬金喊道:"且慢!"罗通问道:"王爷为何阻拦?"程咬金说:"他虽然身犯死罪,请元帅看在孤的分上,饶他一死。"罗通说:"推回来!"刀斧手又将王君可推向元帅,气得他直哆嗦。罗通说:"王君可,你来到这里,不是带你儿回家,有私通北国嫌疑。若是不杀你亦成,你得应我一桩事。"王君可问道:"哪桩事呢?"罗通说:"得留你儿在军中当差。"王君可无法,说:"好吧,就叫我儿在这里当差吧。"罗通说:"你的死罪虽免,活罪难饶,还得重责八十军棍。"王君可听说八十棍,他可受不了,忙向罗通苦苦哀求。罗通说:"不责八十棍亦成,你别回家,在军中出力,等到解了牧羊城的重围,救出秦王与秦元帅,才准你父子回家。"王君可无法,只好点头应允。罗通这才传令给王君可松绑,然后退帐。

退帐之后,罗通在后帐备下酒宴,将王君可请来,向他说道:"王伯父,你老人家莫怪小侄无情,军中的公事不敢徇私。小侄特备酒宴,给你老人家压惊。"这时罗通好言相劝,王君可又觉着罗通不错,亦就把怨恨罗通的心没了。当夜营中兵将巡更走筹,严防敌人偷营。好在一夜无书,次日天明用过早战饭,罗通点了五千大兵来打黄龙岭。到了岭前,将阵势列开,罗通在帅纛旗下抱着令旗,压住大队。只见对面岭内冲出一支番兵,约有三千之众,雁翅排开,当中大纛旗下左车轮压着大队。

两军人马将阵势列圆,只见由敌军队内冲出一匹马,马上一员小将,耀武扬威,喊喝声音叫战。罗通问:"哪位将军出战?"先锋官程铁牛拍马临阵,到了阵前。他见番将长得猿臂蜂腰,双肩抱拢,面似枣皮,紫中透红,红中透亮,两道长眉双插入鬓,二目皂白分明,精神足满,鼻如贯柱,四字方海口,约有二十一二岁。头戴一顶紫金束发冠,双插一对雉鸡尾,耳坠金环,上身穿杏黄缎色短箭袖袍,上绣五爪团龙,大红缎色披肩,上绣十二云头,胸前狐狸尾,倒挂狐裘,肋下佩剑,虎皮战裙遮住磕膝护住腿,红绸子中衣,足蹬虎头战靴,牢踏在一对紫金镫内。胯下一匹桃红马,金鞍玉辔,杏黄扯手,马挂双踢胸,项挂十八子威武铃,手中擎着一对戟,煞是威风。程铁牛问道:"尔是何人?"番邦小将说:"孤乃赤壁保康王的殿下,双戟无敌狄元龙。"程铁牛亦通报了姓名,二马催开,杀在一处。约有三个回合,狄元龙右手戟掳去他的斧杆,左手戟向他就扎。铁牛的军刀被人掳住,不能使家伙招架,往旁一拧身,"嗑哧"一声,戟将勒甲绦挑断,战袍亦扯下去一块。吓得小程咬金亡魂皆冒,往下便败。跟着刘祺、段林、盛龙等出马,一个个全都甘拜下风;马如龙、金震坤竟丧于双戟之下。

狄元龙愈杀愈勇,精神倍长。怒恼单天常,拍马临阵,施展平生所能,拼命厮杀。不到五六个回合,只剩招架之功,绝无还手之力。王永安怕单天常有失,拍马抡刀,大叫:"单哥哥闪开了!"单天常拨马闪开,王永安与他杀在一处。这口大刀如同白鹤展翅、彩凤飞翔,招招进迫。那狄元龙的双戟恰似双轮,抡动如飞。两个人杀了五六个回合,不分胜负。众小将见狄元龙这样能杀,怒恼了罗仁、朱文、雄士杰、齐大虎,各催坐马,把手中双锤摆动,要流星似的飞奔阵前。王永安圈马回阵,这四个人把狄元龙一围,四对锤向他乱打。五匹马走开了,走马灯相似,荡得土气飞扬,尘沙荡漾。狄元龙力敌四将,招数不乱,反倒振作精神,五个人裹成一团,杀得难解难分。两国阵内擂鼓助威,摇旗呐喊。罗通叹道:"北国有此勇士,此山难过了!"王君可在旁说道:"别看番将双戟厉害,有一人来到,准能胜他。"罗通问道:"伯父,何人能胜番将?"王君可说:"双枪将薛英就能破他。"罗通听了,恍然大悟。他想起伯父罗春曾言,双枪、双戟都是一路传授,既有能破他的人,就不必战了,八大锤之勇亦没取胜,倘若输了,更不好看。罗通将令旗一摆,鸣金撤队。左车轮不求有功,只求把唐军挡住,过不了黄龙岭,将秦王李世民等饿死牧羊城就算得了。他见罗通撤兵,亦不追赶,撤兵入山,这且不表。

第九十六回　程咬金巧请老英雄
　　　　　　薛文举枪挑狄殿下

　　却说罗通回到营中，兵丁们各归汛地。罗通回到帐中，向王君可说道："适才伯父在阵中言说，有双枪将薛英能破狄元龙的双戟，不知道此人现在哪里？"王君可说："此人现在隐贤村内，与我是近邻。"罗通说："既然如此，就请伯父分身前往。"王君可不好推辞，只好应允。次日，独自一人，乘马出了大营，往回够奔。一路之上无书，来到隐贤村，先到家中歇息一会儿，然后问家人："薛英是否在家？"家人说："他在家哪，我们今天还看见他在村外散步。"王君可高高兴兴来找薛英。及至他到了门前，用手叩门，薛英的家人开门，说："王员外有事吗？"王君可说："贵主人可曾在家吗？"家人说："在家哪。"王君可往里就走。家人进去回禀，少时薛英出来，二人彼此施礼，屋中落座，家人献茶。王君可说："薛兄可知小弟的来意吗？"薛英说："不知。"王君可说："我现在是由大唐扫北的军营而来，只因我兵要往牧羊城去解围，搭救秦王与我三十六友众位弟兄。不料大兵到了黄龙岭，有北国大帅左车轮在那里屯兵，阻止我军。番将狄元龙胯下马掌中双戟，十分骁勇，我国兵将难敌，罗元帅很为着急。我在他面前提说老哥哥枪马之能，足能敌他的双戟。罗元帅有意亲自来请，军务在身，不敢离开汛地，我替他来请薛兄，望兄分身前往。不知可能去否？"薛英说："王兄，你我不是常谈官大有险，树大招风，功名富贵不能久长，苟延岁月，了却平生？你父子往唐营是贪图唐家的富贵，小弟不敢妄贪。这桩事对不住，不能从命。"王君可听他所说可就怔了,觉着他二人的交情绝不能碰钉子,不料竟碰了一鼻子灰。薛英说:"我还有事,不敢奉陪,更不敢耽搁兄长的公事,就请兄长速为复命。"王君可听他这口吻是绝不能成,多说话亦是白费唇舌,那就走吧,于是告辞而出。

　　王君可回到家中,愈想愈有气,觉着薛英对待朋友太不对了,两个人多年的交情,不该这样。万般无奈,赶紧回去复命吧,他又由隐贤村起身往回够奔。非止一日,这天来到唐营,他见了罗通将事禀明,程咬金在旁冷笑不止。王君可问道:"你笑什么?"程咬金说:"我笑你不能办事,连个薛双枪都请不来。"王君可说:"我不成,你成吗?"程咬金说:"我要请不来双枪将,情愿将人头输给你。"王君可哪里肯信,罗通见程咬金这样,料他能成,就请他前往。程咬金带了两个亲随离了大营,毕竟到过一趟,轻车熟路,够奔隐贤村。

　　一路之上平安无事,这天来到隐贤村,程咬金向村中人打听明白薛家的住处,上前打门。薛家的家人开门一看,不认识程咬金,忙问:"你找谁?"程咬金说:"我来拜见双枪将薛文举。"家人问道:"你尊姓大名?"程咬金说:"孤是大唐福寿郡王程咬金。"家人说:"王爷,你略候一会儿,我进去回禀。"等了工夫不大,就见薛文举笑容满面,出来迎接,向程咬金说:"千岁至此,薛文举迎接来迟,面前领罪。"说着,躬身施礼。程咬金答礼相还说:"孤家至此,安敢劳动仁兄远迎。"薛文举往里相让。二人来到屋中,宾主落座,家人献茶。吃茶已毕,程咬金说:"仁兄,我在瓦岗山的时候就闻大名,思欲一见,机缘浅薄,无由得见,今幸有缘,两见尊容,三生有幸。"薛文举说:"小弟有何德能,如此抬爱。"程咬金说:"当初大隋靠山王杨林攻打瓦岗山之时,有位双枪将定彦平武勇绝伦,将岗山众将俱都战败,听说那定彦平的双枪就是薛仁兄所传?"薛文举说:"传艺是我,功夫还是他好。有状元徒弟,没有状元师父。"程咬金说:"岗山人马南取五关之时,有个四宝将尚师徒枪法最好,亦是墨松山连池岛薛家的传授?"薛文举说:"不错,尚师徒的武艺是我族兄镇海金鳌双枪将薛正传给他的,因为爱惜他那人品,将家中的三宝夜明盔、柳叶绵竹甲、吸水提炉枪全都赠给他。"说到这里,薛文举一阵难过,二目落下泪来。程咬金问道:"仁兄为何如此伤感?"薛文举说:"千岁有所不知。那尚师徒是我的门婿,我乏嗣无后,只有一女,许给尚师徒。五关失去,他夫妻为隋尽忠,天不佑我,薛家无后。亦不知我薛文举做了什么伤天害理的事,我那女儿死了,亦没给尚家留后,怎不叫人伤感?"

程咬金说:"薛兄,你千万不要伤感,我告诉你一桩喜事吧。那尚师徒还有一子,现在我们军中。"薛文举问道:"尚师徒之子怎么在你们军中?"程咬金就把当初三抢虎类豹,马跳月牙涧,尚师徒托妻寄子的事说了一遍,薛文举听明白了,才知道自己的女儿大义殉节,外孙子尚元培由秦叔宝抚养成人,惊喜之下,恨不得立时就见着尚元培才好。程咬金是干什么的出身,他就不住嘴地夸尚元培,说得天花乱坠。薛文举向程咬金问道:"尚元培我能否一见?"程咬金说:"那有何难? 元帅罗通乃罗成之子,是咱们的弟男子侄,我又是监军,你到了军中自然有人招待,亦能叫你们外祖外孙相见。"薛文举听他所说,高兴已极,忙命家人预备酒饭,款待老程,并且招待程咬金的随从。当日不能起身,用完酒饭,程咬金就宿在他家,住了一宵。次日清晨早起,梳洗完毕,收拾起身,程咬金、薛文举带领亲随人等离了隐贤村,顺着大道够奔唐营。

非止一日,这天来到唐营。二人进了大营,将进辕门,正赶上罗通升帐办公,王君可、王永安父子俱在帐中,见程咬金真把薛文举请来,很觉着奇怪,不知道老程有什么高明的手段。当下程咬金、薛文举帐前下马,有人接过坐骑。到了帐中,薛文举向罗通施礼,口称:"薛文举拜见元帅。"罗通站起身还礼说:"老义士何必行此大礼，旁边赐坐。"薛文举说："此乃中军宝帐，焉能有我的座位？元帅恩待，但求见尚元培一面，平生之愿足矣。"罗通说："这有何难？"就叫尚元培过来拜见。尚元培走出来，薛文举仔细观瞧，见他相貌堂堂，仪表非俗，心中大悦。程咬金指着薛文举，向尚元培说道："这是你外祖父，还不施礼吗？"尚元培被他道破，才想起来当初秦琼对他说过，他父母死了，本族虽无近人，还有骨肉至亲，墨松山连池岛双枪将薛文举是他的外祖父。连池岛的薛家是大户，本族人太多，叫他长大成人往连池岛去认亲，不料今天外祖父前来看他。倒是骨肉至亲，血统所关，尚元培想起自幼孤苦，在秦家长大，很为难过，一阵心酸，落下泪来。薛文举见了他，想起自己的女儿，焉能好受？爷儿两个伤感不已。

程咬金说："你们爷儿两个今日相逢，可是喜事，别忘了秦琼啊！我秦二哥把尚元培养大成人，请老师教读，亲传武艺，亦不容易，他总算对得起尚师徒了。你们爷儿两个如欲报恩，就设法将番兵杀退，兵过黄龙岭，打到牧羊城，救那城中被困的秦琼要紧。"薛文举听罢，止住悲声，向程咬金作揖道："王爷指示明路，我们爷儿两个愿效犬马之劳，去杀北国的胡儿。"罗通说："现在有北国的小将狄元龙杀法厉害，我兵难敌，老义士可能去战狄元龙呢？"薛文举听说去战狄元龙，心中为了大难。原来薛文举在早年由墨松山连池岛起身，要往北国，路过曹州将双枪传与定彦平。后来二人路见不平，打死人命，定彦平逃奔南方。薛文举逃奔北方，在北国很受胡人优待。他老来收狄元龙这个徒弟，传授双戟，就是谢那北国人厚待之意。如今听说叫他去破狄元龙的双戟，师徒之情，怎好去战他哪？不过为报秦琼的大恩，免不得去战狄元龙，觉着师徒之情，狄元龙一定能够退让，亦就应允了。罗通大悦，因他一路劳乏，叫他先去歇息，并且还赏他爷儿两个一桌酒席，贺他祖孙团圆，并请程咬金作陪。这爷儿三个到了寝帐,有人将酒席摆上,三个人入座。薛文举有了外孙,非常高兴;尚元培孤苦伶仃,有了外祖父,欢天喜地;程咬金将双枪将请来,他觉着露脸,亦是痛快。三个人高高兴兴,吃个尽醉方休。是夜薛文举就宿在尚元培的帐中。

次日罗通升帐办公的时候,薛文举入帐拜谢,无可为报,自请出战。罗通传令,命刘祺、刘璧带兵一万为左路接应,罗仁、单天常带兵一万为右路接应,徐德带兵五千为中路接应,又点兵一万亲自杀奔黄龙岭。众将奉令出帐点兵,各自去了。元帅的一万大兵点齐,罗通、程咬金率领众将,与薛文举中军帐前上马,炮响三声,冲出大营,齐催坐马,够奔黄龙岭。人马来到岭前,罗通传令:"人马列阵。"炮响一声,两杆素缎门旗开处,一万唐军二龙出水式左右排开,当中间帅纛旗下,罗通怀抱令旗压住大队。薛文举在阵中听见山中鼓角齐鸣,撞出来五千番兵,在山前列开阵势,当中间高挑大元帅的纛旗。由他们队中冲出来一骑马,马上之人正是双戟无敌狄元龙,在两军阵前耀武扬威,喊喝声音叫战。薛文举向罗通自告奋勇,阵前出战。罗通说:"老义士度德量力,不可贪功,纵然不胜,亦不为辱,本帅还有破敌之法,多加小心为是。"薛文举说声"遵命",催开坐骑,直临阵前,马到疆场。他这一出马,北国的将帅全都惊愕,不知他怎么在唐军之中。

狄元龙见了薛文举,亦是一怔,忙把双戟一横,在马上躬身道:"师父,恕我披挂在身,不能下马施礼,马前见过。"薛文举说:"贤徒免礼。"狄元龙说:"师父不是回归中原,自享晚年之乐吗,怎么又在唐营之中?"薛文举说:"我在唐军之中,随着唐军扫北,是报他人大恩。我的女儿是四宝将尚师徒之妻,当初秦叔宝兵取虎牢关,我的姑爷将幼子尚元培寄托在秦叔宝之手,他们夫妻尽忠殉节。我的外孙尚元培受秦叔宝养育之恩,长大成人,如今秦叔宝被困在牧羊城,我的外孙找到我,我们爷儿两个为答报秦家的大恩，在军中出力，来破重围。我不是贪图大唐的功名富贵，今天是罗元帅派我临阵，望你念师生之情，让我一阵，以全大义。不知你意下如何？"狄元龙说："师父言之差矣。我们两国起了战争，以图存亡，为争光荣，各不相让，岂有退让之理？你老人家是我狄元龙的师父，传授我的武艺，与国事无关，这是私恩，我尽子弟之义，答报你老人家。到了两军阵前，我只知有国，不知有家；只知有君，不知有身。无论是谁，待我有恩，亦是先公后私，不敢因私废公。你老人家既是我师父，应当教我忠义，不应当教我徇私。"薛文举说："贤徒，我不是要你们退出黄龙岭，亦不是要你解牧羊城之围，我只叫你与我假战三合，败下去就算完事，我能搪过此差就行。至于黄龙岭过得去过不去，解得了解不了牧羊城之围，我全都不管，专看我国元帅罗通与你国大帅左车轮的调动了。"狄元龙说："师父，这不是我家，这是两国的战场，我不能应允，请你回去，不必再言。"薛文举还是和他好说。狄元龙自恃其勇，觉着能为他都学会了，没什么可怕薛文举的，动起手来，薛文举亦不成啊，老不讲筋骨之能，英雄出于少年。

狄元龙向薛文举说道："请师父速退回阵，不必再言。如若多言，你来看！"说着把手中双戟一摆道："双戟之下，得见高低！"薛文举大怒，说："狄元龙，你既愿战，我们就走上三合。"狄元龙说："小徒斗胆了！"说着话，用双戟就砸。薛文举这个气就大了，他来的时候想着叫狄元龙让一阵，绝然能成，不料不成，还翻脸无情，欺他年迈，动了手啦！薛文举焉能没气？两个人各把战马催开，双枪、双戟杀在一处。两国的大队之内摇旗呐喊，擂鼓助威，喊杀连天。狄元龙的双戟施展开了，对他师父毫不退让，招招进迫。幸而双枪将薛文举没把功夫搁下，否则非死在他手下不可。当下薛文举人老精神在，枪马纯熟，两条大枪如同双龙戏水一般，拦架遮挡，封得很严。足有七八个回合，不见输赢。忽然薛文举使了个上刺咽喉下刺心的招数，一拧双枪，扎了进来。狄元龙真叫心狠意毒,他要使双戟的月牙将双枪锁住,凭他的膂力左右一分,叫薛文举将枪撒手。说书迟,那时快,他的双戟一锁双枪,狄元龙就锁空了。薛文举撒回枪头,用后边的枪头往上一撩他的双戟,就撩起来了。他的双戟再往下来,一条枪架住双戟,一条枪就扎在他的咽嗓咽喉之上,"噗哧"一声,红光迸现,鲜血直流。狄元龙一命呜呼,双枪将心中反倒难过了。

罗通见狄元龙已死,乘势把令旗一摆,大队人马冲杀过来,万数兵将如同排山倒海似的冲过来,与北国的兵将撞在一处,兵对兵,刀砍枪扎;将逢将,拼命厮杀。唐军锐气正盛,北国死了狄元龙,士气不振,只杀得北国兵将东倒西歪,横躺竖卧,尸骨堆聚如山,血流成河。左车轮败下去,罗通乘势要复夺黄龙岭。唐室的气数正旺,众小将如同生龙活虎一般杀进黄龙岭,番兵往山外逃走。唐兵因头路扫北军在山中受过埋伏,都不敢大意,随走随看地下。及至看出没有埋伏,北国的兵将已然走尽了。罗通得了黄龙岭,立刻传令:"全军人马过山安营下寨。"掩埋死尸,查点伤亡兵将,遣将把守黄龙岭,然后罗通升帐办公,命一干诸战将报功。军政司给大家记完了功,大摆酒宴,犒赏三军。歇兵一夜,次日起兵,杀奔牧羊城。

大队人马正往前进,忽见探马来报:"前面有北国的一座大营,约有数万人马屯扎在那里。"罗通吩咐:"再探。"因有重兵在前,不便冒险前进,罗通止住人马,采勘吉地,安营下寨,然后亲统五千精兵杀奔敌营。走至中途,见对面尘沙荡漾,土气翻飞,料是敌军来到,传令列阵。炮声一响,人马将阵势列开,罗通、程咬金与将士儿郎往对面一看,只见番兵来到。一声炮响,两杆大红缎色门旗开处,五千番兵列队,当中大红缎色旗下,有一员女将勒马停蹄,手持双刀,压住大队。两军人马把阵势列圆,罗通问:"哪位将军出战?"雄士杰拍马临阵,用双锤指着番兵叫战。只见由番兵军内冲出一匹马,马上女将生得南人相貌,窈窕身材,面似芙蓉,白中透红,红中透嫩,眉若春山,眼似秋水,悬胆鼻子,樱桃口,唇似涂朱,银牙糯米一般。头戴凤翅金额,双插一对雉鸡尾,身披柳叶甲,内衬红罗衫,胸前狐狸尾,倒挂狐裘,背后红绸飘洒,十二把柳叶飞刀,大红缎色软战裙,上嵌金钉,大红绸子中衣,两只天足蹬着一对凤头花靴,牢踏一对紫金镫内。坐下一匹胭脂马,鞍鞴嚼环鲜明。这女将不到二十岁,亦就有十六七的样子,千娇百媚,手中擎着双刀。

第九十七回　多罗女倒戈为联姻
罗元帅恃艺闯番营

　　雄士杰问道:"女将,你叫何名?"女将说:"奴乃赤璧保康王的义女,飞刀无敌多罗女。尔叫何名?"雄士杰说:"我是大唐扫北二路罗元帅麾下大将雄士杰。你们北国莫非男子全都惧怕我唐将,叫你这女孩来交战么? 你这女孩生在番邦,长在化外,哪如生在中原。我把你带走吧,我们罗元帅还没有媳妇,你给他当个媳妇吧!"女将羞得面红耳赤,柳眉倒竖,杏眼圆睁,厉声喝道:"唐将休得无礼!"用刀就剁,雄士杰用双锤招架。两个人马打盘旋,杀在一处。两国人马阵中响炮擂鼓,摇旗呐喊。杀了五六个回合,不见输赢。多罗女见雄士杰双锤封得很严,双刀递不进招去,她想用飞刀取胜。原来她的飞刀十二把,在背后立着六把,刀背对着脊梁背,刀把上有红绸子飘带。这六把刀是与敌人面对面使用,用手扔出刀去,专伤敌人的面部,厉害无比。她还有六把飞刀,左膀后横着三把,右膀后横着三把,那刀在鞘上,亦是刀背对着人,刀刃朝外,刀把上有红绸子飘带。这六把刀要使的时候,是在敌人与自己动手,二马错镫的时候将刀抛出去,分为上中下三路:上路伤人的脖后,一刀使上,人头落地;中路使出去,刀尖奔人的右肋,扎上就得肋骨折断,鲜血流出;下路是奔敌人的大腿,刀子尖儿扎不着人,亦扎在马上。

　　当时她见雄士杰锤法厉害,不易取胜,在二马冲过去的时候,她把右手刀的把儿倒持着,腾出三个手指头来使用,好扯飞刀。圈回马来再战,她用左手的刀往雄士杰的顶上便砍,雄士杰用锤往上一磕,她一撒刀。二马错镫,她用刀向雄士杰斜肩带臂便砍,雄士杰用锤招架过去。眼瞧着二马一冲要过去,她右手扯着红绸子,"嗖"的一刀飞过去,直奔雄士杰的脖后。雄士杰招架躲闪俱来不及,忙将脖子一缩,那刀正砍在盔上,"仓啷"一声,将盔缨削去,盔上还有个大窟窿。吓得他亡魂皆冒,往回便跑,败回阵中。

众小将俱在英雄少年,哪把个女将放在眼内,这个不成还有那个。连着出去五六个人,俱都被飞刀所伤。又有刘璧出马,被多罗女一刀砍下人头,命丧阵前。怒恼他的朋友程铁牛,催马临阵。多罗女向他问道:"尔叫何名?"程铁牛说:"俺叫程铁牛,是大唐扫北二路先锋。你是我嫂子,怎么连我亦不认识呢?"多罗女大怒,厉声喝道:"唐将休得无礼!"用刀便砍,他用斧招架。两个人马打盘旋,杀在一处。约有五六个回合,不见输赢。多罗女与他二马错镫之际,用飞刀往他右肋上就是一刀。他的斧刃宽大,被他护住了,"当啷"一声,刀子磕在斧头之上,落于地下。多罗女手疾眼快,二把飞刀飞出来,直奔大腿。铁牛只顾抬腿躲刀,刀子没伤着人,正扎在马的胯骨之上。马负痛难忍,往上一蹿,把程铁牛扔下马去。唐军阵中的人无不吃惊,都料着程铁牛性命休矣。多罗女圈回马来,还用飞刀伤他。程铁牛躲闪着,用手摘下盔来,用盔往她身上便打,多罗女闪身躲过去。程铁牛一件挨着一件打她,护心镜、鱼褕尾、宝剑、片片铠甲……接连不断。多罗女躲完了,他亦将身上的盔甲抛尽,只剩下一件战袍了。他往上一撩,周身倒轻松了,撒腿就跑。多罗女见他这样,"噗哧"一声亦笑了,放他逃去,并不追赶。

当时唐将见多罗女飞刀厉害,没人敢出马。多罗女在两军阵前耀武扬威叫战,很轻视唐朝无人。怒恼罗通,催马临阵。多罗女见他通身帅服,料是唐军元帅,又见罗通正在青春年少,相貌俊美,若撤去盔甲,是个白面书生,心中很为爱慕。罗通到了阵前,见多罗女生在番邦,长在化外,相貌可不像北国人,如同中原女子一样,姿容秀丽,威媚两全。多罗女问道:"来的可是大唐元帅吗?"罗通说:"不错,我是大唐的越国公,二路扫北元帅。你是何人?"多罗女说:"我乃北国丞相多罗公之女、赤璧保康王的义女,人称飞刀无敌多罗女。"罗通说:"你既是女子,就应当在闺阁习学针黹,为何到阵前临敌?"多罗女说:"我国不比中原,我国的妇女俱能骑马较射。如今你国进兵塞北,共争存亡,我女子亦应出战,你不可藐视于我!"说着,用刀就剁,两个人杀在一处。她的双刀施展开了,如同白鹤双展翅;罗通的大枪犹如银龙戏水,两个人刀来枪往,杀在一处。足有七八个回合,不分输赢。只是多罗女的刀法虽好,不如罗家枪法厉害。罗通和她杀到十数个回合,不见胜败。两个人彼此手下留情,罗通不忍得将她扎死,多罗女亦不忍用飞刀伤他。两国兵丁们摇旗响炮,擂鼓助威。杀在中间,忽见多罗女虚砍一刀,拨马便走。罗通知道她是诈败,并不追赶。程咬金传令:"擂鼓!"阵中鼓响,罗通是元帅怎样,不出战,便罢;如若出战,亦得闻鼓则进,鸣金则退。他听见鼓响,亦得往下追赶。多罗女不往阵中败,拍马落荒而走。罗通在后便追,心中总是留神,防备她那飞刀。

多罗女并不使飞刀,走出来有二里多路,她忽然站住,向罗通道:"你且站住!"罗通将马勒住道:"你叫我站住做什么?"多罗女说:"我有事和你商量。"罗通问道:"你有何事?"多罗女说:"现在唐家的兵将被困在牧羊城内,日期已久,救兵如救火,不能耽搁,倘若迟误,他们一定饿死城中。况且你率来的唐兵只有十万之众,我国兵有数十万,将有数百员,众寡难敌。你们中原人到了我国,地理不熟,虽有粮米,取水甚难。我们若将水源断绝,你国的人马渴亦渴死在北国。出兵远征,利于速战,不能持久。我国若劳尔师,日期久了,你的兵将锐气耗尽,各生离乡之苦、思家之念,人心一散,还怕有全军覆灭之虑。"她这些话不说还好，及至说出来，罗通就怔了。多罗女说："我有一计，能叫你军到了牧羊城，解重围救了被困的兵将，落个得胜还朝。不知罗元帅愿闻否？"罗通到了此时，利害所关，不能不问了，说道："只要你有此妙计，本帅就愿领教。"多罗女说："我国的大帅左车轮现在营中，如若两国人马打冲锋，他绝不防备我。在乱军之中，我就出其不意，攻其不备，用飞刀将他杀死。左车轮一死，这支人马一定败走，不能阻止唐军，你可以率兵直到牧羊城。若指着你的唐军解重围恐怕不易，必须有一人马闯重围，由我国大营穿过去，进牧羊城和城中被困的兵将约定，里外一齐夹攻，才能破此重围。如若你闯围入城，我国大营兵有数十万，将有数百员，其中还有绷腿绳、绊马索、梅花坑、陷马坑，亦不容易闯过。我可以诈败，引你过营，叫你立件大大的功劳。"罗通说："如此甚好。"

多罗女说："你国的事，我能帮助你，可我要往中原去享富贵，你能帮助我吗？"罗通说："你要去中原享富贵，那亦容易，你可以将终身大事许个中原做官的，自然在中原享富贵。"多罗女说："我乃北国丞相之女，终身大事必须门当户对，除非是人中的领袖、将中的魁元，我才能许以终身大事。"罗通说："你能帮助我破重围，杀了左车轮，我便叫你如愿。"多罗女说："口说无凭，你得事先找出一人作保，我才能帮助于你。"罗通说："我们的监军程咬金乃福寿郡王，他又是我的盟伯，叫他作保，你可愿意吗？"多罗女说："如此甚好。"于是两个人又往回跑。

回到大营，兵将各归汛地，程咬金向罗通问道："你今天与多罗女有什么密约吗？"罗通脸一红道："不错，有约。"遂把多罗女的事一股脑儿向他说明。程咬金大悦，说："如此甚好，我给你们玉成好事。"罗通说："伯父，我乃世代簪缨，将门之后，怎能要他北国之女为妻？况且身为元帅，为一军之主，更不能阵前收妻。"程咬金说："这事好办，我能向秦王替你奏请，叫秦王给你二人主婚。"罗通说:"我救驾解围心切,不过利用番女,焉能认真?"程咬金一听,心中不悦,很不以为然。

次日,天到辰时,两军人马又各自出兵,疆场列阵。多罗女出马,程咬金亦临阵。多罗女向他问道:"老将何名?"程咬金说:"我乃大唐监军福寿郡王程咬金。"多罗女说:"你我交战,见个高低!"两个人杀在一处。约有三四个回合,程咬金拨马败走,多罗女在后便追。二人跑出二里多路,将马勒住。多罗女问道:"王爷,你国元帅罗通昨日可与你有事商议吗?"程咬金说:"他虽为元帅,尚未完婚,你要能帮助唐兵解围,我能给你二人撮合,请旨完婚,让你到中原去享荣华富贵。"多罗女听罢,脸上一红,说:"求王爷多多费心,玉成此事。"程咬金哈哈大笑。多罗女羞红了脸,拨马往回便跑。程咬金随后亦回到大营。

却说多罗女回到军中,兵将各归汛地,她来见左车轮,把北国兵多,大唐兵少,如果两军打冲锋,北国兵马必胜的意思一说,左车轮满口答应,传令点兵五千,迎杀唐军。次日,罗通自统一万大兵,又命秦怀玉和王永安各带一万人马为两路接应,直扑番营。左车轮亦把五千大兵列开。罗通不和他单打独斗,指挥一万唐军冲杀过来,左车轮亦率兵迎敌。两国人马撞在一处,短兵相接,血肉翻飞,前仆后继。杀得难解难分之际,多罗女离着左车轮近了,乘人不防,一刀就把左车轮的人头砍下。番兵见主帅落马,全都不顾了,四散奔逃。唐军在后追一阵,只杀得死尸纵横,血染地红。多罗女逃回番兵大营,说:"元帅阵亡,为国殉难,死得可惜。"假作悲哀,然后率领合营兵将退奔牧羊城,去见赤壁保康王。

罗通得了胜仗,乘着有多罗女的帮助,不敢耽搁,亦率兵驰至牧羊城。离城三十余里,采勘吉地,安营下寨,埋锅造饭,铡草喂马。罗通升帐,发放军情。诸事完毕,罗通向众将说道:"如今我兵已然杀到牧羊城,城中被困日久,不能耽搁。要解重围,必须城内的兵往外杀,救兵围着番兵往里杀,使番兵背腹受敌,里外夹攻,才能成功。可城中还不知救兵来到,焉能策应?必须有一人胯下马掌中军刃,马闯番营,进到牧羊城,与秦元帅约定日期,然后再出牧羊城,闯出番营,回到帐中交令。哪位将军能立此功?"他这一说不要紧,一干诸战将都觉着这事不易,数十万番兵大营不能闯过,故而无人答言。罗通连问三次,无有人答言。他说:"众位将军若不愿立此功劳,就与监军看守此营,本帅亲自前往。这时若有番兵杀来,不准出战,闭门自守,候我回营再为出战。倘有不遵,违令者斩!"一干诸战将齐声遵命,罗通这才将军务大事交与程咬金。他叫人将马喂饮足了,然后退帐,歇息养神。

耗到初鼓,罗通全身披挂,收拾得紧衬利落,出帐上马,伸手摘枪,催马出营,飞奔牧羊城。走到二更以后,来到牧羊城,只见番兵大营万盏灯火齐明,如同满天星斗落在尘埃,听见敌人大营之内巡更走筹的声音接连不断。他虽在少年,没经过这样的事儿,只是救驾解围心胜,不顾利害,龙潭虎穴亦要走他一趟。罗通催开坐骑,直奔番营。番兵们听见马踏銮铃之声,高声喊喝:"对面的人少往前进!再往前进,我们要放箭了!如若是自己人,口令……"罗通不言语,还往前进。番兵料是闯营的唐将来了,梆子一响,乱箭齐发。罗通把大枪抖欢了,拨打雕翎箭,往营中而来。他冒箭直入,闯进番营,番兵一阵大乱,举着灯球、火把、亮子、油松,把罗通围住,呐喊声音捉拿闯营的战将。罗通把马一催,横冲直撞,犹如虎荡羊群一般,大枪使开了,向番兵乱扎,挨着死,碰着亡。罗通高声喊道:"番奴听真:我乃大唐越国公罗通,要闯营进城。尔等要知道我的厉害,急速闪开!如其不然,休想活命!"番兵被他扎得东倒西歪,乱窜乱跑。罗通且战且走,只杀得周身是血,血染征衣。他眼观六路,耳听八方,上边动手,下边留神绷腿绳、绊马索、梅花坑、陷马坑。

　　杀进三道营门之内,忽见对面灯火照如白昼,有数百番兵雁翅排列,当中间盔明甲亮十数员战将,簇拥着一个王爵打扮的人。这人约有丈高之躯,头如麦斗,膀大三停,面似乌金,黑中透亮,浓眉环眼,狮鼻阔口,半部钢髯,根根钢针相似。头戴一顶紫金五龙盘珠冠,双插一对雉鸡尾,两耳有一对乌金环。身披紫金甲,九吞八岔,挂甲钩环暗分出水八怪,勒甲丝绦九股攒成。内衬一件紫缎蟒袍,锦簇簇,花绒绕,蟒翻身,龙探爪。胸前狐狸尾,倒挂狐裘,悬挂护心宝镜,亮如秋水一般,肋下佩带一口宝剑。三环套月搭钩的狮蛮带,鱼裰尾三叠倒挂,斜搭马鞍鞒。两扇征裙分为左右,红绸子中衣,牛皮战靴牢踏一对紫金镫内。坐下一匹枣骝马,膘肥肉满,毛色鲜润,金鞍玉辔,杏黄扯手,马挂威武铃,双踢胸。抱着一对囚龙棒,如同众星捧月一般。背后有一面大灯笼,上书两国文字"赤璧保康王"。在康王旁边有一员女将,正是多罗女。

　　原来左车轮将秦王君臣困在牧羊城,他把军务大事交与赤璧保康王,自己往黄龙岭去扎营。赤璧保康王打过数十次牧羊城,亦没打破,他只好用久围之法,要把城中的粮米耗尽,不攻亦就破了。不料困得日久,城中的米没尽还不算,番兵番将到了夜静时听见城内唐兵喊那米号:"一斗啊!二斗啊……"喊起没完。番兵们亦猜不透城中究竟有无粮米。左车轮得报大唐二路扫北人马来到,他命多罗丞相父女带兵三万屯扎在岭西。狄元龙阵亡,多罗女才自告奋勇与唐军交战。她与罗通暗中有约,将左车轮暗算了,连着两次退让,回到牧羊城番兵大营。赤璧保康王到这时很是着急,损兵折将,还阵亡了元帅,并且罗通的救兵到了牧羊城。他传令叫四面困城的兵将内防被困的唐军由四门杀出,外防救兵杀来,并且还晓谕四营兵将,不准放唐兵唐将一人过营。如若哪营兵将放过去唐将,就将全营兵将杀死!如今罗通杀进他的大营,赤璧保康王得报,赶忙率兵将亲自来捉罗通,在前营把罗通的去路挡住。

多罗女催马摆刀,直奔罗通。赤璧保康王还以为多罗女忠于他哪。就见多罗女奔过去,与罗通杀在一处。不到三四个回合,她一飞刀打出去,没打着罗通,反被罗通一枪将裙挑破。吓得多罗女拨马便逃,罗通催马便追,两个人一前一后往左营跑去。罗通走得快,多罗女走得快;罗通走得慢,多罗女走得慢。两个人前后联络走着,多罗女躲着绷腿绳、绊马索、梅花坑、陷马坑。前边有番兵番将,见了多罗女,不能不躲她,她过去了,罗通亦就过去了。虽然有多罗女引路,罗通亦仗着他罗家枪法天下无敌。二人由左营直绕到后营,多罗女把他引出后营门,说:"你去吧,前边便是牧羊城了。"罗通催马往前走着,不远就望见牧羊城上的灯火之光了。

原来牧羊城内,被困的秦王君臣自从程咬金闯重围去请救兵,北国的人马困得就更厉害了,接连不断地攻城。打了多少次,仗着秦琼等指挥兵将,防守得法,始终亦没将城打破。这天北国兵将不来攻城,唐兵亦是小心防守。北国总不攻城,秦王问徐茂公是怎么回事,徐茂公说:"这是软困牧羊城,要把粮草耗尽,把我们君臣饿死城中。"秦王说:"如若困得我们粮尽,救兵不到,如何是好?"徐茂公说:"吉人自有天相。"秦王亦只好这么想。有天君臣早起,忽见南边天上黑乎乎一片乌云相似,直奔牧羊城内而来。秦王正不知道是怎么回事,少时来报:"有无数的老鼠钻进仓内。"徐茂公听了,向秦王说:"千岁大喜了!"秦王问道:"喜从何来?"徐茂公说:"昔日臣等在瓦岗山的时候,李密无德,有无数飞鼠在仓廒之中将粮米俱皆运尽。飞鼠盗去军粮,岗山众好汉方才散去。如今有鼠入仓,这是飞鼠送粮。"秦王不信,命人去看,果然是飞鼠送军粮,秦王君臣大悦。有了这些军粮,没得可怕,净盼望救兵了。

第九十八回　里应外合大破番兵
两国议和秦王班师

　　这天罗通来到番营,喊杀连天,秦王君臣得报,不知是什么事,上城手扶城墙,倚定护身拦,往番营观瞧。只听番兵们喊嚷,见灯球乱转,料是救兵来到。一直瞧到番兵大营灯火不动,才听见城下有马踏銮铃之声。借着灯火之光往下一看,见来了一员小将,周身是血,血染战袍。秦琼都没看出来是罗通,向他问道:"来的是什么人,报上名来!"罗通报名,这才看出是他来。秦琼忙传令:"将城门开放。"门军打开城门,罗通催马入城,他们又把城门关上。秦王君臣下了城,罗通挂枪下马,有兵丁接过坐骑。罗通用手一撩鱼褙尾,给秦王跪倒叩头,口称:"臣越国公罗通救驾来迟,在贤王驾前领罪。"秦王用手相搀说:"你舍死忘生来救我君臣,何罪之有?"罗通这才给秦琼等行礼。然后君臣一齐上马,回归帅府。

　　进到帅府屋中,罗通才向秦王把程咬金回朝搬兵,教场比武,他挂印为帅,统带十万人马二次扫北,以及大战黄龙岭,搬请双枪将,刺死狄元龙等事一股脑儿奏明。秦王大悦,说:"罗府有小卿家你,将门生虎子,罗成九泉之下亦可瞑目了。"然后秦王赏宴恩待罗通。宴罢之后,秦王、秦叔宝、徐茂公、罗通君臣四人齐至小室,密议解围之法。罗通将妙计如此恁般说了一遍,君臣三人无不欢悦,俱称好计,就依他办理。耗至晚饭以后,罗通叫人将马匹喂饮足了,他与秦琼约定城内城外用兵的时候相机策应。到了初鼓以后,罗通要出城了,秦叔宝等不放心,嘱咐他不可大意,多加小心。罗通要出北门,秦琼劝他:"别走北门,大营在南,若走北门,岂不绕远?"罗通说:"不然。我由敌人南面大营来的,他们料我出城还得走南边,必将番营勇将全都调集在城南。我却走北门,可平安而归。"秦琼听他所说,很佩服他的见解。爷儿两个到了北门,秦琼上城。

罗通出了北门,往前走了不远,还没到番营哪,只听一声炮响,伏兵尽起,灯球、火把、亮子、油松照如白昼。数百番兵一字排开,当中间挑着一面大灯笼,有一员番将长得身躯高大,犹如半截塔一般,胯下马,掌中擎着一对钉钉狼牙棒,大叫:"唐将休走,还不下马受擒,等到何时!"罗通问道:"尔叫何名?"番将说:"我叫左天都,官拜大都督之职。你们把我叔父左车轮杀死,今天该我报仇了!"罗通说:"杀不尽的番奴,你看枪吧!"他用枪便扎,左天都摆双棒招架。两个人马打盘旋,杀在一处。约有三四个回合,不见胜负。牧羊城上的秦琼可急坏了,他心中暗怨罗通不该贪战,应该快走,回营为妙。见他与番将厮杀,秦琼亲自在城上擂鼓,催他快走。罗通听见城上战鼓直响,这才醒悟,把大枪一抖,枪花一变,要想闯营。哪想自己一急,大枪扎去,左天都用双棒一抱,把枪抱住,棒的牙子将枪杆咬住了。他双足一扣镫,马站住了不走,运用全身之力,使了个"分筋错骨"的招数,要罗通把大枪撒手。罗通亦双足扣镫,马不动了,丹田一沉气,棒没错开,大枪纹丝不动。左天都亦后悔了,他亦撒不开棒了。罗通使尽平生之力,说声:"开!"要他撒手。当时他一使劲,左天都的双棒一合把,亦没弄动。

两个人僵持不下,鹬蚌相持,渔人得利。罗通是一个人,没有帮手;左天都可有帮手,由北面番营出来十数员番将,扑奔过来。秦琼在城上暗中着急,眼看着罗通要吃亏,救他亦来之不及了。忽听"吧嗒"一声弓弦响,有人放出一支箭去。秦琼顺声音一看,放箭之人是小后羿孙成。说时迟,那时快,弓弦响处,左天都翻身落马。秦琼夸奖道:"好箭,不怪人称小后羿!"罗通见左天都中箭而死,他精神一振。众番将来到,他喊嚷一声:"来得好!"把大枪一抖,金鸡乱点头相似,神出鬼入,眨眼间五六员战将落马,三四人受伤。他将马一催,直奔番营。营外番兵乱箭齐发,他把大枪抖欢了,用枪拨打雕翎箭,如同拨打劈柴杆一般,箭纷纷落地。罗通人疾马快,冒箭撞入番营,抖丹田一声喊嚷:"番兵番将听真:今有大唐越国公罗通要从你营而过。你们要知道俺的厉害,急速闪开!"番兵番将哪里躲闪,个个挡住去路不放。罗通大怒,大枪一抡,左右开弓,横着是棍,竖着是枪,棍打一大片,枪扎一条线。番兵番将齐嚷:"厉害!"往两旁躲闪,当中间放出一股走路,罗通且战且走。这北面的强兵猛将都调到南边去了,北边虽然有的是兵将,个个武艺平常,哪个亦不是他的对手。他由番营一过,番兵番将死伤无数,亦没把他拿住。

罗通杀出番营,绕道往前,回归唐营。直至日出东方,他才望见唐营。唐兵瞧见他来了,赶紧往里飞跑,回禀监军。程咬金得报罗通归营,忙率众将出来迎接。迎至辕门外,就见罗通来到,全身是血,连那马匹亦成血的了,当时无不钦佩罗通。大家把他迎接入营。到了中军帐前下马,有亲兵过来接他的坐骑,罗通说:"此马有功,好生喂养。"兵士们遵命。他摘盔卸甲脱战袍,更换衣服。诸事完毕,罗通传令,叫兵丁们将营中用不着的废马和羸弱之马,全都在尾巴上绑以干草,外擦油,内撒上松香、硫磺,将用不着的刀枪绑在马的身上,在夜内使用。兵丁们遵命,照他吩咐的预备。然后罗通与众将把城中的情形说明,晓谕全营兵将,准备出战。诸事完毕,退帐歇息。

到了午饭以后,全营兵将把军刀、马匹准备好,整装待发。到了掌灯时候,中军宝帐聚将鼓擂起,一干诸战将伺候元帅升帐。先锋程铁牛率领将士儿郎施礼参见已毕,退立两旁。罗通传令,命雄士杰、朱文、单天常带一部火马,如此恁般,往北面施用,带兵一万攻打北面敌营。三将遵命,带兵去了。罗通又命齐大虎、史士奎、李逢春带一部火马,如此恁般施用,带兵一万,往攻东面敌营。三将遵命,带兵去了。罗通又命程铁牛、王永安、尚元培带一部火马,一万大兵,往城西攻打敌营。三将遵命,带兵去了。东西北三面都有兵将去了,他又派了三路接应兵,每路五十人,大将一员。接应兵尚未出营,他又传令,命王君可看守大营,自己与程咬金、薛文举点齐万数儿郎,带了火马,出了大营,够奔牧羊城南。

到了牧羊城的南边,只见番营万盏灯火齐明,刁斗传声,梆点齐鸣,防备得甚严。罗通传令:"把队列开。"万数儿郎一字排开,罗通在帅纛旗下压住大队。那二百多匹马列于队前,兵丁们手提火绳,候令点火。此时番兵大营两面有土墙,墙内有弓弩手,伏弓架弩;墙外有战壕,壕沟里面有鹿角栅、铁蒺藜;营内有兵将,不亚如铜墙铁壁一般,攻打番营甚为不易。罗通布置好了,传令点火。兵丁们吹顶头灰,摇晃火绳,将马尾巴上的干草点着了,那草上硫磺、松香等物一着,可了不得,马"唏哩哩"直叫。人有人言,兽有兽语。马不知是有人给他点着了,还疑惑身后边着火了,快跑吧。把四蹄蹬开,跑欢了如同风驰电掣一般,奔了番营。眨眼之间就到番营,那马真急,有壕沟,它亦往前窜,越过沟去,就进土围子。亦不管有没有鹿角栅、铁蒺藜,进了土围子,乱窜乱跑。番兵大乱,被马闯上,不是筋断,便是骨折。马碰上帐篷,帐篷就着,番营火光大作。

牧羊城上的兵丁望见番营火起,忙报与元帅。秦琼得报,喜悦已极,命四门的兵预备出城,攻打番营。原来秦琼在东西南北四面各预备三千精兵,各派战将三员,这时传令叫他们出城攻打番营。牧羊城四门开放,四面兵将杀出来,猛扑番营。这时候四面的小将见火马到了番营之内,火起营乱,亦都率兵,呐喊杀声,猛扑番营。番兵虽然众多,顾前不能顾后,顾里不能顾外,被唐兵杀入营内，只杀得人头滚滚，死尸纵横。多罗丞相与众都督、酋长保护着康王，由乱军之中逃走。这一阵杀得最烈！到了次日，番兵活的俱都逃尽，抛下的旗帜、刀枪、粮米等项不计其数。唐军二次又救火，之后大获全胜，重围已解。罗通派兵掩埋死尸，布置善后。秦琼在城中办事，罗通在城外办事，忙了两日方才完毕。

程咬金入城面见秦王，秦王因他回朝搬兵有功，好言安慰。程咬金向秦王问道："千岁是愿早日回国，还是愿意将北国打服了再回国呢？"秦王说："我国两路人马扫北，耗费国帑，孤哪能无功而还哪？"程咬金说："只要臣往番营去见赤璧保康王，便能两国议和。我们班兵还朝，番王亦能年年进贡。"秦王问道："计将安出？"程咬金将多罗女爱慕罗通的事向秦王如此恁般，详细说明。秦王大悦，说："北国之女如此，孤可以指婚，叫他二人成为夫妇。"程咬金说："千岁若能指婚，臣就能往见番王，从中撮合，当作媒人。"秦王说："倘若番王拒绝，可伤了我国体面。"程咬金说："北国的左车轮若在，两国的事还是争战不已，若是求婚，是向敌国示弱。如今左车轮已死，他国无良将，我国有战胜之余威，他们正然惧怕我们灭他，若是求婚，绝不能拒绝。"于是秦王就命他前往。

程咬金带了四个亲随，乘马出城，往番营而来。数十里路，眨眼可到。他到了营门，番兵问他做甚，程咬金说："你快去回禀，就说有大唐福寿郡王程咬金要见你们国王。"番兵不敢怠慢，往里回禀。此时番王因为损兵折将，耗费钱粮，且没有成功，心中非常懊丧，又搭着军无战心，士无斗志，虽然传令往各处调兵，要与唐军决战，不过他不敢藐视唐军，知晓大唐有良将了。他与多罗丞相商议军国大事，多罗丞相主张不战，赤璧保康王惟恐唐军深入腹地，占据他的都城，不肯轻去，甚以为忧。这时得报程咬金求见，他忙命多罗丞相出迎。多罗丞相遵命，来到营门外,与程咬金彼此施礼,然后二人一同入营。到了牛皮大帐,程咬金与康王彼此施礼,然后落座,有人献上茶来。

　　吃茶已毕,赤璧保康王问道:"程千岁,你来见孤家,莫非是要我割地求和吗?"程咬金说:"我此次前来,并非要你割地求和。现在我国将帅士卒,对于贵国,是宁战不和,剩了一兵一将亦不能息战,欲得贵国土地才能回兵。但我见两国连年争战,彼此损兵折将,耗费钱粮,俱非好事;况且刀兵涂炭,水火之灾,你国的人民亦受不了啊! 我今来见千岁,是欲两国息争,永远和好。"康王大悦,忙问道:"千岁,怎么个议和之法呢?"程咬金说:"贵国多罗丞相之女,武勇绝伦,素为我国将士所敬。我愿为媒,给我国的越国公罗通求婚。那罗通是当初威镇北平府罗艺之孙,中原名将罗成之子,现在唐天子驾前称臣,世袭越国公,就有无穷富贵。如今又当扫北二路元帅,立下大功。若能将多罗丞相之女许他为妻,两国便可议和。不知千岁意下如何?"康王说:"若是千岁为媒,孤便可指婚,这门亲事孤家应允了。"程咬金说:"婚事既允,但不知贵国怎么和议哪?"赤璧保康王说:"你们唐兵若能退出我国,孤年年进贡,岁岁称臣。"程咬金说:"贵国若能如此,我敢保我国能撤兵。"于是赤璧保康王就遣使随程咬金往牧羊城面见秦王,两国议和。

　　秦王在牧羊城见了来使,允许撤兵,两国定了个日期,在牧羊城盟誓。事毕,秦王就与秦叔宝、徐茂公等商议,班师还朝。惟有罗通回国之后,道路遥远,结婚不便,就命罗通在牧羊城与多罗女择吉日完婚。因为有秦王之命,罗通不敢违命。及至到了日子,拜堂成亲,入了洞房。罗通因多罗女为他坏了北国的事,杀了左车轮,不大满意,两个人言语不合,多罗女自愧,用剑自刎。有人将这事禀报秦王,秦王大怒,命人将罗通绑出去,开刀问斩。幸有秦琼等面见秦王苦苦哀求,算是以功折罪,免去官职,留他的越国公之爵,勒令还家。罗通高兴而来,扫兴而返。

秦王将重办罗通的事遣使向赤壁保康王说明,赤壁保康王君臣亦闻多罗女之事,不能因为她死了再起战端。幸而无事,于是秦叔宝传令,起兵归国。赤壁保康王遣使敬送粮饷,直送出白良关方才无事。大唐兵将按站而行,得胜还朝。

　　非止一日,这天来到长安,大军扎下营寨,李渊命刘文静携带羊羔美酒、金银彩缎,犒赏三军。然后秦王引着众老少武将进城,往宫中面君。李渊论功受赏,大宴群臣,庆贺大功。自此,大唐的天下已归一统,所有从前盗名窃字,占据各州府的草寇尽行消灭。李渊暂息兵争,整顿内治,修麒麟阁,为功臣立金书铁券,正官阶,定学制,修刑法。官阶以太尉、司徒、司空为三公;三公之下,尚书、门下、中书、秘书、殿中、内侍为六省;以下为御史;再往下便是太常寺、光禄寺、卫尉、宗正、太仆、廷尉、鸿胪、司农、少府,共为九等;再往下便是将作监、国子监;以下又有十四卫,二十八阶,尚有租庸调法等。大唐内治有法,国威大振。

第九十九回　玄武门前元凶授首
显德殿上世民登基

要说李渊虽为一国之君，论功劳得天下，都是李世民的，不过秦王排行居次，长为李建成。秦王与秦琼、敬德等在长安坐享太平；建成、元吉还是狼狈为奸，欲害秦王，将来建成好做皇帝。他们募勇士、遣刺客往害秦王，只是秦王左右文有十八学士房玄龄、杜如晦等，武有秦琼、敬德等，防备甚严，无法下手。秦王宽宏大量，总念手足之情，不肯与建成、元吉为仇。房玄龄与长孙无忌为莫逆之交，长孙无忌是秦王的妻舅，房玄龄向他说："殷王、齐王与秦王嫌隙已成，祸机将发。公与秦王是骨肉，不如劝秦王，如周公之事，保护家国。存亡安危，正在今日，不可不先下手了！"长孙无忌听房玄龄之言，往府中向秦王说明，请他速为自保，秦王还是迟疑不决。恰巧突厥兵犯边境，建成向李渊荐元吉率兵往退突厥兵，李渊就命元吉率二十万大兵前往。元吉向李渊请调尉迟恭为先锋，并调用秦王府中的兵将，李渊俱都应允了。这事叫长孙无忌知道了，忙见秦王说："千岁，齐王欲调敬德为先锋，我府中劲卒随军出征。若是都被他调走，千岁的祸就到了！"秦王说："同胞弟兄，怎忍下手？"长孙无忌说："千岁若不下手，他们可就下手了！"秦王无奈，这才召集众文武议事。

君臣们尚未发言，忽见率更丞王晊驰入，见了秦王，因有长孙无忌、尉迟敬德在侧，不敢发言。秦王引他入内，二人密言良久，王晊乃出。秦王向众人说道："齐王与太子定计，欲邀我往昆明池给齐王饯行，乘机在席前伏着勇士杀害于我。我死了以后，太子就入宫见皇上请求退位，受禅于他。如若两事成功，太子得了天下，就封齐王为太弟。"长孙无忌说："事已至此，就得先发制人，后发反为所制了！"秦王长叹道："骨肉相煎，古今大恶，我固知大祸就在眼前，但愿他们先动手，我后仗义出讨，方为有名。"敬德说："先下手为强，后下手遭殃。千岁若不听众人之言，俺就束手就戮了。"长孙无忌亦说："千岁若不从臣等之言，我就此去了。"李世民无法，乃问众人。众人向秦王道："千岁以舜王为何如人也？"秦王笑道："舜乃古圣人，何消多问。"众人说："舜父不良，舜母不贤，舜弟不肖。假如当初舜在疏浚水井时，没有躲过他父亲与弟弟在上面填土的暗算，他便成为井中之鬼了；假如当初舜在粉刷粮仓时，没有躲过他父亲与弟弟突然放火的毒手，他便化为灰烬了。最后又怎么能够登上天子之位，使自己的恩泽遍及天下呢？千岁既知舜为圣人，何不权宜行事？"李世民说："且卜龟以定吉凶。"众乃取龟。

正欲卜龟，忽有一人进来，夺过龟去，扔于地上，说："占卜是为了决定疑难之事，可是现在的事情并无疑难！而且，现在箭在弦上，不得不发。如果占卜的结果不吉利，咱们就不采取行动了吗？"众视之，乃张公瑾也。李世民说："依你之言，事果可行吗？"张公瑾说："非但可行，且应速行！"李世民说："孤从你等之议。"遂与众人定计，与房玄龄、杜如晦密议妥当，准备依计而行。

这天晚上，天空中突然出现太白金星。太史令傅奕密奏李渊："太白星现于秦野，秦王当有天下。"李渊阅奏毕，正值秦王入朝，举原奏叫世民观瞧。李世民看罢，请求屏去左右，乃向李渊密陈建成、元吉淫乱后宫，无丝毫兄弟之情，欲加害于他的事情。详细奏明之后，李世民说："儿果枉死，永违君亲，已是可痛。且魂归地下，亦愧无保身之道，还乞陛下恩宥。"说罢，哭将起来。李渊说："你莫如此，我明日当审问他二人，汝亦宜早参。"李世民乃退。回到府中，就在夜半起兵，命长孙无忌等率领府中精兵往玄武门埋伏。

未几，天光大亮，张妃密遣心腹之人往告建成，说秦王夜内入宫密奏诸事。元吉说："今日入朝，恐有他变，不如托疾不朝。"建成说："我内有妃嫔助力，外有宫甲相随，秦王虽强，亦无计可施了。"元吉说："既然如此，我们就往探动静。"于是命人鞴马，他二人将官服换好，身带佩剑，还带着弓箭，与亲随人等在府中上马，然后出府够奔玄武门。一路之上并无动静。到了玄武门内，向宫门太监问皇上在哪里，太监说："皇上在临湖殿召集裴寂、萧瑀、刘文静、陈叔达、封德彝等临朝会审。"二人料着事情不妙，不敢面君，拨马就走。

忽听背后有人喊道："殷、齐二王，为何不面君，往回走啊？"元吉回头一看，是秦王李世民赶来。他忙抽弓拔箭，认扣填弦，向李世民便射。"吧嗒"一箭，眼瞧着要射中了，李世民一调脸，微拧身躯，躲过去了。元吉二箭到了，又被他躲过。第三箭射出，被李世民一伸手接了过去，抽出弓来，认扣填弦，前把一推，后把一拉，"吧嗒"一箭，不偏不歪，正中建成的哽嗓咽喉，尸横马下，一命呜呼。元吉见势不妙，催马往玄武门外便跑，李世民催马在后紧追。元吉将出玄武门，迎头有人大声喝道："哪里走！"如同半悬空中打个霹雳相似。元吉抬头一看，来的正是尉迟恭，吓得他圈回马，往回便跑。恰巧李世民来到，两匹马撞在一处，秦王、元吉俱都摔下马来。敬德赶到，忙着下马把秦王扶起。秦王抽弓拔箭，向元吉射去一箭，又把元吉射倒在地。敬德拔下佩剑，砍下建成、元吉的首级。

这时忽听玄武门外喊杀连天，敬德忙着上马，跑到玄武门一看，见门已紧闭，张公瑾闭门自守。敬德向张公瑾说道："建成、元吉的首级在我的枪上挑着，这里已然成功。外面的事情如何？"张公瑾说："东宫的大将冯翊、冯立，齐王元吉的府将薛万彻等,领着好几千人来攻此门,我将门关闭,他们才没进来。"敬德问道:"长孙无忌的伏兵如何了?"张公瑾道:"区区百数骑,怎能敌数千强暴之众啊?云麾将军敬君弘已率宿卫兵杀出去了!"敬德说:"你把门开开,待我去杀他们个干干净净!"张公瑾把门开开,敬德催马而出。他出了玄武门,正赶上守兵败回。敬德问他们怎样了,败兵说:"敬君弘已然阵亡,中郎将吕世衡也死了。东宫齐府的两军没攻开玄武门,都去攻打秦王府啦!"尉迟恭催马飞奔秦王府。

及至到了秦王府,只见数千人围着,攻打得十分紧急。尉迟恭见他们拦住去路,大喝一声。那东宫齐府的两军见他眉竖眼圆,"哗啷啷"甲叶子直响,如同天神一般,吓得个个往后倒退。敬德将大枪一举,两颗血淋淋的人头,他们一看是建成、元吉,全都怔了。敬德大声喊道:"奉诏诛此二贼,如尔等抗违上命,罪与二人相同!你们何苦寻死,快快逃命吧!"他们听敬德说出奉诏二字,觉着胆怯了,一哄而散,敬德亦不追赶。薛万彻带着数十骑逃奔终南山去了,冯翊、冯立亦各自逃去。

他们外边闹成这样,李渊因建成、元吉、世民三人俱未来见,还疑他们彼此避面,乐得模糊过去,再作计较。匆匆辍朝,留裴寂、萧瑀、陈叔达等待命朝堂,自挈妃嫔至海中泛舟为乐。忽见岸上有一骑马,马上一员大将,面如漆黑,持着长枪,通身镔铁盔甲。李渊大惊,不知何事,远远喝道:"什么人?朕当在此!"那人把枪一扔,甩镫离鞍下了马,屈膝跪倒,口称:"臣尉迟恭前来见驾。"李渊问道:"卿来此做甚?"敬德说:"太子、齐王在都城率兵作乱,秦王恐惊动陛下,特遣臣来宿卫。"李渊惊诧道:"卿且起来,太子、齐王现在哪里?"敬德道:"已然授首了。"李渊不由得大吃一惊,犹如顶门上打个霹雳相似。待侧的妃嫔亦都玉容惨淡,战栗异常。李渊这才弃舟登岸,心中万分难过,不亚如万把刀扎于肺腑,命人去召裴寂、萧瑀等议论国事。这时候敬德又去禀报秦王，李世民问明情由，便道："事已至此，我只好入内请罪了。"敬德道："主公且慢！事还不稳，待我入内探视。"秦王点头应允。敬德又到朝堂，见了裴寂等，将诛太子、齐王事说明。裴寂道："这事怎么叫皇上知道呢？"敬德道："这事宁可罪我，不可罪及秦王，我与诸公见驾。"于是众人一同进见。

李渊向裴寂等问道："如今太子、齐王已死，应当如何？"萧瑀、陈树达齐声说道："太子、齐王自从万岁起义以来，未尝有功绩，万岁立一人为太子，一人为王爵，他们嫉妒秦王，共同设下毒计，要加害秦王。而秦王功盖天下，内外归心。臣为陛下计，正当乘此事变，立秦王为太子，委以军国重务，万岁就可以垂拱而治了。"李渊方才转忧为喜道："这本是朕的夙愿。"敬德乘机道："万岁既愿立秦王，现在外面事尚未平靖，请万岁速降手敕，令诸军受秦王节制。"李渊向萧瑀道："卿速去拟诏，朕回朝发落。"萧瑀去了，李渊这才带着妃嫔乘辇入宫，敬德、裴寂等退回朝堂候旨。

未几，李渊临朝，由萧瑀呈上草诏。李渊看罢，就命萧瑀出东门宣布诏敕，安定众心。敬德这才向秦王报喜。李渊又命黄门侍郎裴矩往东宫晓谕将士，一律罢归。李渊将事办完，这才回宫。时为武德九年六月庚申日，适当盛暑，李渊敞怀纳凉。忽见秦王来到，伏地请罪。李渊慰抚道："近日以来，种种怀疑，几似曾母投杼，不能自解。那建成、元吉胆敢作乱，死有余辜，不过事关骨肉，出此变端，可恨亦可悲呢。"世民仰面，见李渊露出两乳，便用脸紧贴着父亲的胸膛，眼眶中扑簌簌落下泪来。李渊亦忍耐不住，世民号啕痛哭。父子正然对泣，萧瑀等复旨，当然在旁解劝，李世民乃告辞而出，回归秦王府。

秦府中人又向世民说："斩草除根，方无后患。建成、元吉各有子嗣数人，应一并诛戮，方可无虞。"世民亦不拦挡，任他们所为。于是建成之子陆王李承道、河东王李承德、武安王李承训、汝南王李承明,巨鹿王李承义,元吉之子梁郡王李承业、渔阳王李承鸾、普安王李承奖、江夏王李承裕、义阳王李承度,统行捕到,一并杀死。秦王府中人又将建成、元吉余党尽皆诛戮。李世民恐激出大乱,请旨大赦。于是李渊降旨颁布大赦,说:"凶逆大罪,只建成、元吉二人,其余俱都无罪。"又颁诏旨,立李世民为皇太子,国家庶事皆由皇太子处分。自从此诏一下,李世民虽没受禅为君,亦不亚如嗣皇帝了。他命王珪、韦珽、魏徵为谏议大夫。

要说李渊的天下有此大赦,应当不追究了,不料有人向秦王说:"庐江王李瑗曾与建成密通书信,谋害秦王。"李世民乃派通事崔敦礼驰赴幽州,要李瑗入朝。阅者若问这李瑗是何如人也,书中暗表,他是李渊的叔伯兄弟。李渊自即位之时,就封他为庐江王。当初他任过洺州总管,刘黑闼入犯之时,他弃了洺州逃走,李渊念他是大唐宗亲,不忍加罪。当刘黑闼逃走时,又封他为幽州大都督,怕他才不胜任,特令右领军将军王君廓辅助。

不料王君廓当初是个强盗,悍勇绝伦,他的野心很大,欲借庐江王李瑗的一颗人头向朝中邀功领赏,好有大富大贵。他心生一计,乘着秦王派崔敦礼来召李瑗之时,要施其手段。他就向李瑗说道:"如今朝中多变,千岁不可入朝。"李瑗说:"皇太子之命,我不能违。"王君廓说:"千岁是国家的宗亲,奉命守边,拥兵十万,难道一个使臣来到,就随他入朝吗?况且前太子建成、齐王元吉都是万岁的亲子,还被难而死。千岁入都,能保无祸吗?"说到这里,他假装好人,声音渐惨,二目落泪。李瑗不知他的狼心狗肺,见他这样,信以为真,愤然说道:"公诚爱我,我绝不入朝了!"于是他就把秦王派来的崔敦礼看押起来,调动人马,要与秦王为难。

幽州的参军王利涉向他说道:"千岁,你未奉朝旨就调动大兵,明明是要反了。倘若部下的兵将都不从命,调兵兵不动,调将将不应,如何是好?"李瑗闻言,又不由得害了怕,道:"这便如何是好?"王利涉说道:"山东的豪杰尝为窦建德所用,今皆失职为民,不无怨望。千岁若发使山东,召集豪杰,不难立至。他们来到了,若用为将,必能效命疆场。然后再遣人约突厥兵由北国进兵,从太原往南,由蒲州过黄河,左路捣长安;千岁由幽州出兵,取大梁西奔长安。两路合势,天下唾手可得了!"李瑗大悦,连道:"好计好计!"

李瑗叫王利涉退出,又向王君廓把王利涉之言说了一遍,问他如何。王君廓焉能叫他用王利涉之言,向李瑗说:"千岁,王利涉的主意虽好,得几个月才能办到。可是千岁已然拘押朝使,朝中定发大兵北来,讨伐千岁,能容几个月的工夫吗? 兵法有云:出其不意,攻其不备。千岁何不乘着朝中无备,率兵取长安?"李瑗是个没主意的人,听他之言,甚觉有理,便将印信都交给王君廓,说:"孤以性命相托,内外各兵都付公调度了。"王君廓这才出来。

这桩事被王利涉知道了,大吃一惊,忙入内来见李瑗说:"千岁,不可听信王君廓之言。他的性情反复无常,万不可靠。"李瑗又犹疑起来。忽有人来报:"王君廓调动大兵,将秦王派来的使臣崔敦礼释放出来,他在军中正向兵将说,王爷不该叛反国家哪!"李瑗大惊。王利涉惊恐之际,急忙逃跑了。李瑗还是不大相信,觉着王君廓和他结成儿女之亲,料他不能做出这样事来,要往军中观瞧。他披了盔甲,带了左右数百人,乘马出府,飞奔东门。到了东门外,只见教军场内果然旌旗招展,刀枪滚滚,盔甲层层,有万数大兵。将到场内,只见王君廓迎面而来。将要问他还没出口哪,王君廓大叫:"李瑗,你为何叛反国家? 我为国除害,将你们拿住,全都解往都京!"吓得李瑗亲随四散而逃,抛下李瑗一人,被王君廓指挥兵将把他拿住。李瑗大骂:"王君廓,小人卖我,你将来亦不得善终!"王君廓亦不和他分辩,将他绞死，传首长安。朝中不知真相，竟封王君廓为幽州大都督。世上的事真是难说！

谏议大夫魏徵，见各处不靖，屡劝李世民，坦示大公，借安反侧。庐江王李瑗死后，他又向秦王说："人心未靖，不再抚慰，恐祸难止。"秦王认为有理，就遣魏徵宣慰山东，许他便宜行事。魏徵奉命就往山东而去。将走至途中，遇见地方官吏押解两个犯人，一个是建成的千牛李志安，一个是元吉的护军李思行。魏徵见了，慨然道："前东宫与齐王府的人，皇上已有诏旨赦免无罪，不应再问了。如今又因解二李入京，是皇上的赦旨白费事了。如此一来，皇上的威信已失，以后谁还能信从诏命啊？"他不向秦王请示，就勒令将李思行、李志安放了，然后写了折本，遣人奏与秦王。秦王喜他有识，传语奖勉，又下令宣布，凡是事连东宫、齐王、庐江王的人，均不许告，违令反坐。自从这一宣布，才无人敢再告密，内外相安。就是冯翊、薛万彻等，亦均令归里，概不加罪。

李渊到这时已然倦怠，要将天下传与李世民，择于八月甲子日受禅，自称太上皇，乐享天年。这道诏旨传下来，李世民先朝见李渊，接受御宝，然后驾返东宫，在显德殿升座，文武百官拜贺，后世称太宗。李世民遣仆射裴寂祭告南郊，大赦天下，免租税，赐老民，放出宫女三千人。册立长孙氏为皇后；追封建成为息王，谥曰隐太子；追封元吉为海陵郡王，谥法乃一刺字，均以礼改葬；文武百官各有升赏。这唐太宗乃唐室英明之主，到后来御驾征东平西，给中原扩充领土，各偏邦年年进贡，岁岁来朝，马放南山，刀枪入库，五谷丰登，万民享幸福。

书说至此，一部《三十六英雄》算是终了，向阅者鞠躬下台，另换新题，再与阅者相见。

后　记

　　1934 年,《新北平报》约请我父亲在报上连载长篇评书《三十六英雄》,当时,我还没出生(我父亲是三十九岁时有的我)。如此计算,我当时是负八岁,而父亲才三十一岁。原来似乎没什么感觉,现在却感觉到一个三十一岁的人,在饱经旧社会的酸甜苦辣后,还能够在北京的报纸上连载长篇评书,胆量、阅历确实让人佩服。

　　记得在看《江湖丛谈》的时候,我曾经说过,父亲 1936 年在《时言报》上连载《江湖丛谈》,那时他才三十三岁,却留下了一部震惊世人的经典之作。而今在整理《三十六英雄》时,我又惊奇地发现,父亲当时年仅三十一岁。一个三十出头的说书人,却能够毫不保守,将评书"道活"公诸于众,这是常人难以想象的。父亲是第一个"亮家底儿"的评书艺人。因为评书艺术历来都是口传心授,即使有"绝本"、"秘本",也深藏不露。但父亲竟然不是这样,除了《三十六英雄》,他还先后在报纸上连载了《金枪杨家将》、《西汉演义》、《东汉演义》、《明英烈传》等等,将拿手绝活儿一股脑儿登在报上。恰恰是这些连载,保存了传统评书的精华,在今天看来,已经成为珍贵的史料,更是后辈评书演员学习的范本。

　　我,连阔如的闺女,连派评书的第二代传人,便是最直接的受益者。"文革"以后,我从食品厂回到了书馆,回到了我热爱的评书舞台,开始恢复演出《东汉演义》、《三国演义》等。1981年,在宣武公园,我第一次说《隋唐》,当时很困惑。记得 1978年我和我的爱人贾建国、哥哥连振翔,每天骑着自行车到首都图书馆去查阅《江湖丛谈》、《东汉演义》，当时就看到了《三十六英雄》。那是我第二次看见《三十六英雄》，我泪流满面。

之所以说那是第二次，因为第一次是在"文革"中，父亲被逼着写交代材料，我恐怕父亲写错一个字，所以就在旁边陪着。父亲在交代材料上写得清清楚楚，曾经在《新北平报》上连载了《三十六英雄》(即《隋唐》)，《时言报》上连载了《江湖丛谈》，《立言画刊》上连载了《东汉演义》，《公报》上连载了《炎宋兴》，以连仲三的笔名连载了《楚汉争》，以及其他报纸上的《三打韩通》、《五女七贞》等等。我当时问父亲："为什么《隋唐》叫《三十六英雄》?"父亲没有回答我，只是摇了摇头，继续写交代材料。

因此1978年当我看到《新北平报》上连载的《三十六英雄》后，我用了三个下午的时间几乎全部阅读完了。我想复印下来，当时囊中羞涩；我想把它录下来，当时也没有钱买录音机。最后还是在哥哥的同学的帮助下，仅仅复印了《东汉演义》。再后来恢复演出、照顾母亲、培养女儿，我没有时间再去图书馆翻阅资料。所以1981年在宣武公园说《隋唐》的时候，很多问题我无法跟自己解释。后来当我有精力去图书馆的时候，就只能查阅幻灯片了。但由于身体原因，看的时间一长，我就想吐，终究没有把《三十六英雄》所有文字资料保存下来。

直到2007年，北京评书被列入国家级非物质文化遗产项目，我也成为国家级非物质文化遗产传承人。在文化部、市文化局、区文化委、文化馆等各级领导的支持下，为了传承评书，我开办了宣南书馆、崇文书馆、东城书馆，每周带着吴荻、贾林、祝兆良、梁彦四个徒弟和王玥波、李菁两个义子说三场评书，观众十分踊跃。尤其可喜的是，观众群的构成以青年人为主，他们文化水平高，会听书，爱听书。而北京评书的传承发展恰恰离不开这些青年观众，不仅演员需要传承，观众更需要传承。

在利用书馆传承发展北京评书的同时,我不忘整理和出版父亲的评书遗著。2005 至 2010 年,在我国享有盛誉的老字号出版社中华书局的鼎力支持下,父亲的《东汉演义》、《评书三国演义》、《江湖丛谈》(典藏本)先后出版问世,受到广大评书爱好者的交口称誉。而今,在国家图书馆、西城区(原宣武区)图书馆热心读者的帮助下,终于将父亲的《三十六英雄》全部复印扫描下来,更有书馆一些热心观众帮忙进行文字录入,最后经过编辑加工,即将与喜爱父亲评书艺术的读者们见面,这次依然由中华书局出版。在此,我谨向中华书局李岩总经理、顾青副总编辑、宋志军分社长表示衷心的谢意!向诸多帮助和关注此书出版的观众与读者深鞠一躬!

父亲,您未竟的评书事业有我,还有我的徒弟和义子们,以及他们的徒弟一代代传承下去,如果您在天有灵,看到我们做的这一切,一定会含笑九泉的!

连丽如

辛卯季春于北京国如轩